作者简介

许宝健，中共中央党校（国家行政学院）研究员、博士生导师，学习时报社社长、高级编辑。中宣部、教育部等国家级人才称号评审专家。1985年大学毕业后参加新闻工作，先后在黑河日报、经济日报、经济日报农村版和中国县域经济报、中国经济时报、学习时报工作。新闻从业38年，经历了从捡铅字到数字媒体的发展历程。组织策划一系列重大社会活动和新闻采访活动，获得良好社会反响。新闻报道、调研报告、内参等60多次受到中央领导批示。出版个人专著10部，主编作品10余部。获得中国新闻奖一等奖、第十七届长江韬奋奖，被中宣部确定为全国宣传文化系统"四个一批"人才，享受国务院政府特殊津贴。

许宝健新闻作品集

上

许宝健◎著

人民日报出版社

北　京

图书在版编目（CIP）数据

许宝健新闻作品集．上 / 许宝健著．—北京：人民日报出版社，2023.2

ISBN 978-7-5115-7160-1

Ⅰ．①许… Ⅱ．①许… Ⅲ．①新闻－作品集－中国－当代 Ⅳ．① I253

中国版本图书馆 CIP 数据核字（2021）第 216948 号

书　　名：许宝健新闻作品集．上
　　　　　XUBAOJIAN XINWEN ZUOPINJI.SHANG
作　　者：许宝健
出 版 人：刘华新
责任编辑：周海燕　马苏娜
封面设计：张合涛
出版发行：人民日报出版社
社　　址：北京金台西路 2 号
邮政编码：100733
发行热线：（010）65369509　65369527　65369846　65363528
邮购热线：（010）65369530　65363527
编辑热线：（010）65369518
网　　址：www.peopledailypress.com
经　　销：新华书店
印　　刷：三河市嘉科万达彩色印刷有限公司
法律顾问：北京科宇律师事务所 010-83622312
开　　本：710mm×1000mm　1/16
字　　数：1126 千字
印　　张：66.75
版　　次：2023 年 2 月第 1 版
印　　次：2023 年 2 月第 1 次印刷
书　　号：978-7-5115-7160-1
定　　价：498.00 元（全三册）

代序一

这位记者不一般，人们以他的名字命名一条路

成为中国首位以本人名字命名一条路的记者

许宝健 1985 年从黑龙江大学中文系毕业，到黑河日报社从事记者编辑工作。当年所写《副市长和一个上访户》获黑龙江省好新闻二等奖。1986 年，许宝健被黑河地区行署记功奖励一次。1987 年考入中国社会科学院研究生院新闻系攻读新闻业务专业研究生。1990 年毕业到经济日报社工作，主要从事农村经济报道。1992 年 5 月，他深入湖北、河南农村采访，发现"一步跨两省"的两个孟楼镇的兴衰变迁过程，写出了长篇通讯《从孟楼到孟楼——湖北、河南两个孟楼镇见闻》。该文在经济日报一版刊发后，引起两省强烈反响。为了感谢记者，两镇人民特地新建一条路连接两个孟楼，并命名为"宝健路"。1993 年 6 月 1 日，经济日报在一版刊发消息《首条以记者名字命名的"宝健路"在孟楼诞生》。中国青年报等媒体刊发评论对此进行肯定。《中国记者》杂志 1993 年第 7 期刊发《从两个孟楼到宝健路》。《新闻战线》1995 年第 9 期刊发《人民授予他一条路》。此事迹载入我国新闻学泰斗方汉奇教授主编的《中国新闻学之最》。

百度地图上显示的宝健路

为纪念农村改革20周年，1998年他策划实施了经济日报农村调研点活动，在东中西部选择60个有代表性的县市作为调研点，聘请县（市）委书记和县（市）长为经济日报农村观察家，相关会议在中南海召开，国务院领导同志批示亲自主持会议。经济日报社联合国务院发展研究中心，创办并多次举办"中国县域经济论坛"，加大对县域经济的研究和宣传力度，并将有关成果呈报中央有关部门。这一系列活动和宣传报道，推动了2002年党的十六大报告提出"壮大县域经济"，这也是党的文献第一次使用"县域经济"这一概念。此事迹也被载入《中国新闻学之最》。

在经济日报，许宝健采写了上百万字关于"三农"题材的报道，其中《人类历史上的伟大奇迹——评述中国成功解决12亿人口的吃饭问题》等一批重点报道由新华社转发，引起强烈社会反响。同时，他还编辑了大量版面，编发了一批有影响力的报道和文章。他先后数十次获得报社好新闻奖、行业好新闻奖，以及报社先进工作者、中直机关青年岗位能手等称号。

策划实施"追寻新中国第一任县委书记"大型主题采访活动

2003年，他受命创办经济日报农村版（后改为中国县域经济报）。他投入大量精力组织记者深入实际、深入农村做大型调查。《走进农民工调查》《农民犯罪现象扫描》《农民工艾滋病防治调查》《透视农民看病难》《城市孩子眼中的农村》《农村孩子眼中的城市》《农村留守儿童生活状况调查》等一大批重点调查报道，均产生良好社会反响，绝大部分受到中央领导同志批示。

2011年，为庆祝中国共产党成立90周年，中国县域经济报开展"追寻新中国第一任县委书记"大型主题采访活动，受到广泛关注和热烈反响，中央领导同志当即在报纸上作出批示。中宣部专门发出通知，统一安排人民日报、新华社、光明日报、经济日报等中央主要媒体以及各大网站予以重点报道，中央电视台新闻联播也进行了采访报道。受此活动影响，多个省党史和组织部门开始重视当地新中国第一任县委书记史料的抢救和挖掘工作。

依托"四个一百"调查系统发挥智库决策咨询作用

2011年8月，他由经济日报社调入国务院发展研究中心任中国经济时报社总编辑，2012年6月任社长兼总编辑。他对办报方向和编辑方针进行调整，强调牢固树立政治意识，坚定正确政治方向，弘扬主旋律，坚持正面报道为主。2012年，他策划建立百名经济学家、百名政府领导、百名企业家、百名财经媒体总编辑"四个一百"调查系统，并依托该系统开展大型经济形势调查。调查报告刊发后产生广泛影响，主要成果观点通过国务院发展研究中心"择要"等上报并受到中央领导同志批示。在他的主持下，中国经济时报全面向智库型报纸转型，提供有价值的智库研究产品，获得各方面的肯定。

举全社之力圆满完成八部采访实录的编发任务

2015年6月，他调入中央党校任学习时报社社长。他策划组织了一大批产生重大影响的栏目和理论文章，推动学习时报成为名副其实的全党唯一专门讲学习的报纸。2018年10月，中宣部正式将学习时报社列入中央新闻单位序列。2021年11月，学习时报头版的"学习评论"栏目荣获中国新闻奖新闻名专栏奖一等奖，他是第一主创人员。

他高度重视党的创新理论传播工作，把深入学习宣传阐释习近平新时代中国特色社会主义思想和党中央重大决策部署摆在首要位置。他组织政治、业务"双过硬"的编辑，举全社之力，圆满完成反映习近平总书记成长历程和地方领导实践的八部系列采访实录，在全党全社会引起强烈反响，为党员干部深入学习领会习近平新时代中国特色社会主义思想提供了生动教材。

学习时报精心办好中央主要新闻单位唯一一个党史国史版，开设了"为了新中国——革命烈士纪念碑碑文敬读"等重点栏目，在重要版面连续策划推出"怎样读领袖年谱""光辉足迹""依靠学习创造历史""依靠学习走向未来""红色文物""党的学习历程""被中国共产党感动的外国人"等专版和专栏。

他高度重视媒体融合发展，创新推进报、刊、网、微全媒体建设。学习时报策划制作的融媒体原创产品《学习党史，敬读碑文》系列音频节目，自2021年4月10日在学习强国首页以专题形式推出以来，44期总阅读（收听）量已超过1.16亿人次，成为"爆款"音频节目。

（此文系第十七届长江韬奋奖获奖者公示材料，略有增减）

代序二

一次不忘初心的追寻之旅

在30多年的新闻生涯中，我策划过很多活动，最难忘的还是在中国共产党成立90周年之际，策划实施的"追寻新中国第一任县委书记"。

2003年8月，为落实中央有关文件精神，按照经济日报编委会要求，我离开经济日报农村部，奉命创办经济日报农村版。不久，经济日报农村版改成中国县域经济报，专门面向2800多个县市区旗，为宣传报道县域经济发展和县域治理服务，开设的很多栏目，如"说说我们的县委书记""百名落马县委书记剖析""县志里的故事"等，日渐产生影响。

2011年，是中国共产党成立90周年，中央各大媒体和地方媒体都使出浑身解数，力争在建党90周年的宣传报道中出新出彩。作为唯一面向县市的全国性报纸，究竟能做什么，能不能做出名堂，这既考验我们的信心，更考验我们的本事。从信心来讲，如果我们囿于自身小报、行业报的定位，不敢在重大节点出手，不敢和中央大报同台亮相，我们就会失去难得的机遇。从本事来讲，如果我们拿不出过硬的策划，或者有了好的策划实施不好，产生不了应有的效果，即使再有信心，其结果也会淹没在一般性的宣传报道中。同时，我们还必须立足于我们所处的环境，考虑我们自己的人力人才、财力装备等多种因素。辗转思考，我们确定了从大势大局着眼、从小事具体事入手的策划思路，力求在宏大叙事中倾听低声细语，在浩荡步伐中追寻历史足迹；属于别人的坚决让开不做，属于自己的，条分缕析，紧紧抓住，做到极致。这样，脑海中的具体方案渐渐清晰，直至跳出脑海，呈现在眼前的纸面上，实现了"惊险一跃"。

在中国共产党领导人民进行的波澜壮阔的革命和建设中，涌现出无数优秀共产党人和党的领导干部，新中国第一任县委书记是一个特殊的群体，也是他们中的优秀代表。他们在革命和建设的转折时期，走上了县委书记的岗位，可以说，是承担了特殊的历史使命。今天，他们中绝大多数人都已经不在了，他们有的在位时间很短，留下的资料也很少，但是，他们的革命业绩不应该被遗忘。

"追寻新中国第一任县委书记"这样一个采访主题提出后，报社上下都很兴奋。我们征求有关部门领导、专家学者的意见，大家都一致赞同，认为在庆祝中国共产党成立90周年之际，中国县域经济报策划的这个采访活动，既具有重大意义，又具有重要特色。

这次大型主题采访活动，报社抽调了20名政治素质高、业务能力强的编辑记者，组成多个追踪调研小组奔赴大江南北，共撰写刊发39篇稿件。我们的计划是至少追寻刊发100位有代表性的新中国第一任县委书记的故事，但是，由于我的工作变动，没有完成这一目标，留下了很大的遗憾。

为了取得先声夺人的效果，我用一个晚上起草了《中国县域经济报社关于开展"追寻新中国第一任县委书记"大型主题采访活动的决定》，4月14日在报纸头版头条刊发出来。

决定中指出，为庆祝中国共产党建党90周年和中华人民共和国成立62周年，中国县域经济报社决定开展"追寻新中国第一任县委书记"大型主题采访活动。县委书记是党的领导干部队伍的重要组成部分，是党领导全国人民进行革命、建设、改革的重要领导力量。他们中涌现出的谷文昌、焦裕禄等杰出代表，成为一代又一代共产党人学习的楷模。在迎接中国共产党建党90周年和中华人民共和国成立62周年之际，我们选取革命和建设转折时期的新中国第一任县委书记为报道主题，目的是追寻和缅怀他们的历史足迹，抢救和挖掘他们的光辉业绩，总结和反映他们的卓越贡献，铭记和宣传他们的丰功伟绩，学习和传承他们的奋斗精神，为建党 90 周年献上一份厚礼。

在报纸头版头条刊发一个采访决定，在我的新闻生涯中还是第一次。中央领导同志当即在报纸上作出批示。

我一直记得，一位县委书记在接受采访的时候，不无骄傲地说，在全县范围内，你们随便问，我什么都知道。但当记者问到"本县新中国第一任县委书记是谁"时，这位现任县委书记顿时哑住了，随后严肃地说：我要补上这一课。

读着记者们千辛万苦追寻回来的一篇篇稿件，我们的心被激荡着，也被感动着。刊发前，我起草了"开栏的话"，这也是我从事新闻工作写的最长的一篇"开栏的话"。我给这篇"开栏的话"起了一个标题，就是那位县委书记说的话：《补上这一课》。

随着一篇篇稿件的刊发，中国共产党一个特殊时期的干部群体陆续走进读者的视野。在追寻过程中，首先反映收获最大的就是参与追寻的记者。他们认为，追寻新中国第一任县委书记的足迹，对记者是一次难得的革命传统和党史党性教育，让他们对共产党人的初心和使命也有了更深刻的认识和理解。

追寻活动得到了地方组织、宣传、党史部门的大力支持。他们为追寻活动查阅资料、提供线索、核实细节，有的地方还指定专人负责协助记者，使追寻活动少走了许多弯路。河北省委党史研究室领导抽调专人，利用 3 天时间查阅相关资料，将全省 170 个新中国第一任县委书记的情况进行了一次全面的汇总。

让记者印象最深刻的还是追寻对象。河南省信阳县新中国第一任县委书记、当时仍健在的马任军，已 94 岁高龄。听完"追寻"记者的来意，老人很激动，连连说：谢谢你们还没有忘记我！中国共产党成立 90 周年了，过去的奋斗历史永远值得我们铭记啊！

读着这些新中国第一任县委书记的事迹，读者们也纷纷用"敬仰"和"敬畏"来表达自己的心情。

福建省华安县新中国第一任县委书记平浪一生坎坷，却始终坚定如一。1918 年平浪出生于四川省，1938 年初背着沉重的行囊，跋山涉水，历时近百天，行程三千里，投奔革命圣地延安参加革命，并加入了中国共产党。解放战争时期，他随大军一路南下，于 1949 年 6 月进入福建，成为华安县新中国第一任县委书记，经历了"剿匪"和保卫新生政权的不平凡斗争。老人 1989 年离休后，到各地作了 100 多场革命传统教育报告，直到身体撑不住而住院。1991 年 10 月 26 日，在生命的最后一刻，他拼尽力气发出的声音是：中国共产党万岁！在场的人员无不动容。此前，他还留下遗嘱，将遗体捐献给医学研究，成为福建省漳州市第一个自愿捐献遗体的干部。

在追踪采访过程中和稿件陆续刊出后，全国各地干部群众反响强烈，普遍认为，这是党史和党性教育的生动一课。不少县（市）领导干部打来电话在肯定报道的同时，还"自我推荐"，主动邀请记者前往该县（市）进行追踪采访。

一位地方宣传部长说："新中国第一任县委书记为党和人民的事业竭尽心智，作出了极大贡献，不仅是我们的骄傲，更是我们怀念的前辈和学习的榜样！对于这样的追踪采访活动，我们地方宣传部门一定倾尽全力配合。"

一位新中国第一任县委书记的亲属表示："追寻新中国第一任县委书记的重大意义，不仅在于记录和宣传老一辈革命家的革命精神和卓越贡献，更重要的是，这样的报道能让年轻一代增强对党史和党性的认识，有重要教育和引导作用。"

一些读者看了报道后表示，这是宝贵的资料，也是更宝贵的精神财富。

一位地方史志办主任来信说："我已经从事地方史志工作几十年了，一直有一个遗憾：包括新中国第一任县委书记在内的许多为党和国家作出极大贡献的人，没能对他们留下完整的记录。史料中倒也有对这些人的记载，但都非常少，也非常零碎。虽然几次都想着手做这件事，可是囿于人力、物力等各方面原因，只得作罢。作为中国县域经济报，能积极策划并付诸行动，非常不容易。希望你们认真、严谨地把这件事做好，方便的话，将资料及成文寄给我们。这些信息，不仅能丰富我们的史料，也可以为我们今后类似的工作提供一个思路。"

根据中央领导同志指示，2011 年 6 月中旬，中央新闻单位对追寻活动给予了集中报道，新华社发出通稿，《人民日报》《光明日报》《经济日报》及中央各大网站都在显著位置刊发报道，中央电视台《新闻联播》节目也作了重点播报。

（本文系第十七届长江韬奋奖获奖者《我最难忘的一次策划》栏目文章，
刊载于《中国记者》杂志 2022 年第 11 期）

目 录
CONTENTS

副市长和一个上访户

今年3月，当周永兴一家终于捧着盼了十多年的崭新户口簿时，禁不住热泪盈眶，心中油然涌起对一位副市长的感激之情。

1970年，周永兴带着一家人从辽宁来到北安市一个养殖场做临时工，当时的场领导同意给他落城市户口并转粮食关系。可是，一年又一年过去了，谁知手续没办上，养殖场也撤销了。他无处投奔，成了无职无业的"盲流"，而全家也成了没有户口和粮食关系的"黑户"。

十多年来，周永兴多次上访，每一次上访都给全家带来一线希望，却是无限期的。希望之后，他失望了。大儿子周凤岭看到一家人在生活、精神等方面遭到的挫折和困难，决定去上访。

碰巧，他刚刚走进市信访办公室，随后就进来一个中年人。当他从工作人员的称呼中得知他就是副市长宋学民时，抱着极大的希望走上去。

宋学民望着这位激动得话都有点说不清楚的年轻人，笑了。把他让进了自己的办公室。面对这位和蔼热情的副市长，周凤岭把这十多年来的遭遇痛快地讲了出来。……当他闪着激动的泪水起身告辞时，充满歉意地说："宋市长，耽误了您的要事。"市长答："为群众解决困难，就是我的要事。"

第二天，周凤岭和姐姐一起来到宋学民的办公室。宋学民告诉他们，户口和粮食关系有关方面正抓紧解决落实，请他们放心。眼下，关键是先解决生计问题，宋学民鼓励他们出个摊床。

"出摊床好呵，可就是……没本钱呀。"姐弟俩高兴之余又为难了。

宋学民当即与银行取得了联系，给他们贷款两千元。

望着两叠崭新的人民币，姐弟俩的眼睛湿润了。可是，他们的户口还没最后办妥，怕办不了营业执照，又去找宋学民。宋学民告诉他们，尽管到工商局去办。他们到了那里才知道，宋学民早已打去了电话。工商局还告诉他们，执照费可以缓交。

不久，他们的摊床便在北安街头摆出来了。

北方的冬天是寒冷的，何况周家住的房子已经很破旧。由于没有煤烧，水缸里的水都结成了冰块。他们不愿再为一件小事去麻烦市长了。可宋学民却想到了，又特地给他们批了两吨煤，并告诉他们："有什么困难尽管找我。"周永兴一家倍感党的温暖。

现在，他们的摊床生意越做越兴隆，不仅还清了贷款，还有了剩余，日子开始红火起来。

（1985 年 12 月《黑河日报》）

讲求实效 建管并重

——一年来全国农田水利基建形势述评

在刚刚结束的全国农田水利基建会议上，国务院副总理田纪云称一年来的全国农田水利建设"是近 10 年来规模最大、效益最显著的一年"。

据水利部统计，去冬以来全国共投入劳动积累工 42 亿个，完成土石方 48 亿立方米，分别较前 3 年平均数增长 40% 和 26%；各级财政投入资金 26 亿元，集体和群众自筹资金 30 亿元，较往年都有显著增长。

然而，与过去相比，去冬以来的农田水利建设不仅有规模，更主要的还是讲求实效。

去年 10 月《国务院关于开展农田水利基本建设的决定》发布后，全国从上到下、从南到北，迅速行动，各地相继成立了农田水利基建指挥部，政府主要负责同志亲自挂帅。许多地方出现了几大班子齐上阵、大搞农田水利基本建设的局面，各级党政领导还以身作则，身体力行，积极参加工地劳动，和群众打成一片。四川省去冬以来参加义务劳动的各级领导、机关干部达 300 多万人次。一级带着一级干，一级做给一级看，一级照着一级办，有效地激发了农村干部群众大搞农田水利建设的积极性。

农田水利基本建设是一项群众性很强的工作。群众发动起来了，如何避免盲目性，避免造成人力物力的浪费，关键要把群众性和科学性结合起来，因地制宜，搞好规划，尤其是那些规模较大和涉及面较广的工程，更应周密筹划，科学论证。河南省在制定《河南省水利建设发展规划纲要》的过程中，认真调查研究，广泛征求意见，多次组织专家论证。随后又制定了与规划配套的 7 个文件。省委、省政府还专门作出《关于实施〈河南省水利建设发展规划纲要〉的决定》，体现了科学性、可行性、权威性和连续性。

黑龙江省在开展"黑龙杯"竞赛时，一开始就明确规定，参加农田水利基本建设竞赛必须有经过批准的水利规划，乡镇一级要有现状图、规划图和施工图，没有规划设计的工程项目一律不准施工。由于有了科学的规划作保证，从县到村，从领导到群众，都明确了本地农田水利基建的主攻方向，从根本上避免了一哄而上、盲目乱干现象的发生。经过检查验收，去年全省各类工程的优良率达到90%以上。

在农田水利建设中，各地较普遍地开展了以质量、效益为中心的检查评比活动，如江苏苏州市开展了以"比效益、比质量、比进度、比投入、比管理"的"五比"活动。东北、华北等大部分省、自治区、直辖市政府因地制宜开展了多种形式的夺杯竞赛。辽宁省政府明确宣布，"大禹杯"是省政府在农业战线上实行的最高荣誉，要求把农田水利基本建设情况，作为考核各级干部政绩的主要内容。

事实证明，注重质量、讲求效益，才能保护和激发广大群众的积极性；群众的积极性调动起来了，农田水利基本建设才能持续、稳步、深入地开展下去。

在这次10年来规模最大的农田水利基本建设大会上，各省主管农业的省长们纷纷表示，回去后立即贯彻会议精神，继续扎扎实实地搞好农田水利建设。可以预料，一个新的建设高潮又将掀起。

然而，也不应忽视当前存在的问题。比较突出的就是管理问题，这也是当前及今后农田水利建设中应当重视的问题。

"巩固改造，适当发展，加强管理，注重效益"，是农田水利基本建设的总方针。按照这个方针，各地在开展农田水利建设时，应把主要精力放在现有工程的配套、改造、巩固和提高效益上，坚持建设与管理相结合，改变重建轻管的现象。要拿出比兴修水利更大的劲头抓管理，真正做到建一处、管一处、受益一处。

农田水利工程量大面广，分布在农村各地，要把这些工程设施管好用好，必须建立一套严格的管理制度和一套完整的管理服务体系。这首先要求水利部门转变职能，依法治水、依法管水。要按照《水法》的规定，切实承担起水行政主管部门的职责，认真行使依法管理职能，建立健全执行体系，制定和完善配套法规，走上依法管理的轨道。

在机构和队伍建设上，经过近几年的努力，乡一级的水利水保站已初具规模，一些由国家管理的大中型灌区、泵站的基层群众管理组织也逐步得到恢复和整顿。但从全国来看，管理问题仍然是农田水利建设的薄弱环节。因此，正如水利部部长杨振怀所提出的，要像建立农业技术推广体系那样建立基层农田水利建设和管理体系。

最近，水已同能源、交通、原材料并列为我国四大基础产业。中央几位领导同志都强调，要从战略高度来认识水的问题的重要性。然而，作为基础产业的水利事业，却缺乏能够形成良性循环的启动力、缺乏活力。

首先，机构不健全是管理中的一个突出问题，一些地方区乡水利水保站还没有建立，已建立的不是缺人员就是缺设备，甚至缺一间办公用的房屋。至于建立村一级的群众管理组织则更有待于进一步的努力。

要保证农村水利水保管理机构（包括群管组织）的正常运行，就需要有必要的经济来源。限于财力，国家每年投入水利建设的资金是有限的，但就是这有限的资金个别地方也没有做到专款专用，而是当作财政收入花掉了。水利部副部长侯捷向记者透露，陕西省有个县50万元的水利投资只有4万元落实到水利建设上，而这4万元也是水利局长千方百计争取来的。

目前，计收水费是管理单位主要的经济来源，然而尽管国务院对此做了明确规定，落实起来却困难重重，不少地方反映水费难收。问题的另一面似乎更应重视：勉强收上来的水费又要经过从村里到县里的层层截留。

同制度、机构、资金一样，队伍建设也是加强管理的一个重要内容。海南省副省长陈苏厚认为农田水利建设有"四难"，其中之一就是队伍难巩固。技术人员和业务骨干的力量更是薄弱，这种现状要求，一方面要加强管理人员的业务培训和技术更新工作，另一方面要逐步改善他们的工作条件和生活条件。

农田水利基本建设关系到亿万农民的根本利益，关系到农业的增产增收。只有扎扎实实，讲求实效，既抓建设又重管理，农田水利工程才能长期稳定地发挥效益。

（1990年9月《经济日报》）

水利，不仅仅是农业的命脉

水利是农业的命脉，多少年来人们都是这样认识的。但是一个新的提法，水利属于基础产业，要与能源、交通、原材料摆在同等的地位，正在成为水利系统上上下下热烈议论的话题。

最近，国务院领导同志又进一步明确：水利要作为基础产业在"八五"计划中加以体现。

基础产业，这不仅仅是一个提法上的转变，更是数年来人们对水利的认识逐渐深入的结果。

多年来我们都一直认为水利是农业的基础，因而把水利划到农业范畴内。从历史上讲，我国是个农业国家，5000年来水利确实一直是农业的命脉。中华人民共和国成立后由于计划和管理体制方面的原因，水利也始终没有被视为一个独立的产业。

随着社会经济和科学技术的飞跃发展，水利在经济建设中的地位的改变，是必然的趋势。今天已没有人能够否认，水利不仅是在为农业服务，更多的甚至更重要的是为工业、为城市服务，为全社会服务。水利不仅是农业的命脉，也是整个国民经济的命脉。

声势浩大的引滦入津工程建成后，天津市工业生产以每年递增9%的速度向前发展。按吨水平均创产值64元计算，可增产值40多亿元。而在此之前，由于水源不足，许多耗水量大的工业，如造纸、发电等，不得不全部停产或部分停产，经济损失高达97亿元。

引滦入津前，天津市民中流传着一个顺口溜：天津一大怪，凉水腌咸菜。有70万人不得不长期饮用高氟水，其中不少人患氟斑牙和骨质松脆等疾病。甘甜的滦河水不仅使天津居民的日用水量增加了51%，而且大大提高了饮水质量。正如当时的天津市市长李瑞环所说："没有引滦入津，就没有天津的今天。"

过去 40 年国家对水利的投入已产出多达 1 万亿元的经济效益，可以说，水利是国民经济各部门中产出效益最大的产业之一。这巨大的综合效益辐射到各行各业和千家万户。

然而，由于多年积累下来的多方面的原因，水利作为基础产业还很脆弱。水利投入在 80 年代大幅度减少。现有水利设施严重老化。水利固定资产缺乏大修更新改造渠道。加上长期以来许多同志在看待水利时还缺乏产业观念和产权意识，往往只讲投入不讲产出，对经营管理往往也不大重视，对水利基础设施也始终未实行有偿使用。随着国民经济发展过程中人们对水利作用的认识不断深化，这些问题的解决已逐步提上议事日程。

确定了水利是国民经济的基础产业，也就确定了水利是应该实行重点和超前发展的产业。在计划安排上，应该同能源、交通一样实行投资倾斜政策，提高水利投资在国家基建中的比重。同时要改革水利投资体制，发挥中央、地方和受益部门的积极性。据悉，在"八五"计划中，国家已加大了水利投资的比重。针对近年来地方投资逐渐下降的趋势，国务院已要求各省把水利投资尽快恢复到 1980 年财政包干时的水平。

作为国民经济的一个基础产业部门，创立一个富有活力的水利良性运行机制更是当务之急。数十年来，水利发电效益给了电力部门，供水效益给了农民和城市居民，防洪效益给了全社会，而水利的许多企业和单位却连自身简单的再生产都难以维持。前不久记者到海河流域采访，亲眼见到了这种鲜明的反差。被称为引滦入津"龙头"的潘家口水利枢纽不仅担负着为天津、唐山解决水源的重任，同时还兼顾防洪、发电等，已累计为津、冀供水 118.7 亿立方米，累计发电 45116 万千瓦小时。社会效益可观，经济效益却几乎等于零。水库供 1 立方米农业用水只收 3 厘水费，而成本却是 3 分 8 厘；供 1 立方米工业用水收 2 分 7 厘，而每立方米水创造的价值则是 64 元！创造的效益是 1.8 元，水库的利润却只有 1 分 3 厘 2。水利单位的这种窘况已严重影响了水利基础产业的发展。

既然是产业，就不能光讲社会效益而忽视经济效益。有投入，就该有产出，就该讲折旧，讲成本，讲利润。为此，要把中华人民共和国成立以来形成的 1000 多亿元的水利固定资产，作为水利产业最基本的经济要素，认真经营管理，逐步建立起以效益为中心的水利固定资产经营管理体系。同时，根据不同性质的水利固定资产，制定相应的经营管理措施。对于社会公益性工程，凡受益范围明确的防洪、排涝工程，应该依法收取堤防维护管理费；对有偿服务性工程，实行有偿服务，按成本收费，逐步做到自我改造；对生产经营性工程，实行企业管理，自我滚动发展。

（1990 年 11 月《经济日报》）

丰收之后喜忧录

——保定地区采访札记

今年我国农业大丰收已成定局，尤其是粮食产量创历史最高纪录，超过 4200 亿公斤。但同时也应该看到，制约和影响我国农业发展的诸多不利因素并未从根本上消除，"卖粮难""储粮难"等丰收带来的新问题又严峻地摆在我们面前。如何解决这些新老问题？不久前我们来到河北省保定地区，采访了地、县、乡、村各级干部，并到农舍村头走访了一些农民，听到了不少来自农业第一线的声音。

保定是农业地区。行署副专员何兰亭一组数字勾勒出保定地区去今两年农业大丰收的轮廓：去年全区粮食总产量 29.5 亿公斤，皮棉产量 4400 亿公斤，油料 9 万吨。今年夏粮总产 14.73 亿公斤，秋粮总产 15.9 亿公斤，皮棉总产可达到 4500 万公斤。开始扭转了农业数年徘徊不前的局面。

然而，"卖粮难"等问题再度出现，又使保定在丰收的喜悦之后，平添了几多忧虑。

定州市市长李双亭告诉记者，他们那里"卖粮难"相当严重，全市农民完成定购任务后，手里还存有小麦 3000 多万公斤。今年的夏粮还未卖完，秋粮又跟上了，全市至少也有 1.19 亿公斤。规定合同定购 800 万公斤秋粮，结果只调运 300 万公斤就不收了。全市库容量 0.65 亿公斤，现在已经存了 0.75 亿公斤。上面让敞开收购，又下达任务 2500 万公斤，需要增加 3500 万公斤库容方能存下。

地区粮食局长侯殿良说，过去当粮食局长，常为调不进粮食发愁，如今发愁的是存粮了。全区库容 6.25 亿公斤，其中 1.25 亿公斤库容年久失修，不能再存粮，还有 1 亿公斤建在山中，也用不上，能够用的只有 4 亿公斤，实际存粮却多达 4.8 亿公斤。现在，国家说要敞开收购，但收上的粮食只能露天存放，今年全区仅存粮亏损就达 800 万元。"为什么今年粮仓里的粮那么多？就是因为去年存粮太多，"他们说，"去年，关闭与外边的边界，不让粮出省；今年呢，派人到处跑，却谁也不要了。"

农民只种田不算账的年月早已成为历史。在易县高陌乡北东村一个场院里，我们遇到宋文尚等 10 多个农民，他们给我们算了这么一笔账：一亩地产小麦 200 公斤，按市价合 120 元钱左右；籽种 20 元，施底肥买二铵 20 元，浇水 15 元，耕地费 8 元，播种费 5 元，打麦脱粒 6 元，农业税 6 元，统筹费 10 元左右，追肥 15 元，这样算下来，一亩小麦也就赚 10 多元钱，这还没算上每亩地用的 15 个工。

农民收入不能随农业丰收同步增长，一个原因是粮价下跌。许多县玉米的保护价至今尚未公布，市价玉米已跌到每斤 2 角 2 左右，不少干部向记者流露出这样的担心：这样低的价格，农民明年还怎么有积极性种地？

农用生产资料的上涨也影响农民收入的提高。虽然国家推行"三挂钩"政策，但有些地方难以兑现。北东村的宋文尚等人反映，个别地方"三挂钩"化肥只卖了一天就说卖完了，说要等有了再卖，等啊等啊，可到现在收完了庄稼也没等着。三挂钩的物资每年只能兑现三分之一左右。

来自基层的望都县赵庄乡党委书记郑仁兴的话更能代表农民的心声。他说，农民手中粮多了，可卖了不值钱；农民需要的生产资料如化肥、农药等又老是涨价。虽然国家规定了粮食要敞开收，规定了保护价，但实际上难以做到。

农业丰收了，以农业为基础的思想不能削弱；农业要上新台阶，农业的各项基础建设必须加强。国家在政策上、投入上进一步向农业倾斜，是广大干部、农民的一致呼声。

农业作为国民经济的基础，离不开各行各业的支持。接受我们采访的各级干部在谈到这一问题时都强调，各行各业都有支援农业的义务。然而，说归说，真正落实起来就不那么理直气壮了。由于在管理体制上条块分割，更由于各级各职能部门都有自己的利益，所以，望都县县委书记韩瑞改十分感慨：地方政府想为农业做点实事很不容易。

"吃饭财政""银行经济"，这两个新名词是从一位县领导口中说出来的。他说，他们那儿是个穷困县，农业上想做什么事，都得靠银行贷款，可农业的直接经济效益不大，特别是一些开发性项目和长远建设。银行往往注重近期效益，不愿贷给资金。

地区农业开发办公室的侯遵悦也谈到了同样的问题。这几年海河流域开发，银行贷款2000多万元，但贷款要担保。对这些穷地方来说，银行贷得越多，利益越少。

农业"三靠"中，投入是重要的"一靠"。地区水利局局长黄国臣认为，现在农业基本是靠天吃饭，基础还很脆弱。加强农业，首先要加强农田基本建设，特别是水利建设。搞水利就有一个投入问题，那么，如何增加农业投入呢？杨廷顺的主张是，农民拿一点，国家补一点。为什么农民要拿一点？因为这样才能使他们也关心投资效果；但国家一定要补一点，因为现在农产品价格尤其是粮价，还没有完全反映其价值，国家应该在基本建设投资上返还农民一部分利益。

望都县赵庄乡党委书记郑仁兴认为农民个人投入跟不上的原因是，农资年年涨价，农产品卖不出，价格又低，投入不合算。另一方面，农业机械投入，水利建设投入，农户的力量又很难达到。

为农业服务，为农民服务，也是我们采访时谈到的一个热门话题。地区供销社副主任李良实认为，为农民服务一定要撇开部门之见、行业之见。

为农民服务。关键是为农民着想。我们听到这样的事：收畜牧保健防疫费，不管养不养鸡，按人头交钱。到时只是在村里的广播里喊一下，几月几日几点到什么地方打针。可是几百户的鸡，不是一会就能打完的，过了时辰，他们就不管了。这样的服务，农民就很有意见。

要服务好，必须有相应的服务组织。地委宣传部长赵景之就谈到了这样两类服务组织，一类是专业性的服务组织，如供销社、农民协会等；另一类是社区性服务组织，如村级集体组织。两类组织应相互配合，形成对农民、对农业、对发展农村商品生产服务的网络。

（1990年12月《经济日报》）

村子里看"房改"

房改，是城里人的话题。日前记者在河南省安阳县南善应村采访时却发现村儿里也在搞"房改"。

1990年12月18日下午，记者在村委会王主任的引导下，从东至西，在村儿里转了一圈。展现在记者面前的是整齐一色的二层楼新居。一些楼顶的烟囱正冒着青烟，有的院子里，父亲正带着儿子忙着打家具。几乎家家门前都备着成堆的砖石、木料。下了工的农民们在各自的新天地里忙碌着。

王主任告诉记者，南善应村搞"房改"是从1990年初开始的。村里拿出190万元先买下所有旧房，然后再拿出600万元，村民集资600万元，统一规划、统一设计、统一施工，建成统一的二层楼新居。计划建造550栋，已建成370栋，平均每户居住面积200平方米，在占地面积不增加的情况下，居住面积可增加一倍。全部新房建成后，村里至少几十年不用再建新房。

10年前，这个村在安阳是有名的穷村。十一届三中全会后，全村在党支部书记王富德的带领下，利用当地资源，开煤矿，办预制板厂，走上了致富之路。目前，这个村农业从犁、耕到下种、打场全部实现了机械化；化肥、种子、农药、浇水费用和农业税也全由集体负担，被有的学者称为"福利农业"。今年全村已实现产值1200万元。

集体富了，农民的家底也厚了，于是，富余的资金首先投放到住房上。农民自己建房，既显得零乱，又侵占耕地。党支部一研究，南善应村的"房改"措施就这样出台了。

记者随主任转到村西头。这里有的楼房已经盖好还未住人，还有的盖了一半。最西侧是一片尚未改造的旧房，王主任指着这一片旧房说："过些日子，这里也将矗立起一栋栋崭新的二层楼。"

（1991年1月《经济日报》）

农村工业化的曙光

当发达国家大踏步向信息社会迈进的时候，我国广大城乡还徘徊在工业化社会的门槛之外。

自从毛泽东同志 1951 年提出我国"必须有步骤地解决这个国家的工业化问题"，经过近 40 年的艰苦努力，我们已建立起独立的、门类比较齐全的工业体系，工业产值已占工农业总产值的 77%。但是，还不能据此就认为我国实现了工业化。

工业化，是指一个国家工业发展的程度。根据经济学家的观点，一个国家是否实现了工业化，主要看以下三个标准：一是工业产值在工农业总产值中占50% 以上；二是从事二、三产业的劳动力超过从事农业的劳动力；三是建成了一个比较完整的工业体系。我们已经达到了第一条和第三条标准，而离第二条标准还相距甚远。

从世界范围来看，发达国家实现工业化的道路基本有两条，一是以美国为代表的"私有化－城市化"道路，一是以苏联为代表的"国有化－城市化"道路。而我国 40 年来基本走过了一条企业国有化、工业城市化、人口农业化的城乡分割的道路，强化了社会经济的二元结构，所以至今我们还是一个农业－工业国。

建设社会主义现代化强国是我们的目标，而实现现代化必须首先实现工业化。我国的基本国情又决定我们实现工业化的道路不可能与其他发达国家走过的道路相同。

以下三个比例数充分说明，目前我国仍然是一个农村、农业、农民占主体的"三农"国家：农村面积占全国国土总面积 90% 以上，农村人口占全国总人口 80%，农村社会总产值占全国社会总产值 33%。一句话，11 亿人口，9 亿农民，这就是我国最基本的国情。在一个农村人口占 80% 的国度里，如果不实现农村工业化，就不可能实现国家工业化。所以，有的学者认为，我国工业化的主战场在农村，而不在城市。

尽管各国实现工业化的道路不尽相同，但一个明显的规律是，一个国家工业化的过程，实质上是这个国家由农业国向工业国转化的过程，是农村剩余劳动力由第一产业向第二、三产业转移的过程。

英国在实现工业化时主要采取了强迫农民破产的办法，使农村劳动力流入城市；美国主要是用机械化代替人力和畜力，使一大批农村劳动力从农业中分离出来，转为城市雇佣工人；而苏联则靠兴办大规模集体农庄的办法，通过机械化作业促使农村剩余劳动力转移。我国的基本国情决定了我国二元经济结构向一元结构的转化不可能像发达国家那样在城乡之间进行，而只能在内部展开。据预测，到本世纪末我国农村劳动力将达5亿，而农业仅需2亿，就是说3亿属于剩余劳动力。这么庞大的队伍如果拥到城市，其后果绝不仅仅是1989年春天的"百万民工大流动"了；而要国家安置的话，按目前每安置一个人投资3万元计，就是9万亿，这无论如何是国力难以承受的。在这种情况下，"离土不离乡，进厂不进城"的乡镇企业就成为中国农民的必然选择。

萌芽于五六十年代的社队企业，被毛泽东同志称为"光明灿烂之所在"的我国乡镇企业，在十一届三中全会之后进入了一个大发展时期。1984年3月党中央制定了"积极扶持，合理规划，正确引导，加强管理"的发展乡镇企业的总方针之后，各地发展迅速，例如，江苏一些地方的发展速度有几年高达60%－70%。乡镇企业为实现有中国特色的工业化开辟了一条新路子。

据统计，10年来，乡镇企业每年要安置800万农村剩余劳动力。到1990年，共安置9500万人，占农村总劳动力的23.8%。正如邓小平同志所说：农村改革最大的收获，是乡镇企业发展起来了，异军突起，解决了占农村剩余劳动力50%的人的出路问题。农村剩余劳动力不往城市跑，而是建立了大批小型、新型的乡镇。

经过治理整顿的洗礼，去芜存菁，1990年，乡镇企业依靠自身强大的实力和灵活应变的机制，勇渡难关，总产值达到9500亿元，占全国社会总产值的25%，占农村社会总产值的60%；其中工业总产值7000亿元，占全国工业总产值的三分之一。我国农村工业与城市工业的比重发生了重大变化，农村工业由 1980 年仅占工业总产值的 6.2% 上升为 33.5%，城市工业由 93.8% 下降为 66.5%。农村工业化程度大大提高。

中国农民创造的这一世界上独一无二的经济模式引起了国际经济学界的注意，被称为中国农村经济发展的"秘密武器"，"为第三世界农村经济发展探索出了一条道路"。

尤其值得一提的是，为国民经济和社会发展作出了巨大贡献的乡镇企业是在没要国家一分钱投资的情况下办起来的，许多企业刚起步时只有从农民手里筹来的几千元甚至几百元资金。

农民自己集资办企业，有力地解决了我国工业化资金不足的问题。根据 1988 年全民所有制独立核算工业企业每百元固定资金原值实现产值 137 元计算，要达到乡镇工业 1988 年 4529 亿元产值规模，如由国家投资兴建，需要 3300 多亿元，相当于 1981 年至 1988 年国家对工业基本建设的总投资额。所以，如果说中国工业化的主战场在农村，那么，农村工业化的原动力则是农民。

乡镇企业对工业化的贡献还在于，它以灵活的优势与城市大工业进行专业化、社会化的协作生产，为其加工配套，从而使我国的工业结构和工业布局日趋合理，为最终消灭城乡差别、工农差别创造了条件。

最近结束的全国乡镇企业工作会议制定了"八五"期间乡镇企业的发展目标，到 1995 年乡镇企业总产值达到 14000 亿元，其中乡镇工业总产值达到 9800 亿元。一些经济界人士乐观地认为，本世纪末乡镇企业有可能成为国民经济的"半壁江山"，形成农村工业与城市工业两翼向工业化、现代化齐飞的可喜局面。应该说，我们已经看到了农村工业化的曙光！

（1991 年 2 月《经济日报》）

给耕地"吃"什么

"主餐"地位旁落

有机肥,历来是我国耕地的"主餐"。"庄稼一枝花,全靠肥当家",是一代代农民总结出来的朴素真理;而"春前田野无寒意,只因农家运肥忙",则是对春耕时节农民大造农家肥的景象的生动描述。然而,这些年,这种繁忙的景象难以见到了,有机肥的"主餐"地位旁落给了化肥,不少地方出现了"黄的(粪肥)不要,黑的(泥肥)不捞,绿的(青草)不挑,光要白的(化肥)"的现象。据对河北省的调查,农家肥、化肥的用户比例竟为6%和94%;江苏省部分地区耕地有机肥和无机肥的施用比例分别由60年代的8:2,70年代的6:4,下降到现在的3:7。

"偏食"带来恶果

近10年来,我国农业生产技术,如良种、栽培技术等有了很大的发展,但是作为传统农业技术核心的有机肥技术却出现了退化。有专家认为,有机肥施用不足已经成为当前和今后制约农业发展的重要因素之一。这话并非为过。近年来许多地方对耕地单纯"偏食"肥效单一的化肥已出现种种恶果,如,土壤基础肥力下降,理化性状恶化,有机质含量降低等,造成土壤板结,地力下降,后劲不足。如果继续忽视有机肥的投入,耕地将难以保持"良好的营养状况",无疑将加剧对土地多索取、少给予的掠夺式经营,长此以往,化肥投入的"边际报酬"也将大大降低,难以达到高投入高产出的目的,这样,农业登新台阶的目标就难以实现。

调整"食物结构"

调整耕地"食物结构",发展有机肥,首先要从解决思想问题入手,提高农民对有机肥和地力建设的认识,从而使积极施用有机肥成为农民群众的内在要求和自觉行动。

有机肥是一种完全肥料,它不仅含有丰富的有机质和氮磷钾等大量元素,而且还含有锌、钙、镁等微量元素及生长刺激素。据农业部门测算,土壤有机质每上升 0.1%,单产就可以增加 18.5 公斤;如果全国土壤有机质平均上升 0.1%,就可增加 250 多亿公斤基础产量。我国中低产农田占总耕地面积的三分之二,其有机质含量比高产稳产农田低 0.5 个百分点,这是巨大的潜力。

可喜的是,目前许多地方已经认识到耕地"偏食"的后果,从而合理地安排农用肥施配结构。山西省大同县总结出农业"有收无收在于水,收多收少在于肥"的道理,去冬以来,在大搞农田水利基本建设的同时,发动农民大造农家肥,全县共积农家肥 3000 万担,人均 220 担。

在提高思想认识的同时,还必须建立健全约束机制,使农民懂得,自己不仅有使用土地的权利,还有培肥地力的义务。近年来,一些地方制定并采取了一些保护地力的政策措施,如推行地力保证金和养地基金制度。黑龙江省还在全省范围内开展了培肥地力达标竞赛活动,收到了实效。

(1991 年 4 月《经济日报》)

农民需要什么样的服务？

在今日农村，较为流行的一句口号要算是"社会化服务"了。确实，作为当前深化农村改革的重点，近几年，社会化服务有了很大发展，对于农民发展生产、搞活流通，对于农村发展商品经济起到了积极的作用。

在稳定家庭联产承包责任制的基础上，农村社会化服务归根结蒂是为农民提供服务。但记者在农村采访了解到，尽管农民非常需要服务，有些社会化服务却并不受农民的欢迎。

一是思想不对头，社会化服务有名无实，走形式，摆样子。有些农村不是从真心实意地为农民服务出发，而是你搞我也搞，把社会化服务当作应付上级检查的一种形式，做表面文章。在服务过程中，有的服务人员业务素质不过硬，不能满足农民的需要；有的工作作风不扎实，不是深入实际、脚踏实地地帮助农民，而是满足于纸上谈兵，甚至瞎指挥。这样的服务不仅不能促进农业发展，反而妨碍了农民的正常生产。

二是重点抓不住，社会化服务要么一刀切，一律化，要么东一榔头，西一棒子。一些乡村干部急于求成，把社会化服务简单化，不作深入的调查，采取一刀切、一律化的办法，服务工作脱离了本乡本村和农民的实际需要；另一方面，有的地方社会化服务虽然看起来轰轰烈烈，但没有抓到点子上，东一榔头西一棒子，随意性太大，农民无所适从，不解决农民们最迫切需要解决的问题，不服务他们最迫切需要服务的项目，白白浪费了人力、物力、财力。另一些地方服务虽然有一定重点，但缺乏连续性，如只有产前服务，产中管理和技术无人指导，产后农副产品无人帮销，使农民受到损失。

三是收费不合理，社会化服务加重了农民的负担，挫伤了农民接受服务的积极性。社会化服务是一种有偿服务，收取一定费用是应该的。问题是，有的地方收费偏高，超过了农民的承受能力，甚至变成了向农民的变相摊派。如，有的乡村玉米拌种每斤要收费 5 至 6 毛，机耕每亩要收十几元。此外，有些服务项目农民还要对服务人员管吃管喝。农民不愿接受服务，一些地方就采取行政措施，强迫农民接受服务。在社会化服务中，个别乡村干部还打着为农民服务的幌子，吃公家的"油"，揩群众的"脂"，把服务当成自家发财的门路。如此"服务"，不是服务于农，而是坑农、害农。

（1991 年 5 月《经济日报》）

情系灾区
——国家防汛总指挥部见闻

7月13日，正是周末。

晚8点，记者来到位于北京市宣武区白广路水利部院内的国家防汛总指挥部。进得大院，便望见三楼总指挥部的几间办公室灯火通明。

如果说当前同特大洪涝灾害进行的是一场艰苦卓绝的战斗的话，那么这里就是指挥中心。红的、白的、黑的……十几部电话响个不停，一封封急电从灾区传向这里，同时一条条重要部署和命令又从这里传向灾区和有关部门。迎门的墙上挂着的是大幅的长江、太湖、淮河等流域的水情地图，桌上摆着的是一摞摞各地的汛情记录。在这里，尽管你看不到洪水，但你时时刻刻能感觉到洪水、水害的洪大和凶猛。十几个人昼夜在为水而忙碌，使得记者一时不忍心打搅他们。记者看到，一个来不及洗的饭盒放在屋角边，一个十来岁的小女孩躺在房间的一角静静地睡着了。不知是她的爸爸还是妈妈忙于工作，只好把孩子领到办公室里来过夜了。

这间显得有点忙乱不堪的防汛调度中心办公室连着广大洪涝灾区，这里的每一颗心都随灾区人民的心一起跳动，虽然他们远隔千山万水。记者去的时候，正赶上水利部王守强副部长下班后连家还未回，上任不久的周文智副部长也常守在这里。几位副总指挥是几乎每夜都盯在这儿。

为了不影响他们的工作，调度处李代鑫处长把记者让到一间大会议室里说，这间会议室已经变成了办公室兼卧室，事忙了，人多了就分散到这里办公，晚上困急了就在凳子上"眯"上一会儿。这时，几位年轻的工作人员正在这里忙着绘制各流域的灾情图。

李处长介绍，洪涝灾害发生以来，这里每天24小时值班，每次都不少于十几个人。汛情严重时防办全体同志几乎都盯在这儿。助工侯英杰负责防汛物资的调度，从上星期天到今晚整整一个星期还未回过一次家；共产党员方永留负责淮河水情调动，常常通宵达旦；防办副主任陈德坤这些天来一天只休息两个小时。李宪文、李健生等几位已经离休或正在养病的老同志不顾体弱多病，经常来到这间办公室同大家一起研究情况、分析问题、提出建议。

21点30分，记者再次走进防办调度中心。看见几个人围在一起正在研究一份详细的向中央和国务院的汇报材料，此刻，新华社湖北分社记者正将武汉灾情传回总社，总社又传给防办，防办立即与湖北防汛总指挥部联系核实；安徽传来寿县危急的电报，他们又马上同安徽取得联系……

这里，尽管看不到同洪水奋力搏斗的艰苦场景，但这里的每一项工作都体现了全国上下团结奋战的精神，为了尽量减少洪涝损失，人们都在尽自己的力量。

22点10分，记者不忍打搅这些紧张忙碌的人们，离开了防汛总指挥部，回首望去，办公室仍灯火通明……

（1991年7月《经济日报》）

大堤作证

——水利部部长杨振怀谈洪水中水利工程的作用

在今年我国部分地区的洪涝灾害中，40年来修建的各类水利工程经受了一次严峻的考验。7月25日，水利部部长杨振怀在接受记者采访时谈道，在战胜这次洪水中，这些水利工程发挥了巨大作用。

淮河流域两道防线

杨振怀首先谈到了淮河流域的水利工程的作用。他说，在这次暴雨洪水的袭击中，淮河上游山区20多座水库首先拦蓄了38亿立方米的洪峰流量，这是第一道防线。

第二道防线是沿着淮河往下，从河南的淮滨，经安徽的淮南、蚌埠，到洪泽湖，在这200多公里的区间，沿淮的洼地建了许多滞洪区。山区水库拦蓄不了的洪水，由沿淮的湖泊、洼地蓄洪。如城西湖等都是蓄洪区，大水来了，这些地方要分洪。所谓第二道防线就是利用这些湖泊洼地来蓄洪。淮河第一次洪水时，开启王家坝分洪闸，利用蒙洼蓄洪区蓄洪。淮河的洪水在淮滨是6500立方米每秒，分洪闸开启以后分掉了1500立方米每秒，使淮河大堤安然无恙。

杨振怀指出，在淮河流域的两次洪水中，如果没有水库的拦洪削峰，没有洼地分洪，淮北大堤就很难保住，铁路、煤矿、火电基地安全也没有保障。

在洪水中，淮北大堤和运东大堤没有决口，淮河流域所有的4000多座大中小型水库没有一个垮坝，洪泽湖大堤也安然无恙。那么受灾的主要原因是什么呢？杨振怀认为，主要是受灾地区的降雨过大，水排不出去形成涝灾。

太湖工程三大作用

杨振怀说，太湖流域与淮河流域一样，也下了60天的梅雨，灾情比1954

年严重。80年代以来，苏锡常地区、杭嘉湖一带，乡镇企业星罗棋布，这次受灾最重的是乡镇企业。

在战胜太湖流域的暴雨洪水中，排洪排涝是水利工程发挥的第一个作用。江苏江都排灌站、谏壁抽水站等沿江的14个闸或排水站向长江排水37亿立方米左右。浙江建的长山港河道共向杭州湾排了6亿立方米的涝水。

至于太湖本身，这些年来修了环湖大堤，使太湖像水库一样，蓄洪的容量扩大了，多蓄了32亿立方米水。杨振怀认为这是第二个作用，即太湖环湖大堤的超蓄作用。

第三个作用，是通过太浦河排水。浙江开启太浦闸，经过太浦河向黄浦江排水，这是太湖的一个主要出口。此外，太湖流域在低洼的地方还修了一些圩区，也在抗洪中起了很大作用。

滁河流域三种措施

在谈到滁河流域水利工程的作用时，杨振怀首先介绍说，滁河是长江的一条支流，不是很大，但危害性不小，因为它在南京附近，津浦铁路经过它的旁边。1954、1975、1987年三次大水，津浦铁路都被滁河冲断了。今年先后两次大水，都超过40年来的最高纪录，但是铁路基本没断，水利工程起了极大的作用。第一，是上游山区几个水库发挥作用，如安徽境内的沙河集水库等，把洪水拦蓄了。第二，这些年来修建了驷马山分洪道，把三分之一的滁河洪水分到长江里去。另外在下游还修了一个马汊河分洪道。在第二次洪水过程中，滁河的总水量大约是20亿立方米，通过这两个分洪道分出去15亿，也就是说，三分之二以上的洪水通过这两个分洪道排到长江里去了。第三，就是沿滁河安徽境内的一些圩区、圩田和江苏的一小部分圩田分洪减轻了水势，分散了流量，减轻了铁路的压力。

三个教训

最后，杨振怀还谈到洪涝灾害带给我们的教训。他认为首先是内涝严重，排不出去。特别是安徽省沿淮的几个湖泊，像瓦埠湖、城西湖等，这一带被水围的村庄仍有8000多个，几十万灾民还在堤上。另一个教训是我们的城市郊区和乡镇企业的建设，对防洪注意不够，设施非常薄弱，因此在太湖流域发生水灾的时候，上万家乡镇企业进了水。再一个教训是，30年来，由于人口增加过多，围湖，围河，围低洼地、河滩地，种田或者搞建设，河流的层层阻水障碍很多，遇到与50年代同样的洪峰流量，而水位却比50年代高。

杨振怀强调，通过今年的洪灾，我们更清楚地认识到水利确实是国民经济的一个基础产业，要增强全社会的防洪意识。

（1991年7月《经济日报》）

机制的魔力

在国营大中型企业为搞活而作努力的时候，乡镇企业却日益显示出其生机和活力，这使我们发现了机制的魔力。

在死亡之中获得新生、更新和发展，大自然是这样，人类是这样，企业也不该例外。乡镇企业之所以充满生机和活力，一个重要原因就在于它时时刻刻有死亡的存在、死亡的威胁，而许多国营企业没有。机制，在活与不活之间发挥着魔力。

改革开放以后，我国经济的所有制结构发生的最深刻的变化，就是乡镇企业异军突起，成为实现我国工业化的不可或缺的重要一翼。

近几年，我国经济发展出现了一种特别让人欣喜又特别使人忧虑的现象，这就是，在工业增长中，乡镇企业的速度加快，效益提高，而国营企业则相反，有的甚至处于半死不活状态，1990 年全国新增工业产值中，乡镇企业占 40%，三资企业占 33%，而国营企业仅占 27%。1990 年全国工业产值增长 7.6%，而乡镇企业增长 35%。苏州市 1985 年至 1990 年乡镇企业产值年平均增长 23.5%，国营企业才 7.9%；武汉市 1990 年工业产值比 1985 年增长 33.9%，年均增长 6%，其中国营企业为 4.3%，乡镇企业则高达 26.4%。与此同时，国营企业效益下降，去年亏损企业高达三分之一以上，实现利税下降 18.8%，利润下降 56.7%，亏损额增加一倍，抵冲了盈利企业利润总额近三分之一。特别值得一提的是，去年，乡村集体企业实现利润 265.5 亿元，首次超过国营企业 246 亿元的总额。

乡镇企业比国营企业富有活力，已成为无可争辩的事实。最近一个时期，国家对搞活大中型国营企业已制定和发布了一系列政策和措施，但从实践来看，效果还有待于观察。那么，一些国营企业缺乏活力的原因何在？活与不活的关键在哪里？回答也许是多方面的，但其中重要的一条亦无可争议，它看不见摸不着，然而企业又能时时感受到它的魔力，这就是，机制，企业自身的机制。

乡镇企业是在改革中诞生的，一开始就在市场导向的体制下运行，新儿穿新衣，基本上没有受到旧体制的束缚。而国营企业则在原有的体制下运行，这种旧体制虽经一定程度的改革，但仍不彻底，不同的体制环境必然造就出不同的企业经营机制。

国营企业与乡镇企业比较，其经营机制在许多方面有明显的不同。

体现在自主经营方面，乡镇企业以市场为导向，以利润为转移，企业的经营决策、发展战略、营销方式、用人制度、内部分配、机构设置，等等，基本上是自主决定，很少受到外界干扰。国营企业承担了国家的主要指令性计划，企业投资要定规模，贷款要进"笼子"，生产要有计划，定价要靠国家，企业自主权相对很小。

在自负盈亏方面，乡镇企业独立承担经营风险，是名副其实的自负盈亏的经济实体，企业如果长期亏损，就会被市场无情地淘汰。实际上，在市场作用下，每年都有数十万家乡镇企业关门倒闭，同时又有多于这个数字的新企业破土诞生。如此新陈代谢，生生不息。但在目前条件下，国营企业的盈亏还不完全取决于自身经营的好坏，职工收入也难以完全和劳动贡献挂上钩，分配上的"大锅饭"使得企业干部职工缺乏自负盈亏意识、市场意识、危机感和紧迫感。

在自我发展方面，乡镇企业还是投资的主体、自我发展的主体，而国营企业则很难做到这一点，有时连自我补偿的能力也严重不足。

在自我约束方面，乡镇企业可以根据企业的盈亏情况招收和辞退职工，调整职工的收入，而国营企业的自我约束机制还没有建立。

机制，犹如企业的中枢神经，它的活力强大，则满身细胞皆活。乡镇企业活的机制中的最重要的一条，就是自主经营、自负盈亏。

看来，国营企业要想搞活，除了政策之外，还必须转换经营机制，而新的活的机制的建立，又有赖于经济体制改革的深化。

改革是一个艰苦和漫长的过程，那么在现有条件下如何使一部分国营企业获得乡镇企业那样的生机与活力？一些经济学者提出建议，可以让一部分国营企业通过某些方式或途径，构造一种相当于乡镇企业的经营机制，使它们率先从现有的经济体制中解放出来。

比如，通过吸收外资和国内的非国有资本，将国有企业改组为股份公司，进而形成新的经营机制。还可以通过发行股票方式，吸收社会资金改造企业结构。

或者参照乡镇企业的管理办法，使部分国营企业形成乡镇企业的机制，苏州市提出通过国营企业与乡镇企业联营，由乡镇企业进城包城市企业，同时采用乡镇政府管理乡镇企业的办法。

当然，乡镇企业的机制也还需要不断完善，以便使它的"魔力"更加强大。

（1991 年 8 月《经济日报》）

走向世界

所有关心国民经济发展的人都不能不为乡镇企业走向世界的步伐而感到惊喜和振奋：

1990 年乡镇企业出口创汇 130 亿美元，占全国出口创汇的 23.8%，提前两年完成"七五"计划 80 亿美元的目标。

权威资料表明，治理整顿以来，我国外贸出口的增长主要来自于乡镇企业出口的增长。1988 年我国出口净增 26 亿美元，而乡镇企业就增长了 22 亿美元，占出口净增额的 84.6%，而且，乡镇企业外贸收购额年增长速度比全国外贸收购额年增长速度要高 10%—15%。乡镇企业已成为我国扩大外贸出口的支柱力量。

人们也许还记得，1985 年乡镇企业外向型工作刚起步时，许多同志的脑子里画着一个大大的问号。

是的，乡镇企业是在国际市场竞争激烈、外部条件困难、自身素质还不那么适应的情况下走向世界的，步子自然是沉重的。要想生存和发展，多为国家作贡献，许多乡镇企业认识到，必须从单纯依靠国内市场转向国内、国际两个市场同时开拓，加快走向世界的步伐，因而在困难较多的"七五"后期形成了一个乡镇企业发展外向型经济的高潮，出口创汇保持了较高的增长势头，年均增长 30% 以上。

不仅如此，乡镇企业出口产品的结构不断得到优化，质量也不断提高。为了适应国际市场的需要，许多乡镇企业进行了以出口为导向、以科技为先导、以技改为重点、以扩大出口为目的的产业和产品结构调整，使乡镇企业工业制成品的出口由前些年的不足一半上升到 95% 以上。同时，出口产品档次不断升级，质量逐步提高，包装也逐步改善。有一个很能说明问题的数字，据不完全统计，全国专利技术至少有 60% 是乡镇企业吸收和采用的，乡镇企业对科技这个"第一生产力"的渴求有力地推动了乡镇企业的技术进步和产品升级换代，提高了在国际市场上的竞争力。"七五"期间，35项出口产品荣获各种国际金、银奖，50余个企业产品获国际组织认可。

乡镇企业，这一建设有中国特色社会主义的产物，以它不可小视的实力和独特的魅力赢得了国际经济舞台上一个熠熠生辉的角色。

党的十三届七中全会和全国人大七届四次会议通过的《中共中央关于制定国民经济和社会发展十年规划和"八五"计划的建议》中指出：在发挥国营大中型企业出口潜力的同时，进一步发挥中小企业特别是乡镇企业在出口贸易中的重要作用。

前不久结束的全国乡镇企业出口工作会议确定，到1995年全国乡镇企业出口创汇要达到250亿美元，平均每年递增15%。

无论从国内还是国际经济环境分析，90年代乡镇企业进一步从内向型经济向外向型经济转移是不可逆转的，乡镇企业外向型经济前景广阔，潜力远大。

一些经济学家认为，90年代世界经济仍将低速增长，发达国家将继续把劳动密集和劳动技术密集产品向发展中国家和地区转移，这无疑是充分发挥乡镇企业劳动密集的特点、跻身国际市场的良好机遇。

另一方面，乡镇企业的所有制形式、以市场调节为主的经营机制，对国际市场的竞争和需求更为适应。乡镇企业从诞生之日起就完全依托市场，所需原料靠市场采购，产品靠市场推销，生产靠市场调节，技术靠市场引进，人才靠市场聘请，这种自主经营、自负盈亏的机制，非常适合国际市场的"多品种、小批量、质量优、款式新、要货急"的需要。

但是同时，当前世界经济和贸易的发展，世界范围产业结构的变化和调整，对乡镇企业的挑战也十分严峻。从国际来讲，一些新兴工业化国家与我国乡镇企业出口商品结构有许多相似之处，在国际分工中属中低档加工范围，这无疑会使出口和吸引外资方面竞争更加激烈；从国内来讲，还存在不少制约乡镇企业更有效地参与国际竞争的因素和障碍，有时往往造成乡镇企业良好的经营机制难以发挥作用；从乡镇企业自身来讲，主要是技术和管理水平落后，特别是发达国家的传统产业中越来越多地采用高新技术，使乡镇企业劳动力廉价和众多的优势难以发挥。

机遇与挑战并存，压力与动力同在，这就是乡镇企业进一步走向世界所面临的形势。

90 年代我国对外贸易的发展速度和规模将继续以高于国民经济发展的速度增长，乡镇企业在外贸出口中的地位和作用无疑将进一步加强，而随着乡镇企业自身素质的逐步提高和在国际经济舞台上的不断成熟，在外贸取消出口补贴的新形势下，乡镇企业外向型经济将会有一个更大的发展。

（1991 年 9 月《经济日报》）

现实的呼唤

——写在松花江洪峰通过哈尔滨之时

当记者离开哈尔滨的时候，松花江历史上第二次大洪峰已经顺利通过了这座美丽的城市，缓缓向下游推去。

无疑，这次洪水对水利设施和全省军民是一场严峻的考验。现在看来，他们经受住了考验。截至记者落笔时，松花江干流 1225 公里的大堤没有一处决口。

松花江堤防，尤其是哈尔滨江段确实可称得上"固若金汤"，不仅在江堤上布下了子堤，而且距江堤 50 米早已围城修建了 27 公里的"防浪墙"。据介绍，依靠这种水利设施，足以抵御百年一遇的大洪水。更何况，还有日夜守卫在两岸的百万军民。

信心来自对自己的了解。中华人民共和国成立后经历了几次大洪水的哈尔滨，两次大力整修干流河段江堤和城市防洪堤。在近年来开展的"黑龙杯"水利建设竞赛中，松花江干流堤防再次得以加固。可以说，哈尔滨主要是依靠堤防战胜这次大洪水的。

堤防防洪是我国古代防洪思想的一个重要内容。历史上的所谓"挡洪"，即以堤坝工程阻挡洪水侵袭，保护河道两岸城市和农田。这一主张从战国到西汉时期得到实践，从而形成了历史上堤防建设的高潮。明清时期，这一主张发展为束水攻沙，试图从单纯以堤挡水，发展为以堤束水，以水冲沙，从而达到防洪治河的目的。

现代防洪思想在古代防洪思想的基础上，又吸取了西方水利建设的先进内容，逐渐形成了"上拦下排，蓄洪结合，综合利用"的治河防洪方案。我国黄河、长江、海河、淮河、珠江等水系的治理基本上都遵循这一方针。

按照这一思想，松花江防洪显然注意下排的多，而上拦的不够；注意泄的多，而蓄的不够，因而形成堤防建设较坚固、而控制性工程不足的水利建设格局。

与南方省份相比，黑龙江的水资源不算丰富，但 750 亿立方米的水量又居东北三省之首，它们分布在黑龙江、松花江、乌苏里江、绥芬河 4 个水系。然而，到目前为止，全省仅有大型水库 15 座、中型水库 68 座，而且，都不在干流上，不仅界江黑龙江、乌苏里江没有，松花江干流与嫩江支流也没有，全省一级支流上只有一座中型水库。东北三省大中型水库总蓄水 534 亿立方米，辽宁占了 51%，吉林占去 38%，黑龙江只剩 11%。

虽然水资源黑龙江比吉林丰富得多，但控制量远远不如吉林。目前吉林 80% 的水资源可以任凭调度，而黑龙江只有 9.5% 的水听人的调遣。黑龙江大中小水库全部加在一起可蓄水 62 亿立方米，而吉林一个丰满水库就达 80 亿立方米。

缺少控制性工程的直接后果是，对洪水的控制能力不足。这次洪峰哈尔滨江段以上洪水总量为 223 亿立方米，如拟议中的嫩江干流上的尼尔基水库建成，按蓄水 80 亿立方米计，则可大大缓解下游的压力。然而，尼尔基水库 50 年代就开始研究了，由于资金等问题解决不了，至今还是一锹未动。一位水利工作者的话颇耐人寻味：今年的洪水充其量 20 年一遇，却百万大军上堤抢险。

黑龙江水利厅一位负责同志解释了这种现状的原因。他说，新中国成立后有几次大搞水利的机会，可惜我们错过了。现在要搞了，国家又在投资上采取了分摊的办法。黑龙江省比较穷，历史欠账又多，希望国家能采取一些倾斜政策。黑龙江急需上大中型水库。

黑龙江由于冰期长，水利投资效益自然会差些；但黑龙江又是我国著名的商品粮基地和重工业基地，防洪、供水有了保证，对国家的贡献会更大。

据有关方面介绍，黑龙江省准备在松花江干支流修建 6 座大中型水库，计划 10 年内完成。但他们也透露了难处，目前最需要解决的就是资金问题。

虽然这次依靠堤防防洪哈尔滨没有出现问题，但不能保证永远不出问题。事实上，行洪期间干流堤防已出现 100 多处险段。况且，由于行洪河道人为设障较多，河床越冲越高，行洪能力有下降的趋势，防洪标准还需进一步提高，但堤防不能无限制地累高。因此，修建大中型控制工程已迫在眉睫。

有了控制性工程，松花江防洪便会由被动转为主动。

（1991 年 9 月《经济日报》）

"九一"洪涝启示
强化水利基础产业的战略地位

"治国必先治水"，这是几千年来历史经验的总结。在水旱灾害频繁的国度里，兴修水利无疑更是稳定社会、发展经济的重要步骤。

中华人民共和国成立以后，我国水利建设进入了一个新的发展时期。经过42年的艰苦奋斗，水利面貌发生了历史性的变化。全面整修和新建江河湖海的堤防圩垸20多万公里；开辟了淮河和海河的洪水出路；修建水库8万多座，总蓄水库容4500亿立方米。依靠这些水利设施，全国主要江河初步建成防洪体系。

由于历史上我国经济发展长期停留在农业经济阶段，水利作为农业的命脉一直附属于农业，多年来，兴修水利仅仅是农业的增产措施。1985年我国颁布实施的国家标准《国民经济行业分类和代码》中把国民经济各行业划分为13个门类，水利就仅是附属于农业这一门类中的一个大类，而没有成为国民经济发展的基础产业，由此造成水利不能与经济和社会同步发展。

实际上，随着我国由农业国向工业国的转变，随着工业产值在国民经济总产值中比重的上升，水利已不仅仅是农业和农村经济的命脉，而是整个国民经济的命脉，各行各业的发展以及城乡人民生活的改善都离不开水。水利在发展社会主义商品经济的过程中，充分表现出其服务的多功能性。

中华人民共和国成立初期，我国是一个人口众多的农业大国，工业基础薄弱。3年恢复时期，我国工农业总产值2535亿元，其中农业总产值占60%以上，因此，水利的主要效益仍表现在农业上，防洪、除涝等为全社会服务的水利设施也主要是保护农田和农村。经过40年的发展，工业生产迅速增长，城市规模不断扩大，人口成倍增加，在整个防洪效益中，城市和防洪区的防洪效益逐步占主导地位。这次淮河流域洪水先后17次使用行蓄洪区分洪，为的就是保护城市以及工矿和铁路等。目前，全国年供水量4700亿立方米，城市和工业供水量约600亿立方米，虽然比重不大，但影响的工业产值却达万亿元。因此，随着社会经济的发展，水利在整个国民经济和社会发展中的基础地位将越来越明显。

七届人大四次会议通过的《中华人民共和国国民经济和社会发展十年规划和第八个五年计划纲要》中明确指出："要把水利作为国民经济的基础产业，放在重要战略地位。"并把水利建设摆在了与能源、交通、原材料等基础产业同等重要的地位。这是对水利在国民经济中地位的认识的重大突破。

水利作为基础产业，担负着为其他产业供水的重任。全国三分之二以上的粮食靠占全国耕地面积二分之一的灌溉面积保证；全国平均每万元工业产值需用水300立方米，水利工程为工业和城市生活年供水量达500多亿立方米。

不仅如此，水利还为其他产业的发展提供防洪保障。据权威部门统计，中华人民共和国成立以来防洪工程一共减少经济损失约3000多亿元，防洪投资的效益达1∶8。这次淮河和太湖流域的洪水充分说明，中华人民共和国成立以来修建的各类水利工程起了重大作用，最大限度地减少了洪涝灾害给国民经济造成的损失。

我国是一个多灾害国家，而水灾造成的损失又居首位。目前江河洪水灾害仍是国民经济发展和社会安定的一个严重威胁，所以在相当时期内，必须逐步提高江河防洪标准。

一场洪涝灾害无疑会进一步深化人们对水利在国民经济中的战略地位的认识，增强我们发展水利产业的紧迫性，即要有超前和优先发展的意识，国家和地方在制定经济发展规划时应优先考虑水利，在投资和政策上予以倾斜。

大灾之后要大治。前不久，国务院先后召开了治理淮河、太湖会议和全国冬春农田水利建设电话会议，对全面整治淮河、太湖和今冬明春水利建设作了部署。目前，一个大规模的水利建设热潮正由北向南展开。

（1991年10月《经济日报》）

又一次机遇 又一次挑战
——搞好国营大中型企业对乡镇企业意味着什么？

进一步搞好国营大中型企业已成为当前经济工作的重要任务，在这种形势下，如何正确理解搞好国营大中型企业与发展乡镇企业的关系，如何在"搞好"的同时继续促进乡镇企业的发展，是一个事关国民经济大局而又迫切需要解答的问题。

乡镇企业"异军突起"发展到今天，在工业上已实现"三分天下有其一"，它与国营企业共同构成了我国公有制经济的主体。国营大中型企业是关系到国计民生的国民经济的命脉，代表着我国的工业化水平，而作为农村经济的重要支柱和中国工业化的重要一翼，乡镇企业已实实在在地成为国民经济的不可替代的组成部分。而且对国家财政的贡献与日俱增，乡镇企业自1985年以来以平均每年31.4%的递增率向国家交纳税金，6年来国家财政收入的增量中，50%以上来自乡镇企业。同时，乡镇企业吸收了近亿名农村剩余劳动力就业，农民收入的1/3源自于此，每年还提供90多亿元反哺农业。在今后的社会主义现代化进程中，在向"小康"目标的进军中，继续扶持和发展乡镇企业是党和政府的一贯方针，也是地方各级干部和广大农民的共同认识。稳定农村振兴农业不能没有乡镇企业，实现国家工业化进而实现现代化不能没有乡镇企业，壮大集体经济，巩固农村社会主义阵地同样也不能没有乡镇企业。因此，在搞好国营大中型企业的同时，坚定不移地支持乡镇企业发展，同样既是经济问题，也是政治问题。

同家庭联产承包责任制一样，乡镇企业是农村改革的产物，是人民群众的伟大创造，积极扶持和继续鼓励乡镇企业发展是党和政府坚定不移的方针，搞好国营大中型企业绝不意味着要限制乡镇企业的发展。应该说，这是乡镇企业发展的又一次机遇和又一次挑战。国营大中型企业一旦挣脱了外部和自身的各种束缚，增添了活力，对乡镇企业无疑是严峻的挑战，必然会产生新的竞争。但这种竞争是使城乡工业都迈上新台阶所必不可缺的，也是在市场进一步发育和完善的条件下平等的友好的竞争。对于这种竞争，一位农民企业家认识得很朴素："更深的影响是他们搞活了，必然要到市场上与我们竞争，其实市场是最公正的，只有通过市场竞争，才能提高竞争者的水平。现在是他们中的一些企业追赶我们，逼着我们跑得更快。今后他们跑到我们前头去了，我们当然就更得加油追赶他们。这样，你追我赶、互相超越，企业的、行业的生产水平、技术水平、工艺水平、设备水平、管理水平、经营水平，也就一步一步地提高了，与国外先进水平的差距就会越来越小。"

乡镇企业与国营企业不仅有相互竞争的一面，更重要的，在多年的改革和发展过程中，许多地方的乡镇企业与城市工业逐渐形成了一种你中有我、我中有你、相互补充、互相依存，谁也离不开谁的格局。因此，国营大中型企业能否进一步搞好搞活，对乡镇企业下一步发展影响同样很大。从这个意义上来说，搞好国营大中型企业确实为乡镇企业的发展提供了更好的机遇。

乡镇企业的发展在很大程度上受到整个国民经济发展水平和状况的影响和制约。乡镇企业与国营企业不仅可以通过市场互通有无，互惠互利，而且可以通过联合实现优势互补，互相促进。乡镇企业富有创造性的机制正是国营企业通过改革所要实现的。在"搞好"的过程中，许多国营大中型企业也正在主动与乡镇企业实行多种形式的联合，并积极地借鉴乡镇企业管理机制和经营机制的有益经验，完全有理由相信，国营企业与乡镇企业互相学习，互相借鉴，携手并进，必将获得共同提高，中华民族的民族工业必将大踏步地向世界先进水平迈进！

（1991 年 11 月《经济日报》）

当你报名参加一个健美训练班，当你买回一副崭新的拉力器的时候，
你是否意识到，你已经开始了——

健康消费

当你报名参加一个健美训练班，当你买回一副崭新的拉力器，当你把那一小瓶或红或黄的营养液吸入体内的时候，你是否意识到，你已经加入了我国新兴的消费行列——不妨称之为"健康消费"。健康消费已成为世界性的潮流，在我国则是80年代才出现的新趋向，但势头强劲。任何物品只要与"健康"沾点亲带点故，迅即身价倍增，掀起一股又一股消费浪潮……据商业部预测，我国一年之内将崛起五种市场，其中包括健身、健美等内容的消费市场。

健身器械

在从单一走向综合、从低级走向高级健康消费的一个重要投向，是健身器械。

武汉商场根据消费趋势，组织了健身、健步、跑步、举重等各种健身机及组合机。每台健身机从800多元到2000多元不等。投放市场以来，仅9月上旬就售出10余台。由于健身器材供货偏紧，一时还满足不了市场需求，许多单位和个人还向商场提出预购订货。郑州商业大厦今年前8个月，各种体育、娱乐、健身器材销势看好，该类商品销售额较去年同期增长4 - 5倍，新型小型跑步机、划船器等健身器材越来越受到人们的欢迎。

室内健身器和老年室内滑雪器走俏京沪市场。4个月时间就在北京、上海、沈阳等大中城市售出25600套。

位于北京王府井大街的利生体育用品服务中心是全国最大的体育用品商场，来自那里的消息证实，从80年代末期开始的健身器材热销势头一直呈上升趋势。去年比1989年上升了30%，今年还要好。

从种类上看，容易进入家庭的小型健身器材销售更旺，三用拉力器一个月就售出 1300 箱（每箱 12 副），膊力器从年初到目前共销出 3500 多箱。属于高档的跑步机、健身车等以其设计的新颖和实用的多功能也成为一部分人的购买对象。而且，健身器械正在从单一走向综合，从低级走向高级，形成一个前景广阔的产业。

吃的喝的，最好是带"健"字号的

与健康器械相比，消费者投在健康食品方面的兴趣和花销更大一些。

健康食品的开发是大势所趋，西方发达国家开展了以健康为目的的素食运动。目前日本市场销售量最大的食品就是健康食品，如蜂王乳、高丽人参、膳食纤维等。据中国保健食品协会负责人介绍，目前我国至少有 1500 家企业生产保健产品。今年开展的全国优质保健产品评选活动，共有 465 个保健食品、用品获奖。

市场上畅销的保健食品大致包括如下三类，一是饮料类，包括有医疗作用的酒和茶等，这是最大的一类。二是滋补药类，如各种蜂王精、营养液等。三是保健食品类，比如适合高血压患者食用的降压食品，适合糖尿病患者食用的降糖食品等。

据记者在一个小范围内的调查，几乎所有的家庭在上述几项中都有所支出，而尤以孩子和老人为主。所以适合老年人食用的保健食品和用品、适合儿童食用的含锌、含铁、含钙食品发展最快，已有多家生产此类产品的企业成为亿元大厂。

健康消费，人们除了去商店之外，还另有去处

24 岁的小邢每月健康消费的标准是 40 元，这是取得"健康城"进城卡的基本花销。

这几年，许多大饭店大宾馆陆续开办了健身房，添置了健身器材，但对绝大多数健康消费者来讲，那只不过是隔窗望之的事。今年 2 月，面向大众的北京月坛体育馆健康城开张，仅一个月，到健康城报名的人就有 4000 多，由于场地的限制，不得不一度暂停报名。目前，每天"进城"的人在千人左右。

据健康城负责人介绍，他们实行的是会员制，会员卡有月、季、半年和一年的，也有终生的。月卡 40 元，季卡 110 元，半年卡 220 元，一年卡 440 元。此外，他们还办了银卡和金卡，银卡 3000 元，金卡 5000 元。

老王是位 40 多岁的女同志，由于身体多病，她提前退休了。3 个月前，她咬咬牙从月工资 150 元中拿出 40 元，成为健康城的一个"居民"，记者采访她的时候，她刚"健康"完，精神十足，正像别人评价她的，跟换了一个人似的。

每月 40 元的健康消费，虽然不是小数目，但她的逻辑是，身体好了，药费可以省下了。

与老王不同，前面提到的那位小邢既没有病，也不发胖，她和绝大多数年轻人来这里的目的一样，为了健美。她说她每月的健康消费主要来自父母支援，因为自己每月 200 多元的工资实在不够花。何况，为了来健康城，她还要买运动服、运动鞋，还要增加营养，这种辅助性开销又是个大数目，花得起吗？

花得起，君不见，健康城越来越火爆，又"爆"出一个、两个……这是一种昭示：从温饱走向小康的人们，真正体会到了"生命最金贵，健康最值钱"，开始了健康消费。

（1991 年 12 月《经济日报》）

让突起异军再展风采

——九十年代乡镇企业再上新台阶的思考

（一）

如果说"大包干"成功地解决了所有权与经营权分离的弊端，是农村管理体制的重大改革，那么，乡镇企业"异军突起"则为农民走向小康、走向富裕找到了一条适合中国国情的道路，它不仅是农民的事，也不仅仅局限在农村，而是和城市、和世界建立起了广泛的联系。从这个意义上说，乡镇企业的发展对整个中国经济发展及未来走势的影响，意义更为深远。

今天，已没有人怀疑乡镇企业在农村经济和国民经济中的地位和作用了，它已由农村中的"副业"一跃成为农村经济的支柱和国民经济的重要组成部分。

本世纪最后 10 年，是我国社会主义现代化建设进程中非常关键的 10 年。乡镇企业能否健康发展，直接关系着农村的稳定，关系着国家工业化、农业现代化的进程，关系着我国第二步战略目标和农民小康水平的实现。

经过 10 年发展，我国乡镇企业已拥有了一定的基础和规模，企业个数已达 1800 万家。经济发展历史表明，人均国民生产总值达 800 美元—1000 美元的阶段，是经济全面腾飞的阶段，目前，我国苏南等地区已进入这一阶段，具备了全面提高水平的条件。乡镇企业比较落后的地区也要走在发展中提高、在提高中发展的路子。乡镇企业只有在经济结构、技术水平和企业管理等方面达到一个新水平，才能对国民经济和社会发展作出更大贡献。

（二）

用国营企业淘汰的设备生产三流的产品，曾有人对蜂拥而起的乡镇企业作过这样的结论。如今，许多乡镇企业却今非昔比、令人刮目相看了。农民生产电脑已不是新闻。在无锡等地，乡镇企业以现代化的设备和管理、先进的技术和工艺生产着让国营企业也连连称羡的高精尖产品。

进入 90 年代以后，许多农民企业家意识到，乡镇企业要脱胎换骨，进行以全面提高为目的的战略转移，即要从量的积聚转向质的提高，改变集约化程度差、产品水平低的局面，做到立足现有基础，提高产品质量；立足技术改造，提高装备水平；立足管理进步，提高经济效益；立足集约经营，提高组织化程度。

为了实现这一战略转移，乡镇企业从结构调整入手，大力推进科技进步，强化经营管理。前不久记者采访的无锡市华庄镇确定了"三调""三上""三个转向"发展乡镇企业的原则，以"三调"促"三上"从而实现"三个转向"。三调，就是调整组织结构、产品结构、技术结构；三上，就是通过调整组织结构上规模，通过调整产品结构上档次，通过调整技术结构上水平；三个转向，即由速度型转向效益型，由粗放型转向集约型，由内向型转向外向型。在调整中，他们又把产品结构调整作为重点，做到优势产品上批量，适销产品上质量，开发新品抢市场，滞销产品早转向。并以产品结构调整带动组织结构调整。3 年来，全镇虽然减少了 146 家企业，企业水平却有了普遍提高。

在全面提高乡镇企业素质的过程中，科技进步起了巨大的推动作用。近几年，由城市向农村、由国营企业向乡镇企业已成为技术转移的普遍规律。乡镇企业通过引进、购买、联合以及自我攻关等方式，获得了大量的科技人员和先进技术。全国专利的 60% 为乡镇企业所购买。许多乡镇企业已成为移植高新技术的肥沃土壤……如果说乡镇企业从"异军突起"到成长壮大是第一次腾飞的话，那么从不断发展到全面提高就是第二次腾飞。而在跨世纪的腾飞中，无疑会放射出更加耀眼的光彩！

（1992 年 1 月《经济日报》）

新台阶前看农村

注意保持对土地的热情

当改革进入第 10 个年头的时候，记者在农村发现，农民在第一步改革时那种对土地的热情大大地减退了。四川省阆中市石子乡金鼓村农民邓思云掰着指头算了算：种一亩水稻收稻谷 500 公斤，按市价折现金 300 元左右，其中支出方面：买杂交稻种和育种费 12 元，育秧苗买底肥和追肥 10 元，栽秧施底肥 48 元，抽水费 28 元，买农药治虫 17 元，农税和各项上交款 35 元，以及其他支出合计 213 元。这样不算人工费，种一亩水稻纯收入不到 80 元，与上年相比，投入增加 11.5 元，纯收入反而下降 8 元……

十年农村改革不仅创造了巨大的物质财富，而且使农民增强了商品经济意识。

农民积极性的动力

随着农村改革的深入、市场机制的引入、商品经济的发展，尤其是乡镇企业的迅速崛起，在改变农村面貌的同时，农民的观念也在改变，逐步树立了市场观念、信息观念、效益观念等。他们开始学会了按市场需求生产。

联产承包责任制等农村经济政策有效地建立了农民生产积极性的动力机制。在商品经济条件进一步发展的条件下调动农民积极性的动力是什么？如果看到，如今的问题已不是对温饱的渴望，而是对合法利益的追求，这就要求保证农民作为商品生产者的权利。有了这种平等的权利，才能实现对利益的追求。然而，无论是在生产中，还是在商品交换中，农民的这种权利，还不能说都切实得到保证了。

重视对农民利益的保护

1984 年粮食总产登上新台阶之后，农业投入明显减少。国家对农业的基建投资占国家基建总投资的比重，"二五"至"五五"计划期间为 9.8% 至 11.3%，"六五"期间下降为 5.1%，1986 年下降到 3% 左右。加上生产资料价格上涨幅度过大，一定程度上削弱了农业的基础地位，从而导致工农业发展速度出现严重的不协调。在对待农民方面，一些地方和某些部门的同志由于忽视了农民作为独立的商品生产者的地位，因而忽视了对农民利益的尊重与保护，对农民利益关注不够。

负担过重应彻底扭转

正确对待农民，不仅要在思想上教育他们，在政治上关心他们，目前，更重要的是在利益上保护他们。

近几年，由于城乡商品交换尚缺乏平等条件，农民增产不能相应增收已成为农村经济中的一个主要问题。1990 年，国营企业效益下降，而全国职工的工资收入却比上年增长了 13%，农业虽然获得了特大丰收，农民的收入与 1988 年比却只增长 0.2%。

应该说，党和政府是非常关心农民的切身利益的。去年粮食丰收后，为避免粮价过大波动，国家对粮食主产省规定了议购指导价和最低保护价，但一些地方在执行过程中走了样，有的地方的实际收购价比保护价还低。

与此同时，几年来农用生产资料价格却一直上涨，再加上水电费、机耕费不断提高，致使种粮成本大幅度上升。

"水田旱田责任田其实不甜，这费那费各种费难得实惠。"这是去年春节河南省一位农民贴在大门上的一幅春联，它集中反映了农民负担过重的问题。据统计，"七五"期间，农民人均负担仅村集体提留、乡镇统筹两项的年递增率就达 22.2%，而同期农民人均纯收入递增率为 10.6%，1990 年比 1989 年又高出 0.21 个百分点。加上社会各项负担，去年农民负担总额达到 495.4 亿元。尽管"减轻农民负担"的呼声一喊再喊，农民负担增长的趋势却没有得到彻底扭转。

90 年代无疑是我国农村商品经济大发展的时代，能否切实保护农民合法权益，已成为能否实现农村经济繁荣和国民经济协调发展的关键。

（1992 年 2 月《经济日报》）

如何投这神圣一票

"设想了70年、调查了50年、勘测了40年、争论了30年"的"跨世纪工程",今天终于提到国家最高权力机关讲坛上。几天来,来自全国各地的人大代表本着对子孙后代负责的精神,对国务院提交的三峡工程议案进行了热烈的讨论——

"我坚决投赞成票"

72岁的上海代表在详细说明了三峡工程在防洪、发电、航运等方面的作用后,态度鲜明地作了表示。

湖北地处长江中游,洪水威胁是心腹大患,湖北代表正是从这一点出发,力主早上快上三峡工程。徐林茂等代表认为,万里长江,险在荆江。现在,江两岸,农业发达,工业兴盛,是国家重要农业基地和工农业产品综合出口基地,在防洪问题上一旦出事,损失将远远超过五六十年代。

天津代表姚峻去年11月参加了全国人大常委会组织的三峡工程考察团,他认为,三峡工程从全局来看,有利有弊,但利大于弊。上海代表普遍认为,三峡工程"久拖不决,就会丧失时机","此时不上更待何时"。

如果说三峡工程的论证过程体现了科学与民主的精神,那么三峡工程面临决策之时,人民代表则更是珍惜手中的民主权力,思考如何投下这神圣的一票。当有些代表激动地盼望"三峡梦"早日实现时,另一些代表则冷静地提出——

"三峡工程能否缓建"

同样关心三峡工程,四川代表和湖北代表思考问题的角度却不完全相同。湖北代表认为是解决长江中下游防洪问题的关键性工程,四川一些代表则认为，三峡工程不能完全解决下游的防洪问题。应先拿出几个亿把中下游的防洪工程整治好。李少言代表则主张应先在中上游和支流上建立中小型水电站，这样投资小、见效快。张风召等代表也认为，三峡工程如何解决长江下游水患问题，应予重视。他举例说，1981年四川发生特大洪灾，长江中下游压力并不大。去年中下游发生洪涝灾害，并不是上游涨水，但不能因此而对特大洪涝掉以轻心。曾江平代表提出自己的担心：国家财力紧缺；水土流失、泥沙淤积的问题尚未妥善解决；战争可能造成的危害也要考虑。讨论中，记者感到，代表们审议三峡工程十分慎重，是因为这一举世罕见工程太重大了，不能有半点马虎。从许多水利工程决算看，最后投资往往是最初预算的2至3倍，有的甚至是4至5倍。天津代表吴永诗也表示，我们不愿用"钓鱼工程"这个词，但是否在上马后不断追加预算？

赞成也好，提出异议也罢，人民代表表达的是一种对国家负责的高度责任感，不少代表还从各方面积极提出建议。

"代表的建议……"

身任国务院三峡地区经济开发办公室副主任的四川代表唐章锦一连提了几个"建议"：鉴于移民数量大、难度也大，建议国家及早安排移民资金，早进行移民安置；建议国家早出台三峡工程移民的有关法规、政策，以利于移民工作的顺利进行；建议组织有关部门、各省市对口支援库区各县，帮助库区发展经济；建议采取有效措施，严格控制淹没线以下地区的人口增长和基本建设。

移民是世界性难题，何况三峡工程最终移民将有113万人，而其中的80%在四川，所以四川代表最关心移民问题。来自库区的农民代表向德科说，我们赞成工程早上马，这对我们库区建设有利。但库区属边远地区，淹没的又是比较好的地方，希望给予特殊扶持，把库区作为特区对待，让我们早日脱贫致富。

上海代表吴邦国的建议获得代表们一致赞同，他说，这么大一个工程，一定要有一个集中统一的领导机构，没有一个强有力的、有权威的、有职有权的领导机构是办不好事情的。

为了防止三峡工程变成"钓鱼工程"和"胡子工程",一些代表就资金的预算和使用提出建议。四川代表傅建章说,资金预算要打足,不要会议通过了,搞到中途又说没钱而停下来。上海代表陈德明提出,人大同时要对这项工程的建设加强监督,防止成为"胡子工程"。

讨论正值热烈,最后的决策时刻即将来临。人民代表,你将如何投这神圣一票?

（1992 年 3 月《经济日报》）

机会，在自己手中

3月21日，七届人大五次会议开幕的第二天，广东省就举行中外记者招待会宣布，广东将提前实现小康，并争取用20年时间赶上亚洲发达国家和地区。为此，广东需要进一步解放思想，加快改革开放的步伐，并提出了具体措施。

处于改革开放潮头的广东，又率先迈出了新步伐。福建、海南、上海、江苏、山东等省市不甘落后，纷纷出台加快改革扩大开放的新措施。

人们感觉到了扑面而来的要求加快发展经济的气氛，也看到了加快发展经济的具体行动。

一

发展快一点是代表们的共同心愿，但考虑怎样加快发展时，却是很实在的，原来发展就比较快及有条件加快发展的地区尤其如此。海南是最大的特区、最年轻的省，4年来投入的资金已超过130亿，建设基础设施，改善投资条件。特别是国务院批准开发洋浦后，无疑会带动海南经济的加速发展。邓鸿勋代表很有信心地提出：海南抓住当前有利时机，超常规发展是可以实现的。

开发浦东是国家90年代经济战略的一个重点，是适应要把上海建成全国的经济、金融、贸易中心之一而提出来的，它将带动长江三角洲及整个长江流域的经济发展。

上海对浦东开发的要求是不仅要快，而且要高，不仅是90年代的，而且是21世纪的，不仅要打"中华牌"，欢迎国务院各部委和各兄弟省市到上海投资办企业，还要打国际牌，采取一系列优惠政策，进一步吸引国外的人才、技术、资金。为此，上海代表在发言中纷纷表示，上海要有紧迫感，抓住时机迎头赶上，一年变个样，三年大变样。

江苏是个发展比较快的省，前 10 年国民生产总值年均增长速度达到 10.6％。但江苏代表清醒地看到，山东等兄弟省的发展大有后来居上之势，所以他们提出，江苏有条件可以更快一点，作为上海的近邻，要充分利用有利条件，与浦东开放接轨，与国际市场接轨。目前江苏已在浦东购置了土地，并有一批企业进入浦东。

二

来自内陆地区的代表认为，他们起步较晚，基础较弱，在快的操作上应与沿海地区有所不同。得到沿海开放地区同样的优惠政策和学习他们的经验，固然很重要，但更重要的是要从本地实际出发，发挥各自的优势，制定切实可行的发展措施。

事实上，来自中部、西部地区的代表已从对沿海地区的羡慕和抱怨中解脱出来，他们在重新审视自己中认识到，沿海地区的发展精神和强烈的商品经济意识值得学习，但沿海模式并不一定适合自己，应该有各自的发展路子。

河南前两年就提出了克服"内陆意识"的口号。思想解放了，眼光就放开了，不仅要搞好"沿桥（欧亚大陆桥）开放"，建立以郑州、洛阳为中心的"沿黄城市群"，还决心要把郑州建成一个国际贸易城，承东启西，连接南北，成为全国的物资集散地和改革开放的"二传手"，表现了河南这个内陆省份不可小觑的开放气魄。湖北宣布：全省已建起 10 个经济技术开发区，今年又首次推出 500 公顷土地对外出让使用权。

去年遭受水灾的安徽省也作出加快改革 6 条决定和扩大开放的 10 条措施。
……

内陆省份的举动，明确地发出了一个讯号：有一定基础和条件的地区不仅看到了当前的有利时机，而且抓住了这个机会，实实在在地制定了壮大自己的措施。记者在与这些地区的代表交谈时，一个明显的感觉是，经历十多年改革开放的磨炼，群众成熟起来了，进一步改革开放的基础更坚实了。

三

尤其引人注目的是，曾处于改革开放"末端"的沿边地区正在崛起为新的开放带。来自边疆地区的代表普遍认为，沿边开放给他们的振兴和发展带来了千载难逢的好时机。

黑龙江的代表还记得，去年人代会期间，一篇《"东北现象"引起各方关注》的报道引起人们的广泛议论。黑龙江国营大中型企业相当集中，国家指令性计划比重大，不适应计划商品经济的发展。当沿海地区迎着风浪搏击的时候，黑龙江可能是由于船体过大还未调过头来。今年人代会期间，记者多次走访黑龙江代表团，代表们却无人再提"东北现象"，而是津津乐道于沿边开放，利用开放黑河、绥芬河的契机，推进全省的全方位开放。他们在"南联北开"的战略下，着重搞好全省经济格局的调整，使更多的企业和产品直接面向市场，真正把资源优势变成经济优势。黑龙江代表还认为，全方位开放可以带动老工业基地的改造，使那些大企业、老企业再次焕发出青春的活力。

改革开放是个大舞台，沿海当演员，边疆当观众，或者沿海演主角，边疆当配角的一场已经落幕。内蒙古、新疆、广西、云南等沿边地区的代表喜形于色，感到可以放开手脚一显身手了。沿边地区已纷纷走上大舞台，进入角色，并且还具有了强烈的"角色意识"。

机会，对谁都是公平的，谁都能抓住它。从沿海到内陆到边疆，各地在改革开放的大主题下，正做着各自漂亮的文章。

（1992 年 4 月《经济日报》）

三环经济
——襄樊市郊区深化农村改革的思路和实践

从三块经济到三环经济

城市郊区，既不同于城区，也不同于县城，它处于城乡接合部。如何发展城郊型经济？湖北省襄樊市郊区把自己走的路子概括为"三环经济"。

襄樊市郊区环绕整个市区，6乡1镇，15万人口，1983年实行市管县体制后建立。为了理顺各产业关系，尽快形成服务城市的经济发展布局，郊区逐步形成了乡镇企业、蔬菜、副食品、粮棉油"三块经济"。此后，随着城乡经济的逐步渗透和融合，经过多年的实践和探索，1990年上半年，郊区进而提出并实施了具有襄樊郊区特色的城郊型经济——"三环经济"的构想，既按同市中心距离远近的不同分为近、中、远郊三个层次，又以受城市辐射强弱程度确定服务产业。

三环经济含义是什么？区长张建一解释，所谓三环经济，即以市区为中心，紧邻和伸进城市的区域为内环经济带，以工业为主；位于近郊的区域为中环经济带，以蔬菜副食品生产为主；位于远郊的区域为外环经济带，以粮棉油林果牧生产为主。这三大经济带，称之为三环经济。

三分天下

"工为主菜为首农为本三分天下鼎足而立；钱袋子菜篮子粮包子三位一体共主沉浮"，副区长陈贞文这副对联是对三环经济的形象概括。

从优越的地理位置出发，襄樊郊区在三环经济发展中把工业经济置于主要地位。他们根据自己企业的实际，建立了"十星级"等级制度，促进企业升级；同时建立村办工业总产值"一百万、五百万、一千万"，经济效益"十万、五十万、一百万"的"三级跳"制度。至去年底，郊区已有 10 个企业跨入千万元产值、百万元利税的行列，5 个村成为千万元产值、百万元利税的重点工业村。林立的厂房往外便是一片宁静的绿地，这是以蔬菜为主的中环经济带。郊区特殊的地理位置决定了它对城市的服务性，所以必须把蔬菜副食品生产放在首位。在采取多种措施促进蔬菜生产的同时，区里还制定和完善了社会化服务的具体措施，对蔬菜生产实行了"六统一"。

郊区的领导说起来都很自豪：在别的城市都是市长抓菜篮子，我们这里早已下放给了区里，襄樊市的菜价是全省最低的。农业是基础，也是三环经济的基础。外环农业主要围绕商品基地建设进行，已初步建成粮油基地、棉花基地、林业基地、瓜果基地等十大基地。

三环经济并不是互相孤立的三圈经济，而是一种相互联系、相互补充、相互渗透的关系。乡镇企业的发展支持了中、外环蔬菜、粮棉生产的发展，全区每年拿出 200 万元"以工补农"；外环的农业经济是保障全区 10 万农业人口生活的基础，同时也对发展中环的蔬菜副食品起着重要的补充作用。

三环经济的效应

"三环经济"的实践为郊区经济发展注入了新的生机和活力：1991 年全区社会总产值 7.86 亿元，比 1984 年增长 3.1 倍，其中工业总产值 6.19 亿元，比 1984 年增长 5.1 倍；农业总产值 1.67 亿元，增长 67%；蔬菜产量达 1.35 亿公斤，增长 1.25 倍；人均纯收入 1059 元，比 1984 年增长了 546 元。

然而，三环经济的实践更深刻的意义在于，它不仅冲破了传统的二元经济结构，逐步实现了工农一体化和城乡一体化，而且建立起一种城带郊、郊促城、城郊共荣的新型关系。三环经济的一个重要特点是打破行政区域界线，按照经济活动的内在联系和规律，重新组合郊区农村生产力要素，从而促进经济布局的合理化。

（1992 年 4 月《经济日报》）

从孟楼到孟楼

——湖北河南两个孟楼镇见闻

一步跨两省

1992年3月6日，中午12时45分。我向前迈一步，便同时站在了两个省的土地上。我的后脚留在湖北省，我的前脚迈进河南省。身下是一条无水的小沟，顺着小沟望去，会发现，在这里，两个省没有分明的界线。

然而说起来我却没有跨出一个镇，后脚留在孟楼镇，前脚跨进孟楼镇。两个镇叫同一个名字，同一个名字分属于两个省。站在这里，我不仅体验着空间的跨跃，也体验着时世的变迁。据介绍，清朝同治年间有一姓孟的铁匠在河南孟楼的地方搭起了包子铺，他卖的包子三文钱一个，然而顾客掰开包子一看，里面还夹着三文钱，这样，来买他包子的顾客越来越多，很多过往商人都爱往孟家走，他的手工业买卖也随之兴旺起来。没过多久，他就挣了很多钱，盖起了一个小楼，就叫孟楼，在它周围，渐渐形成一个小集镇。

本世纪50年代末60年代初，在孟楼的南侧，湖北老河口市修了一条街，叫孟楼新街。1975年，这条街发展成孟楼公社，1984年改为孟楼镇，从而形成一个名字两个镇两个省的局面。

孟楼新街变老街

两个孟楼镇地处鄂豫川陕四省交汇点，207国道横贯其中，每天过往车辆达4000多车次。1984年以前，两镇相依为伴，过了好长一段宁静平和的日子。

有一天，河南这些孟铁匠的后代们发现，对面孟楼镇人突然变得不安生起来，楼盖了一座又一座，路修了一条又一条，汽车喇叭的声音越叫越欢，操外地口音的人也越来越多，湖北孟楼镇繁华热闹了。

镇委副书记熊晓民告诉记者，从 1985 年春天开始，孟楼镇撤除了对外地商旅货物的一切禁令，陆续采取了一系列令外地工匠商贾喜出望外的政策和措施：有务工经商能力的到孟楼定居，镇里为他们每人拿出 50 元接水管、安电灯；建立起竹木行、煤炭行、牲畜行、粮油行等，为外地人提供交易场所和免费仓储；兴建一座自来水厂，修建 6 条宽阔马路，为人们提供经营和生活方便；对前来出售农副产品的外地农民，价格从优，手续从简。一时间，440 家来自全国 20 个省、市的集体、个体工商户在这里投资开业，10 幢营业大楼拔地而起，集镇面积迅速扩大了 3.3 倍，日参与交易人数 5 万多人，年成交额达 1500 万元。

繁荣的贸易也吸引了河南孟楼镇的农民，已有 200 多户过来做生意，有的干脆盖房住在这边。

然而，对河南省孟楼镇农民来说，跨过有形的地界需要首先突破一道无形的防线。两镇虽然鸡犬之声相闻，但毕竟属于两省，在自然经济状态下各过各的日子。某天，一农民挑了两篮子蒜苗在河南孟楼转了一天也没卖出去，一咬牙挑到这边的农贸市场上，很快换回了急需的票子。

记者在镇上采访的这天虽不是集日，但一个现代化的集镇仿佛一呼即出。位于最北端的孟楼新街已变成老街。1991 年，全镇工农业总产值达 8000 万元，人均收入超过 780 元。

孟楼不只分新老街

从湖北孟楼跨到河南孟楼，迎面扑入眼帘的，是十几口没有着色的大棺材。原来，这是一家做棺材的个体户。周围的人告诉我，这里还保留着土葬，而那边没有。

由于刚下过雨，从水泥路走上泥土路，我走得摇摇晃晃。穿过几间普通上房，我们来到河南孟楼镇的一条大街上（实际是一条土路）。曾经具有商品意识并颇识经营之道的孟铁匠在这里卖包子、打铁；而今我发现：一个妇女正用力地搓洗衣服，几个孩子正兴致勃勃地玩着用瓦片摆的棋子，还有三五个农民蹲在街上喝面茶。我采访了 71 岁的李长仁老汉。老人告诉我：孟铁匠是我们河南的，新中国成立前还没有湖北孟楼呢，新中国成立后到 1984 年，两边的情况也差不多，可是这几年，这边落后了，做买卖的人都跑到那边去了。老人的语气由自豪变成感伤。

离镇政府不远的地方，我看到一个二层楼的商场，奇怪的是，门上挂了把铁锁，窗户也用木板条钉上了。

我来到镇政府大院串门，遗憾的是，没有见到镇领导，55岁的王程万老秘书接待了我。他首先透露，数年以前，两镇领导曾订了"君子协定"，都说一个孟楼镇，只分新老街，不分湖北河南，说了省就是说错了。

河南孟楼属南阳地区的邓州市管辖，离邓州30公里。耕地和对面差不多，5万多亩，人口2.3万，比对面少6000人。

出乎我的预料，王秘书紧接着就把两镇作了比较。他说，对面发展比我们快，我们甘拜下风。买菜买肉都要到那边去，我们感到丢人。

谈到原因，王秘书认为，这首先是两省边缘地区政策差距造成的。在发展上，河南注意北部、对南方倾斜不够，政策执行得死，一刀切。湖北边缘开放，河南边界却对外封锁。我们的烟叶卡住不让往外流，棉花也是，实际上卡也卡不住。在集镇建设上，近几年那边总共投入了1000多万元，而我们才投入25万元，所以历史上属于河南的市场被夺走了。另外，南阳地区是个农业地区，比较贫困；湖北三线企业和大中型企业布置得较多，仅一个"二汽"就辐射很广。

然而，与自己相比，河南孟楼也有进步。1980年以前，工农业总产值800万元，现在已经2200万元了，人均纯收入也由1975年的34元提高到1991年的512元。

从孟楼到孟楼，看到的是成绩；从孟楼到孟楼，看到的是差距。这差距的原因自然会有政策的问题、基础的问题、自然条件的问题（湖北水源丰富，适宜种水稻；河南缺水，只能种小麦），等等，但是，思想解放不解放、商品意识强不强，甚至人的素质高不高的问题呢？记者不敢妄下结论。

可喜的是，河南孟楼不仅看到了差距，承认了差距，而且有决心赶上。

（1992年5月《经济日报》）

三峡工程意味着什么？

有人说，三峡是一个梦，这个梦从孙中山先生做起，做了70年，做了几代人，今天也许就要成为现实了。

站在中堡岛上，望着涛涛江水，记者感悟，数十年来一批又一批到这里来的人，莫非都是在寻着同一个梦？

三峡梦成真，当惊世界殊！

防洪标准提高到百年一遇

记者这次考察之所以从武汉逆江而上，就是为了深入了解长江中下游防洪形势的严峻，深切感受这条中华民族的"心腹之患"患在何处。

长江全长6300公里，流域面积180万平方公里，其中中下游80万平方公里，分布着一批重要商品粮基地和中心城市，是我国国民经济的精华所在，一旦被淹，将会打乱国民经济的战略部署。专家介绍，长江是一条雨洪河流，即洪水基本上都是由暴雨形成。长江中下游成灾洪水主要有两种类型，一是由干流某些河段和若干支流发生强度特大的暴雨所造成，形成量大峰高的洪水，如1860年、1870年洪水；二是由全流域性普遍暴雨所造成，干流和支流洪水互相遭遇，形成持继性洪水，如1931年和1954年洪水。中华人民共和国成立以后，在"蓄泄兼筹、以泄为主"的方针指导下，对长江的治理主要从加高加固堤防、修建分蓄洪区以及兴建大中型水库入手，大大提高了中下游的防洪能力，但仍没有从根本上改变防洪的严峻形势。目前，中下游主要堤防仅能防御1954年实际水位，其中荆江地区10年一遇，其他地区10年–20年一遇，在我国各大河流中是最低的。

那么，在干流洪水来量巨大而河道泄洪能力又不足的情况下，如再遇1954年洪水怎么办？回答是，只能采取分蓄洪措施，需分蓄洪水1500亿立方米，淹地 1000 万亩，转移 500 万人，直接经济损失将达 300 亿元。

三峡工程位于长江中上游的交界处，可拦蓄上游 100 万平方公里流域面积的洪水，可控制荆江河段来水量的 95%，使长江中下游的防洪标准提高到百年一遇，如果大于百年一遇的洪水，配合临时分洪，也可防止毁灭性灾害发生。

发电相当于 59 座秦山核电站

有人说："滚滚长江向东流，流的都是煤和油"。的确，巨大能源的开发利用是几代人三峡梦想中的一个最具诱惑力的亮点。魏廷铮说，长江上游水电蕴藏量达 2.6 亿千瓦，其中可供开发的就有 2 亿千瓦。

无数三峡工程模型显示，三峡水利枢纽主要由大坝、水电站厂房和通航建筑物三大部分组成。其中水电站厂房分设于泄洪坝段两侧，左岸厂房长 634 米，装机 14 台；右岸厂房长 575.8 米，装机 12 台，水轮发电机组容量均为 68 万千瓦，总装机容量为 1768 万千瓦，年平均发电量 840 亿千瓦时，相当于 59 座刚刚建成的秦山核电站！与目前世界最大的巴西伊泰普水电站相比，装机容量要超过近 1/3。

三峡工程建成后，向华中输电距离在 500 公里以内，向华东输电也不超过 1000 公里，将给这两个地区和川东提供大量能源，并可形成全国性联合电网的支柱。不仅如此，水电代替火电，每年可减少煤炭消耗 4000 万吨 - 5000 万吨，少排放二氧化碳 1 亿多吨、一氧化碳 1 万吨。水电不仅是廉价的能源，而且是干净的能源。

万吨级船队直达重庆

"对我来"三个鲜红的大字骤然扑入眼帘。

从三峡坝址上行十几公里便到了崆岭滩，枯水季节，迎面岩石上镌刻着的这三个字给过往游客留下了沉重的印象。这是船工们从无数次遇难中摸索到的一条经验：行船至此，首先要将船头对准滩上的一个怪石，然后借助泡漩回流的推力，避开暗礁，冲上险滩。据讲，1900 年 12 月 27 日，德国瑞生轮到川行到崆岭滩，面对险滩恶浪，只好改用一名中国引水员掌舵。中国引水员驾船朝"对我来"开去，外国船长以为是故意破坏，竟将引水员推入江中，然后亲自掌舵，调转航向，避开怪石，眨眼间，只听轰隆一声，轮船触礁沉没。据史料记载，这一事故发生后，刚刚开始的三峡船运中断了9年之久。

由于记者考察乘坐的客轮大部分时间在夜间航行，所以不时发现前面闪出闪闪的红灯，有几处还要停下来等下行船通过，因为这几处是单行航道。

如果从防洪方面说长江之险、险在荆江的话，那么从航运方面讲，长江之险则险在三峡。所以，早在1919年孙中山先生就提出了改良三峡航道的设想："改良此上游一段，当以水闸堰其水，使舟得溯流以行，而又可资其水力。其滩石应行爆开除去，于是水深十尺之航路，下起汉口，上达重庆，可得而至"。

中华人民共和国成立后，虽然对长江航道进行了大规模整治，但600多公里的川江航道，径流高山峡谷，仍有碍航险滩139处，单行控制段46处，航运优势未能很好发挥。

三峡工程建成后，水库回水达重庆，水位将升高100米左右，滩险淹没，航深增大，水流趋缓，航道加深，万吨级航队可直达重庆，运输成本可下降35%—37%。

（1992年5月《经济日报》）

艰难而紧迫的起飞

——对欠发达地区经济发展的思考

改革开放使华夏大地发生翻天覆地变化的同时，也使这块像雄鸡一样的版图日益呈现明显的区域性特征，按照经济和社会发展水平的区域差异，全国大体上可分为东部较发达地区，中部欠发达地区和西部不发达地区。

欠发达地区国土面积占总面积的 29%，人口占 1/3，耕地占近一半；欠发达地区资源丰富而工业发展缓慢。

近日在山东菏泽地区召开的全国欠发达地区经济发展研讨会上，记者从专家和一些地方领导的思考中认识到，欠发达地区正处于艰难的起飞时刻。

由于我国工业化水平总体上还比较低，地区经济发展差距很大程度上表现为农村经济发展的差距。

我国属于典型的二元社会结构，长期以来城乡分割，农业落后，农村发展滞缓，制约了整个国民经济的发展。农村改革以后，乡镇企业异军突起，在江苏、广东等沿海地区"三分天下有其二"，并初步形成了工农一体、城乡一体的新格局。而欠发达地区由于从农村经济中获得的推动力相对不足，因而较沿海地区存在明显差距。并且，这种差距仍在扩大。

据统计，东、中、西三大经济带农村社会总产值之比 1980 年是 1.48∶1∶0.51，1990 年扩大到 2.08∶1∶0.49；在发展速度上，三大经济带农村经济总收入的年递增速度"七五"期间分别为 20.4%、15.6% 和 16.2%，发达地区高出欠发达地区 4.8 个百分点。

农村商品经济发展的区域差异还表现为农民收入水平的差异。1980 年至 1990 年，农民人均纯收入年递增速度东、中、西部分别为 15%、12.7% 和 11.7%，人均纯收入之比为 1.63∶1.18∶1。

欠发达地区基本上是农业地区，然而困在人均 1.4 亩、劳均 4.4 亩、户均

8 亩的土地上搞饭吃，显然难以赶上发达地区，也难以实现小康目标。因此，必须加速农村产业结构调整的步伐，加快农村二、三产业的发展。

事实上，改革 10 年来东、中、西部地区农村经济发展的不平衡，也可以从地区产业结构调整上找到原因。1980—1990 年，东部发达地区农村工业和其他非农产业分别以 31.5% 和 23.3% 的速度发展，而中部欠发达地区发展速度则分别为 27.5% 和 22.3%，这就导致东部农村社会总产值和农民人均收入分别以 22.4% 和 15% 的速度递增，而中部地区的递增速度只有 17.6% 和 12.7%。

经济学家普遍认为，人均国民生产总值在 1000 美元—1200 美元之间是国民经济结构迅速变化的阶段，在此阶段，由于农村经济对国民经济具有极大的约束力，农村经济结构的优化将直接影响整个国民经济结构的优化。目前欠发达地区正处于向这一目标推进阶段，应不失时机地把握好产业结构的调整。

欠发达地区目前产业结构调整存在的主要问题，一是农业效益不高，二是乡镇企业发展缓慢。欠发达地区要从发展农村经济入手实现全面振兴，必须首先在这两点上下功夫。

从单纯追求产量向追求高产优质高效转变是 90 年代我国农业带有根本性的转变。欠发达地区是我国农业的重要产区，仅重要的商品粮基地县就占全国的 62.7%，但农业生产效益却普遍落后于发达地区。

与较发达地区相比，欠发达地区农业经济的落后更主要的是乡镇企业的落后。1990 年，东部乡镇企业产值已占了全国乡镇企业总产值的 66%，中、西部却分别只占 24.7% 和 9.3%。发展乡镇企业是欠发达地区实现振兴和发展的关键。

从国外现代化农业发展过程来看，建立高附加值农业是现代农业发展的必然趋势。农业发达国家农业附加值与农业产值比例一般保持在 2:1 以上。而发展高附加值农业必须注重农产品加工业的发展，所以，欠发达地区在发展乡镇企业中应优先大力发展农副产品加工业，并围绕加工业培育一批支柱产业。

欠发达地区的经济起飞是艰难的，然而又是紧迫的，舍此，中国现代化的进程势必因区域发展的新的不平衡受到影响与制约。

（1992 年 5 月《经济日报》）

内地乡镇企业面临突破

一条消息令人振奋：内陆省份河南 1991 年乡镇企业总产值达到 803 亿元，税利 97 亿元，成为继江苏、山东、浙江、广东四个沿海发达省份之后的我国第五个乡镇企业大省。

河南跻身乡镇企业 5 个强省之列，表明内陆省份发展乡镇企业大有潜力，也反映出了内地乡镇企业发展的强劲势头。

改革开放以来，乡镇企业异军突起并不断发展壮大，为繁荣农村经济、增加农民收入、促进农业现代化和国民经济发展作出了巨大贡献。然而，乡镇企业的发展还很不平衡，中西部地区与东部沿海地区相比差距很大。1990 年东部 11 省市的乡镇工业产值占全国乡镇工业总产值的 64%，中部 10 省市占 33%，西部地区仅占 3%。在全国涌现出来的 2000 多个亿元乡镇中，东部地区占了 85%，中西部地区只占 15%。

与东部发达地区相比，中西部地区落后在农村经济，落后在乡镇企业，中西部各级领导目前已普遍认清了这一点：

河南省委书记侯宗宾说："河南省与经济发达地区的主要差距在工业化上，在乡镇企业上。"

安徽省委书记卢荣景认为："安徽经济落后在哪里？主要在乡镇企业。"

中国是一个整体，如果东西部的差距继续扩大，我国的现代化就不可能实现；如果中西部经济不能迅速发展，必将制约和牵制全国经济的发展。而这缩短距离和协调发展的重任，历史地落在了中西部乡镇企业上。

专家们认为，乡镇企业发展不平衡的现实，决定了东部与中西部乡镇企业不同的发展重点和内容。东部沿海地区乡镇企业经过 10 年的发展，已形成较大规模和强大实力，技术水平比较高，出口渠道比较畅通，今后发展的重点是在着力提高素质的基础上奋力开拓国际市场，发展外向型经济；中西部地区或初具规模或刚刚起步，应立足本地实际，选准路子，倾斜发展。比如，中西部有丰富的资源，可大力发展采掘、农副产品加工业，把资源优势变成经济优势；中西部有巨大的市场，只要产品适销对路，潜在的市场就会变成现实的市场；中西部还有比沿海更加廉价的劳动力，可先做劳动密集型的文章，等等，做到与沿海的乡镇企业相辅相成，避免搞攀比与盲目竞争。

当然，中西部乡镇企业的发展还有赖于创造一个良好的环境，国家和地方应在政策、资金、项目、信息等各方面予以优惠和扶持，而国家对中西部乡镇企业发展的政策鼓励尤其重要。

中西部要发展，还需要沿海的支持。著名社会学家费孝通教授曾大声疾呼沿海乡镇企业西进。这不但是沿海乡镇企业扩大生存空间的需要，也是中西部地区乡镇企业能否加速发展的关键。但目前沿海乡镇企业向内地辐射、扩展，还缺乏利益的驱动，特别是缺乏相应的优惠政策，故动作不大。

一言以蔽之，中西部乡镇企业正面临突破。当前正是关键的时候，特别需要国家主管部门下决心扶一把。

（1992 年 7 月《经济日报》）

农民的第一需要

——黑龙江省实施"丰收计划"见闻

6月下旬，记者在黑龙江农村采访，深切地感到一种从黑土地上升腾起来的渴望竟是那样强烈，这就是农民对科技的渴望，它已开始成为当今农民的第一需要。

作"整明白"的人

黑龙江省从1987年开始组织实施"丰收计划"，到1991年累计组织实施部、省两级"丰收计划"项目1138亿亩，共增产粮、豆22.02亿公斤，即以1/3的耕地面积，夺得占原总产1/2的粮食产量。

"丰收计划"不仅获得了土地上的丰收，而且使这些在黑土地上刨了大半辈子的农民终于认识到，科技对于种田是如此的重要。

黑龙江的土地不仅肥沃，而且地多人少，每个劳力得伺候十几亩甚至几十亩庄稼，正常年景吃饱饭是不成问题的，因而农民满足于粗放经营。实行丰收计划之初，德都县一位曾当过生产队长的老汉就不服气地说："我种了一辈子地，不信比不过你们年轻人。"可秋后粮食打下来，他比别人少了一截。我们去采访他，他不好意思地说："看来，不整明白还真不行。"

"整明白"，是我们从村干部和农民嘴里听到的一个新词，指的是换了脑筋，有科学种田观念。

明水县永久村一农民赶着毛驴车去卖豆腐，见村口众乡亲正围着一人在听什么，这位农民挤过去一听，原来是农技人员在讲玉米大垄双行种植法，于是便入了神，等听完课出来，才发现毛驴车已被猪拱翻，豆腐都让猪吃光了。这个村，去年由4个农民组成的代表队经过层层选拔，参加了全区农民科田知识大奖赛，并获得三等奖，书记、县长亲自授奖，电视台还录了相，光荣着呢。

如今，全县有技术员以上职称的农民已达 1650 多人。每户基本上都有一个"整明白人"。

农民的文化素质提高了，选干部的标准也变了，过去选村干部要能说会道的，能喊会叫的，甚至能打会闹的，现在则要看看在种田上是否"整明白"了。

"米国救"摘帽子

事实证明，整不整明白大不一样。

在明水县，我们听到一个"米国救"摘帽子的故事。米国救原名米喜山，全家七口，承包 28 亩土地，由于不懂技术，年年减产，不但没向国家交过一粒粮食，还吃着国家的救济粮，所以大家都叫他"米国救"。1990 年，他参加了"丰收计划"：接受培训并掌握了农业技术，自己经营的土地第一次获得丰收，总产达 5000 多公斤，收入 2000 多元，摘掉了"米国救"的帽子。

在黑龙江采访，所到之处，广大农民和基层干部一谈起"丰收计划"，无不为增产增收而喜形于色。

在我们走过的一些县市，基本上没有乡镇企业或乡镇企业很不发达，地方领导和农民对发展乡镇企业的热情也很淡漠，而把大部分精力和热情都投入"丰收计划"中。的确，人均拥有土地超过了江南的 10 倍甚至 20 倍，如果经营得法，加上科技的威力，实现小富是不难的。

黑河市瑷珲镇西三家子村，全村只有 362 口人，却有 6700 亩耕地。一进村，一幢幢砖瓦结构的房屋映入眼帘。走进村委会的办公室，引人注目的是一张挂在墙上的填满数字的表格。它告诉你，1987 年全村人均收入是 395 元，1991 年达到 2200 元。按时下某些地方定的小康目标，该村已经超过了。

农技人员成了"香饽饽"

科技的巨大作用使农业技术人员成为农村最受欢迎的人。

许多地方的农民一见到陪同我们采访的省农业厅南炳元总农艺师和科技处的同志，就热情地奔过来，老朋友似地寒暄，问这问那。

说起农民对科技人员态度的变化，德都县建设乡农技推广站的一位同志深有感触。他说，幸福村有一个农民，开始落实丰收计划面积时，说什么也不听，农技人员去讲课，天寒地冻的，屋子烧得也不热乎，伙食做得也不好。现在再去村里，支部书记亲自烧饭，屋子里挤得满满的，就连孕妇也挤进来听课。

农业技术干部成了大忙人，却忙也忙不过来，于是，农民中最先"整明白"的农民技术员便成了农民追随的对象。克东县金南乡农民刘万万是中央农广校毕业生，每到播种季节，农民都聚到他家里，向他请教。

农民的迫切需要为广大农业科技人员提供了发挥作用的舞台。据介绍，全省有 4702 名科技人员参加了"丰收计划"活动，去年人均在农村蹲点四五十天，使全省的新技术推广面积以每年纯增五六万亩的速度发展，加速了科技成果的推广应用步伐。

（1992 年 8 月《经济日报》）

走现代农业之路

——温县农业开发纪实

一踏上河南温县的土地，扑入眼帘的便是那大片大片的玉米地，泼了绿墨似的，高而密的玉米秆儿带着饱满的棒穗在初秋的风中摇曳。

来之前就听说温县去年继桓台之后成为我国北方第二个吨粮县，也是黄河以北第一个吨粮县；听说温县不仅以粮食高产闻名，还走上了一条优质高产高效的现代农业之路……

一大堆数字表明温县的成绩是实实在在的：去年，该县小麦亩产达到412公斤，玉米亩产达到604公斤，实现亩产吨粮；今年小麦单产又创422公斤的新纪录。更重要的是，效益明显提高，去年全县种植业产值2.63亿元，亩均达到8326元，农民人均纯收入728元。

实现两个转变

数年来，在我国许多地方，粮食高产县往往也是财政贫困县，这种现实带给人们一种错觉，即农业不能致富。认识上的误区，又使这些产粮大县一直摆脱不了"高产穷县"的困扰。

温县70年代就已成为全国闻名的粮食高产县，却戴着"高产穷县"的大帽子踱了十几年。近几年，温县一班人认识到，要摆脱"高产穷县"的困扰，必须走出高产一定贫困的认识误区。他们从更新观念入手，在广大干部群众中深入开展了"三破三立"教育活动。首先破传统农业的旧观念，树立商品农业和大农业观念。县委书记同记者谈道，现代商品农业包括自我实现价值的延伸产业、追加投入的增值外延产业和依附农业的商品服务业等有机联系的产业群，因而要通过生产、加工、流通一起抓，使传统农业向以增量增效为目的的商品农业转变。

温县人多地少，人均只有一亩，因此一些人只把农业看作解决温饱的产业，看不到农业资源的价值和潜力。这第二个"破立"就是破"温饱农业"的保守观念，树立依靠农业致富的效益农业观念。三是破"依附农业"的懒惰思想，树立依靠自我积累发展的自主农业观念。通过解放思想，更新观念，温县农业很快实现了"两个转变"，即由单纯种植业向以庭院经济为主要内容的农林牧副渔齐发展、种养加相结合转变，由产量农业向效益农业转变，从而有力地促进了"一优双高"开发的进展。

抓住三个环节

增效的前提是优质，在实现优质生产上，温县紧紧抓住三个环节。一是大力培育和推广优质高产品种。小麦生产大面积推广了国家级"温2540"新品种，玉米连续3年大面积推广了掖单系列优质高产品种。在经济作物上，发挥四大怀药（山药、地黄、菊花、牛膝）生产优势，培育推广了"山药新铁棍"等新品种。二是优化管理和栽培。他们推广了优化配方施肥和病虫害防治新技术，逐步向农业防治、生物防治过渡发展，最大限度地减少农药残留和污染。三是充分利用和进一步创造优越的生产条件，确保农作物在良好的生态条件中健康发育。

通过四条途径

优质高产高效，效益是中心。温县在实施"一优双高"开发中，注意依靠市场拉力，促进农业向商品化方向发展。

温县首先把推广立体种植、提高土地产出效益作为实现高产高效的第一条途径。全县共划分了54个麦棉、粮菜、粮油、粮药等立体种植区域，通过区域间的合理分工，提高了土地单位面积的经济收入。全年80%的秋作物实行立体种植，亩均收入可较上年增加150元。

调整产业结构，提高农业总体效益是实现高产高效的又一重要途径。近年来，温县在确保粮食生产的前提下，不断扩大经济作物种植面积，逐步形成了一系列经济作物开发区，粮经作物由1989年的72.2：27.8调整到69.5：30.5。产业结构的调整加快了农业向商品农业、效益农业转变的步伐，农民收入大大增加，去年 36 万亩耕地有 18.5 万亩亩均收入超千元。仅新增的 5.3 万亩经济作物就增加效益 7000 多万元，全县农民人均 212.3 元。

粮食充足、畜牧和农特产品丰富是温县的一大优势，因而对农副产品进行多层次加工、实现转化增值效益有着得天独厚的条件，也是实现高产高效的最重要的途径。近年来，他们投资 7000 多万元，引进技术成果 18 项，发展系列化的各种农副产品加工企业 520 余家，形成了 9 大系列 50 多个品种的农副产品加工体系，年产值由 1989 年的 2.8 亿元增长到去年的 4.9 亿元，占全县工农业总产值的 38%。其中粮食加工企业发展更快，占农副产品加工企业总数的 67%。全县每年有 4.7 万吨小麦、6 万余吨玉米实现了就地转化增值，不仅解决了群众的卖粮难，全县农民还从加工增值中人均得到直接效益 50 元左右。

在实施"一优双高"战略目标过程中，温县还利用全县滩区畜牧业系列化生产基地和瘦肉型猪生产基地的优势，发展出口创汇农业。目前，全县农副产品出口共有 6 大类 10 多个品种，去年出口创汇额 4000 万元。

现今，温县"一优双高"开发正向"11616"目标迈进，即全县种植业实现亩产吨粮千元，农副产品加工产值达到 6 亿元，畜牧业产值达到 1 亿元，出口创汇额达 6000 万元。

（1992 年 9 月《经济日报》）

大笔写小康

——农村墙头标语一瞥

眼下农民最关心的是啥？不用进村，不用访户，只要看看墙头标语写的最多的是啥，你就知道了。

那写的最多的是啥？是小康！

9月上旬，记者乘车从河南焦作去温县采访，只一个小时的路程，数到100多条小康的墙头标语，你看：

"人人想小康，家家议小康，村村奔小康""谈小康，议小康，团结奋斗奔小康""莫把温饱当理想，扎扎实实奔小康"，等等。一个"奔"字，表达了亿万农民对小康目标的强烈渴望。

然而实现小康靠什么？"出大力，流大汗，实现小康要大干""大干苦干，实现小康""苦干实干加巧干，拼搏再三奔小康"。一个"干"字，又表达了农民在党的领导下为实现小康目标而奋斗的决心。

奔小康路有多条，很重要的一条就是发展乡镇企业，"奔小康，乡镇企业挂主帅""小康目标要实现，乡镇企业是关键""乡镇企业大发展，小康目标早实现""发展农工商，奋斗奔小康"。

记者发现，奔小康的大标语大多数写在新近盖起的新房的墙头上，这说明农民的生活离小康越来越近了。

农村墙头标语反映着农村工作的中心，也透视出世事的变迁。不管是"以阶级斗争为纲""横扫一切牛鬼蛇神"，还是"大批促大干，大干促大变"，农民并没有富起来。只有今天的小康才实实在在，为我所愿。

（1992 年 10 月《经济日报》）

三峡百万大移民

20 世纪 90 年代，中国面临着一道举世惊叹的"世界级难题"。一位高级官员曾将此描述为"一项思想性很强的政治工作，政策性很强的经济工作，科技性很强的建设工作，也是需要各方面支援共同搞好的社会工作。"这就是——三峡百万大移民。

1992 年 4 月 3 日下午，当聚集在人民大会堂里的 2000 多名人民代表以热烈的掌声通过三峡工程决议时，我的记忆一下子跳到远隔数千里之外的四川省万县市。那随处可见又红又大的"175"淹没线，有的竟标到了三层楼上。万县市的同志说，三峡水库蓄水后，这座川东名城将被淹没三分之二以上……

一道一道世界级难题

拟议中的三峡工程将要矗立在滚滚的长江之上；百万移民一下子变得那么现实而急迫。

外国评论：三峡移民是"一道难解的世界级难题"。

专家认为："三峡移民是三峡工程能否顺利兴建的一个重要制约因素。"

一如在 570 个亿的总投资中移民投资占到三分之一以上，许多人瞩目三峡工程，最沉重的目光也落在移民上。

从武汉到重庆，在 15 天的考察、采访和航行中，我感受最深的是移民。

移民，对我们这个古老的民族来说并不陌生。单是中华人民共和国成立前，下南洋、闯关东，每一个有过如此经历的老人至今仍能讲出一段段辛酸的往事……

移民有自然移民和非自然移民之分，三峡工程的百万移民无疑属非自然移民。

记者接触到的一些"老水利"，一谈起水库移民就直拍脑袋，连说"头疼"。

是的，在水库移民方面，我们有成功的经验，也有深刻的教训。

中华人民共和国成立40多年来，我国共建坝8.6万多座，淹没耕地3000多万亩，移民达1000多万人。移民以放弃世代居住的家园为代价，换来了所建工程的防洪、发电、灌溉、航运的巨大效益。

然而，在这1000万移民当中，只有1/3安置得比较好，造成这种状况的根本原因是，只偏重了生活安置，而忽视了生产建设。比如，丹江口建库前，人均耕地1.7亩，建库后仅剩0.5亩—0.6亩，有的地方还不足0.1亩；移民安置区的生产长期发展不起来，乃至流散、返迁，造成许多人无地、无房、无户口，30年后还不断有上访事件发生。1968年丹江口水库建成，1985年国家又不得不拿出3亿元重新安置移民，占了当年工程投资的将近一半。

开发性移民——解题的钥匙

作为世界上最大的水利工程，三峡水库库区淹没涉及范围之广、移民人数之多，都为我国水利史上所罕见。按照三峡工程可行性报告选定的正常蓄水位175米建设方案，库区淹没涉及川、鄂两省19个县市，全部或部分淹没2个县级市、11个县城、140个集镇、326个乡、1351个村，1985年底最初测算时预测，直接淹没人口只有72.55万人，考虑各种增长因素，到2008年，将需迁移安置113.18万人。

国务院三经办移民专家姚炳华曾同记者谈起三峡工程移民的一些特点。第一，与平原区修水库不同，19个县市的300多个乡镇没有一个是被全淹的，301个乡的农民不出乡即可就近安置。第二，在上百万移民中，非农业人口占到54%，而城镇人口的搬迁基本不涉及土地和重新就业的问题。另外，淹没区内有657座工厂，数量不少，但规模不大，固定资产总额才8亿元，产值超过5000万的只有4家，而这4家被淹的又只是些附属设施。

老、少、山、边、穷，三峡地区样样都沾。由于历史的原因，特别是三峡工程"不上不下"、库区"不三不四"（不属湖北省，也不属四川省），严重影响了这个地区的经济发展。在19个县市中，多数县在吃财政补贴，300万人的温饱问题还未得到解决。在这样一个地区安置100多万移民，难度可想而知。

百万移民，既要妥善安置，又不能使搬迁后的生活低于搬迁前的水平，这确实是整个工程中最艰巨、最复杂的工作。正如长期担任湖北省主管水利的副省长王汉章所说，这是一项思想性很强的政治工作、政策性很强的经济工作、科技性很强的建设工作，也是需要各方面支援共同搞好的社会工作。

鉴于40年来水库移民的教训，我们终于找到了解开世界级难题的钥匙，这就是中央制定的开发性移民方针，即必须把移民工作从单纯安置补偿的传统做法中解脱出来，变消极补偿为积极创业，变救济生活为扶助生产，使移民安置与库区建设和经济发展结合起来，走开发性移民的路子。

背篓背出的柑桔田

在秭归县城，随处可见背背篓的男人和女人，有背瓜果蔬菜的，有背油盐米面的，甚至还有一位中年妇女背了满满一篓煤球。站在李家坡村梯田里，听说脚下这159亩新开垦的柑桔田是农民用背篓背出来的，这使我惊讶不止。

这里海拔500米左右。用碎石垒起来的梯田层次分明，与四周黄褐色光秃秃的山坡形成了鲜明对比。鲜亮亮的桔橙不会从石缝里长出来，于是就从山脚下背土。乡党委书记介绍说，每亩平均投资1636元，投工300个，而脐橙生果期每亩可产5000斤，按每斤0.4元计，可挣2000元。

农村移民，造地先行。在有移民任务的19个县市就有荒坡地近2000万亩，其中300多个移民安置乡中，有荒山草坡389万亩。这么大面积的荒山草坡开发出来并非易事，它需要巨大的人、财、物投入。移民试点5年来，国家共投入4600多万元，开荒建园7.4万亩。

三峡库区是全国著名的柑桔产地，脐橙、锦橙、血橙等均产自这里。农村移民在大农业安置前提下，开荒种桔成为一个重要选择。

在湖北省宜昌县，我们参观了潘家河村移民试点区。汽车在险峻的山道上不知盘了几圈，我们终于来到一座山坡下。放眼望去，黄褐色的梯田一层一层，一直延伸到山顶。去冬以来，这里已开出2000多亩柑桔地，可安置移民2000多人。当地人说，这里不仅要修公路，将来还要引水电上山。

荒山荒坡开成梯田，既可保水、保肥、保土，还能保丰收，因而被地方干部称为"四保田"。

不仅仅是牺牲和奉献

虽说绝大多数移民属就近安置，甚至可以不出村，但移民毕竟不像串个门。

一女青年和她的家曾为大坝而两次搬迁。虽然离开的两个地方都很穷，她还是流下了眷恋的泪水。

一老人临走时痛哭流涕，他什么都舍得，就是舍不得那片祖坟。

故园之情谁人没有？但也并非一些人想象的那样，移民是强制，是痛苦，这一点与过去的水库移民不同。事实上，库区从移民到领导都表达了一个共同的愿望：三峡快上，移民早移。

为什么？库区太穷，库区人民把移民看作一次机会，一次抛弃旧生活、走向新生活的机会。

湖北巴东县雷家坪村的苏志康有三个儿子，他正指望着开发性移民致富给儿子娶媳妇呢！他的这个愿望正在成为现实。"建新房、娶新娘、上学堂、置高档、存银行，富就富在柑桔上，发展柑桔全靠移民帮。"这个一路上不知听了多少遍的顺口溜就出在这个村。

在三峡工程"不上不下""不三不四""不死不活"的日子里，库区几乎成了被遗忘的角落。直到突然有一天，一拨一拨的考察团来到这里，给他们带来了新的希望。尽管说不清我们是第几拨考察团了，但库区对我们的到来仍然十分热情。

无论淹没面积、直接淹没人口，还是主要淹没实物指标，万县地区均占全库区的2/3左右。但地区领导对三峡工程的态度很坚决。专员颇有见地地指出，修建三峡工程及移民可在很大程度上改变全区经济发展的格局！

万县市的8位街道妇女听说要上三峡工程了，立即筹集80元钱通过行署转交三经办，在她们的带领下，库区不富裕的人民纷纷响应。

三峡工程，全国人民对你寄予希望，库区人民对你寄予更大的希望！

（1992年10月《经济日报》）

从温饱奔小康

1991 年 11 月，党的十三届八中全会宣布，农村改革的成功，基本上解决了 11 亿人的温饱问题。

对于我们这样一个人口众多的农业大国来讲，粮食问题具有特殊的重要性。1949 年全国粮食总产量只有 1.1 亿吨，人均占有不足 200 公斤，当时不少西方人士断言，新中国将由于解决不了自己的吃饭问题而垮台。

在生死攸关的压力下，我国农业迅速恢复和发展，到 1957 年粮食产量即上升到 3 亿吨，人均占有 300 公斤。然而，此后连续 20 年，几次大起大落，始终在 300 公斤左右徘徊，温饱问题一直是全国上下最头疼的头号难题。

十一届三中全会后，农村普遍实行了家庭联产承包责任制，"交够国家的，留足集体的，剩下都是自己的"大包干极大地调动了广大农民的生产积极性，粮食产量逐年增加，仅仅经过 6 年，到 1984 年即猛增到 4 亿多吨，人均占有 396 公斤，相当于当时世界平均水平，一举扭转了历史上粮食紧缺的被动局面。此后几年虽有所徘徊，1991 年总产却达到 4.35 亿吨，创历史最高水平，人均占有 400 公斤；主要农产品中，棉花、蔬菜等大幅度增产，畜牧业、水产品持续增长。长期困扰中国人民的温饱问题已基本解决。即使在贫困地区，90% 以上的人口也不再为吃饱穿暖发愁了。

随着农村经济的发展，农民收入和生活水平也普遍提高。1978 年，全国农民人均纯收入仅 134 元，1984 年达到 306 元，1989 年超过 600 元，去年达 710 元，扣除物价上涨因素，净增 2.2 倍。尽管近 3 年农民收入有明显下降的趋势，但统计表明，人均收入不足 200 元的低收入户仍比 1987 年减少 3.1%，仅占全国农户总数的 6.6%；人均收入超 600 元的农户又比 1987 年增加了 20%，占总户数的近一半。这说明，从温饱走向小康的农户越来越多。

一般认为，人民生活水平可分为贫困、温饱、小康、富裕 4 个阶段。历史上所说的小康是指低于"大同"，高于"温饱"。我们所要实现的小康是指从温饱向富裕过渡的一个阶段。1979年邓小平同志在同日本前首相大平正芳的一次谈话中，首次提出了本世纪末达到小康的奋斗目标；1982年党的十二大把实现小康列入了经济建设奋斗目标；1987年党的十三大把实现小康列入第二步战略目标，即到本世纪末，使国民生产总值再增长一倍，人民生活达到小康水平。党的十三届八中全会提出：在全面发展农村经济的基础上，使广大农民的生活从温饱达到小康水平，逐步实现物质生活比较丰裕，精神生活比较充实，居住环境改善，健康水平提高，公益事业发展，社会治安良好。

为了使小康目标看得清讲得明，国家统计局曾提出小康的量化指标，其中城市小康生活标准共有15项指标，农村小康生活标准有16项指标，并在此基础上提出了全国小康标准。

诚然，小康的实现不仅仅是生活水平的提高，还应包括精神生活的充实、人口素质的提高及其他各项事业的发展，但生活水平的提高无疑是小康的一个重要内容；小康指标也可以提出十条百条，但最重要的两条是：全国人均国民生产总值2400元，人均纯收入至少1400元，其中农村人均年收入最低线1100元。

在奔小康的进程中，各地结合实际，分别制定了本地的小康标准。山东胶州市提出了小康县的20条标准、小康乡镇的20条标准、小康村的15条标准、小康户的8条标准。各地制定的各项指标中，人均收入普遍高于国家统计局的1100元标准，如河南焦作的农民人均纯收入是1200元，山东胶州市的标准是1300元，而浙江省人均收入的小康标准则高达2000元。

从全国来看，尽管奔小康的步子有快有慢，实现小康的目标有早有迟，但实现小康的坚实基础已经具备。

同时也要看到，我国总体上离小康目标还有较大差距。解决温饱，我们用了40年时间，从小康到富裕，也要用50年时间，而实现从温饱到小康的跨跃，只有10年时间。

（1992年11月《经济日报》）

高度重视农民负担过重问题

各级政府应拿出切实措施，坚决把农民不合理负担压下来。

在近几年农民收入增长缓慢甚或停滞不前的同时，农民负担却呈增长趋势，1991 年仅纳税和上缴集体提留两项人均支出 42.7 元，比上年增长 10.4%，高于纯收入增幅 7 个百分点。农民负担过重，已成为农村经济发展中的一个突出问题。

今年 2 月，黑龙江省某县 744 名农民联名画押上书中央，控告乡里肆意加重农民负担，给他们生产、生活造成严重困难。8000 余字的信和密密麻麻的 6 页半的手印沉重地昭示，农民已不堪忍受过重的负担，部分农民生产生活已陷入困境，更多的农民开始对未来担忧。

农民负担反映的是国家、集体与农民之间的利益分配关系，其具体表现形式有：向国家缴纳的税金；以工农产品价格剪刀差形式承担的隐形负担；社会性集资、摊派和管理性收费、罚款；乡村集体经济组织内部提留统筹和劳务及其他变相负担等。

从农业税负担来看，农民负担的农业税率是逐年下降的，"三五"时期为 11%，"四五"时期 6%，"五五"时期 5%，"七五"时期不到 4%。然而，随着农村产业结构的调整和二、三产业的发展，农民负担的税金却呈增长趋势。1991 年，农村向国家提供的税金达到 434.7 亿元（其中农业税仅占 21.9%），比上一年增长 14.7%；农民人均 49.4 元，比上年增长 13.8%；占上一年农民人均纯收入的 8.81%，比 1990 年多出 0.5 个百分点。

1989 年以来，工农产品价格剪刀差连续 3 年扩大，累计扩大 16.5%，1991 年比上年扩大了 5.1%，其绝对额近 2000 亿元。1979 年到 1985 年，剪刀差绝对额以平均每年 9.5% 的速度递增；1986 年到 1991 年则加快到 16.9%。农民人均剪刀差负担 1985 年比 1978 年增加 42 元，1991 年则比 1985 年增加 125

元，已达到 217 元。

在农民负担中，农民最不满意的还是名目繁多的集资摊派。据农业部农村合作经济指导司对全国范围的粗略统计，1991 年能够统计到的农民不情愿支出的行政事业性收费达 17.7 亿元，各种罚款 23.1 亿元，集资摊派 41 亿元，其他社会负担 38.1 亿元。上述各项合计，农民人均 13.8 元，占上年农民人均纯收入的 2.5%。

国务院曾明确规定，农民向乡村集体经济组织上缴的提留和统筹费，应控制在"占上一年农民人均纯收入的 5% 以内"，实际上这个限额绝大多数地方没能守住。

与此同时，农民劳务负担也呈高速增长态势。1991 年农村劳动力承担的义务工和劳动积累工为 86 亿个标准工日，比上年增长 21.8%。若把每个义务工和劳动积累工按 4 元折价算，那么农民一年提供的劳动积累价值就达 344 亿元，农民人均 39 元，占上一年农民人均纯收入的 6.95%。

9 亿农民奔小康，增加收入是关键。近几年农民收入增长不快，与农民负担过重有直接关系。1991 年，农民各种负担已占到上年农民人均所得的 64.9%，大大超过农民的承受能力。

近几年，为减轻农民负担，党中央、国务院多次发文，三令五申，但农民负担却有增无减，且项目越来越多，数额越来越大。据吉林省调查，去年省里规定向农民收费项目有 26 项，而基层实际向农民收费项目达 49 项，其中强行向农民统筹的有 19 项。该省长岭县永久乡一农民列举数字表明，1986 年以前他家每次年扣款 200 元左右，1989 年上升到 400 元，1990 年 539 元，去年竟达 750 元。湖南攸县去年向农民收费的部门有 21 个，项目达 98 项之多，收费数额相当于乡统筹、村提留的 5 倍。

现在有一种错觉，农村得改革之先，乡镇企业迅猛发展，似乎农民都已富得流油。事实上，真正富裕起来的还是少数，对绝大多数农民来讲还是刚刚解决温饱，因此，有必要再次提出，"要正确估计农民的富裕程度！"这是我们认识农村、制定政策的立足点。

农民负担过重的后果是严重的，它不仅直接影响了农民收入的增长，导致农民生活水平下降和扩大再生产能力的减弱，而且扩大了城乡差别，一定程度上制约了经济的良性循环，还引发了多种社会矛盾。农民负担问题不单纯是一个经济问题，也是一个政治问题；农民负担过重及不合理负担的增加，是对农民利益的严重侵犯，不仅影响到农民生产积极性的发挥，更影响到党和政府在群众中的威信，各级政府切莫置农民利益与呼声于不顾，要拿出扎扎实实的措施来，坚决把农民不合理负担压下来。

（1992 年 12 月《经济日报》）

奠定牢靠的基础

——乡镇企业制度建设述评

尽管人们公认乡镇企业由于较少受到国家计划的控制而更具活力，但不能因此而忽略了在中国目前独特的等级结构中，恰恰是较少受控制的企业，其组织基础和制度基础往往是最不牢靠的。因此，当乡镇企业发展初期的那种突发性增长阶段结束后，如何为下一个时期的发展奠定牢靠的组织和制度基础便显得格外迫切和必要。

1987年和1988年，国家选择了安徽阜阳、浙江温州和山东周村三个地方作为乡镇企业制度建设试验区。这三个试验区分别代表了中国乡镇企业地方发展模式中的几种不同类型。温州以近年私营企业的发展而著称，代表了沿海商业活动较为发达的地区乡镇企业发展的一种类型；周村（属山东淄博市）则代表了城市郊区乡镇企业发展类型；而阜阳则是典型的传统农区，乡镇企业发展形式在中国各大中西部地区具有广泛的代表性。

三个试验区从各自实际出发，制定和实施了各具特点的方案。温州试验区侧重于为私营企业的发展提供法律保护和规范，在试验的开始阶段就自上而下地颁布了若干地方行政性法规；周村则把企业内部的制度建设作为试验工作的重点，着重总结企业实行股份制的经验，尔后在不同类型的乡镇企业中加以推广；而阜阳试验区的特点是将企业内外部制度建设工作结合起来，先后推出了两批共20个试验项目，所涉及的内容差不多包括了乡镇企业发展中的几乎所有问题。

概括起来看，三个试验区的乡镇企业制度建设主要包括三方面的内容：企业产权制度建设、市场组织制度建设和政府部门管理体制的改革。

企业制度是市场运作的基础，而财产关系又是企业制度的核心，乡镇企业制度建设必须围绕这个核心展开。企业产权制度建设的具体含义包括两方面，从企业内部来讲，在企业财产的收益权利和财产的风险责任之间建立起对称而又明确的关系以强化企业积累和财产增殖的内在激励机制；从企业外部来讲，就是要解除企业对行政权力和传统血地缘关系的依附，使企业真正具备法人地位并成为独立的市场活动主体。

市场组织和市场制度建设在更深层次上是同产权制度建设相辅相成、密不可分的。企业产权制度建设，本质上讲是一个代替过程，即企业对市场关系的依存取代企业对行政、社区系统依存的过程。但是在推进这一过程时必须充分注意到这样一个基本事实，即目前的行政、社区在干预企业的同时，对企业实际也承担了某种保护的功能。在这种情况下，如果不为企业率先开辟出新的市场组织条件和制度条件，而硬性推行所谓"政企分开"，其结果无异于让企业垮台，更何况乡镇企业又多为中小企业，本身与市场联系的中间环节就十分薄弱。况且，市场的规范程度与企业的规范程度又是互为因果的，在市场的混乱得不到清理的情况下，单独规范企业行为，也很难为企业所接受。

与企业产权制度建设和市场组织制度建设并行不悖的一项重要试验内容是政府部门管理体制的改革，目的是促使政府的工作职能从直接参与经济转变到依法管理上来。

三项主要试验内容的重点是企业产权制度建设，三个试验区所采取的共同办法是，将股份制引入合作制，以股份的形式融合不同所有制与各种生产要素，按照"资金共筹、风险共担、利益共享、积累共有"的原则，发展公有制基础上的股份合作制，逐步探索其基本特征、基本形式和规律，最终建立一套适合乡镇企业发展要求，具有不同层次、多种形式、通用可行的股份合作经济的组织制度。

（1993 年 1 月《经济日报》）

酸甜苦辣说棉花

棉花作为一种关系国计民生的重要商品，近些年在生产上反反复复，时起时伏，使上至中央领导，下至基层干部都为它牵肠挂肚。

3月17日，记者与我国植棉大省山东的部分代表探寻我国棉花生产的问题和对策。省农委主任王渭田首先介绍说，山东发展棉花生产主要是三中全会以来，经历了几高几低。最高年份是1984年，面积达2568万亩，总产达3450万担。1985年分别降到1700万亩和2100万担。1990年、1991年又大幅回升，去年因灾害等原因又猛然回落，总产只达1300万担，下降了49.9%，收购减少57.3%，只完成计划的42.7%。全省棉农收入减少40个亿。棉花是山东欠发达地区农业的主要产品，农民收入的40%来源于种棉花。棉花减产，导致农民收入大幅度下降，聊城和德州地区农民人均减收200元。农民对棉花是有感情的，因为他们是靠种棉花解决了温饱问题；农民对棉花的感情又是复杂的，政策不稳定，虫害难防治，都使他们心有余悸。这一点，基层干部们感受最深。

聊城地区专员王曙光在聊城工作十几年，每年三分之二的时间都花在棉花上，他说，最费力的是棉花，最难办的也是棉花，造成干群关系好坏最大的因素还是棉花。菏泽地区专员李明先说，菏泽地区1984年以前棉花生产发展很快，出现卖难，此时有人提出少种一亩棉、对国家多一份贡献的口号，导致产量减少。1991年棉花丰收了，却调不出去，经营者受打击。1992年生产者又遭到严重打击。从山东看全国，这些年棉花生产波动确实比较大。问题在哪里？省农委主任王渭田强调，稳定棉花生产首先要有一个稳定的政策。他举例说，1984年山东棉花产量达最高峰，国家采取了限产的措施，超过合同定购的不收，同时取消了奖励政策。聊城专员王曙光提出，棉花生产要研究宏观决策，不能只抓微观问题，以当年定长远，否则只能是少了喊，多了砍，不多不少没人管。他还提醒说，国家的优惠政策没能及时兑现，到现在共欠全区棉农化肥 27 万吨、柴油 2000 吨。

德州地区专员杨传堂总结棉农有四怕：一怕政策变，二怕卖棉难，三怕打白条，四怕病虫害。山东的棉花生产之所以能在三中全会后连续几年大发展，关键是国家提高了收购价格，制定了奖励政策，而当时亩成本仅几十元，现在则上升到 120 元以上。王曙光就此分析说，经济规律千条万条，说到底是价值规律。棉花价格提了一倍，化肥提了二倍，柴油提了三到四倍，农药提了五到六倍。农民投入增多，收入减少，去年有的每亩仅收几元钱，而且价格不放开。凡是棉区都是穷区。计划价和市场价相差 0.5 元—1 元，差 0.5 元，全区就是 20 个亿，差 1 元就是 40 个亿。农民说，不种棉花吃不饱，种了棉花也只能吃饱。德州地区专员杨传堂也指出种棉的比较利益偏低。1980 年一亩收入 332 元，1990 年一亩收到 277.5 元，平均每年减少 4.9 元。而一亩小麦和玉米的收入却由 88.9 元涨到 387 元，平均每年递增 27 元。另一方面，工农业"剪刀差"拉大，棉价 1991 年比 1980 年上涨 75％，同期农业生产资料却高出近一倍。

滨州地区专员李戈等代表提到加强棉花生产的宏观调控和市场建设问题。他们认为，宏观调控应有超前性和准确性。这几年棉花的起落与错误的信息导向有直接关系。李戈代表提出，在加强宏观调控的同时，可有限度地放开价格、经营和市场。放开的前提是建立健全的市场体系，把千家万户的植棉与市场需求对接。由于棉花是国民经济不可缺少的生产和生活资料，因此上上下下不敢丝毫马虎。朱镕基副总理曾亲赴山东视察棉花种植情况，此后国务院又召开了棉花工作会议。那么在去年大减产的情况下，今年的面积和产量能完成吗？

省农委主任王渭田介绍，省里为完成棉花任务召开了多次会议，并出台了 10 条政策，从政策和措施上来保证 2000 万亩面积和 2400 万担产量的任务。植棉大区的专员们也表示力争多种棉种好棉，但同时也说，难度很大，其中重要的一条原因是，由于"安民告示"滞后，农民很少预留棉田。所以杨传堂代表有所保留地总结说，今年可能有转机。

（1993 年 3 月《经济日报》）

中西部，在自省中崛起

一个不容忽视的事实是，东西部地区的差距在拉大；一个越来越坚定的共识是，中西部不富，共同富裕就不能实现。

李鹏总理《政府工作报告》关注中西部，人大代表们瞩目中西部，党中央、国务院更希望中西部抓住机遇，树立信心，加速发展，努力缩小与经济发达地区的差距……

3月16日，即八届全国人大一次会议开幕的第二天，江泽民总书记便来到西藏代表团，共商少数民族地区发展大计；3月18日，李鹏总理在甘肃代表团提出：中西部地区不要妄自菲薄；朱镕基副总理希望湖南珍惜机遇，加快步伐；胡锦涛同志对贵州省代表说，中央将支持西部地区和贫困地区加快发展；3月19日，江泽民总书记、李鹏总理分别参加了河北和四川代表团的讨论，乔石委员长、朱镕基副总理分别来到青海和山西代表团……

与此同时，许多中西部地区的代表成为记者追踪采访的对象，中西部地区代表团驻地比过去热闹了。

东部先行一步，中西部要迎头赶上。中西部已从对东部的羡慕和抱怨中解脱出来。人大代表、西安市市长崔林涛总结说，发展的不平衡是必然的，由不平衡到新的崛起到平衡再到不平衡，这是发展的规律。

中西部地区的代表在承认发展的差距的同时，更不否认思想观念上的差距。青海代表尹克升认为，对青海与沿海地区的差距不能单从经济上看，思想观念是最大的差距。甘肃代表阎海旺也谈到，甘肃深入内陆，封闭意识突出，所以要把解放思想、更新观念作为一项十分重要的基础工作来抓。

正是有了这种感受，他们产生了更强烈的机遇意识。西藏代表洛桑江村提出要有紧迫感和危机感，"不能总是站在布达拉宫下看布达拉宫，要站在世界屋脊上看全国和世界"。河北代表程维高提出要增强四个意识：危机意识，承认自己落后，不甘心落后；风险意识，不能还没干就怕热、怕冒、怕偏；竞争意识，克服等、靠、要思想；发展意识，现有条件和优势要充分利用，没有条件，创造条件，加快发展。陕西代表崔林涛说得好："既是机遇，就不是永久的，必须紧紧抓住。"

地理上的西高东低与发展上的东高西低形成鲜明对比；中西部地区丰富的自然资源与欠发达的经济也形成强烈反差。抓住机遇还须发挥优势。中西部地区最大的优势是，这块占全国面积 89%、占全国人口 64%、拥有 2 万多公里边境线的土地蕴藏着丰富的资源。看到了这种资源优势和区位优势，中西部地区的代表对自身发展和缩小差距更充满信心。

甘肃代表提出要立足现有基础，充分发挥甘肃水利、电力和矿产资源、土地开发、旅游资源等优势，从实际出发制定发展路子。塞外名城包头稀土资源和黄金储量十分丰富。人大代表、包头市市长王凤岐信心十足地称，本世纪末把包头建成稀土城、黄金城、钢铁城。

与沿海相比，中西部地区的差距主要差在乡镇企业上，因此，代表们无不强调发展乡镇企业对缩小东西差距的意义。四川代表杨汝岱说，要把发展乡镇企业作为县的工作重点，确立乡镇企业在县级经济的主体地位；河南代表郭安民强调，中西部各级党政领导都要认识到发展乡镇企业是奔小康和缩小差距的关键，增强紧迫感。来自乡镇企业的中西部代表则强调乡镇企业要在中西部发展和崛起中起带头和支柱作用。

中西部代表表示，中西部的发展主要靠自己的努力，同时也希望国家给予一定的扶持，尤其是在基础设施建设和扶贫方面。云南代表提到，云南交通建设严重滞后，许多企业只能以运定产，以运定销；广西代表告诉记者，广西还有 500 万人没有脱贫，其中 20 万人需要异地开发。

一部分地区有条件先发展起来，一部分地区发展慢点，先发展起来的地区带动后发展的地区，最终达到共同富裕。这是邓小平同志总结的思想，这一思想使东西部地区代表都产生共鸣。江苏代表陈焕友这样认识：从长远看，中西部不能发展，东部的发展也会受到制约。中西部的代表则希望，在国家发展战略重点西移的过程中，东部能与中西部互相融合，共同发展。

（1993 年 3 月《经济日报》）

跨 越

——山东新牟国际集团公司在河北邢台办企业纪实

前不久，山东省最大的股份制企业的厂址并没有建在本省内，而是建在河北省的邢台县，此事一时成为人们议论的热点。事情经过还得从头说起。

1992年7月16日，全国著名乡镇企业家、山东新牟国际集团公司总经理常宗琳的办公室里闯进了一位不速之客，他叫张建鹏，29岁，来自河北省邢台县马峰村，他急切地介绍本村的情况，特别是丰富的铁矿石资源，迫切希望新牟公司到邢台帮助兴办企业，以改变当地贫穷落后的面貌。

原来，4月1日，在七届全国人大五次会议上，常宗琳作为乡镇企业家中的人大代表和主席团成员，在回答记者提问时曾讲到，愿意与中西部地区携起手来，共同发展。张建鹏正是看了这一报道才慕名而来的。

7月21日，常宗琳委派公司副总经理等4人去邢台实地考察。临行前，常总吩咐，如果确实有资源，就帮他们上一个厂；如果不行，就留下10万元，算是对欠发达地区的一点心意。

第二天下午2点，新牟人进入马峰村。通过9天的考察和介绍，发现这里的矿石资源的确很丰富。

随后，邢台市政府常务副市长率县有关部门领导来到享有"全国出口创汇第一村"之誉的新牟里，双方就在邢台办企业达成初步协议，投资三四千万元上一个炼铁厂。

一个月以后，新牟人第二次来到邢台，并与市领导洽谈决定，把上炼铁厂改成上炼钢厂，投资增加到6000万元。因为河北省铁矿石储量虽丰富，但铁大于钢、钢大于材的矛盾却十分突出。他们将这一想法告知对方，常宗琳当即表示同意。

新牟人随即在10月初与市县领导一起来到离市中心10公里的地方选厂

址，并且第二天就从济南调来了施工队伍。第三天早晨，老百姓发现那一夜之间冒出来的一座座施工帐篷时，无不惊讶。

为了以最快速度建成这一钢铁企业，新牟人采用了边设计、边施工、边生产的方法，并且决定把规模由 10 万吨扩大到 20 万吨，投资由 6000 万元增加到 2 亿元，并且同时上一个 10 万吨的轧钢厂。二期工程还将再投入 3 个亿，到 1996 年全面实现铁、钢、材各 30 万吨。

对于这样一个重大项目，当地市、县政府给予了极大的支持，专门成立了一个领导小组，并且每月开一次调度会，对这一项目进行协调。

这一中型钢铁企业的建设，给处于中部欠发达地区的邢台带来巨大影响。目前，企业已招收职工 1000 余人，90% 是当地农民，今年底要招满 2700 人。周围几个村的许多农民纷纷投入到为企业运输的车流中来。当地商业服务业等迅速崛起，这还只是看得见的。看不见的呢？正如市领导所言，新牟里不仅带来了一个项目，更在思想观念方面给我们一次强烈的冲击。

邢台人确实感受到了新牟人那种雷厉风行的作风。建设工程招标时，有 6 个国家的施工企业竞争，新牟人揣出的条件是，用 180 天的时间完成 500 天的工程，提前一天奖 3 万元，拖后一天罚 3 万元。

为了在新企业中实行新的经营机制，新牟公司决定把钢铁厂建成股份制企业。今年 4 月 2 日，山东省体改委批准成立新牟钢铁股份有限公司，股本总额 2 亿元，其中发起单位仅认购 8500 万元，向其他法人和内部个人共发行 1.15 亿元。到目前，募股工作已基本完成。

（1993 年 6 月《经济日报》）

加快绿色食品进入国际市场

"复关"在即，我国农产品生产和开发同样面临机遇和挑战，一方面对发展优质高效农业提出了更高要求，另一方面也为优质农产品和绿色食品直接进入国际市场创造了有利机会。

绿色食品是无污染的安全、优质、营养食品。我国从1990年5月开始发展绿色食品以来，已设立了7个绿色食品环保监测机构和6个食品监测机构，在全国200多个企业中开发、生产389个绿色食品产品，并在一些城市建立了绿色食品专营商店和冷藏库，初步形成了以科研、生产、贮运、销售为一体的绿色食品行业。为了促进绿色食品事业的发展，国家成立了"中国绿色食品发展中心"，国务院经贸办还批准成立了"中国绿色食品总公司"，以加速绿色食品进入国内外市场。

目前，绿色食品的开发和生产正方兴未艾，在北京等地各大商场，标有绿色食品标志的各类食品越来越受到消费者的青睐。而绿色食品的出口前景则更加广阔。

据了解，世界生态食品（绿色食品）的消费量正在逐年增加，其中欧共体的消费量占世界生态食品总产量的3/4，德国、英国对生态食品的需求量最大，自给率却很低。

由于西方发达国家的农业和食品加工已形成独立的、大规模的机械化、化学生产，加以其他社会原因，短时间难以完全转化为生态食品的生产。因此，我国的绿色食品对国际市场出口有较大潜力。

需要注意的是，欧共体理事会于1991年8月通过了《关于生态农业及其有关农产品和食品的条例》，对进入欧共体市场的生态食品作了严格规定：出口国出口生态食品必须在进口国登记，并由欧共体和进口国政府到出口国检查后确认，由专门经营生态食品的企业进口。同时规定，所有生产、加工、销售生态食品的企业，都必须接受主管检查机关的检查后，其产品才可作为生态食品进入欧共体市场。

我国农业不可缺少的对策是，一方面，通过发展绿色食品，引入高新技术，从根本上提高农产品的质量，解决以往食品出口受挫的农药残留问题；另一方面，选择与国际市场对路的绿色食品，遵循国际有关生态食品的规定，积极开拓国际市场，扩大出口，增加创汇。

目前，由于我国还没有一家经营绿色食品出口业务的公司，许多绿色食品同一般农产品混在一起出口，降低了品位，因而造成很大损失。在这种形势下，今年初国家有关部门批准成立中国绿色食品总公司。公司总经理刘连馥在接受记者采访时说，鉴于绿色食品不同于一般的食品，出口必须遵循生态食品国际贸易规定，非绿色食品专业性企业集团难以开展有关进出口贸易活动，希望国家尽快批准中国绿色食品总公司开展有关绿色食品出口经营业务，以使我国的绿色食品尽快进入国际市场。

（1993 年 7 月《经济日报》）

走马鄂东听乡情

雷声过后看地湿

为了保护农民利益、促进农业发展，今年以来，党中央、国务院出台了一系列重要政策，雷声过后看地湿。这些政策在基层的落实情况如何？农民有什么反映？

炎热的 7 月，记者来到鄂东农村采访。车子颠簸着上了田间小路。棉田里，武穴市江家林村的农民们正三三两两地忙碌着，有的铲垄，有的埋肥，还有的在打药。

听说是记者采访，农民们不约而同地围上来。58 岁的郭希民老汉首先高兴地说，中央重视农业，各级干部也开始关心农民，农民心里很高兴，也很满意。当问到农民是否都知道中央的各项政策时，绝大部分农民回答说知道，尤其是对减轻农民负担的决定印象深刻。但是细了解，农民对中央的政策知道得还不深或者不全面。

据了解，农民获知政策的途径主要是通过电视，其次是村干部传达，接下来才是广播、报纸等。由于受传媒自身条件的限制，绝大多数农民只知道个大概。

农民对中央的政策基本有三种态度，一是热烈欢迎，二是看法不一，三是怀疑能否完全落实。

对粮食收购保护政策和改进"三挂钩"兑现办法，许多农民有不同的看法。有的农民反映，由于种粮的成本不断提高，如果再将每个投工日按 5 元折价计算，那么目前制定的粮食收购保护价格，就很难起到保护的作用。

从今年起，国家对扶持粮棉生产的化肥、柴油，由原来平价供应实物改为货币结算，即在粮棉收购价格之外，将平议差价以加价形式付给农民。对这一改革，绝大多数农民表示赞成，但也有的农民认为，平议差价补偿不了生产资料价格的上涨，农民吃了亏，他们提出，平议差价应随着生产资料价格的上涨而增加，不能固定不变。

目前盛行的农业生产资料滥涨价之风能否刹住，许多农民表示怀疑，对中央减轻农民负担的通知精神能否贯彻落实，许多农民也不十分乐观。

农民对中央的政策寄予了最大的希望。从鄂东来看，这些政策正在逐步得到落实，有的已初见成效。

郭希民等农民反映，他们去年卖棉花打的"白条"今年全部兑现了。

武穴市委书记吕文涛告诉记者，今年为了不再给农民打"白条"，在夏收开始前的两个月他们就千方百计筹措收购资金，使得夏粮夏油的兑现率达100%，农民十分满意。

政策虽好，但还要落实好。目前农民反映比较强烈的政策不落实的情况有：许多地方没有公布粮食保护价格；粮食收购合同和棉花定购合同签订率较低；个别地方仍在加重农民负担等。

中央的政策是为农民制定的，落实好政策首先要让农民了解政策，在这方面，农村的基层干部负有义不容辞的责任。

记者在采访中发现，个别农村干部存有两种不可取的思想，一是不愿意让农民知道政策或知道得太详细，二是以为农民都知道了，因而不愿去作宣传解释工作，有意无意截留或贪污了中央的政策。这是目前落实政策中应十分注意的一个问题。

既要减轻负担更要增加收入

负担过重，农民意见最大；减轻农民负担，中央决心最大。

鄂东地处大别山区，是革命老区，农民人均收入水平低于全国，加上乡镇企业和二三产业欠发达，集体经济薄弱，农民负担一直比较重。

在鄂东采访，记者发现，从县到村对中央减轻农民负担的精神都是十分重视的，但又感到农民负担的的确确不是一夜之间能减下来的。

对本村农民负担的收费项目到底有多少，不止一位村支书说不清楚，反正上面来了文件，让征什么就征什么。

在一些村干部的办公室里，墙上仍然挂着中央明令禁止的收费项目。村干部们也有苦衷：农民负担增加，钱虽交到我们手里，但村里并未拿到，工作难做呀！难做也得做。

从采访中得知，各村今年农民负担的项目和总额与去年相比，普遍有不同程度的下降。武穴市朱奇武村今年农民负担总额比去年减少了2万多元，人均减少30元—40元。

现在，许多农民对自己不该负担什么项目心中有了底。记者在农民朱培波家里吃午饭时问到农民负担问题，他马上让儿子将减轻农民负担的小册子拿来。

武穴市去年农民负担超过了农民人均纯收入的5%，今年，他们狠抓了"四清一兑现"，即清文件、清人员、清项目、清资金，凡是超过部分一律返还给农民。今年全市农民负担总额比去年减少534万元，人均负担下降到占上一年纯收入的4.5%。

尽管减轻农民负担在各地都取得了不同程度的进展，但许多农民仍认为动作不够大，一些基层干部也显得信心不足。

农民负担问题真是不可能从根本上解决吗？显然不是，政治手段和行政命令确能产生一时效果，但从根本上解决问题还得靠经济的办法。这办法有两个，一个是专家提出来的，一个是农民实践着的。

有专家认为，农民负担过重的深层原因是，明税太轻，暗税不公，杂费太重。他开出的一个简明易行的"药方"是，农户和国家的分配关系只有农业税，要征税，即取消暗税和摊派，明暗合一，适当提高农业税，建立符合市场经济的新税制。农民交足农业税，不再接受任何强制性的摊派等。

农民实践着的办法就是"反弹琵琶"做"加法"，增加农民收入。江家林村党支部书记喻建明说，就是把农民负担全减下来了，农民也富不了。根本问题还是发展农村经济，增加集体的力量和农民的收入。

"我们村里基本上没有农民负担问题。"武穴市二里半村的支部书记田洪先说这话时显得挺自豪。与别的村支书不同，他的头上戴着一顶二里半企业集团总经理的桂冠，不过，这桂冠不是"减"来的，而是他算"加法"算来的。去年全村人均纯收入达到1478元，成为湖北第二个、大别山区第一个亿元村。

莫让丰收之喜再变忧

"农民种田积极性下降""耕地大量抛荒"，成为去年以来一些报刊的警世之音。

然而，在鄂东农村，记者却未发现一块撂荒的耕地。相反，农民种田的积极性正出现高涨的势头。一位正在棉田里打药的农民告诉记者，武穴是湖北重要的产棉区，棉花又是这里农民的主要经济作物，一亩棉田可产籽棉250公斤，皮棉100公斤，全国少有。除去农药等必要的投入，亩纯收入可达400元。这位农民全家共有3.8亩地，光棉花就种了3亩。

中央的各项农业政策已开始见到实效。武穴市委书记告诉记者，今年夏粮涨了4分钱，而且是在粮食丰收的情况下涨的。

丰收亦喜，丰收亦忧。增产不增收是近几年难走出的怪圈。武穴市今年在粮食丰收的情况下不但没有产生"卖粮难"，而且粮价上涨，农民增加了收入，的确是一个引人注目的可喜信号。

近几年，这个市把农民收入作为农村工作的第一目的，在抓粮油丰收的基础上，确保农民增收。

增产增收，粮食加工企业起了很大作用。目前，全市乡村两级共有粮食加工企业456家，实现粮食转化增值1.5亿元。

收购期间，他们也主动上门，与粮食部门形成竞争，粮油价格眼看着上涨，农民心里高兴，来年种田的积极性更高了，目前正在积极增加投入。

鄂东与全国总的形势是一致的。

据最新消息，今年夏粮产量增长4.5%，农民收入增长7%，实现了同步增长。农村和农业问题归根结底是农民问题，而农民的根本问题则是要调动农民生产积极性的问题。随着中央各项农业政策的深入落实，农民的生产积极性无疑会有一个大的爆发。

许多农民向记者反映，目前国家的支农生产资料跟不上形势的发展，农机、农药几十年一贯制。土地承包后，有些机械不能用了，而适合小块田地使用的机械又没生产出来，农民仍是人力耕种，仍然大面积使用传统的低效肥料。

应该看到，农民种田积极性还只是刚刚露出个苗头，如何保护和发挥这种积极性，当务之急仍是深入而全面地落实中央各项农业政策。

（1993年8月《经济日报》）

豫南看收烟

7月底，豫南时值烟叶收购旺季。公路两边，大片大片的烟叶青绿中透着金黄。奇怪的是，个别烟田已被连根拔得精光。

我随便拦住一位急匆匆骑自行车的农民，一问才知，原来他是从烟站回来的，而打算卖的烟叶仍原封不动地捆在后架子上。当他听说我是来了解烟叶收购情况的，用手一指前面的房子："到家里说。"并连说"坑人，坑人"。

这位老汉是鄢城县张湾村人，曾作过20多年的村支书。据他说，烟农今年反映最强烈的是收购标准普遍比去年提高了两个档次，去年卖"中2"的，今年只给"中4"，从而使烟农的收入减少一半以上。有一家去年只种1.8亩烟叶，毛收入达到1400元，而今年种了4亩，最多只能卖到600元，平均每亩150元，算上各种费用，不赚还赔。

为什么今年等级低？是不是质量不好？老汉说恰恰相反，由于今年天旱，加上烟农用心，烟叶质量比去年好得多。烟站说等级低是因为国家规定的标准提高了。

在临颍县木锨吕村烟站院内只有五六个农民在卖烟。辛苦了半年的烟农对自己的劳动果实，显得十分珍惜，烟叶一把一把的捆得那么仔细、那么整齐。收购人员检查得也非常认真，抽出一把，剥开，不合格的甩出去，然后按等归堆，验证、开票、兑付现金。

在收购站一间黑乎乎的屋子里，我同这个烟站的负责人杨洪钦聊起来。他对烟农的情况很同情，说烟农一年忙到头，满指望靠烟叶挣点钱，结果却落空了。造成今年这种情况的根本原因在于产大于销，收购部门和烟厂都大量积压。过去烟叶紧张时，给烟厂什么要什么，烟厂给收购部门说好话，现在烟叶多了，烟厂的要求就提高了，上边也层层下指令，要求严格按照国家标准收购。实际上不是今年的标准提高了，而是往年的标准降低了。由于供求关系的影响，往年烟农占了点便宜，今年则吃了点亏。杨洪钦还说：往年一天最高可收一万多斤，今年8天才收两三千斤，从我站来看，肯定完不成任务。

从屋子里出来，我一下子被一大片农民围起来了，许多人是听说记者来了才赶来的。此情此景，令我着实感动。

烟农们七嘴八舌，有的说，今年的标准太高了，种烟跟种粮收益一样；有的说，卖已不值钱，放又放不住，当柴烧还呛人，干脆拔了；还有的反映，去年的烟叶加价款至今没兑现；一个农民气愤地嚷："来年再也不种烟了！"另一农民接茬道："不种罚你款！"先前那个声音更高："罚款也不种！"

在好几个烟站，我都发现一个青年妇女挎着一小包烟叶转来转去，原来她是在打听、了解各烟站的卖价。据了解，许多烟农都持这种心理，看看行情，望而不卖，或先卖一点，但心里却又着实焦急，作为当地主要经济作物和农民收入主要来源的烟叶，许多农民一年的生活开销就指望它了。夏收过后是秋种，而烟叶换不来钱，秋种的农用物资就买不回来。一位烟农告诉我，去年他家的烟叶卖了2500元，其中1000元用来买了秋种的化肥、农药等；今年只能收入600元，而秋种投入就得800元。

从眼前的"卖烟难"想到明年的烟叶生产，一些乡镇干部不约而同发出感叹和疑问：看来明年种烟的工作更难作了，光靠行政手段还灵吗？

一连转了几个烟站，傍晚，我一个人来到烟地里。望着眼前这大片大片的烟叶，我的记忆闪回到1988年，也是在这片土地上，曾发生了一场震动全国的"烟叶大战"。一时间，烟叶价格猛涨，从每公斤2元上升到10元，甚至15元。各地为防止烟叶外流，层层设卡，个别地方甚至为此而大打出手……

也许，那场"大战"给人的印象太深刻了，几年来，豫南一些地方种烟面积不断增加，直至今年出现烟叶"卖难"，是烟农始料不及的。这是供求关系变化使然。

烟叶是极个别没有放开且又是独家经营的农产品之一。对农民来说，烟叶有较高的收益，对烟叶收购部门和卷烟厂来讲，烟叶能带来高额利润，对各级政府和国家来说，烟叶是高额税收。当供小于求或供求基本平衡时，三者的利益是一致的；当供大于求时，矛盾便显现出来。而在这三者中，农民对市场信号的反应和应变能力又是最弱的。然而，在从种植到收购都没有放开且面临巨大的财税收入诱惑的情况下，农民对市场即使有了一点反应也被行政命令砸得不得不缩回去。

据了解，主管部门曾告诫烟农说，不要盲目扩大烟叶种植面积。全国计划种植烟叶 2000 万亩，收购 4300 万担就能满足需要，但今年各地种植面积达 2600 万亩，生产烟叶 6000 万担，大大超过需求。目前各地烟厂仓库都已爆满，烟叶库存量超过正常量 1000 余万担，积压资金 10 多亿元。而全国烟叶主产省都扩大了种植面积。

在问到知不知道烟叶积压的情况时，有的农民说不知道，有的农民说知道，但又强调知道也没用，因为种烟是指令性计划，由政府安排种植面积，不种就罚款，有的农民在烟叶下面套种了地瓜也被强行铲掉。

据了解，一个大镇从农民种烟中的收入可达百万元。我问镇领导如何保证来年烟叶的种植计划，镇领导说，靠政府手中的权力，靠行政命令。

烟乡走了一趟，记者不禁再次浮想这样一个问题：什么时候"计划"和"市场"能更好结合，使农民能真正了解市场供求情况，而不再出现此起彼伏的"多"与"少"呢？

（1993 年 8 月《经济日报》）

农资市场疲软说明了什么?

前一段时间,伴随着房地产热、开发区热,钢材、木材、水泥等工业生产资料市场热浪迭起,价格一涨再涨。与此形成鲜明对照,化肥、农药、地膜等农业生产资料市场却持续疲软。中央宏观调控措施出台后,钢材等物资价格开始回落,而农资产品购销下降的趋势仍未见扭转。

(一)

记者从有关部门了解到,今年前4个月,全国供销社系统化肥购进比上年同期下降14.9%,销售下降12%,库存下降3.5%,贵州、湖南、陕西、山西、吉林等省化肥购进均下降20%以上。农药、地膜购进和销售也呈下降趋势。5月份购进和销售进一步下降,6月份购销比去年同期卜降达23%。米自河北农资销售部门的消息说,上半年全省农资零售额43.8亿元,比去年同期下降3.1%。其中,作为短期投入的化肥、农药、农膜等均呈降势,化肥销售下降达30%。

河南省农资购销同样难以尽如人意,上半年全省农业生产资料零售额为39.47亿元,与去年同期基本持平,但剔除物价上涨因素,实际下降6.9%。

与此同时,大部分农机产品销售由畅转滞。记者在中国农机总公司5月份销售月报上看到,被统计的25个品种中,竟有17个品种下降,下降品种之多、幅度之大都是过去所没有的。

前不久,记者在湖北、河南农村采访时,从农民的口中证实了报表上的统计。田间地头,许多农民掰着指头同记者算帐。粮食价格一寸一寸地涨,农资价格一尺一尺地涨,“剪刀差”越拉越大,农业效益越来越低,农民只有以减少投入来保护自己。在记者问到的20多户农民中,至少有一半明确表示减少化肥、农膜等生产资料的投入。

这一情况与广东省农调队对 10 个县 800 户农民购买农资商品的调查是一致的。今年上半年这 800 户农民购买化肥、农药、农膜的数量分别比去年同期减少 11%、3% 和 13%。

（二）

农资市场疲软固然有多种原因，但从农村来讲，在目前以家庭经营为主的形势下，农资市场疲软首先说明农民购买力的减弱。而农民购买力减弱的背后则无疑是农民收入增长不快和农业生产资料价格增长过快的问题。

农村问题专家将 1978 年以来的农村经济大体划分为三个时期：1978 - 1984年，农业增产农民增收时期；1985 - 1988 年，农业徘徊农民增收时期；1989 - 1991 年，农业增产农民增收停滞时期。

这几年，在农产品供给全面增长的形势下，农民收入出现停滞或徘徊状态，不仅影响到农民生活和农业生产，而且影响到整个国民经济的发展。

农民收入增长不快首先直接影响到农民对农业的投入。权威统计表明，1989 年至 1991 年农民人均用于短期生产投资的家庭经营费用支出与 1988 年相比，分别减少 4.1%、7.9% 和 0.8%；人均用于中长期生产投资的购置固定资产支出减少幅度更大，分别达到 22.2%、35.4% 和 18.2%。据国家统计局最新统计，1992 年我国农村完成固定资产投资额超过 2000 亿元，比 1991 年新增 30%。然而，农户投资总额却下降 3.5%，占总投资额的比重为 50.3%，比1991 年下降了 17 个百分点。

农民收入增长不快，还严重制约着农村市场的扩展。今天，两亿人的城市市场已不足以容纳国民经济所具有的供给能力，工业品市场的疲软很大程度上在于农民购买力的下降，1991 年全社会商品零售总额中农村所占份额比 1988年下降 3.2 个百分点，相当于农民少购了 301 亿元商品。去年以来，这种状况仍没有较大改观。

与农产品价格上涨过缓和农民收入增加不快相反，农用生产资料价格增长过快。1985 年至 1990 年农业生产资料价格提高了 57.2%，同期粮食定购价格仅上调 27.8%。去年至今，农资价格仍在节节上涨，不少农民望而却步。据有关部门统计，今年以来，我国农村化肥价格比去年同期提高了 8%—9%。农村市场需求量最大的碳酸氢铵，价格比去年同期提高了 16%；尿素的价格每吨上涨到 1200 元。河北省上半年农资零售价格比去年同期上涨 11%。河南省上半年农资价格平均上涨 7.8%，其中，农用机油涨幅高达 76%，小农具上涨 15.2%。

农资价格逐月攀升，质量却不尽如人意。据农业部对江苏、安徽等 9 个省市场上的农资样品抽查，产品不合格率达到 59.4%。

农用生产资料价格上涨过快直接导致农业生产成本增加，农业经济效益下降。1988 - 1992 年 5 年中，农村每百元投入获得的净收入，年均递减 10.7%。1992 年农村经济以较快的速度发展，而经济效益却下降到最低水平，每百元投资创净收入只有 60 元，比 1991 年减少 11.6 元，下降 16.2%。

（三）

上半年记者在农村采访时看到，与一些地方抛田弃耕形成对照，大片大片肥沃的耕地被圈为开发区，上项目、上速度，工业热从城市"热"到农村。对此，农民们一脸困惑。记者也在思考，如此高的工业速度，农业这个基础到底能承载多久？难道工农业要协调发展这个道理不灵了？

这样一想便感到，农资市场疲软带给我们的警示不仅在农业和农村。站在国民经济的全局来看，钢材等工业生产资料的热销与化肥等农业生产资料的滞销正预报着工农业发展的失衡。

中华人民共和国成立后一段时间，由于特殊的历史原因，我国选择了优先发展工业的战略。且采取了一系列政策，如，实行高度集中的计划经济体制，对工业优先配置资源；实行农产品统派购制度，农业因工农业产品价格剪刀差，净流入工业的资金累计已达 100 亿元；实行城市工业、农村农业的方针，农业只为工业提供原料，农产品集中到城市去加工；实行户籍管理，划分城乡居民界限，等等，不仅直接导致我国形成传统的农业、农村与现代的工业、城市并存的二元经济结构和二元社会结构，而且造成工农业发展严重失衡，国民经济经常出现大的波动。中华人民共和国成立以来几次大的经济波折，都是直接由于农业生产大幅度减产、徘徊引起的。

根据 40 年来的经验教训，专家们提出：农业与工业增长速度的比例，一般保持在 1∶2.5－3 为最合适。1991 年全国农业产值增长 3.7%，工业产值增长 14.5%，农业、工业增长速度为 1∶3.92。1992 年农业增长 3%，工业增长 21%，农业、工业增长速度为 1∶7。工业发展已经超过了农业这个基础所能承载的能力。今年初以来，工业速度仍突飞猛进，尽管采取了宏观调控措施，但工农业发展速度仍会大大超过合理比例。

当前，工业热、农业冷不仅表现在生产资料的销售上。在资金投向上，作为农业投入主体的农户的投资在减少的同时，大量的农用资金也悄悄"农转非"。中国农业银行对 26 个省市的不完全统计，今年第一季度，农村资金分流总额达 528 亿元，以各种形式流向城市和工业。

权威人士推测，农资市场疲软下半年仍将持续。从农资市场疲软看今秋和明年的农业生产，不能不使人忧虑。农业一旦再度滑坡，工业和整个国民经济都将受到影响。如果说农资市场疲软孕育着农业的危机，算是危言耸听吗？

（1993 年 10 月《经济日报》）

宏观调控对乡镇企业意味着什么

有人说乡镇企业是"气候经济",一有风吹草动便首先受到影响。尽管经历了改革开放 15 年的风风雨雨,乡镇企业已由一株小草长成参天大树,但它对"气候"的变化仍是异常敏感。因此,当中央提出宏观调控措施的时候,许多人也提出这样的疑问:宏观调控对乡镇企业意味着什么?

把乡镇企业纳入国民经济总体中,统筹规划,标志着我国经济调控能力的增强

作为农民的伟大创造,乡镇企业自诞生之日起就冲破了传统计划经济的束缚,在市场的夹缝中不断成长壮大。原材料靠市场组织,产品靠市场销售,价格靠市场调节,形成了一套适应市场变化的灵活的经营机制。仅仅十几年时间,乡镇企业已基本消除了土生土长、小打小闹的痕迹,而成为国民经济不可忽视的力量。据预测,到 2000 年,乡镇企业总产值占全社会总产值的比重将超过40%,占农村社会总产值的比重将超过 80%,乡镇工业产值占全国工业产值的比重将超过 50%。乡镇企业不仅成为农村经济的重要支柱,而且也是整个国民经济的重要支柱。乡镇企业在国民经济中的地位和作用要求,宏观经济协调与管理要由主要着眼于全民所有制经济活动,转向引导和调控全社会经济问题。

另一方面,乡镇企业行业众多,产品包罗万象,几乎涉及国民经济的各方面和所有的部门。加强和完善对乡镇企业的宏观指导和协调服务,从宏观上解决乡镇企业发展中的重大问题,是促进乡镇企业发展的重要保障。

过去,我国宏观调控的重点一直是全民所有制经济和国有大中型企业。而对乡镇企业,除有时运用行政力量进行干预外,基本上排斥于国民经济体系之外,这一方面使乡镇企业发展的空间变得异常广阔,另一方面也带来诸多布局、结构上的矛盾。因此,把乡镇企业纳入国民经济总体中,统筹安排,不仅

使乡镇企业在进一步发展和提高中明确了方向，更重要的意义在于，它标志着我国宏观调控能力的增强。

国家经贸委负责人在谈到这一问题时指出，全国乡镇企业 2000 多万个，已经成为我国中小企业的主体。鉴于国有企业特别是国有大中型企业转换经营机制的迫切性、艰巨性，近年来，我们的主要精力放在了搞好国有大中型企业上。最近一个时期，我们正着手研究中小企业问题，做好城镇集体企业和乡镇企业的规划、协调、指导和服务。各级政府有关部门，要提高认识，改变过去只注意国有企业、忽视乡镇企业的做法。要将乡镇企业的发展纳入统一的行业管理范围，做到统一规划，加强协调、指导和服务。他还强调，对乡镇企业的管理主要是做好宏观协调，不能再用"管"的办法，如果像过去管国有企业那样，扼杀了乡镇企业灵活的机制，就会造成新的失误。

国家计委负责人在接受记者采访时也谈到，各级经济综合部门要根据建立社会主义市场经济的要求，把乡镇企业纳入国民经济总体中，统筹规划城乡工业，搞好综合平衡，尽可能避免不合理的低水平重复建设和盲目发展。有关行业的发展规划和生产力布局与结构安排上，要充分考虑乡镇企业这一大块，在资源配置上给乡镇企业留出发展空间。要运用信贷、税收等经济杠杆及信息引导等方式，加强对乡镇企业产业政策的指导，促进乡镇企业结构的调整和布局的优化。宏观经济政策的制订要有利于乡镇企业的发展。

宏观调控给乡镇企业带来了新的机遇，也暴露了乡镇企业自身的不足

总的来看，宏观调控给乡镇企业带来了新的机遇。上半年乡镇企业发展速度较快，进入下半年虽有资金紧缺困难，但是发展势头仍然很好。

宏观调控也暴露了乡镇企业的不足。在不足中警醒，乡镇企业又将获得新的机遇。乡镇企业最为人称道的是在发展中形成了一套灵活有效的机制，如以市场为导向、自主经营、自负盈亏、优胜劣汰、多劳多得、用工灵活、自我积累、自我约束，等等。然而，近几年，在国有企业转换经营机制的同时，一些乡镇企业却出现了机制退化或弱化现象，如机构设置模仿国有企业，干部能上不能下，职工能进不能出，收入能高不能低等，变成了"二国营"。

同时，乡镇企业的某些先天不足更充分地暴露出来，如政府、社区、企业三位一体，政企不分、产权关系不明晰等。

此外，有的乡镇企业盲目追求发展速度，不注重技术改造和企业管理，加上一部分企业的产品质量不高，经济效益较差；市场信息不灵、盲目上项目、铺摊子，加剧了资金紧张，造成了生产力的浪费；企业布局分散，产业结构、产品结构单一，等等。

正视困难和不足，才能把握机遇，明确发展重点。当前，乡镇企业在东部大提高、西部大发展的同时，把深化改革当作重要任务来抓，即按照市场经济的要求，进一步转换和完善乡镇企业经营机制，提高自身素质，已开始收到一些好的效果。

从近年来的实践看，一批乡镇企业试行股份制改造，成为深化改革、完善机制、提高效益的一条有效途径。这种企业组织形式好处很多，不仅便于聚集资金，合理组织生产要素，而且易于明晰产权，强化经营机制。目前全国乡镇企业约有10%已经实行股份合作制或股份制。记者在山东、湖北等地乡镇企业采访发现，股份合作制企业的经济效益、增长速度都高于本地区其他乡镇企业。

宏观调控要为乡镇企业创造更加有利的发展环境

透过现象看本质，乡镇企业的某些困难不仅不是宏观调控带来的，相反，正是需要宏观调控来克服的。宏观调控同样将为乡镇企业发展创造更加有利的环境。

单就资金来说，前一个时期，受开发区热、房地产热和股票热的牵引，农村资金大量流向城市，出现资金"农转非"；中西部资金流向沿海，出现资金"东南飞"。安徽、陕西、云南等省都反映资金外流严重，仅云南一个省就被拆借出去20亿元，严重制约了农村经济和乡镇企业的发展。

国务院决定从今年起给中西部乡镇企业增加贷款50亿元，然而今年上半年仅落实20%左右。资金哪里去了？记者专门采访了中国农业银行的负责人。这位负责人称，主要原因是乱拆借、乱集资等情况造成存款减少，农村资金分流严重，上半年银行储蓄比去年同期减少了92亿元。

一个时期以来，乡镇企业成为乱集资、乱收费、乱罚款的重点对象，一些政府部门把乡镇企业当作可以随时吃一口的"唐僧肉"，干扰了企业的正常秩序。宏观调控的目的就是要消除经济运行中的这些不健康因素，加上廉政建设和反腐败斗争，无疑将会使乡镇企业受益。目前，宏观调控已初见成效，明年，国家将采取更加坚决有力的措施，增加对农业和农林的投入。这样的宏观环境是有益于乡镇企业发展的。

（1993 年 10 月《经济日报》）

谁能告诉我明年种什么?

——就农民走向市场后面临的困惑致编辑部的一封信

编辑部:今年秋冬时节,我曾到吉林、江苏、安徽等地农村采访。在与农民和农村基层干部交谈中,强烈感受到他们在走向市场后所面临的种种困惑。他们说,对于搞市场经济,我们农民是衷心拥护并且最先亲身实践的。十多年前搞家庭联产承包,广大农民就已经跨进市场了,可现在我们越来越感到,市场的"海洋"里风浪太大,单靠我们自己的力量,实在有些抵挡不住,也实在有些摸不着深浅,摸不准方向。

去年底,产粮大省吉林的一些地县相继宣布,从第二年起不再安排种植计划,种什么、种多少,完全由农民自己决定。不料,此令一出,农民不但没有欢天喜地,反而一趟一趟地往乡里跑,一遍一遍地问乡村干部:"明年到底种啥?"农民石玉萍的话,反映了农民的普遍心理:"都说啥来钱种啥,可种啥来钱?过去是乡里让种的,卖不出去可以找乡里,以后是自己种的,卖不出去,俺找谁呀?"

江苏东海县桃林镇的农民在走向市场时既感到松绑了,又感到迷路了,希望政府在他们走向致富的路上指清方向,再送一程。

困惑也好,疑虑也罢,农民终归是要种地的。那么,继土地改革、家庭联产承包责任制之后,获得了"第三次解放"的农民,到底以什么根据来安排种植计划呢?

湖南省麻阳县调查了98个种植户,有36户依然是"田里稻谷加稻草,土里薯根加薯藤"的农式格局,还有17户根本不知道种什么好。有的农户根据以往经验,自认为种了赚钱的,结果连老本都赔了进去。

河南省曾对41个县的1290户农民进行问卷调查,29%的农民估计收获后,哪种农产品好卖、价格合算就种哪种;28%的农民则依据播种前或上年市场行情安排种植；20.5%的农民是按习惯种植；还有19.1%的农民随大流，看人家种啥我种啥；按照与有关部门签订的合同进行种植的农民仅占2.3%。

农民走向市场，农村干部的心态也经历着前所未有的震荡。是一推了之，让农民"一靠政策、二靠老天、三靠自己"呢，还是积极适应新形势，改变工作方法？东北一个镇党委书记在谈到这一点时说："我们这也叫处于两难境地。农民来问该种啥，咱不管，让农民找谁去？咱要管，一是有顾虑，怕上面说咱又搞行政干预那一套；二是这市场经济究竟咋搞，咱心中也无数，要是盲目出主意，让农民赔进去了，谁负得了这么大责任！"

的确，市场经济给农村干部提出了新的要求，记者采访的许多乡村领导都认为，农民走向市场，干部的担子不是轻了，而是更重了。

江苏东海县桃林镇桃北村的几位村干部告诉记者："今年我们村规划种了几十亩红麻，亩产六七百斤，亩收入500元左右，比粮油生产效益好。但因为是村里叫种的，群众就要求集中交到村里，可村里又暂时没联系到合适的厂家，群众就找上门来了。今后要搞好农村经济，不光要组织好生产，还要预先找好市场。"

的确，许多农产品的"卖难"都是因为农民没有及时掌握准确的市场信息所致。

今年，湖北、河南、云南等省的烟农们就经历了这样一场市场的"洗礼"。由于没有及时掌握烟叶过剩的信息，仍然盲目扩大种烟面积，结果卖烟时供大于求，再加上国家按新的标准收购，烟农们没有拿到期望中的收入，有的甚至连成本都未收回来。

市场经济要求农民根据市场决定生产经营。然而，农业生产与工业生产不同，农业生产有其季节性，而农民又处于分散化经营状态，信息不灵，市场却是千变万化的，因而，农民得到的市场信息往往是滞后了的信息，跟着市场走往往成了跟着昨天走。

安徽滁州是"大包干"的故乡，小岗村的农民告诉记者，种粮不合算，今年就种了10亩大葱，谁知你种别人也种，结果，一分钱一斤都没人要。另一个村的干部讲了这样一件事："去年，我想给大伙调整一下产业结构，试种菊花，我到县药材公司一谈，每公斤16元，价格不错，回来就动员试种户进山引种苗，谁知到卖时却成了 4 元一公斤，群众直埋怨，可我有什么办法呢？"

我们知道，市场的作用有两个，一个是商品交换，实现农产品的价值，一个是信息传播，引导农民安排生产。由于农业生产的特殊性，更由于我国市场发育还不完善，由市场直接引导农民走向市场尚难以实现。那么，"如何引导农民走向市场"这篇大文章究竟应落笔在何处呢？

"谁能告诉我，明年种什么？"这变了词儿的歌声，表面看是农民对来年"种什么"的惶惑，实际也是他们进入市场后亟需引导的真诚呼唤。建议编辑部就此问题展开讨论，进一步把报道引向深入，以推动我国农村、农业和农民更加自觉、更加主动地走向市场。

（1993 年 12 月《经济日报》）

面向东南亚

——评述云南的对外开放

一踏上这片偏于西南一隅的神奇的土地，我们便仿佛听到云南大步走向东南亚的坚定的脚步声。在同云南各方面同志的接触中，这种声音变得越来越真切、清晰、响亮。

"云南的对外开放，要形成以大西南为依托，以昆明为中心，以边境开放城市为前沿，以东南亚、南亚为重点的多层次、全方位向世界开放的新格局。"省长和志强在各种场合反复强调这一对外开放的思路。

这一开放思路的形成来自于对云南省情的清醒的认识。云南是一个民族、山区、边疆"三位一体"的省份，在改革开放大潮的冲击下，历史形成的封闭状态已有较大改变，但商品经济仍不够发达，贫困面较大，经济社会发展很不平衡；虽有一定的物质技术基础，少数优势行业和产品如"云烟"等已在全国占据重要地位，但从总体上看，经济开发程度较低，教育、科技相对落后。然而，云南又有其他省难以具备的特殊的区位条件，具有面向东南亚、南亚开放的地缘优势；加之气候和物种等自然资源丰富多彩，开发潜力很大。

因此，省委、省政府坚信，尽快形成多层次、全方位的对外开放格局，在扩大开放中求得云南经济的腾飞，是完全有可能的，何况，从大西南、东南亚乃至世界经济格局演变的大背景下来看，"21世纪是太平洋世纪"，已成为全球的一种共识。随着中国的全面对外开放和世界经济中心向亚洲、太平洋地区的转移，云南这个曾经是开放的"末端"的地方，完全有条件成为开放的"前沿"。而要使"前沿"尽快变成现实，就必须进一步加速对外开放，要把走向"亚太"的步伐迈得更大、更快，在亚太经济区尽快占据一席之地。

云南的同志看得很清楚，由于自己所处的位置距沿海较远，沿海地区的开放难以较快地带动西南边陲的发展，只有自己主动积极介入周边和世界各国、各地区不同层次的市场中，以开放促开发，才能打破内陆边疆因远离沿海和内地工业中心而形成的封闭、半封闭状态。他们意识到，既然广东通过扩大对港澳的开放实现了超常规发展，福建加快了海峡两岸交往壮大了自己，云南也完全有条件面向东南亚加快发展自己。

于是，这样一种趋势和前景将出现在世人面前：开通了云南的出境通道，形成对东南亚开放的陆上通道，从而实现我国从北、西、南三个方向向周边国家以及相联系的世界各地全方位开放的陆上通道这一战略宏图。

对面向东南亚的开放，云南省各级干部充满信心，从与东南亚各国经济、社会发展的比较来看，云南确实具有许多开放的有利条件。云南素有"动物王国"和"植物王国"的美称，动植物种类之多居全国之冠，已发现的120多种矿藏中有50种的储量居全国前10位，有6种居全国第一。水能资源可开发量居全国第2位。

除资源优势外，云南走向东南亚还具有得天独厚的地缘优势。云南与越、老、缅三国接壤，边界线长达4061公里，且基本无天然障碍，村寨相接，四季贯通。有连接缅、老、泰、柬、越5国的澜沧江，有直达越海港城市海防的滇越铁路，有经畹町通往缅甸至印度的滇缅公路，空中航线已把昆明、曼谷、仰光联接起来。沿边城市瑞丽、畹町、河口已经被国务院批准为边境开放城市。目前，"边贸与大贸"结合，已成为云南走向东南亚的两个重要轮子。于是，诸如"航空开路""旅游突破""边贸扩展""合作开发""商品出口""劳务输出"等词汇近年来频频出现在云南各级领导讲话和工作布置中。业已逝去的1992年，作为云南走向全面开放的一年，已载入史册，而即将逝去的1993年，又将成为云南在开放的道路上大踏步前进的一年。

一开始就以区域经济来构思对外开放的格局，由于云南的这个立足于本省又跳出本省的思路，因而形成了西南各省也愿意把云南作为大西南通向东南亚、南亚的通道，而云南又将大西南作为扩大自己对外开放的重要依托的局面。今夏首届昆交会就是大西南携手走向东南亚的一次成功尝试。这次昆交会是由四川、贵州、广西、西藏、云南、重庆、成都五省区七方联办，云南主办的。有45个国家和地区的5169名境外客商参加，成交额达17.57亿美元。昆交会的召开，在国内形成了昆交会与南有广交会、东有沪交会、北有哈洽会、西有乌洽会的全方位开放的态势。昆交会对东南亚的吸引力令人瞩目，从人数来看，来自东南亚的占了一半，来自港、澳、台的占 40%。海内外的舆论反映，昆交会规模之大，与会境外客商之多，创下了多年来西南对外经济活动之最，就这点讲，云南颇有点"不鸣则已，一鸣惊人""后来者居上"的味道。

应该说，云南作为全国的第三大侨乡，对华侨、华人资本本身就具有很大的潜在吸引力。尤其是，我国与周邻国家关系的恢复与改善为云南走向东南亚提供了一个有利的政治契机。

发展旅游业是云南另一个巨大的潜在优势，最新资料显示，在全球范围内国际旅游业现已超过石油和汽车工业，成为世界第一大产业，而云南旅游资源得天独厚。面对蓬勃发展的国际旅游业，省长和志强明确提出要采取"拿来主义"的办法，走西班牙等国家走过的路，把旅游业作为增加外汇收入、平衡国际收支的主要手段，同时促进其他产业的发展。当前要把旅游业作为对外开放和走向东南亚的突破口。借助于全省已开辟的 6 个国家级风景名胜区和 30 个省级风景名胜区以及 7 条国家级旅游线路，去年共接待海外游客 31 万多人次，比 1979 年增长了 23 倍多。尤其是东南亚的旅游者数量明显增加，今年上半年又比去年同期增加了 400% 多。

把东南亚作为对外开放的重点确定后，云南上上下下紧迫感更强了。因为，放眼东南亚，将是一片竞争激烈的热土。

然而，从当前看，走向东南亚的步子还有些身不由己的制约因素，其中最大的就是交通等基础设施落后。显而易见，扩大开放，加强国际间的合作与交流，畅通的通道是一个基本条件。云南在不久前亚洲开发银行主持召开的次区域合作会议上提出了"1-2-1"方案，即修建一条铁路、两条公路、一个机场。一条铁路就是连接中、老、泰和东南亚各国的铁路。两条公路，分别连通老、越、泰等国并接通东南亚各国。一个机场是把昆明机场建成现代化的国际航空港。这个方案的提出，引起许多有关国家的极大兴趣，将成为东南亚次区域合作的启动工程。

11 月 19 日，记者离开云南，从急速拔高的飞机上俯瞰脚下这片充满神奇和希望的土地，记者相信，用不了多久，它将成为我国对外开放版图上一个熠熠生辉的亮点。

（1993 年 12 月《经济日报》）

农民评说开发区

——广东韶关粤北工业开发区见闻

去年以来，开发区热自沿海向内陆，一浪高过一浪，不仅有国家级的，省级的，也有县级的、乡级的甚至村级的。有的地方把办了多少开发区作为改革开放取得重要成果的一个标准。记者在农村采访，不时看到大片大片的耕地被圈了起来，然后树上几块牌子，鲜红的大字写着"×××开发区"……

开发区要占用耕地，而且多是良田沃壤。那么，如何解决被征用土地的农民的生活出路问题呢？10月，记者来到位于广东韶关市西南端的粤北工业区寻找答案。

粤北工业开发区去年3月才挂牌，规划占地面积18.8平方公里，涉及新村、长乐、砂梨园三个村。被征用了耕地的青壮年农民正在参加开发区的填江工程，每填1立方米付给7元钱。

长乐村党支部书记何恩仁说，开始征地时农民是想不通，担心失去土地后生活无保障。现在看来，开发区替我们想得很周到。

开发区负责人在解释这"周到"时介绍，为做到开发区建设和农业生产两不误，对按规划需要开发，但暂时不用"三通一平"和市政建设的土地实行预征，先付给农民10%的征地费，允许农民在预征土地上继续进行农事耕地。

新村党支部书记何万顺谈道，为了参与开发区建设，去年他们投资300多万元，买了20多辆车，承担了600万元的工程量，今年则增加到800万元，增加了农民收入，因为开发区规定凡是农民能够承担的开发区工程，都要优先安排给农民。据开发区负责人介绍，三个被征地村都建立了自己的建筑队和运输队，并涌现出大批农民私营的建筑队和运输队，仅去年三个村就从开发区的工程建设中增加收入1000万元。

开发区在征用土地过程中，还考虑到当地农民的长远利益，从征地总面积中划出 10%，共 300 亩土地，交给农民办企业和发展第三产业。

粤北工业开发区还将一批规模小、但效益较好的项目交给农民开发。去年，他们将一个百万元投资的杀虫剂项目交给农民后，目前已经开始见到效益。

通过采访了解到，农民对粤北工业开发区基本上是欢迎和满意的。但许多农民也表示了一种担心，虽然兴办开发区使农民的收入大大提高，但这种提高能保持多久？因而他们对开发区寄予了最大希望。长乐村村民何恩仁和砂梨园村民戴德和认为，关键是开发区能否办好，办好了，农民就业机会也多了。

农民对开发区也有意见：土地占起来，填好了，却建不起厂房，每个村都有二三百亩，农民看了很觉可惜。

他们对开发区的希望是：多帮我们招些项目；但是他们也理解：开发区的项目还没招完，还顾不上我们。

不管怎么说，粤北工业开发区在兼顾被征用了土地的农民的利益方面作出了极大努力，因而受到省及国家有关部门的肯定。

（1993 年 12 月《经济日报》）

乡镇企业优势还能保持多久？

当人们惊异于乡镇企业创造的经济奇迹时，却不能不注意到，乡镇企业的机制正在弱化甚至退化，乡镇企业生存和发展的大环境正处于急剧的变动之中。乡镇企业的优势还能保持多久？

作为市场经济的先导力量，乡镇企业自诞生之日起就经受了市场风云的洗礼，并在市场博击中逐渐形成了"自主经营，自负盈亏，自我发展，自我约束"的机制。灵活的经营机制主要包括自负盈亏的风险机制、多劳多得的分配机制、能进能出的人事机制、能官能民的干部机制、机构精简的决策机制、优胜劣汰的竞争机制和自我积累自我改造自我约束的发展机制等。

然而，近几年，在国有企业学习乡镇企业灵活的经营机制的同时，一些乡镇企业却有意无意，不同程度地染上了国有企业的痼疾，甚至变成了"小全民""二国营"。记者在不少乡镇企业采访中发现，乡镇企业经营机制的弱化主要表现在以下几个方面：

一是片面追求企业规模，机构膨胀得越来越大，非生产人员越来越多，因而造成决策层次过多，产品成本不断上升，市场竞争力不强；

二是政企结合越来越紧密，企业生产经营自主权越来越小，这一点在乡镇所属企业中更加明显。随着企业经营规模的扩大、经营效益的增长和企业影响力的提高，乡镇政府对企业的行政干预也不断加强；

三是自我积累、自我发展的运行机制受到阻碍。一方面，由于一些企业承包人和乡镇领导的不正当行为，导致企业发展后劲不足；另一方面，社会上的各种摊派扑面而来，企业负担越来越重，严重影响了企业的自我积累和自我发展能力。

在乡镇企业经营机制弱化和优势锐减的同时，乡镇企业固有的与市场经济不适合的缺陷没有从根本上改观。一些乡镇企业至今尚未将改进设备和技术作为企业发展的根本动力，设备绝大部分来自国有企业的二手设备，技术则主要靠国有企业和大专院校。在管理上，水平不高、制度不科学、不健全的状况还普遍存在。职工文化素质与现代化生产的要求还有较大距离。

乡镇企业的崛起，与其生命力的顽强联系在一起，同时也与市场的不完善联系在一起。过去，由于国有企业未进入市场，乡镇企业成为市场的唯一主体，并在不完善的市场中一枝独秀。现在，随着国有企业进入市场和市场经济的建立与完善，市场主体多元化将改变乡镇企业独享市场利益的局面。同时一些乡镇企业不规范的操作行为，也将受到抵制和排斥。

如今，国有大中型企业从政策中获得越来越强大的能量，引进乡镇企业机制，加上技术、人才、设备等先天优势，势将如虎添翼！而三资企业和私营企业则更加咄咄逼人。一些过去曾津津乐道于从国有企业挖人才的厂长，现在则抱怨自己的企业快成私营企业的"人才培训部"了。从夹缝中闯出来的乡镇企业再次处于市场竞争的夹缝之中。

历史地看，乡镇企业的优势更多的是所有制意义上的优势，因此不可能永久地保存下去。应当看到，建立社会主义市场经济的题中之义包括取消企业行政级别，取消按所有制成份划分企业，确立统一的市场行为主体。从这个意义上说，乡镇企业优势消失得越早，则说明我们建立社会主义市场经济的步伐越快。

（1994 年 1 月《经济日报》）

粮食问题症结何在

一方面，人均占有粮食不足 400 公斤，在世界仍属低水平；另一方面，粮食"卖难"呼声此起彼伏，持续数年有余。如何判断我国粮食形势？粮食，多了还是少了？

农业是国民经济的基础，粮食是基础的基础，因而我们始终把粮食生产当作关系国计民生的头等大事来抓。整个 80 年代，是粮食产量增长最快的时期，并一跃跨过了温饱线，1990 年粮食总产达到 4462.4 亿公斤，创历史最高水平。目前，我国粮食生产能力已经能够稳定在 4250 亿公斤以上的水平，人均占有粮食接近 390 公斤。这表明，粮食总量不足的状况已经基本改变。

长期以来，我们过分强调了粮食的战略特殊性，没有把粮食当成真正的商品，因而不能用市场经济的眼光来看待粮食的生产和需求，对 1984 年和 1990 年粮食大丰收后普遍出现的"卖粮难"不理解，甚至不敢承认粮食生产出现了相对过剩。

判断粮食多了还是少了，不能静止地光看人均占有。在 4000 多亿公斤的粮食总量中，国家通过各种方式收购的 1000 多亿公斤，即只有 1/4 的粮食实现了商品化，其中包括城市居民的消费、工业用粮和国家的储备粮，3/4 的粮食，即大约 3000 多亿公斤，仍然留在农村。分析十几年来粮食消费的变化趋势就会发现，1978 年至 1985 年是逐年增长的，而自 1986 年起开始逐年下降。当年全国居民直接消费粮食为人均 252.7 公斤，而城镇居民人均消费只有 137.9 公斤。1991 年全国居民人均直接消费粮食 234.5 公斤，城镇居民已降到 127.9 公斤。全国居民人均直接消费的粮食，1991 年比 1985 年减少 17.2 公斤，推算全国约减少 200 亿公斤的消费量。与此同时，肉、鱼、蛋、奶等副食的消费量逐年增加，膳食营养状况不断改善。1991 年同 1983 年比较，增加的食物和节约的粮食相当于增加了 400 亿公斤的粮食，这大致可以说明为什么 1983 年全国人均产粮 378 公斤仅是解决温饱，而 1991 年人均产粮仍是 378 公斤，却出现"卖粮难"。从生产的角度看"卖粮难",则突出反映了粮食品种、品质结构不合理的问题。据了解,目前积压最严重的是早籼米,仅浙江省库里就存了 40 亿公斤。而优质米麦却出现短缺。因此,在我国粮食需求已由数量型增长转向质量型提高的过程中,抓住当前粮食相对充裕的有利时机,引导农民搞好种植业内部结构调整,适当调减粮食种植面积,同时扩大高品质粮食种植面积,这既是农业全面走向市场的要求,也是保护农民切身利益和增加农民收入的需要。

判断我国粮食的多少,既不能拿世界粮食的占有水平作依据,也不能用对粮食的长远需要作依据,而是要从市场对粮食的有效需求来判断。1984 年至 1988 年间,虽然粮食产量一度徘徊,但农民收入还是保持适度的增长;而 1989 年以后,粮食产量上来了,农民收入却停滞不前。由于价值规律的作用,"卖粮难"带来了粮食和主要农产品的价格连续几年下跌,甚至跌到了国家定购价和保护价以下的问题,严重损害了农民利益,挫伤了农民种粮的积极性。直到今年,由于国家采取了种种保护政策,粮价下跌的局面才开始得到扭转,并且开始上扬。

人多地少是我们的基本国情,尽管粮食的总量平衡矛盾已经解决,但人均生产的粮食并不多,在此基础上出现的"卖粮难"属于低收入水平上的相对过剩。在考虑粮食产量增加的时候,还不能忽视人口增长的抵消作用。

应当承认,由于自然和市场供求关系等因素,粮食生产发生一定程度的波动在所难免。从世界来看,任何一个国家的粮食产量都不会没有反复。我国是世界粮食产量稳定性最好的国家之一。据联合国粮农组织对 126 个国家谷物产量不稳定指数的计算,中国是 4,是唯一低于 5 的国家,美国、印度等大国,其不稳定指数都在 10 以上。经过近年来的快速增长,我国粮食综合生产能力已经登上了一个新的台阶,可大体稳定在 4250 亿公斤左右。国家粮食储备制度的建立和农民存粮相对充足为粮食稳定增加了保险系数。目前国家储备粮人均达到 205 斤,可供全社会消费 6 个月,已超过了国际上公认的粮食安全线。据国家统计局调查,1991 年农民人均年末结存粮食为 405 公斤,比一年的生产生活用量高出 34 公斤。

粮食总量不足的矛盾解决了,并不能认为粮食生产已经过关了,粮食结构的矛盾正日益突出,这要求必须把粮食生产进一步推向市场,通过市场需求的引导,实现生产消费结构相一致,从而实现生产的良性循环。

(1994 年 1 月《经济日报》)

102 国道贯通有望

102 国道是连接首都北京和东北三省的重要公路干线，然而由于种种原因，从迁安野鸡坨到抚宁芦峰口 49.2 公里路段始终为断头路，致使往来车辆绕行 205 国道，加大了 205 国道唐山至秦皇岛段的压力。

近年来，随着经济和社会的发展，打通断头路的呼声不断，本报也曾在去年 12 月 1 日以《国道何时能贯通》为题加以反映。近日，记者再赴当地及有关部门采访，欣喜地看到，102 国道贯通有望。

其实，无论当地政府还是省、市交通部门，对于贯通 102 国道，都已付出了扎扎实实的努力。河北省卢龙县以当年治水精神，自力更生自筹资金，千军万马齐上阵，记者曾在报道里作了较为详细的报道。

1992 年，秦皇岛市交通局主要领导多次亲赴省城，争取省交通厅在 1993 年将 102 国道修复工程立项。秦皇岛市委、市政府也将贯通国道列为为全市人民办的 12 件好事之一。

河北省交通厅也对此事予以充分重视，多次派员实地察看，并决定从 1993 年开始修复这条断头路，当时，公路设计等级为三级。鉴于省里资金紧张和地方迫切要求，交通厅决定由国家和地方共同出资修建，省里负责大中桥梁建设费用，每公里路面补助 20 万元，其余拆、迁、占部分由当地政府解决。随后，省公路规划设计院的测设队伍开始对青龙河、滦河两座特大桥进行钻探和定位测量。

去年春，交通部负责人在秦皇岛听取了关于 102 国道修复工作的汇报后指出，一定要高标准修建这条国道。国家资金紧张，可以采取国家、省厅和地方三家共同负担的办法解决。根据交通部领导指示，省交通厅把 102 国道修建标准由三级提高为二级。

河北省交通厅老厅长离任前和新厅长上任第五天，曾先后来到 102 国道断头路段实地察看。去年 10 月，省交通厅即下发了《关于下达 102 线野鸡坨至芦峰口断头路段测设任务的通知》，文中对 102 线走向、测设标准以及建设规模等有关事项都作出了明确规定，并把省厅每公里 20 万元的补助款提高为每公里 30 万元包干补助，大中桥梁投资另行审批。

为了尽快贯通国道，卢龙、抚宁两县在财政紧张的情况下，全力投入，目前已到位资金 1000 多万元。

在勘测设计人员的努力下，两座特大桥梁也已设计完毕，施工单位已做好进场准备。

在交通部门及当地政府的共同努力下，秦皇岛市辖 30.5 公里路基已全部达标成型，中小桥涵全部配套完毕。当地交通部门欣喜地告诉记者，102 国道贯通有望。

（1994 年 2 月《经济日报》）

做好农民增收大文章

（一）

农民收入增长缓慢是刚刚过去的一年里农村的突出问题。在一片增加农民收入的呼声中，国家统计局日前提供的最新数字表明，1993年全国农民人均收入实际比上年增长3.2%。

去年，除棉、糖减产外，粮食等其他农产品仍是全面增长，其中粮食比上年增加170万吨，油、蛋、奶、肉、水产品产量增长率也都在5.5%以上。

3.2%，低于1992年5.9%的增长率，而与本世纪末农村实现小康目标农民收入至少每年增长5%以上的要求相比，更存在相当大的距离。

近几年，农民收入的构成日益呈现出一高一低的特征，即，非农产业比重高，农业比重低。乡村企业等非农产业的增长速度高出家庭经营收入增长速度15%以上。而在家庭经营的收入增长中，种植业也仅占到三分之一。

（二）

人们越来越清楚地看到，近些年农民收入存在两个明显的不适应。就农业看收入，农民收入与农产品增长不适应；跳出农业看收入，农民收入的增长与城市居民收入的增长不适应。发展农业的根本目标有两个，一是保证农产品供给，一是增加农民收入。

农村改革前几年，由于极大地调动了农民的生产积极性，粮食等农产品的生产连年丰收，不断登上新台阶，农民收入也随之增加。然而，1984年以后，二者却出现了相背的趋向。1984年和1990年是我国粮食生产的两个高峰年，但却是农民收入的两个低谷。

这种情况的出现既有农业指导思想上的原因，也有经济条件上的原因。就农业指导思想而言，多年来我们始终把增加农产品数量作为指导农业生产的基本原则，而忽视了增加农民收入这一点；就经济条件来讲，在以计划经济为主的条件下，农民生产的越多，相应的收入也就越高。而在市场经济条件下，受价值规律的影响，农产品相对过剩就会使价格下降，从而减少农民的收入。近几年持续出现的"卖粮难"就证明了这一点。

消灭城乡差别曾是我们的美好理想。而去年农民 3.2% 的收入增长水平至少要比城市居民人均纯收入增长低十个百分点。城乡收入的不相适应再次引起人们的忧虑。

（三）

农民收入在一片"增加"的呼声中比上一年下降了一截。尽管前几年农民收入的增长出现徘徊，但如果按 1992 年 5.9% 的速度增长，本世纪末农村实现小康仍有十分的希望。

到本世纪末我国人口将超过 12 亿，其中 9 亿多是农民。如果农民收入没有一个大的提高，农村的小康目标就难以实现；如果 9 亿多农民不能实现小康，就不能说全国实现了小康，就会影响第二步战略目标的实现和下个世纪中叶赶上世界发达国家的目标。

从眼前看，农民收入增长缓慢直接影响到对农业的投入，最终影响到农产品供给目标的实现。强调农民是农业投入的主体，前提是农民要有投入的资本。近两年来，由于农业的比较效益日益下降，农民大幅度减少了对农业特别是粮食生产的投入，甚至出现了撂荒现象。农民积极性降低到了农村改革以来的最低点。

农民的腰包不鼓，手里钱少，购买力下降，还直接影响了工业品市场的扩展。目前许多城市企业不景气，市场狭小是一个重要原因。农村有 9 亿人口，是一个潜力巨大的市场，而开拓这一市场的前提则是，增加农民收入，提高农民购买力水平，从而带动国民经济的发展。

所以，我们要从国民经济的全局来看待农民收入问题，切切实实做好农民增收的工作。

（四）

强调增加农民收入首先要转变农业发展的指导思想，即从过去单纯追求农产品供给这一目标转到农产品供给和农民收入增长目标两者并重上来。

就农村内部来讲，还要实现一系列变革。在保证粮棉产量、保证国计民生需要的前提下，继续放手调整农村产业结构，因地制宜增加经济作物的比重，这既是农民增收的需要，也是调整食物结构、满足人们日益多样化需求的需要。同时利用农村剩余劳动力向荒山、荒坡、荒滩进军，在 14 亿亩耕地之外开辟新的生产资源。

要在单一种、养的基础上向贸、工、农方向发展，把农业当作企业来办，并形成一个产业链，一头连着农户，一头连着市场，以市场为龙头带动农户生产。

乡镇企业等非农产业已成为增加农民收入的主要来源，要继续发展乡镇企业，并与小城镇建设相结合，使一部分农民从土地上完全分离出来，从而减少农民的数量，提高农业劳动生产率。

我国幅员辽阔，经济发展水平差异较大，因此，在增加农民收入的途径上也要因地制宜，分类指导。目前，我国还有 8000 万人的温饱问题没有彻底解决，绝大部分分布在西部地区。因此，西部地区要把农民增收重点放在解决贫困人口的温饱上。中部地区是我国的粮棉主产区，粮棉大县，工业小县，财政穷县，是多年未能改变的事实，如何寻找增加收入的途径，是这一地区须认真探索的问题。东部地区又是另一种情况，虽然粮食面积在逐渐减少，但由于高效经济作物和出口创汇农产品的增加，以及非农产业的发展，农民收入每年都有较大幅度的提高。

（五）

增加农民收入已引起党中央国务院的高度重视，在新的一年里，农民收入有没有一个大的提高，关键是各级政府有没有在调查研究的基础上拿出扎扎实实的措施来。

（1994 年 2 月《经济日报》）

市场的力量

去年 10 月以后，全国大部分地区粮油价格突然上扬，农民惜售，粮食部门待价而沽，部分城市出现居民抢购现象。

与此同时，家电等经历了几个月的市场疲软之后，价格节节攀高，钢材等建材价格又一次上扬……在这些现象的背后，人们发现，市场的信号在增强，市场的力量在增大。

刚刚过去的一年，人们谈论最多的两个字是市场，人们感受最深的是市场的力量。市场经济已逐渐从经济学家的理论变成我们的实践，市场这只"无形的手"正越来越深刻地影响着我们的行为。

是的，党的十四大提出建立社会主义市场经济新体制的目标之后，走向市场便成了我们坚定不移的自觉行动。

回顾 15 年来改革开放的历程，实际上就是逐步由计划经济向社会主义市场经济转变的过程，改革开放的所有重大成就都充分显示了市场的力量。

中国改革自农村始，农村的改革始终贯穿着一条主线——市场取向。家庭联产承包责任制的实行，使农民成为相对独立的商品生产者和经营者，为农民走向市场放开了手脚；而几十年一贯制的统派购制度的取消，又为农民成为市场主体创造了前提条件。农产品市场的繁荣是伴随着农产品购销的放开而来的，1985 年先后放开了蔬菜、水果和水产品，刚开始，价格曾一度上涨，随后市场很快丰富起来。到目前，除棉花、烟叶等少数几个品种外，其余都是按着市场需要组织生产和直接面向市场出售。

如果说农户作为生产者和经营者并没有完全成为市场主体的话，那么，乡镇企业的崛起和迅猛发展则创造了一个日益鲜明的市场主体，创造了一个日益强大的经济巨人，从而证明市场力量的非凡。

在计划经济体制下，乡镇企业自诞生之日起就是在市场夹缝中生存的，原材料靠市场组织，产品靠市场销售，逐步形成了自负盈亏、自我积累、自我发展、自我约束的新机制，终成"三分天下有其一"的辉煌格局。

当前，我们已进入一个从以市场为取向的单项改革向以建立市场经济体制为目标的综合改革的过渡阶段，也就是使市场自发地发挥力量向自觉地发挥力量转化的阶段。

发展市场经济就是要依靠市场优化资源配置，以提高国民经济的整体运行效率，为此，当务之急是构建社会主义市场经济的大厦工程。

大厦的重要基石，是市场"主体"。从农村来讲，要使农户真正成为适应市场经济发展要求的经营主体，使农民进入市场，开拓市场，必须进一步改革、完善经营体制，使之更适应市场经济发展的要求。对乡镇企业来说，必须通过股份合作制等形式改善政企关系不够明确、产权关系不够明晰等问题，使之成为更加完善的市场经营主体。

搞活国有大中型企业，则是当前面临的又一项紧迫任务，要积极探索公有制与市场经济相结合的有效途径，逐步建立适应社会主义市场经济要求的现代企业制度，通过公司化，将大中型企业改组为有限责任公司，以建立一种既符合市场经济要求，又不改变公有制性质的产权结构。

其次，要逐步建立一个开放和统一的市场体系，不仅要发展和完善产品市场，还要努力培育劳动力、资金、土地等生产要素市场，直至产权市场。

改革的目的是为求得更快更好的发展，而市场经济体制的建立和完善对解决改革中出现的问题无疑会起到积极的作用。

农民收入增长缓慢是农村中一个突出的问题，而粮食效益低是其关键。提高粮食价格起的作用有限。从去年一部分农民收入较高的地区来看，主要经验是以市场为导向，调整经济结构，发展"一优两高"农业。从全国来看，若放弃各地区粮食自给的传统思想，建立全国统一的大市场，无疑会解决中西部粮食主产区的粮食"卖难"问题，以利于农民增加收入。

近几年一浪高过一浪的"民工潮"正是市场自发配置资源的一种表现，解决这一问题不能靠堵截的办法，而是要尽快建立劳动力市场，变无序流动为有序流动。

在城市，部分国有中小企业已开始通过"包""租""卖"的方式将其改造为独立自主的经济实体，并走上扭亏增盈的道路。

从某种意义上讲，改革的目的就是要最大限度地发挥市场优化资源配置的作用，并通过配套改革措施来消灭这种市场作用的负面影响。

市场不是万能的，市场也不是生来就是有序的，因此，必须强调政府对市场的宏观调控和法制对市场的规范，以保证市场的力量向积极的方向发展。

从去年政府对房地产市场、金融市场、粮食市场宏观调控所取得的成就来看，市场主体、市场体系、调控体系是市场机制得以顺利运行的三个互相关联的基本环节。当然，如何建立一个符合市场经济要求的有效的政府宏观调控体系也是当前面临的一个紧要任务。

既然已经把建立社会主义市场经济体制作为改革的目标，那么，各项改革措施的出台也必须顺应这一目标。市场的力量还在于，改革只能坚定不移地朝前走。

（1994 年 3 月《经济日报》）

从山坳走向世界

——横店集团崛起纪实

夏日清晨，站在横店集团办公大楼的楼顶，放眼望去，四周起伏的山峦廓现于晨曦之中。

这里是浙江中部的一个山坳小镇。论交通，这里不通铁路，更无港口、机场；讲资源，没有任何可开采的地下矿产。它远离大中城市，是一片典型的半山区丘陵地带。

然而，楼顶上那口方圆十几公里都可听到它每小时悠扬的报时声的大钟，却时刻提醒着你，横店正迈着坚实的脚步走向全国、走向世界。

小镇连着世界

"世界的磁都在中国，中国的磁都在横店"。这个被日本 NHK 在电视专题片中以特写镜头推出的大字标牌，镶在横店集团所属的东阳磁性企业集团公司厂区大门上，它告诉我们——横店创造出令世界刮目相看的奇迹。

今年 4 月初，日本电子材料工业访问团在转了大半个中国之后，听说有一个"东磁"，只不过是个乡镇企业，在犹豫了一阵之后，终于来到横店，结果令他们大吃一惊，在这个山坳里竟然有中国的磁都，他们发现了一个强有力的竞争对手，并且惊异于"东磁"的领头人的胆识和气魄，一个年仅 32 岁的年轻人何时金。

东阳磁性企业集团是横店集团四大行业集团之一。它一排排厂房依山而建，不，开山而建，却建得像一座座花园。这里是全国规模最大的硬磁锶钙铁氧体生产基地，主导产品 70% 外销到东南亚、欧洲、日本和美国。剩下的30% 却又占领了国内 70% 的市场份额。电子部把"八五"计划国家唯一的磁性材料国产化示范线放在横店。产品质量居国内同行业首位，并通过日本松下电器集团质量认证，日本松下、荷兰飞利浦等世界著名电器公司纷纷向他们要货。去年，该集团工业总产值达 1.6 亿元，利税超过 2500 万元。

其实，横店人早在 10 年前就已开始迈出走向世界的脚步了。除磁性材料外，目前外贸出口生产企业已发展到 30 多个，出口产品达 8 大类 100 多种。因此，横店这个看似远离世界的山区小镇却时刻和着国际市场的脉搏在转动着机器。

去年 5 月，横店集团获得自营进出口权后，立即成立进出口公司，并在全国各地设立了 5 个分公司和 6 个进出口部，预计今年外贸交货额达到 6.45 亿元，利税 9000 万元，自营进出口 2500 万美元，利润 1380 万元。在扩大出口的同时，他们还走出国门办企业。横店老板徐文荣的目标是，把横店建成国际性的跨国集团。

以高科技立足

一个山坳里的乡镇走向世界的步伐为什么这么快、这么坚实？在参观了全国独一无二的高压赋能铝箔、特种铝电解电容器、大屏幕彩电亮度／色度分离抑噪专用集成电块等产品之后，我们终于可以下一个简单的结论：高科技。没有这一条，即使走出去了，也立不稳脚。横店人以自己抢占高科技前沿阵地的英雄气概为企业赢得了主动权，去年集团高科技产值已占 10.8 亿元总产值的一半。

同全国许多乡镇企业一样，横店也是从轻纺、针织等传统产品的密集型劳动行业起步的，到八十年代初期开始兴办技术含量高的磁性材料工业，后来又拓展了化工、制药、机械、电子等新行业。90 年代初，他们就明确提出非高科技项目不上了。重点瞄准国家重点攻关或推广实施项目；出口创汇和节汇项目；国家或省级火炬、星火项目；与高新技术产业配套的项目。近年来，横店已"内定"了两条上项目的原则：一是产值 5000 万元以上，二是技术含量必须是国内国际一流的，以"滚动半径大、效益高、资金回报率大"作为集团的追求目标。这两年，他们已投资 4 亿多元，实施项目 45 项，属于高新技术项目的投资达 80% 以上，其中有 10 项填补了国内空白。

如果说高科技是外向型企业的支撑点的话，那么人才则是高科技的基础和关键。在横店这样一个基础条件差的地方发展高科技企业，最大的挑战莫过于人才了。

横店集团从 1990 年开始大规模引进人才，目前已从本省和全国各地引进各类技术和管理人才 500 多名，有来自科研机构和国有大中型企业的高级工程师，还有硕士生、博士生和博士后。有的企业成员中 85% 以上是大学生。比如 27 岁的郭名良，大学毕业后分配在一家国有企业工作，他是辞职后来横店的，目前正在筹建一个化成箔厂。他说，目前全厂 30 名职工中有一大半是大学生，最高学历是北大博士生、31 岁的楼郑华。该厂即将投产，年产值可达六七千万元。

他们概括横店引进和培养人才的办法是几个充满乡土气息的比喻：一曰"借梯摘桃"，即在全国各地聘请了百余名高级顾问，为横店集团提供各类信息和决策依据；二曰"挖塘养鱼"，即自办各种类型的职工技校，按专业进行培训，并选送一批当地学生到大专院校定向培养；三曰"养蚕吐丝"，即从全国引进了 500 余位高中级管理和科技人才。

横店集团从无到有、从小到大，如今已建立起轻纺、针织、服装、电子、磁性材料、机械、钢铁、有色金属加工、化工、制药、建材等门类比较齐全的工业体系。在 6 平方公里的横店工业区内，林立着近百家企业。目前横店集团已拥有 120 多家紧密型骨干企业和 800 多家半紧密型和松散型企业，是全国第一个由国家经贸委批准组建的乡镇企业集团。横店人早已走出山坳，在浦东、珠海、杭州等经济开发区内创办了 20 多家企业，在北京、上海、深圳等地开设了贸易窗口和专业基地。与此同时，它的触角已伸向海外，创办了三家境外公司。横店集团生产的 29 个门类 1000 多种产品畅销国内市场，有 100 多种产品远销五大洲 40 多个国家和地区。1993 年，它在全国经营规模最大的 500 家乡镇企业中排名第 13 位，在全国 500 家销售总额评比中排名第 17 位。

"高科技、外向型、集团化"，这是横店集团总裁徐文荣对企业发展路数的概括。有了这样一种规模和态势，横店成为全国乡镇企业集团国家级的"状元"，就一点也不奇怪了。

走向共同富裕

在横店镇四周起伏的山峦中，有一座山被当地人称为八面山。如今，这座山也正在被富有开拓创新精神的横店人用来作为走向世界的一个景点和媒介。

徐文荣带领横店百姓走出了"出门望见八面山，薄粥三餐度饥寒"的贫困时光之后，渴求的是加快横店走向现代化、城市化的步伐。

1975年，横店蚕茧丰收，但因国营丝厂停工，作为横店农民主要收入的1000多担蚕茧卖不掉。于是横店人萌发了办缫丝厂的念头。徐文荣多方筹集资金，于第二年建成投产。又过一年，创利7万多元，相当于全乡农业税的总和。此后又连续办起了针织厂、内衣厂和磁性材料厂。1981年3月，6家企业联合成立横店轻纺总厂。到1982年，乡镇工业产值超过了全乡农业产值的2倍多。1984年，横店乡镇企业开始走向联合，这年11月，成立了横店工业公司，28家镇办、481家村、户办企业结合在一起。1990年11月1日，横店企业集团公司成立。

中国乡镇企业在发展进程中有多种模式，都从各地实际出发创造了许多好的经验，尤以苏南模式、温州模式、珠江模式引人注目。从来不愿当什么典型的徐文荣，并非非要搞出一个与众不同的模式不可，但在经济落后、基础条件很差的一个山坳里，通过发展乡镇企业，迅速缩短同先进地区的差距，横店之路无疑为其他贫困地区摆脱贫困、走向富裕提供了一个成功的范例。然而，乡镇企业今后如何发展，一直是徐文荣思考和探索的问题。这个具有初中文化程度的徐老板，不仅在办企业、搞项目上有一种面向世界的全球性眼光，而且在乡镇企业的组织形式和发展方向上，同样有一种在社会大背景下思考问题的角度，并有其独到之处和中国农民特有的聪慧。

为了使横店的发展建立在更加扎实的基础上，徐文荣认真地考察了苏南、温州、珠江等地发展乡镇企业的来龙去脉及利弊优劣，经过反复论证比较，他立足于横店的实际，提出了以"政企分开、社团所有、共同致富"为主要内容的横店模式。共同富裕是当前农村中的一个普遍问题，也是农村中一个较为突出的矛盾。徐文荣对此的理解是一部分人先富起来，不能忘记劳动大家致富，我们强调有本事的先富起来目的是大家多富一点，所以我们不愿用股份制的方式把企业资产量化到个人，厂长也不愿用股份化的方法占有很大股份。把共有企业办好，把社区经济发展起来，这是我们提出的社团经济的出发点和落脚点。

政企真正分开

虽然还很难用一两句话来概括横店模式的内容，但我们在横店深入采访后感到，明晰产权关系是其核心，而明晰产权关系的关键是政企能否真正分开。在横店，不仅实现了政企彻底分开，而且建立了一种符合市场经济要求的新型政企关系。

乡镇企业发展初期，大多以乡镇政府名义创办，这在当时是有积极作用的。但在市场对生产要素配置和流动提出进一步要求的今天，这种政企不分有时就成了乡镇企业发展的阻力。

横店的政企分开也经历了一个过程：1979 年企业试行承包制，有了一定的自主权。1984 年，他们向镇政府提出彻底的政企分开，被开明的镇领导所接受，并得到县里的支持。于是，镇工业办公室撤销，工业总公司成为名符其实的决策中心和投资中心。

政企分开，是指政企职能上的分开，并不是企业和政府分离，更不是企业和社会分开。横店集团副总经理金钦良强调这一点。首先，政府是社会的管理者，企业要服从政府的领导，不能搞"无政府主义"。其次，政府要为企业服务，帮助企业解决企业不能解决的问题。

徐文荣说，我们所争的是一个独立的、完整的、受到法律保护的市场行为主体的资格，对于政府来讲，也就是不断创造条件，促使这样一个行为主体能顺利诞生和成长。而集团则把农村城市化、农民工人化和工业现代化作为自己发展的重要目标，在搞好生产和经营的同时，把社会事业当作自己义不容辞的责任，并把社会治安、计划生育、环境保护、社会发展、社会福利等事业纳入企业发展的目标之中。近 3 年来，仅城市建设横店集团就投入了 5000 多万元，不仅使全镇 60 个行政村通了公路，而且建起了镇政府大楼、邮电大楼以及公园、体育馆、影剧院等公用设施。"九五"期间，集团还要再拿出 1 亿元来搞城镇建设。

有人对横店集团把许多资金花在企业办社会事业上感到难以理解，徐文荣却认为，农村的社会事业乡镇企业不办谁办？况且城镇建设搞好了，投资环境改善了，不仅能更好地留住已有的人才，还能吸引更多的人才，企业才能更快地发展。

由乡镇企业直接投资建设小城镇的做法，引起国家有关部门的关注。去年，横店镇被国家批准为社会发展综合实验区。这样的实验区，全国迄今为止共 11 个。

如今在横店，"一区带四区"的发展战略和远景规划正在逐步实施中，即以国家批准的社会发展综合实验区为契机和动力，推动横店的高新技术产业区、出口创汇工业区、农民兄弟旅游区、小康生活幸福区的建设。除了整齐规划的工业区和居民区之外，横店昔日既无自然景观又无人文景观的荒山荒坡，不仅全部栽上了果树、观赏树，而且将陆续建成人工湖、图书馆、度假村，还将以中国通史为脉络建设历史文化景点，进一步改善横店投资环境，加强以提高横店人文化层次和整体素质为主的精神文明建设，进一步扩大横店的吸引力和知名度，让横店加速走向世界，真正实现乡亲们梦寐以求的农业现代化、农村城市化、农民工人化的宏伟理想。

（1994 年 5 月《经济日报》）

淝河西畔创业歌

——安徽王大郢村党支书王世清带领群众建设新农村纪实

阳春三月，八届人大二次会议在北京举行。安徽代表团驻地代表们的房间内，在五彩缤纷的报纸的世界里，一张小小的村报引起了代表们和记者的关注，它就是被誉为"安徽第一村"的王大郢村主办的《王大郢村报》。

据这张报纸的第四版介绍，王大郢村实现工农业产值2.076亿元，进入了全国百强村之列。李瑞环、朱镕基、李铁映等领导同志先后来村视察，赞比亚总统奇卢巴、印度、日本、美国、瑞士等国代表团也到村参观访问……由王大郢村报指引，记者认识了全国人大代表、王大郢村党支部书记王世清。一个月后，记者踏上了"安徽第一村"的土地。

王大郢村位于南淝河西畔，全村面积只有1.5平方公里，620亩耕地，然而，这个村庄却创造了奇迹：全村1600多口人，人均收入达2200元。漫步村头巷尾，一个社会主义现代化新农村抬手可触。"厂子办黄，扒房卖梁；厂子办成，有福同享"。王大郢村从钢窗厂发家……

12岁，王世清便挑起生活的重担。

1969年冬，寒风呼啸中，王世清带着几个年幼的弟妹，挑着一担破絮，从川东出发，一路艰辛，回到了祖籍安徽王大郢村。

1984年，农村改革已如火如荼。年已35岁的王世清和绝大多数王大郢村人一样，守着几亩薄田苦撑苦挨。恰在这时，村里的一个小钢窗厂倒闭了，村领导大伤脑筋。

"我来承包"，村里辈份最小的王世清喊出这句话后，几乎所有在场的人都持怀疑态度。王世清急了，他发誓道："厂子办黄，扒房卖梁；厂子办成，有福同享！"

通过广泛的市场调查，他发现国外流行的铝合金卷闸门具有广阔的市场前景，于是他毅然决定上这个项目。

王世清为自己绘就的蓝图而兴奋，资金和技术却像两只拦路虎横在了他面前。无奈之中，他怀着侥幸心理给远在四川一机械厂当厂长的朋友发去一信。出乎预料，对方不仅提供贷款，而且无偿提供设备和技术。经过异常艰苦的基础建设，一种新型的"淝河牌"铝合金卷闸门在王大郢村问世了。一批一批崭新的钢窗运往合肥，运往全国 40 多个市县，并先后捧回了"省优""部优"的奖杯。淝河钢窗厂所属企业不断增加，新产品一个接一个。1988 年 12 月，以钢窗厂为主体组建了企业集团公司。

到 1992 年，公司已成为安徽省第一家跨地区、跨行业、跨所有制的农工贸一体的集团公司，所属 68 个企业，拥有固定资产 8000 万元。

创业时期的两间旧厂房还在风雨中飘摇，虽然显得不和谐，但王大郢村人舍不得拆它。同时，投资 700 多万元兴建的 8 幢 1 万多平方米的标准厂房已投入使用。

"要用高尚的东西占领农村精神文明阵地"。王大郢村实现了物质文明和精神文明双丰收。

王大郢村及其淝河企业集团公司获得过许许多多荣誉称号，其中属于精神文明建设范畴的占了一半以上。这是王大郢村从一开始就坚持两手抓的结果。

王世清认为，精神文明建设是小康的一个重要内容，不能只凭收入多少来判断是否达到了小康。他们谈道："现在一些地方农民的确富了，但物质上富裕起来了，却忽视了精神文明建设，腰包鼓了，脑子空了，甚至认为有钱就有了一切，于是产生了许多不良现象甚至违法乱纪现象。"

王大郢村的两个文明建设是同时进行的。在精神文明建设上，他们首先着眼于提高农民的文化素质和树立新的精神风貌。因此，他们在文化和精神方面抓得紧，舍得投入。到王大郢村采访，拿到的第一份材料是刚刚出版的《王大郢村报》，它的创办成为王大郢村精神文明建设的一个重要阵地。晚上，漫步在村里光洁的马路上，你会听到村广播站在播送本村新闻和悦耳的音乐。据《王大郢村报》报道，村里拨出 4 万元，建立了有一定规模的广播电视室，在全省农村率先实现了有线电视双入户，并采用卫星地面接收系统收转电视信号。去年 7 月，王大郢村还在全省创建了第一家村级图书馆，目前已收藏 9 大类一万多册图书，并订有数十种杂志、报纸。每当晚饭后或休息日，村里许多年轻人聚在这里读书看报，不仅丰富了村民的文化生活，而且为企业的发展提供了许多资料和信息，就连外地企业厂长来此参观，也能发现自己所需的书，于是打个借条拿走。提高人的素质靠教育，增强经济发展后劲靠教育，王大郢村人深深懂得这个道理，早在1986年他们便确定了"发展经济教育为先，兴我家乡教育为本"的指导思想，创办了全省第一所村办企业子弟学校。去年3月，他们又与省职工中专联合办了沘河分校。目前，村里正准备兴建一所适应现代化教学需要的新型学校，使全村幼儿教育、九年制义务教育、职业技术教育一体化。到目前，全村入学率达100%，升学率达98%。对村民和职工的法制教育已经经常化。针对企业重点抓了质量法、合同法、会计法、统计法的学习，对村民则重点抓好农业法、婚姻法、计划生育法方面的教育。近年来，全村没有发生过一起违法犯罪事件，赌博等丑恶现象也已杜绝。"乡镇企业是靠艰苦奋斗起家的，不能有了点钱就自觉了不起，就忘了创业的艰难"。王大郢村没有豪华车。全村只有四辆面包、一辆北京吉普，另外两辆是别人淘汰下来的伏尔加和上海牌轿车。办公室是显示企业家风光和气派的所在。而看了王世清的办公室你会感到惊讶。随着王大郢村来访和洽谈的人越来越多，王世清一班人从迎宾楼搬进了由农贸市场改建的办公室里。王世清与3个副手挤在一间20平方米的房间里。记者以为是临时的，而王世清告诉记者，他从来就没有过一间单独的办公室，更没有坐过老板椅和老板桌。的确，他的办公桌普普通通，两头沉，上面居然还掉了漆。一把藤椅绑了又绑，少说也有10年了。对此，有人表示不理解，王世清却说："乡镇企业是靠艰苦奋斗起家的，不能有了点本就自觉了不起，就忘了创业的艰难。我是吃过苦的，现在只有社会承认我，人民需要我，把我放在什么地方我都发光发热。至于个人，我没有太多的奢求。"的确，了解王世清的人都知道，他这个人毫不吝啬，为了王大郢村早日致富，他奉献的太多了。

为集体的事业，他忘了自己的家。老母躺在床上，他没能送一杯水，夫妻间常常几天都难以讲上一句话，对孩子们的"关心"也只能用纸条传递。按照与村里签订的承包合同，这些年来他应得奖金200多万元，他分文不取，全部用于扩大再生产和改善群众生活，为此，甚至还把自家3.6万元的房屋拆迁款也贴了进去。在安徽，王世清的名字很响，但其内涵却远不是"企业家"三个字完全包含得了的。今年 2 月，一位农村老大爷的儿媳得了阑尾炎，住院手术急需一笔费用，有人出主意说，离这不远有个王世清，去找他，准成。3 月，长风县一青年农民越来越富，王世清的心里反倒不安起来，他想到了贫困地区的农民兄弟。从去年开始，他已从大别山招来了 30 多个农民，帮助他们异地脱贫。同时，还从技术、资金和人才上扶持长风县两个亏损企业。作为一个普普通通的村党支部书记，作为千千万万个乡镇企业家中的一员，王世清说愿为"同天下之忧而忧，同天下之乐而乐"而奋斗！

（1994 年 6 月《经济日报》）

拼搏换来辉煌时
——记范清荣带领群众建成全国最大镇办电厂

他在 60 年代任村支书的时候，曾带领群众办起全县第一家造纸厂；80 年代初，他又把不景气的镇办轧钢厂办得红红火火；1987 年，他再次挑起创建镇办电厂的重任，经过 7 年艰苦创业，在黄土地上树起一座全省唯一的镇办电厂，装机容量达 4.2 万千瓦，居全国镇办电厂之首。

他就是范清荣，河南省辉县市孟庄电厂党支部书记兼厂长。

孟庄有过贫穷的历史，有过愚昧落后的昨天，是改革开放的春风令古老的小镇发生了飞跃。然而，电力的紧张不仅影响到人民群众的生活，也严重制约了乡镇企业的发展。1987 年，孟庄镇党委、政府决定，走农民办电的新路子，自己办一座 2×0.6 万千瓦的火力发电厂。

一个镇要办电厂？许多人对此充满疑问。

镇党委副书记范清荣面对此景，心中泛起阵阵涟漪：在 30 年前自己创办的全县第一个造纸厂的带动下，到目前已发展到一百多家。今天，电厂沾了点洋味就不敢碰了？不服输的范清荣凭着一腔热血，风风火火地上任了。

电厂从土建到第一台机组发电，仅用了 340 天，创造了同行业、同类型建设的高速度，令许多专家赞叹。

到 1992 年，他们便还清了 1800 万元贷款。为了进一步发展，范清荣和镇里商定，再投资 6000 万元，上两个 1.5 万千瓦机组。一场大会战，在年底拉开了帷幕。

然而，范清荣遇到了强有力的挑战。原材料价格上涨，使本来投资就大的工程，一下子又增加了 2500 万元预算；全国银根紧缩，贷款困难；需要的设备不给定金不生产，不付款不让提货……

为了解决资金，范清荣把银行及有关单位的领导接到工厂，让他们看工厂几年来的发展变化和工人们的干劲，看工厂的信誉和还贷的能力；为了争取中行代发企业债券，他带领财务科长跑了七个昼夜，用最快的速度拿到了县、市计委关于追加投资的申报、批复文件，即使这样，工程还是因资金困扰先后停了4次工。50多岁的范清荣为争取资金，不知遭了多少白眼，坐了多少冷板凳，不管是刮风下雨，还是节假日，凡是能找的关系全找了。范清荣不但自己拼命地跑资金，还动员全家跑。老伴心疼老头，走东家串西家发动村民集资，儿子、媳妇、女儿、女婿，就连亲家也把自己的亲朋好友、同学同事发动起来。实在没一点办法，就动员职工集资。工人们把筹买结婚家具的钱拿来了，为儿子盖房的钱拿来了……他们千方百计筹资6500万元，这一年全厂干部工资没领一分，工人延发工资。

电厂4号机"主变"在郑州变压器厂订货，合同是8月份提货。出厂前，厂家在打耐压时，一下将主变压器击穿，前来催货的郭长祥老师傅大哭起来："全厂进度都在按分秒计算，我负责的设备耽误了，怎么向范厂长和全厂职工交待。"年近花甲的郭师傅老泪纵横，感动了在场的职工和厂领导，全厂加班加点为孟庄电厂赶制设备。

1994年9月30日，孟庄电厂在去年的基础上筹措2000万元资金建起的4台机组运行并网，装机容量达到4.2万千瓦，比原来增加2倍。

范清荣怎么能不高兴呢，7年的奋力拼搏，终于有了成功的喜悦，这是什么样的成功，总投资1.1亿元，装机容量4.2万千瓦，名列全国镇办电厂之首，却没要国家一分钱。

7年的艰苦创业，范清荣尝遍了生活的苦辣酸甜。办公室、车间、工地，三点一线，范清荣就在这里翻开了别样的人生日历。然而，由于一天又一天的奔波辛劳，一日三餐，温饱不调，他患上了严重的胃病，发作起来，痛得打滚，可他照例拼命工作。厂里锅炉检修，他穿上工作衣，和工人一块在狭窄的炉膛内，忍受着50多度的炎热，一点点仔细检查。7年来，他休息时间合计起来还不足50天。

在采访中，工人们告诉记者这样一件事：在一次装卸石头中，范清荣冒雨指挥，因石头滑落，不慎摔倒，断了三根肋骨却不知道。豆大的汗珠往下淌，就这样又在工地干了5天5夜，疼得实在走不动，让工人们扶着也坚持不离现场。50 多岁的范清荣，再累再苦的工作，没有被难倒过，可这次难以忍受的疼痛，使这位"铁打"的硬汉子流下了眼泪。和他朝夕相处几十年的老伴，从没见他落过泪，见此情景，老伴心疼得泪如泉涌。工人们强拉他去医院检查，结果其中一根肋骨已经离开一寸多长，指挥部被迫"搬到"医院 14 天，病情刚有好转他就要求出院："工程到了紧要关头，说啥也得让回去，几千万的资金，那么大的设备，不在场心里总不踏实。"

副厂长王生有以厂长为榜样，日夜坚守在工地，眼睛熬红了，嗓子喊哑了，孩子病了也全然不顾。

财务科长王克有跑贷款，整天没有喘气的机会，晚上还要清理自己的账，家里的 2 亩菜地全"承包"给了妻子。

工人王文岑负责监视水位计，锅炉调试期间，天寒刺骨，气温零下七八度，在 33 米高的炉顶、无任何遮盖的情况下，一干就是 12 个小时。

……

艰辛的付出和辉煌的业绩往往是孪生子。孟庄电厂先后被国家农业部评为"全面质量管理达标企业""省二级企业""新乡市首批小巨人企业""特等先进企业"等。7 年后的今天，它已拥有固定资产 1.1 亿元。

孟庄电厂正以崭新的风姿矗立在太行山下的黄土地上，默默地奉献着光和热。

（1994 年 12 月《经济日报》）

"小康"离我们还有多远

走过近三分之二的路程

新的一年的钟声已经敲响。到本世纪末我们只剩下 6 年时间。在这 6 年里，我国农村发展能否实现另一个重要目标，即使广大农民生活水平达到小康标准，越来越为人们所关注。

根据学者们的划分，经济和社会发展一般分为 4 个阶段，即贫困、温饱、小康、富裕。按照我国现代化建设分三步走的战略部署，第一步到 1990 年要解决温饱问题，第二步到本世纪末要达到小康水平，第三步到下个世纪中叶达到中等发达国家水平，逐步走向富裕。国家有关部门为了将小康标准量化，制定了小康模式的 16 项指标：

年人均纯收入 1200 元（以 1990 年不变价计算）；基尼系数（最低收入人群与总体人数之比）30%－40%；恩格尔系数（百元生活费支出中食品消费比）小于或等于 15%；每人每日蛋白质摄入量大于或等于 75 克；年人均衣着消费支出高于或等于 70 元人民币；钢筋砖木结构住房比例大于或等于 80%；电视机普及率大于或等于 70%；服务消费支出比重大于或等于 10%；人口平均预期寿命大于或等于 70 岁；劳动力平均受教育程度大于或等于 8 年；已通公路的行政村比重大于或等于 85%；用电户比重大于或等于 95%；已通电话行政村比重大于或等于 70%；享受社会五保人口比重大于或等于 90%；万人刑事案件立案件数少于或等于 20 件。

应该说，这些指标全面系统地反映了农村小康的特征。经过测算和评估，目前已经达到小康指标的有基尼系数、人口平均预期寿命和万人刑事案件立案件数 3 项指标。按照这一小康指标体系，国家统计局得出结论，到 1992 年，农民生活水平的综合评分已达到 63.2 分，也就是说，我国农民在向小康目标前进的征途上，已经走了近三分之二的路程。

既是难点，更是重点

在未来短短 6 年时间里，我们要实现其他 13 项指标。反映物质生活、收入分配、人口素质等类指标实现起来难度较大，尤其是能反映综合指标的人均收入水平距离尚远，到 1992 年才实现目标的 55.3%，而人均收入水平又是衡量小康标准最重要的尺度。

最重要的差距最大，这反映了我们实现小康的难点，因而也应成为农村工作的重点。

据权威部门测算，到本世纪末农民人均收入要达到小康目标的要求，需至少保持年增长 6% 以上。而从近几年农民收入实际增长的情况来看，难度相当大。1985 - 1993 年农民人均纯收入增长仅为 3.2%，不仅与城市居民的收入差距扩大，就是与 1978 - 1984 年人均实际收入年均增长 15.1% 的速度相比，也大大回落。

这种现实首先要求我们的农业目标政策要有一个根本的转变，即从单纯强调增加农产品供给转到增加农产品供给与农民收入并重上来，以确保农民增产增收。

研究小康问题的专家认为，到 2000 年，如果村有 90% 的户、乡有 85% 的村、县有 80% 的乡、全国有 80% 的人口达到了小康水平，就可视为全国实现了小康目标。

这实际上是基于这样一种认识：由于我国各地区发展的条件和水平不同，迈向小康目标的步伐必定有快慢之分。单从 1993 年全国农村人均纯收入来看，东西地区就相差很大。分省看，上海最高，人均 2226 元，北京 1572 元，天津、浙江、广东都是 1300 多元，最低的是安徽和贵州，分别是 574 元和 506 元。分县看差距更大，广州的珠海特区农村人均纯收入 6625 元，云南的鲁甸县农民人均纯收入只有 172 元，相差 38 倍。

一些发展水平较高的县域已率先实现小康目标，开始迈向富裕的新阶段。1993 年全国有 26 个县、427.8 万人口农民人均纯收入达 2600 元以上，进入富裕水平。有 342 个县、9534 万人口提前 7 年达到小康目标。

从地域分布来看，实现小康目标的主要集中在江苏南部、浙江北部和东部、珠江三角洲、闽南三角区、胶东半岛、辽东半岛，以及京津沪等大中城市郊区。

因此，我们说，实现小康的重点和难点在农村，实际上是说，在中西部地区的农村。

中西部地区分布着我国农村总人口的80%以上，其奔小康的进程决定着我国实现小康的时间表。中西部地区又是传统的农业地区，乡镇企业欠发达，农民致富奔小康将更多地依赖于农业，因此，如何提高农业的效益，提高现代化水平，使农业成为一种致富的产业，是摆在各地政府面前的重大任务。

（1995年1月《经济日报》）

从行业看乡企：纺织篇

纵横阡陌织锦绣

十几年来，乡镇纺织企业始终保持着迅猛发展的势头，使得国有纺织经济在整个纺织经济总量中占有的统治地位不断削弱。1993年乡村两级纺织企业个数达6.48万个，职工568万人，实现产值2965亿元，占全国纺织工业总产值的57.6%，出口企业超过21000家，出口交货值达808亿元，占全国纺织品出口的1/3以上。去年乡镇纺织企业产值超过3800亿元，服装产值1176亿元，占全国的80%以上。

乡镇纺织企业在总量迅速发展的同时，企业素质和产品档次也明显提高，它们中的一批先进企业已实现了"五转变"，即由劳动密集型向技术密集型转变；由生产型向生产经营型转变；由速度型向质量效益型转变；由内向型向外向型转变；由中低档产品向中高档产品转变。沿海乡镇企业发达地区的乡镇纺织企业瞄准国内外先进水平，争创名牌，引进国内外先进技术、人才、设备，强化职工培训，加快了技术改造，大幅度提高了产品档次。以服装为例，江苏太仓雅鹿集团公司生产的雅鹿牌茄克衫、浙江宁波雅戈尔集团公司生产的雅戈尔衬衫、宁波一休集团公司生产的童装，还有江苏阳光集团公司生产的精毛纺面料、青岛第四毛巾厂生产的喜盈门毛巾被等均属国内一流产品，有着较高的知名度。大连大杨企业集团公司生产的中高档服装在出口服装中所占比例已经达到70%以上，产品附加值明显提高，取得了较好的经济效益。

企业结构向着区域化、规模经营发展。一批以工业小区为依托，具有相当水平和规模的连片发展纺织加工区迅速崛起。江苏盛泽镇、浙江柯桥区等乡镇纺织工业年产值超过40亿元。一批以骨干企业为龙头的企业集团迅速发展。据统计，全国产值在2亿元以上的乡镇纺织企业有40家以上，其中盛泽镇艺龙集团公司、鹰翔集团公司产值均达20亿元以上。

乡镇纺织企业在发展中根据市场需要不断调整产业结构，一是发展高科技产业，二是发展市场紧缺、效益好的产品，三是大力发展第三产业，形成了"一业为主，多业发展"的新格局。山东万通达集团公司由一个以纺织起家的村办企业发展到兴办中美合资医院、医疗、制药、机械等行业为一体，以高科技产业和产品为龙头的集团公司。宁波金轮集团公司由生产锦纶帘子布为主发展成为生产摩托车配件、塑料、电子、冶炼等产品的综合集团，它们分别名列全国1000家最佳经济效益乡镇企业的第10名及第20名。上海望春花实业有限公司由当年30万固定资产发展到拥有22个跨行业、跨地区、跨部门的全资、控股、参股公司，形成组织结构多元化、销售市场多国化的集纺纱、织造、印染、制品，科研、生产、跨国贸易为一体的平绒生产经营的集团公司。

外向型经济成为乡镇企业发展的巨大"引擎"。近几年来，各地特别是沿海地区和沿边地区，面向国际市场，把发展外向经济作为战略重点，充分利用资源、劳动力等优势，发展出口创汇产品，引进外资、技术、设备，发展三资企业。

目前乡镇纺织企业遇到的困难和问题同整个乡镇企业是相同的。

首先，市场竞争越来越激烈，对乡镇企业素质要求也越来越高。乡镇企业要在国内外占领和扩大市场的难度明显加大。这就要求企业从职工文化素质、企业的管理、设备、信息、对外交流等上新的台阶。

其次，国有企业进一步转换经营机制，会进一步摆脱旧体制的束缚走向市场。国有企业在技术、管理、资金、人才上的优势将会释放，而乡镇企业现有的一些相对优势将会减弱。

最后，资金紧缺的矛盾十分突出。乡镇企业贷款在全国贷款总额所占比重1993年仅为6.5%。资金紧缺，特别是流动资金不足，使一些企业现有生产能力不能正常发挥。

同时，金融、财税、投资、外贸体制的重大改革，从总体上将对乡镇企业产生有利影响，但同时也是对乡镇企业的严峻考验。如统一税制，实行新税制后，所得税、流转税两项改革，乡镇企业1994年要比上年新增税赋几百亿元，增幅约40%以上，使企业留利大幅度减少，影响到企业扩大再生产的投资。同时，原材料、能源及运输价格大幅度上涨，各种社会负担有增无减，使许多企业难以承受。

（1995年1月《经济日报》）

走向"平衡"应有时

——剖析粮食供求"三个不平衡"

开始显露的总量不平衡

去年，我国农业是历史上又一个高产年。然而，与此同时，粮、油、肉等农产品价格却大幅度上涨。

从供求来看，应该说目前不存在供应不足的问题。但从趋势和长远分析，农产品供应是趋紧的，尤其是粮食总量不平衡的矛盾已经显示出来。

进入 90 年代以来，粮食生产一直呈低速增长，年递增率只有 0.4%，但与此同时，粮食的消费量却以较快的速度增加。一方面，每年增加人口 1500 多万，就需增加口粮 100 多亿斤；另一方面，工业用粮、饲料用粮都以较快的速度增长。

到本世纪末，我国要实现人均占有粮食 400 公斤、总量达到 5000 亿公斤的目标，必须克服影响粮食发展的诸多制约因素。

我国保障粮食生产的安全警戒线是粮食播种面积不能少于 16.5 亿亩。而 1992 年种植面积就已经降到 16.6 亿亩，接近警戒线；1993 年又减少 1100 万亩；去年跌入警戒线以下，只有 16.4 亿亩。粮食播种面积减少的省份达 19 个。

粮食播种面积减少固然有结构调整、抛荒弃耕等原因，但更重要的是耕地大量减少造成的。1958 年至 1986 年，累计减少耕地 6.11 亿亩。《土地管理法》颁布以来，情况有所好转，但 90 年代以来耕地面积又连续大幅度下降，仅 1993 年就减少了相当于一个青海省的耕地。目前我国人均耕地只有 1.2 亩，为世界人均水平的 1/4。

人口剧增，耕地锐减，"吃饭危机"并非危言耸听。

目前粮食面临的一个最大挑战就是，由于农民种粮的比较利益日趋下降，加上农民负担过重、农业生产资料价格上涨过猛等，农民在改革初期得到的利益消失殆尽，种粮积极性受到严重挫伤。

日趋严重的地区间不平衡

我国是一个大国，自然灾害频繁，运输能力有限，因此，保持粮食的"区域平衡"是必要的。

根据专家的划分，我国的余粮区主要有东北、黄淮海平原、长江中下游3个地区；缺粮区是东南沿海缺粮区、华南缺粮区、西南缺粮区、华北缺粮区；西北为粮食自给区。各区域购销不平衡，均有品种互相调剂。

一个不容忽视的现象是，随着经济的发展，余粮省区逐步减少，缺粮省区逐年增多，余粮省已由50年代的21个减少为目前的8个。小麦主产集中于31个地市，所产小麦占全国的80%，而稻谷则主要集中在45个地市，占全国总产量的85%以上。各区域间大调大运，浪费了大量物力财力。

一个令人深思的规律是，近几年我国粮食产量减少的省份主要集中在沿海发达地区。去年12个沿海地区中有9个地区粮食减产，占全国粮食减产总量的60%。东南沿海地区已成为全国最大的缺粮地区。

东南沿海地区是经济发展最快的地区，但绝不能以牺牲农业为代价。如果粮食生产长期下滑，供需缺口不断扩大，国内外市场又不能及时补充，势必对经济的进一步发展和社会的稳定带来严重影响。因此，保持粮食平衡，首先是沿海发达地区自身的需要。同时，大量调入粮食，必然会影响到全国粮食的总量平衡，从而形成剧烈的粮价波动。

日益突出的品质结构不平衡

去年以来，在粮食价格上涨中，大米的价格涨得最快最高，从而牵动其他粮食价格一路上扬。

在大米价格迅速上涨的背后，是稻谷产量的连续几年下降。据专家研究，由稻谷减产引起市场大米价格上涨，同时伴随全国性的粮价大幅度上扬，近10年来已出现过多次。因此，专家断言，稻谷减产是造成全国粮价上涨的主要原因。

这一事实提醒我们，在注重总量平衡的同时，绝不能忽视品质结构问题。

如果结构失衡，即使总量平衡，也会引起粮价的较大波动。

随着从温饱向小康的过渡，人们对粮食的消费需求出现两种倾向，一是数量需求缓慢下降，二是对质量的要求越来越高。前几年各地普遍出现的"卖粮难"，实际上是温饱解决后结构性、低水平的相对过剩。

目前，我国人均大米消费量为 101 公斤，占粮食总消费量的比重为 40%。因此，去年以来的粮食问题，某种意义上就是大米问题。

无疑，提供足以满足人们需要的农产品是农业生产的首要任务，但消费决定生产。在农业进入一个新的发展阶段之后，指导农业特别是粮食生产的思想也应有相应转变。

（1995 年 1 月《经济日报》）

增加投入：全面发展的首要保证

农业是国民经济稳定和发展的基础。代表、委员们在审议讨论《政府工作报告》时认为，李鹏总理对保证农业稳定增长、深化农村改革所讲的 10 条意见，抓住了促进农村经济全面发展的主要问题，并强调"首先要增加对农业的投入"，从中央到地方，从集体到个人，都要加大对农业的投入。很显然，投入是农业增产增收关键。

过去的一年，在自然灾害比较严重的情况下，我国农业取得了可喜成绩，除粮食比上年减产 2.5% 之外，其他主要农产品产量都全面增长。从收购来看，粮食完成定购、议购的 90% 以上，棉花增收 1000 万担，比预料的要好，从而为抑制通货膨胀和降低物价水平创造了物质条件。

更可喜的是，在农业和农村经济全面发展的基础上，农民收入有了大幅度的提高，去年农民人均纯收入达 1220 元，比上年增长 5%，是近几年增幅最高的，使农民在奔小康的征途上又前进了一步。

刚刚闭幕的中央农村工作会议确定了今年的农业生产任务，粮食产量要达到 4550 亿公斤，棉花产量达到 9000 万担左右，油料、糖料、肉类、水产品、蔬菜等也要相应增长。

在主要农产品增产目标中，今年的粮食生产能否走出低谷格外引人关注。但足以说服我们不悲观的理由是充分的：把农业放在经济工作的首位正在变成行动，从中央到地方都增加了对农业的投资。此外，来自农业部的消息表明，今年冬小麦的播种面积已有所增加；来自农资供应部门的消息也显示，尽管化肥等农用生产资料价格没有降下来，但农民购买的积极性比较高。

再往远处看，我国"九五"农业发展目标也已确定，即到 2000 年，农业生产要在现有基础上再增加"四个一千"，1000 亿斤粮食，1000 万担棉花，1000 万吨肉和 1000 万吨水产品。在此基础上，农民收入大幅度提高，农村各项经济指标全面增长，最终实现小康目标。

从发展的观点看，增加农产品产量的要求相当迫切。在耕地逐年减少的情况下，人口又在增加。我国每年增加人口 1300 多万，仅需口粮就要 100 多亿斤。随着人民生活消费水平的提高，对农副产品消费的数量和质量的要求都会越来越高。增加农产品供给归根结底要靠农民来实现，而如今农民有了更多的生产自主权，因而在种田比较利益低、负担重的情况下，生产积极性难免受到影响。

由于曾一度片面强调增加农产品供给而忽视了增加农民收入，因而近些年出现了增产与增收不同步的不应有现象。所以，使农民收入逐步提高不仅是实现小康目标的需要，也是使农业持续稳定增长的需要。

到本世纪末实现"四个一千"的增产目标，面临着农业基础薄弱这个最大的障碍。而造成农业基础薄弱的最根本的原因，是农业投入减少。与工业的投入年年扩大形成对比，中华人民共和国成立后农业基本建设投资比重一直呈下降趋势，从"五五"时期的 10.5% 下降到"七五"时期的 3.36%；从 1984 年的 6.21% 下滑为 1994 年的 1.7%。与此同时，由于农业比较效益低，农村固定资产投资的大部分和农户投资的主体也在向非农产业转移。

农业投入的减少客观上是第一和第三产业高效益吸力的拉动，主观上则反映了没有把农业这个基础放在首位的思想。投入锐减，造成农业生产的硬环境恶化，抗灾能力逐年下降，导致粮棉产量陷入徘徊，工农业发展失衡。根据专家研究，我国工农业发展的合理比例应该是 2.5：1，而去年和前年却都在 5：1以上。工农业发展失衡是拉动通货膨胀的重要原因。

历史的教训不可不汲取，中华人民共和国成立后我国几次大规模的国民经济调整都是工农业发展失衡造成的。1958 年工业增长达 54.8%，而农业仅为 2.4%，比例高达 22.8：1，随后出现了三年困难时期，被迫进行调整，直到 1963 年才逐步调整过来。1988 年的通货膨胀和抢购现象也是在工农业发展失衡的情况下出现的。毋庸置疑，脆弱的农业基础是很难长久支撑 20% 以上工业发展速度的。

一方面投入严重不足，另一方面又有相当一部分投入未能落实或变成了"农转非"。据水利部透露，尽管今年是"八五"最后一年，但国家计划在此期间安排的水利建设资金还有近 1/3 没有落实。据不完全统计，仅去年一年我国农村资金就流出 800 多亿元。

有关专家测算表明，我国粮食每上一个台阶（500 亿公斤）需要化肥 1500 万吨、电 100 亿度、柴油 130 万吨、农机设备 5000 万马力，其他配套资金 300 多亿元。就是说，在农产品稳定增长的背后，是大量的资金和物质投入。

《政府工作报告》中已经宣布，今年中央用于农业的投入将有较大幅度增加，并要求地方政府也要增加农业投入。刚刚闭幕的中央农村工作会议也再次强调，必须在确保农业稳定发展的前提下安排整个国民经济的发展规模和速度，安排工农业两大门类资金投放的比例时宁可暂时少上几个工业项目，也要保证农业发展的迫切需要。

中央的决心正在变成行动。来自国家计委的消息说，国家计划内的农业基本建设投资将比去年增长 24.9％。财政部负责人也告诉记者，将尽最大可能向农业倾斜。信贷方面今年新增农业贷款 570 亿元，比上年增长 26.4％，农村信用社用于支农的贷款也将不少于 40％。

同时，从一些地方传来的消息表明，各地为落实农业资金投入迅速行动，春耕备耕之际，许多地方农民的现金投入也迅速回升。一年之计在于春，今年的农业有了一个好的开头。

（1995 年 3 月《经济日报》）

"米袋子""菜篮子"缘何沉重？
——关于农产品价格的一点思考

供求关系基本平衡

刚刚过去的 1994 年，我国经济生活中的一个突出问题就是通货膨胀。而与人民生活密切相关的粮食、蔬菜等价格上涨尤为突出，以致一些地方又不得不重新恢复使用粮油供应证。农产品价格的大幅上涨使城市居民从未像今天这样关心农业：农业怎么了？

当我们把目光从市场移向生产时，便觉得，"米袋子""菜篮子"真的不应该这么沉重。

在去年受灾比较严重的情况下，全国粮食总产仍然达到 4446 亿公斤，为仅次于上一年的历史上第二个高产年；棉花总产达 8500 万担，比上年增产1000 多万担；油料总产 1900 万吨，创历史最高水平；肉类 4200 多万吨，增长9%；水产品 2000 万吨，增长 12%；蔬菜种植面积 1.26 亿亩，增加 1000 万亩。也就是说，1994 年除粮食减产 200 亿斤左右外，其余主要农产品都是增长的。

从总量来讲，粮食减产 200 亿斤左右，本属正常波动范围，不应对粮食供给产生重大影响；况且这种减产是在上一年粮食总产创历史最高纪录的情况下发生的。另一方面，我国粮食的商品率为 45% 左右，其中国家定购粮食占其商品量的 48% 左右。应该说，只要国家定购粮能够保量收购，即使粮食总产有一点波动，也不会对市场造成严重冲击。何况，新粮进入城市对市场发生影响一般要经过 8 个月时间，而粮食涨价自 1993 年 11 月就已经开始。

再从粮食价格上涨对社会零售物价指数的影响来看，专家的分析表明，如果粮食价格上涨 20%，将使当年全社会零售物价指数上升 1.28%，使下年物价总指数上升 1.18%。因此，粮食价格波动对物价总水平及居民生活消费品价格的影响还是有限的。

然而，供求关系的基本平衡，并不能改变这样一个现实，由于耕地减少、人口增加及人民生活消费水平的提高不可逆转，我国粮食等主要农产品从长远看是趋紧的，而这种前瞻性的趋紧对当前粮食价格又产生不可忽视的预期性的影响，使粮食尤其是大米价格大幅上涨，从而带动食品类价格急剧攀升；再加上去年自然灾害较多较重，严重影响了蔬菜的有效供给，因此城市居民手中的"米袋子""菜篮子"感到沉重。

同时，粮食生产的结构问题也越来越突出。近几年，大米不仅是南方而且已成为北方居民餐桌上的主食。而稻谷产量从 1990 年开始一直是下降的，去年又减产 40 亿斤。因此，有专家提出，稳定粮食和粮价的关键在稻谷上。

流通体制改革须深化一步

目前，我国已进入了一个经济快速增长的新时期，由于传统发展模式下的城市偏向和固定资产投资规模难以控制，导致了工农业发展失衡和通货膨胀的出现。作为市场物价的一部分，农产品价格势必随之上涨。同时，随着市场化步伐的加快，全国 1800 个县（市）相继放开了粮食价格。从统购统销压得过低的价格放开后，粮油及与之相关的产品自然要向市场价格靠近，这是对长期以来农业比较效益低下、农产品价格偏低的补偿。

由于全社会物价水平的拉动，推动了农资价格上涨，造成农产品成本上升，导致农业比较效益更低。据农业部调查，去年与 1993 年相比，化肥价格上升 25%，柴油价格上升 20%，农膜价格上升 6.6%。工农产品"剪刀差"的扩大，使农民从农副产品提价中获得的好处很快被工业品尤其是农业生产资料价格的上涨所抵消。

农产品走进"米袋子""菜篮子"一般要经过收购、批发和零售 3 个环节，而群众反映较强烈的农产品市场价格上涨主要表现在零售价格上。因此，遏制通货膨胀、平抑物价的重点应放在流通领域。

目前，农产品流通领域秩序比较混乱，原有国有粮食、副食和蔬菜部门许多未能发挥其流通主渠道作用，一些国有粮食企业在利益的驱动下，不去发挥平抑市场粮价的作用，反而随高就高，跟着刮涨风。

　　流通领域的混乱反映了农产品流通体制的滞后。因此，在整顿流通秩序的同时，必须加快粮、棉、肉、菜等农产品流通体制改革。目前最大的问题是政企不分。比如，国有粮食企业在收购时代表国家执行国家定购价，是政府行为；在销售时随市场定价，属企业行为。加快国有粮食部门改革的步伐，就是要实行国家政府性业务的粮食储备调节体系与粮食的商业经营分开的体制，以便尽快形成吞吐及时、调节自如的粮食流通体制。

　　还应该指出的是，整顿农产品流通秩序不是要关闭粮食市场，搞地区封锁。目前，这一苗头在一些粮食主产区已经出现，应该引起足够的重视。

（1995 年 4 月《经济日报》）

海南农业新热点

开发到哪丰收到哪

海南作为大特区，农业该处在什么位置？

海南虽是全国最大的特区，但与其他几个以城市为主的特区不同，有广阔的农村、有占 80% 以上人口的农民，因此，农业、农村、农民这"三农"，始终是特区领导十分关注的大问题。

建特区以来，海南农业总产值一直保持了两位数的增长速度，在连续 6 年大幅度增长的基础上，去年又比前年增长 10.8%，这一速度不仅国内罕见，就是在世界农业发展史上也是不多见的；粮食生产也连续迈上新台阶，去年总产达 20.5 亿公斤，比 1988 年增长了 66.67%，不仅结束了建省前粮食生产多年徘徊的历史，而且基本实现了岛内口粮自给；与此同时，农民人均纯收入增长率也连年超过 10%，去年达 1272 元。

近年来，波及全岛的农业综合开发为海南农业改善基础条件、增产增收立下了汗马功劳。海南建省之初，不仅农业的基础条件很差，而且面临着人口增多、耕地减少以及工业化、城市化的挑战。大规模的农业综合开发项目从 1989 年开始到去年底止共实施了两期，每年投资 9000 万元，共投入资金 5.4 亿元，项目遍布全省 19 个市县 191 个乡镇。凡是经过农业综合开发的地方，生产条件都发生了巨大变化，农业呈现出前所未有的生机，所以副省长陈苏厚称农业综合开发是农业发展的希望之光，"综合开发'开'到哪儿，丰收就跟到哪儿。"

是基础产业更是优势产业

在海南，农业不光是基础产业，更是优势产业。海南目前已是全国最大的南繁育种基地，实现了从过去从外省调进种子到去年向外省调出种子 50 万公斤的突破，向全国累计提供各类种子 1.5 亿公斤，辐射面积达 1 亿亩。

反季节瓜菜迅速成为农村经济的支柱产业之一。为了在农业内部结构调整中不影响粮食生产，主要通过提高复种指数来增加瓜菜种植面积，去年比上年增加 20 万亩，蔬菜产量增加 18.6 万吨，增长 19%。瓜类产量增加 7.6 万吨，增长 25%。

香蕉、菠萝等热带水果和橡胶产量都占全国 50% 以上，且正在向基地化、规模化方向发展。最多的一个镇仅连片的菠萝就种了 2 万多亩。在乐东黎族自治县，仅 1000 多口人的小村种植香蕉达 2000 多亩。全省橡胶的种植面积已达 600 万亩，主要分布在各国有农场。

海南农业的商品率近几年迅速提升，已比全国平均水平高出 15 个百分点，这主要是因为随着反季节瓜菜、热带水果、鲜活水产品等资源优势转化为商品优势，特别是以农产品为原料的乡镇企业迅速发展，农民在商品交换过程中获得的现金收入大大增加。因此，说热带农业是海南农业的潜力之所在、活力之源泉并不过分。

海南在热带农业开发过程中不断寻求农村经济新的增长点，其结果丰富了农业经济的内涵，拓宽了农业产业领域，高科技农业、生态农业、旅游观光休闲农业和热带花卉都在起步，三亚、通什等地的旅游观光休闲农业走廊引起中外游人的极大兴趣。同时，以专业户、经济联合体、各种基地和开发区为单位的庄园式农业不断涌现，一批年轻的"庄园主"正活跃于海南岛上。

海南是个大特区，然而很少有人知道在这个大特区里还有一个小"特区"，这就是始创于 1990 年的海南农业综合开发试验区，被称为"九亿农民的特区"。试验区的规划范围涉及 9 个县市和 9 个国有农场，面积达 50 多万公顷。从成立到今年 2 月，共计批准立项 334 个，其中在建和投产项目已达 58 个，投入资金共达 7 亿多元。在试验区开发的琼山市狮子岭农产品加工区已摆上 28 个加工项目，总投资 5.8 亿元。美亭农业综合开发区投资 1700 万元贷款，已带动投资 1 亿多元，罗牛山开发区还成立了我国首家"菜篮子"工程股份公司。

海南热带农业开发一个引人注目的现象是形成了国家、集体、个人、外商一起上的局面。尤其是国家宏观调控政策出台之后，一批有远见的企业家和外商开始转向农业领域，这不仅为海南农业注入了强大的动力，而且带动农业开发走向前所未有的广度和深度。特别是外商投资的项目已从单纯的从事农业生产向农业与旅游业结合、农业与房地产结合、农业基地与农产品加工、市场建设结合等综合型开发为主转移，科技含量高，企业化程度高，农业附加值高。据统计，从1988年至今，外商投资农业企业460多家，投资金额3.8亿美元，其中台商投资比重最大，达150家，金额超过8000万美元。省农业厅负责人告诉记者，热带农业开发正成为目前海外投资者角逐海南的热点之一。

（1995年4月《经济日报》）

加强东西合作 缩小东西差距

搭好合作大舞台

中国的地势是西高东低，然而经济发展却呈相反的态势。

近年来，广大的中西部地区越来越深刻地认识到，东部与中西部之间的差距主要是乡镇企业发展的差距。因此，开展乡镇企业东西合作便成为缩小这种差距的重要措施。

无疑，乡镇企业东西合作的主体是企业，但实践表明，要把这样一个涉及全局的工程搞好，政府的重视和支持是不可或缺的。政府要搭好"台"，企业才能唱好"戏"。

黑龙江是一个工业和农业大省，但却是一个乡镇企业小省，其乡镇企业总产值仅相当于江苏一个无锡县的产值。因此，省委省政府十分重视乡镇企业的发展，确定了"在绝不放松农业、国有企业等经济发展'第一战场'的同时，积极开辟经济发展的'第二战场'，大力发展以乡镇企业为主力军的非国有经济"。去年，省委书记岳岐峰看到鲁冠球西进计划的报道时批示：省乡企局应立即去南方，抓住东部西进的机会搞合作。并亲自给浙江省主要领导写了信。省乡企局组团出访浙江后，省委省政府又派出了由5个省级领导带队的"南联"考察团，分赴12个省市。随后，各地县党政主要领导纷纷带队搞"南联"，仅去年一年乡企出访团组就达1000多个，1.2万多人次，掀起了一个"南联"热潮。

农业大省四川为推进与沿海省市的东西合作，以省政府名义致函上海市政府，建议扩大省际间全方位、高层次合作。春节前，在成都召开了"四川上海乡镇企业东西合作会议"，确定了一批合作项目。与此同时，去年有250家企业与东部沿海省市签订资金、技术、产品销售等协议。

东西合作是东、中、西部在经济领域进行的一场全面的大合唱。中西部地区开始摒弃"肥水不流外人田"的传统思想，自觉地把地域经济融于全国经济大循环之中，敢于拿出自己最先进的技术、最好的企业、最有开发价值的资源与东部合作，先让利、后获利，让小利、得大利。东部地区也破除东西合作就是要东部企业到中西部地区去赈济的顾虑，认识到开发中西部，进行东西合作是东部企业优化产业结构、实现战略调整的良好机遇，也是市场经济条件下，实现生产要素优化配置、获得新的优势、求得新的发展和提高的必然选择。

山东是沿海发达省份，也是乡镇企业大省。山东与中西部地区的经济技术合作起步较早。1979年党中央、国务院即确定该省与青海省结成对子。进入80年代，他们与中西部地区合作交流的对象逐步扩展到新疆、内蒙古、西藏、甘肃、云南等11个省区。尤其是近几年来，一批具有远见卓识的农民企业家，冲破地域经济的束缚，率先走出家门，到中西部地区兴办企业，寻求新发展。到去年底，胶东乡镇企业累计在中西部兴办经济实体600多个，总投资达8.5亿元，这些企业建成投产后，可安排劳动力5.3万多人，年创产值30亿元，利税2.8亿元。据山东省乡镇企业局负责人介绍，山东计划在"九五"期间组织300家乡镇骨干企业、200家市地级集团、100家省级集团与中西部地区对口单位结对子，把这些骨干群体的技术、信息、资金产品等优势与中西部地区的资源、市场、劳动力等优势结合起来。山东的乡镇企业家说，东西合作交流，不仅促进了中西部地区乡镇企业的发展，也为东部地区乡镇企业的发展、提高开辟了新的重要途径。

河南省桐柏县是革命老区，县里成立东西合作示范工作领导小组以来，四下江南寻求合作，并与江苏江阴市的乡镇结成友好乡镇，合作项目已达34个。

东西合作一般是东部地区到中西部地区投资办厂，但中西部地区走出自我封闭、到东部扎根落户的典型业已出现。去年11月15日，上海南汇工业园区管委会与山西昔阳县人民政府正式签约，联手建立1.1平方公里的"上海南汇昔阳技术经济开发基地"。东部地区划出如此大面积的土地供内地欠发达地区使用，在东西合作中还是第一家。

山西昔阳虽拥有丰富的煤、铁及劳动力等资源，近几年经济也有较大发展，但目前工农业总产值仅有9亿元左右，人均收入630元。昔阳将利用浦东这块宝地引资金、引项目、引技术、引人才；同时利用沿海投资环境优良、中外客商云集等优势，大力发展外向型经济；还可将浦东作为培训基地，培养昔阳所需要的生产技术和经营管理人才，从而达到借地生财的目的。

据农业部负责人介绍，目前，中西部地区 20 个省区大都明确了组织实施东西合作工程的领导部门和机构，已有 8 对省区建立了友好协作关系。全国乡镇企业东西合作工作会议刚结束，河南省副省长李成玉即率该省乡企考察团一行 30 人，到南京与江苏省副省长姜永荣及市县负责人进行座谈。双方又有 12 个县市签署了合作协议。

（1995 年 5 月《经济日报》）

重在稳定与完善

——和农民谈谈延长土地承包期问题

为期 15 年的第一轮土地承包已经或即将到期，当前，各地正加紧做好延长土地承包期的工作。延长土地承包期工作政策性强，涉及千家万户，关系到农村经济发展、改革和稳定的大局。从一些农村来信反映和记者在采访中了解到的情况看，不少农民对延长土地承包期不同程度地存在一些疑问和困惑。因此，记者想和农民朋友谈谈如何稳定和完善农村土地承包，顺利搞好土地承包期延长问题。

承包期再延长 30 年

土地承包制是农村改革的突破口和重要成果，也是党对农村工作的一项基本政策，中央曾反复强调这一政策要保持长期不变。将土地承包期再延长 30 年即体现了稳定党在农村基本政策的指导思想。

土地承包期再延长 30 年的政策适应了农村生产力水平，尊重了农民的意愿，因而得到普遍拥护，广大农民吃了这颗"定心丸"，尽可以大胆地投入，放心地经营。

那么，如何做好延长土地承包期的工作呢？一般来讲，应在原承包合同期满后，在总结经验、完善承包办法的基础上，根据农户签订合同的期限，到期一批，续签一批。如果原来的土地承包办法基本合理，群众也基本满意，应尽量保持原承包办法不变，直接延长承包期。确因人口增减、耕地被占用等原因造成承包土地严重不均、群众意见较大的，应经民主议定，作适当调整后再延长承包期。

有的农民朋友来信反映，他们的承包合同还未到期就被村里以重新签订承包合同为名强行解除。这种做法是错误的，违反了有关法律、规定，是侵害农民合法权益的行为，必须予以纠正。

在土地调整过程中，预留机动地面积不能过大。据农业部农户问卷调查表明，土地调整后农民的承包面积减少的占 44.9%，而农户上交的承包费增加的却占 66.8%。对此，国务院文件强调，严禁发包方借调整土地之机多留机动地。原则上不留机动地，确需留的，比例一般不得超过 5%。另外，调整土地不能强行改变土地权属，在全村范围内平均分包，不得将已经属于村级集体经济组织（即原生产队）所有的土地收归村有。

在新一轮土地承包中，还必须切实防止少数村组干部仗权承包，侵犯农民正当权益。主要表现为：调整方案不经群众讨论，少数人说了算；村组干部仗权承包，自己及亲朋好友多包土地、包好地；强行撕毁未到期合同，收回原承包土地重新发包，随意上调承包费；以租赁经营为名，提前收取一年甚至几年的租赁金，等等。这些在政策中都是严令禁止的。

提倡"增人不增地，减人不减地"

对承包期内"增人不增地，减人不减地"，无论基层干部还是农民群众在理解上确实存在着较大的差异。

一些农村基层干部从自身工作的角度出发，认为"增人不增地，减人不减地"难以实行。原因有三：一是随着人口、劳力的自然变化，承包户之间要适当调节承包地，否则人多地少的农户生活就失去保障，对社区组织造成压力；二是水利、交通、建筑等用地会影响到少数农户的生活，也需要对承包地进行适当调整；三是调整产业结构，发展"三高"农业，需要土地集中连片，也必然涉及土地的调整。

农民对这一政策的态度基本上出于对其切身利益的考虑：未来人口呈减少趋势的农户，赞成现有承包格局长期不变；未来人口呈增加趋势的农户则希望每隔几年就调一次地。农民的这一意愿再一次表明，土地作为农民的第一位的生产要素和其所具有的保障功能并没有改变。

"增人不增地，减人不减地"主要是从有利于稳定农村土地承包关系、巩固家庭联产承包责任制的目标提出来的，因此，在实践中应积极提倡。

关于"增人不增地，减人不减地"，中央未做指令性的要求。从实践来看，有些地方明确宣布实行"增人不增地，减人不减地"的政策，绝大多数地区提出根据人口增减变化，隔几年做一次调整。

但是，这种调整必须从保持土地承包关系的长期稳定出发，坚持"大稳定，小调整"。"小调整"不能违背农民意愿，不能过频，一般间隔期不应短于5年，否则，不利于"大稳定"。

当前，值得重视的是，土地调整过于频繁的情况仍然存在，部分地方"一年一小动、三年一大动"。这些调整有的确属实际所需，有的则是村组干部的积极启动，目的在于解决"收费难"，甚至借此随意提高承包费，变相增加农民负担。对此，农民朋友必须明白，除工副业、果园、鱼塘、"四荒"等实行专业承包和招标承包的项目外，其他土地，无论是叫"口粮田""责任田"，还是叫"经济田"，其承包费都属于农民向集体经济组织上交的村提留、乡统筹的范围，都要严格控制在上年农民人均纯收入的5%以内。

在新一轮土地承包和调整中，还涉及当前农村一个比较重大的问题，这就是土地承包经营权的流转。通过土地流转发展适度规模经营，应该看作家庭联产承包责任制的延续和发展。在有条件的地方，在农民自愿的前提下，鼓励土地经营权的流转。但必须坚持两条，一是土地集体所有不能改变，二是土地农业用途不能改变。

（1995年5月《经济日报》）

再访孟楼

编者按 3年前的5月5日，本报曾在一版头条发表报道《从孟楼到孟楼》，介绍了同叫孟楼，但分属河南、湖北两省的两个镇经济发展的差距。文章发表后，引起两省主要领导及相关地市及有关部门的重视，两个孟楼之间展开了友好的竞赛，3年间两地均发生了显著的变化，取得了长足的进步。为了记载这件颇有意义的盛事，当地政府决定以采写此文的本报记者许宝健的名字命名一条路。这也成为新闻界的一件新事。最近，记者应邀再访孟楼，写下了这篇报道。

初夏，阳光明媚。上午10时。我从湖北孟楼走过来，向前跨一步，前脚便落在河南孟楼的土地上。

3年前，我就是这样走过来的，然而当年坑洼不平的泥土路却变成了平整宽敞的水泥路；路边的旧房舍也全都变成了漂亮的新房。据说两个两年前出村的孟楼人回来时居然在家门口迷路了，连家也未找到。

正是夏收时节，农民将收割的麦子堆放在水泥路上。我注意到，镇政府门口悬挂的镇委和政府的两块大牌子不见了，取而代之的是"河南孟楼改革开放特别试验区工作委员会"和"河南孟楼城镇建设指挥部"。鄂西北、豫西南的两个孟楼，3年来到底发生了什么样的变化呢？

激起千重热浪

1992年3月6日，记者冒着霏霏细雨来到鄂豫之交的两个孟楼采访。5月5日，本报在一版发表报道《从孟楼到孟楼》，将两个孟楼镇的发展差距摆到了读者面前。

报纸放到了当时任河南省省长的李长春的案头。阅后，他在报纸上写下了一段充满激情的文字："南阳地委、行署，邓州市委、政府，请你们读读此文，发动各级干部群众，用两三年时间改变这种局面，为8700万中原父老争光。"

随后，省地市三级主要负责人到孟楼现场办公，明确提出：用两三年时间重写从孟楼到孟楼，展示中原人民的雄姿，并确定孟楼为河南改革开放特别试验区，赋予优惠政策。

1993年1月13日，河南省委书记李长春顶风踏雪到孟楼考察，看到在严寒中紧张施工的干部群众，书记很激动，他指示，"建设还应快些，再快些！"此后，他又先后三次对孟楼的发展做出批示和指示。

书记心系孟楼，地市领导更是时刻把孟楼记在心头。3年来，他们多次到孟楼现场办公，摸实情，找思路。与此同时，省地市各职能部门纷纷加入支持孟楼快速发展的行列。孟楼，这个豫西南平静的小镇忽然变成了令人瞩目的热土。

孟楼连着孟楼。在豫鄂两省的领导心中，两个孟楼已不再是两个孪生的普通小镇，而是展示两个省改革开放成就和经济发展程度的窗口。两个镇的竞争在某种意义上已经成为两个省在经济建设中的一场友好竞赛。

1993年1月，李长春到豫孟考察的消息在本报刊出后，当时的湖北省委副书记回良玉阅后当即指示：在当前催人奋进的新的历史时期，确实给我们一种不进不行、慢进则退的压力。希望老河口市委、孟楼镇委进一步增强紧迫感、危机感，鼓实劲、想实拓，与河南孟楼开展友好竞争，把湖北孟楼建设得更好。

去年2月8日，本报再次发表《河南孟楼气象新》的报道，湖北省长贾志杰在报上批示："豫孟赶鄂孟，鄂孟怎么办？在这场友好竞赛中，湖北孟楼应当百尺竿头，更上一层楼。我们要向河南学习，也发动各级争气增光。"3年里，湖北省委政府主要领导先后深入孟楼现场办公。

"卧龙"追赶"九头鸟"

沿207国道出邓州市向南行，有一段路显得宽阔、平整。湖北孟楼镇镇长熊小明告诉我，河南孟楼到了。

原来，豫孟已将境内的国道拓成了宽40米的高等级公路。公路两边，是一排排全新的房舍，有市场，有工厂，引人注目的是工商银行、建设银行、中国银行等金融机构的楼宇。鄂孟熊镇长说，豫孟的金融机构很快建立起来了，而我们只有农行一家。

豫孟32岁的镇委书记黄德俊介绍，镇区街道由3年前一条发展到13条，连接两省、贯通9个行政村的11公里公路已经建成，镇区面积已由0.3平方公里扩大到4.2平方公里。竹木、畜禽、粮油等6大市场每天吸引着数万人交易。他还说，1992年以前镇里只有一家砖瓦厂，还亏本。现在，镇办工业已有35家，去年实现产值4000万元。700亩的工业小区已完成基础设施建设。

在河南孟楼轰轰烈烈大干一场的时候，湖北孟楼人也未放慢前进的步伐，可容纳10多万人的六大专业商贸市场红红火火，年成交额有1.5亿元。

镇里的工作人员告诉我，"宝健路"已成为电话一条街。镇里已开通了2000门光纤程控电话及磁卡电话。这条路与207国道交汇后还将向东延伸。

在这条路旁，我们采访了成建制从广东迁来的台商独资企业金码珠宝企业有限公司。由于老板不在，我们不知道它迁来这里的真实想法，但能从沿海发达地区来到鄂西北岗地，足以说明湖北孟楼的诚意和吸引力。

其实，这是孟楼人走出去的结果。3年来，孟楼镇一班人走南闯北，引资金，寻项目，找合作，为父老乡亲捧出了一颗火热的心。

还应提到的是，由于《经济日报》为全镇经济发展起了促进作用，这个2万多人的小镇订《经济日报》超过140份。

穿梭于两个孟楼的大街上，时时想起河南省副省长张洪华来此考察时说的一句话："九头鸟"已经起飞，我们"卧龙"也要腾飞！

发展刚刚开始

尽管两个镇的领导仍然恪守不称两个孟楼的训诫，但两个镇轰轰烈烈的竞争确已形成。豫孟人在解放思想的大讨论中唤醒了干部群众，唤起了危机感，从而打破了鄂孟独家发展的局面。

鄂孟人突然感到来自对面的冲击力。他们认识到，前有标兵，后有追兵，不进则退，慢进也是退。

从两镇提供的各项发展指标来看，豫孟与鄂孟相比仍有一定差距。但这些都已不重要，重要的是两个镇在竞争中都走上快速发展的道路，而发展才是硬道理。从这个意义上讲，豫孟 3 年重写孟楼新篇和鄂孟 3 年再造新孟楼的愿望不都如期实现了吗？

风采一新的两个孟楼令人鼓舞。但同时也应看到，两个孟楼的发展还都处于打基础阶段。企业规模小、高科技含量项目少等问题会影响经济发展质量。如何在集镇和市场建设的基础上，跃上新的发展轨道，是摆在两镇面前的紧迫课题。

（1995 年 7 月《经济日报》）

东西合作调研行（1）

冷静看待东西差距

世界有个南北问题，中国有个东西问题。

初夏时节，本报记者一行四人由东向西，做了一次横跨九省市、纵横万余里的以"东西合作"为主题的采访调研，对东西问题有了具体深刻的感受。

改革开放以来，无论是东部还是中西部，都千方百计抓住机遇，尽快发展；与此同时，在发展中，东西部地区的差距越拉越大

中国地理走势为西高东低，表现在经济增长速度上，恰恰倒了过来——东部无锡一个县的产值，抵得上西部一个省区！

东西差距，是一个历史存在。自从 80 年代以来，由于国家采取"差别发展"战略和"地区倾斜"政策，东部地区借助地缘优势和政策优势，迅速跃上发展的快车道，东部与中西部经济增长速度的差距开始越拉越大。

1981 – 1989 年，中西部地区国民生产总值年均增长率为 10%，相当于同期东部地区的 92%。到了 90 年代，中部和西部增长率分别只有东部地区的 63% 和 50%。

从人均国民生产总值看，中部同东部的相对差距由 1981 年的 31.2% 扩大到 1992 年的 43.1%；西部同东部的相对差距则由 43.8% 扩大到 50.5%。为什么东西差距会越拉越大呢？

采访中，记者发现，资金投入能力低和投入产出效益低是造成东西差距扩大的一个重要原因。

先看资金投入能力。西南云、贵、川三省，1993 年全社会固定资产投资只相当于浙江省的投资规模，实际利用外资仅相当于东部沿海地区一个大中城市外资利用规模。陕西有关人士告诉我们，改革开放前，该省社会固定资产投

资额在全国的比重大约是4%，现在已下降到1.8%。乡镇企业投资总额目前只占全国的0.7%，为江苏的4.5%、山东的5.4%。

再看投入产出效益。资料表明，百元固定资产原值实现的产值，东部地区大约为西部地区的2至3倍，实现利税，东部约为西部的2至4倍。

问题已经很明显了：由于投入产出效益低，投资者（包括国家）不得不将有限的资金首先用于东部沿海地区，西部本来已很紧张的资金也无法不通过各种渠道流向资金效益高的地区。由此而导致中西部资金投入能力低；而投入低，产出自然更少，于是，差距越拉越大。

中西部地区乡镇企业发展的严重滞后，既是东西差距的一个重要表现，也是造成差距的又一重要原因。1993年，整个西部地区乡企产值不到全国的10%，只及浙江一省的规模，而仅仅山东、江苏一个省就已分别占到全国的15%以上。

从东到西，记者发现，整体上国民经济增长越快，地区间经济增长的差异就越大，按照目前东西部各自的经济条件和发展态势分析，东西部差距继续拉大的趋势仍将延续一段时间。因为，东部的优势以及东部15年来依靠发展所积累起来的发展的动力在今后一个时期内仍会发生作用。

既要看到东西差距是走向现代化进程中的必然现象，同时又必须看到，这是前进中的差距，是共同发展中的差距

十年动乱结束后，经济建设成为一切工作的中心，求得经济的快速发展成为必须和必然的选择。对于我们这样一个幅员辽阔、人口众多的大国来讲，同时起步、共同发展当然更好，但是不可能。于是，审视中国版图，基础条件较好的东南沿海地区便成为有条件先发展起来的一部分地区而率先迈开了走向现代化的脚步。

地区倾斜政策的推动，地缘优势的发挥，五个特区迅速成为经济增长最快的地区，十四个沿海开放城市紧紧跟上，接着带动整个沿海地区都汇入经济快速发展的潮流。

东南沿海的快速发展以及广大的中西部地区的努力跟进，使我国的整体经济实力和综合国力迅速提高，并进入世界经济增长最快的国家行列。事实

证明，差别发展、梯次推进的战略是正确的。这一点，不论是东部还是中西部，看法都是一致的。陕西一位省领导同志说得好，如果不允许东南沿海先富起来，中国不可能有今天这样改革开放的好形势，也不会有如此强大的综合国力。

在东部地区快速发展的同时，中西部地区也在努力寻求发展的途径。由于发展的条件不同，发展的节奏就有了明显的差异，这就形成了令人关注的东西差距。

差距面前怎么看？在采访调研中，大多数同志认为，差距是经济发展中的必然现象，是经济高速增长带来的不可避免的"副效应"。从发展的规律来讲，没有差别，就没有更好更快的发展。

在看到差距的同时，我们又绝不能忽视发展。以辩证和发展的眼光看，差距是前进中的差距、发展中的差距，与过去共同贫穷的差距有本质的不同。另一方面，这种差距体现的是发展快慢的不同，是先富和后富、富得快一点和慢一点的不同，而不是富的更富、穷的更穷的两极分化。

由此看来，差距的存在和扩大既非坏事，也不可怕。更何况，中西部地区在开放中，也正逐步跃上发展的快车道，发展在前的个别省份同东部地区的差距正在缩小，地处内陆的安徽省全省国民生产总值增长率自1992年起开始超过全国平均增长率，达17%，1993年达22%，去年是20%。

东西差距是在发展过程中形成的，只能在共同发展的过程中尤其是中西部的快速发展过程中逐步缩小

经过15年来的艰苦努力，我们取得了举世瞩目的发展成就，但从整体上来讲，我国仍是一个发展中国家；东部沿海地区虽然一直处于经济高速增长中，但还没有完全超越发展的初级阶段。这一判断是我们认识东西差距的一个基点。

我国的东西差距，到底到了一种什么程度呢？我们不妨与发达资本主义国家工业化过程中地区间差异作一比较。幅员较大的国家，在工业化初期，一般都经历了地区发展差距扩大的过程。

譬如美国，尽管各地区自然条件和经济基础差异比我国小得多，但在

1870－1920 年美国经济持续发展的 50 年中，各州之间的人均收入差距也呈上升趋势，最高与最低之比达到 3.3：1。此后 50 年，经济增长变慢，地区差异缩小，1970 年始降为 1.54：1。

有关专家认为，我国人均 GDP 和人均收入的地区差异仅比某些发达国家稍大一些。我国人均收入水平的地区差异，首先表现在城乡之间，其次才是地区之间。

虽然我国东西差距尚没有到十分可怕的地步，但我们必须重视这种差距。我国是社会主义国家，社会主义的本质要求是实现共同富裕，所以，我们在实施差别发展战略的同时，又把先富起来的地区带动落后地区共同发展作为这一战略的重要内容和应有之义。

同时，我国又是一个多民族国家，统一大家庭中的少数民族主要分布在西部落后地区，尚未解决温饱问题的 7000 万人口也主要居住在这些地方。所以，加快西部发展，缩小东西差距，又不仅是经济问题，同时还是政治和社会问题。

差距面前怎么办？不少同志认为，东西差距是在发展的过程中形成的，必须依靠发展来逐步缩小，把发展作为硬道理和最高目标。目前来讲，仍需要鼓励东部地区利用有利条件加快发展，能发展多快就发展多快；同时，通过国家扶持、政策引导，以东部带动等办法促使中西部地区迎头赶上，形成齐头并进、共同发展的局面。

发展，需要一个过程，缩小差距，也需要一个过程。对这个过程，我们既要有紧迫感，又要有耐心，不能急躁，不能拔苗助长、抑东扬西，做违背经济规律的事。

东西差距什么时候才能缩小？有关专家和部门预测，东西差距扩大的趋势，将持续到本世纪末。大约从 2000 年开始出现转折性变化，在总体上东部沿海地区加快经济增长速度的同时，中西部地区也会进入较快发展时期。到 2010 年，东部地区将会进入一个稳定发展阶段，而中西部地区则可能进入高速增长时期。

（1995 年 7 月《经济日报》）

东西合作调研行（2）

东西合作：时机是否成熟

横跨东中西部的采访，使记者亲身体验到祖国的幅员广阔、地大物博。这种土地面积的广大，固然会在经济发展中形成地区不平衡，同时，在经济进一步发展中又会显现出极强的互补性。我们在看到东西差距的同时，也欣喜地看到东西合作的可喜前景。

东中西部有极强互补性，统一市场的逐步建立和开放型经济的进一步发展，使东西合作优势互补成为可能

中西部地区在审视自己时认识到，必须依靠自身优势，打破地区壁垒，在对国外开放的同时，更加积极主动地对沿海地区开放，走优势互补、真诚合作之路。那么，中西部地区有哪些优势呢？

一是资源优势。中西部地区有十分丰富的地上地下资源，农业、煤炭、石油、天然气、有色金属等构成了十分诱人的潜在的发展动力。仅以新疆为例，全国169种矿产资源，新疆就有127种，其中石油、煤炭、有色金属等名列全国前列。

二是市场优势。中西部地区占全国总面积89%，人口占64%。对东部企业家来说，这是一个无比广阔的诱人的市场。在东北、在西北，我们几乎可以在任何一个商店看到广东生产的饼干、矿泉水等产品。可以说，一些沿海地区的民用产品企业如果失去了内陆市场，等于失去了生命。

三是劳动力优势。在沿海一些乡镇企业和私营企业，随处可见来自四川、湖南、安徽等内地省份的打工仔、打工妹，有的企业的工人80%以上均来自中西部地区。中西部地区廉价的劳动力为东部沿海地区资本积累和经济发展做出了巨大贡献。

市场经济是开放的经济，在开放的条件下，资源、劳动力、资金等生产要素的流动与重组成为必然，各种社会资源将朝着有利于发挥最佳效益的方向配置。而且，这种趋势由于中西部地区对东西合作的强烈愿望而增加了推动力。

广西一位领导同志谈道，经济发展不可能齐步走，有差别才能产生先进对后进的带动效应，后发展地区才能从先发展地区获得更多的支持和依托。

新疆自治区党委代书记王乐泉坦率地说，新疆幅员辽阔，资源丰富，开发前景非常广阔，但单靠新疆自己的力量远远不够，希望东部有条件的地区挺进大西北，东西携手，共同开发。

安徽近年提出"东联西进"，试图为东西部地区的经济联合发挥桥梁作用。陕西提出"以开发促开发，以开发求发展"的战略，大唱开放开发之歌。

在我们采访经过山东、上海、浙江、江苏4个东部省市的时候，几乎每到一个地方都有中西部地区的代表在寻求合作，有的还是省委书记、省长带队。

由于迫切渴望借助外力发展，中西部地区在东西合作中表现了极大的主动性。同时，东部地区也并非无动于衷。近几年，土地、劳动力以及生活费用的上涨，使中西部的优势在东部人的眼里更具诱惑力。

江苏省一位省领导说得好："东西合作时双方都有好处，东部地区要想保持发展的高速度，必须从中西部寻找动力。从长远看，中西部不能发展，东部的发展也必将会受到制约。"

成功的合作来自共识。无论是东部还是西部，在谈到东西合作时都强调，在社会主义市场经济条件下的合作，必须按市场规律办事，体现自愿平等、互惠互利的原则。东西合作不是扶贫，不是无偿支援，也不是按某些行政行为进行的经济协作，否则，合作就难以成功，更不会长久。

在中西部地区，我们随处可以听到这样的拳拳心声："你发财，我发展""你先得到，我后得到""你得大利，我得小利"，等等。

尤其值得重视的是，国家的宏观环境和政策调整近几年出现了有利于中西部地区加快发展和促进东西合作的有利因素。一是国有企业改革成为重点，无疑会为国有经济比重较大的中西部地区注入活力；二是国家相继出台了有利于加快中西部地区发展的政策，如"关于加快中西部地区乡镇企业发展的决定""国家八七扶贫攻坚计划""乡镇企业东西合作示范工程"等；三是近年来国家通过贯彻产业政策和重点建设项目的配置，加大了中西部地区基础设施和基础产业的投入，一定程度上缓解了基础设施落后的状况，改善了投资环境。

建立开放而统一的全国大市场，将使各种生产要素顺势而动。沿海地区在继续发展外向型经济的同时，将会越来越多地融入内地流动的大市场中。中国经济虽然有差距，但仍是一体。那种把东部经济从中国经济分离出去的想法是不切实际的妄想。

东部地区发展的制约因素开始显露，需要拓展新的空间；部分企业率先西进，使市场经济条件下的东西合作成为现实

10 年前，北京的一位德高望重的学者请苏南一位乡镇企业家到西北联合办厂，以期实现东部的管理与西部的资源相结合的东西合作，但结局却未像预想的那样。这位乡镇企业家当时说，东西合作的时机还不成熟。

如今，山东烟台已有 200 多家乡镇企业在中西部地区办厂，浙江到内陆地区异地创业的企业也已超过 400 家。

那么，当前东西合作的时机是否成熟了呢？东西合作时机是否成熟，首先要看东部的发展是否面临制约。换句话说，东部当前首先要解决的是继续发展的问题，还是解决发展中的制约问题。

一个不可否认的事实是，去年以来，东部乡镇企业的经济效益普遍呈下降趋势，这固然有宏观环境的影响，但主要是成本拉动因素，生产资料涨价、能源紧张、生活水平的提高又拉动工人工资上涨。一些高耗能、吃原料、劳动密集型的加工企业开始"吃"紧。东部面临挑战，面临选择。

目前，虽然西进还没有成为东部大多数企业的行动，但一部分率先西进的企业却起到了带头和示范作用，预示着一种趋势即将到来。从实践看，西进企业大多数与中西部地区合作成功，获得了新的发展空间。

在河南西平，我们采访了来这里合作的山东威海龙达塑料品有限公司。这家企业是中外合资企业，产品全部出口，年出口额达 250 万美元。近几年，由于同类企业合资的较多，再加上汇率变动，出口受到制约。同时，原材料、电力、工人工资等费用迅速上涨，企业不得不放弃国外市场转向国内市场，这样，企业西移就是自然的了。

著名的万向集团的西进计划曾引起广泛关注。鲁冠球在接受我们采访时强调，西进是企业自身发展的需要，是企业长期发展战略的一个重要部分。万向集团未来的发展将分三大块，一是将本部建成中国汽车零配件基地；二是西进，与西部共同开发，建立新的产业；三是国外，拓展市场。鲁冠球认为，目前东部企业有西进要求的已经不少，东西合作的条件和时机已经成熟。

同鲁冠球一样，深圳康佳集团也是从战略高度来认识东西合作的，它审时度势，漂亮地在东北和西北摆下两颗"棋子"，从而形成北上西进、三足鼎立的新的发展格局，为占领全国市场打下了良好基础。

尽管从东部来讲，继续发展仍是第一位的任务，大规模的西进势头还未形成，但西进已不是个别企业的要求，而且已不是个别企业的行为。山东烟台制定了一个详细的"西进计划"，提出用 6－7 年时间在中西部再造一个烟台。这不是凭空臆想，而是连续召开三次企业家会议，根据企业家们的要求而制定的。西部有"黄金"，谁先进入，谁就是拥有者和成功者。

（1995 年 7 月《经济日报》）

东西合作调研行（3）

东西合作：谁唱主角

东西合作是政府行为还是企业行为？在东西合作中，中央部门、地方政府和基层企业究竟谁唱主角？采访中，记者一次又一次提出这个问题。答案是耐人寻味的。

东西合作，地方政府理应担当主角，但单靠地方政府，显然是不够的

此次调研，记者接触最多的是地方各级党政机关领导，谈及"角色"问题，议论分外热烈。

几乎所有被采访的地方政府主管领导，都有这样的共识：东西合作，不是一个简单的经济问题，而是一个具有重大政治意义、社会意义和历史意义的"跨世纪工程"，所以，地方政府理应担当主角；但同时，这项工程不仅利益关联度大，而且涉及面广、跨越时间长、政策性强，单靠地方政府之间协调是远远不够的。

据了解，无论是东部还是中西部的省市、地区乃至县区，为了促进东西合作的进展，都相继加强或成立了若干主管部门，有的由原经济协作办承担协调功能，有的在乡镇企业局里设立机构，还有的增设了由政府直接主管的部门。这些机构职能相近，分工不同，在操作过程中往往感到力不从心。比如，牵涉几个省或跨行业的重大项目，由谁协调；超过合作双方承载能力的项目资金由谁筹划；等等。

我们在采访中看到，受前几年经济过热影响，东部许多较大的钢铁企业在中西部地区投巨资建新厂，有的后续资金不足成了"胡子工程"，有的开工后产品找不到市场，给国家和地方造成难以承受的重负。如果有一个统一协调部门，就不易出现这样的局面。

我们在采访中还看到，有的东部大企业和中西部地区确立了共同开发当地资源的合作项目，但就因为贷款难以列入国家的盘子，只能停留在纸上谈兵阶段。如果上面有一个能在资金上统一协调的部门，事情恐怕就会好办得多。

因此，东西部的领导都希望，国家在东西合作方面还需加大力度，采取一些切实措施，比如，为了使东西合作项目信息快速有效沟通，能否成立一个国家级的信息咨询网络？为了使资金流动畅通保证合作项目进展，能否成立专业性的基金开发组织？为了使全社会都重视支持东西合作，能否建立全国性的捐助基金？

东西合作，既需要中西部地方政府的积极行动，也需要东部地方政府的积极回应，反之也是一样。只有两个巴掌配合，才能共同"拍响"

毋庸讳言，东部地区的经济还处在发展阶段，许多有实力的企业还没有发展到急于向外扩张的地步。在这种情况下，地方政府怎么办？烟台市用自己的实践作了回答。

烟台市虽然是沿海经济发展速度最快的城市之一，但许多企业同样存在着不是资金不足就是资源缺乏的矛盾。处于这种境地，还有没有必要与中西部合作？市委市政府作了认真分析后认为，这些企业都有巨大的潜能和优势，需要通过扩张得以挖掘和发挥。越是如此，地方政府越是要主动登台唱戏，否则，东西合作只能永远处于空谈阶段。因此，烟台并没有因为自身困难而放慢与经济不发达地区的合作脚步。3年前，烟台与省内的西部聊城地区结成"亲家"，动员了不少企业与之合作。从去年下半年开始，市里提出通过与中西部地区合作"再造一个市外烟台"的经济发展设想，成立西进办公室，有计划、有步骤地引导实力较强的企业把发展重点西移。今年上半年，市里又与四川省阿坝藏族羌族自治州结成伙伴，确立了一批以开发资源为主的重点合作项目。市政府领导说，如果我们没有主角意识，就不会取得这些成果。

扮演"主角"，是东部地区地方政府的责任，中西部地区地方政府也是一样。在四川省阿坝州，我们就感受到了州政府强烈的主角意识。为了吸引东部地区前来合作，州里领导亲自带领企业多次前往沿海地区牵线搭桥，洽谈项目。到目前为止，已与深圳、烟台、潍坊等地区洽谈签约10多个项目，引进资金上千万元。

也有相反的例子。江苏省常州市一家灯芯绒厂，前两年在西北地区兴办了一个分厂，一期工程竣工投产后效益可观，但合作对方不按协议兑付分成利润，使投资方无利可图。当地政府对此无动于衷，致使灯芯绒厂不得不撤走技术和管理人员，原计划的二期工程只得下马，那个厂也处在半死不活状态。

事实证明，东西合作首先是双方政府之间的合作，两方都有角色参与意识，合作项目进展得就快，反之，烧火棍子一头热，就难以顺利对接，对接了也往往容易夭折。

东西合作，真正上前台唱戏的，还得是东西部的企业，因为经济利益毕竟对企业具有极大的吸引力和推动力

山东省政府一位领导在谈到企业在东西合作中的角色位置时说过这样一段话：东西合作与以往类似活动不同之处，就是整个过程都充满浓厚的经济行为色彩。企业不去占据这个舞台，这台大戏就无法唱好。这种认识，已被越来越多的东西部企业接受，他们再也不像以往那样盲目地随着大流走，而是从国情需要和经济规律的结合上出发，演出有声有色的活剧。

全国著名农民企业家鲁冠球，早在一年前就在中央级新闻媒体上发布广告，诚邀全国各界有识之士为西进大业献计献策。今年6月20日，乡镇企业西进研讨会在万向集团如期召开，鲁冠球的西进计划在一年的深思熟虑中就此形成，以此为标志，乡镇企业要在东西合作中充任主角的形象牢固树立起来。

比万向集团行动更快的是浙江省著名的乡镇企业横店集团。早在3年前，他们就把发展目光盯在了中西部，先后投资8000多万元，在安徽、河南、江西等地办厂，已经初见效益。近期内，还要斥巨资西进，以谋取更大的成就。

与东西合作需要双方政府共同扮演"主角"的道理一样，合作的双方企业也有一个是唱"独角戏"还是"二人转"的问题。如果没有另一方企业的配合，也不会取得好效果。国内最大的电子工业企业之一的南京熊猫集团，在广西南宁市搞了一个分厂，生产红红火火，经济效益与集团本部分厂不相上下，其主要原因就是南宁分厂的当地企业干部有参与意识，甘当配角。

（1995年7月《经济日报》）

东西合作调研行（4）

合作成败关键何在

有人称 1995 年为"东西合作活动年"，此话不假。记者从踏上此行开始，就强烈地感受到了这种气息。

采访第一站是济南，省里正准备迎接吉林省和内蒙古的党政领导。第二站是烟台，主管副市长和市政府秘书长前一天才从四川阿坝州归来。而后到了杭州，省委书记已率大队人马去四川考察去了。在乌鲁木齐，区协作办正筹备接待河北省领导。进入地处川北高原的汶川县，常务副县长笑着说："你们晚来一天就见不着我了，我明天也要去沿海招商！"

在中西部采访，无论是地区还是县区乃至乡镇，几乎都能看到备好的区情介绍和招商项目材料，有的印制得相当精美。效果如何？汶川县的领导告诉记者，前几年，不知往东部地区跑了多少次，对方也来人考察过，但一个项目也没落实。陕西省经协办的同志介绍，省里喊了十年引进外地资金，引进来的只有 8000 多万，流出去的却有 5 亿多。

当然，谈成的项目也不在少数，有的地区，成功率还很高。东西合作有成有败，关键何在呢？中西部一些地方软环境不软，硬环境不硬，是东西合作不尽如人意的症结所在。东西合作之所以在一些地方成效不大，原因主要是以下几条。

一曰期望值太高。东部之所以被称为发达地区，只是相对而言，并不像有些人想象得那样到了富得流油的地步。而且东部地区目前仍处在发展阶段，就像有人比喻的那样，是一个刚刚成年的少年，还没有到外出闯世界的时候。从经济角度看，东部地区的利益驱动力，还没发展到大规模向经济落后地区流动迁移的程度。更何况，东部地区也有自己内部的东西差距问题，如，辽西、鲁西、苏北、粤北，等等，就像快步疾走的人身上已经压上了一副重担。在山东省烟台市，市乡镇企业局为记者提供了这样一组数字：全市有占总数75%的乡镇企业普遍存在资金短缺困难，余下25%的企业资金相对宽松。

在这种现实面前，不少东部地区对热切寻求合作的对方只能还之以礼而爱莫能助了，中西部的也往往高兴而来失望而归。

二曰项目不对头。东部有东部的优势，中西部有中西部的优势，当双方优势产生互补作用的时候，项目合作就容易沟通。做不到这一点，双方就坐不到一条板凳上。汶川县的经历很能说明问题。前几年，一个项目也没谈成，今年是谈一个成一个，什么联合开采加工花岗岩、合作建立蔬菜种植基地、合作推广果树改良技术，等等，签了项目协议书，对方就按时履行责任。如此反差的原因何在？县领导的体会是：不怕项目多，就怕不对头。你能干的，我也需要的，两个巴掌就拍在一起了。

三曰环境不优化。中西部较之东部最大的优势就是资源优势，这也恰恰是东部地区所看中的。那么，为什么优势难以互补呢？东部地区的看法是：中西部不少地方资源的市场化条件不成熟，让软硬环境的劣势给抵消了。不少东部地区的领导，对中西部有的地方软硬环境提起来就摇头，有些明摆着的好项目，就是难以下决心再干下去。江苏省曾与西北某地区以投资方式共建铝厂，对方铝价涨时不给铝，等跌价了再发货，使省里蒙受几千万元的损失，官司一直打到北京主管部门。因此，东部地区同志说，软环境不软，硬环境不硬，是东西合作的最大障碍。观念更新了，思想解放了，制约东西合作的诸多矛盾也就容易解决了。

相见不难合作难，作为一种现象暂时存在是必然的，问题在于用什么样的办法和措施去缩短其存在过程。对此，东部地区当然有自己的责任和义务。中西部地区与之相比，压力会更大，担子会更重。

于是，一个现实问题摆在中西部人的面前：在东西合作中，中西部首先应该寻求什么？

河南省西平县的领导认为，首先应当寻求观念的更新、思想的解放。因此，县里不急于对外招商，而是先组织干部到沿海地区学习考察。第一站是江苏。为什么选这个地方？因为十几年前河南与江苏经济水平不相上下，现在差距拉得很大。考察归来，干部都很服气，江苏的观念值得引进，观念不引进，资金技术上的合作效果也不会好。

在采访中，我们听过这样一件发人深思的事情：某沿海城市领导极负责任，亲率干部前往西部一个地区寻求合作。但当地领导存有本地市场会被对方抢占的顾虑，答曰：项目全部都有合作伙伴，目前没有什么项目可谈。而实际上，这个地区还相当落后，大量资源性项目急待开发。这种狭隘的、封闭的地域观念不打破，"肥水不流外人田"的传统观念不摒弃，中西部的经济发展很可能就是一句空洞的口号。对此，四川省井研县有颇多体会。开展合作项目之初，县里曾遇到来自多方面的非议，部分干部群众存在种种顾虑，有的甚至把签订的协议斥之为"马关条约"，是"殖民地行为"。县里没有被这些狭隘意识所左右，顶住了各种压力，敞开了合作大门。全县已开展45个合作项目，年产值4.5亿元，创利税2.7亿元，使这个昔日典型的丘区农业县初现活力。

西平县干部从沿海考察归来，即在全县上下开展思想解放大讨论，号召全县70万人"人人为东西合作办一件好事，说一句好话，使人人都成为投资环境"。以至于达到这种程度，公路收费站只要听说是来考察合作的外地车辆，自觉不收费。江苏省在该县办了独资冷冻厂，一年利润1200万，当地没有眼红的。其结果是，观念更新没花钱，却引进389个合作项目，已投产178个，合同项目资金9亿多元。观念更新了，思想解放了，制约东西合作的诸多矛盾也就容易解决了。

比如，在大规模的西进高潮到来之前，谁把软硬环境改善问题解决在前，谁就能赢得发展机遇。在这方面，中西部广大地区已经动起来了，而且成就令人刮目相看。农业大省安徽近几年经济已进入快速发展轨道，其中一条经验就是软硬环境极大改善。单就通信网络组织的现代化来说，已经位居全国前列。就是经济比较落后的甘肃省，通信事业也跳跃式发展，其现代化的邮电通信网已初具规模。有了好的软硬环境，就不愁引不来合作的好项目。

中西部有些地方来东部寻求合作，张嘴就要投资的项目。这种总在资金上打主意的做法不现实也不可取。其实，除此而外，合作的路子还有好多，比如，技术、设备、人才、管理，都是东部的优势，都可以进入东西合作的内容，而且也是东部目前最适合采取的合作方式。对中西部而言，这是发展自己比较现实的机会。中西部不少地方已经越来越愿意走这条高效宜行的路子：新疆利用自己优越的光热和土地资源，与东部的人才和技术合作，发展种植业。目前，东起哈密，西到喀什、和田，都能看到来自东部地区的种菜能手。新疆还利用丰富的棉花资源，在棉纺工业上与东部展开了大范围的技术、设备合作，形成了闻名全国的"东锭西移"热潮。

可以预见，随着东西合作活动的不断延伸发展，"相见不难合作难"会逐渐成为逝去的历史。

（1995 年 7 月《经济日报》）

东西合作调研行（5）

合作领域怎样拓宽

无论在东部还是在中西部采访，记者接触到的一些政府官员，一谈东西合作，首先想到的就是大力兴办各种工矿企业；尤其是中西部的同志，充满着对工业文明的渴望，急于在中西部广阔但企业稀疏的版图上，增大企业密度，用隆隆的机器声唤醒中西部沉睡已久的丰富资源，把潜在的资源优势迅速转化为经济优势、商品优势，以促进当地经济大发展。

中西部的经济发展需要更多的工业项目，当前，办企业确实是东西合作的重要方式

中西部的企业的确相对较少。仅以乡镇企业而论，中西部人口约占全国总人口的 2/3，而 1994 年乡镇企业产值则只占全国总量的 28%。四川省乡镇企业局局长黄永光告诉记者，四川人口数量高居全国第一，乡镇企业这几年发展步伐尽管很大，在全国也只占到第四位，远在山东、江苏、浙江之后，乡镇企业落后是四川与东部各省差距拉大的一个重要原因。

开发中西部经济，主要是为了充分利用当地自然资源和劳动力资源，这决定了东西合作要坚持大力兴办生产型企业。都说中西部资源丰富，但是它们之中有的如水力资源，因没有发电厂而不能转化为电力白白流失了；有的如铁矿金矿大理石，因无力开发而藏在深山；有的如四川阿坝州产于高原的优质中药材，因当地技术水平落后而只能当作廉价原材料被卖到东部。资源要变成商品、原材料要经过精深加工变成最终产品直接进入消费性市场，从而获取丰厚的附加值利润，只有开矿办厂一条路。因此，中西部要大力兴办各种工矿企业，从战略上看是正确的。

中西部巨大的市场，低廉的劳动力成本，丰富的资源和原材料，构成了对

东部企业强大的吸引力。东部那些劳动密集型企业，或者产品在东部市场趋向饱和的企业，或者主要原材料依赖于中西部的企业，它们的西进冲动也是到中西部建厂，利用那里的优势扩大规模，求大发展。上海、青岛等地的纺织企业已经开始或正在部署西进新疆；浙江一些实力雄厚的大集团如杭州娃哈哈集团等已先后在三峡库区设立分公司等。

办企业也有两种方式，一是重新创建，二是通过合作壮大 中西部现有企业。当前，第二种方式更宜推行

但是，如果因此就认为东西合作只有在中西部重新创建企业一种方式，则会成为认识上的误区，由此造成实践上的误区，在一定意义上成为东西合作难的重要原因。其实，中西部在自己长期的经济建设进程中，已建成了相当数量的各类企业，它们中的大多数都是针对当地某一资源优势而建的，一些三线企业、军工企业甚至有强大的技术实力。一些专家将中西部业已形成的工业基础称为"产业优势"，认为东西合作不能忘记了这个现成的优势，否则将会造成巨大的浪费，甚至还会事倍功半。因此，东部企业利用自己的资金、技术、人才、信息、产品、管理和机制等经营资源优势，用承包、租赁、参股、购买等方式嫁接、改造中西部现有企业，并用在市场经济下经营企业所积累的丰富经验经营它们，使之获得新的生长点，成为中西部经济的骨干力量，自己从中获得应有利益，这也是东西合作的一种重要方式。这种投资省、见效快、风险共担、利益共享的合作方式，被江西省经济协作办主任何学仁喻为"抓鸡生蛋"，吸引了不少东部企业利用它大展其长。

组装保温系列产品的广东南海嫦娥实业公司于 1993 年 7 月租赁了濒于破产、职工在家待业的南昌保温瓶厂，除了投入上千万元进行技术改造外，靠大刀阔斧地转换观念、转变机制救活了这个厂，当年 10 月恢复生产，12 月份即开始盈利。1994 年产量达 1380 万只，比以前翻了一番多，南昌保温瓶厂一千多名职工重新上岗，年均收入高达 6500 多元，比待业时增长了 10 倍；南昌有关方面一年能拿到 600 多万元费用和收入，南海嫦娥除了拥有一个瓶胆基地外，光 1994 年就获利 500 万元以上。原保温瓶厂厂长张守信告诉记者，这一成功是用南海嫦娥的技术、资金和乡镇企业机制，嫁接到老厂的设备和高素质

劳动力资源上取得的，是合作成功的一个典范。

办厂并非唯一合作方式，东西合作完全可以在
非工业领域取得可喜成果

由于种种主客观原因所制约，办厂方式当前不可能在中西部遍地开花，形成"哪儿有资源优势，哪儿就必然有东部企业来合作办厂"的局面。比如，东部发达地区少，有西进紧迫感的企业少，而中西部要上的工业项目多；中西部有些地方由于交通运输等原因，资源优势尚处于"潜在"阶段，当前开发成本大大高于东部所希望的价格；中西部人口固然约占全国的2/3，但在某些地方都是地广人稀，多数地方因收入原因消费水平较低，所谓"市场优势"还没有真正形成，对东部企业吸引力还不够大。在这种情况下，如果中西部老想着东部多来办几个厂，就显得有些"一厢情愿"了。同时，东部一些同志对中西部现在经济状况下上企业太多能否承受得了也抱怀疑态度。烟台市政府副秘书长张润升在接受记者采访时刚随副市长李小白从西部考察回来，他认为，如果东西合作只看重企业数量、工业产值，比如该办100个却办成150个，看似多了50个，殊不知由于资金、人才等"瓶颈"制约，反而可能成为50个"包袱"，这不是让我们好心办错事吗？

搞东西合作，首先要真正弄清各自优势所在。记者在采访中不止一次地听到这种舆论：如果跳开"合作就是办厂"的框框就会发现，东西合作并非只有办企业一种方式，完全可以在人才、商贸、农业、旅游业、房地产业等多方面广泛展开。

以人才为纽带进行合作已成为当前东西合作实践中重要的一部分。山东省潍坊市在与延安结成友好对子实施合作后，先后派出两位副市长率领来自各条经济战线上的58名干部和技术人员到延安挂职近3年，他们不仅带来了发达地区抓经济工作的新做法，也给老区人的观念带来了很大冲击，并为延安长期经济发展规划提供了相当可行的方案。这种合作的社会效益恐非办几个企业所能比的。江苏华西村去年出资100万元为中西部培养了100名乡镇、村干部，这批干部在结业时表示，学习培训增加了他们回到中西部后抓好乡镇企业的信心和决心。

围绕各自农林优势进行合作也正在大范围内推开。记者在新疆采访时了解到，东部几省已投资改善新疆棉田生产条件和改良棉花品种，提高新疆棉花亩产量，使它的棉花优势更有特色。潍坊市到延安挂职干部除了结合延安实际上了近百个"少而精、短平快"的工业项目外，把工作重点放在潍坊的优势——两高一优农业开发与延安实际相结合上，大搞棚养蔬菜、棚养肉食鸡，结果取得了意料不到的好成绩，仅1994年就为延安农民创收1400万元。这一合作成果引起了成都秋菜基地——阿坝州汶川县的极大兴趣，已决定在棚养蔬菜上与潍坊展开合作。

记者在上海采访时了解到，上海金山县正与云南思茅地区合作开发西双版纳风光旅游和湄公河国际旅游等边境旅游业，揭开了东西合作开发旅游业的新篇章。旅游业作为一项方兴未艾的经济事业，对增加一个地区的收入、发展新兴产业、增加就业人数、促进经济发展的作用越来越被重视。

东部旅游名胜已走出了单纯的观光旅游方式，项目丰富多彩，不少地方如北京、深圳等地在最大程度开发旅游资源上积累了丰富经验，这方面的东西合作是否同样前景广阔、大有可为呢？

（1995 年 7 月《经济日报》）

东西合作调研行（6）

东西合作前景如何

记者围绕东西合作进行采访，对以下几点已形成共识。

第一，东西合作目前虽已在多省市之间广泛展开，但仍处于初始阶段，力度、广度还没有达到开发中西部经济所需要的程度。

第二，东西合作有东部支援中西部的一面，更有双方遵循经济规律"平等互利，优势互补，广泛合作，共同发展"的一面。

第三，由各种因素所决定，东西合作从形式到内容，从数量到质量，今后必将有一个大发展，有一个蔚然兴起的明天。理论上的深化和突破，为东西合作的实践打下了厚实基础。

现阶段的东西合作，既是一种政府行为，又是一种企业行为，这一特点决定了各级政府、各种企业、各经济主管部门都是东西合作的主角。记者在各地采访时欣喜地看到，参与东西合作各方的"主角意识"越来越强化，观念越来越解放，对东西合作的经济、政治意义都有着精辟的认识和见解，东西合作的指导理论有了深化和突破。

山东省长李春亭认为，如果中西部经济发展不起来，没有稳定的局面，全国大局就要受影响，山东省也就没有安定和平的发展环境，经济发展必然大受影响。因此，他们高度重视推动本省发达地区、优秀企业向中西部发展，并响亮地提出了两句话："欠发达地区是发达地区的用武之地""搞东西合作要坚持用社会主义的优越性与市场经济相结合的办法"。这一融国民的责任感与经济的利益观于一体的理性认识，在山东省上下已形成共识。

中西部的领导则逐渐从东部应该无偿援助或以援助为主的形式支持中西部发展的观念中走出来，充分认识到东西合作的生命力在于优势互补、互惠互利，从而提出一系列口号，出台一系列政策鼓励中西部有条件的地方主动出击，寻求与东部的合作。四川阿坝藏族羌族自治州州长泽巴足对记者说："现在条件变了，我们再打着穷的旗号向东部要钱要物，虽然能给一点，但意义不大，只有拿出我们的优势来，用我们之'长'才能吸引东部。我们愿拿出最好的项目，最好的企业欢迎到东部来。"逐步展开并逐步见效的东西合作，使人们看到了它在明天的喜人前景。

现阶段东西合作虽然仍处于初始阶段，从数量到质量都有待提高，但它促进了东中西部的相互了解和交流，密切了双方的联系，为进一步搞好东西合作埋了下"伏笔"。

第一，东部和中西部各省各地区之间大量结成"经济合作对子"，疏通了东西合作渠道。当前乃至今后一段时期的东西合作离不开"政府推动"，政府间结成合作对子，像亲戚一样常来常往，能够较及时地了解对方的各种信息，然后迅速组织有条件的企业、项目前去洽谈合作。上海与四川，山东与新疆、陕西，浙江与甘肃，等等，都结成了这种对子关系，各省市已同三峡库区结成合作对子100多个。

第二，各省经济协作办、乡镇企业局等部门在东西合作工作中找到了自己的定位，成为一支积极的推动力量。省际经济协作迄今已经历了补偿贸易、区域经济合作、对口支援等几个阶段，各省经济协作部门在承担这些工作中积累了组织协调省际合作的丰富经验。江西省经协办主任何学仁告诉记者，10年来，这个部门共为江西引进资金26亿元，协作项目3500多个，建立起了同各省经协部门紧密的联系。东部的浙江、江苏、天津等省市乡镇企业局则成立了"乡镇企业东西合作工程领导协调小组"，加强与中西部有关省区间的交流与合作，中西部20个省区也都明确了组织实施工程的领导部门和机构。

第三，124个全国乡镇企业东西合作示范区在中西部各省区的建立，为东西合作提供了高质量的"舞台"。据农业部乡企局副局长林定根介绍，这些示范区基础设施建设较为完善，有完整的小区建设规划，投资环境良好，地方政府为示范区的发展制定了扶持政策，必将有力地吸引东部企业西进，促进东西合作。这个示范工程还准备采取各种措施上马1000个示范项目，每年给中西部乡镇企业增加产值1000亿元，利税150亿元，成为推动中西部经济发展的骨干企业和龙头企业。

东部和中西部经济具有互补性的本质特点，是东西合作会愈来愈"热"的根本原因。

东部和中西部由于经济发展水平不同，各自优势不同；经济上具有很强的互补性。有互补性，就有了合作的可能和基础，东部经济如何更好地发展？中西部经济如何更快地发展？双方发现，这都离不开对方，只有各自把优势拿出来，互相吸引，自由选择，科学决策，以长补长，以强补强，达成长长合作、强强合作，从合作中求共同发展。

上海、广东等地已出台了产业结构调整规划，对本地区经济进一步发展作了明确规定。根据上海产业结构调整规划，"不宜在上海生产的行业"如纺织、化工、轻工、建材、机电等大部分将转移出去，使上海的主体企业成为决策中心、开发中心、销售中心和管理中心。广东经过优先发展，已处于从轻纺工业向重化工业、高新技术产业升级的新阶段，许多加工型企业也将逐步迁出，向外地转移。哪儿是这些企业的新栖息地？只有广大的中西部。山东省根据自己的发展规划，计划在"九五"期间组织300家乡镇骨干企业、200家地市级集团、100家省级集团到中西部发展，把它们的优势与中西部优势结合，抢占中西部大经济舞台。

如果说产业政策还不能直接发生作用，那么，东西经济现状则成为推动企业转移的有力杠杆，推动东部企业必然与中西部合作。以上海为例，不少企业存在着企业场地小、劳动力紧缺、原材料紧张、生产成本高、环境污染等问题，成为企业想发展的最大制约因素。浙江的一些企业也遇到了资源严重不足的问题，几乎年年处于"电荒"窘境；劳动力价格高、市场相对饱和、竞争日趋激烈都令企业家们头疼。要解决这些问题，只有到市场广大、地价便宜、劳动力价格低、资源丰富的地方，这个地方就是中西部。所有这些将使东部"不得不走"，加上政策希望"它们走"，可以预见西进必然会出现新的高潮。

中西部的优势是诱人的，但中西部人却没有因此而坐以待毙，他们以自身优势为依托，以对投资环境的大力变革改善为手段，以政府间紧密联系为渠道，不断向东部企业发出合作信号，甚至频频上门"攀亲"。一些省（区、市）的领导像内蒙古、新疆、广西、湖北、安徽等，有的与记者在东部相遇，有的失之交臂；江西、四川在财政极其紧张的情况下投入巨资修路，对开发区进行七通一平；阿坝州把自己的印制精美的项目册子带到深圳、送到山东，走一路宣传一路自己的优势、潜力和诱人的投资回报。

东部以结构调整为东西合作提供了充分条件；中西部则以先天优势和后天努力为东西合作不断创造着必要条件。东部一位领导同志在展望东西合作前景时说，有了这两个条件，东西经济的互补性，就像磁力不断增强的磁石一样，必将把东西部经济、企业更紧密地联系在一起，推动东西合作在明天热起来。

（1995 年 7 月《经济日报》）

如何根治农民负担过重的顽症，扼制负担反弹？目前在全国七省近五十个县进行的农村税费制度改革试验初显成效，人们称赞这项改革——

富了群众　保了财政

近几年，农村经济发展中呈现出一种矛盾的现象，一方面是持续发展，活力不减；另一方面，一些明显的制约因素也越来越突出。

比如，农民负担问题几乎成了农村的一大顽症。中央开会，政府发文，但常常是稍有点收敛又再度反弹；再比如，市场经济条件下农民本应享有的生产经营自主权，却在各种名目的行政干预下变得徒有虚名。……

如何把党和政府的农村政策落在实处？从根本上解决上述问题的突破口何在？记者最近在安徽、河南一些地方采访发现，从改革中获得巨大能量的我国农村，在这些发展中的矛盾和制约面前正在进行新的改革探索，其中1993年即开始实施的农村土地承包税费制度改革已相当引人注目。

减负担靠改革

安徽省太和县是一个有130万农业人口的农业大县，农民负担问题相当突出，当地农民反映有"七多"，即要钱的文件多、项目多、金额多、层次多、人员多、时间多，以及农民的意见多。能否从根本上加以解决呢？1993年，太和县提出了"以改革减负担"的思路，开始了新的探索。

几乎与此同时，河南郾城这个烟叶大县已在着手这项改革。这里每年的烟叶产品税占全县的1/3，而计划体制下形成的烟叶财政已陷入了极大困境。一方面，近几年市场波动频繁，效益不大，农民普遍不愿意种；另一方面，国家下达给县里的每年至少1200万元烟叶税任务不管种不种烟都得完成。于是，每年种烟收烟之际，县乡干部把所有的行政干预手段都用上了（1993年8月19日本报在头版头条曾以《豫南看收烟》为题报道过郾城县的这种情况）。去年，矛盾再一次摆到新一届县领导班子面前。

实行合并征实

1993 年以来，安徽太和、贵州湄潭、河北正定、河南郾城等地陆续开始农村税费制度改革试验。到去年底，全国已有 7 个省近 50 个县市的大部分乡镇试行了这项改革。

解决农民负担问题为什么要从税费制度改革入手呢？研究这一改革的有关人士认为：国家税收不轻，集体提留较重，社会负担失控，是这一改革的共同背景。一方面，农业税和农林特产税性质不清且税负不公，实际执行中农业税明显偏低，而农林特产税又明显偏高；另一方面，从征收过程来看，又普遍存在着重复征收现象；同时，由于实行定量定价的粮食购销体制，定购价与市场价的价差使农民承受了较大部分"暗税"负担。

除税之外，提留统筹费虽然实行了 5% 的定项限额管理，但也显露出其不合理的一面。因各村各户收入不平衡，在全乡范围内一律实行不超过上年人均纯收入 5% 的办法，客观上加重了低收入户的负担，一些地方用人为提高农民人均纯收入的办法来向农民多收费，使 5% 变得"湿淋淋"的。尤为值得注意的是，各种行政事业性收费和集资、罚款、摊派等社会负担尽管一度有所抑制，但总难根治。

各地进行的税费制度改革被专家们概括为"税费统筹，折实征收，财政结算，二者分流"。其基本内容和思路大致有以下几方面：一是改变目前的定购方法，将农业税和"三提五统费"合并，统一征收；二是以征缴实物为主，对因遭受自然灾害而歉收的地区和有困难的农户，征缴数量可适当减免；三是由乡镇政府、财政部门与粮站统一结算，税费分流，税归财政，费归乡村，其中村提留部分实行村有乡管；四是农民在完成征实任务后，有权拒绝其他各种摊派。

诚然，各地的征收范围、依据、方式、数量及具体做法等，根据当地实际都有所不同，但总体思路是基本一致的。

效果初步显现

记者听郾城农民反映，过去这税那费多得说不清，都不能拒绝，现在简单了，"一道税，一次清"。

夏收刚过，县领导高兴地告诉记者，去年7天时间完成夏粮征购任务已够快了，而今年仅用了5天，创了历史最高纪录。

据介绍，去年全县烟叶面积虽比上年减了近8万亩，但烟叶产品税却比上年增加1.7%，亩均收入增加了3.8倍；同时，农民人均收入比上一年增加342元，人均负担却减少了30元，所以县领导说是"富了群众，保了财政"。

关于税费制度改革的成效，各试点地区的总结大致相同，除保护了农民利益外，还主要表现在改善了干群关系，促进了乡村财务制度建设，促进了粮食主产区的产业结构调整，保证了国家粮源，等等。

当前，农业发展中的制约因素日益显露，农村迫切需要从改革中获得新的发展动力。在这种背景下产生的农村税费制度改革，其意义已不仅仅在于规范和减轻了农民负担，它对理顺国家、集体和农民之间的关系，明晰分配制度，改革农业税制，打破传统的粮食购销体制，完善基层组织制度和财务制度，转变基层干部作风等都有深远的影响。

（1995年9月《经济日报》）

东西合作调研行采访札记

东西差距与城乡差距

我们东西合作调研采访的是东西差距，思考的是东西合作，可我在采访和思考中却常常想到另一个问题，这就是城乡差距。

东西差距和城乡差距是我国经济发展中两对比较突出的矛盾，那么，这两对矛盾是什么关系呢？

飞机飞到乌鲁木齐上空的时候，正是夜阑时分。透过窗口俯视这座我国最西部的大城市，只见灯火辉煌，流光闪烁。尽管刚从沿海行来，此时此刻却并没有感到落差。

第二天走上街头，我们的这种感受更深了，如果不是那富有民族特色的建筑和身穿民族服装的姑娘和小伙子，这里简直就和内陆城市甚至沿海城市无多大区别。这种感受我们在西北的另一座大城市西安同样感受到了。

然而，只要一出繁华嘈杂的省会，进入乡间小路，走进农家院舍，我们才又蓦然发现，中西部地区还很落后、贫穷。这使我们在感受中得出结论，东西差距主要是东西部地区农村的差距。

改革开放以来，随着东中西地区农村经济发展的差异越来越大，农民收入差距也日益悬殊，并且呈继续扩大之势。有资料表明，1980年，农民人均纯收入最高的地区上海是397元，最低的陕西省是142元，人均纯收入之比为2.79∶1，到1993年就达到4.95∶1。同时，三大经济地带农民人均纯收入之比扩大到1.84∶1.36∶1。

近几年，沿海地区农民越来越多地依靠乡镇企业增加收入，有的地区农民增收的90%都来自乡镇企业。

而中西部许多地区乡镇企业才刚刚起步，有的地方还是空白。不用说新疆，就是在陕西，我们走的几个乡镇有的连一家企业都没有，农民增加收入的渠道主要依靠土地。

随着乡镇企业的发展，小城镇日趋崛起。在广东，初具规模的小城镇不断涌现，星罗棋布，架起了农村通向城市的桥梁，城乡差距正在逐步消失，农村城市化正在成为现实。

现在，中西部地区的各级领导普遍认识到，东西差距主要在农村，在乡镇企业。发展乡镇企业不仅是增加农民收入、促进农业现代化的必由之路，也是缩小东西差距的必由之路。

有的学者也认为，中西部地区通过发展乡镇企业形成一批小城镇，有可能成为中西部地区发展和腾飞的突破口。

"八五"即将过去，"九五"又将开始。刚刚结束的十四届五中全会绘制了本世纪末的发展蓝图。党中央在关于"九五"计划的建议中指出，坚持区域经济协调发展，逐步缩小地区发展差距。江泽民总书记在讲话中，将东部地区和中西部地区的关系作为一个重要内容来阐述。东西差距是"九五"时期要解决的一个重要任务。

有的学者提出，解决城乡差距问题与解决东西差距同样迫切。的确，城乡差距的扩大也是我们发展中面临的一个重要课题。但是，从联系的观点来看，这两个问题在方向上是一致的，可以说是殊途同归。因此，在研究和制定有关政策时，应将两个问题考虑在一起。对中央政府来讲，应着眼解决东西差距问题，而对地方政府来说，应把着眼点放在缩小城乡差距上。对广大的中西部地区来说，缩小城乡差距同时也是在缩小东西差距，因此，在加强东西合作的同时，中西部应在发展乡镇企业和小城镇及城乡一体化上下功夫。从全国来说，应把通过缩小中西部地区的城乡差距作为达到缩小东西差距的一个重要途径。

（1995 年 10 月《经济日报》）

面向自我的挑战

红豆追求广告效应吗？经常口出妙论的乡镇企业家、红豆集团董事长周耀庭10月30日召开发布会时又宣布了一条让记者兴奋的新闻，红豆集团将以百万元年薪面向海内外招聘总经理。随后，各大报纷纷刊登消息。接下来，"红豆"还将在一些媒体刊登招聘广告。

乡镇企业招聘人才，早已不是什么新闻。乡镇企业能够从遍布大地的草根树芽成长为国民经济的参天大树，一个重要原因就是千方百计吸纳了各类人才为其培土浇水。但是，要将一个大企业的经营权拱手交给一位应聘者，有这样的胆魄的企业还不多。

红豆集团是江苏省首家省级乡企集团，预计今年产销将超10亿元，本世纪的目标是超百亿元。早在1993年，他们就以年薪40万元人民币的条件聘请台湾衬衫专家任衬衫厂生产部经理。今年4月又以年薪80万元聘得日本西服专家加盟"红豆"。

然而今天，许多人在谈起红豆招聘总经理时却多了一分冷眼旁观的色彩。他们没有忘记，前不久浙江一家乡镇企业集团以年薪50万招聘市场部经理，结果双方闹得不欢而散；近日又有报道，北京一家公司招聘总经理不但许诺的工资分文未付，反而让"老总"赔进去了650元"集资款"。他们还想起，几年前，山东一家著名乡镇企业面向全国招聘人才，各类人才蜂拥而至，其中竟有国家机关司局级干部，一时成为有些大报的花边新闻，招聘者心里乐开了花，应聘者却无人有幸"加盟"该企业。

我们没有理由怀疑红豆集团的动机，但围绕招聘总经理所产生的各种议论却不是没有一点意义；也不能说"红豆"追求的是广告效应，尽管目前已经产生了一点不大不小的广告效应。不管红豆人是否意识到，也不管红豆人是否承认，红豆把自己逼上了一条有可能要付出一点风险代价的路子。

家族经营的利与弊

红豆招聘总经理引出的另一个热门话题是关于乡镇企业家族经营的议论。

周耀庭有两个儿子，都在红豆集团工作，周海江负责国际发展公司，周鸣江负责南国企业公司，两个人年纪轻，文化高，都在各自的岗位上做出了突出的贡献。周海江还被评为全国优秀青年乡镇企业家，很多场合周海江都是以红豆总经理的身份出现。今年5月，在上海召集部分企业家座谈国有企业改革，周海江便以红豆总经理的身份赴会，成为会上唯一一位乡镇企业家和最年轻的企业家。由此可见周耀庭对儿子的希望和栽培的良苦用心。

周耀庭在谈起招聘的初衷时说，"红豆"要面向21世纪，在经营思想、观念和行为上，必须冲破小农经济的框框，克服传统的农民意识，摆脱宗亲、血缘关系和区域经济的束缚，树立与市场经济和社会化大生产相适应的新观念。

与周耀庭一样，许多议论"红豆"此举意义的言论也都曾着眼于此。的确，乡镇企业由于其自身发生、发展的特点，许多带上了家族色彩。但家族经营是否和家族统治一样都属于封建性的东西因而必须打破？对这个问题的认识我们不能仅仅从理论出发，更不能仅仅从概念出发。同时，还不能混淆家族经营和家长经营的含义。一个企业尽管不是家族成员占主要管理地位，但由于厂长或经理滋生了家长思想和家长作风，因而不可避免地对企业实行家长式经营，这是当前乡镇企业所应极力反对的倾向。

纵观一些世界性大企业，家族经营的不在少数。在乡镇企业短短15年的发展历程中，家族经营也显示了较强的生命张力。家族经营的是非利弊，自是可以见仁见智，但乡镇企业向现代企业转变的标志仍是现代企业制度所要求的基本内涵，而衡量企业经营成败的根本尺度还是经济效益。

改造，艰苦的历程

红豆集团招聘总经理，无疑是面向自我的挑战。这种挑战既来自招聘本身，是主动的挑战；也彰显在招聘背后，是发展的要求。

乡镇企业在短短的15年里不仅积聚了巨大的物质财富，创造了全国工业产值的"半壁江山",而且引发了周围客观世界的一系列巨大变化,这些变化是许多乡镇企业的创业者也始料未及的。这一过程,乡镇企业家们付出了艰苦的努力和心血,同时以周耀庭等为代表的他们中的优秀者也成为辉煌一时的企业家。

乡镇企业家在创造物质财富和改造客观世界的同时,也在带领农民逐步从传统农民转变成现代产业工人,使自己从农民厂长转变成现代企业管理者。然而,我们不能不看到,这种改造和转变并不是完全同步的,对自身的改造要比对世界的改造进程缓慢得多,也艰难得多,这就使一些乡镇企业家的思想和自身所参与创造的环境产生了"错位"和"落差",因而在某种情况下他们就会显出某些不适应。

企业家的改造和创造是无止境的,且不说与发达国家的企业家相比,就是与国有企业的厂长经理比,乡镇企业经营管理者的素质仍有待提高。因此,从内外两个方面来讲,挑战都是永恒的,乡镇企业家来不得半点骄傲和自满。

(1995 年 11 月《经济日报》)

农者，天下之大本

——访韩札记

具有韩国传统特色的歌舞上演了。突然，一个巨大的条幅展现在观众眼前："农者天下之大本。"这是我们在汉城观看节目时看到的一个镜头。在庆州等地的风景点参观时，我们仍不时看到这句话："农者天下之大本。"这引起了我们的兴趣。在韩国这样一个现代工业非常发达的国家，农业处于什么地位？农村的发展情况如何？

10月21日，我们访问了韩国农村振兴厅。

振兴厅隶属于农村水产部，始建于1906年，其主要职能是负责农业科技研究、农业技术指导和推广、农村生活指导。它拥有13个研究机构，其中包括农业科学技术院、农业机械化研究所等6个研究所，以及作物试验场等6个试验场，总计1万多人，研究人员2000多人，技术推广人员6000多人，其余为行政人员。

韩国共有100多万农户，大约500万农民，占总人口的11.6%。由此可见，农业人口与农业科研和推广人员的比例是相当高的。

韩国的国情和农业发展的实情要求他们必须把农业的发展转到依靠科技振兴上来，而被称为韩国农村振兴事业的农技研究与推广也的确给农村的振兴做出了巨大的贡献。

据介绍，韩国农业虽然自1962年开始的第一个五年经济发展计划之后的最初15年里，总产量即翻了一番，并且实现了大米的自给自足，但此后的发展速度开始放慢。同我国一样，人多地少的制约因素越来越突出，其耕地不足国土总面积的20%，发展农业的潜力集中在最大限度地提高单位面积产量上。在这种情况下，他们提出农业技术的世界化，引进新的高产稻米和其他作物品种，开发尖端技术，并促其实用化，有效利用农业生物资源，提高自动化、现代化水平，将农业逐步培育成尖端产业。

近年来，随着城市居民收入水平的提高，他们对水果、蔬菜和其他高效益的经济作物及畜牧业产品的需求迅速增长。80年代以来，塑料大棚普遍推广，成为蔬菜增产的主要因素。而由于蔬菜增产，农民的年均收入水平得以赶上城市工人家庭的收入水平，并且这种城乡收入平衡一直维持到今天。

据农村振兴厅负责人介绍，就农业技术推广而言，全国已经形成了完整的推广体系，道有农村振兴院，市郡设农村指导所，最基层的是农民相谈所，全国已有1380个。

我们还参观了振兴厅的农技资料制作室，这里有先进的电子设备制作各种通俗易懂的农技资料，还办有多种指导和信息刊物，许多资料对农民是免费的。更可喜的是，农业技术的传播已走向电脑化，全国已有4万农户与设在这里的中央控制室实现了联网。同时，电视台每天有50分钟的农业节目供农民观看。

韩国农村振兴事业的经费也是我们所关心的。据介绍，其经费来源主要是国家拨款，今年全年的经费，加上特别拨款共计3500亿韩元，相当于5亿美元。每年的增长速度是16%。

在农村振兴厅，我们还观看了韩国农业发展的录像片，参观了农业最新科技成果展览，所见所闻使我们感到，科技的确为韩国农业的振兴和现代化立下了汗马功劳。

我们在想，500万农民，8000位农业技术人员，每年约5亿美元经费。这说明，"农者天下之大本"在韩国是有其丰富内涵的。

（1995年9月《经济日报》）

我们村里的年轻人

"要脱贫，找国林"

"要脱贫，找国林"。这句话在河南荥阳县秦铺头村很流行。秦国林为啥有这么高的声誉?

8月中旬的一天上午，我慕名来到秦铺头村，发现这里几乎家家户户院里都盖有高高的鸡笼，少的百十只，多的几千只。

一位姓刘的老大爷拉着我进了他家的大院，指着鸡架下那一片白花花的鸡蛋乐呵呵地说:"过去养鸡下蛋换油盐酱醋，如今养鸡下蛋发家致富。"

这里是远近闻名的养鸡村，农民靠养鸡脱贫致富，他们说，全靠了带头人秦国林。秦国林给我讲了他的过去和现在。

"1984年高中毕业我没能考上大学。我不甘心回到几亩地里刨食吃，想寻找一条发家致富的捷径，便先到一个建筑队给人打下手。1985年，我产生了新的念头，要学一两门技术，于是到一个机械厂当了钳工和车工。后来，我在一家校办企业干起了推销员，为企业产品打开市场立下了大功，几家企业都争着让我去，可我打定主意，回到了生我养我的秦铺头村。

"决心好下，路在何方? 我一连几个晚上睡不着觉，分析了农村的实际，感到要使群众致富，一要选好项目，二要当好示范。荥阳紧挨省城，养蛋鸡肯定有前途，于是，我盖了四间鸡舍，买回600只鸡苗，要带领群众养鸡致富。不料，由于缺乏技术，失败了。我立即去了一家种鸡场，从零学起。再回村时，我已信心十足了。当年，我挣了3000元，第二年，村里的年轻人开始向我靠拢，全村养鸡一下子增加到4000多只。我不仅由学生变成了先生，还主动为养鸡户购买鸡笼、鸡苗，提供各种服务。

"随着村里养鸡户的增加，饲料供应成为一个迫切问题，我由养鸡又想到了办厂，在广大青年养鸡户的支持下，多方集资40万元，属于自己的饲料厂于 1992 年底终于建成投产，秦铺头村走上了依厂养鸡、以鸡养厂的路子。养鸡规模迅速扩大，目前已辐射四周七八个乡镇 50 多个村。

"秦铺头村农民喜气洋洋地走上了致富路。我又想到了全乡最穷的安仁寨村，到那里召开群众大会，我还自己出钱带领村里的年轻人外出参观，请省城的专家教授来村讲养鸡知识，这些有板有眼的活动搅起了这个最贫困的山村的致富欲望。全村养鸡的第一年即获利 2.9 万元，人均 225 元。"

（1995 年 11 月《经济日报》）

"青春"缘何在杭州？

在全国，"青春宝"的知名度颇高。人们还知道，"青春宝"的产地在杭州。

初冬时节，我们来到了享有"天堂"之誉的杭州市，采访了杭州市委、市政府的领导，召开了企业家座谈会，对杭州改革开放后的变化有了较深的认识，对杭州"八五"期间的成就有了一定的了解。令人感到振奋的，是杭州的国有企业充满了青春的活力，保持了旺盛的发展态势。

资料显示，1994年杭州市国有企业经济效益综合指标名列全国省会城市第二位；全市国有企业提供的税利占总税利的比例达64%；全市预算内国有企业亏损面仅为13%。1995年1月至9月，杭州市国有大中型工业累计销售产值增幅为13.4%，在全国35个大中城市中名列第二位。

杭州国有企业不是没有发展上的困难，但由于多途径寻找克服困难的办法，不少困难退却了；

杭州国有企业不是没有历史的包袱，但由于采取了嫁接改造、兼并改组、优化结构等措施，包袱由重变轻了；

杭州国有企业不是没有经营机制"跟不上"的问题，但由于想方设法创造、抓住转换经营机制的机遇，这里"新机制"的"地盘"一天天大起来了。"青春宝"产于杭州。杭州的国有企业，拥有了青春的年华。

浙江省委常委、杭州市委书记李金明深有体会地说，杭州市作为浙江省以加工工业为主的老工业基地，70%以上的原辅材料和产品是"两头在外"，发展上的难度相当大。改革开放后，尤其是邓小平同志南巡谈话发表之后，杭州市的国有企业初步走出了一条快速发展壮大的道路。

李金明书记既讲了国有企业的优势，也讲了国有企业的劣势。他说：发展社会主义市场经济，必须以公有制为主体，国有经济在整个国民经济中起主导作用，这是我们在建设有中国特色社会主义中必须始终坚持的一条根本原则。必须明确，国有企业遇到的问题，决不表明国有企业不行了。应当肯定，国有企业的经营者、职工素质、技术水平和管理水平等方面，与其他经济成分相比，在总体上具有明显的优势。问题在于国有企业受传统计划经济体制的束缚较重，转机建制难度较大，历史包袱沉重。怎么办呢？归结到一点，就是深化改革找出路，把国有企业的优势与市场经济的经营方式结合起来。杭州市副市长胡克昌介绍了该市国有企业改革的四条主要做法：

——鼓励大型骨干企业组建企业集团。近年来，杭州市针对产业结构以加工工业为主、小型企业多、产品分散的特点，积极鼓励和引导一批符合产业导向、产品有优势、需要扩张发展的各行业内骨干企业，以名优产品为龙头，组建企业集团，实现集约化经营，增强企业市场竞争能力，提高规模效益，成为带动杭州经济发展的中坚力量。在组建企业集团中，强调以资产关系为企业间的主要联结纽带，通过组建企业集团，充分发挥国有经济的主导作用，带动和引导一批中小企业，实现优化产业结构和企业组织结构，促进资源的合理配置。到1994年底，全市已有规范化企业集团113家，其中以国有企业为核心组建的企业集团42家；113家集团公司注册资本合计达53.68亿元，拥有全资和控股的子企业共962家。一批企业通过组建集团，有效地发挥了规模效益，成为全国很有影响的企业。

——采取多种形式实现国有资产的流动和重组。近几年来，杭州市提出了搞好国有企业，必须从整体出发，通盘考虑，要用改革的办法，建立企业间优胜劣汰的机制，通过企业组织结构调整，盘活企业国有资产，从整体上搞活国有经济的思路。杭州市以产业政策和城市总体规划为指导，按照市场经济发展规律和结构调整最优化的原则，采取了各种行之有效的办法，推动国有资产的流动和重组，促进了企业组织结构的调整。几年来的调整，共涉及国有资产近4亿元，在职和退休职工4.8万人，土地约140万平方米。主要形式包括：由优势企业兼并劣势企业，实现存量资产优化重组；充分发挥土地的级差效益，将企业组织结构调整和发展第三产业紧密结合起来；积极稳妥地对亏损企业实施破产，努力盘活存量资产；实行一企多制，发展以公有制为主体的混合经济。

——积极推进国有企业改组为股份制的试点。杭州市股份制试点起步较早。1987年成立了全省第一家向社会募集股金的杭州市龙翔股份有限公司；1988年，成立了向社会公开发行股票的杭州天目山药业股份有限公司；此间，还有一些企业进行了定向法人入股和内部职工入股的股份制试点。1992年开始，进一步打破了思想上的束缚，加快了进行股份制试点的步伐。根据国家体改委股份制试点的两个《规范意见》和有关政策规定，以及随后颁布的《公司法》，市政府颁发了《关于股份制企业试点中若干问题的处理意见》和一系列政策意见，在试点中注重规范化。在试点对象上，注意与企业发展相结合，有重点、有步骤地选择了一批在杭州经济中具有重要地位，符合国家产业政策导向，有项目、有前途、有吸引力的企业，改组为股份制企业。到1994年底为止，全市按规范要求设立的股份制企业达1470家，其中股份有限公司36家，有限责任公司1434家。几年来的实践表明，股份制是建立现代企业制度的有益探索，对转换国有企业经营机制、加强管理、提高效益起到了重要推动作用。

——利用外资对国有企业实行"嫁接改造"。1992年以来，杭州市进一步解放思想，对国有老企业积极利用外资进行嫁接改造。选择了一批基础较好、急需引进先进技术和资金进行技术改造的大中型企业，对外招商合资，提高企业素质，增强企业参与国际市场竞争的能力。到1994年底，全市累计批准三资企业2583家，为1991年底累计数的9.3倍；在全部三资企业中，嫁接改造的中外合资企业约占70%，其中实行整体嫁接改造的工业企业有35家。一批企业通过嫁接改造，产生了良好效果。杭州金鱼电器集团与日本松下电器株式会社合资兴办了金松洗衣机有限公司，采用松下先进技术年产250万台洗衣机，使该企业的洗衣机生产进一步上规模、上水平。1994年10月双方又正式签约成立了总投资3678万美元的杭州松下家电有限公司，并带动了一批与之配套和相关的合资项目，相继有年产300万台微型马达的杭州松下马达有限公司、川崎精工等企业在杭州经济技术开发区内落户。

杭州市市长王永明对杭州市国有企业改革和发展再上新台阶充满了信心。他在接受记者采访时说，杭州国有企业这些年克服了重重困难，通过深化改革取得了较大的发展。面对"九五"，我们决心保持锐意进取的精神，加大改革的力度。国有企业是实现两个根本性转变的主体，从着眼于整体上搞活国有经济出发，坚定不移地推进国有企业改革，全面准确地把握现代企业制度的基本特征，从而形成适应于社会主义市场经济的企业经营机制，可以为实现经济增长方式的转变奠定微观基础。

"青春"缘何在杭州？这既是一个引人思考的问题，也是一个使我们认识杭州国有企业改革和发展经验的重要提示。

（1995 年 12 月《经济日报》）

外资，你大胆往西部走

对外开放程度不够、引进外资规模小，成为中西部落后东部沿海地区的一个重要因素。要采取政策措施，促进外资西进和向基础设施、农业、资源开发等产业转移。东部发展空间缩小，经济发展重心西移。外资西进，面临着前所未有的好机遇。西部有黄金，谁先走近她，谁便最先获得她丰厚的回报。

几年前，一位年轻的境外企业家从中国的东部走到中部，又从中部走到西部，最后，他来到新疆的霍尔果斯，投巨资建起了一座国际贸易城，成为迄今外商在西部投资的最大项目。

西进者不会孤独。今天，越来越多的外商将目光投向了中西部地区。外资西进正其时，成为上月结束的"外资西进研讨会"的主题。在这次由中国社科院欠发达地区经济研究中心和国家计委对外经济研究所共同举办的研讨会上，专家们认为，随着中西部地区开发建设热潮的到来，外资西进的步伐将加快。

短短17年来，我国经济取得了举世瞩目的发展，这是改革的成果，也是开放的成果。在利用外资规模上，我国已成为世界上仅次于美国的第二大国，也是发展中国家的第一大国。截至今年9月，累计批准外商投资项目24.54万个，开业的外商投资企业达10余万家，外商实际投入资金1100亿美元。

同时，我国经济在持续发展中，地区性差异越来越明显，东西差距逐步拉大。中西部地区发展滞后，固然有多方面的原因，但对外开放程度不够、利用外资规模小应当是一个重要因素。

尽管从整体上我国已是外商投资大国，但从区域来看，外资分布又极不平衡。到去年底，中西部18个省区外资企业为36000家，只占全国的16.7%，实际投资金额84亿美元，只占全国的8%。少数民族集中的地区则更低，宁夏0.03%，新疆0.16%，青海0.01%，甘肃0.06%，贵州0.17%，云南0.2%。

不仅比重低，投资项目规模也很小，平均协议外资金额仅87.9万美元，而全国为137万美元。外商投资企业产品大部分以内销为主，去年外企出口额为10.5亿美元，仅是全国的3%。

在东部沿海地区，外商投资企业起着举足轻重的作用，在江苏，其产值占全省的20%，北京占24%，深圳则超过50%。而中西部省区没有一个超过10%的，因而对当地经济发展的作用十分有限。

对外开放是今后我们要长期坚持的一项基本政策，发展经济、建设社会主义强国需要借助国际上的力量。抓住国际资本寻找出路的机会，适当多引进一些外资并合理利用，对促进我国走上世界经济强国之路无疑起到巨大的作用。

当前，在引进外资上我们应当采取政策措施，尽快实现两个转移，一是区域上的转移，鼓励外资由东部向中西部地区转移；二是产业上的转移，鼓励外资由劳动密集型的加工产业向中西部的基础设施、农业、资源开发等产业转移。为此，在政策上要做相应的调整，以利于外资实现两个转移。

对我国来讲，外资西进有利于缩小东西差距，促进区域经济协调发展，也有利于产业结构调整和搞活国有大中型企业。当然，对中西部来讲，要创造更有利于外资西进的软硬环境。

不论对中西部还是对外商来讲，都应从更广阔的背景下去认识外资西进的意义。下个世纪世界经济发展看中国，中国要看中西部。我国经济发展重心西移的战略已经确定，国家正在采取各种措施鼓励中西部发展和东西合作。开发西部将为外资进入提供良好的契机。

同时，东部沿海地区经济发展空间逐步缩小，生产成本不断加大，促使外商投资企业尤其是劳动密集型企业加速西移。而广大的中西部地区尤其是乡镇企业正以极大的热情、宽松的环境欢迎境外合作者的到来。外资西进，面临着前所未有的好机遇。

当然，要允许外商犹豫，中西部在交通、通讯以及开放意识方面的确还有许多需要改进的地方，但中西部并非各方面都落后于沿海地区，西安、成都、重庆、兰州等都是三四十年的工业基地和高科技中心，人才荟萃，在全面开放和跳跃式发展中，这些中心城市以及一些沿边开放城市完全有可能成为中西部发展的"极"，从而也成为外资西进的最佳选择。

而且，用发展的眼光看，中西部地区基础设施落后的状况正在迅速地改变，这一点只要你到中西部走一走便会发现，所以，再不能用"中西部就是落后"的老眼光看待中西部了。

值得喝彩的是，一批有远见的投资家已经走向中西部，西安杨森、天山毛纺等一批大型合资企业的崛起无疑给外资西进以极大的鼓励。中西部，是富有潜力的投资热土，谁先走近她，谁便先获得她丰厚的回报。

（1995 年 12 月《经济日报》）

走向现代化的必由之路

——评述我国小城镇发展趋势

· 小城镇已成为吸收、消化农村剩余劳动力的"蓄水池";

· 在农村剩余劳动力转移状况依然严峻的形势下,需进一步挖掘小城镇的就业潜力和发展新的小城镇;

· 当前要采取措施,促进乡镇企业集中连片发展,以增强小城镇吸纳新增就业者的能力和形成新的小城镇;

· 发展小城镇,在加快农村工业化步伐的同时,加快城市化进程,是现代化的必由之路。

小城镇、大问题,日益成为专家学者和决策者的共识。

10月初,国务院11个部委,全国20个省、自治区、直辖市的有关负责人及专家学者400余人聚会江南小城昆山,讨论进一步全面展开小城镇综合改革试点工作。

时隔仅一个月,国家体改委又联合建设部、世界银行、瑞士政府等在京召开中国小城镇发展高级国际研讨会。小城镇何以成了大问题?

改革开放以来,我国农村经济大致经历了3个发展阶段,一是家庭联产承包责任制调动了亿万农民的生产积极性;二是80年代迅速发展的乡镇企业吸纳了大批农村剩余劳动力;三是乡镇企业走向集中连片发展,一批小城镇迅速崛起,农村工业化推动农村向城镇化和城市化迅速发展。

目前,全国正在兴起一股建设小城镇的热潮。小城镇已达5万多个,其中4万个是近几年发展起来的;建制镇已从1979年的2600个发展到去年底的16433个,15年增长了36.3倍。小城镇人口已占到全国农村人口的15%左右。

小城镇的发展最大最直接的成效是吸收和消化了大批农村剩余劳动力。我国农村目前有 1.2 亿剩余劳动力，到本世纪末将超过 2 亿，如此大规模的剩余劳动力如果没有一个合理的"蓄水池"和"分水岭"，将给农村和城市带来严重的社会问题。近几年，小城镇总共吸收 3000 多万人，占农村剩余劳动力转移总量的 30% 以上。这一方面说明小城镇已成为吸收农村剩余劳动力的最大"蓄水池"，另一方面也说明，农村剩余劳动力转移形势依然严峻，需要进一步挖掘现有小城镇的就业潜力和发展新的小城镇，以加快吸收剩余劳动力的速度。

尽管乡镇企业的发展已使 1 亿多农民成为农民工人，但这种由第一产业向第二产业的产业上的转移并不能代替空间上的转移，因而城镇化与城市化水平大大落后于工业化水平是我国发展中的一个突出问题。这一问题的产生源于乡镇企业的分散布局，而乡镇企业的分散布局又源于传统的"村落经济"模式。

从城镇化和城市化的高度来看，当前乡镇企业发展中出现了引人注目的变化，这就是吸收农村剩余劳动力的能力在减弱。1984 — 1988 年，乡镇企业共新增吸收了 6309 万人就业，平均每年新增吸收超过 1262 万人。而 1989 年至 1994 年，共新增吸收 2472 万人，平均每年只新增吸收 412 万人。

分析这一变化的原因，大致有两方面。一是由于市场竞争的加剧，乡镇企业为了生存和发展，必须不断进行技术改造和更新设备，进而需要不断增加投资。于是，在一些发达地区乡镇企业中，资本密集型和技术密集型发展模式表现了强大的冲动，这就导致乡镇企业的规模和产值虽然不断扩大，但吸收劳动者的速度必然会下降。二是由于乡镇企业在布局上高度分散化，阻碍了第三产业的发展，进而降低了工业化对剩余劳动力的吸纳能力，减弱了第二产业发展对第三产业的联动效应。

因此，在今后乡镇企业的发展中，一方面继续鼓励其多吸收剩余劳动力就业，另一方面要采取各种措施，促进乡镇企业连片集中发展，以增强小城镇吸纳新增就业者的能力和形成新的小城镇。

引导乡镇企业向小城镇集中，使乡镇企业发展与小城镇建设结合起来，也就是把农村工业化与城镇化进程结合起来。通过发展小城镇，使分散的乡镇企业向小城镇集中，就可以带动小城镇中第三产业的发展，从而使农村剩余劳动力就近向二、三产业转移，这是农业和农村现代化的必由之路。

（1995 年 12 月《经济日报》）

中国土地制度改革纪实

土地国家所有虚置，造成隐形地产市场。中华人民共和国成立后，我国的各种非农业建设用地，一直采取无偿划拨制度，不仅无偿，而且无期限、无流动。

长期以来，城市的企事业单位、个人取得作为生产经营要素的土地，不必支付地租，以土地为基础所取得的超额收益，本应收归作为土地所有者的国家，却因土地的无偿使用而变成企业的收入。因此，土地国家所有在相当程度上已演化为部门、单位或个人所有，以至于多占地、占好地、多占少用、早占退用、占而不用的土地浪费现象随处可见。

改革开放以来，土地的无偿使用已流于形式，有的地方实质上已变成了非法有偿使用，因此造成了一个事实上的隐形的地产市场。尽管我国宪法规定除国家外的任何单位和个人不得买卖或处置城市土地，但变相倒卖土地的行为却从未得到有效的禁止。南方某市仅 1984 年就非法转租、转让、转借土地 542 万平方米；西北某市 3 年内发生重大买卖土地事件 55 起，最高价达每亩 30 多万元。应该说，我国土地制度的变革是从农村开始的。起于 1978 年底的农村改革首先实现了土地所有权与经营权的分离，从而满足了农民对土地的真实要求，成功地推动了农村经济的迅速发展。

土地使用制度改革的关键是根据我国实际情况，使土地使用权明确地从所有权中分离出来，成为真正的权利主体，并同所有权结合成新型的权利义务关系。

我国目前主要采取两种方式确立土地使用权。对不能从土地中获取收益的行政事业单位，仍然采用行政划拨的方式，代表国家行使权能的政府直接将土地使用权授给使用者；而对将从土地中获得经济收益的一切企业、个人及外国投资者，则通过契约关系，将一定年限的土地使用权出租给土地使用者。后者是城市土地制度改革的着眼点和关键。

土地使用权包括三项内容，一是对土地的占有权，二是对土地的收益权，三是对土地的处置权。

1982 年，深圳特区开始按年向不同等级的土地使用者收取不同标准的土地使用费。第二年，辽宁抚顺市经市人大常委会颁布实行了《抚顺市征收土地使用费暂行办法》。随后，广州、上海等城市也先后推行，到 1988 年初，全国已有 100 多个城市开征了城市土地使用费。

在收取城市土地使用费之初，征收城市土地税的设想也已在考虑。理由是，国家应当以税收这种强制性的手段，来调节土地资源的利用与配置；城市土地有偿使用的收入也应集中在作为土地所有者的国家手中。此设想一出，导致了一场"费税之争"。直到 1988 年 9 月国务院颁布《中华人民共和国城镇土地使用税暂行条例》才告平息。

收费也好，收税也好，总之给传统的土地使用制度带来了强烈的冲击。但从根本上讲，传统的行政划拨土地的做法并未改变，有偿而未能流动，土地仍没有进入市场。

1987 年，深圳的一锤敲下去，拍卖了我国第一块国有土地使用权，并在全国率先进行土地使用权有偿转让的试点，国家出租土地规定年限，一次收取地价，并且允许承租方转让土地使用权或进行抵押。从此，土地使用权进入了市场。

深圳向前迈了实质性的一步，上海、珠海、广州、天津、厦门、海南等紧随其后，国有土地有偿出让改革迅速波及全国。1988 年 4 月，七届人大一次会议通过的宪法修正案，对相关条款作出重要修改，并明确规定国有土地可以有偿出让、转让。1990 年 5 月，酝酿多年的《城镇国有土地使用权出让和转让暂行条例》和《外商成片开发经营土地管理暂行办法》，由国务院正式颁布实施，从而为土地有偿转让全面推开和深入发展扫清了道路。

与土地有偿使用相比，土地有偿转让不仅涉及土地使用权和使用者之间的关系，而且涉及土地使用权在使用者之间的关系，还进一步引进和发挥了地租、地价和竞争等市场机制的作用，为建立和发展城市土地市场奠定了基础。

在有偿、有期限、有流动的新的土地使用制度下，土地资源的利用开始有了自我约束机制，土地资源的配置开始向最优化方向发展。然而，土地制度改革最直接、最明显的效果，还是获取了一笔相当可观的地产收益，土地作为一种特殊资产的作用开始清楚地显现出来。据不完全统计，全国的相关总收入共达 500 多亿元，有的地方土地出让收入，已占财政收入的 1/4，高的地方甚至达到 1/2 以上。

福州市土地管理局自 1988 年在全国率先以公开拍卖方式向国外客商出让了一块国有土地使用权，到去年底，全市共出让地块 661 幅，土地面积 1251 公顷。近年来，每年平均上缴的财政收入，来自土地的收入占了 10%-20% 以上。去年 5 月，福州市创办了全国首家土地交易市场——福州地产市场，9 个月后，已依法为政府征收各种费款 3150 万元。

有偿就有价，既然土地是一种资产，那么如何来计算它的价值呢？有人曾通过多种方式算出，我国农地资产价值在 14000 亿元左右，城市（含集镇）土地资产比农村土地资产价值还要大，估计在 2 万亿元左右。如果按 8% 银行利率计算，每年城市地租流失额在 1600 亿元左右。香港仅 1000 多平方公里，土地年批租收入最高达 20 亿美元。

当然，这样算账不是要土地都去实现其价值，而是要了解我们土地的家底儿，并不断增强土地资产意识。为了摸清这个家底，为土地使用制度改革提供依据，国家土地管理部门推出了有上百万参加者、耗资 10 亿余元、历时 10 年的土地详查、登记发证、定级评估、统计和信息资料管理这项庞大的地籍管理系统工程，给 960 万平方公里的土地报上"户口"。土地有了"户口"，人们对它的权属、用途、面积、价格就了如指掌。

1992 年初，辽宁鞍山市开始进行股份制试点，该市土地管理局从当年 8 月起，对股份制企业实行地价评估，并建立了地产登记制度和管理体制，遏止了国家土地资产效益的流失。一家企业由于土地面积大，想将地价按每平方米 600 元左右做低些，以适应其设计的股本构成，土地局经评估，据实定为每平方米 917 元。另一家股份有限公司组建股份制企业时已动迁，一块空地上没有任何固定资产，该公司想提高地价，被土地局拒绝。目前鞍山市土地局已为 29 家股份制企业搞了土地评估，土地资产总股金达 1.24 亿元。

（1995 年 12 月《中国农村》杂志）

农业"国家队"风采依然

——海南农垦加快结构调整纪事

国有大中型企业被称为工业战线上的"国家队",农业战线的"国家队"则是我国的农垦企业。如今,在由计划经济体制向市场经济体制转轨的今天,这些以农业生产为己任的国有大型农业企业又是如何面对新挑战的呢?

不久前,我们来到我国最南端的海南农垦总局采访。海南农垦是以国有农场为主的大型垦区,拥有国有企业133个,其中农场92个,工厂、公司41个,垦区拥有全省四分之一的土地和七分之一的人口,工农业总产值也占全省的七分之一。因此,在海南这个最大的经济特区,农垦经济占有不可忽视的分量。它还是我国最大的天然橡胶生产基地,产量占全国的60%。

作为战略物资,橡胶产品几十年来一直由国家统购包销,价格由国家统一制定。进入80年代,计划经济时期形成的橡胶生产销售体制遇到了严重挑战。首先是随着改革的逐步深入,各种生产资料价格放开,生产成本激增,而产品价格仍是60年代的标准,致使企业效益严重下滑,特别是1988年以后,进口橡胶大量涌入,冲击国内市场,使农垦橡胶产品严重积压,整个垦区经济陷入困境。

出路何在?垦局领导认识到,计划体制下形成的橡胶营销体制改革势在必行。经过审慎分析,他们确定了"逐步放开,加强管理,不断完善,平稳过渡"的原则。具体步骤是,首先由总局根据各产胶单位的年计划干胶产量按85%下达收购计划,收购价格由总局专门小组根据市场行情讨论确定,销售价格则由供销公司自行决定。

然而,这些尚未到位的改革措施出台恰值国内外橡胶市场价格大幅上扬之时,农场单位之外的一些人纷纷介入橡胶营销,牟取暴利。面对这种情况,垦局开始着手研究建立海南省农垦橡胶产品销售中心。1994年5月,统一有序、公开交易、公平竞争的橡胶销售中心正式成立，形成了以中心为主渠道，以企业为主体，辅以必要的宏观调控手段的橡胶销售新体制。至此，海南农垦几十年一贯制的橡胶产品统购包销的旧模式才彻底打破，实现了企业与市场对接、国内市场和国际市场接轨的目标。

农垦总局局长王法仁对橡胶这一"看家"产品是这样"定位"的，目前，橡胶仍是农垦的主业；将来，由于其他产业的发展，橡胶将不再是主业，但仍是基础产业。

主业不是"唯一"。从1992年开始，垦局就提出在巩固和发展橡胶生产基地的前提下，大力发展高产优质高效的非胶农业并继续鼓励发展第二、三产业，加快了产业结构调整的步伐。1995年与1990年相比，垦区第一产业的比重下降了5.3%，第二产业则上升了8.1%。三个产业的比重为64.8∶18.3∶16.9。

海南农垦地处全国最大的特区，他们抓住时机，加大招商引资力度，对外开放的文章也做得有声有色。从1990年到去年9月，实际利用外资达24.43亿元，建成并投入运营项目53个。

在改革开放的推动下，农垦不仅扭转了90年代头两年的亏损局面，而且使"八五"时期国内生产总值累计达到122.3亿元。

目前，农垦已制定了"九五"发展目标和规划。随着经济效益的好转，他们将在"九五"前期清理历史包袱，轻装前进，从而到本世纪末最终实现垦区经济自我积累、自我发展的良性循环。

王法仁局长介绍，为了实现这一目标，一方面，垦区将组建全国最大的热带农业综合开发企业集团，农垦总局要过渡成为以资产经营为主的集团母公司，各国营农场将进行公司化改组；另一方面，垦区将通过建立由母公司控股的大宗产品交易中心，形成完善的商品市场体系，最终形成积极参与国际国内大市场的具有商品的现货和期货交易功能以及产权、资产、人才和科技成果自由流转的市场新体系。

（1996年2月《经济日报》）

95 农业形势如何？
"三个改善"引人注目 有些问题仍然突出

1995 年是"八五"时期的最后一年，我国农业在困惑与矛盾中、在上下高度关注下走完了"八五"最后一步，其所取得的年度成果为"八五"农业和农村经济发展计划画上了一个较为圆满的句号。

农业增产、农民增收、农村经济全面发展是农业部部长刘江对上一年的概括。

的确，粮食总产量达到 4.55 亿吨以上，又是一个丰收年；棉、油、糖以及肉、蛋、奶、水产品等都比上年有所增长。乡镇企业实现营业收入 50400 亿元，比上年增长 28.3%。农民人均纯收入达到 1550 元，扣除价格因素，比上年增长 5%，是"八五"期间增长较快的一年。

去年农村经济在全面发展的基础上，出现了引人注目的"三个改善"：一是农副产品供求关系有所改善，对缓解供求平衡压力、丰富市场、稳定物价起了积极作用。二是工农业比例关系有所改善，1993 年工农业增长速度之比为 4.5∶1，1994 年又扩大到 5.1∶1，而去年则降为 3.1∶1。三是城乡居民收入差距有所改善，去年农民人均收入增长幅度超过城镇居民，城乡居民收入之比也较前两年有所缩小。

但是，成就的取得并不意味着农业和农村经济中的矛盾和问题已经解决，相反，有些问题反而越来越突出。比如，农业生产资料价格高、粮食定购价格低、农民负担重即"一高一低一重"的问题，农民反应强烈。

农资价格在高位上涨，涨幅高达 28.6%，其中化肥价格上涨 33%，大大高于同期社会商品零售价格上涨幅度。与此同时，粮食定购价格与市场价格呈拉大趋势，每年粮食定购价与市场价相差 0.4 元以上。

农民负担出现"反弹"，据农业部调查，去年农民社会负担比上年增长

20%左右。从农业自身来看，基础设施薄弱，装备落后，抗御自然灾害的能力没有根本改善。去年各种自然灾害造成 7.6 亿亩农作物受灾，3.9 亿亩成灾，给农业生产造成了重大损失。部分农产品产销波动较大也引起普遍注意。由于饲料价格猛涨等原因，一些地方生猪、家禽生产一度下滑，也有一些地方出现了蚕茧积压、油菜籽价格下跌、水果卖难等。

此外，投入总量不足、科技进步缓慢、服务体系建设滞后、耕地减少、水资源不足，水土流失、农田污染等制约农业发展的一些深层次矛盾依然存在。

特别要看到，去年粮食增产是在前年减产情况下的增长，人均占有量不仅低于历史最高水平的 1984 年，也低于大丰收的 1993 年，使近 10 年粮食增长仍低于人口增长。

因此，绝不能对去年主要农产品供给状况估计过高，对农民富裕程度估计过高，对农业政策到位情况估计过高；绝不能对存在的问题估计不足，对农业发展滞后估计不足。

十四届五中全会确定了我国农业到本世纪末所要实现的两大目标，即粮、棉、油等主要农产品稳定增长，粮食总产量必须达到 4.9 亿吨至 5 亿吨，在此基础上，稳定增加农民收入，农民生活达到小康水平。

从目前来看，实现这两大目标任务艰巨，因此必须增强危机感和紧迫感。农业是国民经济的基础，粮食是基础的基础。在增加农产品供给中，要始终把粮食作为"重中之重"。粮食生产上去了，肉、蛋、奶等农副产品供给的增加才有基础，人民生活改善和社会安定才有保证。从目前看，到本世纪末实现粮食总产 5 亿吨的目标，在播种面积稳定在 16.5 亿亩的前提下，年均亩产需提高 5 公斤左右，这是"八五"时期所没有达到的。

从未来发展和需求看，人口增加，耕地减少，工业用粮需求加大，粮食供求平衡的压力会长期存在。稳定增加农民收入，实现小康目标是本世纪末我国农村发展的又一大任务。

从目前看，实现这一目标难度很大。按目标要求，今后 5 年农民人均纯收入必须年递增 7%以上，而这是近 10 年来所没有过的，特别是解决近 7000 万农村贫困人口的温饱问题，难度更大。因此，在抓农产品增产的同时，要把在此基础上增加农民收入放在突出位置。

今年是"九五"第一年。农业上开个好头，对于国民经济全局的发展，对于顺利实施"九五"计划都非常重要。主管部门确定的今年农业和农村经济工作的重点是，在增加农产品有效供给和增加农民收入两个目标下，突出抓好粮棉、"菜篮子"和乡镇企业。

（1996 年 3 月《经济日报》）

见物不见人 何谈增长点
——与人大代表陆子修对话

什么是经济增长点?

时间:3月8日上午。地点:由大会堂返回代表团驻地的客车上。

许:现在,"经济增长点"一词很时髦,经济学家讲,政府官员讲,记者在报道中也讲。这个词是由法国经济学家佩鲁首先提出来的,一般用于对产业成长的分析。将那些符合国情、有较高收入弹性、有较高的生产率和劳动系数,且有较高素质的劳动力可供给的产业,称之为经济增长点。

陆:实际上,从我们自己的国情出发,对经济增长点内涵的理解可以更宽泛一些,不仅是一个产业,甚至是一个产品;不仅是一种经济类型,甚至是一种经济组织,一个经济带,只要是具有发展活力或发展潜力,并对国民经济或区域经济有较大带动力或影响力的,都可以看作是经济增长点。

为什么"见物不见人"?

时间:3月8日下午。地点:代表团驻地陆子修房间。

许:培育经济增长点很重要。各地都在努力探索和实践。我在下面采访发现一种倾向,就是在这个过程中很少从"人"的角度出发,出现了"见物不见人"的情况。

陆:对!对经济增长点的培育不能"见物不见人",要重视人,尤其要从人力资本的角度重视人的作用。经济增长点是以生产力为基础的,它的选择和培育与生产力发展水平的不同阶段相适应。马克思说过,人是生产力中最活跃的因素。因此,能否吸纳更多的劳动力,能否提高劳动生产率,应是衡量经济增长点的一个标志。

许：邓小平同志说过，社会主义的本质是解放生产力，发展生产力。改革开放以来，人们的观念有了很大改变，劳动力个人所有，劳动力作为生产要素进入市场，已经被人们所接受，这为开发劳动力资源、培育新的增长点创造了必要的条件。

陆：是的，有一点我们必须注意，经济增长点要有利于提供就业岗位，加快对劳动资源的开发利用，形成"劳动力资源开发利用——开辟和扩大就业岗位——提高劳动者的平均收入水平和生活水平——改善国家、社会和个人对劳动力开发利用的投资条件——提高劳动者的素质——促进经济发展"这样的良性循环。

劳动力资源丰富为何人力资本匮乏？

时间：3月8日下午。地址：代表团驻地陆子修房间。

许：经济增长点应该吸纳更多的劳动者，但经济增长点吸纳的劳动者是否应该有与之相适应的技术和素质？

陆：对，要有一定的人力资本。人力资本是美国经济学家舒尔茨提出来的，是与物质资本相区别而体现在劳动者身上的以劳动者的数量和质量表示的资本。人力资本和物质资本具有互补和替代的关系，用一定量的物质资本和一定量的人力资本可以产生一定的收入，用较少量的物质资本和较多量的人力资本，或用较多量的物质资本和较少量的人力资本，往往可以产生同等数量的收入。人力资本的形成实际上是对劳动力资源的开发利用。

许：经济增长点的形成有赖于人力资本与自然资源以及其他生产要素的有效配置。那么，我国人口众多，劳动力资源丰富，是不是可以说就是人力资本雄厚呢？

陆：还不能这么说。人力资本不同于人力资源，人力资源丰富并不等于人力资本雄厚。人力资源不形成人力资本，不仅会造成人力资源的浪费，而且会带来许多社会问题。所以我主张，从中国的国情出发，经济增长点的选择要有利于劳动力资源的开发利用，另一方面将经济增长点的培育与劳动力资源的开发利用相结合，通过劳动力资源的开发利用培育经济增长点。

劳动密集型产业能否成为增长点？

时间：3月8日晚。地点：食堂饭桌上。

许：劳动力资源的开发需要我们去做大量的实际的工作。现在有一种观点，认为劳动密集型产业过时了，不适应"两个转变"的需要。

陆：我觉得不但没过时，还要提倡发展劳动密集型，特别是集约式劳动密集产业。这种产业对劳动力的吸纳能力大，资本配置标准化，对劳动力素质的要求也有较大的弹性，比较适合于劳动资源丰富、资本供给不足、就业压力大的国家和地区，适合我国的基本国情，尤其是中西部地区的情况。因此，不能把发展劳动密集型产业与经济增长方式的转变对立起来，而且要选择那些有发展前途、特别是集约式的劳动密集型产业作为经济增长点，通过这类产业的发展加快劳动力资源的开发利用，这是十分必要的。

（1996 年 3 月《经济日报》）

减轻乡镇企业负担也是减轻农民负担

浙江海宁一家乡镇企业，1994年实现利润1.57万元，而各项收费竟达28.86万元。厂长无可奈何地说："这企业办着还有什么意思？"于是厂子解散，数十名职工重新回到狭小零散的工地上。

像这样因负担过重而倒闭的乡镇企业虽然是个别的，但很多乡镇企业已被名目繁多的收费压得喘不过气却是不争的事实。可以说，负担过重已成为严重阻碍乡镇企业健康发展的一只拦路虎。

来自主管部门农业部乡镇企业局的调查证实了这一点。从1995年5月起，农业部组织有关省市区乡企局重点对河北、黑龙江、山东等15个省份的负担情况进行调查，发现社会各个方面针对乡镇企业的乱摊派、乱罚款、乱集资、乱收费问题十分严重，已经到了非解决不可的地步。

在农业部提供的乡镇企业负担项目汇总表上，各种收费多达204项，涉及60多个部门和单位。在这些收费项目中，乡镇企业基本能够承受的合理负担占44%左右，不合理负担占46%左右；同一行业因企业所有制不同而收费标准不同形成的不平等负担占3.57%；有些收费项目虽基本合理，但数额过大，企业难以承受的占5.36%。此外，尚有一些"哑巴吃黄连"的隐形负担。从目前看，严重的是乡镇企业不合理负担有继续增长的趋势。

改革开放以来，乡镇企业异军突起，迅猛发展，其工业产值已占全国工业产值的一半。乡镇企业的发展不仅吸纳了农村1亿多剩余劳动力就业，而且理所当然地承担起农村社会发展和以工建农的重任。"八五"期间，乡镇企业用于以工补农建农资金661亿元，用于农村各项事业建设资金380亿元。

脱胎农业"母体"，反哺农业农村，乡镇企业将其当作义不容辞的责任。然而一些职能部门却把乡镇企业当作"唐僧肉"，随意收费，强拿卡要，无疑属于严重的行业不正之风。深圳龙岗镇一镇办小公司，1994年除按文件规定上交各种税费外，另外支出赞助款共计27.6万元，其中镇税务所开业12840元，镇派出所开业3万元，银行新门面开业17100元，车管所购车10.6万元。天津蓟县一个仅有四部汽车的乡镇运输企业，仅1994年下半年"交通罚款"就达6.2万元，平均每辆车1.55万元。

国家已明令禁止的一些收费项目仍在继续收取。如乡镇企业的两金（重点建设基金和预算调节基金）、固定资产投资方向调节税，国务院已下文停止收取，但一些地方仍在征收。按营业额的0.3%—0.6%提取的建筑企业资格年审费，1993年国务院清理农民负担时将其作为取消的负担项目，但1994年有的部门又发文收取。企业技术改造、新产品开发的费用，国家规定据实列支，而一些地方对乡镇企业却另眼看待。

有人说，乡镇企业机制灵活，厂长经理一个人说了算，其实这只看到了一方面。乡镇企业的"婆婆"很多，有行政主管部门，政府专管部门，业务主管部门，还有行业归口管理部门。对乡镇企业来说，这些都是得罪不起的，因此，许多费用是在"商量"中拿走的。江苏武进县横山桥镇，1994年销售收入11.3亿元，用于镇敬老院、中小学、镇村道路、政府大楼、镇自来水厂等建设的社会性支出多达8816万元，其中70%是与企业"商量"或以各种名目摊派的。

在对乡镇企业的收费中，还存在着严重的多头收费、重复收费的现象。如内蒙古呼和浩特一乡办工程公司，乡镇企业管理部门收取了0.7%的管理费，建工部门还要收取2%的管理费。

同时，有的职能部门的胃口越来越高，收费金额越来越大。在河南省调查的89个企业中，除正常交纳的国税和地方税外，其他收费总额高达240多万元，其中登封市每个被调查的企业平均负担10万元。

近年来，国家对减轻农民负担非常重视，下了很大力气。从根本上说，减轻乡镇企业负担也是减轻农民负担，稳定农村、稳定社会、稳定大局的一个重要内容，各级党委、政府以及各级部门必须从这一高度出发，拿出过硬措施，争取在短时期内将乡镇企业的不合理负担减下来。

减轻乡镇企业负担就是支持了农业和农村发展。我国农业现代化和农村各项事业的发展需要大量资金的投入，而完全依靠国家财力和农业自我积累是无法承担的。随着农村现代化的进程和乡镇企业实力的进一步壮大，乡镇企业以工补农建农的资金还要增加，因此，增加乡镇企业负担，无疑是从农业现代化的大厦中抽取砖石，与当前重视农业、增加农业投入的呼声极不协调。

减轻乡镇企业负担就是增加农民收入。本世纪末我们要实现农村发展的两大目标，一是保证农产品供给，一是保证农民增加收入，实现小康。在我国农业发展水平和效益仍比较低的情况下，增加农民收入的重任更多地需要乡镇企业来完成。"八五"期间，全国农民人均纯收入净增部分的 35.2％来自乡镇企业，本世纪末这个数字要超过 40％。因此，加快乡镇企业发展是党中央、国务院的一贯政策，而创造一个良好的环境是乡镇企业发展所必需的。

（1996 年 4 月《经济日报》）

中国农业，外商看重你什么

·农业作为一个产业，正在成长为国民经济5大物质部门中成本利润最高的产业；投资农业，已成为外资进入中国的新视点。

·当前，外商投资农业主要集中在农副产品加工、农用工业等回报率较高的领域；而从产业角度讲，许多外商投资农业实际上已跨越了一二产业的界线。

·在大力推进农业产业化进程中，如何使处于产业链条最初端的分散的亿万农户也能获得整个链条中的平均利润，是一个非常现实的问题。

去年底，美国一家大公司投资5亿元在山东兴建了一座大型养猪基地；在此之前，广东、海南、黑龙江等省涉足农业领域的中外合资及外商独资企业急剧增加；与此同时，还有许多海外投资者对投资我国农业表现出极大兴趣。

在刚刚结束的一次中国农业发展国际研讨会上，姜春云副总理指出，投资中国农业前景广阔。这次会议共达成投资合作项目28个，协议金额约3.3亿美元。

目前，我国在利用外资规模上已成为世界上第二大国，也是发展中国家的第一大国，外商实际投入资金已超过1000亿美元。然而利用外资中也存在着两个严重的不平衡，一是区域上的不平衡，外商投资主要集中在东部沿海发达地区，而中西部所占比重很小；二是产业上的不平衡，外商投资的重点是二三产业，作为第一产业的农业吸引外资的数量极小。

本世纪末我们要再增产1000亿斤粮食，需要投入资金1300亿元—1800亿元，同时要实现其他农产品供给目标。投入不足是制约我国农业发展的一个重要因素，尽管国家和地方政府尽了最大努力，但这一现状只能缓解，不可能根本改变。因此，必须开辟多种渠道，增加农业投入，从而增强农业的开放程度，吸引外资进入农业领域，不失为一种现实而有效的选择。

因此，我们对农业的观念要有所改变。农业作为一项基础产业并非天然弱质，也并非没有效益或比较效益低。据专家分析，如果按从基础生产到最终消费的产业化综合效益计算，农业是最有前途，同时也是获利较高的投资产业之一。在全球排名前10位的大型财团企业里，有4家是以农业为基础的食品企业集团。即使是狭义的农产品生产的农业，也并非想当然中的低回报。据有关资料分析，改革开放以来，随着农产品价格水平的提高和农业生产的发展，农业正在成长为国民经济五大物质部门（农、工、商、建、运）中成本利润最高的产业，由1978年的5.16％提高到90年代初期的60％左右，高于五业平均值的一倍。

那么，为什么人们还普遍认为农业不赚钱、农业比较效益低呢？这是因为人们主要是从农户和非农从业人员人均收入差异的角度来看的，而农户收入低的根本原因是人均拥有的土地等生产资料太少，同时就业又极不充分。如果从投入产出的角度分析，农业的投资回报期虽然长，回报率却不低。

当然，农业与二三产业之间存在着本质的区别，特别是我国的农业，其最大特点是仍由亿万小农户在狭小的土地上分散生产和经营，由于缺乏产业链条的有机衔接，因而无法有效地与变化多端的大市场对接，也无法形成规模经济效益，这种状况使得海外投资者即使想投资中国农业，也会因一时难以找到合适的载体而退缩。

另一方面，农业不仅要经受自然风险，还要经受市场风险以及体制上的某些约束，这使得农产品"买难""卖难"及各类"大战"不断发生，农业生产者处于一种被动的地位。这也给海外投资者造成了困惑。

为了解决这一根本性的问题，我国正在大力推进农业产业化进程。外商投资农业既伴随着这一过程而来，又是对这一过程的促进。

目前，中国是世界上最大的投资市场，而农业又是未被广泛开发的投资领域。农业商品基地建设、农产品加工、农用物资生产等经营性领域的投资明显不足，而这些领域通常又具有稳定的市场和较高的利润回报。这就为外国投资者提供了舞台和机会。

全党全国重视农业、支持农业、保护农业，给外商投资中国农业提供了有利环境。在我国所有的投资领域中，最受国家保护和给予优惠政策最多的莫过于农业。农产品的绝大部分税率是最低的；大部分农业项目的审批、用地、资金融通、外汇调剂都是较为优惠的；国家每年都对一些大型项目给予无偿援助，等等。

从目前来看，外商投资农业主要分布在以下几个层次。一是种植业；二是养殖业；三是农产品加工；四是与农业相关的产业，主要是农用工业。在种植业中，以生产粮食为目的的外商投资目前还仅限于黑龙江省，而广东、海南等地近千家外商投资的农业项目则主要集中在热带瓜果等经济作物上。今后相当一个时期，外商选择的重点主要还在农产品加工和农用工业上，因为这两个层次具有广阔的市场前景，能够给投资者带来丰厚的利润，而从产业上讲，外商投资农业领域已经跨跃了一、二产业的界线。

国内大中型工商企业进入农业，外商投资农业，成为当前农业引人注目的新亮点。"三农"问题归根结底是农民问题，而农民问题的根本是增加收入、实现富裕，因此，如何使延续下来的农业产业链条与作为第一车间的分散的农户生产实现有效的对接，如何使农户这个最基础的层次能够拿到整个链条的平均利润，是摆在我们面前的一个非常现实的问题。

（1996 年 4 月《经济日报》）

"村村兼并"在胶东

山东龙口市前宋家村依靠其雄厚的集体经济实力，1994年以来先后兼并了三个邻村，从一个小山村迅速发展为现代化小城镇，成为名副其实的山东第一村。

一边是已经建起的一排排两层楼房，一边是正在拆除的破旧的平房，这种鲜明的对比使你很难相信这一跨越几乎是在一夜之间完成的。

宋作文站在这里却没有感慨。作为前宋家村的当家人，这已是他导演的第三出"村村兼并"的大戏了。

声称从不接受记者采访的宋作文站在我面前，指着山下那片每一天都有新变化的村庄描述它的明天：那一片正在建设的地方是他们投资3亿的精纺城，招标从欧洲八国引进的世界上最先进的设备已经到位，投产后可年产30万米精纺呢绒，要当全国的"老大"；1.5万千瓦的电厂正在扩建，建成后达到12万千瓦的发电能力；铝型材厂已有8条生产线，今年又上了9条……

未来无疑充满了诱惑，而我更想了解它的过去。从一份简单的材料上得知，过去，前宋家村是一个典型的小山村，改革开放以后，十几年发生了翻天覆地的变化，全村基本达到了住宅楼房化、生活富裕化、村域园林化、农民行为文明化的"四化"标准。与绝大多数先富起来的农村典型一样，他们走的也是企业富村之路，由一个队办小厂，发展成为全国瞩目的南山集团，到目前拥有固定资产12亿元，职工达2万多人。

纵观集团的30多家企业没有一家属高新技术企业，却普遍享有最大的市场份额，12亿人手中使用的10条毛巾就有8条是他们生产的。每年投入2个亿，贷款却极少。在龙腾虎跃的山东农村能一跃成为第一村，其发展之谜当会引起经济学人的兴趣。

发展是无止境的，而空间却有限。个子矮小、能量极大的宋作文感觉到了伸手踢脚的不快，于是便萌生了想法，把邻村兼并过来，既扩大了自我发展空间，又可以带着周围的村共同致富。他的想法得到了村里其他几位当家人的赞同，也得到了市里的支持。

1994 年 10 月，前宋家村首先对毗邻的下丁家镇曲马村的西马自然村实行了兼并，21 户、66 名村民全部转入前宋家村，劳力由南山集团安排就业，55 亩耕地及 0.22 平方公里面积全部划归前宋家村所有。

一个月之后，相邻的达沟村也被兼并。拥有 146 户、546 口人的达沟行政村被撤销的同时，125 万元的债务也转到了前宋家村的名下，转到其名下的还有 235 亩耕地，1 平方公里土地面积。

转过年来的 1 月，447 户、1394 口人的后隋村又归了前宋家村。作为过渡，保留其行政村和自然村。

通过兼并，前宋家村的占地面积由原来的 1500 亩扩大到 1 万多亩。他们利用新增的土地发展工业，利用新增的山峦建设旅游风景区。据说，规模远远大于北京康乐宫的南山康乐宫就将建在已经消失了的村庄的土地上。

实施兼并后，他们按照南山的管理方式对三个村加强了管理，根据实际情况逐村制定了有关章程，社会秩序和村民的精神面貌发生了深刻变化。过去，这些村集体经济薄弱，打架斗殴、上访告状的事时有发生；现在，这些村风云大变，秩序井然。被兼并的西马村农民马万纯感慨地说："俺村群众进了前宋家村的工厂，不仅身份变了，人也变得勤快了，文明了。"

几千年沿续下来的村庄的格局打破了，有的村庄消失了，一些议论也必然随之而起……

（1996 年 5 月《经济日报》）

商品邮购：一个待开发的行业

可以实现远距离购物，可为消费者提供较低价格的优质商品，可使各地消费者以同样价格购买同样的产品。

邮购作为一种商业零售方式，在发达国家相当普及，也相当火爆。而我国大陆地区至今为止，尚没有一家有规模的邮购公司，以至英、法、德等国家的大型邮购公司想进军中国市场，提出了相当优厚的合资合作的条件，却找不到一家合作伙伴。

据有关资料介绍，西方发达国家约有40％的商品是通过邮购方式购买的，不仅书籍、药品，而且大量的衣物、服饰乃至许多大件消费品也是通过邮购的方式购买。部分邮购公司逐渐形成了某一类产品的国际性邮购公司，并在该领域占有权威统治地位，如德国的康华电子公司（CONADELECTDRNIC）是欧洲最大的电子产品邮购公司，拥有2000多名员工，在德国有10家分行，附属公司遍布全球，客户超过250万。

法国、德国每年邮购业的销售额都达到几百亿美元，日本1994年的邮购总额达到193亿美元。在美国，商品邮购更是无所不在。一位做访问学者的朋友到美国刚一周，就收到邮购公司的订单，不自觉地加入客户行列，撕一张支票，填好金额，连同订单发出去，很快就能收到所需要的商品。一年下来，足不出户也花了上千美元。

我国台湾地区的邮购业也很火爆，电视邮购最为流行，各有线电视台竞相投入，成为台湾消费新时尚。全岛约有400多万用户从邮购销售中得到方便和实惠。

邮购属于商业零售的范畴，是一种无店铺销售，消费者可以通过邮购目录、广告等选购，以达到安坐家中悠然购物。

邮购这种购物方式的优势和特点很明显，首先它可以实现远距离的购物，使优质产品超越时间空间的限制到达消费者手中，最大限度地推广名牌产品。

邮购采取的是直销方式，流通环节大大减少，由此可为消费者提供相对较低价格的优质商品。邮购还可以使不同地区、不同经济地理环境的消费者以同样的价格购买同样的产品。

我国大陆地区并不是没有商品邮购，如比较流行的图书邮购，人们习惯了这种标准定价的东西。然而其他商品通过邮购购买的则不多，邮购远没有形成一个有规模的行业。分析起来大概有以下几种原因：

一是由于市场经济秩序尚未完全建立起来，相关的监督制度也很不健全，一些不法之徒借此方式大行欺骗之道，使许多消费者受骗上当。

二是目前的商品质量还不尽如人意，假冒伪劣商品防不胜防，消费者担心这种隔山买卖的方式是否能使自己买到称心如意的商品。

三是缺少知名的邮购企业。正像人们去国有大商场买东西的心理一样，买的是信誉。如果能尽快形成几家知名度较高、信誉较好的邮购公司，一定会对邮购业的发展起到巨大的推动作用。

四是缺少有眼力、有实力的公司去投入。

此外，邮购是个系统工程，多方面的协作，相关条件的成熟，是促进邮购业发展的重要条件，如银行个人支票的结算方式，可以免去上邮局、银行的麻烦，邮路的畅通、快捷以及规格类产品包装限制的放松等。

由于以上诸多原因，消费者还没有树立起对邮购的信心。一个缺少消费者支持的市场，自然不可能形成有影响力的行业。

邮购购物虽然目前还不能被大多数消费者所接受，但从趋势上看，近几年内在我国大陆地区将会有较大的发展。有关部门已把邮购作为今后零售业六大发展方向之一。

实际上，邮购业的兴起已渐露端倪，一些合格的邮购公司在南方已开始起步。北京也出现了一家按现代企业制度建立的专门化邮购公司——北京依诺有限责任公司。公司创建之日起，他们就认定"信誉是邮购的生命"，取意"一诺千金"来命名公司。虽然公司运转一年多来一直处于亏损状态，但总经理却满怀信心，决心3年扭亏为盈，5年大发展，7年办成国内较有规模的邮购公司。他还希望更多的人加入这个行列里来，促使中国的邮购业快速发展起来。

（1996年5月《经济日报》）

贫困不能留给下个世纪

"国际消除贫困年"的话题（上）

本世纪消灭绝对贫困的庄严承诺

1995年3月，丹麦首都哥本哈根，联合国社会发展世界首脑会议在这里举行。会议确定1996年为"国际消除贫困年"。李鹏总理代表中国政府再次强调了消除本国贫困的坚定决心，并就本世纪末消灭绝对贫困向国际社会作出了庄严承诺。

贫困，世界性的课题；消灭贫困，全人类的共同任务。

过去的几十年里，世界经济不断发展，社会财富迅速增加，但贫困并没有因此而缓解，反而日趋恶化，贫困人口越来越多，据联合国统计，在地球上的近60亿人口中，有11亿缺少"基本生活条件"。世界上"最不发达国家"在逐年增加，在最近20年中由27个增加到48个。在过去的5年里，全世界最贫困的人口从10亿增加到13亿，目前还在以每年2500万人的速度增加。在发展中国家，有近三分之一的人处于赤贫之中，每年有1800万人死于贫困。贫困在向人类逼近；反贫困，世界各国尤其是发展中国家正在付出艰苦的努力。中国被国际社会誉为发展中国家消除贫困的典范，因为，在过去的十几年里，贫困正大踏步地离我们远去。

改革开放以来，我们不仅保持了国民经济持续增长、综合国力逐步增强、人民生活不断改善，而且大幅度、大面积地缓解了长期贫困的现象，减少了近四分之三的贫困人口，中国贫困人口占世界贫困人口的比例，已经由70年代末的四分之一减少到目前的二十分之一。全国农村没有解决温饱的贫困人口从1978年的2.5亿减少到1995年的6500万人，农村贫困发生率从30.7%下降到7.1%。无论从扶贫开发的实际进程看，还是在全世界范围比较，这都是一个巨大的历史性成就。

因此，世界银行等国际组织一致认为："中国政府为帮助最落后的农村地区摆脱贫困作了极大的努力，这种努力比其他许多发展中国家所作的努力要成功得多。"中国扶贫开发的巨大成就，在世界范围充分证明了社会主义制度的优越性。

在消灭贫困的道路上，18年来我们跨跃了特征鲜明的三个阶段。第一阶段是1978年到1985年，这是贫困人口大幅度减少的阶段，贫困人口从2.5亿人减少到1.25亿人，下降了50%，平均每年减少1786万人。贫困人口减少的主要原因是农村经济体制改革和农产品价格的提高，激发和调动了广大农民的生产积极性，农产品产量大幅度增加，农民收入迅速提高。这个阶段贫困发生率由30.7%下降到14.8%。

第二阶段是从1986年到1993年，为贫困人口稳定减少的阶段，虽然全国大多数地区的农民已经基本解决了温饱问题，但仍有一部分地区发展缓慢，非常落后和贫困。为此，中共中央、国务院联合发出了《关于帮助贫困地区尽快改变面貌的通知》，成立了国务院扶贫开发领导小组，增加了扶贫投入，制定了有利于贫困地区休养生息的优惠政策，同时对传统的救济扶贫方式进行了彻底改革，确立了开发式扶贫的方针，在全国范围内开始了有组织、有计划、大规模的扶贫开发工作。这个阶段全国农村的贫困人口从1.25亿人减少到了8000万人，平均每年减少640万人左右。

1994年3月，国务院公布并开始实施《国家八七扶贫攻坚计划》，明确要求集中人力、物力、财力，用七年左右的时间，基本解决当时8000万贫困人口的温饱问题，到本世纪末基本消除绝对贫困现象。从此扶贫开发工作进入第三阶段，也是最艰难的攻坚阶段，到去年底，全国农村贫困人口又减少了1500万人，每年减少500万人。

要啃最难啃的骨头

贫困，在中国的版图上退缩。

贫困，还没有完全跟我们告别。

按照绝对贫困的标准，到去年底，我国尚有6500万人处于贫困之中，国家级贫困县592个。

从整体上说，我们已跨跃了温饱，正在向小康迈进；但从绝对的贫困人口来说，6500万绝不是一个可以忽视的小数字。它相当于我国一个中上等规模的省，相当于世界上一个中等规模的国家。而且，更严重的问题还在于，剩下的这6500万贫困人口是扶贫攻坚最难啃的骨头。

在广西河池、百色地区，数十万人生活在无水、无土、无路的"三无"地区。在全国，居住地区缺乏生存条件的约有500多万人，解决他们脱贫的唯一出路就是异地开发脱贫。

其他6000万人的生存条件也不好，他们大多分布在西南、西北的深山区、石山区、荒漠区，高寒山区、黄土高原区、地方病高发区以及库区、滩区，而且多为革命老区和少数民族地区，地域偏远，交通不便，资源匮乏，生态环境恶化，文化教育落后，人畜饮水困难，农民素质低下，因此，解决他们的温饱问题，任务非常艰巨。扶贫中剩下最难啃的硬骨头，我们不但必须坚定不移地去啃，而且必须在有限的时间内啃完。1994年国家制定"八七扶贫攻坚计划"时，要求用七年时间解决8000万贫困人口的温饱问题。今天，使6500万贫困人口走出贫困留给我们的时间只有5年。而1993年至1994年平均每年只有500万人脱贫。这就是说，要实现扶贫攻坚的目标，从现在起必须以每年解决1200多万贫困人口温饱问题的速度加快脱贫步伐，速度要提高一倍以上。否则，将有近4000万贫困人口留给下个世纪。

同样严重的问题是，扶贫的投入不足。根据近年来扶贫开发的经验和典型测算，要稳定地解决温饱，一个贫困人口至少要投入1500元，如果按照世界银行等国际组织的标准要5000元。即使现有的国家扶贫资金全部用于直接解决群众温饱，投入也不足一半。扶贫资金相对不足成为目前制约扶贫攻坚的一个重要因素。

此外，我们还面临如下一些"软""硬"方面的挑战：贫困面较大的地区，对如期脱贫信心不足；扶贫资金到位迟、使用不当、效益不高的问题还没有完全解决；部分干部、群众等靠要的思想严重，有的脱了贫却不愿摘帽；少数基层党组织软弱涣散，担不起领导脱贫的担子；等等。

困难大，任务重，时间紧，这就是我们面临的扶贫攻坚的严峻形势。

（1996年5月《经济日报》）

扶贫攻坚，给世界一个回答

"国际消除贫困年"的话题（下）

不是要不要、能不能完成，而是如何完成的问题

一位革命了一辈子的老人临终前在病榻旁听了革命老区贫困现状的汇报后，顿时痛哭流涕。他说，如果我们不能尽快解决贫困地区的温饱问题，历史就不会原谅我们。

的确，我们向世界作出了承诺，也向历史作出了承诺，我们还要给世界和历史一个回答。江泽民总书记说："到本世纪末，我们解决了8000万人的温饱问题，占世界人口四分之一的中国人民的生存权这个最大最基本的人权问题，从此就彻底解决了。这不仅在我们中华民族的历史上是一件大事，而且在人类发展史上也是一个壮举。"李鹏总理指出："要下决心在本世纪末稳定地解决群众的温饱问题，绝不能把这个问题推到下个世纪。"

不错，贫困是人类共同面临的课题，但我们是社会主义国家，消灭贫困是社会主义的本质要求，同时也为消灭贫困提供了最根本的动力。邓小平同志深刻地阐述过，"贫穷不是社会主义""社会主义要消灭贫穷""社会主义的本质，是解放生产力，发展生产力，消灭剥削，消灭两极分化最终达到共同富裕"。

现在，"八七扶贫攻坚计划"已作为一项重要内容被列入"九五"计划。作为党和政府到本世纪末之前的重要任务和基本目标，业已昭示天下。现在的问题不再是要不要、能不能完成的问题，而是如何完成的问题。"八七扶贫攻坚计划"中提出消灭贫困的具体目标是：到本世纪末，使绝大多数贫困户人均年纯收入按1990年不变价计算达到500元以上，并形成稳定解决温饱、减少返贫的基础条件。

挑战总是有机遇相伴。第一，有党中央、国务院的高度重视和正确决策；第二，贫困地区干部群众有解决温饱和摆脱贫困的强烈愿望和实干精神；第三，在扶贫开发实践中，各地创造和积累了许多行之有效的成功经验；第四，国家将继续加大扶贫投入；第五，有全社会的广泛支持。这些都是我们如期实现脱贫目标的有利条件。

动感情动脑筋动真格

不了解农村，就不了解中国；不了解农村中的贫困角落，就不能说完全了解农村。我们有 592 个国家级贫困县，随便到哪个县走一走，你都不能不动感情。

广西目前尚有 700 万人没有解决温饱，成为自治区党委、政府及各级领导干部的"一块心病"。自治区党委书记赵富林强调，扶贫攻坚必须"动感情、动脑筋、动真格"，"带着感情抓扶贫，思路上动脑筋，工作上动真格"。贵州省委书记刘方仁对"三动"精神谈了他的理解：动感情，就是心里要始终装着贫困地区、贫困农户，要与群众同甘共苦，增强帮助贫困地区干部群众解决温饱的使命感。动脑筋就是要为贫困地区出谋划策，增强帮助贫困地区群众解决温饱的紧迫感。动真格，就是要扎扎实实为贫困地区办实事，增强帮助贫困地区解决温饱的责任感。

动感情才能动脑筋、动真格。近年来尤其实施"八七扶贫攻坚计划"以来，贫困地区统一思想，提高认识，坚持开发式扶贫，探索积累了许多行之有效的经验。去年，河北省 43 名副省级以上的领导干部每人直接联系一个贫困县、帮助一个特困村，585 名县以上领导干部直接帮扶 582 个特困村，省直100 个部门直接帮扶 99 个特困村，36 个大中型企业挂钩帮扶 76 个特困村，唐山等地市对口帮扶张家口等地市的 314 个特困村。

广西总结近年来扶贫的经验发现，重点是坚持开发式扶贫，抓好异地开发扶贫，坚持挂钩扶贫，推动东西合作扶贫，搞好社会扶贫，坚持开放扶贫等。

贵州提出在坚持开发式扶贫方针的前提下，树立四个观念，即市场经济观念、开放式扶贫观念、综合开发观念和效益观念。

湖北提出扶贫要扶志、扶自、扶智、扶持、扶资。这些扶贫措施取得了积极的成果，从最近的报道看，贫困省区又陆续有一批贫困人口摆动脱了贫困。

贫困县中的特困乡村是重点毋庸置疑，当前的扶贫工作面临新的形势。随着贫困人口的减少，扶贫的难度在加大，因为剩余的贫困人口绝大多数居住在自然条件恶劣、基础设施落后的环境中。另一方面，社会主义市场经济的建立为贫困地区和扶贫工作都带来了挑战。扶贫攻坚是实打实的硬任务，必须要有过硬的措施。在贫困地区，千头万绪，温饱第一，党政一把手要亲自抓、经常抓，并且一定要选择符合实际的脱贫路子，讲求实效。

从实践来看，扶贫工作的效果好不好，解决温饱的进度快不快，关键在能不能把扶贫工作做到贫困乡村，"扶"到贫困农户。因此，当前要非常明确地把贫困县中的特困乡镇作为扶贫攻坚的重点。过去，许多地区的扶贫扶到了县，大量的扶贫资金用到了城边、路边等经济条件相对较好的地方，而特困乡村和贫困户并没有得到重点扶持。这种状况应该改变，今后要集中力量解决贫困户温饱问题。

扶贫离不开项目，但许多贫困地区对项目的理解有偏颇，以为只有上工业项目才能达到脱贫目的。然而，一些地方上了工业项目非但未能脱贫，反而背上了包袱。因此，选择扶贫项目一定要从实际出发。在贫困地区，最能解决群众温饱的还是种植业、养殖业以及以种养业为原料的加工业。

对自然条件特别恶劣，一方水土养不活一方人的贫困乡村，应继续有计划地实行异地开发扶贫。现在，甘肃、宁夏、广西等省区已异地扶贫 100 多万人，取得了稳定脱贫的效果。目前全国尚有 400 万人需要搬迁移民。

距离我们承诺消灭绝对贫困的时限只有 5 年。我们必须以加倍的努力去完成这一历史性任务，给世界一个响亮的回答。

（1996 年 5 月《经济日报》）

开展国情教育刻不容缓

"中国至今还有 6500 万贫困人口没有解决温饱问题。"一位拥有数千万资产的私营企业经理听了记者的这句话大为惊讶:这是真的?

我没想到,我的一句不经意的话引起他那么大的惊讶,以至于接下来的一段对话无论对他还是对记者自己,都受到了深深的触动。5 月 17 日夜晚,浙江金华某宾馆。我无论如何却难以入睡。

下午,我采访了一位私营企业经理,晚上他到记者的房间里来闲聊。忘记了是什么由头,我提起了这样一句话:"中国至今还有 6500 万贫困人口没有解决温饱问题。"

没想到,他听了之后大为惊讶,继而大表怀疑:"这是真的?中国还有那么多吃不饱饭的人?"

面对他的惊讶,我也未免惊讶了一下,中国有数量不小的贫困人口存在,这最基本的国情他都不知道?

听了我肯定的回答,他盯着我,半晌没吱声。接下来是他与记者一段并不轻松的对话:

经理:你说的贫困是什么意思?有标准吗?

记者:直白地说,就是目前还吃不饱肚子,所谓食不果腹,衣不蔽体,居不蔽风雨。按国家的标准,到去年底人均年纯收入低于 530 元的为贫困人口,其中低于 200 元的为赤贫。

经理:(紧接着)那……这些贫困人口他们都住在哪?

记者:几乎每一个省份都有。

经理:浙江也有?

记者:有,但不多。6500 万贫困人口主要分布在西南和西北地区,其中四川近 1000 万人,广西 700 万人,贵州差不多也是这个数,云南、陕西、甘肃等省也都有几百万贫困人口。

经理：他们为什么贫困呢？

记者：主要原因是他们生存的环境太差，绝大部分生活在石山区、黄土高原区、偏远的荒漠区和冰川区。其中有500万人生活在基本没有生存条件的地区，需要异地扶贫，就是要将他们迁到另一个地方去安家。

经理：（想了一会）不是说过我们早就解决温饱问题了吗？

记者：的确，80年代中期我们就宣传基本解决了温饱问题，但那是就全国和整体而言的。现在，相对来讲6500万只占全国总人口的7％，但从绝对数来讲，绝对不是一个小数，它相当于一个中等规模的国家。

经理：（异常诚恳地）如果你不是从北京来的记者，假如在火车上有人对我说这些话，我会骂他胡说八道。我敢肯定，我周围80％的人都不会相信的。这些贫困地区的情况你们为什么不宣传呢？

记者：你看报纸吗？

经理：报纸我没时间看，电视看得不少，可从来没注意像你说的贫困地区的情况。

记者：我告诉你一个基本事实，改革开放以来，我国的贫困人口由1978年的2.5亿减少到1984年的1.25亿，又从1.25亿减少到了1994年的8000万。从1994年开始正式实施《国家八七扶贫攻坚计划》，就是要用7年时间解决8000万贫困人口的温饱问题。这两年，我们又解决了1500万人的贫困问题。同时我还提醒你注意另一个相关的基本事实，在过去的20年里，世界上最不发达的贫困国家从27个增加到48个。在最近5年里，全世界最贫困的人口从10亿增加到13亿，目前还在以每年2500万人的速度增加。现在，发展中国家有近1/3的人处于赤贫之中，每年有1300万人死于饥饿或营养不良。

经理：……

记者：这一简单的对比说明，中国在消除贫困方面所做的努力比其他发展中国家要成功得多。所以，我们有决心和信心到本世纪末解决贫困人口的温饱问题。而且，我国政府已向国际社会做了庄严的承诺，本世纪末消灭绝对贫困人口。

经理：……

记者：我们既要有决心和信心，同时也要看到实现这一目标的艰巨性。按照这两年解决贫困人口温饱的速度，将有4000万贫困人口要留给21世纪。所以，我们要加大扶贫力度，加快脱贫步伐。

经理：怎么加大和加快？

记者：要靠党和政府，更要靠全社会的共同努力！

经理：（停顿片刻）这些年我一直在思考一个问题，一个人创造财富到底是为了什么？我想明白了：奉献于社会。近几年我共向图书馆等公益事业捐款1000多万元。每次捐款人家都问我有什么要求，而我每次提的唯一一个要求便是，不公开姓名，不宣传报道，否则，收回。

记者：你是一个有责任感的企业家。

经理：惭愧，今天你讲的情况我是第一次听到，我一定把这些情况告诉我周围的企业家朋友，让他们一起来关心贫困地区。假如先富起来的人每个人都帮助一个贫困人口，他们不是很快就能走出贫困吗？

记者：功德无量。

经理：不过，我口头宣传的范围毕竟有限，能不能让媒体连续报道一些贫困地区的现状，让更多的富裕起来的人知道贫困地区的情况，关心贫困地区，支持贫困地区？

记者：我一定转达。

（记者旁白：看来，我的介绍给这位企业家以很大的触动，但同时，他的惊讶对作为记者的我触动更大。对于生活在发达地区和城市的许多人来讲，我们对自己国家的国情到底有多少了解？我们对自己生存的环境有怎样的认识？我感到，我们迫切需要开展一场国情教育，客观地、实事求是地告诉人们，我国还是一个发展中国家，面临着贫困、资源、人口、环境等一系列问题和压力，以增强全民族的凝聚力和向心力，号召全体人民同舟共济，共同努力，为中华民族的振兴贡献力量。）

（1996年5月《经济日报》）

鲁冠球，经营思想的企业家

目前，无形资产评估在我国受到了空前的重视，"长虹"等商标品牌获得了可观的货币价值。从重视有形资产到重视无形资产，这是一个历史性的进步。

然而，无论是有形资产还是无形资产，我们的着眼点还是物化的客体。能不能将评估的着眼点转向人？比如说，鲁冠球值多少钱？

一个企业成功的因素很多，然而不管它在什么样的机遇面前获得了成功，如果要使这种成功保持下去，它必须拥有一位有思想的企业家。正是在这个意义上，我们提出了企业家的思想及其价值问题。

鲁冠球是一位成功的企业家，多年来，他几乎囊括了中国企业家所有最高的荣誉，被誉为中国企业界的一棵"常青树"。

鲁冠球领导的企业不是全国最大的，也不是乡镇企业中最大的；它的产品也不是容易打响品牌的民用产品；万向集团也极少在各种媒体上做广告，而鲁冠球却能始终活跃在改革大潮的风口浪尖上，以至于被有些人尊为乡镇企业领袖式的人物，究竟何以至此？

灯下，我仔细翻阅着万向集团陆续寄来的几十篇鲁冠球的文章（相信若在报上开一个鲁冠球专栏会引起反响），渐渐觉得鲁冠球的成功不仅仅在于他有辉煌的经营业绩，也不仅仅在于他有非凡的管理才能，而更重要的在于他有思想，他是一位有思想的企业家。

不错，鲁冠球是在管理企业，在经营商品、经营资产、经营资本，而在这不断递进的过程的背后，是他的经营思想，这才是他成功的根本所在。

国外有一位大企业家说过，即使他的全部资产倾刻之间化为乌有，他也仅可以凭他产品的牌子迅速成为巨富。然而我不知道有没有人说过，即使他连他产品的牌子也没有了，他仅凭他肩上的脑袋便能再度迅速崛起。

当前，在我国企业界，资本经营颇为时髦，许多企业在向这个方向努力，许多企业家在探索中取得了显著成绩。从产品到商品，从资产经营到资本经营，这确是我国企业经营方式上的一场革命。

资本经营是企业发展的必由之路。资本并不仅仅是资金，也不仅仅是物化的资本。资本经营不能忽视另一个层次，即人力资本经营。人是各种生产要素中最关键的，所以不仅要从生产关系更要从生产力的角度来看待人。当然，从人力资源到人力资本尚有一个相当大的过程。凡是资本经营比较成功的企业，都是金融资本和人力资本、有形资本和无形资本结合得较好的企业。

同时，资本经营也不是经营的最高境界。发展是无止境的，经营方式的进步也不应有最终目标，但思想经营无疑应该是企业家们努力的方向。当然，这绝不是把思想经营神圣化和神秘化。事实上，企业经营的每一个层次及经营层次的递进上都无不融入了企业家的思想。虽然经营思想和经营中的思想并不是一回事，但经营思想目标的实现却离不开经营中的思想的积累和升华。所以，与其说经营思想是经营方式的一种目标，倒不如说是经营的更高境界。

改革需要有更多的企业家进入这种境界，而进入这种境界的前提是，企业家必须有可以用来经营的思想。

鲁冠球是一位农民，年轻时曾因家境贫寒过早辍学，26 年前联合 7 位农民兄弟开始办企业。26 年过去了，人们看到，鲁冠球由一位农民成长为全国知名的企业家，万向集团由一个 4000 元的铁匠铺发展成为拥有 35 亿资产的跨国性集团。与此同时，鲁冠球还留下了一笔无形的财富，这就是发表在全国各地报刊上的近百篇理论文章，这在企业家当中是极其少有的。他关于企业集团的管理、关于资本经营、关于企业家的自我完善、关于国际竞争等观点均引起各方关注。

如果说万向集团是鲁冠球思想经营的物化的成果的话，那么，这些理论与实践结合所产生的思想观点则同样是不该忽视的无形的成果，尽管还没有形成体系。

（1996 年 5 月《经济日报》）

粮食要增产 潜力有多大

——桓台小麦亩产超千斤给我们的启示

近日，山东桓台传来消息，该县在继 1990 年成为北方第一个吨粮县、1992 年实现"双千县"之后，今年再上一个新台阶，实现小麦亩产超千斤，达 504 公斤，比去年增产 15 公斤。一个时期以来，国际上中国粮食危机论、中国人不能养活中国人的悲观论调颇有市场，我国的许多专家学者给予了令人信服的回答，而桓台则从实践上给了这种回答以强有力的支持。

桓台位于山东省中部，耕地面积 49.6 万亩，总人口 47 万人，小麦面积 39 万亩，是一个典型的人多地少的农业县。桓台县经过充分调查研究，提出了粮食生产的阶段性目标，即奋战 3 年，实现吨粮县。同时，他们一方面对农民进行黄金有价粮无价的教育，另一方面加大农业投入，改善农业基础条件，1990 年终于建成了我国北方第一个吨粮县。

吨粮县的目标实现后，还敢不敢再提出新的目标？县里领导全面分析了桓台的有利条件，形成了共识，1994 年提出，奋战 3 年，争取 2 年，把桓台建成小麦千斤县。今年 6 月，再次提前一年实现目标。

一般来说，影响粮食总产量的直接因素有两个：一是播种面积，二是单位面积产量。就我国来讲，大规模扩大耕地面积只在黑龙江和新疆等极少数省区尚有潜力，而从全国和总体上来说，耕地减少是不可逆转的趋势。因此，实现粮食增产目标，更多地将依赖于提高单位面积产量上，而我国粮食增产的潜力恰恰也在于此。

据测算，在现有耕地中，中低产田和低产田占了三分之二，增加投入，加速改造，单位面积产量就会大幅度提高。而且，按统计面积计算，我国粮食单位面积产量仅达 250 多公斤。根据国家土地局最新调查结果，耕地面积比原统计面积多出 4 亿多亩，这说明粮食亩产量还要低一些。与发达国家相比，我国粮食单产还有 150 公斤 -200 公斤的差距。

全国有许多县市与桓台的条件相似，如何把增产潜力变成现实？把土地的文章做足，千方百计提高单位面积产量。这是桓台给我们的一个重要启示。

我们在探寻桓台粮食增产奥秘的过程中，从县委书记吴明君的介绍中抓到一个数字，科技对粮食增产的贡献率已占到 50%。而这个数字是全国要到 2000 年达到的目标，目前只有 35%。发达国家已经达到 60%-80%。因此，从根本上说，粮食单产的差距，就是科技水平的差距。我国粮食单产能否尽快提高到一个新水平，取决于科技在增产中的贡献份额，正是从这个意义上，邓小平同志说"农业最终要靠科技解决问题"。

记者在采访时了解到，桓台县聘请小麦专家组成技术顾问团，从县直抽调65 名具有中级以上农业技术职称的科技人员组建技术承包组；同时先后 10 余次邀请小麦专家直接进行技术培训，大大提高了农民的素质。同时，他们还狠抓了良种的筛选、繁育，大面积选用推广了高产优质大穗型品种。

把第一生产力与第一产业紧密结合，依靠科技提高单产，这是桓台给我们的又一个启示。

农业是我国国民经济的基础，粮食又是基础的基础。

目前粮食生产制约因素主要有以下几点：一是耕地减少和人口增加的趋势同时并存，使人均占有耕地面积逐年下降；二是由于农业投入不足，农业基础脆弱、抗灾能力下降，成灾率上升；三是农户分散经营，劳动生产率低；四是农民不仅数量大，且文化素质低。

对于我国的粮食生产前景，既不应盲目乐观，也不应悲观失望。增强信心、挖掘潜力、实现目标，才是我们正确的选择。潜力来自信心，增产出自决策。这是桓台给我们的第三个启示。

（1996 年 7 月《经济日报》）

筑路造桥等大型基础设施建设一定是政府的事吗?

刺桐大桥的启示

在著名侨乡福建泉州的东南角,一座特大型公路桥梁正从晋江两岸腾空而起,即将接通。它全长 1500 米,宽 27 米,引道和连接线 2.75 公里。这就是刺桐大桥,它自施工之日起就引起了广泛的关注。

泉州是我国沿海最早实行开放的地区之一,区域经济发展迅速,尤其是乡镇企业的发展速度和水平位居全省 9 地市榜首。在全市工农业总产值中,95%是由乡镇企业等民营企业创造的。

随着经济的发展,基础设施建设滞后的矛盾日益突出。记者在泉州看到,由福州至厦门的 324 国道由北向南直穿市区,过境车辆和市区车辆混在一起。而现有的泉州大桥仅 16 米宽,早已不堪重负。再建一座过江大桥,实行过境车辆和城市交通分流已成当务之急。1994 年初市政府会议通过了建桥的决定。消息传出,先后有 5 家外商前来洽谈,均因提出的条件过于苛刻而未能谈成,而政府又一时拿不出那么多资金,建桥之事只好暂时搁置。

就在这时,一个 40 多岁的中年人走进了市长的办公室,他表示愿为政府分忧,承担建桥任务,并介绍了他的设想。

此人就是泉州市名流实业股份有限公司董事长兼总经理陈庆元。名流公司创立于 1994 年 4 月,由泉州名流联谊会、恒安集团、元鸿集团、匹克集团等 15 家乡镇企业集团共同发起,并向社会募集部分股份设立的规范化股份制企业。

市政府经过慎重研究,批准了名流公司的请求,决定由名流公司和市政府授权投资机构按 60∶40 比例出资,设立"泉州刺桐大桥投资开发有限公司",大桥采用国外普遍应用而国内尚无内资企业尝试的 BOT(建设——经营——转让)投资模式,经营期限为 30 年,期满后全部设施无偿交给市政府。同时,市政府还要求，该项目必须在本文下发之日起3年内建成运营，如不能如期完成工程建设，由政府授权机构收购续建。陈庆元当即表态，三年建不成，请政府没收大桥。

名流公司迅速组建了大桥投资开发有限公司，注册资金6000万元，其中名流公司3600万元，占60%；泉州路桥建设开发总公司2400万元，占40%。一年后，代表政府的路桥公司又将股份中的1800万元分别转让给省公路开发总公司和省交通建设投资有限公司。一个官民结合、以民为主的基础设施建设投资主体在泉州诞生了。

在施工现场，陈庆元满怀信心地告诉记者，两年半工程一年半完成，今年11月18日建成通车是有把握的。这座总投资2.5亿元的大桥建成通车后，在七八年内收回全部投资。

乡镇企业投资大型基础设施得到省市领导支持，有关部门也给予了热情的关注。福建省委书记贾庆林亲自为大桥工程奠基石题名，并多次视察工地。

多年来，国家基础设施建设资金严重不足，而社会和民间则积聚着大量资金。如何以少量的国家投资，带动大量的民间资金参与基础设施建设，刺桐大桥给了我们有益的启示。

（1996年8月《经济日报》）

农业增产增收有望 问题不容忽视

"九五"第一年，农业和农村经济开局形势如何，将对整个国民经济产生重要影响。最近一个时期，南方几省区洪涝灾害比较严重，使得人们对农业尤其是粮食生产给予了更多的关注。

近日从农业部传来消息，今年夏粮生产喜获丰收，总产超过了历史最高水平的 1993 年，为全年粮食增产奠定了一个良好的基础。夏粮占全年粮食总产的比重虽然仅有四分之一，但分析夏粮增产的原因，我们可以看到各地落实中央决策、重视农业和粮食生产的可喜气象。

年初，各地即纷纷采取措施，确保粮食播种面积，使粮播面积有了较大的恢复和增加，总计比去年扩大了 800 多万亩。同时，配套技术推广应用情况好于去年，小麦统一供种面积、精量半精量播种面积及机耕机播机收面积均有大幅度增加。另外，4 月下旬以来气候较好，连续两年因严重干旱减产的河南、甘肃等省都有较大的恢复性增产。

作为农村经济重要组成部分的乡镇企业，上半年出现了引人注目的新趋向。首先是由快速增长转为适度增长。今年 1 月—6 月，全国乡村工业实现增加值 3540 亿元，比去年同期增长 25.13%，增幅下降 10.3 个百分点。

与此同时，中西部地区乡镇企业增长继续保持明显快于东部地区的增长速度，特别是中部地区的安徽等省发展较快，增长速度都在 40% 以上。

增加农民收入是发展农村经济的另一个重要目标。据国家统计局测算，一季度农民现金收入比去年同期实际增长超过 10%，二季度增幅虽可能低于前三月，但上半年增长水平仍然会比去年同期要高。

农业开局良好，形势来之不易，这首先是全党重视和加强农业的结果。年初，中央明确提出，必须坚决把农业放在国民经济的首位，而加强农业的关键是调动和保护好农民的积极性，解放农村生产力，并为此采取了一系列强有力的措施，特别是决定今年再度提高粮食收购价格，提价幅度1984年以来第二次达到40%以上。同时，各地也陆续出台了一系列加强农业、保护农民积极性的政策措施。

在这种背景下，国家、地方、集体和农民个人都相应增加了对农业的投入。今年国家加大了对农业的投入力度，中央财政预算内农业基本建设投资占预算内基本建设投资的比重达到24.5%，比去年提高7.6个百分点，财政支农资金、农业贷款也有较大增长。

由于延长了土地承包期，农民进一步吃了"定心丸"，去冬今春以来，农业投入的主体农民投资投劳较往年有较大增长，全国共计达140多亿元，比上年增长62%。今年麦收时节比往年更多地区和更大地块涌现出机械化作业的新景观。

不能不提到的还有，上半年农业产业化经营取得新进展，农业正成为新的投资热点。从沿海发达地区到中西部欠发达地区，农业产业化经营正在迅速推进，部分大型工商企业已率先进入农业领域。

分析上半年农业和农村经济形势，绝不能忽视运行中面临的新情况、新问题，如，自然灾害比较严重，抗灾夺丰收任务艰巨；棉花生产出现滑坡，农资价位依然偏高，影响农民生产投入；农民负担"反弹"不止，"隐形负担"难以承受；乡镇企业在增速减缓的同时，运行质量和经济效益呈下降趋势；部分地区农产品流通不畅，"卖难"再度出现，"白条"又有回潮，等等。

全年过半，对农业和粮食生产来讲，更艰巨的任务还在下半年，特别是农民增收。农业、农村、农民这"三农"，说到底还是农民问题。因此当前，一方面要立足抗灾夺丰收，抓紧抓好秋粮生产以及"菜篮子"产品生产，另一方面，要将农民增收工作摆到更加突出的位置。虽然今年定购粮提价，但构成农民收入大头的其他农产品价格普遍有所下降，乡镇企业发展速度和效益增长回落，中西部地区劳务输出势头减弱，增加农民收入面临更加严峻的形势。特别是农民负担加重仍是一个十分沉重的话题，解决难度很大。

江泽民总书记在河南的讲话中强调指出，要把减轻农民负担问题提到政治高度来认识。

因此，各地必须拿出过硬措施，坚决把农民负担"反弹"的势头遏制住，以切实保护农民的经济利益，调动农民的积极性，这样才能为全年农业丰收和农村经济增长打下坚实基础。

（1996 年 8 月《经济日报》）

明朝更上一层楼

——广东利用外资扩大开放述评

10月15日下午，第80届广交会刚刚开幕，羊城又一盛会吸引了众多国内外人士的关注，广东省人民政府在中山纪念堂隆重召开"广东省外来投资者表彰大会"，霍英东等802位为广东经济建设做出突出贡献的外来投资者受到表彰，上午刚刚为广交会开幕式剪彩的国务院总理李鹏接见了与会代表并发表了热情洋溢的讲话。

广东作为对外开放的前沿，发挥毗邻港澳，华侨众多，对外关系密切等有利条件，引进外资加快经济发展。17年来，全省累计签订利用外资合同16.4万宗，实际利用外资530.7亿美元，年均递增32.73%；共批准设立外商投资企业6万多家，"三来一补"企业3万多家，世界上已有70多个国家和地区的客（商）前来投资，全省1/3的投资资金来自境外。

大量外资的进入促进了广东经济尤其是外向型经济的发展，全省进出口贸易总额累计已达3823.4亿美元，年均递增27.86%。与世界180多个国家和地区建立了比较稳定的经济贸易关系，使全省1/3以上的产品进入国际市场。

广东利用外商投资大体经历了起步阶段、开始发展阶段、深入发展阶段和高速发展阶段。1986年以前，外商投资主要来自港澳地区，且中小企业居多，他们把大量进口加工企业迁移到珠江三角洲地区，进行组装加工。

1987年到90年代初，外资进入除在量上有较大增加外，结构上也有所变化。虽然港澳地区仍是外商投资的主要来源地，但来自美国、日本以及西欧国家的投资日益增长，同时，投资领域也逐步扩大，开始从非生产性项目向生产性项目过渡。

90年代初，邓小平同志南巡谈话以后，广东对外开放呈现新局面，外商投资热情高涨，投资项目与金额成倍增加，形成了几个鲜明的特点：一是投资领域不断拓宽，尤其是一些原来不对外商开放的领域如金融、保险、商业零售乃至一些基础产业和重点行业，也进行了有条件的开放试点；二是大型跨国公司进入广东市场，到目前，已有美国通用公司等三十多家跨国公司接踵而至；三是技术密集和资金密集型项目日益增多；四是一些基础产业和基础设施正在成为跨国大公司的投资热点。

数以万计的外资企业在南粤大地雨后春笋般涌现，有力地促进了广东经济发展。首先是增加了广东建设资金的来源，弥补了基础建设资金的不足。全省能源、交通、通信等基础设施利用外资项目目前已有 300 多个，实际利用外资已达 70 亿美元，新建了一大批发电厂、高速公路、港口码头、大型桥梁，缓解了广东电力紧缺、交通不便的状况。

其次，促进了产业结构的调整，加快了农村工业化和城市化步伐。80 年代以来，香港等地区把大量出口加工企业转移到广东，这些劳动密集型产业吸纳了 300 多万农村劳动力，推动了广东农村迅速走上工业化道路。由于外商投资企业大多聚集分布，各开发区、工业区连片扩张，带来资本、技术、人口、信息的不断聚集，逐渐形成了各种规模的中小城市。目前，广东农村已迅速长出城市群落，城乡界限正逐渐消失。

最后增加了广东省的税收收入，仅去年"三资"企业上缴税收就达 140 亿元，占全省税收的 21.28%。而在一些市、县，"三资"企业已成为当地税收的重要来源。同时，外商投资还加速了广东产业技术进步，促进了产业结构开放和产品更新换代；带来了先进的管理经验，促进了国内企业经营机制的转变；等等。

外商投资广东既为自己拓展了发展空间，更为广东发展做出了巨大贡献，这一点广东人是不会忘记的。召开如此规格、规模的外来投资者表彰大会，表明了广东人对外来投资者的肯定和感谢，也表明广东进一步扩大对外开放、利用外资的决心。

中共中央政治局委员、广东省委书记谢非说：引进外资、兴办"三资"企业和"三来一补"企业，是广东贯彻执行中央改革开放政策的重要举措。他强调，10 多年来的对外开放政策是正确的，我们实行对外的开放政策是不会改变的，广东省省长卢瑞华表示，广东将采取更加有力措施，进一步改善综合投资环境，按国际惯例办事，逐步实施给予外商投资企业"国民待遇"政策。

他还表示，相信外商在广东的投资必将获得理想的回报。广东规划再经过15 年基本实现现代化目标，为此将一如既往地实行对外开放政策。

据介绍，到 2010 年，广东进出口总额将达 3900 亿美元，累计利用外资1900 亿美元，这将为外商投资提供更广阔的领域和空间。

（1996 年 10 月《经济日报》）

志在富民

——写在费孝通教授从事学术活动六十周年

公元 1936 年夏，江苏吴江庙港乡开弦弓村，一个年轻人的出现引起了村民们注意。他在广西大瑶山搞社会调查时负了伤，此次是回家乡养伤的。然而，家乡农民开办的生丝精制运输合作社引起了他的兴趣，于是他一边养伤一边调查。随后，在驶往英伦三岛的邮船上，他把这些调查材料进行了认真整理，并以这些材料为基础在英国完成了他的博士论文，亦即后来被誉为"人类学实地调查和理论工作发展中的里程碑"的《江村经济》。当年那位年轻人，就是如今的费孝通教授。

60 年后的 1996 年 9 月 20 日，已 87 岁高龄的费孝通在他从事学术活动 60 年之际再次踏上了家乡的土地，这已是他第 20 次访问江村。在吴江市政府为他举行的纪念会上，费老再次用"志在富民"四个字来概括他半个多世纪的追求。

费老在《八十自语》中曾写道：我在跨线之际也试图自己答复自己，"尔志何在"？我的答复也是四个字："志在富民"。

1980 年，费老重新开始他被迫中断 20 年的"为中国农民能富起来做点事情"的实践课题，带着强烈的使命感和紧迫感，穿梭于广大农村和城镇，紧紧追踪改革开放以来中国城乡的发展变化，深入调查，忠实记录，冷静分析，写下了一篇又一篇散发着泥土气息而又饱含着时代精神的行程报告。《故里行》《温州行》《淮阴行》《重访云南三村》《海南行》《侨乡行》《沂蒙行》《沧州行》……

费老说："我一生的希望，也可以说我过去工作的中心，而且今后还要继续坚持下去的，就是能认识中国社会，首先是农村社会，弄清楚中国农村社会究竟有哪些基本特点。"费老一系列实地调查的最大特点就是追踪研究，一个有代表性的地方，去过一次就盯住不放，为此，他初访小岗，重访温州，三访民权，四访贵州，五下沧州，六上瑶山，七访山东，八访甘肃，二十次访问家乡吴江。

费孝通是国际上有影响力的学者，然而他不同于一般的经济学家和社会学家，埋头于书斋研究理论，而是热情地投身于各地的改革开放实践中去。十几年来，费老以年迈之躯每年以 1/3 以上的时间在乡土世界做实地调查，并且坚持走一趟，写一篇，从不追求理论的深奥和观点的轰动，而是实实在在地为当地经济发展出主意、想办法。正如费老自己所总结的："我在这 15 年中继续采取实地观察的方法到各地农村去调查，然后想办法，出主意，帮助各地的农民脱贫致富。我觉得高兴的是，想的办法，出的主意，有些已取得了成效。"

费老最早关注农村副业及乡镇企业的发展，并为其起名"草根工业"。80年代，他很大一部分精力用在跟踪和研究乡镇企业发展上。1992 年，他在《中国城乡发展的道路——我一生的研究课题》一文中说："乡镇企业打破了我国历史上长期形成的农村搞农业、城市搞工业的经济结构，工农差别在缩小，城乡差别开始消失，广大农民在不花国家一分钱的情况下，自我完成了从农民到工人的角色转换。"

今年春天，费老再回吴江了解到乡镇企业面临的一些困难和问题，他说："乡镇企业经过十几年的发展，创造了很多财富，也出现了一些问题。发展中的困难，还要靠新的发展来克服。希望乡亲们千万要保住这个发家的宝贝，尽快走出新的路子。"

小城镇作为乡镇企业由村村点火、处处冒烟逐步走上集中连片发展的社区依托，吸收了大量农村剩余劳动力。几乎在追踪调查乡镇企业的同时，费孝通又把小城镇发展纳入自己的视野，并写下了《小城镇，大问题》一系列文章。他指出，小城镇可以成为中国在世界上走出的一条独特的城市化道路。大量农村剩余劳动力不用都往大城市跑，就近在小城镇就业并安居，进入现代城市文明，大城市也将因此避免大量民工潮的冲击，克服一系列城市病。他把小城镇形象地比喻为"农村人口的蓄水池"。

去年 11 月 15 日，《经济日报》《农村经济》专版发表了短文《费孝通妙论"一点五产业"》，引起了学术界和广大中西部地区的关注。"一点五产业"这一概念是费孝通在与苏北地区干部讨论农业地区振兴之路时脱口而出的。他认为，在第一产业和第二产业之间，在很多情况下不是一步到位，而是有个渐进的过程。我国是个传统农业大国，在农业和工业之间，还有很长一段路。这段路上的产业，如农副产品加工的很多行当，既不属于第一产业，也不好算作第二产业，但它又确实是客观存在，并能帮助农民致富，所以费老叫它"一点五产业"，主张大力发展。

光阴荏苒。60年来，费孝通以探索中国城乡发展道路为己任，尤其是80年代以来，走遍了除西藏和台湾以外祖国的所有省区，把心血和才智都倾注到了志在富民的不懈探索中。如今，年已87岁高龄的他仍在实践着自己"脚踏实地，胸怀全局，志在富民，皓首不移"的终生志向。

（1996年10月《经济日报》）

乡镇企业管理迈向法制化

——《乡镇企业法》出台的前前后后

一部法律，从提出制定到正式出台，其间经历了 15 年的历程。据称，就经济类的法律来讲，《乡镇企业法》（见今日三版）可以说是酝酿时间最长的一部法。改革开放以来，乡镇企业从一株倔犟的幼苗长成为枝繁叶茂的参天大树，经过异军突起、迅猛发展，目前已进入发展与提高并重的新阶段。现在，农村社会增加值的近 1/3、国内生产总值的 1/4、全国工业增加值的近 1/2、财政收入的 1/4、出口创汇的 1/3、农民收入的 1/3 都来自乡镇企业。乡镇企业已经成为我国农村经济的重要支柱和国民经济的重要力量；同时，乡镇企业作为社会主义市场经济的先导力量和建设有中国特色社会主义理论和实践的重要组成部分，在推动改革开放、促进经济和社会发展、保持稳定等方面正在发挥着越来越重要的作用。

15 年来，在乡镇企业不同的发展时期，党中央、国务院都制定了一系列政策，有力地促进了乡镇企业的发展。1978 年以来，党中央、国务院制定的关于乡镇企业的法规和政策性文件 6 个，其他文件中涉及乡镇企业的有 30 个，有关部委制定的关于乡镇企业的政策文件达 45 个，上述基本上形成了乡镇企业发展的政策体系。但这些政策尚未上升到法律高度，并通过法律的形式稳定下来。

乡镇企业是我国特有的经济现象，是建设有中国特色社会主义市场经济的最显著的内容，被国外舆论称为中国经济腾飞的"秘密武器"。许多发达国家和地区，为扶持、引导、规范和保障中小企业的发展，普遍制定了中小企业法。为作为我国中小企业主体的乡镇企业立法，既显示出中国法制建设的特色，又符合世界各国重视中小企业发展的趋势。

在改革开放的初期，为乡镇企业立法就被提上议事日程，1981 年 5 月 4

日,《国务院关于社队企业贯彻国民经济调整方针的若干规定》中就明确提出,"要搞好社队企业的立法"。此后,中共中央在 1983 年、1984 年和 1987 年,分别在有关乡镇企业或农村经济的文件中多次强调要给社队企业(1984 年改为乡镇企业)以法律保护或制定相应的法规。

1984 年 3 月 1 日,中共中央、国务院转发农业部《关于开创社队企业新局面的报告》,决定把社队企业改名为乡镇企业,包括乡镇办和村办、村民小组办的企业及各种联营企业、农民合作企业、个体私营企业。这是党的十一届三中全会后党和国家为促进乡镇企业发展而制定的一个重要的纲领性文件。《乡镇企业法》的历次起草和修改都遵循了该文件中的重要精神。

1984 年 5 月,在全国人大六届二次会议上,32 位代表首次联名建议制定一部《乡镇企业法》,之后 12 年来,共有 1000 多名全国人大代表和政协委员提出过制定乡镇企业法的提案和议案,仅 1991 年就有 300 多位人大代表和政协委员提出 16 个要求尽早制定乡镇企业法的提案和议案。

1987 年 3 月 15 日,农业部将经 11 次修改的乡镇企业法草案送审稿上报国务院。11 月,国务院决定在制定乡镇企业法之前,先由国务院制定《乡村集体所有制企业条例》。3 年后的 6 月 3 日,李鹏总理签署国务院第 59 号令,颁布《中华人民共和国乡村集体所有制企业条例》,首次以法规的形式确立了乡村集体所有制企业的法律地位,为乡村集体所有制企业持续健康发展提供了可靠的法规保证。

随着计划经济体制向市场经济体制的转变,《条例》的某些局限已不能很好地适应市场经济条件下乡镇企业发展的需要。1993 年 7 月,农业部再次向全国人大常委会提出将乡镇企业法列入"八五"立法规划的报告。报告认为,乡镇企业作为市场经济的先导力量,具有其他类型企业所没有的许多特殊性,因而是其他立法所不能代替的。1994 年 1 月,全国人大八届二次会议将《乡镇企业法》正式列入全国人大常委会"八五"立法规划。

同时,针对尚存在着的一些不同意见,有关负责人解释说,乡镇企业是以我国农民投资为主兴办的,在投资主体、运行机制和管理体制等方面均有自己的特殊性,《乡镇企业法》所调整的是这种以农民投资为主兴办的各类企业在经济活动中所产生的经济关系。

今年2月，全国人大财经委向委员长会议提交了关于《乡镇企业法》（草案）有关问题的请示。7月10日，田纪云副委员长主持《乡镇企业法》有关问题协调会。8月23日，全国人大常委会第21次会议对草案进行了审议。10月29日，参加第22次会议的人大常委们按下表决器，顺利通过了《中华人民共和国乡镇企业法》。至此，这部几经波折、反复修改、历经15年的乡镇企业根本大法终于载入共和国法制大典的史册，这意味着乡镇企业的改革和发展从此步入了法制化管理的新阶段。

（1996年11月《经济日报》）

黑龙江：以北大荒精神二次创业

正值大地一派丰收景象的金秋时节，记者一行来到黑龙江采访，从省委领导到基层干部群众，谈起正在举行的第二次开发和第二次创业，无不谈到要发扬北大荒精神。北大荒精神已成为黑龙江振兴经济、再创辉煌的强大动力。

产生于五六十年代的北大荒精神有其特定的历史内涵，其核心是艰苦奋斗、无私奉献。在建设社会主义市场经济的今天，要不要继续发扬北大荒精神？在建设农业强省、重振黑龙江经济的奋斗中，如何发扬北大荒精神？对在社会主义市场经济条件下如何进一步弘扬北大荒精神以及大庆、铁人精神，黑龙江在全省范围内开展专题调查研究，并召开了弘扬"三大精神"座谈会，将"三大精神"的基本内容概括为：立足本职、为国争光的爱国敬业精神；解放思想、敢闯敢试的开拓进取精神；尊重科学、讲求实际的实事求是精神；不怕困难、拼搏实干的艰苦奋斗精神；胸怀全局、兴国富民的顾全大局精神；不图名利、忘我工作的无私奉献精神。

发扬北大荒精神起到了振奋精神、激发斗志的作用，全省涌现出一批靠自身努力走出困境的典型。牡丹江东方木业实业公司从1990年开始，以每年亏损30万元的速度下滑。在困难面前，他们发扬艰苦创业精神，退市进郊，仅用3个月时间就自己动手建起了厂房，生产的优质地板块出口到日本等国家和地区。

注重与改革开放、发展社会主义市场经济紧密结合，丰富新的时代内容，这是黑龙江发扬北大荒精神的显著特点。

翻两番奔小康，是省委确定的战略目标。发扬北大荒精神与这个目标的结合，使全省人民有了劲头和奔头。依安县曾是全省有名的贫困县。1990年县委总结了过去农业生产低产低效的教训，从全县实际出发，扩大玉米、水稻种植面积，粮食产量和效益大幅度提高，1994年粮豆薯亩产255公斤，农民人均收入一跃到 1558 元，提前 6 年实现了翻两番目标。

发扬北大荒精神还有力地促进了精神文明建设。哈尔滨东安发动机制造公司始终把北大荒精神的宣传教育作为精神文明建设的重要内容来抓，并与企业精神、军工传统、职业道德教育相结合，培养职工爱岗敬业的主人翁责任感。他们在青年职工中开展"讲理想、比贡献"竞赛活动；在科技人员中开展"当先锋、做模范"活动。科技人员在"讲比"活动中实现技术革新、科研攻关 1446 项，创造出可计算效益 5270 多万元。

在发扬北大荒精神中，黑龙江的许多党员干部起到了模范带头作用。牡丹江橡胶四厂厂长王效清带领群众艰苦创业，处处作表率。他出差不住高级宾馆，常常是方便面充饥。有一次他带 8 个人去杭州开会，连近在眼前的西湖也没游，正常需两万元的会议费只花了 5000 元。像王效清这样依靠艰苦创业走出困境的典型在黑龙江还有很多。

当前，黑龙江省正处在经济结构调整的关键时期，省委号召，在全省进行第二次创业过程中，要继续发扬北大荒精神。

（1996 年 11 月《经济日报》）

农村税费制度改革势在必行

尽管中央三令五申，约法三章，农民负担稍有减轻却又反弹，几乎成了农村的一大顽症。农民负担过重的根源在哪里？有无治本之策？

从字面上讲，农民负担是指农民所承担的费用，它实际上反映的是农民与国家和集体之间的经济利益关系，即农民作为相对独立的商品生产和经营者要对国家和集体承担一定的费用，因此，农民负担本是一个中性词，无所谓褒贬。

税费不清，税轻费重，现行农村税费制度已不适应新形势

当前，农民负担主要表现为农民交纳的各种税费，包括农业税、农村特产税、"三提五统"费、各种集资摊派以及无偿提供的劳务等。除国家税收外，法定需要农民缴纳的主要是村提留和乡统筹。因此，农民负担可分为三部分，即农业税、"三提五统"费、集资摊派。

现在的问题是，税轻、费重且不公，集资摊派严重，即农民顺口溜所讲的"头税轻，二税重，三税是个无底洞"。

现行的农业税制是50年代沿续下来的。中华人民共和国成立后，为了扶持农业生产，国家一直采取轻税负政策，征收的依据和税率一直没有大的变化和调整，但由于农产品产量大幅度提高，土地的收益和产出率均相应增加，因此，农业税相对总收入的比重日益下降，目前大约仅占农民总收入的2%左右。对农民来讲，这一税率仅占负担中的极小部分；对国家来说，则根本不够财政用于农业的支出。

另一方面，征税的对象也发生了重大变化，过去是人民公社的生产大队、生产队等集体经济组织，而现在则是市场经济条件下从事农业生产经营的千家万户。

因为宪法规定耕地属于集体所有，因此，农民承包集体的耕地除向国家交纳农业税外也应向集体交纳一定的承包费用，这就是村提留、乡统筹的"三提五统费"。但该交多少，国家原先并无统一规定，结果经济发达的地方就少收些，甚至不收；没有集体经济实力的地方就多收一些，甚至把一切费用负担统统加在农民头上。为此，国务院作出明文规定，农民的"三提五统费"负担不得超过上年人均收入的5%。

规定是有了，但许多地方执行得并不好，突破界限的不在少数；还有些地方采取多报农民收入等手段变相增加收费。

从这一规定本身来看，也有不公平、不科学之处。人均纯收入的5%是以乡为单位计算的，而在一个乡里，村与村之间、村内户与户之间收入水平往往差异较大，少数个体户、私营企业主等高收入户极易将全村人均收入水平拉上去，因而实际上导致了负担不均、畸轻畸重的现象。

另外，据统计，全国农村每年的村提留、乡统筹费都在400亿元以上，这么一大笔"体外循环"的资金如何管理使用，也是不可忽视的问题。

种田纳税，农民从来都认为是天经地义的。问题是，在缴完了税与合理的费之后，为什么还有那么多说不清的收费，有些地方针对农民的收费竟多达百项。而且，由于采取了收税的手段收取各种费用，且同时征收，使农民分不清哪是税，哪是费，哪是合理负担，哪是不合理负担。可以说，集资摊派是造成农民负担过重的直接原因。

税费统筹，折实征收，从根本上减轻农民负担的有益尝试

负担反映了农民与国家、集体三者之间的经济利益关系，而农村改革的一个重要目标就是调整已经不适应新形势的经济关系。针对农村税费制度存在的问题，改革应围绕着提高农业税、改革"三提五统费"、取消一切集资摊派来进行。

1993年以来，安徽、河北、河南、贵州等省的部分县在改革农村税费制度方面进行了一些有益探索。这些地方在改革的具体内容上尽管有所不同，但基本思路和内容大体一致，主要是：第一，取消粮食定购，将农业税和"三提五统费"合并，统一征收；第二，以征缴粮食实物为主，有的地方称为"公粮

制";第三,由乡政府、财政部门与粮站统一结算,税费分流,税归财政,费归乡村,其中村提留部分实行村有乡管;第四,农民在完成征税任务后,有权拒绝其他各种摊派。由于是地方上的改革试点,无法涉及提高农业税的问题,因而可看作是新形势下迫不得已的权宜之计。

这项改革是积极的。"一道税,一次清",改变了过去那种农民既要缴纳农业税、"三提五统费",还要交纳各种集资和摊派,任务不清、账目不明的局面,有效地保护了农民的利益。因此,尽管有许多不完善和争议之处,其探索的方向仍然是值得肯定的。

（1996 年 11 月《经济日报》）

中集勇闯国际大市场

他的目光紧紧盯住竞争对手。近年来，他一直与对手进行较量……

坐在中国国际海运集装箱（集团）股份有限公司总经理麦伯良的办公室里，记者仿佛感觉到了这种竞争的气氛。

集装箱化运输从 60 年代起进入国际海运业，即显示了其充分的优越性，并带动了世界造箱业的发展。整个 70 年代，日本始终是世界造箱业的中心，1982 年，韩国取而代之，至 80 年代末其产量占到世界总产量的 50%；与此同时，中国集装箱制造业迅速发展，到 1993 年产量已占到世界总产量的 30%，从而结束了韩国保持了 11 年的世界造箱中心的历史。

从全球市场来看，目前世界集装箱年生产能力达到 200 万标准箱，而需求仅有 100 万左右，形成了供过于求的局面，国际市场竞争异常激烈。

去年，中集年产已占到世界产量的 15%。年轻的总经理麦伯良面对国际竞争信心十足，中集将在一两年内成为世界造箱业的"老大"。

中集是我国最早的合资企业之一，起初，公司由外方进行管理，产生了许多难以缓解的矛盾。随着国际航运陷入低谷，1980 年，中集终于无力支撑，宣告停产转业，共亏损 200 多万美元。

1987 年，世界航运业开始复苏，他们决心东山再起，果断恢复集装箱生产，同时邀请中国远洋运输总公司加盟，并转而由中方管理。他们制定了以市场开拓为先锋、以产品质量和优质服务为后盾的市场策略，走出国门，在竞争中学做国际生意。终于，英国一家航运公司下了订单。"一定要树立外国人对中国产品的信心"，公司上下紧急动员，以最快的速度做出了第一批集装箱，产品 100% 合格，客户表示满意。

市场逐步打开了，中集在行业中声誉鹊起，新客户接踵而至。到目前，中集的长期客户已增至 23 家，均为美、欧等国家和地区的知名航运公司和租箱公司。中集产品已占韩国市场的 20%。

放眼世界造箱业，如果说前几年的竞争还是诸侯纷起，那么今天则已进入由几个实力较强的造装集团角逐市场的战国时代。中集为在竞争中争取主动，采取了一些新的策略。

首先，运用资本经营手段，实施跨区域发展战略。中集相继于 1993 年、1994 年、1995 年收购了大连、南通、新会三家集装箱厂，形成在我国沿海的南部、中部和北部全方位的生产服务格局，使对客户的服务更加灵活、便捷，既取得规模经营优势，更获得战略上的有利地位。

其次，强化并发挥市场、人才、管理机制及资金优势，进一步增强公司综合竞争实力。作为中国最早的造箱企业，中集集中了一批懂经营、善管理、技术过硬的人才队伍，形成了"以人为本，奖优罚劣"的竞争机制。为配合公司的高速发展，中集在资金筹措方面进行了大胆的探索。前不久，中集利用良好的银行背景关系在美国市场发行 5000 万美元商业票据，开中国上市公司先例。接着又获得 5 国 6 家商业银行 2000 万美元的银团长期贷款，与此同时，在海外增发 3000 万 B 股。三项筹款计划成功实施，中集获得了近 9000 万美元的发展资金。

最后，加强技术改造及新产品开发的投入，保持中集在行业中的领先地位。从 1992 年开始，中集先后开发出技术含量高、附加值大的开顶箱、超高箱、超长箱、折叠箱、侧开箱、通风箱等特种集装箱，其中开顶箱、折叠箱、通风箱等相继填补国内空白。

同时，中集明确了多元化发展的思路，选择了技术含量高、附加值大的机场地面设备项目。他们生产的机场旅客登机桥已成功地安装在北京、天津、上海、深圳等国内各大机场，国内市场占有率达 80% 以上。

麦伯良深沉地告诉记者，在国内集装箱三大集团中，中集是最人的，也是唯一控制在中国人手里的企业。他说，把中集的发展方向与国家工业的命运紧紧结合在一起，胸怀产业报国，是中集十几年的追求，也是中集永远为之奋斗的目标。

（1996 年 11 月《经济日报》）

进一步夯实农业基础

刚刚过去的一年，我国农业在遭受比较严重的自然灾害的情况下获得大丰收，使一部分人产生了农业已经过关了的想法，认为抓农业可以松松手了。

这种想法是有害的。不错，我国农业连续两年丰收，尤其是大灾之年大丰收，表明农业的综合生产能力和发展水平已有所提高，但是从根本上看，农业的基础地位还很不牢固。农业作为一个基础产业仍是国民经济发展中的突出的薄弱环节；农业发展中的一些深层矛盾尚没有根本解决，农业仍面临着较大的需求增长的压力。对此如果没有清醒的认识，农业仍有可能走"扭秧歌"的老路，重复有些专家所讲的"两（年）增一（年）减"的循环圈。

尽管农业不是天生的弱质产业，但其生产和经营受自然和市场双重风险制约的状况相当一个时期内不会改变。在总结丰收的经验时，农民最常说的一句话往往是：天帮忙，人努力。这说明，我国农业很大程度上是靠天吃饭的，农业生产条件差、抗灾能力低一直是困扰农业发展的一个十分重要的因素。据统计，全国8万多座水库，有1/3是带病运行；万亩以上灌区，工程基本完好的只占30%，报废的占10%，不同程度损坏失修的占36%。近几年，农业在相同灾害程度的情况下，农作物成灾面积却逐年上升，每年因水、旱灾害减产粮食几百亿斤，损失几千亿元。

农业基础的脆弱还突出表现在技术装备水平落后、技术含量低上。我国每亩耕地占有农机总动力只有0.16千瓦，不但远远低于发达国家，也低于发展中国家水平。机耕面积占耕地总面积的55%，而机播和机收面积均不超过20%。在科技方面，科技在农业增长中所占的份额仅相当于发达国家的一半，每年约有2/3的科研成果没有推广。由于科技进步步伐不快，单位面积产量受到制约。在现有耕地中，2/3是中低产田，目前改造的步伐仍然比较慢。

农业基础薄弱还表现在，农村劳动力素质低，尤其是务农的农民文化水平更低，严重制约了农业现代化水平的提高。农民是农业生产的主体，农业要上新台阶，必须提高农民的文化和科技水平，逐步培育和造就出一批适应现代化农业要求的农业产业大军。

农业是国民经济的基础，更是国民经济的基础产业。而农业作为基础产业，其产业化水平还不高，农产品的附加值也仍然很低，因此，所谓最有前途、获得最丰的产业目前还只是潜在的。

同时，我们还必须注意到，尽管去年农业获得大丰收，但是如果我们对丰收后产生的一些新情况、新问题，研究不够，解决不力，近两年发挥得比较好的农民的积极性就可能受挫，就会影响到今年以至今后几年的农业生产水平。

目前，我国农业的增长方式仍然没有摆脱粗放式经营的模式。一是生产经营规模过小，每个劳动力承担的耕地只有世界平均水平的1/6。二是生产手段落后，有的地方还处于"刀耕火种"的状态。三是资源利用效率低，比如，我国化肥有效利用率仅为30％，而先进国家在70％以上。四是管理粗放，不少地方忙于田间管理，"种地在人，收成在天"。

另一方面，面对变幻不定的市场，一家一户分散经营的农户随时都要承担市场的风险。"多了砍，少了赶"的情况重复发生。因此，组织化程度低、社会化服务跟不上，是农民走向市场遇到的最大的挑战。

农业这个基础夯不实，国民经济发展就不可能平稳，农业的振荡必然带来整个经济和社会的振荡，这方面的教训已经有多次了，因此，农业丰收后我们不但不能松口气，而且要乘势而上，进一步夯实农业基础。

首先在认识和行动上仍要坚定不移地把农业放在国民经济的首位，这是中央反复强调的，是经济工作的大政方针，农业歉收了，要坚持这个方针，农业丰收了，仍要坚持这个方针。正如江泽民总书记所强调的，把农业放在发展国民经济的首位，不是一个短期的方针，而是一个必须长期坚持的方针。

当前，各级领导必须对丰收后的农业有一个清醒的认识。农业基础薄弱的状况并没有从根本上改变，也不可能在短期内改变，因此抓农业绝不是一时之事，也不能因事而抓，要有长期打算，任何时候都不能放松农业，坚定不移把农业放在各项经济工作首位，不折不扣把中央关于加强农业的政策、措施落到实处。农业仍任重道远，强农须坚定不移。

（1997 年 1 月《经济日报》）

粮食——温饱之后的挑战

（一）

中国的粮食问题为什么成了上上下下、国内国外关注的焦点？难道未来某个时期要发生粮食危机了吗？的确有一些耸人听闻的预言，的确大多数人关心粮食是从最基本的温饱着眼。

这样讲来，自然是粮食越多越好。那么，就目前和长远来讲，粮食问题到底是不是总量问题？或者用专家的话说，中国是否存在粮食安全问题？

所谓粮食安全，联合国粮农组织的定义是，任何人在任何时候都能拥有他所必需的基本保障。

改革开放以来，由于实行了家庭联产承包责任制等改革措施，解放了农村生产力，农业尤其是粮食生产连续登上几个新台阶，到80年代中期，我国已从整体上解决了温饱问题，开始了向小康的跨越。

近10年来，粮食生产虽然出现了周期性波动，但总的来说是增产的。去年又在大灾之年夺得大丰收，创下了粮食增产的最高纪录，达9800亿斤。有的专家估计已超过1万亿斤，而这个数字是我们到本世纪末所要达到的目标。即使按9800亿斤计算的话，我国的粮食总产量也已占到世界的22%－23%，而我国的人口占全世界的比重是21%。

对于下个世纪中国粮食的需求量和增产潜力，我国政府公布的粮食问题白皮书已经讲得很清楚。所以，中国的粮食问题是能够立足国内解决的，中国不但不会对世界粮食安全构成威胁，相反还要为世界粮食安全作贡献。

我们与国际上一些对中国粮食问题的看法的分歧，不在于中国粮食有没有问题，而在于是什么问题。

从未来看，影响中国粮食问题的因素有三个"不可逆转"。一是人口增加不可逆转；二是耕地减少不可逆转；三是人民生活水平提高不可逆转。三个"不可逆转"所表达的含义并不完全一样。

生存是人类基本的要求。我们不能说自己没有生存的压力，但无论现在还是将来，中国的根本问题都不是生存问题，粮食问题也不是温饱问题。中国的问题是发展的问题，粮食问题是解决温饱之后的发展提出的挑战。我们应该以发展的新观念来看待粮食问题。

（二）

总量与结构是判断经济生活的两个重要标尺。但二者并不是平衡的，当总量问题突出时，结构问题便会被掩盖。当总量趋于平衡时，结构的矛盾便会被暴露出来。而结构的矛盾处理不好，又会放大或强化总量的不均衡。

既然粮食问题短期内并不突出地表现在总量上，那么结构问题便不应再被忽视了。

首先看粮食的区域结构。进入90年代，我国粮食生产从区域上发生了比较大的变化，南方14省粮食产量开始下降和徘徊，粮食调出省逐年减少，调入省逐年增加，终于扭转了南粮北调的局面，转而变成北粮南调。

应该说，作为一个农业大国，粮食生产的某些区域性变化是正常的，但大面积的粮食减产却忽视不得。近两年，由于中央实行了"米袋子"省长负责制，各省也陆续制定了稳定和增加粮食产量的措施，部分省粮食生产迅速大面积滑坡的形势得到控制。

应该看到，南方粮食减产是在经济迅速发展的情况下发生的。由于工业化和城市化速度加快，导致耕地迅速减少；由于农业的比较效益下降，导致农民撂耕抛荒。所以，如何处理经济发展和粮食生产的关系，是经济发达省份面临的一个重要课题。如果发展提出的问题解决不好，生存问题便会悄然而至。

不仅如此，这种区域上的变化还带来了粮食品种结构的变化。由于南方是水稻主产区，因此南方粮食减产，减少的主要是大米。我国粮食概念与国外相比显得复杂，人家除了饲料粮之外主要是小麦，我国除小麦之外还有大米和玉米，而吃大米的人口又占大多数。所以，南方大米减产对人们的生活影响很大，1994年粮食涨价风潮主要是大米价格拉动的；而北方增产的粮食以玉米为多，近两年"卖粮难"主要是玉米卖难。尽管近几年北方稻谷播种面积稳步增加，但产量仅占全国总产量的 10%。

近年来，几乎每一个人都能体会到餐桌上的变化。人们从吃得饱开始追求吃得好，从单纯地消费粮食到大量地消费肉、蛋、奶。80 年代以来，城市居民和农民先后开始出现了口粮消费量下降、肉类等粮食间接消费品增加的趋势。我们粮食增产中的很大一部分转化作了饲料，因此，将传统的"粮食作物——经济作物"的种植业"二元结构"逐步改变为"粮食作物——饲料作物——经济作物"的"三元结构"是发展给我们提出的又一课题。

（1997 年 1 月《经济日报》）

乡镇企业重塑与农业关系

乡镇企业结构调整要立足于发展优势产业，积极带动第一产业，调整优化第二产业，加快发展第三产业，重点是实现与农业"接轨"，由单纯的资金支农转变为促进农业向市场化、现代化发展的带动力量。脱胎母体，离农是近还是远。乡镇企业的异军突起和迅速发展被称为建设有中国特色的社会主义的重要组成部分和显著标志。到目前，乡镇企业已不仅是农村经济的主体力量，而且占据全国工业经济的半壁江山。"八五"期间，全国国内生产总值净增量的30%，工业增加值净增量的50%，外贸出口商品交货额净增量的45%，全国税收净增量的25%，均来自于乡镇企业。这说明，乡镇企业已成为增强综合国力的有生力量，成为整个国民经济中最富有活力的一个新增长点。

乡镇企业虽发端于农村，脱胎于农业，但其生产经营已涉及国民经济各个领域，从日用消费品生产到生产资料生产及各项服务业，几乎无所不有。许多产品在国内同行业中占有相当大的比重，如原煤占40%，水泥占40%，食品饮料占43%，服装占80%。这告诉我们，再不能仅仅把乡镇企业看作农村经济内部的事了。

然而，由农民创造、脱胎于农业这一事实使我们在观察乡镇企业时永远不可能摆脱它与农业所具有的血脉关系这一独特的视角。由农民出资，在农村的土地上建起厂房、大批农村劳动力走进车间，成为80年代农村最壮观的景象。因此，有人把农业与乡镇企业比喻成母子关系。如果这一比喻准确的话，那么，壮大起来的乡镇企业对农业的"反哺"便是天经地义的事。

事实上，乡镇企业对农业的"反哺"一开始就没停止过，这主要表现在三个方面，一是补农，乡镇企业的发展增加了农业的投入，显著改善了生产条件；二是建农，提供了大量农用生产资料，增加了农业技术装备；三是带农，实行农产品加工增值，增加了农民收入。据统计，仅"八五"期间，乡镇企业用于补农建农和农村各项事业建设的资金达 1000 多亿元，占同期国家财政对农业投入的 42%，有效地增强了农业积累和发展能力。

农业是国民经济的基础，对乡镇企业来讲也是"母业"。乡镇企业的"反哺"改善了农业生产条件，增强了农业发展动力，但从总体上和根本上来说，农业这个基础还很脆弱，农业作为基础产业还是国民经济中最薄弱的环节。农业要实现现代化，由传统农业向现代农业转变，必须实现"两个根本性转变"，必须走产业化之路，延长农业产业链。农业产业化为我们审视农业与乡镇企业的关系提供了新视角。我们不妨把乡镇企业做一个简单的分解。

据农业部提供的资料，1995 年全国乡镇企业个数是 2203 万个，其中，农业企业 27.8 万个，占 1.3%；工业企业 718.2 万个，占 32.8%；施工企业 106.7 万个，占 4.8%；交通运输企业 495.2 万个，占 22.5%；商品流通企业 548.7 万个，占 24.9%；餐饮企业 149.1 万个，占 6.7%；服务业 94.4 万人，占 4.2%；其他企业 62.6 万个，占 2.8%。不难看出，农业企业所占比重最小。

再从乡镇企业内部产业结构来看，明显地是两头小中间大：第一产业仅占 4%，第三产业只占 15%。而在乡村集体工业企业中，农产品加工企业只有 35 万家，所创造的产值只占乡村集体工业企业的 1/4。

结构调整，农副产品加工是重点毋庸置疑，乡镇企业产业结构存在着明显的不合理。去年底召开的中央经济工作会议提出，要将经济结构调整作为今后一个时期经济工作的重点，努力避免大而全、小而全以及盲目重复建设现象。各经济区域之间，从城乡的角度来看也非常明显。因此，产业结构调整还要着眼于城乡，合理地确立城乡产业分工和重点，发挥资源和生产要素配置的最佳效益。要将以农产品为原料的加工业向农村转移。

在农村经济内部，在看到二、三产业发展给农村带来可喜变化的同时，不能忽视一、二、三产业的协调发展；在看到乡镇企业初步形成了自己的产业体系和产品体系的同时，不能忽视结构性矛盾仍然比较突出这一事实。

因此，乡镇企业结构调整要立足于发展优势产业，积极带动第一产业，调整优化第二产业，加快发展第三产业，重点是实现与农业"接轨"，由单纯的资金支农转变为促进农业向市场化、现代化发展的带动力量。

与乡镇企业发展初期相比，目前的市场竞争已发生了实质性变化，大多数工业消费品已从卖方市场转向买方市场，大型企业和集团的名牌产品占据了越来越多的市场份额，国外产品也纷纷挤入国内市场，市场竞争已由以价格为主的竞争转向多方面的综合竞争，乡镇企业面临着严峻的挑战。

应该看到，在市场风雨中成长起来的乡镇企业已创造出一大批高质量、高科技、高附加值的名牌产品，拥有了相当可观的市场份额和社会影响；同时也应该看到，在乡镇企业的第二产业中，相当一部分是市场已经饱和，甚至产品过剩的项目，产品品种单一，档次低，质量差，批量小，缺乏竞争力。与此同时，大量丰富的农产品资源尚未开发利用，深加工、精加工产品份额更小。这既是农业比较效益低的重要原因，也是乡镇企业发展的潜力所在。

因此，乡镇企业尤其是中西部地区的乡镇企业，要重塑与农业的关系，把发展农业企业和农副产品加工业作为结构调整的重点。国家在鼓励大中型企业进入农业的同时，更要鼓励和引导乡镇企业成为农业产业化的"龙头"，因为乡镇企业是农民投资兴办的企业，与农村、农业和农民有着天然的联系，与大中型企业相比，乡镇企业更容易与分散的千家万户的农民结成利益共同体。

乡镇企业从支农到带农的转变，是农业产业化的必然要求，也是强农富农的根本所在。

（1997 年 2 月《经济日报》）

挥泪承遗志 同心向未来

——写在八届全国人大五次会议开幕时

还是这个会场，还是这座议政的殿堂。然而，肩负着全国人民重托的2808名到会的人大代表，却感到那样的不同寻常，心情无比沉重。因为，曾改变了当代中国历史进程的一代伟人邓小平，刚刚离开了我们。

在八届全国人大五次会议开幕前，记者在人民大会堂的东门，遇到了迈上台阶的陆子修代表，这位长期在大包干的发源地滁州地区工作、亲自参加那场改革的老人，道出了此刻的心情："亲人邓小平的逝世，我们无不为之心痛。这几天来，我和其他代表一样，想得最多的就是在怀念伟人的同时，如何继承小平同志的遗志，办自己的事情，把中国的事情办好。"

东大厅内，准备开会的代表们，少了往日的寒暄热闹，没有了欢声笑语。上海市副市长赵启正代表说："举国悲恸之中召开的人代会，不可能和往年一样。小平同志去了，但他的思想、他的精神、他的高风亮节永留人间，他所开创的改革开放事业，正在以江泽民同志为核心的党中央英明领导下蓬勃向前。"

为表达对伟人的怀念，有的代表话语哽咽；为寄托对小平同志的哀思，不少人泪湿衣襟。此时此刻，每一个人都在将无限的深情，化作不竭的力量源泉，去思考、去拼搏、去奋斗——

静坐在一旁的山西代表侯小保告诉记者，他想的是如何按照小平同志的建军思想，把他所领导的山西省武警总队建设得更好，为社会主义现代化建设和改革开放，创造一个安定的环境；

南通市中医院院长邵荣世代表，是带病在开幕前赶来与会的。她对记者说，这几年我们国家对卫生体制进行了改革，取得了很大的成绩，但是还有许多工作要跟上。我们应当再加把劲，像小平同志所说的那样，大胆地试，大胆地闯，取得更大的成绩；

来自云南思茅地区的拉祜族女代表李秀芳说，改革开放以来，从前穷困落后的少数民族群众过上了好日子。可还有一部分群众生活在贫困线以下，扶贫的任务还很艰巨，小平同志提出要走共同富裕的道路，我们必须坚定不移，打好扶贫攻坚战；

广西的企业界代表梁文书说，说一千道一万，还是小平同志的那句话，发展是个硬道理。老一辈革命家流血牺牲为什么，还不是要让老百姓过上好日子？邓小平同志带领我们搞改革开放，不就是要使中国经济繁荣，国富民强？如今，小平同志去世了，有江泽民同志领导全国人民，他的改革开放大业必将取得越来越辉煌的成就。

千年风霜，百年坎坷。中华民族在磨难中成长，在曲折中走向成熟。南通师范学院第二附小的老教师李吉林代表说：有首歌说得好，"不经历风雨，怎能见彩虹"，我们中国人民可以承受得起任何磨难，更可以面对新世纪的各种考验。

原国防科工委某基地司令员王立春代表谈道，小平同志是带着对人民的无限深情离去的，是带着对党和人民的无比信赖离去的。他相信我们的党和人民会取得更加伟大的成绩，中华民族会更加强大。这几年的实践证明，以江泽民同志为核心的党中央，是邓小平同志开创的建设有中国特色社会主义伟大事业忠诚可靠的继承者。

来自河南焦作市的郭安民代表表示，有小平同志的理论指南，有党中央的坚强领导，有全国人民的团结奋斗，跨世纪的宏伟蓝图一定会变成现实。面对未来，我们充满信心！

历史将记住，1997年，中国失去了一位伟人；历史还将记住，伟人的离去并不会影响中国的进程。因为人们明白，告慰先人的最好方式就是更好地工作，更好地生活；因为，中国人都深知，对先人的最好纪念就是继承他的遗志，早日完成他的未竟事业。

3月1日上午9时整，开幕的铃声响起，代表们神情庄重地步入会场，开始了在今年这不同寻常的日子里召开的人民代表大会。

明亮的灯光下，身着深色西服的李鹏总理作起了约1.8万字的政府工作报告。他的沉稳郑重的声音，在宏大的万人礼堂里回响，萦绕在每一位代表的耳畔，更激荡在全体中国人的心中——当前我国经济发展势头良好，政治稳定，民族团结，社会安定，国际环境也比较有利。我们要更加努力地做好各方面的工作，以实际行动悼念邓小平同志，坚定不移地把他所开创的改革开放和现代化建设事业继续推向前进。安息吧，小平同志；奋进吧，中国人！

（1997 年 3 月《经济日报》）

吉林的启示：培育新的支柱产业

吉林，在东北经济区域中是面积最小的一个省，人口也仅有 2500 多万，然而，它却拥有两个"大"——既是农业大省，又是工业大省。

作为农业大省，吉林的粮食人均占有量、商品量、玉米出口量和粮食商品率 1985 年以来连续十多年居全国之首，交售粮食和国家专储粮分别占全国的 1/10 和 1/5。为了稳定粮食市场、平抑粮价，国家多次从吉林紧急调粮。吉林的贡献是有目共睹的。

作为工业大省，吉林是我国重要的工业基地，其汽车、石油化工在全国工业及整个国民经济中都处于举足轻重的地位。背负着过去的辉煌，吉林在迈向新世纪的征程中正经历着嬗变的阵痛：

由于农业产业层次较低，农产品加工业发展不快，农业的比较优势没有发挥出来，农业大而不强。全国产粮大县，吉林有 6 个，全国经济百强县，吉林却一个没有。

国有企业生产经营比较困难，包袱沉重，管理体制和经营机制不能适应市场需要，普遍得了"市场不适应症"。

带着以上印象，带着诸多疑问，记者到吉林采访后感到，吉林经济正处于阶段性转换的关键时刻，这不仅因为它已经有了一个既符合中央政策又立足吉林实际、既适应国际又面向未来的发展战略，而且还已经有了一个实现这一战略的清晰思路。

从重轻农到农轻重：基础产业的再认识

"制定经济发展战略，首先要把农业作为重点，放在首位，把农业这个基础产业突出出来。"这是吉林省省长王云坤对记者强调的。

农业既是国民经济的基础，更是基础产业，这是农业大省对农业的新认识。强调农业的产业特性，正在为吉林农业发展带来新的和质的变化。

作为农业大省，粮食是最大的优势产业，千方百计增产粮食，既是稳定的需要，更是发展的需要。因此，吉林省提出的建设"三大一强"农村经济战略目标的第一个"大"就是建设粮食大省，并切实提出了粮食大省的目标和措施：到本世纪末粮食总产达到480亿斤，力争达到500亿斤，商品率达到70%；到2010年粮食综合生产能力显著提高，基本实现高产稳定，总产再登上一个新台阶。

建设畜牧业大省，建设农产品加工大省，最终实现农村经济强省与建设粮食大省是按产业关联度提出来的。吉林粮食中70%是玉米，而玉米主要是作为饲料和工业原料的，因此，"三大一强"战略目标中农产品加工业大省是核心。正如省委书记张德江所说："农产品加工上不去，不仅造成中间利益流失，而且还会导致农产品卖难，最终制约生产发展，'三大'大不了，'一强'也强不起来。"

农业，既是基础产业，又是优势产业，那么，能否从基础产业和优势产业中生长出支柱产业？吉林的实践作出了肯定的回答。

让农业长入工业：从"大"到"强"的必然选择

从重轻农，到农轻重，绝不仅仅是排列关系的改变，而是体现了吉林人对产业关系的深刻醒示；这既来自于对农业大省实际的审视，又来自于对工业大省现状的分析。

作为老工业基地，吉林的产业结构不合理突出地表现在工业上：重工业过重，轻工业过轻，先导产业发展不足，资源优势形不成产业优势。

省计委的同志告诉我们，在第二产业中，汽车、化工的比重达到60%，而来自于农产品加工的产业比重仅有10%。因此，依托丰富的农副产品资源大力发展加工业，成为吉林工业内部结构调整的重点。它不仅是富县强省富民的需要，也是面临困境的城镇轻工业搞好搞活的重要出路。

玉米在吉林省粮食总产中占了70%，每年产量大约在1500万吨左右，农民自用500万吨，商品量为1000万吨，省内只能加工转化250万吨，占1/4左右，其余只能按原料出卖，不能转化增值。

从加工层次来看，目前的玉米加工大多是初级产品。而据有关专家测算，玉米一次加工，可增值1—2倍；二次加工，可增值5—10倍；三次加工，可增值几十倍。

不仅加工层次低，而且品种少。目前世界上玉米深加工已开发出 3000 多个品种，广泛应用于食品、医药、化工、建筑、能源等诸多行业，而吉林仅有不足 20 个品种。

差距大，说明潜力大。吉林的同志认识到，那金灿灿的玉米，将是农民致富、财政增收的法宝。一个德大公司，一个吉发公司，已明明摆在那里。德大公司通过加工为国家赚取巨额外汇，比直接出口玉米增值 3 倍多。

吉林提出，未来几年，加工总量要由目前占农副产品商品量的 15% 左右提高到 40%，农业大省将建成农产品加工业大省，农产品加工业将成为全省工业的一大优势产业和全省经济的一大支柱产业。

农副产品加工业的崛起和发展，不仅使一二产业及产业内部的结构得到调整和优化，而且有效地延长了农业产业链，实现农业与工业的有机对接，使农业长入工业，用当前比较盛行的话说，即实现了农业产业化。

把优势变成支柱：着眼未来的发展战略

一般来说，支柱产业是指在国民经济中占有重要地位，产业关联度强，技术密集度高，经济效益好，具有较大的经济规模、广阔的市场和良好的发展前景，对经济增长和产业升级具有带动作用的产业。

由于支柱产业对经济增长和发展具有举足轻重的作用，因此各省都把培育支柱产业作为发展战略的重点。吉林在确定支柱产业时的指导思想十分明确，要立足本身实际，突出吉林特色，用王云坤省长的话说，要搞使别人无法与其竞争的产业。

在新一轮产业结构严重趋同的形势下，吉林在研究调整对策时给自己提出了这样三个问题：一是现有的支柱产业如何发展，二是跨世纪的后续产业如何培育，三是新的经济增长点如何尽快形成。

"八五"期间，吉林省的汽车、石化已形成支柱产业，因此，吉林提出，在"九五"期间及下个世纪前十年要进一步发展壮大汽车、石化两大支柱产业，带动工业经济整体素质和效益的提高，促进经济增长方式转变。

然而，在全国其他省市纷纷将汽车和石化列为支柱产业的时候，吉林却保持了清醒的头脑。他们认为，支柱产业的地位并不是一成不变的，随着经济发展阶段的变化，一些产业包括支柱产业的地位和作用也会发生变化。因此，着眼将来，选择一批具有一定优势、发展前景好、技术含量高、产业关联度强、带动作用大的产业，积极培育扶持，使其成为新的接续支柱产业。从现有基础和未来发展趋势看，食品、医药、电子作为需要积极培植发展的新的支柱产业被提出来。

吉林发展食品工业的确具有一定的基础和优势，首先是资源丰富，其次是具有一定规模和行业齐全的基础，此外，国内外市场潜力巨大。

近几年，吉林省的医药在全国的名气越来越大，吉林敖东等一批知名品牌已走向全国，这是吉林省坚持优势资源开发、发展特色产业带来的可喜成果。吉林药用原料资源丰富，长白山就是一座天然药用动植物宝库，再加上药物科研和生产优势，培育医药支柱产业，拥有得天独厚的条件。

把电子培育成新的支柱产业，许多人乍一听会颇不解，因为在全国将电子列为支柱产业的 24 个省市区中，吉林并没有叫得出名的电子企业和品牌。然而，这恰恰表现了吉林人的超前意识和胆识。王云坤省长告诉记者，别的省将电子列为支柱产业，都集中在通讯、计算机领域，而他们要瞄准市场空缺上液晶。这个领域的技术太高精尖了，所以各省尚无涉足。据日本预测，21 世纪市场容量将达数百万亿美元之巨。王省长坚定地说，液晶将带动吉林电子工业重新崛起，并成为全省新的支柱产业。

著名学者、吉林大学社会发展学院院长孟宪忠教授在谈到培育新的支柱产业时强调，要有超前意识，如果仅仅把目前产值最大的行业作支柱，而不是着眼于市场前景，那便是静态的概念，为此，他还提出，21 世纪，吉林还要有意识地培育绿色农业和环保产业，并把环保产业作为替代性的支柱产业。他的这一观点已被决策者所接受。

应该看到，吉林现有的两大支柱产业汽车、石化面临着改造、提高和上规模、上效益的紧迫选择，而被确定为新的支柱产业的食品、医药、电子目前不仅产业比重较低，而且市场份额较小，因此，培育和发展的任务重大而艰巨。但是我们仍然相信，这种符合实际的战略选择将为吉林经济发展增添强大的动力和无比的活力，新的支柱产业将为走向 21 世纪的吉林撑起一片蔚蓝而广阔的天空。

（1997 年 3 月《经济日报》）

9%不满足 5%要守住

增加农民收入任重道远

1996年，我国农业在获得特大丰收、粮食生产创历史最高水平的同时，农民收入也大幅度提高，达9%，为90年代以来最高的一年，实现了"九五"开局第一年，农业增产、农民增收双丰收。

9%令人喜。9%来之不易。它是中央一系列加强和保护农业措施的结果，尤其是大幅度提高粮食定购价格的结果，也是广大农民辛勤劳作、抗灾夺丰收的结果。

本世纪末，我们要实现邓小平同志为我们设计的小康目标。小康蓝图，令人向往。全国奔小康，重点在农村，关键在农民收入。9%使我们向小康目标大大迈进了一步。然而，9%不能满足。

应该看到，农民收入在1994年和1995年连续两年增长5%的基础上再次窜到9%，主要是国家大幅度提高粮食价格的结果，提价是农民增收的主要因素。农民收入要年年增，而价格却不能年年提。

同时还要看到，我国地域辽阔，农民收入的区域性差距较大。进入90年代以来，中西部地区农民收入与东部地区的差距呈拉大趋势。尤其在去年，一部分地区遭受了较严重的自然灾害，农民收入不但没有增加，反而减少了。同时，中西部地区尚有5800万贫困人口没有解决温饱，这是我们透过9%所不能忽视的。

农业问题说到底是农民问题，农民问题的关键是农民积极性问题，因此，千方百计增加农民收入，保护和调动农民的积极性是农业发展的根本动力。从改革开放以来农民收入的轨迹来看，更显出增加农民收入的紧迫性。

改革初期是农民收入增长最快的阶段，1979年到1984年，年均增长率高达 14.69%。此后急剧下降，"七五"期间增长降至 4.8%，1989 年更是降为 -1.6%，出现了改革以来首次也是唯一一次负增长。"八五"期间，农民收入增长的波动加大，平均下来为 4.28%，不足 5%。但 1992 年、1994 年和 1995 年则达到和超过 5%，分别达到 5.9%、5% 和 5.3%。

按照本世纪末农村实现小康目标的要求，"九五"期间农民人均纯收入每年要增长 7.2%。虽然开局良好，但今后农民增收的难度加大，对这一点必须有清醒而充分的认识。

目前农民收入主要由三部分构成，一是农业，二是多种经营，三是乡镇企业。在这三部分收入中，农业的收入仍然占主体。今年国家不可能再度提高粮食收购价格，大部分农产品的市场价格也将平稳，因此靠增加农产品产量来增加收入的潜力非常有限。同时，由于乡镇企业面临一些困难，部分企业效益下降，吸纳农村剩余劳力的能力也在下降，因此，农民从乡镇企业中获得的收入也必然呈下降趋势。

减轻农民负担迫在眉睫

一种倾向已经露出苗头：农业丰收了，农民收入增加了，一些部门又该变着法子向农民伸手了，甚至有人对中央确定的"统筹提留"不能超过上年人均纯收入的 5% 的最后防线也产生了怀疑和动摇。对此，中央在《关于切实做好减轻农民负担工作的决定》中强调，村提留乡统筹费不仅不超过上年农民人均纯收入 5% 的政策稳定不变，而且，随着经济的发展和农民收入水平的提高，农民实际负担村提留乡统筹的比例还应该逐步降下来。

减轻农民负担，中央三令五申，但执行的效果并不理想，各地加重农民负担的行为屡禁不止，农民负担一再反弹，严重地侵犯了农民的合法权益，挫伤了农民的生产积极性，也伤害了农民对党和政府的感情。

增收与减负，两个问题一个目的，就是保护农民利益，调动农民积极性。这一点丰收之后更有强调的必要。

9% 来之不易，5% 必须守住。5% 守不住，9% 就不实。5% 的突破意味着 9% 的减少。农民不仅要统计公报上的数字，更要实实在在的数字。农民收入的大幅度增加，要让农民切身切实感受得到。

9%与5%，实际上反映了对农民的"给予"与"索取"的关系。"给予"与"索取"又不是一个简单的经济关系，它是衡量我们是否牢记全心全意为人民服务根本宗旨的一个标准。因此，要从政治和全局的高度看待减轻农民负担、保护农民利益问题。

（1997年4月《经济日报》）

立足国情的战略抉择

——记党的三代领导人对乡镇企业的关心与支持

1987 年 6 月 12 日，邓小平同志在与外宾谈话时，提出"异军突起"的精辟论断，对乡镇企业给予高度褒奖和热情赞誉。在邓小平同志重要谈话 10 周年之际，我们发表这篇纪念文章，与广大读者一起学习老一辈无产阶级革命家和江泽民总书记的重要论述，也以此来对乡镇企业成长发展历程作一简要回顾。

——编者

所有关注中国经济发展和现代化进程的人们，都不能不以极大的兴趣来研究探求中国特有的一种经济现象——乡镇企业的发生发展和成长壮大。作为建设有中国特色社会主义的一个重要组成内容，乡镇企业在中国广大农村从小到大、由弱到强，异军突起，特别是在"七五""八五"的 10 年间，获得了令人惊异的迅猛发展，取得了举世公认的巨大成就。如今，全国农村社会增加值的 3/5、我国国内生产总值的近 1/3、工业增加值的近 1/2、财政收入的 1/4、出口创汇的 1/3 均是由乡镇企业创造的，由 1.35 亿名职工组成的这支农村工业化的产业大军使今日的乡镇企业已实实在在地成为农村经济的主体力量和国民经济的一大支柱。

乡镇企业虽出自于农村，但其意义和影响却远远超出了农村，除了显而易见的经济上的意义之外，它更深层次的意义正在于为在我们这样一个农民占绝大多数的农业大国解决好农业、农村、农民问题，促进经济体制改革、国民经济和社会发展，探索出了一条成功之路。因此，发展乡镇企业，确实是从我们的现实国情出发推进社会主义现代化建设和强国富民的一项重大战略抉择。

同家庭联产承包责任制一样，乡镇企业也是亿万农民基于中国国情的伟大创造，对于这一新生事物，从其诞生第一天起，乃至发展的不同历史阶段和每个关键时刻，都得到了我党三代领导核心的高度赞誉、热情关心和大力支持。1987 年 6 月 12 日，改革开放进行到第 9 个年头，乡镇企业已发展到相当规模并进入一个新的发展阶段的重要时刻，邓小平同志提出了"异军突起"这个精辟论断，对乡镇企业给予高度褒奖和热情赞誉。今天，在邓小平同志重要谈话 10 周年到来之际，我们来重温毛泽东、邓小平、江泽民三代领导人对乡镇企业的部分论述和重要指示，更加深切地感到这项立足国情的战略抉择是何等英明、何等正确。

"我们伟大的、光明灿烂的希望也就在这里。"

中华人民共和国成立后，如何加速实现国家的工业化，始终是以毛泽东同志为核心的我党第一代领导人殚精竭虑思考的大问题。当时，我国农村人口和劳动力均占全国总人口和劳力的 90%，工业产值仅占工农业总产值的 30%。经过十几年艰苦努力，我们总算建立起一个比较完整的工业体系，初步改变了"一穷二白"的面貌，工业产值所占的比重逐年加大，由"倒三七"变成了"正三七"。

至此，中国的工业化是否算完成了呢？毛泽东同志认为不能这么看。他认为："我们还有 5 亿农民从事农业生产，如果我们现在就宣布实现了工业化，不仅不能确切地反映我国国民经济的实际情况，而且可能由此产生松动情绪。长时期内，我们这个国家应该叫做工农业国。"

面对在特殊历史条件下逐步形成的工业在城市、农业在农村的二元经济格局，毛泽东同志 1957 年曾强调要"采取一些特别办法"，即实现"全国工业化、公社工业化、农业工厂化"。当然，随后采取人民公社大办工业、大炼钢铁的极端作法又付出了沉重的代价。在纠正经济工作中盲目冒进等"左"的一套做法时，毛泽东同志仍然对农村的发展和农民的出路问题给予了极大的关注，50 年代末他说过："农村人口要减少怎么办？不要涌入城市，就在农村大办工业，使农民就地成为工人。"在 1959 年第二次郑州会议上，毛泽东同志在讲话中提出了他的"伟大的、光明灿烂的希望也就在这里"的著名论断。他说："目前公社直接所有的东西还不多，如社办企业、社办事业、由社支配的公积金、公益金等。虽然如此，我们伟大的、光明灿烂的希望也就在这里。"

其后十余年，中国的革命和建设事业出现了严重的曲折反复，十年文革不仅使社队企业而且使整个经济蒙受重大损失。到 70 年代中叶前后，社队企业又再次燃起"星星之火"，1974 年 12 月 5 日，河南日报以《光明灿烂的希望》为题发表了巩县回郭镇公社发展社队工业的调查。次年 9 月，浙江一位叫周长庚的干部给毛泽东同志及中央写信反映该省社队企业如何冲破阻力以及所发挥的作用。毛泽东同志看后批转给当时主持中央日常工作的邓小平同志："请考虑，可否印发在京各中央同志。"邓小平同志根据毛泽东同志的意见，以中共中央文件的形式将其印发全国县市级党委。同年 10 月 11 日，人民日报又以《伟大的、光明灿烂的希望》为题，发表了对回郭镇发展社队企业的调查，并在所配评论中号召要"满腔热情地办好社队工业"。正是在这个背景下，经国务院批准，当时的农林部第一次设立了"人民公社企业管理局"。中国的乡镇企业从此在中央政府的编制序列中有了一个正式的管理机构。到了 80 年代中叶，又将"社队企业"更名为"乡镇企业"。

上述非常粗线条的勾勒当然难以概括乡镇企业草创阶段的艰辛曲折过程，也难以概括毛泽东等党的第一代领导人对中国农村工业化问题的思考和实践。毛泽东同志基于对中国国情和农民问题的深刻理解促使他对农民办企业问题进行了艰苦的思考和探索，也积累了正反两方面的经验教训，由于历史条件的限制和各种复杂的原因，他的一些好设想也未能实现。只有到了经济建设被确立为党的中心工作并实行改革开放的新时期，他所作出的充满希望的预言才在亿万农民的伟大实践中变成了辉煌的现实。

"我们完全没有预料到的最大收获，就是乡镇企业发展起来了……异军突起。"

"我是中国人民的儿子，我深情地爱着我的祖国和人民。"这是邓小平同志发自内心的肺腑之言，也是他一生奋斗的真实写照。为了早日实现富民强国和现代化，他作为改革开放的总设计师，在规划中国走向 21 世纪的宏伟蓝图时，同样一刻没有忘记中国的特殊国情，始终认为解决好"农业、农村、农民"这"三农"问题，将是实现现代化进程中最艰巨的任务，他深刻地指出："我国百分之八十的人口是农民。农民没有积极性，国家就发展不起来。……农民积极性提高，农产品大幅度增加，大量农业劳动力转到新兴的城镇和新兴的中小企业，这恐怕是必由之路。总不能老把农民束缚在小块土地上，那样有什么希望？"又说："乡镇企业的发展，主要是工业，还包括其他行业，解决了占农村剩余劳动力百分之五十的人的出路问题。农民不往城市跑，而是建设大批小型新型乡镇。"

中国的改革是从农村开始的，邓小平同志充分肯定和高度评价家庭联产承包责任制和乡镇企业，在具有重大历史意义的党的十一届三中全会所通过的《中共中央关于加快农村发展若干问题的决议》中明确指出"社队企业要有一个大发展"。在那个时期他反复讲要"走出一条中国式的现代化道路"，在党的十二大开幕词中又正式表述为"建设有中国特色的社会主义"。在80年代初那些年，他多次到农村深入调查，在苏南等地看了不少乡镇企业，对苏南地区依靠上海的技术力量发展了集体所有制的中小企业，即乡镇企业所取得的成就给予高度评价。以邓小平同志为核心的党的第二代领导集体对乡镇企业的大力支持极大地激励了广大农民和基层干部进一步解放思想、大胆探索，促进了乡镇企业迅速迈上了一个新台阶。

1987年，我国乡镇企业的产值在农村社会总产值中所占的比重达到52.5%，第一次超过一半，成为农村经济的半壁江山。非农产值首次超过农业产值，成为农村经济的主体力量。这个历史性的质的变化标志着我国以农业为主的传统农村经济格局的结束，具有划时代的意义。正是在这个关键时刻，邓小平同志发表了"异军突起"的重要谈话。1987年6月12日，在会见外宾时，他"热情赞扬了乡镇企业的异军突起"（江泽民同志在邓小平追悼大会上致的悼词）。他说："农村改革中，我们完全没有预料到的最大的收获，就是乡镇企业发展起来了，突然冒出搞多种行业，搞商品经济，搞各种小型企业，异军突起。"

乡镇企业在中国农村的大批涌现，不仅使农村经济和国民经济结构发生了深刻的变化，使具有中国特色的工业化、城市化的路子越来越清晰，而且对巩固工农联盟、解决好新时期城乡、工农关系意义重大。对此，邓小平同志以他非凡的历史洞察力指出："乡镇企业反过来对农业又有很大帮助，促进了农业的发展。"又说："农村改革带来许多变化，农作物大幅度增加，农民收入大幅度增加,乡镇企业异军突起。农副产品的增加,农村市场的扩大,农村剩余劳动力的转移,又强有力地推动了工业的发展。""农业和工业,农村和城市,就是这样相互影响、相互促进。这是一个非常生动,非常有说服力的发展过程。"

1992年初,邓小平同志视察南方时亲自看了好几家著名的乡镇企业,在随后发表的重要谈话中以高屋建瓴之势把我国改革开放大业推向一个新阶段,也开辟了乡镇企业发展史上大放异彩的新阶段,乡镇企业不仅在全国工业上占据了"半壁江山",而且涌现出一大批与国有大中型企业比翼齐飞的大中型乡镇企业,在规模经济和规模效益上上了一个大档次。从1992年到现在,是乡镇企业发展最好的时期,经济总量迅速增加,整体素质不断提高,企业改革逐步深化,地位作用日益突出。在南巡谈话中,邓小平同志满怀深情地说:"我们有优势,有国营大中型企业,有乡镇企业,更重要的是政权在我们手里。"

邓小平同志对乡镇企业的高度评价和大力支持,从一个侧面反映了作为马克思主义同当代中国实践与时代特征相结合的产物——邓小平建设有中国特色社会主义理论的精髓,即始终坚持解放思想,实事求是,从国情实际出发,充分尊重群众的创造,在新的实践基础上继承前人又突破陈规,不断开辟马克思主义的新境界。

"发展乡镇企业,对农村的建设是一项带有革命性的改革,具有深远的意义。"

作为党的第三代领导集体的核心,江泽民同志坚持高举邓小平建设有中国特色社会主义理论的伟大旗帜。江泽民同志到中央工作后,走遍大江南北,长城内外,深入工厂、农村基层,做了大量调查研究。同党的前两代领导人一样,江泽民高度重视农业和农村工作,关注农民问题,1993年10月18日江泽民总书记发表了"要始终高度重视农业、农村和农民问题"的重要讲话,强调指出:"农业、农村和农民问题,始终是一个关系我们党和国家全局的根本性问题"。对农民创造的乡镇企业,他同样给予极大的关注和满腔热情的支持,在党的十四大报告中江泽民总书记高度赞誉乡镇企业为"中国农民的又一个伟大创造",指出乡镇企业"为农村剩余劳动力从土地上转移出来,为农村致富和逐步实现现代化,为促进工业和整个经济的改革和发展,开辟了一条新路"。

1992 年 2 月 25 日，他还在六省农业和农村工作座谈会上指出："必须坚持不懈地发展乡镇企业，特别是要同建立社会主义的新型小城镇结合起来，这是具有战略意义的大事。"

早在江泽民同志任中央委员会总书记后不久的 1990 年 6 月 19 日，他在农村工作座谈会上就曾热情称赞"我们的乡镇企业在世界上是个独创"，1991 年 11 月 29 日，江泽民总书记在党的十三届八中全会闭幕讲话中更进一步阐述了乡镇企业兴起发展的伟大意义，并且还第一次提出了我国工业"两个主体"的格局变化。他说："蓬勃兴起的乡镇企业，是十多年来我国农村改革的一个重大成果，是具有旺盛生命力的新生事物。它对于振兴农村经济，增加农民收入，就地安排农村富余劳动力，发挥了巨大的作用，为提高国民经济的总体实力，实现有中国特色的工业化作出了重要贡献。国营大中型企业是国家工业的主体。乡镇工业企业是我国中小工业的主体。工业布局的这种变化，对逐步缩小工农差别，城乡差别，进一步巩固工农联盟，将发挥重要作用。我们要采取积极态度，热情支持和引导乡镇企业健康而又稳定地向前发展。"在各地视察过程中，总书记还多次亲自考察乡镇企业。1993 年江泽民总书记考察湖北乡镇企业时，曾高兴地对当地同志讲"乡镇企业越看越可爱，是个十全大补丸"，表现了他对乡镇企业的支持与厚爱。

特别是在 1996 年 6 月 4 日，江泽民总书记在河南视察农业和农村工作时对乡镇企业的作用意义作了精辟的阐述，他说："只有把乡镇企业搞起来，才能安排农村富余劳动力，解决农村富裕的问题；才能以工补农，增加对农业的投入，促进农业的现代化；也才能更好地壮大集体经济实力，巩固农村基层的党政组织，拓宽农村共同致富的道路。"并且进一步作出十分重要的预言和判断："发展乡镇企业，对农村的建设是一项带有革命性的改革，具有深远的意义。"第一次把发展乡镇企业提高到"带有革命性的改革"的高度。这是对 1.35 亿乡镇企业职工以及 9 亿中国农民的巨大鼓舞。

1996 年和 1997 年，对于乡镇企业来说，是具有历史意义的两个重要年份。除了 1996 年江泽民总书记在视察河南时的讲话高度评价乡镇企业外，这一年的 10 月 29 日，第 76 号《中华人民共和国主席令》签发，公布了在乡镇企业发展史上和中国法制建设史上第一部《乡镇企业法》，并规定从 1997 年 1 月 1

日起施行，这就使乡镇企业发展有了强有力的法律保障，实在可以称之为乡镇企业发展史上的重要里程碑。

1997年3月11日，中共中央、国务院发出通知，转发农业部《关于我国乡镇企业情况和今后改革与发展意见的报告》，中央在通知中要求"各级党政领导要站在改革开放和建设有中国特色社会主义的战略高度，充分认识发展乡镇企业的重大深远意义，坚定不移地促进乡镇企业的改革、发展和提高"，要求"把发展乡镇企业作为繁荣农村经济和整个国民经济的一个战略重点"。这些重要而深刻的论断，充分反映了以江泽民同志为核心的党的第三代领导集体对乡镇企业的极大关怀和一切从中国现在处于社会主义初级阶段的实际出发，从基本国情出发，坚定不移地走具有中国特色社会主义道路的坚定信念和求实精神。

几十年的风风雨雨，几十年的艰苦奋斗，我们党的三代领导人，为了中华民族的繁荣和振兴，为了中国早日实现现代化，率领全国人民在走具有中国特色社会主义的道路上作了坚韧不拔的努力探索，党的三代领导人对乡镇企业一以贯之地关心与支持，则是其中一个让我们颇受教益的组成部分。回顾这些重要论述和论断，我们对在世纪之交的历史时刻继续抓住机遇开拓进取，把建设具有中国特色社会主义的伟大事业全面推向二十一世纪更加充满了信心。

（1997年6月《经济日报》）

现状·优势·差距

——从第三次工业普查看乡镇工业

在全国第三次工业普查中，乡镇工业（包括乡属、村及村以下销售收入100 万元以上的工业生产单位）被列为普查的主要对象之一。普查结果如何？乡镇工业在全国工业中处于什么位置？最近农业部乡镇企业局从以下 13 个方面进行了汇总分析：

一、企业数量。乡镇企业总数为 651.8 万个，占普查总量 734.2 万个的88.77%，是国有工业 8.79 万个的 74.51 倍。乡镇工业的数量比 1985 年第二次全国工业普查时增加 190.9 万个，增长 41.42%，占全国增长总量 215.6 万个的88.5%。

二、从业人员。乡镇工业的从业人员为 7300.5 万人，占全国工业从业人员总数 14735.5 万人的 49.55%，为国有工业 4652.2 万人的 1.57 倍。从业人员比 1985 年增加 3512.5 万人，占全部工业从业人员增长总量的 66.4%，为国有工业职工增长量 794.66 万人的 4.42 倍。

三、资产总额。乡镇工业的资产总额为 17940 亿元，占全部工业资产总额88374.4 亿元的 20.3%，为国有工业资产总额 47472.1 亿元的 37.79%。乡镇工业资产总额比 1985 年增加 16787.3 亿元，增长 14.56 倍，占全部工业增长总量78768.49 亿元的 21.31%，为国有工业增长量 40306.1 亿元的 41.65%。

四、产品销售收入。乡镇工业产品销售收入 21330.5 亿元，占全部工业销售总额 77231.2 亿元的 27.62%，为国有工业销售额 26103.1 亿元的 81.72%。

五、工业增加值。乡镇工业增加值为 11083.33 亿元，占全部工业增加值24353.7 亿元的 45.51%，为国有工业增加值 8307.2 亿元的 1.33 倍。

六、上交税金。乡镇工业上交税金 846.4 亿元，占全部工业企业上交税金总额 4643.6 亿元的 18.22%，为国有工业上交税金 2563.2 亿元的 33.02%。

七、实现利润。乡镇工业实现利润 991.9 亿元，占全部工业实现利润总额 2239.05 亿元的 44.30％，为国有工业实现利润 665.6 亿元的 1.49 倍。

八、工业总产值。乡镇工业总产值 38933.3 亿元，占全部工业总产值 91893.7 亿元的 42.37％，为国有工业总产值 31243.86 亿元的 1.25 倍。乡镇工业总产值比 1985 年的 2883.96 亿元增加 36049.35 亿元，增长 12.5 倍，占全部工业总产值增加量 73875.33 亿元的 48.80％，是国有工业总产值增加量 19549.94 亿元的 1.84 倍。

九、销售收入利润率。乡镇工业销售收入利润率为 4.65％，是全部工业销售收入利润率 2.9％的 1.6 倍，是国有工业销售收入利润率 2.55％的 1.82 倍。

十、总资产利税率。乡镇工业总资产利税率为 10.25％，是全部工业总资产利税率 7.79％的 1.32 倍，为国有工业总资产利税率 6.8％的 1.51 倍。

十一、劳动生产率。乡镇工业劳动生产率为 15182 元／人，为全部工业劳动生产率 16527 元／人的 91.86％，比全部工业劳动生产率低 1345 元／人，为国有工业劳动生产率 17856 元／人的 85.02％，比国有工业劳动生产率低 2674 元／人。

十二、人均年工资。乡镇工业人均年工资为 3406 元，为全部工业企业人均年工资 5170 元的 65.88％，乡镇工业职工工资是国有工业人均年工资 5627 元的 65.53％，国有工业职工人均年工资比乡镇企业职工高 2221 元。

十三、企业人均固定资产装备。乡镇工业人均固定资产装备为 24560 元，而全部工业人均固定资产装备是 47098 元，比乡镇工业人均多 22583 元，是乡镇工业装备的 1.92 倍；国有工业人均固定资产装备则为 70206 元，比乡镇工业人均多 45646 元，是乡镇工业的 2.86 倍。从以上 13 个指数的对比分析中，我们可以初步得出以下几个看法：

第一，乡镇工业以占全部工业 20％的总资产，创造了占总量近一半的增加值，近一半的利润，近一半的工业总产值，安置了一半的职工，上交了占总量五分之一的税金。

第二，乡镇工业以占全部工业人均装备一半的水平，实现了相当于全部工业销售收入利润率的 1.6 倍，总资产利税率的 1.32 倍。

第三，以约相当于国有工业总资产的三分之一，人均固定资产装备水平的三分之一，创造了为国有工业 1.33 倍的增加值、1.49 倍的利润、1/3 的税金，安置了为国有工业 4.42 倍的职工，实现了为国有工业 1.82 倍的销售收入利润率、1.51 倍的总资产利税率。

第四，在各项增长总量中，乡镇工业在企业数量、从业人员、工业总产值等等方面占有绝对的份额。

第五，乡镇工业职工的工资水平明显低于全部工业职工，更低于国有工业职工的水平。通过对比分析，我们也看到了乡镇企业存在的主要问题。首先，乡镇工业数量多但规模小，每个企业平均才 11.2 人。其次，乡镇工业劳动生产率比较低，比国有工业低 17.61%。最后，乡镇工业技术装备水平不高，与全部工业和国有工业相差甚远。

（1997 年 7 月《经济日报》）

希望的田野燃起新的希望

提要：作为中国改革"领头兵"的农村改革，5年来，在向社会主义市场经济体制转化中又迈出了可喜步伐。就量而言，农村社会总产值的95％以上已经或者正在转入市场轨道；就质而言，以市场经济体制为目标的新的农村经济体制框架已现雏形。农村改革有望在世纪之交的中国改革进程中，再次领先一步。

一、新的农村经济体制框架初步形成

1992年，我国的改革进行到第14个年头时，党的十四大明确提出了经济体制改革的目标就是建立社会主义市场经济体制。这既是对改革14年来成果的总结，也是进一步深化改革的纲领。至此，以市场为取向的农村改革有了一个更明确的目标。而改革目标的确立无疑又是对农村改革市场取向的肯定和升华。如果说十四大之前的农村改革是对旧的农村经营体制的扬弃的话，那么，十四大以来的5年，则是重点向新体制目标大步迈进的5年。

虽然从总体上说，我国农村仍处在新旧体制转换的过程当中，但是，农业向社会主义市场经济转化已经迈出了可喜的步伐，取得了举世瞩目的成就。就量而言，目前农村社会总产值95％以上已经转入或正在转入市场经济的轨道；就质而言，以市场经济体制为目标的新的农村经济体制框架已现雏形。这一体制框架主要包括三方面的内容：

（一）在农村经营体制方面，建立了以家庭联产承包为主的责任制和统分结合的双层经营体制。家庭联产承包责任制是农民的伟大创造，也是1978年开始的农村改革的最大收获。它明确了农户家庭经营的主导地位，实现了土地所有权和经营权的分离，极大地调动了农民发展生产的积极性，解放了生产力。到目前，全国实行家庭经营的村占总村数的98.2%，承包经营农户占总户数的96.3%，家庭承包经营的土地面积占总耕地面积的98.6%。家庭经营作为农村最基本的经营形式，符合当前生产力发展水平，必须长期坚持；作为党在农村最基本的政策，必须长期稳定。

（二）作为市场经济的实现形式和重要载体，农村市场体系建设受到空前重视并取得显著成效。全国农产品批发市场已有近4000个，农村劳动力市场和土地市场正在发育中，尤其是在组织农民进入市场中，提出了农业产业化的经营方式，并迅速在全国推广和发展。农村经营体制改革和农村市场体系建设，是农村发展社会主义市场经济不可缺少的两个方面，必须协调推进。市场体系的建立和健全，才能促进农业生产要素合理流动和优化配置，使农村市场主体逐步发育成熟。当然，当前农村市场体系还很不健全，这是今后深化农村改革的一个重点所在。

（三）在建立国家对农业的支持和保护体系方面，我们已经初步建立了农产品收购最低保护价、粮食专项储备和风险基本制度，这些制度在近年来对稳定粮食供求、保护农民和消费者利益等方面发挥了很好的作用。比如，1994年粮价暴涨，国家适时抛出储备粮，平抑了市场粮价。又如，去秋今夏粮食收购季节，中央一再强调并坚决施行按保护价敞开收购政策，使农民的利益不受损失。

农村市场经济新体制的构架虽已初步形成，但其内容还相当不完善，成果也仅仅是初步的，对此我们必须有清醒的认识，抓住时机，深化改革，稳步向社会主义市场经济体制目标过渡。

二、小生产怎样才能适应大市场

党的十四大确定改革的市场目标之后，如何判断和认识农村改革所面临的形势和任务，是摆在我们面前的一个现实问题。毋庸置疑，以家庭联产承包为主的统分结合的双层经营体制，总体上是适合农村生产力水平的，它推动了农村经济的发展，因而需要坚持和稳定。同时，又必须看到，按照市场经济的要求，农村经济又面临诸多矛盾，其中最基本的体制上的矛盾是家庭经营如何与社会主义市场经济相衔接的问题，也就是人们常说的小生产与大市场的矛盾。

应该强调的是，这一基本矛盾的产生是农村经济发展到一个新阶段的产物，是农村改革进一步深化的结果。因此，解决这一矛盾也必须靠改革。

首先，作为农村改革的最大收获，农村家庭承包经营必须稳定，稳定了这一基本经营制度，也就是坚持了改革。为此，1993年，针对15年土地承包即将到期的实际，中央提出将土地承包期再延长30年。

同时，为了适应新的形势，在稳定的基础上又需要不断完善。完善的一个重要内容就是增强"统"的功能，发展壮大集体经济，解决一家一户办不了、办不好的事情。与此相关、深入的探索也开始进行。沿海发达地区进一步巩固和完善适度规模经营，在土地使用权入股和有偿转让方面进行了积极探索；中西部许多地区因地制宜进行了"四荒地"拍卖、租赁等非耕地资源使用制度的突破和创新。

其次，改革的目的就是寻找一种既要保持家庭经营制度基本稳定，又要与市场经济相对接的有效实现形式，解决小生产与大市场的矛盾。近年来各地蓬勃兴起的农业产业化适应了这一需要。

农业要逐步提高市场化程度，必须增强开拓市场和抵御市场风险的能力，这一点单靠一家一户的分散的小规模生产难以做到。实现农业产业化经营，通过市场带基地的方式，实行区域化布局，在不改变农户作为生产经营的主体的前提下实现专业化和适度规模经营；通过公司带农户等有效组织形式，把分散的千家万户同国内外大市场连接起来，带动和组织农民进入市场。

值得提及的是，同家庭联产承包制一样，农业产业化也首先是由农民群众在实践中创造的，是农民群众针对农业发展中提出的问题而寻找到的改革形式。

最后，流通体制改革成为农村建立市场经济新体制的关键。鱼、肉、蛋、奶等农产品市场早已放开，粮棉等产品的购销改革目前仍在探索之中，先后出台了"米袋子"省长负责制和粮食经营的"双线运行"制度，同时制定和实行了粮食收购保护价政策，建立和完善了粮食专项储备制度和粮食风险基金制。从长远看，粮食等产品的价格也要由市场来定，但粮食是关系国计民生的战略物资，因此改革必须慎重，逐步向市场目标迈进。

三、县域经济——农村改革的基础工程

国家体改委有关领导在谈到进一步深化农村经济体制改革时强调，在建立市场经济体制这个目标下，下一步农村改革在抓好产业化、流通体制等重点改革的同时，要把县域经济改革放到更加突出的位置上，把县域经济改革作为全国改革的基础工程，从而推进城乡一体化发展。

在农村改革中突出县域经济改革首先是由县域经济的重要地位决定的。我国80%的人口居住在县域范围内，1996年国内生产总值中县域经济占了60%以上，县及县以下商品零售额占全国的50%，出口交货额占全国的1/3以上。

突出县域经济改革还因为县级经济是旧体制较薄弱的部分，改革容易突破。作为连接城乡的结合部，县域经济活了，整个经济就容易活起来；县域经济改革成功了，就能够带动农村改革和城市改革走向深入。

目前，按照率先建立社会主义市场经济新体制和促进县域经济快速协调发展的改革目标，全国已有350个县进行了县级综合改革试点，并在县乡机构改革和促进政府职能转变、促进经济体制和经济增长方式的转变以及调整县域经济结构方面取得明显成效。

大力发展小城镇和促进小城镇改革是县域经济改革的重点。发展小城镇是走有中国特色城市化道路的必然选择，通过发展小城镇，促进农村生产要素合理流动和优化组合。目前，我国建制镇已发展到1.8万多个，聚集了具有一定规模的乡镇企业100多万家，人口已达2亿多人，吸收了农村一半以上的二、三产业劳动力。

短短5年，农村改革取得了举世公认的成绩，但还不能说已经大功告成。按照建立社会主义市场经济体制的要求深化农村改革，仍是一项艰巨复杂的任务。但是，改革目标已经明确，改革框架已经搭起，农村改革有信心在建立社会主义市场经济新体制的道路上，再次领先一步。

（1997 年 8 月《经济日报》）

股份合作制，乡镇企业为何选择你？
——农村股份合作制改革述评（上）

改制，成为 90 年代以来乡镇企业最时髦的词汇。

在乡镇企业的主要发源地江苏，"苏南模式"固有的内涵被打破了，一场多种形式的改制热潮正轰轰烈烈地在全省各地展开。据初步统计，全省实行改制的乡村集体企业达 6.63 万户，已占全省乡村集体企业总数的 70% 左右。在改制企业中，实行股份合作制的 2.18 万户，租赁经营的 2.1 万户，风险抵押承包的 1.34 万户，共占改制企业总数的 85%；另外组建公司制和企业集团企业占 5.7%，拍卖转让占 9.5%。

可以看出，江苏在乡镇企业产权制度改革中采取了多种形式，而股份合作制占的比重最大。这一特点全国其他省市也是大体相同。

安徽省在乡镇企业改革中主要大力推行股份合作制，同时对微小企业实行兼并、租赁、拍卖，全面实行风险抵押承包等；

山西省把推行股份合作制作为深化乡镇企业产权制度改革的一项重大举措，要求今后凡新建企业一般要建成股份合作制企业，原乡村集体企业也要以股份合作制为主要形式逐步进行改造；

广东省提出以三种形式发展股份合作制企业，第一种是同国有企业、中外合资企业实行联合与合作，把镇村集体全资企业改组成集体控股或参股、以财产混合所有制为特征的股份合作企业。第二种是实行企业内部股份合作。第三种是发展农民股份合作企业。

乡村集体企业改制为股份合作制企业，东部沿海地区比重较大。到去年底，山东占 41.6%，江苏占 32.8%，浙江占 25.9%，广东占 20% 左右。中西部地区发展速度较快，安徽、河南、陕西等省在进行改制的同时，新建企业大都采用股份合作制形式。

从全国看，到1996年底，农村各种形式的股份合作制企业已达300多万家，占全国股份合作制企业总数的3/4，其中乡村集体企业改制为股份合作制企业的14.35万家，占乡村集体企业总数的9.3%；职工726万人，占乡村集体企业职工总数的12%，完成增加值1452亿元，占乡村集体企业工业增加值的14.2%。

从资本构成看，基本情况是，总资本金1245亿元，其中乡村集体资本金541亿元，占43.5%；法人资本金240亿元，占19.2%。

乡镇企业实行股份合作制主要有两种来源，一是"半路出家"，在乡镇企业产权制度改革中改造为股份合作制企业；另一种是"原装"，即一开始创建便是股份合作制企业。而"原装"的股份合作制企业早在80年代初期即已出现在浙江温州、福建泉州、安徽阜阳、山东淄博、河南密县等地。

同家庭联产承包责任制一样，股份合作制是农民在兴办乡镇企业过程中的一个创造。随着农民家庭经营主体地位的确立，他们逐渐有了兴办企业的要求，但一家一户办企业，资金不足，能力有限，于是便有了联合与合作的要求，既有资金的联合，又有劳动的合作，这样股份合作制企业便产生了，由于它既能满足清晰产权、保证资产所有者合法权益的要求，又能达到使分属不同所有者的资产联合经营，从而提高经济效益的目的，适应了农村生产力水平和农民的觉悟程度，因而在许多地方成为农民办企业不约而同的选择。

那么，乡镇企业尤其是乡村集体企业在产权制度改革中为什么也主要选择了股份合作制这种形式呢？

乡镇企业以机制灵活而著称，乡镇企业能在较短的时间迅速实现总量扩张并占有较充分的市场空间，的确得益于这种经营机制。然而，进入80年代后期尤其是90年代以来，随着市场经济的提出和逐步建立，乡镇企业面临的市场条件和竞争环境有了较大变化，其灵活的经营机制的发挥受到抑制，而其原有的产权不清、政企不分等体制上的弊端则越来越充分地暴露出来。乡镇企业的发展和提高，乡镇企业的二次创业需要深化改革，要求制度保障，也就是说，乡镇企业进一步发展要从靠原有的机制推动转向靠制度保证。

农村股份合作制的蓬勃兴起和快速发展，得益于改革开放的不断深化和社会主义市场经济体制的确立。家庭联产承包责任制的推行并保持长期稳定不变，使农民心里吃下了"定心丸"，多年来蕴藏在农民中的各种生产潜能充分释放出来，并向各个生产经营领域的深度和广度扩展。承包制中"交够国家的，留足集体的，剩下都是自己的"的分配关系，使农民尤其是较发达地区农民的劳动剩余不断增长，并越来越多地转化为农民的资本积累。农民手里有了钱，就开始不满足于仅仅作为农业经营主体的地位，很自然地提出成为企业财产主体的要求，渴望通过兴办属于"自己的"企业来加快致富奔小康的步伐。而原有乡村集体企业的财产也大都存在一个如何明晰的问题，"人人所有，人人又都没有"的状况使不少乡镇企业缺乏有力有效的监督和约束。在市场竞争日趋激烈，多种商品的"买方市场"业已陆续形成的情况下，仅仅靠"五定一奖""一包三改""风险抵押承包"等改革虽能取得一时的效果，但最终由于未触动产权而没有从根本上解决问题。最早是山东淄博、四川邛崃等地看到农民发明的股份合作制形式，也非常适合乡村集体企业的改革与发展，于是许多乡镇企业便开始按照这种形式进行改制，这样，股份合作制作为乡镇企业产权制度改革的主要形式开始在全国各地如火如荼地发展起来了。由此可见，改革开放是股份合作制得以诞生的大背景，而市场经济条件下外在的压力和内在的动力则使这种改革成为乡镇企业改制的题中应有之义。

（1997 年 8 月《经济日报》）

股份合作制，给乡镇企业带来什么？
——农村股份合作制改革述评（下）

从各地实行股份合作制的情况来看，由于乡镇企业的发展水平和"模式"不同，股份合作制企业的形成过程也不同，类型也不一样。

在浙江温州、安徽阜阳、福建泉州等个体私营经济比较发达的地方，个体私营企业和合作企业以资金等生产要素入股，同时吸收原有企业的职工和农民入股，通过建章立制组建股份合作企业。在苏南等集体经济比较发达的地方，原有的乡镇集体企业按照股份合作制的要求进行改制，包括企业在吸收职工入股的基础上，再与外商进行合资合作，或与其他企、事业法人实体联合组建股份合作制企业。而在一些大中城市郊区，如广州天河石牌村、深圳横岗镇等地，在农民耕地被征用、劳动力"农转非"的情况下，乡村集体经济组织为了使集体资产不被分光或平调，便把集体资产在账面上折股到社区内的农民身上，并仅作为分红依据，继续由集体统一经营，这种形式的股份合作制被称为社区经济改造型。从具体操作来看，各地的做法也不尽相同。

农业部乡镇企业局调查总结了四种做法：一是增量扩股，即先对企业资产进行评估，采取存量不动，再让经营者、职工、社区农民和法人投资入股的方式，组建股份合作制企业。

二是先售后股。为了避免不景气的"小微亏"企业破产，将其净资产划分为等额股份，按照有关规定，全部或部分出售给企业经营者和职工，有的则卖给几个人，组成股份合作制企业。这种做法在山东诸城、广东顺德比较普遍。

三是量化配股。根据资本增值和劳动创造增值两个方面，先将企业存量资产量化为乡村集体股和职工基本股。对资本增值一块，按照企业原始投资谁投资谁所有的原则落实到投资方对劳动创造增值一块，根据职工工龄职责贡献进行分配。

四是先租、包后股份。为避免租赁、承包中掠夺式经营，对于一些规模较大效益又不好、经营者和职工都不愿入股的企业，实行不动产租赁或承包、动产拍卖的办法，经营者和职工将经营收入和工资转作股份，逐步改制成股份合作制企业。

不管是哪一种类型、哪一种做法，目前乡村集体企业改制为股份合作制的，普遍实现了产权多元化。从股份构成看，有乡村集体股、职工集体股、职工个人股、法人股、外资股和社会个人股等。从控股情况看，一般都保留了集体控股。

乡村集体企业纷纷改制为股份合作制企业，究竟效果如何？从部分地区的实际情况来看，效果是明显的。而农业部统计表明，1996年股份合作制企业人均创造的增加值比一般企业高20%左右，成为乡镇企业持续健康发展的一个新的增长点。乡村集体企业改制的意义远不止于此。

首先，改制企业普遍明晰了产权。到目前，我国农村一共创造出2000多万家乡镇企业，形成了3万多亿元的总资产，这些资产名义上为乡村范围内的全体农民所有，但是乡办乡有、村办村有事实上逐渐已演化成乡村领导所有。实行股份合作制、企业财产归乡村集体、企业职工、企业法人和农民群众共同所有，各自按照所占企业财产份额获得利益，行使权利，承担义务，解决了经营者和劳动者"为什么要干"和"为谁干"的问题，克服了"厂长负盈、企业负亏、银行负债、政府负责"的问题。其次，改制企业初步实现了政企分开。一是由于乡镇政府不再以企业所有者的身份出现，从"划桨"转为"掌舵"，从直接管理企业转向了规划、指导和服务。同样，经营者和劳动者与企业的命运联系在一起，也不再事事依赖政府。二是改制企业增强了凝聚力和向心力。由于股份合作制既是劳动的合作，又是资产的联合，使企业所有者、经营者、劳动者凝成一个利益共同体，从而解决了激励不足、约束不力的问题。三是改制企业聚集资金大量增加。股份合作制企业依靠其独特的融资功能，有效地解决了企业发展中资金短缺的矛盾。福建省在过去5年里，农民股份集资总额超过300亿元，占到乡镇企业新增投入的一半。此外，改制还促进了企业生产要素的优化配置，完善了经营机制等。

尤其值得一提的是，社会普遍关心的乡镇企业改制后以工补农建农资金不但没有减少，反而有所增加，绝大多数改制企业在章程中明确了支农的义务。

（1997年8月《经济日报》）

提高农业和农民的组织化程度

提高组织化程度是解决农业和农村基本矛盾的需要

建立社会主义市场经济新体制是经济改革的目标。农村组织化程度的提高和组织系统的建立与完善既是在农村建成市场经济新体制目标的一个重要标志，也是实现这一目标的必要手段和条件。在当前的形势下，农民的组织化应有新的涵义，它首先是指以市场为导向，在家庭经营的基础上的组织。同时，它应该主要是指生产和市场主体的农民的组织，同时还应包括土地等各种生产要素的流动和组合。而作为农村一个组织系统，则应该有更广泛的内涵，不仅包括根据市场经济需要建立起来的经济组织，还应包括基层政治组织建设。

在农业的诸多矛盾中，分散的农户生产和社会化的大市场之间的矛盾显得格外突出。农业是基础产业，而基础产业不应天生就是弱质产业，但农业目前却被称为弱质产业，而弱就弱在它的组织化程度太低。因此，提高农民和农业的组织化程度是市场经济的客观要求，也是解决农业和农村基本矛盾的需要。

提高农业和农民组织化程度需注意的问题

农村改革已进行了近20年。今天，我们强调把农民组织起来，强调提高农民和农业的组织化程度，是不是要重新回到合作化和人民公社时代？回答是否定的。历史有惊人的相似，但历史绝不是简单的重复。不管是通过多种经济组织形式将农民组织起来，还是逐步发展和壮大集体经济，都与合作化时期的组织模式有本质的区别。

第一，引导农民重新走上组织化道路，是在坚持家庭联产承包责任制的前提下提出来的。土地承包到户经营是农村改革的最大成果，稳定党在农村的基本政策首先要稳定这一基本制度。家庭经营在我国绝大多数地区仍然是有生命力的，因此要长期稳定，并不断完善。中央决定，土地承包延长30年，开发"四荒"的承包期还可以更长些，这都是稳定家庭承包经营的重大政策。

第二，把农民重新组织起来的目的是为弥补家庭经营的不足。目前，我国经济的市场化程度越来越高，千家万户的分散农户生产面对大市场日益显得力不从心。只有通过组织化才能实现经营规模化，进而适应市场化的要求。

第三，提高组织化程度是一个渐进的过程，当前工作的重点是在农民自发建立的各种形式的经济组织的基础上，在尊重农民意愿的前提下，按照市场经济的原则，逐步引导农民进入更高层次的组织领域，而绝不能用行政的力量把农民强拢在一起。

第四，50年代的集体经济组织，都是按行政区域组织起来的，一个模式，统一名称，单一所有制。今天农村建立的各种经济组织则要丰富得多，从范围上看，既有社区的"合作社""经联社""农工商公司"等，又有按专业生产需要和按行业组织成的经济联合体；从构成来看，既有集体经济性质的经济组织和农民的合作组织，也有不同所有制成份共同组成的产业化体系。

在家庭经营基础上的重新组织化不能不涉及农村主要生产要素调整。事实上，组织化的过程也是生产要素调整的过程。组织化的直接目的是实现经营规模化，而土地的适度规模经营无疑是"发展适度规模经营"的一个重要方面。随着农村二、三产业的发展，一批农民从土地上分离出来，这就为土地的相对集中创造了条件。目前在一些沿海发达省份和部分中部地区，土地适度规模经营正在稳步推进。但从全国来讲，绝大部分地区尚不具备大面积推行的条件。因此，提高农业组织化程度的重点不应该在这里。

着眼于小生产和大市场的联系，公司+农户、产加销一条龙、贸工农一体化等模式无疑是规模经营的更重要的形式，它更有利于生产要素和产业结构的优化组合，所形成的规模和效益也往往比单纯的土地规模经营要大得多，而且有利于稳定和完善家庭承包经营，因此从某种意义上讲，这是有中国特色农业的更为重要的规模和经营集约化经营。

提高农业和农民组织化的途径

提高组织化程度从何入手呢？首先要完善现有的集体经济组织。在壮大集体经济实力的同时，发挥集体组织引导和带领农民致富的作用。发展和壮大集体经济，不仅是实现共同富裕的需要，也是发挥家庭经营效益的需要。集体经济强大了，它的管理、协调、服务和积累的功能就会增强，尤其是组织服务的功能，正是当前搞好家庭经营最薄弱的环节。

其次，要抓好社区内各种新型经济组织的发展，为现有的经济组织的提高和新经济组织的催生创造有利环境。一些地区自发成立了专业协会，这些农民协会作为发展中的服务组织，在迫切需要政府保护扶持的同时，其自身也要逐步突破社区的限制，与城市的科研院校联合，与有实力的企业、公司联合，以逐步拓宽服务领域和增强服务力量。

再次，提高组织化程度还要放眼农业之外，寻找新的组织源。以产业化的形式把一家一户的分散经营联结起来，形成产业群体，使农民在家庭承包经营的基础上进入社会化大生产的轨道，这既是农业规模经营的重要形式，也是增强农户市场竞争能力的有效途径。

农业产业化关键要选好龙头企业，它既要有能力把农业的产业链带起来，又要有诚意与分散的农户结成利益共同体，带领农民共同致富。从农业"母体"中孕育的乡镇企业理应充当产业化的龙头，近年来，城市中的一些大型工商企业也开始进入农业。我们应该热情鼓励、积极引导，并制定相应政策。

最后还要强调的是，要发挥共产党在组织和领导农民走向市场、走向现代化进程中的作用。因此，要培育起一个有能力、有本领带领群众发展经济、实现共同富裕目标的领导班子。

（1997 年 9 月《经济日报》）

切实做好延长土地承包期工作

以家庭联产承包为主的责任制和统分结合的双层经营体制，是我国农村经济的一项基本制度。稳定土地承包关系，是党的农村政策的核心内容。早在1993年，第一轮土地承包即将到期之际，中央即明确提出，在原定的耕地承包期到期之后，再延长30年不变。今年初，中央又重申要坚决贯彻落实这项政策。前不久，中央办公厅和国务院办公厅又发出了《关于进一步稳定和完善农村土地承包关系的通知》。

为什么中央一再强调这个问题呢？这是因为，当前，虽然农村的土地承包关系总体上是稳定的，但也出现了一些值得注意的问题：

一是有些地方在原定的耕地承包期到期之后，对中央要求再延长30年不变的政策落实不够或没有落实。据农业部调查，到去年底，全国还有40%左右的村、组未完成延长承包期的工作；在完成了延长承包期的村、组中，将土地承包期延长到30年的也只占20%。

二是有些地方借延长承包期之机，随意改变承包关系。在探索土地流转机制的过程中，一些地方以实行"两田制"和土地适度规模经营为名，强行收回或部分收回农户的承包地，搞高价招标或租赁经营。

三是有些地方随意多留机动地，大幅度提高土地承包费，甚至提前收取承包费。据调查，一些地方在第二轮土地承包时预留7%-10%的机动地，少数村、组预留比例高达20%，大大突破了1995年国务院"原则上不留机动地，确需留的；机动地占耕地总面积的比例一般不得超过5%"的规定。

上述这些做法，既违背了中央的政策精神，也违背了群众的意愿，应坚决及时予以纠正。

必须强调的是，在第一轮土地承包到期后，土地承包期再延长30年，指的是家庭土地承包经营的期限。而集体土地实行家庭联产承包制度，是一项长期不变的政策。开展延长土地承包期工作，要使绝大多数农户原有的承包土地继续保持稳定。不能将原来的承包地打乱重新发包，更不能随意打破原生产队土地所有权的界限，在全村范围内平均承包。已经做了延长土地承包期工作的地方，承包期限不足30年的，要延长到30年。

当前，做好延长土地承包期工作，各地区在实际工作中要注意处理好以下几个重要关系：一是要处理好稳定土地承包与发展壮大集体经济的关系。我们一贯强调发展壮大集体经济实力，但发展壮大集体经济不能在农民的承包地上打主意，更不能把农民的承包地收回来归大堆。要积极寻求新的发展门路，通过多种途径逐步增加集体经济积累，壮大乡村集体经济实力。

二是要处理好农户承包经营与发展适度规模经营的关系。人多地少是我们的基本国情，农业劳动力只有大规模转移到二、三产业后，才有可能逐步发展土地的规模经营，而现阶段我国绝大部分地区农村还不具备这种条件，因此，绝不能不顾客观条件和农民意愿，用行政命令的办法强制推行土地规模经营。

三是要处理好大规模土地整治和农民家庭承包经营的关系。近年来，一些地方为了改善农业生产条件，开展了大规模的土地整治，使耕地面积有所扩大，但生产的基础仍然应当是分户承包、家庭经营，集体主要是在土地整治中发挥统一组织、在生产中发挥统一服务的作用。

我国农村人多地少，大部分地区经济还比较落后，在相当长的时期，土地不仅是农民的基本生产资料，而且是农民最主要的生活依靠。做好延长土地承包期的工作，直接关系到亿万农民的生产积极性，关系到农村经济的发展和农村社会的稳定。绝大多数地方第一轮土地承包在今明两年到期，各地区要将延长土地承包期工作作为近期农业和农村工作的一个点，认真抓紧抓好，切实保护好和发挥好农民的积极性，进一步发展农业和农村的大好形势。

（1997 年 10 月《经济日报》）

森林，让我们重新认识你

有句俗语，"只见树木，不见森林"。然而，即使你见到了森林，就了解森林吗？就了解森林经济吗？

既看到林木资源，更看到林地资源

"两危"是近几年林业说得比较多的，一是森林资源危机，一是森工经济危困。就资源危机而言，林业的确存在着一个可采资源大面积下降的问题。但吉林省林业厅李厅长则认为，如果跳出林业认识林业，走出林业发展林业，就会有另一种结论。他说，吉林省林地面积占了全省的1/2，林业人口不足1/20，吃不上饭只能怨自己。

这是对林业认识上的一个新"亮点"。过去，一提林业，就只看到树木，"大木头挂帅"的思想根深蒂固。如果资源过量采伐，越采越少，当然就是危机。但是，如果转变认识，不仅仅看到林木资源，更要看到整个林地资源，林业就不是危机，而是资源开发不够。

可喜的是，这样的认识在吉林森工系统已有了强烈的共鸣。各林业局和林场纷纷据此提出新的经营战略。松江河林业局实施经营战略大转移，提出了种万亩地、转移千人劳动力、产百万斤粮的目标。种植业的发展使大量林地得到改造，还形成了一批速生丰产林基地。

从"皆伐"到"择伐"

择伐，就是有选择地采伐森木。从皆伐到择伐，是森林经营方式的一次根本性变革。

过去，伐木工人带着工具进入森林，随着刀具轰鸣，森林里的树木不分大小成片地倒下了。如今这种采伐方式在吉林森工系统得到了改变。森工集团副总经理姜国栋形象地说，过去是"推"着采，现在是"跳"着采，成熟一棵采一棵。由成片采伐到经济性的择伐，把森林的生理成熟变成经济成熟，找到了一条追求经济效益和生态效益结合的路子，也是一条森林的可持续发展之路。

三岔子林业局是较早实行择伐的局之一，这个林业局有林地面积22万公顷，人均占有多达120亩，但从长远出发，他们提出低强度择伐标准是每六顷采伐量必须从40%降到10%左右，这样整个森林植被基本不被破坏。

从生产大木头到生产林产品

在人们的传统观念中，林业局和林场是栽树和卖木头的，然而今天，从这些地方源源运出的都是经过深加工的各种林产品。记者采访过的几个林业局都不约而同地提出，近两年内要做到原木不出局。

的确，林木加工转化的文章正在各局做得有声有色。在三岔子、松江河林业局的企业中，记者参观了由原木到各种精美的装饰材料的整个加工过程，感到这些林木加工厂简直就像艺术加工厂。据了解，这些产品在各大城市销路很好，有的还出口到国外。

靠山吃山，却有不同的吃法，过去是囫囵吞枣地吃大木头，如今是细嚼慢咽地吃深加工。这一转变来之不易，也势所必然。

森工是一个特殊的经济社会统一体，它既要搞生产经营，又负有社会管理的职能。近年来，可采林木大幅度下降，而人员却不断增加，社会负担越来越重。如何以有限的资源换取更大的效益，出路在于调整产业结构，走"原字号"加工增值之路。于是，在重视木材生产的同时，大力发展林产工业和多种经营，构成森工企业三足鼎立的战略。

省森工集团向记者推荐的露水河林业局1983年木材生产、林产工业和多种经营产值比重是97∶1.6∶1.4，而到了去年，这一比例变成了29.2∶60.4∶10.4。职工年收入也由1402元增加到4800元。本世纪末，他们要使林产工业产值比重达到80%。深加工，使一棵树变成四棵树。

（1997年9月《经济日报》）

农产品加工：让这根"支柱"尽快强起来

支柱产业，却非枝繁叶茂

如果说农业是国民经济的基础，那么无疑，农产品加工业应当是国民经济的支柱产业；如果说农业这个基础还很脆弱的话，那么农产品加工业这个支柱目前也还不那么枝繁叶茂。

农产品加工业，顾名思义，是以农、林、牧、渔各业产品为基础原料的加工业，它涉及人们基本的吃、穿、用。作为农业生产的延续，它主要分布在轻工行业。轻工业中，以农业为原料的产值目前已占到60%以上。改革开放以来，我国农产品加工业发展迅速，为国民经济和人民生活做出了越来越大的贡献，而且成为国家出口创汇的主力军。"八五"期间，仅食品行业出口换汇就达480多亿美元。

农产品加工的产品结构也开始由单一性向多样性转变，初步适应了城乡居民不同层次的消费需求，人们吃的花样多了、好了、方便了。

然而，与世界上发达国家相比，我国的农产品加工业仍十分滞后，发达国家农产品进行加工的数量一般占农产品的80%，而发展中国家多数只占到10%—20%。我国也基本上处于这一水平。这种状况既与我国的农业不相适应，也与农产品加工支柱产业的地位不相适应。仅以被称为与农业"唇齿相依"的食品工业为例，世界上先进国家食品工业产值相当于农业产值的2—3倍，而我国还不到1/3。

另一方面，产业结构深层次的问题也更加突出，如，产品粗加工多，精加工少；初级产品多，深加工产品少；中低档产品多，高档产品及高附加产品少；企业使用一般技术多，高新技术少，等等。

分析我国农产品加工业的问题主要有三个：一是技术水平低，生物技术、酶工程新技术、新材料技术、微电子技术等适用农产品加工业的高新技术采用不普遍；二是装备水平差，国产加工设备跟不上加工业的发展，进口设备价格又高，制约了农产品加工业的发展；三是结构不合理，产品结构仍不能满足人们的多方需求，企业组织结构优化不够，规模偏小，竞争力不强，区域结构布局不合理等。

面临机遇，还要精心培育

许多工业制成品都有替代品，但农产品制成品尤其是食品却没有替代品。农产品加工业虽然没有像汽车、电子那样摆到那么显赫的位置，但不仅现阶段，而且直到下个世纪中叶，农产品加工都将是国民经济的支柱产业。据预测，到2000年世界农产品加工量将增长一倍，加工食用产品的消费量将年增长30%。我国到2000年的恩格尔系数将下降到50%以下，但食品消费总额仍将有较大增加，且人们的消费更加转向多元化和卫生、营养、保健和方便，因此农产品加工业的作用将会越来越重要，越来越不可替代。

在我国，大力发展农产品加工业可以起到一举数得的作用，首先可以通过农产品的加工、转化、增值，增加农民收入，其次可以减少农产品市场的波动，三是可以利用劳动力丰富等比较优势出口创汇，四是可以带动机械制造业的发展，等等。

大力发展农产品加工业当前面临着良好的机遇：农业连年丰收，粮食等农产品供应充足；农产品制成品尤其是精深加工产品市场潜力大以及国家提倡和支持发展农产品加工业等。我国是一个农业大国，同时也是农产品大国，只要我们像重视汽车、电子等产业那样重视农产品加工业，像培育汽车、电子等支柱产业那样培育农产品加工支柱产业，农业就能为国民经济和人民生活做出更大的贡献，农产品加工业就能成为农村经济和国民经济新的增长点。

战略转移，乡企要担重任

作为资源性产业，农产品加工业要逐渐实现两个战略转移，一是由东部地区向中西部地区转移，二是由城市向农村转移。两个转移聚焦到一个点上：乡镇企业要担此重任。

作为与农业有着"母子姻亲"关系的乡镇企业,理应更多地承接起农业生产的延续,多做、做好农产品加工这篇文章,然而乡镇企业最精彩的笔墨也许不在这里,而是走了一条与城市工业发展几乎相同的路子,造成城乡产业结构严重趋同。

结构调整,就是要按最优化的原则配置资源,要逐步实现城乡产业合理分工,把适合农村发展的农产品加工业转移到农村。乡镇企业要重塑与农业的关系,在农产品加工和农业产业化中担当起龙头的重任。

近几年,中西部地区的一些农业大省不约而同把农产品加工业作为支柱产业提出来,也不约而同地要求乡镇企业作这一支柱产业的主体。吉林省农业的跨世纪目标是建设"三大一强",即粮食大省、畜牧业大省、农产品加工业大省和农村经济强省,其中,加工业大省是核心。他们认为,农产品加工上不去,不仅造成中间利益流失,而且还会导致农产品卖难,最终制约生产发展,"三大"大不了,"一强"也强不起来。他们提出的目标是,到本世纪末,乡镇企业的粮食、畜产品加工能力,要达到全省加工总量的50%左右,农副产品加工业产值要力争达到700亿元以上。

(1997 年 9 月《经济日报》)

两篇文章联起做

——河南省经济发展战略述评（上）

围绕农业上工业，上了工业促农业，农副产品加工一派红火，农业产业化的根往农业上扎，枝叶往工业上长，两篇文章联起做。

任何一个省级经济发展战略都必须做好两篇文章：工业、城市和农业、农村。有的地方工业和城市的文章做得比较精彩，有的地方农业和农村的文章做得比较漂亮。而河南则将两篇文章联起来做，更做出了新的意境——工业大了，农业强了，城乡通了，满盘活了。

一、依托农业的工业增长点：工业大了

在中西部地区发展中，河南省越来越引人注目。

之所以引人注目，因为它的经济发展速度加快，在全国的位次上升。"八五"期间，全省国内生产总值以年均13%的速度增长，比"七五"高出5.4个百分点，超过了全国平均增长速度。经济总量由1978年的第9位上升到去年的第6位，在中西部18个省区中居第二位。

之所以引人注目，还因为作为一个农业大省，河南的工业在全国的排位也年年上升，从1990年的第10位上升到去年的第6位。"八五"时期，河南工业增加值的平均递增速度达19.8%，比全国平均水平高出2.4个百分点，1996年又比1995年增长16.1%，比全国平均水平高出3.8个百分点。与此同时，一批大型工业企业迅速崛起，一个个知名品牌走向全国。

之所以引人注目，更因为河南工业的新增长点是依托农业建立起来的。"围绕农业上工业，上了工业促农业，大搞农副产品加工增值"的经济发展战略使庄稼地里长出了一批工业巨树，形成了茂密的丛林。

河南人清楚地记得，80年代，他们眼看着一火车一火车的小麦和面粉运

往外省，然后被做成方便面和饼干又返销到他们手中。90 年代以后，河南成了全国最大的方便面生产基地，商场里花花绿绿的饼干也贴上了河南的产地。这种变化正得益于农副产品加工业的迅速发展。

被河南人称为"万岁产业""朝阳工业"的农副产品加工业已成为全省最富生机的经济增长点。90 年代以来，全省农副产品加工业产值翻了两番多。1996 年乡及乡以上农副产品加工业产值 904.5 亿元，由全国第 9 位上升到第 5 位；乡及乡以上独立核算食品工业产值 472.7 亿元，年均增幅高于全国 8.5 个百分点，由全国第 7 位上升到第 5 位；纺织工业产值 226.1 亿元，由全国第 6 位上升为第 4 位。

农副产品加工业已成为全省名副其实的重要支柱产业。到去年底，全省共有农副产品加工企业 24.5 万个，其中乡及乡以上企业 10816 个，占全省总数的三分之一。农副产品加工总产值达到 1835 亿元，占全部工业总产值 5257 亿元的 35%。在全省确定的五大支柱产业——机电、化工、食品、轻纺、建筑建材中，农副产品加工业就占了两个。

人们注意到，在近年来河南崛起的一批大企业和知名品牌中，给人留下深刻印象的是"双汇""春都"火腿、"莲花"味精等企业和品牌。洛阳"春都"、漯河"双汇"、郑州"郑荣"三大火腿生产企业年销售收入 40 多亿元，年消化 1500 多万头生猪的原料肉，相当于全省生猪年出栏量的一半以上。周口莲花集团是全国最大的味精生产企业，年消化原粮 35 万吨。临颍南德集团是集面粉、食品、啤酒饮料生产于一体的大型乡镇企业，年销售收入 12 亿多元，其中 40 多条方便面生产线，年消化小麦 5.4 亿公斤。烟草、白酒也形成了较大规模，产生了有一定影响力的品牌。仅据 1995 年的统计，全省有大中型农副产品加工企业 282 个，年销售收入亿元以上的大型企业达 104 个。

目前，河南省已形成了食品、纺织、造纸、酿酒、烟草、果蔬等 10 大农副产品加工系列，形成了火腿肠、味精、方便面、纺织、烟酒等 30 多种优势产品。其中，火腿肠年产量为 36 万吨，占国内总销量的 80%；味精年产量为 12 万吨，国内市场占有率达 44%；方便面年产量为 25 万吨，占全国的 25%。

由于农副产品加工业的蓬勃发展，改变了农副产品"原"字号外销的局面，其外销率已从 1990 年的 35% 以上下降到目前的 19% 以下。加工业产值与农业之比也发生了历史性变化，从1990年的0.9：1提高到1.2：1，加工业产值超过了农业产值。

扎根于农业这片沃土，工业之树越长越茂盛。春都集团就是近几年围绕农业资源开发和农副产品深加工迅速成长起来的工业巨树。他们提出，"龙头"伸向国内外市场，"龙尾"摆向千家万户，把工业生产的第一车间向养殖业和农业延伸，使种植农户和养殖专业户成为与春都三位一体的"产业工人"。春都的这一战略使企业发展建立在了牢固的基础之上。到1996年，企业总资产已达21.8亿元，销售收入25.3亿元，利税2.7亿元，分别是10年前的22倍、44.5倍和87.1倍。另一方面，以广大农村为产品市场的企业也迅速发展起来。在许昌，奔马牌农用车带起了一大批农用车企业，农用车产量占到全国的1/3。

二、长入工业的农业产业化：农业强了

在中州大地参观采访，我们的兴奋点始终集中在两个方面，一是围绕农业资源和农副产品加工建立起来的新兴工业，二是正在产业化道路上阔步前进的农业。

河南是一个农业大省，在工业迅速崛起、迅速长大的同时，农业发生了什么变化？从我们采访到的几个地方看，河南农业同样会给你一个惊喜。

在临颍县龙堂村，集约化经营使农业提高到了一个新水平。70人经营2000多亩土地，夏粮亩产达900多斤；规划中的500亩高效农业园区已搞了100亩，塑料温棚的反季节蔬菜远销武汉、长沙等大城市。本世纪末，他们的目标是，工业利税1亿元，农业纯利1000万元，全部建成吨粮田。

在长葛市，以高效为目标的农业开发已发展到1.2万亩，模式化种植亩均年收入超过3000元，日光温室达6000元，最高达上万元。大田作物已从两种两收到五种五收。由电脑控制的喷灌设备洋洋洒洒地浇灌着绿苗。

农业大而不强，一直是农业大省、农业大市、农业大县苦恼的问题，而河南的农业正在由大变强，原因何在？根本原因在于实行了农业产业化。通过采访和思考，我们将河南的农业产业化概括为：一条思路，两种做法。

一条思路即，农业的现代化必须和现代化的工业紧密联系，农业产业化的根要往农业上扎，枝叶要往工业上长。

遵循这一思路，河南省理所当然地把农副产品加工业作为实现农业产业化的突破口。

在具体做法上，一是围绕区域农产品资源优势，面向市场，兴办加工型企业，实现农产品加工增值，同时为农区安上"龙头"，带动千家万户进入市场。临颖县的龙堂村、北徐庄村、南街村等走的都是这样一条路子。

龙堂村围绕一白（小麦）一黄（玉米）上加工，先后建起了 21 家集体企业，年加工小麦 6.5 万吨、玉米 1 万多吨。全村 70%以上的劳力进入企业。去年实现产值 1.8 亿元，利税超千万元，农民人均纯收入 3300 元。

北徐庄村先后办起了日产 150 吨、日产 250 吨的两个面粉厂，日产 60 吨挂面总厂，日产 10 吨饼干生产线，初步形成了以面粉加工为龙头，带动配套企业发展的产业群。其产品畅销全国 24 个省市，小麦收购覆盖周围四个地区，有时还要跨省收购小麦，形成了买全国、卖全国的格局。

被称为"玩儿泥蛋儿起家、玩儿面蛋儿发家"的南街村，龙头企业每天需要 600 多吨面粉，39 条方便面生产线日产方便面 320 吨，形成了全国最大的方便面和锅巴生产基地。全村围绕农副产品上加工，围绕加工上配套，办起了 26 家企业，去年实现产值 15.1 亿元，利税 7800 万元。

三个村所在的临颖县成了远近闻名的粮食加工大县，年加工粮食达 60 万吨。全县食品加工企业达 1990 家，去年销售收入 30 多亿元，食品加工业产值占全县工农业总产值的 41%。

二是围绕大型加工型龙头企业建立农产品基地，形成龙头带基地、基地连农户，产加销一条龙、贸工农一体化的产业化格局。

春都、双汇集团都提出"把第一车间放在农村"，使农民成为它们不穿工作服的原料生产工人，春都集团已在全市扶植养鸡 500 只以上、养猪 20 头以上、养牛 5 头以上养殖专业户 8050 个。潢川县华英公司、淮滨县三和公司是两个搞樱桃谷鸭加工出口的企业，为了保证自己的原料供应，它们也以"公司＋农户"的形式与农户结成贸工农一体化的利益共同体，不仅公司自身获得了迅速发展，而且带动了当地农户脱贫致富。

"公司＋农户"实施的过程，实际上也是用现代化工业的思想和方法，提升和规范农民的生产经营水平的过程，使农民真正进入到社会化和规范化的大生产中来。

实施农业产业化，让农业长入工业，农业产、加、销各环节形成了有机的整体，使农副产品通过加工这个环节几倍、十几倍甚至几十倍地增值，提高了农业的综合效益，增加了农民收入，壮大了各级财力，同时，促进了农产品的稳定增长。

1990年与1996年相比，全省农民人均纯收入在全国的位次由第28位上升到第20位，由1097元增加到1579元，其中，直接来自农副产品加工增值的部分为340元。据农业大区周口统计，1990年区财政负增长0.5％，1991－1996年年均正增长20％以上，其中农副产品加工业的贡献率达70％，许多市县主要靠农副产品加工业实现了财政收入超亿元。

由于大力发展农副产品加工业，河南省多次出现的"卖粮难"的问题近年来大大缓解，加工量的扩大保持了对农副产品的旺盛需求，提高了当地农副产品的价格，从而保护了农民的利益，调动了农民的生产积极性。

河南的实践证明，农业的根本出路在于产业化。它是提高农业综合效益的根本途径，是农民实现增产增收的关键一环，是农业大省（区、市）摆脱困境的唯一出路，是中西部地区缩小发展差距的希望所在。

（1997年12月《经济日报》）

两篇文章联起做

——河南省经济发展战略述评（下）

河南的崛起是中观上的崛起，是工农、城乡结合部上的崛起；农业对工业，不仅仅是积累，也是依托，是第一车间；工业对农业，不仅仅是反哺，也是带动和提升。

三、走出二元结构的城乡联动：城乡通了

依托农业的工业长大了，长入工业的农业变强了，河南正在由农业大省向工业大省、农业强省、经济强省迈进。河南经济的这一喜人变化得益于正在实施的工农联结、城乡一体的发展战略。

河南的探索始于 90 年代初，并在实践中总结出了"围绕农业上工业，上了工业促农业，大搞农副产品加工增值"的思路，进而把它上升为全省的经济发展战略。无疑，这是一个把工业和农业联起来考虑的思路，是一个把城市和农村两篇文章联起来做的题目，是一个突破了城乡二元经济结构的战略。

进一步分析，我们发现，文章之所以做得成功，还在于它有一个层次分明的操作构架。

第一，它有一个操作部位。

从河南的实践来看，中心城市是一个比较恰当的操作部位，这是我们在采访了开封、许昌、漯河等中心城市之后得出的结论。

漯河是河南南部近年来崛起的新兴工业城市，其产业特征就是大做"农"字文章，围绕农业办工业，形成了以食品加工为主的轻型结构工业城。到去年底，全市已拥有食品加工企业 6623 家，食品行业年工业产值达 76.42 亿元，占全市工业产值的 41.8%，实现税收占全市的 70%。全市最大 10 家纳税大户，食品行业占了 6 个。目前，引人注目的漯河"食品工业城"正在加紧建设。

漯河食品加工业的发展促进了农村养殖和种植业的发展，也带动了其他相关产业的发展。仅双汇集团一年就需加工生猪 1000 多万头，牛 20 多万头。龙头企业强有力的需求拉动作用促使全市形成 155 个畜牧养殖专业村，畜牧业产值逐年上升，年增长率近 30%。该市几大村办粮食加工企业加工原粮 50 多万吨，占全市粮食总产量的 40%，几乎相当于全市粮食的总商品量。与此同时，皮革加工、交通运输、饲料、仓储等行业也迅速带动发展起来。从漯河看，中心城市之所以成为操作部位，大致有这样几点理由：

首先，中心城市是宏观与微观的接合部，是中观经济的载体，是整个国民经济体系中起联结和支持作用的基点；

其次，中心城市是工农的接合部，是城乡联动的联结点。在普遍实行市带县的体制下，中心城市在农村城市化、农业现代化、城乡一体化中发挥着不可替代的带动和辐射作用；

再次，中心城市是人流、物流、信息流的集散地，具有市场、交通、区位及现代化工业等优势。

第二，它有一个操作主体。

在采访中我们发现，近年来陆续崛起的一大批农业企业和龙头企业遍布城乡，它们龙头伸向国内外市场，龙尾摆向千家万户，不仅日益成为市场主体，而且理所当然地充当了联结工农的操作主体。

河南省委书记李长春在接受记者采访时强调，市场经济要有市场主体，农业进入市场，首先要塑造市场主体。过去农业构不成产业，关键没有市场主体，因此，农业产业化的关键是创办龙头企业、完善市场主体，否则，一家一户的分散生产就难以和大市场相联结。

市场主体的塑造使农业从"政府＋农户"的模式转变到"公司＋农户"的模式，实际上也是从计划经济转向市场经济，从城乡分割转向城乡一体化发展。

第三，它有一个操作机制。

许昌高效农业示范园区是全省 20 个示范园区之一，它留给我们最深刻的印象不仅是高产高效，更是它的运作机制。它摆脱了传统的农业生产方式，像抓工业一样抓农业，在探索中逐步形成了独具特色的"四制"：运行公司制、投资业主制、科技服务承包制和联结农户合同制。

运行公司制就是园区成立具有法人资格、独立经营、自负盈亏的"高效农业开发公司"，通过定向投入、定向服务、定向收购的办法，以合同形式与农民结成利益共享、风险共担的经济联合体。投资业主制就是所有投入园区的资金，由公司承贷承还，公司本着"谁投资、谁受益、谁还贷"的原则，与村、户签订合同，提高了投入资金的回报率。科技服务承包制就是在园区内组织科技承包实体，可以实行项目总承包，也可以单项承包、区域承包、内外承包，还可以跨县跨乡承包。联结农户合同制就是公司与农户签订产销合同，按合同生产、加工、购销，以合同形式明确双方责、权、利。

"四制"改革打破了条块分割的封闭式管理的旧体制，突破了城乡、行业、所有制界限，使城里的人才、技术、资金与农村的劳力、土地等城乡生产要素在这里优化组合，迅速建立起了一批上连市场、下连农户的"龙头"企业。

由于园区实行了土地三权分离，反租倒包，农民在不失去土地占有权的情况下摇身一变成了"农工"，虽然是继续在自家的土地上劳动，但既有保底的土地收益，更有稳定的工资收入。

城里的个体户来了，最多的一位租了900亩土地；城里的工商企业来了，最多的一家租了2400亩；500多名省内外城市科技干部在这里搞科技承包；3000多名城市企业下岗职工来这里大显身手。城乡沟通，工农融合，正在创造着一片崭新的天地。

四、立足中观经济的战略思维：满盘活了

对经济发展而言，思维即决策，思路即出路。省委书记李长春向我们介绍了河南经济发展战略的决策过程。

80年代末90年代初，在河南有两种意见争论得很厉害，一种认为河南穷就穷在没有大力发展工业，净搞农业了，要想改变面貌就必须甩掉农业的包袱；另一种意见认为，河南是农业大省，80%的人口是农民，任何时候吃饭都是第一位的，不抓粮、棉、油生产，一切都无从谈起。

二者的对立自然反映了当时市场化进程的客观因素，但它首先反映了人们思维上的差别。农业大省如何加快工业化进程？能否走出一条既加强和巩固农业基础，又加快经济发展速度的路子？

经过广泛的调查分析，人们的认识逐渐统一了，农业大省加速工业化不能照搬沿海地区的模式，而只能走资源加工增值的路子。立足农业基础资源，大搞工业加工增值，是河南这个农业大省工业化的突破口和捷径。

这样，看起来矛盾的双方有了内在的联系。围绕农业上工业，上了工业促农业，强农兴工，共同发展，使河南经济短短几年便步入了一个充满亮点的新天地。

河南的思路是一个立足本省实际的思路，河南的战略是一个正在取得成功的战略。如果说经济发展的历程是经济思维的外化和延伸的话，那么，河南经济的变化，反映了决策者思维的特点。

首先，从纵向看，它是一个立足中观的决策。如果把全国经济作为宏观经济的话，省市经济则是中观经济。中观经济的优势是，对宏观来讲，在中观范围内，实际情况差别不是很大，制定政策更容易从实际出发，因而也更有针对性，更便于操作。对微观来讲，它更便于组织社会化协作，便于城乡结合、工农结合，便于集中使用资源，形成经济优势，促进中观上的崛起。

这样看来，河南的决策既把握了中观经济的特点，又把中观经济的优势充分发挥了出来。

其次，从横向看，它反映了联起来的特点。比如，工农的联结，城乡的联结，生产与消费的联结，本地市场与国内外市场的联结，等等。

我们首先以工农的联结为例加以分析。自从有了工业和农业的产业划分以来，工业和农业的关系就一直是经济关系中最基本、最重要的关系。中华人民共和国成立以来，我们的决策重点是，依靠农业积累，优先发展工业；工业强大之后，再行反哺农业。这实际上形成了工农业关系的外在循环圈，反映了工业和农业的外在联系。

河南经济发展战略的思路则是把工业和农业联起来考虑。这里说的联起来则实际反映了工业和农业的内在联系。工业和农业相互依存，互相长入，日益融合。农业对工业，不仅仅是积累，还是依托，是第一车间；工业对农业，不仅仅是反哺，还是带动和提升。经济的增长点正是从工农结合的部位生长出来。

河南的经济发展战略正在实施，其成效已显现出来，工业正在长大，农业正在变强，城乡经济已经迈上协调、快速发展的轨道。

河南的崛起是中观上的崛起，是工农、城乡接合部上的崛起。河南的崛起至少带给我们这样几点启示。第一，改革已进入到工农联起来考虑、城乡一体化推进的新阶段。

第二，农业和农村是新一轮经济启动和发展的原动力，必须大力推进农业产业化进程，千方百计增加农民收入，启动农村市场，提高购买力水平，培育新的经济增长点，从而奠定坚实的发展基础。

第三，在市场经济条件下，市场永远是统一的、循环的、协调的，只有联起来考虑，两篇文章一起做，才能发现和培育出新的经济增长点。

（1997年12月《经济日报》）

新的阶段　新的趋势

——评述走向新世纪的乡镇企业

走向多元：各种所有制成分相互融合

要么"公"好，要么"私"好，要么"股"好，要么"合"好，一些同志总是习惯了这样的思维。其实，经济的问题很少是非此即彼的，很多是中性的，是混合的、融合的。进入 90 年代以来，乡镇企业在发展过程中，按照"三个有利于"的标准，适应社会化大生产和社会主义市场经济发展规律，在以集体经济为主导、多种经济成分并存的基础上，其投资主体越来越多元化，所有制成分越来越走向融合。

改革开放以前，乡镇企业只是单一的社办工业；1978－1984 年，增加了农、商、建、运，增加了队办，统称社队企业；1984－1991 年，形成了多种经济成分、多种产业、多种经营方式并存的格局。1992 年以来，市场经济使各种生产要素在不同地区、不同行业、不同所有制之间流动、优化配置和重组，不同所有制企业相互投资、相互融合，新型的企业组织形式和财产组织形式大量出现，股份合作制和股份制以及各种形式的联营和中外合资合作企业迅速发展。

原来以个体私营企业为主的温州，通过自愿联合与合作，纷纷组建成股份合作制企业或股份制企业。目前在温州年营业收入超千万元的股份合作制企业达 400 多家，比 1992 年增加了近 5 倍，已组建了浙江德力西、新华、金泰、神力等 58 个企业集团，组成了一支初具规模的企业集团军，成为温州股份合作制企业发展的"领头雁"。

原来以集体经济一统天下的"苏南"，现在 50％以上的乡村集体企业推行了股份制、股份合作制和兼并、联合。1996 年，江苏省乡村集体企业实收资本总额中，乡村集体资本虽仍然占主体地位，但社会法人资本、外商资本和个人资本已经占到31.5%，而且这个比例还在继续提高。这就意味着乡镇企业开始摆脱封闭社区的束缚，在更大的范围内合理配置资源。

由于乡镇企业形成了开放的投资体系，使乡镇企业与乡镇企业之间、乡镇企业与国有企业和其他成分企业之间联合越来越紧密。齐齐哈尔的向阳集团，通过租赁、兼并20个企业（国有7户、大集体7户、乡企6户），在不到3年的时间里，使增加值、收入、资产、利税增长了8—10倍。乡镇企业与科研单位形成科工贸联合体，与农业形成贸工农一体，与国外企业合资合作经营等，其联合的内容、方式、范围都发生了变化。各种经济成分的联合与合作已经成为促进乡镇企业发展的强大力量。

联合和合作的发展，形成了产权结构和投资主体的多元化，减弱了来自行政的过多干预，完善和创新了企业体制和经营活动赖以运转的一切方法、程序和环节的机制，加快了企业成为法人实体和市场竞争主体的进程。

"裂变"与"聚核"：营造"主力舰队"

90年代以来，大批有远见的乡镇企业，为适应越来越激烈的市场竞争，或通过自身资本积累，滚动发展，实现企业"裂变"，扩大企业规模；或通过联合、兼并，资本集聚和集中，促进生产要素向优势企业、优势产品聚集，实现企业"聚核"，扩大企业规模。实行"裂变"的主要是一些村级集体企业，从一个企业，或向产业的前向延伸，或向产业的后向延伸，或干脆多角化经营，逐步成长为大型企业，如著名的江苏华西集团、吉林红嘴集团、山东万杰集团、浙江东冠集团等都是这样。

大量的乡镇企业是通过联营、合资、租赁、兼并等途径，实现进一步扩张的。这里面有的是强弱联合，还有是弱弱联合，也有的是强强联合。浙江金轮集团租赁了安吉锦纶厂和重庆航天设计院电脑传感公司，去年集团销售收入突破20亿元。江苏阳光集团和浙江的雅戈尔集团以资产和产业链为纽带紧密联合，形成了强大的竞争能力。广东的爱华电器股份有限公司北上与海尔集团联合，产生了很强的互补互惠互利效应。江苏的红豆集团、浙江横店集团等都是通过资本的集中和企业的"聚核"实现飞跃的。企业间的这些组合，由于是以资产和利益为纽带，所以爆发出了极大的能量。

针对乡镇企业的这一良好趋势，很多地方及时进行引导，江苏连年召开大中型乡镇企业工作会议，提出要在现有 1300 家基础上到本世纪末达到 2000 家左右。江西提出要在"汪洋大海"般的企业中营造出"顶天立地"的企业；安徽提出要重点培育 50 个在全国叫得响的大型集团企业。

整合不是简单的迭加，而是将企业结构重新调整组合，理顺关系，更好地发挥企业的整体功能。发展成大中型企业后，很多乡镇企业在市场竞争中的优势更加明显。实践证明，发展大型企业和企业集团，既有利于提高乡镇企业的整体素质，也是实行经济增长方式转变的必然选择。

目前，全国乡镇企业已经具备"船大抗风浪"和"船小掉头快"两个优势，以大带小，以小促大，大中小企业并举的格局初步形成。在大企业的带动下，大量的中小企业坚持走小而专、小而精、专业化生产、社会化协作的路子，占据自己特有的生存和发展空间，形成一批又一批的"小巨人"。

"与狼共舞"：到国际市场"大闹天宫"

乡镇企业外向型经济一开始是从沿海发展起来的，到现在已经呈现出沿海、沿边、沿江和内陆全方位开放，外资、外经、外贸一起上的新格局。由于参与了国际市场竞争，引进了国外先进的技术、设备和管理，乡镇企业整体规模迅速扩大，总体水平得到提高，外向型经济已经成为乡镇企业发展的主要牵动力量。

70 - 80 年代，主要发达国家的工业结构正在处于调整阶段，主导产业从资源型和劳动密集型逐渐转向知识或技术密集型。发达国家的工业转型为沿海地区的乡镇企业发展提供了巨大的发展空间。但这一阶段就总体而言，乡镇企业外向型经济处于量态扩张阶段——"三来一补"占相当比重；出口产品以劳动密集型和低附加值为主；外商一般以设备等直接投资为主。

进入 90 年代，尤其是邓小平同志南方谈话和党的十四大以后，乡镇企业尤其是沿海地区乡镇企业，充分利用在资源、土地、劳力和机制方面的独特优势，越来越多地与跨国公司合资合作，提高产品的加工深度或共同开发新产品；引进国外 80 年代基本成熟的技术、机器设备、管理经验和技术人才；出口产品越来越多的则是耐用消费品、名牌产品、高新技术产品。到 1996 年，乡镇企业外贸出口一直以 30% 以上的速度发展。

江苏省在引进项目上，力求"外、高、大、新"，利用多种途径、多种方式引进大项目和高新技术项目，包括引进成套技术及其软件加以消化、吸收、提高；在出口产品结构上，以推进外贸出口上规模、增总量为目标，重点培育发展一批外贸出口集团和工、技、贸相结合的出口商品生产基地，重点开发一批高新技术、高创汇率、高附加值、低能耗物耗的出口创汇产品，同时根据国际市场变化建立多品种、小批量的弹性生产机制。

乡镇企业还开始尝试跨国经营，境外设点办厂大量增加。十四大以来乡镇企业在境外办厂设立窗口，兴办独资、合资、合作的企业迅速增加，目前已达3626 家，总投资 79 亿多美元，多数企业运转良好，发挥了窗口作用。乡镇企业到境外办企业日益增多，反映了乡镇企业外向型经济发展的实力和总体水平在不断提高。

有位乡镇企业家说得好，参与国际市场竞争就好比"与狼共舞"，只有练就超凡的本领，才不会败下阵来，被"狼"吃掉。还有位企业家说："出了车间就是国内市场，出了厂门就是国际市场。"一位中央领导高瞻远瞩地说，要让乡镇企业这个"孙悟空"到国际的大市场中"大闹天宫"。

名牌："命牌"

科龙空调、容声冰箱、美的电器、红豆衬衣、恒安卫生巾等产品，大多数人不会陌生。这些都是正宗的乡镇企业产品。乡镇企业产品已经渗透到我们生活的每一个方面，从头上戴的、身上穿的、家里用的、嘴里吃的，无所不在。可以说，我们的生活已经离不开乡镇企业。全国的衬衣每 10 件中有 8 件是乡镇企业生产的，21 件名牌衬衣中，乡镇企业生产的就占了 15 件。农业部向全社会推荐的名牌产品就有 216 个，有关部门和地方向社会推荐的名牌产品很多也是乡镇企业生产的。

应该说，乡镇企业在发展初期并不太注意产品的牌子。因为那时只要生产出来，基本上就能卖出去。但现在不行了，随着社会主义市场经济体制的逐步建立，市场竞争越来越激烈，买方市场已经形成，越来越多的乡镇企业意识到名牌的重要性。浙江万达集团提出要把名牌当做"命牌"来抓，早在他们生产的花色钳出口初期,该公司董事长陈张海就说:"我们最终的目标不是出口一批产品,挣一次外汇。要在国际市场上站稳脚根,关键就是要争创名牌。"经过多年的奋斗,该厂产品终于成为雄居世界同行之首的"东方钳王"。

名牌的基础是科技和管理。山东威海木工机械厂先后投资5000万元,引进先进生产线,并推行全面质量管理,强化检测手段,贯彻ISO9000系列标准,企业生产的"卫海牌"在国际市场上享有很高声誉。

名牌的保证是质量和信誉。江西东方制药厂从生产第一支粉针剂起,就千方百计在质量上下功夫,将企业的创业精神和企业宗旨融入实际之中,严格按照《药品法》和GMP组织生产和经营,并积极开发新产品,延长产品生命周期。天津双街钢管厂不满足产品被授予国家优质称号,制定出高于英国标准的企业标准,被冶金部评定为国际先进水平,终于赢得国内外用户的好评,其中香港的各公用工程大都采用他们生产的钢管。

名牌的依托是规模和宣传。北京中燕集团生产的"探戈"牌羽绒服,为了能够在海外与一些假冒伪劣产品区别开来,在莫斯科电视台做了35天的广告,引起了轰动效应,最高·天销售额达2460万元人民币,成为俄罗斯市场上的名牌。

名牌的环境是文化和品味。江苏红豆集团营造浓重的文化氛围,以特有的文化内涵、特有的情感魅力,使消费者在购买产品的同时,也联想到浸润着中华民族美好情感的南方美丽的红豆,想起"红豆生南国,春来发几枝"的千古绝唱。

乡镇企业有很多名企、名人,有很多国优、部优、省优,但是,乡镇企业需要更多的名牌!

工业小区:规模经济的重要载体

我国乡镇企业在发展初期,与具有显著分散特点的农业生产密切交织。从企业微观布局来讲,2300多万个乡镇企业,80%以上分落在广大乡镇和村庄。这种遍地开花的布局,在乡镇企业起步、发展初期也确实起到了积极作用,但分散布局使企业难以形成专业化分工和社会化大生产,无法共同使用工业设施。一般来说不集中布局要增加投入25%,而且难以形成规模经济和聚集效应。

近年，乡镇企业要相对集中、连片发展，已逐步形成共识。各地采取有力措施，合理规划，制定政策，或者把有纵向生产技术联系的各个企业集中起来，把产品相似、工艺相近的企业集中在一起等，从而与产业结构调整有机地结合起来，建设各种小区，基本上扭转了过去"村村点火、户户冒烟"的分散布局的局面。目前全国已建或在建各类乡镇工业小区4万多个，聚集了100多万个乡镇企业。农业部确认的工业小区有124个。

由于工业小区内企业相对集中，公路、水利、电力、通讯以及相关公用设施可以合建共用，工业小区内每集中建一个企业可以节省投资10%，少占耕地15%左右，绿化、排污等项费用降低5%。工业小区为先进适用技术在企业间的相互传播提供了良好的模仿环境，技术落后的企业拼命模仿学习先进技术，而先进的企业也不得不不断改进技术，开发新产品，各企业间不同程度的依存关系，使之有可能组合成一个相对稳定的资金、技术调节和扩散网络。福建规划建设了1000多个具有一定规模的乡镇工业小区，创办乡镇企业近2万家，实现产值约占全省乡镇工业产值的1/5。这些小区集聚了大批块头大、水平高、效益好的骨干企业，已经成为乡镇企业发展规模经济的重要载体。

由于小区和小城镇各种"硬件"比较健全，不仅有助于增强对外部资金和优秀人才的吸引力，而且带动和促进了城镇经济的发展，逐步培育形成农村政治、经济、文化中心和城乡经济联系的纽带，从而加快了城市化进程。

东西合作：可喜的"扩散效应"

近年来，沿海地区很多乡镇企业开始向中西部地区转移，经济界人士称这种现象为"西进战略"。国务院办公厅也于1995年2月批准了农业部关于实施乡镇企业东西合作示范工程的方案。

诺贝尔经济学奖获得者缪达尔创立的"不平衡增长理论"认为，不平衡发展会产生两种效应：一方面使先发展地区发展更快，使后发展地区发展更慢，形成所谓"回波效应"；但另一方面，它又可以形成"扩散效应"，即先发展地区发展到一定程度后，由于自然资源限制及市场规律作用，造成生产成本上升，因而产生了向后发展地区转移某些产业、资金和技术的要求。

进入 90 年代，沿海地区乡镇企业开始由"轻型化"向以资金、管理和技术增长为主要内容的方向发展。中西部地区充分利用丰富的自然资源和廉价的劳动力资源，创造良好的外部环境，吸引东部地区的投资和合作。优势上的互补，利益上的互惠互利，推动乡镇企业东西合作在全国范围内轰轰烈烈地广泛开展。

实施东西合作工程两年来，各地共签订东西合作协议项目近 30000 个，协议引进资金 350 亿元，协议总投资 700 亿元。其中国家级东西合作示范项目达 152 个，总投资 50.9 亿元，项目投产后可实现产值 123.9 亿元，创利税 23.7 亿元。东西合作加速了中西部地区乡镇企业的发展。1996 年，中部地区乡镇企业增长速度高于东部地区 7.84 个百分点，西部地区高于东部地区 32.18 个百分点。

东西合作使东部地区乡镇企业优化了产业结构，拓展了新的发展空间。山东烟台市 1996 年参与东西合作的企业达 198 个，共实现利润 4.4 亿元，而且没有一家亏损，烟台市进而提出要在烟台以外再造一个"市外烟台"。

为了承载东部地区乡镇企业转移、扩散来的项目，中西部地区建立了一批乡镇企业东西合作示范区。到 1996 年底，农业部命名了 215 个全国乡镇企业东西合作示范区，示范区内兴办了 5000 多个合作项目，总投资约 45 亿元，预计两年中示范区工业产值将突破 600 亿元，利税 61 亿元。示范区的经济发展速度比中西部其他地区平均高出 10 个百分点。

东西合作使中西部地区引来了资金、技术、管理、人才，一定程度缓解了这些方面的矛盾。新疆 1996 年实施东西合作项目 100 个，项目总投资 9.5 亿元，引进区外资金 3.2 亿元。

当前，东西合作的范围越来越广，东西合作必将为全国乡镇企业协调、持续发展起到巨大的推动作用。

产业化"龙头"：新的增长点

如果把乡镇企业这一特殊的群体比作森林的话，这里面有参天大树，有枯藤老树，也有很多苗壮成长的新树、小树和幼苗。

乡镇企业都有哪些新的增长点？四川省委、省政府总结了 7 个：一是农业产业化"龙头"企业；二是生产名优新特产品的企业；三是通过改组联合或者品牌联营培植的大中型企业；四是新型的小城镇和工业小区；五是外出务工人员回乡创办的企业；六是大量的个体私营企业；七是东西合作企业。江苏在传统乡镇工业的基础上，提出要培植三个新的增长点：个体私营企业、第三产业、贸工农一体化企业。就全国乡镇企业来讲，尤为突出的是农业产业化"龙头"企业、个体私营企业、股份合作制企业等。

农业产业化是广大农民创造的。农业产业化的过程，是指农业从自然生产到充分产业化、规模化、市场化的转化过渡的过程。在这个过程中，很多乡镇企业就充当了"龙头"带动的角色。

乡镇企业与农业产业化紧密结合大体上有三种层次：一是乡镇企业与农民单纯的买卖关系；二是利用期货、订购等形式的契约关系，相对保证农民的利益；三是干脆把农民吸收为员工或股东。

黑龙江肇东奶粉厂与奶农最早就是单纯的买断关系，有的奶农往奶里加水，质量很难保证；后来他们与奶农签订合同，情况有些好转；再后来他们把奶农吸收为股东，除了在收奶的时候让一次利外，年底再分一次红，奶农积极性大大提高。

股份合作制已开始成为乡镇企业一个充满活力的重要增长点。到1996年底，农村各种形式的股份合作制企业已达300多万家，其中乡村集体企业改制为股份合作制企业的14.35万个，占乡村集体企业总数的9.3%；职工726万人，占乡村集体企业职工总数12%；完成增加值1452亿元，占乡村集体企业工业增加值14.2%。

乡镇企业中个体私营企业发展迅猛，比重上升很快，成为乡镇企业的重要组成部分。个体私营企业个数有1945万个，占全国乡镇企业总数的88.3%，职工人数占到乡镇企业职工总数的48.57%。个体私营企业在安排农村劳动力就业、增加农民收入、繁荣市场、增加社会有效供给等方面发挥了不可忽视的作用，不少个体私营企业也同样以工补农建农，支援农村各项事业建设，起到了积极的作用。

（1997年12月《经济日报》）

集装箱，这辉煌为何如此沉重

当我国先后超过欧美、日本，于 1993 年取代韩国成为世界最大的集装箱生产国的时候，却无法享受"痛饮庆功酒"的喜悦，而是只尝到"高处不胜寒"的苦涩，缘由何在？

终于成为头号集装箱生产大国

作为国际上最先进的运输方式，集装箱化运输从 60 年代进入国际海运业伊始，即显示了其充分的优越性，并带动了世界造箱业的迅速发展。美国、欧洲曾一度成为世界集装箱的主要生产地，但很快被日本取代。整个 70 年代，日本始终是世界造箱的中心。然而峰回路转，进入 80 年代，韩国又取而代之，进道和现代集团成为世界最大的两家集装箱生产企业。到 80 年代末，韩国的产量占到世界总产量的 50%。

我国造箱业起步于 80 年代初，当时仅有四家企业。得益于改革开放带来的持续强劲增长的出口贸易和低廉的劳动力成本，中国的造箱业进入发展的黄金时期。与此同时，国外投资者日益看好中国的造箱条件，纷纷来华抢滩建厂，在中国本土的集装箱生产企业一下子增加到近 40 家，产量也迅速上升。到 1993 年，已占到世界总产量的 30%，成为世界头号集装箱生产大国。

去年，我国集装箱年产量超过 50 万标准箱，年出口额超过 10 亿美元，成为机电行业主要的出口产品之一。也就是在去年，位于深圳的中国国际海运集装箱（集团）股份有限公司产量达到 19.6 万标准箱，占世界产量的 20%，首次超过韩国的进道集团，成为世界造箱业的"龙头老大"。

世界市场严重供过于求

"世界最大集装箱生产国"的光环照临头顶不久，许多生产企业便陷入了难以解脱的苦恼之中。苦恼首先来自于世界市场的变化。从全球市场来看，目前世界集装箱生产能力已达到 200 万标准箱，而需求仅有 100 万左右，产需比达到 2：1，形成了严重供过于求的局面。就国内来讲，全国的生产能力达到 110 万标准箱，那么需求是多少呢？只有 60 万标准箱。许多业内人士认为，造成市场严重供过于求的原因不是世界经济萎缩，而是由于后期众多的集装箱厂家盲目上马，生产能力膨胀过快。

据了解，在成为世界最大造箱国之后的 3 年间，我国又先后有 15 家生产企业上马，主要集中在广东、上海、青岛等地，以合资企业为多。15 家企业虽然投资数额都不小，但规模却都不大，到今年均未能达到年产 7 万—8 万标准箱的经济规模，有的企业刚投产就出现亏损。

据了解，去年全球共卖了 110 万标准箱的集装箱，而这个数字恰好是我国的生产总量。也就是说，如果其他国家都不再生产集装箱，那么世界市场恰好平衡。

违背市场规律盲目上马，到头来苦果只好自己咽。那么，集装箱严重供过于求究竟给我们带来了什么呢？

竞相压价一年损失四亿美元

作为中国集装箱工业协会的副理事长，中集集团总裁麦伯良说起国内集装箱企业竞相压价时痛心疾首：我们在国际市场上奋力拼杀，打败了对手，赢得了世界第一，但现在却要自己跟自己打。近年来，国际市场上的集装箱价格一路下滑，从最高时一标准箱 2850 美元降到 1997 年的 1700 美元，而其正常价格应在 2300 美元—2400 美元之间。但新上的一批企业大都规模很小，质量和服务一时难以适应国际市场竞争的需要，产品结构又比较单一，因此只有在价格上做文章，有的不惜亏本抢占一点可怜的市场，在这场竞相压价的价格战中，一些大的生产厂家终难力挽狂澜，损失很大，被拖得有些精疲力尽。

压价竞销的结果是显而易见的，国家利益和国内企业受到巨大损失。与1995 年的箱价相比，今年全年因低价竞销所造成的直接损失将达 4 亿美元。中国在变成集装箱第一生产大国的同时，大多数造箱企业却处于严重亏损的状态，这是多么让人尴尬和痛心的现实！

"行约行规"能否起到保护作用

从长远看，没有一家企业能从压价竞销中得到好处，相反却让外国购销商占了大便宜。因此，许多业内人士呼吁，为了保护本国利益，保护生产企业的利益，有关部门应强化监督，制定限价政策。由于集装箱业没有明确的部门归属，人们希望行业协会发挥更大的作用。

1993年成立的中国集装箱工业协会10月19日在深圳召开第二届集装箱专业委员会会议，这次会议的重要内容就是协调制定"同行协议价"，建立完善"行规行约"，稳定行业秩序。

实际上，集装箱出口限价今年初即已开始了。国家经贸委和海关总署联合发文，将集装箱作为新增加的出口限价的四种产品之一，并明确提出一标准箱出口价格不低于1950美元，实行海关审价措施。因此，深圳会议更重要的是如何贯彻限价政策，如何采取措施要求成员企业遵守"行规行约"，因为，限价政策出台后，只有极少数企业守住了1950美元的"最低保护价"。会上，几乎所有参会企业都表示赞成限价，还有的企业表示带头遵守限价政策。但是，"保护价"能否起到保护作用，仍不是一个轻松的问题。

（1997年12月《经济日报》）

千家万户如何与市场对接？

一进入豫南舞阳县，"南菇北兔"的说法便不断灌入记者的耳朵。

舞阳是一个传统的平原农业县，全县12.8万农户，58万人口。1994年，县里提出了以增加农民收入为目的，以10万农户上项目为主要内容的"富民工程"，并在实施中初步形成了"南菇北兔"的农村产业格局。全县长毛兔饲养量由1994年的40万只发展到目前的150万只，带动农户2.8万多户，形成了全省最大的长毛兔养殖基地和兔毛集散地；袋装香菇栽培由1994年的17万袋发展到目前的385万袋，带动农户7000多户。

出城北行约20公里。我们来到了全县养兔专业镇北舞渡镇的蒿庄村。县里的同志说，这里的兔毛长、白、净、粗，在国际市场上很有名气。

进了村，果然发现家家户户的院里都建有样式相同的兔舍，村民鹿宝玉正在院中忙活，见我们进来忙放下手中的活。"养了多少只兔？"记者问。"180多只。""一年能剪多少兔毛？"

"现在不是剪毛了，是拔毛。拔的比剪的价钱贵。一般一只兔能拔半斤毛，一年拔4次。""一斤兔毛能卖多少钱？""90多块吧。"记者粗略一算，鹿宝玉一家光是养兔一年就收入3万多元。"兔毛都卖到哪里去？""有时候送到镇上的收购站去卖，有时候也有外地的收购人员到家里来收。""收购人员是从哪儿来的？""都是安徽来的。"

村里的梁支书告诉我们，原来兔毛收购都被外地来的小商贩控制着，他们说多少钱就是多少钱，形成垄断价格，后来镇里与深圳客商建起了兔毛市场，与农民签合同，实行最低保护价，很受农民的欢迎。

鹿军庭是专门同收购商打交道的养兔户。他不仅将自己的兔毛卖给收购商，还走村串户，收购别的农户的兔毛，因此，他们家实际上成了一个小小的集散地。记者问为什么都是安徽人来收兔毛。他答："安徽有几个很大的兔毛市场。"记者再问为什么愿意跟收购商打交道。鹿答:"跟安徽客商有固定联系。"

记者又问收购商的价格怎样。鹿说:"这几天价格又下来了,咱们的兔毛90%出口东南亚。这段时间东南亚经济不景气,影响了兔毛的价格。"与北兔"惊人的相似",南菇的收购商则主要来自福建。

城南李斌庄村是全县最早种植袋装香菇的专业村,正是它的带动才使香菇成为全县的一大支柱产业,女支书张桂枝因带领群众致富有功已被提拔为乡党委副书记。

与"北兔"家家户户建兔舍一样,"南菇"家家户户有菇架,菇架很简单,两面各建一座墙,中间搭上竹杆,袋装的培养基一排排放在架子上再罩上一张塑料布。

养菇大户张连山掀开塑料布让我们看,一袋一袋的培养基上正在长出一朵一朵的香菇。

张连山原在城里办公司,后来转回家乡专门种菇。他家共建有20间菇架,每间500袋。一间年收入约5000元。

问起销售情况,张连山说,都是福建人来收,乡里和村里也建了收购站,也有福建人投资建的,他们收去再加工出口,主要是日本和东南亚。

村民张毛孩已经收好了一袋香菇,我们掂了掂约有20斤左右。问他能卖多少钱,他说若按去年每斤155元的价格,这一袋能卖3000元。"那今年呢?"

"今年还不知道,因为收菇的还没有来。听说日本发生了经济危机,估摸卖不上好价格了。"这使我们想起养兔户鹿军庭关于东南亚经济影响了兔毛价格的说法。

看来,农民已经有了强烈的市场意识甚至国际市场意识。但是如何把市场的脉搏"号"得更准呢?会不会存在中间商以外国经济不景气为由压低农户价格的问题呢?

兔毛和香菇的最终市场都在国外,因此就需要国内的中转市场。而中转市场一个在安徽一个在福建,距离太远,这就自然产生了穿梭于市场和农户之间的中间商。

舞阳县已注意到这个问题,近两年加快市场建设步伐,同时在农村发展各种服务实体，从而避免了市场的大起大落。舞阳的实践提示我们：

第一，农业产业化只有与千家万户的致富冲动结合起来，才有强大的生命力；而千家万户的生产只有与千变万化的国际国内市场有效对接，农民致富的目标和农业产业化的宗旨才能顺利实现。

第二，不管是"公司加农户"，还是"市场带农户"，究竟怎么"加"，怎样"带"，还大有文章可做。

（1998 年 1 月《经济日报》）

农业这根弦千万松不得

刚刚过去的 1997 年，我国农业经受了历史上罕见的大旱的考验，仍然获得好收成。农业连年丰收之后，还要不要继续稳定和加强农业？这是确保农业持续稳定增长首先要解决好的问题。

应该肯定，近几年来，我国农业连续丰收，农村经济全面发展，取得了举世瞩目的好成绩。一是主要农产品产量大幅度增长。去年粮食总产量预计达到 9850 亿斤，三年上了一个千亿斤的大台阶，人均粮食占有量超过 800 斤。棉油糖、瓜果菜、肉蛋奶都有较大幅度的增长。二是农村经济结构不断调整优化。在粮食稳定增长的同时，畜牧业、林果业、水产业、乡镇企业都有较大的发展。三是农产品供给状况发生了显著变化。绝大多数农产品由长期短缺变为供求基本平衡，有些品种供过于求，由卖方市场变为买方市场。四是农民收入有新的增长。预计去年农民人均纯收入达到 2100 元，按可比价格计算，三年增长 19%。农业的繁荣和发展，对改善宏观经济环境，保持社会稳定，做出了重大贡献。

在肯定成绩的同时，我们还必须清醒地看到，农业连续丰收后出现了不少新情况、新问题。一是不少农产品销售不畅，价格下跌。二是国家为保护农民利益，敞开收购余粮、棉花，储备大量增加，这是好事，但同时使财政负担加重、粮棉挂账增多。三是农民收入增幅减小。去年全国农民人均纯收入增长 4%，比上年增长幅度下降 5 个百分点。农民收入上不去，不仅影响农民生活，影响农业投入，而且影响工业品销售，制约了农村市场的开拓，是一个事关全局的问题。

针对农业丰收之后出现的新情况、新问题，中央一再强调，必须稳定和加强农业。江泽民同志在十五大报告和十五届一中全会上强调，必须坚持把农业放在经济工作的首位，加强农业的基础地位。在中央经济工作会议上他又进一步强调:持更加清醒的头脑,不可因农业形势稍好而放松农业,不可因农业在国民经济中的产值比重有所下降而否定农业的基础地位,不可因其他方面经济工作繁忙而忽视农业。李鹏总理指出:要采取有效措施,确保农业再有一个好收成,农民收入进一步增加,农村社会安定。朱镕基同志也多次强调丰收之后必须保持清醒的头脑,对农业只能加强,绝不能放松。

中央如此强调稳定和加强农业,是总揽全局、深思熟虑、富有远见的措施。首先,农业作为基础产业,绝不能出现徘徊下滑的局面。农业,特别是粮食生产下滑,势必造成农产品供给紧张,推动物价上涨。其次,农业尽管有了较大发展,供给状况有了较大改善,但人均占有的农产品并不是很宽裕。我国人口还在增加,农业资源相对不足,要满足十几亿人民日益增长的食物需求,农业生产远没有过关。最后,历史经验表明,我国农业出问题,往往是在丰收之后。中华人民共和国成立以来农业几上几下,出现大的波动的教训,我们务必要汲取。第四,我国是一个自然灾害多发国家,农业靠天吃饭的因素仍然很大。

总之,丰收之后强调稳定和加强农业,具有不同寻常的意义。稳中求进,首先要稳定和加强农业。

保持农业丰收之后不滑坡,关键在认识、在领导、在工作。只要我们把认识真正统一到中央精神上来,克服种种忽视、放松、弱化农业的思想和行为,坚定不移地把农业放在经济工作的首位,做到精力不转移,工作不松懈,投入不减少,坚持党在农村的基本政策不动摇,坚持各项扶持农业的措施不动摇,积极调整优化产业产品结构,加强农业基础设施建设,大力推进农业科技革命,我们完全可以在过去三年农业"增长高峰期"的基础上,争取农业的稳定持续增长。

(1998 年 1 月《经济日报》)

许宝健新闻作品集

中

许宝健◎著

人民日报出版社
北京

图书在版编目（CIP）数据

许宝健新闻作品集．中 / 许宝健著．—北京：人民日报出版社，2023.2
ISBN 978-7-5115-7160-1

Ⅰ．①许…　Ⅱ．①许…　Ⅲ．①新闻－作品集－中国－当代 Ⅳ．① I253

中国版本图书馆 CIP 数据核字（2021）第 218592 号

书　　　名：许宝健新闻作品集．中
　　　　　　XUBAOJIAN XINWEN ZUOPINJI.ZHONG
作　　　者：许宝健
出 版 人：刘华新
责任编辑：周海燕　马苏娜
封面设计：张合涛
出版发行：人民日报出版社
社　　　址：北京金台西路 2 号
邮政编码：100733
发行热线：（010）65369509　65369527　65369846　65363528
邮购热线：（010）65369530　65363527
编辑热线：（010）65369518
网　　　址：www.peopledailypress.com
经　　　销：新华书店
印　　　刷：三河市嘉科万达彩色印刷有限公司
法律顾问：北京科宇律师事务所 010-83622312
开　　　本：710mm×1000mm　　1/16
字　　　数：1126 千字
印　　　张：66.75
版　　　次：2023 年 2 月第 1 版
印　　　次：2023 年 2 月第 1 次印刷
书　　　号：978-7-5115-7160-1
定　　　价：498.00 元（全三册）

目 录
CONTENTS

1

发展进入新阶段

——苏南乡镇企业调查（上）

作为乡镇企业的发源地，苏南地区一直引人注目，近年来更加引人注目。

一直引人注目，是因为它以特有的"苏南模式"创造了惊人的经济奇迹；更加引人注目，是因为近年来苏南乡镇企业和"苏南模式"遇到了新的问题和新的挑战。

面对部分企业的亏损和困难，许多人发出了这样的疑问：苏南乡镇企业怎么了？苏南模式向何处去？

去年底，记者随同农业部的调查组深入到苏州等地调查，欣喜地发现，苏南乡镇企业经过短暂的徘徊之后，正在走出低谷，已经重现曙光，并开始步入又一个新的发展时期。

作为"苏南模式"的一个重要代表，苏州市的乡镇企业可以用"起步早、发展快、水平高"来概括。同整个苏南地区一样，改革开放以来，苏州市乡镇企业紧紧抓住两次历史性机遇，经历了两个历史性发展时期：第一次是1978年十一届三中全会后，抓住短缺型经济的环境，进入快速发展阶段；第二次是1992年邓小平同志南巡谈话，抓住开放型经济的环境，进入高速发展阶段。

经过这样两个发展阶段，苏州乡镇企业总量迅速扩大，经济实力不断增强；整体水平不断改善，运行质量稳步提高；规模经营迈上新台阶，外向型经济形成相当规模。

目前，苏州以及整个苏南地区的乡镇企业正在进入一个新的发展时期，与前两次发展阶段不同，这次是靠解决自身存在的体制和机制的问题而获得的发展，是改革和创新带来的发展。改革和创新的成效正在显现。

苏州市乡镇企业局负责同志重点向我们介绍了1997年以来全市乡镇企业的发展情况：1－10月，全市乡镇企业完成工业总产值1280亿元，比上年同期增长 7.64%；营业收入 1059.76 亿元，增长 7.49%；工业增加值 255 亿元，增长 15.6%；实现利润 31.54 亿元，增长 7.49%。与上年同期相比，乡镇工业总资产报酬率、资本收益率、资本保值增值率、社会积累率及平均利润率均保持增长；与此同时，亏损企业下降 3.2%，亏损额下降 10.7%，资产负债率下降 1.14 个百分点。

而就整个苏南地区来讲，虽还没有从根本上扭转亏损面增加的局面，但增势已大大减缓。去年 1 - 10 月，亏损面仅增加 0.8 个百分点，亏损额则比上年同期下降了 1.79%。

对一个地区的经济来讲，在保持整体增长的同时，少部分企业出现亏损应是正常的。苏南部分乡镇企业亏损之所以引人注目，一是因为近年来亏损面呈逐年上升趋势，二是因为亏损面持续高于全省平均水平。

亏损增加，引起乡镇企业广大干部职工的强烈关注，也引起了决策者的高度重视。遏制亏损，首先要找到导致亏损的原因。在调查中，大家一致认为，乡镇企业低税收、轻负担的时代已经过去了，其原有的机制优势也越来越弱化，自身不足的矛盾日益暴露，一些企业技术落后，产品低档，重复建设，管理粗放，人才短缺，资金短缺，等等，制约了乡镇企业的进一步发展。从苏州的部分乡镇企业来看，目前主要存在的问题是"四高一低"：

一是高负债。1992 年以后，苏州乡镇企业进入了又一个快速发展时期，并一度出现盲目追求速度的倾向，其特征是投资扩大，外延扩张，造成企业负债多，积累少，过分依赖银行甚至社会集资。

二是高负担。同许多乡镇企业发达的地方一样，苏州农民负担不重，不重的原因是乡镇企业承担了其全部负担。乡镇企业创造的利润留作自身积累的一般只占 20% 左右。税收年增长 20% 以上，超过增长速度。

三是高消费。一部分企业发展起来之后，忘记了艰苦奋斗的传统，盲目攀比，追求奢华，非生产性建设投资不断加大，非生产性人员越来越多。

四是结构高低度化。在产品结构方面，苏南乡镇企业以加工型为主，科技含量低，附加值低；在企业结构方面，虽然涌现出一批上规模的企业，但大多数企业规模偏小，组织化程度低；在行业结构方面，资本密集型和高新技术密集型的企业少，主要是劳动密集型和资源消耗型的企业。

五是管理水平低。多数亏损企业内部管理基础薄弱，生产管理无定额；制度不严，纪律松弛，缺乏严格的监督约束机制；物耗过大，浪费严重，非生产性开支过高；资金和设备利用率低，生产要素难以发挥整体效能，等等。

透过现象看本质。苏州市上上下下对苏南地区乡镇企业存在的问题的本质有了统一的认识。他们认为，苏南乡镇企业存在的这样那样的问题，其主要根子是产权不明晰，激励和约束机制不健全，企业负盈不负亏；分配制度不完善，企业积累、集体资产的保值增值缺乏必要的保证；投资主体过于单一，制约了企业上规模、上水平；政企关系不顺，减弱了企业的活力。

一句话，苏南乡镇企业的组织形式及营运方式面临着公有制实现形式多样化和市场经济体制建立的挑战，其明显暴露出来的与新形势的要求不相适应的地方，必须靠深化改革和制度创新来解决。

（1998 年 1 月《经济日报》）

改革再创辉煌

——苏南乡镇企业调查（下）

为了开创新的未来，将如何面对过去？

苏南是我国乡镇企业的发源地，"以集体经济为主，以中小企业为主，以市场取向为主"发展乡镇企业的"苏南模式"创造了历史的辉煌，并让苏南人引以为傲。其中，以乡村集体企业为主，是苏南乡镇企业的最大特点，也是"苏南模式"的核心内涵。

依靠集体经济的优势，苏南乡镇企业迅速壮大，目前，乡镇企业已经占到苏南国内生产总值的3/4，成为苏南国民经济的主体和农民的"命根子"。苏南乡镇企业能否继续稳定发展，不仅关系苏南地区和江苏全省，而且对全国具有举足轻重的影响。

发展出题目，改革做文章。苏南乡镇企业发展中遇到的问题，必须依靠改革来解决。

去年以来，苏州市通过大摆乡镇企业的积弊，通过组织到广东、浙江等地学习考察，终于认识到，制度创新是增强经济发展动力的根本所在，产权制度改革是一道绕不过的关口。

事实上，作为改革的产物，乡镇企业发展的过程，也是改革的过程。苏南乡镇企业的改革更是没有停止过。

80年代后期，苏州在全市大规模实施了以"生产要素承包、资产滚动增殖"为主要内容的集体承包责任制，以解决"大锅饭"问题；90年代初期，又大力推行了风险抵押、租赁经营的改革措施，推进了企业的转机建制。

但是，这种改革是浅层次的，尤其是在产权改革上，一直没有根本的突破。就是说，"苏南模式"的核心内涵并没有触及。

省委书记陈焕友说，以乡村集体企业为主的集体经济，在江苏经济特别是苏南地区经济中占有较大比重，它在产生和发展的历史过程中，显示了强大的生命力，积累了许多成功的经验，为全省经济发展特别是农村经济发展发挥了巨大的作用。但是，随着社会主义市场经济的深入发展，也遇到了一些新情况、新问题，突出表现在所有制结构比较单一，政企权责不分，企业产权不明晰，原有的机制活力逐步减弱。近些年来，各地特别是苏南地区干部群众在集体经济实现形式方面不断进行改革和探索，但有些深层次问题还没有得到很好的解决，深化改革的任务还很重。

改革是认识和实践统一的过程。如何评价以集体经济为主的"苏南模式"？苏州的同志认为，既不能固守，也不能全盘否定。集体经济自有其优越性，它有利于集中力量办一些大事，有利于各产业各行业之间的协调，有利于基层政权的巩固。因此，他们对"坚持集体经济为主"这个命题赋予了新的内涵，提出总体把握好三条：

一是集体所有制的资产在社会总资产中占主导地位；二是对本地区经济起支配作用的企业必须由集体控股；三是集体经济对本地区多种所有制经济发展能发挥引导作用。

1996 年，苏州市提出了外资嫁接、内资联营、增资扩股、股份合作、组建集团、兼并托管、拍卖转让、破产歇业等十种改革方式，开始了产权制度改革的探索。随后，又进一步明确了改革以股份制和股份合作制为主体形式，改革、改组、改造"三改"联动，各项配套改革同步推进，使乡镇企业改革进入了一个新阶段。

目前，全市 13421 家乡村集体企业实行经营机制转换的有 6720 家，进行产权制度改革的有 5731 家，其中股份合作制企业 2023 家，转为私营的有 2889 家，共吸收个人资金达 25 亿元。

注重规范操作，是苏州乡镇企业改革的又一个特点。他们提出企业改革要把好"五关"：一是资产评估关，二是产权界定关，三是招标竞争关，四是证照变更关，五是审查验收关。

注重措施配套，是苏州乡镇企业改革的第三个特点。他们提出企业改革要做到"三个结合"：一是将执行国家法令、法规的严肃性与解决本地实际问题灵活性结合起来，制定一些有利于过渡的政策措施；二是将企业改制与安置富余人员工作结合起来，形成企业改革的"稳定器"，确保平稳过渡；三是将企业改制与加强管理结合起来，强化集体资产管理。

虽然改革的力度在不断加大，但苏州市的领导认为，改革才刚刚破题，尤其是产权改革的面还不大，在 92.8％ 的企业改制面当中，涉及产权制度改革的只占 42.7％，涉及产权制度改革的企业总资产仅占全市镇村企业总资产的23.4％。

深化改革给乡镇企业注入了新的活力，改革的成效已经显现出来。我们在调查中发现，改制后企业经济效益都有较大幅度的增长。就全市来讲，这种效果更加明显。去年 1－10 月，全市乡镇企业各项解决指标在保持持续增长的同时，亏损企业下降 3.2％，亏损额下降 10.7％，资产负债率下降 1.14个百分点。

从苏州看苏南，我们相信，曾经创造过辉煌的苏南地区乡镇企业，通过深化改革和制度创新，通过对"苏南模式"的改造和发展，一定能再创新的辉煌！

（1998 年 1 月《经济日报》）

农产品如何面对买方市场

一个时期以来，不少农产品相继出现销售不畅、价格下滑的情况。截至目前，粮棉油、肉蛋、蔬菜、水果、水产品等都出现了这种情况。面对农产品市场的巨大变化，生产者和消费者虽心态不一，但都有一个共同的疑问：农产品为什么一下就"多"了？

的确，由于全党重视，各方努力，近几年来，我国农业连续丰收，农村经济全面发展，一个直接的结果和突出的表现就是，主要农产品产量大幅度增长。

就"米袋子"而言，三年上了一个千亿斤的大台阶，人均粮食占有量连续超过 800 斤的世界平均水平。就"菜篮子"而言，肉、蛋、鱼、菜人均占有量也均已达到或超过世界人均水平。水果产量超过 4600 万吨，稳居世界第一位。

农产品的稳定增长是发展农村经济的两大目标之一。较充分的农产品供给状况也是我们多年所盼望的。今天，这种局面终于来临的时候，我们首先应该感到欣慰，这是重视农业、发展农村经济的重大成果，是市场化改革的重大成果。

当然，农产品买方市场的变化也产生了新的问题，最突出的表现就是需求不旺、流通不畅。相当一部分农产品尤其是各种水果"卖难"的呼声此起彼伏。这一问题的直接后果是，农民的生产积极性受到重大打击，主产区财政负担加重，这形成了当前农业持续发展的主要制约因素。因此，刚刚结束的中央农村工作会议一再强调，面对新形势下的新问题，我们千万不能掉以轻心。

农产品从供给不足到供给平衡和供给有余，这一新局面的出现对农业增长方式转变提出了更加紧迫的要求。适应这一要求，我国农业已经开始进入由自给农业向商品农业、传统农业向现代农业转变的新阶段。这一新阶段的主要标志，一是农民生产的产品，自给自足的比例越来越小，商品率越来越高；二是多数农产品由卖方市场变为买方市场；三是市场需求日趋多样化，对优质农产品的需求日益旺盛；四是农产品的市场竞争越来越激烈，国外农产品对国内市场的冲击日益加剧。

综合各地的情况来看，解决农产品流通不畅的问题，当前重点要抓好三方面的工作。

第一，面向市场，调整优化结构。适应市场需求，调整品种结构，提高产品质量，发展名优特新产品，应是今后农产品生产发展的一个方向。这既是对农业多种经营提出的要求，也是对粮食生产提出的要求。从实践来看，凡是结构调整适应了市场需要的地方，就不存在农产品滞销和卖难的问题。

农产品"卖难"，一个重要的原因是加工转化不够。山东农业同样连续丰收，但并未出现"卖难"的问题，关键是做好了加工转化的工作。因此，在调整结构中，要把发展农产品加工业作为重点。权威人士称，随着科学技术的发展，农产品加工业将成为最有前途的产业之一。农产品加工不仅可以有效地缓解"卖难"，而且经过精深加工，价值可以几倍甚至十几倍地增值。与此相适应，还可以迅速带动农产品储藏、保鲜、运销业的发展。

第二，培育市场，搞活流通。活流通，建市场，这是各地的一个经验之谈。在刚刚结束的中央农村工作会议上，许多代表也都强调了建立完善的市场体系对搞活农产品流通的重要意义。

那么，如何建好农产品市场呢？一些代表强调，首先应当在发展城乡集贸市场的基础上，重点发展农产品批发市场，包括综合批发市场、专业批发市场和各类农产品流通的中介组织。在发展区域性批发市场的同时，应有计划地组建全国性中心批发市场，形成覆盖全国各地的市场网络，使之成为农产品集散中心、价格形成中心、信息发布中心，成为我国农产品进入国际市场的桥梁，为调整优化农产品结构起到导向作用。

搞活农产品流通，国企商业主渠道的作用不可替代，但农民购销队伍的重要作用同样不可忽视。近年来，在一些商品农业发达的地方，都有一支活跃的农民购销队伍，大批蔬菜、水果、水产品的运销，都是靠他们完成的。

第三，积极推进农业产业化经营。农业产业化可以将生产、加工、销售有机地结合起来，推进农业向商品化、专业化转变，因而是提高农产品竞争能力、实现农业优质高效的必由之路，这是参加中央农村工作会议代表们的共识，也是各地实践的证明。

那么，在农产品买方市场的形势下，农业产业化到底该如何搞？代表们提出了三点中肯的建议：一是要坚持市场导向，根据本地实际，确立主导产业，注重发展具有本地特色和竞争优势的产品。二是要培育和扶持龙头企业，充分发挥其开拓市场、引导生产、加工转化、销售服务的作用，并尽可能做到规模大、水平高、外向型、产品新。三是要处理好龙头企业与农户的利益关系，引导龙头企业与农户实行产销联合，建立稳定的利益联结机制。

面对丰收后农产品市场的新变化，中央已将适应市场需求，搞活农产品流通作为今年农业和农村工作的重要任务。通过多种努力，新问题一定会解决好。但是，以市场为导向，搞好农产品生产和流通，将是要长期面临的一个挑战。

（1998 年 1 月《经济日报》）

18%连着8%

——乡企能为8%作什么贡献（上）

今年以来，乡镇企业的发展受到异常关注，而且这种关注的角度发生了明显的可喜的变化：过去，人们往往就乡企看乡企，今天，人们更多的则是从国民经济全局的高度看乡镇企业。

关注乡镇企业，首先是因为历来以高速发展著称的乡镇企业近年来的发展速度迅速回落，去年降至18%。

尽管乡镇企业的增长也经历了高峰、低谷的波浪型发展，但整体上看是高速增长型经济。仅就近几年来看，1992年达到50.9%，1993年则更高达65.1%。整个"八五"期间的平均增长速度是42%。而到了1996年，则猛然下降到21%，去年则仅有18%。

与此相关的其他一些经济指标也都出现了大幅度的下降。出口增幅从"八五"期间的63.48%下降到1996年的11.4%和去年的16.5%，引进外资递增从73%下降到15%和12%，吸纳劳动力则从719万人下降到647万人和400万人。同时，去年乡镇企业亏损面达15%，比上年上升7个百分点，亏损额600亿元，比上年增长33%。关停企业近年来也大量增加，仅乡村集体企业去年就达6.5万家。

人们关注乡镇企业，更重要的是因为乡镇企业的发展与国民经济的增长息息相关，保持一个适当的增长速度对国民经济全局的影响十分重大。

改革开放以来的实践证明着这样一种认识，异军突起的乡镇企业对保持国民经济的持续快速增长作出了重要贡献。正是在这个意义上，国民经济的8%与乡镇企业的18%，有了特殊的联系和含义。这就是人们常说的，要实现国民经济8%增长的目标，乡镇企业的增长速度必须保持在18%以上。

这个判断的确有充足的依据。经科学推算，乡镇企业增加值每增减3个百分点，就影响国内生产总值增减1个百分点；乡镇工业增加值每增减2个百分点，就影响全国工业增加值1个百分点。因此，"九五"计划中国民经济8%的增长速度，乡镇企业的贡献份额为56%，即4.48个百分点。

乡镇企业增长回落除对国民经济产生直接影响外，还有多方面的间接影响，比如：

影响了农民收入的提高，进而影响到对农村市场的开拓。乡镇企业发展速度回落，亏损增加，效益下滑，必然使之吸纳农村剩余劳动力的能力减弱，使农民从乡镇企业得到的工资性收入减少，再加上农产品价格下降等原因，增加农民收入遇到的制约因素加大。农民收入增加不快，购买力上不去，农村市场就难以开拓，新一轮经济发展的启动就会受到一定程度的影响。

影响了以工建农、以工补农，进而影响到农业基础建设的加强和改善。农业基础薄弱是我国经济发展中长期面临的问题。要改变这种状况，单靠国家的投入是远远不够的，乡镇企业以工补农建农仍要发挥更大的作用。仅"九五"以来，乡镇企业用于补农建农和农村事业建设资金就达250亿元。乡镇企业与农业存在着天然的"母子关系"，对农业基础建设投入的减少势必影响到农业这个母体的强壮。

影响了出口创汇，进而影响到外贸增长对经济增长的拉动。乡镇企业已成为外贸出口的一支重要生力军，其所占比重已近40%。近几年，乡镇企业出口增幅大幅下降，严重影响了全国外贸出口的形势。

不管是直接影响到国民经济的增长，还是间接影响到国民经济的发展，总之，乡镇企业的回落牵动全局，绝不能掉以轻心。正如一位乡镇企业家用朴素的语言表达的：乡镇企业，上去了，了不得，下来了，不得了。那么，18%的增长速度到底对乡镇企业意味着什么？

第一，应当承认，作为国民经济重要支柱的乡镇企业，在市场、资源、政策都发生了较大变化的情况下，去年仍保持了18%的增长速度，并创造了1.8万亿元的增加值，是一个十分了不起的成绩。

第二，发展速度回落既有历史和现实的原因，也有客观环境变化和自身约束增强的原因。但不管怎样，回落是必然的，也是正常的。在多种条件均发生变化的情况下，在乡镇企业从外延扩张发展逐步转向内涵提高发展的情况下，要使乡镇企业一直保持一个高速发展的恒态是不现实的。也许，对处于战略调整中的乡镇企业来说，18％左右的发展速度是适当的。

第三，鉴于乡镇企业对国民经济的重大影响以及其自身的速度效益型发展模式，必须对乡镇企业明确提出发展速度的要求，从这个意义上讲，18％是一个临界线，不能再降了。

第四，保持18％的增长速度并不是轻而易举的事，遏制回落势头要有必要的政策、措施作支撑。

（1998年4月《经济日报》）

孕育新的增长高峰

——乡企能为 8% 作什么贡献（下）

在谈到乡镇企业的地位和作用时，人们常说的一句话就是，乡镇企业已成为国民经济的重要支柱。那么，"重要支柱"体现在哪些方面呢？

仅以去年为例，乡镇企业增加值已占农村社会增加值的 60%，占国内生产总值的比重近 30%；工业增加值占全国工业增加值的比重接近 50%；出口交货值占全国的比重突破 40%；上缴国家税金占全国财政收入的 26%；农民人均纯收入 2080 元中的 38% 也来自乡镇企业。

即使在去年乡镇企业速度回落、困难增加的情况下，全国乡镇企业仍创造了 31.8 万亿元的增加值，实现了 7000 亿元的出口商品交货值，支付了 5400 亿元的职工工资，上缴了 1420 亿元的税金，均比上年增加 15% 以上。

再从人民生活来看，几乎离不开乡镇企业。乡镇企业的生产经营活动，几乎涉及国民经济的各个领域，从日用生活消费品生产到生产资料的生产及各类服务性行业，都闪现着乡镇企业的身影。乡镇企业的许多产品已占全国相当大的比重，如服装占 80%，食品饮料占 43%，水泥占 40%，机械占 26%，电子及通讯设备制造占 17%，等等。

实现今年的经济调控目标以及整个"九五"计划的发展目标，乡镇企业将发挥越来越突出的作用。乡镇企业这根支柱不稳，国民经济这座大厦就不稳固，因此，无论是现在还是将来，乡镇企业这根支柱都只能加固，不能削弱，更不能倒塌。

当前，最重要的是要遏制住乡镇企业发展速度持续回落的势头，保持 18% 或者 18% 以上的增长速度，这是今年国民经济对乡镇企业发展的最基本的要求。当然，客观地看，这个目标有困难，对此要有充分的估计；但经过努力，这个目标可以实现，对此也要有充分的信心。

为了使当前努力的方向更明确、更有针对性，我们不妨分析一下乡镇困难的原因：

一是市场变化的影响。乡镇企业是最早走向市场的，但不能否认的是，乡镇企业是在计划经济体制下崛起的，是短缺经济时代的产物。从某种意义上可以说，乡镇企业是以迅速填补大量的市场空白而实现其总量扩张的。然而，峰回路转，市场环境发生了根本性变化，卖方市场变成了买方市场。由于乡镇企业产业和产品结构调整跟不上市场的变化，造成产销率下降，去年，全国乡村集体工业企业产销率为92.5%，低于全国乡及乡以上工业产销率3.41个百分点。

二是投入变化的影响。由于乡镇企业的贷款日趋困难，其金融投资渠道又十分狭窄，近几年乡镇企业投资增速大幅下降。以1996年为例，全国乡村企业施工项目比上年减少6.09%，全年完成固定资产投资额及新固定资产，仅比上年增长6.5%和8.7%，与1993年到1995年间15%－20%的增长速度相比下降了一半还多。

三是优势减少、机制弱化的影响。伴随着搞活国有企业步伐的加快、外资企业和个体私营企业的迅速崛起，市场竞争主体发生了明显的变化，乡镇企业原有的优势不再拥有。尤其是，引为自豪的灵活的机制日趋弱化，特别是一些乡村集体企业，甚至走到"二全民""小全民"的路上去了，使乡镇企业的活力下降。

四是乡镇企业整体素质不高的影响。乡镇企业整体素质不高是制约乡镇企业进一步发展的重要原因，其主要表现为，产品的科技含量低，经营管理水平低，技术装备水平低，等等。

五是东南亚金融危机的影响。这次危机对乡镇企业产生了两方面的影响，一方面，面向东南亚及韩国和日本的出口量大大减少，同时也使面向其他国家的出口受到制约；另一方面，乡镇企业引进外资受挫，从"八五"期间的年均递增73%，下降为1997年的12%。

总之，乡镇企业速度的回落是多种因素影响的结果。不能否认的是，这些影响今年乃至今后相当一个时期仍会发生作用。

力争保持18%以上的增长速度，乡镇企业有无把握，取决于两个方面——就外部环境而言，是三句话：提高认识，调整政策，增加投入；就乡企自身而言，也是三句话：深化改革，提高素质，优化结构。

对前三句话来说，前提是提高认识，即要把乡镇企业的发展放到国民经济全局的高度来认识；重点是调整政策，使一些不利于乡镇发展的政策及时得到调整，为乡镇企业尽快恢复快速发展创造良好的外部环境，以发挥乡镇企业"政策经济"的效应；关键是增加投入，尤其是增加对大中型乡镇企业及出口创汇企业的投入。目前，向乡镇企业提供的信贷资金与乡镇企业的地位及其发展需要极不相称，乡镇企业信贷资金占国家信贷资金总规模已由过去的7%－8%下降到目前的3%左右。对于后三句话，由于采取了切实可行的措施，其可喜成果正在显现出来。

我们既要看到乡镇企业面临的困难，又要认清乡镇企业正处于一个调整期。国家有要求，农民群众有动力，只要政策、措施得当，不仅乡镇企业保持18%的增长速度是可能的，而且可以孕育出一个新的增长高峰。

（1998年4月《经济日报》）

稳定农村先稳人心

——河北省大力推进农村基层民主政治建设纪实

如何解决新形势下农村基层人民内部矛盾？河北省以村务公开为切入点，加强全省农村基层民主政治建设的实践取得了良好的效果。他们的经验在去年和今年的中央农村工作会议上介绍后，引起了中央有关方面和其他省份的重视。为此，记者对有关情况进行了采访。

1996 年 1 月，河北省决定在全省范围内实施"鱼水工程"，通过解决群众最不满意的问题，使党群、干群关系像"鱼"和"水"一样密切。村务公开成为实施这项工程进展最迅速、成效最明显的一项工作。

河北省推进农村基层民主政治建设的实践是从实施"鱼水工程"、推行村务公开起步的。1995 年下半年，河北决定在全省范围内实施"鱼水工程"。这项工程经过较长时间酝酿，是在大量的农村基层调查的基础上提出的。

90 年代以来，河北省粮食生产连续 5 年获得丰收，农民人均纯收入比 1990 年增长了 1.4 倍，贫困人口减少到 400 万人。大多数农民群众的生活确实改善了，衷心拥护党在农村的方针、政策。但仍有相当多的农民对当地干部甚至当地党委、政府有不满情绪，特别是反映农村干部为政不廉、办事不公、作风粗暴问题的来信来访有增无减。

农村中存在的种种矛盾、问题引起了省委的高度重视。为了摸清情况，研究对策，省委于 1995 年下半年组织专门人员对全省农村情况进行为期半年的调查，所有省级领导也都吃住在村，调查一周。调查发现，少数干部官僚主义、形式主义严重，工作方法生硬，有的甚至以权谋私、贪污受贿、违法施政，在干部群众中造成了极坏的影响。为此，1996 年 1 月，省委提出用三年时间在全省范围内组织实施"鱼水工程"，认真解决群众最不满意、反映最强烈、最突出的矛盾和问题，密切党群、干群关系，从而调动和激发广大干部群众的积极性和创造性。

第一年的"鱼水工程"主要抓了三件事:一是组织全体党员特别是各级干部学理论、学党章,进行群众观点和群众路线的再教育。二是排查一批当前群众最不满意的、迫切需要解决的问题,集中时间和精力加以解决。三是普遍推行村务公开。

事实证明,村务不公开是造成当前农村党群、干群关系紧张的一个重要原因,是许多矛盾产生和发展的一个根子。因此,部署作出后,各级党委、政府高度重视,"一把手"亲自抓,使村务公开成为实施"鱼水工程"进展最迅速、成效最明显的一项工作。

1997年初,河北省在村务公开的基础上提出,要全面落实宪法赋予群众的民主选举、民主决策、民主管理、民主监督的四项权利,逐步建立起适应社会主义市场经济需要的村务民主管理新体制。

1997年初,河北省对"鱼水工程"实施情况进行了总结,并再次组织调查研究。随后,省委常委会又进行专题讨论,一致认为,新时期农村人民内部矛盾是现阶段农村生产力与生产关系、经济基础与上层建筑这个基本矛盾的反映,是由历史大变革时期存在的三方面的不适应决定的。一是农村现行经营体制中某些方面与生产力进一步发展的要求不相适应。二是农村基层干部的思想观念、工作方法与新的经济体制和农民日益增长的民主、法制意识不相适应。三是农民群众的某些思想观念和行为方式也与新的政治经济和社会形势不相适应。

从现实情况看,村务公开虽然受到了广大农民的热烈欢迎,是农村村务民主管理的一部分,是解决农村人民内部矛盾的重要措施,但它往往局限于村务活动的事后监督。因此,省委进一步提出,要全面落实宪法赋予群众的民主选举、民主决策、民主管理、民主监督的四项权利,并建立与之相适应、相配套的村民代表会议等8项民主管理制度,使群众能够参与整个村务管理的全过程,从根本上约束干部行为,减少矛盾。

与此同时,省委还提出,把公开向县乡两级延伸,实行乡镇政务公开和县直部门政务公开,使三级公开相互配合、互相促进。

由于农民基层民主政治建设突出了"正确认识和处理新形势下人民内部矛

盾"这个主题，抓住了"努力提高基层干部素质"这个关键，并对农民群众反映强烈的财务混乱、公款吃喝、违法施政和加重农民负担等4方面的问题进行专项治理，因而取得了积极成效，一个人心稳定、农村繁荣的局面已经形成。

1998年初，河北省提出，要继续抓好以村务公开为切入点的农村基层民主政治建设，通过两三年的努力，建立起一套比较规范、系统的农村基层民主管理体制。

可喜的起步，可喜的成效！但是随着工作的深入，几个问题仍比较突出：一是农村干部素质低，推进民主政治建设的自觉性不强；二是全省5万多个村的情况差异很大，村务公开有待持久和深化；三是总体工作综合配套性还不强，体系设计显出缺陷。

今年初，河北省提出，作为推进农村基层民主政治建设的第三步，今年要继续抓好以村务公开为切入点的这项工作。据了解，省里有关部门已着手起草两个文件，一个是《全省推进农村基层民主政治建设纲要》，主要是按照党的十五大的精神，提出推进全省基层民主政治建设的指导思想、工作原则和目标要求；一个是《全省农村基层民主管理条例》，主要是在近两年工作的基础上，提出农村基层民主管理新体制的框架。

通过两三年的努力，到本世纪末，建立起一套比较规范、系统、配套的农村基层民主管理体制，这是河北省提出的目标。

国以民为本。到燕赵大地看一看吧，一出有声有色的农村基层民主政治建设的大戏正在上演！

（1998年4月《经济日报》）

富起来的农民向哪里去

农业产业化发展和小城镇建设是什么关系？小城镇的繁荣对开拓农村市场有什么意义？带着这些问题，记者于7月2日来到湖北省襄樊市的襄阳县，先后召开了三次有8个镇委书记、镇长和县有关部门负责人参加的座谈会，实地采访了双沟镇和太平店镇。渐渐地，一个清晰的脉络呈现在眼前——

龙头建在镇，市场建在镇，产业化推动了小城镇建设，小城镇促进了产业化发展

湖北襄阳，全国有名的农业大县，各项农业指标均在全国前十名之列。近年来，农业产业化搞得轰轰烈烈，有声有色，在全省乃至全国开始有了名气。去年，全省农业产业化现场经验交流会就是在这里开的。

然而，记者来这里采访，目光却被那众星捧月般环绕市区的一座座小城镇吸引去了。县里的同志告诉我们，近几年，全县迅速崛起了28座规划科学、布局合理、功能齐全、设施配套、环境优美、风格独特的新型小城镇。

小城镇何以迅速崛起？原来，襄阳县的小城镇建设得益于农业产业化的发展，得益于县里把发展农业产业化与促进小城镇建设相结合的指导思想和发展战略。县委书记张克禄介绍说，农业产业化的发展产生了两个直接效果，一是增加了农民收入，二是促进了小城镇建设。

襄阳农业产业化不赶时髦，而是因地制宜，形成了富有特色的"米"字型产业化之路，即"三个建立，四个对接"，其具体含义是，"米"字中的"一"，表示发展主导产业，建立农副产品基地；"米"字中的"丨"上下部分分别代表建立加工体系和流通服务体系；周围四点，意味着四个对接，即与国内外市场对接，与高新技术对接，与新的经营机制对接，与小城镇建设对接。

农业产业化的发展为襄阳县域经济带来了勃勃生机，连续四年全县财政

收入每年增长 4000 万元以上，去年突破 2.5 亿元，农民纯收入每年增长超过20%，去年达 2740 元。

据了解，农民从农业产业化中获得的纯收入已占整个纯收入的 90%。农业产业化涉及面广，内涵丰富，但最关键的是龙头企业建设和市场建设。正是从这里，我们看到了农业产业化和小城镇建设的内在联系，看到了产业化与小城镇相互依托、相互促进的关系。

拥有 10 余万人口的双沟镇是全县最大的镇，也是全县最大的农业产业化龙头企业——湖北万宝粮油股份有限公司的所在地。该公司年加工粮油总量4.5 亿公斤，带动基地面积 55 万亩，带动农户 7 万余户，被湖北省确定为全省农业产业化重点龙头企业。依托龙头企业，全镇还办起了 26 家集体粮油加工企业，形成了以龙头企业为中心的粮食加工企业群体。

依托加工企业，这里形成了辐射 19 个省的双沟粮油批发大市场，年吞吐粮油 10 多亿公斤，交易额近 30 亿元。一个年产粮食仅 0.75 亿公斤的镇成为"买全国、卖全国"的典型。

7 月 3 日上午，我们来到市场，虽然细雨蒙蒙，但仍车水马龙，一派购销两旺的喜人景象。随着龙头企业的发展和市场的繁荣，原来只有几条旧街、方圆不过 2 公里的双沟镇迅速拓展为 4.5 公里的现代化小城镇，人口增到 10.6 万人，其中常驻镇人口 4 万多人，而在镇里从事第二、三产业的人口则超过 6 万人。

记者进一步了解到，全县 15 个产值过亿元的农业产业化龙头企业绝大部分分布在小城镇，全县近百家农副产品市场也绝大部分分布在小城镇。

富裕起来的农民来到小城镇，置地买房，办厂经商，使小城镇成为人流、物流、资金流、信息流的中心

"农民富不富，看住房；农村富不富，看小城镇。"陪同记者采访的县委一位领导同志的这句话，在记者的所见所闻中得到进一步印证。

双沟镇的几条旧街依然存在，它与近几年拔地而起的新镇形成了鲜明的对比。小城镇建设日新月异，然而，资金从何而来？座谈中我们提出了一直关心的问题。

双沟镇党委书记袁新社回答，1992 年以来，该镇平均每年投入小城镇的

建设费用都在 300 万元以上。渠道主要有三：一是农转非增容费，二是城镇国有土地出让费，三是建设单位按政策收取的各种配套费。三条概括为一句话，政府基本没投入，投入的主体是富裕起来进入小城镇的农民。

我们参观了镇里的一个农民住宅小区——双北农民新村，这是依镇建街、村街合一形成的一批农民街中的一个典型。村里投资 800 万元，统一规划设计，统一建造，然后卖给农民。

据袁书记介绍，仅去年一年，就有 1000 多户农民进城买房，还有 200 多户外地客商在镇里租房。这些农民在镇里的生活消费达 3000 多万元。

从镇政府出来，我们随便走进了一户进城经商的农民家里。户主叫吴华敏，33 岁，1992 年就从村里来到小城镇，花 2 万多元买了一个"地盘"，盖了一个小院，刚刚又在前面买了一栋平房。进得他的厅房，但见家具家电一应俱全，桌子上的手机正在充电。

吴告诉我们，这栋房子住的都是进城的农民，许多人买了汽车。他笑着说，他的房子现在升值了，给多少钱也不卖了。

充满魅力的小城镇为农民寻求发展、施展才华提供了新的广阔的天地。到小城镇去，成为襄阳农民近年来最风光的时尚。

东京镇将镇旁的一块荒场通路、通水、通电后，迅速有 76 户农民来建了商住两用房；朱集镇一个叫四新村的自然村 1996 年 280 户农民整体迁移到镇里，腾出耕地 280 亩；全国小城镇改革试点镇太平店镇近年来吸引农民 1.4 万多人进入，占全镇农村剩余劳动力的 96%。今年前 5 个月，他们已为 6000 多农民和镇办企业职工办理了小城镇户口；就在这个镇，1700 多名城市下岗职工各自找到了自己新的就业岗位。

漫步这里的小城镇，人来人往，购销两旺，一派繁荣兴旺的景象，给人一种抑制不住的兴奋和震动。

作为城乡结合部和工农产品交换流通的重要场所，小城镇的社会综合功能日趋完善，为开拓农村市场提供了突破口

县建委胡主任在介绍全县小城镇建设时用了"火爆"两个字。的确，1991 年县里提出"以众多小城镇建设为龙头，推动全县农村经济全面发展"的战略

后，130 万襄阳儿女便掀起了前所未有的小城镇建设高潮。8 年来，全县累计投资 6.8 亿元，新修扩建各种道路 137 条 175 公里，铺设供水管道 115 条 163 公里，下水管道 92 条 107 公里，新植行道树 175 万株，新增绿化带 143 公里，新装路灯 1043 盏，新建改建扩建市场 66 个，28 个乡镇电力、程控电话、调频广播、无线电视、有线电视等现代化设施全部开通开播。全县小城镇整体建成区面积由 1990 年前的不足 20 平方公里，扩大到 78 平方公里。

从我们参观过的双沟镇和太平店镇来看，中西部地区小城镇基础设施建设差的问题得到了根本的改观。双沟镇拥有万门程控电话和日供水万吨以上的自来水厂，太平店镇也开通了万门程控电话，新建住宅面积达 30 万平方米。

小城镇作为小区域经济中心和城乡经济的纽带，发挥着重要作用，在当前开拓农村市场方面蕴藏着巨大的动力和潜力。

太平店镇提供的事实很有说服力。该镇镇区 3.5 平方公里，8 万人有近一半居住在这里。全镇存款 1.5 亿元，其中 1.3 亿是居住在镇区里的人存的。去年镇财政收入 1000 万元，其中镇区提供 700 万。全镇个体私营户提供税收 250 万，其中镇区提供 230 万。由于小城镇的辐射，周围 5 公里内也是相对富裕的地区，这一地区居住着 4 万人。

县供销社的负责同志谈道：去年全县供销系统实现购销额 13 亿元，其中 80% 是在小城镇完成的。销售额 6.5 亿元，其中 5.3 亿元是在小城镇实现的。

县工商局的负责同志介绍：全县个体工商从业人员 12 万人，农民占了 90%，其中绝大部分在小城镇做生意。1994 年以后建了 88 个市场，其中 81 个建在了小城镇。县乡镇企业局的负责同志告诉我们：全县依托小城镇的村办企业达 3411 家，产值 68.47 亿元。户办企业 5.45 万家，产值 76 亿元。

采访中我们发现，一些小城镇在开拓农村市场方面已经迈出了实实在在的步子。欧庙镇在集中划出了工贸区、农贸区、小商品区的基础上，去年又投资 800 多万元兴建了封闭式工业品市场。为了开拓农村市场，提高社会购买力，他们还提出引导和带领农民消费。比如，为了引导富裕农民消费，镇里统一兴建了住宅小洋楼，等等。

襄阳归来，记者对"小城镇，大问题"有了更深刻的理解。

（1998 年 7 月《经济日报》）

合作社成为农业产业化的载体

—— 对潍坊市农业产业化实践的调研思考

90 年代的中国农村，最热是农业产业化。然而，农业产业化涉及种养加、产供销、内外贸、农科教诸多方面，当前重点抓什么？农业产业化是农业的根本出路，是一个长期的过程，当前的突破口在哪里？

作为农业产业化的有效载体和最佳组织形式，各种合作经济组织正如雨后春笋，方兴未艾。我们从农业产业化的发源地之一——山东潍坊（记者先后采访了高密、诸城、安丘、青州 4 个县市的 10 余个合作社），看走在农业产业化前面的潍坊正在做什么？

"一家一户办得了的事情一家一户办，一家一户办不了的事情联合起来办"

在潍坊，合作经济组织正在使产业化向深入发展，合作社成为农民最向往的地方。

高密市河崖镇蔬菜生产合作社是最早出现的合作社之一。潍坊市正是从这里得到启发，找到解决制约农业产业化进一步发展的突破口，从而使农业产业化的组织形式的探索有了突破性进展。

这个合作社成立的背景和原因也具有广泛的普遍性和代表性。河崖镇是一个瓜菜之乡，土质和水源条件都适宜种菜，农民也有种菜的习惯，因此，市里提出了 10 万亩蔬菜带开发的总体要求，确立了"发展瓜菜镇，阔步奔富裕"的思路。但是在发展中出现了一些新问题：

1. 生产上的盲目性。农民种什么，种多少，心里没底。1993 年，全镇一下子就种了近万亩辣椒，结果损失惨重。

2. 农民进入市场难。常常是，种的蔬菜不是卖不出去，就是卖不上好价钱，依靠一家一户既解决不了也解决不好。

3. 龙头企业与农户的关系难处理。由于是单纯的买卖关系，不是农户不卖就是企业不收，影响了企业的效益，也挫伤了农民的积极性。

4. 服务跟不上。农民不仅需要产前服务，更需要产中、产后服务，没有健全的服务实体和服务体系，农民真正进入市场就是一句空话。

河崖镇遇到的这些问题，王伯祥副市长从更深层次上进行了概括：一是在农户、龙头、基地之间缺少一种科学规范的"组织连接手段"，形不成风险共担、利益均沾、连心连利的经济共同体。二是农工商分配不公的问题比较突出。三是农民对系列化服务的要求得不到满足。四是农业投入无保证。

在高密、诸城等地试点的基础上，市委、市政府于 1993 年 7 月召开推广工作会议，明确提出在全市大力发展农村合作经济，以合作经济推进农业产业化经营，加快农业现代化进程。

据初步统计，到目前，全市各类合作经济组织已发展到 9120 家，其中生产型 4009 个，流通型 889 个，服装型 1446 个，综合型 2756 个。固定资产总值达到 56.7 亿元。入股资金总额 39 亿元，其中国有 6 亿元，集体 11.2 亿元，农民 21.8 亿元。带动农户 82.72 万个，占总户数的 46%，年实现利税 19.5 亿元。参与经营的人数达 148 万人。

有关专家在考察后认为，农业的根本出路在于产业化，农业产业化的最佳组织形式就是合作制，合作制是推动农业产业化向更高层次发展的重要途径。

一、合作社提高了农业产业化和农民组织化程度，使农民
得到好处，实现了农村微观组织制度的创新。

50 年代建立的初级社和高级社是一种生产合作社，紧随其后的人民公社就不是一种合作社了，而成为一种工农商学兵五位一体的政治合一组织。

80 年代中期，农村再次出现了联合热，自发产生的各种经济联合体、专业协会、研究会、股份合作社等，一度引起广泛关注。尽管多数还不是合作组织，但已经说明，真正为农民服务的合作社，农民是需要和欢迎的。

在发达资本主义国家，合作社已经有了 100 多年的历史。美国农产品由合作社加工的占到 80%，合作社提供的化肥、石油占 44%，贷款占 40%。法国由合作社收购的牛奶占 50% 以上，谷物占 71%；在食品出口中，合作社出口的谷物占 45%，鲜果占 80%，肉类占 35%，家禽占 40%。原西德农业合作社控制了全国奶制品市场的 79%，谷物市场的 55%，蔬菜市场的 42%，合作组织渗透到农业生产的各个环节和领域。

事实证明，我国农业产业化的程度低，原因是多方面的，但合作经济不发达，农民组织化程度低，无疑是一个十分重要的原因。在这种情况下，农业产业化产生最早、发展较快的潍坊进行农村合作经济组织的广泛实践，便有了不同寻常的示范意义。

河崖蔬菜生产合作社由于得到了中国社会科学院有关专家的指导和帮助，因而既是成立较早的，也是比较规范的。

这个合作社是以镇蔬菜加工厂为依托成立的，加工厂作价 720 万元，按每股 100 元加入合作社；全镇 3000 多个种菜专业户按每股 100 元带股加入合作社；合作社选举产生了董事会、监事会和社员代表大会。

合作社每年都与社员签定种植合同，制定收购保护价格，按合同包购社员交售的农副产品；每年实现的利润，拿出 20%~30% 按社员交售农副主品价值分红，其余的用于公共积累；及时为农民提供产前、产中、产后的系列化服务。

合作社运转的第二年，就加工出口蔬菜 700 多吨，国内销售 2000 多吨，盈利 200 多万元，社员股分红 30 多万元，用于扩大再生产 100 多万元，全镇农民仅此一项人均增收 1000 多元，由此带动了全镇蔬菜生产上了一个大台阶。

到目前，合作社拥有固定资产 1670 万元，入股农民已发展到 3500 个，入股资金 48 万元，1997 年合作社实现销售收入 7200 万元，利税 450 万元，年终分红 142 万元，其中入股农户分红 12 万元。

从实践来看，合作社的发展初步实现了当初成立时所希望的效果。

潍坊市的合作社，主要有以下几种组织形式和类型：

1. 以现有龙头企业为依托，吸收农民入股、入社，组成龙头企业与农户连心连利的合作社。上面介绍的河崖蔬菜合作便属此类。目前，全市已建立这类合作社 1500 多家。

2. 以供销社为依托，加强专业合作社建设，建立与农民新型的合作关系。全市供销系统共建立各类专业合作社 1000 多处，固定资产达 10 亿元，常年投入支农资金1亿多元。

3. 以专业协会为依托,组建合作社。如,诸城市绿宝蔬菜协会,已由建会之初的38个会员发展到遍及8省72县的6684名个体会员和168个团体会员,拥有165名专业技术人员,每年为各地调运、加工蔬菜5万多吨,成为一个跨省地联合经营的合作社。

4. 将现有松散的、初级的联合体加以引导规范,使之成为新型合作社。全市已将2000多个这样的联合体改造成了合作社。

5. 在坚持自愿的基础上,组织农民建立服务型的合作社。如安丘市于家水西村股份合作社,由村委会领办,是一个融服务和管理于一体的新型合作组织,下设生产资料供应、瓜果菜销售和科技信息公司。

6. 围绕水利、农机、果园等生产领域,结合本地实际,建立股份合作社。诸城陈家村将集体的全部农业机械进行评估作价,又发动农民自愿入股,创建了农机合作社,在机耕、机播、农作物收获等生产环节中,以低于周围村收费价格20%的标准收费,深受农民欢迎。

新的联合与组织,尊重农民的意愿,使农民获得了好处。同时在稳定和完善家庭联产承包责任制的前提下,实现了农村微观组织制度的创新。也使一家一户条件下不能充分发挥作用的生产资料集中起来,形成规模效益。

二、作为农民自己的经济组织,合作社是农业产业化的基本组织载体,更是农村微观经济组织的再造。

联合起来,走产业化之路,已经成为潍坊广大农民的自觉行动。正像50年代联合起来走社会主义道路一样。

然而,正是从这个意义上,人们脑海中那根敏感的神经很容易被拨动。难道农村改革真的要以"分"开始,以"合"深入?

对于一些疑虑,潍坊市各级领导认识和理解得很清楚,也很一致。市场经济条件下的合作社与过去那种"归大堆"有本质的区别,"谈合色变"是"左"的后遗症,需要正本清源,还合作社以本来面目。

在潍坊采访,我们一直在思考,农业合作社对农民、对农业产业化,乃至对农村改革到底意味着什么?

首先，合作社是农民自己的经济组织。它是市场经济条件下处于不利竞争地位的农民自愿联合起来的一种经济组织，具有鲜明的自愿、自主、自治的特征。在合作社中，农民既是生产主体，又是加工和经营主体，这就保证了农业产业化经营的利润回到农民手里，有利于增加农民收入，提高农业的比较效益。

其次，合作社也是劳动群众的集体经济，是公有制的一种实现形式。过去，我们对壮大农村集体经济强调得比较多，而对农村集体经济新的实现形式的探索则注意不够。千家万户分散经营的农民自愿联合起来，连股连利又连心，是一种既符合农村双层经营体制的需要、又符合现代市场经济要求的集体经济，它解决了一家一户办不了、原有集体经济又无力办的事情。合作社是应农业产业化之运而生，载农业产业化之体而长。从实践来看，凡是合作经济组织搞得好的地方，农业产业化经营推进就快，效果就好。另一方面，产业化是合作经济发展的基础，农业产业化的大力推进，为合作社的进一步发展提供了良好的契机和广阔天地。

最后，合作社更是农村微观经济组织的再造。中国改革自农村始，但农村改革近 20 年来并没有实质性突破，乡镇企业、小城镇作为农村改革的成果，并没有涉及农村基本组织和制度创新。10 几年来，关于中国农村微观经济组织形式的探索一直没有停止过，但并没有产生一种人们都认可的模式，在分户经营的基础上形成的各种合作社，将会成为农村微观经济组织的主导形式。

三、值得研究的问题

1. 作为市场经济下的新事物，潍坊的合作社在发展初期离不开政府的推动，在完善和规模中行政的力量要逐渐撤除，真正办成农民自己的合作组织。

2. 合作社中的产权关系尚须进一步明晰。

3. 与国外的相反，生产型合作社多，流通、服务型合作社少，农业保险及信贷合作社更是没有见到。

4. 各类合作经济组织要尽快明确法律地位。

（1998 年 8 月《经济日报》）

"森老虎"下山逞威

——从吉林森工集团改革看国有森工企业的出路

"虎落平川",说的是被称为森林之王的老虎一旦离开森林,便立刻威风扫地,陷入困境。

国有森工企业几十年来累计为国家提供 10 亿多立方米的木材,为国民经济建设作出了重大贡献。然而,由于天然林等林业资源的过度采伐,生态环境遭到急剧破坏。去年以来,中央领导同志多次就此事做出指示:"森工企业转向营林事业单位的方向不可动摇,势在必行,关系到子孙后代。""要实施天然林保护工程,少砍树,多栽树,把'森老虎'请下山。"

国有森工企业长期以来靠山吃山,吃出了一支 140 多万人的队伍。如今,"森老虎"要被请下山。人们关心,下山后的"老虎"如何生存?本来就困难重重的国有森工企业向何处去?让我们看看吉林森工集团这几年的改革之路,或许能有所启示。

吉林森工集团是全国首批 57 家试点企业集团之一,1997 年,这家集团实现了两个引人注目的转变:一是森林资源的生长量超过了采伐量,实现了消灭荒山的目标;二是下属 8 个林业局全部消灭亏损,集团实现利税 1.6 亿元,其中利润 2870 万元,由微利企业变成利税大户。

转轨:从砍树到营林

认识是行动的先导。吉林森工集团之所以能够先走一步,在于他们对森林资源危机以及由此带来的生态环境危机的忧患意识。

集团总经理公丕兴说:森林是中国各类资源中最稀缺的资源之一,说森林资源危机毫不为过。这就决定了今后相当长时间内,林业发展的唯一目标只能是扩大森林蓄积量,保护生态环境,因此要减少或停止采伐,变砍树为造林。

90 年代以后，他们实现了采伐方式的重大转变，即从皆伐到择伐。

1994 年集团组建后，又一改过去粗放的经营方式，相继投入 3200 多万元，通过选育良种、合理定植、调整采伐方式等措施，缩短了林木生长周期，提高了林业生长量。

目前，集团森林资源的生长量已超过了采伐量，实现了消灭荒山的目标。集团计划到 2010 年，集约经营面积达到 21.5 万公顷，占林地面积的 21.6%，经营区每公顷林木生长量由现在的 2.8 立方米提高到 5 立方米；珍贵树种造林比例从现在的 60% 提高到 80%，实现由砍树到营林、由靠山吃山到养山的跨跃。

转产：把粗活做细

砍树，伐木，吃山。国有森工企业过了几十年悠哉游哉的好日子。随着林业资源的消耗，毁坏绿色植被所带来的种种恶果、囫囵吞枣地吃大木头的低效益终于使森工人明白，这吃山也要换个吃法了。

从采伐到加工，从卖大木头到出售林产品，吉林森工集团实现了转产的第一步跨越。

为了把大木头细嚼慢咽地吃精吃细，延长木材生产的产业链条，提高产品附加值，近年来，集团共投资 2.9 亿元，新建和改造了白石山中密度纤维板等 4 个木材深加工项目。露水河林业局 1983 年木材生产和林产工业比重是 98：2，到去年变成了 3：5。1997 年，集团林产工业产值已占全部工业总产值的 36%，多种经营产值占全部产值的 15%，基本改变了卖原木为主的经营格局，初步完成了由采伐企业向加工企业的转变。

吉林森工集团还根据林区矿产、土地、水面、人文和自然景观等资源优势，积极开展多种经营，水泥厂、啤酒厂等工业企业陆续建成投产；商业、饮食服务业、运输业、旅游业等第三产业蓬勃发展。目前，集团多种经营产值已达到 4.7 亿元，占社会总产值的 18.7%。

转岗：家庭经济显身手

"森老虎"下山，最大的挑战莫过于人员安置。今后三年，吉林森工下岗职工将占职工总数的 41.8%。

这么多人向何处去？如何生存？吉林森工的做法是，全面实施"沟系开发"，大力发展多种经营和家庭经济。

从 1996 年开始，集团把林地使用权推向市场，实行林地有偿竞价承包，调动了富余职工从事种植业、养殖业等家庭经济的积极性。目前，全集团发展种、养殖业林地共计 6028 万公顷，发展家庭经济的总户数已达到 38460 户，占职工总户数的 55.6%。家庭经济总收入达到 1.5 亿元，占职工总收入的 25%。仅家庭经济就安排富余职工 2.9 万人，占富余人员总数的 49%。随着多种经营和家庭经济的快速发展，集团两年内还将安置富余职工 4 万人。

（1998 年 8 月《经济日报》）

北线壮歌

一九九八，难忘的夏秋。全国人民关切的目光不约而同地都投向了特大洪水：

南方，长江流域，由于暴雨频降，发生了全流域性的特大洪水，六次洪峰有预谋似的，一峰高过一峰，肆虐地冲击着长江堤防，数百万军民昼夜坚守，与洪水对抗了60多个难忘的日日夜夜。目前，长江沿岸依然危急，抗洪形势依然险峻。

北方，提前到来的嫩江、松花江洪水日夜咆哮，也相继形成三次一次高过一次的洪峰，它们溢过堤坝，撞开堤坝，在一望无际的大草甸子上凶猛地窜来，淹没了大片农田，冲毁了一些村庄，直接威胁着齐齐哈尔、大庆油田、哈尔滨。目前，齐齐哈尔已基本渡过险关，但大庆仍在危急之中；第三次洪峰已抵达哈尔滨，且洪水水位仍在升高，使哈尔滨处在危急关头、决战关头。

汛期提前到来，洪魔疯狂扑来。党中央、国务院和江泽民总书记关心松花江、嫩江灾情，黑龙江省数百万军民奋起迎战特大洪水。

嫩江两岸的居民都有些奇怪，刚刚还是在抗大旱，怎么转眼之间洪水就来了呢？

的确，嫩江、松花江的主汛期，这位不受欢迎的"客人"，比往年整整提前一个月到来。

与长江洪水的形成一样，嫩江、松花江流域的洪水也是暴雨型洪水。早在6月中旬，松嫩流域就开始连降大雨，特别是嫩江上游及其10多条大小支流地区普降大到暴雨，及至大暴雨，最大降雨量达到393毫米。

超百年一遇的特大洪水就这样形成了。

洪水咆哮，人民生命财产受到威胁，我国北方工业重镇齐齐哈尔受到威胁，占我国石油工业"半壁江山"的大庆油田受到威胁，重要城市哈尔滨受到威胁……

国家防总发出紧急通知，要求做好抗御嫩江、松花江特大洪水的各项准备工作，确保人民群众生命安全，确保重要城市、重点堤坝、大型水库、重要交通干线的防洪安全。

长江抗洪进入决战阶段，松嫩抗洪进入紧要关头。

就在这时，8月13日，江泽民总书记赴湖北抗洪第一线视察抗洪抢险工作的消息传到了北疆抗洪第一线，上百万日夜奋战的军民得到极大鼓舞。黑龙江省领导充分认识到，江总书记在长江抗洪前线的重要讲话不仅是指导长江抗洪的强大思想武器，也是指导嫩江、松花江抗洪的强大思想武器，是在"南线""北线"抗洪决战决胜的紧要关头发出的总动员令。

江总书记在关注长江汛情灾情的同时，同样也关心着嫩江、松花江的汛情灾情。

8月14日，他委托李鹏委员长赴黑龙江抗洪前线考察汛情慰问灾民，8月19日，他又委托温家宝副总理深入黑龙江抗洪前线慰问军民指导抗洪，并且于温家宝副总理赴黑龙江的前一天和当天，先后三次打电话给温家宝同志，一次打电话给省委书记徐有芳，对黑龙江省水情给予了极大关注，并作出重要指示。

洪浪滔滔，牵挂切切。8月14日中午，全国人大常委会委员长会议一结束，主持会议的李鹏委员长就立即乘飞机飞往齐齐哈尔，下飞机后又冒着不停的小雨沿堤防查看水情。他指示，在抗洪抢险斗争中，始终要把保证人民群众生命安全放在第一位。

离开齐齐哈尔，李鹏委员长又赶到了松花江边。当他得知当天的松花江水位已高出哈尔滨市的中央大街一米多时，他殷殷嘱托省市领导，对今年的洪水要有足够的估计和准备，千万不能掉以轻心。

回到北京后，李鹏委员长又多次打电话给黑龙江省领导，询问水情。

党中央、国务院的关心跃过滔滔洪水不断传来。国务院总理朱镕基8月13日特向省委书记表示慰问，他指出："在电视上看到你们指挥抢险的情况，向你们表示慰问和感谢，我因不能分身，不能亲自来与你们一起战斗。"

作为国家防汛抗旱总指挥的国务院副总理温家宝是指挥这次抗洪抢险的

一线指挥，他怀重托，肩重任，忙碌的身影多次出现在长江大堤上。一颗心，两头挂，两次欲赴黑龙江，皆因长江形势危急，不得不推迟。

8月19日上午10时，他乘机抵达哈尔滨后，立刻又登上直升飞机西行查看嫩江水情。晚上，他又风尘仆仆地乘车沿已经进水的哈尔滨斯大林公园林荫路来到防洪纪念塔下，把江总书记、朱总理的慰问带给正在抢险的广大军民。面对正在上涨的江水，他指示："只要认真贯彻江泽民总书记关于抗洪抢险工作的重要指示，咬紧牙关，坚持，坚持，再坚持，加固堤防，严防死守，我们就一定能够保卫住哈尔滨，夺取抗洪抢险的最后胜利。"

8月19日下午，中央政治局委员、中宣部部长丁关根打电话给黑龙江省委宣传部，慰问抗洪一线军民。

党中央、国务院的关怀和鼓励极大地坚定了黑龙江百万军民决战超百年一遇特大洪水的信心。连日来，百万军民，万众一心，在嫩江、松花江流域打响了一场新的"东北战役"。在这场与洪魔决斗的战役中，黑龙江省的主要领导、沈阳军区的主要领导始终日夜指挥在第一线，战斗在第一线。

哪里有险情，哪里就有子弟兵；哪里有子弟兵，群众就放心。在采访中，我们不止一次地听到这样的感慨：要是没有解放军，真不知道会出现什么后果。是的，只要到抗洪前沿一看就会发现，最关键、最危险的地方，始终都是身着迷彩服的子弟兵在战斗，甚至用血肉之躯铸起一道道坚固的大堤。在这些队伍中，仔细辨认，你才会不时发现将军之星在灼灼闪亮。

在几天的采访中，我们多次见到沈阳军区司令员梁光烈、政委姜福堂等将军的身影。

"宁可淹粮田，也要保油田"。军民万众一心在当年石油大会战的地方，以"铁人精神"打起了一场死保大庆的新战役。

一次次洪峰无情地扑向我国最大的石油工业基地大庆油田。我国石油工业的"半壁江山"处在洪水的围困之中。

"保卫大庆"的特殊战役打响了。

当更加凶猛的嫩江第三次洪峰逼近大庆时，8月10日中午，省委书记徐有芳中断正在召开的省委常委（扩大）会议，从牡丹江匆匆赶往大庆，指导抗洪工作。

"保卫大庆油田"的认识从上到下、从领导干部到普通群众得到了空前的统一。

省委书记徐有芳说:"保大庆油田就是保全局。"

大庆市市长说:"大庆不能被淹,国家更不能没有大庆油田,这就是我们的大局观。"

大局意识同样在农民群众的身上得到了可贵的体现。

为了保国堤就要炸开一些民堤,而面对堤内丰收在望的千亩粮田连起爆人员看了都心疼。"今年的庄稼长得真好唉!"望着瞬间被淹没的丰收果实,许多农民流下了眼泪。

8月19日早晨,我们驱车离开大庆市,向距大庆市100多公里外的杜尔伯特蒙古族自治县的胡吉吐莫镇驶去。在那里,2000余名官兵正在修筑保卫大庆油田的第三道防线。

放眼公路两旁,一望无际的草甸子和水泡子平静如常。不规则分布着的"磕头机"在秋日的阳光下一如既往地磕着头。大庆油田投产以来,就是靠这些磕头机累计为国家磕出了14.6亿吨的原油。而如今,它们正在受到洪水的威胁。

为了保卫大庆油田,大庆市的领导群众、解放军官兵、大庆石油管理局干部职工团结一致,众志成城,涌现了许多可歌可泣的感人事迹。在大庆短短一天的采访,我们始终处在振奋和激动之中。

8月11日,杜尔伯特嫩江大堤频频告急,拉海大堤出现险情。市委书记刘海生赴前线指挥,根据险情,研究部署抢险方案,直到午夜。凌晨5时许,肇源前线告急,他又急忙赶到胖头泡险段指挥,一直和广大军民奋战在抗洪一线。13日晚10时左右,来势凶猛的洪水开始漫过拉海堤坝,大堤同时出现十几处险情,情况万分紧急,一些人开始后撤。在这紧急关头,刘海生同志挺身而出,冒着生命危险,第一个奋力扛起沙袋冲上大堤,由于身患腰椎间盘突出症,加上多日没有休息,几次跌倒在大堤上,但他爬起来仍奋力往前冲……

领导带了头,群众也不甘落后。

杜尔伯特县泰康镇51岁的村委会主任崔万崇患有脑血栓,两个月前才出院,每天还在吃药。8月14日,是他预备党员转正的日子,拉海大堤刮起了五六级的大风,浪借风势凶猛地拍打大堤,不久堤坝被大浪掏出一个一米大的窟窿，随时都有溃堤的危险。由于缺少木桩，他率先跳入汹涌的洪水中和同志们一起码编织袋，这时凶猛的大浪一下将他击倒，他用力站起，当起"人"桩，用自己的身体缓解大浪的冲力。在他的带领下，村民们纷纷跳入水中，终于顶住了洪水的猛烈攻势，保住了大坝的安全。

李中霞是肇源县兴安乡友谊村的村民，村里男人都上了堤，女人干什么？她不甘心守在家里，就和全村100多名妇女组成了一支护堤"娘子军"。8月9日至11日，连日阴雨，送土车无法接近江堤。在这种情况下，她们硬是用肩膀一袋一袋把土背上江堤，从早到晚往返在110多米泥泞的土路和30多米摇摆不定的浮桥上，一干就是3天。

哪里有险情，哪里就有子弟兵。在保卫大庆油田的最前线，2万多名解放军指战员和武警部队官兵迎着肆虐的洪水筑起了一座座血肉长城。

8月18日晚10时，我们在大庆街头经历的一幕令人难忘。数十辆军车穿城而过。所有的大庆市车辆都自动停在路旁，许多市民深情地目送军车在夜色中渐渐远去。那些年轻的士兵还来不及看清这座著名而美丽的城市，便连夜奔赴抗洪前线去了。

与长江抗洪前线不同的是，嫩江流域的抗洪前线大多远离城市，甚至远离县城，战线长，人烟稀少。我们开车从大庆市经杜尔伯特县到达大庆的第三道防线胡吉吐莫，用了两个多小时。因此，部队行军和抗险期间，经常是一天24小时吃不上一顿饭。另外，东北秋后的蚊虫异常厉害，一叮一个包，一抓一片红，再加上整天浑身湿漉漉的，许多战士身上奇痒难忍。

人民子弟兵就是在这样的条件下，以当年石油工人在大荒原上打出高产油井的"铁人"的精神，守卫着身后的大油田，树起了抗洪抢险的"铁军"形象。

81413部队坦克连原车长王云龙去年12月已复员回乡，当得知部队开到抗洪前线的消息时，立即从辽宁抚顺老家赶到部队抗洪前线，他与过去的战友并肩战斗两天三夜没合眼。在南引渠抢险时，他第一个潜入两米多深的洪水中打木桩，一干就是4个小时。

81413部队八连战士张海涛，去年入伍，是位城市家庭的独生子，今年刚满19岁。12日深夜，在随部队赴江湾段抢险时，在泥泞的大堤上步行往返近5个小时，鞋子磨掉了底儿，他就用两个编织袋把双脚裹起来，和战友们一样冲在最前面。回到营地时，脚底已是血肉模糊。部队参谋长王洪滨心疼地把这位小战士的双脚揽在怀中，禁不住泪流满面。

一位我们未来得及核实姓名的战士刚刚做完小肠手术，医生嘱咐他两个月内不能洗澡，他却在洪水里一连泡了7个小时。

子弟兵上前线，人民群众作后盾，在大庆200多公里的大堤上，到处都能感受到军民之间的鱼水之情。

在胡吉吐莫临时筑起的第三道大堤上，一位中年妇女一次送来了整整1000个热乎乎的肉包子。一位个体户每天都要开着自己的车送来食品饮料，车上还打着一条横幅"洪水不退，捐赠不止"。

在保卫大庆油田的战斗中，还有一支特别能战斗的队伍，他们就是大庆油田职工。

1205钻井队，这支著名的大庆油田钢铁队伍，12日开赴南引渠抢险以来，在雨中整整奋战两天两夜没有下堤。他们与子弟兵并肩作战，化解了一次又一次险情，表现出了钢铁钻井队的英雄本色。

目前，代表石油工人赴抗洪前线的数千名抢险队员正日夜忙碌在各个险工险段，与他们一起战斗的解放军由衷地赞叹："大庆石油工人真是好样的！"

"哈尔滨，重中之重；怎么办？坚决守住！"秋风之中
巍然耸立的防洪胜利纪念塔将再一次作证明——

大庆尚在危急之中，哈尔滨又全线告急！

8月18日下午，我们来到防洪胜利纪念塔下。那一幅幅栩栩如生的雕刻，真实地记录了1957年哈尔滨人民英勇抗击特大洪水的情景；那短短的碑文，反映出军民团结一致，征服大自然的豪迈气概。

而眼前的情景，不正是历史的再现吗？只是，今年的洪水更大，更猛，更凶恶。

水位已高出最后一级台阶。江水正渗过第一道子堤。数千官兵正在抢修第一道子堤。

一群鸽子突然降落到防洪纪念塔下，开始安静地觅食。"渡江先锋团""英雄老虎团"的旗帜在风中格外引人注目。这两支都有着光荣革命传统的部队入汛以来始终活跃在松嫩抗洪第一线,他们中的各一个营在转战齐齐哈尔、大庆之后,先期抵达哈尔滨,抢筑沿江子堤。

这时,广播响了,两支部队互相挑战,互相勉励,看谁在抗洪中作的贡献更大。

滔滔江水涌,战士诉忠诚。两块黑板上贴满了战士的请愿书,话语铿锵,令人振奋。

战洪魔,扬军威。战士们还把誓言写到了救生衣上。阎宏伟写道:"冲吧,战友们!人生能有几回搏,力挽狂澜不怕洪!"杨衷楠写道:"与大堤同呼吸共命运。"苗爱东写道:"抗洪勇士,军中强者。"

8月19日,特大洪峰逼近哈尔滨,水位不断上涨,沿江多次出现险情,迎战大洪水、保卫哈尔滨的关键时刻到了。

哈尔滨是黑龙江省的政治、经济、文化中心,是具有较高国际知名度的特大型城市。省领导一再强调:"哈尔滨,重中之重,怎么办?坚决守住!"市政府颁布总动员令,举全城之力,保卫哈尔滨!

关键时刻,还看人民子弟兵。沈阳军区紧急调动了3万官兵急赴哈尔滨增援。一列列专列驶进哈尔滨火车站,一辆辆军车开进江边斯大林公园。"苏宁团"来了,"雷锋团"来了,我们的将校军官来了。

著名抗日将领彭雪枫之子、某集团军政委彭小枫少将对松花江一往情深,他曾在哈尔滨读书和生活6年。而今,他要率领他的军队驯服松花江的洪水。

曾参加过辽沈战役、抗美援朝、解放海南岛以及唐山大地震救灾、锦州抗洪的某集团军在军长杨福臣率领下开进哈尔滨。杨将军在江堤上对记者表示:"不惜一切代价,誓死保卫哈尔滨!"

洪水挑战着百里长堤,也在考验着人们的灵魂。尽管也有不和谐的音符,但回荡在抗洪前线的主旋律却始终是奉献和牺牲。

一位身患癌症、名叫殷桂兰的母亲奔波百余里,费尽周折,终于在抗洪前线找到儿子,当她把儿子的军校报到通知书交到儿子手里时,儿子刘德纯却跟母亲急了:"在这关键时刻,我怎么能考虑自己的小事呢。"母亲焦急地说:"报到时间快到了,这可是你的前程大事呀!"站在一旁的部队领导也劝说:"德纯,不差你一个,还是回去上学吧。"刘德纯坚决表示:"堤在我在,绝不退却!"

见此，母亲默默地冲儿子点点头，含泪离开，儿子急忙把仅有的两块压缩饼干拿出来递给母亲。

在松花江大堤上，有一位 45 岁的农民在与子弟兵一起拼命干活。他叫王明华，他在部队当兵的年仅 19 岁的儿子刚刚病故，遗体还停放在医院里，他来不及处理，就跑到大堤上，每天拼命地干活，他要替儿子也干出一份来。记者采访他，他只流着泪说了一句："咱是当兵的爹。"

是的，在英勇的抗洪大军身后，是深情的 300 多万哈尔滨人民。洪水使军民鱼水之情再度得到了升华。

8 月 20 日上午，抗洪部队某部司务长李新科来到哈尔滨日报编辑部，激动地讲述了他早晨到菜市场买菜时的一幕：买第一样菜时，身旁两位中年妇女一位掏出 50 元，一位掏出 20 元，争着为他付钱；买第二样菜时，跑来一位女中学生替他付钱；买第三样菜时，摊后面的小伙子笑着对他说："我是替朋友看摊儿的，这点钱我替你付了。"买第四样菜时，一位老大爷推开他的手，非要替他付钱。

李新科急得满头大汗，敬了一个又一个军礼，苦苦请求市民让他自己付钱，就这样"折腾"了多时，他才逐一付清菜钱"逃离现场"。

"饺子壮征程"。20 日下午 4 时，道外同庆小区的几位妇女将热气腾腾的整整 2 万个饺子送到子弟兵手中。

"请吃一碗红烧肉"。20 日晚 10 时，50 多岁的王际华携一双女儿特意为抗洪官兵做了两锅红烧肉、一锅大米饭，乘出租车连夜赶到江岸。

保卫家园，全民上阵。在大堤上，父子齐上阵、兄弟齐上阵、夫妻齐上阵的景象随处可见。

暴雨，洪水，恶浪，汇成超过百年一遇特大洪魔；

党心，军心，民心，凝成一道无坚不摧铜墙铁壁。

洪水仍在上涨，恶浪翻腾咆哮，大庆、哈尔滨仍在危急之中，保卫大庆油田、保卫哈尔滨的战斗正在紧张进行。

秋风飒飒之中，秋阳高照下，防洪胜利纪念塔巍然耸立。

它将再一次证明！

（1998 年 8 月《经济日报》）

全力以赴实现增产增收目标

（一）今年的特大洪涝灾害给农业和农村经济造成较大损失，但从总体上看，当前农业和农村经济运行基本平稳，发展势头还是好的。

一是全年粮食总产有望与去年持平。今年夏粮生产遭受了北旱南渍、春季冻害和后期高温逼熟等严重灾害，全国夏粮总产为 1131 亿公斤，比特大丰收的去年减产 146 亿公斤。早稻由于结构调整，加上江西、湖南、湖北、浙江和安徽等主产区遭受洪涝灾害，预计总产为 410 亿公斤，减产幅度较大。但秋粮形势比较看好。除部分洪涝重灾区损失较大之外，全国大部分地区秋粮长势良好，特别是黄淮、华北、东北、西北等北方地区有望比去年获得较大幅度的恢复性增产。夺取秋粮丰收，实现以秋补夏，完成全年粮食总产 4925 亿公斤的计划应该是大有希望的。

二是畜牧业、渔业稳定发展。据农业部对十五个重点省的调查，上半年畜牧业生产稳定增长，畜产品市场供应充足，肉类总产量预计比去年同期增加 6%，生猪存栏比去年同期增长 2.5%，生猪、肉牛、肉羊出栏分别增长 4.8%、7.6% 和 7.8%，禽蛋产量比去年同期增长 5.9%。1-7 月份，水产品总产量 1673 万吨，比去年同期增长 11%。

三是乡镇企业经济增幅逐月攀升。据统计，1-7 月份全国乡镇企业累计完成增加值 11658 亿元，比去年同期增长 14.9%；实现工业增加值 8490 亿元，增长 15.1%；出口商品交货值 3292 亿元，增长 5.2%；实现销售产值 20070 亿元，产销率为 93.86%。在看到总体运行情况良好的同时，对存在的问题也应有清醒的认识，要全面实现中央年初提出的农业和农村经济发展目标，任务还相当艰巨。一是灾后恢复困难较多。今年夏季长江、嫩江和松花江特大洪涝灾害，持续时间之长、受灾范围之广都是历史上罕见的。据不完全统计，全国洪涝灾害农作物受灾面积 3.18 亿亩，其中成灾近 1.96 亿亩。造成农业直接经济损失 600 多亿元。加上抗洪抢险人力、物力、财力投入巨大，灾后重建家园、恢复农业基础设施和开展生产自救，任务繁重，对明年农业生产的影响也不可低估。二是农业增产任务较重。要完成全年粮食生产目标任务需要以秋补夏，确保秋粮增产 200 亿公斤以上。现在看，虽然秋粮面积扩大，长势正常，丰收在望，但要真正实现丰产丰收，还要加倍努力。三是农民增收难度较大。今年以来，由于农产品市场价格继续走低，农民收入增长缓慢。据有关部门测算，上半年全国农民人均纯收入与去年同期相比基本持平，影响农民收入增长的诸多因素依然存在，加上一些地方农民不合理负担没有真正减下来，农民增收形势严峻。因此，各级农业部门务必进一步增强紧迫感和责任感，大力发扬抗洪精神，在抓好秋季作物田间管理、千方百计夺取秋季农业丰收的基础上，要突出重点，集中精力抓紧抓好抗灾自救、恢复生产和秋冬季农业工作，力争大灾之年完成粮食总产 4925 亿公斤和农民人均收入增长 4% 的发展目标，并为明年农业增产、农民增收和农村经济持续稳定发展打下坚实的基础。

（二）全力组织生产自救，着力恢复灾区生产，不仅关系到灾区群众生活，而且关系到经济发展和社会稳定，任务艰巨紧迫。灾区各级农业部门要在巩固抗洪斗争成果的基础上，及时把工作重点转移到组织和帮助受灾群众恢复生产、重建家园上来，切实加强领导，精心组织，迅速动员和组织广大农民掀起以生产自救为中心的秋冬季农业生产高潮。

江泽民总书记、朱镕基总理对抗洪救灾、恢复生产和重建家园工作作出了重要指示。各地必须统一认识，领会精神，坚决贯彻落实，把思想和认识统一到党中央、国务院的统一部署上来，科学指导灾后农业生产恢复工作。灾后农业生产的恢复要有新思路、着眼新发展。要把当前救灾与长远发展结合起来，把恢复生产与调整结构结合起来，把治标与治本结合起来。要立足自力更生，艰苦奋斗，加上国家扶持和社会救助，通过恢复生产和灾后重建，达到调整结构、优化布局、提高水平的目的。

灾区各地也要根据当地实际，因地制宜地组织受灾群众广开生产自救门路，引导受灾群众利用当地资源，发挥传统生产优势，发展多种经营，实现以副补农。要通过秋冬季农业和农村经济的发展，实现"夏季损失秋冬季补，粮棉损失多种经营补，农业损失副业补"，确保灾区群众安全过冬。

各部门尤其是农业部门要发扬抗洪精神，要集中精力，集中时间，动员广大干部和技术人员广泛深入基层，深入千家万户和田间地头，搞好技术服务和指导，切实帮助灾区群众解决恢复生产中存在的实际困难和问题。有关部门也要积极做好种子、种畜、种禽、种鱼等调剂、调运和供应，保质保量满足生产急需。

（1998 年 9 月《经济日报》）

小岗村的历史定格

中国的改革开放首先是从农村开始的，农村改革又是从安徽凤阳的小岗村首先发端的。小岗村，一个辉煌的名字，将像井冈山一样永远镌刻在中华民族历史长卷之中。

18 个农民的签名，18 个鲜红的手印。在这张载入史册的字据面前，江泽民总书记驻足良久，仔细端详。

他深情地对在场的干部和农民说，小平同志开创和领导的改革开放事业，首先是在农村开花结果的，而农村改革又始于小岗村。以家庭承包经营为基础的双层经营体制，这是党的农村政策的基石。这一政策要长期坚持下去，是不会改变的。

这是 1998 年 9 月 22 日下午，农村改革 20 周年之际，江泽民总书记视察安徽凤阳县小岗村的一个令人难忘的镜头。

（一）

安徽凤阳，以凤阳花鼓闻名四方，但千百年来花鼓唱得让人辛酸。

1978 年，凤阳遭受特大灾荒，是外出谋生还是留下来拼搏？小岗村的农民把目光投向了脚下的土地。12 月的一天夜里，小岗生产队 18 户没有外出的农民在严立华家召开了一次秘密会议，决定自行包产到户，并立下了字据，按下了手印。随着黎明的到来，中国的农村改革拉开了序幕。

当小岗村的这些农民按下手印的瞬间，他们也许不会想到，他们为生存而采取的壮举会成为中国农村改革的起点，不久之后，家庭联产承包责任制迅速推向全国，并进而成为党在农村的基本政策。

人还是那些人，地还是那片地，转过年来，粮食产量由原来的 3 万多斤一下子提高到 12 万多斤，这个合作化以来从未向国家交一斤粮食的"吃粮靠返销，花钱靠救济，生产靠贷款"的"三靠队"第一次向国家交了公粮，还了贷款。

"大包干，大包干，直来直去不拐弯儿。""交够国家的，留足集体的，剩下都是自己的。"小岗村农民的大胆实践随着这形象的语言不胫而走。

以家庭经营为特征的包产到户前后曾经"三起三落"：第一次是1957年，高级农业合作社办起后，有些地方农民不搞统一经营，农户上交一定数量的农产品，其余归己，当时把这种做法叫做包产到户；第二次是三年困难时期，一些偏远落后地区的农民以包产到户方式自救；第三次是1964年，贵州、甘肃等地区部分农户自发搞起了包产到户。可以说，小岗事件虽为改革的发端，却并非创新之举，但在当时的情况下，小岗村迈出的一步，仍是那么艰难，那么有分量。

（二）

"由'不准'变为'不要'，再变为'有条件的允许'，而终于完全放开。"一位记者后来在总结包产到户演变过程时写了这样一句话。

但不管怎样说，包产到户得到了安徽省委的支持，到1978年底，全省实行包产到户的生产队达1200个，占生产队总数的0.4%。与此同时，四川、河南等地的一些生产队也先后冲破禁区，包产到户。

包产到户的出现随即引起了激烈的争论，争论的核心是其性质问题，也就是姓"社"还是姓"资"。由于当时政策的局限，到1980年1月，全国有84.7%的生产队实行各种形式的责任制，其中实行包产到户的不足1.1%，搞得好、发展快的安徽省也不过10%。

1980年5月，邓小平同志高度赞扬了安徽省实行包产到户所引起的变化。同年9月，在各省市区第一书记参加的座谈会上，包产到户在边远山区和落后地区取得了合法地位。

1982年1月，中共中央批转的《全国农村工作会议纪要》，第一次明确肯定了包产到户的社会主义性质，这进一步消除了人们的思想疑虑，促进了包产到户的迅速发展。到1982年1月，实行家庭承包的生产队已占总数的78.8%。

1983年1月，中共中央在《当前农村经济政策的若干问题》中则热情赞颂了包产到户"是在党的领导下我国农民的伟大创造"。这样，到1983年末，全国实行家庭承包的生产队已占97.8%。

（三）

中国的改革是从农村开始的，农村改革则是从土地承包开始的。20年来，家庭联产承包经营的巨大作用已为农业和农村经济发展的实践所证明：我国粮食生产连续登上7000亿斤、8000亿斤和9000亿斤三个台阶，目前基本稳定在9800亿斤左右。

作为农村改革的主要内容和重要成果，以家庭联产承包为主的责任制和统分结合的双营体制，成为党在农村的一项基本政策和我国农村的一项基本经营制度，为此，中央反复强调，土地承包政策必须长期稳定，并在实践中不断完善。

1984年，中央规定土地承包期一般应在15年以上；1993年，中央规定土地承包期再延长30年不变，给农民吃了"长效定心丸"。与此同时，为了解决一些新的矛盾，在承包地基本稳定的前提下，出台了"大稳定、小调整"等完善的办法。

为什么稳定土地承包政策成为20年来农村改革的主旋律呢？这首先是由我国初级阶段的农业生产力的状况决定的。家庭承包经营适应农村生产力水平，有利于促进生产力的发展；其次，广大农民选择了家庭承包经营这种形式，并且希望长期稳定不变，稳定，符合广大农民的意愿；第三，事实证明，家庭承包经营适合农业生产特点，有利于提高土地生产能力。

发展是硬道理。不断地解放生产力，适应生产力，发展生产力，这就是20年前"小岗事件"带给我们的启示。

（1998年10月《经济日报》）

从传统农民到现代市民

在深圳特区，伴随着农村工业化的浪潮，农村城市化进程进一步加快。如何使传统农民在成为产业工人的同时，转变为现代市民？请看深圳宝安农民进城的转变过程——

在深圳看农村，已经看不到传统意义上的农村了。特区的农村是个什么样子？

前不久，宝安区被确定为《经济日报》的农村调研点，趁此，我们来到宝安，马不停蹄地走访了其8个镇中的5个。

特区农村在工业化浪潮的推动下，城市化水平已大大超前于全国；特别是在城市化进程中，他们始终把提高人的素质作为战略性的任务来抓，使农村工业化、农民城市化协调发展。这一点，给我们留下了深刻的印象。

工业化是城市化的基础。

改革开放以来，宝安农村抓住机遇，以发展"三来一补"企业为突破口，经济迅速起飞，到去年，仅有23万常住人口的宝安区工业产值已超过200亿元。

物质上迅速富裕起来，人的素质上的差距也明显暴露出来。一些人艰苦创业的思想有所弱化，小富即安，不思进取；不读书、不做工、不务农、不经商的"四不"青年开始出现；许多农民仍然习惯于家庭式和宗族式的交往方式，花园式的住宅又重砌上围墙；有的村民"室内现代化，室外脏乱差"。

区委、区政府通过调研认识到，面对迎头而来的工业化和城市化，宝安农民普遍存在着"两低两差"的问题：文化教育水平低，法律知识水平低；文明素质差，城市意识差。

从"离土不离乡"到"进厂又进城"，宝安农民在实现了第一步跨越之后，如何成为合格的城镇居民？更加严峻的挑战来自自身，因为"换脑"无疑比"洗脚"更艰难。

宝安区领导同记者谈道，宝安在建区后几年间之所以取得很大成绩，是与紧紧抓住了农村城市化过程中提高人的素质这一根本问题分不开的。

他们是从三个辩证关系中来认识这个问题的：一是经济发展与人的素质的关系，二是城市环境建设与人的素质的关系，三是法制建设与人的素质的关系。

1994 年 4 月，《深圳市宝安区经济社会发展战略》（1994—2010 年）明确提出了以全面提高人的综合素质为核心的现代社会文明建设的总目标。

1996 年 4 月，《深圳市宝安区国民经济和社会发展"九五"计划》进一步强调了以提高人的综合素质为中心，全面提高人民群众的道德水平、城市意识和文明素质。

1996 年 11 月，《宝安区创建高标准文明区实施办法》再一次把提高人的综合素质和城市文明程度作为指导思想和目标。

提高农民素质，首先靠思想教育和自律。一是区里相继组织开展了几次规模较大的大讨论和研讨会，如"因何而富，富后何为""怎样做一个宝安人"的大讨论，"农村工业化、农民城市化"理论与实践研讨会等国际学术研讨会，这些讨论和研讨，对于促进农民由小农意识向现代城市意识转变起了巨大的推动作用。二是在全区农村普遍开展了"三破三立"的思想教育活动，即破除"小农意识"，树立科学的城市观念；破除"小生产意识"，树立市场经济观念；破除"小团体意识"，树立识大体、顾大局观念。

还结合《深圳市民行为道德规范》的宣传和普及，广泛开展社会公德、职业道德、家庭美德教育。组织村民分期分批到外地参观学习。三是抓好村民培训，使农民"脱愚转智"。暨南大学经济学院在龙华镇设立了分教处，华南农大在福永镇开设了外资英语大专班，暨南大学与沙井镇联办经济管理大专班，省委党校还在沙井镇开设了本科班。与此同时，各镇村都陆续选送优秀青年到高等院校接受培训。四是花大力气建设文化基础设施，创造农民自我教育的良好环境。

在我们采访的几个镇中，几乎都看到了自己的宣传学习刊物，如，《沙井乡情》《西乡文艺》《万丰文讯》等。

在万丰村的文博馆，我们读懂了一个村庄的变迁史。在溪头村的图书馆，我们看到了全国最大的村级图书馆。

从传统农民转变为现代市民，思想教育固然重要，制度的力量同样不能忽视。

宝安是全国实行农村股份合作制最早的地方，把精神文明建设的基本内容和目标要求，纳入农村股份合作制奖惩条款之中，是他们走出的一条成功之路。《宝安区农村股份合作制暂行办法》规定：村民若是违反治安条例、吸毒及违反村镇规划、市政设施、园林绿化等管理规定的，均全部或部分取消事发期间的分红权。

大部分村的章程都有这样的规定：对当年评不上文明户的家庭，年终股份分红予以一定的扣除；对考上大中专的学生，给予5000元—30000元的奖励；有的村对自愿只生一个孩子的夫妇一次性奖励7万元。

通过这些综合措施，特区农民的城市意识大大增强，用一位镇委书记的话说：如今的农民才真的活得像城里人了。

（1998年11月《经济日报》）

稳定发展又一年

——1998 年农业和农村经济大事回眸

　　春、夏、秋、冬，一季赶着一季，一晃一年就过去了。这一年，关心中国经济的中外人士也一直关心着农业和农村经济的发展。这一年，是农业和农村经济稳定的一年，是发展的一年，是稳定发展的一年。说稳定，既包含了稳定农村政策的含义，也包含着粮食产量和"菜篮子"产品稳定和稳定增长的含义。说发展，乡镇企业在困难的情况下继续发展，农村民主法制建设、精神文明建设、基层组织建设都取得了新的进展。年底召开的中央农村工作会议对一年的形势进行了总结，认为，1998 年农村形势总体上是好的，但也存在一些值得重视的问题。说存在问题，主要是指农民收入增加缓慢，农村不稳定因素增加。

鲜明的主题，农民增收农村稳定

　　如果说刚刚过去的一年农业和农村经济发展中贯穿着一条主线的话，那么这条主线就是，农民增收和农村稳定。其实这两个问题，在 1997 年年底就已经突出出来，在 1999 年将更加突出出来。因为在 1998 年年初和年底分别召开的两次中央农村工作会议上，确保农民增收、农村稳定不约而同成了会议的主题。

　　1998 年新年刚过，1 月 7 日，中央农村工作会议在北京召开，当时主管农业的国务院副总理姜春云作了题为"坚决贯彻稳定和加强农业的方针，确保农业增产、农民增收、农村稳定"的报告。年底，按惯例应在来年 1 月召开的中央农村工作会议提前到 12 月 28 日召开，国务院副总理温家宝提出，"以农民增收、农村稳定为重点，努力做好 1999 年农村工作"。

这两次会议，江泽民总书记都接见了会议代表并发表了重要讲话。在年初的会议上，他强调，"不管遇到什么困难，务必实现农业增产、农民增收、农村稳定。"在年底的会议上，他要求，"明年要突出抓好增加农民收入和保持农村稳定这两件关系全局的大事。"

而在11月份召开的中央经济工作会议上，江泽民总书记指出，"明年的农业和农村工作，要全面贯彻落实十五届三中全会的部署，稳定农村基本政策，加强以水利为重点的农业基础设施建设，下大力气抓好增加农民收入和保持农村稳定两个突出问题。"

由此看来，农民增收、农村稳定具有重大意义和现实紧迫性。

应该说，农业增产、农民增收始终是农村经济发展的两大任务和目标，但是，随着农村经济发展新阶段的到来，我们必须对如下两个变化给予足够的重视，一是从"农业增产、农民增收"到"农民增收、农村稳定"的变化，一是在"农业增产、农民增收"中，农民增收已经转化为农村经济的主要矛盾，因此，"必须把增加农民收入作为农业和农村经济发展的出发点和落脚点"。

农民增收，既是一个老问题，又是一个新问题。说是老问题，因为改革开放20年来，它始终是农村工作的一个重要内容；说是新问题，因为它从来没有像今天这样具有如此的宏观和全局意义。很明显，如果农民收入不能稳步增长，不仅会影响到对农业生产的投入，而且会影响到小康目标的实现；不仅会影响农村的发展和稳定，而且会影响扩大内需和开拓农村市场的实现。

农村稳定是90年代以来才日益突出的问题。农村不稳定因素增加，主要有这样几个原因，一是党的农村政策在一些地方没落实好，二是农村金融风险的隐患不断暴露，三是少数地方出现了非法的宗教活动。

农民增收、农村稳定，是两个关系到改革、发展、稳定大局的问题，1998年花了很大的力气去解决，1999年还要花更大的力气去解决。

紧迫的要求，从战略高度重视乡企发展

作为亿万农民的一个伟大创造和党领导改革开放所取得的一项巨大成就，乡镇企业异军突起，迅猛发展，已经成为农村经济的主体力量和国民经济的重要组成部分。近年来，随着我国经济进入一个新的发展阶段和企业改革进入攻

坚的关键时刻，乡镇企业同样面临着新的问题、新的困难、新的挑战。

如何解决问题，克服困难，迎接挑战，江泽民总书记带着这一课题到苏南考察。关心乡镇企业发展的人无不注意到，总书记在讲话中突出强调了"发展乡镇企业是一项重大战略，是一个长期的根本的方针"，"一定要从国民经济和社会发展全局的高度来认识乡镇企业的地位和作用。"

为什么强调从战略高度重视乡镇企业呢？因为"国民经济新增份额中有很大一块是由乡镇企业创造的。搞好乡镇企业，对于实现今年国民经济发展目标至关重要，也有利于稳定和加强农业，搞活国有企业，促进整个国民经济进入良性循环"。由此，从战略高度重视乡镇企业，是现实的需要，是紧迫的要求。年初，新一届政府确定了国民经济增长8%的目标，从此，中国能否实现8%的目标便成了国内外关注的问题。据专家测算，乡镇企业如果实现既定的增长18%的目标，便可为8%至少贡献3.6个百分点。因此，乡镇企业的发展如何，对国民经济全局的影响至关重要，于是，人们由怀疑前几年乡镇企业的发展速度，转而担心1998年能否实现既定的发展目标。

年底传来的信息给人们带来安慰，乡镇企业基本实现了全年的发展目标。但是，这些似乎已不重要。"从战略高度重视乡镇企业"这样一种认识的确立，对乡镇企业发展的影响将是深远的。1998年，"战略"一词似乎特别钟情于乡镇企业和农村经济。这一年，与乡镇企业相关的另一个话题引起了人们异乎寻常的关注，"小城镇，大战略"，一时间，人们耳熟能详。

10月4日，国庆节刚过，江泽民总书记第二次来到江苏，随后又到上海、浙江视察。在这次视察中，他对小城镇建设给予了充分的关注。一路上，他多次同苏、沪、浙3省市的地方党政领导干部和有关专家学者交换对这一问题的看法。他指出，发展乡镇企业是一个重大战略，是一个长期的根本方针。在大力发展乡镇企业的同时，积极推进小城镇建设，也是一个大战略。

10天后，党的十五届三中全会通过了《中共中央关于农业和农村工作若干重大问题的决定》，《决定》在论述小城镇时写道："发展小城镇，是带动农村经济和社会发展的一个大战略，有利于乡镇企业相对集中，更大规模地转移农业剩余劳动力，避免向大中城市盲目流动，有利于提高农民素质，改善生活质量，也有利于扩大内需，推动国民经济更快增长。"

小城镇是个大战略，但显然不是一个新问题。从 80 年代的"小城镇，大问题""小城镇，大文章"，到 90 年代的"小城镇，大战略"，也显然不仅仅是词汇上的变化。

艰难的起步，粮食流通体制改革成果初现

一位专家说过一句让人记忆深刻的话：粮食有问题，但不是粮食的问题，甚至也不是农业和农村的问题。那是什么问题呢？ 1998 年大力推进的粮食流通体制改革，其前因后果无不在回答着这个问题。

可以这样说，1998 年的粮改，上至国务院总理，下至农民群众，无不为之揪心扯肺、牵肠挂肚，其推进的历程完全可以用"惊心动魄"四个字来形容。

年初，当新一届政府总理朱镕基把粮改列为当年 5 项改革的第一项时，有人就预言，这是一项艰难的改革。粮改，在一部分怀疑、绝大部分期盼的目光中起步了。

4 月 27 日至 29 日，新一届政府组成后召开的第一个全国性工作会议，就是部署粮食流通体制改革。朱镕基总理首先指出，粮改已经到了"非改不可、不改不行、刻不容缓"的时候了。人们从总理的语气和用词上读出了政府推进粮改的勇气和决心。

勇气和决心无疑来自对现实的清醒认识。那么，现行粮食流通体制到底存在哪些弊端呢？简单说，就是国有粮食企业管理落后，政企不分，人员膨胀，成本上升；同时又严重挤占挪用粮食收购资金，导致经营亏损和财务挂帐剧增，超出国家财政的承受能力。朱镕基强调了粮改的基本原则是"四分开一完善"，即实行政企分开、储备与经营分开、中央与地方责任分开、新老财务帐目分开，完善粮食价格机制。

这次会议之后，酝酿已久的粮食流通体制改革正式拉开了帷幕，开始了艰难的起步。国务院出台了《关于进一步深化粮食流通体制改革的决定》和 6 个配套文件。会后不久，朱镕基总理、温家宝副总理分别深入到安徽、吉林考察贯彻落实情况。与此同时，国务院还派出了 5 个调查组分赴十几个省，进行督促检查。朱镕基在安徽考察粮食工作时的讲话引人注目，他再次以不容置疑的口气表达了把粮食流通体制改革进行到底的决心，同时提出，当前

的重点是坚决贯彻按保护价收购余粮、实行顺价销售、收购资金封闭运行三项政策。

据说，在考察中，朱镕基总理每到一地，都深入浅出地讲解粮改政策，语重心长地分析旧体制弊端，反反复复地强调中央粮改的决心。一个多月过去了，各地贯彻粮改的工作总体是好的，但进展不平衡，还存在一些亟待解决的问题。为此，6月3日，国务院召开全国粮食购销工作电视电话会议，朱镕基总理再次强调了当前的重中之重是"贯彻三项政策"。

粮改有阻力，这是改革之初就预料到的。粮改的阻力来自一部分人特别是一部分领导干部，就是说，行动不果断，进展不迅速，工作不得力，根源在于认识问题。

为了解决认识问题，7月23日至25日，全国粮食流通体制改革学习班在北京举行，朱镕基总理在做重要讲话时再次强调，深入贯彻"三项政策"，确保粮改顺利进行。

短短4个月，中央三番五次地开会办班，总理反反复复地讲话强调，可见粮改的重大意义，可见中央推进粮改的巨大决心。随后，粮食系统一个个腐败的盖子被揭开了，一批批硕鼠窜出洞来露出了真面目。反面教材为正面推进粮改增添了新的动力。临近年底，粮食流通体制改革成果初现的消息不断从各地传来。

跨世纪的要求，保持农业和农村经济持续稳定发展

众所周知，中国的改革是从农村开始的，农村改革又始于安徽省凤阳县小岗村1978年冬的一个寒夜。因此，1998年是农村改革20周年。

年中即传出消息，将于下半年召开的党的十五届三中全会将集中研究农业和农村问题。党中央关于农业的动向再次引起人们的关注。果然，9月、10月江泽民总书记连续两次关于农业的考察和讲话为即将召开的十五届三中全会做了最充分的准备。

纪念改革开放20周年，安徽的一个小村庄再次成为世人注目的焦点。

对小岗人来讲，1998年的9月22日这一天将同20年前的那个冬夜一样，是一定要载入历史的。这一天，江泽民总书记来到了小岗，来到了揭开中国改

革序幕的地方。

在这里，江泽民总书记语重心长地说："我过去虽然没有来过小岗，但我一直关注小岗，因为邓小平同志开创和领导的改革开放事业，首先是在农村开花结果的，而小岗村又是率先进行农村改革的。家庭承包经营这一政策，要长期坚持下去，是不会改变的！"

面对干部群众的掌声，总书记还特别强调："这不只是我个人的意见，也是中央集体研究决定的。""中央的土地承包政策是非常明确的，就是承包期再延长30年不变，而且30年以后也没有必要再变。"

9月25日，总书记在合肥就农业和农村工作发表了重要讲话，他指出："实现跨世纪发展的目标，难度最大而又非完成不可的一项任务，就是保持农业和农村经济的持续稳定增长。我们的基本国情决定了，抓住农村这个大头，就有了把握经济社会发展全局的主动权。"

总书记的这篇长篇讲话全面总结了20年农村改革的成功经验，提出了深化农村改革的方向和重点，指出了做好农村工作必须遵循的原则。讲话为即将召开的十五届三中全会做了思想上和理论上的重要准备。

继安徽考察和讲话后，10月4日至7日，总书记又风尘仆仆地深入到江苏、上海、浙江农村考察，他提出，沿海发达地区要争取率先基本实现农业现代化，并就农业科技推广、农业产业化经营、小城镇建设等问题发表了重要讲话。

总书记考察归来后不久，10月12日，党的十五届三中全会如期在京召开。全会审议通过了《中共中央关于农业和农村工作若干重大问题的决定》。《决定》从5个方面总结了农村改革20年的基本经验，从经济上、政治上、文化上提出了从现在起到2010年建设有中国特色社会主义新农村的目标和必须坚持的10条方针。坚持党的农村基本政策不动摇，在此基础上推进和深化农村改革，推动农业和农村经济的更大发展，是《决定》的鲜明主题。

作为建设社会主义新农村的行动纲领，《决定》对农业和农村经济的指导是跨世纪的和长远的，因此，坚定不移地贯彻落实《决定》精神，是当前及今后相当一个时期农业和农村工作的基本任务。

（1999年1月《经济日报》）

1999，乡镇企业怎样迈过这道坎儿

经营状况亟待改善，出口下滑仍将延续，结构矛盾依然突出，整体素质面临挑战。

随着新年钟声的敲响，乡镇企业度过了不寻常的一年，迎来了又一个充满机遇与挑战、困难与希望的新的一年。

刚刚过去的 1998 年，乡镇企业在极其困难的情况下，在人们异常关注的目光下，基本实现了年初确定的增长目标。全国乡镇企业创造的增加值比上年增长 17.5%，销售收入增长 16%，出口商品交货值增长 8%，支付职工工资增长 9.8%，利润总额增长 11%，上缴国家税金增长 11.4%。

增长来之不易，成绩来之不易。新的一年，尽管各项指导性的增长指标都有不同程度的下调，但乡镇企业过"坎"，仍须付出艰辛的努力。

基于对乡镇企业内外环境的分析，农业部提醒，在看到乡镇企业发展成绩的同时，必须清醒地看到，处于转变新阶段的乡镇企业经济运行中还存在很多困难和问题，形势不容乐观。

回顾九八，瞻望九九，困难和问题主要表现在：

一是经营状况亟待进一步改善。一些企业生产经营困难，经济效益不理想，亏损面和亏损额有所增加，这种情况仍将持续。去年全国乡镇企业亏损面为 15% 左右（上年为 8%），比上年增加 7 个百分点；亏损额 600 亿元左右（上年为 450 亿元），比上年增长 25%。有关省市的调查很有代表性，经济效益较好的约占 20%，勉强维持生产的约占 50%，处于停产半停产状态的约占 30%。

二是外贸出口下滑的形势仍将延续。由于亚洲金融危机等多种因素影响，去年以来出口形势一直不见晴转，一季度乡镇企业出口商品交货值同比增长

5.9%，上半年同比增长 5.5%，1—3 季度同比增长 8.6%。1—11 月份全国乡镇企业累计完成出口交货值 5942 亿元，同比增长 10.3%，比上半年提高 3.2个百分点。全年达到了 8%，低于上年 8.8 个百分点。

三是结构性矛盾仍然突出。近几年来，我国市场变化较大，绝大多数产品供求平衡或供过于求，消费品市场缺乏热点，市场拉动大大减弱。一些地方和企业的产业产品结构跟不上市场变化，产品积压严重。据悉去年上半年全国实现 6 万亿元产值，变成库存的就达 0.45 万亿元，产、销脱节比较严重。在这种市场条件下，去年 1—11 月份，全国乡村集体工业企业产销率为 94.4%，低于全国乡及乡以上工业产销率 2 个百分点。

四是企业素质竞争仍待提高。目前，有一批乡镇企业已经跨入了国家大中型企业的行列，企业规模和整体素质有了较大的提高。但从总体上看，多数乡镇企业整体素质偏低，产品的科技含量低，竞争力弱，经营管理较为粗放，装备水平较差，缺乏专业技术人才、中高层管理人才特别是企业家人才，难以适应社会化大生产和市场经济的要求。因此，从一定意义上说，来自乡镇企业自身的挑战更为严峻。

另外，去年长江流域和嫩江、松花江流域发生了历史上特大洪涝灾害，也给一些省市的乡镇企业造成了巨大损失。据灾情较重的湖南、湖北、江西、安徽、内蒙古、黑龙江和吉林等七个省区统计，受灾乡镇企业达 25.2 万家，直接经济损失达 118 亿元，间接损失 222 亿元，减少产值 513.5 亿元，减少增加值 132 亿元，这些企业的恢复面临较大的困难。

在这种形势下，于去年底召开的全国乡镇企业专业工作会议提出，乡镇要进一步认清当前面临的新形势，增强紧迫感和责任感，既要正视困难，知难而上，迎接挑战，又要解放思想，坚定信心，抓住机遇，以更大的气魄、决心和智慧，研究新情况，解决新问题，增创新优势，不断推动乡镇企业持续快速健康发展，为国民经济新高涨作出更大的贡献。

新的一年，面对困难和挑战，坚信大路朝天的乡镇企业会知难而进、迎难而上。深化改革，调整结构，提高素质，正在变成 2000 万家乡镇企业实实在在的行动。

深化改革是为了再创发展新优势。作为改革的产物，乡镇企业的机制优势已所剩无几，制度创新的要求已十分迫切，因此改革的任务愈加繁重。通过改革解决目前突出的政企不分等问题，把乡镇企业真正塑造成合格的市场主体。

调整结构是为了进一步开拓国内外市场。短缺经济条件下形成的乡镇企业结构，已不适应市场经济的要求。结构调整的原则是"积极带动第一产业，优化调整第二产业，大力发展第三产业"。重点是大力发展起龙头作用的农副产品加工业和与农业相关的产业。

提高素质是为了进一步增强竞争力。提高素质的根本在科技，增强竞争力的根本在技术创新，因此乡镇企业应转变观念，舍得投入，在科技进步和技术创新上有一个大的跨越。

1999，乡镇企业请走好；1999，乡镇企业大路朝天。

（1999 年 1 月《经济日报》）

切实做好保持农村稳定工作

年前结束的中央农村工作会议提出，今年农业和农村工作要着力抓好增加农民收入和保持农村稳定这两项关系全局的大事，这是针对当前农村现实情况做出的正确决定。贯彻会议精神，首先要不折不扣地抓好这两件大事。

为什么当前要突出强调保持农村稳定呢？

这是因为，随着农村改革的不断深化，农村经济体制从计划经济的旧体制逐步向社会主义市场经济的新体制转变，农业生产从传统农业逐步向现代农业转变。在这个转变的过程中，农村经济生活和社会生活不可避免地出现某些矛盾和问题，出现某些不适应、不协调的现象。发展经济始终是农村一切工作的中心，深化改革是农村经济发展的基本动力，而保持农村社会稳定则是发展农村经济和深化农村改革的前提条件。

我国农村人口占大多数，农村稳定是整个社会稳定的基础。因此，一定要从全局的高度，充分认识保持农村稳定的重要意义，把维护农村稳定放在突出位置。

应该看到，改革开放 20 年来，我国农村经济社会面貌发生了巨大变化，农民的生活水平有了很大提高，农村一直保持着稳定发展的局面，有力地保障了全国大局的稳定。但是也必须看到，当前农村仍然存在着许多不稳定的因素，有些问题还比较突出，主要是：有些地方，党的农村政策执行得不好，随意侵犯农民的土地承包权和经营自主权，违法批地占地，肆意加重农民负担，向农民乱收费乱摊派，引起农民强烈不满；有些地方因土地、山林、水利、矿产资源等纠纷发生群众械斗，社会治安案件呈上升趋势；有些地方严重侵犯农民的民主权利，办事不民主，财务不公开，处事不公道，农民怨气很大；有些基层干部群众观念淡薄，方法简单，作风粗暴，造成干群关系紧张，少数人甚至以权谋私，违法乱纪，在群众中造成恶劣影响；有些地方社会风气不好，封建迷信盛行；有些地方社会治安混乱，各种犯罪活动猖獗，危害群众生命财产安全。这些问题不解决，就会严重影响农村社会的稳定。

那么，保持农村稳定，当前迫切需要抓好哪些工作呢？

第一，必须长期稳定党在农村的基本政策。稳定政策才能稳定人心，稳定人心才能稳定农村。当前，稳定和落实党在农村的基本政策要重点抓好两件事：一是做好延长土地承包期的后续完善工作。中央要求这项工作一定要在1999年全面完成，承包期一律延长30年不变，承包合同和土地承包经营权证书要全部颁发到户。二是继续做好减轻农民负担工作。要坚决落实党的十五届三中全会确定的"合理负担定项限额、一定三年不变"的规定，不折不扣地执行农民负担不能超过上年人均纯收入的5%规定。

第二，保持农村稳定，必须加强农村的思想政治工作。维护农村稳定，教育是基础。通过教育和引导，农民的觉悟提高了，积极性和创造性就可以得到更充分地发挥，就有利于农业的发展和农村的进步。通过全面提高农民的思想道德素质和科学文化素质，就能为农村经济社会发展提供强大的精神动力、智力支持和思想保证。今后一个时期，一是要加强邓小平理论和党的基本路线教育，坚定广大干部群众对建设有中国特色社会主义新农村、实现农业现代化的信念，二是要加强社会主义道德教育，三是要加强民主法制教育，四是要加强科学文化教育，五是要进行艰苦创业的教育。

第三，保持农村稳定，还必须加强民主法制建设。维护农村稳定，根本要靠民主与法制。要积极落实民主选举、民主议事、村务公开三项制度，切实保障农民的民主权利。发展农村民主必须同健全法制紧密结合。要完善保障农民直接行使民权利的法律法规，发动群众制订村规民约，实行依法治村，促进民主管理。要认真对待群众反映的难点热点问题，结合反腐败斗争，认真解决农民群众反映强烈的大吃大喝、请客送礼、挥霍浪费、卡农坑农、弄虚作假等不正之风。

第四，保持农村稳定，还必须下大力气抓好农村社会治安的综合治理。要动员和组织全社会力量，运用法律的、行政的、经济的、文化的、教育的等各种手段，把农村的社会治安治理好，为农民和农业创造一个良好的生存和发展环境。

最后，还要特别强调的是，整顿农村金融秩序，防范化解金融风险对当前农村稳定具有特殊的意义，因为当前农村金融风险的严重性日益突出，已经成为影响农村社会稳定的一大隐患。要按照中央的部署，分别不同情况，采取得力措施，认真加以解决。

今年我们将迎来中华人民共和国成立 50 周年，澳门也将回归祖国怀抱，因此，各地要充分认识保持农村稳定的重要意义，下大力抓好保持农村稳定这件大事。

（1999 年 1 月《经济日报》）

非洲农业开发中心赴几内亚兴办农场纪实

到非洲办农场

非洲几内亚首都科纳克里以北大约 130 公里的地方，在茂密的森林和草丛之中，一个现代化的农场引人注目，这就是农业部非洲农业开发中心兴办的科巴农场。

1998 年 12 月 16 日，越洋而归的中心总经理孙小平坐在他简朴的办公室里，述说起中非农业合作的经过。

根据 1996 年 6 月中几两国领导人达成的协议和党中央、国务院领导同志的指示，经过两次实地考察，两国农业部于 1997 年 1 月 3 日正式签定了合作开发农业的协议。第一批开发人员于 1997 年 1 月 5 日到项目点开始测量、规划，2 月 21 日第一批设备运抵，3 月 27 日就种下了第一季水稻。

到 1997 年底，他们创造出了几内亚历史上从未有过的一年内三次播种、三次收获的奇迹。1998 年旱季，试种了 231.7 公顷水稻，共收获水稻 743.34 吨，平均单产 3.21 吨／公顷，不仅结束了几内亚旱季不种稻的历史，而且创造了几内亚大面积单产的最高纪录。一年多时间开垦整治稻田 1306 公顷。1998 年雨季，种植水稻 1130 公顷，目前已进入收获阶段。

几内亚项目的总目标是，用 5—10 年的时间，帮助几内亚实现粮食自给。

项目的初战告捷，对几内亚粮食均衡状况已经产生了积极影响，据几内亚农业部提供的情况，1997 年几内亚家庭农场数量增加，经营规模扩大，粮食进口比上一年有所减少。1998 年这种形势更加好转。这一事实帮助几政府树立了利用自然资源实现粮食安全的信心。1998 年 11 月，几外交部长在接见中国政府农业代表团时说："照这样下去，几内亚完全可能在 10 年内成为稻米输出国。"

奇迹般的建设速度使几内亚方面和国际社会大为惊叹。几总统一年内6次视察农场，一待就是大半天。他在会见中国政府农业代表团时高兴地说："中几农业合作开发在短期内取得了令人信服的成果。我早就意识到，要解决几内亚的粮食问题，必须与中国合作，事实证明这个预见完全正确。"驻几外交使团两度组织40多个国家的近百名外交官到科巴农场考察，并给予高度评价。联合国粮农组织的官员还专程赴几内亚考察，提出要我们帮助粮农组织实施其在非洲国家的农业项目，为非洲粮食安全作出更大的贡献。党中央、国务院非常重视这一项目的实施，江泽民总书记、李岚清副总理、钱其琛副总理等先后作出重要批示。

从援助到合作

其实，我国与非洲的农业合作远非今日始，1956年即开始向非洲国家提供援助，1959年就开始提供农业援助。但自1959年到80年代初期，出于多方面的原因和需要，中非农业合作主要是以我国向非洲国家提供纯援助的方式进行。我国先后帮助几内亚、马里、坦桑尼亚、刚果、索马里、乌干达、塞拉里昂、尼日尔、多哥、扎伊尔、毛里塔尼亚等国家建设87个农业项目，面积达4.34万公顷，包括农业技术试验站、农业技术推广站和一些规模较大的农场；建设水利项目16个，受益面积7.1万公顷。通过援助，把我国一部分技术，如水稻、茶叶、甘蔗生产的种植技术、品种繁育技术，畜牧、水产养殖技术，农产品初加工技术等输出到了非洲。

自1984年起，随着我国改革开放的深入、国内外经济形势的变化，我国政府的对外援助政策进行了调整。对援建项目，区别不同情况，改单一的纯援助方式为多种援助方式相结合，比如技术合作、管理合作、代管经营、租赁经营等。1986年，我国又参与国际多边援助计划，为43个非洲国家提供水稻种植、淡水养殖、蔬菜栽培、农业机械等培训。

自1995年起，我国政府再次调整援助政策，推行政府优惠贴息贷款援助新方式；鼓励援助资金与贸易、合作合资资金的结合使用；鼓励国内有实力的企业参与实施援助项目；鼓励将援助资金用于当地有资源、有市场的生产性项目。我国领导人特别强调农业领域的援非体制改革工作，指出："非洲土地肥沃，自然条件好，农业方面我们也可以开发，建立基地，为子孙后代造福"。
"我们同非洲关系应有长远打算，我们可以在石油、农业、林业、矿业等领域
开展同非洲的合作"。

1996 年，在中几两国最高领导人的直接关怀下，一个较大规模的中非农
业合作开发试点项目孕育成熟。根据国务院领导指示，农业部组建了非洲农业
开发中心，专门负责几内亚项目的组织实施。

开资源拓市场

为了开发利用非洲的多种资源，非洲开发中心在认真抓好粮食生产的同
时，积极寻找商机，开展多种经营，初步创立了"高大"系列品牌。以科巴水
稻农场为依托，还投资建设了父母代种鸡场、塑料编织袋厂、饲料加工厂、大
米加工厂、农机修配厂、商贸公司、基建工程队、报关公司和中几公寓（驻首
都办事处）等 9 个企业和项目。他们投资的"世纪高大"父母代种鸡场已经在
几内亚打开了市场，蛋鸡苗、肉鸡苗，销售良好。自己设计配方加工生产的
"高大"品牌系列鸡饲料在不到一年的时间里已饮誉几内亚，基本占领了几饲
料市场 90% 以上的份额。

孙小平认为，中非农业合作开发工作不是一般的具体事务性问题，而是一
个大战略的重要组成部分。

首先是建立国际政治经济新秩序的需要。由于相同的历史遭遇和发展需
要，中国与非洲各国是天然的政治经济同盟；其次是国内经济建设的需要。中
非资源条件、经济结构具有很强的互补性，拓展非洲市场是历史的必然选择；
第三是援外体制改革和积极参与国际经济大循环的需要。实现援非与带动国内
企业进入国际市场、创造经济效益的结合，援非与发展中非之间经济合作，带
动我国产品出口的结合，援非与对非投资、开发利用当地资源，弥补我之不足
的结合；第四是实现中国粮食安全战略的一个积极措施。对大多数非洲国家而
言，农业既是经济的基础，又是经济起飞的突破口。因此，以农业开发为龙
头，同时带动其他产业开发和产品出口。合资滚动开发的新模式逐步显现出威
力。充分利用几内亚发展农业的优越自然条件和基础，从其技术和管理的薄弱
环节入手，采取合资滚动开发的新办法是中几农业合作开发项目的一个重要特

点，同时这也是"利用两种资源、开拓两个市场"的一种新尝试。经过多次谈判，成功地一改援外项目的传统做法，与几内亚方面合作，注册成立了"世纪高大"股份合作有限公司，中方股东农业部非洲农业开发中心持股80％，几方股东几农业部农业工程局持股20％，建立起了以企业为主体的新型援外项目运作机制。

建产业担重任

几内亚农业开发的积极的多方面的效益正在显现。尽管走出国门的开发人员历尽千辛万苦，但对开发前景无不充满信心。孙小平说，下一步的具体目标是，通过农业开发，建立一个产业，带动一个行业，走出一个困境，担起一份责任。

建立一个产业，就是通过合作开发，利用非洲丰富的农业资源，建立起一个相当规模的农业生产基地，形成一个中非农业合作开发产业。带动一个行业，就是带动我国农业行业，特别是沿海外向型经济、农垦经济和乡镇企业的发展；同时由于农业合作开发工作的需要，可以带动大量机电设备的出口，因而有力地促进我国生产结构的调整和升级。走出一个困境，就是通过中非农业合作开发，使非洲国家领导人认识到，要解决非洲的粮食问题，首先要解决农业合作开发的效益问题；要解决效益问题，就必须按照经济规律办事，变输血型的援外机制为造血型的援外机制。担起一份责任，就是我国政府和人民有必要，也有能力对非洲的经济振兴、社会发展承担起自己的责任。非洲社会发展、经济振兴的支柱之一是加强农业基础地位的建设，非洲国家新一代领导人从独立后的实践中充分认识到了"无农不稳、无粮则乱"的重要意义。

回顾两年来在非洲的工作，孙小平总经理深有感触地谈道，既体会到了重重的压力，也体会到了跨世纪中国的光荣与梦想，他们有决心把非洲农业合作开发引向深入，把党中央、国务院提出的"以几内亚为突破口，向非洲辐射"的设想变为现实。

（1999 年 1 月《经济日报》）

农民增收城里人能做什么

（一）

今年元月 20 日，本报《产经透视》版刊登了两篇关于民工消费的报道：《看看民工如何消费》和《民工消费与扩大内需》，引起了比较强烈的反响，许多读者包括一些专家来信来电表示肯定和关注，并及而广之，提出了与此相关的许多问题。

这组报道的形成缘于国家统计局的一则信息：1997 年，至少有 3400 万农民工在县城以上城市打工半年以上，一年辛勤劳作共挣了 2000 亿元，平均每人 5642 元。

作为这组报道的策划者和组织者，我想，引起反响的原因大概有三：

一是民工是一个庞大而特殊的社会群体，多年来围绕着民工的是是非非一直是社会关注的焦点；

二是民工消费是一个远未触及的新领域，打工挣了钱，如何消费，如何引导他们消费，是一个有意思和有意义的问题；

三是民工来自农村，却在城里生活，他们一头连着农村，一头连着城市，是连接城乡的最有活力的纽带。

关注民工消费，研究民工经济，有哪些问题应该引起我们的重视呢？从大的背景上来讲，大概有以下三个：

第一，在农民工继续踊跃到城市打工的同时，近年来，城市的许多下岗职工也纷纷奔向田间地头，寻求在广阔天地大有作为。在农村和城市劳动力同时出现过剩的时候，城乡劳动力就业如何统筹兼顾、协调安排？

第二，在下岗职工增多、城市劳动力市场趋近饱和的情况下，城市应该如何对待仍在涌入城市的打工者？

第三，在建立社会主义市场经济的新时期，城乡关系、工农关系出现了哪些新变化、新情况、新问题？如何看待新变化、研究新情况、解决新问题？

（二）

在城市打工的农民工人均年收入 5600 多元，是全国农民人均收入的近三倍。重要的是，它全部是现金收入，就是说，它马上就能够形成现实的购买力。

目前，出外打工的农民大约在 5000 万人以上，这部分打工者的收入对整个农民收入的影响至关重要。有关专家在分析近两年农民收入下降的原因时认为，进城打工的农民人数减少和收入减少是一个不可忽视的因素。

那么，减少的原因是什么呢？许多人已经注意到了，这两年，农民工进城在许多地方受到了前所未有的冷遇：有的地方明确规定限制农民工就业。比如，有一个大城市规定，36 个行业限用农民工，从金融、保险到星级饭店的服务员都在列；有的地方虽没有出台相应的文件，但实际上也在执行着相同的规定。

城市自有城市的道理，其中最有说服力的似乎是，为了保证下岗职工的充分再就业。我不知道执行的结果是否如设计者的初衷那样。这里，我们不妨换一个角度，做一个简单的推理分析：

城市下岗职工增多的原因是什么？是企业不景气。企业为什么不景气？是产品卖不出去。

因为这些原因，我们特别强调开拓农村市场。然而，这几年开拓农村市场的效果一直不理想。什么原因呢？一个根本的原因就是，农民购买力不强。为什么呢？因为农民手里的钱不多。这样，我们就将两个看似不相关的问题联系在一起了。这样一联系，我们就会觉得，增加农民收入，不仅仅是农民自己的事了。这个看法一转变，我们就知道，城里人能为增加农民收入做什么了。

（三）

去年夏季，两家报纸的两篇不长的报道深深地留在了我的记忆中。一篇的题目是《市民众手援瓜农》，另一篇的题目是《瓜农发愁贱卖市民解忧提价》。一篇讲济南，一篇讲郑州，两篇的主题惊人地相似：西瓜丰收，瓜贱伤农；市民提价，为农解忧。

工人农民本兄弟，这是一种多么朴素的感情的流露，它冲破了城乡二元结构的堤坝。当然，作者在这里无意提倡买支农瓜、支农菜，更不否认，农产品有一个提高质量和品质的迫切问题。但是，不管怎么说，农民辛辛苦苦生产的东西卖不出去，增产不增收，就没有钱买城市企业生产的东西。

经济只有循环起来才有活力，现在循环不畅是因为出现了梗阻。而解决梗阻的问题需要工农齐携手、城乡同努力，这就是本报一直主张的"两篇文章连起做""两道难题一起解"。

也正是基于这样的认识，本报农村部主办的《产经透视》版将继续关注这些问题，希望广大读者积极参与。

（1999 年 2 月《经济日报》）

小城镇新观念

——关于小城镇的采访札记（一）

小城镇发展的根本动力是什么？在湖北襄樊采访，我们得到的答案是：农民内在的迫切需要。

襄樊小城镇发展得好的原因是什么？我们得出的结论是：决策者适应农民的要求，对发展小城镇逐步有了更深刻的认识。

襄樊市的领导说得好，襄樊小城镇发展的历程，也是我们对小城镇由不认识到逐步认识、由自发到自觉、由盲目发展到科学有序发展的转变过程。

事实也正是这样。

针对镇不像镇、街不像街，小城镇建设不能满足农民要求的现状，1992年襄樊市制定并实施了《小城镇新发展战略》，小城镇问题提上了各级党委和政府的议事日程，建设步伐不断加快。但有些地方把小城镇建设简单地理解为建几条街、盖几栋楼，甚至向农民集资摊派，结果小城镇虽然有了一定规模，但经济没活，市场萧条，在一定程度上变成了"空城计"，农民也不满意。

近两年特别是去年以来，他们认真学习了江泽民总书记关于小城镇的重要讲话精神和党的十五届三中全会关于小城镇的重要论述，思想认识有了新的飞跃。

比如，他们认为，小城镇建设实际上是农民自主创新的过程，是农民自身建立在市场经济中主体资格的过程，是农民自身融进现代文明的过程，是继家庭联产承包制、乡镇企业之后农民的又一伟大创举。

比如，他们提出，不抓小城镇，就是违背农民的意愿，农民就要抛弃我们；如果不讲方法搞摊派，好事就办不好，农民就反对我们。

比如，他们强调要进一步克服就小城镇论小城镇的观念，站在深化农村改革、发展农村经济的高度来对待小城镇建设，坚决摒弃用行政命令驱动小城镇发展的错误做法，把农民群众的积极性引导好、保护好，把农民群众的力量组织好、发挥好，确立农民在小城镇建设中的主体地位，及时把小城镇建设的重点转到增强城镇的市场功能，营造农民进镇和经商的条件，制定了鼓励农民进镇的优惠政策。在小城镇建设中，逐步实现了由集体经济唱独角戏向集体民营合唱一台戏的转变，实现了由重街道建设向重功能建设的转变。

比如，他们认识到，农民"进镇热"既是农村改革的成果和结晶，又是农村经济发展的延伸和新的起点；是农村社会分土分业、农村经济向城镇拓展，整个农村经济正在孕育一场深刻变革的信号。比如，他们这样概括：把发展小城镇的过程，变成农民离土进镇开发新产业、致富奔小康的过程，变成农民经营土地"饱肚"、发展企业"挣钱"、建设城镇"圆梦"的过程。

听了这样的认识，再看襄樊市如火如荼的小城镇建设，不由觉得一切尽在自然中。

（1999 年 4 月《经济日报》）

小城镇也姓农

——关于小城镇的采访札记（二）

应该说，我国农村城市化起步最早、发展最快的还是沿海发达地区，有专家总结小城镇发展模式有三种：苏南模式、温州模式、珠江三角洲模式。这三种模式与乡镇企业的发展模式基本是吻合的，因此，不论是集体企业、个体私营企业，还是外向型企业，它们的一个共同特点是，工业是小城镇发展的催化剂，所以可以概括为，工业主导型小城镇或乡镇企业主导型小城镇。

同时，依托第三产业发展起来的小城镇也涌现出许多，如著名的河北白沟镇、浙江桥头镇等。如果论模式的话，这也应该算一种模式。

而山东潍坊小城镇发展的实践填补了我国小城镇发展模式的一个空白。

潍坊是农业产业化的发源地，代表了我国农业发展方向的农业产业化已成为全国各地农村最广泛的群众性实践。在这里采访小城镇，我们得出一个结论，这里的小城镇也姓农。

在潍坊，农业产业化极大地促进了主导产业、龙头企业、专业市场、中介组织的发育，同时主导产业、龙头企业、专业市场、中介组织的发育又极大地促进和带动了小城镇的建设。总之，农业产业化成为小城镇发展的重要原由和动力。

从全国来看，潍坊的实践对广大的中西部农业地区尤其有意义。在这些地方，无法想象完全脱离开农业去发展小城镇。而事实上中西部地区小城镇发展好的，走的都是这样一条路子。

湖北襄樊就是这条路子的一个代表。他们是这样总结的：立足于发挥自然资源和农副产品丰富的优势，形成了以市场为导向，以农民为主体，以农副产品和资源加工、交易为主，由农业产业化和乡镇企业带动的小城镇发展模式。

目前，襄樊市星罗棋布、各具特色的小城镇达到 310 个，其中以农副产品和资源加工贸易为主的有 250 个，占 80% 以上。1998 年，小城镇的农副产品和资源加工企业 1.5 万家，占乡镇工业企业总数的 80%。中央提出，小城镇，大战略。我们说，小城镇，也姓农，丝毫没有降低发展小城镇的重大战略意义。树立这样一个观念，不仅对农业产业化的深化与升级，而且对乡镇企业的改革与调整，都有重要的指导意义。

本来与农业有着天然血缘关系的乡镇企业与农业的产业关联度却很低，反而与城市工业基本同构，且布局分散。通过发展小城镇，调整乡镇企业的产业结构和布局结构，既是下一步乡镇企业改革的重点，也是发展小城镇的应有之义。

乡镇企业脱农要不得，小城镇脱农莫得要。

（1999 年 4 月《经济日报》）

小城镇莫刮风

——关于小城镇的采访札记（三）

小城镇虽然不是一个新问题，但上升到经济社会发展的大战略的高度来认识还是去年的事。既然是大战略，小城镇发展高潮的到来就是可以预见得到的了，小城镇建设热便是触手可及的了。

"热"是好事，但热过了头、热过了度，好事就开始向坏事的方向转化了。记者在各地采访小城镇，已经发现了一些值得重视的苗头：

一是一哄而起。上面说小城镇是大战略，下面就要有大动作，生怕动作迟了被戴上不重视小城镇发展的帽子，于是一哄而起，大兴土木，盲目跟风、刮风。个别地方甚至运用行政手段，定任务，下指标，乡乡动土，镇镇动工。

二是遍地开花。一些地方把发展小城镇的重点放在数量上，盲目扩乡变镇，甚至扩村变镇，明确提出一年要建成多少个小城镇。

三是贪大求全。小城镇应有一定的规模才能发挥辐射和带动作用，但一些地方在发展中过分追求房子的大和人口的多，过分追求产业的齐和功能的全，不仅造成人力财力的浪费，也影响了小城镇功能的发挥。

发展小城镇不单纯是一个城镇建设问题，也不单纯是一个经济问题，它还是一个政策性很强、社会性很强的系统工程，因此，发展小城镇应立足现实条件，着眼千秋万代，科学规划，有序发展。湖北襄樊市小城镇建设搞得好，然而襄樊市也曾经走过弯路。那是1992年，新一轮发展高潮到来的时候，襄樊市制定并实施了《小城镇新发展战略》，小城镇大干快上，街道宽了，楼房高了，小城镇漂亮了，然而，经济没活，市场没火，农民不满意，小城镇演了"空城计"。

在总结经验教训的基础上，襄樊市提出，发展小城镇要着眼于系统性、全局性和整体性，以小城镇为载体，以农业产业化和乡镇企业为支撑，三位一体，相互促进，构筑发展农村经济的新舞台，上演了一出有声有色的发展小城镇的大戏。

从小城镇建设搞得比较好的地方来看，都非常重视处理好小城镇建设与"三大政策"的关系。

一是土地承包政策。稳定土地承包制 30 年不变是党在农村的基本政策，要不折不扣地执行，不能动摇。在发展小城镇的过程中，不能用行政命令把农民集中到小城镇，更不能用行政命令搞土地归大堆。

二是农民负担政策。建设小城镇要有投入，解决投入问题一是量力而行，二是用市场经济的办法解决，不能向农民集资摊派搞建设，直接或间接加重农民负担，也不应随便加重乡镇企业的负担。

三是耕地保护政策。要严格遵守国家的耕地保护政策，严禁以发展小城镇为名，滥占和浪费耕地。小城镇建设用地要严格按有关规定办理，并十分注意节约用地。襄樊市城镇用地村庄补、将小城镇建设和村庄建设结合起来的做法值得借鉴。1992 年以来，全市小城镇建设用地 3.8 万亩，村庄建设节约耕地近 30 万亩，还增加耕地 26 万多亩。

（1999 年 4 月《经济日报》）

种好粮才能卖好价

——与农民朋友谈谈调整粮食种植结构

很多农民朋友可能已经注意到了，5月13日至14日，北京开了一次特别重要的会议，这就是全国粮食流通体制改革工作会议。

乍一听会议的名称，农民朋友可能会不以为意，还不是强调"三项政策，一项改革"吗，这些我们都如道了。但是，且慢，我们之所以说这次会议特别重要，是因为对农民来说，会议出台了特别重要的新的内容。而这个特别重要的新的内容正是他们所关心的。

那么，到底是什么新内容呢？概括起来就是：国家要适当缩小按保护价敞开收购的范围，对一些品质差、不运合市场需求的粮食品种，要逐步退出按保护价敞开收购的范围。

都是哪些粮食品种呢？会议说得也很明确，就是东北春小麦、南方早籼稻以及长江以南的小麦等。

有的农民可能马上要问，这项政策为什么不早点出台呢？先别急，你们担心的国家已经考虑到了。会上会说，考虑到这些粮食品种今年农民已经种植的实际情况，先采取调低保护价的办法进行收购，给农民一个强烈的信号，促进他们调整种植结构，等明年再退出保护价收购的范围。

弄清了这些特别重要的新的内容之后，农民朋友可能会问：国家的政策为什么要调整？

应该说，政策的调整和完善不是偶然的，更不是心血来潮。它是在充分分析当前粮食生产和流通出现的新情况、新问题之后出台的。

近几年，农民朋友普遍有一个强烈的感受，那就是，生产出来的粮食越来越难卖了。"卖粮难"带给他们的最直接的疑问是：咱们国家的粮食是不是太多了？虽然还不能说我们国家的粮食多得不得了了，因为从长远看，我们仍然不能放松和忽视粮食的生产；但是，由于由于党的政策的激励、农民种粮积极性的提高，我国粮食供应形势确实发生了比较大的变化，这就是，由长年短缺变为总量平衡，丰年有余。这说明，我国粮食市场总量的矛盾已经大大缓解了，或者说，基本解决了。

正如农民朋友所知道的，我国农业已连续获得大丰收，粮食总产量已稳定地接近 1 万亿斤。同时，正如他们所听到的，城市粮食库存大量积压，收购时节，许多辛辛苦苦打下的粮食露天存放；国家财政负担越来越重，为了把农民打下的粮食收上来，保存好，各级地方政府和银行尽了最大努力。

在这种情况下，农民朋友感觉到了越来越大的"卖粮难"的压力。在这种情况下，个别地方也出现了一些让农民伤心的行为，如拒收、压级压价等。

也正是在这种情况下，为了保护农民的种粮积极性，保护农民的利益，国家在粮食流通体制改革中出台了"三项政策"，第一条就是，按保护价敞开收购农民的余粮。

这项政策出台后，由于中央领导的一再强调和各级政府的共同努力，应该说，执行得比较好。而这项政策的好处，农民朋友已经在实际操作中实实在在地体会到了。但是，粮食终归也是一种商品，生产出来终归是要卖的，终归是要吃的。而人们的普遍要求是，在吃饱的基础上，总是希望吃得更好一点。在城市居民的餐桌上，人们的口味越来越"刁"了，早籼稻做的大米饭已经很难端上餐桌了。商场里那烤得诱人的面包，一问才知，那是用进口的小麦做的。城市里的这种变化农民朋友不是已经感觉到了嘛，比如，在卖粮食的时候，并不是所有的粮食品种都不好卖，优质稻、优质麦的销路就很好。这一点，只要到粮食市场上去转一转，就会看得更清楚。这是一个什么问题呢？这就是粮食品种问题，对农民朋友来说，就是粮食种植结构问题。也就是说，在市场经济条件下，农民再不能只埋头种粮，不抬头看"路"。否则，粮食压在自己家里，自己受损失；国家收购了卖不出去，国家也受损失。理所当然，农民朋友生产出来的粮食，不仅希望卖出去，更希望卖一个好价钱。那么，如何才能卖一个好价钱呢？俗话说，好货不便宜，关键还是要货好，货好才能市场俏。就是说，种好粮才能卖好价。

当前，增加农民收入成为农村经济发展中的一个主要矛盾。而对大部分地区来说，粮食生产仍然是农民收入的主要来源，这就使得调整粮食种植结构更加迫切。有的农民朋友担心，缩小按保护价敞开收购的范围，会不会影响农民收入的增加。不可否认，从眼前看，一些农民的种粮收入可能要受到一定影响。但是，拉开了品质差价，实行优质优价，农民也会从优价中得到一部分补偿。而从长远看，则有利于增加农民收入和保护农民利益。因为如果不这样做，粮食收购和销售的困难会越来越突出，最终使对农民利益的保护更加困难。

其实，市场已提出了调整粮食种植结构的问题，这次政策的调整和完善是促使农民朋友下更大的决心，农民朋友，不要再犹豫了。

（1999 年 5 月《经济日报》）

困惑 千家万户如何走向现代农业

——浙江蔡卢村访问记（之一）

今年，浙江省东阳市蔡卢村的春播比邻村早了几天。

4月12日下午，一场小雨刚过，记者在村东平整如镜的示范园区内看到，数十名农民开着拖拉机，正在各自整齐的田块里直播早稻。奇怪的是，他们一改往日"三弯腰"式的辛苦劳作，显得那么轻松悠闲。甚至，记者还发现了穿金戴银的姑娘和脚蹬皮鞋、腰挎手机的小伙子在田间的水泥台上走来走去。

67岁的卢春寿老伯同记者谈道，早些年他们全家都外出打工不种田，自从村里成立了农业服务公司，对全村的农业生产实行统一机耕、统一播种、统一管理、统一收割，以往下田的辛苦和麻烦没有了，种田比城里的工人上班还享福呢，有时你在千里之外或坐在家里打个电话给服务公司就行了。村外田成方、路成框、渠成网、树成行；村里呢，马路宽敞，楼房漂亮，高级轿车来来往往。走近蔡卢村，春天的气息迎面扑来，现代农业、现代农村的气息迎面扑来。

然而，仅仅几年前，这里还是截然不同的另一种状况——70%劳力转出1/3良田抛荒，蔡卢村党总支书记卢楷文坐在自己的办公室里，用带着当地口音的普通话回答记者的提问。他现在是省里的名人，因为全省上下正在推广他们的"蔡卢经验"。专家们从不同的角度论述了"蔡卢经验"产生的必然性。而卢楷文则自始至终认为，"蔡卢经验"实际上是"逼"出来的。

蔡卢村是全市有名的重点产粮村。然而，90年代以来，随着农业生产比较效益的下降和农村二三产业的迅速发展，农民中"种粮不重粮，务农不重农，不愿种田，无人种田"的现象越来越严重。全村600多户有180多户办起了家庭工厂，1300多名劳力70%以上进入乡村企业或外出打工。不种或少种田，成了大多数农民的选择。于是，一面是农民的腰包越来越鼓，一面是良田的大面积弃耕抛荒。这种情况持续了多年。到1995年，全村人均收入达到了4000多元，成了远近闻名的省级"奔小康示范村"。与此同时，全村弃耕抛荒的耕地一直在1/3以上。有一种说法非常盛行，叫做"草多钱多，越抛荒越富"。

大面积抛荒的直接后果，就是粮食产量的连年下降。大面积抛荒的更严重的后果，是农业基础的严重削弱。这种情况引起了农村中有识之士的忧虑和思考：如何解决种田苦、种田累、种田不划算的问题？如何提高农业的比较效益，使种田人也能有比较高的收入？如何在不动摇家庭承包关系的前提下，探索实现农业现代化的具体途径？

多方尝试　路皆不通

蔡卢村的困惑在全市、全省乃至沿海发达地区都具有普遍性。为了走出农业困境，许多地方开始尝试一种"双田制"的办法，即将农民的承包田划成两部分，一部分作为口粮田，农民自己经营；另一部分作为责任田，交给集体统一经营。蔡卢村也曾想搞"双田制"，但大多数农民宁可荒着也不愿意交出土地，他们没再坚持。随后，省内一个地方又探索出了一条"粮田股份制"的路子，且搞得红红火火，并开始在一定范围内推广。蔡卢村也想试试，但农民并不热心，他们也没有强制推行。此路又没行通。

第三条路是培养种粮大户。市里明确规定，10亩以上就是大户，逢年过节可以上电视，戴大红花。到1995年，全市共培养种粮大户140户，耕地总量2400亩，而全市却有37万亩耕地，还是解决不了大问题。更重要的是，此后不久，这些种粮大户相继销声匿迹，均以失败而告终。

几条路皆不通，最后就只剩下一个办法了，那就是，强化行政力量。于是，干部下乡督促，定期检查，如有抛荒，每亩罚款1500元，一季不种罚款500元。罚款不灵，又奖，每种一亩奖5元，外加一袋碳氨，但是效果还是不理想。

农民呼声　我要服务

应该说，农业的困境源自于农民对传统农业的困惑。90年代以来，蔡卢村办起了180多家私营企业，农民收入大幅度增加，到1996年已超过5000元，种地的收入越来越显得微不足道。另一方面，农民又不愿放弃人均0.5亩的耕地。这种矛盾清楚地表明了农民对劳动强度大、比较效益低的传统农业的否定和对现代农业的呼唤。

应该说，上面谈到的各种探索以及其他地方的一些探索，不仅仅是为稳定粮食和农业生产所做的努力，也是为从传统农业向现代农业转变所进行的尝试。之所以都没有成功，是因为它总是拐弯抹角地触犯了农民的土地承包权和使用权，拨动了农民"恋土情结"这根敏感的神经。

那么，能不能在保持土地承包关系不变的前提下，找到一条既能走出农业的困境，又能走向现代农业的新路子？蔡卢村从农民的呼唤声中发现了亮点：这就是，建立集体经济服务组织，通过对分散的农户提供规模服务，实现规模经营，创造规模效益，促进农民分工分业。

今天，作为实现农业现代化的一条具体途径，它的生命力已为实践所证明。卢楷文在谈到它的必然性时强调，它首先是农民的需要。

的确，走村串户，你会不时听到这样的呼声：希望减轻劳动强度，轻松自在地从事农业生产；希望增强抗击自然灾害的能力；希望减少市场风险；希望提高农业生产效益，等等。

同时，在市场经济条件下，农村工作又面临着一系列难题，不仅是稳定和发展粮食生产难，还有，改善农业基础设施难，推广先进适用技术难，调整农业结构难，农民进入市场难，增加农民收入难，等等。这些难题都是一家一户办不了或办不好的。

因此，农民呼唤服务，具有广泛而深刻的内涵。

蔡卢村同其他沿海发达地区一样，人多地少，发展现代农业离不开现代科技。在采访中发现，农民也不是不知道科技的重要性，但一家一户的分散经营阻碍了农民吸纳科技的冲动，以至于农技干部失落地说，农民不需要我们了。

蔡卢村虽地处发达地区，农业产业化水平却不是很高。卢楷文一班人认识到，提高农业产业化水平，需要提高农民的组织化程度；需要开辟耕地规模经营的新途径；需要优化各种市场要素，促进农村劳动力有效转移；需要逐渐改变农民的兼业化倾向，促进农民的专业化。

实践使卢楷文有了飞跃性的认识：农业现代化就是用现代工业武装农业，用现代技术改造农业，用现代管理方法经营农业。发达的社会化服务，是现代农业的重要标志；优秀的农业社会化服务组织，是走向现代农业的重要保证。

（1999 年 6 月《经济日报》）

探索 按工业方式组织农业生产

——浙江蔡卢村访问记（之二）

懒办法带来新变化

一位叫卢法素的村妇经常被人提起，因为她无形中创造的懒办法直接催生了"蔡卢经验"。

那还是 1993 年春，因为种田效益太低，家中又缺少壮劳力，她就把早稻种子直接撒播在自家承包的 3.5 亩田里，想应付一下。左邻右舍取笑她，不相信这种"懒办法"也能打粮食。然而，让人想不到的是，亩产居然也有 250 多公斤。

村支书卢楷文当时首先想到的就是，如果全村都这么种稻，还愁抛荒吗？

于是，转年春，卢楷文首先组织了 19 户农民，在 75 亩稻田里进行"懒办法"试点，市农业局也派专家进村指导。结果，75 亩早稻平均亩产达到 476.9 公斤。其中，卢楷文种的 1.3 亩地亩产达到 557.72 公斤，成为全市的单产状元。

实践给农民上了一堂活生生的课，这种省工、省力、省钱又高产的"懒办法"深深吸引了他们。1995 年春耕时，撒播不推自广。然而，撒播种植的水稻带来了新的问题，就是手工收割非常困难，需要机器收割。同时，种子催芽、撒播、化学除草等环节也需要一定的技术服务。这些问题，靠分散的一家一户去解决难度很大，也得不偿失，必须由村里来"统"。这时，从 1987 年就开始办企业的卢楷文想，为什么不能像办工业一样搞农业生产呢？

服务公司应运而生

1995 年夏，东阳市工商局注册了一家特殊的企业，这就是蔡卢村农副业发展服务公司。

那么，什么样的人可以进入服务公司呢？卢楷文提出了两条，一是要有文化、有现代科学种田思想的，二是要安心务农、热心为群众服务的。最后选中的 61 名成员中有 1/3 是共产党员，1/3 是过去担任过生产队长的农民。

记者在田头采访了机耕手卢国新，谈起为群众服务，他一脸自豪。然而，蔡卢村的服务并不是像有些发达地区那样变成了福利，而是实行有偿服务。卢国新告诉记者，耕一亩地农户要交 30 元，而一台拖拉机一天可耕 20 亩地。

的确，蔡卢村的服务引入了市场机制，这从一开始成立就体现出来了。当年服务公司统一购置了 3 台联合收割机，每台 5 万元，其中市财政每台补助 1 万元，3 名承包机手每人投入 1 万元，其余 9 万元由镇合作基金会贷款，收割机所有权归服务公司，由机手承包经营，为全村农户服务，机手每年上交公司 8000 元承包款，5 年后收割机归机手所有。

卢楷文将这概括为"国家补助，集体购买，个人承包，分期付款，村级管理"。他说，要是还像过去那样，集体出钱买，集体经营，用不了几年，就变成一堆废钢烂铁了。

记者来到服务公司，看到墙上醒目地贴着服务的项目、内容和收费标准。就像到商店买商品一样，农民花钱到公司买服务。按"有偿、微利、平等、自愿"的原则，公司为农户提供单项服务、临时服务或全程服务。催芽、植保、播种等单项服务每亩收费 5 元，机收每亩收费 50 至 60 元，全程服务每亩 370 元。

从播种到收割的全程服务，公司对农户保证每亩 300 公斤产量，亏产由公司补贴，超产部分双方四六分成。这一做法实现了许多农户"人在千里外，家中好种田"的梦想。

公司也有无偿的服务，如良种选择布局、技术规格制定、主干渠道管理等。

几年来，村农副业发展服务公司在为农民服务的实践中焕发了强大的生命力，服务功能也不断强化和完善，同时，自身也获得了一定效益，1995 年成立当年，就盈利 5700 多元，去年已超过万元。同时，服务公司已经取代了一直没有发挥作用的村经济联合社，成为新型的村集体经济组织，其下设农副业服务公司，承担原发展服务公司的农资、农技、农机服务和产前、产中、产后服务；资产经营公司，对现有村级集体资产和全村 100 多家私营企业进行管理、经营和服务；资源开发公司，结合农业结构调整，对全村非耕地资源进行开发，为村级集体经济创造新来源。

村级集体经济组织的强化和完善使蔡卢村迈开了农村企业化经营和管理的新步伐。

全村只有 61 个农民统一服务和规模服务是"蔡卢经验"的主体，但还不是全部。那么，作为全省大规模推广的"蔡卢经验"主要内容还有什么呢？

卢楷文认为，除了社会化服务之外，至少还有三点：

一是搞好农田基本建设。几年来，全村共投入农田基本建设资金近 300 万元，投劳 2.5 万个，全村 1200 亩水田初步建成"田成方，路成框，渠成网，树成行"的新格局，为农业社会化服务、集约化经营创造了条件，1997 年被浙江省确定为现代农业示范园区。

二是推行现代农业科技。以撒直播等轻型栽培技术，取代传统的生产方式，以科技投入代替资金和资源投入，促进了生产力的发展。

三是建立三位一体的村级组织。7 个村干部党政企交叉任职，一位副书记任公司总经理，充分发挥了村级组织的战斗堡垒作用。"蔡卢经验"对农业、农村和农民的影响正在日益显现和扩大：首先，它改变了农业的增长方式，提高了农业的比较效益，使务农不再是一件又苦又累又不划算的事；其次，它使农村走上了一条企业化经营和管理的新路子。更重要的是它对农民的影响，使全村农民的兼业化现象基本消失，务农的安心，务工经商的放心，促进了农民的专业化。

在田间地头，已基本看不到春耕时家家户户齐上阵的景象了。卢楷文告诉记者，全村 1300 个劳动力绝大多数都在本村或外地务工经商，还有 20 多人做起了跨国生意。专门种地的，就剩下 61 个农民了。

（1999 年 6 月《经济日报》）

启示 在双层经营结合上做文章

——浙江蔡卢村访问记（之三）

找到了"统"与"分"的结合点

蔡卢经验，一个普通村庄的困惑、探索和实践，具有了不同寻常的意义。

此时，蔡卢经验正在全省大张旗鼓地进行推广。它被概括为：在稳定家庭承包经营的前提下，充分发挥集体经济组织的功能，以改善农业生产条件为基础，以推广应用先进科技为先导，以提高农业机械化水平为重点，以村农副业发展服务公司为载体，连接千家万户和产前、产中、产后各环节，开展多种形式的集中统一服务。不难看出，蔡卢经验具有以下几个比较鲜明的特点：

一是承包关系稳定，农民放心。沿海发达地区二三产业发展迅速，农民普遍具有不愿多种田、不想种好田、又不肯放弃土地的矛盾心理。蔡卢经验就是针对农民的这种矛盾，在不动土地承包关系的前提下，对农民分散承包经营的土地进行统一分片划畴，通过强化社会化服务，来解决新形势下出现的新矛盾，从而找到了土地家庭承包后"统"与"分"的结合点，避免了因调整土地而引发的"振荡"，创造了一条通过规模服务实现规模经营、取得规模效益的新路子。

二是服务机制灵活，农民开心。服务犹如购物，方便、灵活、多样，大大提高了资金、技术、劳动力、机械设备以及农业基础设施等自然、经济资源的利用率，解放了农村劳动力和生产力，使农民感到既"省力"又"合算"，这种市场化的服务机制体现了社会化服务的生命力。

三是科技服务配套，农民省心。撒直播技术的推广带动了其他适用技术的广泛应用，与此同时，村里不失时机地添置了各种农机具，使农机农艺相配套、新品种、新技术、新机具相结合，协调作用，体现了农业现代化技术水平的强大威力。

四是适应性强，农民欢迎。蔡卢经验的产生虽有特定的环境和条件，但就其服务内容、服务形式和服务机制来看，却具有较普遍的适用性，既能满足务农农民的需要，也能够满足务工经商农民的需要；既适应较发达地区农业发展的需要，也适应欠发达地区农业发展的需要。

虽然蔡卢经验已经名声在外，但东阳市提出，墙内开花一定要墙内先香，因此，市委书记杨守春、市长汤勇极力鼓动记者去其他乡镇看看学习蔡卢经验的效果。于是，记者利用一个整天时间，先后采访了湖溪镇、巍山镇等乡镇，果然发现，一些地方在学蔡卢、赶蔡卢的实践中，已经超越了蔡卢。它们在学习中又有发展，在坚持中又有完善。于是，记者的这样一种感觉越来越强烈：蔡卢经验实际上反映了整个沿海发达地区在走向农业现代化过程中的困惑和探索，浓缩了全市、全省甚至更多地方的实践和经验，代表了从传统农业向现代农业转变的方向。

破解"农村改革和发展的重大课题"

沿海发达地区要率先基本实现农业现代化，这是江泽民总书记去年视察江浙沪农业和农村工作时提出的殷切希望。

在家庭承包经营的基础上，积极探索实现农业现代化的具体途径，是农村改革和发展的重大课题。这是党的十五届三中全会提出的明确要求。

无疑，蔡卢经验是破解这一重大课题的有益尝试，它使我们听到了沿海发达地区走向农业现代化的清晰足音，看到了农业现代化的灿烂曙光；同时也回答了记者最初带去的两个疑问，即，千家万户如何走向市场，分散经营怎样实现农业现代化。

实行土地集体所有、家庭承包经营，建立统分结合的双层经营体制，既是20年农村改革一条重要的基本经验，也是今后农村改革和发展必须长期坚持的一条基本方针。但是，"分"的要求早已明确，"统"的探索还要进行，"统""分"怎样结合，更是需要实践和理论进一步回答的问题。正是在这个意义上，我们发现了蔡卢经验的实质：在稳定家庭承包经营的基础上，进一步完善集体"统"的功能，发挥"统"与"分"两个层次的优势，在双层经营结合上做好文章。

就全国来讲，在当前及今后相当长的一个时期，农村改革和发展的任务还很重，全面实现现代化的目标还要付出艰苦的努力，因此，蔡卢经验的启示是十分有意义的：

第一，在探索实现农业现代化的具体途径过程中，农村改革和发展的一切探索和实践，都要尊重农民的意愿，坚持稳定家庭承包经营不动摇，特别是稳定土地承包关系，这是党的农村政策的基石。沿海发达地区人均土地少，二三产业发展迅速，具备了率先基本实现农业现代化的条件。然而，也正是因为这个特点，一些地方在探索农业现代化具体途径的时候，总是有意无意走上了土地归堆的路子，想以此实现土地的规模经营，但事实证明，这条路子是行不通的。

第二，发展市场经济，实现农业现代化，农村基层组织特别是集体经济组织不是可有可无，而是大有可为。充分发挥集体经济组织的作用，不是要代替农民家庭经营，而是要顺应农民的要求，承担起一家一户办不了、办不好的统一组织和统一服务功能。

第三，紧紧抓住解放生产力、发展生产力这个根本，在挖掘现有生产潜力上做足文章。一方面，我国今后相当长的一个时期农业和农村经济发展的主要矛盾是生产力落后，另一方面，土地承包关系长期稳定不变，说明农村生产关系适应目前生产力的水平，这就要求从生产力本身去寻找农业可持续发展的动力，在生产要素优化配置上多动脑筋。

第四，三三归一，当前农村中农业产业化、农村产业经营企业化、农民专业化的实践为解决我国"三农"问题、为最终实现农业现代化提供了坚实的基础和条件。这是既各有丰富内涵，又相互联系、相辅相成的三篇文章。三篇文章连起做，农业现代化的画卷就会尽快展现在我们的面前。

（1999 年 6 月《经济日报》）

如何理解扶贫攻坚目标

——回答一位私营企业家朋友的疑问

朋友，正当我琢磨如何给你回信的时候，恰巧，6月8日到9日，中央召开了扶贫开发工作会议，正像你在电视里看到的，这次会议虽短，但规格非常高，可见其重要性。你的疑问首先使我想起了3年前相见的一幕。

那是1996年夏天，我去浙江省你所在的城市采访。晚饭后我们闲聊，当我说起我国的贫困人口和贫困现状时，你非常惊讶。于是，那天晚上，这个话题我们一直继续到深夜。我知道，你受到了强烈的震撼和影响。

其实，你不知道，受到震撼的不止是你。回来后，我有感而发，连续在报上发表了两篇文章，《开展国情教育刻不容缓》和《了解贫困地区关心贫困人民》，引起了一定的反响，尽了一个新闻工作者的责任。

你在信中说，自从那次深夜长谈之后，你情真意切地关注起我国的扶贫工作，并为此尽了一份力。但是随着2000年的到来，你的一个疑问越来越大，我们的扶贫目标是，到本世纪末基本解决农村贫困人口的温饱问题，现在离本世纪末还不到两年，而贫困人口还有4200万人，那么，我们到底能不能实现预定的扶贫攻坚目标？

你对扶贫事业的关心，让我感动；对你的疑问，回答也是坚定不移的肯定。到本世纪末消灭绝对贫困现象，是党和政府向全国人民和全世界做出的庄严承诺，这个目标必须实现，也完全有条件实现。

对这样的回答，你肯定还不满意。那好，让我们先从《国家八七扶贫攻坚计划》说起。

改革开放以来，我国的反贫困行动取得了巨大的成绩，农村绝对贫困人口从1978年的2.5亿下降到1993年的8000万人。

1994年3月，国家制定并实施《国家八七扶贫攻坚计划》，要求用7年左右的时间，基本解决 8000 万人口的温饱问题，到本世纪末基本消除绝对贫困现象。

1995 年 3 月，联合国社会发展世界首脑会议在丹麦首都哥本哈根举行，会议确定 1996 年为"国际消除贫困年"。在这次会上，我国政府总理再次强调了本世纪末消灭绝对贫困的决心。

1996 年 9 月，党中央，国务院召开扶贫开发工作会议，江泽民总书记发出了扶贫攻坚的总动员令。

一晃 5 年过去了。我知道，你每年都在关注着扶贫攻坚的进程。到去年底，总共有 4000 万人走出了贫困的阴影。这次中央扶贫开发工作会议提出，今后两年，力争每年解决 1000 万左右贫困人口的温饱问题，这样，到本世纪末，我们就基本上实现了扶贫攻坚目标。

剩下的 2000 多万贫困人口呢？这也正是你的疑问。这就涉及贫困的标准和对贫困的理解。

同你一样，在生活和工作中，也经常有人发出这样的疑问：贫困的标准是什么？达到什么水平就算脱贫了？

如果用一句话回答就是：按 1990 年不变价计算，贫困户年人均纯收入达到 500 元以上。这是"八七扶贫攻坚计划"制定的标准。

我觉得，重要的可能还不是 500 元这个贫困的标准线，而是如何理解贫困。贫困分为绝对贫困和相对贫困。我们这里所说的贫困是指绝对贫困。

那么，什么叫绝对贫困呢？

按照专家的解释，绝对贫困就是生存贫困，是指在特定的生产方式和生活方式下，个人和家庭依靠劳动所得或其他合法收入，不能满足最基本的生存需要，生命的延续受到威胁。

那么，什么是相对贫困呢？

相对贫困有两个含义，一是指由于社会经济发展，贫困线不断提高而产生的贫困；一是指同一时期，由于不同地区之间和各阶层内部不同成员之间的收入差别而产生的贫困。比如，有些国家把低于平均收入 40% 的人口归为相对贫困人口。

由此看来，绝对贫困是可以消除的，相对贫困是永远存在的。再回过头来看我们的扶贫攻坚目标。

实现这一目标的具体含义是什么呢？这次中央扶贫开发工作会议讲得很清楚，是指在正常年景下，通过发展生产，满足大多数贫困人口基本的生存需要。

但是，需要指出的是，这里面不包括这样一部分人，就是丧失劳动能力的残疾人和社会保障对象，他们是家庭供养和社会救济的对象。这样的贫困人口，任何时候、任何国家都有。

另外，还有一部分人生活在自然条件十分恶劣的地区，缺乏起码的生存条件，这些人的出路就是异地搬迁，不可能在短期全部解决温饱问题。

这两部分加在一起，大约是 2000 多万。这就是为什么，再解决 2000 万贫困人口的温饱问题，我们就可以说，基本实现了扶贫攻坚目标。

以上分析我们可以得出一个基本的结论，我们的扶贫目标，是要消除绝对贫困现象，而不是要绝对消除贫困现象。

（1999 年 6 月《经济日报》）

扶贫攻坚关键是到村到户
——再答一位私营企业家朋友的疑问

朋友，你说你读了 6 月 16 日"四季论坛"的《如何理解扶贫攻坚目标》之后，对到 2000 年基本消除贫困现象有了正确的理解，对共产党领导下的扶贫事业有了新的认识。但是同时，你又提出了新的疑问，希望得到解释，这就是，如何保证不把绝对贫困带入 21 世纪？实现扶贫攻坚目标的关键是什么？应该说，你问到点子上了，不是嘛？实施八七扶贫攻坚计划以来，贫困人口减少最多的一年也只有 800 万人，而今明两年必须解决 1000 万人左右。

正像你所如道的，现在剩下的贫困人口绝大多数生活在生存条件极差的地方，因而贫困程度深，扶贫难度大，是扶贫攻坚最难啃的硬骨头。

还应看到的是，当前的市场环境发生了较大的变化，农产品销售不畅，价格下跌；乡镇企业发展速度减缓，效益下滑；农民外出打工受到诸多限制，输出困难，加上去年部分地区遭受了严重洪涝灾害，这些都给扶贫攻坚增加了新的困难。

可以看出，今明两年的扶贫攻坚，已到了最后的关头，这块骨头再硬，也要啃下。因为不用我说，你也知道，打赢这场硬仗，啃下这块硬骨头，对我们意味着什么。

首先，这是党和政府的郑重承诺。到本世纪末消除绝对贫困，是我们向国际社会做出的承诺，也是向全国人民做出的承诺；

其次，由于大多数贫困人口分布在少数民族地区和边疆地区，因此，帮助贫困群众解决温饱问题也是关系民族团结、边疆巩固、社会稳定的大事；

还有，广大贫团地区基础设施落后，加大扶贫投入和开发力度，增加农民收入，也是开拓农村市场和扩大国内需求的需要；

最后，搞好扶贫开发，加快西部和贫困地区发展，是缩小地区之间发展差距、最终实现共同富裕长远大计的重要步骤。

目标已定，决心已定，剩下的就是指导思想和工作路子，这也正是你和许多关心扶贫事业的人士共同关心的。如果你认真研读了刚刚结束的中央扶贫开发工作会议的精神的话，你就会知道，今明两年扶贫开发工作的指导思想是：以解决温饱为中心，以贫困村为主战场，以贫困户为对象，以改善基本生产生活条件和发展种养业为重点。

为此，中央扶贫开发工作会议提出了三条要求：

第一，以贫困村、贫困户为扶持对象，决不能贫富一起扶。只有对贫困村、贫困户进行具体的帮扶，才有可能解决他们的温饱问题。

第二，必须集中力量解决贫困户的吃饭问题，决不能搞与解决温饱无关的事情，这是贫困群众最急切盼望的第一位的目标。

第三，必须保证扶贫开发工作进村入户，绝不能浮在上面。因为每个贫困村、贫困户的情况都不相同，只有进村入户，有针对性地采取措施，才能提高扶贫工作的效果。

上述三条概括起来就是一句话：坚持扶贫到村到户，是实现扶贫攻坚目标的关键。

那么为什么一再强调入村到户呢？这个问题说简单非常简单，因为扶贫扶困，归根结底还是要扶人，扶贫困人口。只要贫困人口的温饱问题解决了，扶贫的目标也就实现了。说不简单也不算简单，它涉及我国反贫困战略的重大转变。

按照专家的说法，90 年代以来我国反贫困战略实现了两个重大转变，一是由救济性扶贫向开发式扶贫转变，一是由扶持贫困地区向扶持贫困人口转变。

应该说，前一个转变的思想我们已牢固地树立起来，并在实践中取得了积极的成效。后一个转变仍然需要强调，而且越是到了扶贫攻坚的最后阶段，越是需要强化这种思想。80 年代的扶贫对象主要是贫困地区特别是贫困县，为此国家确定了需要重点扶持的贫困县名单，其着眼点是提高贫困县的整体实力和自我发展的能力，从而带动全县贫困人口的脱贫。

应该说，在扶贫开发的初期，在贫困人口较多和贫困面较大的情况下，这种以贫困县为扶贫对象的战略是必须的，也是有效的。但是，随着大面积贫困人口的减少，剩下的贫困人口主要集中在生存条件差的部分贫困地区的贫困村里，再以县为扶贫对象，很难有助于这些人口的脱贫，因此，必须把目标缩小，把力量集中，根据每个村户的不同情况，采取有针对性的措施，才能进一步提高扶贫效果。

这就是所谓的既要真扶贫，又要扶"真贫"。

（1999 年 6 月《经济日报》）

扶贫协作 雪中送炭

——三答一位私营企业家的疑问

扶贫攻坚，先富起来的人和先富起来的地区能够做什么？我知道，这是你所关心的。

如果让我直接回答，那就是，尽快汇入到东西扶贫协作的潮流中去。

扶贫，是雪中送炭，是功德无量的事；扶贫协作，也是东部发达地区企业拓展生存和发展空间的需要，因此，对自己也是锦上添花。

你也知道，我们改革开放的总设计师邓小平同志有一个著名的论断，允许一部分人、一部分地区先富起来，然后实行先富带后富，最后逐步实现共同富裕。

邓小平同志的论断内涵十分丰富，它至少包含以下内容：第一，有条件的地方，抓住机遇，发挥优势，尽快富起来，为提高综合国力、带动全国经济发展做贡献。第二，先富起来的地区要帮助相对落后地区发展，以便实现共同富裕，这是社会主义本质所决定的，也是社会主义优越性的重要体现。第三，正如江泽民总书记最近在西北五省区国有企业改革座谈会上所指出的，让有条件的沿海地区先富起来，是一个事关大局的问题。发展到一定时候，沿海地区拿出更多力量来帮助中西部地区发展，这也是一个关系大局的问题。沿海地区和中西部地区都要顾全大局。第四，沿海地区什么时候支援中西部地区呢？早了不行，晚了也不可。按照邓小平同志的设想，本世纪末，下世纪初，也就是2000年左右，该是解决东西部发展差距的时候。第五，开展东西合作和东西扶贫协作，要按经济规律和市场规律办事，坚持平等自愿、互惠互利的原则。

我国地势是西高东低，而发展水平则正好相反。尚未解决温饱问题的贫困人口绝大部分分布在中西部特别是西部地区。这些年，国家为了缩小东西差距，主要采取了两项重大措施。

一是不断加大中央对中西部特别是西部的扶持力度。比如，在去年中央财政增加的基础设施建设投资中，用于中西部地区的达到62%,用于西部地区的固定资产投资增长31.2%,高于东部14.9个百分点。同时，中央扶贫资金的投入1998年也增加到183亿元。

二是在全国范围组织沿海省市对口帮扶西部省区，这就是东西扶贫协作。

你已经知道，1996年，中央召开了一次高规格的扶贫开发工作会议。此后，便全面展开了东西扶贫协作工作。

国务院确定，东部9个省、市和4个计划单列市对口帮扶西部10个省、区。

3年来，东西扶贫协作取得了巨大成绩，据不完全统计，东部13个省市政府和社会各界累计捐赠款物10亿多元，签订项目协议2600个，实际投资近40亿元，从贫困地区输出劳动力25万人，劳务收入8亿多元。此外，在干部交流、人才培训、援建学校等方面，也做了大量卓有成效的工作。

特别值得一提的是，在西进者的队伍中，有许多是东部地区的私营企业家。

西进者并不孤独。但西进的前景如何？我知道，还有许多像你一样犹豫观望的企业家。

事实胜于雄辩。这里，我给你举一个例子。这个例子是温家宝副总理4月9日在全国东西部地区扶贫协作经验交流会上讲话时极力推荐的。

贵州省镇宁县有一家企业，叫红蝶钡业公司，是青岛红星化工集团来此投资兴办的。红化集团在难以为继的情况下，把目光投向了钡盐储量占全国50%的贵州省，希望把自己的市场、技术等优势同贵州的资源优势结合起来，开辟新的发展空间。

4年来，由于实现了优势互补，取得了明显的经济效益。本地资源质优价廉，单算可变成本部分，比青岛要低一半。企业产品80%以上出口，不但没受金融危机的冲击，反而乘势而上，进一步扩大了国际市场份额。

当然，扶贫协作有成功的，也有不成功的。问题的关键在哪里呢？关键是要按经济规律和市场规律办事，一是要真正实现优势互补，二是要真正实现互惠互利。

朋友，当前东西扶贫协作面临着新的机遇。一方面，开拓市场，扩大需求，要求把各地的比较优势充分发挥出来。另一方面，沿海地区发展面临着劳动力、资源、市场等多种压力，北上西进，拓展新的生存和发展空间也是东部企业内在的需要。因此，西进，此其时也。

（1999 年 7 月《经济日报》）

三峡：安移民迁企业进展如何？

作为我国现代化建设中的千秋大业，三峡工程举世瞩目。三峡工程建设1993 年开始施工准备，1994 年 12 月正式开工，1997 年 11 月 8 日成功实现了大江截流，1998 年 5 月 1 日临时船闸通航，8 月完成的二期上下游围堰工程经受了长江大洪水 8 次洪峰的考验。目前，三峡工程正在进行更加艰苦的二期工程建设。

二期移民如何安置？

鼓励外迁安置

"我什么都舍得，就是舍不得我们家那片祖坟呀！" 一位 80 多岁的老汉指着离家不远的一片荒凉之地，老泪纵横。

那是 1992 年，三峡工程上马之前，中宣部和水利部组织新闻单位去三峡采访。在库区，记者记录下了那难忘的一幕，它使记者形象地体会到了"百万大移民"这道"世界级难题"的难度，认识到了移民对三峡工程成败的重要影响。

几年过去了。记者从前不久结束的国务院三峡工程移民工作会议上了解到，截至去年底，全库区已累计搬迁安置移民 15.6 万人，开发、改造、调整土地 25 万亩，新建各类移民房屋 897 万平方米，淹没涉及的 13 个城市和县城、114 个集镇的搬迁工作也已全面展开，其中湖北的秭归县城已搬迁完毕。

如果要总结一期工程移民工作的经验，那么最根本的一条就是，坚持实行了开发性移民的方针。

大家知道，中华人民共和国成立以来到 1989 年的 40 年间，我国共修建水库 8 万多座，为此迁移居民 1000 万人。应该说，大部分移民安置得比较好，但也有一些地方的移民没有安置好，生产生活都存在很大困难，个别遗留问题至今仍没有解决好。

三峡工程移民总结了新中国成立以来水库移民的经验教训，改革了一次性赔偿移民的办法，提出了开发性移民的方针。

所谓开发性移民方针，概括起来就是：采取多途径、多形式为农村移民创造新的生产生活条件，形成新的生产能力；积极改善城镇布局，增强辐射能力；大量调整搬迁工矿企业结构，培植库区新的增长点；恢复库区专业设施功能，改善基础设施条件。

实践证明，开发性移民方针的成功，实现了"搬得出、稳得住、逐步能致富"的目标。

1998年至2003年，是三峡工程建设的二期工程阶段，也是枢纽工程建设库区移民的关键时期。枢纽工程建设将实现水库蓄水至135米水位，第一批机组发电，永久船闸通航，水库移民将搬迁安置55万人。

单就移民来讲，二期移民平均每年需要搬迁安置9万人，建房300多万平方米，搬迁工矿企业120多家，一年的任务就相当于一期移民任务的总和，真可谓时间紧、任务重。

无疑，农村移民安置是库区移民工作的重点和难点。在一期移民中，强调了"以土为本，就近，靠后"。现在看来，负面影响比较大，主要是开垦陡坡，毁坏植被，造成新的水土流失，破坏生态环境。

因此，国务院召开的三峡工程移民工作会议提出，调整和完善移民政策，因地制宜，把本地安置与异地安置、集中安置与分散安置、政府安置与自找门路安置结合起来。从实际情况看来，需要鼓励更多的移民外迁安置。外迁安置应该遵循这样一条原则，首先要尽量在本省市非库区安置；本省市安置不了的，在临近省安置；然后适当考虑在沿江各省和长江下游滩涂地及其他省区市安置。

企业迁建怎样进行？

抓住调整机遇

朱镕基总理在移民工作会议上强调，三峡工程的工矿企业迁建不能是盖一座新厂房，搬来一堆旧设备。从一期工程来看，这种情况未能避免。

由于相当一部分企业低水平重复建设，或者对本来就亏损的企业搬迁时原样复制，建成后当然经济效益不会好。据有关部门对1998年底竣工投产的243个项目的调查统计，有一半企业经营不景气或者亏损。

如何改变这种局面？会议提出，调整企业搬迁的政策，抓住机遇，把企业搬迁与结构调整结合起来。这是企业迁建能否成功的关键，也是重构库区新的工业生产力体系的关键。

迁建企业必须进行结构调整，也是由库区工矿企业现状决定的。三峡库区淹没工矿企业1599家，除32家为大中型企业外，其余均为小型企业，占了98%。这些企业绝大多数是小水泥、小化肥、小纸厂、小酒厂等，共同特点是，企业规模小，产品结构雷同；管理落后，设备陈旧；产品没有销路，经济效益差。

迁建企业必须进行结构调整，更是由宏观经济环境决定的。目前，全国工业生产能力普遍过剩，一半以上工业产品的生产能力利用率不到60%，绝大多数产品都已经形成买方市场。在这种情况下，如果企业还是原样搬迁，势必要造成新的亏损源、污染源，使企业本身和国家都背上新的包袱。

应当说，库区一些地方在搬迁工矿企业结构调整方面，迈出了可喜的一步，但从整个库区来看，调整的力度还远远不够，效果也不甚明显。为此，移民工作会议强调了三点：一是进一步统一思想，加大迁建工矿企业结构调整的力度；二是认真落实各项优惠政策，调动迁建企业结构调整的积极性；三是积极扩大再就业门路，妥善安置迁建企业下岗职工。

对口支援落实可好？

力度再加大些

早在工程开工前的1992年，国务院就发出了对口支援三峡库区移民工作的通知。自那以来，全国有关省、区、市和国家有关部门，按照"优势互补、互惠互利、长期合作、共同发展"的原则，广泛地开展了多种形式的对口支援工作。

据国务院三峡工程建设委员会移民开发局的资料统计，截止到1998年底，对口支援共为三峡库区引进资金59.95亿元，其中经济合作项目资金46.26亿元，社会公益性项目资金12.69亿元，援建希望学校364所，安排移民劳务

16555 人次，干部交流 369 人次。从对口支援的领域来看，涉及工矿企业迁建、基础设施建设、高效生态农业开发、旅游开发和社会事业发展等多个方面。

从对口支援的效果来看，既促进了库区的移民安置和企业迁建，同时又为支援方特别是沿海地区提供了向中西部发展的机遇，拓宽了生存空间，开拓了新的市场。

随着三峡工程建设进入关键时期，对对口支援工作也提出了新的要求，一是要进一步加大对口支援的力度，积极推荐名优企业与三峡库区迁建企业进行联合与合作；二是要加大对农村移民的安置力度。在帮助三峡库区发展种植业、养殖业和农副产品加工业的同时，积极接收外迁安置的移民来本省、区、市安置。

（1999 年 6 月《经济日报》）

温家宝与出席本报农村调研点会议部分代表座谈时强调

适应农业发展新阶段要求努力增加农民收入

调整优化农业和农村经济结构，大力推进科教兴农，搞活农产品流通，切实减轻农民负担，加大国家对农业的支持力度。

中共中央政治局委员、书记处书记、国务院副总理温家宝7月5日在中南海同出席本报农村调研点会议的部分县市委书记、县市长座谈时强调，增加农民收入是关系国民经济发展全局的问题，我们要从农村改革、发展和稳定的战略高度，充分认识增加农民收入的重要性和紧迫性，下大力气解决好这个问题。

出席《经济日报》农村调研点座谈会的31位县（市）委书记、县（市）长参加了座谈会。

山东省寿光市委书记刘命信、湖北省襄阳县委书记谢光国、浙江省东阳市委书记杨守春、吉林省公主岭市长许景珊、甘肃省永登县长苏振祥等5位同志先后发言。

在听取了大家的发言之后，温家宝副总理发表了重要讲话。他指出，从根本上解决农民增收困难的问题，必须全面贯彻党的十五大、十五届三中全会精神，稳定政策，深化改革，实现经济体制和农村经济增长方式的根本性转变。当务之急就是要适应农业发展新阶段的要求，积极调整农业和农村经济结构，大力推进科教兴农，搞活农产品流通，加强农业基础设施建设，切实减轻农民负担。对于这些涉及全局的问题，要组织专门力量，深入调查研究，认真总结经验，探索符合农村实际的切实有效的路子。

温家宝副总理强调，以市场为导向，调整优化农业和农村经济结构，是保持农民收入持续增长的根本途径，是当前农村经济工作的重要任务。这次结构调整的主要任务是，面向市场，依靠科技，着力改善农产品的品种和质量，发展高产、优质、高效农业，变粗放经营为集约经营，提高农业的综合效益。当前，重点要做好四篇文章。一是种植业要坚持产量、质量、结构、效益的统一，改良品种，提高质量。二是大力发展养殖业，特别是使畜牧业成为一个大产业。三是要把发展乡镇企业同推进农业产业化经营结合起来。四是加快小城镇建设，促进农村劳动力转移。

温家宝副总理指出，农业和农村经济发展的新阶段，是我国农业由资源、劳力密集型向资本、科技密集型转变的过程，由粗放式经营向集约式经营转变的过程，由单纯追求数量向数量质量并重转变的过程。归根到底，是用现代科技装备改造传统农业，从而实现传统农业向现代农业跨越的过程。坚持科教兴农的方针，把农业和农村经济转到以质量和效益为中心的轨道上来，是我国农业和农村经济持续快速发展的根本保证，也是增加农民收入的关键。推动农业科技进步，当前要突出抓好以下几个方面技术的研究、引进和推广应用：一是以提高投入产出水平为目的的节本增效技术；二是以提高质量为目的的优化动植物品质技术；三是以扩大增值为目的的农产品加工、保鲜、储运技术；四是以高效节约为目的的资源综合利用技术；五是以可持续发展为目的的环境保护技术。

温家宝副总理指出，目前我国部分农产品出现卖难，既有总量和质量问题，也有流通不畅和市场开拓不够的问题。因此，抓农民增收必须抓流通，抓市场。他说，搞活农产品流通，总的要求是深化农产品流通体制改革，建立开放、统一、竞争、有序的农产品市场体系，当前要着重抓好三方面的工作。一要认真贯彻国家的农产品购销政策。二要加强市场建设和管理。三要培育连接农民和市场的流通中介组织，提高农民进入市场的组织化程度。

温家宝副总理强调，减轻农民负担是关系农村改革、发展和稳定的大事。在农民增收面临许多新的困难的情况下，解决不好农民负担过重的问题，不仅会挫伤农民的生产积极性，而且会影响农村的稳定。必须充分认识当前做好减负工作的特殊意义，坚持地方党政一把手亲自抓、负总责的工作制度，把减轻农民负担这件大事坚持不懈地抓紧抓好。第一，要严格执行农业税收法规政策。农业税、农业特产税、屠宰税要据实征收，一律不得平摊，不得强行要求农民以现金交纳农业税。第二，严格执行提留统筹政策。今年提留统筹费要坚持一定三年不变的政策，提取数额不仅要控制在 5% 以内，而且不得超过 1997 年的预算额。第三，禁止一切乱收费、乱罚款、乱集资和各种摊派。第四，禁止一切要农民出钱、出物、出工的达标升级和检查评比活动。第五，禁止强迫农民以资代劳。第六，必须精简机构、裁减冗员。第七，认真研究农业税费改革的政策，探索减轻农民负担的治本之策。

温家宝副总理指出，农业和农村经济的发展，既要靠党的农村政策调动农民的积极性，也离不开国家财力物力的大力支持。要按照农业发展新阶段的要求，加强农业基础建设，提高农业综合生产能力。

温家宝副总理充分肯定了《经济日报》开展农村调研点活动的意义。他指出，要采取多种方式，加强中央与地方特别是县一级领导干部的联系，经常听取他们的意见，这对于改进我们的农村工作、制定正确的农业和农村政策，都有积极意义。

中央和国务院有关方面负责人马凯、段应碧、肖万钧、韩长赋出席了座谈会。

《经济日报》社社长徐心华，总编辑武春河，副总编辑詹国枢、庹震等出席座谈会。

（1999 年 7 月《经济日报》）

《六大行业看龙江》系列报道

森工：机遇正在显现

编者按 作为粮食大省、资源大省、老工业基地，黑龙江省资源型行业比较集中，深层次矛盾比较突出，近年来在省委、省政府领导下解放思想、转换思路、加快结构调整，在危困行业和困难企业的改革与脱困上进行了有益探索。为了解重点行业改革与脱困的进展，探讨老工业基地重振雄风之路，本报记者不久前深入黑龙江森工、煤炭、粮食、石化、农垦、机械等重点行业采访，采写了《六大行业看龙江》的系列报道，从今天起陆续刊出。希望黑龙江的实践给各地读者以新的启示。

我们驱车行驶在伊春林区的公路上，产生了这样一种联想：林中的公路尽管曲折而漫长，但你只要坚定不移地走下去，就一定能够到达预定的目标。

被称为资源危机、经济危困的黑龙江森林工业目前正走在这样一条曲折漫长、目标明确的道路上，尽管仍在"两危"低谷中运行，但机遇正在显现，希望就在前头，走出"两危"为期不远。

一种含义丰富的感受：大

走近黑龙江森工，扑面而来的感受是"大"，继而领悟到这是一种含义丰富的"大"。为什么呢？

一曰面积大。黑龙江森工林区是全国最大的国有林区，经营总面积1006万公顷，占全省国土面积的1/4，森林总蓄积6.37亿立方米，下属40个林业局，县团级以上单位有125个。现有职工72.5万人，拥有固定资产原值103.9亿元。

二曰贡献大。解放战争初期，黑龙江森工边组建、边生产，以"战争打到哪里，木材就支援到哪里"的精神，为前线提供了 300 万立方米的木材。中华人民共和国成立 50 年来，黑龙江森工企业累计为国家贡献了 4.7 亿立方米的木材，同时上缴利税费 106 亿元，是国家投资的 1.5 倍。

三曰困难大。黑龙江森工 1990 年起出现全行业政策性亏损，截止到 1998 年底，累计亏损 21.47 亿元。森林企业职工工资不仅大大低于全国和全省的平均水平，而且拖欠严重，平均拖欠达 9.6 个月。

四曰希望大。黑龙江森工紧紧抓住国家实施天然林保护工程的大好机遇，解放思想，转变观念，进一步加大产业结构调整的力度，制定实施了一整套解危脱困的措施。

在采访中记者曾问：黑龙江哪个困难行业可能最先走出困境？省委书记徐有芳、省长田凤山不约而同地回答：森工。

一次无愧子孙的选择：减

从根本上说，森工的危困是由森林资源的危机导致的。森工能否振兴，也取决于森林资源的复兴。所以若问：森工的希望在哪里？那么，黑龙江森工已用实践做出了回答：希望在于减，就是迅速而有效地把森林资源的采伐量减下来。

可喜的是，黑龙江森工在 10 年前就认识到了这个问题，而且付诸了实施。

整个 80 年代，黑龙江森工还是个让人眼红的行业，每年生产木材 1260 万立方米，每年上缴两三个亿，是省里的上缴大户，被称为"林大头"。

80 年代末，黑龙江森工居安思危，制定了治危兴林的长远规划，并从 1987 年开始，主动下调木材产量，当年就从 1260 万立方米减少到 560 万立方米。减少产量，就是减少经济效益，一下子减了这么多，黑龙江森工承受了巨大的经济压力。这也是导致 1990 年起全行业亏损的直接原因。

从 1987 年到 1997 年，10 年间森工系统累计下调了 47% 的木材产量，总量达 4407.2 万立方米，减少森林资源消耗 7165 万立方米。

与此同时，采取一切积极措施，改变森林经营方式，大力促进森林资源增长。到去年，森林活立木总蓄积量达到 63850.5 万立方米，比 1990 年增加 627.7 万立方米；有林地面积达到 748.6 万公顷，比 1990 年增加 65.1 万公顷；

人工林地面积达到 133.2 万公顷，比 1990 年增加 56 万公顷；森林覆盖率达到 74.5%，比 1990 年增加了 7.5 个百分点。

去年下半年，国家实施了天然林保护工程。已经大幅度减产的黑龙江森工怎么办？回答是，还要减。

森工总局的领导对记者说，实施"天保工程"，国家下了这么大决心，花了这么大代价，我们一定要落实好。具体目标是，到 2000 年木材产量减少到 419 万立方米。

如果说减少木材产量的话题并不轻松的话，那么减员的话题就更加沉重。这也许是实施"天保工程"最艰巨的任务。

按照"天保工程"的实施方案，黑龙江森工系统要安置富余人员 42 万人，除已转岗 10 万人外，还要再分流 32 万人。30 万大军哪里去？总局领导提出了四个方向：一是放下斧头，向森林管护培育转，二是向林产工业转，三是向多种经营转，四是向个体经商转。

从一些林业局的实践来看，转岗带来了转机。

一条现实可行的出路：调

停止采伐天然林，变伐木为营林，森工企业出路何在？黑龙江森工的回答是：调整。

回答虽然简单，落实起来却绝不是一蹴而就的事。

作为资源性行业，多年来，黑龙江森工形成了两个"单一"，一个是单一的所有制结构，一个是单一的产业产品结构，特别是产业产品结构，靠山吃山，囫囵吞枣，吃的都是"源"字号，因此，森工的产业一直是"独木撑天""大木头挂帅"。

为了适应市场经济的要求，十多年来，黑龙江森工一直致力于改变这种状况，木材生产、林产工业、多种经营三足鼎立的局面日渐清晰。

林产工业应该是森工行业最大的优势。众多森工企业终于认识到，靠山吃山，也应该换个吃法，由粗吃变精吃，才能吃出更好的味道。于是，木材综合利用成为各林业局新的经济增长点。

去年，林产工业总产值达到 20 多亿元，占森工工业总产值的 32%。全省

40 个林业局中,林产工业占 1/3 以上的有 18 个林业局。靠山吃山,过去仅仅盯住木材资源,如今,眼界一放宽,林下地上都是宝。目前,森工的多种经营以农、牧、特、矿为重点,种、采、养、加一起上,国有国营、国有民营、集体、个体以及家庭经济等多种经济成分共同开发林区资源的格局已经形成。驱车林区,各具特色的综合立体开发的小经济区时隐时现。

1998 年全省多种经营总收入达 36.2 亿元,是 1989 年的 4.1 倍,为全民企业分流安置 5.2 万人。全省森工的木材生产、林产工业、多种经营的产值比重已由 1986 年的 51∶36∶13 调整到 32∶33∶35。

一次前所未有的机遇:保

所谓"保",指的是天然林保护工程之"保"。国家实施天然林保护工程,对森工企业到底意味着什么?说实话,采访之前,我们心里并没有一个明确的答案。没想到,整个森工系统,上上下下对"天保工程"的认识出奇一致:"天保工程"为黑龙江森工走出"两危"提供了历史性的机遇。

省森工总局的领导表示,面对这样一个大好机遇,没有理由让森工再继续危困下去,他们有能力、有条件在几大危困行业中率先冲出去。

实施"天保工程",不仅要把木材产量减下来,更重要的还是要把现有的森林资源管护抚育好;而相对减产而言,管护抚育的任务更加艰巨。

我们在清河林业局采访的时候,正值全省森工系统在这里召开现场会,推广他们创造的森林资源经营管护责任区的经验。

这个局的负责同志对记者说,森林资源的危机不仅是树砍多了,更是林没造好、没管好,这才是"天保工程"实施的真正背景。而传统的森林资源管护方式存在着责任虚化的问题,人人有责,人人都可以不负责。他们实行的责任区管护,把保护和抚育森林资源的责任落实到每家每户,真正做到了人人有责。

这项改革措施的实施方案规定,责任户管护责任区的森林资源,负责护林防火、病虫害防治,依法抵制滥砍乱伐、毁林开荒以及各种破坏森林资源的违法犯罪活动;同时,在不影响林木生长的前提下,可以开发利用各种林副产品。

看得出,这一办法的特点是把森林资源管护和多种经营结合起来,因而调动了管护者的积极性。而从实践来看，效果也非常明显：

一是职工的造林质量和抚育质量明显提高。由于造林和抚育的质量是和收入挂钩的，"树不活，要负责"。

二是经营管护责任区的林地资源得到了有效开发利用，久居深山的群众有了市场观念。

三是解决了"天保工程"最大的难题——就业问题。一人管护，全家就业，全局基本上不存在转岗待岗问题。

省森工总局负责人表示，探索出这样一条路子，我们对实施"天保工程"、对森工冲出"两危"就更有信心了。他同时希望，国家的"天保工程"资金能够尽快到位，以解决实施中资金不足的问题。

（1999 年 8 月《经济日报》）

《六大行业看龙江》系列报道

粮食："一顺"方能"百顺"

与粮食相联系，黑龙江有许多别称：粮食生产大省、商品粮基地、粮食储备基地、粮食战略后备基地……

地位与作用，贡献与困境，光荣与责任，万般滋味皆在其中了。

从流通看生产：粮食品质待改善

在黑龙江粮食系统采访，许多人不约而同地首先谈起了粮食生产。从流通看生产，看到了什么呢？当然，首先看到的是粮食生产能力的提高。

黑龙江始终把粮食生产抓得很紧。人们津津乐道的是，1949年到1998年间，粮食作物播种面积由8130.2万亩增加到12133.5万亩，增幅达49.2%；粮食平均亩产由71公斤提高到248公斤，增长2.5倍；粮食总产量由58亿公斤增加到300多亿公斤，增长4.4倍。

从流通看生产，特别是在农业和农村经济发展的新阶段，还看到了什么呢？人们看到了粮食品质亟须提高。

春小麦、玉米是黑龙江省粮食生产的当家品种。"两层皮儿，一个脐儿，两边夹个小冰人儿。"这是形容铁秆庄稼玉米；沟深、皮厚、毛长、面筋率低、出粉率低，这是说的春小麦。这种粮食在供过于求的今天，遇到了严峻挑战。近年来，黑龙江许多城市居民吃的已不是本省的小麦。

普通品种多、优质品种少、绝大部分产品不适应市场需求，目前，全省小麦库存已高达75亿多公斤。

出路在哪里？粮食系统人士提出，一是加快调整优化粮食种植结构，发展质量效益农业的步伐；二是加快粮食加工和过腹转化，从根本上解决粮食出路。

从全局看流通：顺价销售是关键

粮食量多质不优，会给粮食流通带来什么呢？

一是仓储难。敞开收购农民手中的余粮是粮改的一项基本政策。自去年新粮上市到今年6月末，黑龙江国有粮食购销企业累计收购粮食125亿公斤，基本做到了不限收、不拒收、不打白条。

粮食是收上来了，存放在哪儿却成了大问题，粮食仓储能力不足的矛盾日益尖锐。据省粮食厅负责人介绍，全省706个国有粮食购销企业，总收储能力是240亿公斤，而有效仓容仅65亿公斤，只占27%。而全省的实际库存是多少呢？342亿公斤。也就是说，除了65亿公斤和租用社会仓容的8亿公斤之外，有270亿公斤粮食处于露天临时存放状态。今年全省还要计划收购135亿公斤，粮食系统尽最大努力能解决75亿公斤，另60亿公斤如何入库还是个未知数。

二是销售难。敞开收购后，农民的"卖粮难"转化为粮食部门的"卖粮难"。在全国普遍供大于求的市场情况下，黑龙江粮食明显缺乏优势和竞争力。主要是优质化程度不高，库存时间较长，远离销区，再加上与今年调价后的新粮相比，购价相对较高，因此销售将更加困难。

三是经营难。到1998年底，全省粮食系统共有经营性企业1975个，在岗从业人员10.5万，资产是118.6亿元，而负债达130.38亿元。

粮食行业的出路在哪里？黑龙江粮食系统上上下下的一致看法是：顺价销售是关键。顺价销售才能腾仓倒库，实现敞开收购；顺价销售才能推陈储新，保证商品质量；顺价销售才能回笼资金，保证职工开支；顺价销售才能进入良性循环，实现企业盈利。总之，"一顺"方能"百顺"。

为了实现顺价销售，黑龙江省政府成立粮食顺价销售领导小组，进一步强化地方政府行政首长责任制。省政府决定，从1999年4月1日到2000年3月31日，全省粮食顺价销售包干任务35亿公斤。在今年3月的全省粮食工作会议上分解下达给各行署、市政府，并与之签订了责任状，粮食顺价销售已由企业行为变成了由各级政府负第一责任。

由于采取了一系列强有力的措施，今年上半年全省粮食顺价销售工作比较顺利，共顺价销售粮食13亿公斤。许多粮食企业看到了"顺"的转机。

（1999年8月《经济日报》）

把消费潜力变成消费行动
——启动农村市场四问四答

一问：农村市场到底有多大空间？

说中国市场的潜力大，主要是农村市场的潜力大。目前我国农村有8.68亿人口，占全国总人口的近70%，是世界上最大的消费群体，而且是一个正在由穷变富的群体。

据统计，目前我国农村居民消费的主导类型是从温饱型向小康型过渡。其主要标志是用于基本生存消费的比重下降，用于享乐消费的比重上升。1978年至1997年，农村居民食品消费在总消费的比重由67.7%下降为55.1%，衣着消费由12.7%下降为6.8%。与此同时，用于改善居住条件、购置家具设备和文化教育卫生方面的消费都有所增加，一些过去根本没曾发生的保健和服务性消费，也初见端倪。农村居民整体生活水平的上台阶，必将促动农村出现许多新的消费增长点。这个消费增长点，就是新的经济增长点。

二问：农村居民有哪些消费特征？

由于文化层次、自然条件、收入水平、思想观念和消费政策等方面的差异，农户的消费与城市家庭的消费有着明显的差异。

第一，生产投资与生活消费的一体性。城市家庭，是个纯消费单位。而农户既是个消费单位，又是个生产单位。农民人均收入中，有相当一部分要作为生产费用和基础设施建设投资，用于维持简单再生产和扩大再生产。从长远看，在农户总收入的分配上，生产性投资趋于增加的强势。就一般情况来说，农民人均收入的34%左右要用于生产性投资。

第二，生活消费水平的层次性。对于大多数城市居民来说，家庭与家庭之间的消费水平也有差距，但不是很大。而农村的情况就大不一样了。目前，从农户消费水平上看，大体上可分为小康型、温饱向小康过渡型、温饱型和贫困型四个消费层次。如果从人均纯收入方面作一简要的区分，人均收入3000元以上，即为小康型，大体占农村总人口的17.7％；人均收入2000元—3000元之间，即为温饱向小康过渡型，大体占农村总人口的24.3％；人均收入1000元—2000元之间，即为温饱型，大体占农村总人口的42.0％；人均收入不足1000元的，即为贫困型，大体占农村总人口的6％。消费水平的层次分明，说明刺激消费的启动措施应有区别。

第三，物质消费与精神消费的非对称性。受消费观念和文化程度的局限，当代农民虽然已从"日出而作，日落而息"的传统生活方式中走了出来，但与城市居民相比，其消费领域还有很大局限性，追求消费的物质性，忽视消费的精神性不是个别现象。用于文化、娱乐、体育、健身、旅游等方面的享乐性、服务性消费，这几年虽有增长，但在大多数农户中还是空白。据统计，1997年我国农村用于带有消费水平升级性质的医疗保健、交通通讯、文教娱乐和其他服务性消费的比重仅分别为3.9％、3.3％、9.2％和2.1％。

三问：开拓市场有哪些障碍因素？

一是农民收入增长速度较慢，农民没钱花。农民收入在经过"八五"期间的较高速增长之后，已进入缓慢增长阶段。1998年，全国农民人均收入为2160元，仅比1997年增长3.3％。农民想消费而没有支付能力，是启动农村市场的最大障碍性因素。

二是农村基础设施建设滞后，农民有钱不能花。大多数村的水、电、路等基础设施条件较差，农民购买电冰箱、电视机受电的制约，买洗衣机受水的制约，买摩托车受路的制约，至于文化娱乐场所，更是寥寥无几。虽然全国90％以上的村都通了电，但比城市高于一倍甚至数倍的电价，又让农民在消费面前望而却步。

三是产品及服务质量低劣，农民有钱不敢花。一些假冒伪劣产品充斥农村市场，假化肥、假种子、假农药坑农的事屡禁不止，害得农民苦不堪言，农民手中拿着钱买东西是心存余悸。对农村居民售后服务的不到位或承诺不兑现，也大大削减了农民的消费欲望。

四问：促进消费面临什么选择？

如何把潜力变成农民的消费行动，这是启动农村市场的关键所在。

一是生产资料市场与生活资料市场同时启动。农户既是生产单位又是消费单位的特点，决定了我们应采用生产资料市场与生活资料市场同时启动的动作取向。目前，农村生产力水平处于提高阶段和农户生活水平处于由温饱到小康转型阶段的客观条件，决定了启动农村生产资料市场，用生产资料市场的活跃带动消费资料市场的繁荣，具有现实意义。

二是调整工业品结构和农产品结构同时启动。面向农村生产的工业品，就应着眼于农民的实际需要，不断调整产品结构，不断推出适销对路的新产品，并且要在防假冒和售后服务上下功夫。解决农民手中无钱消费的问题，根本办法就是发展生产，通过调整农产品结构来解决卖难问题，让农民的产品能及时出手变现，增加收入，形成生产到消费的良性循环。

三是提高产品质量和改善消费环境同时启动。提高产品质量是企业行为，改善消费环境是政府行为，两者是相互促进的，企业和政府都做出努力，启动农村市场才能见到实效。否则，单有一个方面的积极性，效果一定是事倍功半。

四是小城镇建设与市场建设同时启动。据初步测算，小城镇每增加一人，可带动2万元的社会购买力。在未来的20年中，如果将农村人口的15%移入小城镇，无论对生产投资还是对生活消费，都将产生巨大的拉动作用。用小城镇建设来带动农村市场的繁荣，是个大战略，也是一个长效战略。

（1999年9月《经济日报》）

迎国庆话三农

粮票没了

1987 年，我从东北的边陲小城考取了首都北京中国社会科学院的研究生。可是，在我兴冲冲来报到的路上，发生了一件几乎让我终生难忘的事，我被窃了，丢失的东西里面，除了报到证、户口迁移证之外，还有一样当时非常重要的东西，就是粮油关系。没有了报到证，我无法证实我是被录取了的研究生；没有了户口迁移证，我将失去在北京立足的资格；而没有了粮本和粮票，我将衣食无着。

当然，此事最后出现了一个出人意料的戏剧性的结局，除了人民币，粮票（全国粮票）之外，所有我离了不行、他（小偷）要了没用的东西都给我寄到了原单位。

研究生毕业之后，我分到中央一家大报当了农业记者。1993 年，粮证和粮票取消的时候，我想起了这事。今天，庆祝中华人民共和国成立 50 周年的时候，我又想起了这事。50 年来，我们国家发生了翻天覆地的变化，农业和农村的变化更是世人瞩目，可我偏偏想起了粮票，那在记忆中渐渐远去的印着一两、二两、半斤，印着上海、北京、全国字样的粮票。

我发现，我们从饥饿到温饱到小康的跨越，全都在这样一句白得不能再白的大实话里面了：粮票，没了。

当然，更准确地说，是粮票没用了。当粮票没用的时候，远在黑龙江的父母写信问我，"真的没用了？"是的，这些对老百姓来说曾跟命根子一样金贵的东西真的没用了。和粮票一样没用的还有布票、肉票、糖票，等等。

是的，像父母一样疑疑惑惑的大有人在。他们不敢放弃或者不舍得放弃。粮票，陪伴了中国人 30 年呀，它们的作用太大了，从婴儿到成人，应该吃多少粮食，粗粮多少，细粮多少，粮本上写得清清楚楚。一个人出差，除了在单位借钱之外，一定不能忘了去粮店换粮票。许多 30 岁以上的人都有这样的记忆，就是用粮票换东西，不仅可以换鸡蛋等农副产品，还可以换锅碗瓢盆等日用品，甚至可以换人民币。

粮票是怎么来的呢？粮票是粮食计划供应的产物。

1949 年全国解放时，农业生产不仅水平低，而且处于急剧衰退之中。中华人民共和国面临的最大难题之一，就是解决粮食供给问题。随着农业生产的恢复和发展，粮食产量逐年增加，到 1952 年，我国人均占有粮食达到 570 斤。

然而，1952 年底开始大规模工业化建设后，粮食供求的矛盾再度紧张，再加上一些不法粮贩囤积居奇，加剧了粮食市场的矛盾。在这种情况下，中央经过反复讨论，决定在农村实行"计划收购"，在城市实行"计划供应"，这就是所谓的"统购统销"。

从此，粮本和粮票走进了城市居民的生活。1985 年，合同定购制度取代了统购统销制度，而粮票的使用又延续了多年。

粮票没了，说明粮食不再按计划供应了，也就意味着粮食不再限量供应了。因为，对全国来讲，在共产党的领导下，经过几十年的奋斗，中国人民多少代的梦想——温饱问题已经基本解决了。而在这背后，是我国农业生产能力特别是粮食生产能力的迅速提高。

今天，绝大多数中国人已不再为吃不饱发愁，城里的许多人却在为不知道吃什么费心思。现在，新的形势下，我们面临的一个新的难题是，粮食不是少了，而是相对多了。目前，农业生产面临的一个最艰巨的任务是调整结构、提高品质。

然而，饥饿的记忆渐渐远去了，饥饿引发的变革、饥饿带来的变化却是不应该忘记的。

我不禁想起了刚刚读过的两本书，一本是《饥饿引发的变革），一本是《告别饥饿》，两本书均为新华社资深农业记者所写，不约而同使用了"饥饿"做书名。我想，这不仅仅是记者的经历和感受，也说明饥饿在人们心灵上的烙印有多深，带给人们的震撼有多大。中国共产党领导人民流血牺牲打江山，不就是为了让人民摆脱贫困、过上富裕幸福的生活吗？中华人民共和国成立 50 年来，我们所进行的建设和改革事业，不就是为了让人民尽快摆脱贫困、尽快过上富裕幸福的生活吗？

在我们迎接共和国 50 岁生日的时候，在我们国家即将跨入新的世纪的时候，我国农业也正经历着由量到质的变化，我们人民的生活也正经历着由量到质的变化。

（1999 年 9 月《经济日报》）

迎国庆话三农

农民之变

有一个故事，说一位从没出过门的老乡第一次见到火车，感到非常奇怪，禁不住惊讶道：火车趴着跑还跑这么快，要是站起来那得跑多快呀！

故事的真实性不足为信。但是农村信息闭塞、农民见识不广多年来却是一个不争的事实。

但是，现在谁要是再这样形容农民，能说明什么呢？那只能说明他自己少见多怪了。

今天，当你再到农村去，遇到自称"农民"的人，你可千万别轻易相信他。因为，他递给你的名片可能会令你大为惊讶。因为，在今天的农村自称"农民"的人越来越多，但是真正意义上的农民却是越来越少。

不过，你可以仔细品味品味他自称的这个"农民"，那几乎蕴藏着整整一个时代的变迁。

有人说，中华人民共和国成立 50 年来，特别是改革开放 20 年来，农村最大的变化就是农民少了。为什么农民少了呢？因为，农民"变"了。

为了探讨农民的"变"，我们首先看看农民这个概念的真正含义。《现代汉语词典》和《辞海》对"农民"的解释是："在农村从事农业生产的劳动者"和"直接从事农业生产的劳动者"。二者的解释是一致的，都说明"农民"与"工人"一样，是一种职业。而我们平时所说的"8 亿农民"或"9 亿农民"，实质上指的是"农村人口"，是"户籍"意义上的"农民"。

那么，为什么长期以来我们一直把从农村来的人一概称作"农民"呢？这是因为，在我们的观念里，农村的劳动力就是与土地打交道的，换句话说，就是从事农业生产的，农民不种地干什么呢？相当一个时期，这种认识没错。但是，经过 50 年之变，我们还停留在这种认识，那可真是大错特错了。

所以说，"农民"之变，首先是我们对待农民的认识的变化、对待农民的观念的变化。如果没有这种变化，说你看不到新中国成立50年来特别是改革开放20年来的农村巨变，并不过分。

那么，50年来，农民到底"变"了什么呢？试举几例：

一曰变工人。

农民种田，工人做工，天经地义。然而，曾几何时，日出而作、日落而息的农民不安分起来，他们纷纷放下锄头，用满是老茧的双手造起工厂来，于是，一种具有中国特色的企业形式——乡镇企业渐渐成气候了。到了90年代初，进入乡镇企业做工的农民就突破了一亿人，超过了整个国有企业的职工。

当然，农民进厂并没有放弃土地。正是从这个意义上，每年有数十万家乡镇企业关门，却丝毫没有引起任何社会震荡。

二曰变居民。

过城里人的生活是一代又一代农民的梦想。随着乡镇企业的发展，小城镇迅速崛起，进城享受城市文明越来越成为看得见、摸得着的现实。50年来，许多农民经历了从村、到乡、到镇的变迁，一步一层楼，一步一重天。

在上海，20年来已建成新型镇区面积300平方公里，230万农民成为"城里人"。在全国，近1.9万个小城镇拔地而起，1.5亿农民告别了昔日的乡村。

过去，农民是干农活、住村庄；现在，许多地方是有农业、无农村。过去，农村是晴天一身灰、雨天一身泥；今天，农村是走过一村又一村，村村像城镇。

三曰变经理。

尽管还带着明显的身份的烙印，但是"农民企业家"和"乡镇企业家"这个称谓，今天人们是越来越不重视前面那个修饰语了。而对农民来讲，几千年来，他们也许做过各种各样的梦，但一定从来没做过把自己和厂长、和经理、和企业家联系起来的梦。

农村中有能人，是社会主义道路给了他们尝试的机会，是改革开放给他们创造了发挥才能的环境。乡镇企业被国外称作中国经济崛起的秘密武器，而他们就是创造和使用秘密武器的人。尽管他们大多数人的经历坎坷，但正如他们自己所说的，今天，他们是"有心报国，有力回天"。

四曰变"老外"。

曾记得，"老乡"围着"老外"参观的情景。今天，他们中的一部分人已跨出国门，走向海外，变成了外国人眼中的"老外"。在亚洲，在美洲，在欧洲，在几乎世界上的每一个角落，到处都留下了中国农民的足迹。他们怎么也想不到，昨天还是修理地球的"土刨子"，今天就变成了绕地球飞来飞去的生意人。

"老乡"不仅变成了"老外"，还赢得了外国人的尊重。徐文荣建成了"世界磁都"，日本人急忙跑来参观；鲁冠球在美国办了一家公司，美国的许多政要和商人常去"关照"；韩国在9月9日9时9分举办了世纪庆典活动，专门邀请中国农民吴仁宝参加，韩国总理照原定的时间提前3天接见他……

农民变了，农民的变还在继续。农民的变给我们伟大的祖国带来了巨大的变化，还将带来更大的变化。

（1999 年 9 月《经济日报》）

瞧瞧我们的家园——山河美了

一位年轻的幼儿园老师指着一幅中国地形图告诉孩子们："这是长江，这是黄河，那是青藏高原，那是华北平原，大兴安岭生长着绿色的森林，内蒙古草原放牧着成群的牛羊……小朋友们，你们说，我们的祖国美不美？"孩子们齐声回答："美！"

这是前不久记者在北京某幼儿园见到的一幕。

在修饰一新的天安门广场，记者还遇见一位70多岁的老大娘，她是在儿女的陪同下从数千里之外的农村来到天安门的，在中华人民共和国即将迎来50周年生日的时候，她说，她要亲眼看看北京。

从老人的面庞上，我们看到了时代的沧桑变迁，也想起了一幅高2米、长26米的历史长卷《流民图》。那幅《流民图》作于抗战时期，形象地摹写了旧中国民不聊生的历史。

历史总是让人多思，那时的农民也进城，是为了逃荒；那时的城里人也下乡，是为了避战。然而，一片灰色的《流民图》终于宣告结束，取而代之的是50年前毛泽东同志亲自题写的新的壮丽画卷《江山如此多娇》。当人们站在庄严的人民大会堂中，看着雪山起伏、红日喷薄的景中画、画中景，一种当家做主的自豪感怎么能不油然而生呢！

50年，在历史长河是短短一瞬，对一个民族来说却是长长的一段奋斗历程。中华人民共和国的建设者们正是把自己的生命融进了祖国的建设事业中，换来了祖国山河翻天覆地的变化，这种变化看得见、摸得着，谁都不会否认，也否认不了。

从空中看祖国大地，到处欣欣向荣。大河上下，长城内外，城镇星罗棋布，公路密如织网，厂房鳞次栉比，田园五谷丰登。眼前的一切使人们对家园的感觉不只是美丽辽阔，更是气壮山河。

是的，我们的社会主义祖国是形神兼备的社会主义祖国。50年来，一代又一代共和国的建设者用自己勤劳的双手建设自己的家园，创造了一个又一个奇迹，绘出了一笔又一笔斑斓的色彩。

让我们沿着50年的建设轨迹，走走、看看、数数、算算。

先说农村。北方的农村是粗犷的，50年建设赋予了她更新的美。就拿记者熟悉的北大荒来说吧，50年代一声令下，百万军垦官兵奔赴荒芜人烟、野狼出没的大草甸，他们在异常艰苦的条件下，以战天斗地的气概改天换地，用血汗、青春甚至生命换来了一个五谷丰登的北大仓。

前不久，记者再访北大荒，看到的是，丰收的田野一望无际，宽阔的公路四通八达，5万多公里的黑土地上，140多座小城镇拔地而起。一位老北大荒人告诉我们，北大荒的昨天是草，北大荒的今天是田，北大荒的明天是城。这只是社会主义新农村的一个写照。

南方的农村是细腻的，小桥流水，白墙青瓦，50年建设崛起了一座座小城镇，村变镇，乡变城，小桥流水、白墙青瓦犹在，但新的小楼与新的社区更令人心动。

就拿记者熟悉的华西村来说吧，那可真是新农村变化的一个代表。前不久，记者再次来到华西，登上金塔，一排排现代化的厂房、一座座别墅式的农家院落尽收眼底。这里，人人开工资，家家有轿车，户户存款10万元以上。50年，华西人跨越了温饱、小康、富裕三个时代。

几十年前费孝通先生曾经写过一本《乡土中国》，如果他能再写续篇，人们看到读到的将是真正改变了命运的中国农民。他们骑着摩托车成群结队地到工厂里上班，他们坐飞机到世界各地谈生意，他们在自己的家园建起了一道又一道新的风景线……

鸟瞰珠江三角洲，已经不见了城市、农村的界限；走进沿海地区，已经分不清城里人、乡下人的特征。农村工业化、农村城市化、城乡一体化，不仅改变了农村的面貌，也改变着农民的精神风貌。

50年农村巨变可以概括为一句话：农民少了，城镇多了。城镇人口的比重由中华人民共和国成立初的不到2.5%上升到30%。越来越多的农民走出村落，落户城镇。改革开放后，浙江800万农村富余劳动力转移出去。一茬又一茬庄稼人走向了工业文明和城市文明。

再说城镇。一大批重点建设项目为她勾画了浓墨重彩的图景：

五十年代，能源、钢铁、化工、机电等重点项目拉开了建设现代化国家的大幕，鞍钢、武钢、长春一汽、东北三大动力等奠定了新中国工业化的基础。六七十年代，三线建设、大庆油田会战和攀钢基地的建设使我国工业经济体系的构建基本完成。八十年代，以电力建设为中心，包括煤炭、石化、汽车、机械、电子等建设得到大发展。九十年代重点建设了长江三峡水利枢纽工程、黄河小浪底工程、二滩水电站等水利建设项目。这些大大小小的项目犹如珍珠，撒落在祖国大地上，装点着我们的城乡。

伴随改革开放和众多的项目的建设而来的，则是一批批新的城市的诞生。

当你登上亚洲最高的上海电视塔东方明珠，美景扑面而来，昔日上海第一高楼的国际饭店已被数不清的大厦淹没，一个国际化的大都市正在重现。

当你来到特区，看到的又是深圳从一个小渔村变成了今天的现代化名城；

放眼浦东，这里又是世界500强企业争相投资的热土；

走近三峡，世界最大的水利工程在世人的瞩目下顺利地实现了大江截流，高峡出平湖将成为现实；

遨游珠江三角洲、长江三角洲、环渤海乃至地处边陲的大西南、大西北，新的城市群落正在出现、正在扩展。

交通是经济的命脉，是城乡的交感神经，也是神州一大景。屈指数一数，50年铁路建设120多条，比新中国成立初增加了3倍多，铁路营业里程居亚洲第一，形成横贯东西、沟通南北、联络亚欧的格局。仅"八五"期间铺设光缆通信干线就达22522公里。如今所有的省份都建立了卫星通信地面站。我们的家园已成为一个网络的世界：电网、交通网、通信网，天地互补，立体交叉。

人们也不会忘记绿色的森林。森林是山河的肌肤，是环保的屏障。扪心算一算，为了建设绿色家园，我们在50年里封山育林3407万公顷，治沙造田1067万公顷。"三北"防护林、长江中上游防护林、沿海防护林、平原农田防护林，一道道绿色屏障拔地而起，就连当年"沙比城高"的古城榆林也已成为"塞上江南"，而黄土高坡下的三门峡水库竟然引来了一群群的白天鹅。

这一切也都不能使我们忘记，为了尽快改变落后面貌、建设美好家园，那些作出了巨大贡献和牺牲的英雄模范人物：时传祥、王进喜、焦裕禄……

这一切更使我们牢记，50年的变化，是全国各族人民艰苦奋斗带来的变化，有挫折，有教训，但丰硕成果更是有目共睹。

这一切也将使我们永远记住，正是由于我们坚持了社会主义道路，坚持两个文明一起抓，才不断加快了建设美好家园的步伐。

祖国明天更美好，历数我们50年走过的历程，道路曲曲折折，曲折是事物发展的一种规律，曲折使我们变得更加聪明，曲折也使我们改造山河蓝图的色调更丰富、更多彩。

一段时间里，由于忽视了生态平衡，一些地方植被破坏、水土流失，发生过频繁的洪涝灾害。人们多么希望天更蓝、地更绿、水更美。

1997年8月，江泽民总书记发出了"再造一个山川秀美的西北地区"的号召。这个号召也是对全国各地的号召，是可持续发展的重要的动员令。全国各族人民响应江总书记的号召，从1998年起，天然林保护工程开始全面启动，在长江上游、黄河中上游以及东北大兴安岭，新的绿色正在充满希望地闪现。

可持续发展战略是再造美丽河山的新的续篇，也是我们未来几十年描绘社会主义江山的浓重的一笔，人们越来越认识到，发展经济不能以牺牲环境为代价，改造山河不能威胁子孙后代的生存。探索人与自然的和谐发展，寻求经济与环境的协调发展已成为新一代建设者的共识。实施"可持续发展战略"，正从第三代领导集体的战略部署变成亿万人民的实际行动。

退耕还林、还草的计划正在实施；

小造纸、小煤窑的治理初见成效；

"天保工程"的启动让青山常在；

大江大河的治理让绿水常流……

曾记得，1959年，周恩来总理在全国群英会上握住劳动模范马永顺的手，殷殷嘱托，林业工人不仅要生产木材还要多栽树，让青山常在，永续利用。1998年8月31日，国家领导人再次握住马永顺的手，殷切希望他从伐木英雄变成造林英雄……

人们有理由相信，在以江泽民同志为核心的党中央的领导下，我们将坚定不移地高举邓小平理论伟大旗帜，坚定不移地执行以经济建设为中心的基本路线，实施好可持续发展战略。祖国的山河，明天将会更美好！

（1999 年 9 月《经济日报》）

村民变居民为啥不容易

——浙江杭州江干区村改居采访札记

11月13日下午，当我们来到杭州市景芳村的时候，"杭州市江干区四季青镇景芳居委会"的牌子在这里已经挂了近8个月了。8个月前，这里是景芳村民委员会。

一瞬间的换牌，似乎消除了城乡差别的历史。不过仍能感觉到城乡跨越留下的痕迹：居民委员会的上边是镇政府；居委会办公大楼的气派是原来所有城市居委会所没有的。

为了加快城市化进程，理顺城市管理体制，去年11月，杭州市决定在城市郊区进行村改居试点，9个行政村被选中，而景芳村所属的江干区就有5个。到目前，5个村全部挂上了居委会的牌子，数千农民就此改变身份，变成了城市居民。

这是一大步。记者进一步采访后认识到，这一步，来得不容易。

农转非，怕什么？从农民变成城市居民，这是千百年来无数农民梦寐以求的愿望。然而，当这一刻毫不费力地来到眼前的时候，农民兄弟却不愿意。这一定出乎你的意料，也出乎许多决策者的意料。

当城市居民不好吗？你看，市里文件明确规定：村民农转非后，在就业、入学、就医、供水、供电、供气等方面享受市区居民同等待遇。特别是，撤村建居后，原村民所承担的村提留、乡镇统筹等予以豁免。

农民怎么说？你听：

当居民好是好，可是这些年随着城市的扩展，我们已融入其中，许多城市的好处我们已经享受到了呀！

再说，当农民有什么不好？有土地，你别以为土地只会生长粮食和蔬菜，它更是可以带来钱财的资本；企业里有股份，年终可以分红；还可以盖大房子出租，坐吃租息。

农民想不通，村干部也有阻力：

依托城市求发展，村里的集体经济实力很强，村干部们的权力也很大，城市居民委员会算个什么？

农民怕农转非，说穿了，是怕失去原有的利益。那么，农民到底是怕失去哪些利益呢？

一是土地。包括耕地、宅基地和集体用地。村改居，土地由集体所有改为国有，集体怕失去发展后劲，农民怕失去致富的手段。

二是资产。村集体资产属全体村民共同所有。村改居，农民担心被平调、被剥夺。

三是保障。村级经济承担着农民社会保障的所有费用，从日常生活的救济补助到劳动就业再到养老保险，都由村里统一负责。

景芳村是江干区5个改居村中进行得比较平稳的一个。这恐怕与村党总支书记高掌连耐心细致的思想工作有关。

在高掌连豪华的办公室，他递给我们一张名片，上面只印着原村集团董事长的职务。他告诉我们，村改居后，由过去的村企一体化变为政企分开，他只担任集团董事长，原村主任担任居委会主任兼书记。

他是如何做农民的思想工作的呢？他说："我只反复强调一点，我们今天得到的好处是怎么来的？还不是城市的发展给我们带来的？光靠思想工作还不够，我们还靠强大的集体经济实力，来解除农民的后顾之忧。"

村改居，变什么？村改居，农民不愿意。农民变居民，更不是容易的事。

金兰苑，是景芳村的农民小区，有街心花园，有娱乐设施，乍一看，与周围的城市居民区没什么两样，仔细一看，却有不同。

高掌连告诉我们，这是村里统一建的，两户连在一起，每户都是三层半高，200多平方米。为什么要这么建？因为农民不愿住高层，要住独门独户的。而按杭州市的规定，今后再撤村建居就不能建这样的房子了。高掌连还遗憾地说，如果建得高一点，绿化的面积就会大得多。

与城里紧锣密鼓的房改相比，这里却是另一番境地，所有物业管理费、治安费等均免收。那将来要收吗？高掌连说，将来要收，不是钱的问题，要培养他们的城市意识。

在方永明家的大客厅里，我们同已退休在家的方妻聊了几句———

"住在这里你有什么感觉？"

"我还是农民呀。"

"和以前有什么区别吗？"

"没感觉什么区别。"

"当农民好还是当居民好？"

"当农民习惯。"

（1999 年 11 月《经济日报》）

为何拒交合理负担

减轻农民负担，中央已不仅是三令五申，而且是七令八申了。下头贯彻得如何，实事求是地说，并不理想。然而，最近记者在农村采访，却发现了另一种倾向，这就是，拒交合理负担的农民越来越多。

河南某市对所辖5个县的调查表明，约有20%的农民连续2至3年拒交统筹提留及其他税费；该市150多个乡镇约有三分之一合理负担征收困难。

记者在某村采访时，谈起农民负担问题，村民们纷纷反映负担过重。将这种意见反映给县领导，不料县领导却说，就数这个村拖欠的统筹提留费最多。再返回去核实，部分农民承认了拖欠税费的事实。

看来，在强调减轻农民负担的同时，强调一下义务当尽的确有必要。

但是，事情并非仅仅停留在这个层面。记者调查后发现，在减负与拖欠的背后，隐藏着相当复杂的因素和相当大的变数。便看看在农民负担问题上合理与不合理、对与不对是如何转化的。让我们先来看看"数"。

首先，农民负担过重，是农村中的事实，也是一个基本判断。因此，加重农民负担，理所当然地不对。

从这个意义上讲，农民拒交，有理。但是，农民负担有合理负担与不合理负担之分，拒交负担，如果连合理负担也拒掉了，那就是拒绝履行义务，显然不对。

拒交，却又提出了正当的理由，比如说，使用不当、帐目不清等等，从这个意义上讲，不能说没有道理。

有道理的事情，却采取了过激的行为来表达，比如说上访、静坐等等，显然又不对了。为了解决农民拒交合理负担的问题，部分地区探索出了依法征收的办法，就是先由乡镇政府向拒交农民发出催缴欠款的《行政处理决定书》，农民可于15日内向政府或法院申请复议，不复议也不交钱的，申请法院强制执行。这显然是一个比较有效的办法。

然而在有些地方，有效的办法却起到了副作用，"依法征收"变成了强制征收，引起矛盾激化。

更有甚者，披着"依法"的外衣，塞进不合理负担的内容，蓄意加重农民负担，这是绝对不允许的。

在这种情况下，一些法律意识比较强的农民愤然拿起法律的武器，将乡镇政府告上法庭，希望通过法律的途径解决问题，这是应该得到支持和鼓励的。

以上的议论看似绕来绕去，却说明了一个很重要的问题，那就是，在农村工作中，在对待农民的工作中，手段和目标同样重要，有时候，手段甚至处于更突出的位置。在农民负担问题上，要强调的就是，目标要合理，手段要合法。

在这样认识的基础上，我们再来分析农民为什么拒交合理负担。

农民拒交合理负担的原因很复杂，但概括起来不外乎这几点：

第一，农民分不清负担的合理与不合理。

由于解释得不到位，由于征收上的"一刀切"，由于其他的种种原因，许多农民搞不清楚哪些该交，哪些不该交；哪些是合理的，哪些是不合理的。在"农民负担"的前面，我们最常用的修饰语是什么呢？是"加重"，因此，农民一概简单地加以"拒绝"。

第二，农民能够分清哪些是合理的，哪些是不合理的，但农民怀疑上交费用使用得不合理。

农民交上来的钱，农民有权知道用在了何处。

农民交上来的钱"养活"了一部分乡村干部，农民就有权要求他们为自己办事。但实际上，绝大多数农民无从详细知道上交费用的使用情况，而他们看到的某些干部却是成天"催粮派款"，办事却不合农民的心思。

第三，农民因为其他合理的理由而拒交合理的负担。

比如，有宅基地划分不合理的；比如，有计划生育罚款不当的；比如，有强迫调整种植结构的；比如，有平摊农林特产税的，等等。

此外还有另一种情况，就是无故拒交合理负担的，属故意捣蛋之列，则不在议论的范围。

　　农民负担的复杂性，是农村各种矛盾积累到一定程度的反映。从积极的意义上看，也是新时期农民民主意识和法律意识增强的表现。它要求我们的农村基层干部要用一种新的思路和新的方法来解决新的问题，那种单一化的、行政高压式的工作方法已经不灵了。

（1999 年 12 月《经济日报》）

乡镇企业如何用工？请看鲁冠球的探索——
阶梯式用工动态式管理

都说乡镇企业的机制活，但具体活在哪里，怎么个活法，回答却是五花八门。万向集团在用工制度方面的实践说明，乡镇企业的机制活，绝不是随心所欲，而是经历了不懈的探索与创新。

那么，万向的探索与创新是什么呢？用鲁冠球的话概括就是：阶梯式用工，动态式管理。

这两句话听起来简单，却是鲁冠球十几年企业管理经验的总结。

那么，什么是阶梯式用工呢？所谓阶梯式用工，就是用工采取多种形式，终身员工、固定工、合同工、试用合同工、临时工同时并存，并且实行阶梯式排列，一级比一级高，每一级的工资收入、福利待遇都不相同。

鲁冠球认为，阶梯用工，打破了用工全员制一刀切的惯例。五种形式同时并存，有效地克服了全员固定工吃大锅饭、没有风险、没有动力的弊端；也避免了全员合同制员工把个人的利益与企业对立起来，企业凝聚力难以形成等短期行为。

在万向集团，员工进厂一般先签定 3 个月的试用合同，表现好再分别签定 2 年、3 年、5 年的合同，工龄满十年后，签定长期合同。长期合同后，不受时间、岗位等任何条件的限制，做得好升为固定工，做得不好则随时面临下降的危险，一切取决于个人的能力和表现。

阶梯不同，待遇也不一样。通过用工形式的流动，员工的收入、培训、福利、医疗、养老金等，也都随之进行变动。用工形式升一个台阶，员工的待遇就上一个档次；用工形式降一个台阶，员工待遇就下一个档次。比如医疗费，同等工龄，固定工每年可以拿到医疗补贴 890 元，补贴之外的医疗费报销 70％；试用合同工每年只可以拿医疗补贴 270 元，补贴之外的医疗费报销

40%。

终身员工是为了奖励对企业有特殊贡献的员工在 1996 年设立的。终身员工作为阶梯用工的最高台阶，在退休以后仍然享受在岗人员的平均收入。

那么，什么又是动态式管理呢？就是在 5 种形式之间，实行非定式管理，可上可下，可高可低。

当然，上和下都是有条件的，而制定条件是以调动人的积极性为依据的，使员工清清楚楚地知道自己做到什么程度，会得到晋升；做到什么程度要被降级。例如晋升条例规定，评上集团级劳动模范两次以上者、自学获得大学文凭者、有科技成果获奖等，不受进厂时间限制，可由合同工升为固定工。反之，固定工表现不好，对工作造成不良影响的，可能被降为临时工，直至被淘汰出局。

动态式管理，使有争先心理的人有了奔头，不断攀上新的台阶。对怀着"不求有功，但求无过"心态的人，也带来了极大的触动。企业规定每年对 100 名相对落后的人员，进行强制性淘汰，使员工懂得，无功就是过，你不想有过就只能去立功。

阶梯式用工、动态式管理有哪些好处呢？鲁冠球总结了三条：第一，"阶梯式用工，动态式管理"，让员工懂得了企业的利益就是自己的利益。第二，"阶梯式用工，动态式管理"，让企业认识到了员工的利益就是企业的利益。企业要想获得好的效益，首先必须调动员工的积极性，保障员工的利益，这样，他们才会生产出好的产品，才会有好的市场和好的效益。第三，"阶梯式用工，动态式管理"，把国家、企业、用户、员工四者利益很好地结合在一起，使压力变动力、动力转化为生产力，良性循环，形成了"上对国家有利，下使员工受益，外让用户满意，内保企业后劲"的利益共同体。

（1999 年 12 月《经济日报》）

人类历史上的伟大奇迹

——评述中国成功解决 12 亿人口的吃饭问题

站在千年的交汇点上，回首过去 50 年、100 年、1000 年乃至几千年的历史，有一个问题最受国人关注，这就是中国的吃饭问题。

早在前些年，中国改革开放的总设计师邓小平同志就说过，12 亿人解决温饱奔小康，是一件了不起的事情。要实现了，应当放鞭炮。如今，在这千年交替之际，我们可以无比自豪地向世人宣告：在中国共产党的领导下，中国成功地解决了 12 亿人口的吃饭问题，创造了人类历史上的伟大奇迹。

实现温饱：一件值得大书特书的事

1949 年新中国成立前夕，一个叫艾奇逊的美国人说："中国人口在十八、十九两个世纪里增加了一倍，因此使土地受到不堪负担的压力。人民的吃饭问题，是每个中国政府必然碰到的第一个问题。一直到现在没有一个政府使这个问题得到了解决。"毛泽东同志一针见血地揭露："按照艾奇逊的说法，中国是毫无出路的，人口有了四亿七千五百万，是一种不堪负担的压力，革命也好，不革命也好，总之是不得了。艾奇逊在这里寄予了很大的希望，这个希望他没有说出来，却被许多美国新闻记者经常地透露出来，这就是所谓中国共产党解决不了自己的经济问题，中国将永远是天下大乱，只有靠美国的面粉，即是说变为美国的殖民地，才有出路。"

果真会如此吗？毛泽东同志以无产阶级革命家的宏大气魄响亮地回答道："一个人口众多、物产丰盛、生活优裕、文化昌盛的新中国，不要很久就可以到来，一切悲观论调是完全没有根据的。"

半个世纪过去，艾奇逊的唯心史观早已破产，而毛泽东同志的预言已在中华人民共和国的大地上变成活生生的现实。

1999 年，党的第三代领导核心江泽民总书记庄严宣布：

"现在，我国农村绝大多数人口的温饱问题已经基本得到解决，12 亿中国人民进入和建设小康社会具备了更为坚实的基础。这不仅是中国历史上的奇迹，也是世界历史上的奇迹！这不仅具有重大的经济和社会意义，而且具有重大的政治意义。这件事在中国的发展史上是值得大书特书的。"

国以民为本，民以食为天。新中国成立后，党和政府始终把解决人民的吃饭问题作为重要任务，带领全国人民不懈奋斗，取得了巨大成就。特别是党的十一届三中全会以来，通过改革开放实现了粮棉生产的大飞跃，同时不断加大扶贫攻坚的力度，基本解决了中国历史上从未解决的人民的温饱问题，为世界历史发展和人类文明进步做出了特殊贡献。

从新中国成立前 80% 以上的人口处于饥饿状态，到目前基本解决绝大多数人的温饱问题，这是历史性的跨越，是根本改变中华民族最基本生存状态的大事。而把这件事放到当今世界的大背景下来考察，就会发现其意义更加不同寻常。因为中国解决人民吃饭问题的胜利，是在世界范围内贫困人口不断增加的情况下取得的。

仅以改革开放以来的 20 年为例，世界贫穷国家从 21 个增加到 48 个，贫困人口从 10 亿增加到 13 亿多，并且还在以每年 2500 万人的速度激增。而与此同时，我国的贫困人口却从 2.5 亿减少到 4200 万，贫困人口占农村人口的比重也从 30.7% 下降到 4.6%。

放眼当今世界，有能力供养十几亿人口吃饭的国家能有几个？世界银行认为，中国"在减少绝对贫困方面，创造了令人难忘的纪录"，作出的努力"比其他发展中国家作出的努力要成功得多"，以"全面的成功"盛赞中国的扶贫业绩。联合国粮农组织驻华代表说："一个可耕地面积只占世界 7% 的国家养活了占全世界 22% 以上的人口，真可谓旷世奇迹。"饥饿，这个在华夏大地上肆虐了几千年的怪兽，就这样悄然地退出了中国历史的地平线，12 亿中国人民正在阔步从温饱走向小康，并以此为新的起点，意气风发地迈向新世纪。

吃饱穿暖：千百年来难以实现的梦想

衣御寒、食果腹、房避风雨，这是人类生存最起码的条件。然而，在中华人民共和国成立之前的历史上，人民却很难得到，历朝历代的封建统治者始终无法为其"子民"实现这一梦想。

纵观上下五千年，尽管有过骄人的繁华，也有过短暂的盛世，但总体来说，由于封建制度的桎梏，广大劳动人民长期过着食不果腹、衣不蔽体的贫苦生活。历代统治者不是不懂得让人民吃饱穿暖对维护其统治的重要性，但最终却无法摆脱历史和阶级的局限，劳动人民只能是被统治和奴役的对象，处于饥寒交迫的煎熬之中，挣扎在死亡线上。

翻开中华民族厚重的史册，饥饿几乎在每一页上都留下了挥之不去的阴影。而灾荒和饥饿，给中华民族留下的是一幕幕沉重的记忆——

"汉二年，关中大饥，米斛万钱，人相食，令民就食蜀汉""连年久旱，亡有平岁，北边及清徐地，人相食，饥死者十七八"；"韩道二年，两浙。江东大饥，淮民流徙江南者数万人"。据邓拓先生《中国救荒史》统计，仅清代因饥荒而死亡的人数，嘉庆十五年为 99 万人，十六年为 2000 万人；道光二十九年饿死 1500 万人；咸丰七年饿死 500 万人；光绪二至四年，死亡 1000 万人……在西方哲学家黑格尔的眼中，中国是个"灾荒大国"，科学家李约瑟则称为"饥荒大国""素来擎三岁一饥，六岁一衰，十二岁二荒"，为躲避饥荒的威胁，为反对剥削阶级的压迫和欺凌，在"有田同耕，有饭同食，有衣同穿，有钱同使，无处不均匀，无人不饱暖"这样的大旗下，一支又一支农民起义军揭竿而起。然而，由于没有从根本上推翻封建剥削制度，结果仅仅是导致了朝代的更迭，广大劳动人民并没有真正成为土地的主人，因此也就无法从根本上摆脱被压迫被剥削的悲惨命运。

历史的车轮就这样载着饱受饥寒和战乱的中华民族驶进了 20 世纪。

辛亥革命结束了长达几千年的封建统治，但压在中国人民头上的三座大山是那么沉重，饥荒仍是国人挥之不去的梦魇。"民国以来，每值灾荒严重，则抢米风潮亦此起彼伏，接连个绝，如民国二十三年，即已发生较大之抢米事件二十二起，参加人数俱在数百及千人以上，而其他在不同之时地发生，一天里甚至会有好几件。"

外国记者史沫特莱 1929 年访问河南后，曾这样描述道："好几百万农民被赶出他们的家园。土地卖给军阀、官僚、地主以求升斗粮食，甚至连最原始简陋的农具也拿到市场上出售。儿子去当兵吃粮，妇女去帮人为婢。饥饿所逼，森林砍光，树皮食尽，童山濯濯，土地荒芜。"

蒋介石和他的国民党政府同样没有能解决这一难题。龟缩到台湾岛上的蒋介石倒是饶有意味地自我安慰道："我把四万万人吃饭问题的包袱，甩给了毛泽东！"

正是在这样的历史大背景下，中国共产党开始了改变中国命运的伟大变革，为中国人民全面解决温饱问题提供了强大的政治和制度保证。

消灭贫穷：中国共产党人的神圣使命

"这世界上什么事情最大？吃饭问题最大！"

刚从湖南韶山冲走出来的毛泽东同志，即在《湘江评论》杂志上向世人这样大声发问。这位农民的儿子也始终把解决老百姓的吃饭问题作为一个"最大"的问题而殚精竭虑。

40年代初期，在抗日战争进入最艰苦的关键时刻，陕甘宁边区军民生活极度困难。"饿死呢？解散呢？自己动手呢？"毛泽东同志在生产动员大会上自问自答："饿死是没有一个人赞成的，解散也是没人赞成的，还是自己动手吧！"

于是，一场轰轰烈烈的大生产运动在陕北大地兴起。

毛泽东、周恩来、朱德等人民领袖纷纷拿起了镢头，摇起了纺车，挑起了担筐……自己动手，丰衣足食的成功实践也坚定了中国共产党人依靠自己、依靠人民的力量克服包括吃饭问题在内的任何困难的信心，最终推翻了三座大山，迎来了中华人民共和国的诞生。而全国人民的吃饭问题，又首先摆在了新生的人民共和国的面前。

共产党人深知吃饭问题与土地问题密切相关。中华人民共和国一建立，即着手进行土地制度改革。1950年6月，《中华人民共和国土地改革法》颁布，3年后全国便有3亿多无地或少地的农民无偿获得了约7亿亩土地和大量生产资料。在我国延续了几千年封建剥削制度的基础——地主阶级土地所有制，彻底消亡了。

分到土地的农民欢天喜地，发展生产的积极性空前提高。到1952年，农业生产就超过了历史最高水平，粮食产量比 1949 年增长 44.8%，棉花产量增长 1.93 倍，农民收入增长达 30% 以上。

饥饿的幽灵在中国大地上一步步遁去。然而，1958 年开始的人民公社化运动，由于在指导思想和方针政策上出现了重大失误，许多"左"的做法严重挫伤了农民的积极性，加上自然灾害等原因，终于导致了 60 年代初的困难时期。随后的十年动乱，"左"的思潮泛滥，生产力遭到破坏，肚子又时时受到饥饿的袭击。

挫折教育了人们，饥饿则引发出变革。1978 年的一个寒夜，安徽省凤阳县小岗生产队 18 户农民聚在一间土屋里，冒着风险按下了分田承包到户的鲜红的指印。此刻，他们也许不知道，在全国农村尚有 2.5 亿人同他们一样为饥饿所困。这一年，全国平均每人只能吃到原粮 124 公斤，4000 万户农民的粮食只够吃半年。小岗人更不会想到，这个寒夜竟成了中国农村改革的起点，一场巨大的变革由此波及全国，"家庭联产成承包责任制"呈燎原之势迅速燃遍广大农村。

邓小平同志及时充分地肯定了农民的大胆实践。他多次强调："不管天下发生什么大事，只要人民吃饱肚子，一切都好办了。"1982 年 1 月 1 日，中共中央发出的"一号文件"以及此后连续 4 年发出的"一号文件"顺应和指导了农村改革，开创了农村改革的新局面。农村经济迅猛发展，农民收入快速增加，贫困人口不断下降：1985 年，农村贫困人口由 1979 年的 2.5 亿减少到 1.25 亿，1992 年又减少到 8000 万。

为最终解决贫困人口的温饱问题，我国政府从 1993 年开始制定实施了。《国家"八七"扶贫攻坚计划》，明确提出，从 1994 年至 2000 年的 7 年内，集中人力、物力、财力，基本解决全国 8000 万贫困人口的温饱问题。1995 年 3 月，联合国社会发展世界首脑会议在丹麦首都哥本哈根举行，中国政府再次强调了消除本国贫困的决心，向国际社会做出了庄严承诺。在次年的国际消除贫困年里，中央召开扶贫开发工作会议，江泽民总书记下达了扶贫攻坚的总动员令。今年，中央再次召开扶贫开发工作会议，号召全党全社会进一步动员起来，肩负起共产党人的神圣使命，夺取"八七"扶贫攻坚决战阶段的胜利。江泽民总书记精辟地指出："我们解决了 8000 万人的温饱问题，占世界人口四分之一的中国人民的生存权这个最大最基本的人权问题，从此就彻底解决了。这不仅在我们中华民族的历史上是一件大事，而且在人类发展史上也是一个壮举。"

走向富强：中华民族的坚定信念

很多人都在想：为什么在共产党的领导下，社会主义中国仅用了50年就使得中国人民吃饱穿暖的千年梦想变成了现实？

总结历史，是为了更坚定地走向未来。世纪之交，我们应当做出回答。

——这是中国共产党根本宗旨的伟大胜利。

党在自成立到现在的78年里做的三件大事，即完成反帝反封建的新民主主义革命任务，结束中国半殖民地半封建社会的历史；消灭剥削制度和剥削阶级，确立了社会主义制度；开创建设有中国特色的社会主义道路，逐步实现社会主义现代化，无不体现出人民的根本利益。没有共产党，就没有新中国；没有共产党，也不可能解决中国人民的温饱问题。毛泽东同志带领我们站起来，邓小平同志带领我们富起来，江泽民同志带领我们让国家强大起来。人民群众中流传的这几句话，无疑是对党的三代领导集体顺民心、合民意的各项方针政策的由衷肯定，充分反映了中国共产党人全心全意为人民服务的宗旨。

在中国的历史上，无论哪个朝代，也无论是哪个政党，都没有也不可能像中国共产党人这样始终把人民的利益放在第一位。战争年代如此，和平建设时期也同样如此。正如江泽民总书记指出的："贫困群众最盼望、最着急的就是吃饱穿暖，进而过上比较富裕的日子。帮助贫困群众实现这个愿望，是党的为人民服务宗旨的最实际的体现。关心群众生活，切实帮助他们克服困难，是党的优良传统，也是党和人民的事业不断取得胜利的重要保证。"

这是社会主义制度的伟大胜利。坚定不移地走社会主义道路，是中国人民解决温饱、逐步走向富裕的最根本的制度保证。诚然，我们在对社会主义道路的探索中经历了许多失误和曲折。但在改革开放伟大实践中形成的邓小平理论，回答了"什么是社会主义"和"怎样建设社会主"的问题："社会主义的本质，是解放生产力，发展生产力，消灭剥削，消除两极分化，最终达到共同富裕。"

我们正处于社会主义初级阶段，一个重要任务就是要解决人民的温饱问题，而共同富裕的指导思想为这一目标的实现提供了有力保障。当只剩下8000万贫困人口且又大多集中在西部贫困地区时，我们提出了扶贫攻坚计划，号召举全国之力帮助贫困地区解决温饱；当长江、松花江流域发生特大洪灾、人民生命财产受到重大威胁时，人民解放军用血肉之躯铸成不可逾越的铜墙铁壁；当罕见的灾害过后，急需的物品从祖国的四面八方源源不断地运往灾区，灾民背井离乡、卖儿卖女的凄惨景象随着旧社会的灭亡而不复出现。实践证明，社会主义制度具有无可比拟的优越性，坚持走有中国特色的社会主义道路，是我国各族人民实现共同富裕和国家富强的必由之路。

——这是唯物史观的伟大胜利。

唯物历史观和唯心历史观的原则区别在于，承认谁是推动历史前进的真正动力。是人民群众，还是王侯将相？在历史唯物主义者眼里，当然是人民群众，人民，只有人民，才是创造历史的真正动力；而在历史唯心主义者眼里，则是达官显贵和王侯将相。在艾奇逊等已经失败的预言者眼里，要解决中国人的温饱问题，只能靠美国的面粉，否则中国就会因为人口过多而天下大乱。事实怎么样呢？50年后，中国人民依靠自己的力量解决了温饱，彻底宣告了唯心史观的破产。

当年艾奇逊预言的一个重要论据，就是中国人口太多。是的，人口多会带来压力，但为唯心史观所主宰的艾奇逊们看不到人民的力量和作用。在中华人民共和国，人民是国家的主人，在社会主义建设中发挥着主人翁的作用。特别是改革开放以来，人民群众的积极性和创造力空前地发挥出来，创造出了巨大的物质财富。农村改革和发展的实践证明，只要充分依靠人民，发挥人民群众的作用，任何艰难困苦都能克服，什么人间奇迹都能创造出来。

环顾今日之中国，我们基本已经实现古人"衣食足，仓廪实"的梦想，已有了粮棉多了卖不出去这种"愉快的烦恼"。我们不仅能够依靠自己的力量解决12亿人口的吃饭问题，还能对人类做出应有的贡献。虽然我们仍面临着诸多挑战，还存在不少困难，大的自然灾害难以根除，但是我们从对历史的回顾中得到这样的启示：尊重人民的利益，依靠人民的力量，顺应历史潮流，符合客观规律，就将无往而不胜。只要我们高举以唯物史观为基础的马克思主义、毛泽东思想、邓小平理论的旗帜，紧密团结在以江泽民同志为核心的党中央周围，团结奋斗，自强不息，我们一定会创造出人民更加富裕、国家日益富强的美好未来！

（1999 年《经济日报》）

瞩目西部开发

祖国西部，世纪之交，终于成为世界瞩目的热土。

以江泽民为核心的党的第三代领导集体，为什么要提出西部大开发战略？西部大开发的意义何在呢？专家学者把它概括为以下四条：

第一，这是进行经济结构战略性调整，促进地区经济协调发展的重大部署；

第二，这是扩大国内需求，促进国民经济持续快速健康发展的重大举措；

第三，这是增进民族团结，保持社会稳定和巩固边防的根本保证；

第四，这是逐步缩小地区差距，最终实现共同富裕的必然要求。

事实上，早在改革开放和现代化建设全面展开之初，党的第二代领导核心邓小平同志就对全国经济的协调发展进行过深刻的考虑，并提出了"两个大局"的思想：一个大局，就是东部沿海地区加快对外开放，使之较快地先发展起来，中西部地区要顾全这个大局。另一个大局，就是当发展到一定时期，比如本世纪末全国达到小康水平时，就要拿出更多的力量帮助中西部地区加快发展，东部沿海地区也要服从这个大局。

加快西部发展，缩小地区差距，一直是第三代领导集体挂念的大事。从大西北到大西南，许多地方留下了江泽民、李鹏、朱镕基等中央领导同志风尘仆仆的足迹；几乎在每年的全国两会上，中西部地区发展都是代表委员们关注的一个热门话题。

西部大开发，正是在世纪交替之际，我国社会主义市场经济体制框架初步形成、国民经济进入到一个新的发展阶段的新形势下提出来的一个重大战略。

西部大开发从哪里切入？重点抓什么呢？

人们注意到，与新中国成立后国家对西部地区的多次开发不同，这次西部大开发，不是仅仅着眼于具体的工业项目，而是扎扎实实地从基础抓起。打好基础，是西部大开发当前和今后一个时期的重点工作，也是各界各地特别是西部地区的普遍共识。

西部大开发开什么？有人形象地回答：开"路"。的确，交通、通信等基础设施落后已成为制约西部发展的"瓶颈"之一。

就拿公路来说吧，西部国土面积540万平方公里，占全国的56%，公路总量却只占30%，而且93%是二级标准以下公路。再看公路投资，1999年东部地区公路建设总投资是1128.2亿元，占当年全国公路建设总投资的52.32%，西部地区公路建设总投资460.7亿元，只占全国的21.35%，只有东部的40%。因此，加快以公路为重点的基础设施建设，是实施西部大开发的基础。西部地区通江达海、连接周边的运输大通道打通之日，就是西部大开放、大发展时机到来之时。

西部大开发战略提出后，从国家有关部委到西部各省区，纷纷展示了西部基础设施建设的大手笔。交通部重点规划建设8条公路通道，总规模约1.5万公里，总投资达1200亿元；铁道部透露，"十五"期间，西部铁路预计将达到1.8万公里，总投资达到1000亿元。通信、广播电视、水利开发等大手笔也在酝酿之中。

西部省区也普遍把修路作为大开发的"起步工程"。陕西今年确保新增公路里程1000公里，完成投资80亿元；内蒙古今年投入50亿元，开建17项重点公路工程；新疆今年基础设施建设投资将达到630亿元，比去年增长14.5%。

把加强生态环境保护和建设作为西部大开发当前及今后一个时期的工作重点，乍一看有点出乎意料，细一想，又绝对在情理之中。

近年来，特别是1998年长江、松花江和嫩江流域发生历史罕见的特大洪水之后，西部地区的生态环境恶化给了人们警醒般的认识。由于千百年来的战乱、自然灾害和各种人为的原因，西部地区自然环境不断恶化，特别是水资源短缺，水土流失严重，生态环境越来越恶劣，荒漠化年复一年地加剧，并且不断向东推进。这种状况不仅严重制约了西部地区的经济社会发展，而且给全国的发展也带来不利影响。因此江泽民总书记强调，改善生态环境，是西部地区开发建设必须首先研究和解决的重大课题。朱镕基总理也指出，这是实施西部地区大开发的根本和切入点。

西部资源丰富，如果生态环境不改善，资源就很难得到有效的开发利用；西部大开发需要大量人才，如果生态环境不改善，人才就很难引得来，留得住。下大力气改善生态环境，是西部地区可持续发展的需要，也是西部大开发的当务之急。

特别需要强调的是，改善西部地区的生态环境，我们面临着一个良好的机遇，这就是当前粮食供大于求，这是中国历史上从未有过的局面，这为西部改善生态环境提供了坚实的物质基础。因此，应该紧紧抓住这一历史性机遇，把中央确立的"退耕还林，封山绿化，以粮代赈，个体承包"的政策落实好。

可喜的是，加大环境保护和建设力度，已成为西部各省区的自觉行动。陕西提出要再造一个"山川秀美的西北地区"开发工程的"主战场"和"活样板"，今年计划完成退耕还林300万亩，造林合格面积600万亩，治理水土流失7000平方公里；甘肃计划从现在到2010年，种树种草8000万亩，总投入489亿元；内蒙古启动大兴安岭天然林保护、防沙治沙、退耕还林还草等五大生态工程；青海要突出抓好长江源头、黄河源头、环青海湖地区、东部干旱山区、龙羊峡库区和柴达木盆地等6个区域的生态环境保护工作。

开发西部最缺的是什么？记者在前不久召开的以西部大开发为议题的高层经济论坛上，采访了部分西部省区负责人，他们都不约而同地回答：最缺的是人才。他们一致认为，大力发展科技和教育，吸引和培养人才，是实施西部大开发的重要条件和保证。

改革开放初期，内陆地区人才"孔雀东南飞"现象曾引起强烈关注。知识缺乏，人才缺乏，是造成西部地区落后的一个重要原因。从某种意义上说，西部地区与东部地区的差距就是人才的差距。

当今世界，已进入到信息化和知识经济时代，人才特别是高技术人才对经济的发展发挥着至关重要的作用。因此应该重新认识人才的作用，把它放在资金等传统资源之上，千方百计培养人才、吸引人才。

进入新世纪前夕，新一轮人才争夺战已经开始。对此，一些西部省区反应迅速，动作敏捷。国内外的发展实践证明，投资人才资本的收益，大大高于投资自然资源开发和物质资本的收益。因此，开发西部，在舍得把巨资投入交通、环境建设的同时，各省区正不惜代价，加大对教育和人才培养的投入，把人才队伍建设与基础设施、生态环境建设并列为西部大开发的三大基础建设工程。

西部大开发，昨天，也许还只是一个激动人心的口号。

西部大开发，今天，将为祖国翻开激动人心的一页！

（2000 年 3 月《经济日报》）

农民要过这道坎

——写在《地该怎么种钱该怎么赚》系列报道结束之际

"种了一辈子的地，现在却不会种地了。"前不久记者到农村采访，一位年过六旬的农民老汉发出这样的感慨。

"不会种地"，确切地说，不知道该种啥，是当前许多农民的普遍困惑。过去不知道啥是市场，种啥有人讲，种了有人收。现在要面向市场，可这市场咋就像娃娃的脸，说变就变了。

供求关系发生本质变化，种的养的都不好卖，价格一个劲地往下滑，眼瞅着东西卖不上价。对搞农业和农村工作的人来说，这叫新阶段、新情况。对农民来说，这却是一道坎。

地要种，钱要赚，坎就要过。过坎不容易，却要非过不可。过坎的招数在哪里呢？还是在农民那里。我们在这个栏目中介绍了部分地方的招数，其他一些地方也找到了很好的招数。这说明，坎是能够过得去的，过了这个坎，就是一片艳阳天。

那么，这是一个什么样的坎呢？

首先，这是一个观念的坎。过去种地为养家糊口，吃饱了不饿；现在种地为了卖出去，为了赚钱，为了增加收入，所以要有商品观念。过去种地有人吆喝，虽然不很情愿，但是少操了一份心；现在种地自己说了算，等不着，靠不到，所以要有自觉意识和创造精神。

其次，这也是一个市场的坎。调整结构也好，增加收入也好，上面说得再多、再好，结果还得要农民自己落实。种什么，不种什么，什么好卖，什么能赚钱，最终还是要市场说了算。市场是一个六亲不认的考官，面向市场，就是要正视市场，多在研究市场上花精力，多在开拓市场上下功夫，这样才能通得过。

再次，这又是一个质量和特色的坎。不知道种什么，因为种什么都多。简单地看，是这个道理。但是，这不能作为我们调整结构的依据，否则我们就跳不出"多了少了"的怪圈，也就跳不出种什么什么多的怪圈。面向市场，盯住的应该是质量和特色，少做数量增减的文章，多做质量提高的文章。坎是一个，招各不同，这"招"讲究的就是特色之招，招越特，就越容易出奇制胜。

最后还要说的是，农民要过坎，主要是农民自己的事，但绝不是不关别人的事。全社会都应助农民一臂之力，特别是基层干部和涉农部门。

（2000 年 3 月《经济日报》）

农民要圆城市梦

——浙江横店镇的城市化之路（上）

雨夜进横店，悠然见一城。

山被甩在了后面，路渐直、渐宽，灯愈多、愈亮，城市的气息扑面而来。

宽敞的马路旁，一座5层的别墅式建筑已拔地而起。去年秋季的一天，36岁的施祖虎从门口笑容满面地迎向记者。他原住在离这里10公里左右的一个山村，后来做起了生意，有了钱，就搬到了乡里。在那个乡并入横店镇不久，他又搬到了镇里。他现在盖的这栋房子，总投资100万元。

从村里到乡里再到镇里，施祖虎说离他向往的城市生活越来越近了。

想起施祖虎的话的时候，他也许已经进入了雨夜的梦乡。但是，施祖虎们的城市梦正在变成现实。

前不久，经国务院批准的《浙江省城镇体系规划》将位于浙中山区的横店镇的发展目标定位为：到2010年，发展成城区人口达到10万人以上的小城市。

这意味着，20年来横店城市化的探索和实践取得了实质性和突破性的进展，千百年来中国农民梦寐以求的城市生活，变得近在眼前了。

实现历史性跨越

清晨，云开雾散，一轮红日从八面山后喷薄而出，一如农村城市化的曙光洒落山镇。

出了宾馆，大街上尽是上班的人流，自行车、摩托车、小轿车，紧张而有秩序。

进了餐厅，又被各种听不懂的方言所包围。随便问问，有杭州的、宁波的，也有上海的。有的来谈生意，有的来旅游，而几个中学生模样的直言不讳地告诉记者，他们是利用周末时间专门来看在这里拍戏的"小燕子"的。

一个个建设场面更是热火朝天。镇委书记刘忠孝、镇长徐秀忠在兴奋的同时，更感到了肩上担子的沉重，历史把横店由小城镇向小城市转变的重任交给了他们，同时也给他们提供了一个施展抱负的舞台。

首先是动员。去年11月，把横店镇发展成为小城市的规划批下来后，镇委、镇政府立即召开动员大会，首先在共产党员、镇村干部和企业负责人中统一思想，转变观念。随后又一个村一个村地开会、座谈、发动，讲城市化的意义、挑战、责任。在《横店集团报》上开辟"我与横店城市化"征文。全镇上下形成了一个想城市化、议城市化、干城市化的良好氛围。

其次是规划。在1995年城市总体规划的基础上，按照新的发展目标的要求，投资邀请上海同济大学城市规划设计院的专家，重新修订横店城市总体规划方案，把城市的性质确定为影视旅游城市和高科技工业城市，建成区规划面积由4平方公里扩展到12平方公里，规划区面积扩大到35平方公里。

第三是拆建。今年以来，几乎所有的镇领导都要亲临拆建现场。据统计，仅旧城改造拆建面积就达6.4万平方米，全镇要拆建10万平方米，489户人家要全部搬迁，40多家企业也要相继搬进新的工业园区，其中最大的一家涉及1000万元的利润。同时，一系列新建、改建、扩建和美化、绿化、亮化工程先后开工。

第四是转制。随着乡镇企业的发展，横店镇2万多农民走出土地，从农民变成工人，但他们的"身份"仍是农民，城市化就是要把农民变成城市居民。以户籍制度改革为突破口，建成区逐步推行撤村（村委会）建居（居委会），先行转制的5个村的准备工作已经完成，数千农民即将迎来具有历史意义的跨越。

从山乡到城镇到城市

横店的真实历程在横店农村城市化的过程中，横店集团和徐文荣总裁功不可没。年过花甲的徐文荣身体健朗，他驾车拉着记者沿着新规划的城区绕了整整一周之后，又邀记者登上八面山。登山看城，青山环绕之中，一座现代化的小城市真的是呼之欲出了。

"您苦苦追寻的城市梦终于要梦想成真了。"记者禁不住脱口而出。

"不，是横店农民的梦成真了，是中国农民的梦成真了。"徐文荣郑重作答。

徐文荣认为，农民不仅是明天城市的主人，也是今天农村城市化的根本动力。

横店在变，在变得"面目全非"。徐文荣却没有忘记横店的过去。新旧对比，一部农村改革和发展史跃然眼中。

过去的横店只有 40 个行政村，2 万多人口。今天的横店已扩展为 108 个行政村，7 万常住人口。

过去的横店家家户户面朝黄土背朝天。今天的横店一、二、三产业全面发展，90% 的劳动力从事二三产业。

过去的横店望着母鸡下蛋等钱花。今天的横店人均收入已超过 6700 元，集团员工人均收入达到了 12300 元。

过去的横店是一个名不见经传的山乡。今天的横店是全国闻名的"国家社会发展综合实验区""全国乡镇企业示范区""全国星火技术密集区""全国小城镇建设试点镇""全国小城镇综合改革试点镇""国家 2000 年城乡小康型住宅示范区"。

昨天、今天、明天；山乡、城镇、城市；农民、工人、市民，这就是横店的真实历程。

（2000 年 4 月《经济日报》）

持续发展关乎未来

——浙江横店镇的城市化之路（下）

山多、地少、人的素质低，是横店迈向城市化面临的挑战，正是对这一镇情的认识，使横店的决策者自觉坚持了一条可持续发展的路子。

横店集团总裁徐文荣说："我们是在为子孙后代做好事，但是我们不能吃子孙后代的饭，给子孙后代留下遗憾。在城市化的目标设计上，我们是工业兴市，但不是工业化的城市，而是依托工业发展起来的城市。"

镇委书记刘忠孝说："在城市化的过程中，必须把合理利用资源、保护生态环境、提高人口素质放在突出位置。"

镇长徐秀忠说："我们之所以多次修改城镇规划，就是考虑城市的未来，提高城市的品位，最大限度地节省资源，减少浪费。"

节约土地：工业向园区集中

工厂要办，城镇要建，最大的制约就是土地。农民出身的徐文荣理解土地的重要，理解农民对土地的感情。横店要实现城市化，必须走一条节约土地、节约资源的城市化路子。

为了节约土地，他们充分发挥乡镇工业园区的作用，让企业集中发展，建成了沿南江两岸的工业走廊。为适应企业的进一步发展，去年以来，在已有工业园区的基础上，又投巨资开辟荒山 2000 多亩，建成了电子工业园区、磁性材料工业园区等 3 个工业区，形成了工业向园区集中、人口向镇区集中的局面。

为了最大限度地利用好资源，他们变废为宝，把没有绿化价值的一座座荒山炸平，先后建起了秦王宫、清明上河图、香港城等，形成了亚洲规模最大的影视拍摄基地，《鸦片战争》《荆轲刺秦王》等一大批影视作品均来此拍摄。

为了提高耕地的可利用率，横店下大力开展土地整理工作，在两个高效农业示范园区中，不仅路成框、树成行、渠成网，而且新增耕地 1000 亩。

20 年来，在巨大的财力、物力和人力投入下，横店共完成土石方量达 1000 万立方米，造地 2050.74 亩。而对那些因为城市化离开土地的"居民"，横店的做法是：第一，保证每亩供应 1000 斤粮食，或按市场价折算成现金支付；第二，建立土地租用基金会，资金来源向用地单位和企业征收，每亩 6 万元。

保护环境：年内消灭黑烟囱

横店四周的山多，荒山荒坡更多。徐文荣提出，所有能够绿化的荒山都要绿化。

为了还一片青山给大地，横店集团投资兴建了档次较高的公墓；为了使附近的村民不再到山上砍树打草当柴烧，横店集团又投资兴建了液化气站。封山育林，植树种草，1993 年以来，横店集团共投入 9855 万元。

横店的山在变绿，横店的水也在变清。

镇区北部的南江过去河道狭窄，淤积严重，每遇洪涝，都会给沿岸人民和企业带来财产损失。横店集团先后投资一亿元进行整治，建起了 5 座橡皮坝，砌起了总长 14000 余米的防洪堤，同时对两岸进行绿化美化，终于把昔日的河滩变成了令人留连忘返的沿江公园。

让横店的天变得更蓝。徐文荣响亮地提出，工业的发展决不以牺牲环境为代价，决不走先污染后治理的老路，今年内横店要全部消灭黑烟囱。

为了把保护环境的国策落到实处，横店集团专门成立了环保机构，与镇政府密切配合，90 年代初即启动了耗资巨大的"三废"整治工程，集团下属企业也纷纷增加了环保投入。今年，总投资达 1.65 亿元的横店污水处理厂已正式动工，10 月份一期工程完工。

培养人才：建设一座教育城

横店集团总裁徐文荣在企业发展的实践中，深刻认识到教育对经济的重要意义，他说："发展经济办教育，办好教育促经济。"

记者多次去横店，对横店幼儿园、小学、中学及各类成人教育学校的教学环境和现代化的教学设备，惊讶不已，羡慕不已。

占地 100 亩、投资 2000 万元的镇中心小学正在紧张地施工；投资 8000 万元、可容纳 3000 人就学的新高中一期工程将于今年 9 月完成；全国第一所乡镇企业全日制大学横店大学，已陆续毕业学生 1400 多人。中学到大学，主要是企业投资建设。10 年来，横店集团直接投入教育的资金就超过了一亿元。

目前，横店镇已建成了从幼儿园到大学的完整的教育体系。横店人的愿望是，这里的孩子不出镇就可享受到从小学到大学的系统教育。横店人的目标是，横店不仅是一座高科技工业城，还是一座影视旅游城，更是一座文化教育城。

（2000 年 4 月《经济日报》）

唤起全民湿地意识

5月上旬，本报由文字和摄影记者组成的采访组深入到东北三江目平原和西南若尔盖草原，对我国湿地现状和湿地保护问题进行专题调研采访。在关注西北风沙问题的同时，我们为什么还把目光对准了湿地呢？这是因为，湿地不仅是地球上许多珍稀濒危鸟类的迁徙地和繁殖地，而且具有巨大的蓄水和气候调节能力，在调洪解旱、净化环境、降解污染、控制水土流失、补充地下水，维护区域生态平衡方面，具有不可替代的作用。

长期以来，我国对湿地资源进行了持续地开发。在开发利用中，很多地方忽略或不注重对湿地生态系统的保护，湿地资源得不到正常的休养生息，湿地面积和资源也日益减少。许多对生态坏境产生重大影响的湿地，退化现象十分严重，有的已经完全丧失了湿地应有的功能。

据统计，从50年代至今，洞庭湖、洪湖与江汉湖群垦殖率达50%以上，鄱阳湖也达24%。中国西部地区的湖泊因上游地区截水灌溉，导致湖泊萎缩，水质碱化。历史上烟波浩瀚的罗布泊，早已成为了荒漠。湖泊的急剧减少和消失，是我国湿地保护面临的最重大威胁。

沼泽湿地由于泥炭开发和作为农用地开垦，面积也急剧减少。三江平原是我国最大的沼泽分布区，自50年代开始大规模开垦以来，已有300万公顷变为农田。如果以每年10万公顷的速度开发，过不了20年将不复存在。

位于青藏高原的若尔盖沼泽地，是我国所特有的高原湿地生态系统，是极其敏感和脆弱的生态系统，由于传统的游牧和半游牧被定居生活所取代，局部地区超载放牧日益严重，一些草原特有的生物物种受到严重破坏，导致鼠害猖獗，部分地区土地沙化十分严重，对湿地生态系统造成了破坏。

河流、湖泊、水库等水体上游的水土流失，造成河流中的泥沙含量增大，带来的直接后果是河床、湖底淤积十分严重，从而使湿地面积越来越少。水库是我国重要的人工湿地，其泥沙淤积问题同样令人十分担忧。自 1949 年以来，我国已建成 8.4 万座大中小型水库，库容量 4600 亿立方米以上，为数不少的已经淤死，造成了不可估量的经济损失。

此外，湿地污染不仅使水质恶化，也对湿地生物多样性造成了严重危害。湿地的主要污染源包括大量的工农业废水和生活污水的排放、运输、油气开发等引起的漏油、溢油事故，以及农药、化肥和除草剂的不当使用等。目前许多天然湿地实际上已成为工农业废水、生活污水的承泄区。

湿地与森林、海洋并称为三大生态系统，人们对森林和海洋的认识已经很充分了，并且采取了一系列措施保护森林和海洋，但对湿地这个"地球之肾"的认识绝大部分人还处于朦胧状态。目前，我国湿地保护已到了刻不容缓的地步，而要真正保护好湿地，当务之急是唤起和提高全民的湿地意识。

（2000 年 5 月《经济日报》）

昔日的北大荒今天的北大仓明天的生态区

北大荒要塑新形象

若问黑龙江农垦是个什么形象，百分之八九十的人会回答，开荒种田。然而，记者初夏在垦区行程数千里采访得出的印象是，160 万农垦人正在以自己的实际行动改变着这一传统形象，塑造着新的北大仓形象———生态区。

经过三代农垦人近 50 年的开发建设，昔日的北大荒已变成了今日的北大仓，为解决国家粮食短缺、支援全国经济建设做出了重大贡献。目前，垦区已有耕地 3000 万亩，粮食年产 90 亿公斤，达到了发达国家的水平。

那么，在农业进入新的发展阶段、全社会上上下下都在重视生态环境建设的情况下，农垦人在干什么？

在宝泉岭农管局 290 农场，当我们在专家的带领下，终于找到那片沙化的耕地时，却发现这片耕地已经退耕还林，于去年栽上了树，那一行行挺拔的松树自豪地阻挡着风沙的蔓延。随同记者在三江平原采访湿地的专家、中国科学院教授刘兴土说，如果不退耕还林，这块地方的沙化面积肯定会扩大，会淹没周围的农田。

在进一步采访中我们得知，这个农场六七十年代曾发生过 20 多次沙暴现象，因此对植树造林的觉悟也早，20 多年来已退耕还林 53000 亩。

这个例子，是黑龙江农垦退耕还林、植树造林的一个缩影。而这是在没有被明确要求的情况下进行的，就是说，它是自觉的。

事实上，垦区植树造林几乎在开荒种田的同时就开始了。下乡知青、现任省农垦总局总工程师的孙世明告诉记者，那时一边开荒一边种树，但种树的技术不行，种不活。真正种好是 1975 年以后，但那时种树的目的主要是绿化和美化。现在则把它作为生态建设和环境保护的重要内容来抓。

在宝泉岭农管局，我们参观了记录农垦人造林业绩的造林纪念碑，上面清楚地写道，到 1998 年，垦区已完成植树造林 700 万亩。与此同时，退耕还林从 1998 年也开始有意识、有计划地进行了，三年来，共还林种草 275 万亩。

北大荒是我国最大的一片沼泽湿地，由于几十年的开发，湿地面积已由 534 万公顷减少到 148 万公顷，给生态环境带来了很大影响。保护湿地刻不容缓。从 1998 年起，垦区果断地决定停止开荒，并且逐年加大退耕还湿的力度，对 12 片大的区域的农场、家庭农场以及外来单位的开荒制定了严格的退耕时间表，到 2001 年，全垦区要退耕还湿 192 万亩。

穿行在黑龙江垦区，经常可以见到各类保护区的牌子。这些保护区基本都是农垦人自费建起来的。到 1999 年底，全垦区共有 7.5 万公顷的湿地、森林、草地和水域被划定为自然保护地。

这种变化是怎么来的？我们在省农垦总局的一份文件上看到了这样的文字：今后，垦区农业发展主要靠加快中低产田改造，加大科技投入和提高集约化经营水平来实现，而不是靠垦殖湿地、草地、毁林开荒、扩大耕种规模来实现。因此，要对现有湿地、林地、草原等自然资源实施有效保护，对列入保护区规划区域内的开发户由有关农牧场清理安置，实行退耕还林、还湿、种草。

去年底，省农垦总局制定了垦区国家级生态示范区建设工作方案，160 万农垦人的共同愿望就是，把昔日的北大荒、今日的北大仓，建成明天的国家级生态示范区。

（2000 年 7 月《经济日报》）

西部开发——乡企如何动作

六年前，万向集团发布《西进宣言》，并向全国征集西进方案。五年前，本报发表《西进，鲁冠球何时启程》。六年过去了，万向西进为何迟迟没有结果？在西部大开发中，万向如何动作？请看——鲁冠球细说西进步调。

是一盘棋，非一步棋

万向西进，不能冒进

西部投资，将达数亿

记：作为中国乡镇企业协会会长，您认为西部开发为东部乡镇企业提供了哪些机遇？

鲁：实施西部大开发战略，虽有国家财力作基础，但开发的主体仍然是企业。这几年，东部沿海企业的改革步子与力度要比中西部大些，尤其是自发形成的乡镇企业，这些年大都完成了所有制的改造和转变，经济与竞争的实力都大为增强，与许多不同所有制企业一样，随着产业扩张，乡镇企业也亟须找到新的生存和发展空间，西部的资源与市场是他们的必然选择。比如，西部企业中，国有企业的比例最大，而事实证明国有企业的搞活有赖于所有制结构的完善与资本的重组，这就为东部地区乡镇企业以资本等多种形式进入西部提供了契机。又如，在我们提出西部大开发战略的同时，中国加入 WTO 在即，预计今后将会有大量的以农业生产为生的农民将脱离农业；而西部务农人员的比率远高于东部，这些农民如何组织起来，走向市场，东部发展乡镇企业的成功经验可以为此提供借鉴；东部乡镇企业在产业升级及市场整合过程中既可以降低自身成本，也可以为西部发展乡镇企业起到积极的作用。

记：六年前，万向提出西进计划的背景是什么？为什么没有起步？

鲁：万向"西进计划"是在 1994 年提出的。当时万向集团总资产为 8 个亿，西进计划的核心是拟在几年内投资 1 亿元资金择优选择一批开发项目和投资对象，以兼并、合资、收购等市场手段联合一批西部的骨干乡镇企业，将东部地区的技术、资金、资源、劳动力等生产要素进行整合，以此来实现集团的产业升级与区域扩张，以适应当时飞速发展的企业形势。为此，当时我们在首都几大媒体还发表过矢志西进的《西进宣言》。从《西进宣言》发布至今已经六年了，此间万向的总资产也增至 60 多亿元，许多人都关注着万向的"西进计划"究竟怎样了。事实上，万向一直没有停止过动作。如，我们认为人是西进能否成功的最终决定因素，因此目前万向从中西部招收的员工已逾千人，其中大专以上文化的有 400 多名，一旦企业旌旗西指，他们就是"先头部队"。再如从前年开始，万向已连续出资举办了三期培训班，邀请西部 140 余名县长、局长及乡镇长到浙江进行有关现代经济知识的培训，这必将为东西部的观念趋同起到一些作用。与此同时，由近及远、由东向西，万向已先后在湖北、河南、江西等地创建了 5 家企业。这些举动，既使企业实现了快速扩张，也为真正意义上的"西进"建立了"桥头堡"。有人可能会问：万向从过去的七人铁匠铺发展到现在的规模，已在欧美等地七个国家建立了 10 家分公司，为什么单单西进迟迟难以"结果"？ 事实上我可以告诉大家，六年中万向在中西部地区谈了许多项目，有的甚至跟踪了好几年，眼看就要签约，但由于各种制约因素，尤其是观念上的差异，航道尚难打开。但反过来说，这也是好事，如果这些制约因素不发现、不消解，西进之路仍是崎岖不平的。

记：万向西进将有什么动作？

鲁：对万向而言，西进是一个宿愿，因此，万向必定会有大的动作，必定会给关注与支持万向西进的人以一个满意的交待。现在只是一个时间问题，快则今年，慢则明年甚至更迟。如果取得进展，投入西部的资金不再是六年前宣布的 1 亿元，而是数个亿，开发、整合西部丰富的资源，去组合和盘活西部庞大的存量资产。然而，任何形式的西进，我们始终坚持这样的原则和前提：符合国家产业政策，有发展前途、有分量，能够赢利。这也是至今万向西进没取得突破性进展的原因。

参与西部开发是一盘棋，而不是一步棋，要做通盘考虑。尤其作为全国知名企业，万向集团西进必须注意到万向的企业形象，只能成功，不能失败。要西进，但不能冒进，而必须采取逐步推进的方式，先从西部的边缘地区做起，先从中西部的城市特别是大城市做起。这样能使万向逐步地适应中西部地区的发展环境，以有效地避免"水土不服"，提高投资项目的成功率。

记：作为企业家，你对西部有哪些看法、建议、希望？

鲁：从看法来看，西部较之于东部可能更需要加深对市场经济的认识和实践。西进的主体是东部的企业，而首先接受"嫁接"的可能也是西部的企业。如果双方没有对市场经济、价值规律有共同认识的"基因"，那么必定会产生"排异反应"，即使合作了，也是暂时的。

从建议上讲，东部企业西进要有所忌：一忌赶时髦盲目推进，企业要根据自己的产业特点和实际情况，选好适合自己的切入点后再进入。二忌把东部落后的东西搬到西部。加快工业化是西部大开发的核心，西部地区的工业发展不可能再走沿海地区 80 年代外延数量扩张的老路，而必然是建立在科技进步的基础之上，一些低档次的一般加工到了西部未必能成功。三忌玩"空手道"，西部有的是资源，缺的是技术、资金，企业要想在西部大开发中有所作为，必须要有大投入。资源开发需要大投入，搞好开发环境，也需要大投入。

从希望角度讲，西进作为国家的一项重大战略，从宏观到微观，国家都应有相应的政策与法规作保障为，使双方真正按市场规律、价值规律运作，确保"双赢"。

生产味精的菱花集团看中的是西部大市场，去年，菱花在西部十省（区、市）销售额占总销售额的 40%。

江保安品尝双赢滋味

2000 年元旦，被国家经贸委列为"东西双佳"工程的乌鲁木齐菱花味精厂 1500 吨谷氨酸改造工程试车成功，7 台大发酵罐第一次生产出高指标的谷氨酸。目前，第二期年产 5000 吨味精的技改工程正在紧张的施工中。九届全国人大代表、菱花集团董事长、总经理江保安说："开发战略，走东西部企业联合发展的成功探索。"这是菱花集团响应国家号召。西部菱花集团公司是孔孟之乡——山东省济宁市的一家镇办企业。自 1979 年建厂以来，菱花人发扬

"奉献拼搏、艰苦创业"的企业精神，企业实现了滚动、跳跃式发展。资产达25亿元，员工7800名，形成年产10万吨味精、9万吨谷氨酸、1万吨特鲜酱油的生产能力，并通过ISO9002质量体系认证，综合实力位居全国味精行业第二位，世界第四位，被国务院批准为520户国家重点企业之一。

菱花集团注重西部大市场的开发，他们把西部地区划分为5个市场片区，每个省市设立一个营销分公司，每个地区设立1-2名营销总代理，建立了遍及西部城乡的营销网络。为了便于运输，在乌鲁木齐、呼和浩特、西安、重庆和成都建立了5个分装厂，为西部市场设计了鲜艳、热烈的产品包装式样，去年在西部十个省、区、市销售味精4.1万吨，销售收入3.5亿元，占菱花集团销售总额的40%。

位于乌鲁木齐市区的新疆生物药品厂是一家1958年建厂的国有老企业，生产生物药品、饲料、氨酸。1993年以来，由于设备老化，产品滞销而陷入困境，460名职工中有三分之一的人员下岗。1997年底，济宁市政府组织菱花集团等大企业到西部地区考察，新疆自治区政府积极推荐生物药品厂与菱花集团合作，双方经过多次相互考察，签订了联营协议。由菱花集团以技术、管理、商誉等无形资产作价1668万元入股51%，新疆生物药品厂以全套谷氨酸生产设备、厂房、土地等固定资产折价1600万元入股，占股本的49%，共同组建菱花集团乌鲁木齐味精厂，新疆自治区将其列为19家重点技改项目和再就业工程项目，国家经贸委将其列为"东西双佳"工程。1999年10月，国家1000万元技改专项贷款到位。菱花集团派出十几名技术、管理人员来到乌鲁木齐，克服天寒地冻、生活不便等困难，和原生物药品厂的工人们一道修复发酵罐，精心培育菌种，经过70天的昼夜奋战，顺利完工。预计到今年5月底技改项一期技改工程项目全部完成后，可形成5000吨商品味精的生产能力，实现销售收入8500万元，上缴税金1340万元。

菱花集团乌鲁木齐味精厂的成立，对于新疆方面来说，可以使困难重重的生物药品厂获取新的生机、4000多万元的固定资产得到有效利用、下岗职工重新得到就业。对于菱花集团来说，新疆的玉米、电、水、煤都比较便宜，玉米的价格只有400元一吨，仅此一项，就可使味精成本每吨下降1200元。新疆自治区有人口1600万，乌鲁木齐市占600万，当地没有成气候的味精厂，市场潜力巨大。加之新疆地处欧亚大陆桥，有多处通商口岸，便于菱花产品出口俄罗斯和中亚各国。江保安谈及菱花集团乌鲁木齐味精厂顺利投产的经验时说："东部企业有技术、管理和市场开发方面的优势，西部地区有能源和原材料价格低、市场广阔的优势，东部企业参与西部大开发，可以把两个优势结合起来，两方面的积极性都调动起来，实现东西双赢。

以肉食加工闻名的山东得利斯集团近年来大举西进，所到之处，攻城略地，将西部大市场这块"肥肉"吃得津津有味。在西部大开发中，得利斯又在想着什么好事？请看——

郑和平盘算得利于斯

农产品加工，西部开发首张牌

得利斯西进，做好农字大文章

观念的差异，西进中主要障碍

记：作为乡镇企业家，您如何看待西部大开发？

郑：乡镇企业是继我党在农村实行联产承包责任制后农村改革的又一伟大成就，它从异军突起时的粗放型经营逐步发展到集约型经营，离不开国家政策提供的良好发展机遇，西部大开发战略的实施也必将促进乡镇企业加快战略调整步伐，在"西进"过程中，实现东西资源的结合、优势互补和乡企的可持续发展。

农产品加工，将成为西部开发的首张牌。西部特别是西北地区的生态环境基础非常薄弱，国家开发西部首先将进行可持续建设、发展农业经济放在首位。西部是一个农业大区，西部10省区的主要农产品产量比重大，但农产品加工产值西部最低。一"大"一"小"的鲜明差距说明了西部农产品加工具有广阔的市场潜力和发展空间。就得利斯集团公司来说，立足丰富的农业资源形成开发的特色产业将是企业发展的制胜之道。产业选择和产品定向是企业长久生存和发展的基础。在"西进"过程中，我们始终认为得利斯作为我国乡镇企业的龙头，其根基在农村，主体是农民，应当扬长避短，以"农"为本，做好

"农"字文章。

记：西部开发为乡镇企业提供了哪些机遇？

郑：国家政策为西部开发提供了良好的发展契机。中央强调，把发展乡镇企业和农业产业化经营结合起来，发展以粮食等农产品为原料的加工业，促进粮食转化、增值，由农业资源优势转变成经济优势和市场优势。很明白，西部大开发为乡镇企业，特别是以农产品开发见长的乡企发展提供了历史性机遇。西部发展农产品加工有得天独厚的优势，那里有丰富的土地、农场、牧场等大量可开发资源和自然资源，尤其是畜牧业发达，生猪资源丰富，辅料也充足，具备农产品优势，且劳动力资源密集、劳动成本低。

西部有巨大的市场空间。西部肉制品加工业比较落后，熟肉制品加工仅停留在初期粗加工水平上。资源的强加上市场的弱恰恰为企业西扩提供了巨大的发展潜力和空间。

记：作为先行西进的企业，得利斯有什么好的经验？下一步打算怎样干？

郑：得利斯集团已在陕西、甘肃、四川、内蒙古等省区建起了产供销一条龙的分公司，销售区域遍及西部10个省区。我们总结"西进"经验，冷静地提出了"三要""三不要"的完整思路和战略：

三不要：一不要搞重复建设，如钢铁煤炭限产、纺织压锭、家电价格大战等，都是同类产品、同类企业太多。二不要搞"夕阳工业"。已经过时的、已经被市场淘汰的产品及其设备要坚决摒弃。三不要以重污染换取眼前利益，应该综合考虑短期利益与长远利益之间此消彼长的辩证关系。

三要：一要立足西部资源，引进东部地区先进技术、管理和资金，发展特色经济和优势产业。二要坚持高起点，看长远，把有限资金用在刀刃上，不仅着眼于满足需求，更要立足于创造需求。三要把发展经济与再造秀美山川结合起来。

下一步，我们将在西部地区进行猪、羊深加工的基础上，还要利用羊肚儿、猪副产品进行生物制药，延伸加工层次，完成产品领域的新发展。

记：得利斯在西进过程中，最满意的是什么？最不满意的是什么？

郑：我认为，我们得利斯集团当属西部开发的先行者之一，"西进"时间早，是我们发展战略的又一次重大调整，且初见成效，感到欣慰。

东西部发展观念的差异，是东部企业"西进"的主要障碍，特别是涉及收购兼并等资产重组时，西部企业观念相对陈旧，"肥水不流外人田"的狭隘地域思想观念作祟，不利于企业改制和发展。

记：您对西部有什么意见，建议和希望？

郑：东西合璧，优势互补，互帮互助，共同发展。

（2000 年 7 月《经济日报》）

从粮食大省到绿色食品大省

——黑龙江省发展绿色食品产业的实践（上）

农业大省，粮食大省，黑龙江常常被这样表述。如今，一个新的称谓当之无愧地落到黑龙江头上，这就是绿色食品大省，而且是全国绿色食品第一大省。这说明，黑龙江省的绿色食品产业已经脱颖而出。

北疆吹来绿色的风

今年7月26日，以善于"吃"而闻名的广州人突然发现了一片"吃"的绿洲。借广州博览会之机，一场声势浩大的黑龙江省绿色食品展销会让炎热的羊城再添了几分热闹。来自黑土地的500多种绿色食品以其天然、无污染的本色，让广州人胃口大开。洽谈、签约、付款……黑龙江人的脸上乐开了花。中共中央政治局委员、广东省委书记李长春在参观时对黑龙江省领导说，黑龙江地大物博，物产丰富，许多产品很适合广东人的口味，希望今后能更多地为广东人提供绿色产品。

两个多月后，黑龙江省长宋法棠在哈尔滨接受记者采访时特别强调，没想到广东人这么看中绿色食品，没想到广东市场这么好，光绿色大米就卖出了20万吨。他还说，他在山东时主要吃面食，到黑龙江工作后就改吃大米了。驻港部队吃的也是黑龙江的大米。

其实，早在几年前，黑土地上的绿色食品就已经引起了外国的注意。法国、德国、日本、韩国等地的客商先后踏上这片土地，他们深入到大兴安岭、鸡西等偏远地方，看地看水看空气。德国人看中了大兴安岭的大杨树，于是满山遍野的大豆出国了，价格比国内高出7倍至8倍。司空见惯的山野菜也摆上了外国人的餐桌。

比较中发现新形势

从哈尔滨到乌苏里江岸的虎林，700多公里的路程，一路上我们开着车窗，贪婪地呼吸着清新的空气，那空气中偶尔有一丝甜意，偶尔有一丝浓浓的腥味，偶尔还飘过来一种农家肥的味道。

望着那蓝天、清山，你不禁会感叹黑龙江的确是绿色食品的天然宝库。

众所周知，作为农业大省、工业大省，黑龙江经济近年来显得活力不足。计划经济的包袱沉重，体制转轨慢，原有的资源等优势在新的历史条件下尚难以转换成经济优势。发展经济，不能不找准优势。黑龙江在比较中发现，开发建设时间较晚，生态环境较好，资源破坏程度较低，是黑龙江得天独厚的优势。特别是90年代以来，黑龙江先后做出了停止开荒、保护湿地等一系列重大决定，进一步强化了其在全国的生态优势地位。

调任半年多的省长宋法棠多次穿行于青山绿水之间，每次回来都很兴奋，每次回来都增强了黑龙江发展绿色食品产业的决心。

他对记者如数家珍：全省现有林地面积1467万公顷，森林覆盖率达42%；草原面积435万公顷，是全国拥有大草原的省份之一；水域面积233万公顷，居全国第四位，且黑龙江、乌苏里江等江河基本未受到污染；全省半数以上地域仍然处于良好的自然生态中，1180万公顷耕地中大多数为黑土，是世界上仅有的三大黑土带之一，土壤有机质含量3.8%，被戏称"插根筷子都能长庄稼"。同时，满山遍岭的野生植物资源异常丰富，其中1000多种食用植物，大部分尚未开发利用，属于天然的绿色食品。

另一方面由于黑龙江地广人稀，人均耕地多，农民习惯于粗放经营，化肥、农药用量很少，甚至不用，亩均化肥量不足全国的1/3。

工业主要集中在几个大城市，广袤的农村和林区基本上未受到污染。虽然地处寒温带，无霜期短，但光、热、水同季，非常适宜自然植物和农作物生长。

不仅如此，黑龙江人还有更深刻的思考。近两年来，我国农业和农村经济进入了一个新的发展阶段，粮食生产也开始由数量型向质量效益型转变，基本解决了温饱之后，人们对"吃"提出了更高的要求。我国即将加入WTO，作为农业大省和粮食大省的黑龙江，将面临着更加严峻的挑战。

把生态优势变成产业优势

黑龙江在比较中发现了独特的优势，更要在实践中构筑发展的优势。

在全省绿色食品 10 年发展的基础上，省委、省政府提出了依托自然生态环境优势，大力发展绿色食品产业，把黑龙江省建设成绿色食品大省、强省的目标。

省委书记徐有芳多次提出，黑龙江具有发展绿色食品的独特优势，要把黑龙江建设成全国最大的绿色食品基地。省长宋法棠在今年的政府工作报告中提出了"打绿色牌"的发展思路。此后，他又多次调研、强调，发展绿色食品，黑龙江大有潜力、大有希望。

目前，"打绿色牌、走特色路"的发展思路已在全省上下形成共识，绿色食品工程建设已纳入到全省国民经济发展计划中，成为全省经济发展的新的支撑点。黑龙江大地掀起了发展绿色食品的新高潮。

请看黑龙江采取的几个切切实实的步骤：

先是由省政府制定出《黑龙江省 1999—2050 年生态环境建设规划》和《黑龙江省 2000—2010 年绿色食品发展规划》，随后为配合《规划》的落实，又制定了绿色食品发展实施方案。

其次，省里成立了绿色食品开发领导小组，各市县也成立了这样的小组，实行一个产业、一个班子、一个规划、一个政策、一个实施办法的"五个一"工作方法。

另外是省政府已决定，每年都将拿出一定专用资金用于绿色食品发展，今年已安排 5500 万元，重点培育壮大龙头企业、原料基地及相关产业的发展。

（2000 年 9 月《经济日报》）

千万人的行动

——黑龙江发展绿色食品产业的实践（中）

任何一个发展思路和发展战略，只要和老百姓的利益结合起来，变成千千万万人的行动，就会有无可限量的前途。在黑龙江，绿色食品就是这样一项具有凝聚力的事业。

逼出来的选择

今天，发展绿色食品已成为各级政府、龙头企业、广大农民的自觉行动。然而10年前，当绿色食品在黑土地刚刚起步的时候，它实际上是一种被逼出来的选择。

庆安县是全省发展绿色食品最早的县。虽然庆安同样拥有生产绿色食品的良好生态环境，但庆安开发绿色水稻的初衷，的的确确是为了解决卖难的问题。

80年代以后，庆安县水稻面积迅速扩大，单产不断提高，总产不断增加，大米卖难几度出现。眼看白花花的大米变不成票子，农民心痛，领导着急。

1990年，县领导在双胜村蹲点时，建议农民李跃廷种水稻时不施化肥和农药。结果他种的16亩水稻谷粒饱满，米白如玉，做出来的米饭粘香适口。进入市场后，每斤比市场价高出一角五，很快被抢购一空，每亩增收100元。

李跃廷喜出望外，县领导若有所思，看来并不是所有的粮食都卖难，米质优良，好吃就好卖。

县委副书记刘维权向记者回忆当时的情况时说，那时并不知道什么是绿色食品，更不知道怎样操作，如何申报。我们叫它无公害水稻，既然市场好卖，我们就大力发展。1991年发展到1000亩，1992年达到1万亩，1993年又到了10万亩。1993年7月28日，17位专家应邀来庆安对10万亩水稻进行论证，明确提出发展绿色食品。

这一年，庆安县一方面积极申报绿色食品标志，并成为首家绿色食品大米申报取得成功的单位；另一方面先后在北京、上海等地推介庆安大米，使庆安大米进了中南海、人民大会堂，摆上了国宴餐桌，并远销到东欧。

从此，庆安大米成了一个越叫越响的品牌。

县域经济的"抓手"

如果说庆安县当初发展绿色食品是被逼出来的选择，那么后来居上的虎林市则一开始就把绿色食品作为县域经济发展战略来实施。

在虎林，开发绿色食品虽然起步稍晚，但起点很高，1997 年 9 月，他们聘请北京大学专家学者完成了《虎林市绿色食品发展战略规划》和《虎林市可持续发展规划》。1998 年 3 月 28 日，通过了教育部组织的专家评审。

在虎林，市委书记赵文波被称为"生态书记""绿色书记"，因为在前几年再造一个北大荒的热潮中，赵文波果断地拒绝了深圳一家大公司开荒 38 万亩的投资请求，因为实施绿色食品发展战略 3 年多来，一个生机勃勃的绿色虎林已迅速崛起在乌苏里江岸。

在虎林，发展绿色食品绝不仅仅是上几个产品、几个项目，而是统领和带动经济和社会各方面协调发展、整体向上的纲领。绿色食品事业也绝不仅仅是农民的事，甚至不仅仅是经济部门的事，而是全社会各行各业的共同事业。

9 月 6 日，记者在虎林市召开座谈会，全县十几个部门的负责人纷纷从各自的角度谈起绿色食品。工业围绕绿色食品上加工项目，城建按照"绿色虎林"的要求规划设计，教育部编印了适合中小学生不同要求的绿色食品知识教材，在中小学开设了专门课程。

今天，随着绿色食品战略的实施，绿色意识已经深入人心。然而这种共识并不是一夜之间形成的，虎林走过弯路。建口岸，过货不行；建市场，有场无市。

赵文波是一位爱思考的市委书记，1996 年到虎林就任以来，面对县域经济的困境，一边深入调查研究，一边苦苦思索，县域经济的抓手在哪里？农业大市的出路何在？他认识到，荒凉偏远是发展劣势，辩证地看不是发展绿色食品的优势吗？1997 年 3 月，虎林市做出了《关于实施绿色食品发展战略的决定》，拉开了建设绿色食品大市的帷幕。

实施绿色食品发展战略，使虎林真正找到了符合市情的县域经济发展路子。3 年多来，虎林 30 万人民从这一战略中获得了巨大益处。1999 年，绿色食品产值达 46372 万元，占农业总产值的 65%；销售收入 40751 万元，占农业总收入的 68%；实现税收 4327 万元，占本级财政收入的 50.3%；而农民人均纯收入中绿色产品收入已占到 60%。今年上半年，农村居民现金收入比上年同期实际增长更高达 69.8%。

最热是农民的心

无论是在庆安还是在虎林，记者不止一次地听到，绿色食品产业是老百姓经济，发展绿色食品受益最直接的是广大农民。

农业是绿色食品第一车间，农民是第一生产者。农民的热情有多高，从种植绿色食品的土地面积就能看出。在庆安，150 多万亩耕地已有近一半种植绿色食品。而在虎林，绿色食品种植基地已达 110.5 万亩，占全部耕地面积的 96.8%，全市 14 个乡镇中，有 11 个乡镇统一了水稻种植品种，绿色水稻基地由 1999 年的 68 个发展到 91 个，其中万亩以上基地村 11 个。

9 月 4 日，记者冒着蒙蒙细雨来到庆安县庆胜村。村委会办公室里贴满了绿色食品基地分布示意图等彩色挂图。田头几位正在查看水稻生产情况的农民告诉记者，农民已尝到了种绿色食品的甜头，不像开始时还得动员，现在不让种都不行了，他们与村办龙头企业签订了合同，每斤比市场价高出 5 分钱。说着，他们纷纷拿出一些卡片和小本本，黄的卡片是绿色食品生产卡，蓝的是 A 级绿色食品优质水稻生产卡，绿色的小本本是农户使用手册。

9 月 6 日，在虎林县杨树河村，记者与农民关凤和交谈起来：

———种了几亩水稻？

———七八亩。

———知道什么是绿色食品吗？

———知道，头三年就种，尝到甜头了。

——什么甜头？

——价高呗。

——参加过培训吗？

——已经参加过 3 次了。

——为什么这么多次？

——我是典型示范户。

（2000 年 9 月《经济日报》）

壮大龙头拓市场

——黑龙江发展绿色食品产业的实践（下）

巨大诱惑谁不心动

政府积极性大，农民热情高，归根结蒂是看中了绿色食品巨大的市场前景。面对诱人的市场，动心的不仅有农民，更有龙头企业。

那么，这是怎样的一个市场呢？

从国内看，经过十年来的宣传与推广，食用安全、无污染、有营养的绿色食品的氛围已初步形成，潜在的市场正在变成现实的市场。据有关部门对北京、上海两大城市的调查表明，80%的消费者希望购买绿色食品。在哈尔滨市道里区进行的百人问卷调查中，也有80%的人知道什么是绿色食品，70%的人希望消费绿色食品。

在市场开拓上，黑龙江绿色食品盯住了欧美、日本、俄罗斯等发达国家以及国内的沿海发达地区和大城市。在虎林，记者看到一辆接一辆的大货车频繁出入，上半年已有20万吨大米源源不断地运往俄罗斯市场。

为了把黑龙江的好东西宣传出去、卖出去，今年以来，黑龙江加大了国内市场开拓力度。在黑龙江绿色食品香港展销会、广州展销会取得了意想不到的效果之后，10月和11月份，还将分别在北京、上海举办黑龙江绿色食品周活动，所到之处，均由省委、省政府主要领导带队。来自黑土地的绿色之风从南吹到北，不仅让人对黑龙江的产品刮目相看，而且对黑龙江人的市场意识刮目相看。

壮大自身才能做大市场

绿色食品产业是集生产、加工、储运、销售及配套产业为一体的系统工程。如果说良好的生态环境是绿色食品生产的前提、农村基地建设是基础的话，那么龙头企业则是关键，因为市场开拓、农民增效、财政增收的目标均要靠它来实现，因此，从某种意义上说，龙头企业是绿色食品产业的主体。

目前由省政府确定的全省110家农业产业化龙头企业中，有24家是绿色食品生产企业，产值超亿元的已有10家。

近年来，黑龙江崛起的一批龙头企业，都程度不同地沾了"绿"的光。

从目前看，绿色食品龙头企业大致分为三类：一类是原有企业开发绿色食品，靠发展绿色食品做大做响，如完达山乳业集团、红星乳业集团、新三星啤酒集团等。其中完达山乳业集团是省内开发绿色食品最早的企业，到目前已开发出16个绿色食品系列产品，去年销售额达到4.2亿元，使"完达山"成为名副其实的绿色名牌。红星乳业集团在开发绿色食品的同时，还主动出资，将10万亩湿地划为保护区，建立起稳定的绿色奶源，也开了国内企业参与湿地保护的先河。

第二类是适应市场需求组建的龙头企业。黑龙江农垦1990年开始开发绿色食品，目前已有8个分公司的40个农场和加工企业生产绿色食品。为使绿色食品形成拳头，更有力地挺进国内外市场，农垦组建了黑龙江绿色食品集团。出于同样的目的，1998年初，虎林市把一些制木、豆制品、酒类、饮品、蜂产品等加工企业，通过资产、契约等形式，组建起了跨行业、跨所有制的龙头企业——绿都集团，56种产品统一注册了"珍宝岛"和"虎林"两个商标。

第三类是大集团、大公司介入绿色食品开发。如记者参观的庆安县大米加工企业，就是哈滋集团投资3000万元建立的绿色食品基地。他们培育生产的"七河源大米"以优良的品质和精美的包装受到大城市消费者的青睐，在上海、北京的超市里每公斤高达14元。

架起通向市场之桥

龙头企业一头连着市场，一头连着基地和农户。龙头企业在把绿色食品导向市场的同时，实际上也是在把农民导向市场。

农民是绿色食品第一生产者，这关键的一步能否走好，首先要解决农民"想干不敢干、想干不会干、不见效益不肯干"的问题。这就要首先处理好和农民的利益关系。我们在采访中了解到，虽然黑龙江部分地方也在尝试和农民建立更为紧密的利益联系，比如，龙头企业与基地实行资产联结，组建公司加农户的企业集团，使农户成为集团的股东，在获得第一产业收益的同时，再参与龙头企业的收益分红。但是，从全省来看，绝大部分龙头企业和农民建立的是契约关系。

龙头企业在产前与农户签订生产合同，发给合同卡。农户则按企业要求的品种和种植技术进行生产，秋后凭卡销售。在这一过程中，企业提供给农户的不仅仅是服务，还有严格的监督。如果没有按照要求进行生产或某一项标准没达标，就会被取消绿色食品资格。

我们特别注意到，几乎每个龙头企业都有给农民让利的规定，比如，庆安精洁米厂与农户签订的合同中明确规定，合同内水稻比国家定购价每公斤高0.08元，这样农户享受企业的让利优惠，每亩地就可多收入150—200元。

（2000年9月《经济日报》）

"恩格尔系数"降到50%以下标志着什么

"吃了吗？"这是过去相当一段时期中国人见面后再熟悉不过的口头语。那用意几乎相当于国际流行的"你好吗"。

渐渐地，"吃了吗"这口头语我们听得越来越少了，因为"吃"对于中国人越来越不像过去那样重要了。换句话说，"吃"在中国人生活中所占的比重越来越小了。此现象在经济学上就叫做"恩格尔系数"降低。

何谓"恩格尔系数"？恩格尔是19世纪德国统计学家，他在研究人们的消费结构变化时发现了一条规律，即一个家庭收入越少，这个家庭用来购买食物的支出所占的比例就越大，反过来也是一样。而这个家庭用以购买食物的支出与这个家庭的总收入之比，就叫恩格尔系数。由此可以得出结论，对一个国家而言，这个国家越穷，其恩格尔系数就越高；反之，这个国家越富，其恩格尔系数越是下降。这就是世界经济学界所公认的恩格尔定律。

经济学上的名词不一定也没必要每个人都懂，但生活的变化和感受却是实实在在的。

权威部门的资料表明，"九五"以来，我国居民消费结构发生了显著变化，以恩格尔系数衡量，城镇居民由1995年的49.9%下降到1999年的41.9%，农村居民则由58.6%下降到52.6%。到今年底，综合起来看，我国城乡居民的恩格尔系数将降到50%以下。

这是一个了不起的成就。

恩格尔系数降到50%以下说明了什么？它说明，我国人民以吃饱为标志的温饱型生活，正在向以享受和发展为标志的小康型生活转变。它说明，我国城乡广大居民的生活质量正稳步提高！

仅就吃而言，城镇居民吃好、吃精、注重营养、追求方便的倾向更加明显，商场、超市的净菜、速冻食品和绿色食品日益受到青睐，牛奶等已经成了许多家庭餐桌上不可缺少的食物，在外就餐的机会也越来越多。5年来，农村居民食品消费中主食消费下降、动物性食品消费增加的倾向也十分明显。

除了吃外，居民生活质量的提高还表现在居住条件的改善上。"九五"前4年，我国城市居民人均居住面积由8.1平方米增加到9.8平方米，住房用气率由68.4%提高到了84%，自来水的普及率由93%提高到了96.8%。农村人均居住面积则由21平方米增加到24.4平方米。

在城乡居住条件明显改善的同时，交通通信条件改善的速度更加迅速。去年底，全国固定电话和移动电话用户分别达到1.1亿户和4324万户，电话普及率达到13%，其中城市28.4%。农村通电话的行政村比重达到79.8%，从东到西，不少农户已开始安上电话，并且涌现出为数不少的电话村。

在用的方面，家电等耐用消费品的热点长盛不衰。彩电从平面直角到纯平、超平、高清晰度，冰箱由单门到多门、大容量、绿色环保。家用空调器、家庭影院、中高档家具等成为新的消费热点；家用电脑、移动电话、微波炉、影碟机由前几年的几乎空白迅速提高到1999年的每百户拥有6台、7部、12台和25台。农村百户家庭拥有的大型家具由695件增至761件，彩电、洗衣机、电冰箱由原来的17台、17台和5台快速提高到38台、24台、11台。

特别值得一提的是，在物质生活进一步改善和提高的同时，城乡人民的精神生活也得到了进一步充实。用于陶冶情操、增进身心健康的文化艺术、健身保健、医疗卫生等方面的支出稳步增长，用于子女非义务教育和自身再教育的支出大幅度提高。去年以来，国家增加公休假日后，旅游市场更是一片火爆。统计表明，1999年城乡居民衣食住用以外的消费支出占消费总支出的比重为29.2%和21.6%，分别比1995年提高8.3个和6.2个百分点。

恩格尔系数的降低表明消费结构的变化，消费结构的变化表明生活质量的提高，而在生活质量提高的背后是什么呢？无疑是经济的发展，人民收入水平的提高。

"九五"前4年，我国国内生产总值（GDP）年均增长8.3%，继1995年实现GDP总量比1980年翻两番目标后，1997年又实现了人均GDP翻两番的目标。按银行汇率折算，2000年底人均GDP将超过800美元，这是我国实现第二步战略目标，人民生活总体上达到小康的重要标志。

国民经济的较快增长，保证了城乡居民收支的稳定增加。1999年，城镇居民人均可支配收入达到5854元，比1995年增加1571元；农民人均纯收入为2210元，增加632元；1996—1999年间，城乡居民收入年均实际增幅分别达到5.6%和5.4%，超过"九五"计划预期目标。

在收入不断增长的同时，居民的消费水平明显提高。1999年我国城镇居民消费水平达到6651元，比1995年增加1777元；农村居民消费水平1973元，增加539元；"九五"的前4年，城乡居民实际消费水平年均提高了6.1%和5.7%。

在收支稳定增长的同时，居民个人资产也迅猛增加。一是表现在房产上。到1999年底，城镇居民家庭住房自有率已经超过70%；农村竣工住宅投资，由1995年的1350亿元增至1999年的2000亿元以上。二是表现在储蓄上。城乡居民储蓄存款年末余额由1995年的29662亿元扩大到1999年的59622亿元，增加了一倍多。与此同时，居民的外汇存款、股票、债券、手持现金等其他金融资产也在大幅度增加。

发展经济的目的从根本上讲是为了改善人民的生活，逐步提高人民生活水平。与此同时，党和政府还出台了一系列政策措施，为保证人民生活水平的提高创造直接条件。在城市，大幅提高行政事业单位职工工资，大力推进再就业工程和养老、失业、医疗保险制度改革；在农村，调整农村经济结构，减轻农民负担，增加农民收入，特别是大幅度提高扶贫开发投入，到2000年底可基本实现"八七"扶贫攻坚目标，解决农村贫困人口的温饱问题。

"九五"即将过去，"十五"又在规划当中。随着"九五"的结束、"十五"的开始，新的世纪降临了。从温饱到小康，是一个历史性的跨越；从小康到富裕，更加美满的生活已经展现在我们的面前。新的世纪，我们站在一个新的起点上。

（2000年9月《经济日报》）

百年回顾与展望之富裕篇

贫困、温饱、小康、富裕，有人这样描述人民生活的变迁，也有人这样划分社会发展的历史阶段。

即将过去的 20 世纪，中国共产党领导中国人民摆脱贫困、解决温饱、建设小康、走向富裕的历程，成为这 100 年最鲜明的主题，也给人类历史留下了最动人心魄的篇章。

解决温饱，实现千年梦想所谓温饱，就是穿暖吃饱，这是人类生存最基本的要求。然而，就是这最基本的要求，在几千年的封建社会和殖民地半殖民地的旧中国，也没有实现的可能。翻开中华民族的历史，广大劳动人民为生存而起义、为温饱而抗争的激烈行动，成为推动历史前进的巨大动力。

历史的车轮驶进 20 世纪。山河依旧，国破依旧。正如江泽民总书记所说："在旧中国，由于几千年封建制度的桎梏，由于近代 100 多年三座大山的压迫，广大劳动人民长期过着食不果腹、衣不蔽体的贫苦生活，遇到大的自然灾害，更是生灵涂炭、饿殍遍野。吃饱穿暖，成为他们千百年来梦寐以求的愿望。"

翻开本世纪上半叶的世纪图志，一幅幅凄惨的情景历历在目：

1921 年春天，北方持续干旱，饥荒严重，农民无粮充饥，树皮被剥光吃净。逃荒者四处奔走，饿死在路旁、村头的饥民随处可见。

1925 年，四川大旱成灾，全川饿死和病死的人达 50 万。而此次灾象，并非尽由天灾，多半出自人祸。军阀混战，抢夺民食，才是根本原因。

历史选择了中国共产党，人民选择了中国共产党。中国共产党的诞生是 20 世纪最重大的事件之一，它改变了历史前进的方向。作为最广大人民利益的代表者，共产党率领人民军队浴血奋战，终于推翻了三座大山，建立了人民当家作主的社会主义新中国。

中国共产党的诞生和社会主义制度的建立，为中国人民从根本上摆脱贫困提供了政治和制度上的保障。中华人民共和国成立后，我们进行了社会主义改造运动，完成了从新民主主义向社会主义的过渡，建立了以生产资料公有制和按劳分配为主体的经济制度，人民摆脱了被压迫被剥削的境地，走上了自觉建设新生活的道路。

政治上彻底翻身的人民大众渴望早日过上幸福安康的新生活。经过 50 年的探索、奋进，特别是改革开放以来，在广大的农村实行了家庭承包经营这一适应生产力发展的经济制度，极大地调动了农民发展生产的积极性，在短短的 10 年里，我国农村发生了翻天覆地的变化，广大农民基本摆脱了贫困，初步解决了温饱问题。

到 1990 年底，11 亿人口已有 97％的人生活在温饱线以上，30％以上的人在温饱的基础上达到了比较宽裕的生活水平，其中，沿海发达地区和京津沪等大城市居民，已经率先实现了小康。

千年梦想终于变成现实，百年奋争实现了历史性跨越。全面实现小康，建设小康社会，一个新的目标又在激励和鼓舞着我们继续奋斗。

建设小康，成就百年伟业

自从改革开放的总设计师邓小平同志为我们描绘了本世纪末实现小康的光辉前景，"小康"便成为广大人民日思夜想的奋斗目标。

改革开放以来，邓小平同志从实现中华民族振兴和中国跨世纪发展的高度，设计了中国分"三步走"、基本实现社会主义现代化的宏伟蓝图。

早在 1979 年 12 月，邓小平同志同前来我国访问的外宾会谈时，就提出了著名的"小康之家"的构想，指出，中国到本世纪末的目标是达到小康水平。1982 年，党的十二大把"小康"确定为全党和全国人民到本世纪末的奋斗目标。

1987 年 4 月，邓小平同志全面阐述了我国"三步走"的现代化建设发展战略。1987 年 10 月，党的十三大根据邓小平同志的战略构想，正式确定：我国经济建设的战略部署大体分三步走。第一步，实现国民生产总值比 1980 年翻一番，解决人民的温饱问题。这个任务已经基本实现。第二步，到本世纪末，使国民生产总值再增长一倍，人民生活达到小康水平。第三步，到下个世纪中叶，人均国民生产总值达到中等发达国家水平，人民生活比较富裕，基本实现现代化。

在邓小平理论的指导下，在以江泽民为核心的党中央的领导下，我国分三步走进行现代化建设的宏伟蓝图正在变成现实。1987年，提前三年实现国民生产总值翻一番的目标。1995年，原定2000年国民生产总值翻两番的任务也提前完成。

国家计委近日发布消息称，按现行汇率折算，到2000年底，我国人均国内生产总值将超过800美元，这是我国实现第二步发展战略目标、人民生活总体上达到小康的重要标志。

国家统计局最近也对我国小康进程进行了总体描述：改革开放以来的21年，中国共产党带领全国人民在小康建设的道路上不断前进，使人民在短短的几年里就跨越了物质匮乏的年代，告别了短缺；80年代人民生活从贫困走过温饱，90年代逐渐迈向小康，生活水平不断提高。截止到1999年底，小康评价指标测算结果显示，中国人民已实现小康初始水平的94.6%，也就是说，我国即将走完温饱阶段的路程，基本上达到小康初始化水平。

从城市到乡村，从东部到西部，小康从古代思想家描绘的理想王国变成了眼前实实在在的生活，这是在党的领导下千千万万人民努力奋斗的结果。90年代以来，为了解决中西部地区8000万贫困人口的温饱问题，使全国人民能够同步进入小康，我们实施了规模宏大的"八七扶贫攻坚计划"，取得了举世瞩目的成绩，也创造了人类历史上的奇迹。

圆梦小康，强国富民，经济发展是基础。20年来，我国经济蓬勃发展，经济增长水平与经济增长质量不断提高，提前5年于1995年实现国民生产总值比1980年翻两番的目标，人均指标已超过小康标准值，是小康各项标准中实现程度最高的一部分。

物质生活水平的提高，是实现小康的关键。现实情况表明，人民生活正实实在在地向小康水平逼近，消费水平不论是数量还是质量都有很大的提高和改善。1999年底物质生活部分已实现小康标准的94.6%，比1990年提高了46.48个百分点，平均每年向前推进5.16个百分点。

精神生活的提高是小康社会的另一种表现，它反映的是人们的精神面貌、思想观念、社会道德以及身心健康等方面的状态。1999 年全国总体衡量精神生活已实现小康标准，是各部分中实现程度最高的部分之一，比 1990 年的 47.2% 提高了 51.9 个百分点，平均每年推进 5.76 个百分点。

我国幅员广大，各地发展水平不尽相同，但是，在历史即将翻过新的一页的时候，在新世纪的曙光即将照临的时候，我们可以自豪地说，我们已整体上基本实现小康，这为我们全面建设小康社会并进而走向富裕，奠定了坚实的基础。

走向富裕，奏响世纪之声

一个新的目标鼓舞着我们。从新世纪开始，我国将进入全面建设小康社会并加快推进现代化的新的发展阶段。在这个阶段，要全面完成第三步发展战略目标，人民生活逐步走向富裕。

1997 年，江泽民总书记在党的十五大报告中，根据邓小平同志的三步走战略，对我国社会主义现代化建设的第三步发展战略作出了新的部署："展望下世纪，我们的目标是，第一个十年实现国民生产总值比 2000 年翻一番，使人民的小康生活更加宽裕，形成比较完善的社会主义市场经济体制；再经过十年的努力，到建党 100 年时，使国民经济更加发展，各项制度更加完善；到下世纪中叶中华人民共和国成立 100 年时，基本实现现代化，建成富强民主文明的社会主义国家。"

第三步战略目标如何实现？江泽民总书记指出了新的三步走的战略，这新的三步走，一步一步走向现代化的宏伟目标，对人民群众来说，更是一步一步走向富裕。

有全面建设小康的基础，有以江泽民为核心的党中央的坚强领导，有社会主义制度作保证，有人民群众的伟大创造和实践，全国人民正满怀信心地向现代化的目标迈进。

沿海发达地区率先富裕起来，他们美好的生活激励着我们。

深圳，这个昔日的小渔村，如今已成为全国最发达的城市。在即将迈进新世纪门槛的时候，深圳市宣布，将用 5 年时间基本实现现代化，并把人民生活富裕作为主要目标，提出城镇居民人均可支配收入达 3.5 万元，恩格尔系数降低到 25%。

广东、浙江等省也纷纷表示，要率先基本实现现代化，使人民早日过上富裕的生活。沿海发达地区先走一步，这既是自身发展基础和条件所决定的，也是全国人民的希望。沿海发达地区先富起来，这既有自身的努力，也有全国人民包括中西部地区的支持。

江泽民总书记在考察广东时指出，很有必要在广大干部群众特别是发展较快地区的干部群众中开展"致富思源、富而思进"的教育活动。致富思源，是总结过去；富而思进，是面向未来。全国人民走向富裕，既是一个目标，也是一个过程。因此，我们既要满怀信心，更要付出艰苦的努力。

我们现在的"富"，还只是小康之"富"，离发达之"富"还有很大距离，因此我们没有理由"小富即满，小富即安"；我们现在的"富"，更只是部分地区之"富"，全国广大地区离富还有很远的距离，因此我们要发展得更快，要前进得更快。

西部地区赶上来，共同富裕不是梦。

为了逐步缩小地区差距，最终实现全国人民的共同富裕，世纪之交，以江泽民同志为核心的党中央适时提出了西部大开发的战略部署，并出台了一系列促进西部发展的政策措施，西部地区的人民深受鼓舞，他们求发展、求致富的信心更足了。

富而思进，东部地区向西进；追求富裕，西部地区向前进。全国人民走向富裕的步调更加一致了，全国人民迈向新世纪的步伐更加有力了。

走向富裕，这是中国人民的世纪之声。

（2000 年 12 月《经济日报》）

给农民增收开辟第四条渠道
——中央党校三农问题研究中心副主任徐祥临访谈录

三条渠道怎么了……

记：近几年，增加农民收入成为上下共同关注的大问题，这一问题提出的背景是什么？

徐：农村改革以来，农民人均纯收入从 1978 年的 133.6 元，增加到 1999 年的 2210 元。农民的增收渠道基本上可以归纳为三条：一是发展商品性农业，商品性农产品大大增加，农产品价格放开并大幅提高；二是兴办乡镇企业，农民从非农产业中获得了大量收入；三是进城务工，农民在农村以外获得了大量收入。

但是近年来，农民增收的幅度明显落后于城镇居民，在一些地方甚至出现了农民纯收入绝对额减少的现象，导致了城乡居民收入差距越拉越大。为了解决这个问题，我们应该首先搞清楚这个问题是怎样产生的。我认为，基本原因是上述三条农民增收渠道中的供求关系，都在发生不利于农民的变化：农产品价格自 20 世纪 90 年代中期以来持续低迷；乡镇企业产品多数都已处于市场饱和状态；进城务工的农民也渐渐饱和，一些地方认为农民工给城市就业和社会治安带来巨大压力。

记：为解决农民增收问题，已经提出了一些政策措施，如调整农业结构，加快农村城镇化进程。

徐：目前，很多人寄予希望的农民增收渠道，主要有农业结构调整和农村的城市化。我认为，这两条渠道确实都有拓宽和加深的必要，但我们也必须看到，这个思路从总体上还没有超出上述三条增收渠道的范围。就农业结构调整而言，由于农产品生产在技术上几乎没有垄断性可言，调整结构的示范效应很容易扩散，在农产品市场上，影响供给方收益的主要因素是供求关系是否有利。在这种情况下，加上农产品需求的价格弹性和收入弹性都很小，面对目前农产品总体上供过于求的局面，依靠调整农业结构，国内市场给农民带来的收益是有限的，而往往是张三增加的市场份额正是李四丢掉的。

再看加速城市化进程，就其实际内容而论，是农村非农产业（乡镇企业）在地域上的集中，或者是外出务工农民回到家乡城镇落户谋生。乡镇企业是加速农村城市化的主体力量，但是，目前供过于求的宏观经济形势制约着乡镇企业的发展，现有分散的乡镇企业集中到一起，还需要一笔回收期很长的基本建设投资，这些基本因素，造成了一些地方要么城市化进程缓慢，要么有城无市，真正有效果的还是那些乡镇企业发展势头较好的农村。因此，从中短期来看，农村城市化对于农民增加收入的效果不能估计过高。二者之间存在互为因果的关系，就目前而言，农村城市化在更大程度上表现为农民增收的结果，而不是原因。

第四渠道是什么……

记：那么，大幅度增加农民收入的出路在哪里呢？

徐：还是要从分析农民增收的基本因素入手，寻找新的增收渠道。如上所述，改革开放以来，农民增收的基本因素是多创造财富和创造财富过程的货币化。因此，在逻辑上寻找农民新的增收渠道，就具体化为分析有没有农民创造了财富，却没有货币化的问题。显然，这个问题是存在的。那就是广义（包括一些可以由农户经营但又存在很强的外部经济，如平整土地、植树等）的农村公共产品的供给领域。不论是对于面貌亟待改变的广大农村来说，还是对于中国的整体发展而言，这都是个巨大的财富创造领域。但是，在这个领域，我们基本上还看不到或者很少看到货币经济，更多看到的却是农民出义务工的身影，而且越是落后的农村就越是如此。

记：您的意思是……？

徐：能否把农村公共产品的供给领域开辟成农民增收的第四条渠道呢？如果我们从理论上认可创造财富（干活儿）是农民增收的绝对前提，那么开辟这条渠道是理所当然的。目前市场机制充分发挥作用的领域基本上处于供过于求的状态，加上农民整体素质相对较低的现实，在农村植树、修路、修渠、平整土地等改变农村的落后面貌，就成了农民最能干的活儿，也是国家最需要他们干的活儿，这是毋庸置疑的。既然如此，农民在国家最需要他们干活儿的领域，干他们最能干的活儿却不能增加收入，此外还能有什么好办法让农民迅速地且合理合法地增加收入呢？

记：这同增加农民收入到底有什么直接联系呢？

徐：农村公共产品的供给同修建高速公路以及车站码头是不一样的，它的投入无法通过市场机制得到回报。这是从古到今农民都不能在这个领域直接获得报酬的基本原因。那么，今天我们又如何让农民在这个领域直接获得劳动报酬呢？换言之，由谁来支付在这个领域里创造了财富的农民们应得的报酬呢？在我国现有的经济理论和法律法规中似乎还没有一个明确的答案，实践的答案是主要靠农村集体经济，但是实践反复证明，能够在农村公共产品的供给中，为干活的农民支付报酬的集体，经济实力都很强大，而这样的集体在数量上是很少的。多数农村的公共产品供给是靠农村基层组织以行政手段，动员农民出义务工（包括以资代劳）完成的，但如此形成的公共产品不仅数量少而且质量也差。很多农村长期山河依旧，原因就在于此。

主要障碍在哪里？

记：按照您的思路，目前主要障碍是什么呢？

徐：我国不能大规模向农村投资，主要是在认识上还不能把农村发展同城市发展同等看待，把发展城市看成是国家的事，把发展农村看成是农民自己的事。目前城乡二元结构问题解决不了，首先是由于认识上的二元结构没有解决。

记：如何解决国家向农村的大规模投资来源呢？

徐：在解决这样一个具体的宏观调控手段问题时，关键是要正确处理运用财力与运用综合国力的关系。财力的运用必须有利于增强综合国力，综合国力要不断转化出更多的财力，二者之间应形成良性循环。国家向农村基础设施建设投资，主要是靠综合国力，财力不过是起个引导作用，要通过政策金融等手段把资金引导到农村。

比如，政府有500亿元财政支出，运用这笔钱作为向农村投资的贷款贴息，以年利5%计算，可以带动出1万亿元的资金投向农村，对农村改变落后面貌起到的作用是不言而喻的。如果其中的40%转化成农民的劳务收入，就会有1亿的农村劳力一年增加4000元的货币收入；不仅农村和农民从这1万亿元的农村投资中获益，城里人（泛指靠非农产业谋生的居民）从中所获利益比农村人还要大，所产生的投资乘数效应至少达到3万亿元，其中的大部分要通过非农产业来实现，城里人会因此而增加大量就业位置和投资机会，工资收入和投资收益要比从政府拿到的生活补贴多得多。政府也会在社会财富总量的增长中，获得比500亿元贴息多得多的财政收入。这样就解决了城里下岗职工在家闲着挣钱、农民在农村干活儿不挣钱的严重分配不公问题。

开辟农民增收的第四条渠道，由于农民收入大幅度增加，农村的购买力将随之大幅度提高，有助于改善现有农民增收三条渠道的供求关系，产生农民增收的乘数效应。在农民增收的基础上，非农产业的需求必将迅速扩大，从而为加速我国的城市化进程奠定坚实的基础；城乡就业位置多了，肯干活儿就能挣钱成为老百姓的共识，社会问题就容易解决了。所以解决农业、农村、农民问题，功夫还要下在"三农"内。

（2001年2月《经济日报》）

大幅度增加农村货币供应量

——就给农民增收开辟第四条渠道再访中央党校三农问题研究中心副主任徐祥临

农村货币供应量严重不足

记：2001年2月21日，本报发表了《给农民增收开辟第四条渠道》的访谈录后，引起了比较大的反响。"两会"期间，有位政协委员还就此思路写了关于农民增收问题的提案。您能否用一两句话把开辟农民增收第四条渠道的基本思路再概括一下？

徐：农民干活儿，干他们最能干的活儿，干国家最需要他们干的活儿，政府要让他们能够挣到钱。这不仅适用于农民第四条增收渠道，也就是让农民在农村基础设施建设中挣到钱，在广义上也适用于增加农产品、办乡镇企业、进城务工这三条已有的增收渠道。农民是最基本的劳动群众，他们不怕干活儿，苦点累点都能承受，但他们最怕干活儿挣不到钱。

记：上次访谈中我问您，如何解决国家向农村大规模投资的来源。您的回答是把这个问题当做一个具体的宏观调控手段来看待，在正确处理运用财力与运用综合国力的关系中解决资金投入来源问题。您还提出一个设想：政府拿出500亿元财政支出，作为向农村投资的贷款贴息，以年利5％计算，可以带动出1万亿元的资金投向农村。对于这个思路读者们很感兴趣，如果真的一年能向农村投入1万亿元，那就有点发展农村经济大手笔的味道了。现在不要说1万亿元，就是几百亿元也感到困难。

徐：也有从事政策研究的同志当面向我提出这个问题，甚至还有一位中央党校的学员对我说：农民干活儿，政府给钱，这当然好，可是行得通吗？这么简单的思路，这么多年别人怎么就没有想到呢？言外之意是说我的想法不符合实际。读者们提出这样的问题是理所当然的，近两个月来，我也一直在思考如何把这个思路说得更透彻。这里，我想借贵报一角提出关于宏观经济的一个重要判断，那就是：我国农村货币供应量长期严重不足。这是制约农村经济发展，特别是制约农民增加收入的基本瓶颈因素，也是近些年我国宏观经济运行中出现货币紧缩现象的基本原因。如果这个判断能够成立，那么，我们谈论政府向农村大规模投资问题就有了基本的前提，上述思路的可行性也就不言自明了：农村缺少货币，就应该向农村投放货币。

大家都知道，货币有两个基本的职能，一个是价值尺度，也就是用货币来度量商品价值的大小和个人与团体为社会贡献价值的多少；另一个是流通手段，也就是货币在流通中把各种资源配置起来。显然，没有货币，货币的职能就无从谈起。在农村基础设施建设即农村公共产品的供给领域，目前绝大多数农村还是采取组织农民出义务工的方式进行的，也就是农民为社会做出了贡献，却没有货币来表现贡献的多少。所以，如果单纯从农村公共产品供给这个重要的经济建设领域来看，基本上可以说就没有货币供应，也就是说比货币供应量不足还要严重。我们说农村货币供应量严重短缺是就农村总体而言的。从"国家银行现金支出"这个能够反映货币流向的宏观经济指标来看，1997 年，国家银行向各个领域的现金支出近 14 万亿元，其中流向农村的 1.2 万亿元，不到 10%。而当年农民在农林牧渔业中创造的 GDP 就占到全国总量的 18% 以上，这还不包括比农林牧渔业份额更大的乡镇企业。这就是说，农村经济占全国经济的比重同通过国家银行流向农村的货币数量相比极不相称。

实际上，这个问题由来已久。计划经济时期，本来值五角钱的农产品，政府规定的统购价格只有两角钱。从货币理论的角度看，这也可以看成是由于货币供应量不足造成的。在宏观经济理论中，货币紧缩必然造成失业率上升。根据这个理论，我们也可以从失业率的高低来判断货币供应量是否适当。农村的基础设施建设急需要搞，农民也完全能干，他们却不去干，这不能用"懒惰"和"愚昧"两个词来简单地下定论，而应看成是货币严重短缺造成的严重失业。试想：如果栽树修路就能让农民致富，还能有几个农民愿意在家闲着晒太阳呢？反过来，栽树修路虽然对社会有利，却不能挣到钱，我们又有什么理由要求农民去干呢？

增加货币供应量宜小步快行

记：由此看来，农村货币供应量严重不足的论断应该能够成立。把农村经济发展和农民收入问题同货币供应量联系起来思考，又是一个新的思路。那么，在宏观调控中如何把握对农村的货币供应量呢？

徐：货币在质上都是相同的。在研究宏观经济问题时有决定意义的是货币的量。所以，正确地把握农村的货币供应量，对于开辟农民增收第四条渠道是至关重要的。从理论上说，农村的货币供应量应该由需要和可能来决定。从需要来看，城乡居民收入差距那么大，为了缩小这个差距，农村需要多少货币就供应多少货币。目前，城乡居民年人均收入差距在 4000 元左右，9 亿农民要赶上城市居民现在的收入水平，还需要增加 3.6 万亿元的货币收入，为了实现这个目标，扣除农村自身增加货币供应量以后的收入乘数效应，恐怕也不能少于 1 万亿元。从可能来看，就涉及综合国力的充分动员问题，目前城市有多少农村需要的商品和生产能力在闲置？把这些闲置的城市资源动员出来需要多少货币？这是可以测算的。据一些资料反映，目前城市至少有 3 万亿元的商品在闲置，剩余生产能力更大，要把这些闲置的资源配置到农村，没有 1 万亿元的货币供应量恐怕也是不够的。

记：您反复强调这个 1 万亿元，这些钱到底应该怎样投放呢？

徐：农村基础设施建设需要大幅度增加。但是，犹如人参能够强身健体却不能一次吃太多一样，大幅度增加对农村的货币供应量，在具体的宏观经济运行中采取"小步快行"的谨慎积极态度可能更好。所谓"小步"，就是不要一下子向农村增加太多货币供应量，比如，在总量上可以是明年增加 3000 亿元，后年增加到 5000 亿元，大后年再增加到 8000 亿元；所谓"快行"，就是广大农村要栽树种草、筑路修渠、盖房建棚、水电通讯等方面一齐上，加快改变农村落后面貌的步伐。在总量的把握上，我认为可以把农民人均纯收入的增长幅度超过城市居民的可支配收入增长幅度作为基本的参照系。有了这个参照系，不仅可以解决农村问题，更有助于把我国目前的基尼系数从危险的边缘拉回到安全区域。

不是资金回收，而是资金循环

记：增加农村的货币供应量主要有财政和金融两个基本的渠道，不论是哪条渠道，都有一个资金回收问题。上次访谈后，一些读者也提出了这个问题。

徐：这确实是个非常重要的问题。为了搞清楚这个问题，我认为最好不用"资金回收"这个词，而采用"资金循环"这个词。这不是有意咬文嚼字，而是涉及思路问题。向农村增加货币供应量的是政府，不是企业老板。老板必须讲究资金回收，但政府不可以像老板那样思考问题。政府作为宏观调控主体，要考虑的是资金如何在全社会范围内的循环。政府向农村增加货币供应量，只是把纸制的钞票送到农村，并不是什么实实在在可吃可用的财富，那些实实在在的财富（树、路、渠等）要靠农民在辛勤的劳动中创造出来，农民不仅自己干活儿，还拿着这些钞票诱发非农产业创造为己所用的生产资料和生活资料以及各种服务。所以，政府是把一捆理论上没有价值的价值符号送到农村，引发城乡多轮创造财富的冲动。面对由广大劳动群众创造出来的财富，掌握价值符号的政府不应该谈什么资金回收问题，政府应该思考和解决的问题是：如何在包括政府在内的社会成员之间分配这些财富，以便今后创造出更多的财富。我们主张向农村基础设施建设增加货币供应量，目的之一就是要解决这样一类问题：农民在山上辛辛苦苦为社会栽一棵树没有收入，市民在屋里轻轻松松为别人剃个头有收入，这也属于财富分配不公。至于在开辟农民增收第四条渠道中哪些项目应该采取贷款的方式，贷款利息如何确定和偿还，哪些项目应该由政府无偿拨款，相关的财政专家和金融专家应当比我说得更清楚。近几年中央政府无偿投入 500 亿元用于农村电网改造效果很好。有些项目采用给农民长期贷款的方式，将来还款也不会困难。

（2001 年 5 月《经济日报》）

农村土地承包关系不能动摇

——国务院发展研究中心副主任陈锡文答问录（上）

记：为什么要强调稳定农村的土地承包制度？

陈：我国进行经济体制改革以后，农村废除了人民公社体制，实行了"以家庭承包经营为基础、统分结合的双层经营体制"。1999 年 3 月修订的《中华人民共和国宪法》规定，"以家庭承包经营为基础、统分结合的双层经营体制"是我国农村集体经济组织的基本经营体制。这个经营体制与人民公社体制的根本区别，就在于废除了统一经营、统一核算、统一分配这种高度集中而又是平均主义"大锅饭"的体制，由农户对集体土地实行家庭承包经营，使农户成为独立的经营主体；集体经济组织则主要是为农户的经营提供服务，组织办好那些一家一户办不了、办不好、办起来不经济的事情。因此，可以说土地承包制度是我国现行农村基本经营体制的基石，要稳定农村的基本经营体制，首先必须稳定农村的土地承包制度。同样的道理，动摇了土地承包制度，也就必然会动摇农村的基本经营体制。

记：土地承包"30 年不变"，是指制度不变还是农户的承包地不变？

陈：当然是指农户的承包地不变，因为中央早就明确，集体土地实行家庭承包经营的制度是长期不变的。在这个制度下，20 世纪 80 年代中央规定农户承包土地的期限为 15 年；1993 年又规定，在 15 年承包期满后，再延长 30 年。这里的年限，指的都是农户承包土地的具体期限。之所以规定这样的期限，目的是要避免在承包期限内随意调整农户的承包地。对此，1999 年 1 月 1 日开始实行的新的《土地管理法》有非常明确的规定：农户承包土地的期限为 30 年。因此，把"30 年不变"理解为是实行土地承包制度的期限，而在 30 年内不断地调整农户的承包地，不仅是对党的农村政策的误解，也违反了我国的有关法律。

记：长期稳定农村的土地承包关系到底有什么重大意义？

陈：长期稳定农村土地的承包关系，实际上是由土地在我国现阶段的功能所决定的。

第一，从土地作为生产要素的功能看，它要求土地的承包关系长期稳定。土地这个生产要素，与其他的许多生产要素相比具有很多特殊性。例如，土地是不可移动的，这一点与劳动力、资金等生产要素就很不相同。一个地方的投资环境不好，投资者可以将资金投到别的地方去。但要想提高一块土地的产出率，就不可能把它移到自然条件好的地方去，而只能想办法改善这块土地的生产条件，如打机井、修渠道、建梯田、改良土壤等。这就要对土地进行投资。这样的投资，不仅量大而且回收期长。显然，土地的承包期短了，农民就不会愿意对土地进行长期投资，农业的生产条件也就不可能得到改善。我国是一个人多地少的国家，这个基本国情是不可能改变的。必须不断地改善我国农业的生产条件，才能逐步提高土地产出率，以满足人口增加、经济发展和人民生活水平提高的需要；必须合理使用土地，使有限的土地真正能够永续利用，才能为子孙后代留下生存和发展的财富。

第二，从土地作为农民基本生活保障的功能看，土地的承包期也必须足够长、承包期内的承包关系也必须足够稳定。因为大多数地区的农民目前除了土地之外还没有别的稳定的生活保障手段，因此保证农民有一份稳定的承包地，对于保障农民的基本生活、保持农村社会的稳定就具有极为重要的现实意义。

目前确实有大量的农民离开了家乡在外流动就业。但应该看到他们的就业还是不稳定的，真正能够在城镇定居下来、不再回乡的毕竟还是极少数。多数在外流动就业的农民是在城乡之间双向流动的：外面有就业机会就在外就业，外面找不到就业机会就回乡，那是因为家里有块承包地，回乡后就不至于没饭吃。如果家里的承包地没有了，在外打工又找不到就业机会，那外出的农民就只能变成"流民"或城市贫民。不少发展中国家的大城市周围之所以会有大片的贫民窟，就是因为农民破了产，在城里找不到就业机会，在农村又失去了土地，没有了退路，于是只能陷入贫民窟。显然，无论是"流民"还是城市贫民，都将是社会不稳定的因素。因此，在没有别的手段可以替代土地作为农民的生活保障之前，农户的承包地就必须长期保持稳定。

记：承包期内的土地可以做调整吗？调整中应注意什么原则？

陈：中央一再强调要稳定土地的承包关系，指的就是在承包期内原则上对土地不能做调整。1984年中共中央1号文件规定，土地承包期一般应在15年以上。在延长承包期之前，群众有调整土地要求的，可以本着"大稳定，小调整"的原则，经充分协商，由集体统一调整。1993年11月，中共中央、国务院发出《关于当前农业和农村经济发展的若干政策措施》，规定在第一轮15年的承包到期后，土地的承包期再延长30年，并明确要求在承包期内提倡"增人不增地，减人不减地"的办法。1997年8月，中共中央办公厅、国务院办公厅发出《关于进一步稳定和完善农村土地承包关系的通知》，指出土地承包"大稳定，小调整"的前提是稳定。在承包地基本稳定的前提下，对农村人口变化后人地关系过于悬殊的可以通过"大稳定，小调整"的办法解决。

但必须注意以下原则：一是允许"小调整"，绝不是用行政命令的办法规定全村（或全组）范围内每几年重新调整一次承包地；二是"小调整"只限于人地矛盾突出的个别农户，不能对所有农户进行普遍调整；三是不能利用"小调整"提高承包费，增加农民负担。同时还规定，对个别人地矛盾突出的农户进行承包地的"小调整"，必须召开村民大会，经三分之二以上村民同意，报乡（镇）政府批准、县（市）政府主管部门备案后，才能进行调整。

村、组内的人口变动是经常发生的。如果人口有了变动就要调整土地，那么土地承包期"30年不变"就成了一句空话。新增人口没有承包地，他的生活保障怎么办？这就涉及一个更深层次的问题，就是家庭对其自身成员应承担的保障功能问题。如果家里人口增加了就要求调地，实际上等于把家庭对自身成员应该承担的保障责任推给了全村去解决。这个道理要讲清楚：集体提供给农民的承包地确实是生活保障，但保的是什么？保的是不能有人饿肚子，保证人人有饭吃，而不是保证你不比别人收入低。如果某一个家庭由于人口增加，到了种的粮不够吃、要饿肚子程度，出现这种情况确实应该作为特殊问题来对待，要适当进行"小调整"。但如果不是这样，仅仅是人口增加了，承包地上种的粮自我消费的部分增加了，能出售的部分减少了，家庭的收入也相应减少了，这样的情况显然不属于社会提供保障的范围。

所以观念一定要转变。家庭应该对自己的成员提供生活的基本保障，只有在家庭确实没有能力、对自己的成员提供不了基本保障时，才可以考虑由社会来提供保障。如果不断采取平均主义的做法来调整土地，一是不可能形成稳定的土地承包关系，导致农户不愿意对土地进行长期投资；二是实际上在鼓励家庭对自己的新增成员不提供保障，而是把家庭人口增加后的负担转给社会；三是不仅不可能逐步实现规模经营，甚至连现有的经营规模也保不住。因此，村里在开始土地承包时，确实应当对农户给出土地承包的"起点公平"，但在以后的发展中，各家庭之间人地关系的变化、收入和负担的变化都是必然的，这不可能靠行政手段来解决，而要靠土地使用权的流转、开发新的农业资源、通过工业化和城镇化带动劳动力就业的转移等市场的手段才能解决。不断调整土地，只会不断分割现有的土地经营规模，使农地经营更加细碎化，更没有效率，因此是不可能真正有出路的。

（2001 年 8 月《经济日报》）

发育并规范土地使用权流转机制

——国务院发展研究中心副主任陈锡文答问录（下）

记：土地承包期"30年不变"是否会妨碍土地使用权的流转？

陈：这样提出问题实际上是对党的土地承包政策缺乏全面的了解。1984年中央1号文件提出土地承包期一般应在15年以上时，就已经提出鼓励土地逐步向种田能手集中的问题。当时规定："社员在承包期内因无力耕种或转营他业而要求不包或少包土地的，可以将土地交给集体统一安排，也可经集体同意，由社员自找对象协商转包。对农民向土地的投资应给予合理补偿。"1993年11月中共中央、国务院发出的《关于当前农业和农村经济发展的若干政策措施》中，对土地承包的政策实际上至少包括五方面：（1）在原定的耕地承包期到期后，再延长30年；（2）开垦荒地、营造林地、治沙改土等从事开发性生产的，承包期可以更长；（3）为避免承包期内耕地频繁变动，防止耕地经营规模不断被细分，提倡在承包期内实行"增人不增地，减人不减地"的办法；（4）在坚持土地集体所有和不改变土地用途的前提下，经发包方同意，允许土地使用权依法有偿转让；（5）少数二、三产业发达，大部分劳动力转向非农产业并有稳定收入的地方，可以从实际出发，尊重农民的意愿，对承包地作必要的调整，实行适度的规模经营。因此，中央关于农村土地承包的政策，实际上是一个完整的体系，说"30年不变"的承包政策妨碍了土地使用权的流转，显然是没有根据的。

党的土地承包政策始终是允许土地使用权流转的，关键是流转必须建立在农民自愿的基础之上，必须依法、有偿进行。如果30年的土地承包期确实是稳定的，农户就完全可以根据自己家庭的实际情况来决定是转出还是转入土地的使用权，土地使用权的流转市场就可以逐步、自然地发育起来；但如果在土地承包期内不断调整土地的承包关系，农户还来不及自己决定是否转让土地使用权，而承包权已经被做了调整，那么就只有土地的行政性调整而不可能形成土地使用权的流转市场。所以，不是30年不变的承包期妨碍了土地使用权的流转，而恰恰是不断发生的对土地承包权的行政性调整妨碍了土地使用权流转市场的发育。

记：当前土地使用权的流转主要有些什么形式？在土地使用权流转中，应特别注意什么？

陈：土地使用权流转的形式是多种多样的，关键是要从当地的实际出发。从各地的情况看，当前的主要形式有三种。

一是农户之间自我协商转让土地的使用权。这种形式是最普遍的。它一般都比较好地体现了农户自己的意愿。但这种转让的合约往往不够规范，如没有正式的合同，没有明确规定转入、转出双方的权利和义务，以及没有规定违约后的责任追究等，因此这种流转的范围有限，往往是在亲朋好友之间进行，而一旦发生纠纷也往往难以找到合理的调解途径。

二是土地的股份合作制，也有人将其称作"股田制"。这主要发生在经济比较发达、农业劳动力已经大量转向非农产业的地方。一般是将每户的承包地折成一定的股份，而土地则由村里统一经营，所得再按每户的股份进行分红。实行这种办法一般至少需要两个条件，第一是村里的劳动力绝大部分已不依赖于土地就业，第二是村里的土地利用多样化，相当部分的土地被用于发展非农产业和养殖业、园艺业等。显然，真正具备这些条件的地方目前还只是极少数。

三是土地使用权的"反租倒包"。所谓"反租倒包"，就是村里向农户付一定租金，将农户承包地的使用权收归集体，集体再将其租赁给外来的公司、大户，或是在进行一定投资后再将其"倒包"给本村的部分农户。实行"反租倒包"，关键要看两方面：第一，农户是否真正自愿？第二，目的到底是什么？是为农民的增收，还是为村里增加对土地的收费？如果农民确实是自愿的，而实行土地使用权的"反租倒包"后，农民确实是增收的，村里收取一定的中介性的手续费当然也未尝不可。但如果用各种手段强制农民"反租"土地使用权、在农户同意"反租"后实际上取消了农户的承包权，或是主要目的就是为了增加村里对土地的收费，那就违背了土地承包政策，侵犯了农民在土地上的基本权益。

必须强调的是，无论是哪种土地使用权的流转方式，最根本的就是必须从实际出发，尊重农民的意愿，保障农民的基本权益。

记：您怎么看待有些地方出现的土地撂荒现象？这是否说明不少农民已不愿意种地，土地使用权大规模流转和集中的条件已经成熟？

陈：我认为这主要存在三方面原因。第一是农产品市场供求关系的变化。一个时期以来，不少农产品出现了供过于求、价格下跌的现象，农民一时找不到市场适销的产品，与其种地赔钱，倒不如暂时休耕。这种现象在市场经济条件下是正常的，一旦市场供求关系出现新的变化后，撂荒的土地必然会重新耕种。实际上，城里工厂的流水线也不总是满负荷生产的，出现产品供过于求时闲置部分生产能力的现象是很正常的。第二是有些地方土地上的税费负担过重，农民觉得种地不划算，因此自己不愿种，也转让不出去。第三是土地使用权的流转机制不健全，想转出土地使用权的农民不知转给谁，想转入土地使用权的农民也不知向谁去转，结果就出现了土地的撂荒。出现土地撂荒现象的原因是复杂的，我觉得不能依据一些地方出现少部分土地撂荒的现象，就认为农民不要土地、大规模流转和集中土地使用权的条件已经成熟。

要看到，目前真正可以不依赖于土地就业和生存的农民毕竟还是极少数，对土地撂荒现象，主要应当从农产品供求的周期性变化去找原因，也应当从减轻农民负担、建立健全土地使用权流转机制等方面去努力做好工作。应当看到，农产品供求波动是经济运行中的短期矛盾，而土地制度则是社会经济的基本制度，为解决短期矛盾而动摇基本制度往往是得不偿失的。

记：在农业产业化经营中，一些工商企业纷纷进入农业，并获得了政策支持，您如何看待这种现象？

陈：农业的家庭经营，不仅是一种经营方式，也是农民的生活方式。因此世界各国对于公司、企业进入农业都采取极为谨慎的态度，一般都只允许公司、企业在农业的产前、产后领域从事经营活动，而对公司、企业进入农业的直接生产领域，则都有严格的限制。因为大公司、大企业进入农业的直接生产领域，虽然实现了大规模生产，效率可能提高，但代价不仅是减少了农民的就业机会，而且使自耕农变成了雇农。日本自二战后实行土改一直到1961年，在长达15年的时间中法律不仅严格禁止公司进入直接的农业生产领域，还规定非农业生产者不得拥有农地，规定农户拥有的土地不得超过3公顷，超过的部分必须由政府强制收购等，其目的是不允许在农业人口大批转移就业之前，就出现以大资本排挤小农户和土地兼并的现象。当这方面的法律有所修改时，日本的农业人口已从1946年的占50%降到了1961年的只占27%。即便如此，日本的法律至今仍对公司进入农业直接生产领域有着一系列严格的附加条件。而在以农场规模大而著称的美国中西部地区的9个州，至今也还定有"禁止非家庭性的公司拥有农地和从事农业生产"的法律。以大资本排挤小农户，追求农业的效率，必须具备相应的社会、经济条件，否则就会造成严重的社会问题。

近年在我国出现的公司、企业进入农业直接生产领域现象，还有两个问题也值得重视，一是公司、企业自身的市场风险问题。生产规模大，市场风险也大，而一旦风险超出了公司、企业的承受能力后，转出土地使用权的农户也必然跟着受损。二是公司、企业进入农业直接生产领域，很少有从事粮食生产的，因此才能有较高的利润。但各类农产品在一定的阶段内其市场总是有限的，而且毕竟不能大家都不种粮，因此，这种经营方式的实际推广价值也是很有限的。为此，对承包地的"反租倒包"和公司、企业进入农业直接生产领域，必须采取极为谨慎的态度。我主张一是要引导公司、企业进入开发式农业的领域，即鼓励它们开发"四荒"、营造林地、治沙改土等，而尽可能不与农户争耕地。二是还是要鼓励公司、企业发展以"公司＋农户"为主的农业产业化经营，为农户提供农业的产前、产后服务。通过公司的带动，提高小规模分散经营农户的组织化程度，使农户降低进入市场的成本和风险。世界各国农业现代化的经验都表明，在农业的发展过程中，需要改变的不是农业家庭经营本身，而是农业家庭经营的外部环境和条件，即为农业的家庭经营提供越来越完善的社会化服务。只要做到这一条，农业的家庭经营就将始终具有旺盛的生命力。

（2001年8月《经济日报》）

把发展县域经济摆上重要日程

由国务院发展研究中心和《经济日报》社联合主办的首届中国县域经济论坛将于 11 月 11 日在浙江举行。这是我国首次举办高层次的有关县域经济的研讨。在此之前，记者就县域经济发展的问题采访了国务院发展研究中心副主任陈锡文。

县域经济就是民生经济

记：请您谈谈什么是县域经济，为什么要重视县域经济？

陈：县域经济的本意是指一个县（市）地域范围内的经济。在一个县（市）的地域内，经济活动的内容极为丰富，既有城镇和乡村的经济，又有农业、工业和服务业经济；既有公有制经济，也有非公有制经济；既有政府的经济（财税），也有老百姓的经济（就业和收入）。可以说，整个国民经济活动的各项指标，在一个县（市）的范围内，基本都可以得到反映。因此，如果超越一个个具体县（市）的地域，也可以把县（市）这一层面的经济，看作就是整个国家的基层经济。所以，研究县域经济可以有两个视角：一是研究在一个县（市）的地域内，如何使得各类经济活动能够得到充分、协调的发展；二是研究如何使得整个国家基层的经济能够更加稳固、繁荣并充满活力。

县域经济的重要性可以从多方面论述，我只谈其中的两点：首先，从经济总量看，整个国家的 GDP 有相当大的比重是由县和县以下的经济活动创造的，如山东和河南的 GDP 中，县域经济所占的部分都在 51% 左右。因此，整个国民经济的总量及其增长速度，在很大程度上将取决于县域经济的发展状况。

其次，经济活动的主体是人，经济活动的目的是为了人，以人为本是经济活动的本质。我国人口的绝大多数居住在县和县以下地域之内。按户籍统计，我国的农业人口有 9.28 亿，在小城镇（县城、县级市市区和县市所辖建制镇）

居住的城镇居民约 1.5 亿人。这样，在全国县域范围内居住的人口总计约为 10.8 亿人，占我国总人口的 85.3%。所以，尽管县域经济在国家财政收入中的比重并不高，但它却决定着我国绝大多数人口的就业和收入状况。正是从这个意义上看，确实也可以把县域经济称作是我国的民生经济。

县域经济的差距主要表现在非国有经济上

记：当前我国县域经济的总体状况如何？

陈：一个最基本的特征，就是县域经济的发展差距极大。由于资源、区位以及历史等方面的原因，我国县域经济的发展极不平衡。发展水平高的，不仅实现了本地劳动力的充分就业，而且吸纳了大量外来的劳动力；当地农村人口的平均收入，已经高于某些省区城镇居民的平均收入；一个县（市）的财政收入，甚至高于个别省区的财政收入。但发展水平低的，不仅老百姓就业机会不充分、收入水平低，而且县、乡政府财政也很困难，有的甚至不能给公职人员按时、足额发放工资。

记：为什么县域经济的发展如此不平衡？

陈：县域经济发展的不平衡，实质就是区域经济发展的不平衡。一般来说，凡是大国，都存在类似的问题，只是程度不同而已。值得重视的是我国现阶段县域经济的发展差距还在继续扩大。

造成这种状况的原因很多，但从各县经济发展的内在因素看，所有制结构方面差异，在很大程度上决定着当前县域经济的发展差距。

从经济的所有制结构看，我国县域经济有一个显著的特征，那就是国有经济的比重低，更少有什么国有大中型企业，即使有这样的企业设在县的地域内，但管理和税收一般也不归县。因此县域经济的发展差距，其实主要就表现在非国有经济的发展程度上。

沿海发达地区和大中城市郊区，一方面由于本身具有的各方面优势，另一方面也由于在改革开放中较快形成了比较符合社会主义市场经济的观念、体制和运行机制，使得非国有、非公有制的经济有了很大的发展。这不仅使当地的老百姓获得了不断拓展的就业空间和收入来源，也使得县乡范围内不断生成新的经济增长点，使县乡财政具有不断增长的财源，从而使得这类地区县域经济的发展已经形成了一个良性循环。

而中西部一些县市恰恰是在有限的原国有经济陷入困境之时，非国有、非公有制经济却又没能得到必要的发展，这就造成了县域经济发展差距的扩大。

非公有制经济发展滞后原因有三

记：造成这些县市非公有制经济发展滞后的主要原因是什么？

陈：我认为主要有三方面因素：一是资源、环境、区位等方面的客观因素，也就是投资的硬条件问题；二是发展经济的观念、体制和运行机制等主观因素，也就是投资的软条件问题；三是当前国民经济的体制问题，也就是资源配置的基础问题。

第一个因素决定县域经济的发展总会有差距，并且不可能在短时期内就缩小乃至消除这种差距。第二个因素说明，思想再解放一点，改革开放的步子再大一点，是有可能在一定程度上弥补前一个方面的不利因素的。第三个因素表明，除了县市自身的努力之外，宏观经济方面为县域经济的发展创造必要的环境和条件也是必不可少的。

目前我国的经济体制正处于转轨时期，市场配置资源的基础性作用还没能真正发挥，而政府依据发展政策的需要对要素流动和组合的引导也还力不从心。因此，当前人们能看到的客观现象，就是资金的流动正明显地向两个方向集中：一是流向沿海发达地区，二是流向大中城市、大中型企业和大中型建设项目。与此同时，中西部地区的小城镇、非国有和非公有制的小企业却明显地受到了冷落。缺乏必要的资金支持，是当前不少地方县和县以下民营中小企业发展困难的一个很突出的原因。

记：发展小城镇和中小企业是不是也与此有关？

陈：有些同志说，在目前的市场供求条件下，发展小城镇、小企业到底能干什么？这确是个很现实的问题。但我想从另一个角度问一个相关的问题：在居住着10亿以上人口的县（市）地域内，不发展小城镇、小企业，老百姓的就业、收入怎么办？

因此，我认为中国作为一个大国，在经济发展的过程中，必须处理好一个重大关系：一方面，没有高技术、大都市和大企业的发展，就不可能有国际竞争力；另一方面，没有充满活力的县域经济和非公有制的中小企业，就不可能解决好大多数人口的就业和收入问题。这两者必须统筹兼顾，这是多数地方的县域经济获得正常发展的必要前提。

解决农民负担问题的重要保证

记：县域经济不发展带来的最严重后果是什么？

陈：最直接、最严重的后果，就是导致农民的负担沉重。减轻农民负担的工作，从中央到地方至少已经做了十多年，但应当说效果并不尽人意。

农民负担重的原因很多，但说到底，最根本的原因还是当地的经济不发达。因为对整个农村而言，只有在减轻农民负担的同时，还能保持教育和卫生等社会公共事业的发展、保持基层政府和组织的正常运行，这才能形成良性循环。否则，即使一时能够减轻农民的负担，但迟早也还是会反弹。而要实现这三位一体的目标，关键就在于乡镇政府的公共开支应当列入财政预算。

因此，从根本上减轻农民的负担，就必须有整个县域经济的发展，有县乡财政实力的增强，有的地方也需要上级财政转移支付的增加。从一些地方县域经济的实际状况看，就是因为原先的地方国有企业、街道集体企业大多已难以生存，而非公有制经济又没能及时发展起来，因此县、乡地域内缺乏新的经济增长点，县乡财政没有新的财源，于是就只能靠加重农民的负担来弥补县乡公共开支的不足。因此，不发展县域经济，农民的负担就难以减轻，农业和农村经济就难以稳定发展，我国大多数人口也难以进入现代化。

（2001 年 10 月《经济日报》）

从兴商造市到化市为城

——从绍兴县的实践看浙江省农村城市化之路

进入新的世纪，城市化浪潮扑面而来。然而，"城市化"之路究竟应该怎么走？各地却有着不同的理解和实践。在过去相当长一个时期，浙江经济虽然调整了产业结构、产品结构，但长期形成的城乡二元经济结构矛盾依然未能解决，致使经济社会发展受到很大制约。

解决矛盾的根本出路在于加快推进城市化。去年，浙江省委、省政府果断决策：把加快城市化建设列为跨世纪发展的战略任务。

地处浙江东北部的绍兴县，作为全省城市化发展的优先区域，在省委、省政府"破题"之后，率先"作文"，走出了一条颇具特色的城市化之路，引起经济理论界的关注。

从"兴商造市"到"化市为城"

绍兴是著名的水乡、酒乡、名士之乡，历史悠久，文化发达，是国务院首批颁布的 24 个历史文化名城之一。但 1984 年以来的体制一直是：市县分设，有县无城。

20 世纪 90 年代以来，浙江各地的专业市场已相当活跃，使一些中型城市的经济潜质逐渐显现。"办一个市场，富一方群众，活一地经济"，似乎成了可以"活学活用"的市场律条，无论是周边地区，还是边远省份，都不辞辛苦赶到浙江，学习取经。

于是，"兴商建市"成了浙江一些市场发达县市的"首选目标"。作为中国轻纺城所在地的绍兴县，提出兴商建市自然也是顺理成章。

有人形容从一条窄窄的"布街"起步的中国轻纺城，10 多年后的今天，成为全国乃至亚洲最大的轻纺市场，是"不可想象的奇迹"。中国轻纺城目前已发展成为拥有东、西、北三大交易区，经营商行 6400 余家，日客流量 7 万人次，经营轻纺面料 1 万余种，日成交额 5000 万元。市场年成交各类纺织品 20 亿米，相当于全国化纤布市场营销量的三分之一，去年年成交额超过 188 亿元，再居全国专业市场之首。

仅轻纺城所在的柯桥镇，伴随着市场的发育壮大，人口规模也急剧扩大，常住人口早已达到 10 万，流动人口至少 5 万，一个中等城市已初具规模。而原来单纯经商的生意人，这些年也已逐渐实现了"本地化"，生活需求并不仅仅是为了赚钱。

"矿藏丰富"的柯桥，期待着一次"爆发式成长"。用绍兴县县长徐纪平的话来说更为形象：人已长大了，总不能老穿着一件"小褂子"。

顺应规律、水到渠成的选择必然是：因势利导，化市为城。

新世纪的第一个春天，经国务院批准，绍兴县人民政府驻地正式迁至柯桥，"有县无城"的历史终于由此结束。绍兴市委常委、绍兴县委书记顾秋麟对记者说，如果说，当年的市县分设，有县无城，使我们集中精力，发展农村经济，那么，2000 年的又一次体制调动，翻开了"有县有城"新的历史篇章。

重规划，重建设，更重产业培育

推进城市化，绍兴县提出的目标是：建全国一流强县、建全省一流县城。聚万众之心，举全县之力，众志成城，众志兴城。

具体的建设思路也非常明确：新旧分离，以新促旧。记者最近到柯桥采访，感受到的是强烈的建设氛围。县委常委、副县长章永华透露，县政府迁址柯桥一年，涉及新县城城市建设已动工和落实的项目有 37 个，总投资超过 51 亿元，是过去 10 年柯桥建设资金的二分之一。

建设的前提是规划。顾秋麟书记为此带队到沿海发达城市考察，明确了绍兴县的城市定位：中国纺织中心，江南水乡名城。与此相应的城市建设势必要求高起点规划、高标准建设、高效能管理。在规划上，舍得花时间、花精力、花本钱，迁址一年来，用于城市规划方面的费用就高达 268 万元。

然而，规划的精细，并不意味着一定要把城市建大。顾秋麟认为，城市该大还是该小的制度设计，不如让位于综合发展条件。浙江在推进城市化过程中，肯定要发展一批大城市，但也应该依靠自身的创造优势，注重发展一批人口 20 万左右的中小城市，应尽量减少对规模的制度干预，允许和鼓励新兴城市多样性成长，以此降低城市化的成本。

记者在采访中了解到，绍兴县在推进城市化建设中最难能可贵的特点是，重规划，重建设，更重城市产业的培育。明确提出要改变中低档产品为主和轻纺城销售为主的局面，大张旗鼓地开展开发产品、开拓市场的"双开"活动。同时，设立 6 个特色工业园区，落实 39 个项目，投资 3.6 亿元，形成块状经济的雏形，扭转"村村点火、处处冒烟"的传统布局，构建经济发展的新高地。

相形之下，一些地区搞城市化的热情虽然很高，但眼睛却往往只盯着城市的"明面"，重视的是如何想办法把自己的城市定位"中心城市"，如何把"小城市"升格为"中等城市"或"大城市"，而常常忽视了产业的培育和发展。

绍兴人的精明、务实，或许正在于此。

政府"抓"还是市场"育"

县长徐纪平有一个观点：城市建设实际是"用脚投票"，投资者看商机，市民看生活质量。而在浙江省，则是安居、乐业兼顾。事实上，一个城市的形成，有两个关键因素：首先是生活质量，其次是就业服务。离开了这两条，"城市门槛"降得再低，要想集聚人口仍是白费心思。

绍兴县委、县政府在城市规划建设上统一了一种新理念：在市场经济条件下，城市的规划、建设、管理，是一种产业，必须进入市场，适应市场，在市场中求发展。

至于政府在城市化推进过程中该做什么？绍兴县认为主要是两件事：抓产业规划，造发展氛围。

徐纪平在接受记者采访时，不断提到一个名词：政府合资。突出表现在一些重大基础设施上，完全实行共建、共享、共管。

比如，县政府与市政府共同投资搞污水处理厂、供水工程、高速公路的拓宽改造等等，把一个政府办不了的事，联合在一起办；把重复建设改为共同建设，提高资源的利用率。这实际上是政府之间搞合资，而长期以来，政府之间历来只有纵向的联系。

最令绍兴人自豪的，还数城市建设项目的公开招商，用外面的资金参与城市建设。顾秋麟书记告诉记者，到今年9月，城建招商已不下100亿元，可以说是"历史性的突破"。比如，浙江华宇集团投资3.5亿元兴建全省规模最大的民营医院，由西班牙、奥地利投资5亿元的国家级康居示范小区，由德国投资1.5亿元兴办的大型超市。10月29日，由浙江红绿蓝集团投资创办的"中国轻纺城高级中学"又在鞭炮声中奠基开工。

"迁址一年看变化"。走进今天的绍兴城，人气、商气、市气，灌灌升腾。今年1—9月，在五个乡镇调整划出之后的情况下，国内生产总值达118亿元，增长11.2%，内贸交易量达145亿元，增长14.2%，外贸自营出口6.33亿美元，增长74%，第三产业的比重也相应提高到了28.9%。

（2001年11月《经济日报》）

关心中国农产品出口的读者一定记得，近两年，一些国家对我国部分农产品出口多次点亮红灯。面对国际贸易纠纷，我们突然发现还缺少一个对等谈判的主体，一些人士认为，面对农业入世后的新形势——

市场需要农村合作经济组织

美国柑橘和土豆提出的课题

许多中国的消费者还记得，一年多以前，《中美农业合作协定》刚刚签定，一种名叫新奇士的美国柑橘就疯狂地涌入国门，伴随着诱人的广告，迅速地摆上商场的柜台。价格虽然比国内的高出许多，但仍然受到消费者的青睐。

而前不久，伴随着中国入世的槌声，美国的马铃薯——就是我们俗称的土豆子，也滚到了我们的脚下，美国的马铃薯协会宣布在上海设立中国总部，并同时在北京、成都、广州设立联络处。协会的首席执行官（人家的马铃薯协会也叫首席执行官）明确宣称："我们将致力于在中国推广美国的马铃薯"。

一些人一面担心外国农产品的进入对我国农业的冲击，一面又不得不承认，人家的产品就是品质好，开拓市场的手段高明。一些人则透过新奇士和马铃薯，看到了产品背后的东西——美国农民自己的经济组织——行业协会。

事实上，带领农民东奔西走打天下的，既不是单个的农民个体，也不是美国的各级政府，而是美国农民的行业协会。具体到上面两种产品，就是美国新奇士橙种植者协会和美国马铃薯协会。

关心中国农产品出口的读者一定还记得，近两年，日本、韩国等国家对我国部分农产品出口多次亮红灯。面对国际贸易纠纷，我们突然发现，我们还缺少一个对等谈判的主体，一个简单得不能再简单的问题：谁来出面同人家去打官司？

由此，一些人士呼吁，必须尽快发育农村市场中介组织和农民自己的合作经济组织。

协会与政府是什么关系？行业协会也好，专业合作社也好，真的有那么神？它们都干了些什么？它们在农民走向市场中到底发挥着什么作用呢？还是让我们先看看上面提到的两家美国的行业协会。

新奇士橙种植者协会是由美国6000多户果农和61个包装公司自发联合组建的，对内，他们为果农提供各种技术服务，对外，他们代表果农向全球市场推广产品。协会的代表常年奔赴世界各地，将各地的价格及时反馈给协会，从而制定统一价格，避免恶性竞争。而果农地里的每一棵果树的成熟期，都被输入协会的电脑，从而使产量均匀地分布在各个时期，以防市场波动较大，果贱伤农。

协会的资金来自哪里？马铃薯协会的资金来源是作为会员的马铃薯种植户的赞助，他们每出售100磅马铃薯，要向协会缴纳两美分作为活动基金，这笔钱主要用作市场推广和技术服务。

那么，协会和政府是什么关系呢？美国政府每年将巨额的农业补贴输送给这种民间协会，既巧妙地避开了政府干预市场的不正当竞争的嫌疑，又避免了将补贴交给政府机构运作的无效性。

农民走向市场的需要

今年元月12日，就是我国正式加入世贸组织后不久，北京信则经济发展研究中心与安徽省人民政府联合主办了一次研讨会，主题就是农村市场中介组织的发育和发展。

如果说论坛取得了什么实质性效果的话，那就是在思想认识上取得了共识：农业入世后，迫切需要加快农民合作经济组织的发展。理由如下：

一是农民进入市场的需要。引导和带领农民进入市场，帮助他们减少或化解市场风险；二是在市场竞争中提高谈判地位的需要。在国际农产品贸易纠纷中，要求损害和反倾销调查的，都要由农民自己的组织提出；三是对农业支持和补贴的需要。入世后，政府对农业的直接补贴受到很多限制，发达国家的惯例是，通过支持农民的合作经济组织来实现对农业的补贴。

另外，只有农民的合作经济组织建立起来并真正开始发挥作用，政府的职能才能转变到位。农民没有经济组织，政府就不得不干许多不该干的事，就不得不干许多费力不讨好的事。不但费力不讨好，而且不符合市场经济的要求。

当前，大力发展农民合作经济组织，引导农民走向新的联合与合作，面临着许多障碍，但最大的障碍还是思想观念的障碍。在我国，农民合作不是新词，只是走了很大的弯路。事实上，今天讲的农民合作与以往的"合作化""归大堆"有着本质的不同；另一方面，积极引导农民走向多种形式的联合与合作，也是改革开放以来农村的一项基本政策。特别是90年代以来，在家庭经营的基础上，各地各种类型的农民专业合作发展很快，在为农民提供产前、产中、产后服务，增加农民收入和提高农民组织化程度方面发挥了一定的作用。

根据国内外的发展经验，一些专家提出了我国发展农村合作经济组织的原则：维护农民经营主体和财产主体的利益，不搞"归大堆"；尊重农民的意愿和选择，不搞强迫命令；坚持"民办、民营、民利"，不搞行政干预；坚持以服务为宗旨，不以盈利为目的。

克服发展中的障碍

作为农村家庭承包责任制的发源地，近年来，安徽在发展农民专业合作经济组织方面进行了一些实践和探索。省政府先后确定12个县（市）作为合作经济组织的试点县（市）。到目前，全省共发展各类农民专业合作经济组织2.5万个，其中专业农民协会2751个。

从安徽的实践看，农民专业合作经济组织呈现明显的特征：一是上联市场、下联农户，融产供销于一体；二是具有自主经营、自负盈亏、自我管理、自我发展的能力；三是逐步由第一产业向二、三产业拓展，由单项服务向综合服务拓展。

安徽的同志把农民专业合作经济组织的功能概括为：办农村社区组织难以统起来的事，办经济技术部门难以包起来的事，办农民单家独户难以做起来的事。

安徽农村合作经济组织的发展势头不错，但障碍仍不小。第一就是思想认识上的障碍，许多人仍对合作化运动记忆犹深，谈合色变；第二是法律法规上的障碍，合作经济组织法律地位不明确；第三是内部管理上的障碍。

针对上述一些问题，安徽的同志提出了一些有益的建议，包括确立农村合作经济组织的政策地位和法律地位；明确法人资格、法人登记、主管单位等；制定和落实优惠扶持政策；营造良好的外部发展环境，等等。

安徽和其他一些地方的实践证明，农村合作经济组织具有旺盛的生命力，受到农民的普遍欢迎，如果政策引导好，扶持力度大一些，无疑将会成为农民走向市场、走向富裕、走向现代化的一条坦途。

（2002 年 2 月《经济日报》）

夯实我们的基础

农业是国民经济的基础。特别是在我国加入世界贸易组织的大背景下，人们有更多的理由对农业投以更多的关注。

加入世贸组织，我国农业素质在大开放的环境中将会出现一个新的更大的提高，这是确定无疑的。但在近期，我国农产品的国际竞争力总体较弱，在竞争中还要进一步增强我们的实力。因此，夯实我们的基础，至关重要。

一

任何人都无法否认这样的事实：我国的农业综合生产能力连续迈上几个大台阶，农产品供给实现了由长期短缺到总量平衡、丰年有余的历史性转变。在农业进入新阶段后，面对市场对农业更大的制约，中央决定对农业和农村经济结构进行战略性调整，去年更是明确提出，大力推进农业和农村经济战略性结构调整，把努力增加农民收入作为基本目标。

农业和农村经济结构的战略性调整，是我国农业发展过程中的一次深刻变革，是农业结构、农业科学技术与农村经济管理水平的全面升级，是关系到农业和农村经济长远发展、关系到国民经济全局的重大部署。通过三年的农业和农村经济战略性结构调整，我们的农业竞争力有了很大的提高。农产品品质优化了，品种丰富了，质量提高了，农业生产更适应市场需求了；拓宽了农业的发展空间，促进了农业资源的优化配置，农业的综合效益提高了，等等。在连续发生严重自然灾害、农产品价格持续低迷的情况下，农民人均纯收入也比上年增加4%，出现了恢复性增长，扭转了农民收入增幅连续几年下降的势头。这一切都是我们夯实农业基础的信心所在。

但也要看到，由于国际市场农产品的成本和价格比较低，我国农业经营规模小，土地密集型的大宗农产品生产，如小麦、玉米、大豆、棉花等重要农产品的生产和流通，将会受到较大冲击；同时，一些具有比较优势的劳动密集型产品，如园艺产品和畜禽产品，也亟须提高质量和卫生安全水平，进一步加强市场开拓能力。此外，当前我国农产品正处于供大于求、相对过剩的时期，随着国外农产品大量进入，势必加剧国内农产品的卖难。事实上，大豆进口量直逼甚至超过国内产量，严重冲击了国内大豆产业，已经是一个信号。

随着农业和农村经济发展进入一个新阶段，出现了这样一些新情况、新问题，是不奇怪的，是我国农业和农村经济发展的一个必经的历史过程，但一些重要的信号，例如，在农产品产量增加、市场供需平衡和供大于求的同时，农民收入的增长遇到了新的困难，则需要我们认真对待，千方百计地去解决。

应该看到，自 1997 年以来，农民收入增长乏力，许多地区农民增产不增收或增收减少，来自农业的收入也逐渐少起来，甚至有些粮食主产区的农民收入不增反减。尽管去年农民收入增幅遏制住连续四年的下滑趋势，呈现恢复性增长。从长远看，农民增收还缺乏持续稳定的支撑因素。

特别需要强调的是，虽然如今农产品供给形势比较乐观，但是我国农业靠天吃饭的局面并未从根本上改观，一遇风浪，农产品供给的大好形势就有可能逆转。我国粮食近几年的连续减产，其中一个重要原因就是北方地区连年旱灾造成的。

特别不能忽视的是，在农产品形势有所好转的情况下，一些地区忽视农业的倾向有所抬头，错误地以为农业已经过关了，因而不同程度地忽视"三农"问题。

总的来看，这些问题是在我国农业跃升到一个更高层次后、在国际竞争的大环境中继续前进时所遇到的一些客观与主观上的障碍。搬掉这些障碍，我国农业就能再跃上一个新台阶，农业的基础地位也就更加稳固，也就能为国民经济全局做出更大的贡献。

二

农民是农业和农村经济发展的主体，农民的积极性是农业和农村经济发展的根本动力。当前，解决农业问题首先要从解决农民问题入手。农民最大的问题是什么呢？农民最大问题就是如何增收减负。

农民增收缓慢，看起来是农民的事，其实不然。一个简单的道理就是，与城市家庭不同，农户首先是一个生产单位，只有农民增产又增收，才能调动农民的生产积极性，进而巩固农业的基础地位。农民增收之路尚在探索，入世的冲击又匆匆而至，我们必须采取积极的扎实的措施。

同时，农户又是一个消费单位，而且广大农村又是一个有着9亿人口的大消费市场。在对国际国内经济形势分析的基础上，我们把经济发展的着力点放在了扩大内需上。而扩大内需的一个重点就在农村。只有农民增收，扩大内需开拓农村市场才会落到实处。一定要看到，农村市场目前仍是一个待开启的潜在市场，开启这个市场，重要的是让农民的腰包鼓起来，让他们手里有更多的现钱。实际购买力影响着农民的巨大消费需求，影响着城乡生产和消费，扩大农村消费，才能使城乡经济之间实现良性循环，从而产生巨大的发展潜能。

完全可以讲，农业不仅是农民的农业，也不仅是农村的农业。我们今天谈农业问题，谈农业这个基础，越来越具有宏观的意义，越来越具有全局的意义。

三

怎样稳固农业基础，稳定增加农民收入？中央对此非常重视，并采取了一系列得力措施。根据中央的精神，新阶段要有新的思路，采取综合性措施，从农业内部和外部同时着手，重点解决农民增收问题，同时充分利用入世对我国农业带来的机遇，并采取积极措施应对入世给农业带来的挑战。

首先要真正在思想上、行动上把农业放在经济工作的基础地位，把农民增收作为农村工作的中心，不折不扣地贯彻落实党在农村中的政策，认认真真地帮农民想办法，踏踏实实地为农民做好事。这是夯实农业基础的重要保证。

夯实农业基础，当前要加快推进农业和农村经济结构的战略性调整。在农业进入新阶段和加入世贸组织的背景下，农业基础地位的稳固最终还得靠农业和农村经济结构的战略性调整。当前主要是大力发展具有比较优势和较强竞争力的农产品。在调整农业和农村经济结构时，要着眼于国内国外两个市场，两种资源，按照比较优势的原则，合理配置资源，使农业资源有序地向国际竞争力较高的农产品生产转移。在保证粮食安全的前提下，主动减少粮油糖等我们不占优势的土地密集型农产品的生产，增加优质果、菜、花卉等优势较明显的劳动密集型农产品的生产，加快发展畜牧业及农产品加工业。

夯实农业基础，还要增加对农业和农村经济的投入和支持力度，加快农村基础设施建设，扩大国债和信贷等资金的支农力度。这是符合世贸组织规则的，也是扩大内需的长远举措，其效果将很快显现出来。

近几年，国家安排了大量的国债资金用于农业基础设施建设，长江干堤加固、农村电网改造和城市基础设施建设等项目，现已接近完成。当前应适当调整国债资金的使用方向，加大向农村生产和生活基础设施建设倾斜的力度，从而提高农业的综合生产能力，改善农民的生活条件，而且通过农民的直接参与，增加其劳务收入。同时，也要用足世贸组织关于对农业的"绿箱"支持政策，用好占农业产值 8.5% 的"黄箱"政策。

只有减少农业人口，才能富裕广大农民，这已逐渐成为一个共识。如何将农村中的富余劳动力有效转移出去，是提升我国农产品国际竞争力的难点，也是关系到农业和国民经济发展的一个亮点。实现农村中的富余劳动力有效转移，也是关系到农业和国民经济发展的全局问题。因此，推进城镇化进程，大力发展农村的二、三产业，多渠道增加农民就业和转移农村富余劳动力，将会成为未来一个时期里国民经济发展的一个现实选择。

（2002 年 3 月《经济日报》

周耀庭代表建议
向传统节日要内需

人大代表、江苏红豆集团董事局主席周耀庭是一位农民出身的乡镇企业家。记者本来拟好了几个题目采访他，可是一见面，他却谈起了扩大内需的"大问题"，而且谈的角度很独特：从传统节日中挖掘内需潜力。

周耀庭代表说，朱总理的《政府工作报告》共分 8 个部分，第一部分讲的就是扩大和培育内需，可见内需对当前我国经济增长和发展的巨大作用。周耀庭还特别赞成使用"培育"两个字，他认为，"培育"是"扩大"的基础和前提，增加城乡居民收入固然是"扩大"的根本，但是在现有条件下，多想办法，多寻渠道，多挖潜力，也是"培育"的重要内涵。

周耀庭说，作为一个企业家，不能光考虑企业的利润和职工的收入，还要从经济发展的大局出发，为培育内需想想办法。红豆是一个乡镇企业，也是一个现代企业，更是一个品牌企业、文化企业。他说他一直在考虑，中国的传统文化和扩大内需是一个什么关系，能否从传统文化中挖掘内需潜力。去年上海APEC 会议期间，各国领袖身着唐装赴会，拉动了一股唐装消费热，这给我们很大的启示。

周耀庭说，这几年"洋节"泛滥，一些人特别是年轻人，热衷于过"圣诞节""情人节"，而把中国的一些传统节日都忘了。其实越是民族的东西，就越容易走向世界。中华民族有几十个传统节日，深入挖掘其文化内涵，并与市场经济和扩大内需相结合，是一个很有意义的课题。

周耀庭举例说，"七夕牛郎会织女"，这是在中国流传了几千年的凄美的神话传说。以弘扬民族文化为己任的红豆集团，在去年"七夕"时成功地推出了东方"相思节"，并举办了一系列文化、经济活动，进一步扩大了"红豆"品牌的影响，红豆内衣成了情侣相互表达爱意的信物。

周耀庭进一步说，当前假日消费已成为拉动内需的一支重要力量。据说有关部门正在研究增加节假日的可能性。周耀庭代表建议，从传统节日中选择一两个作为法定节日，并大大宣传和倡导，这样既有利于弘扬民族文化，又有利于扩大内需，一举两得，何乐而不为？

（2002 年 3 月《经济日报》）

5000 万农民关注的大问题

中国大豆，好戏还在后头

"大豆咋的啦？中国大豆还有没有戏？"

记者在黑龙江代表团采访苏在兴、霍云霞代表时，两位农民代表不约而同地发出了上述疑问。

"中国大豆，好戏还在后头！"

记者找到人大代表、全国人大农业与农村委员会委员王连铮时，他坚定不移地告诉记者。

王连铮代表是我国著名的大豆专家，曾任黑龙江省副省长、农业部常务副部长、中国农科院院长等职，因此他的判断，权威性不容置疑。

两会期间，代表委员一致的观点是，加入世贸组织，受冲击最大的是农业，而大豆又首当其冲。可以说大豆问题，是我国农产品全面进入国际市场后命运的一次预演。围绕大豆所展开的风波带给我们许多大豆以外的启示。

大豆不就是一种农产品吗？为什么会引起国内国外、上上下下这么多人的关注？它的重要性到底体现在哪里？

王连铮代表告诉记者，大豆的重要性首先体现在国际贸易上。大豆的国际贸易量（包括油、粕）达 8000 多万吨，仅次于小麦和杂粮。从经济价值来讲，大豆最高。美国大豆产量达 7000 多万吨，出口 3000 多万吨，贸易额达 100 多亿美元。

一方面是主产国高层的关注，一方面又牵涉着广大生产者的利益。王连铮代表说，我国是传统的大豆生产国，全国大豆播种面积 1.2 亿亩左右，直接涉及 5000 万农民。所以市场上大豆价格的涨落，将使 5000 万农民的利益受到影响。

王连铮代表接着指出，1996 年以后，大豆进口量成倍上升，个别年份甚至相当于我国大豆的总产量，致使国内大豆价格下跌，农民增收困难，不再愿意种大豆。

到底是什么原因导致我国大豆进口量猛增？记者请教王连铮代表。

王连铮指出，简单说，原因有四：

一是人家的大豆含油量确实比我们高，一般高出 1.5% 左右；

二是一段时间内，价格略低于国内价格；

三是国内大豆需求量增加。一方面近年来陆续建了一批油脂加工企业，需要大量含油量高的大豆；另一方面随着饲料产量的增加，需要补充 25% 左右的蛋白饲料，因此大量进口豆粕；

四是大豆单产低、效益低，农民不愿意种。

尽管如此，王连铮代表对重振我国大豆雄风仍然充满信心。前不久，他给中央领导同志写了一个报告，提出了振兴大豆计划的具体措施，受到高度重视。中央领导同志指示，恢复和发展我国的大豆生产，关键在于运用科学技术提高大豆的品质、生产效益和国际竞争力。

王连铮代表认为，提高大豆的国际竞争力，点到了大豆问题的根子上。他进一步谈到，提高竞争力，要从根上抓起。根在哪里？根在科研上。要下力气培育优良品种，如果我们的大豆品质提高了，含油量上来了，价格下去了，竞争优势就有了。王连铮高兴地告诉记者，经过努力，我国已培育出一批高品质大豆品种，比如中作 983，其含油量已经超过美国大豆，同时也培育出了一批高产品种。我国大豆平均亩产才 120 公斤左右，而现在培育出的已达 250 公斤—300 公斤。

王连铮代表认为，提高大豆竞争力的第二个对策是，大力推进大豆生产、科研、加工相结合的产业化经营。这也是受到中央领导同志充分肯定的一条。不仅龙头企业与农户要紧密结合，签订合同，利益均沾，而且龙头企业应与科研单位、生产单位和生产者就专用品种转让、生产达成协议，形成科研、生产、加工一条龙的产业链条，促进大豆产业化的发展。

王连铮代表还谈到，对转基因大豆产品进行标识，给消费者以知情权、选择权，是完全必要的，也是符合国际惯例的。

王连铮代表最后还建议，国家应制定扶持大豆产品出口的鼓励政策，建立一个非转基因大豆产品的出口基地，同时研究影响国际市场价格的对策。

黑龙江是我国重要的大豆生产基地，总产量占全国的 40% 左右。大豆振兴看龙江。人大代表、黑龙江省长宋法棠告诉记者，黑龙江已制定实施"大豆振兴计划"方案，要使大豆产业发展成为龙江经济的一大支柱产业，建成全国非转基因优质专用品种大豆生产基地。

宋法棠代表还介绍了黑龙江实现大豆振兴计划的主要措施。一是推广新品种，提高大豆产量和品质；二是实施模式化生产，大力推广大豆高产、优质栽培技术；三是加强科研体系建设，推进科技创新；四是推进绿色、无公害大豆基地建设；五是实施产业化经营，深度开发大豆产品。

宋法棠代表最后说，加入世贸组织虽然给大豆产业带来较大冲击，但也给我们带来了练内功、求发展、提高国际竞争力的机遇。中国的大豆有优势，优势就在非转基因。黑龙江省发展大豆产业，有基础，有条件，更有潜力，一定能为国家的大豆振兴计划作出贡献。

（2002 年 3 月《经济日报》）

营造"洼地效应"

——从南京乡企园区看工业化与城市化同步发展（上）

草坪、马路和现代化的厂房尽收眼底，商贸流通、文教卫生、休闲广场一应俱全。这是什么地方？这就是江苏南京乡镇企业园区。在这里，记者看到的不只是新的乡企景观，更重要的是乡企发展的新的转变。

今天的南京市乡镇企业园区，昔日还是一片杂草丛生、高低不平的山坡地。园区建设曾有一段曲折的历史。1992年，市委、市政府就提出了抓乡企园区建设的思路，对推动乡镇企业发展起到了十分重要的作用。但由于受诸多因素限制，火焰渐熄，乡镇企业依然沿袭着"村村点火，户户冒烟"的传统方式发展。

到1995年，乡镇企业户数发展到5951个，依然是星罗棋布。1996年以后买方市场形成，分散发展方式难以为继。市委、市政府认真分析正反两个方面经验，再次提出乡镇企业要"二次创业"，突破口就选择了抓好乡镇企业园区建设。经过努力，到去年底，全市乡镇企业园区发展到60个，完成工业总产值271亿元，平均规模1740万元，增加值52亿元，利税总额17.3亿元。13个市级重点园区完成工业产值118亿元，增加值21亿元，利税总额9.8亿元，企业平均规模2100万元，高出全市平均规模1300万元，实现了由粗放向集约的转变。

由于进园区企业实行准入制，促进了产业升级，提升了产品科技含量，增强了企业竞争力。一批科技含量高的企业进入园区，外向度也得到了提高，全市乡镇企业园区"洼地效应"明显凸现。

粗放型向集约型的转变，要求园区的运行机制更加市场化。去年以来开始推行"三主一体"的园区经营机制，实现了由传统的政府"筑巢引凤"向市场运作转变。一是每个园区都成立园区开发发展有限公司，作为园区的投资主体，以法人的资格，按照公司法的要求，进行独立运作。园区开发建设必须首先依法取得土地使用权，这笔资金全靠政府拿有困难，全靠企业拿也有困难，他们采取财政拨一点，银行贷一点的办法解决。二是基础设施建设以政府引导为主。园区外的基础设施建设由小城镇负责，园区内的道路由园区负责，围墙内由企业负责。三是项目建设以企业为主，政府不参与项目建设，由企业自主选择投资方式。例如，江宁区湖熟镇工业区现有国有土地存量近千亩，按照"六通一平"的要求，平均每亩需投入人民币3万元左右，他们从温州招来投资者作为一级土地开发商，再按市场运作的方式投资开发，按成本价将园区内近千亩存量土地一次性转让，双方共同注册成立工业区开发公司，寻找新项目，出让土地，采取滚动发展的方法，一期开发建设520亩，达到"六通一平"，使园区初具形象，吸引地产业主建设标准厂房。

江宁区禄口镇是南京市著名的"侨乡"，禄口工业区从1999年开始，就把"以侨引侨，以侨引商，以侨引外，以外引外"作为发展园区的重点来抓。禄口工业区先后引进的春森裘皮、金宝来纺织、富宁皮件、莱士服装等5家外资企业，总投资达1025万美元。第六届世界华商大会在南京召开，经批准设立"江苏禄口华商科技园"，再次成功引进了两个海外大集团的投资。

那么，南京市乡镇企业各级行政主管部门是什么角色呢？他们的主要职能是规划、指导、协调、服务，主动为企业搭台，为企业排忧解难。市乡镇企业管理局局长周宝康说了一句风趣的话，他说："媳妇熬成婆，不能比婆还要婆"，要求机关全心全意为基层服务，决不能"门难进、脸难看、事难办"，以真诚的心待人，切实为基层办实事。他们还请市计委、建委、国土、规划、环保等有关综合部门到各市级重点企业园区现场办公。集中时间对全市13个市级重点乡镇企业园区进行评审。对部分园区规划中存在的问题及时研究解决。有些乡镇的同志说，过去想办难办的事，现在好办多了。

在今年3月底召开的南京市乡镇企业工作会上，市委、市政府出台了园区建设十五条政策。在园区规划、土地使用、规费减免和财政扶持等方面作出了一系列颇有"含金量"的规定，为重点乡镇企业园区大开绿灯。

（2002年5月《经济日报》）

凸现"对冲效应"

——从南京乡企园区看工业化与城市化同步发展（下）

乡镇企业园区建设达到了一定水平，发展具备了一定规模，带动了乡镇二、三产业的发展。而二产的提高为小城镇建设提供了物质基础，三产的繁荣又为小城镇建设聚集了人气。乡镇企业园区的发展，有力地促进了小城镇建设的步伐。

南京是一座闻名中外的古城，近年来，南京市加大了城市建设步伐，通过七条高速公路和两座长江大桥的辐射和带动，中心城和五区四县日益紧密地融为一体，而以县城为依托、中心镇为骨干、一般集镇为基础的梯度分布的城镇网络体系，构成了城乡一体的新格局。在城市的周围，全市13个重点乡镇企业园区的建设，充分表明南京市正在走一条以工业化促进城市化，以城市化提升工业化，城市化和工业化同步发展，进而实现现代化的新路子。

南京市在乡镇企业园区建设中，将园区规划定位为小城镇规划的深化和延续。江宁区禄口镇企业园区规划，管线下地、雨污分流，并预留了污水处理场，人居环境按照绿化、亮化、美化的要求实施。园区规划由于高起点、高标准，为禄口镇城镇建设增添了光彩。

南京市还明确提出，在城镇规划的框架下，合理组织交通，妥善处理园区与集镇的关系，科学定位各功能区域，全面安排各项基础设施，坚持经济、社会、环境协调发展。即在园区规划过程中，既考虑园区的空间布局，又考虑园区企业的产业布局，立足本地资源优势、区位优势和现有的名牌产品、规模企业，提升园区整体水平。在执行规划过程中，坚持园区规划的严肃性，不搞规划和建设两张皮，同时也尊重投资者的意向，在不违背规划大框架的前提下存在适度弹性，适应不同需要。

江宁区其林工业园是一个例证。记者跨过整修一新的人行桥，看到的是一千多平方米的休闲广场。雕塑小品、花草树木，给人以怡然宁静的感觉，若不是远处竖起的大型跨道不锈钢门楼，人们很难想像这就是江宁区其林工业园的入口。自1992年以来，这个工业园先后投入了1.2亿元实施基础设施建设，基本实现水、电、路、气、通讯、排放等"六通一平"。今年，又相继投入1200多万元对园区的道路按国家一级路标准进行全面改造，并接通了南京市的自来水，改善了全镇的饮水条件。

南京乡镇企业园区建设走的是园区、招商、小城镇相结合的路子。以乡镇企业园区为载体，组织招商引资，带动了乡镇二、三产业的发展，而二产的提高和三产的繁荣又为小城镇建设聚集了人气，形成了企业与城镇互动的良性循环。落户在雨花台区沙洲工业园的全国知名龙头企业雨润肉食品公司是从省外引进的民营企业，由30万元起家，现已发展有15个子公司、150多套先进设备、12亿固定资产的大型企业，又投入2000万元建设雨润油路二期工程，并对企业周围的水环境进行治理，为企业也为小城镇提供了良好的生态环境。

位于紫金山下、金陵东大门的栖霞区马群工业区，去年有12个项目落户园区，投产总额达到5.89亿元。这批项目入园建设促进了地区经济和小城镇的繁荣。目前，工业区外围的房地产业十分红火，兴建了总面积50万平方米的太阳城花园，销售看好，楼价攀升，并有两所大学在此落户，设施条件完善的新城镇雏形开始形成。六合县雄州工业区投资1000万元兴建"人才楼"，引进了大批人才，人气越发兴旺。驱车园区，记者看到，在楼房矗立、马路通畅的同时，商场、宾馆、银行、学校、邮电通信等服务产业设施如影随形。南京市乡镇企业局的同志告诉记者，目前，全市乡镇企业园区已聚集了1700多家工业企业，其中半数落户在13家重点园区，连同园区内的三产企业，共创造了15万个就业岗位，在吸纳当地农村大量剩余劳动力的同时，还引进了一批城市科技人员和大量技术工人。城市企业入园发展，商业人士进区创业，农村人口向园区集中，一种城乡融合的"对冲效应"已经出现。

（2002年5月《经济日报》）

县域经济要有一个大发展

一、县域经济迎来发展新阶段

党的十六大提出"壮大县域经济"之后，全国 2000 多个县（市）受到极大鼓舞。县域经济包含着十分丰富的内涵。虽然到目前为止，关于县域经济的概念还没有一个统一的定义，但是从部分专家学者和一些地方领导的论述中，还是可以比较清楚地看到县域经济的内涵。

"县域经济是以县（市）级行政区划所规定的范围为管理对象，以发展本地经济为宗旨的经济"，"县域经济是一个具有区域性、层次性、开放性特点的经济系统，是一个功能相对完备和健全的经济单元"，"是一个县（市）范围内的经济的总和"，"是区域经济的概念之一"。但是也有人认为县域经济构不成一个独立的经济层次和经济系统，在县（市）这个范围内，体现的更多的是行政管理的职能，因而主张用已有的区域经济的概念取代它。

应当说县一级作为农村政治、经济、文化的中心，始终发挥着承上启下、连接城乡的作用，承担着贯彻党的路线、方针、政策，组织发展生产、维护社会稳定的重要职能。改革开放以后，随着党的工作重心转移到经济建设上来，特别是发展社会主义市场经济的提出，县（市）这一级所具有的潜在经济功能得到空前发挥，其发展经济的冲动一下子释放出来。上个世纪八九十年代，是我国县域经济发展最快的时期，不同类型的经济强县大县陆续涌现出来。目前，这些发展典型大部分已改为县级市。

县域经济迅速发展的实践说明，在县（市）这个层次，恰恰因为其行政、经济、社会管理手段比较完备，具有统揽市场经济的功能，可以弥补市场的缺陷；因为是计划经济比较薄弱的环节，多种经济成分发展迅速，易于向市场经济体制转轨；也因为资源禀赋较好，整合资源的余地较大，易于形成产业优势和经济优势；还因为人口较多，劳动力资源丰富，市场空间较大，因而易于形成工业和农业、城镇和农村的良性发展和循环。

县域经济的一个基本特点，就是其经济活动内容的广泛性、综合性和丰富性。在县域这个范围内，既有城镇经济，也有乡村经济；既有第一产业，也有第二和第三产业；各种经济成分也比较齐全。

可以说，几乎整个国民经济的所有指标，在县域范围内，都可以得到反映。国家的许多重大政策和重大战略，包括农村经济结构战略性调整，增加农民收入；发展中小企业，扩大就业门路；农村城镇化和农业现代化等等，无疑都要求把县（市）作为操作的平台。

目前，我国县级行政区划单位 2861 个，其中县级市有 393 个，此外有100 多个县和县级市陆续转化为大城市的市辖区。这 2000 多个县、市、区所共同创造的经济总量，成为我国国民经济不可分割的重要组成部分。

那么，在国民经济总量中，到底有多少是由县域经济活动创造的呢？据国家统计局提供的数据，这个比重在上个世纪末就已经超过了 60％。这个数字在浙江、广东等沿海省份还要更高。

我们知道，浙江是一个经济大省，但浙江的省领导却说，浙江是一个以县域经济为主的省份，是县域经济大省，也是县域经济强省。多年来，浙江坚持"强省先强县（市）"的原则，走出了一条专业市场、块状产业和小城镇建设相互促进的发展县域经济的独特路子。2000 年，全省 38 个县、24 个县级市的国内生产总值达到 4310 亿元，占全省的 71％；财政收入达 283 亿元，占全省的43％。

县域经济的发展和壮大，不仅迅速推动浙江成为全国的经济大省、经济强省，而且大大提高了全省劳动力的就业水平和收入水平。浙江农民收入增长幅度连续十多年全国第一，正是发展县域经济的结果。

整个国民经济的总量及其增长速度，在很大程度上取决于县域经济的发展状况。同时，我们还可以从另外一个角度分析县域经济的重要性。我国是一个拥有 13 亿人口的人口大国，而我国人口的绝大多数都居住在县和县以下区域内。按户籍统计，我国有 9.34 亿农业人口，在县城、县级市市区以及县市所辖建制镇居住的城镇居民约有 1.5 亿人。这样算来，全国在县域范围内居住的人口总数应该达 10.8 亿人以上，占全国总人口的 85% 还多。县域经济决定着我国绝大多数人口的就业和收入状况，就业是民生之本，县域经济的确是名副其实的民生经济。

二、着力解决县域经济发展问题

一方面，20 年来我国县域经济有了较快较大发展，涌现出一批经济大县（市）、经济强县（市），另一方面，县域经济的发展又极其不平衡，部分中西部的县（市）举步维艰。

来自国家统计局农调总队的资料显示，我国经济强县（市）半数以上集中在东部，且东、中、西部的发展差距仍在拉大。部分东部发达县（市），其财政收入甚至超过了西部的一些省区；不仅吸收了本地劳动力充分就业，而且吸纳了大量外地劳动力；其农民收入水平不仅大大高于中西部农民收入水平，而且高于某些省区的城镇居民收入。而发展较慢的县（市），不仅本地劳动力就业不充分，农民收入低，而且县（市）乡（镇）政府财政困难，有的甚至不能给公职人员按时、足额发工资，影响了正常运转。

广东的南海市是改革开放以来涌现的我国县域经济发展的典型。它 1992 年撤县设县级市，户籍人口 107 万，外来人口已超过这个数。2001 年，南海实现国内生产总值 390 亿元，工农业总产值 882 亿元。全口径财政收入 79.8 亿元，人均 GDP3.55 万元，约 4277 美元。职工人均收入达到 13352 元，农民人均纯收入为 7142 元。二三产业增加值占 GDP 的 94%，从事二三产业的劳动力占 80%。

从南海的这样一组数据中，我们看到的不仅仅是发展的辉煌。从南海与中西部县（市）的对比中，我们看到的也不仅仅是差距。县域经济发展的差距，是综合因素的结果。除了明显的地理位置、资源禀赋等原因之外，县域经济发展的差距，主要表现在：

第一，民营经济的差距。历史地看，在县域这个范围内，基本上没有大中型国有企业，即使有，也不归县（市）管。一些地方国营小企业，在近几年改制中基本上完成了产权结构的变革。许多事实说明，哪里民营企业做得强、做得大，哪里就能强县（市）富民。仍以南海市为例，南海的经济大厦是靠民营企业垒起来的。

早在改革开放初期，南海就提出"三大产业齐发展、六大层次（县、公社、村、个体、联合体、外贸）一起上的发展思路，这实际上为民营经济的发展打开了方便之门。80年代末期，特别是90年代以来，进一步开放搞活，民营经济得到了更加迅速的发展并带来了丰厚的回报。到2000年，民营企业吸纳劳动力人数达65万人，实现经济总收入590多亿元。其中，民营工业企业实现产值540.58亿元，占全市工业产值的76.91％；上缴税金17.69亿元，占全市工业税收总额的72.47％；出口总值11.81亿美元，占全市出口总额的91.5％。

第二，二三产业、特别是工业的差距。从全国来看，经济大县（市）强县（市），无一不是二三产业特别是工业发达的县（市）。有的专家把全国县域经济分成五种类型，沿海开放县、城郊县、传统农区县、山区县和牧区县。无疑，前两种都属于二三产业发达的，因而全国经济百强县（市）主要集中在这些县（市）。后三种地处中西部地区，二三产业普遍欠发达。

改革开放之初，南海也是一个典型的农业大县，农村人口占82％，从事农业的劳动力占81％。1978年，南海三大产业的比重是30.5∶53.1∶16.4。2001年三大产业比重已变为6.7∶49.6∶43.7。从事二三产业的劳动力占了80％。几万家企业密布于上千平方公里的土地上，几十万农民出身的产业工人穿梭其间，创造了年工业产值830亿元的财富，形成了世界闻名的制造业基地。

相反地，在中西部传统农区，由于大部分县（市）仍然以农业为主体，县域经济发展缓慢。国务院发展研究中心对湖北、河南、江西三个农业大县的调查表明，农业生产已不能给农民提供应有的回报，农民收入下降；乡镇企业走向低谷；县乡财政困难。专家们为此发出了农业大县经济衰退的警示。

两方面的经验证明，一个是所有制结构，一个是产业结构，既是造成县域经济发展差距的两个重要因素，也是下一步县域经济改革与发展面临的重大课题。

从县域经济自身来看，目前存在的主要困难是什么呢？

首先，当前县域经济发展面临的最严重的困难，就是农民收入增长缓慢，农民负担减而不轻。应该说，这不是新问题。但从县域经济的角度看，最根本的原因，就是县域经济不发达。县域经济不发达，不仅农民收入上不去，县域内的城镇居民收入同样上不去；县域经济不发达，农民负担即使一时减轻了，迟早也会反弹。

其次是县域财政难。从全国来看，既有财政收入超 80 亿元的财政大县，也有不少财政穷县。根据权威的统计资料，后者大概要占到总数的一半左右。

最后，县域社会事业发展滞后，其中又尤以农村教育事业和农村卫生事业比较突出，需要着力解决。

三、在发展中壮大县域经济

从我国的未来发展看，实现全面建设小康社会的宏伟目标，最繁重、最艰巨的任务在农村，我们必须自觉地把建设小康社会的工作重点放在农村，要更多地关注农村，关心农民，支持农业，把解决好农村、农业和农民问题作为全党工作的重中之重，放在更加突出的位置。

全面建设小康社会，必须统筹城乡经济社会发展，发挥城市对农村的带动作用。各级党委和政府在制定国民经济发展计划、确立国民收入分配格局、研究重大经济政策的时候，要把解决好农业、农村和农民问题放在优先位置，使城市和农村相互促进、协调发展，实现全体人民的共同富裕。

这些新的认识和思想，不仅是解决"三农"问题的指导思想，也是发展县域经济的指导思想。同时，也为认识县域经济发展规律提供了更高的视角和新的思路。

县域经济是以农村经济为主体的经济，农村的发展，县委、政府是关键。县委、政府要把农村工作作为重点，县域经济要以农业和农村经济为中心。由此看来，重中之重的落脚点应该在县（市）。这不仅因为县域经济主要是农村经济，而且因为，县（市）这一级比省、市更贴近农村，比乡（镇）、村具有更完备的管理职能和更强的调控能力，因而是解决"三农"问题的最直接的操作平台。从某种意义上讲，我们经济工作的重点，必须放到县和县以下。发展县域经济，解决"三农"问题，是今后县（市）的首要任务。

县域经济是国民经济中最具综合性的一个基本单元，处于城乡的结合部，是城乡的汇合点，因而应该成为统筹城乡经济社会发展的重要环节。

与城市协调发展相比，统筹城乡发展，是站在更高的层次，强调的不仅仅是城乡共同发展，而是城乡互相融合、以城带乡的互动式发展。它既是国民经济战略计划的一个重大政策，也是一项需要在时间中具体把握和落实的措施。

应该看到，无论是实际解决"三农"问题，还是统筹城乡经济社会发展，县（市）这个层次，都具有无可比拟的优势。首先作为宏观和微观的结合部，在发展规划制定、经济结构调整、产业开发重点等一系列发展的重大问题上，县（市）具有相对的自主性；其次，作为承上启下的行政管理层次，具有比较完备的管理职能，能够调整县域内各产业之间的关系，统一各部门的力量，兼顾县（市）、乡（镇）、村三个层次，提高统筹、协调、组织、服务的功能，统揽县域经济发展的全局。

当前，首先要坚定不移地抓住"三农"问题这个焦点，从县域经济发展的新角度，大力增加农民收入，减轻农民负担。

其次，要抓好所有制结构调整和产业结构升级。要转变观念，通过改革等多种措施，把经济发展的重点转到民营经济上，为民营经济创造好发展的环境。从总体上看，我国还没有完成工业化的任务。在县域这个范围内，产业结构的层次就更低，这是当前县域经济的一大特点。在不放松农业的前提下，还应注意到农业产业功能的演变，引导一二三产业合理调整，加大二三产业的比重，提升县域产业结构层次。在中西部的传统农牧区，应发挥资源优势，力争培育出各具特色的具有竞争力的县域支柱产业。

最后，要把就业作为当前县域经济的大事来抓。县域经济就是民生经济，而就业是民生之本。县域范围内由于聚集了80%以上的人口和劳动力，就业问题显得尤为重要和突出。县域经济的发展关系着广大老百姓的就业和收入、生存和发展，所以在制定县域经济发展规划时，一定要与就业相结合，鼓励、支持发展中小企业和劳动密集型产业。

真正壮大县域经济，必须通过改革为发展增添动力。

一要进一步转变县（市）政府职能，增强县（市）政府统筹的能力，把职能从用行政手段指挥和管理经济转变到用市场手段服务和调控经济上；

二要加大财税体制改革的力度。在发展县域经济、培育县域财源的同时，逐步健全财政体制，调整中央和地方特别是县（市）一级财政的分配格局。同时建立完善的转移支付制度，保证欠发达县（市）的农民能够享受到基础教育、基本医疗卫生服务等公共服务；

三要加快金融特别是信用社的改革。一方面，农村资金大量外流，另一方面，农村经济和县域经济发展所需要的资金无法得到满足。许多县（市）一级的金融机构面临很大的信贷风险，信贷资产流动性差，无法为地方经济发展提供有力的金融援助。必须改善县域经济发展的金融环境，加快农村信用社的改革步伐，同时支持在县（市）建立中小企业担保机制，建立新的投融资体制。

随着各项改革措施的逐步到位，县域经济将会迎来一个新的发展期。

（2003 年 3 月《经济日报》）

服务 服务 服务

——对一个农产品行业协会的调查

北京王府井大街西堂子胡同 21 号，高楼大厦中一座不起眼儿的小楼。这里即是中国食品土畜进出口商会的办公地址。

目前，食土商会已陆续建立了 42 个商品分会和 12 个协调组，入会的农产品生产、加工、进出口企业达 3800 多家，与 45 个国家和地区的 250 多个农产品行业协会建立了紧密的交流与合作关系，并加入了谷物、豆类等 8 个国际同行业组织。2002 年，会员企业食品土畜产品进出口额占全国同类产品进出口额的 60%。食土商会走以服务为宗旨的改革与发展之路，使之在 48 个全国性农产品行业协会中脱颖而出，成为由官办向民办转变、在服务中壮大自己的典型，受到了中央领导同志的充分肯定。

由官办变民办

食品土畜进出口商会，这个颇有些"土气"的名字，其实是一个典型的"官办"出身。

1988 年，经国务院批准成立的这个商会隶属于外经贸部，当时赋予商会的职能可用 8 个字来概括：协调、指导、咨询、服务，主要承担国家委托的出口配额招标、配额使用费管理等行政职能及事务性工作，许多人是抱着不情愿的态度从部机关转到商会来的，因此虽然脱掉了"官"的外衣，但"官架子"并没有放下。

20 世纪 90 年代中期以后，随着经济和市场形势的变化，商会领导越来越认识到，官办商会已不适应市场经济的需要，面临生存困境。他们研究了发达国家农产品行业协会的组织制度和发展经验，最后把"为行业服务、为企业服务、为政府服务"作为一切工作的出发点和落脚点，明确了"服务立会，服务办会，服务兴会"的根本宗旨，开始把会员企业的满意程度作为工作人员年终考核晋级的主要标准，对企业的吸引力越来越强。近年来，每年新增会员企业达 500 多家。商会会长曹绪岷深有感触地说，服务才有凝聚力，服务才有生命力。

作为一个行业协会，衡量你是不是"吃官饭"的，一个很重要的标准，就是看你拿的谁的钱。曹绪岷告诉记者，商会及分会全部的经费开支，包括职工工资、福利，完全依靠会费收入，没有政府资助。

为了彻底实现由"官办"向"民办"的转变，商会及各分会的章程、议事规则由会员民主讨论制定，商会及分会领导成员由会员民主选举产生，商会及分会理事都是本行业规模大、实力强、有威信的企业法人代表。

随着由"官办"向"民办"的转变，食土商会同时实现了一系列转变：

在会员企业结构上，实现了由传统外贸企业向全行业企业的转变。从 90 年代初期的 400 余家外贸会员企业发展为目前的 3800 多家，其中 2000 多家外贸企业会员中，传统外贸系统的企业占 1/3，农业、供销、林业等系统的进出口企业占到了 2/3。在所有制形式上，不仅涵盖了国有、集体性质的企业，也接纳了许多民营、三资等企业。

在服务内容上，实现了从进出口流通领域向生产领域延伸，流通、生产并举的转变。目前，在 3800 多家会员企业中，生产型企业已达 1500 多家，已有 32 家成为国家级农业产业化龙头企业，400 多家属于典型的"公司＋农户"和"公司＋基地"型企业。

在国际合作关系上，由过去相对封闭向广泛参与转变。食土商会不仅与许多国家和地区农产品协会、商会建立了广泛联系，还发起成立了国际烟花协会，正准备发起成立国际羊绒协会、国际芝麻协会。近年来，商会组织会员企业积极参加国际行业年会和农产品展览、应诉国外反倾销、与进口国举办多种形式的交流洽谈会，为打破一些国家和地区的技术贸易壁垒开展民间外交活动等，国际声誉和影响力不断提高。

靠服务求发展

由集中统一经营体制下的政府附属机构，转变为会员企业服务的公共服务平台，食土商会在新的舞台上有声有色地扮演着自己真正的角色。

一曰维护行业秩序，保护共同利益。出口无序竞争，外商乘机压价，国内企业竞相降价，好产品卖不出好价，几乎是我国农产品出口中的顽症。对此，商会采取了三条切实有效的措施。一是组织会员企业制定行业出口指导价。二是组织会员企业统一对外投标。三是行业自主控制某些农产品出口量，"限产保价"。

二曰开展国际交流，开拓国际市场。商会通过组织会员企业参加国际行业年会，组织国外市场开拓团组、举办各类专业的交流洽谈会等途径，了解国际市场信息，扩大出口。过去，我国的黄豆主要销往欧洲和北美。2001年5月，杂粮杂豆分会参加了国际豆类年会，结织了一批非洲、中东等国家的进口商，到2001年底，企业库存全部售尽，出口增长50%。

三曰应对贸易壁垒，解决贸易争端。农产品贸易是国际贸易保护主义表现最严重的领域。在近几年的农产品贸易大战中，商会及所属分会，通过进口国同行业组织，在第一时间获得准确信息，配合政府有关部门，开展民间外交，显示了行业协会的独特优势和作用。2002年1月，欧盟宣布全面禁止进口我国动物源产品后，商会两次组团，与欧盟及9个成员国官方机构和协会、进口商进行游说会谈，指出禁令有违世贸组织有关规定，对我国农产品生产者和欧盟进口商、消费者带来了损害，致使欧盟13个行业协会反对禁令，对推动欧盟解禁发挥了积极作用。

商会还多次组织企业应诉国外的反倾销，均取得了辉煌业绩。在北美某国对我国浓缩苹果汁反倾销案中，要对我征收91.84%的惩罚性高税率。商会组织企业积极应诉，并适时进行行业协调，提高了出口价格，获得了平均税率为14.88%的好成绩。但商会仍认为不公，又组织应诉企业通过一系列法律程序，最后该国不得不裁定中国企业全部零税率。

（2003年5月《经济日报》）

政治文明建设的生动实践

——安徽省池州市解决新时期人民内部矛盾的新探索

安徽池州是一个年轻的城市，2000 年 6 月经国务院批准撤地设市，是我国第一个生态经济示范区。

听民声，从群众上访到领导下访

前几年，池州的信访量在全省是最小的，但最近几年开始大量上升，主要是由拆迁、国有企业改制等引发的。到去年，信访量达到最高峰，甚至出现了大批上访者到省委、省政府门口静坐的事件。上访数量之多、人数之众、影响之大，都创了池州历史的纪录。

大批群众上访和越级上访以及其中反映出来的问题和导致的相关后果，引起了池州市委、市政府的高度重视。去年 9 月，池州出台了市长接待日制度，并且提前 3 天，在全市媒体上进行公布。9 月 20 日，第一次市长接待日，共接待来访群众 260 多批次，有的是推荐代表来的，还有的是提前一天住到市政府周围的，共涉及群众 3000 多人。市长谢德新从早上 8 点一直接待到晚上 8 点，中午只吃了半个小时的饭。这次市长接待日之后，他们把计划中的每月一次改为每月两次，并且从 12 月份开始，排了 24 位市级领导，分别带队下到县区进行接访，极大地方便了上访群众。

通过市长接待日和领导下访活动，池州市领导受到很大触动。在大量群众来访中，绝大部分都是有道理的，有的问题还是十几年前甚至是几十年前积累下来的。有些问题在领导接访中当场就解决了，但也有很多问题是争议较大，一时说不清楚，解决不了的。为此市长谢德新提出，可否就这些问题进行听证评议，建立信访听证评议制度。

解民忧，首创信访案件听政评议制度

今年1月7日，池州市政府下发了《信访评议办法（试行）的通知》。通知称，评议办法中的所称评议，是指党政机关、信访机构在处理信访事项过程中，以召开评议会的形式，依据法律、法规和政策听取评议参加人陈述、申辩和进行质证的过程。

随后，一个由法律、教育、新闻、企业界人士和退休老干部组成的信访听证评议团正式成立，此举在全国开了将听证评议引入信访渠道之先河。

省政协委员、池州市创典工艺礼品有限公司总经理何宗文是首批被聘请的信访评议员。他说，在信访量比较大的地方，即使建立了名副其实的市长接待日和领导下访制度，花费了领导很大的精力，仍有一些问题不能很好地解决。为探讨如何解决新时期人民内部矛盾的好办法，建立起与实际情况相适应的机制和制度，有效地化解矛盾，调节纠纷，市长谢德新多次与他进行商议。

何宗文说，很多时候，老百姓需要一个评理的地方，很多事情，老百姓要的是一个说法。听证评议团就是搭建这样一个平台，让老百姓说话，替老百姓说话。有理合法的，越辩越清；没理违法的，也服气认输。在听证评议过程中，评议员讲理、讲法、讲情，上访者和被评议双方也受到了学法、知法、懂法的生动教育。许多久拖不决的矛盾被化解，许多老大难的问题就这样解决了，为领导腾出时间抓大事创造了条件。

评议团由一批素质高、责任感强、能够主持公道的人士组成，他们不领取任何报酬，没有副县级以上干部，改变了上访群众对信访局"官官相护"的看法，因而在群众中享有很高的威望。

学校老师钱新民作为拆迁户和某开发商发生纠纷，拖了半年多也未拿到应得的房子。市长接待日他和部分拆迁户见到了谢德新市长，谢市长当即叫来有关部门和开发商，要求春节前落实房子。然而，开发商仍以政府承诺给的政策未兑现为由，拒不给拆迁户房子。2月4日，听证评议团就此事进行了听证评议，开发商还带着律师参加，有关部门负责人列席，双方展开激烈辩论。听证评议团的9名评议员就有关问题进行质询并加以评议。最后，评议团经过合议作出"裁定"：开发公司必须无条件履行合同，两个月内将安置房交付给拆迁户。开发公司表示服从。

池州市市长谢德新认为，上访案件听证评议制度是池州市为探索解决新时期人民内部矛盾有效方法而创造的一种新形式，它开创了人民内部矛盾人民自己解决的新境界。

聚民智，群众代表成为政务咨询员

池州市在实施市长接待日和信访案件听证评议过程中发现，一些上访案件实际上是由政府部门的政策和法规不协调造成的，要杜绝这些上访，必须从根本上解决。为此，池州市又适时推出政务咨询人员列席市政府常务会议制度，并出台了试行规则。市政府建立起一个包括人大代表、政协委员、专家学者和基层群众代表在内的 60 人的政务咨询人员库，凡研究有关全市经济与社会发展的重大问题，以及关系广大人民群众切身利益的政策规定时，都邀请政务咨询人员列席。

市政协委员孟宪喜清楚地记得第一次列席市政府常务会议的情景，令他没想到的是，这次会议上因为他和另一位政务咨询员的意见，而使池州市矿业权市场管理办法未获通过。市长谢德新当即指示国土资源部门根据政务咨询员的意见进行修改。此事在池州市历史上还是头一回，引起了强烈反响。

听证评议制度使老百姓有了一个述说的地方，而政府咨询制度又给群众代表行使参政议政权利创造了一个讲坛。市长谢德新对记者说，人民政府为人民做事，就必须时刻听到人民的声音，集中人民的智慧；而一个公开透明的政府，也必然是为人民做事的政府。

系民情，引导部分信访案件进入司法渠道

然而，池州市政治文明建设的探索并未就此停步。政府不是万能的，特别是在市场经济条件下和法制建设日臻完善的新时期，政府应做到到位而不越位。市长接待日解决不了、而听证评议结果一方又不服的问题怎么办？为此，池州市又相继推出仲裁和法律援助制度，引导一些信访案件进入仲裁裁决和司法诉讼的渠道。去年底成立的池州市仲裁委员会为政府牵头、民间运作的仲裁机构，聘请各方面的专家 11 人，同时聘请了 64 名仲裁员，除劳动争议和农业

承包合同之外，其他信访案件都可以进入仲裁程序。而进入仲裁程序的信访案件，不收取任何费用，由财政予以保障。目前，已有6个案件进入仲裁程序，涉及环保赔偿、拖欠工程款、房屋拆迁等。

为了使部分上访案件能够顺利进入司法诉讼渠道，池州市还建立健全了法律援助制度。

促进政府自身建设

通过一系列制度建设，这些措施产生了非常好的效果：

首先，信访量明显下降，机关秩序明显好转。去年，仅上访信就达4000多封，现在一个月还不到10封。而市长接待日来访的群众也越来越少。同时，过去常能见到的市委、市政府门口及各部门门口被群众拥堵的现象，现在也没有了。

其次，加强了党和政府与人民群众的密切联系，提高了党和政府的威望。一系列举措打开了一个解民情、听民声的大门，开启了一个问民意、聚民智的通道，使政府的各项决策更加符合实际，符合老百姓的要求。在信访和上访大量减少的同时，提积极建议的却越来越多了，政府和群众的亲和力大大增强了，群众也更加相信政府了。

最后，促进了机关作风建设和政府自身建设。市长接待日、听证评议会等不仅教育了群众，也触动了干部，往往变成了现场教育会。在市长接待日上，常看到上访群众当着市长的面揭露某部门或局长衙门作风、态度粗暴，让被评议的干部下不来台。今年1月，在全市万人问卷群众评议政府活动中，老百姓评价最高的是市政府办公室，而过去群众意见比较大的工商、公安等部门，形象也大大改观。

（2004年8月《经济日报》）

统筹城乡协调发展的重要举措

未来 30 年，是我国城市化加快发展时期。

在工业化的基础上加快城市化进程，土地是重要的支撑和重要的投入要素。从农民的角度来说，参与城市化进程，在一定程度上就意味着要失去土地。一方面，城市化是一个大战略，是现代化的必由之路；另一方面，保护耕地也十分重要。这看起来是一个两难选择。实际上，我们也并非无路可走。

当前，我国农村的主要矛盾已经由农民负担问题转变为土地问题。这一矛盾的转换，既是经济发展和城市化的必然，也反映了我们对这种必然准备不足，应对不力。这一矛盾得不到很好解决，将会引发很多社会问题，使我国城市化付出额外的成本和代价。

按照发达国家的一般经验，在城市化的过程中，农民失去土地，进入城市和工厂，以贡献劳动力的方式为城市化做出贡献。而我国则有所不同，由于城乡二元社会体制的限制，一些失去土地的农民在失去土地的同时，并没有顺利地进入城市和工厂，没有实现或完全实现职业和身份上的转换，因而失去土地的农民变成了失地农民，带来了一系列失地农民的问题。

失地农民为城市化的贡献是十分巨大的。

很多专家认为，城市化的过程，在某种意义上也就是土地由资源向资产和资本转换的过程。实际上，农民最终是以提供资本的方式参与了城市化进程。农民为城市化贡献了资本，而且是最大的资本，使我们这个世界上最大的发展中国家在向城市化目标迈进的过程中，能够不断补充充足而新鲜的血液。

正如一些人所认识的，城市化的过程是农民失去土地的过程，是农用地转为非农用地的过程，更是农村人口城市化的过程，是农民身份转换的过程。城市化不光是修马路，不光是建广场、盖高楼，城市化不能见物不见人。城市化要以人为本，要把农民城市化作为城市化的本质与核心，否则，眼睛仅盯着农民的土地，干的是城市的城市化，受益的也仅仅是城里人，这样的城市化是畸形的，不协调的，也是不可持续的，它"化"走的是农民的土地，排除的是农民分享城市化利益的权利，产生的是"种田无地，就业无岗，社保无份"的大批"三无"人员和一系列的社会问题。

城市化是一个过程，也是一个目标。而对农民来讲，在农地转用的同时，完成身份转换，就实现了农民自身的城市化目标。千千万万个失地农民同时完成自身的城市化目标，无疑将会有利于加快实现我国城市化的总体目标。在城市化过程中，农民失去土地，却没有完成身份转换，或者身份转换滞后，也就产生了失地农民问题。农民没有地了，无法以农业生产为职业，身份上却还是农民，这是十分严重的问题。

从这个意义上说，当前失地农民的问题，不是失去土地的问题，而是在失去土地的同时，没有完成身份转换的问题，更是统筹城乡协调发展的问题。所以，我们强调解决失地农民的问题，着眼点和着力点不应该放在让农民不失去土地或少失去土地上，也不应该仅仅放在给农民多少补偿上，而应放在加快农民身份转换上。农地转用，给农民的补偿再高也不是解决问题的根本。农地转用必须与农民身份转换同时完成，农民在失去土地的同时变成非农民，失去农民这个自我，才是最终、最根本解决失地农民问题的办法。

当前，一些地方的一些农民之所以坚持不愿放弃土地，是因为对未来的预期不确定，对失去土地之后的生计无把握，对城市是否会接纳自己没信心，对自己是否能够分享到城市化的好处不能确定，对身份转换后能否与城市居民平等相处不能确定。总之，对向往已久的未来城市大门之内的生活的种种不确定，使农民更加依赖脚下的土地，更加紧迫地希望获得更多的补偿以备今后可持续生计之需。

从某种意义上讲，若农民同意放弃土地，实际上也暗含了放弃身份的约定。因此，我们不能把农民的土地拿走，给一点补偿就一了百了，而置农民的身份转换于不顾。换句话说，在农民的心态里，实际上已经包含了农地转用与身份转换的双重约定，或者说，农地转用与身份转换是一种交换，一种交易，一种没有法律效率的合约行为。

我们现在实行的补偿制度，是对农民放弃土地的补偿。实际上，农民放弃身份同样应该给予补偿。这种补偿实际上是一种投资，对农民完成身份转换、实现自身城市化目标的投资。因为，在合约上，农民身份转换可以在一夜之间完成，但农民与市民在自身素质乃至身体素质方面的差距却不是一天之间能拉平的。这不仅需要一个过程，而且需要投资，对农民身份转换过程中人力资本的投资，这是城市化应该付出的成本。所以，一些专家建议，在土地一级市场和二级市场的差额中，应该确定一个比例，对失地农民进行追溯式补偿。

总之，失地农民身份转换是我国城市化进程中的一个急需关注和解决的紧迫课题。这是事关几千万人的利益、事关社会安定和城市化、现代化能否顺利进行的大问题。它的解决将能有效地推动建立统筹城乡发展的机制，有利于逐步改变城乡二元经济结构的体制，进一步推动城市化进程。当然，解决好这一问题当前还面临着很多困难，这就需要下大力气，着力进行相应的政策调整、法律完善和制度建设，在实践中不断推进。

（2005 年 1 月《经济日报》）

把经济工作重心移至县市一级

　　吸引我看这部书稿的第一个原因是它的书名《基层中国》，吸引我看这本书的第二个原因是它的作者，一位中国基层的县委书记。我是在同事康守永的办公室偶然看到这部书稿的，随手翻了翻，书中的许多观点引起了我的共鸣，还有一些想法和我平时的思考也是吻合的。

　　这些年，我因搞农村经济和县域经济的报道和研究，而结识了一批县市领导，他们中的一部分人在繁忙的政务工作之余，在敢于实践的同时，善于思考，勤于笔耕，常常有引起专家学者惊讶的著述和观点问世。这些来自基层和实践的成果，虽然缺少系统的理论，也少有引经据典的论证，但是对中国有用，对基层有用，对解决实际问题有用。作为先睹为快的读者，我愿意向大家推荐这本书。作为长期关注农村经济和较早关注县域经济的记者，我也愿意将阅读书稿的一些体会与读者交流。

　　1999 年，我在《经济日报》发起了农村调研点的活动，即在全国选择部分典型县市作为《经济日报》农村调研点，聘请这些县市的党政一把手为《经济日报》农村观察家。2000 年 7 月，召开了首次调研点工作会议，60 多位县市领导进京参会。此事引起时任副总理的温家宝同志的高度重视，他亲自邀请与会的县市领导到中南海座谈，并在听取部分同志发展农村和县域经济的汇报后，发表了重要讲话。他在讲话中高度评价了这次活动，强调中央高度重视县市工作，表示今后要加强与县市一级的联系。后来他在给《经济日报》成立县域经济研究中心的批示中又明确要求，要加强对县域经济工作的报道和研究。随后，党的十六大发出了壮大县域经济的号召。

　　自此，我一直关注各地县域经济的发展，也对县市这个层次对中国经济和社会的重要作用有了越来越深刻的体会。

　　从某种意义上说，中国的问题就是基层问题。站在县市这个层面上看，基层政权的稳定，社会的安定，农民增收和农村经济的发展，都关乎中国的根本。同时，中国基层的问题，从来没有像现在这样突出，解决基层中国的问题，也从来没有像现在这么迫切。

从这个角度上说，基层中国是一个沉重的命题，也是一个大有希望的命题：基层中国不仅仅是需要执政基层的县市领导破解的命题，也是需要一切致力于振兴中国的人士共同破解的命题。

解决中国的问题归根结底要发展经济，解决基层的问题归根结底要发展农村经济和县域经济。而农村经济和县域经济发展了，中国经济就会进入一个良性发展的轨道。由此来看，基层的问题解决了，中国的问题也就基本解决了。所以，我一直觉得，坚定不移地以经济建设为中心，同时要将经济工作的重点下移，下移到哪里呢？我认为应该移到县市一级，也就是说，为贯彻落实以经济建设为中心这个大政方针，今后一个时期，在工作部署上，应该紧紧抓住县市这个环节和层次，以县市经济工作为重心。

将经济工作重心移至县市，有这样几个简单的理由：一是县市在国家全局中起着承上启下和连接城乡的作用；二是县市包含了今日中国主要的经济矛盾和社会矛盾；三是县市是执政为民、建立和谐社会的关键环节；四是县市是统筹城乡、解决"三农"问题的重要操作平台；五是县市是我国地方行政管理体制改革需要重点加强的层次。

作为执政县市的主要领导，作者站在西部欠发达地区这个层面上，将农民向小康社会迈进的艰辛分为"现实基层""执政基层""经营基层""情系基层"四个版块，把贫困地区农民向富裕进军途中的困惑、渴望、奋争实事求是地叙述出来，把大量发生在基层的实际资料、数据，通过一些重要话题、典型事件、政策基本面等具体内容，对增加农民收入、建立和谐社会问题作了较为细致的分析。这些分析，不仅有实践的结晶，也有上升到理性深层次的思考，所言所思有物，所叙所盼有情。古人云：春江水暖鸭先知。作者长期生活在基层，和农民天天打交道，站在基层这个角度来谈农村政策的效应和农民的实际状况，因而文章朴实中含有新意，分析中含有期盼，给读者提供了一定的思考空间，值得一读。

古代先哲孟子曰："乐民之乐者，民亦乐其乐；忧民之忧者，民亦忧其忧。

乐以天下，忧以天下，然而不王者，未之有也。"我觉得，对于我们这样一个农民占大多数的国家来说，无论是经济学家还是基层工作者，都应有对国家的责任，对社会的良知，对农民的关爱。只有大家都来关爱农民，才有农村的小康，才有城乡之间差距的缩小乃至和谐社会的建立。

（本文是作者为陕西省子长县县委书记杨军宪所著《基层中国》一书作的序）

（2005 年 11 月《经济日报》）

说 "善待"

刚刚结束的中央农村工作会议对 2004 年的农业和农村工作做了全面部署，并且出台了一系列政策措施，因此被称为一次含金量很高的会议。在上万字的会议文件中，不经意的两个字打动了我，这就是"善待"。会议报告中提出，要"善待农民工，维护好他们的合法权益"。

一个时期以来，农民工问题成为持续的热门话题。在中央领导同志的高度重视下，各部门出台了一系列对农民工的"善待"之举。也正是从这些"善待"之中，我们才知道，广大农民工在为城市创造财富、带来生活便利的同时，却被拖欠工资达数千亿元之巨。

有一个没有被充分重视的统计数字说明，我国农民工已达 1 亿以上，已经超过了城市产业工人的数量。就是说，在我国产业工人队伍中，"农民"已经成为它的主体。而在这 1 亿之众的农民工的背后，是他们的丈夫、妻子、父母、孩子，是数亿亲人热切期盼的目光。年终岁尾，这几亿人的目光会让每一个正直善良的人为之心颤。

同样作为生产要素，劳动者与其他生产要素最大的不同就是，他们是有血有肉有感情的人，而不是一般的生产工具。要看到他们的劳动，看到他们的劳动成果，更要让他们及时拿到应拿的劳动报酬。"善待"就是一种感情联系。换句话说，对农民、对农民工有了感情，才会有"善待"之举，并且使"善待"之举持续下去。

我常想一个问题，新的中央领导集体高度重视"三农"问题，并把解决"三农"问题作为全党工作的重中之重，不仅仅是认识高度和重视程度的不同，而且也是认识角度的变化。就是说，现在要解决"三农"问题，特别是农民问题，更加具有人性化和人情味的含义，强调与农民的情感认同与感情联系。所以，温家宝总理多次强调，要带着感情做好农民工作，并多次批评那些对农民利益漠不关心、麻木不仁的基层干部。

在我国，农民和农民工在相当长的时期仍会处于一种弱势地位。善待他们吧，就像善待自己的兄弟姐妹一样。

（2004 年 1 月《经济日报·农村版》）

别把确保粮食生产与农业结构调整对立起来

近一个时期，中央高度重视粮食生产，提出保护和提高粮食生产能力，确保国家粮食安全，并出台了一系列鼓励主产区和种粮大户发展粮食生产的政策措施。对此，一些农民朋友和农村基层工作者提出这样的疑问：强调粮食生产，坚持多年的农业结构调整是不是不搞了？

应该说，这种疑问是可以理解的。近几年种粮面积和粮食产量减少较多，是多种因素作用的结果，其中就有主动调整的合理因素。但是更主要的是非正常因素的影响，突出的有两点：一是滥征乱占耕地，大搞开发区，侵害了农民利益，又损害了粮食生产能力；二是一些地方片面理解农业结构调整，把调整结构与粮食生产对立起来，以为结构调整就是压粮扩经，甚至把压缩多少种粮面积作为结构调整的目标，致使一些地方粮食播种面积大幅度减少。

由此看来，把种粮面积减少归结为结构调整的结果是不对的，而恰恰是对结构调整理解不准确、不全面造成的。一说结构调整就是压粮扩经；而一说确保粮食生产，又以为结构调整不搞了，都是这种对立思维的表现。

经过多年努力，在上世纪 90 年代中期，我们的粮食生产能力达到了 5000 亿公斤的水平，实现了粮食供求基本平衡的历史性跨越，从而使我们有条件推进农业和农村经济结构的战略性调整，并把它作为新阶段农业和农村经济发展的主线和增加农民收入的主要途径。

粮食问题关系经济安全和国计民生，必须抓紧抓好；在保护和提高粮食综合生产能力的前提下，继续推进农业和农村经济的战略性调整，也是应该长期坚持的方针。二者不但不是对立的，而且从长期性和战略性的高度来看是统一的。当然，粮食生产本身也有一个调整结构的问题，就是要按照优质、高产、高效、生态、安全的原则，走精细化、集约化和产业化的道路；同时，应坚决落实国家对粮食生产的补贴政策，使种粮农户也能增加收入。

（2004 年 1 月《经济日报·农村版》）

说说一号文件

岁末年初，人们好议大事。而对农业农村工作，特别是对农民来讲，最大的事莫过于去年底中央召开了农村工作会议，转过年来中央专门发了关于增加农民收入的一号文件。

一般在人们的印象中，"一"不仅是起点，还意味着"重大"。在各项工作中，凡是被列入"一号"的，都是迫切需要解决的重大问题。新年刚过，中央就农业和农村工作发出一号文件，这和"全党工作的重中之重""经济工作的首位"的强调是一脉相承的。这份文件的题目叫《中共中央、国务院关于促进农民增加收入若干政策的意见》，体现了广大农民的强烈愿望，也反映出农民增收问题的极端重要性。

熟悉中国农村改革历程的读者都知道，1982 年至 1986 年，中央连续 5 年发了 5 个一号文件，对当时的农村改革起到了巨大的推动作用。记得有的进城农民还将文件贴到扁担上。有了一号文件撑腰，农民的腰板儿挺得直直的。5 个一号文件，换来的是农民积极性的大爆发，是农村生产力的大发展。

时隔 17 年，中央再发一号文件，的确含义很深。仔细研读文件 22 条内容，不仅重要，而且实在具体，对今年及今后几年农业和农村发展的影响是可以预见的。

虽然一号文件为广大农民所期盼和欢迎，并将直接使他们受益，但是，中央文件毕竟不是给农民看的。要把各项政策不折不扣地落到实处，要让农民不折不扣地得到实惠，关键还是要宣传好、贯彻好、落实好、执行好，不让文件精神有一点"跑冒滴漏"。

（2004 年 1 月《经济日报·农村版》）

政策实要落实

——再说中央一号文件

《中共中央、国务院关于促进农民增加收入若干政策的意见》以中央一号文件下发后，新创刊的《经济日报·农村版》即派出多路记者前往农村，了解广大农民对一号文件的反映和基层落实情况。反馈回来的信息表明，广大农民和基层干部对中央一号文件反响强烈，普遍认为，一号文件以促进农民增收为主题，抓住了当前"三农"问题的关键，反映了广大农民的心声，充分体现了党中央"以民为本"的思想。

一些农民得知一号文件的具体内容后，感到非常振奋。文件中22条政策措施，条条具体实在，操作性强，含金量高。振奋之余，他们还表达了这样的愿望：中央政策好，还要落实好；上面的政策实，下面还要落到实处。

农民的愿望就是我们工作的动力和重点。政策实，关键要落实。首先要做好一号文件的宣传，努力营造一个重视"三农"问题、保障粮食安全、促进农民增收的社会氛围，做到让一号文件在农村家喻户晓，深入人心。当前，在各地农村基层干部培训活动中，要把学习一号文件作为重要培训内容，增强基层干部落实政策的主动性和自觉性；同时利用"三下乡"等活动，采取农民喜闻乐见的形式，宣传一号文件。

其次，要对文件中22个方面的有关政策，分门别类落实到相关部门，并尽快制定出操作性强的具体措施，还应该明确落实的时间进度；同时，对政策落实情况，要有部署、有检查、有考核。

最后，要让农民得到实惠。一号文件22条政策措施归结为一点，就是要让农民得实惠，就是要让农民增加收入，从而真正起到调动好、发挥好农民群众生产积极性的作用。农民能否直接得到实惠，是衡量各地是否真正贯彻落实好中央一号文件的一个重要标志。

（2004年2月《经济日报·农村版》）

努力营造促进农民增收的社会氛围
——三说中央一号文件

中央一号文件公开发表后，各地掀起了一个学习、宣传、贯彻的高潮。正值春耕时节，本报记者从各地传来的消息表明，了解了一号文件内容的农民纷纷反映，中央的政策顺民意，暖人心，广大农民切实感受到了党的政策的温暖，一致表示要借党的好政策的春风，多方找信息、学科技、筹资金，多赚钱，快致富。

中央文件以农民增收为主题，这是中华人民共和国成立以来第一次。解决"三农"问题是全党工作的重中之重，而当前解决"三农"问题的核心就是促进农民增收。中央一号文件22条内容，归根结底都是为农民增收服务的。

解决农民增收问题，不仅是中央的事，不仅是农民的事，也不仅是农业部门的事，而且是全党和全社会的大事，特别是在中央以一号文件的形式出台促进农民增收的政策之后，努力营造一个重视"三农"问题、保障粮食安全、促进农民增收的社会氛围，尤为重要。

一号文件的22条政策，既全面，又具体，涉及不同的部门。因此，落实好中央文件精神，不仅党政领导特别是党政一把手要重视，各部门领导干部都要重视；不仅农业部门和涉农部门要努力，各个部门都要齐心协力。正像一号文件所要求的："各行各业都要树立全局观念，为农民增收贡献力量，在全社会形成有利于农民增收的良好氛围。"

（2004年2月《经济日报·农村版》）

关注农民精神小康

2月16日，国务院总理温家宝主持召开国务院常务会议，要求立即在全国开展安全大检查。2月17日，国务院办公厅发出紧急通知，要求坚决消除公共安全重大隐患。如此强调公共安全，它的背景是，2月15日一天之内，吉林、浙江两省接连发生两起特大火灾，这一南一北、一城一乡的两起特大事故，使93条鲜活的生命瞬间枯萎。

据国务院调查组查明，发生在浙江海宁的火灾不属于安全生产事故，它是部分村民在非法搭建的草棚内从事迷信活动所致。这座草棚曾被当地有关部门多次拆除，而从事迷信活动的村民却每次都是执着地拆了又搭。

据笔者所知，浙江海宁是比较发达的地方，是全国有名的皮革之乡，这里的农民大多也比较富裕。这几年到浙江采访调研，在惊叹它的经济活力和发展水平的同时，部分地区农村的迷信活动也给笔者留下了深刻印象。事实表明，一部分农民乃至基层干部，在口袋越来越鼓的同时，脑袋却越来越空了。

当前，我们正处在从整体小康向全面小康发展的关键时期。全面小康，当然就包括农村精神文明建设。在强调增加农民收入的同时，如何使农民特别是发达地区的农民脑袋更充实、精神更健康，是一个不容忽视的问题。海宁"2·15"特大火灾事故给我们敲响了警钟。

（2004年2月《经济日报·农村版》）

解决三农问题是全社会的事

"两会"召开前夕，新华社在网上进行了一次问卷调查，结果显示，关注"三农"问题的比例高达98%。这一结果有两点值得注意，一是比例之高，二是关注者主要为城里人。这么多城里人关注"三农"问题，说明中央领导同志强调的"努力营造一个重视'三农'问题的社会氛围"正在形成，这为逐步解决"三农"问题创造了良好的社会条件。

党的十六大提出，解决"三农"问题是全党工作的重中之重。3月5日，温家宝总理在政府工作报告中指出，解决三农问题是我们全部工作的重中之重。从这两个不同寻常的强调可以看出来，解决"三农"问题是全党的大事，也是全社会的大事，换句话说，解决"三农"问题跟我们每个人都有关系，我们每个人都可以为解决"三农"问题作出自己的贡献。比如，在你的朋友圈子里为农民说上一两句话；为尚在农村的亲戚提供一条致富信息；劝你家的小保姆学上一门实用技术；乃至在大街上为寻找工作而匆忙奔走的农民工投去一个同情的目光，等等。

关注"三农"，把关注落实到行动上吧。农民是我们的衣食父母。不，还是把他们当成我们的兄弟姐妹吧。伸出手来，拉他们一把，别让他们在共同奔小康的路上掉队。

（2004年3月《经济日报·农村版》）

别让农资涨价太快

一号文件的发布以及党中央、国务院鼓励粮食生产、确保粮食安全的一系列政策措施出台后，广大农民种粮的积极性普遍高涨，出现了多年来少有的好局面。然而，一种隐忧悄然扩大，农业生产资料价格上涨过快，部分农资供应紧张，正在无情地侵略农民脸上的笑意。在正在召开的"两会"上，基层代表对此反应也很强烈，他们呼吁，如果任由农资价格上涨，种粮农民从政策上获得的好处，将会被农资涨价抵消。

确保国家粮食安全，保护和提高粮食综合生产能力，是我们必须坚持的一个重大方针。但是，国家的粮食安全最终要落实到农民的种植面积上，而农民算的是最简单的投入产出账。种粮合算，农民就有积极性；种粮不合算，农民就没有积极性。去年以来，粮食价格上涨，国家又适时出台了鼓励农民种粮的政策，农民有账可算，种粮积极性大增。在播种的春天，农民备足种子、化肥，期盼秋天的收获。不料，粮价涨，农资也涨，甚至粮价一寸一寸地涨，农资一尺一尺地涨，使农民种粮的预期收入大打折扣。

农民种粮的积极性来之不易，迫切需要引导好、保护好、发挥好。国家已经注意到农资涨价过快的问题。国务院已于近日召开会议，部署改善农资供应等工作。国家发改委也发出紧急通知，决定对化肥等农业生产资料价格上涨实行干预，以稳定其价格。但愿通过这些措施，种粮农民将农资价格稳定在一个合理水平上的愿望，能够实现。

（2004 年 3 月《经济日报·农村版》）

动态地理解农业结构调整

近日下乡调研，听到农村基层干部提的比较多的一个问题是，现在重视粮食生产，农业结构调整还搞不搞了。记得本报"一周三农点评"栏目曾刊发一篇言论《别把确保粮食生产与农业结构调整对立起来》。据了解，这种疑问在农村干部和群众中不是个别存在。因此，这个话题还有再说一说的必要。

农业结构调整是指根据市场变化而调整农业结构的过程。按农民自己的理解就是，市场需要什么，农民就种什么；什么价格高，农民就种什么。农业发展进入新阶段以后，根据主要农产品供求基本平衡和丰年有余这样一个基本判断，加上粮食连续多年丰收，许多人对农业结构调整的理解是，少种粮食作物，多种经济作物。这是面向市场，主动调整的正确选择。

但是，农业结构调整的固有含义并不就是少种粮食多种其他作物。农民种什么，不种什么，少种什么，多种什么，是市场引导的结果。昨天粮食市场价格低，农民就会自动减少粮食种植；今天粮食市场价格高了，农民就会提高种粮的积极性。昨天农民少种粮，是调整；今天农民多种粮了，也是调整。这样说来，当前各地重视粮食生产，农民种粮积极性大增，是在中央政策指导下，市场引导的结果，其本身就是农民根据市场需求进行的农业结构调整。

（2004 年 4 月《经济日报·农村版》）

做农民工作要多点耐心和细心

有消息说，浙江临海埠头村农业税已经收到 2029 年。《经济日报·农村版》立即派记者前去调查，但是村民和村干部各说各的，观点截然对立：

村民说："占地修路，占了我们的承包地。明明补偿标准是每亩 1.95 万元，可村里楞说是 1.65 万元，那 3000 元就是按每亩 100 元的农业税给扣了，这不是让我们一缴 30 年吗？"

村干部说："扣的绝对不是农业税。考虑到 30 年承包期满后还要重新划分土地和公益事业的需要，村委会和村民代表会讨论决定，从征地补偿款中留出 20%，作为村里的公共积累。村民对扣掉的 3000 元有误解，以为是按每亩 100 元扣的 30 年农业税。"

一方说是，一方说不是，令人无法判断。据说省里有关部门已介入此事调查。细想想，"是"与"不是"并不是关键的问题，倒是"是非"之外的东西，更令人感慨和深思。

现在，一方面基于各种经济利益的矛盾和纠纷越来越多；另一方面，农民的法律意识、维权意识普遍提高。在这种情况下，我们每出台一项政策，即使是真心实意为农民带来好处的政策，也要在落实和执行过程中，多向农民做解释和说服工作。越是基层的干部，越要多点耐心和细心。其实，农村中的许多矛盾，包括一些导致农民过激行为的矛盾，从根本上说，并不就是截然对立的，而是少了解释和说服，少了耐心和细心，就像隔着一层窗户纸，捅破了就阳光普照。基层干部要学会捅窗户纸的功夫。

当前，农村中的干群矛盾仍然存在。在矛盾的双方中，干部是矛盾的主要方面。在解决矛盾的过程中，干部要主动，要带着感情而不是怨气，要多作解释和说服，而不是强迫和命令，要有耐心和细心，而不能指望一蹴而就。让农民心顺气顺，是发展农村经济、维护农村稳定的基础，这一点农村基层干部务必要明白。

（2004 年 5 月《经济日报·农村版》）

农民怎样做到待价而沽

最近一个时期，各地粮食价格普遍上涨，很多人以为，农民从中收益不小。然而，根据有关部门的调查，事实却并非人们想象的那样。来自上海的消息声称，农民在上海大米涨价中，每公斤只增收了 0.16 元，仅占 14%，而其余的 86% 被流通环节赚走了。

我们常说，市场引导生产。而粮食市场价格高，生产者和出售者却收益很少，甚至没有收益。这是为什么？上海的调查说明，农民不知道米价上涨的趋势，早在秋粮登场时就将稻谷抛出去了。农民没能做到待价而沽。

按词典里的解释，待价而沽，就是等到价格高时再出售。农民不能做到待价而沽，是因为他们不知道什么时候价格高，而绝大多数农产品又是有生产的周期性和不易储存等特点，因而，许多农民尝够了"种时是宝，收时是草"的苦果。

其实，市场再变也有规律可循。农民能逐渐摸到规律。关键是，农民缺少信息，特别是缺少及时的、全局性的、预测性的信息，因而很难应对市场的变化，更难以驾驭市场。

在欧美等发达国家，农产品的市场信息网络十分发达，而负责信息采集、分析和发布的，是全国性的大豆、土豆、柑桔等行业协会。在我国，这类行业协会还处于萌芽状态，还不能承担为农民提供完全信息的重任。因此，发育行业协会，建立健全行业性、全国性的农产品信息体系，也是解决"三农"的问题的应有之义。

（2004 年 5 月《经济日报·农村版》）

别把县域经济当成县城经济

前不久到中部某县了解县域经济发展情况，县委书记侃侃而谈，历数该县在发展县域经济方面的重大举措。参观县城，的确正在大兴土木。可以肯定地说，用不了多久，该县面貌就会有较大的改观。而到农村走一走，却发现没有什么变化。城乡对比，笔者心里很不是滋味。

自从中央提出"壮大县域经济"以来，各地在发展县域经济上下了很大功夫，而为数不少的县市却把功夫下在了县城的改造和建设上。高楼大厦多了，马路宽了直了，甚至建起了大广场。的确，这不能不算发展县域经济的内容，而且，这些看得见摸得着的地方很容易体现发展县域经济的成果。但是，如果仅限于此，把发展县域经济等同于县城经济，甚至不顾条件地搞一些形象工程、政绩工程，那就离发展县域经济的真正要求相差太远了。

什么是县域经济？它应该是全县（市）范围之内的经济，而绝不仅仅是县城的经济。在县域这个范围内，各县（市）发展的侧重点虽然有所不同，但恐怕发展农村经济、解决"三农"问题是一个普遍面临的问题。在"三农"问题成为全党工作的重中之重的时候，从某种意义上讲，发展县域经济就是发展农村经济。

县市财力有限，有限的财力往哪投？县市领导精力有限，有限的精力往哪用？这涉及用什么样的指导思想来指导县域经济发展的大问题。是不是用科学的发展观和正确的政绩观作指导，县域经济发展的效果会大不一样。

（2004 年 5 月《经济日报·农村版》）

扶贫，中国对世界的承诺

近日去浙江采访，一位刚从西部考察回来的民营企业家大发感慨：没想到西部还有许多农民吃不饱穿不暖。而据他讲，像他一样"没想到"的民营企业家还不在少数。

在全球扶贫大会召开前夕，《经济日报·农村版》在"农村经济"专版上连续刊发了"贵州扶贫系列报道"。它使我们看到，在全面建设小康社会的进程中，仍有一部分人处于贫困状态，吃饱穿暖仍然是他们最大的梦想。据有关部门提供的数据，这部分人大约有 2900 万。与 13 亿人口相比，这是一个很小的比例，但从绝对数来看，仍然是全面建设小康社会不可忽视的一个群体。

但是，如果我们的记忆闪回到改革开放前，那个时候，没有解决温饱问题的人口达 2.5 亿，几乎占了全部人口的 1/4。也就是说，中国仅用 20 多年的时间，就解决了 2 亿多贫困人口的温饱问题，这同样令许多国际人士"没想到"。5 月 26 日，首届全球扶贫大会选择在中国召开，无疑是对中国扶贫事业和扶贫成就的充分肯定。

减少贫困是全球共同的任务和使命。中国是世界的一部分，中国的迅速减贫创造了人类发展史上的奇迹，也为世界扶贫事业做出了重大贡献。而且，我们看到，中国政府仍在继续为全球扶贫事业做出贡献，在加快现有贫困人口脱贫进程的同时，还要对全球扶贫提供无私的援助。在全球扶贫大会上，温家宝总理宣布：在继续向"非洲发展基金"捐资 5000 万美元的基础上，又决定向亚洲开发银行的"亚洲发展基金"捐款 3000 万美元，并且向亚洲开发银行额外捐资 2000 万美元，设立"中国扶贫和区域合作特别基金"。

扶贫是全世界的使命，也是全社会的神圣职责。在中国政府为全球扶贫继续做出重大努力的同时，越来越多的社会力量也在投入到国内的扶贫行动中。文中开头提到的那位浙江民营企业家就表示，他要为西部扶贫做出自己的贡献。

（2004 年 5 月《经济日报·农村版》）

村务公开不能玩虚的

5月28日，新华社向国内外播发了一条消息：中共中央政治局召开会议，研究健全和完善村务公开和民主管理制度。中共中央总书记胡锦涛主持会议。中共中央政治局开会专门研究村务公开，在乌裕尔①的印象中，还从来没有过，可见中央对村务公开和民主管理的高度重视。而从报道中所强调的意义看，远远超过了"给群众一个明白，还干部一个清白"这样的认识。

近年来，村务公开成为农村政治文明建设的一项重要内容。到农村走一走，你会发现，村头巷尾，常常立着一块公示牌，上面开列着村里的收入、支出等账目。应该说，绝大部分村都能做到村务公开，大部分村也是认真做的。但是，也有一部分村是在走过场，玩虚的。同样是公示牌，有的村表面上做得很漂亮，仔细看却是几个月前甚至一年前的内容；有的村公开了一大堆内容，却并不是村民想要知道的；还有的村根本在内容上就弄虚作假，失去群众的信任。

众所周知，在我国，村一级实行的是村民自治，这包括民主选举、民主决策、民主管理、民主监督等。而村务公开，是确保农民实现民主权利的重要前提。在经济上保障农民的物质利益，在政治上尊重农民的民主权利，是党领导亿万农民建设社会主义新农村的一条重要经验。今年以来，我们出台了一系列政策，目的是保障农民的物质利益。在确保广大农民日益得到物质上的好处的同时，中央又专门研究如何健全和完善村务公开和民主管理制度，进一步从政治上尊重农民的民主权利，这是农村政治文明建设的重大举措。

所以，村务公开内容虽小，却绝不是小事；说起来简单，让群众满意不易。各村应该按中央的要求，对本村的村务公开来一次自查，看是不是真的公开了，公开了什么内容，真实性如何，群众满不满意，信不信任。

(2004年6月《经济日报·农村版》)

---

① 乌裕尔：本书作者许宝健的全名。

强县扩权与经济工作重心下移

《经济日报·农村版》自5月31日开始，在县市纵横版详细介绍河南、湖北、黑龙江等省发展县域经济的战略部署，其"强县扩权"等措施引起了广泛关注，普遍认为，这是对党的十六大提出"壮大县域经济"战略方针的具体落实，一些议论还对市管县体制提出了质疑。

我国于上世纪八十年代初开始实行的市县管理体制，从"市带县"逐步演化成了"市管县"，甚至"市刮县"，与以城带乡、实现城乡一体化发展的初衷越走越远。发展和壮大县域经济的要求提出以后，人们开始正视这种管理体制的利与弊，而县市领导的感受更深一些。

前不久，笔者去山东一个经济强县采访，聊起这个话题，县委书记说，发展县域经济，缺这缺那都不怕，但最缺的是权力。他所说的权力是两个方面：一方面，作为县一级，人权和财权都在市里；另一方面，这几年，县市一级的重要经济管理和经济调控部门都收到了上面，实行垂直管理，而许多经济和社会工作的重点和难点都需要在县市一级解决。所以，发展县域经济，最需要的是权。

县委书记要权，要得理直气壮，因为他要的是发展权。当前，解决"三农"问题已成为全党工作和全部工作的重中之重，重中之重不仅是口头上和文件上的，更要落到实处，这个着力点就应该是县市；中央可以出政策，省里可以发文件，到了县市，就应该是解决问题。解决问题需要手段，这手段，一定意义上说，就是权力。

实际上，需要权力的不仅仅是经济强县，而是渴望发展的所有的县市，所以，放权不能停步；与此同时，与权力同时下移的，应该是我们经济工作的重心，就是说，整个经济工作的重心应该逐步下移到县市，下大力气解决县域经济发展中遇到的问题，因为作为城乡结合部，县域经济发展了，国民经济就会进入到一种良性循环的状态。

（2004年6月《经济日报·农村版》）

农民变市民路有多远

继青岛市变成全国第一个没有县的中心城市之后，深圳市又宣布，深圳宝安等两个区的农民将全体转为城市居民，深圳将变成全国第一个没有农民的城市。

加快城市化进程，是我们全面建设小康社会过程中最波澜壮阔的画卷；农民变市民，也是农民千百年来的梦想。但是，眼前的这种变化和过程，远比我们想象的要复杂得多。如果仅仅认为这是一件大事和好事，指望一纸文件一个令，一夜之间就把农民变成了市民，效果恐怕不会尽如人意，甚至会产生一些后患和矛盾。

记得去年乌裕尔去某中心城市采访，出乎我的预料，大部分已处于"城市状态"的农民不愿意变成市民。经过深入了解，乌裕尔明白了：

第一，农民想一举两得，既享受城市的好处，又不失去做农民的好处。做农民有什么好处？最大的好处就是农民有地。在城市化的过程中，有多少城里人瞪着血红的眼睛盯着农民的地。这些地要不被拿走，农民可以通过盖房出租等来获利。

第二，在发达的农村，也就是要被城市化地方的农村，集体经济已有相当的积累。城市化过程中，这些属于农民的财产如何处置，农民有些担心。

其实，这两点归结为一点，就是农民担心在城市化中自己的利益受损失、被剥夺。这种担心，既有小农意识的心理在作祟，也有对自己合法利益的正当维护。不管是哪一种，管理者都不应当忽视。

对于一直关心农村城市化进程的乌裕尔来讲，有几点想法求教于各位：

首先，城市化是一个水到渠成的过程，它的核心是人的城市化，也就是农民的城市化，而不仅仅是农民的身份的城市化，更不仅仅是农民的土地的城市化。城市化要积极，但不能急躁，更不能"一窝蜂"搞城市化、"大跃进"搞城市化。

其次，要处理好农民在城市化中的利益关系，不能眼睛只盯着农民的土地，不能剥夺或变相剥夺农民的合法利益。

最后，农民身份转变后，也就是农民变成了市民之后，应当继续关心和促进农民真正融入城市，关心和促进他们自身素质和文明程度的提高。否则，他们就会仅仅成为名义上的市民，甚至变成城市的边缘人。

（2004 年 7 月《经济日报·农村版》）

怎样延续乡镇企业的使命

一位地方上的乡镇企业局局长风急火燎地找到乌裕尔，说他们那个地方正在研究撤销乡镇企业局的问题，希望乌裕尔帮助呼吁，在机构改革中保留乡镇企业局，他还阐述了保留乡镇企业局的重大意义。

关于乡镇企业局机构的问题，应该是旧事重提了。记得 20 世纪 90 年代中后期，关于乡镇企业机构撤并、改名的问题，引起了一场较大的讨论。在乌裕尔编辑的报纸版面上，刊发了一篇乡镇企业不能改名的长篇文章，有理有据地说明了乡镇企业不能改名的重要意义。不久，有"知其二"者指出，写文章的人就是乡镇企业局局长，这篇文章的分量立马就轻了许多。

乌裕尔将此事告诉来者，来者立刻敏感地分辩道："我可不是为了自己的局长位置，我是为了乡镇企业的大事业，为了八亿农民的增收致富。"

关于乡镇企业的历史地位和重要作用，任何时候、任何人都不能否定。在乌裕尔做记者的 10 多年里，曾写过上百篇为乡镇企业鼓与呼的报道和文章。有人自嘲地说，乡镇企业是"没有枪，没有炮，只有一把冲锋号"。乌裕尔也是这把冲锋号中的一个音符，并为此而骄傲。

这些年，冲锋号的音调明显弱多了，民营企业和中小企业崛起，乡镇企业纷纷改制，原有意义上的乡镇企业正在发生一场脱胎换骨的变革。有人提出，乡镇企业作为一种所有制意义上的形态，已经不存在了，所以，乡镇企业局也就没有存在的必要了。

其实，乌裕尔认为，乡镇企业改不改名，乡镇企业局要不要，只是面上的问题，是浅层次的问题，本质的问题是乡镇企业的使命有没有变，乡镇企业的使命如何延续。

那么，在新的形势下，乡镇企业的使命是什么？乌裕尔认为有两个：一个是乡镇企业吸纳农村富余劳动力的使命不能变；一个是乡镇企业带动农业升级和农业产业化发展的使命不能变。有了这两个不能变，其他的再怎么变也不怕。也就是说，即使乡镇企业的名称变了，即使乡镇企业局没有了，也不能说乡镇企业的使命完成了。

乡镇企业的使命如何延续，才是新形势下面临的最紧要的课题。

（2004 年 7 月《经济日报·农村版》）

道一声"辛苦"多沉重

乌裕尔从小学读到大学，从硕士读到博士，经历过的老师少说也有数十个了。然而，在第20个教师节来临的时候，乌裕尔唯独想起了一位怎么也想不起名字的老师。他是乌裕尔小时候在鲁西南老家暂住时教过乌裕尔半年的老师。这位老师已人过中年，腿有残疾，穿一粗布衣衫，每天早晨早早地从村西头到村东头的小学，一拐一拐地走得极快。

参加工作以后，走的农村多了，乌裕尔发现，我的那位腿有残疾的中年乡村老师实在是太普遍了。即使在30多年之后的今天，他们仍以默默的奉献支撑着农村基础教育的大厦。正因为有了他们，脆弱的农村教育大厦才不致于坍塌。乡村教师王守奇就是他们其中的代表。

王守奇是四川南部农村的一个小学教师，20年来，他一个人担起了全村孩子教育的重担，有398个孩子从王守奇的家里走出来，其中18个人走进了大学。而王守奇的教育经费来自于自家的5亩鱼塘、120只鸭、60只鸡、两头母猪、两亩菜地……王守奇的经历已被教育界人士概括为"王守奇现象"。

虽然农村中有千千万万个王守奇，但他们的力量还是太小太小了；虽然他们的精神值得我们歌颂、敬佩甚至景仰，但仅仅指望他们改变农村教育的现状，却是非常不现实的。城乡不平等，最大的不平等是教育，最根本的不平等也在教育。解决农村教育的关键在于改革现行教育体制，调整现行教育政策，增强农村教育的财政投入，让阳光财政普照农村教育，让每个农村孩子都有享受义务教育的权利，让每一个乡村教师都别教得这么辛苦，活得这么沉重。

（2004年9月《经济日报·农村版》）

学学日本的农产品出口

早前，乌裕尔的一位朋友从上海来，席间讲起在上海吃到的日本牛肉赞不绝口。几天后，乌裕尔在北京也吃到了这种日本牛肉，还未来得及品尝其味质如何鲜美，就被它那高昂的价格吓了一跳。

大家知道，日本是一个农产品进口大国，很多国民吃的都是中国或其他国家进口的物美价廉的农产品。的确，日本人地矛盾高度紧张，农业生产成本极高，因而农产品国际竞争力很低，无法同其他国家竞争，只好关起门来自产自销搞"国家小农经济"，其许多有形无形的贸易壁垒经常受到世界各国的指责。不料，日本政府突然转守为攻，大举进攻农产品国际市场。

说大举进攻并非耸听。乌裕尔查阅有关报道，不仅日本的牛肉，日本的大米、水果乃至茶叶相继登陆中国、东南亚国家和地区以及欧美市场。日本政府还专门成立了相关机构，制定相关政策法规，加速实施农产品出口战略。可以预料，用不了多久，中国一部分人的茶桌上摆的就会是日本的绿茶。

中国是传统的农业大国，也是农产品大国。加入世贸组织以来，有专家喜出望外地发现，当初预料到的对我国农业的冲击，并未如期到来。其实，乌裕尔想提醒，问题还有另一面，我们当初预料的优势农产品出口的好局面也未如期出现，反而不断遇到日本、韩国以及欧盟等市场一波接一波的贸易壁垒。如今，又面临日本出口农产品对我国高端市场的挑战。

日本作为世界上发达资本主义国家，能造出风靡世界的电子产品，当然也能生产出质优价高的农产品；我国一部分富裕的消费者，要吃日本的牛肉、大米，喝日本的绿茶，当然也是自己选择的权力。乌裕尔没有什么不平衡。乌裕尔想到的，除了人家的产品质量好，人家的营销手段也比我们高明许多。这方面乌裕尔听到的故事不少。而在我国，农产品依然存在着重生产、轻营销的倾向。所以，先别不服气，先学学人家吧。

（2004 年 10 月《经济日报·农村版》）

可口可乐的市场方向

今年初，在一次非正式的会议上，乌裕尔自作多情，给可口可乐公司出了一个"大主意"：可口可乐今后的主要市场，将在中国农村。理由有二：一是可口可乐作为一个百年品牌，正在受到严峻的市场挑战。在美国，已有部分州出台规定，禁止少年儿童饮用可乐类饮料。而在中国的大城市，在所谓的精英消费阶层，也已越来越少有人喝可乐类饮料，改饮纯果汁类饮料。二是中国农村消费者恰好处于消费转型阶段，无论是消费水平还是消费心理，恰巧可以承接可乐类消费市场的转移。

一晃进入年底，乌裕尔得到确切消息，可口可乐公司一万多名销售代表悄然进入中国农村腹地，对农村市场进行调查，他们连农村地区小超市、餐厅、理发店和小货摊也不放过。对中国农村市场的志在必得可见一斑。

并不是乌裕尔有什么先见之明。中国农村市场对众多国内外商家的诱惑，早已是明摆着的事情。不仅国外企业，国内企业更是捷足先登。继前几年家电企业纷纷抢滩农村市场之后，大名鼎鼎的联想电脑也推出了乡镇市场"圆梦计划"，正在以3000元左右一台的价位进军农村市场。

据《经济日报·农村版》负责人介绍，一家面向县市市场的公司在寻找媒体配合时，终于发现在众多媒体中，只有《经济日报·农村版》一家与他们的市场定位相一致。于是他们对这份今年新诞生的媒体进行了详细研究。当把研究报告拿到农村版负责人面前时，这位负责人大为惊讶，不禁感慨，如今商家对农村市场的认识，热情之上，更加理性。

乌裕尔以为，说中国是个大市场，其实就是说中国农村是个大市场。但农村市场又是极具特殊性的市场，需要更加有针对性和个性化的手段来开拓。这其中，市场调研是一个不可忽略的基础工作。可口可乐一下子派出一万人的队伍做农村市场调研，足可以给其他看中中国农村市场的企业带来震动。

（2004年11月《经济日报·农村版》）

农民又盼第二个"一号文件"

在即将过去的一年里，如果说，农民是中国社会受益最大的一个群体，相信不会有人反对。年终岁尾，稍加盘点，农民就如茶壶煮饺子——心里有数。

如果要让乌裕尔帮农民说出来的话，以下就是硬邦邦的几条：

一是收入增了。2004年前三季度，农民人均现金收入2110元，实际增长11.4%，增长幅度比上年同期提高7.6个百分点，比同期城镇居民人均可支配收入增长幅度高4.4个百分点，为1997年以来最高的。看来全年人均纯收入增幅突破5%的预定目标问题不大。

二是负担减了。农村税费改革使农民减负30%以上，全国共计减轻农民税收负担280亿元左右。被称为"皇粮国税"的农业税陆续退出历史舞台，目前已有吉林、黑龙江、北京、天津4个省市全面免征农业税。

三是补偿高了。今年，国家加快了土地征用制度改革，出台了新的征地补偿标准，保证被征地农民原有生活水平不降低，用地单位在同等条件下优先吸收被征地农民就业。在土地市场治理整顿中，全国共偿还了拖欠农民征地补偿费160.45亿元，占拖欠总额的91.4%。

四是心气顺了。过去农民进城，处处低人一等。今年，歧视政策大多数被废除了。被拖欠的工资也陆续拿到了。按照最新统计，2003年以前历史拖欠的农民工工资已偿付87%。政府答应，2005年春节前要把2003年以前拖欠的农民工工资偿付完毕。

广大农民在念及这些好处的时候，总是不会忘了今年年初出台的"中央一号文件"。正是这个文件，提出了农民盼望已久的许多好政策，同时也引发了各部门一系列支农惠农政策。现在，农民最大的愿望，就是在新的一年里，这些政策不会变。

刚刚结束的中央经济工作会议，给农民吃了"定心丸"："明年各项支农措施的力度只能加大，不能减弱。已经实行的政策不能变，已经给农民的实惠不能减，随着国家财力物力的增强，还要逐步加大支农力度。要从提高农业综合生产能力出发，采取更加有力的措施，加强农业基础设施建设，改善农村的生产生活条件。"

一般来讲，中央经济工作会议结束不久，将要召开中央农村工作会议，而农村工作会议都要出台一个关于新的一年农业和农村工作的文件。这里，乌裕尔再次说出农民的心里话：希望这个文件仍然是 2005 年的"一号文件"。

（2004 年 12 月《经济日报·农村版》）

慎说粮食多与少

粮油价格波动依然是本周的热门话题。对此热衷发表评论的，大致有三部分人：一是媒体人士，二是专家学者，三是政府有关部门的有关人士。尽管有的长篇大论，有的点到为止，但概括起来不外乎两种观点：一是"拐点说"，一是"平衡说"。所谓"拐点说"，就是讲中国粮食不久将出现短缺，由我们不久前还津津乐道的供过于求或供求平衡转向供不应求。持此说的人士甚至还重新搬出了数年前美国学者"谁来养活中国"的观点。"平衡说"呢，是指我国通过各种措施和手段，粮食市场将在相当长一个时期保持供求平衡。

不管是"拐点说"还是"平衡说"，如果是仅限于某个圈子的说法，还不足为重。而事实上，最近粮食市场的变化已引起上至政府高层、下至平民百姓的极大关注。在个别地方，出现了市民囤积粮油的动向。同时中央强调，要提高粮食综合生产能力。一些地区增加粮食播种面积，成了媒体的重要新闻。

粮食，作为一种商品，其战略性、重要性、特殊性、敏感性一下子凸现出来。本来，一种商品的市场波动、价格升降都属于市场的正常反应，但轮到粮食就不"正常"了。前几年，粮食多了，价格低得让农民心焦。眼下呢，又似乎少了，让许多有"食"之士为之担忧。而保持一个不多不少的恒定市场，又不可能，也不符合市场规律。所以，依我看，粮价降了的时候先别贸然说多；粮价升了的时候是也别贸然说少，给市场留一个自然调节的时间和空间。况且，我国的粮食市场存在两个不容忽视的效应：一是"滞后"效应，就是由于粮食生产的季节性和周期性，等到在生产者——农民那里反应过来，已是第二年了；二是"放大效应"，就是一说多，就似乎多得不得了，而一说少，又似乎少得要出乱子。所以，面对眼下的粮价还是少说点吧。

（2004年12月《经济日报·农村版》）

2004，中国"三农"年

在 2004 年即将过去的时候，乌裕尔接到一封信（在进入电信和网络时代的今天，乌裕尔已经很少接到手写的信了）。这封信来自鲁西南的一个普通村庄，写信的人是这个村的党支部书记。小时候，乌裕尔曾在这个村庄生活过两年，近些年也偶尔去过。乌裕尔的父亲出生在这里。现在的村支书是乌裕尔的堂兄。

村里的经济发展水平和发达的山东省极不相称，没有工业和商业，农业也只是传统的粮食和棉花作物。堂兄很着急，曾梦想一夜之间像东部那样富起来。折腾了几下，没有任何效果，头脑开始冷静下来。认了吧，还是老老实实地伺弄庄稼吧。

乌裕尔赞同堂兄的意见。但是，常常一年下来，收益却很不理想。种地不赚钱，地还得照样种。堂兄几年来情绪一直不高，曾多次想辞去村支书，也曾要求乌裕尔给他找个打工的地方。

其实堂兄的村庄与全国许多传统农村一样，多年来一直被种地不赚钱、增产不增收困扰着。可喜的是，这种情况在 2004 年有了根本的改变。

堂兄首先在信中向乌裕尔报喜，说全村人均纯收入有了一个大跨越。粮食丰收，粮价上涨；农业税减免，负担下降，两股劲拧成一根绳，牵着农民朝前奔。他喜滋滋地邀请乌裕尔到村里采访，把农民的喜悦心情向上反映反映。

信中还有一句话引起了乌裕尔的共鸣。他说，2004 年是农民的"三农"年，他希望明年也是，后年还是。

的确，2004 年的农业和农村的大好形势是多种因素作用的结果，但党和政府高度重视"三农"并出台了一系列支农惠农政策，无疑是最根本最直接的原因。从某种意义上讲，如果说 2004 年是中国"三农"年的话，那也主要是"三农"政策年。以年初的中央一号文件为发端，不仅中央出台了减免农业税的重大政策，国务院各部门也纷纷出台了一系列政策。

春风化雨。乌裕尔祝愿，堂兄和他的农民兄弟的日子越过越滋润。

（2005 年 1 月《经济日报·农村版》）

但愿感谢不再来

2004 年行将结束的时候，几位在北京打工的老乡辗转找到乌裕尔，说他们打了一年工，在他们要回家的时候，老板却不愿意把全部工资付给他们，一再求我帮他们想想办法。

乌裕尔按照他们提供的手机号打给了那位拖欠工资的老板，自报家门后，讲明情况，宣讲政策，指出错误……还没等乌裕尔说完，那位老板连连说："知道了，知道了，让他们明天来取吧。"

第二天，从老板处取了全额工资的几位老乡再次来到乌裕尔的办公室，表示他们的感谢。

望着几位老乡离去的背影，乌裕尔心里不是滋味。本来，打工给钱，天经地义的事，可不知怎么的，对亿万农民工来说，却成了"天下第一难"。

总理帮农妇熊德明讨薪，引发了全国农民工讨薪的浪潮，从而也将拖欠农民工工资的严重性暴露于天下。拖欠之普遍，数额之巨大，出乎人们的想象。

时下不是热衷讲流行语吗，刚刚过去的一年，"拖欠""清欠""讨薪""维权"乃至"熊德明"都成了流行语。而更加引人注目的是，国家对这一问题高度重视，国务院领导同志亲自抓，各部门统一行动。政府主导解决农民工工资拖欠问题，成为解决这一难题的关键。令人欣慰的是，到去年底，我国已基本解决了建设领域拖欠农民工工资的问题，共偿还农民工工资 331 亿元，占上报总额的 98.4%。

乌裕尔的老乡表示，明年还要到北京来打工。乌裕尔希望拖欠工资的事他们不会再遇上，他们对乌裕尔的感谢不会再重复。

（2005 年 1 月《经济日报·农村版》）

承认"天帮忙"

刚过去的 2004 年，农业取得了近年来少有的好成绩，粮食增产，农民增收。分析原因，有关方面负责人概括了四点：政策好、人努力、市场活、天帮忙。其中，政策好最为人们所关注，天帮忙也是一个重要因素。乌裕尔以为，承认"天帮忙"，说明我们对形势的判断有着清醒而深刻的认识。

承认"天帮忙"，首先说明农业作为一个产业与二、三产业有着本质的不同。在农业的投入中，阳光、雨（雪）水等自然因素起着不可或缺的作用，如果没有阳光、没有水，政策再好，人再努力，市场再活，粮食增产、农业增收的目标也难以实现。从这个意义上说，"天帮忙"是一个基础性的因素。

承认"天帮忙"，还说明我国农业靠天吃饭的局面还没有从根本上改变。一遇到大的自然灾害，粮食减产、农业欠收就不可避免。据统计，全国还有 57% 的耕地是"望天田"，已建成的 8 亿多亩灌溉面积普遍存在标准低、配套差、老化失修等问题。农业抗御干旱和洪涝灾害的能力非常弱。近 5 年来，全国受旱面积平均每年达 5 亿亩左右，是前几年我国粮食减产的主要因素之一。

承认"天帮忙"，说明我们已经把加强农业基础设施建设放在了重要位置，这也正是在去年农业取得较好成绩的同时，中央为什么还要把提高农业综合生产能力作为今年一号文件主题的原因。事实上，不仅要看到去年粮食增产，还要看到，这是在上一年粮食减产 250 多亿公斤情况下的增产；不仅要看到去年总体上的风调雨顺，还要看到未来几年气候的不确定性。所以，人努力，要在提高农业综合生产能力上下功夫，要在加强农业基础设施上下功夫，以便在自然灾害来临时，能够减少一些损失。

承认"天帮忙"，说明我们已经树立了新的农业发展观，从战天斗地夺丰收，到与自然和谐发展。农业发展史表明，在自然面前，既不能完全被动地顺从自然，乞求老天爷风调雨顺，也不能超越科技和生产力发展水平，冒昧地去改变自然法则，而是要与自然和谐共存，和谐发展。

（2005 年 2 月《经济日报·农村版》）

从春节探母说到工业"反哺"农业

今年春节，乌裕尔回东北老家过的节。说是回家过春节，满打满算在家也就待了一天半。大年三十儿赶到家里，初二回来。有朋友不解，好不容易回去一次为什么只呆这么短时间？作为经济学上的"理性人"，乌裕尔也在琢磨一个问题：由于是"私事"回家，费用要自理，来回的机票、车票不是一个小数目。一笔不小的开销换来一天半的团聚，值不值？

这次春节回家，主要是看望父母，特别是母亲。年届 70 岁的母亲，四年前患上脑血栓，目前已卧床不起，几乎不能认人。想想过去，父母含辛茹苦，宁肯自己不吃不喝，也尽量让几个孩子能够吃饱。小时候母亲说的一句话乌裕尔至今记忆在心：什么时候能够天天吃上大果子（北京称"油条"，因含有不利身体的物质而被营养学家列为不提倡多吃的食物），那可就是过上天堂般的日子了。如今，母亲完全可以过上天堂般的日子了，却几乎什么也吃不下去了。

乌裕尔有几位朋友，提起已过世的父母，好几十岁的人了仍然痛哭不止，他们后悔，后悔父母在世时，没有好好照顾，没有好好团聚，没有……每每听到他们说"后悔"，都给乌裕尔以很大触动。本来，今年春节乌裕尔打算闭门7 天，完成博士论文的写作，但为了使将来有一天不后悔、少后悔，乌裕尔最终还是决定赶回家去，和父母过一个团圆的春节。

今天我们成人了，学会了算经济账，可是当初父母养育我们的时候，绝对没有"投入产出"的概念。即使算账，乌裕尔也想明白了，投入一天半的时间和一笔盘缠，换回后半辈子的不后悔，你说值不值？

"反哺"是一种生物界特有的现象，"乌鸦反哺"的故事连小学生都耳熟能详。人类从自然的现象受到启发，孝敬父母成为千百年来传颂的美德。

其实，从生物到人类，从自然到经济社会发展，都有共同的规律可循。在正在举行的全国"两会"上,"反哺"就成了使用频率很高的词汇,工业"反哺"农业,城市支持农村,成为代表、委员的共识。

农业作为人类最早从事的产业,随着科技的发展,逐渐分离出了工业和商业;而随着工业和商业的发展,逐渐形成了城市。农业作为母体产业,实际上抚育了工商业的成长。就我国而言,中华人民共和国成立以来到改革开放初期,通过工农产品价格"剪刀差"等形式,农业为工业提供约 8000 亿元的积累。改革开放以来特别是 20 世纪 90 年代以来,通过农地征用等形式,农村又为城市提供了约 2 万亿元的积累。可以说,正是农业和农村的贡献,推动了我国工业和城市化的迅速发展。

今天,随着农业在国民经济中所占比重越来越低,农业也变成了弱质产业。中央审时度势,提出了"两个趋向"的判断,认为我国整体上已到了工业"反哺"农业、城市支持农村的新的发展阶段。理论判断固然重要,政策调整也需跟上。但在具体的工作当中,很多基层的同志还是陷入了算经济账的"陷阱",总觉得有限的资金投入农业不划算。这种观念不改变,"反哺"的各项政策措施落实起来就不会顺利。

生物界的反哺,是生生相息的自然现象;人类的反哺,是崇高情感的升华;而工业反哺农业,城市支持农村,是经济协调发展、构建和谐社会的需要。

反哺,一个多么美好、和谐的词汇,一个寄托着感情、饱含着义务和责任的词汇!

(2005 年 3 月《经济日报·农村版》)

长期不变就是永远不变

全国"两会"结束的当天晚上，一位来自农村基层的代表急着要见乌裕尔。一见面就急切地说，这回中央终于说了，长期不变就是永远不变。

这位人大代表说的意思来自温家宝总理在记者招待会上的答记者问。一位美国记者问：中国经济在快速发展中出现了很多社会问题。解决"三农"问题是您最大的愿望，可是有专家说，除非加强农民土地使用权或者还给农民土地产权，否则"三农"问题可能很难得到解决。您认为把土地产权还给农民是可能的吗？

温家宝总理的回答是：中国的改革是从农村开始的，农村改革是从解决农民对土地的生产经营自主权开始的。农村的土地是集体所有。我们在改革开始的时候就实行了家庭承包经营的基本经济制度，就是说，农民拥有对土地的生产和经营自主权，此后土地承包期不断延长。现在我可以直接回答你，农民对土地的生产经营自主权将长期不变，也就是永远不变。

总理的回答乌裕尔也注意到了。当时身在电视机前的乌裕尔就想，对农民来说，这句话的影响不亚于宣布取消农业税。

没有比农民更关心土地的了。农村改革之初，农民创造了在不改变集体土地所有权性质的前提下实行家庭经营的基本制度，农民有了生产经营自主权。在第一轮土地承包期 15 年期满之际，中央又适时提出再延长 30 年。此后，中央又多次强调，农村土地政策将保持长期不变。

在农民对土地承包期预期不确定的情况下，专家学者又纷纷对农村土地制度改革出谋划策，并且都集中在土地产权上。有人主张农地私有化，有人主张国有化，还有人主张在现有制度基础上进行完善，比如，赋予农民永久的土地使用权，类似"永佃权"。

总之，土地政策和土地制度始终是农村问题的焦点，是农民关心的头等大事。别小看总理说的这个"永远"，它让农民一直悬着的心终于可以落地。

（2005 年 3 月《经济日报·农村版》）

精通农业是一门艺术

最近，"穷人的经济学"成了热门话题。起因是温家宝总理在今年十届全国人大三次会议结束后的记者招待会上，引用了舒尔茨关于"穷人的经济学"的一段话。西奥多·威廉·舒尔茨是美国著名经济学家，1979年获得诺贝尔经济学奖。他在受奖时说："世界上大多数人是穷的，所以如果我们懂得穷人的经济学，我们会懂得许多真正重要的经济学。世界上大多数穷人靠农业谋生，所以如果我们懂得农业经济学，我们会懂得许多穷人的经济学。"

乌裕尔最早读到这段话，是在上个世纪末一本书的前言里。这本书的名字就叫《穷人的经济学》。后来，作为读博期间的必读书，乌裕尔认真通读了舒尔茨的经典著作《改造传统农业》。在作者写的序言里，乌裕尔发现了"精通农业是一门艺术"的论述。舒尔茨说："当我看到大多数国家在增加农业生产方面收效甚微时，我就懂得了为什么人们会深信，精通农业是一门可贵而又难得的艺术。如果说精通农业是一门艺术，那么少数国家在这方面是非常内行的。尽管它们似乎还不能把这种艺术传授给其他国家。这少数精通农业的国家在用于耕作的劳动和土地减少的同时，生产一直在增加。但是，只要把增加生产的经济基础作为一门艺术，我就毫不奇怪实现农业生产增加的经济政策基本上仍然属于神话的领域。"

舒尔茨不愧是世界级的经济学大师，他也的确是把农业当作艺术来研究的，一本《改造传统农业》的小册子至今未有出其右者。按乌裕尔的理解，舒尔茨关于精通农业是一门艺术的论述绝不仅仅是一个比喻，它给我们带来很多启示。它超越了农业是技术、农业是制度或者农业是政策的层面。舒尔茨之所以在研究农业方面取得如此高的造诣，和他对"精通农业是一门艺术"的认识是分不开的。

精通农业是一门艺术，但却不是也不应是一门时髦的艺术，更不是一种时髦。中央提出解决"三农"问题是全党工作的重中之重后，研究农业问题的多了，提出解决问题办法的人多了，这是好事。但是，真正像舒尔茨要求的那样精通农业，却不是一件容易的事。中国是一个农业大国，解决"三农"问题又是全党工作的重中之重和全部工作的重中之重，乌裕尔希望在不久的将来，能够产生舒尔茨那样的大师级的研究农业的经济学家。

（2005 年 4 月《经济日报·农村版》）

农村依然是广阔天地

近日，报上登了一条消息，说一个叫顾澄勇的复旦大学计算机专业毕业生，2002 年毕业时没有选择留在大城市，而是回到了农村卖鸡蛋，靠着所学的知识和智慧，终于卖出了大名堂。目前，他所在地的农业部门正在为他申报"中国农民十大杰出青年"。

近年来，大学毕业生回农村的新闻时常见诸报端。之所以会成为新闻，说明回农村的大学生还是少数。现在大多数中年人还会记得当年"广阔天地大有作为"的口号。毛泽东同志一声令下，成千上万的知识青年奔赴全国各地农村，接受贫下中农再教育。当然，那场运动的功过历史已有明论，但是，乌裕尔觉得，"广阔天地大有作为"的论断，在把解决"三农"问题作为重中之重的今天，仍有新的更加重要的意义。

首先，今天的农村已不是昔日的农村。过去的农村，不仅落后，而且产业结构单一。知识青年下乡，除了种地，没有什么可干的。而今天的农村，一、二、三产业俱备，市场经济意识深入人心，是青年学生真正可以大有可为的广阔天地。

解决"三农"问题，当然需要政策支持，需要制度建设，但更需要一批青年知识分子深入实地，亲历亲为。当今，自诩为青年知识分子精英的人不少。乌裕尔认为，以自己的才智深入农村、改造农村的青年知识分子才是真正的青年知识分子的精英，他们才更应该受到社会的支持和拥戴。

（2005 年 4 月《经济日报·农村版》）

穷人的知识分子

得知费老费孝通先生逝世的消息时，乌裕尔正在首都国际机场，等候启程赴美的飞机。不能为费老送行，心中充满了遗憾。而想到再也无法见到费老、再也无法聆听老人家的教诲时，泪水不禁浸满了乌裕尔的双眼。

费老无疑是一个大学者。在今天这样一个时代，做学问做到让人尊敬并不难，难的是既让人尊敬，又让人感到亲切。这两天一直在网上浏览悼念费老的文章，很多人都谈到了这一点。

乌裕尔有幸结识费老时，费老已是八十高龄。当时他正在全国四处奔走，一年下来难得有几天在北京，而他走的绝大部分地方都是农村，特别是老少边穷地区。他是改革开放年代典型的用脚做学问的知识分子。而跟费老走了几次之后，乌裕尔发现，满腹经纶的费老，与许多地方的基层干部和农民都是无话不谈的朋友。在他们的眼里，在他们的心中，这个不愿待在北京深宅大院里享清福的老人，大老远跑来，是为他们摆脱贫苦出主意来的，是为他们致富想点子来的。而费老的一系列文章，也的确是走一地，写一篇，没有空对空的议论，更没有让人看不懂的理论和模型，却是篇篇体现了他志在富民的博大胸怀。

在许多学者热衷于讲课、走穴的时代，热衷于把更多的精力用在出名和赚钱的今天，费老却淡泊名利，远离名利场，他呕心沥血、终其一生关心的，就是中国农村的工业化和城镇化，就是中国农民的脱贫致富。乌裕尔常常想，中国到底更需要什么样的学者？需要什么样的知识分子？在许多年轻知识分子的心中，费老的路不足取：下基层、走全国，浪费时间和精力；在实践中求索，做不成大学问；给穷人出主意，出不了名，赚不了钱。

的确，今天的中国，虽然广大农民和老百姓还很穷，但学者们却不再是贫穷一族了。很多经济学家，早已先行一步，进入中产阶层甚至富人的行列了。

中国不缺知识分子，不缺学者，不缺经济学家，缺的是费老那样的穷人的知识分子、穷人的学者、穷人的经济学家。费老走过来了。费老离去了。乌裕尔希望，费老不孤独。

（2005 年 5 月《经济日报·农村版》）

农民离市场更近了

乌裕尔写下这个题目，一定会有人疑问，农民不是一直在市场里扑腾吗？怎么才离市场更近了呢？不错，农村改革以来，农民逐步获得了越来越多的生产和经营自主权，但是与此同时，小生产和大市场的矛盾越来越突出，农民面对市场的变幻也越来越困惑。

比如，与城市家庭不同，农户首先是一个生产和经营单位。它要考虑投入和产出，这和一般的企业没有什么不同。但是，既然作为生产和经营单位，它却没有到工商部门注册登记，没有营业执照。这说明什么呢？这说明，农民虽然是在进行商品生产，但是在市场面前，它却是一个不完全的或者不合格的市场主体。不是市场主体，在生产经营中就会遇到很多问题，比如说，贷款的问题，谈判的问题，打官司的问题，等等。

说农民离市场更近了，是因为最近农民的市场主体地位不明确的情况有了根本性的改变，农民为应对市场风险而组织的各类专业合作社和合作经济组织开始有了明确的法律地位。据媒体报道，5月9日上午，浙江省工商局颁发了全国首批农民专业合作社营业执照。

浙江省台州市的10家农业专业合作社拿到了《企业法人营业执照》，种地的农民首次获得了市场法人资格。

组织起来是农民应对市场风险的最有力的方式。上世纪90年代中期，乌裕尔到山东等地调查农民合作经济组织的情况，当时农民反映最强烈的就是法律地位不明确，因而运作中产生了一系列问题。它们中，有的是到民政注册，有的是到工商登记，而绝大部分是既没登记也没注册，处于法律的边缘，反而增加了新的风险。

浙江省很早就注意到了这些问题。2004年11月，省人大通过了全国首部农民专业合作社地方法规《浙江省农民专业合作社条例》。这部法规已于今年元旦实施，它明确界定了农民专业合作社的法定概念、设立登记条件、组织架构、股本构成，并且规定合作社可以通过工商登记取得企业法人资格，农民以出资额为限对合作社承担有限责任。

给农民以法人资格，给农民以市场主体地位，将会极大地促进农民按市场的要求组织起来的积极性，而组织起来、又具有了法人地位的农民将会极大地提高抗市场风险的能力。因此，这是意义重大的一步。

（2005 年 5 月《经济日报·农村版》）

奢华与温情

在从美国回北京的班机上，11 岁的儿子从前舱的厕所回来，贴在乌裕尔的耳旁神秘兮兮地说，头等舱里坐着两个小孩，他们的座位和看的电视和我们的都不一样。儿子的神情里有点好奇，有点羡慕，也有点疑问。

待乌裕尔去方便时，果然发现有两个小孩坐在头等舱。从他们的背影看，他们的年龄超不过儿子，舒适的座椅对他们的身躯来说显得过于宽大。他们一个身体前倾，聚精会神地利用电视屏幕玩游戏，另一个则全身放松地躺在沙发椅上戴着耳机欣赏电影。

一直以为 11 岁的儿子坐上国际航班已经够奢侈的了，看到眼前的两个小孩，乌裕尔的心还是受到了触动。再简单不过的一笔账是，一个孩子的机票，足以让一个农村孩子上 10 年学。这样的联想，还是因为不久前乌裕尔已经受到的一次触动。那次触动来自一个留美的女生，她叫姜俪玲，是儿子中文学校的语文老师。

她的故事首先是儿子告诉乌裕尔的。一次上课，姜老师给孩子们放了中国电影《一个都不能少》，但是那些自小在美国长大的孩子并不能理解。姜老师虽在美国求学，却资助了贵州贫困山区农村的 10 个孩子上学。她定期给每一个孩子写信，不断地鼓励他们。她把这些信念给在美国的中国孩子听，并告诉他们，在祖国的一些贫困山区，还有像他们一样年龄的孩子上不起学，需要有钱的好心人帮助他们。

后来，乌裕尔见到了姜老师，她来自中国的浙江，学的是教育学。姜老师一再表示，她学成后会回国，为中国农村教育做点事。

在美国报刊上，乌裕尔曾看到这样的标题：中国进入奢华时代。而来自美国高盛公司的一个报告则称，2004 年，中国购买了全球 12% 的奢侈品。中国社会科学院统计则说，中国现有 1 万名资产超过 1000 万美元的企业家，此外还有 23.5 万名百万富翁，他们是中国奢华的代表。

在奢华之风盛行的今天，温情不可缺少。以姜老师代表的温情，会在人们的心中留得更久。

（2005 年 6 月《经济日报·农村版》）

杜鹰的批评和李强的启示

前不久见到杜鹰，被他劈头盖脸批评了一通。当时他说得很激动，大意是：你们搞媒体的不要整天为那些无病呻吟和故作高深的观点捧臭脚，不要给他们提供版面了，多发一些来自基层的反映真实情况的好文章。

杜鹰是谁呀？对了，杜鹰是乌裕尔非常敬佩的研究农村经济的学者，但他现在是个很有权力的官，是国家发改委农村经济司的司长，也就是人们说的，是一个学者型的官员，而且是一位个性同他的观点一样鲜明的学者型的官员。

在见到杜鹰之前，乌裕尔所在媒体用了整整两个版的篇幅刊登了他写的关于做好农村经济调研的长文。的确，现在的学者，能够沉到农村踏踏实实搞点调研的人已经不多了，因而杜鹰的观点引起了乌裕尔的共鸣，刊发后也引起了许多读者的共鸣。

最近一段时间，大学生李强的知名度很高。没有比李强更幸运的了。作为清华大学二年级学生，他写了一篇农村调查报告，受到了学院院长的重视，受到了共和国总理的称赞。于是，这篇叫《乡村八记》的调查报告纷纷刊登在全国各大媒体上。

李强的出名不是偶然的，他是在杜鹰所批评的知识界学术界浮躁之风的吹拂下冒出来的。杜鹰的批评和李强的启示，都应该促使媒体反思，我们的媒体到底应该给什么人和什么文章提供园地。

现在的一些学者，越来越像明星了，电视出镜率、报纸出名率甚至已经越过了明星。他们整天忙的就是出名、赚钱，而且丝毫不肯拿出一点时间来到基层、到农村搞一点调研。而我们一些记者也是围着明星学者转，甚至一出现就蜂拥而上，一股脑儿地把那些哗众取宠的观点搬到版面上。

知识界的浮躁之气和媒体的浮躁之气是互相影响的，要改变这种状况，真正做到"三贴近",当然需要媒体和知识界的共同努力。这也正是杜鹰的批评和李强的出名意义之所在。

（2005 年 6 月《经济日报·农村版》）

种地不缴税了，何时上学不交钱

前几日，《经济日报·农村版》请中财办专家唐仁健讲课，其中有一句话乌裕尔印象很深，他说，农民种地不缴税，上学不交钱，是我们在农村工作的两个重要目标。

第一个目标眼瞅着就要实现了。自从中央提出减免农业税以来，各地加快了减免步伐，5 年的目标可能提前 3 年完成。唐仁健以他亲身参与这一改革的实践写成了一本《"皇粮国税"的终结》。

农民种地不缴税的目标就要实现了，但是，上学不交钱还差得很远。过去到农村调查，发现税费负担和教育负担是压在农民身上的两座"大山"。现在税费负担轻多了，但教育负担仍然压得农民喘不过气来。教育负担重，导致的直接后果就是农民的孩子上不起学。乌裕尔手头的一份调查资料称，据对 17 所农村初中学校的调查表明，平均辍学率达到 43%，大大超过了"普九"关于把农村初中辍学率控制在 3% 以内的要求。不少地方存在着初一 3 个班、初二 2 个班、初三 1 个班的情况。

有人会说，农村辍学率高是因为农民不重视教育。不重视教育的农民的确有，但这既不是普遍现象，也不是问题的根本。目前动辄数百元、上千元的学杂费，已使一些农民家庭承担不起。

一方面是农民上不起学，另一方面是农村教育基础的窘境。据中国教育报对 174 个市县的调查显示，超过 50% 的农村中小学"基本运行经费难以保证"，58% 的农村学校危房改造经费无法落实，40% 的小学仍然使用危房，超过 30% 的农村小学粉笔论支限量发放，40% 的小学交不起电费，有电也不敢开灯。

应该说，农村教育的状况正在改善。在统筹城乡发展的方针指导下，国家加大了对农村教育的投入，并实施了"两免一补"，减轻了农民上学的负担。连几千年的农业税都取消了，农民上学不交钱，应该不是梦。

（2005 年 7 月《经济日报·农村版》）

提高应对群体性突发事件的本领

乌裕尔的一位朋友立志从政，几年前从中央机关下到地方当了一个"父母官"。记得为他送行时，他信誓旦旦：不贪不占，做一个亲民爱民的好官。

近日相见，问及从政感想，他深有感触地谈到，本以为不贪不占，做一个清官就没有风险了，但是现在看来这想法未免太简单化了。他虽然做到了不贪不占，却仍然难以睡个安稳觉，因为在他分管的领域内，有一项社会稳定工作。尽管到目前为止，他那个地方还从未发生过什么群体性突发事件，但其他一些地方的类似事件让他时刻不敢放松自己的神经。他还谈到，如何提高应对群体性突发事件的本领是地方和基层领导干部面临的一个严峻的挑战。

听了朋友的一番感受，乌裕尔感到很欣慰。朋友已经从一个满腹经纶、高谈阔论的理想家变成了在实践中学习实践、在研究矛盾中解决矛盾的实干家了。

的确，随着经济的发展、社会的转型、利益主体的多元化，社会矛盾也变得日益复杂。特别是随着群众自身素质的提高和法律意识的觉醒，他们表达自身利益的诉求也日益强烈，方式也与以往有所不同。如果对这些新情况、新矛盾没有清醒的认识和准确的把握，就很可能使矛盾显化、激化，引发群体性突发事件。

事实上，从部分地区暴发的个别事件来看，这些事件不是不可以避免的。但是既然已经发生了，我们就应该及时总结经验教训，避免此类事件再度或在其他地方发生。作为基层领导干部，应该像乌裕尔的朋友那样，时刻保持警惕，而不应有丝毫的侥幸。

据乌裕尔的调查了解，虽然各地面临的情况和矛盾千差万别，但仍然有些共性的东西可以把握：第一，要千方百计盯住苗头性的矛盾，及时将矛盾解决在萌芽状态；第二，不孤立地看待和解决矛盾，要看到矛盾的复杂性和联系性，认清矛盾的解决可能产生的正反两方面的影响，避免在解决矛盾中引发更大、更突出的矛盾；第三，探索解决矛盾的新的方式和方法，避免使用容易激化矛盾的传统方式。

（2005 年 7 月《经济日报·农村版》）

农民朋友，警惕"假记者"

一位在中央某报任主任的记者朋友同乌裕尔讲起了一件事：前不久，3位上访的农民找到他反映土地被侵占的事，希望主任派记者去采访。当主任答应派人去了解情况后，3位农民怯生生地问：这次去还收钱吗？原来，据农民讲，在别人的介绍下，他们曾接待了该报一位记者，采访后答应回去在报纸上"曝光"，临走时还带走了农民凑上的1500元感谢费。主任很惊讶，因为他们报社根本就没有农民所说的这样一个记者，而农民除了知道那个人的名字之外，其他的信息一无所有。农民至此才发现上了当。

近年来，反映问题的农民和农民反映的问题都比较多。找新闻单位反映问题，借"曝光"促进问题的解决，成为很多农民的选择。由于新闻媒体的介入，也确实帮农民解决了一些问题。但是，社会是复杂的，农民的需要也给一些不法分子可乘之机，特别是一部分人，假冒新闻记者，以"曝光"为名，骗取农民的感谢费；还有的人以帮助农民联络媒体为名，充当农民的中介和代言人，统一收取农民的钱。至于稿子能不能见报，问题能不能解决，那不是他们关心的，假记者的目的只有一个：骗钱。

作为媒体从业人员，乌裕尔在此帮农民朋友出出主意，以防上假记者的当。首先，农民朋友有了问题，有了冤屈，要相信党和政府，向有关部门反映，通过合理合法的手段解决；其次，在向新闻单位反映情况时，一定要查验记者的证件，包括盖有新闻出版总署记者证核发专用章的记者证、单位介绍信等，必要时还要亲自打电话向新闻单位核实；最后，绝对不能答应记者的索钱索物等任何不合理要求，农民朋友要把是否收钱当作识别真假记者的一个重要标志。

（2005年8月《经济日报·农村版》）

从赤脚医生到新型合作医疗

8月10日，温家宝总理主持召开国务院常务会议，会议研究的主题是加快建立新型农村合作医疗制度的问题。这可是关系到全国几亿农民健康和生死的大事。

看病难是今天广大农民面临的一个十分突出的问题，无疑也让中央领导同志揪心。乌裕尔每次下乡，几乎都能听到类似的反映。"小病不治，大病等死"，不仅是一些地区农民健康状况的真实写照，也已经成为不少农民特别是中老年农民的"共识"。

一次在农村，同乌裕尔谈起这个问题，一位年龄较大的农民突然唱起了一首歌：

赤脚医生向阳花，

贫下中农人人夸；

一根银针治百病，

一颗红心暖千家；

出诊愿翻千层岭，

采药敢登万丈崖；

迎着斗争风和雨，

革命路上铺彩霞。

这位农民的歌声立即引起了其他农民的共鸣。有的农民又哼起了当年描写赤脚医生生活的电影《春苗》的插曲。一时间，大家沉浸在对赤脚医生的怀念里。

今天年龄稍大些的人，不管是城里人还是乡下人，大都对赤脚医生有印象。中华人民共和国成立一直到 20 世纪 80 年代，全国各地农村都活跃着他们的身影。他们不是国家的正式医生，却解决了农民看病难的大问题，因而被农民视为"救命恩人"。赤脚医生也成了很多电影等文艺作品里的主角。

其实，解决农民看病难曾一度是我们值得骄傲的成就。自中华人民共和国成立后我国就致力于在农村建立卫生保健网，农村合作医疗覆盖率一度达到 90%，基本做到了"小病不出村，大病不出乡"。到了 20 世纪 70 年代末，我国已成为世界上拥有最全面医疗保障体系的国家之一。每逢国际组织对各国进行排序，按人均国内生产总值等指标，中国排名虽然不高，但按健康水平排名，则高得多，因而赢得了世界的广泛赞誉。

我们今天所要建立的农村合作医疗制度，是在市场经济条件下的新型合作医疗制度，现在还处于试点阶段。这次国务院常务会议确定的事，有许多让农民高兴的，一是试点是由 21% 扩大到 40%；二是对参加合作医疗的农民的补助，在原来每人每年 10 元的基础上再增加 10 元；三是提出了每个乡镇要保留一所公立卫生院，每个村至少有一个卫生室。

（2005 年 8 月《经济日报·农村版》）

农村大学生，少给家庭添负担

每期必看《经济日报·农村版》。这几期报纸在讨论农村大学生消费和父母供养大学生子女不易的问题以及他们到城里之后的思想变化。这组讨论告诉我们，农民兄弟家里出了个大学生，增加的不仅是学业负担，一些农村来的大学生不切实际的消费，也是一个重要因素。

作为一个 25 年前进入大学的老大学生，乌裕尔不禁想起了自己读大学时的一幕幕情景。回想当年 4 年大学生活，最让乌裕尔骄傲的，不是优秀的学习成绩，而是 4 年当中，没有花费家里一分钱。虽然不是出身在农村，但当时家里的生活依然很困难。乌裕尔在登上火车前去学校报到的路上，就暗下决心，不让父母为自己上大学操心费力。

那么，在 4 年大学里，乌裕尔到底是怎么养活自己的呢？这里，向现在的大学生特别是农村来的大学生介绍一下"经验"。

一是发挥特长，增加收入，自食其力。乌裕尔从小好舞文弄墨，进入大学不久，很快就成为校报的特约记者。虽然不发工资，但优先上稿，上稿就有一点稿费。同时，还将自己写的小说、散文、诗歌等四处投递，每月一般都有一两张几块钱的稿费单寄来。这两项加起来，大约每月有 15 块钱左右。再加上每月十几元的助学金，一个月的伙食费就基本解决了。

二是想方设法节衣缩食，节省开支。大学 4 年，特别是前两年，每天的伙食基本上是，早饭苞米楂子粥加咸菜，晚饭咸菜加苞米楂子粥，中午吃一顿主食和炒菜。有限的资金节省下来都买了书。其实说是买，还不如说租更准确。那时的图书馆书不太多，很多要看的书借不到，而学校附近的一家书店却有很多乌裕尔要看的书。时间长了，和卖书的人混熟了，乌裕尔就创造了一种租书的方式，先全价将新书买来，抓紧时间读，读完了再以九折退给书店。以这种方式，几乎将书店里要读的书读了个遍。

其实以上介绍的"经验"并不重要，重要的是大学生们要有自立意识，要体谅农民父母赚钱的艰辛。在我们还没有能力孝敬父母、报答父母的养育之恩的时候，少让父母操心费力，就是对父母最大的孝敬和报答。另外，艰苦朴素并不丢人，它不仅是一种生活习惯和生活方式，更是一种美德。养成了艰苦朴素的习惯，将会使自己获益终生，还会给你的下一代带来非常好的影响。

农村大学生，不知道是否同意乌裕尔的说法。

（2005 年 8 月《经济日报·农村版》）

关注农村基层干部的心理健康

与乌裕尔交往多年的一位镇委书记，近日突然跳楼自杀了。这消息令乌裕尔惊愕不已。

这位书记 40 刚出头，原在县委办工作，平常愿意思考、善于总结，常写些文章投到报社，因而与乌裕尔相识交往多年。两年前，县里将他放到全县最大的一个镇做一把手，明显地带着锻炼提拔的意思。他也很争气，工作做得有板有眼，各方面反映都不错，据说已经被列为提拔对象。

听到他自杀的消息，乌裕尔在惊愕之后，首先想到的是，他会不会有什么问题才走上了这条路。经多方了解，既没有经济问题，也没有生活问题，最后集中到一点，工作压力过大，导致心情抑郁，一时想不开，走上了自杀的道路。

乌裕尔为朋友的离去而惋惜，也为朋友的清白舒了一口气。但是，在这里，乌裕尔更想大声呼吁：多关心农村基层干部的心理健康。

乡镇政权是我们政权的基础，乡镇干部队伍是共和国大厦的重要支柱。虽然他们中也有个别蛀虫和腐败分子，但绝大多数是好的，农村社会安定和政治稳定离不开他们。近年来，乡镇干部的压力越来越大，既要招商引资、发展农村经济，又要维护稳定，解决矛盾冲突。他们每天睁开眼睛面对的每一件事情，都不是轻松的。那一个个一票"否决"，就像一道道"紧箍咒"扎在他们的脑袋上。矛盾解决不好，坐不稳；工作没有成绩，难提拔。面对这种形势，很多乡镇干部特别是乡镇党政一把手反映，工作难做，压力太大，心理负担太重。

一位年轻有为的镇委书记离去了。乌裕尔以为，他的离去如果能起到这样一个作用，多少还是值得的，这就是：对广大乡镇干部，在相信他们、依靠他们的同时，多关心他们，特别是多关心关心他们的心理健康。

（2005 年 8 月《经济日报·农村版》）

别让一片乌云挡住了阳光

儿子开学了。早晨，一边开车送儿子上学一边收听广播。一条消息引起了乌裕尔的注意。财政部、中宣部、教育部联合发出通知，要求各地做好对农村义务教育阶段贫困家庭学生实行"两免一补"政策的宣传工作。

上小学 6 年级的儿子不明白是什么意思。乌裕尔耐心地给他解释说，"两免一补"就是免杂费、免课本费、补助寄宿学生生活费。国家之所以实行这一政策，是因为在一些农村地区，很多家庭困难的学生上不起学。每当新学期开学的时候，在城里孩子准备新书包、新课本上学的时候，一些农村贫困家庭的父母却为孩子的杂费、课本费发愁，一些孩子不得不因为交不起杂费和课本费而退学。在这种情况下，国家在去年秋季学期大幅度扩大中央免费教科书发放范围的基础上，今年又向中西部地区 3000 万农村义务教育阶段贫困学生提供免费教科书。到 2007 年，全国所有农村义务教育阶段贫困家庭学生都将享受到"两免一补"政策的阳光雨露。

儿子进了校园，乌裕尔的思绪却仍停留在"两免一补"上。在乌裕尔的印象中，财政部做事往往是润物细无声，这次"两免一补"为什么要大张旗鼓地宣传呢？这当然不是要宣传部门的政绩，而是因为这项惠及千万农村贫困家庭的大好事，在有些地方落实得并不好。据乌裕尔接触到的财政部人士介绍，一些地方拖延这项好政策的落实，一些地方在落实中偷工减料，比如，"两免一补"变成了"一免一补"，彩色课本变成了黑白课本，等等。党的政策的阳光被一片云遮挡住了。

这次之所以加强做好这项政策的宣传工作，不仅要让贫困家庭和学生全面了解这些政策，还要在全社会形成一种支持和监督的氛围，不让一片乌云挡住了党的政策的阳光。

（2005 年 9 月《经济日报·农村版》）

农村传播破了题

乌裕尔从事农村报道 20 年，因而在读管理学博士的时候，曾把博士论文的主题确定为农村传播，后虽在导师的坚持下改成了与专业更相符的题目，但是，研究农村传播乃至创建中国农村传播学的愿望一直没有放弃，而与一所大学新闻与传播学院共同创建农村传播研究机构的设想也已经提上了日程。

乌裕尔立论的理由不能说不充分。传播学传入我国 20 多年，已有 400 多所大学开设了相关的院系和专业。但是从事农村传播研究的几乎还是空白。尽管很多学者都在热议传播学的本土化问题，但如果不与农村相结合，不研究中国农村的传播问题，本土化就是一句空话，甚至从某种意义上说，传播学的本土化，就是传播学的农村化或乡村化。

实际上，绝不仅仅是研究领域，在传播实践中，城市的喧嚣，乡村的落寞，形成了鲜明的对比。乌裕尔一直以为，城乡信息资源占有的不平等，已经成为新时期城乡不平等的重要表现。广大农村，特别是中西部地区的农村，从来没有像今天这样需要信息，需要媒体。

消除城乡信息差距，填补城乡数字鸿沟，需要社会各界的共同努力。乌裕尔欣喜地看到，学术理论迈出了关键的一步。中国农业大学谢咏才、李红艳两位教授主编的《中国乡村传播学》近日问世。这部近 40 万字的著作，是我国农村传播具有奠基意义的著作，它的最大贡献就是构建了中国乡村传播研究的体系。据谢老师讲，他们拟出版乡村传播的一个文库，拟出版的还有其他 6 本著作。

农村传播终于进入了高校研究者的视野，并且破了题。已经有人预料，农村传播，从传播研究到传播实践，不久都将成为热点。看来，这个预料不是没有根据的。

（2005 年 10 月《经济日报·农村版》）

县域发展应重视社会事业

国家统计局每年都排出全国百强县（市）。这些百强为全国 2700 多个县市树立了标杆。在各地热衷发展县域经济的今天，一些省份把每年能进多少个百强当作发展的重要目标，许多县市也纷纷提出冲刺百强的目标。

但是，乌裕尔注意到，也有人对百强县的评价标准提出了不同的看法，比如，过分重视县市的经济实力，忽视了老百姓的富裕程度；比如，过分强调经济方面的指标，对社会事业发展指标重视不够。近日，乌裕尔遇见的一位市委书记的看法也证实了这种倾向。这位书记领导的县级市在中部省份中也只能算中上水平，却也提出了冲刺全国百强县的口号，而在其采取的众多促进县域经济发展的措施中，也没有谈到社会事业的发展。

当前，县域经济发展直线升温。发展中的不平衡问题也越来越突出。不平衡既有东、中、西部的不平衡，也有内部的不平衡。在内部的不平衡中，既有重城镇、轻乡村的倾向，把发展县域经济搞成了发展县城经济；也有重经济增长，轻社会发展的倾向，教育、卫生、文化等社会事业没有摆上重要位置。

在国民经济中，县域经济既是基础经济，也是综合性很强的经济，既有一、二、三产业的协调，也有城乡发展的协调，还有经济与社会发展的协调。在县域经济发展中，一开始就应该树立一个牢固的指导思想，这个指导思想就是科学发展观和协调发展的思想。

写到这里，乌裕尔想起了前段时间参加的一个座谈会。国务院发展研究中心农村部、经济日报县域经济研究中心在国家统计局农调总队的大力支持下，经过一年多的努力，编撰了我国首部《中国县域经济年鉴》。在他们就年鉴出版召开的座谈会上，根据专家的意见，"年鉴"的名字当即改成了《中国县域经济社会年鉴》。而他们委托专家课题组完成的全国县域经济评价体系，则侧重了县域教育、卫生、文化等社会事业的指标，体现了科学发展和协调发展的思想。

（2005 年 10 月《经济日报·农村版》）

新农村与新农民

党的十六届五中全会刚一结束，乌裕尔就参加了一个讨论会，研讨的主题是新农村建设。建设社会主义新农村是五中全会提出的我国现代化进程中的重大历史任务。在五中全会之前，有关新农村的研讨、调研就已经热闹起来。按照一般估计，全会之后，各地将陆续掀起一个建设社会主义新农村的高潮。

在乌裕尔的印象中，新农村的确不是一个新概念。早在20世纪50年代初，就已经提出了建设新农村的任务。但是，两个概念又确实有着根本的不同。50年代的新农村主要是与旧社会、旧农村相比较而言的，更着眼于社会制度和意识形态的内涵。今天的新农村，对广大农民来讲，内涵则要广泛得多，也实际得多。按照中央提出的要求，新农村就是"生产发展、生活宽裕、乡风文明、村容整洁、管理民主"，总共20个字。既有手段：生产发展；也有目标：生活富裕。既有看得见的村容整洁，也有感觉得到的乡风文明，更有制度保障：管理民主。

当然，对社会主义新农村，农民会有农民的理解，专家也有专家的解读。比如，有的专家就把新农村描绘成5个"新"：新房舍、新设施、新环境、新农民、新风尚。在众多对新农村的解读中，乌裕尔以为，新农民应该是一个不能不强调的因素。一方面，建设新农村的目的，就是要使农民得到好处，得到更多的实惠，用专家的话说就是"享受发展的成果"；另一方面，建设社会主义新农村，不仅仅是一句口号，不仅仅是几项政策，而是自下而上的广大农民积极参与实践。建设新农村，培养新农民；依靠新农民，建设新农村，二者互相依托，互为手段和目的。建设社会主义新农村的实践，无疑会改造农民，提高农民，造就一批新型农民；而大批新型农民的涌现，又会成为新农村建设的主导力量。

（2005年10月《经济日报·农村版》）

说说生产发展

最近下乡，所到之处都在议论社会主义新农村。"建设社会主义新农村是我国现代化进程中的重大历史任务"，这是党的十六届五中全会提出的重大命题。那么，什么是新农村呢？全会提出的目标要求是：生产发展，生活宽裕，乡风文明，村容整洁，管理民主。五句话，二十个字，的确内容丰富，含义深刻。

建设社会主义新农村，把生产发展放到最前面，显然不是偶然的。从建设新农村提出的背景来说，近年来，党中央高度重视"三农"问题，出台了一系列重大决策，农村出现了粮食增产、农民增收的好局面。但是，作为基础产业，农业这个基础还较薄弱，综合生产能力还不高，劳动生产率还比较低。从现实需求来看，增加农民收入是当前农业和农村中的突出问题，而增加农民收入的关键，还是要发展生产。所以说，在当前和今后相当一个时期，发展生产都是农村面临的主要任务。

生产发展，既要全面理解，实践中又要因地制宜。就全国来说，生产发展，首先是农业生产发展，特别是粮食生产发展。这是因为，粮食是安天下的战略物资，是人们生存的首先之物，而人只有生存并保证自身的生产，才能谈到其他方面的生产和发展。强调农业和粮食生产，还因为在广大的中西部地区，它是农民收入的主要来源。在这些地区，农村工业和第三产业不发达，如果农业生产再上不去，农民收入就很难有保证。

在东部发达地区，生产发展，应不失时机地加快工业和第三产业生产发展，加快城镇化和转移农村劳动力的步伐。建设社会主义新农村，要靠社会各方面的力量，但归根结底还是要靠农村自己的力量，靠广大农民的参与。发达地区农村，二、三产业发展较快，可以有更多的财力、更大的力量反哺农业，建设新农村。

乌裕尔在一些农村了解到，各地在建设社会主义新农村时，目标定得很大很高，很鼓舞人心，却有忽视生产发展的苗头。这一点应该引起注意。新农村建设不应好高骛远，更不能搞大跃进，还是要从基础做起，从生产发展做起。

（2005 年 11 月《经济日报·农村版》）

说说生活宽裕

如果到农村问问农民，社会主义新农村什么样，十有八九会说到生活宽裕。党的十六届五中全会提出了建设社会主义新农村的目标要求，其中"生活宽裕"一条，最易引起广大农民的共鸣。

如果说生产发展是建设社会主义新农村的物质基础，那么生活宽裕就是新农村的重要表现和特征。对广大农民来说，生活宽裕就是在温饱的基础上，生活有一定的富余。或者说，在保证正常的生产、生活支出的前提下，农民手里还有一定的钱，能够应付其他的重要支出。

按照乌裕尔的理解，农民的支出大致包括这样几部分。第一是生产支出，农户作为一个生产单位，首先要购买种子、化肥等生产资料，才能保证生产的延续；第二是必要的生活支出，所谓必要，就是要保证温饱之需；第三是健康支出，就是一些必需的医药费用；第四是教育支出，这是提高农民素质的需要，也是改变农民命运的需要。以上四项支出，在各项配套政策保障的前提下，农民大致都有能力支付，就可以说是生活宽裕了。具体来说，就是生产有保证，温饱已解决，看得起病，上得起学。

追求温饱和富裕一直是中国人民的理想和目标。有人曾把生活状态分四种，即贫穷、温饱、小康、富裕。我国已经整体上跃过温饱大关，正在向全面小康社会迈进。我们现在所讲的生活宽裕，大致应该在小康水平。也就是说，十六届五中全会提出的建设社会主义新农村的目标，与十六大提出的全面建设小康的目标基本是一致的。

生活宽裕，对东部发达地区的农民来讲，已经不是问题，问题是广大中西部地区的农民，他们大多数人口生活还不宽裕。有的虽然解决了温饱问题，但看不起病、上不起学的现象还比较普遍。特别是还有近3000万农民还没有解决温饱，6000万农民还处于不稳定的温饱状态。对这些人，生活宽裕还是一种美好的梦想。

实现生活宽裕的目标，首先要千方百计增加农民收入。但是，落实统筹城乡发展、工业反哺农业、城市支持农村以及建立农村社保等重大决策，既是当务之急，更是根本保障。

（2005 年 11 月《经济日报·农村版》）

聊聊乡风文明

前不久乌裕尔去了一趟横店镇。这个位于浙江省中部山区的江南名镇，给乌裕尔留下最深刻印象的，不是它先进的工业，也不是它热闹非凡的影视城，而是它的天堂村。

我们参观天堂村的时候，起初还真以为是横店镇的一个村庄呢，到了之后才猛然发现，天堂村原来是一片墓地。墓地建在一个小山坡上，有花有草，异常整洁，看上去简直就是一个富有而美丽的小康村的微缩景观。

原来，这里的农民富裕之后，掀起了一股造坟修墓的奢侈之风，好端端的山坡上、树林里，贴上了一块块不和谐的伤疤。更严重的是，乡亲们的祭奠之火经常把山林烧得焦黑不堪。现在建了天堂村，移风易俗。

如今的横店镇，不仅生产发展，生活宽裕，而且乡风文明，村容整洁，村民们已经过上了党的十六届五中全会所描绘的社会主义新农村的美好生活。

如果说生产发展是建设社会主义新农村的物质基础，生活宽裕是社会主义新农村的重要表征，那么乡风文明，应该是建设社会主义新农村的灵魂。乡风文明，第一次被党的文件提到了如此的高度。它要求的是精神层面的境界，反映的是农村中人与人之间的关系。

在我国农村，有许多纯朴的乡风。比如，孝敬父母，家庭和睦，邻里互助等，这些优良传统在建设社会主义新农村中依然要好好发扬。同时，要努力建立起学科技用科技、学法律用法律等具有时代特征的新乡风。在我国一些农村，封建迷信、赌博偷盗等现象还比较普遍，这是与乡风文明格格不入的。要让乡风文明起来，必须用社会主义新文化占领农村阵地，让健康的丰富多彩的新文化深入农村千家万户。

（2005 年 11 月《经济日报·农村版》）

侃侃村容整洁

乌裕尔小时候曾在鲁西南的农村老家生活过一段时间，虽然许多生活情景都忘了，但是有一点却至今印象深刻，就是家家院子里都建有一个厕所。可不像今天城市里建的那种公共厕所，其简陋之状无可言说，大多仅是几片草席围起来而已。农民们每天就是在这样的环境中睡觉、吃饭、活动。

其实，即使在几十年后的今天，农民的厕所建在哪里，也不仅仅是一个生态环境问题，还是一个生活观念问题。前几日遇到广东德庆县的谭书记，他向乌裕尔谈起当地农村搞起村容整洁的情况时感慨：农民一听说把厕所建在屋子里，都表示不能理解，很难接受。要知道，在很多地方的农村，屋（子）吃屋（子）拉是骂人的话呀。但是，当农民住进整洁一新的新居之后，才发现，厕所建在屋子里居然也可以没有任何气味。

到过农村的人都知道，村容村貌是给人的第一印象，也是非常重要的印象，它不仅反映一个村的经济发展状况，也反映这个村的精神文明程度。如今，"村容整洁"被写进了党的十六届五中全会的文件里，成为建设社会主义新农村五大目标和要求中的重要方面，受到了各地空前的重视。

乌裕尔以为，搞好村容整洁，应从大处着眼，小处入手。什么是大处呢？就是要发展生产，发展经济，创造搞好村容整洁的物质基础；就是要搞好规划，加强引导，建立村庄整洁的管理和约束机制。什么是小处？除了上面提到的农村厕所问题之外，还有一个就是人畜混居。在很多地方的农村，鸡窝、鸭窝建在院内的相当普遍，鸡们、鸭们在村里的大街小巷闲逛的场景更是常见。如果说厕所问题暴露的是农民生活方式的问题，那么人畜混居则是生产方式的问题。千百年来我国农村畜牧业家养、散养的方式已成为今天建设社会主义新农村的一个障碍。

从这个意义上讲，包括村容整洁在内的建设社会主义新农村的目标要求，也是农民迫切需要改善生产生活条件的需要，在实践中，要相应地改变农民的生活生产方式，而后者是需要一个过程的。这说明，建设社会主义新农村是一个比较长远的历史任务。

（2005 年 11 月《经济日报·农村版》）

议议管理民主

写完了"谈谈生产发展""说说生活宽裕""聊聊乡风文明""侃侃村容整洁"之后，就要"议议管理民主"了。中央确定的新农村建设的五方面，如果说前四方面涵盖了物质文明和精神文明的内容的话，那么这最后一个管理民主，就属于政治文明的范畴了。

乌裕尔认识不少"村官"，这些中国社会中最小的"官"其实管的事并不少，大到生产发展，小到家长里短，什么事都得操心。这些村官中确实有一大批能人，把村庄治理得井井有条，生产发展了，生活宽裕了，小康村、文明村的帽子也戴上了。随着村官们威望的提高，他们说话常常是"一言九鼎"，以村民们的大家长自居。看来，这些村官们民主管理的思想并没有随着生产的发展和生活的宽裕而得到提高。

在学习党的十六届五中全会公报时，乌裕尔一直在想一个问题，为什么要将管理民主确定为社会主义新农村的重要方面，或者说，为什么社会主义新农村一定是管理民主的新农村？想来想去，乌裕尔豁然明白，将管理民主作为社会主义新农村的重要方面或重要特征，不仅是十分必要的，而且恰恰是对建设社会主义新农村的创新理解，是社会主义新农村的"根"之所在。

不少人以为，我国农村地广人多，居住上以大分散小集中为特点，再加上文化水平较低，生产生活方式相对落后，所以对农村的管理不适合民主管理。他们还可以举出很多实例来说明这样的观点。乌裕尔也不否认，在我们的绝大部分村庄，包括一些知名的发达村庄，能人治理的特征非常清晰。但这与基层民主管理的方向并不矛盾。事实上，能人治理具有明显的时代特征和阶段性特征，而民主管理既是一个目标，也是一个过程。

在农村实行民主管理，首先具有法律基础。根据《宪法》和《村民委员会组织法》，我国农村实行的是村民自治制度，所谓村民自治，就是自我管理、自我教育、自我服务。从这个意义上说，村民委员会不是一级政府，村民委员会主任或通俗地叫村长，就不是行政意义上的官了，这正是农村民主管理的实践基础。

那么，怎么衡量一个地方的农村管理是不是民主呢？这主要看农民是不是充分享有"四权"，就是知情权、决策权、管理权和监督权。这"四权"当中，决策权是最核心的，而知情权是基础，管理权是关键，监督权是保障。从实践来看，这些权利落实得都还不够好。

当然，管理的民主不仅仅是针对管理者的，被管理者的民主意识也十分重要。如果被管理者永远处于被动的地位，民主的管理机制就不可能真正建立起来。所以说，提高广大农民的民主意识，提高广大农民参与决策和管理的水平，也是建设社会主义新农村的一个紧迫课题。

（2005 年 12 月《经济日报·农村版》）

农民的文化权益

12月12日，各大新闻媒体纷纷公布了中共中央办公厅、国务院办公厅《关于进一步加强农村文化建设的意见》。在乌裕尔的印象中，中央专门发布关于农村文化建议的文件，改革开放以来还是第一次。文件是以中央"两办"名义，而不是以有关部委名义发布，更体现了它的高度和权威性。这说明，党中央、国务院不仅关心农民收入的增加，也关心农民的文化生活。这个文件紧接着中央提出建设社会主义新农村的重大决定之后发布，也进一步凸显了建设新农村和农村文化建设的紧密关系。

中央的"意见"洋洋洒洒7项26条，但是通篇读下来，一个突出感觉是：实。除重要意义和指导思想外，几乎每一条都是要求和措施。仅以第10条为例，明确提出作为中央党报的人民日报要加大农村和农业报道的份量，逐步创造条件开办农村版。中央电台、电视台要增加农业节目、栏目和播出时间。此外，还对省市级党报、电台、电视台提出了明确要求。加强农村文化建设，中央虽然提的是"意见"，但是，谁都清楚，中央的"意见"就是"决定"，"决定"就要落实，所以，乌裕尔预料，伴随着新农村建设的高潮，农村文化建设也将进入新的境界。

实际上，"意见"不仅"实"，还有许多有新意的地方。比如，提出了"实现和保障农民群众的基本文化权益"问题。文化权益与政治权益、经济权益共同构成了人民群众权利和利益的三大要素。长期以来，农民的文化权益受到了不同程度的忽视，这当然与经济发展阶段和发展水平有关系。试想，人在饿肚子的时候，是不会奢望什么文化的。今天，之所以这么重视农村文化建设，也是农村经济发展到一定阶段提出的新要求。

文化是一个十分繁杂的概念，文化权益也可以写成长篇论文。但是，对广大农民来说，文化权益就是能够享受基本的文化生活。享受基本的文化生活，三个要素不可缺少，就是有时间、有心情和有条件。现在关键是条件，农村文化建设的重点也是农民享受文化生活的硬件和软件的条件。

（2005 年 12 月《经济日报·农村版》）

重视发挥城市对农村的带动作用

我国本来是一个"三农"为主的国家。上个世纪八九十年代，我国的城市迅速增加。首先是地区行署改地级市，并且实行了市管县的体制。紧接着又刮起了一股县改市的风，许多县长一夜之间变成市长，虽然级别同样都是正处级。县改市的背后，实际上是对农村的蔑视和忽视，所以，中央果断地停止了县改市的做法。

我们现在说的以城带乡，这个城主要是指地级城市。这个判断最早引起人们关注是在2004年的中央经济工作会议上，胡锦涛总书记明确指出，我国在总体上已经进入以工促农、以城带乡的发展阶段，因此我们必须适应经济社会发展新阶段的要求，实行工业反哺农业、城市支持农村的方针。

近年来，市管县体制受到了一些人的质疑。在许多地方，实行市管县之后，城市建设突飞猛进，城市经济实力和财力大大增强。但与此相对应的是，农村面貌改变却不大，城乡发展差距越来越大。这正是市管县受到质疑的关键。但今天看来，也是我们做出以城带乡这样一个历史性判断的重要基础。

认识问题不难，关键是落实在行动上，真正把市管县、市"刮"县变成市带县、市帮县。正像温家宝总理在刚刚结束的中央农村工作会议上要求的那样，今后，各大中城市都要切实履行市带县、市帮县的责任，通盘制定城乡发展规划，加大市级财政性建设资金对郊区和所属县乡的投入，加大公共基础设施向农村的延伸，组织城市有关单位和企业帮扶农村，增强城市对农村的辐射和带动作用，形成城乡协调发展、共同繁荣的局面。

事实上，当初我们实行市管县的初衷，就是为了发挥城市的带动效应，促进城乡协调发展。

（2006年1月《经济日报·农村版》）

大力加强农村基础设施建设

还清楚地记得，几年前一位在鲁西南农村任党支部书记的亲戚来京找到乌裕尔，希望乌裕尔出面同家乡的有关部门做做工作，拨点钱，把进村的道路给改善一下。乌裕尔多次回老家，知道那条路不好走，人难进，车难出，成为制约村级经济发展的重要瓶颈。乌裕尔虽然也想为乡亲们做点好事，但终究没有把这件事办成。前几日，亲戚捎来口信，说那条路已经修好了，乌裕尔很高兴。

刚刚闭幕的中央农村工作会议提出，要大力加强农村基础设施建设。"加强"前面加上"大力"，可见其强调的程度。会议强调的必须引起高度重视的几个问题中，第一个就是农村基础设施建设问题。的确，与城市相比，这些年农村的基础设施建设落后许多。农村基础设施的落后，直接影响的是生产的发展、生活的改善，也是今后建设社会主义新农村的重要制约因素。想想看，生产要发展，粮食和农产品要运出去，路得通吧；生活要改善，要丰富广大农民的文化生活，电得通吧。建设社会主义新农村，水要通吧，信息要通吧，等等。这些都是当前迫切需要解决的农村基础设施问题。解决农村基础设施建设问题，是新农村建设的基础性工程，意义十分重大。正像温家宝总理指出的那样，这不仅会改善农村的基础设施条件，提高农业的综合生产能力，而且会增加农民的就业机会和收入，是一举多得的好事情。

从大的方面讲，解决农村基础设施建设问题，首先财政要有积极动作，就是要调整国民收入分配格局，建设资金更多地转向农村。为什么要首先强调财政性资金要向农村倾斜呢？因为财政资金投向，代表国家的投向重点和方向，对其他资金投向有明显的带动和影响作用。

其次，各地区各部门特别是基础产业和公共服务部门，也要把掌握着的资源更多地投向农村，把基础设施建设重点转向农村。这一点也十分重要。我们国家的部委，比如交通部，全称是"中华人民共和国交通部"；建设部，全称是"中华人民共和国建设部"，但长期以来，一些部委倾向化为城市和城里人服务的部门，而忽视了广大的农村地区和广大农民，与"中华人民共和国"这样的要求不相符合。这些部门，往往又掌握着丰富的资源和资金，这些资源往哪里使用，资金向哪里倾斜，对国家的建设影响很大。所以，这次中央农村工作会议也提出明确要求，这些部门在制定发展规划、安排建设项目、资金投入时都要向农村倾斜。

（2006 年 1 月《经济日报·农村版》）

深化农村综合改革

全面取消农业税，建设社会主义新农村，不少人以为，中央的这些重大决策给农村基层带来的将是一片欢欣鼓舞。然而，乌裕尔近日接触到的几位基层干部，面对当前农村发展的新形势，则各有各的苦衷。

一位镇领导讲到，全面取消农业税等重大决策出台后，乡镇政府运转遇到了前所未有的困难，乡镇干部人心不稳，不知道下一步该往哪里走，乡镇工作现在陷入了一种等待、彷徨的状态。

乌裕尔的一位担任多年村党支部书记的亲戚去年底突然辞职，无论镇党委领导怎么挽留，他都去意已决，说啥也不干了。他在电话中告诉乌裕尔，过去上级领导给村干部布置点任务，村干部对农民还有借口，现在连借口也没有了。又要完成上面的任务，又不能加重农民负担、引发农民的不满，所以他只有不干了。

我们常说，发展出题目，改革做文章。近些年，我们强调农村发展，出台了一系列重大政策和措施，也的确促进了农村的发展。但是，在农村发展的过程中，越来越遇到一些深层次的障碍，这些障碍绝大多数是体制性的。解决体制性的障碍，促进农村进一步发展，必须依靠改革，所以说，2006 年将是农村改革年。以上所列两个事例也说明了农村改革的必要性和紧迫性。

大家知道，中国的改革是从农村开始的，农村改革为整个经济体制改革和经济社会发展起到了推动作用。我们现在强调的农村改革，是综合性的改革，与当初的农村改革不同，改革的目的是重点解决城乡分割、城乡之间要素分配不均、农村管理方式滞后等突出问题，着力建立城乡互动、平等发展的有效机制，着力建立要素合理配置、产品有序流动的市场体系，着力建立职能明确、运转高效的政府管理体制，全面增强农业、农村经济发展活力。这是刚刚闭幕的中央农村会议提出的明确要求。

现在强调的农村综合改革，按照中央农村工作会议的准确说法，就是"要进一步深化以农村税费改革为主要内容的农村综合改革"。为什么这样说呢？因为现在有一种认识，认为农村税费改革取得了很大成果，农业税也取消了，农村改革差不多完成了。这种认识很片面，也很危险。如果改革就此停步，就可能产生两种情况：一种是像上面例子讲的那样，基层政权难以运转，无法履行应尽的职责；一是各种乱收费、乱摊派、乱罚款卷土重来，农民负担重新加重。所以，正像温家宝总理所说的那样，深化农村综合改革，既是巩固农村税费改革成果的紧迫任务，又是解决农村一系列深层次矛盾的关键所在。

那么，农村综合改革的主要内容是什么呢？按照中央农村工作会议的部署，主要有三项，一是乡镇机构改革，二是农村义务教育改革，三是县乡财政体制改革。此外还要统筹推进农村金融体制改革，完善粮食流通体制改革，加快征地制度改革等等。所以，2006 年农村改革的任务很重，称其为"改革年"乃至"改革攻坚年"名副其实。

（2006 年 1 月《经济日报·农村版》）

严格控制建设用地占用规模

近些年，大量农用地转为非农用地，不仅为工业和城市发展提供了土地资源，而且通过土地征用和出让，为城市建设筹集了大量资金，这是一些地方城市建设之所以能快速发展的一个重要原因。但这也是以对农民补偿偏低、牺牲大批良田为代价的。

乌裕尔曾在美国生活过一段时间，到过多个大城市，仅就城市建设而言，我们的北京、上海和人家的纽约、华盛顿没有什么差别，但是越往下走，感觉到差距越大，越往下走，有种意识越强烈，就是，美国之所以是发达国家，中国之所以是发展中国家，主要的感觉是我们的农村不如人家发达。

中国的城市建设突飞猛进，正如温家宝总理所言，农民做出了重大贡献。就是说，改革开放以来，特别是20世纪90年代以来，农民以贡献土地的特殊方式参与了城市化进程。但是，很多失去土地的农民却不能顺利进入城市或被城市所接纳，成为种田无地、就业无岗、社保无份的"三无农民"。

其实，过度占用耕地和土地资源，牺牲的不仅是农民眼前的利益，也是中国长远的利益。再没有像土地资源利用那样，更能体现眼前利益和长远利益的关系的了，一些地方千方百计、甚至不惜违法乱纪占用耕地，看中的就是眼前利益。谁不知道宽敞的马路、高耸的大厦会给人带来强烈的第一印象呢？谁不知道良好的第一印象会给地方创造更好的发展环境呢？也还是这些谁都知道的原因，我们虽然实行了世界上最严格的耕地保护制度，但这也是执行起来最艰难的一项任务。

所以，乌裕尔以为，当前的土地问题贵在"两个坚持"：一是坚持严格控制建设用地占用规模，二是坚持在合理合法使用农民土地时给予合理的经济补偿和生活安置。

（2006 年 1 月《经济日报·农村版》）

新农村建设要慎搞大拆大建

前不久，乌裕尔到沿海某省调研，发现中央关于社会主义新农村建设的重大部署在沿海农村已引起强烈反响。乌裕尔在一个全国有名的镇里看到，许多村庄在统一规划下，正在大拆大建，走进一个又一个村庄，就像走进一个又一个工地。镇领导兴奋地说，不久的将来，农民将像城里人一样，住进一排排崭新的"别墅"里，我们建设新农村的任务也就完成了。

乌裕尔多次去过该镇，知道该镇依托一个乡镇企业集团发展很快，即使在沿海发达地区也算一个发达镇。在此之前，他们已在有秩序、分批次地进行村庄改造和治理。建设社会主义新农村提出后，他们大大加快了这一步伐。

乌裕尔不怀疑，论实力，该镇可以迅速建起农民的新住宅。这样做确实一举多得：一是可以改造旧村，建成新村；二是可以腾出土地，搞非农建设。这样一个工业发达、土地紧缺的镇，对土地的渴望和冲动十分强烈。该镇领导也毫不隐讳这一点。

但是，在了解农民对这种做法的看法时，意见就不那么一致了。因为即使在这样发达的镇里，农民的收入和生活水平也有较大差距。虽然镇村有一定补贴，有些农民还是感到紧张。还有的农民担心虽然可以像城里人那样享受新的生活，但不知道自己会不会适应和习惯。有的干脆表示，他们不愿意动迁，但是不得不服从。

其实，有些苗头性的东西中央已经了解。在中央农村工作会议上，温家宝总理就明确指出，还有些地方，在农村搞大拆大建，想腾出农民的宅基地搞建设。对这件事要慎重，让农民迁离世代居住的家园和改变长期形成的生活方式，必须顺应经济社会发展的规律，尊重农民的意愿，千万不能单凭主观意志办事，更不能刮风。

乌裕尔觉得，这段提醒十分重要。建设社会主义新农村，从根本上来说是符合广大农民利益的战略决策，但是在工作部署和操作中，如果一些地方夹杂进自己的"小算盘"，不尊重农民的意愿，搞形式主义，盲目攀比，强迫命令，强求一律，甚至包办代替，就会引起农民的反感，遭致农民的反对，影响新农村建设的开展。

同时，新农村建设是一个系统工程、长远工程，要按照"生产发展、生活宽裕、乡风文明、村容整洁、管理民主"的要求，推进农村的经济、政治、文化、社会和党的建设，绝不能仅仅做成眼前工程、面子工程。

农民愿不愿意，是新农村建设进展顺不顺利的关键，农民参不参与，是新农村建设有没有实效的根本，农民得不得实惠，是新农村建设成败的核心。

（2006 年 2 月《经济日报·农村版》）

让新型农民站在新农村建设前列

建设社会主义新农村，固然需要政策倾斜、资金投入、社会各界支持，但是建设社会主义新农村，离开亿万农民的广泛参与，那是万万不行的；同样，没有新型农民站在新农村建设实践的前列，新农村建设也不会进展顺利。所以，培养大批新型农民，既是建设新农村的基础和前提，也是新农村建设的应有之义。

当前，新农村建设的意义已经说得够多了，可以说，宣传和舆论已经热起来了。但是，据乌裕尔在调研中了解到的情况来看似乎有点"剃头挑子一头热"。在一些地方的农村，新农村建设的主体——农民，还处于观望状态。不管我们开多少会，发多少文章，但是不对农民来一次思想发动，不让农民充分认识到新农村建设将给自己带来什么好处和变化，进而自觉自愿地积极行动起来，主动参与到新农村建设中来，那我们只能起到事倍功半的效果。所以，我们应当毫不犹豫地把宣传思想工作的重点转向农村，转向农民，力求最直接、最迅速、最有成效地发动农民群众。同时，还不应该遗忘了在城里打工的上亿之众的农民工队伍，也要让他们知道中央关于建设新农村的重大部署。

当然，农民整体上受教育年限短，文化素质低，文盲比例大。但农民中也有一批先进分子，他们已经达到或接近中央农村会议工作提出的"有文化，懂技术，会经营"的新型农民的标准。要紧紧抓住这批先进分子，发挥他们的带头作用，让他们站在新农村建设的前列。同时，要把培育亿万新型农民作为新农村建设的一个基础工程来抓。

培养新型农民，有许多工作要做，比如，加强农村义务教育，大力开展农民工培训，等等。乌裕尔以为，这些工作都是十分重要的，但是，培养新型农民，更重要的是要在新农村建设的实践中培养。新农村建设是一个长远工程和系统工程，同时也是一所大学校，广大农民投身到这场伟大的实践中，自然也在这所学校里经受了锻炼，得到了提高，也就是说，新农村建设的进程是和广大农民的成长一同进行的，不可分割的。

历史的实践证明，任何促进社会发展的实践运动都是先进分子站在前列，进而带动亿万群众加入进来的实践。新农村建设也同样是一场农民的实践。当然，农民是最讲实际的，这就要求在农民参加新农村建设中，充分保障他们的物质利益和民主权利，让他们在参与新农村建设中增加收入，获得好处。也就是说，既要让农民看到新农村建设的美好前景，又要让农民在参与新农村建设中获得好处，这就会极大地调动农民的积极性。

这样说来，新农村建设实际是中央发动的，社会各界广泛支持的，广大农民积极参与的一场农村物质文明、政治文明和精神文明建设运动，它将从根本上改变今日农村的面貌，是我国建设现代国家的战略步骤。

（2006 年 2 月《经济日报·农村版》）

加强农村民主政治建设

不少基层干部对农村民主政治建设不以为然，有意无意把社会主义新农村建设和加强农村民主政治建设对立起来，认为应该把精力放在发展生产和改善生活上。有的人认为，农村社区特殊，宗族观念根深蒂固，家族"圈子"影响很大，民主建设很难搞下去。还有的干脆认为，农民素质低，根本搞不了什么民主。乌裕尔就建设社会主义新农村进行调研，在谈到加强农村民主政治建设时，以上的说法很有代表性。

的确，农村社会是有一定的特殊性，这种特殊性从一个学者调查中的两个例子可以看得很清楚。第一个例子是：一位中年妇女多次反映，自己的儿子高中文化，积极要求进步，多次交了入党申请书，村干部就是不理睬。经了解才得知，村干部不想发展他入党的重要原因在于他是外姓人，是"家族圈子"以外的人。第二个例子是：一位乡领导在谈到村委会选举时说，过去都是乡领导提名，提的都是自己熟悉的人，而"海选"出来的人好多都是自己不认识的，自然不属于自己的圈子，用起来也就不太顺当。

"家族圈子"等一些传统观念既是加强农村民主建设的障碍，同样也是今天建设社会主义新农村的障碍，因为新农村需要新的乡村治理结构和治理机制，而"管理民主"恰是它的核心。所以，中央农村工作会议提出了加强农村民主政治建设的重大任务。

加强农村民主政治建设，增强农村基层党组织的凝聚力和战斗力是根本保证。近年来，由于开展了一系列旨在加强农村党组织建设的活动，特别是当前正在进行的第三批保持共产党员先进性教育活动，使农村党组织的凝聚力和战斗力有所加强。当前，做好农村中发展党员的工作十分重要，要把要求进步的有文化、懂技术、会经营的优秀中青年农民吸收到党的队伍中来。同时加强对党员的教育和培训，重点是进行宗旨教育、法制教育和致富本领教育。

　　加强农村民主政治建设，切实维护农民的民主权利是核心。一个物质利益，一个民主权利，这是广大农民要求最为强烈的两方面。在农村，我们实行的是党领导下的村民自治，但如何真正让农民拥有知情权、参与权、管理权、监督权都是需要不断探索和完善的问题。建设社会主义新农村已成为当前及今后相当长一个时期农村的中心任务，农民既然是新农村建设的主体，那就应该让农民在参与的过程中，拥有更多的发言权。就是说，在新农村建设中，要更多地尊重农民的意愿，依靠农民的力量，听取农民的建议，最终，正像胡锦涛总书记要求的那样，"使建设社会主义新农村成为惠及广大农民群众的民心工程"。

（2006 年 2 月《经济日报·农村版》）

建立良性互动的新型城乡关系

前不久，中国农业大学何慧丽教授帮河南农民卖大米的故事被媒体炒得很热。继在北京某小区帮农民叫卖大米之后，近日又成立了"大米协会"和"卖米领导小组"，开始有组织地帮助河南无公害大米进京销售。此举虽然引来一些议论，但是乌裕尔以为，它所透露出来的新型城乡关系的趋向却更应该引起关注。

说到城乡关系，其实是一个老话题。今天讲的新型城乡关系，最常提到的一个词是"良性互动"。用中央农村工作会议文件的话说就是，"构建平等和谐、良性互动的新型工农城乡关系"。城乡关系根本上就是一种互动关系，但是相当长一个时期，这种互动却不是良性的。比如，相当长一个时期，利用粮食等农产品进城，工业产品下乡，实行工农产品价格"剪刀差"，从而为工业和城市发展提供资金积累，牺牲了农民的利益。在农业和农村进入发展新阶段之后，中央及时提出了"多予少取放活"和"以工促农、以城带乡"的重要思想，从而为建立良性互动的新型城乡关系奠定了思想基础，指明了行动方向。

"平等和谐"，是一个目标，是一个长远的过程，"良性互动"却是可以从眼前一件事一件事做起的。何慧丽教授卖大米就是一例。当然，"良性互动"并不单纯是城里人帮扶乡下人，尽管"帮扶"也是十分必要的。而要使良性互动持续下去，必须城乡都在这种互动中受益。还以教授卖大米为例。大米卖得越多，无疑农民增收越多，但是，如果教授帮农民卖的是劣大米、次大米，即使大米勉强卖出去了，也会使城里的消费者反感，甚至威胁他们的健康，而何教授恰恰卖的是城里人需要的无公害大米。所以"良性互动"需要城乡共同努力，也要使城乡都得益处，那么"良性互动"就有了很好的现实基础。

今天，建设社会主义新农村农民无疑是主体，但城里人绝不是旁观者。今天建设的新农村明天就是一部分城里人生活的地方。不是有很多人羡慕欧美等发达国家的生活方式吗？看看人家，工作在城里，居住在空气清新、风景如画的农村。所以，像美国这样的发达国家，虽然农民占全国人口的比例很低，但是却有超过 60% 的人口生活和居住在乡村。如果说社会主义新农村也是给一部分城里人建的，这也是符合实际的判断。所以，城里人也要参与到建设社会主义新农村的队伍中来。

当然，乌裕尔在这里是就一些具体的情况而言。其实，形成良性互动的城乡关系，还要在宏观层面和政策上安排一系列大动作，比如，加快建立以工促农、以城带乡的投入机制，加快建立改变城乡二元结构的发展机制，加快建立促进城乡统筹发展的工作机制，等等。

（2006 年 2 月《经济日报·农村版》）

新农村建设的六大任务

2月14日，是情人节。北京城到处点缀着玫瑰花，躁动着玫瑰色的情绪。然而，在这座城市西北角的中央党校里，一个具有特殊意义的专题研讨班这一天举行开班式。它事关亿万农民的意愿、利益和福祉。再看这次会议的规格，8位中央政治局常委、20位政治局委员和国务委员出席开班式。按照新华社的报道，参加这次研讨班的有各省、自治区、直辖市主要负责同志，中央和国家机关各部门、军队各大单位主要负责同志。胡锦涛总书记作了重要讲话，曾庆红副主席主持。据悉，中央其他领导同志也要在研讨班上讲话，中央、国务院主要部委的领导同志要在研讨班上讲课。

据乌裕尔的印象，党的十六大以来，这种规格的专题研讨班举行过三次，一次是科学发展观，一次是和谐社会，再一次就是这次的建设社会主义新农村。可见新农村建设在全党和全国工作中的重要位置。

自党的十六届五中全会提出建设社会主义新农村的重大战略部署以来，可以说，新农村建设在全国上下、广大农村已经深入人心，亿万农民期盼着能给他们带来实惠，这也正是总书记反复强调"民心工程"的意义所在。新农村建设是一个重大历史工程，所以说，既要着眼当前，又要谋划长远。在这次开班式上，胡锦涛强调了当前和今后一个时期建设社会主义新农村的六大任务。这六大任务是：

一是要全面加强农村生产力建设，针对制约农村生产力发展的突出问题，抓住关键环节，采取综合措施，加强粮食综合生产能力建设，加快农业科技进步，加强农村基础设施建设，加快转变农业增长方式。二是要坚持把促进农民增收作为农业和农村工作的中心任务，挖掘农业内部增收潜力，广辟农村富余劳动力转移就业的途径，形成农民增收的长效机制。三是要扩大农村基层民主，搞好村民自治，健全村务公开制度，开展普法教育，确保广大农民群众依法行使当家作主的权利。四是要加强精神文明建设，加快发展农村教育文化事业，倡导健康文明的新风尚，培育造就新型农民。五是要坚持以解决好农民群众最关心、最直接、最现实的利益问题为着力点，促进农村和谐社会建设，关心农村困难群众生活，发展农村卫生事业，加强农村社会建设和管理。六是要坚持社会主义市场经济的改革方向，稳定和完善农村基本经营体制，统筹推进农村各项改革，充分尊重广大农民群众的首创精神，全面增强农业和农村发展的活力。

（2006 年 2 月《经济日报·农村版》）

新农村建设要尊重实际尊重群众

在新农村建设的宣传中，全国各大媒体推出了一个重要的典型，这就是被誉为天下第一村的江苏华西村。华西村是一个老典型，既是农村改革的典型，也是农村发展的典型，还是建设社会主义新农村的典型，总之是华夏农村土地上高高飘扬的一面旗帜。华西村的许多经验值得学习和借鉴，也给全国数十万个村庄以巨大的鼓舞。

乌裕尔在进行新农村建设调研时，碰到一位中部地区的村党支部书记。他毫不隐讳地说：我们既需要典型引路精神的鼓舞，更需要实实在在的做法。华西经验太好了，可是我们学不了。希望媒体多宣传和我们村条件相似的地方是如何建设社会主义新农村的。这位村支书道出了一个朴素的道理，就是，新农村建设要立足当地实际。这个村的实际是什么呢？没有任何工业，是传统的粮棉产区，自然条件和交通条件都不太好。但是新农村建设的热潮已经掀起来了，他们既坐不住，也感到很困惑。

根据乌裕尔的了解，这种情况不是个别的。在中西部的很多农村，都存在与这个村同样的情况。说句实话，乌裕尔有些欣然。坐不住是想干事，困惑中也透着冷静，冷静就不会蛮干。不切实际地蛮干，其结果只能导致农村生产力的破坏，同时，也会对广大农民群众带来伤害。

建设社会主义新农村是中央的统一部署。中央一个令，下面的实际情况千差万别，所以肯定不能是一个干法。不仅不能是一个干法，也不应该是一个步调。条件好的就早动手，快步走；条件差的也别太急，防止蛮干；实在是暂不具备条件的，放一放也无妨。总之，尊重实际，尊重群众，应该是建设社会主义新农村的一条重要原则。中央农村工作会议强调了这一点，温家宝总理2月20日又再次强调了这一点。

2月20日，为期一周的省部级主要领导干部建设社会主义新农村专题研讨班举行了结业式。温家宝总理对省部级主要领导谆谆告诫：建设社会主义新农村必须坚持尊重实际、尊重群众，让农民得到实实在在的利益。要坚持从实际出发，因地制宜，分类指导，不搞一刀切。要量力而行，充分考虑当地财力和群众的承受能力，不能盲目攀比、急于求成，更不能通过加重农民负担和增加乡村负债搞建设。要注意帮助落后村、贫困村解决发展中的问题。农民群众是社会主义新农村建设的主体，要尊重他们的意愿，充分调动他们的积极性和创造性，防止强迫命令。

（2006 年 2 月《经济日报·农村版》）

"一号文件"要管几十年

2月21日,《中共中央国务院关于推进社会主义新农村建设的若干意见》正式公布,这使人们猜测中的"中央一号文件"最终得到了证实。这是改革开放以来中央关于"三农"工作的第八个"一号文件",也是进入新世纪以来的第三个"一号文件"。2004年和2005年,中央连续发布两个"一号文件",主题分别为增加农民收入和提高农业综合生产能力。今年"一号文件"的主题无疑是推进社会主义新农村建设。增加农民收入着重解决农民问题,提高农业综合生产能力着重解决农业问题,而建设社会主义新农村则着重解决农村问题。连续三个"一号文件",表明了以胡锦涛为总书记的党中央解决"三农"问题的清晰的思路。

建设社会主义新农村是今年"一号文件"的鲜明主题。这一主题确定的依据是党的十六届五中全会通过的《中共中央关于制定国民经济和社会发展第十一个五年规划的建议》。建议提出了建设社会主义新农村的重大历史任务,为做好当前和今后一个时期的"三农"工作指明了方向。所以,虽然建设新农村是今年"一号文件"的主题,但可不仅仅是今年的任务,而是今后5年和更长时间的任务。正如胡锦涛总书记在省部级主要领导干部建设社会主义新农村专题研讨班开班式上强调的那样:"建设社会主义新农村是一项长期的历史任务。从本世纪头20年实现全面建设小康社会的目标,到本世纪中叶我国基本实现现代化,建设社会主义新农村需要经过几十年的艰苦努力。"乌裕尔以为,这一点十分重要。确定了这一点,我们就要做好长久打算、长远规划、长期奋斗的思想准备,不能做眼前文章,不能搞面子工程,更不能急躁冒进,急于出政绩和成绩。

近年来,乌裕尔在农村调研,发现一些基层干部往往有这样的认识:"一号文件"一年一个主题,发一次管一年。一个文件、一项政策还没有落实彻底，就开始猜测下一个文件、下一项政策的内容，得了严重的文件依赖症，没有文件就不知道怎么干。今年的中央"一号文件"，绝不能这样理解和解读。今年的"一号文件"，不仅要管今年，而且要管 5 年，不仅要管 5 年，而且要管 50 年。对农村基层班子而言，不仅这届班子要干新农村建设，下届班子也要干新农村建设；不仅这一代人要干新农村建设，下一代甚至下几代人也要干新农村建设。

那么，今年和今后 5 年怎么把握新农村建设呢？中央"一号文件"讲得很清楚："十一五"时期是社会主义新农村建设打下坚实基础的关键时期。看看，说得多清楚。今后的 5 年，建设新农村就是打基础。如果把新农村比喻成一座大厦，那么这 5 年就是要做好打牢地基的工作，而不是要把大厦盖起来。当然，我国地区发展不平衡，条件好的农村当然可以步子大一点，但是更广大的农村不能贸然跟进，要用相当长的一个时期，踏踏实实做打基础的工作。

（2006 年 2 月《经济日报·农村版》）

重点在多予上下功夫

近年来，在谈到"三农"问题的时候，人们对"多予少取放活"这6个字已耳熟能详。其实，这6个字的字义很简单，对农业、农村、农民，多予就是多给，就是多扶持、多支持；少取就是少拿，该减的就减，能免的就免；放活就是克服一切阻碍农村生产力发展的障碍，调动农民的积极性。然而，作为新时期解决"三农"问题的指导方针，这6个字都有丰富的内容和深刻的内涵。特别是针对建设社会主义新农村的伟大历史任务，坚持"多予少取放活"的方针，意义更加重大。所以，中央"一号文件"明确指出："十一五"时期要高举邓小平理论和"三个代表"重要思想伟大旗帜，全面贯彻落实科学发展观，统筹城乡经济社会发展，实行工业反哺农业，城市支持农村和"多予少取放活"的方针。

解决"三农"问题，多予、少取、放活三方面都很重要，但在当前，多予更加重要。所以，在指导思想上要更加突出多予，在工作部署上，也要重点在多予上下功夫。

当然，多予是有条件的。那么，我们现在具不具备多予的条件呢？经过20多年的改革、开放和发展，我们积累起了较雄厚的财力和实力，综合国力大大增强，与此同时，工业和城市发展迅速。关于这两方面，乌裕尔不用多说，专家们可以举出很多论据和数据。正是有了这样的积累，我们才有了多予的条件。正是来自对经济社会发展阶段的清醒认识，中央提出了"工业反哺农业、城市支持农村"的方针，并且要加快建立以工促农、以城带乡的长效机制。

这两年，多予已经变成实实在在的行动。比如，国家对农业的投入逐年加大，新增教育、卫生、文化事业投入主要用于农村等等。中央"一号文件"又明确提出"三个高于上年"——国家财政支农资金增量要高于上年，国债和预算内资金用于农村建设的比重要高于上年，其中直接用于改善农村生产生活条件的资金要高于上年。多予的主体当然是国家和政府，因为政策的调整、财力的分配主要由国家和政府掌握。事实上，从调整国民收入分配格局，增加财政支农比重等各个方面，中央政府已经加大了向"三农"倾斜的力度。

国家和政府是多予的主体，并不是说其他的部门和社会各界就无所作为。事实刚好相反，"一号文件"发出了"动员全社会力量关心、支持和参与社会主义新农村建设"的号召。从这个角度讲，当前，只要关心、支持和参与新农村建设，就应该是多予的主体，不管你是党政机关、人民团体、企事业单位、知名人士还是普通群众。"予"的内容当然也不仅仅是资金，它既包括各类物资支持，也包括各种精神关怀，甚至给农民提供一次法律咨询，订阅一份报纸，送去一条信息，投去温暖的一瞥……

（2006 年 3 月《经济日报·农村版》）

说说循环农业

到过农村的人都知道，秸秆是农村再普通不过的东西了。每到收获季节，农作物收获后留下的各种秸秆往往被当作废物焚烧，个别地方曾发生焚烧秸秆影响飞机飞行的事故。为了减少污染，实现废物利用，一些地方又普遍推行了秸秆还田。其实，秸秆的作用远不止这些，它的作用大着呢。

今年的中央"一号文件"，把加快发展循环农业作为重要内容加以强调：要大力开发节约资源和保护环境的农业技术，重点推广废弃物综合利用技术、相关产业链技术和可再生能源开发利用技术。组织实施生物质工程，推广秸秆气化、固化成型、发电、养畜等技术，开发生物质能源和生物基材料，培育生物质产业。

中央"一号文件"如此强调循环农业，是因为农业生产在受到市场约束的同时，越来越受到资源的约束。要不断提高农业的综合生产能力，循环农业是必由之路。那么，到底什么是循环农业呢？简而言之，循环农业就是按照循环模式进行生产的农业。循环农业把农业生产看作一个完整的链条，在这个链条上，每一个循环的结果都是下一次循环的开始。它的最大特点就是"减量化"和"再利用"。说得直白些，就是减少投入，循环利用。

中央"一号文件"在说到加快发展循环农业的时候，还提到要"组织实施生物质工程"。对大多数读者来讲，生物质是一个比较陌生的名词，乌裕尔查了有关资料，发现生物质是人们在讨论能源时常用的一个术语，它是指由光合作用而产生的各种有机体。世界上生物质资源数量庞大，形式繁多，其中包括薪柴、农林作物，尤其是为了生产能源而种植的能源作物，农业和林业的残剩物，食品加工和林产品加工的下脚料，城市固体废弃物，生活污水和水生植物，等等。

在一些发达国家，生物质经济早已成了大气候。以美国为例，在20世纪

30 年代，为了给"大萧条"时期过剩的农产品寻找出路，开发了大豆柴油等系列产品；在 70 年代能源危机中，又开发以了玉米燃料乙醇和甘蔗酒精。近年来，美国还制定了发展生物质经济的战略，到 2020 年，生物燃油替代全国燃油消费量的 10%，生物材料取代全国石化原料制成材料的 25%，减少相当于 7000 万辆汽车的碳排放量，每年为农民增收 200 亿美元。

我国是一个能源短缺的国家，但生物质资源却异常丰富。还以上面提到的秸秆为例，每年产量达 7 亿多吨，畜禽粪便 25 亿吨，加上其他粪便等，总量折合能量可达 7.5 亿吨标煤。所以，发展生物质产业，对于拓展产业领域，提升产业层次，维护经济安全，改善生态环境，增加农民收入，都具有十分重要的意义。

以上述来看，循环农业已经超越了我们平常所理解的农业的范畴。发展循环农业是个大题目，目前我们才刚刚破题。

（2006 年 3 月《经济日报·农村版》）

从"一村一品"说到农民增收长效机制

在学习中央"一号文件"及中央其他有关"三农"的文件时，我们经常会发现一个使用频率较高的词汇"一村一品"。中央"一号文件"是这样表述的："要充分挖掘农业内部增收潜力，按照国内外市场需求，积极发展品质优良、特色明显、附加值高的优势农产品，推进'一村一品'，实现增值增效。"

那么，究竟什么叫"一村一品"，这一说法是怎么来的呢？乌裕尔查阅有关资料，发现"一村一品"来源于日本"一村一品"运动。它是日本大分县知事平松守彦于1979年首先提出来的。大分县位于日本西南部，面积6337平方公里，人口约124万，属典型的山区，自然条件很差，人口外流十分严重。平松守彦上任后到各地视察，遇到的都是"环境差""资源少""发展难"的抱怨。这些都是事实。然而平松守彦发现，这里也不是一无所是，一无所有。于是他提出，一个村子一个村子筛选，将每一个村子最有特色的土特产品、旅游资源，哪怕是一首民谣，只要是独特的东西，就拿出来，下力气开发成在全国乃至全世界叫得响的产品，这就是著名的"一村一品"运动的开端。

那么，"一村一品"运动给大分县带来了什么呢？20年来，县内共培育出有特色的产品32006种，总产值高达十多亿美元，其中产值达到100万美元的有126项，产值达到1000万美元以上的15项，人均收入在1994年就达到了2.7万美元。现在，大分县已由一个偏僻的山区小县发展成了生活安定、环境优美、经济发达的国际化大都市。

近年来，乌裕尔到各地调研，发现我国许多地方的农村与日本大分县很相似，所以说，大分的"一村一品"对我国农村很有借鉴意义。事实上，一些地方借鉴大分经验，开展"一村一品""一村多品""一乡一品""一乡多品"运动，都取得了比较好的效果。

农民增收问题成为近年来"三农"问题的中心。去年的"一号文件"以此为主题，今年的"一号文件"又特别加以强调，可见增加农民收入对解决"三农"问题、对建设社会主义新农村的重大意义。去年，农民增收达到 6.2%，为近年来最高的一年，这主要得益于政策效应。政策对农民增收影响迅速而重大，但是从根本上和长远来讲，农民增收不能光依赖政策，要建立农民持续增收长效机制，所谓长效机制，就是对农民增收能够长期起作用。只有长效机制建立起来了，农民才能实现持续增收。

那么，如何建立长效机制呢？乌裕尔觉得，还是要从产业上着眼，着力培育农民增收的产业支撑。中央"一号文件"在提出促进农民持续增收的同时，也强调了拓宽农民增收渠道。不仅着眼于务工经商收入，还要看到，农业内部仍然大有潜力可挖。不仅看到一、二、三产业都有较大的增收空间，更要看到各次产业联系中的增收机会。只有像日本大分县的"一村一品"那样，立足本地资源优势，着眼国内外市场需求，开发独具特色产品，农民增收的长效机制才能建立起来。

（2006 年 3 月《经济日报·农村版》）

让农民享有更充分的信息

建设社会主义新农村已成为全党全国的重大战略任务，但是广大农民对新农村的憧憬却早已有之。乌裕尔还记得，当年最流行的一句话就是：楼上楼下，电灯电话。农民理解的很直观，新农村就是新生活，新生活就该是那样一幅景象。有时候乌裕尔就想，在众多新农村新生活的要素当中，农民为什么要强调电话呢，因为电话是信息传递的载体，是对外联络的渠道。它说明，农民是迫切需要外界的信息的。

关于电话，乌裕尔还听到一个笑话，说是新中国成立后不久，一位在部队做官的儿子把父母从老家农村接到城里享福，每到吃饭的时候，这位儿子就拿起电话，对着话筒说出要吃的菜名，不一会儿饭菜送上来了。住了一段时间，老两口要回农村了，他们对儿子提的唯一要求就是要带回那部电话。当然，剩下的故事不说读者也已经猜出来了。在这个故事里，老人把信息和传递信息的载体混为一体了。且不说老人需要信息的动机和目的能否实现，而对信息的需要几乎是一个社会人与生俱来的。今天的人当然不会再犯这样可笑的错误，但是，信息载体的建设，仍然是市场经济条件下广大农民面临的重大课题。

搞市场经济，谁都知道信息的重要性。从某种意义上讲，农民市场弱势的地位，是由农民信息占有弱势地位决定的。城乡之间信息资源占有的不平等，已成为新时期城乡之间不平等的重要表现。也正因为如此，中央"一号文件"给予了农业信息化高度重视。"一号文件"是这样说的：要积极推进农业信息化建设，充分利用和整合涉农信息资源，强化面向农村的广播电视电信等信息服务，重点抓好金农工程和农业综合信息服务平台建设工程。

信息看不见摸不着，却能给农民带来实实在在的好处。前不久，乌裕尔到吉林农村调研，初步体会了农民分享信息盛宴的兴奋。长春市郊玻璃村，离县城 30 多公里，一位养蜂的老太太在信息平台上发了一条卖蜂蜜的信息，结果蜂蜜卖光了，电话仍然不断，害得老太太急急忙忙跑到信息发布站，央求工作人员再帮她发一条货已卖完的信息。而另一位农民在自己家的木耳卖完之后，开始走村串户收购别人的，当起了正儿八经的农民经纪人。而他们使用的信息平台，就是长春市一家名叫金鹰集团的民营企业设立的，它的全名叫作农村信息连销互动网。这个网的最大特点就是，农民不仅能收信息，还能自主地发出信息，所以说，是一个名副其实的虚拟产品市场。

建设社会主义新农村，基础设施建设不可忽视。但一说起基础设施建设，很多人往往首先想到的是农田水利等有形的基础设施。实际上，农业信息化建设也是基础设施，也需要重视。

（2006 年 3 月《经济日报·农村版》）

改善农村人居环境要对症下药

说起城乡差距，也不见得什么都是农村比城里差。就说住房吧，农村人的住房面积就比城里人大。到去年底，城镇人均住房面积26平方米，而农村人均住房面积在2003年就超过了27平方米。建设部颁布的2020年全面建设小康社会居住指标中，农村人均住房面积也比城里人大，分别是40平方米和35平方米。

但是，这只是问题的一个方面。住房不能光看面积，还要看环境。住得舒不舒适，大小只是一个因素，甚至不是决定性因素。决定性因素是什么呢？是人居环境。要论人居环境，农村人和城里人一比，差大了。

随便走进中西部的一个普通村庄，你将会看见：村内道路坑坑洼洼，晴天尘土飞扬，雨天泥泞难行；生活垃圾随处堆放，不时有难闻的气味袭来；厕所普遍建在院里，没有粪便处理设施；见不到排水沟渠，生活污水四处横流。

有关部门提供的数据会证实你的见闻。到2004年底，我国共有320.7万个村庄，其中行政村63.4万个，居住生活农户2.05亿户，7.95亿人。根据建设部的调查统计，有3亿多人还没有用上安全卫生的饮用水，60%的农户没有卫生厕所。而60多万个村庄中，96%的村庄没有排水沟渠和污水处理系统；89%的村庄没有任何垃圾处理设施，更有90%的村庄没有任何消防设施。

造成城乡人居环境差距的原因是多方面的，其中两点是最重要的，一个是投入，一个是规划。从投入来看，2003年的情况是，城市公用设施人均是1320元，农村是多少呢？只有67元，竟相差了20倍。至于村庄规划，则更是新农村建设的"软肋"。因为重视不够，缺少规划，村庄建设分散化、空心化现象日益严重，农民住房拆了建、建了拆的现象更是普遍。

对很多农民来讲，"人居环境"这个词还比较陌生，听起来文绉绉的，实际上，它不仅是建设社会主义新农村的重要内容，也和农民的生产生活息息相关。所以，中央"一号文件"特别强调了"加强村庄规划和人居环境治理"。"一号文件"要求：各级政府要切实加强村庄规划工作，安排资金支持编制村庄规划和开展村庄治理试点；可从各地实际出发制定村庄建设和人居环境治理的指导性目录，重点解决农民在饮水、行路、用电和燃料等方面的困难，凡符合目录的项目，可给予资金、实物等方面的引导和扶持。加强宅基地规划和管理，大力节约村庄建设用地，向农民免费提供经济安全适用、节地节能节材的住宅设计图样。引导和帮助农民切实解决住宅与畜禽圈舍混杂问题，搞好农村污水、垃圾治理，改善农村环境卫生。

改善农村人居环境是一篇大文章，但是这篇大文章不能推倒了重来，只能在现有基础上作重点修改。而且要从群众反映最迫切的问题解决起，比如行路难、饮水难、垃圾处理难，等等。无论是村庄规划，还是整治重点，都要对症下药，绝不能搞一个方子治百病。

（2006 年 3 月《经济日报·农村版》）

"八荣八耻"与新型农民

"两会"期间，乌裕尔来到一位早已熟悉的农民代表的房间，原想了解一下社会主义新农村建设方面的情况，没想到一见面，这位代表就兴致勃勃地谈起了"八荣八耻"。记得那天的报纸都刊登了胡锦涛总书记前一天看望政协委员时的讲话，其中"八荣八耻"的论述成为各大媒体的重要新闻。

这位代表告诉乌裕尔，"八荣八耻"他看了多遍，现在已经能够背下来了。他说，这其中的一些内容他们村曾以村规民约等形式做过规定，但是像总书记这样集中精辟地概括出来，并且上升为社会主义荣辱观的高度，作为全民的行为准则和道德规范，具有重要的现实针对性和历史意义。

接着，乌裕尔向这位农民代表提了一个问题：你认为"八荣八耻"与建设社会主义新农村是个什么关系？他不假思索地回答：建设社会主义新农村一个重要内容就是培育新型农民，而只有树立了社会主义荣辱观的农民才是合格的新型农民。

仔细想想这位农民代表的话，还真是有道理。"八荣八耻"的提出，丰富了新型农民的内涵，必将为社会主义新农村建设提供强大的精神动力。新型农民故然要有文化、懂技术、会经营，同时也要明是非、知荣辱、辨善恶、识美丑。当前，培养新型农民要把社会主义荣辱观教育作为重要内容，引导广大农民特别是青年农民树立正确的人生观和价值观，积极投身于改变农村落后面貌、建设社会主义新农村的伟大实践中去。

社会主义荣辱观无疑是全民的道德价值取向和行为准则。就建设新农村而言，从培养推进社会主义新农村建设的新型农民，到树立社会主义荣辱观，其一脉相承的轨迹其实是很清晰的。中央"一号文件"明确提出了倡导健康文明新风尚的要求：大力弘扬以爱国主义为核心的民族精神和以改革创新为核心的时代精神，激发农民群众发扬艰苦奋斗、自力更生的传统美德，为建设社会主义新农村提供强大的精神动力和思想保证。加强思想政治工作，深入开展农村形势和政策教育，认真实施公民道德建设工程，积极推动群众性精神文明创建活动，开展和谐家庭、和谐村组、和谐村镇创建活动。引导农民崇尚科学，抵制迷信，移风易俗，破除陋习，树立先进的思想观念和良好的道德风尚，提倡科学健康的生活方式，在农村形成文明向上的社会风貌。

胡锦涛总书记的"八荣八耻"以更加朴素的语言和更加深刻的寓意，清楚明了地告诉人们什么是光荣，什么是可耻，在广大农民心中引起强烈反响是必然的。特别是对培养推进社会主义新农村建设的新型农民提出了新的要求，也提供了新的动力。

（2006 年 3 月《经济日报·农村版》）

许宝健新闻作品集

下

许宝健◎著

人民日报出版社

北京

图书在版编目（CIP）数据

许宝健新闻作品集．下 / 许宝健著．—北京：人
民日报出版社，2023.2
ISBN 978-7-5115-7160-1

Ⅰ．①许…　Ⅱ．①许…　Ⅲ．①新闻－作品集－中国－
当代　Ⅳ．① I253

中国版本图书馆 CIP 数据核字（2021）第 216945 号

书　　　名：	许宝健新闻作品集．下	
	XUBAOJIAN XINWEN ZUOPINJI.XIA	
作　　　者：	许宝健	
出 版 人：	刘华新	
责任编辑：	周海燕　　马苏娜	
封面设计：	张合涛	
出版发行：	人民日报出版社	
社　　　址：	北京金台西路 2 号	
邮政编码：	100733	
发行热线：	（010）65369509　65369527　65369846　65363528	
邮购热线：	（010）65369530　65363527	
编辑热线：	（010）65369518	
网　　　址：	www.peopledailypress.com	
经　　　销：	新华书店	
印　　　刷：	三河市嘉科万达彩色印刷有限公司	
法律顾问：	北京科宇律师事务所　010-83622312	
开　　　本：	710mm×1000mm　　　1/16	
字　　　数：	1126 千字	
印　　　张：	66.75	
版　　　次：	2023 年 2 月第 1 版	
印　　　次：	2023 年 2 月第 1 次印刷	
书　　　号：	978-7-5115-7160-1	
定　　　价：	498.00 元（全三册）	

目　录
CONTENTS

1

让文化变成农民的生活

早就听说北京有一个五星级的电影院，前不久乌裕尔带 12 岁的儿子去看了一部美国大片，好家伙，效果果然不同凡响。效果不同凡响，价格也绝非寻常，最便宜的票价也在 60 元一张。

乌裕尔在像儿子这样年龄的时候，在农村老家住过两年。那时候最盼望最高兴的就是两件事，一是卖各种糖果食品的小车吆喝着推进村，一是电影放映队来村放映电影。电影是各村轮着放的，所以有时候跟着放映队能跑几十里。至于电影票钱，印象当中是免费的。

后来再回老家，相当长一个时期就看不到农村这种特有的文化现象了。那么，近几年，农村放映电影的事又被重视起来，这种重视是自上而下的，国家主管部门还给它起了个名字叫"2131"工程。啥叫 2131 呢，就是在 21 世纪初基本实现一村一月放映一场电影的目标。虽然也是像乌裕尔小时候那样给农民放电影，现在变成了政府的行为，但是在高度重视"三农"工作、高度重视农村文化建设的大背景下作出的决定，因此，似乎就有了不同以往的意义。

我们可以设想，如果一个城里的富翁到乡下别墅去度假，"早上听鸡叫，白天听鸟叫，晚上听狗叫"，他会觉得怎样？他一定会觉得精神很放松，心情很不错。可是，我们形容当前很多农村文化状况时，用的就是这三句话。为什么同样的三句话带给富翁和农民的心境竟然这么不同呢？这是因为，对富翁来讲，"三叫"是工作和城市生活之后的休闲，对农民来讲，"三叫"是每天面对的实实在在的生活。就像前些年有一首流行歌曲唱道"赤足走在田埂上"，唱得一些人如痴如醉。农民听了就不高兴，说你让他到田埂上来走一走，看他还能唱出来不。那时候发出的声音可能只是尖叫。

由此可见，文化和生活不是一回事，城里人理解的文化和农民理解的文化也不是一回事。给农民送点儿文化、整点儿文化并不难，难的是要把文化变成农民的生活，否则的话，按城里人的理解把文化送给农民，农民不领情，我们还不知道是怎么回事。

就像建设社会主义新农村是一项长期的历史任务一样，把文化变成农民的生活也不是一朝一夕的事情。从某种意义上讲，如果文化是一种生存方式和生活方式的话，那么在农村，建设社会主义新文化就与建设社会主义新农村具有了同等的意义。中央"一号文件"对繁荣农村文化事业的强调是多方面的，既强调增加投入，又鼓励文化工作者深入乡村，同时还指出要"创新农村文化的载体和手段"。我们应该深入理解"创新农村文化生活的载体和手段"这句话，不要把农村文化建设看得太简单、太片面。给农民点儿文化不是目的，把文化变成农民的生活才是目标所在。

（2006 年 3 月《经济日报·农村版》）

建立农村最低生活保障要有紧迫感

　　乌裕尔最近读了一篇文章，讲中美两国人民的储蓄问题。说中国人储蓄太多，而美国人又消费到负债的程度。以去年为例，中国的储蓄额为 1.1 万多亿美元，美国的储蓄额为 1.6 万亿美元。看看吧，世界上最大的发展中国家在储蓄上直追最大的发达国家。再看占国民收入的比例，中国的储蓄额约占国内生产总值的一半，美国则仅相当于其国民收入的 13%。再看占家庭收入的比例，中国个人储蓄率约占家庭收入的 30%，而美国人的储蓄率低至负值水平，约为家庭税后收入的 - 0.5%。

　　美国人不存钱，乌裕尔有更直观的体会。乌裕尔在美国学习期间，曾热情地邀请一家美国朋友到中国旅游。当美国朋友确定了来中国的计划后，夫妻两个开始正儿八经地商量起如何多赚钱，如何积攒来中国的费用。当时乌裕尔的确有些不解：美国朋友有别墅，有名车，典型的中产阶级了，怎么连来趟中国的费用还要临时挣呢？

　　储蓄过多，消费不足，显然对经济发展不利。但这并非乌裕尔要说的重点。乌裕尔想要强调的是，我们为什么要争先恐后地把钱存进银行呢？其实，这个问题我们问问自己就知道了，因为我们有预期的消费，比如子女的教育，比如自己的健康，而这些钱，临时挣是挣不来的，只能靠平时积少成多地攒。

　　我们热衷于存钱，折射出一个问题，就是我们的社会保障制度不完善，社会保障体系不健全。应该说，这些年，我们花了很大力气做这项工作，也取得了很大成效，但是农村社保的完善仍然任重道远。

　　社会保障是政府向国民提供的一种公共产品，它被誉为社会的"安全网""减震器"。社会保障是一个体系。在农村，它至少包括这样几项内容：养老保险、合作医疗、最低生活保障等。在这几项内容当中，最低生活保障是最基本的，也是最薄弱的。作为一项制度，它是国家和社会为保障收入难以维持最基本生活的农村贫困人口而建立的一种社会救济制度。我国从1995年就尝试在有条件的地方建立这种制度，目前已涉及十多个省市，1000多个县市。但是，享有最低生活保障的农民并不多，目前只有488万人、235.9万个家庭。

从性质上讲，低保是社会救济而不是福利，同时，它又是一个动态的概念。我们现在说的农村低保，应该是最贫困人口的最低生活保障。在目前的农村，大致包括这样几部分：因缺少劳动力造成生活困难的；因灾因病及残疾致贫的；无劳动能力、无生活来源及无法定抚养义务的老年人、未成年人、残疾人等。

中央"一号文件"强调，按照城乡统筹发展的要求，逐步加大公共财政对农村社会保障制度建设的投入。有条件的地方，要积极探索建立农村最低生活保障制度。当然，我国地区经济发展不平衡，财政能力有强弱，不可能确立一个全国统一的低保标准，更不可能全国农村同步实现低保，但是，不能因此而等待和观望，有条件的地方要按照中央的要求积极探索。

（2006年3月《经济日报·农村版》）

国有农场改革要提速

在时下的中国，确定谁是农民，谁是工人，谁是城市居民，对任何一个人来说，都不是难题。但是，若问国有农场职工是什么身份，这个问题恐怕就不那么容易回答了。有的说应该算农民，因为他从事的是农业生产；有的说应该算城市居民，因为他是国有企业的职工。这个涉及上千万人的简单问题折射出国有农场的特殊性和改革的必要性、紧迫性。

乌裕尔出生在黑龙江，自幼对"北大荒""北大仓"有直接的感受。实际上，我们今天所说的"北大仓"和商品粮基地，主要是指国有农场。从行政级别上讲，国有农场是县处级单位。全省总共有 104 个农场，而黑龙江的县（市）总共才 66 个。

国有农场是为解决农产品短缺问题，由大批转业官兵垦荒并从事农业生产经营的国有农业企业。在过去的几十年里，国有农场为解决我国粮食问题做出了重大贡献。许多职工"献了青春献子孙"，做出了重大牺牲。改革开放以来，有关农村和城市的改革措施不断推进，并取得了明显成效，但国有农场的改革相对滞后，涉及不多。在建设社会主义新农村的新形势下，国有农场的改革和发展以及在建设社会主义新农村中的地位与作用问题，被提到了重要位置。

今年中央"一号文件"对国有农场给予了特别的重视，主要有两段：深化国有农场税费改革，将农业职工土地承包费中类似农村"乡镇五项统筹"的费用全部减除，农场由此减少的收入由中央和省级财政给予适当补助。国有农场要逐步剥离办社会的职能，转变经营机制，在现代农业建设中发挥示范作用。

国有农场最大的特点是政企合一、社企合一，也就是承担了部分政府管理职能和社会公益职能。农场有公、检、法等部门，也有自己的学校。农场职工作为生产者和经营者，要向农场交纳一定的费用，其中九年制义务教育、计划生育、优抚、民兵训练和乡村道路等，类似于农村的"五统筹"，在农村税费改革第一阶段，没有纳入同步改革。而目前，农村税费改革已经进入全面取消农业税的新阶段，从统一全国农业税收政策的角度考虑，必须深化改革。免除类似"五统筹"的收费，在减轻农场职工负担的同时，自然也会减少农场的收入，对此，中央也明确了中央财政和地方财政补助的政策。

而剥离农场办社会的职能，也是一个很复杂的问题，从更深层次上讲，它涉及农场和农垦的管理体制问题。虽然难度很大，但这一步必须走。只有这一步走通了，农垦经济才能轻装前进，才能在市场竞争中不断发展壮大，进而实现中央"一号文件"提出的"在现代农业建设中发挥示范作用"的要求。

（2006 年 4 月《经济日报·农村版》）

绝不能动摇农村基本经营制度

新农村建设的宣传热火朝天，新闻单位陆续推出了一批先进典型。但是，细心的读者在读了这些新农村建设的典型后发现，绝大部分典型都是依靠集体经济建设新农村。由此自然提出了一个问题：是不是只有集体经济才能建成新农村？或者说，是不是主要依靠集体经济才能建设新农村？说实话，这样的问题的提出，是宣传者所始料未及的。乌裕尔在基层调研新农村建设时也发现，怀疑甚至否定农村基本经营制度的倾向再次抬头。

农村基本经营制度，不仅是农村改革的经验总结和重大成果，而且也是党在农村的基本政策和必须长期坚持的方针，同时还写入了宪法。

那么，什么是农村基本经营制度呢？了解农村的人都知道，在许多关于农村的文件和宣传报道中，经常会看到这样几句话："统分结合""双层经营""稳定家庭承包责任制""发展壮大集体经济"。应该说，这些都是农村基本经营制度的内容，但是，孤立起来说，又都不完整和准确。直到1998年党的十五届三中全会才最终修改为"以家庭承包经营为基础、统分结合的经营制度"。此后，凡中央有关"三农"问题的文件发布，无不强调这一基本经营制度。

今年中央"一号文件"以新农村建设为主题，但同样强调了农村基本经营制度："稳定和完善以家庭承包经营为基础、统分结合的双层经营体制，健全在依法、自愿、有偿基础上的土地承包经营权流转机制，有条件的地方可发展多种形式的适度规模经营。"虽然着墨不多，但其坚定性和基本精神是一脉相承的。

为什么中央一再强调，在任何情况下农村基本经营制度都不能动摇呢？在笔者的理解中，这是因为，家庭经营为基础、统分结合的双层经营体制，一是符合农村生产力发展水平，二是符合广大农民群众的意愿。从实践来看，凡是基本经营制度坚持得比较好的时期，农村经济就发展，农民收入就增加，农村社会就稳定。

稳定农村基本经营制度，最核心的就是稳定土地承包关系，确保农民拥有的土地权益不受侵犯。20世纪80年代以来，按照土地承包期限，中央多次强调"15年不变""30年不变""30年后也没有变的必要"，直到今年全国"两会"期间温家宝总理强调"永远不变"，这就给广大农民吃了一颗长效"定心丸"。有条件的地方可发展多种形式的适度规模经营，但是没有条件的，就不能"创造条件"发展规模经营，更不能以新农村建设为名，强行动农民的土地。

发展集体经济可以建设社会主义新农村，但不能就此和家庭承包经营对立起来。应该看到，实行集体经营的农村还是少数，绝大多数农村实行的还是家庭经营制度，要探索、总结和宣传在坚持农村基本经营制度的前提下，建设社会主义新农村的经验、典型和模式。

（2006年4月《经济日报·农村版》）

三级联创为新农村建设提供组织保障

前几天乌裕尔遇到一位在地方任职、现在在中央党校学习的领导，他说他正在思考和研究的一个问题是，基层党组织如何在新农村建设中发挥更大更好的作用。乌裕尔觉得，在中央的统一部署下，地方领导考虑的问题越来越具体化，这应该是一个好现象。同时，建设好农村基层党组织，对新农村建设的顺利推进，的确很重要。因此，中央"一号文件"也提出了明确的要求："不断增强农村基层党组织的战斗力、凝聚力和创造力。充分发挥农村基层党组织的领导核心作用，为建设社会主义新农村提供坚强的政治和组织保障。""一号文件"还提出：关心和爱护农村基层干部，继续开展农村党的建设"三级联创"活动，加强基层党风廉政建设，巩固党在农村的执政基础。

乌裕尔近日在农村进行新农村建设的调研时，多次听到一些基层干部谈到"三级联创"，普遍认为，"三级联创"搞得好的地方，基层党组织凝聚力和战斗力就强，新农村建设就会有良好的开端。这引起了乌裕尔对"三级联创"的兴趣。

那么，什么是"三级联创"呢？规范的说法来自2003年9月份中共中央办公厅发出的《关于深入开展农村党的建设"三级联创"活动的意见》。这份当年的中办发26号文件发至县、团级，但传达到村党支部、村委会。农村党的建设"三级联创"活动，就是创建"五个好"村党组织、"五个好"乡镇党委和农村基层组织先进县（市）。"三级联创"，"创"是关键，"联"是保证。"联"的意思就是县（市）、乡镇、村三级联动，相互衔接，相互促进。

"三级联创"活动的目标要求简单明了，就是"五个好"：一是领导班子好。领导班子能够自觉学习和实践"三个代表"重要思想，坚决贯彻执行党的基本路线和各项方针政策，廉洁勤政，奋发有为。村党组织书记应具有带头致富和带领农民群众共同致富的能力；乡镇党委书记应具有较高的政策水平和较强的组织协调能力。二是党员干部队伍好。共产党员能够发挥先锋模范作用，基层干部能够发挥骨干带头作用。三是工作机制好。各项制度完善，管理措施到位，乡镇党政领导班子团结一致，村党组织和村委会关系协调，工作运行规范，服务优质高效。四是小康建设业绩好。农村经济持续发展，农民收入增加，集体经济实力增强；各项社会事业协调发展，精神文明建设和民主法制建设成效显著。五是农民群众反映好。基层干部尊重农民，爱护农民，诚心诚意为农民群众办实事；工作措施符合群众意愿，工作作风和工作实绩令群众满意，党群、干群关系密切，党组织得到群众拥护。

把开展农村党的建设"三级联创"活动与推进新农村建设结合起来，为新农村建设提供强有力的组织保障，这是新形势下的新要求。有了这"五个好"就会有另一个"好"，这就是新农村建设的"好"开端。

（2006 年 4 月《经济日报·农村版》）

培养农村基层干部更重要

在说到社会主义新农村建设的时候，普遍强调培育新型农民的重要性，但是乌裕尔在调查中发现，培养农村基层干部更不能忽视，在当前它的重要性甚至更强。因为从某种意义上讲，新型农民是新型农村基层干部带出来的。从实践来看，哪个地方的农村有了好的带头人，有了好的班子，哪个地方脱贫致富的步伐就快，新农村建设搞得就好。

当前，我国对各级领导干部的任职年龄大都有比较明确的规定。按照最新的要求，县一级领导应在45岁左右。但是，到了村一级就没有了。村干部虽然也叫"干部"，但由于村委会是群众自治组织，村干部不列入公务员序列，所以没有任职年龄的要求。事实上，即使有要求也做不到。为什么？因为培养选拔的余地太小了。

前不久，乌裕尔在中部某地农村参观，在一个村的党员干部远程教育的教室里，看到几十人的教室快坐满了。令乌裕尔惊讶的是：几十号人当中，看不到年轻一点的面孔。村里的年轻人都哪儿去了？不用问也知道，都出去打工了。

我们随便走进了一户姓周的农民家里。老周家里4口人，两个孩子都在外面打工多年。说起眼前的生活，老周挺满足，说："家里这点地我们老两口就能维持了，孩子在家也帮不上忙，出去了还能长长见识。"

更令乌裕尔惊讶的是，这个村的党支部书记已是70岁高龄，虽然在乡亲们心中的威望比较高，但是带领乡亲们发展经济的思路和办法并不多。说起现在的状况，老支书也是一脸的无奈。他早就想退下来让位给一个年轻人，可是一直没有完成这个心愿。他感慨说，现在要在农村选一个年轻干部真是太难了，要选一个有高中文凭的就更难。不仅选村干部难，发展党员也很难，现在农村党员年龄老化也很严重。与农村干部党员年龄老化相伴随的是素质偏低。

在一些地方的农村，文盲半文盲的党员干部并不鲜见。

不仅村一级党员干部年龄老化，出现"断层"，乡镇级同样也存在这个问题。有的年轻干部到了乡镇工作也不安心，没有长久打算，千方百计想调走。

农村基层干部的"断层"和"短缺"给农村发展和新农村建设带来的负面影响是显而易见的。应该说，近年来各级干部的培养和培训受到了空前重视，但相比较而言，对农村基层干部的培养和培训重视还不够。在新农村建设中，应该拿出专项资金，做出专门规划，分期分批大规模地培养和培训农村基层干部，为新农村建设提供干部保证。

（2006 年 5 月《经济日报·农村版》）

村级事务契约化管理是个新探索

到山东调研新农村建设，在众多的典型经验中，潍坊市坊子区的一个探索给乌裕尔留下了更深的印象，这就是他们推行的村级事务"契约化管理"新模式。

大家知道，建设社会主义新农村，"管理民主"是一个重要内容。但是具体到农村基层，管理民主又是最难把握的。一些农村基层干部认为，无论是"生产发展""生活宽裕"还是"乡风文明""村容整洁"，都有十分明确而清晰的内涵，不仅好理解，而且知道怎么抓，惟独这个"管理民主"，似乎还仅停留在"村务公开"的理解和做法上。因此，在新农村建设中，关于管理民主的探索与实践应该给予充分的重视。

农村中的矛盾琐碎而复杂，涉及生产、生活的各个方面，从土地承包到邻里纠纷，许多矛盾看起来没什么大不了的，一旦激化，却可能引发新的更尖锐的矛盾，带来不可估量的损失。而矛盾的产生和激化，一些与村级事务管理不善有关。

在实行契约化管理之前，坊子区农村信访量占到全区的80%。从2004年5月份推行契约化管理之后，全区发生的信访案件和治安案件，均有大幅度的下降，效果非常明显。同时，通过签订各类合同，村民们普遍认识到"红口白牙不如白纸黑字"，法律意识、责任意识、公民意识都有所增强，极大地促进了农村政治文明建设。

那么，什么是契约化管理呢？说简单也很简单，就是通过书面契约的形式，把村级事务，特别是容易引发矛盾纠纷和不稳定问题的事项依法固定下来，以明确村民和村级组织双方的权利义务、履行时间和违约责任，把有关的法律法规、政策规定以及行之有效的村规民约都具体化到契约中去。这种做法，对村级事务管理的各方来讲，都起到了"平时办事有依据、打起官司有证据"的作用。

这个区的王三村，是率先开展契约化管理试点的村，共有 958 口人，共签订契约合同 12 种、1000 多份，有的一户就签了六七份。在村委会的档案柜里，乌裕尔看到《村两委成员管理合同》《治安调解管理合同》《未婚青年管理合同》《赡养继承协议书》等各种合同、纪要，摆放得井然有序，每份合同上都有双方当事人和律师的签名，双方的责任和义务也都写得清清楚楚。从内容来看，分为 10 大类，其中又有若干小项，大凡与群众生产、生活有关的一切事项都纳入其中。

乌裕尔了解，契约签订的过程其实就是一个民主议事、民主决策的过程，而契约的本质则体现了依法管理、以法治村的现代法制精神。

对于现代契约，美国的《第二次契约法重述》曾下了一个经典性的定义，"所谓契约，是一个或一组承诺……"，这就是说，契约概念的基础是承诺。坊子区的契约化管理，让干部群众变成了互为承诺、互相监督和平等的双方，不仅有利于农村和谐社会的建立，而且使农村的长远发展建立在法制和民主的基础之上。

（2006 年 5 月《经济日报·农村版》）

德国"巴伐利亚试验"的中国样本

谁都知道，山东农村发达，特别是胶东半岛。看了这里的农村，不由得你不这样认为：社会主义新农村就是这样的。山东的新农村乃至全国的新农村，虽然千差万别，但共同点都是，第二产业和第三产业发达，这是农民脱贫致富和建设新农村的重要支撑。

但是，也有一个地方与众不同。这就是位于青州市的南楼村。南楼村的出名来自德国的援建，而这种援建从1987年山东省与德国巴伐利亚州缔结友好关系的第二年就开始了。这个项目的名称就叫中德土地整理与村庄革新。要说中德在南楼村合作的背景，就不得不说得远一点。

第二次世界大战结束后，德国面临的情况是，随着城乡差距的拉大，大量农村人口涌入城市，一方面导致城市人口急剧膨胀，引发"城市病"，另一方面许多乡村无人居住，乡村建设日趋衰退。为了解决这种矛盾，德国开展了著名的"巴伐利亚试验"，目的就是通过村庄建设改善农村条件，将一部分农民留在土地上。为此，他们提出了城乡生活"等值化"理念，就是不以城市为发展的标杆，建设与城市不同但同样美好的农村生活，既避免农村走向衰败，也遏制农民过量过快涌入城市。

改革开放以来，我们遇到的情况和当年德国遇到的难题非常类似，这也是"巴伐利亚试验"能够来到中国的根本原因。一开始，这种试验的理念就十分诱人：既然不能让所有的农民都到城市里去，那么留在农村的农民同样要过高质量的生活。城市与农村各有利弊。农村的优势城市同样也无法替代。如果选择农村生活质量并不降低的话，那么农村实际上就会比城市有更大的吸引力。不用说，这是一种理想色彩相当浓厚的选择和试验。乌裕尔毫不怀疑，按照这种理念建设的农村，无疑也是我们今天想要的新农村。

德方在南楼村进行了相当广泛的试验，比如，出经费培训农村青年，学成后回村服务;调整土地,每户一块田实行机械化耕种;进行村庄布局的功能分区;建设文化设施,让农民享受文化生活,等等。

但是,洋人的东西不可能完全服我们的"水土",比如,德方为了保持村庄的清洁、宁静,拒绝办企业,但是全村仍然办了数十家企业。但是,不管遇到什么矛盾,巴伐利亚的中国试验毕竟为我们提供了建设社会主义新农村的另类样本。

乌裕尔以为,当前我们所进行的社会主义新农村建设,既是具有划时代意义的伟大工程,也是影响亿万农民今生后世的群众性试验活动。在结合各地实际、因地制宜建设新农村的同时,也要借鉴其他国家的有益经验。除了德国的"巴伐利亚实验"之外,还有韩国的"新村建设运动"、加拿大的"农村协作伙伴计划"等。

(2006 年 6 月《经济日报·农村版》)

让城里孩子多了解农村

乌裕尔的一个朋友，生活虽不是很富裕，仍坚持资助两个贫困山区的孩子。他这样做就是为了给自己的孩子创造一个了解农村、了解农民的机会。因此，他每年至少利用一个假期带孩子去一次资助对象所在的农村。他说，几年下来，孩子受益匪浅。

近两个月，乌裕尔同许多家长一样，为孩子小学升初中紧张地忙碌。带着孩子，穿梭在京城多所中学之间。也许是职业的关系，忙碌之中，乌裕尔总想向这些城里孩子了解一些他们对农村的印象或者想象。但是，看着这些紧张而疲惫的身影，乌裕尔总不忍心去打扰他们。

恰巧，《经济日报·农村版》的一项调查弥补了乌裕尔的遗憾。这项题为"城市孩子眼中的农村"的调查报告刊登在本报6月1日的版面上。这个调查涉及的内容相当丰富，既有"对农村的认识""对农民的印象"，也有"对农村孩子的认识""对农民工的看法"等，共19项内容。调查的结果显示，相当一部分城里孩子对农村很陌生。尽管参加调查的1000多名学生中，有800人选择"去过农村"。但是，这种"去过"显然离了解还有相当大的距离。

2000多年前的春秋时期，孔子带着他的学生周游列国。一天一个叫子路的学生掉队了，正在着急的时候，遇见一位老农在田里干活，于是上前问道："子见夫子乎"，就是说，你看见我的老师了吗？老农看了子路一眼，没好气地回答："四体不勤，五谷不分，孰为夫子！"老农的意思是说，不干农活，分不清五谷，哪里有资格做老师。这就是出自《论语·微子》的"四体不勤，五谷不分"的典故。四体当然是指两手两脚，五谷则是指稻、黍、稷、麦、菽。

如果按照当年那位老农的标准，今天恐怕没有几个人能当上老师了。如果老师都"五谷不分"，学生就更不用说了。即使有的学生能够背下来什么叫五谷，到了田地里未必能分得清楚。

当然,今天乌裕尔在这里讲这个故事,绝对不是要求学生去干农活、分五谷。毕竟时代不同了,时代进步了。如今,已经到了计算机时代,知识的传播有了全新的方式,人们也并不一定要事必躬亲才能获取知识。然而,也正是随着生产力的发展,不仅产生了工业和农业的差别,也产生了城市和农村的差别。而这种差别任其发展下去,显然不利于建设和谐社会。所以,我们才提出社会主义新农村建设,要缩小城乡差距。

其实,城乡之间发展水平上的差距并不可怕,可怕的是感情和认同上的差距。尽管绝大多数城里人追溯到上一代、上几代都是农民,但城里人和农民情感上的差距却越来越大。

建设社会主义新农村是长期的历史任务,需要几代人甚至几十代人的辛勤努力。建设新农村同样需要全社会的共同努力,而绝不仅仅是农民自己的事。青少年是未来建设国家的栋梁和生力军,加强对青少年的国情教育,让更多的城里孩子更多地了解农村,从而进一步增强对农民的感情和改造农村、实现农村城市化及现代化的责任感,是十分必要的。

(2006 年 6 月《经济日报·农村版》)

发展一点五产业值得提倡

同一位县领导谈起新农村建设，他表达了一个很大的困惑，就是，明知道产业对新农村建设有决定性的意义，但是，就是不知道该选择什么产业，发展什么产业。特别是传统的农业地区，虽然农业资源比较丰富，但是光靠农业很难建成新农村，上工业项目又缺资金、缺人才，更重要的是市场上大部分产品都是供过于求，像当初发展乡镇企业那样的市场环境已经不存在了。乌裕尔突然想到费孝通费老先生的一个观点，于是对这位县领导说，农业不吃劲，工业不敢上，那就发展一点五产业吧。一点五产业？县领导眼中一亮……

大概是 1996 年，乌裕尔偶然得到了费老的一篇谈话稿，所谈内容就是一点五产业。乌裕尔觉得观点很新颖，就编发在自己主持的报纸版面上，标题是《费孝通妙论"一点五"产业》。费老认为，在第一产业和第二产业之间，很多情况下不是一步到位，而是一个渐进的过程。我国是一个传统的农业大国，在农业和工业之间，还有很长一段路要走，这一段很长的路实际上就是传统农业地区的致富之路、发财之路。

乌裕尔当时觉得，费老的观点不仅新颖，而且符合中国农村实际。乌裕尔也理解，费老所讲的一点五产业，并不是一个准确的数字概念，而是代表了从第一到第二产业的过程，也就是涵盖了从一点一到一点九的过程。乌裕尔觉得，在建设社会主义新农村的今天，费老 10 年前的观点仍有很强的现实意义和指导意义。

按照我国《三次产业划分规定》，第一产业是指农、林、牧、渔业；第二产业是指采矿业，制造业，电力、燃气及水的生产和供应业，建筑业；第三产业是指除第一、二产业以外的其他行业。按照产业经济学的说法，三次产业的划分来源于社会生产活动的历史发展顺序。产品直接取自自然界的部门称为第一产业，对初级产品进行再加工的部门称为第二产业，为生产和消费提供服务的部门称为第三产业。产业结构演进理论告诉我们，随着经济的发展，第一产业的比重和就业人口的比重将不断下降，而第二产业和第三产业的比重和就业人口的比重将不断增加。但是，产业发展历史又清楚地表明，第一产业向第二产业的演进经历了一个漫长的由量变到质变的过程。

进入 21 世纪的我国，农业占国民经济的比重继续下降，同时，农业所吸附的人口比重减少得并不理想。传统农区主要依靠农业的局面并未改变。靠农业生存，靠农业发展乃至靠农业建设新农村，这是大部分农区面临的现实。所以，建设新农村，必须认清这个现实，立足这个现实，选择好发展路子。

发展一点五产业就是这样一个立足现实的发展路子。发展一点五产业，就是以农户、以各类农民合作经济组织为主体，以市场为导向，对各类农产品进行加工增值，从而不断增加农民收入。同时，发展一点五产业，还可以增加农民就业。从种到收，从加工到销售，农民亦农亦工亦商，拉长了农业的产业链，吸纳更多的农民参与其中。在今天的新农村建设中，国家大力倡导的"一村一品"运动，可以说，就是发展一点五产业的实践，与发展一点五产业是一致的。

（2006 年 6 月《经济日报·农村版》）

不急于求成

当前建设社会主义新农村的形势可以用"声势大，动作快"两句话来概括。声势大就是，党中央发出建设社会主义新农村的号召后，各级党委、政府积极响应，迅速学习传达；新闻宣传单位立刻行动，掀起了新农村建设的宣传高潮，使新农村建设成为全党全社会的共识，形成了"想新农村建设，议新农村建设，谋新农村建设，干新农村建设"的良好社会氛围。动作快就是，在中央新农村建设号召的鼓舞下，各地各部门纷纷行动，制订规划，落实项目，争取资金，广大干部群众迸发出了巨大的建设热情，新农村建设已经展现了一个良好的开局。

良好的开局来之不易，我们应该倍加珍惜。特别是对基层干部和亿万农民群众所表现出来的建设热情，既要保护好、发挥好，同时也要引导好。要注意把握和研究新农村建设过程中一些带有苗头性和倾向性的问题，及时发现、指出和解决这些问题，保证新农村建设沿着正确的方向推进。

当前在新农村建设中，急于求成的苗头已经显现出来。虽然在新农村的美好前景的鼓舞下，急于求成的心情是可以理解的，急于求成的愿望是善良的，甚至急于求成的方法也是负责任的，但是急于求成的结果却是不好的。急于求成就容易犯急躁冒进的毛病，急于求成就可能做违背规律的事，急于求成也会损害群众的利益。所以，还是有必要给某些地区提个醒，新农村建设不能急于求成。

中央领导同志反复强调，建设社会主义新农村是一项长期、艰巨、复杂的重大历史任务。长期就不可能指望在短期内完成，艰巨就不能指望一蹴而就，复杂就要注意各方面的统筹与协调。"长期、艰巨、复杂"的正确判断，明确无误地告诉我们，新农村建设不能急于求成。

首先，"三农"问题不是一朝一夕能够解决的。无论是农业基础薄弱、生产力水平较低，还是农民收入水平低、城乡居民收入差距拉大的问题；无论是农村公共事业发展滞后，城乡面貌反差较大，还是农村体制机制不健全，发展的内在活力不强的问题，有的是长期历史发展中积累下来的，有的是在现实发展中形成的，对解决这些问题的难度，我们必须有充分的估计。

其次，建设新农村的重大历史任务，不是一朝一夕能够完成的。中央提出的建设新农村的 20 字方针，涵盖了当前和今后一个时期"三农"工作的主要方面，包含物质文明、政治文明和精神文明以及经济建设、政治建设、文化建设和社会建设，是一个有机的整体，综合的系统，部署上必须统筹安排，发展上必须协调推进，工作上必须全面布局。不能因某一方面取得了成就而以偏盖全，认为新农村建设完成了。

充分认识到新农村建设的长期性、艰巨性、复杂性，就要制订好实施方案，把握好推进节奏，掌握好推进方式，着眼长远做规划，立足当前办实事，区分缓急抓重点。应从农民群众最关心、要求最迫切、最容易见效的事情抓起，让群众得到看得见、摸得着的好处，以此调动广大农民群众参与新农村建设的积极性。

（2006 年 7 月《经济日报·农村版》）

不搞"一刀切"

对客观世界的改造进程包括两部分：目标和任务，方式和方法。提出目标和任务十分重要，找到实现目标和任务的方式方法同样十分重要。早在1934年1月，毛泽东同志就曾指出："我们不但要提出任务，而且要解决完成任务的方法问题。我们的任务是过河，但是没有桥或没有船就不能过。不解决桥或船的问题，过河就是一句空话。不解决方法问题，任务也只是瞎说一顿。"毛泽东同志这段70年前的论述讲的就是目标、任务和方式方法的问题，它形象地告诉我们：如果只提出了目标和任务，而找不到方式方法，或者方式方法不得当，那就完不成"过河"的任务，只能望"河"兴叹。

在建设社会主义新农村的今天，重温毛泽东同志的论述，仍然感到针对性很强，现实指导性很强。

建设社会主义新农村是一项伟大的历史任务，为此中央提出了20字方针。但是，如何完成这项伟大的历史任务，如何实现20字方针，中央并没有给出十分明确的方式方法。这就要求各地根据本地实际，因地制宜，探索建设新农村的途径和方法。从半年多的实践来看，许多地方能够按照中央的要求，结合本地的实际，制定建设新农村的规划和实施办法，但也有一些地方存在着"一刀切"的倾向，必须引起注意，并切实加以改正。

所谓"一刀切"，就是不顾实际情况，用同一种办法解决所有问题。"一刀切"总是和一窝蜂、简单化、片面性相伴随，是简单主义、形式主义、本本主义的表现。在实际工作中，"一刀切"表现在很多方面。比如，在工作部署上，一个令；在推进工作的方法上，一阵风；在工作要求上，一个标准。具体在新农村建设中，不顾各村发展水平统一制定一个时间表，不顾农民经济实力统一制定建房标准，等等，都是"一刀切"的表现。"一刀切"的本质是不顾客观实际，不尊重群众意愿。"一刀切"表现在工作方法上，根子则是在指导思想上。

历史的教训就在眼前。"一刀切"带给我们的伤痛不应轻易忘掉。20 世纪五六十年代，在社会主义新农村美好前景的鼓舞下，全国各地大搞人民公社化运动，大办人民食堂，幻想一夜醒来全国亿万农民一步跨入共产主义，其结果是农村生产力遭到巨大破坏，农民依然生活在贫困当中。搞新农村建设，是个系统工程，涉及方方面面，如果采取"一刀切"的办法，不但违反客观规律，违背农民意愿，也会贻误新农村建设的契机。对此，我们必须有清醒的认识。

"一刀切"的对立面是因地制宜。在中央的统一部署下，在各地的统一规划下，因地制宜选择好适合本地实际的新农村建设路子，是摆在地方政府和基层干部面前的重要任务。我国幅员广大，各地自然条件和资源禀赋不同，要求我们必须因地制宜；各地经济发展有快有慢，差异较大，要求我们必须因地制宜；各地文化传统和风俗习惯各异，也要求我们必须因地制宜。

与"一刀切"的方法相比较，因地制宜要复杂得多，也艰巨得多，它要求决策者要深入实际，调查研究，既要掌握面上的情况，也要掌握点上的情况。因此，大事当前，是因地制宜还是"一刀切"，也是衡量一个决策者和领导者领导水平和工作能力强弱的标志。

（2006 年 7 月《经济日报·农村版》）

不包办代替

建设社会主义新农村，是新世纪新时期最伟大的群众实践运动。在新农村美好远景的鼓舞下，广大农民参与新农村建设的积极性正在被调动起来，热情十分高涨。但是，我们也不难发现，在某些地方，忽视农民积极性和参与热情的现象还不同程度地存在，有些地方表现得还很严重。有些地方政府、政府部门、基层干部，在新农村建设的关键时期，不是发动群众，依靠群众，而是冲在前面，大包大揽，包办代替。

在国际共产主义运动中，有一个"包办代替主义"，就是强行在不同国家推行一种模式，给社会主义和这些国家带来了巨大危害。在我国社会主义建设中，包办代替的毛病也曾犯过，最终也都得到了及时的纠正。比如说，20世纪五六十年代，我们曾有过"包办"全国农民做饭的教训。全国农村公共食堂像一阵大风，吹遍大江南北。农民家家不做饭了，户户不冒烟了，全体村民一律到公共食堂吃"大锅饭"。到1960年4月，据14个省的统计，参加公共食堂的农户达到88.9%，河南省更达到99%。我们天真地以为，公共食堂是社会主义迈向共产主义的一个重要标志，也会受到广大农民的欢迎，却不料，不仅造成了巨大的浪费，而且引起农民的反感。中央顺应民意，在调查研究的基础上果断地取消了公共食堂。

当然，代替农民做饭的例子比较极端，今天说起来多少都带了讽刺意味。但是，它说明包办代替仍然有它的思想基础和实践基础。新农村建设中的包办代替，虽然表现得不会那么极端、那么"傻"，但本质上是一致的。

新农村建设中的包办代替主要表现在如下两方面：

一是代替农民决策，擅自为民做主。按理来讲，新农村怎么建，农民应该有很大的发言权，但很多地方却不是这样，在没有充分调查研究，没有充分与农民协商的基础上，就出台规划，作出决策。从支柱产业怎么确立到道路怎么改造、房屋如何修建，都是政府和干部说了算，农民只有被动服从。

二是新农村建得如何，评价标准农民说的不算。新农村建设是一个长期的历史过程，农民不仅有权参与，有权享受建设成果，也有权"说三道四"。但是在实践中，很多地方剥夺了农民"说三道四"的权利。新农村建得怎样，农民自有农民的标准，应该得到尊重。

在新农村建设中，农民这个主体之所以被"包办代替"，原因自然有很多，比如，农民的主体地位并不清晰，缺乏约束，难有保障；农民虽然享有话语权，但表达话语的渠道不畅通，声音微弱，力量不足；等等。而在包办代替者那里，理由似乎更充分：农民分散，素质较低，只重眼前实际，不顾长远利益。

农村自有农村的实际，农民也自有农民落后的一面，但这都不能成为我们包办代替的理由。提高农民素质，培育新型农民，本应是建设新农村的应有之义。如果把农民排除在这个过程之外，农民素质怎么提高，新型农民怎么培育？难道要坐等农民素质提高了才不包办代替了吗？

包办代替，看起来是工作方法的问题，实际上是指导思想和世界观的问题，它是关系到党的群众路线能否真正实践的问题，关系到新农村建设能否健康发展的问题。

（2006 年 7 月《经济日报·农村版》）

不能光盯着钱

建设社会主义新农村，需要大量的资金投入。从中央到地方，从财政到各个部门，都要为新农村注入资金的血液。从一定意义上讲，如果没有投入，如果不增加投入，新农村建设就会成为无源之水、无本之木，实现"生产发展、生活宽裕、乡风文明、村容整洁、管理民主"的目标就会成为一句空话。也正因为投入对新农村建设具有如此重要的意义，中央开始就拿出了被称为"真金白银"的数字。

新农村建设提出之前，中央关于"两个趋向"的判断，关于"工业反哺农业，城市支持农村"重要思想的确立，为新农村建设和增加投入提供了重要的思想理论基础和现实依据。中华人民共和国成立以来，在工业化和城镇化的初期，大量从农业和农村中积聚发展资金，是造成城乡差距扩大和今天"三农"问题突出的一个不可忽视的原因。因此，今天的"反哺"，既为新农村建设所急需，也带有某种补偿性质。

关于增加投入的强调，今年的中央"一号文件"有"三个高于"，即，国家财政支农资金增量要高于上年，国债和预算内资金用于农村建设的比重要高于上年，其中直接用于改善农村生产生活条件的资金要高于上年。具体到今年的中央财政，用于"三农"的支出将达到3397亿元，比上年增加422亿元，增长14.2%。

但是，事物往往还有它的另一面。真应了那句话：账就怕算；数字就怕具体化。这"真金白银"的3000多个亿，如果按每个县市分配，平均要一个多亿呀！

新农村建设，没有钱，没有投入，肯定不行。但是，光盯着钱，光盯着投入，特别是光盯着那实在得哗哗响的3000多个亿，也肯定不行。

有人认为中央财政对新农村建设和"三农"的投入虽然大大增加了，但它既要考虑全国的平衡，也要考虑投入的重点领域。这些重点领域，既包括粮食和农业生产，也包括水利和道路等基础设施建设；既包括农村教育、卫生、文化等社会事业，还包括对农民的各类直接、间接补贴。

另外，中央财政支农资金有其固定的投入渠道，有严格的审批手续，不是你想要就能要得到的，也不是你有关系就能要得到的。

其实，不仅是中央的资金，省里的、市里的乃至县里的，都是如此。也不仅是财政的资金，农业部门的、科技部门的以及其他各部门的资金也都是如此。

这样讲，绝对不是反对下面去争取资金和投入。相反，该要的资金还得去要。只是，不能把要资金和新农村建设等同起来，也不能认为新农村建设提供了一个跑钱要钱的机会，更不能把能否要来资金当作搞不搞新农村建设的前提。这是其一。其二，你去要钱，就要下功夫在你这块地方好好搞搞调查研究，确立发展什么产业，上什么项目，只要和上面的要求吻合了，这钱要得才有希望。如果盲目地要，生硬地要，到头来不但钱要不来，还会延误时机，影响新农村建设的进程。其三，钱要来了可不是目的，关键是要让它发挥效益，而且是发挥最大的效益。钱要得不容易，又很有限，可有的地方偏偏不珍惜，好钢没有用在刀刃上，造成资金的浪费，十分可惜。

我们国家仍是一个资金短缺的国家。在新农村建设中，中央和地方政府尽其所能增加投入，但肯定无法满足各地的实际所需。对此各地应有清醒的认识，一方面要把争取到的资金用好，用活，用出效益；另一方面，要有自力更生、艰苦奋斗的思想准备，走一条节约型的新农村建设路子，走一条依靠自身力量改变农村落后面貌的新农村建设路子。

（2006 年 8 月《经济日报·农村版》）

不能把新农村建设与城镇化对立起来

当前，新农村建设如火如荼，步步推进。而原来一些解决"三农"问题的重大战略，却提得越来越少了，比如说，城镇化战略。

城镇化被确立为国家的重大发展战略，说明它是我国实现现代化的必由之路。工业化、城镇化、现代化这样一个推进步骤早已让人耳熟能详。虽然城镇化推进过程中也有一些经验教训值得总结，但总的来说，推进城镇化，对于加快农村富余劳动力转移步伐、缩小城乡差距和促进全面建设小康社会，都发挥了重要作用。

提出建设社会主义新农村之后，关于新农村建设与城镇化的关系，人们有了种种不同的认识。概括起来主要有两种，一是认为新农村建设就是推进城镇化，将二者等同起来；一是认为新农村建设与城镇化是两股道上的马车，背道而驰，将二者对立起来。特别是后者，在一些基层干部中影响比较大。有的甚至认为，从强调推进城镇化战略，到现在进行新农村建设，是以新农村建设代替城镇化。

其实，这种对立起来的看法，稍作分析，就会发现，他们对城镇化和新农村建设都有着片面的理解：强调城镇化，着眼的是城镇甚至是城市，是要把农村变成城镇，让农民进入城镇，因此重点工作是城镇建设。而强调新农村建设，着眼的是农村，是要按照中央提出的5句话20个字的方针，把传统落后的农村建设成新农村。但是，新农村再新，也还是农村，建设新农村不是把农村建成城镇。所以说，现在强调新农村建设，是对城镇化的否定。城镇化的目标是消灭农村，新农村建设的目标是强化农村。从实践来说，其投入的方向也有较大的区别，也就是说，有限的资金用在新农村建设方面和城镇方面是不同的。

由此看来，这种片面理解和认识，如果不及时加以纠正，将会严重影响新农村建设，延缓城镇化的步伐，对现代化进程产生不利影响。

应该看到，新农村建设和推进城镇化的确强调了不同的方面，但二者既不是可以互相替代的，更不是对立的。从根本上讲，二者是统一的，从实践来看，二者应该是相互促进、相辅相成的。

说二者从根本上是统一的，不能不说到新农村建设提出的大的背景，不能不看到十六大之后中央解决"三农"问题的政策延续和逻辑关系。在新农村建设之前，中央提出了"统筹城乡发展"的指导思想，提出了"工业反哺农业、城市支持农村"的重大论断。说二者是统一的，就是统一在"统筹城乡发展"这个"开关"上。而建设新农村与推进城镇化是统筹城乡发展、推进现代化的两个重要方面，这两个方面又是互相促进的，是共同发展的，而以城带乡，将会使这两个方面发展得更迅速，更协调。

城市化是世界发展的大趋势。城镇化是中国特色的城市化道路。推进城镇化，可以改变我国社会经济结构，促进传统社会向现代化社会转型；可以转移农村富余劳动力，促进农村第三产业发展；可以促进城乡一体化，增强以城带乡的能力。所以，推进城镇化，不仅不能停步，而且要坚定不移。这是其一。

其二，我国人口规模巨大，如果人口高峰达到16亿，即使城镇化率达到50%，仍然有8亿人口生活在农村。所以在推进城镇化的同时，必须把农村建设好，使留在农村的几亿人口也能过上文明富裕的新生活，否则就会拉大城乡差距，带来农村社会的不稳定，所以说，我们提出了建设社会主义新农村的重大任务，并且正在坚定不移地推进。

其三，我们强调的城镇化，不是孤立的城镇化，是能够带动农村发展的城镇化。带动农村发展，促进新农村建设，这既是城镇化过程的应有之义，也是城镇化的重要目标。另一方面，我们强调建设新农村，也不是孤立地就农村建设新农村，而是在城镇的带动下建设新农村。建设新农村的过程，是城镇带动农村发展的过程，最终形成城镇和农村良性互动、协调发展的局面，是推进城镇化和建设新农村的最佳境界。

（2006年8月《经济日报·农村版》）

不能以"建设"代替"改革"

新农村建设，本来已经包含了农村改革的含义，按理说不用再强调"建设"与"改革"的问题。但是从实际来看，大有谈论的必要。因为很多人所理解的新农村建设，并没有"改革"的意思；所从事的新农村建设工作，并没有把"改革"放在应有的位置。一句话，在新农村建设中，以"建设"代替"改革"的倾向十分明显。

为什么会出现这种情况呢？大致看来有以下几点原因。一是认识上的问题，认为新农村建设就是增加投入、发展生产、改善生活、美化环境，就是有形的建设，就是看得见、摸得着的建设。二是认为改革是上面的事，是中央的事，上面不强调，不要求，不出台改革政策，下面就没必要主动改革。二是认为改革涉及利益关系的调整，有风险，搞不好影响社会稳定，那才是费力不讨好。而抓建设要相对简单，容易引人注目，容易出成绩、出政绩。

以"建设"代替"改革"，以"建设"掩盖"改革"，是对新农村建设的曲解。这种倾向和思想十分有害，必须引起高度重视。在社会主义新农村建设中，要大张旗鼓地强调改革，要有针对性地抓好改革。

首先，改革是解放和发展农村生产力的根本保证，也是推进社会主义新农村建设的根本动力。没有20多年来的农村改革，就不会有今天农业和农村经济发展的大好局面；同样，没有持续不断地深化改革，新农村建设也会失去持久的动力。所以，在新农村建设中，我们要坚持建设与改革的一致性，加强改革的针对性，通过体制和机制创新，全面增强农业和农村的发展活力。

其次，当前农村发展中存在的问题和解决"三农"问题的现实，迫切要求深化农村改革。我国农村自实行家庭承包经营体制以来，农村的发展始终伴随着改革。农村改革虽然进行了20多年，解决了许多束缚农村生产力发展的重大问题，但是直到今天，仍然不能说农村已经完成了改革的任务。相反，现在农村面临的改革形势更加复杂，改革任务更加艰巨。也就是说，农村改革到今天，剩下的都是难啃的"硬骨头"。农村改革不仅不能停步，反而需要更大的勇气和魄力来推进。

最后，新农村建设是一项长期的历史任务，是一个综合的系统工程，不仅仅是物质和经济建设，还是政治建设、文化建设、社会建设；不仅涉及经济基础，还涉及上层建筑。在推进过程中，随着原有的问题的解决，新的矛盾也会不断出现。解决不断出现的矛盾和问题，特别是涉及体制和机制的矛盾，必须用改革的办法。改革将伴随新农村建设的全过程，也是新农村建设的一个重大主题。在这个过程中，那种只抓"建设"、不抓"改革"的认识和想法是幼稚的，最终也会延缓新农村建设进程，贻误新农村建设的大好时机。

当然，我们也应该看到，当前农村改革的环境和形势与以往也有了较大的不同。从广度上看，农村改革已远远超越了农业和农村的范畴，超越了单项突破的改革模式，而进入了调整城乡关系的综合改革阶段。从深度上讲，一些改革内容如果不触及体制等因素，不从根本上突破，改革就不会取得任何进展。在改革的推进方式上，要更加注意协调和统筹，注意综合发挥市场、行政、法律等手段的作用。

就农村面临的改革重点和内容来讲，也发生了比较大的变化。在深化经济体制改革的同时，行政体制和社会事业方面的改革显得更加突出和迫切。首先是取消农业税之后的乡镇管理体制改革，其次是农村义务教育管理体制改革，最后县乡财政管理体制改革。同时，农村金融改革、粮食流通体制改革、征地制度改革等也不容再有丝毫的耽搁。

如果说农村改革初期的改革政策，普遍地使广大农民群众得到实惠的话，那么今天更广泛、更深入的改革，将涉及利益关系的调整，因而改革的难度会更大，同时也需要投入更多的精力和勇气进行改革。

没有改革就没有创新，没有创新就没有发展。如果我们对新农村建设寄予厚望，我们就必须重视深化农村改革，全力推进农村改革。解决了发展中的障碍，新农村建设才会顺利地推进。

（2006 年 8 月《经济日报·农村版》）

需要千千万万知识分子深度参与

熟悉中国现代经济史的人都知道，20世纪二三十年代，我国兴起了一场声势浩大、影响深远的乡村建设运动，这场由知识分子发起并广泛参与的运动，参加的学术团体和教育机构600多个，建立各类实验区1000多个，而参加这场运动的知识分子更是成千上万。

乡村建设运动，与我们今天正在进行的新农村建设，仅从名称上听起来就有相似之处。事实上，两种"建设"具有完全不同的时代背景、建设主张以及最终命运。但是，了解几十年前的那场运动，仍然可以给我们许多启示。

乡村建设运动是在旧中国农村经济日益衰落的历史背景下兴起的，它由乡村教育运动演化而来。它的兴起并不是源于政府的主张，而是知识分子的自觉。其中，晏阳初和梁漱溟是他们的代表人物。

晏阳初先后就读于美国的耶鲁大学和普林斯顿大学，用今天的话说，是个典型的"海归"。回国后，他即投身平民教育和乡村建设运动，并创办河北省定县实验区，探讨乡村发展和建设的有效方案，并成为乡村建设运动的"旗手"。他的思想成为乡村建设运动的指导思想。他认为，乡村建设的使命既不是"救济乡村"，也不是"办模范村"，而是"民族再造"。乡村建设的内容主要是"四大教育"，即"文艺教育""生计教育""卫生教育"和"公民教育"。

与晏阳初不同，梁漱溟则是中国土生土长的知识分子。1924年，他辞去北京大学教授的职务，到山东创办了乡村建设研究院，投身乡村建设运动，并在实践的基础上创作出《乡村建设理论》和《乡村建设大意》等著作，其提出的"从乡村入手""重建—新组织构造"等思想主张在当时影响巨大。

无论是晏阳初还是梁漱溟，他们都主张，乡村建设运动要取得成功，仅有农民成为主力还不够，还必须有广大知识分子深入民间，与农民结合，亲自实践。晏阳初曾指出："有了乡村人为解决问题的主力就够了吗？不够！……乡村问题的解决，第一固然要靠乡村人为主力，第二亦必须靠有知识、有眼光、有新方法、新技术的人与他们结合起来，方能解决问题。"

在他们的倡导和带领下，成千上万的知识分子纷纷加入到乡村建设运动中来，他们中有许多获得硕士、博士学位的归国留学生，有许多大学校长、教授和知名专家学者，他们抛弃在城市的工作和生活，来到艰苦的农村，从事乡村建设实验工作。在实践中，他们提出"要化农民，须受农民化"，涌现出了许多动人故事。大学者陶行知脱掉了西装马褂，穿起了布衣草鞋。晏阳初将全家迁到河北定县农村。还有些知识分子与农村姑娘结成了终生伴侣。

乡村建设运动，从根本上讲是一场社会改良运动，它是在承认现有社会制度和秩序的前提下，企图通过和平的方式实现"民族再造"和"民族自救"，而不是要推翻旧的社会制度，这既反映了运动领袖思想的历史局限，也注定了这场运动的失败命运。

我们今天进行的新农村建设，当然与乡村建设运动有了根本的不同。但是，新农村建设同样需要千千万万知识分子的深度参与。我们在讲新农村建设的主体是广大农民的时候，同样不能忽视政府的主导作用和全社会的广泛参与。而在全社会的参与当中，知识分子的参与无疑会对新农村建设起到重要推动作用。同时，新农村建设也为知识分子发挥聪明才智提供了广阔的天地。

在这里，我们特别强调的是"深度参与"。所谓"深度参与"，就是要深入到新农村建设的实践中去，与广大农民共同劳动、共同创造、共同建设，而不是仅仅满足于作报告、写文章、接受采访，虽然作报告、写文章、接受采访也是参与，但是远远不够。

现在的知识分子，最大的缺陷就是脱离实际、远离实践，特别是一些专家学者，他们可以一天参加几个研讨会、作几场报告，而不舍得抽出一点时间来到农村走一走、看一看，更别说亲自实践了。在这一点上，他们甚至还要向旧中国的知识分子学习。

千千万万知识分子参与到新农村建设实践中来，这是时代的要求，更是知识分子自身成长的需要。当前最需要的是广大知识分子的责任感和使命感，奉献精神和牺牲精神，最需要的是广大知识分子的自觉。

（2006 年 8 月《经济日报·农村版》）

从王拱璧到大学生"村官"

在新农村建设的推进中，有一种现象令人振奋，这就是一批批大学毕业生纷纷走向农村，选择当"村官"。北京市招聘大学生"村官"，短时间内报名的人数超过 1 万人；河南提出每个村都要配一名大学生"村官"。山西、河北等省都有成千的大学毕业生投向农村。新农村建设需要新型人才，新农村建设对大学生寄予厚望。我们也有理由相信，在实践的基础上他们当中将产生一批新农村建设的杰出人物。

这样的杰出人物在历史上曾留下光辉的足迹。民国新村建设运动的领袖晏阳初、梁漱溟是他们的代表。而在晏、梁之前，还有王拱璧。说起王拱璧，绝大部分人不熟悉，但是，把一顶"中国乡村教育和乡村建设最早探索者"的帽子戴在他头上，我们就可以勾勒出他在中国现代乡村建设中的历史地位和角色。

王拱璧生于 19 世纪的 1886 年，逝于 20 世纪的 1976 年；1917 年至 1920年，在日本留学；回国后，就立下"宁到农村走绝路，不进都会求显能"的誓言，毅然走向农村，去实践他"铲除封建主义，提高农民文化，发展农村教育，开拓农村经济文化新面貌"的新村建设。从此在农村摸爬滚打 30 个春秋。

王拱璧实践乡村建设的地方是他的家乡，河南省西华县农村（今郾城县）。他一回到这里，就开始实施他的改造旧农村、建设新农村的计划。计划大致包括这样几个方面：首先是制定建村计划。他认为，改造旧农村、建设新农村，离不开一个切实可行的行动方案。为了使行动方案体现农民的需要，他广泛召开座谈会，征求意见和建议，最后使建村计划在村民大会上一致通过。二是实行减租减息。这一计划和我党在农村的主张完全一致，获得了村民的拥护。三是成立村委会和建立青年自治会。他把周围的 4 个村子编在一起，通过民主选举成立村委会。青年自治会的作用主要是倡导移风易俗和农村文明风尚。

但是，在半殖民地半封建的旧中国，王拱璧的梦想只能是昙花一现，终难逃脱失败的命运。但是王拱璧的新村建设实验，在凄风苦雨的旧中国，依然引起了重大反响，前去参观的人络绎不绝。王拱璧的精神值得我们学习，王拱璧的实践也给我们以有益的启示。

今天的大学生"村官"，面对的是一个更加广阔的天地，完全可以在新农村建设中发挥个人的聪明才智。我们应该为这部分有为青年创造更加宽松的环境，任由他们挥洒人生理想，在新农村建设中大干一番。

而对大学生"村官"来讲，不仅要有改造农村、建设农村的理想和热情，更要有实践要求的真本领。在新农村建设的实践中改造自己、总结自己、提高自己，相信经过 10 年之后、20 年之后，他们之间就能涌现出新时代的王拱璧。

（2006 年 8 月《经济日报·农村版》）

梁漱溟的"乡农学校"与新农村建设的农民自觉

20 世纪二三十年代，梁漱溟等倡导的乡村建设运动不仅有他自成体系的理论指导，而且有他自己独创的组织形式与具体实施办法。他的许多主张至今读起来仍然让人兴趣盎然，深受启发。我们暂且摘录两段：

"谋救人的要到乡村；谋自救的也要到乡村；从从容容作学术研究的归到乡村；急急忙忙救死不遑的也须归到乡村；东西南北，都归到一块……谁也逃不出去！天早就规定了救中国要从乡村建设着手，谁也逃不出去！"

"农村兴盛，全个社会才能兴盛；农村得安定，全个社会才能真安定。设或农村没有新生命，中国也就不能有新生命。我们只能从农村的新生命里来谋求中国的新生命；却不能希望从中国的新生命里，去求农村的新生命。"

"只有农产增加，可以增进国富；只有乡村自治当真树立，中国政治才算有基础；只有乡村一般的文化能提高，才算中国社会有进步。总之，只有乡村有办法，中国才能有办法。"

梁漱溟认为，乡村建设是一个社会改造的系统工程。在他的一系列改造计划当中，乡农学校是一个重要的组织形式。他从中国传统"乡约"中受到启发，创立了一种寓乡里组织于学校之中的农村基本社会组织——乡农学校。乡农学校名为学校，实际上远远超过了学校的功能，它是集政治、经济、教育为一体的综合组织，是乡村建设的重要组织形式。乡农学校的目标是：通过乡农学校的组织形式，把农民组织起来，并经知识分子的引导，推动他们自觉起来建设乡村，依靠农民自己的力量改造乡村，建设乡村。

在具体的实施上，乡农学校特别强调对农民的"精神陶炼"。他所说的"精神陶炼"包括三个部分，即"合理的人生态度和修养方法的特点、人生实际问题的讨论及中国历史文化的分析"。笼统地看，这三项内容对农民来讲似乎高不可攀。他认为，中国农民缺少知识、技能，但更缺少"精神"和"理性"，他就是要通过精神陶炼来"启发大家的深心大愿"，"救济乡村精神的破产，让乡下人活起来"。

应该说，梁漱溟看到了旧中国乡村问题的本质，他的"精神陶炼"的主张和实践，不仅对当时的乡村建设运动起到了推动作用，而且对今天我们推进社会主义新农村建设也有积极的借鉴意义。

新时期的新农村建设，是中央立足从根本上解决"三农"问题而作出的重大战略部署，与历史上任何乡村建设和乡村改造都不可同日而语。在新农村建设中，政府主导和农民主体是两个重要的方面。现在来看，政府主导的作用比较明确和清晰，比如作出重大部署、出台政策措施等；但农民主体的作用尚不清晰，甚至有农民存有各种模糊认识，认为新农村建设就是政府给农民拨钱，就是政府帮农民盖房修路，就是政府帮农民建设。

必须看到，这种认识和倾向是十分有害的。新农村建设是政府的事，是全社会的事，但归根结底是农民自己的事。如果没有农民的积极参与、主动参与，外在的投入再多，力量再强大，也只能是一出没有主角的戏。我们期望的新农村最终也无法建立起来。

我们党是最善于做群众的发动和组织工作的。当前在新农村建设中，最迫切需要的就是对农民的发动，就是对农民思想和精神的发动，让农民从等待中觉醒，从被动变为主动，让新农村建设成为农民的内在要求，变成农民的自觉行动。农民的自觉是新农村建设最根本的力量，最长久的力量，也是最可持续的力量。

（2006 年 8 月《经济日报·农村版》）

发展生产永远是第一位的

年龄稍微大一点的人都会记忆犹新,曾经相当长的一个时期,我们到粮店(不是市场更不是超市)买粮,或到商店买食品,除了要付钱之外,还要付一种叫"粮票"的东西。粮票有本地的,还有全国的。如果你要到外地出差,就得换全国粮票,否则就得挨饿。粮票,一张小小的票据,打上了鲜明的时代烙印,那就是计划供应。

粮票是伴随着粮食的统购统销出现的。而统购统销制度的出台,的确是形势所逼,是迫不得已的应对之策。1953年春,伴随着大规模的国民经济建设,农业生产特别是粮食生产的落后与工业化建设需求的矛盾开始暴露,一些大中城市不同程度地出现了粮食紧张的情况。粮食购销紧张的原因主要有两个:一是粮食生产能力低下,二是粮食需求迅速增加。而这两者又互为影响,加剧了乘数效应。

当时的粮食市场应该说处于一种自由市场状况。农民除缴纳公粮外,余粮可以自由上市。1952年下半年到1953年上半年的粮食年度内,全国上市粮食174亿公斤,国家控制69.9%,私商收购30.1%,可见当时私营粮商还是很有力量的。粮食紧张的时候,他们就乘机囤积居奇,影响市场。

那么,解决市场紧张的办法是什么呢?简单的办法无非两条:一是增加生产,一是减少消费。谁都知道,发展农业生产,提高粮食生产能力,是最根本的解决办法,但是在当时,不可能一下子做到,因而属于长远之计,远水解不了近渴。而减少消费,在当时自由市场下也办不到。决策涉及从中央领导到普通百姓每一个人的利益,更涉及跟广大农民的关系。决策者充分酝酿,反复征求意见,最后提出了可供选择的8种方案,并最终确定了统购统销,并以中共中央决议的形式公布。

这一政策的内涵主要有:第一,对农村余粮户实行粮食计划收购的政策,简称统购。也就是说，统购的对象是余粮户的余粮，余粮户就是留足全家口粮、种子、饲料和缴纳公粮外，还有多余粮食的农户。对余粮户的余粮，统购的比重是80%-90%，几乎是全部。第二，对城市居民和农村缺粮人口实行粮食计划供应的政策，简称统销。在城市，对机关、学校、团体等单位人员，通过组织进行供应。对一般居民，发给购粮证，也就是粮本，凭证购买。第三，国家严格控制市场，严禁私商自由经营粮食。第四，在中央统一管理下，实行由中央与地方分工负责的粮食管理政策。随后，我国又分别对食用油和棉花实行了统购统销。

农村改革以后，随着农村经济的发展，统购统销政策有所松动。1985年，中央决定用合同定购代替统购统销，至此，实行了30多年的统购统销制度全部终结。这一制度当初对保证供应、支持国家工业化建设起到了积极的作用，但是也对我国农村经济和国民经济带来了严重的负面影响。

无论是中华人民共和国成立初期实行统购统销制度，还是改革开放后取消这一制度，都有一个十分关键的因素在起作用，这就是农业生产力水平和粮食生产能力。当年实行统购统销，是因为粮食产量不能够保证城市居民和国民经济发展之需。后来取消统购统销，也是粮食较宽裕提供了充实的基础。这带给我们一个十分重要的启示：农村经济的发展，提高农业生产能力，特别是粮食生产能力，永远都是第一位的。

今天，我们不用为粮食紧张、粮食不够吃发愁了，更不用为出台保证粮食供应的政策而绞尽脑汁。但是，粮食作为一种战略物资和特殊商品，即使在实行市场经济的今天，我们也不应该有丝毫的忽视和放松。中央提出建设新农村之后，有些人片面理解新农村建设，以为粮食过关了，头脑中抓粮食生产的弦可以松一松，以便把更多的精力、财力投入到有形的"建设"中去，这是十分危险的倾向。新农村建设，生产发展是第一位的，是基础，是根本，是重中之重。而生产发展的重点是粮食生产。忽视了生产发展和粮食生产，将会给新农村建设和国民经济发展带来严重的后果。

（2006年9月《经济日报·农村版》）

农民群众的创造是无限的

1979 年，不仅对农村，对整个中国都具有划时代的意义。从这一年开始，我国走上了改革开放和以经济建设为中心的道路。这一新纪元的开端，是从农民群众的创造性实践开始的。

那么，改革开放前的农村是什么样子呢？"总的看来，我国农业近 20 年来的发展速度不快，它同人民的需要和四个现代化之间的需要之间存在着极其尖锐的矛盾。""从 1957 年到 1978 年，全国人口增长 3 亿，非农业人口增加 4000 万，耕地面积却由于基本建设用地等原因不但没有增加，反而减少了。尽管单位面积产量和粮食总产量都有了增长，1978 年全国平均每人占有的粮食大体上还只相当于 1957 年，全国农业人口平均每人全年的收入只有 70 多元，有近 1/4 的生产队社员收入在 50 元以下，平均每个生产大队的集体积累不到 1 万元，有的地方甚至不能维持简单再生产。"这是来自当时国务院研究室的一份材料的介绍。

众所周知，是安徽小岗村的农民冒着生命危险分田到户，揭开了中国农村改革的序幕。当年，18 户农民的包产合同书已成了珍贵的历史文献。这份合同是以"保证书"的形式写的，三条内容至今读来依然意味深长：第一，包产到户要严守秘密，任何人不准对外说。第二，收了粮食，该完成国家的就完成国家的，该完成集体的就完成集体的，粮食多了，要向国家多做贡献，谁也不要装孬。第三，如果因"包产到户"倒霉，我们甘愿把村干部的孩子抚养到 18 岁。以下便是密密麻麻的签名和手印。同时，全国其他一些地方的农村也开始包产到组或包产到户，群众将它形象地称为"大包干、大包干，直来直去不拐弯，保证国家的，留足集体的，剩多剩少都是自己的"。这种办法公平合理，简便易行，清晰了国家、集体和农民的关系。但是，"农民怕饿，干部怕错"，"农民要产量，干部要方向"，包产到户受到了广泛的责难。即使在党的十一届三中全会召开之后，仍存在着"阳光道"与"独木桥"之争。

如果我们稍留意一下改革初期的农村形势，就会发现这样一个特点：政策松动一小步，农民就向前迈出一大步。比如，1979年4月十一届四中全会正式通过的《中共中央关于加快农业发展若干问题的决定》，将十一届三中全会的"不许包产到户"改成了"不要包产到户"。这一细微的改变使敏感的农民认识到，实行包产到户不致引来横祸，往前走的胆子就更大了。1980年9月，著名的中央75号文件再次放宽到"可以包产到户，也可以包干到户"，各地包产到户的步伐大大加快了。1981年10月，全国农村工作会议的文件以完全肯定的口气指出，包产到户、包干到户都是社会主义集体经济的生产责任制形式。到年底，全国"双包"的社队占到总数的一半以上。与此同时，全国农业生产持续跃上新的台阶，充分证明了在党的政策指引下，农民群众的伟大创造威力。

今天，建设社会主义新农村，同样需要发挥农民的创造性。虽然今天的农民已完全不像改革之初那样深受政策的束缚，但是，一些深层的机制和制度因素仍然制约着农民的创造精神，所以，我们要深化农村改革，彻底扫除这些因素，为解放和发展农村生产力，创造更加宽松的环境。要紧紧围绕保障农民的物质利益和民主权利，深化农村综合改革，激发农民新的活力，使他们以更加饱满的热情和更加高昂的斗志投入到新农村建设中去。

（2006年9月《经济日报·农村版》）

欧盟的农村开发政策

欧盟是除美国之外世界第二大经济体，目前已包含 25 个国家。众所周知，欧盟的前身是欧共体，成立于 1956 年。当时发布的《罗马条约》明确指出，成立欧共体的目的之一，是促进加盟国经济的均衡发展和消除地区间的经济差距。

促进农村地区开发，是欧盟的一项重要工作内容。为了确立农村地区开发的主体，欧盟设立了一系列的基金，比如，欧洲农业指导保证基金、欧洲社会基金、欧洲地区开发基金，这三大基金共同成为欧洲农村的开发主体。其中，欧洲农业指导保证基金从一设立就是以消除地区之间的经济差距和促进农村开发为日的。

欧洲农业指导保证基金的补贴项目种类，涵盖了农业和农村开发的各个方面，包括非粮食农产品生产在内的有生产潜力的项目；有关地区特产、高品质农林产品的项目；与农林业开发相关的农村基础建设项目；给农村妇女创造兼业或增加收入的多样化项目；事关村庄修复、开发及保护农村传统的项目；农地、林地的场地建设项目；等等。

欧盟的农业政策经过演变，主要集中在以下几方面：对于发展极为落后的地区采取集中介入的措施；对有助于该地区自主开发的行为予以融资；引进由委员会和加盟国实施的跨年份的协调融资机制；等等。欧盟的资金支持主要集中在落后地区开发上，其资金使用要占欧盟三大基金的 70% 以上。

而对于使用国来讲，由于各国的国情和发展水平差异，在资金分配时也各有各的侧重点。在爱尔兰、瑞典和芬兰，大多是用于对较差地区的补贴上。比利时则重点用于农场及农产品加工业的投资上。西班牙、意大利和法国则多数用于农业的多样化上。荷兰、德国和英国则广泛地将资金用于农村开发方面，包括村庄、农村基础设施的修复、改善上。

此外，欧盟还有一些农村和地区开发的其他项目和政策。比如意在调整农村经济振兴策略的欧盟计划项目，主要目的有两个：一是奖励与促进地方富有创意的振兴农村策略，并对各类农村社会活动团体予以资助；二是通过开发欧洲农村网络，促进各加盟国之间的合作和信息、经验交流。再比如，对农业发展条件差的地区的特殊政策。一旦被确定为发展条件差的地区，则可从基金中获得多项补贴。还比如，农业环境政策。欧盟十分重视环境建设，并把环保巧妙地整合进农业政策之中，成为欧盟农业政策中的重要一环。农户的许多保护环境的行为都会获得奖励金，比如减少化肥和农药的使用，采用有机肥料进行农业生产，将耕地转换为粗放式草地，等等。

欧盟的农村开发政策和措施，给我们很多有益的启示。在建设社会主义新农村中，资金的筹措和使用是一个重大而具体的问题。在资金的筹措中，我们也可以借鉴欧盟的做法，建立新农村建设基金或其他相关的专项基金；在资金的使用上，应有一个比较明确的指导计划，针对不同地区的不同情况，区分轻重缓急，制订详细的资金使用计划，以便使有限的资金投放更有针对性，更易见效果。

（2006 年 9 月《经济日报·农村版》）

韩国的亲环境农业

韩国的农业发展，对我国颇有启示。除著名的新村建设之外，其亲环境农业的发展也值得我们关注和借鉴。

根据 2004 年的数据，韩国人口 4800 多万，其中农村人口 340 万，占全国总人口的 7.1%，农户数为 124 万。全国耕地面积为 184 万公顷，人均耕地面积 0.04 公顷。韩国农业是以土地私有制为基础的农户小规模经营。20 世纪 80 年代以来，韩国加快工业化发展步伐，导致农业发展落后，农村出现了"空洞化"的现象。为了解决这些问题，韩国采取了包括发展亲环境农业在内的一系列政策措施。

那么，什么是亲环境农业呢？按我国的理解，就是环保型和生态型农业，是指在农作物种植时，不使用或尽量少使用农药和化肥，以此谋求人与大自然的亲和。

亲环境农业发展的直接动因主要是：农药、化肥的过多施用，导致土壤性能恶化，可持续生产能力降低，农业污染严重，农业的国际竞争力削弱。与此同时，消费者却对农产品的安全生产提出了更高的要求。

亲环境农业的内容主要有三项：第一，亲环境农业是以农业与环境的协调来实现可持续农业生产、提高农家收入、保全环境，同时追求农产品安全性；第二，亲环境农业是通过生态系的物质环境系统来实现农业安全管理、作物养分综合管理、生物学预防技术的利用、轮作等，并持续保全农业环境；第三，亲环境农业分为有机农业和低投入可持续农业两个部分。

韩国亲环境农业发展大致经历了几个过程。首先是制定专门法律。1997 年 12 月，颁布《环境农业培育法》，2001 年 1 月又修改为《亲环境农业培育法》。该法明确了亲环境农业概念、发展方向以及政府、农民和民间团体应履行的责任。

其次是引进有力的支援制度，目的是使从事亲环境农业的受到激励，比如，亲环境农产品认证标志制度，亲环境农业直接支付制度。

最后，制定和实施一系列促进计划。韩国政府于1995年以《中小农高品质农产品生产支援事业》形式开始支持实践亲环境农业的农民。随后，1996年7月提出《迈向21世纪的农林水产环境政府》，1997年3月提出《环境农业地区造成事业》促进计划，1998年3月提出《亲环境农业示范村造成事业》促进计划等。1998年11月，韩国政府宣布1998年为亲环境农业元年，并发表元年宣言《亲环境农业培育政府》。目前，正在实施《亲环境农业培育五年计划（2001-2005）》。

韩国发展亲环境农业的力度之大，可见一斑。同时，其效果也开始显现，亲环境农产品从1998年以后，产量以每年30%的速度增加。

（2006年10月《经济日报·农村版》）

孟加拉国的小额信贷

2006 年度诺贝尔和平奖授予了孟加拉国经济学家穆罕默德·尤努斯及其创立的乡村银行。此消息一传出，多少有些使人意外，因为作为经济学家和银行家的尤努斯荣获的不是经济学奖而是和平奖。这是第一次将诺贝尔和平奖授予与消除贫困有关的个人和组织。

尤努斯能够在 191 名候选人中脱颖而出，是因为他找到了实现和平的重要途径，即通过创立小额信贷模式实现消除贫困和社会进步。正如诺贝尔奖委员会对他的评价：除非大多数人能够找到消除贫苦的办法，否则长久的和平是不可能实现的。而尤努斯所倡导的小额信贷被证明是一种非常有效的扶贫方式：信贷额度小，无需抵押且偿还率高达 98%。小额信贷目前已成为一种遍及全球、非常有效的扶贫方式。全球大约有 1700 万人因小额信贷而受益。

孟加拉国位于南亚地区，面积 14.75 万平方公里，人口 1.3 亿，其中 85% 左右生活在农村，国民经济主要依靠农业，是目前世界上最不发达国家之一，也是"三农"问题比较突出的国家之一。为了扶持农民和农村发展，20 世纪 70 年代，孟加拉国创立了扶贫小额信贷模式，并进而影响到世界许多国家，在全球享有崇高的声誉，最终为这个南亚小国捧回了诺贝尔和平奖。

所谓小额信贷，是一种小额的、短期信贷方式，一般不需要担保，直接贷款到户，手续简便易行。孟加拉国的小额信贷，主要有以下几个特征：首先是面向农村贫困人口放贷，特别强调以妇女为主。接受贷款的农民一般 5 人自愿组成一个小组，5 至 6 个小组再组成一个中心。其次是贷款时间短，持续性强。贷款期一般为一年、52 周，从第二周开始还贷，每周还本金的 1/50，50 周内还清。初次贷款金额为 1000 元，如借款人按规定还本付息，第二次可贷 1500 元，最高一次可贷 3000 元，直至脱贫为止。最后是以小组为成员联保代替担保。贷款发放时，一般按"二二一"顺序。即先贷给两个组员，观察两周后再贷给另外两个组员，最后才是组长。发放贷款时，农户需要把5%的贷款部分作为基金扣留。

孟加拉国执行小额信贷项目最早的机构是乡村银行，1976开始小额信贷试验，1983年被政府允许注册为银行。它主要面向农村贫困人口，特别是农村妇女。到目前已发展到1180多个营业所，服务全国8万多个村，拥有310万贷款客户。孟加拉农村发展委员会是执行小额信贷项目的另一个机构，它开展政府与国内外的发展机构合作进行的各种项目，通过合作社和农村民间小组网络提供金融和技术支持，包括信贷、培训、计划生育、卫生教育等。

除上述两个机构外，1990年建立的农村就业支持基金会也向农村贫困人口提供金融支持，并被称为批发式小额信贷机构。此外，孟加拉农村进步委员会、社会进步协会等非政府组织也参与执行农村小额信贷。

孟加拉国小额信贷的发展和政府的支持是分不开的。政府不仅从政策上给予宽容和支持，而且政府的许多部门，包括总理办公室，都参与政府小额信贷项目的运作。

（2006年10月《经济日报·农村版》）

西班牙的农业保险政策

西班牙是世界上知名度较高的国家。它的国土面积有 50 万平方公里，人口 4000 万，其中农业人口 1000 万，是发达国家中农业人口比重较大的，但其农业产值占国内生产总值的比重却只有 3.7%。其中，50% 以上又来自种植业。

西班牙重视农业保险，始于 1978 年颁布的《农业保险法》。此前，西班牙的农业保险完全由私人公司控制，一遇自然灾害，农民很难得到及时足额的赔付，损失比较大。《农业保险法》的颁布，标志政府参与到农业保险中来。这种参与的方式主要有两种：一是对私人保险公司提供再保险，二是对参保农民的保费给予补贴，同时还规定，不参加农业保险的农民，受灾后政府不给予任何补贴。该法还提出了农业保险的新目标，就是将所有的农业领域都纳入农业保险的范围。这些规定和措施，极大地促进了农民保险意识的增强。

西班牙重视农业保险，从其设置的组织管理机构可见一斑。其主要职能部门有 4 个。一是经济与财政部保险司。这是农业保险公司的管理机构，主要任务是保障投保人的权益，促进保险市场健康发展。该机构的主要职能是：对私人保险公司进行财务监控，确保各公司有足够的财力用于理赔；根据年度保险计划，安排财政补贴资金；合理调节保险费率；负责制定各保险公司占农业保险总公司的份额；审核、监督保单价格。

二是农业部农业保险局，主要行使对农业保险管理的职责。比如，负责险种的可行性研究，提出出台新险种的建议；负责审核制定保险合同条款；协调政府机构、私人公司和农业工会的关系；提出理赔的建议。此外还要向农民宣传农业保险，鼓励农民参保。

三是农业再保险公司。它的主要任务是受政府委托，为私人保险公司提供再保险。此外还负责聘用与管理所有的损失评估技术人员和进行损失评估，支付保险金。农业再保险公司不以营利为目的，形成的盈余增加再保险基金。

四是农业保险总公司，其职能是对农业保险发挥行业监督作用。它是由38家农业保险公司参股的股份制企业。

目前西班牙开设的农业保险种类比较丰富，既有粮食作物的小麦、玉米等，也有工业用农产品的棉花、甜菜、烟叶等，还有园艺产品、畜禽和水产品等。此外，还陆续开设了森林火灾保险、动物防疫保险和土地价格保险等。

在西班牙农业保险发展过程中，政府扶持和补贴发挥了重大作用。与此同时，政府还利用补贴标准和保险费率的变化来调整农业种植结构。在补贴标准上，一是对不同的投保主体实行不同的保费补助标准，如对全职农民的补助标准要比兼业农民高出5%~14%；对女性农民高于男性；对集体高于个人等。二是对不同农作物的保费实行不同的补贴标准，稀有珍贵作物补贴标准比一般作物要高20%左右。在保险费率上，以不同的投保标准实行不同的保险费率。

目前，在西班牙，农业保险已成为调整农业结构的一个重要手段。根据国内外市场情况，政府如不想鼓励发展某种产业，就可以通过减少保费补贴或提高保费费率的办法进行调整。

（2006年10月《经济日报·农村版》）

多个维度看粮价

没有任何一种商品价格的变动会引起如此广泛的关注，上至中央领导，下至黎民百姓，无不为粮食价格信号的闪动而牵肠挂肚。改革开放以来，特别是近几年来，关系国计民生的商品涨价甚至大幅度涨价的情况还少吗？为什么独独粮食每次涨价都会引起那么大的反响呢？粮食的特殊性究竟在哪里？我们到底应该从什么角度、以什么态度来看待粮食涨价呢？

的确，从粮食涨价以来的反馈来看，关注的角度不同，人们得出的结论也不同，甚至是完全对立的。而关注的角度又决定于人们所处的位势和所持的动机。应该说，从每一个角度得出的结论都是合理的，至少有一定的合理性。但是，正是这众多的"合理"才"放大"了粮食涨价的影响，才"复杂"了粮食涨价的因素，才"强化"了粮食涨价的矛盾。

所以，对待粮价上涨，我们应避免从单一的角度和立场出发，避免强化某一种因素，避免某种掺杂较多感情的判断，而应该综合考虑国内国际两个市场、市民农民两大群体、工业农业两大产业、生产流通两个环节、一般特殊两种属性，建立起一个看待粮价的多个维度、视角的坐标和体系。

从国际国内两个市场看粮价

一般来讲，价格的变动反映了供求关系。当供大于求时，价格会走低；当求大于供时，价格会上涨。国内上一次粮价上涨就反映了这种供求关系。大约在 2003 年三季度至 2004 年三季度，国内也出现过一次粮价上涨，那主要是由于粮食连续多年减产且价格又持续走低，而最终引发了粮价的上涨。国内粮食总产量在 1998 年达到最高水平的 5123 亿公斤之后，逐年下降，到 2003 年降至 4306.5 亿公斤，为 1990 年以来的最低水平；人均产量也由 412.4 公斤降至 333.3 公斤。这一轮持续一年多的粮价上涨正是在这种背景下发生的，是由粮食总产降低、供给相对不足直接引发的。然而，此番粮价上涨似乎完全不同，从国内粮食总产量来看，连续 3 年增产，2004 年为 4694 亿公斤，2005 年为 4840 亿公斤，2006 年则达到 4930 亿公斤，已比 3 年前增产了 623.5 亿公斤。粮食连年增产，库存又比较充裕，按理说，不应该引发粮食涨价，但是，恰恰在粮食连年增产的情况下，粮价上涨了，这是为什么呢？

在探寻粮价上涨的原因时，人们将目光投向了国际市场。据联合国粮农组织的报告称，全球小麦库存将下降至 30 年来的新低。美国农业部 11 月份预测：2006/2007 年全球小麦产量为 5.868 亿吨，消费量为 6.15 亿吨，也就是存在着明显的供给缺口。2006 年全球小麦主产国中只有中国小麦增产。在这种情况下，国际小麦价格开始上升。同时，国际原油价格持续上涨也使对可以作为燃料替代品的玉米的需求增加，玉米的价格也有大幅度的上涨。在小麦、玉米价格上涨的情况下，大豆等农产品开始追涨，相关农产品的价格也水涨船高。

中国的粮食市场和世界粮食市场是一个不可分割的统一的大市场。一方面，中国粮食进口的细微变化会引起国际粮食市场价格的波动；另一方面，国际粮食市场供求情况的变化，也会影响到国内粮食市场行情的变化。

国内国际两个市场如此紧密相关，不仅要求我们判断粮食市场形势时要有国际眼光，而且要求我们在安排生产计划时，要盯住国际市场的供求变化。

从农民市民两大群体看粮价

粮食涨价虽未引发恐慌之势，但忧虑和担心是显而易见的。中国青年报的一项调查表明，81.1% 的人明显感觉最近一个月来粮油价格上涨。

粮食涨价对市民的影响来自两方面，第一是心理上的，担心粮食波动会引发其他生活必需品价格的波动，从而使脆弱的家庭收支平衡被打破，而社会安全保障体系的脆弱又加重了这种心理上的负担。所以，很多市民在面对粮食涨价的时候，心理上感觉很不舒服。第二是实际上的，一部分人特别是家庭收入较低的群体感觉到生活压力增大了，生活支出增加了，生活负担加重了，调查显示这部分人群占了 77.1%。这集中反映了刚刚迈过温饱线的大部分中国人的实际情况。

对另一大群体农民来讲，如果按照专家的说法，此次涨价是恢复性涨价，反映了真实的粮食生产成本，有利于增加种粮农民的收入，那么，粮食涨价农民应该高兴了吧，事实上却未必。农民反映最多的也是担心。农民的担心也来自两方面，一是担心随着粮食涨价，农业生产资料的价格也很快上涨，甚至涨得更多更快，不仅抵消了粮食涨价带来的收入，而且很可能增加种粮成本。二是担心粮食涨价的收入并不能真正落到农民的口袋里，反而为小粮贩、大粮贩们创造了大捞特捞的机会。这两种担心都不是多余的，在上一轮乃至上上轮的粮价上涨中都得到了集中体现。

对政府来讲，手心手背都是肉。面对粮价波动，要综合考虑农民市民两大群体的利益，找到一个恰当的平衡点，并且在此着力。粮价上涨速度过快，幅度过大，部分居民的生活就会受到较大影响，就可能引发社会不稳定因素；粮价长期过低，农民种粮不赚钱，就会直接影响到农民的生产积极性，影响到国家的粮食安全。因此，既要保护农民的利益，也要照顾市民的利益，就成为此番粮食市场调控的关键。

事实上，粮食价格长期以来一直处于一种较低的水平上。说恢复性上涨也好，说价格回归也好，总之粮价适当上涨一点，对调动农民种粮积极性、对维护粮食市场供求平衡是有好处的，但是关键是要让农民得到粮食涨价的实惠。另一方面，要高度重视粮食涨价对城市低收入者家庭的影响，采取各种措施保证他们的生活水平不因粮价上涨而下降。

从农业工业两大产业看粮价

粮食有两大功能，一是作为食物，供人们果腹，维持基本的生命和劳动力简单再生产；二是作为工业原料，为工业发展提供原料支持。分析粮食市场情况，必须着眼工业农业两大产业，才能得出更清晰准确的判断和结论。

近年来，许多农业大省纷纷提出"围绕农业办工业"的战略，大力发展粮食等农产品加工，粮食加工转化能力明显增强。特别是生物能源战略提出来后，以玉米加工为主的乙醇工业项目大有一哄而起的态势。

从发达国家的实际来看，扩大乙醇生产对粮价会产生直接的拉动作用。美国乙醇产量的增加，是导致美国玉米期货价格上涨75%的关键因素。而我国近期玉米价格的上涨，也与乙醇工业项目上马有直接关系。曾是粮食市场"丑小鸭"的玉米品种，由于与生物燃料攀上了亲，身价陡增，一下子成了香饽饽。2001年中国玉米加工业转化玉米1250万吨，2005年就增加到2300万吨，增长了84%。而同期玉米产量仅增长了21.9%，远远低于工业扩张的速度。

能源不足是世界各国普遍面临的问题，寻找生物替代能源是一条紧迫而现实的路子。但是，在人多地少的我国，粮食长期处于一种紧平衡的状态，既要考虑能源安全，也要考虑粮食安全，而粮食短缺无疑将会导致比能源短缺更严重的后果。近日，国家发改委已果断停止批准用于"工业用途"的玉米加工新项目。这对一定程度上缓解粮食价格上涨会产生积极作用。

从生产流通两个环节看粮价

面对粮食涨价，人们往往很直观地联想到是不是生产出问题了。实际上，从这些年来的实际情况来看，粮食问题的关键不是在生产环节，而是在流通环节。农民种不种粮，主要是看市场、看价格，而粮食流通领域的问题却比较复杂，有体制问题，有利益问题，粮食流通体制改革虽然进行了多年，但至今没有完全到位。

此番粮价上涨暴露出来的流通体制问题，提醒我们必须高度重视粮食流通体制改革的完善问题，明确国家、企业和农民的合理定位，鼓励多种成分的企业进入粮食市场流通领域，特别是应该明确规定，国有大型粮食企业不能既吃政策饭，又吃市场饭。

从一般特殊两种属性看粮价

所谓一般，是指粮食作为一般商品的属性。所谓特殊，是指粮食作为战略性商品的属性。作为一般商品，这几年粮食改革的方向一直坚持了市场取向，现在粮食生产已基本由市场来决定。作为特殊商品或战略性商品，又不能完全或者任由市场来决定，因为与一般的商品不同，它不仅关系到农民和市民两大群体的利益，而且关系到国家的粮食安全战略。因此，国家对粮食生产和流通，一直是"看不见的手"和"看得见的手"双手并用。在生产领域，先后出台了保护价收购、给种粮农民补贴等重大政策措施；在流通领域，建立国家粮储备制度，维护国家粮食安全等。

长期以来，我们一直坚持这样一种观点：粮食是商品，但不是一般的商品，它是战略性商品。坚持"粮食商品特殊论"主要有这样几个理由：一是粮食是维持生命的基本物资，不管穷人富人都得吃；二是我国人多地少，从长期看，粮食供求趋紧的趋势难以改变；三是粮食是基础商品和基础产业，它的变化会引起其他商品和产业的变化；四是我国是人口大国，到国际市场买粮会引发国际粮价的波动，引起全球恐慌。

但是，粮食的一般属性和特殊属性如何把握呢？什么时候应该强调它的一般性，什么时候应该强调它的特殊性？或者说，什么时候应该强调它的一般性多一点，什么时候应该强调它的特殊性多一点？这关系到政府如何利用和协调两只手的问题。在现今粮食涨价的情况下，也关系到引导人们如何认识和看待粮食涨价的问题。

（2007 年 01 月《中国县域经济报》）

从传统农业到现代农业

像往年一样，在新的一年到来之际，在中央经济工作会议之后，中央召开了农村工作会议，总结 2006 年农业和农村工作，部署 2007 年农业和农村工作。这次确立的会议主题，也就是 2007 年农业和农村工作的重点，也还是今后新农村建设的首要任务，就是发展现代农业。

其实在此之前，发展现代农业或建设现代农业的提法已见诸重要文件当中。比如，在《中共中央关于制定国民经济和社会发展第十一个五年规划的建议》中，就强调要"推进现代农业建设"。党的十六届六中全会强调，要统筹城乡经济社会发展，推进现代农业建设。中央经济工作会议明确提出，要把发展现代农业作为推进社会主义新农村建设的着力点。

现代农业的提法我们并不陌生。但我们更熟悉的恐怕还是另一个与此紧密相关的口号：农业现代化。不错，自 1964 年周恩来总理在三届全国人大一次会议上提出"四个现代化"的目标之后，农业现代化就已经深入人心。

那么，农业现代化与现代农业到底是一个什么关系呢？如果从目标上来理解，二者没有区别，基本上是一个意思。如果从过程上来讲，建设现代农业的过程，也就是农业现代化的过程。这样一来，二者的联系就十分清楚了。农业现代化的基本含义，或者说农业现代化的实质，就是使一个国家或地区的农业，由传统农业转变为现代农业。

的确，现代农业是与传统农业相对而言的。众所周知，农业是人类社会最古老的产业，发展到今天，如果按照历史时期来划分的话，大致经历了原始农业、古代农业、近代农业、现代农业。但是我们现在所说的传统农业，既与历史发展阶段紧密相联，更着眼于它的生产和经营方式，着眼于它的生产和经营目的。所以，把农业分为传统农业和现代农业是国际上十分流行的方法。由于传统农业向现代农业转变是一个十分漫长的过程，其间并没有特别清晰的界线，所以国外也有学者主张使用"三分法"，即在传统农业和现代农业中间增加一种被称作"混合型和多种经营"的农业，但并不占主流。

那么，传统农业和现代农业有什么区别呢？或者说，什么是传统农业，什么是现代农业？

首先，从生产目的来讲，传统农业是"糊口农业"、产品农业；现代农业是商品农业、市场农业。处于传统农业中的生产者，其生产和经营的目的，是为了满足自身和家人的消费需要。虽然其产品也有剩余，并拿到市场上去卖，但其重要目的是为了交换其他产品，也就是为了自身生产和简单再生产的需要，而不是为了实现生产的交换价值和社会价值。这种传统农业的生产，其商品率相对较低，农民的收入也不高；而现代农业则相反，它是为了实现商品交换价值和社会价值而生产，是为出售和市场而生产，其交换所得不仅可以维持扩大再生产，还可以增加教育、健康和文化等方面的投入，提高自身素质和发展水平。现代农业因为是为市场而生产，所以其商品率也相对较高，从事农业生产和经营的农民收入水平也较高。

其次，从手段来看，传统农业往往技术手段落后，物质装备落后，生产方式还是主要以人力、畜力和各种手工工具为主，劳动率低下，基本上还处于靠天吃饭的局面。而现代农业是用现代物质技术武装起来的农业。科技在农业领域的广泛应用，不仅提高了劳动生产率，而且改变了落后的生产经营方式。所以，人们评述现代农业的生产方式时，使用的是机械化、水利化、化学化、生物技术化等等这些非常有现代气息的词语。

最后，从生产经营者农民来说，从事传统农业的农民文化水平较低，或者没有文化，忽视人力资本投入，很少或没有专业分工，农民生产主要靠经验。而现代农业则对生产者提出了较高的要求，需要的是新型农民，需要的是有文化、懂技术、会经营的农民。

当然，传统农业与现代农业的区别还可以从多个角度、多个侧面讲出很多，这里只是从生产目的、生产手段和生产者三个方面加以简单的分析。

现代农业建设伴随整个国家的现代化进程。那么，现在特别强调现代农业建设到底有什么背景呢？我们可以从以下几方面来理解。

一是现代农业建设是社会主义新农村建设的重要基础。中央提出的建设社会主义新农村的五个方面，是一个内涵十分丰富的有机整体，但是生产发展是前提和基础。离开了这个基础，新农村建设就是空中楼阁。毫无疑问，我们所建设的新农村，不是没有农业的新农村，而是农业这个产业十分发达的农村，这不仅因为农业承担着提供粮食和食品安全的重要功能，而且在很多地方，它还是农民收入的重要来源。

现在有一种观点，以为"三农"问题只是农民和农村问题，似乎农业就不存在问题，或者说农业问题已经解决，已经过关了。这种观念和看法是十分有害的。农业问题不仅还没有解决，农业基础还很脆弱，农业的劳动生产率还很低，农业的资源利用率还不高，农业的土地产出率差距还很大。一句话，我国的农业离现代化的要求还有相当大的距离。而没有农业的现代化，就没有国家的现代化，所以，新农村建设，着眼点可以不同，着力点必须一致，这就是，必须把现代农业建设作为新农村建设的首要任务。

二是现代农业建设是粮食供给和食品安全的根本保证。岁末年初的粮食价格波动，虽然不是粮食减产所引发的，但是它却再次让我们绷紧了粮食供给的敏感神经。我国的粮食市场虽然与国际市场联系越来越密切，但是粮食供给必须立足国内，而我国的基本国情是人多地少，保障已有人口的粮食供给和不断增加的饲料用粮和工业用粮，从长期看，粮食供求是偏紧的。而靠增加耕地面积追求产量增长的路子根本行不通，必须走内涵式发展道路，依靠科技进步，提高劳动生产率和土地产出率，为此，必须加快推进现代农业建设。

三是当前我国正处于由传统农业向现代农业转变的阶段。国际上，人均 GDP 超过 1000 美元是一个重要的分界线，社会转轨、经济转型都发生在这个阶段。我国"工业反哺农业、城市支持农村"的重要论断也是在这一阶段的背景下提出来的。国际经验表明，靠传统农业自然演进，很难进入现代农业，国民经济发展到一定阶段，工业反哺农业，城市支持农业，对建设现代农业将起到至关重要的作用。在国民经济的格局中，目前我国农业 GDP 占全部 GDP 的比重已从 1990 年的 27.05% 下降到 2004 年的 15.2%，从事农业的劳动力比重从 1990 年的 60% 下降到 2004 年的 49%；而城市化水平则从 1990 年的 26.4% 提高到 2004 年的 41.8%，农副产品的商品率已达 70% 以上。这说明，在传统农业向现代农业转变的关键阶段，我们已经具备了加速推进传统农业向现代农业转变的条件。

（2007 年 1 月《中国县域经济报》）

强县扩权，实质是还县市发展权

党的十六大提出"壮大县域经济"以来，虽然尚未出台全国性的发展县域经济的有关文件和政策，但是，发展和壮大县域经济受到了各地的高度重视，纷纷出台促进县域经济发展的政策措施。这些政策措施逐渐聚焦成一点，这就是"强县扩权"，就是给予经济发达县更多的经济社会发展的权力。

浙江是全国经济大省，也是县域经济大省，同时也是全国强县扩权的典型，甚至有人将浙江强县扩权总结为浙江经济发展的"秘密武器"。自20世纪90年代以来到去年底以前，浙江已先后进行了三次强县扩权改革，围绕财政权限、经济管理权限、社会管理权三大部分内容，分别于1992年、1997年和2002年出台重大政策。仅在2002年的扩权改革中，浙江就将313项原属地级市的经济管理权限，下放给了17个强县（市）。

去年底，浙江又推出第四轮强县扩权，引起了更大的关注。这次扩权只选择义乌一个县级市，并且以社会管理权限为主，规定除规划管理、重要资源配置、重大社会事务管理等经济社会管理事项外，赋予义乌市与设区市同等的经济社会管理权限。

对于像义乌这样的强县（市），为什么要扩权？原因很简单，因为没有这些权力，经济的进一步发展就会受到制约，社会管理就会捉襟见肘。比如，义乌的存款余额达到580多亿元，但按规定却没有设立银行分行的权力。义乌每年有40万个集装箱出口，却只有一个海关办事处。义乌人口规模达到170万，但社会管理部门人员编制却受到控制。所以，这次扩权在这些方面均有了较大突破。

从浙江和其他一些省份来看，所谓扩权，就是把属于地级市的管理权限下放给所管辖的县（市）。看起来这是省里给县（市）扩权，实际上这是强县发展的内在要求，而且是20世纪80年代初实行市管县以来县（市）一直的要求。

纵观我国改革开放20多年的历程，其每一步的发展都和放权、扩权有直接联系。改革之初，在农村实行家庭联产承包责任制，就是要把农业的生产经营自主权交给农民，从而极大地激发广大农民的生产积极性，使农业连续几年上新台阶，为整个国民经济的发展奠定了良好的基础。接着，改革的主战场转移到城市，国有企业改革摆上重要日程。而国有企业改革之初，也是围绕着松绑、放权展开的。

在市场经济条件下，无论是农户还是企业，均是市场经营的主体。给他们放权，实际上就是要让他们成为更加完备的市场主体。而从发展县域经济的角度来讲，县（市）一级的政府也理所当然地充当了发展主体的角色，那么此时，发展权力的问题就日益突显出来。

实际上，县市扩权并非今日始。开始于 20 世纪 80 年代的县改市运动，实际上就是县扩权的一种表现形式。虽然县改市后，市仍然是县级市，但是相对来讲，市的确比县在城市管理等方面拥有更多的自主权。因此，县改市，本质上也是一种强县扩权，是强县发展的内在要求。所以，经过 20 世纪八九十年代的县改市运动，全国绝大部分强县均已改成了县级市或者市属区，这也就是我们今天所看到的所谓"强县扩权"，实际上变成了"强市扩权"。

无论是给农民生产经营自主权，还是给国有企业松绑放权，还是今天成为县域经济改革主调的"强县扩权"，就其本质来讲，都是还发展主体以发展权。这里之所以说是"还"，是因为这些权力是发展主体所应有的。也就是说，我们只要承认，农民是农村经济发展的主体，企业是市场经济发展的主体，而县（市）政府也是县域经济发展的主导力量，那么，他们就应该享有其发展所需要的权力。

其实，同生存权一样，发展权也是个人、集体乃至民族、国家的基本权力。同时，它也是政府的基本权力。县域经济之所以受到空前重视，就是因为在县市这个范围内，政府的主导力量可以发挥得更充分，政府的调控手段相对也较完备，政府配备发展资源的效果也比较好。当县（市）一级政府将"看得见的手"的力量发挥到极致，仍然不能满足县域经济发展的需要时，就自然产生了扩权的冲动。

所以说，扩权是伴随着发展而产生的必然要求，而扩权又必然促进县域经济的进一步发展。县域经济的发展不仅要求更有效地配置市场资源，也要求更有效地配置权力的资源。

（2007 年 2 月《中国县域经济报》）

为政要讲政德

"为政以德"，既是治国方略的一个重要部分，也应该成为各级官员为官立身和为政的准则。如果把从政也当作一种职业的话，那么从政者就应该讲究从政的职业道德，就应该遵守从政的职业道德。从这个角度要求从政者，特别是各级领导干部，似乎是标准低了些。其实不然，老百姓正是从这样的角度来看待当官的，而当官的能够遵守这看似不高的要求，也不是一件容易的事。

对从政者政德的要求，既体现在《宪法》《党章》的要求之中，也体现在各类行为规范上。这里仅从两方面说起。一是说实话，并且说话算数；二是干事情，并且干实事。

说到第一个方面，就有一个反面的例子。山西省绛县103名农民工到处奔波讨要被拖欠的近13万元工资，一直没有结果。他们向当地政府反映，绛县有关领导大笔一挥写下书面保证：3天之内解决，否则从县财政支出。然而，一年多过去了，农民的工钱仍然没有着落。此事经新华网等媒体披露后，引起热烈讨论，很多议论说的很有道理。现举几例。

有议论者认为，社会诚信缺失，根源就在于部分政府官员不讲诚信。而政府公信力的缺失，就会失去人民群众的信任，使政府和群众之间形成无形的隔阂。

有议论者认为，绛县领导不讲信用，并不是天生没有信用，而是缺少了对他讲信用的约束。随便说话，说了不兑现、不算数，并不影响他继续做官。如果外部的约束建立不起来或者不起作用，自我的约束也会丧失。

还有议论者认为，打造诚信社会，政府是关键。政府官员应该讲究基本的职业道德，对人民群众迫切需要解决的实际问题，要敢于拍板，敢于承诺，并且要按时兑现承诺，对自己的承诺负责。

说话不算数的人历来会遭到人们的鄙视和谴责。但是官员说话不算数，它的负面影响就不仅仅限于道德层面了。山西的案例之所以引起这么大反响，就是因为说话不算数的人是政府领导；而之所以典型，就是因为政府诚信，已经成为打造诚信社会、构建和谐社会的关键。

再说另一个方面。执政为民并不仅仅是一种理论，更不是一句口号，而是体现在千千万万个从政者具体的工作中。这就要求从政者多干事、干实事。之所以特别强调干实事，是因为一些领导在一个位子上，想的是保官升官，干的是"形象工程""政绩工程"，不仅不能给群众带来实惠，相反还会加重群众的负担。而群众迫切需要解决的实事、小事却被忽视掉了。

最近浙江组织了"百名领导干部下基层蹲点"活动。笔者读了德清县委书记徐国平的蹲点日记很受启发。这位县委书记平日里想的干的都是大事要事，在村里蹲点 7 天却解决了许多"小事"。为此，徐书记很感慨。他写道：我们关注民生，既要解决好"重要大事"，也要办好关系群众切身利益的"琐碎小事"。譬如，群众反映要在垃圾乱堆处建立垃圾箱，对超载的学生车辆要治理等等。这些在很多人看来不过是"针头那么小的事"，但如果把小事当成急事、要事办，真正把老百姓的安危冷暖放在心上，我们从群众那里得到的回馈也必然是丰厚的。

其实我们每天的行为都离不开两方面：说话、做事。但是作为一种职业要求，说什么话、做什么事，却有了一种公众意义、社会意义、政治意义。对于各级官员来讲，所言所行要符合政德的要求，不仅要谨言慎行，更要言之实、行之实，做树立良好道德规范的楷模。

（2007 年 5 月《中国县域经济报》）

破一破肉价思维的定式

我们都知道盲人摸象的故事。盲人摸象，一个说像扇子，一个说像绳子，一个说像柱子，一个说像堵墙。其实盲人说的都没错，问题就出在他们只"看"到了问题的某一方面。

其实，何止是盲人，就是眼睛正常的人，站的角度不同，对事物的感知也不同。古人所谓的"横看成岭侧成峰，远近高低各不同"不也就是说的这个道理吗？

也正是因为这个道理，真正的唯物主义者一直强调看问题的立场和角度，以便能够看到事物和问题的全面和本质，而不会被某一方面的现象所迷惑。

但是，道理归道理，真正做起来也并不容易。虽然看问题得出的结论是取决于人的立场和角度，但人们对自己的立场和角度早已经习惯了，习惯到了可以忽视的程度，因而也就自然认为自己的结论是正确的。特别是，在现代语境条件下，相比较而言，站在某种立场和角度的人们具有充分的话语权，可以影响市场，可以影响价格，甚至可以影响决策。在这种情况下，对问题的认识就不仅不可能全面，而且还会导致事实上对另一种立场和角度人群的侵害。

最近一段时间，对猪肉涨价的认识就集中反映了我们价格思维的"城市化"倾向。

本来，市场经济条件下一种产品的价格涨落，是再自然不过的事情了。只要不是人为操纵或长期大幅度背离价值，根本没必要进行过度的反应，更不必要进行行政干预。所谓"平抑肉价"之说，既不符合市场规律，也是农产品价格城市思维倾向的反映。

所谓"肉价大幅度上涨"本身就是一个不准确、不全面的判断。它忽视了这样一个基本的事实：就是从 2005 年底一直到今年第一季度，我国养猪业持续了长达 16 个月的亏损。也就是说，城市居民一直在享受着低肉价，而从未见像今天这样舆论和有关部门反应这么敏感和激烈。而当前我们判断肉涨价幅的基本依据，就是和去年肉价最低时相比较而言的。且不说这种比较有多大的科学性与合理性，单说这种高比例的背后，是养猪户长期默默地承受的亏损。

我们说肉价敏感，是因为它关乎城市居民的千家万户。但在猪肉涨价上，我们更应该关注城市低收入者家庭。因为肉价上涨，他们减少甚至根本吃不起猪肉了。我们调控的着眼点和着力点，应该放在这部分人身上。比如，在肉价上涨到一定程度时，可根据低收入家庭收入情况，分别给与补贴。同时必须强调的是，调控肉价，应该有城乡统筹的观点，不仅应该看到城市和城市居民，也应该看到农村和广大养猪户；调控肉价也不应该仅在肉价上涨时出手，在肉价下降到一定程度时也应该出手。否则，有跌必有涨，有大跌必有大涨。从这个意义上讲，今天的肉价上涨，就是我们对一年多肉价过低调控不利的结果。

作为一项抗市场风险能力很低的弱势产业和一群处于弱势地位的养殖户，在肉价低落时，他们很难发出今天这样如此强大的声音，但是政府和有关部门不应该忽视。如果肉价过低时视而不见，不建立对养殖户的补贴机制，那么，在肉价上涨时我们就要付出更大的努力。从这方面讲，养猪的农民和吃猪肉的市民的利益是一致的，保护农民的利益和保护市民的利益也是一致的，涨价时的调控和落价时调控的目标也是一致的。

（2007 年 6 月《中国县域经济报》）

女县长当被告为何有点"紧张"

每天全国各级各类法院开庭审理的案件不是一个小数目，但5月14日在江苏省海安县人民法院开庭的一个案件却有些不同。其一，这是一起老百姓状告政府的案件，也就是俗称的民告官；其二，出庭应诉、走上被告席的是刚就任县长不久的一位女同志——43岁的单晓鸣；其三，围绕这一诉讼，单县长有自己比较独特的看法。也正是有了这些不同，这一案件才引起了众多媒体的关注。

这些年，随着依法治国观念的深入和全民法律意识的提高，所谓的"民告官"案件时有发生，但政府的一把手坐到被告席上的还是鲜见。而在单县长所在的海安，县长当被告出庭已经不是第一次。2004年7月，当时的海安县县长章树山就曾出庭应诉。在县长的带动下，至今该县已有100多位行政机关负责人先后出庭应诉。如此看来，海安县在中国诉讼史上是有重要示范意义的。

县长当被告，可以从多个角度解读其意义。这里，我们仅从单县长个人的感受中再议论几句。

单县长坦陈，这是她当县长以来第一次出庭，多少还是有点紧张。单县长真实表达了自己内心的感受，这个"紧张"太有意义了。她是一县之长，全县百万人口的最高行政长官，在自己的地盘上紧张什么呢？我们常常说起"法律面前人人平等"，经常争论"权大还是法大"，单县长的"紧张"对此作了最好的注解。法庭是讲法的地方，无论是原告还是被告，都要以事实为依据，以法律为准绳。法庭之外，你是县长，是领导，是上级；而法庭之上，只有原告和被告。"紧张"体现了法律的神圣，也体现了对法律的"敬畏"。

有记者曾问单县长，作为一县之长，公务繁忙，出庭应诉不怕耽误时间吗？单的回答是，作为县政府的法定代表人，出庭就是公务，而且是最重要的公务。

的确，县长的忙是可以理解的，县长也可以以公务忙为由委托其他人出庭。在一些领导眼里，开会讲话是公务，接待应酬是公务，而单县长对公务的理解给人以深刻的启发。出庭作证所耗费的时间和精力比开会讲话、接待应酬要多得多，要熟悉相关法律，要看案卷，了解案情，要以被告的身份回答原告方面和法官的有关问题，而所有这些都是没有人可以代劳的。如果没有依法行政、执政为民的思想，如果没有对身为百姓的原告的尊重，很容易以"公务"来推脱。

单晓鸣的出庭，赢得了人们普遍的尊敬。单晓鸣的应诉告诉我们，那些尊重法律、尊重人民的官员都应该受到我们来自内心的尊重。

（2007 年 6 月《中国县域经济报》）

与人才树相伴的日子

——中国浦东干部学院"党建理论与实践专题研究班"侧记

（一）

7月1日晚8时左右，来自中直机关的41名学员乘坐一辆大巴，进入浦东干部学院的大门。浦院的建筑独具特色，夕阳之下，更散发出令人倾倒的魅力。正当代班老师为大家讲解建筑所代表的寓意时，学员中有一位突然冒出一句：怎么看都像个加油站。说得大家大笑起来，但是笑过之后，又都陷入了沉思：一批又一批来自不同地区、不同岗位的干部，不正是在这里加足了油，又重新奔向工作岗位的吗？

晚饭后，记者漫步校园。一一看去，行政中心、教学中心、会议中心以及学员宿舍等15栋单体建筑安然矗立。灯光、水影、廊桥、竹园，还有水面上嬉戏的天鹅，草地上逡巡的野兔，这一切让人充分感受到了激情下的温情。眼前的情景，不仅使记者想起在美国作访问学者时的大学。事实上，国际性、时代性、开放性，正是这所干部学院的办学追求。

第二天上午，研究班举行了开班仪式。首先是全体起立，奏国歌。副院长王金定在讲话中要求，这次专题研究班要以胡锦涛总书记在中央党校的讲话精神为指导，并将其作为重要学习内容。接下来，他从四个方面全面介绍了学院情况。

第一是学院定位，就是基地、熔炉、窗口。所谓基地，就是要把学院办成革命传统教育和基本国情教育的基地。所谓熔炉，就是要办成提升领导干部素质和本领的熔炉。窗口呢，就是要办成开展国际教育培训与合作交流的窗口。

第二是办学特色，就是它的国际性、时代性、开放性。王金定副院长说，这三性归根到底是它的先进性。

第三是奋斗目标，就是国内一流，国际知名。不仅要有好的硬件，还要有好的软件，要有大师，有大爱，这要经过几代人的努力和奋斗。

第四是培训理念，就是忠诚教育，能力培养，行为训练。

此外还有学院精神，就是忠诚、创造、和谐、示范。还有执行文化，就是态度标示忠诚，程序体现规范，沟通提升效率，细节决定成败。

（二）

浦东干部学院是为适应新时期大规模培训干部的需要，于 2004 年建设的三所干部学院之一，另外两所分别是延安干部学院和井冈山干部学院。仅从浦院的理念来看，与中央党校、国家行政学院相比，具有明显的特色。事实上中央也是这样要求的，"如果若干年以后，你们只是复制了一所中央党校，克隆了一所国家行政学院，那你们就是失败的"。

随着时间的推移，记者对这所新型干部学院突出的现代性和浓浓的文化氛围，感受越来越深刻。学院不仅有现代的建筑设施，现代的培训理念，更有现代的生活设施，"一线通""一点通""一卡通"等，极大地方便了学员的学习和生活，提高了效率和节奏。而扇形的学员公寓，方便进出的多个楼门，都使现代在这里变得明晰、具体而人性。上课间隙，常务副院长奚洁人问起对学院的印象和感受时，记者就用这两个字来回答：现代。奚院长对此表示赞同。

说起对这所年轻干部学院现代性的感受，记者还想再举一个例子。学习期间，我们班举办了一个别开生面的"人生难忘一分钟"主题晚会。我们的班部老师、浦院培训部的吴玲老师给我们播放了一部她拍的 MTV，那优美的旋律，优雅的风姿，深深地吸引了所有学员。而当吴老师说这是她 50 岁生日拍的时，大家无不露出惊讶的神色。成熟而年轻，激情而温情，从吴老师的身上，充分展示了现代浦院员工的风采。

说起的浓浓的文化氛围，每一位走进浦院的学员都有共同的感受。学院不仅有一套完备的现代教学理念并体现在教学实践当中，而且设计了鲜明的学院标识。走进浦院，引人注目的除了它的独特建筑之外，就是学院标识"人才树"了。标识蕴含了丰富的文化内涵。

标识以"人"字为基本元素，体现以人为本；由三个"人"字组成形像

"众"，寓意以坚持群众观点和全心全意为人民服务为宗旨，体现"执政为民"的理念；还寓意"三人行必有我师"，体现学院海纳百川、博采众长的开放式办学的特点。

从草书的角度上看像"走"字，意味着行动，学以致用，强调理论与实践相结合，做到"实事求是"并体现学院重视行为训练和体验式现场教学的特色；走，意味着面向未来，紧跟时代步伐，做到"与时俱进"；走，还意味着走出去，走向世界，体现国际性特征。

以"人"为元素的树，意寓百年树人，体现学院培训人才的功能。"众"字代表培养众多的大批的人才。树形似雪松，象征其凌霜傲雪、坚忍不拔、志存高远的品质，寓意"艰苦奋斗"的精神；树是生命力的象征，寓意学院发展的勃勃生机。

（三）

不管来自什么单位，不管以什么为主题，浦院安排的第一课往往都是——赴中共"一大"会址进行现场教学活动。上海市兴业路76号，这个原本是很普通的一个小院落，因1921年7月党的一大在此召开，而成为革命圣地，供一代又一代共产党员瞻仰。讲解员的讲解，把我们带入了那个战火纷飞、腥风雪雨的年代。最后，全班学员重新站在鲜红的党旗下，再次举起右拳，重温了入党时的誓言。

我们这个专题班虽然只有短短的两周时间，但是教学内容安排得十分丰富，大体包括三个部分，一是专题讲座，共安排了9场；二是现场教学，共安排了8场；三是学员论坛，共安排了2场。

专题讲座以党建为主题，紧紧围绕学习胡锦涛中央党校讲话精神而展开，涉及学员普遍关心和感兴趣的许多问题。第一讲的主题是"加强党的先进性建设，提高党的执政能力"，主讲人是来自上海市委党校的丁晓强教授。他从新时期新阶段党建战略总布局入手，分析了党建理论创新，阐述了加强先进性建设与提高执政能力的关系。第二讲由上海市委组织部副部长冯小敏主讲，他介绍了上海基层党的建设的基本情况和加强党的建设的若干建议，其中许多典型都是我们现场教学要去参观的。浦院的常务副院长奚洁人和副院长王金定也分别做了专题讲座，前者的主题是"领袖危机与领导创新"，后者的题目是"构建社会主义和谐社会的形势和任务"。而来自上海世博会事务协调局的周汉民副局长则以亲身经历回顾了申办世博会的过程，以及世博会工作进展情况，使学员们大开眼界，深受启发。而苏同华的"领导决策的分类艺术"和郑日昌的"领导心理压力的缓解与调适"，则为学员们打开了另一扇通风换气的窗口，因而深受学员们的欢迎。

现场教学是我们这个研究班的一大特色。教学点安排之多，时间之长，都是我们来之前所未曾预料到的。革命传统教育这一块，除一大会址之外，我们还在陈云故居及革命历史馆开展了现场教学活动。在上海建工集团，我们看到了上海大型国有企业党建工作的先进经验；在均瑶集团，我们初步了解了民营企业开展党建工作的基本情况；在区华阳街道，平常不太接触的基层社区党建工作让学员们大有收获；在江苏省常熟市蒋巷村，社会主义新农村建设的累累硕果让学员们兴趣大增；而在上海市信访中心，如何认识和解决新时期人民内部矛盾的问题，则让学员们陷入了深深的思考。

以上教学点的现场教学，绝不是走过场式的参观。既然是一场教学课程，每一个教学点都是由一位老师专门研究开发，从教学点的选择到教学设计和安排，从主讲人的培训到教学效果的评估，都凝聚着老师们的心血和汗水。常常为一个教学点的安排，老师要冒着严寒酷暑往返多个来回。

这次的行为训练课虽然只安排了一场，但给大家留下了深刻的印象。为了培训各级官员应对国内外新闻媒体的能力，浦院专门建有媒体实验室。我们的媒体应对情景模拟课程就是在这里展开的。在两位上海电视台主持人的主持下，学员们有的扮演市长，有的扮演企业家以及其他各类角色，分别录制了嘉宾访谈、外事会见、新闻发布等节目。紧张中透着诙谐，严肃中透着活泼，短短半天的时间，完成了一场深刻而难忘的体验。

（四）

在两次学员论坛中，一次的主题是"基层党建工作中存在的热点难点问题及建议"，另一次的主题是"贯彻落实四个长效机制文件精神的总体情况与成功经验"。在7月10日晚上的第一次学员论坛上，在班学习委员、中国劳动关系学院张晓波的主持下，包括本报记者在内的 4 位同志做了专题发言，其他三位同志分别是中国作协的刘光同志、中国出版集团的王云武同志、中国侨联的赵红英同志。在 7 月 15 日晚上的第二次学员论坛上，新华社的罗祖权、共青团中央的夏光志、中央党校的张喜德、广电总局的于保利四位同志做了专题发言。学员论坛将主题发言与讨论相结合，学员们涌跃发言，气氛十分热烈。

学习即将结束的时候，7 月 16 日上午，中直工委副书记孙淦同志特意从北京赶来浦院，看望我们这个专题研究班的学员，并就加强中直机关党建工作和党员队伍建设同大家进行座谈。来自新华社的罗祖权、广电总局的王怀庆、团中央的夏光志、中央办公厅的刘敏、中央防范和处理邪教问题领导小组办公室的杨滇利等 5 位学员代表做了专题汇报。

7 月 16 日下午，我们这期"党建理论研究班"举行了结业式，中组部干部监督局巡视员、副局长，也是我们这个专题研究班的党支部书记张绳华同志代表全体学员做了学习小结。他全面回顾了半个月来的学习情况，从四方面总结了这次学习的主要收获：一是深入学习了胡锦涛总书记 6 月 25 日在中央党校的重要讲话，对讲话精神有了较深的领会和把握，对如何在实际工作中进一步深入学习、贯彻落实讲话精神，有了初步的思考和认识。二是加深了对加强党的先进性建设和执政能力建设的重要意义的认识，进一步增强了做好机关党的工作的责任意识和使命意识。三是加深了对党的建设的理论问题和实践问题的理解和认识，进一步增强了做好机关党建工作的能力和信心。四是增进了了解，增长了知识，开拓了视野，开阔了胸襟，开户了心智，提高了综合素质。

浦院之外是两条宽广的马路，一条叫锦绣路，一条叫前程路。离开浦院的时候，记者不禁联想到，沿着有中国特色社会主义的大道走下去，我们党的事业，人民的事业，就是锦绣前程，就会前程锦绣。

（2007 年 7 月《中国县域经济报》）

人民是天

——为四川汶川大地震而作（一）

2008 年 5 月 12 日 14 时 28 分，时钟停摆，记忆永存。

那一刻，世界瞩目四川，瞩目汶川。

那一刻，坚固的大地崩陷了，温馨的房舍倒塌了，希望的家园毁灭了。

那一刻，数万生命生死两隔，更多的生命在死亡边缘挣扎。

灾情就是命令。时间就是生命。

救人！救人！！救人！！！

总书记的指示飞出中南海，传到四川，传遍全国。

总理的专机即刻起飞。目的地：四川地震灾区。目的：拼尽全力救人。

国殇之日，国家危难，人民危难。

为了救人，为了多救人，我们展开了和时间的赛跑。

关键时刻，第一时间，人民子弟兵从祖国四面八方，奔赴现场。那一个个绿色的身影，让人们看到了生的希望。

关键时刻，第一时间，医护人员从祖国四面八方，奔赴现场。那一个个白色的身影，让人们看到了生的希望！

一支支救援队，一群群志愿者，他们，从祖国的四面八方，甚至从世界各地赶来了。

冒着余震的危险、泥石流的危险，展开了一场特殊的战斗。随着一个个生命的获救，他们一次次逼退了死神的挑战。

生命在前方，生命在呼唤。只要有百分之一的希望，就要尽百分之百的努力！

没有路了，我们就开路。开路，开路，开出一条生的希望之路，绝不后退，绝不放弃！

废墟下，瓦砾中，认真探测，仔细倾听。

那微弱的气息，拼力的呼喊，甚至是痛苦的呻吟。对，那是希望。

24 小时过去了，48 小时过去了，72 小时过去了……黄金救援时间在嘀嗒溜走。

绝不放弃。救援者和被救者在无声地鼓励。

绝不放弃。我们正在创造人类救援史上一个又一个奇迹。

是的，你是孩子，是爸爸妈妈的宝贝；你是男人，是丈夫、儿子或者爸爸；你是女人，是妻子、女儿或者妈妈；你是老师、职员或者工人，或者农民……

这些普通得不能再普通、平常得不能再平常的称谓，是多么的美好，只要生命存在。

但是，这些普通得不再普通，平常得不能再平常的称谓汇聚在一起，就是一个响天响地的名字——人民！

地可以陷，房可以倒，山也可以弯腰，但天不能塌。

人民是天！人民的生命高于一切！

怎么能忘：崎岖的山路上，为抢救人民的生命赢得时间，我们的总理急忙闪在一旁，让担架上的伤员先过去。

那一张新华社的照片，人民在中央。

怎么能忘：5 月 19 日，高高飘扬的共和国五星红旗，缓缓降半，为逝去的普通的生命致哀。

怎么能忘：5 月 19 日 14 时 28 分，中南海怀仁堂前领袖们庄严肃立，为大地震遇难者默哀三分钟。

一个声音在耳畔响起：我是人民的儿子！

为了人民的生命，为了人民的利益，为了人民的家园，我们党的领袖、人民公仆，先后深入四川灾区、甘肃灾区、陕西灾区，指导抗震救灾，谋划重建家园。

人民的子弟兵、人民的医护工作者、人民的记者、人民的文艺工作者纷纷奔赴前线，战斗在前线。

为了灾区人民，全国人民都行动起来了，捐款、捐物，献血、献爱心。血脉同宗，心手相联，显示了中华民族、中国人民空前的团结和凝聚。

灾难再大，没有人民的力量大。在地震的废墟上，依靠人民的双手，重建人民的家园。

不久的将来，汶川会更美，北川会更美，四川会更美，祖国山河会更美，人民的生活会更美！

（2008 年 6 月《中国县域经济报》）

中流砥柱

——为四川汶川大地震而作（二）

8 级大地震，历史罕见；损失之巨大，历史罕有。

倒下的是房屋，挺直的是脊梁；咽下的是悲伤，呼出的是坚强！

擦干泪眼，我们看见：废墟中站起来一支队伍；余震中走过来一支队伍！

他们中，有参加工作不久的青年，有年过六旬的老人；

他们中，有的没有受伤，有的却伤痕累累。

他们是，村支部书记，村委会主任；乡镇党委书记，乡镇长；县市委书记、县市长……

他们是，中小学校长，教育局长，司法局长……

他们的岗位不同，职责不同，级别不同；

他们的姓氏不同，年龄不同，经历不同；

然而，当大地震袭来的时候，他们有一个共同的名字——他们叫共产党员！国家干部！

因为这个名字，他们在生与死的抉择中，没有犹豫，没有踌躇——把生的希望推给群众，把死的危险留给自己；

因为这个名字，他们在群众安危和亲人安危的抉择中，没有犹豫，没有踌躇——争取一切时间，去抢救更多群众；

因为这个名字，哪里最危险，他们就冲向哪里；

因为这个名字，哪里有生的呼唤，他们就冲向哪里。

这个名字，是风雨中高高飘扬的鲜红旗帜！

这个名字，是狂澜中挺身而出的中流砥柱！

谁说和平时期没有英雄，他们就是人民的英雄。

谁说地震不是战争，他们就是在呐喊、冲锋。

我们无法体会他们的内心。他们的父母、妻儿还埋在地下，他们却在抢救别人的父母、妻儿。

内心的伤痛，化作双手的力量。让紧张充你的心、累你的身吧，否则一停下来，你就会去想……

请历史记住他们的名字，记住那一个个瞬间：

县长经大忠正在礼堂开会。地动山摇的一刻，经大忠大喊："党员干部留下，让学生先走！"

副县长瞿永安赶回县城，父母妻儿几位亲人被埋地下，他扑通一声跪倒在地，重重磕下三个响头："父母大人，对不住了。"随后组织队伍抢救学校学生及教职工人员。

司法局长汤宗良，自家房屋已成瓦砾，老母尚在废墟之下，他却哭着向母亲告别："儿子不能顾您了……"

这是多么痛苦的抉择！然而，他们说，来不及思索。

这是多么崇高的境界。人民说，这是公仆本色。

有了他们，地可以陷，天不会塌；

有了他们，房可以倒，精神不会垮！

群众有了他们，就有了擎天柱，就有了主心骨。

群众看见他们，就看见坚强，就凝聚了力量。

抗震救灾，仍在关键时刻。

重建家园，更加任重道远。

问四川灾区、甘肃灾区、陕西灾区，谁是中流砥柱？

看一个个冲锋陷阵的身影，一面面高高飘扬的旗帜——

他们是：共产党员！国家干部！！

（2008 年 6 月《中国县域经济报》）

英雄本色

——为四川汶川大地震而作（三）

这是一场没有任何准备的特殊战争。

这是一场看不见敌人的殊死搏斗。

这是中国军队历史上一次惊心动魄的壮举！

战场：四川汶川大地震震区。面积：10万平方公里。兵力：投入官兵20多万人，80多位将军在一线指挥。军械：出动各种飞机4549架次，车辆30多万台次。

陆军、海军、空军、第二炮兵、武警部队，各路大军第一时间云集战场。

空降兵、运输航空兵、陆军航空兵、海军陆战队、侦察兵、通信兵、工程兵、防化兵……各路精兵迅速聚集战场。

成都军区、济南军区、南京军区、沈阳军区……各大军区步调一致，携手并进。

团长、师长、军长、司令员，直至中央军委主席，都是这场战斗的指挥员。

没有枪、没有炮，没有战斗行将胜利的冲锋号。

只见快速行进的绿色身影，只见废墟上的奋力拼搏，只见军徽闪耀！

汶川，大地震的震中区，这场特殊战斗的一号高地，一定要拿下。

人民养育了你们，人民的生命受到威胁，任何困难也阻挡不了你们进军的脚步。

路堵死了，以血肉之躯开路，一米，两米，向前掘进。

没有路了，穿深山、渡密林，一秒，两秒，接近目标。

群众撤出来，你们冲进去。你们冲进去，群众就能更多地撤出来。

大地在抖动，危险依然存在。

当期盼的眼神见到绿色的身影，那一声呼喊顿然将生命的希望照亮：

亲人哪，我知道你们会来救我们的！

军民心连心，忠诚铸军魂！

我们被震撼着，被感动着，被激动着。

同时，我们也被洗练着，被提升着，被升华着。

我们懂了，为什么一个刚刚被他们救出的孩子，惊魂未定之际，躺在担架上，却还给他们一个庄严的军礼。

我们无法忘记那过去的日日夜夜，那日日夜夜当中的一幕一幕……

那一声呐喊——

面对余震的威胁，面对撤退的命令，一个救援战士扑通跪下，哭着请示：让我再救一个吧！

那震撼的一跳——

没有地面导航，没有晴天丽日，没有能够跳的条件。15 名空降兵留下请战书，从 4000 米高空强行跳下，创造了人类空降史上的奇迹！

那坚定的举手——

为选择进入一座危楼救人的人选，指挥员大声提问：谁是独生子女，请举手。270 多名官兵无一人举手，虽然他们大多是"独苗"。

当问到：谁是共产党员，请举手。270 多名官兵齐刷刷举起右手，虽然他们很多人尚未入党。

那没有回航的飞行——

高山峡谷之中，气候变化莫测。为运送受灾群众直升机不幸失事。机组 5 名人员，全部壮烈牺牲。

让我们记住他们的名字：邱光华、李月、王怀远、陈林、张鹏。

抢救生命，速战速决的攻坚战；抗震救灾，冲锋陷阵的持久战。

战斗见证鱼水情深；战斗践行崇高使命！

若问我为什么对人民爱得这么深？

因为我是人民的子弟兵！

（2008 年 6 月《中国县域经济报》）

人间天使

——为四川汶川大地震而作（四）

人间天使是对你最崇高的赞誉！

救死扶伤是你最神圣的职责！

病魔死神是你不共戴天的敌人！

当大地震轰然来临，潘多拉的盒子被打开，死神的魔爪开始乱舞。霎时间，地崩塌，天昏暗，人间变地狱，家园变废墟。

生命骤逝。生命已逝。生命在远去。生命在呐喊！

你迎生命而来，每一声哭喊都是一次充满喜悦的宣告。那是生命的开始。

你护生命而在，每一个起死回生的微笑，都是对世界的回报。那是生命之航的再一次起程。

你最懂得生命的意义，最懂得生命的珍惜。你不允许生命就这样离去。是的，不许！

你被誉为人间天使。天使在人间，你要担起拯救生命的使命，无愧天使的称号。

汶川灾区。四川灾区。陕西灾区。甘肃灾区。一场特殊的战斗打响。战场上，不能没有你。

撇下年迈的父母，你告诉他们，你要去灾区。

撇下即将中考的孩子，你告诉他（她），你要去救人。

正像绿色是军人的标志一样，白色，是你的标志。

绿与白之间，生命在传递，在延续，在复苏。

虽然看不到你的面孔，但我能看到你的眼睛。

虽然不知道你的名字，但我能感到你的手臂。

你的眼睛是生命的守护，坚定，让死神却步。

你的手臂是伤痛的抚慰，神奇，让生命复醒。

余震不断，危险就在脚下，就在身边，你来不及感受。

大爱无边，同胞情、骨肉情，情情动心，你来不及感动。

连续战斗几个小时，十几个小时，几十个小时，你不忍休息，生怕瞌睡的瞬间，一个生命就从你身边溜走。

人间有灾难，人民有磨难。命悬一线，生死考验，你不愿给自己留下任何遗憾。

你深深懂得，人的生命最重要。有了生命，就会有美好的家园。

忙碌间隙，给孩子写封信吧，传送给下一代，这人间最宝贵的财产。

让孩子知道，你的爱，不属于他一个人。你的爱是天底下最无私的爱。

爱在灾区，爱在人间！

（2008 年 6 月《中国县域经济报》）

体验一个西部县的开放心态

开放是一种心态，也是一种做派。在改革开放 30 周年到来之际，如果在很多地方，你看到的是开放的成绩和开放的经验，那么，在西部边城泽普，你体会到的则是渴望加快开放步伐的急切心态。

泽普的知名度不高。它位于新疆的西南部，昆仑山的北麓，塔克拉马干大沙漠的西缘，隶属于喀什地区，是一个只有 18 万人口的小城。但泽普有一个很好听的名字，它的维吾尔语的意思是"漂着金子的河"。现在，泽普要让全世界的人都认识这条漂着金子的河。

我对泽普开放心态和开放做派的体会，首先来自于眼前的两件事。一件事是我 6 月 28 日到达喀什的时候，正值第四届"喀交会"开幕。喀交会是新疆西南部地区最大的对外交流与合作的盛会，参加会议的不仅有国内各地区的商界人士，也有周边国家的贸易代表团。泽普县委书记陈旭光邀请我参加他们宴请客商的晚宴。于是，我见到了来自山东、天津、湖南的投资者，也见到了哈萨克斯坦、土库曼斯坦等国家的客商。具有浓郁新疆风味的宴会厅里弥漫着各地方言和具有各国特色的英语。

泽普县的领导都很兴奋。他们发挥地方资源优势，已经谈成了好几个大项目。

第二件事是泽普县与经济日报记者站合作，开通了新疆第一个县级政府网站——泽普网。更让人有些惊讶的是，整个开通仪式不仅实现了网上直播，而且全程英语翻译。

在开通仪式上，我讲了这样一段话：泽普远吗？泽普的确很远。从北京到乌鲁木齐，四个小时飞机；从乌鲁木齐到喀什，两个小时飞机；从喀什到泽普，还有两个小时车程。这样的距离不能说不远。但是泽普离我们又很近，不管你在喀什，在乌鲁木齐，在北京，还是在日本的东京、美国的纽约，在祖国和世界的任何地方，只要你点一下鼠标，打开泽普的网站，一个真实的泽普、美丽的泽普、让人热血沸腾的泽普就会立刻呈现在你的面前。互联网不仅缩短了泽普与世界的距离，而且使泽普成为世界的一部分。让泽普走向世界，让世界认识泽普，不仅是一个口号和目标，而且正在变成现实。

说完两件事，再说两个人。这两个人，一个是县委书记陈旭光，一个是县委副书记、县长玉买尔江·买买提。初见陈书记，我还以为是派来接我们的工作人员，他个子不高，较黑较瘦，但很精干。接触下来发现，他虽个子不高，但视野开阔；他虽体态较瘦，但能量不小。从他的身上，我感受到，泽普虽偏远，但观念却不落后；经济虽欠发达，但思想绝不保守。这就是泽普的希望，也是西部的希望。

与陈书记相反，玉买尔江·买买提县长长得高大健壮。他为人真诚热情，任何时候脸上都挂着阳光般灿烂的笑容。许多来到泽普的客商，一见到他的笑，就犹如喝了马奶子葡萄酒。喜醉而谈，没有谈不成的事情。微笑的力量是强大的。没有开放的心态，就不会有这种开放式的微笑。许多人正是通过玉县长的笑来认识泽普进而爱上泽普的。

让我感受深刻的还有一点，就是陈书记、玉县长及县委县政府一班人团结和谐的气氛。团结对内是生产力，对外就是资源优势。有一个团结的团队，才能有一个良好的对外开放的形象。书记与县长的团结，不仅是党政一把手团结的范例，也是汉维两个民族团结的象征，还是泽普取得开放成就的保障和动力。

（2008 年 7 月《中国县域经济报》）

增产也是节约出来的

中午在单位食堂吃饭，着实费了一些脑细胞。下面将我的心理活动描述一下。我虽然是北方人，但比较喜欢吃米饭。一般来讲，食堂打饭都是两勺，因为吃不了那么多，我每次都要一勺，甚至半勺。这样，虽然自己没有直接浪费粮食，但对于自己其实也是一种"浪费"。怎么办呢？于是改吃馒头。一顿饭，两个馒头，中午吃一个，拿回家去晚上再吃一个。这真是一个双节约的好办法。

有同事对我的举动不以为然，总认为收入高了，生活好了，不必在这些小节上斤斤计较。但我的这个习惯已坚持了多年，并且对孩子产生了很好的影响。

上个星期，7月15日，各大媒体都报道了一条消息，就是国务院机关事务管理局和中共中央直属机关事务管理局发出的《关于做好中央和国家机关节约粮食反对浪费食品工作的通知》，要求中央和国家机关开展节约粮食、反对食品浪费工作。其中特别要求要抓好机关食堂的节约粮食工作。

去年以来，粮食问题成了全球的焦点问题，其原因在于全球性的粮食和食品价格上涨已严重影响到世界各国，特别是发展中国家人民的生活和经济发展。在老百姓感受到粮价上涨带来影响的同时，国家角度的粮食安全问题日益紧迫。

解决粮食危机，人们首先着眼的是生产环节，是增产粮食，但是，我们却对粮食浪费现象有所忽视，或者说是在重视中依然不停地浪费。英国首相布朗说的一句话应该引起人们的重视，他说，粮食浪费也是推高粮价的因素之一。那么，我们也可以理解，节约粮食也是应对粮食危机的措施之一。

当然，粮食的损失体现在多个环节，但是，最直接也是最不能容忍的是餐饮过程中的浪费。这主要表现在食用后的剩余丢弃。据权威机构推算，这部分损失的粮食每年至少在 220 万吨以上。

我们完全可以想象，一个馒头或一碗米饭的背后，是一片成熟的小麦和水稻。小麦和水稻的下面，是我国十分稀缺的土地。而从小麦和水稻到馒头和米饭，是一系列复杂的劳动过程。所以，对粮食的浪费，也是对土地资源的浪费，是对农业生产资料的浪费，还是对人类劳动的浪费。

几十年前，毛泽东同志曾说过一句掷地有声的名言："贪污和浪费是极大的犯罪。"今天，贪污仍然是犯罪，是刑法打击的对象。但是，浪费的现象比比皆是。

人类对粮食的需求永远是呈刚性增长的，所以增产是农业永恒的主题。但是不要忘了，其实我们每一个人都可以为粮食增产作贡献，这就是日常对粮食的节约。

在这方面，中央和国家机关的同志们的确应该带个头。

（2008 年 7 月《中国县域经济报》）

把我国自己的事情办好

从全球背景看三中全会（一）

由美国次贷危机引发的全球金融海啸，不但没有停歇的意思，而且还呈蔓延之势，已经从虚拟经济影响到实体经济，从金融领域扩展到产业领域。虽然导致全球性经济危机的可能性不大，但其危害和影响是近百年来空前的。

目前，欧美等国采取了惊人一致的步调，纷纷出台重大措施，以期把它对本国的负面影响降到最低。我国也出台了一系列措施，以稳定市场，稳定经济，稳定人心。综合来看，这些措施的最终效应还在进一步观察和期待之中。

正是在这种背景下，党的十七届三中全会召开了。在会议发表的公报中，有这样一句话引人注目：最重要的是要把我国自己的事情办好。

如何理解"把我国自己的事情办好"？在全球经济形势发生重大变化的情况下，我们为什么要作出这样的判断？是不是在全球金融危机的背景下，关起门来独善其身呢？恰恰相反，这一认识是以全球眼光看世界得出的正确结论，这一决策是在分析全球形势基础上作出的科学论断，这一判断是在国内外形势发生新变化的情况下对我国在世界大局中的准确定位。

目前，国际经济形势可以用三句话来概括：金融市场动荡加剧，经济增长明显放缓，经济环境中不确定不稳定因素明显增多。同时，国内经济运行中也存在一些突出问题和矛盾。国际国内经济形势既有联系，又有不同。应该看到，国际经济形势的变化对我国经济有很大的影响，但尚未构成根本性的影响，我们依然保持着相当的经济增长速度，经济的基本面仍然没有改变。具有中国特色的金融体系具有较强的自卫能力。

但是，外部环境的变化对我国经济的影响仍须高度重视。出口放缓，出口企业生存困难，失业和潜失业人口增多；资本市场振荡幅度过大，人心不稳，信心不足。一方面，我们要积极关注外部经济环境的变化，认真吸取发达国家发生金融危机的教训，同时还要积极关注欧美等经济体大规模救市所产生的效应及潜效应，适时作出反映，及时应对我国可能产生的新情况；另一方面，我们要针对国内经济存在的各种突出问题，采取更加灵活审慎的政策，出台更加务实有效的措施，把扩大国内需求放在更加突出的位置，以确保经济实现又好又快发展。

经过改革开放 30 年来的发展，我国经济总量已跃居世界前列，同时我国经济已成为世界经济的重要组成部分，中国经济与世界经济的联系更加紧密，影响更加深刻。所以，在这种情况下，提出把我国自己的事情办好，就是积极参与应对国际金融危机最务实的姿态，就是一个负责任的大国参与世界危机救助的最有力的行动，就是对稳定世界经济大局、促进世界经济发展所作出的最大贡献。

（2008 年 10 月《中国县域经济报》）

着力扩大国内需求

从全球背景看三中全会（二）

　　十七届三中全会在全面分析了国内外经济形势的基础上，提出了"最重要的是把我国自己的事情办好"的科学论断。国内的事情千头百绪，经济发展中的突出问题和矛盾也不止一个两个。究竟什么是对全局影响最大的问题？究竟抓什么才能从根本上保持经济稳定发展？三中全会明确提出：着力扩大国内需求特别是消费需求。

　　在国际金融动荡、经济明显下滑的大背景下，在扩大国内需求上下功夫，无疑是抓住了保持经济稳定、保持社会大局稳定的关键，是牵一发而动全身的"牛鼻子"，是破解和缓解诸多突出矛盾和问题的有力支点。

　　消费是生产的目的，也是生产的动力，因而消费需求是生产发展、经济繁荣的根本保障。我们常说经济发展靠三驾马车，即投资、消费和出口。实际上，投资对经济的推动最终也是通过转化为消费来实现的，它是消费在时间上的转移；而出口只是转向别国的消费，是消费在空间上的转移。所以，投资和出口本质上也是消费。可见消费对经济增长和繁荣的决定性意义。

　　消费需求对经济的推动作用人所尽知。但长期以来，我国的经济增长主要是靠投资和出口拉动，消费拉动的力量相对较弱。投资过热会造成物价上涨，引发通货膨胀，这也是近年来我国经济遇到的一个重要问题。而出口过多会导致贸易顺差过大，不仅引发一些国家的贸易壁垒，也使我国经济蕴藏着过分依赖海外市场的风险。所以，相当长一个时期，我们的政策导向一直是强调扩大国内需求，特别是国内消费需求。

　　当前国际经济增长趋缓，出口受到了严重影响，再加上美元贬值等因素的影响，导致我国出口企业生存困难，一批企业处于濒临倒闭的边缘。在这种情况下，要保持我国的经济稳定，实现经济的又好又快发展，进一步扩大国内需求就具有非同寻常的意义。换句话说，如果我们搬掉了国内需求不足这块绊脚石，补齐了消费需求增长不快这条短腿，在世界经济普遍下滑的情况下，我国经济平稳运行，乃至保持又好又快、一支独秀的发展是完全可能的，这正是三中全会提出"把我国自己的事情办好"的意义所在。

（2008 年 10 月《中国县域经济报》）

从农村改革发展中汲取更大动力

从全球背景看三中全会（三）

为什么今年的三中全会以农村改革发展为主题？回答这个问题并不难，我们可以从纵向、横向两方面来解读。

从纵向看，众所周知，今年是改革开放 30 周年。而中国的改革是从农村起步的。俗话说，三十而立，中国农村改革发展 30 年所取得的重大成就，足以"立"得起来。对此，十七届三中全会明确论述，农村改革的成就主要是：废除人民公社，确立以家庭承包经营为基础、统分结合的双层经营体制，全面放开农产品市场，取消农业税，对农民实行直接补贴，初步形成了适合我国国情和社会生产力发展要求的农村经济体制；粮食生产不断跃上新台阶，农产品供应日益丰富，农民收入大幅增加，扶贫开发成效显著，依靠自己力量稳定解决了 13 亿人口吃饭问题；乡镇企业异军突起，小城镇蓬勃发展，农村市场兴旺繁荣，农村劳动力大规模转移就业，亿万农民工成为产业工人重要组成部分，中国特色工业化、城镇化、农业现代化加快推进，切实巩固了新时期工农联盟；农村社会主义民主政治建设和精神文明建设不断加强，社会事业加速发展，显著提高了广大农民思想道德素质、科学文化素质和健康素质；农村党的建设不断加强，以村党组织为核心的村级组织配套建设全面推进，有效夯实了党在农村执政基础。

虽然取得了多方面的巨大成就，但是，农村改革的任务远没有完成，农村发展的要求更加迫切。而随着农业农村的进一步发展，制约发展的一系列深层矛盾更加突显。而不通过改革解决发展的深层矛盾，农业和农村进一步发展的动力就明显不足，活力就明显不够。

另一方面，从横向看，国际国内经济社会形势都发生了深刻变化"关键阶段""新形势""新时期""战略机遇期"等词汇从不同的侧面和角度揭示了我们所面临的形势变化和特征。特别是国际金融形势动荡、经济增长下滑，对我国经济产生了重大影响。在这种背景下召开的十七届三中全会，认真分析了国际国内形势的变化，提出了"最重要的是要把我国自己的事情办好"的科学论断，并进一步提出，解决国内经济问题要进一步扩大国内需求，特别是消费需求。

扩大国内需求，目光投向哪里？杠杆向何处着力？无疑，广大农村、广大农民的消费需求成为我们必然的选择。换句话说，我们之所以在国际经济下滑的背景下依然对中国经济充满了信心，之所以在全球经济不确定不稳定因素增加的情况下，依然坚持中国经济基本面向好的趋势没有改变，很重要的一个原因，就是我们有广大农村、广大农民的消费需求做后盾。我们的信心来自于此，我们的底气来自于此。

历史与现实、国际与国内的交织，让我们看到了一个"点"，看到了一个对中国经济社会发展稳定具有决定意义的"点"，这就是农村和农民。没有农村经济的又好又快发展，就没有国民经济的又好又快发展，没有农村的强大，就没有综合国力的提高，没有农民的富强，就没有中华民族的富强。这不仅是历史特别是改革开放30年来经验的总结，也是应对当前国际经济衰退的迫切之需，更是抓住和利用好重要战略机遇期的战略选择。

改革发展30年，不仅使农村面貌发生了翻天覆地的变化，更为重要的是，为整个国民经济的持续健康发展提供了不竭的源泉和动力。当前，在新的时期和新的阶段，应对新形势和新变化，迫切需要从农村改革发展中汲取新的更大的动力。农村改革发展，也一定能够为国民经济的又好又快发展，提供新的更大的动力。

（2008年10月《中国县域经济报》）

制度建设为什么重要？

从三中全会看制度建设

十七届三中全会对农村改革发展方面的制度建设，给予特殊关注和强调。全会通过的《中共中央关于推进农村改革发展若干重大问题的决定》共六个部分，第一部分强调重大意义，第二部分指出指导思想、目标任务、重大原则。紧接着，第三部分就强调了制度建设，这部分的题目是：大力推进改革创新，加强农村制度建设。可以说，《决定》谈到的实质性内容，首先强调的就是制度建设。

制度很重要。20世纪六七十年代以来，一批学者投身于制度研究，以至形成了一个影响很大很广的制度经济学派。按照他们的解释，所谓制度就是一系列人为设定的行为规则。这种规则能约束、规范人们的相互行为，同时也能帮助人们形成对别人行动的预期。社会制度影响公平，经济制度影响效率。社会之所以不断发展，就是因为不断地用导致较高效率水平的制度，来替代导致较低效率水平的制度。经济发展最根本的动力，就是制度创新和制度变迁。

改革开放以来，农村所取得的重大成就是多种因素综合作用的结果。政策、投入、技术和制度建设都发挥了不可替代的作用。目前，农村改革发展已进入新阶段，在农业和农村发展中，政策依然是动力，投入依然是保障，技术依然是关键，制度依然是根本。解决三农问题，促进农业发展，在依靠政策、投入、技术的同时，已经进入更多地依靠制度建设的新时期。

为了实现《决定》提出的农业和农村发展目标任务，我们必须发扬改革精神，在影响发展的体制上取得突破，在阻碍发展的制度上进行创新，在制约发展的机制上加快完善。

农村制度建设当前迫切需要从哪几方面着手？《决定》给出了6个方面。这6方面概括起来就是"两个完善""两个健全""两个建立"。用词不同，含义有别。"完善"是对不完善而言,"健全"是指"不健全"而说,而"建立"则说明我们有些重要制度还基本处于空白之中。

两个需要完善的制度指的是:稳定和完善农村基本经营制度;完善农业支持保护制度。而要健全的两项制度则是:健全严格规范的农村土地管理制度;健全农村民主管理制度。当前迫切需要健立的两项制度分别为:建立现代农村金融制度和建立促进城乡经济社会发展一体化制度。

在这6项制度中,每一项制度建设都含义深刻,内容丰富。比如,在健全严格规范的农村土地管理制度方面,就涉及耕地保护制度、土地承包经营权流转制度、农村宅基地制度、征地制度,等等。

以家庭承包经营为基础、统分结合的双层经营体制是农村基本经营制度,是党的农村政策的基石,必须毫不动摇地坚持。因此,在"完善"的前面,强调了"稳定"。"稳定"在先,"完善"在后,"完善"是在"稳定"前提下的"完善","完善"不能突破"稳定",不能动摇"稳定"。强调"稳定"农村基本经营制度,是改革30年来,党在农村政策的一贯主张,这次只是再次重申而已。

另一方面,"稳定"不是静止,不能因强调"稳定"而害怕"完善",不能以"稳定"替代"完善"。"完善"有很多方面的工作要做,这些需要完善的工作做好,对"稳定"也是一个促进。

无论"稳定"还是"完善",其着眼点都是制度。家庭承包经营符合农民意愿,适应农村生产力水平,因而需要长期稳定。而集体经营层次是薄弱环节,需要完善。

(2008年10月《中国县域经济报》)

县委书记：党和人民寄予厚望

——谈新形势下怎样当好县委书记

盘点刚刚过去的 2008 年，对县委书记们来讲，最难忘的莫过于就是在中央党校等五所院校的集中培训了。根据中央的统一安排，2008 年 11 月 10 日至 26 日，全国各地 2000 多名县委书记陆续走进中央党校、国家行政学院、浦东干部学院、延安干部学院、井冈山干部学院，参加为期 7 天的学习贯彻党的十七届三中全会精神培训。

虽然这次大规模轮训以学习贯彻十七届三中全会为主题，但实际内容却远超出这一主题，基层治理、突发事件应对等培训内容都针对当前县域实际而设计，因而也大受县委书记们的欢迎。

不仅这次培训的规模前所罕有，党中央的重视程度更是空前。身兼中央党校校长的中央政治局常委习近平同志两次来到培训班，并发表重要讲话。一次是 11 月 10 日，第一次学习班开班仪式，一次是 25 日，学员代表座谈会。

中共中央政治局委员、中组部部长李源潮 3 次到培训班并讲话。第一次是 11 月 12 日在国家行政学院培训班上讲话，第二次是 13 日和 14 日分别在中央党校、中国浦东干部学院培训班上作报告，第三次是 26 日再次在中央党校培训班上讲话。

中共中央政治局委员、国务院副总理回良玉 10 日也在培训班上讲话。马凯国务委员出席了 12 日的国家行政学院开班式并讲话。

中央领导同志如此频繁地出席培训班并发表重要讲话，体现了党中央对县委书记工作的高度重视，体现了中央领导同志对做好县委书记工作的严格要求，也体现了广大人民群众对县委书记们的殷切期望。

事实也的确如此。这次大规模培训特别是中央领导同志的讲话，在人民群众中引起了重大反响。各级媒体的报道和网络调查，可以充分证明这一点。

人民群众对县委书记之所以关注，是因为县委书记这个岗位、这个职务的确有其特殊性，它是党的形象的体现者，是中央政策的执行者，也是人民群众的代言者、具体问题的解决者。

在一个县的范围内，县委书记的权力很大，用好了能给当地百姓带来大好处、大实惠；用不好也能带来大问题、大麻烦，甚至大祸害。而用不好这个权力的县委书记虽然是少数，却也不是个别，他们理所当然地成为人民群众所抛弃的对象、所痛恨的对象。

少数县委书记的反面案例让更多县委书记更加理性和警醒。而中央领导同志的谆谆告诫和人民群众的殷殷期盼，既是一种无尽的动力，也是一种无形的压力。一颗红心、两只肩膀，使命崇高，担子沉重。

有的县委书记已将习近平同志的四点要求铭记于心：

第一，要勤于学习、善于学习，使读书学习成为充实知识、提高素质的重要途径，成为加强修养、培养高尚情操的有效手段，不断提高自身素质。

第二，要带头弘扬党的优良作风，树立县委书记尽职尽责、忠诚于党的形象，开拓进取、克难攻坚的形象，求真务实、艰苦奋斗的形象，执政为民、清正廉洁的形象，始终保持共产党人的先进性。

第三，要认真贯彻党的群众路线，思想上尊重群众、感情上贴近群众、行动上深入群众、工作上依靠群众，帮助群众解决生产生活中的实际困难，引导群众不断前进，切实提高新形势下做好群众工作的能力。

第四，要善于当好班长、带好队伍，带头执行民主集中制，在各方面以身作则、发挥表率作用，团结县委领导班子成员齐心协力推动经济社会又好又快发展。

不仅有严格的要求，也有深深的理解。李源潮同志的一段话在县委书记们心中引起强烈共鸣：一个干部成长为县委书记很不容易，在这个岗位上追求什么很值得认真思考。追求个人升迁，追到了不会满足，追不到会更加痛苦；追求个人财富，必然会以公谋私甚至贪污腐败；追求个人名誉，难免搞劳民伤财不得实惠的形象工程；追求个人享乐，很容易玩物丧志直至腐化堕落。只有追求为本县百姓的幸福安康多作奉献，追求为党和国家多作贡献，才能始终保持昂扬向上的精神状态、锐意进取的干事激情、清正廉洁的政治本色，做"一个高尚的人、一个纯粹的人、一个有道德的人、一个脱离了低级趣味的人、一个有益于人民的人"。

目前，县委书记们已回到各自主政的地方、回到各自的岗位，而人们关注县委书记的各种话题还将持续。来自不同角度的关注都在投向一个方向：县委书记，党和人民寄予厚望！

（2009 年 1 月《中国县域经济报》）

始终不能辜负的"第一"

——谈新形势下怎样当好县委书记

在这次县委书记专题培训期间，中共中央政治局委员、中组部部长李源潮先后四次分别到中央党校、国家行政学院、浦东干部学院的培训班上，或发表重要讲话，或作报告，或与学员座谈。

从新闻报道中，我们发现，面对县委书记，李源潮几乎在每一次讲话中，都强调"第一"。比如，在11月12日的讲话中，李源潮说，县委书记要把贯彻落实十七届三中全会精神作为当前全力以赴抓好的第一件大事，始终把"三农"工作作为重中之重，真正用心、真正用脑、真正用力，把中央的决策部署落到实处。

在11月13日和14日的报告中，李源潮指出，县委书记是党在当地执政团队的带头人，领导发展是第一要义，实现富民是根本目的，保证平安是第一责任。

在11月26日的讲话中，李源潮强调，要把群众的呼声作为第一信号，把群众的期盼作为第一要求，把群众的安危作为第一要情，脚踏实地地抓发展、抓民生、保平安，以实实在在的政绩造福人民。

面对县委书记，中央领导为什么如此强调"第一"，是领导同志讲话爱用"第一"吗？是县委书记爱听"第一"吗？显然都不是。中央领导强调"第一"，实在是县委书记应担得起太多的"第一"，而这些"第一"哪个都不是空洞的，也不仅仅是原则性的，而是具体的、针对性很强的。这些"第一"构成了县委书记所有权力与职责的内涵和外延，是对县委书记这一称呼的最直接的描述和阐释。

凡事成为"第一"，就忽视不得。摆在第一位的，第一要解决的，都是最重要的，也是最紧迫的。重要而紧迫的问题，要是忽视了，就会出大问题，就会闹大乱子。

我们一般的人，往往面对一个"第一"、两个"第一"，而县委书记不是一般的人，他们面对的远不止一两个"第一"，而是要有时面对多个"第一"。这是对县委书记的特殊考验。只有勇于直面这些"第一"，高度重视这些"第一"，真正解决这些"第一"，才能称为一个合格的县委书记。而实践和解决这些"第一"的过程，就是实践党的宗旨的过程，就是实践执政为民承诺的过程。

这些"第一"来自何处？对县委书记来讲，不是外界强加的，也不完全是上级和百姓要求的，而是职位所赋予的。第一职位理所当然要承担第一责任，要面对许多第一的要求。

在一个县的范围内，第一职位是什么？当然是县委书记！

自古皇权不下县。2000多年来，县官一直是一个非常稳定的职位，它是封建统治者实现统治的一个十分重要的层级。所以，虽然只有七品，被称为"芝麻官"，但历朝历代都十分重视县官的选用。

共产党领导下成立的中华人民共和国，虽然延续了2000年来县的建制，但赋予了县官以全新的称谓和含义。为了体现党的全面领导，体现执政党执政为民的要求，设立了县委书记这一职位，使县委成为领导全县人民的核心，使县委书记成为领导核心的第一职位、第一人。

第一职位拥有第一权力，第一权力就要承担第一责任，第一责任又具体表现为一个又一个的"第一"要求。在具体实际工作中，哪一个第一做不好，都会导致"一票否决"，从最早的财政税收，到安全生产、计划生育、社会治安、党风廉政，甚至畜牧防疫、招商引资等等。有的地方一票否决多达25项。

有的县委书记对此常有抱怨，认为一个个"一票否决"就像一个个"紧箍咒"，先捆住了头脑，再捆住了手脚。对此，应该有正确的理解和认识。从正面的角度理解，这些所谓的"一票否决"，都是涉及全县发展、稳定、民生的大事，都是不能不做好的大事，都是对第一职位理所当然的要求，也都是县委书记的第一责任。

对县委书记"第一"的要求，不能仅仅狭隘地理解为一个量的问题，也不能孤立地过分看重某一个方面。要看到本质，领会实质；要铭记在心中，体现在工作上；要把解决问题和困难看作是为党和人民建功立业的机会。

中央领导同志提出的"第一"，既有职位上的要求，又有工作上的部署，还有工作方式上的强调，它体现的是党的要求、人民的期待，是县委书记始终不能辜负的。

（2009 年 1 月《中国县域经济报》）

县委书记要离群众近些再近些
——谈新形势下怎样当好县委书记

中央政治局常委、书记处书记、国家副主席习近平在县委书记专题培训班上，对县委书记提出了四点要求，其中之一就是：要认真贯彻党的群众路线，思想上尊重群众、感情上贴近群众、行动上深入群众、工作上依靠群众，帮助群众解决生产生活中的实际困难，引导群众不断前进，切实提高新形势下做好群众工作的能力。

中共中央政治局委员、中组部部长李源潮在县委书记专题培训班上，也把县委书记加强和人民群众的紧密联系当作一个重要内容予以突出强调。

他说：县委书记要带头实践党的宗旨，要真心实意地奉人民为衣食父母，心里装着群众，时时想着群众，经常到群众中去，增进对群众的感情。

他接着强调，要把群众的呼声作为第一信号，把群众的期盼作为第一要求，把群众的安危作为第一要情。特别是在群众有灾有难、有险有乱的时候，县委书记要及时出现在群众中间，做群众的主心骨和贴心人。

中央领导同志的要求语重心长，县委书记应长记心间。而同样的思想、同样的要求，县委书记也一定不陌生。

到群众中去，离群众近些再近些，加强与人民群众的血肉联系，是党的宗旨的根本要求。毛泽东、邓小平、江泽民、胡锦涛等党的四代领袖无不时刻强调这一点。

"县官"，在长期的旧社会被称为"父母官"，现在仍然有人愿意沿用这个称呼。其实，去糟粕，取精华，真正的"父母官"，就是要让群众感到亲切，感到踏实，感到有所依靠。有话有处说，有冤有处伸，有难有人解。就像对待自己的孩子一样对待群众，有同样的感情，尽同样的责任，谁又能说不是群众之幸福呢？

在共产党领导的新社会，县委书记和一切党的领导干部，是人民的公仆，奉群众为衣食父母。也就是说，人民群众像父母一样养育了我们，教育了我们，我们就要明白，我们来源于群众，就要全心全意回报群众，服务群众。人民群众是我们的生命之根，立党之本。

无论是被群众称为"父母官"，还是视人民为"衣食父母"，其有一点是共同的，就是说明了"县官"和群众的紧密关系、血肉联系。

群众路线是党的生命线。无论是在战争年代，还是社会主义建设时期，还是改革开放和现代化建设的新时期，坚定不移地坚持群众路线，都是县委书记和党的领导干部永恒的主题。

作为党的执政力量的骨干，作为党在基层执政的核心和主体，县委书记离人民群众是远还是近，是方法问题，又不仅仅是方法问题；是感情问题，又不仅仅是感情问题；归根到底，是立场站得对不对的问题，是党的宗旨观念强不强的问题。

县委书记要面对很多考核，面对很多压力，面对很多标准的评判。面对这"很多"，县委书记要有"定力"，要始终坚持最根本的一条，那就是每一个县委书记都能脱口而出的：人民群众拥护不拥护、赞成不赞成、高兴不高兴、答应不答应、满意不满意。

在一个县里，县委书记离群众是远还是近，有多远有多近，群众心里是有数的。是真心走近群众，还是逢场走秀；是真心帮群众排忧解难，还是迫不得已应付，群众是看得清楚的。

在与群众联系这样的根本问题上，县委书记不能有丝毫动摇，不能怀一丝侥幸心理，不能以任何借口脱离群众，疏远群众。

脱离群众，疏远群众，就是冒险，就是拿个人的政治前途冒险，就是拿全县的稳定与发展冒险，就是拿人民公仆的形象冒险，就是拿党的执政地位冒险。

县委书记为官一任，要以为群众做实事为追求，要以为群众所挂念为幸福，要以为群众所铭记为自豪。

走近群众，胸怀开阔。离群众越近，就会离贪欲越远；

走近群众，心中充实。离群众越近，就会离虚名越远。

县委书记，离群众近些，再近些！

（2009年2月《中国县域经济报》）

当好班长 带好队伍 作好表率
——谈新形势下怎样当好县委书记

就一个县的范围来讲，县委书记是名副其实的"一把手"。对全县几十万甚至上百万人民来讲，他是"一把手"；对全县党员领导干部来讲，他是"一把手"，对县委班子来讲，他更是"一把手"。

而把"一把手"比喻成"班长"，则主要是针对县委一班人而言的。

这个形象的比喻，首先来自毛泽东同志。他认为党的委员会一般会有一二十个人，就像军队里的一个班，书记就好比是"班长"，党委书记要善于当好班长。班长也是班子集体中的一员，但又在班子里发挥着核心作用，发挥着关键作用，担负着特别重要的责任。

县委书记如何当好班长？是县委书记关心的话题，也是县委书记专题培训班上关注的话题，因此，也是在专题培训班上讲话的中央领导同志特别强调的话题。

中共中央政治局常委、国家副主席习近平对县委书记提出了著名的"四点要求"，其中一条就是：要善于当好班长、带好队伍，带头执行民主集中制，在各方面以身作则、发挥表率作用，团结县委领导班子成员齐心协力推动经济社会又好又快发展。

中共中央政治局委员、中组部部长李源潮在专题培训班上作报告时也指出：县委书记要以身作则抓班子，带头遵守民主集中制的各项规定，坚持分工负责、权责统一，发挥好班子每个成员的作用，抓好领导班子团结，努力带出一个讲党性、重品行、作表率的过硬团队。

两位中央领导同志在此对县委书记提出了明确要求：当好班长，带好队伍，作好表率。

一个单位和部门的工作能不能搞好，一个地区的经济能不能发展，社会能不能稳定，关键在班子，核心是班长。这不仅为实践所证明，也为历史所证明。所以，我们党始终高度重视"班长"和"一把手"的工作，重视"班长"和"一把手"的选拔和培养。

邓小平同志说：任何一个领导集体都要有一个核心，没有核心的领导是靠不住的。

江泽民同志指出：一个地区、一个部门、一个单位工作做得如何，班子状况怎样，同一把手关系很大，建设好领导班子，关键是选好"班长"。

胡锦涛同志强调：抓好发展这个执政兴国的第一要务，一把手是关键。

那么，处在一把手位置的县委书记，究竟怎样当好班长呢？

应该说，这其中有一些硬的规定。比如说，在党章、在党委制、党委会工作方法的有关规定中，对班长的责任、行为准则等，有过相应的说明。但是更多的，还是需要县委书记在实践中、在工作中根据实际情况，进行具体的把握。因此，同样处在县委书记的职位上，每一个县委书记都有自己的体会和经验。

一位县委书记在谈到当班长的体会时这样说：县委书记就是要决定三件事：一是什么时候开会，二是开会研究什么问题，三是最后拍板解决哪几项问题。

这位县委书记和其他一些县委书记总结的经验，就某一个方面来说，都是正确的，或者是有道理的，或者是行得通的；但又都是不全面的，甚至是不准确的，或者仅仅是个别的。

县委书记当好班长，究竟有没有共性的东西、原则性的东西？在此，提出几点想法，与县委书记交流、共勉。

县委书记要当好班长，首先是树立班长意识。

什么是班长意识？就是在县委班子中，县委书记要时刻意识到自己是一把手。班子团结与否，班子工作好坏，全县发展如何，关键在县委书记。有了成绩和荣誉，是县委书记领导的好；有了提拔升迁的机会，县委书记也首当其冲。所谓集体决策、集体负责，并不能代替县委书记的主要责任；而行政主要领导负责任、受处分，同样不能代替和掩盖县委书记应负的主要责任。

树立班长意识还表明，县委书记在县委班子中的角色与地位，是与班子其他成员不一样的；县委书记说话的分量与其他班子成员也是不同的；县委书记的意见更容易成为主导意见，成为集体意见，成为决策意见。特别是在减少副书记职数、取消事实上存在的书记办公会之后，权力更容易向县委书记集中，班子成员更容易形成看书记脸色行事的局面。

越是在这种情况下，县委书记头脑越要清醒，越要按民主集中制原则办事，把握好民主和集中的关系，拿捏好发挥集体智慧和个人权威作用的度。既注意避免班子内各吹各的号、各唱各的调、难以形成统一意见的局面，也要注意避免把"班长意识"变成"家长意识"，避免在决策中出现"以一当十""以一代十"的局面。

多数人的意见往往并非正确的意见，但多数人的意见却是绝对不能忽视的意见。班子内部分工把口，各司其职，每个人都代表某一个方面。县委书记要善于听取各方面的意见，也要善于协调各方面的意见，还要善于把各方面的意见形成统一的意见。

树立班长意识，还要求县委书记要善于谋大局、谋全局。县委书记与班子其他成员一个重要区别就是，县委书记不能只看到某一个条条、某一个方面，而是要看到全局和大局。这个全局和大局，既是关系到全县改革、发展、稳定的全局和大局，也是关系到全国利益、中央政令的全局和大局。县委书记要善于在结合上、统筹上、协调上想题目，做文章。

由此可见，班长意识就是权力意识和权威意识，也是全局意识和大局意识，而本质上是责任意识和使命意识。

县委书记要当好班长，就有带好队伍的责任。

县委书记带队伍，面临三个层次，一是县委班子的队伍，二是全县党员干部的队伍，三是全县广大群众的队伍。带好了这三支队伍，全县就会出现一个经济发展、社会和谐的大好局面。其中，带好党员干部队伍是关键，带好班子队伍，则是关键中的关键。

实践证明，一个称职的县委书记，就能带出一个好班子，带出一支好队伍，就能盛一项事业，富一方百姓，留一页芳名。

带好队伍，首先要带好班子队伍。

县委班子是一个群体，每一个成员都是这个群体的代表。这个群体的任何成员出了问题，都会影响这个群体的形象，影响县委书记的形象，影响党的形象。

换而言之，作为班子的班长和一把手，班子成员任何人出了问题，县委书记都有一定责任，都说明队伍没带好，都要负没带好队伍的责任。

带好队伍，就要搞好班子的团结。不同出身、性格、经历的人聚在一起，加上水平不一、分工不同，班子成员中的矛盾是必然的。一位县委书记在总结经验时提出了五个互相，很有启发：政治上互相信任，不猜疑；思想上互相交流，不隔阂；工作上互相支持，不拆台；有了失误互相谅解，不指责；生活上互相关心，不冷漠。如何协调矛盾，团结好每一个成员，就成为县委书记的重要课题。

带好队伍，还要勇于开展批评。县委书记不能做老好人，也注定做不成老好人。县委书记要及时发现每个班子成员的隐患，并及时提醒、批评。这是对同志负责、对自己负责、对班子负责的原则问题。在原则问题上，不能睁一只眼闭一只眼，或者大事化小，小事化了。否则就是隐藏危险，后患无穷。

批评是团结的有利武器，也是带好队伍的有效方式。开展批评与自我批评，是党的一大法宝。过去，批评别人容易，批评自己难。现在则出现了批评自我容易，批评别人难的倾向。要在班子中形成敢于批评、善于批评的风气。县委书记要带头批评。多一次批评，就少一分浮躁；多一次批评，就可能在危险的路上少迈一步；多一次批评，就可能少倒下一名干部。对领导干部来讲，批评是警示钟，是清醒剂，是方向标。要常听批评，要喜听批评，要感念批评。

当好班长，带好队伍，还要作好表率，更要作好表率。

班长是班子的核心。核心是什么？核心就是每次开会的时候，你坐在所有的人都能看得见的地方，时刻处在目光的注视下、聚焦下、监督下。你的一举一动，不仅大家看得清楚，也会对大家产生很大影响。

要作好表率，在当前除了政治方面的严格要求之外，要过好三关，即权力关、金钱关、美色关。要练就刘翔跨栏的功夫，不仅要跑在前面，而且不能被绊倒。跨过权力关，就能为党的事业添光彩；跨过金钱关，能为人民的幸福作贡献；跨过美色关，就能为自己的人生增芳芬。

作好表率，就是要有强烈的自律意识。县委书记要有畏惧之心，要时刻意识到哪些不该做，哪些不能做。手中的金箍棒尽管变化万千，魅力无限，头上的紧箍咒却一刻也没松。这紧箍咒既是党纪和国法，也是道德和人性。

作好表率，一个县委书记，就是一面高高飘扬的旗帜！

（2009 年 2 月《中国县域经济报》）

当个县委书记，不学习怎么行
——谈新形势下怎样当好县委书记

在全国县委书记专题培训班上，中共中央政治局常委、国家副主席习近平对全国的县委书记提出了四点要求。第一点就是讲的学习。习近平要求：县委书记要勤于学习、善于学习，使读书学习成为充实知识、提高素质的重要途径，成为加强修养、培养高尚情操的有效手段，不断提高自身素质。

中共中央政治局委员、中组部部长李源潮也要求县委书记：要认真读书，学习理论和知识；深入调查研究，向基层实践学习；紧密联系群众，向人民群众学习；拓宽视野，学习外界先进经验。

其实，对党的各级领导干部来讲，学习既是一个老话题，也是一个新课题。学习不仅伴随和促进个人的成长和进步，也伴随和促进人类的文明和进步。同样，一个政党的成长和壮大、生机与活力，也是和这个党的学习能力、创新能力紧密联系在一起的。

党的各代领袖，在不同的革命时期和历史阶段，始终强调学习的重要性，同时又都是勤于学习、善于学习的楷模。

早在 1938 年 9 月，毛泽东同志就指出："一般地说，一切有相当研究能力的共产党员，都要研究马克思、恩格斯、列宁、斯大林的理论，都要研究我们民族的历史，都要研究当前运动的情况和趋势；并经过他们去教育那些文化水准较低的党员。"

毛泽东同志始终是全党读书学习的典范。据不完全统计，从 1949 年进京到 1966 年 9 月，他从图书馆借阅各种图书 2000 余种、5000 余册。读书学习，是毛泽东同志仅次于吃饭、睡觉的第三大需要。

邓小平同志也多次强调学习的重要性。结合开始开放与建设中国特色社会主义理论，他在学习与实践中创立了邓小平理念。他指出："四个现代化是一场深刻的伟大的革命。在这场伟大的革命中，我们是在不断地解决新的矛盾中前进的。因此，全党同志一定要善于学习，善于重新学习。"

以江泽民同志为核心的第三代中央领导集体同样强调和重视学习。他反复强调全党要"学习、学习、再学习"。"不仅要抓学习政治，而且要抓学习经济，学习先进经营管理，学习现代科学文化，刻苦钻研业务，努力成为本职工作的内行和能手。"他还说："我在提出要领导干部要讲学习、讲政治、讲正气时，是把讲学习放在第一位来强调的。学习是个前提。"

胡锦涛同志在 2002 年 12 月中共中央政治局集体学习时强调："中央要求领导干部加强学习，根本目的是要提高我们党执政兴国的本领，提高为人民服务的本领，提高不断开创中国特色社会主义事业新局面的本领。"

以胡锦涛为总书记的新一代中央领导集体非常注重通过学习提高执政能力和领导水平。坚持中央政治局集体学习制度成为其重要特征和显著特色。

县委书记是党的执政力量的骨干。县委书记主政一方，岗位重要，责任重大。勤于学习，善于学习，对县委书记来讲，既是普遍性的要求，也是特殊性的要求。随着年龄结构和知识结构的变化，县委书记中涌现出越来越多热爱学习的人。但仍有相当一部分县委书记主动或被动地放松学习，一定程度地存在学习氛围不浓、学风不正的情况。

从当前县委书记的实际情况来看，加强学习对县委书记来说，具有极端重要性和极端迫切性。

说极端重要性和迫切性，就是说，无论多么强调都不过分，无论从哪个方面强调都不过分。在这里，我们仅从两点来说明：

第一，增长新本领的需要。

早在 20 世纪 30 年代，毛泽东同志就指出，在我们的队伍里边有一种恐慌，不是政治恐慌，而是"本领恐慌"。那么，在今天，在新时期、新形势下，我们的领导干部有没有本领恐慌？我们的县委书记有没有本领恐慌？回答应该是肯定的。比如，改革中出现的新现象怎么认识？发展中出现的新问题怎么解决？稳定中出现的新矛盾如何处置？很多时候我们的县委书记并非得心应手。

县委书记的本领恐慌现象并非坏事，也不可怕。形势变化太快，新情况随时出现，谁都不是先知先觉，缺少本领可以增长本领，增长本领才能应对复杂局面。

处在县委书记的岗位上，要增长的本领太多了，要学习的东西也太多了。提高执政能力，需要学习；领导科学发展，需要学习；推进改革进程，需要学习；化解矛盾冲突，需要学习；培养高尚情趣，也需要学习。

县委书记的学习，不要求专才，也不要求全才，但一定要作通才。要在更高层次上融会贯通。要做到学习与实践融通；理论与实际融通；当前与长远融通。要把学到的知识变成解决实际问题的本领，就要在融通上下功夫。

第二，树立软权威的需要。

领导干部不能高高在上。领导干部不能威风八面。但领导干部一定要有权威。特别是作为全县数十万人、全县党员干部、全县县委班子的核心，县委书记如果没有威望或缺少威望，就很难立得稳足、指挥得动。

权威从何而来？

权威来自两方面。其一，权力。权威与权力密不可分。位高权大，权威也自然水涨船高。县委书记处于权力的核心，是全县的"一把手"，在全县人民中，在党员干部中，在县委班子中，权威也往往最高。

权威来自权力。威由权赋。我们将这种由权力所赋予、所规定的权威，称作"硬权威"。

与此相对应，就是"软权威"。软权威主要来自领导干部自身素质、知识水平、人格魅力、高尚情操等。软权威与权力没有必然联系，但能够与权力特别是与核心权力相结合，可以增加软权威的含金量。

县委书记要有权有威，就要在树立软权威上多下点功夫，逐渐增加软权威在整个权威中的比重。把硬权威与软权威结合起来。

试想，一个县委书记既手握重权，又知识渊博、本领高强、情趣高尚，那是多好的一个县委书记呀！那还不是全县人民之福吗！

"学则智，不学则愚；学则治，不学则乱。自古圣贤，盛德大业，未有不由学而成者。"这是明代思想家黄宗羲的至理名言。它应该成为今天县委书记学习的座右铭。

学马列坚定信仰；

学理论提高素养；

学政策把准方向；

学文学培养情操；

学历史知古鉴今；

学科学占据前沿；

学管理团结向上……

（2009 年 2 月《中国县域经济报》）

焦裕禄永远是县委书记的榜样

——谈新形势下怎样当好县委书记

1966 年 2 月 6 日，著名记者穆青等同志的长篇通讯《县委书记的榜样——焦裕禄》在《人民日报》发表。它不仅为我国新闻史留下了光辉灿烂的篇章，也为后人留下了一个不朽的名字——焦裕禄，更为我们党留下了一笔宝贵的精神财富——焦裕禄精神。

当年，一位正在上初一的学生听老师读这篇通讯时，深感震撼。40 多年过去了，今年 4 月 1 日，这位当年的初一学生来到焦裕禄工作并献身的河南省兰考县视察，亲自道出了当年的感受：

"我当时正上初一，政治课张老师念了这篇通讯，我们当时几次都泣不成声，特别是讲到焦裕禄同志肝癌后期坚持工作，拿个棍子顶着肝部，藤椅右边被顶出了一个大窟窿时，我深感震撼。焦裕禄精神对我影响很大。我任福州市委书记时，在焦裕禄同志纪念日，我感慨万千，就填了一首词，有感于纪念焦裕禄。焦裕禄同志是一个很高很高的标杆，虽不可及，但我们要见贤思齐。"

这位当年正上初一、如今在焦裕禄工作过的地方视察的领导同志，就是中共中央政治局常委、中央书记处书记、国家副主席习近平。

据报道，习近平同志在河南调研时专程来到兰考，瞻仰焦裕禄纪念碑，参观焦裕禄事迹展，向焦裕禄陵墓献花篮，并看望焦裕禄同志亲属，与兰考县的干部群众进行座谈。

习近平同志感慨地说："今天我终于如愿以偿来到兰考，实地感受老一代共产党人的崇高风范，我心情很激动、很不平静，很受教育、很受启发，也很受鼓舞，深感在新时期广大党员干部更要加强党性修养，转变工作作风。我们要与时俱进地保持和发展党的先进性，不断适应新形势新任务新命题，探索新途径总结新经验，赋予焦裕禄精神以时代精神、时代内涵，把焦裕禄精神发扬光大。"

习近平同志还说："焦裕禄同志离开我们45年了，但他的崇高精神却跨越时空，历久弥新，无论过去、现在还是将来，都永远是亿万人民心中的一座永不磨灭的丰碑，永远是鼓舞我们艰苦奋斗、执政为民的强大思想动力……永远不会过时。"

习近平同志的这一番讲话，发自肺腑，发人深省。我们每一位县委书记，每一位党的领导干部，都应用心倾听，用心体会，用心反思。

今天的县委书记，大部分45岁左右。他们出生的年代，正是焦裕禄同志带领兰考人民艰苦创业、改天换地的时刻，正是焦裕禄同志为人民过上幸福生活、为兰考改变贫困面貌而牺牲的前后。

作为县委书记，今天的执政环境与焦裕禄时代已有了很大的不同。执政条件好了，执政境界也出现了差距。一些县委书记认为，焦裕禄落伍了，焦裕禄过时了，焦裕禄精神成了执政包袱。

今天，习近平同志视察兰考，就大力弘扬焦裕禄精神发表重要讲话，再一次掀起了人们心底的波澜。

焦裕禄精神过没过时？焦裕禄精神的实质是什么？今天我们如何发扬焦裕禄精神？这是每一个县委书记、每一个党员领导干部必须深思和回答的问题。

从焦裕禄的光辉事迹来看，我们可以从多方面来概括焦裕禄精神，比如，牢记宗旨，心系群众；勤俭节约，艰苦创业；实事求是，调查研究；不怕困难，不惧风险；廉洁奉公，勤政为民；等等。这些精神在新时期不但没有过时，而且大有继承和发扬的必要。

焦裕禄精神的实质是什么呢？一句话，焦裕禄精神的实质，就是"公仆"精神，"公仆"精神是焦裕禄精神的核心和精髓。可以说，焦裕禄的一生，就是实践"公仆"精神的一生。

领导是"公仆"，人民是"主人"，把执政者与老百姓表达为公仆和主人的关系，是人类文明和社会进步的重要标志，也是实践党的宗旨的根本体现。

"人民公仆"这一概念，最早为意大利文艺复兴时期著名诗人但丁提出来的。美国第一任总统华盛顿也说过："在我任职期间，就是把自己视为公仆。"

马克思批判地吸收了前人的文化成果，创立了马克思主义的公仆理论。中国共产党是实践马克思公仆理论的先锋队，无论是领导革命、建设还是改革开放的过程，都始终强调各级领导干部是人民的勤务员，是人民的公仆。毛泽东、邓小平、江泽民、胡锦涛等都先后十分鲜明地强调过这一点。党的各级领导干部特别是县委书记，带头实践公仆精神，在不同时期都涌现出了一批典型。焦裕禄就是他们中的杰出代表。

"心里装着全体人民，唯独没有他自己。"这是焦裕禄公仆精神的生动写照。焦裕禄之所以能够受到老百姓的拥戴，之所以至今仍受到人民的深切怀念，就是因为他在县委书记的岗位上，始终视人民群众为父母，诚心诚意做人民群众的公仆，全心全意为人民群众服务，真正体现了"立党为公、执政为民"的宗旨。

这样的公仆精神，今天能过时吗？如果认为这样的公仆精神过时了，那么，我们党就会离人民群众越来越远，我们就会失去人民群众的拥护和支持，进而我们就会丧失执政的基础，就有亡党的危险。

焦裕禄的公仆精神今天不但没过时，而且发扬焦裕禄的公仆精神对县委书记、对各级领导干部还有很强的针对性。

近年来，一些县委书记抛弃了焦裕禄，抛弃了焦裕禄精神，抛弃了焦裕禄的公仆精神，从而也颠倒了"主人"和"公仆"的关系，甚至走上以权谋私、行贿受贿、买官卖官、违法犯罪的道路，教训是极其深刻的。

焦裕禄是一个标杆，县委书记要见贤思齐；焦裕禄是一面镜子，县委书记要经常照照自己。人民群众需要更多的焦裕禄式的县委书记，人民群众希望县委书记队伍中涌现更多的焦裕禄。

（2009 年 4 月《中国县域经济报》）

城镇化要讲两句话：是动力，也是结果

最近接触到的一些县市领导，无不在大讲城镇化，无不在大干城镇化。而理论界对城镇化的讨论也越来越多，越来越热烈。无论是干的，还是说的，加快推进城镇化建设，已成为普遍的共识，形成了前所未有的热潮和高潮。

城镇化是经济发展的动力，而且是经济发展的持久动力。这个动力的作用表现在多方面，比如，可以有效扩大内需，可以转移富余劳动力，可以逐步解决三农问题，等等。但是，仅有这个认识还是不够的，或者说还是不全面的，当前城镇化过程中一些问题的出现，和我们认识的不够、不全面有直接的关系。

城镇化要讲两句话：是动力，也是结果。"是动力"不用多讲了。所谓"是结果"，就是经济发展到一定阶段、一定程度的结果。相对于前一句话，后一句话我们的确有所忽视。

从整体来看，我国已经进入加速推进城镇化建设的新时期。城镇化不仅可以给经济发展提供充足持续的动力，而且可以说，今后30年的城镇化建设，将决定未来中国几百年甚至上千年的面貌。所以我们要抓好、用好难得的战略机遇期，推进城镇化建设。

但是，真理总是具体的。中国地域广阔，发展条件不同，发展水平差异很大。加速推进城镇化，既不是平均推进城镇化，也不是同步推进城镇化，更不是不顾条件地赶超城镇化，搞城镇化大跃进。

很多县市在制定城镇化战略时，都提出要有超前意识，要考虑到几十年、几百年之后的发展。我觉得，对这样的认识和观点要做具体分析，不能让超前意识变成超越条件，甚至变成超越阶段。否则，我们的子孙后代不但享受不到我们推进城镇化的成果，反而要承受城镇化大跃进的后果。

在地方领导的思想深处，不能光看重城镇化是动力，不能光羡慕城镇化带来的好处，还要看看自身的发展水平和发展条件，是不是到了要求加快推进城镇化的阶段。这个要求是经济发展的内在要求，而不是领导人的内在要求，不是追求政绩的要求。如果还没到这个阶段，宁肯缓一步，慢一点，冷一下。

强调"是结果"，实际上更是在强调，加速推进城镇化，还应该是人民群众要求的结果。经济发展的结果和人民群众要求的结果往往是一致的，吻合的。经济发展到一定程度和阶段，需要城镇化提供发展的新动力和新空间，人民群众也自然需要城镇化改善新生活，适应新期待。而领导的决策、措施，有时与经济发展的结果的吻合度，远不如人民群众的高。历史地看，有时落后群众，有时超越群众，大多数时期是超越群众。

当前要特别强调这样一种观念，城镇化是人民群众要求的结果。搞城镇化为了什么？从根本上还是为了人民群众，为了人民群众更美好的生活。超越群众的要求搞城镇化，是为了城镇化而城镇化，颠倒了城镇化的原因和结果，很容易滑到追求形象工程和政绩工程的轨道上去，引起群众的抵制和不满，影响社会和谐与稳定。那种逼着群众城镇化、赶着群众城镇化、代替群众城镇化的思想和行为，在理论上是站不住脚的，在实践上是有害的。

（2011年3月《中国县域经济报》）

江南才子不书生

——读范敬宜的《总编辑手记》

拿起笔写范敬宜的时候，心中闪过一丝不经意的疑问：范老是领导干部吗？是官吗？我们这个栏目可是读"领导干部写的书"呀！

范老怎么不是官呀！人家当过国家外文出版局的局长，经济日报总编辑，人民日报总编辑，全国人大教科文卫委员会副主任委员。这些职务当中，前两个是副部级，后两个是正部级。官至部级，不仅是领导干部，而且还是党的高级领导干部。

之所以会有不经意的疑问，可能是因为，在我们的心目中，一直没有把范老当作一个"官"。范老去世后，悼念他的诗文铺天盖地。在所有这些文字当中，读来读去，我还是喜欢云杉同志的一首四句诗：生前忧乐身后名，为政为文两从容。满腹诗赋生花笔，江南才子不书生。

原来，范老不仅是领导干部，还应当是一位政治家，是一位把为政为文、政治家和报人结合得最好的典范，所以才有"江南才子不书生"的人生境界。

这种人生境界，从范老的书中不难感觉到。他出的书不多，我看到的除了一本《敬宜随笔》，就是这本《总编辑手记》了。这本书，我在十年前就读过。这次再次读到的，是范老去世后人民日报出版社再次出版的版本。书中有一篇《自序》，很短，写于1997年11月，阐明了出版这本书的背景：范老于1993年9月调到人民日报工作，发现每天值班的老总和总编室负责同志，对值班手记写得很认真。白班对夜班有什么交待，夜班对白班有什么说明，都写在值班手记上。值班手记在报社起到了上下之间、部门之间沟通情况，增强了解的作用。

范老说："我接过这本手记之后，只是在原有基础上，扩充了一些内容。一是增加了对当天报纸内容和版面的评点，包括表扬和批评；二是借题发挥，发表一些对新闻宣传业务的意见；三是对前一阶段的宣传报道作一些小结，对下一阶段的宣传报道做一些布置。"范老还说，他之所以答应出这本书，主要是觉得这也是一个"窗口"，可以让广大新闻界同行和读者，通过这个"窗口"，更多地了解人民日报每天在想些什么、干些什么。

范老在人民日报四年多，基本做到每天坚持写值班手记。收在这本书里的"手记"，累计起来有 40 万字。虽然全书有厚厚的 400 多页，但是每一篇"手记"都极其精短，最长的也不过千字。这些百字短文，涉及的范围十分广泛，内容十分丰富，篇篇都有力量，涵盖了采访、写作、编辑、评论、标题、版面、文字等二十类。

作为范老的同行，"手记"中的大部分篇章我是百看不厌，每每感受很深，收获很大。可以说，它既是新闻同仁做好编辑、总编辑工作的教科书，也是新闻学子入门的导航器。

（2011 年 4 月《中国县域经济报》）

"天价"难买的家国情怀
——读李肇星的《生命无序》

李肇星是世界闻名的外交家，他丰富的知识、幽默的谈吐、纯粹的微笑，在世界各地都给大家留下了深刻的印象。

李肇星忙，忙的都是国家的大事。但是，在繁忙的国家大事之余，他笔耕不辍，接连出版多种书籍，成了一位多产的作家和诗人。

去年获赠一本他写非洲少年儿童的书，书中那天真纯粹的意境让我惊讶和难忘。今年4月12日，又获赠他的新书《生命无序》，让我再次领略了他的一腔家国情怀。

乍看书名，没能理解。粗粗翻阅，才发现，这是一部为别人的书写的序的结集。序的结集出书，也应该有个序，谁来写呢？李肇星自己给自己写了个序，还为这篇序起了个名字叫《序无序》。

他在序中说："2007年离开外交部部长职务后，十几个境内外出版社和许多熟悉的、不熟悉的朋友约我写回忆录，有的还试着以'天价'稿酬吸引我，我都半开玩笑地婉拒：等我老成一点儿再说吧！现在我还太幼稚，许多事拿捏不准……"

一般来讲，一本书的序，不管是什么人写的，它只能起到提示和评价作用，不可能成为书的主体。但是，李肇星将自己多年写的序集成一本书，就体现了一个重大主题，抒发了一种家国情怀。对这一主题和情怀，他是这样解释的："在知识面前我实在渺小，只因学而不厌，自找了一点自豪；在世界面前我微不足道，赢得了些许骄傲。"

也许是出于职业外交家的习惯，李肇星为别人写序，也像做事一样，极其严谨，极其认真，没有丝毫的应付。这一篇一篇的序言，读着读着，你会不知不觉中，觉得不是在读序言，而是在倾听作者的心声，在感受作者的情怀。你会不知不觉中，被作者感染，被作者感动。你会不知不觉中，感受对世界和平的呼唤，对祖国富强的骄傲，对人生美好的歌颂。我想，读这本书，受到一种崇高的家国情怀的熏陶，是每一个读者最大的收获。

同时，我们还要感谢作者的是，作者一下子向我们推荐了近百本书籍，并将它们分成了三大主题："爱祖国""看世界"和"谈学习"。这里，即有《江泽民出访纪实》、阮次山的《与世界领袖对话》、吴建民的《外交与国际关系》、钱其琛的《外交十记》等，也有作者夫人秦小梅的《非洲的回忆》、唐师曾的《我在美国当农民》等，还有为《朗文当代高级英语词典》第四版英汉双解版写的序，等等。

作者说："生命难以有客观的序言。为别人和自己的书写序言，倒是一种较为方便有效的学习方式。"读作者写的这些序言，对读者来讲，难道不恰恰是一种更为方便有效的学习方式吗？

（2011 年 5 月《中国县域经济报》）

干部下乡种地收获啥

小时候有一句话记得很清楚："没吃过猪肉还没见过猪跑吗？"这句强调一个人有见识的俗语深深地打上了困难时期和短缺时代的烙印。现在这句话正好可以反过来用："没见过猪跑还没吃过猪肉吗？"

的确，对今天生活在大城市的青少年来说，没吃过猪肉的不多，但没见过猪跑的还真不少。不仅青少年，就是一些青年干部，对农村、对农业、对农民、对农事，也了解不多。2000多年前，孔老夫子批评高高在上的贵族"四体不勤""五谷不分"，用在今天一些青年干部身上也丝毫不为过。

五谷不分不要紧，但如果日益和劳动、和劳动人民越离越远，就比较可怕了，就是大问题了。所以，最近一个时期，中央领导同志多次强调群众工作问题，各地也都相继推出一些重大举措。其中，尤以重庆市南岸区"万名干部下乡种地"最为引人注目。

据媒体报道，从今年开始，南岸区所有的机关干部，每人每年都要下乡种地，每年下乡种地的时间，累积起来大概在一个月左右。

具体种地的方式有两种，一是干部直接与所结识的"穷亲"联系，租赁"穷亲"1分的土地，每分土地1000元；二是干部委托单位集体承包一块地，再按每人一分地租赁给干部，费用标准依就是1000元，费用由干部自己出。

据南岸区组织部负责同志介绍，"这是一项硬性规定"，要纳入干部的年终考核。为了不耽误正常工作，干部种地时间大多选择在周末，累计时间要有一个月。

农民种地，问的是收成。干部种地，要的是收获。农民种地是职业，不种地就无以生存。干部种地是副业，不种地不会有什么影响。万名干部下乡种地，不是一件小事，不是一个小活动。种地虽也有收成，但最大的目的肯定不在于此。虽然此举遭议一些不同的看法，但是在此，我要投一赞成票。不仅如此，对所有加强和改善与群众联系的举措，我都投赞成票。

当然，肯定完之后，我还有话要说，否则，心里也不踏实。

第一，站在群众立场比站在农民地头更重要。

干部来自群众，本应是群众一分子。干部工作的全部，归根到底就是为群众服好务。没有这样的群众立场，仅靠"推"和"逼"是不能奏效的。立场要靠约束，更来自高度的政治自觉。

第二，建立感情联系比下乡种地更重要。

感情太重要了，无论是工作还是与人联系，有没有感情效果会大不一样。如果我们带着感情做群众工作，我们就会处处为群众着想。如果我们与群众没有感情，就是下到了地里，那也只是一种"农业娱乐"。

第三，探索更多、更有效的群众工作方法。新时期如何加强与人民群众的联系，探索更多、更有效的领导干部"接地气"的方法，是创新社会管理的重要内容。南岸区的做法是一种，其他地方还有没有更好的做法呢？

（2011 年 5 月《中国县域经济报》）

县委书记升地级市长的启示

最近,江苏昆山市委书记张国华经过省委全委会票决、公示,将接任南通市市长职务。此事并未引起过多议论,但是我觉得,确有议一议的必要。

江苏省委组织部领导在南通市干部大会上讲,张国华是南通市市长的合适人选。这样的说法千篇一律,但是在张国华身上,却又意义非凡。

地方干部有大家看得见、摸得着的升迁路线图。从县委书记(昆山为县级市)到地级市市长,既符合常规,又超越常规。说符合常规,是因为张国华是副厅级的县委书记,升任正厅级的市长,就是提了半格。说超越常规,是因为放眼全国,这样升半格的,极其罕见。

张国华1964年11月出生,经历比较简单,到昆山之前,一直在苏州市团市委和市政府工作。他是2003年1月正式成为昆山市市长的。2005年12月,他以市长的身份兼任了昆山经济开发区管委会主任一职。在这个职务的后面加了一个括号——副厅级。2006年6月他任昆山市委书记的时候,转而兼任了昆山经济技术开发区党工委书记,在这个职务后面仍然是带括号的副厅级,由此可见,张国华的副厅级,主要是因为兼任昆山经济技术开发区职务获得的。

张国华升迁,昆山是最重要的台阶,也是最坚实的台阶。

与"张国华"三个字相比,"昆山"两个字肯定更响亮。2010年,昆山地区生产总值达到2100亿元,成为全国首个进入"2000亿俱乐部"的县级市,其经济总量甚至超过了西部的一个省。昆山的经济成就,有张国华的一份付出。昆山也给予了张国华一个热烈的回报。

从县委书记到地级市市长,张国华的升迁,我查了一下网络,没有太多的议论。没有议论也就意味着没有负面议论,没有负面议论也就意味着大家认可、服气。

随着强县扩权,很多省份也都进行了强县高配,目前全国已有一批副厅级的县委书记。张国华的升迁，一定会让他们心里羡慕，但也一定会让他们眼睛一亮。要想升迁，不能只想当官，首要的和关键的是要做出成绩。而做出了成绩，群众会拥护，组织会考虑。这是县委书记升地级市长带给我们的第一个启示。

第二，对做出成绩、群众拥护、组织满意的干部，在提拔和使用上，还是可以超越一点"常规"的。本来，副厅级县委书记到地级市当个副市长就算重用了，如果再给个常委就算提拔了，如果任个副书记就算提拔重用了，直接当市长就是超越常规了。

第三，江苏有个南北问题，全国有个东西问题。县委书记升地级市长，既有提拔重用张国华的考虑，也有南北干部交流的考虑。这种模式可推而广之，将更多的东部发达地区县市一级干部提拔交流到西部去，这应该是对西部发展最大的促进。

（2011 年 5 月《中国县域经济报》）

宁津"双薪双管"折射县域人才饥渴

连日来，山东省德州市宁津县的一个做法成为网络热议的重点，这一在吸引人才方面的创新政策被概括为"双薪双管"，具体说就是：企业用人，事业编制，双份工薪。

这项政策出台后，宁津吸引了许多省内外大学生的目光和脚步。

据报道，该项政策始于 2010 年。当年 3 月 24 日，宁津县新任县委书记孙起生到任 3 周后，县政府发布第 10 号文件《关于为县内重点企业引进特需专业本科以上毕业生的意见》，首次提出了"双薪双管"。

所谓"双管"，是指对所引进的在企业工作毕业生，人事关系落在县直机关事业单位，纳入事业编制。人才安置、考核等由组织人事部门负责，工作和生活由用人企业负责。

所谓"双薪"，是指人才除享受企业工资报酬外，每月还享受财政发放的事业人员工资。毕业生在企业服务期限为 5 年，期满后可以安排到县乡机关事业单位。

"双薪双管"政策产生了良好效果。宁津县去年计划引进大学毕业生 30 人，实际引进 165 人。毕业生绝大多数进入该县民营企业。

这项政策吸引大学生的主要是两点：一是较高的收入，双薪加在一起，每月达三四千元，这在一般的县城里收入算高的。二是事业编制的身份，这一点更重要，让大学毕业生没有了后顾之忧。

我的理解，宁津的做法是无奈之下逼出来的，也是创新之中创出来的，前者体现了县域经济发展的人才困境，后者体现了宁津县领导的勇于担当。

作为中国经济巨人之腰，县域经济虽然很粗，但还不壮，虽然很大，但还不强。不壮不强的制约因素有很多，但最关键的还是人才因素的制约。县域经济要想成为转型发展的主阵地，要想成为经济发展的小高地，必须成为人才的聚集地。

现在的问题是，一方面大学生分配难、就业难，一方面2000多个县市引人难、留人难。大学生分配难、就业难，好像我们已经是一个人才大国。县市引人难、留人难，好像我们又存在严重的人才供给不足。解决这一矛盾的关键是什么？那就是开辟通道，"人才下流"；创造条件，"下留人才"。如果2000多个县市都能成为吸引大学生、吸引人才的宝地，我们就会发现，大学生就业难，其实是一个假象，是一个伪命题。

县域对人才的饥渴是普遍存在的。作为县市领导，与其抱怨人才不足，不如创造条件吸引人才。在这一方面，宁津县开了个好头，也创造了新经验。不管面对什么样的议论，都不能动摇，都应该坚持。坚持才能完善，坚持才有成效，坚持才是改革。

（2011年5月《中国县域经济报》）

"方便市长"的启示

"方便"这个词，不用多解释，大家都能理解。它的基本意思就是便利，或者使人便利，或者给人带来便利。

别以为方便是小事，方便其实是大事。所以，当我看到一位新任市长把"方便"作为城市建设的首要目标时，我的眼睛的确一亮。

这位市长就是新任山西省晋城市市长王清宪。

王清宪做过中央媒体的总编辑、省政府研究室主任、省委宣传部常务副部长、省政府秘书长，是一位博士，而且是一位哲学博士。在《政府工作报告》中，他完全可以讲得更有高度，谈得更有深度，不料，他却把"方便"这样一个很大众化、很口语化的要求作为建设幸福之城的首要目标，作为政府工作的重要内容，作为新任市长抓工作的重要抓手，这的确有点出乎人的意料。

当选市长后，面对一些记者的提问，王清宪做了如下解释：为什么提出"方便"这个概念呢？我认为在城市建设方面，"方便"是一个很高的要求。城市为人服务还是人为城市服务呢？是让管理者更方便还是让市民更方便？这是一个城市规划建设与管理的理念问题。1994 年，我曾经到加拿大的蒙特利尔市考察，蒙特利尔和沈阳市位于一个纬度，冬季很长，雪也下得很大，铲雪成为这个城市每年冬天都要遇到的问题，也给居民生活带来很大不便。但蒙特利尔市的地铁非常发达，较大的居民小区的地下都有地铁线路经过，一旦下雪不便出行的时候，居民可以通过地铁到达工作地点，并且地铁内各种服务设施齐全，可在地铁里完成在地面生活所有的活动，比如购物、休闲、娱乐、交际等等。大家想，如果地铁能发达到这样的程度，需要多大的成本啊！然而，蒙特利尔市的一位中国事务官员和我讲，很多城市往往是从方便城市管理的角度去想问题，但我们要从方便居民的角度去想问题，去搞城市建设。这一句话让我非常深刻地体会到，"方便"是一个城市综合功能的体现。方便就是让你不知不觉中感受到城市的文明和便利，包括吃、穿、住、行，教育、就业、医疗等等。方便就是感觉不到不便，这对一个城市而言是很高的要求。从这一点讲，方便是城市规划建设上一个非常人本的理念。

一个市长，把方便作为城市建设的目标和理念，乃至作为自己执政的目标和理念，究竟给我带来了什么启示：

第一，说群众听得懂的话。

无论在哪个层次上，执政者总要讲话和说话，或发表"施政纲领"，或与百姓即兴交谈，但是怎么说，说什么，现在却成了一个问题。有的领导长篇大论，慷慨激昂，群众听了却不得要领，没听明白。"方便市长"的方便之说，群众一听就懂，一听就感到亲切，一听就拉近了距离。

第二，说群众能够切身体会到的话。

有的领导讲话，很高很深，高得群众够不着，深得群众看不见。语言很美，无法体会；观念很新，无法感受。总之，群众就是觉得飘飘忽忽，离自己似近又远。而生活在一个城市、一个地方，方不方便，群众一睁眼就能感觉得到。不方便，就是你市长的工作没做好，没做到位，或者工作还有缺陷。这种感受太直接了。所以，把方便作为工作目标，是需要相当的勇气、智慧和担当的。

第三，站在群众的立场上说话。

"方便市长"讲的方便，究竟是方便谁呢？显然，方便是让市民方便，方便是让群众方便。"方便市长"说"方便"，是站在群众立场讲的。只有站到群众的立场，才能感觉到群众还有不方便的地方，才会把方便群众作为政府的目标。有了"方便市长"，群众就会感觉到越来越方便；"方便市长"多了，就会有越来越多的群众感觉不到不方便。

幸福之城也好，魅力之城也好，宜居之城也好，温馨之城也好，开放之城也好，现代之城也好，归根结底，都应该是让居民、让市民、让老百姓感觉到方便的城市，归根结底，都应该是让人感觉不到不方便的城市。

（2011 年 6 月《中国县域经济报》）

老县委书记的"远虑"提醒我们什么？

《中国县域经济报》为庆祝建党 90 周年，开了一个栏目，叫"追寻新中国第一任县委书记"。通过记者的追寻、采访，新中国第一任县委书记这个特殊的群体，活灵活现地走进了今天记者的视野。

这个栏目开办以来，每一篇文章我都看得非常认真，其中，第 18 篇介绍的向旭给我留下的印象最为深刻。

向旭是追踪到的为数不多的仍健在的新中国第一任县委书记。他 1920 年出生，革命经历十分丰富。新中国成立时，他任的是山东省禹城县（今禹城市）县委书记。引起我关注和深思的并不是老人的革命经历和贡献，而是老人在记者结束采访时的题词，他只写了两个大字："远虑"。

老人接受采访的时间是 6 月 27 日，也就是说，再过三天，就是党的 90 岁生日。

从报道中得知，这位比党还早出生一年的新中国第一任县委书记，晚年身体非常好，头脑非常清楚，对当前存在的问题认识也非常准确。2009 年，他在山东一些地方走访时，还郑重地提出建议：要把干部队伍管好、带好，要少出丑事，最好不出。腐败的问题不解决，让老百姓拥护共产党是很难的。

因此，向旭老人能够写出"远虑"两个大字，一点都不会让人觉得意外。在庆祝建党 90 周年之际，在大唱高唱红色歌曲的激昂声中，一位与党同龄的老党员的提醒让我们觉得更加弥足珍贵。

这样的"提醒"不仅来自向旭这样的老党员，也来自共产党的总书记。7 月 1 日，庆祝中国共产党成立 90 周年大会在京隆重举行，胡锦涛总书记发表重要讲话，其中有一段给我的印象特别深刻：

全党必须清醒地看到，在世情、国情、党情发生深刻变化的新形势下，提高党的领导水平和执政水平、提高拒腐防变和抵御风险能力，加强党的执政能力建设和先进性建设，面临许多前所未有的新情况新问题新挑战，执政考验、改革开放考验、市场经济考验、外部环境考验是长期的、复杂的、严峻的。精神懈怠的危险，能力不足的危险，脱离群众的危险，消极腐败的危险，更加尖锐地摆在全党面前，落实党要管党、从严治党的任务比以往任何时候都更为繁重、更为紧迫。

当前，全党8000多万党员都在认真学习总书记的讲话，相信他们也会牢牢记住总书记告诫的"四个考验"和"四个危险"。

（2011 年 7 月《中国县域经济报》）

深刻理解稳中求进 努力推动稳进发展

前不久闭幕的中央经济工作会议，科学总结了 2011 年的经济工作，深入分析了当前国内外经济形势，全面部署了 2012 年的经济工作，提出了 2012 年经济工作的总体要求和主要任务，特别是明确了今年经济工作的总基调，即稳中求进。深刻理解、准确把握、科学实践、稳中求进，是做好今年经济工作的重要保障。

（一）

"稳"字的写法创造地体现了我们老祖宗的智慧，"稳"字当中有个"急"。急什么呢？急的是"禾"，就是粮食。有了粮食，百姓就安定了，就会稳定了，天下就太平了。今天所说的手中有粮心中不慌，也是这个意思。所以，粮食丰收，至今也是宏观经济稳定的基础。

总基调中"稳"的内容，中央经济工作会议讲了四条，就是保持宏观经济政策基本稳定，保持经济平稳较快发展，保持物价总水平基本稳定，保持社会大局稳定。这四条中，第一、第三、第四都是"保持稳定"，唯有第二条，是"保持经济平稳较快发展"，这一条在会议公报中被概括为"稳增长"。仔细分析这句话当中的"稳"，和另外三条"保持稳定"中的"稳"，含义是不一样的，是有区别的。把握这种区别，是我们完整准确理解中央经济工作会议精神很关键的一点。第一，"稳增长"的核心词是"增长"，因此，较快发展依然是我们追求的目标。第二，这种增长和较快发展不能带来问题，特别是不能引发社会问题。第三，增长和较快发展要在科学发展的轨道上前行，不能脱轨、出轨。第四，在增长和较快发展中，要求我们既不能太快，也不能太慢，既不能太热，也不能太冷，更要防止忽冷忽热，大起大落，要保持快慢平衡、冷热均衡、进退有度、运行有序。总之，无论是"稳增长"中的"稳"，还是"稳中求进"中的"稳",都不是停滞不前的稳。稳有方向,稳有目标,稳有目的,稳的目的就是进。

(二)

稳中求进,什么是进?进的内容是什么?对此,中央经济工作会议也讲得很清楚,"就是要继续抓住和用好我国发展的重要战略机遇期,在转变经济发展方式上取得新进展,在深化改革开放上取得新突破,在改善民生上取得新成效。"也是四句话,但与"稳"的四句话不同,"进"的四句话不是完全并列的关系,而是有一个"帽儿",这个"帽儿"就是"继续抓住用好我国发展的重要战略机遇期"。这个"帽儿"是进的前提,进的基础,进的国内外背景,进的信心所在。同时也体现了进的紧迫感、责任感和使命感。这四句话还体现了一种思想,就是要抓住时机,办好我们自己的事情。

(三)

由美国引发的国际金融危机,打乱了全球经济的运行节奏和秩序。我国也深受影响。如今,这场危机依然没有过去,且出现了一些新的变数。在这种背景下,如何认识中央提出的"战略机遇期"的战略思维,是一个重要且紧迫的问题。第一,国际金融危机不但没有使我们失去战略机遇期,反而给我们提供了新的机会和机遇。第二,国际金融危机进一步增强了我们抓住机会、机遇和战略机遇期的紧迫感。第三,在应对危机中,不管别人说什么,我们都必须立足国内,坚持优先办好我们自己的事情,这一点不能动摇。

(四)

前瞻今年的经济形势,可以用两个"依然"来概括。从国际看,世界经济市场低迷、增速回落、复苏乏力的趋势依然持续。从国内看,我国经济发展中不平衡、不协调、不可持续的矛盾依然突出。

自金融危机爆发到现在,世界经济可以说是一波三折,让很多人至少有三个"没想到":一是没想到影响这么深,波及这么广;二是没想到持续时间这么长;三是没想到引发欧洲国家主权债务危机及北非、中东国家的政治危机。目前来看这场危机到没到底、还会持续多久、还将引发什么新的风险等问题依然很难给出明确的答案，世界经济新一年的走势依然不甚明朗，我们迎来的新的一年的国际环境依然充满变数和不确定性。我们要在不确定性中牢牢把握"确定性"，及时发现经济变化中趋势性的苗头和苗头性的趋势。不管有多少不确定性，但是有一点是可以确定的，伴随着金融危机的深入和发展，世界经济将进入一个低迷期，将进入一个"冷增长"的时代，增长动力将明显减弱，世界经济将要迎接重塑增长动力的挑战。同时，我们还必须注意到，美国经济已经出现一些复苏的苗头，这些苗头能否演变为趋势，将对世界经济产生什么样的影响，其中又蕴藏着什么样的因果律，必须引起我们的高度重视和认真研究。

（五）

今年经济工作面临的形势，可用"四句话"来概括：有利条件很多，不利因素不少，稳定增长希望很大，潜在运行风险不小。从整体上看，有两个趋势已经确定，需要我们形成共识、认真把握：一是经济增长速度由高速逐步向中速转变，并最终在中速增长水平上维持相当一个时期。二是结构性通胀将持续存在，那种高增长、低通胀的"黄金期"可能很难再有了，因此，一定程度上要提高对通胀的容忍度。

速度低一点，物价高一点，这种"对冲"所带来的矛盾和问题如何解决呢？就是要通过调整和优化经济结构来解决。调整和优化经济结构可以减少速度低一点、物价高一点的负面效应，所以，我们必须处理好速度、结构、物价三者之间的关系，把调整和优化结构作为宏观调整的重要目标，作为转变经济发展方式的重要任务，也作为稳中求进的重要内容。

（六）

稳中求进，是互为条件，不是互不相干；是相辅相成，不是互相对立；是辩证统一，不是互相代替。稳和进，是既要稳，也要进，稳是进中之稳，进是稳中之进。不稳，就难进，不进，就更难稳。把握稳中求进，就是要推动稳进发展。

稳中求进，才能防止经济增速大幅下滑；稳中求进，才能遏制物价迅速反弹；稳中求进，才能化解经济潜在风险；稳中求进，才能抓住和用好战略机遇期；稳中求进，才能抢占全球经济发展新的制高点。

（七）

深刻理解稳中求进，是做好明年经济工作的重要基础；准确把握稳中求进，是实现明年经济工作目标的重要前提。对明年经济工作来讲，稳中求进既是一种要求，也是一种目标，还是各项具体任务的根本体现。

能不能做到稳中求进，关键是能不能把中央经济工作会议的具体部署贯彻到底，落到实处。而能不能做到这一点，又取决于我们究竟树立什么样的发展观念。有什么样的发展观念，就会有什么样的发展行动和发展实践。

（八）

实现稳中求进，要树立统筹观念。

所谓统筹，说简单也简单，说复杂也复杂。说简单，就是统一筹划的意思，说复杂，它包含了预测、计划、实施、指挥、掌控等五个步骤。越是在复杂的工作面前，统筹的方法就越起作用，越是在复杂的形势面前，统筹的观念就越重要、越迫切。

明年的国内国际经济形势仍可用"复杂"来概括。从国内看，经济增长下行压力和物价上涨压力并存，部分企业生产经营困难，节能减排形势严峻，经济金融领域存在一些不可忽视的潜在风险。从世界看，世界经济增长放缓，国际贸易增速回落，贸易保护抬头，碳排放争论不休，金融市场依然动荡，经济复苏的不稳定性、不确定性上升。

在分析明年面临的复杂的国内外经济形势之后，中央经济工作会议提出，要更加注重统筹国内国际两个大局，加强战略谋划，增强应对能力，扬长避短，趋利避害。统筹好两个大局、两个市场，做好明年经济工作，就有了扎实的基础。

（九）

实现稳中求进，要树立辩证观念。

所谓辩证观念，就是全面的观念，就是看问题的眼光要全面。中医"望闻问切"的诊病方法，就是辩证的方法。如果只是"望"或四种方法中的其他任何一种，就不是辩证的方法。在马克思和恩格斯那里，辩证观念上升为一种哲学思考的思维方式，这就是马克思主义辩证法，它与唯物主义共同构成了无产阶级的世界观和方法论，构成了马克思主义哲学的理论基础。

辩证观念，要求我们用全面的、联系的观念看问题，因此事物互相联系的各个方面都不是割裂的、非此即彼的。我们说明年的经济形势复杂，是因为面对更多的"两难"甚至"三难"的矛盾。比如，既要力避经济增速下滑过大、又要遏制物价上涨过快的矛盾。比如，既要保持经济平稳较快发展、又要调整经济结构、还要管好通胀预期的矛盾。比如，既要稳、又要进的矛盾，等等。把握和解决这些矛盾，使整个经济运行朝着我们预期的方向发展，迫切需要树立和强化辩证观念。

（十）

实现稳中求进，要树立战略观念。

如果说统筹是着眼于各种矛盾以及矛盾的主要方面和次要方面，辩证是把握主要矛盾和矛盾的主要方面，那战略则是着眼于变化和转化，着眼于主要矛盾的变化，着眼于矛盾双方的转化。所谓战略眼光，就是要有长远眼光。在经济工作中树立战略观念，就是要从当前经济矛盾中，看到未来的新趋势，善于发现新趋势的萌芽，从而牢牢把握事物发展的方向，在未来国际竞争中，赢得主动权，占上制高点。

世界经济发展历史证明，每一次重大危机都会带来新的技术变革，都会形成新的产业形态，都会迎来新的竞争格局。在当前应对国际金融危机中，我们既要看到困难和挑战，也要看到机遇和希望，更要树立战略观念，谋划长远发展。我们不能满足于应对危机，也不能满足于渡过危机。我们在这场世界性的危机挑战面前最终是不是一个胜利者，取决于我们在这场危机过后，在世界经济新的竞争格局中，是不是获得了新的发展动力，是不是掌握了新的发展技术，是不是确定了新的发展方位，是不是赢得了新的发展先机。如果危机过去了，我们在世界经济发展中更落后了，那就是彻头彻尾的失败者。

人类没有过不去的"坎儿"。在危机面前，我们不能仅仅看到人家的困难，更不能过早地预言人家的失败，还要看到人家在危机中显现出来的复苏的能力和趋势，增强机遇意识，树立战略观念，加强创新力度，加大变革步伐，加快改革进程。我们要像跳绳那样，时刻准备起跳，在绳子着地、也就是最低点的时候，恰恰就是我们起跳的最佳机会。我们现在就面临着这样的机会！

（2012 年 1 月《中国经济时报》）

中国需要建设一批一流智库

（一）

在大国崛起的过程中，始终有一个隐形的影子相伴左右；在强国纵横世界的征程中，始终有一种角色发挥重要作用。

它就是——智库！

智库，英文为 ThinkTank，又称思想库。

改革开放，国门和思想之门洞开，智库，带着某些神秘的魅力，款款而来，被越来越多的人所认识、所接受。

于是，智库之角色以及其角色所体现的价值、所发挥的作用，也被越来越多的人所熟知，甚至耳熟能详。

朝鲜战争爆发前夕，一家公司提供了一份报告，开宗明义：中国将出兵朝鲜。这一句话就是结论。对这一结论的说明，足够出一本书。

这一句话的结论价格不菲，制作者要价 500 万美金。它出售的对象，唯一的买家，是美国政府。

然而，美国政府及其军方不相信这一结论，因而它根本不值 500 万美金，甚至一文不值。所以政府给出的回答是：不买！

不幸，战争证明了报告的结论，也证明了报告的价值，更让生产这一结论的公司在美国和全世界声名鹊起，这就是今天世界上最有名的智库——兰德公司。

此后的兰德，已经变成了美国政府离不开的"智囊"和"外脑"。越南战争、海湾战争、伊拉克战争、核战略、"冷战"思维、"星球大战计划"等等，政治军事、内政外交无不深深印上兰德"把握"的痕迹。

与兰德同时被我们所熟知的智库还有：美国布鲁金斯学会、美国传统基金会……

（二）

不错，今天的知名智库主要来自美国。

同时，美国也是世界上智库最多的国家。

美国宾夕法尼亚大学有一个专门研究世界智库的机构。2009年，它发布了一个《全球智库报告》，统计称全球共有6305家智库，分布在169个国家，其中北美洲最多，有1912家，占30%。欧洲也不少，有1750家，占28%。亚洲也有1183家，占19%。

其中，北美洲1912家中，美国就占了1815家。美国首都华盛顿是世界上智库最密集的城市，共有393家。

智库的研究者们同总统及其领导的政府团队近距离地一同工作，并不断地把自己的工作成果输送给政府和传播给公众，渴望影响决策、影响美国、影响世界。

美国还是产生智库最早的国家。

兰德最有名。布鲁金斯学会是多年来全球排名第一的智库。它也是美国历史最悠久的智库。

1916年，罗伯特·布鲁金斯创建了美国历史上第一个私立的公共政策研究机构：政府研究学院。1922年，学院成立经济研究所。1924年，学院成立研究生院。1927年，三合一，统称为布鲁金斯学会。

（三）

智库一词，容易解释，却不容易定义。

有人认为，智库是对社会政策、政治策略、经济或科技问题、工业或商业政策以及军事建议等进行研究或鼓吹的某个组织、机构、公司、团体和个人。

有人认为，智库是一种稳定的、相对独立的政策研究机构，其研究人员运用科学的研究方法对广泛的政策问题进行跨学科的研究，在与政府、企业及大众密切相关的政策问题上提出咨询。

有人认为，智库就是指独立的、不以利益为基础的非盈利政治组织，他们提供专业知识和建议，并以此获得支持和影响决策过程。

还有人认为，智库是指非盈利的公共政策研究产业。

陷于概念，无助于我们对智库的认识。而某些比喻反而会成为我们理解智库的智慧之灯：

——"外脑"。有脑就能思考，有思考就能产生思想。外脑就是独立于政策和决策者之外的大脑。这个大脑及其思考，对政府和决策者同样很重要。

——"第五权力中心"。在西方，有人将媒体称之为继立法、行政、司法之外的第四权力中心。又有人将智库称之为继立法、行政、司法、媒体之外的第五权力中心。

——"旋转门"。智库贡献的不仅是思想和对策，还有治国理政人才。在美国，这样的现象很普遍：研究人员随着换届选举加入新政府，而政府人员卸任后也多有进入智库的。

——"第二轨道"。第二轨道比喻的就是智库外交。它相对于国家政府及官方外交而言，可以起到官方外交起不到的作用。

（四）

智库为什么会产生？

智库产生于需要，产生于历史的需要、时代的需要。

20世纪上半叶，是公认的智库产生和发展的时期。两次世界大战，让世界沐浴一片火海，人类陷入空前的悲观与恐惧之中。

前所未有的经济大萧条，让整个资本主义世界深陷危机，感到末日来临。资本家和社会精英要寻找出路，也要帮助政府寻找出路。

面对日益复杂的国内局势，疲于应付的政府更需要精英们的支持，这种支持不是金钱和武器，而是思想和对策。

1910年，安德鲁·卡内基创办卡内基国际和平基金会。

1919年，美国前总统赫伯特·胡佛创办胡佛研究所。

1921年，成立外交关系委员会。

1927年，成立布鲁金斯学会。

1943年，成立美国企业研究所。

1948年，成立兰德公司。

是的，智库产生于需要。什么时候需要智库？就是国内外出现危机的时候。危机，是智库产生的时机。

不管智库产生的具体条件是什么，与它们密切相关甚至性命攸关的，从根本上说，是国家利益。

（五）

智慧是智库的基础。

中华民族是一个从来不缺少智慧的民族。

中华文化，源远流长。虽然没有"智库"或"思想库"的说法，更没有现代意义上的智库机构，但是我们从谋略文化中，从幕僚机构中，隐隐约约总能看到智库的雏形、智库的萌芽、智库的影子。

他们有很多称呼：幕僚、门客、谋士、军师、师爷等。

他们有很多代表：杨修、诸葛亮、刘伯温、范文程等。

他们往往以个人名义协助英君明主，开江拓土，建功立业。

三个臭皮匠顶个诸葛亮。"诸葛亮"就是谋士。三个"臭皮匠"就是智库。

事实上，封建社会中后期，中国已经出现了类似于国家智库的机构。比如，唐朝翰林院。比如，明清幕府组织。

（六）

智库，或者思想库，早已为中国共产党的执政团队所认识。前不久闭幕的党的十七届六中全会明确提出："建设一批具有专业知识的思想库"。

这是一个重大任务，也是一个重要目标，还是一次难得机遇。

此前，党的十七大报告中也明确提出："繁荣发展哲学社会科学，推进学科体系、学术观点、科研方法创新，鼓励哲学社会科学界发挥思想库作用。"

再此前，2004年1月，《中共中央关于进一步繁荣发展哲学社会科学的意见》提出：要使哲学社会科学界成为党和政府工作的"思想库"和"智囊团"。这是党的历史上首次提出"思想库"。

国家智库，是一个国家的智商，早已成为国家"软实力"的重要组成部分。

同时，拥有一批一流智库，也已成为国家"软实力"强大的象征。

我们已经吹响了文化大发展大繁荣的号角，掀起文化大发展大繁荣崭新的一页，踏上文化自觉、文化自信、文化自强的复兴之路。

文化强国需要一流智库。在建设文化强国的过程中，也必将促进一批一流智库的崛起。

事实上，中国智库在世界舞台上已小有亮相。它一亮相，便吸引了世界的目光。

2009 年 7 月，首次全球智库峰会在北京举行。

现代智库诞生百年，首次峰会开在中国，意义非凡。

顶级智库、跨国公司，政府政要、诺奖得主，齐刷刷的阵容，响当当的亮相。

特别是，中国一批智库走上前台，走上世界舞台，与世界顶级智库"华山论剑"，指点江山，激扬世界。

这次亮相，让中国智库走向世界，也让智库走向社会，走向公众，走向民间。

接受检验，迎接挑战，在所难免！

（七）

在比较中，看到实力。在比较中，看到差距。在比较中，看到希望。

承认差距是缩小差距的前提。

与世界一流智库相比，我们究竟差在哪儿？

——创新力。

创新是一个民族不竭的动力，对于智库来讲，创新力就是生产力，就是生命力，就是全世界都能听得见的最强劲的脉动。

创新力既表现为思想和观念的创新，也表现为战略和对策的创新，还表现为不断推动创新能力建设的体制和机制的创新。

智库有了创新力才会有思想力，才会源源不断地产生新的思想、新的观念、新的智慧、新的战略，才会影响一国之发展、人类之进步、世界之格局。

创新力不够，是我们与世界一流智库最明显的差距。提升创新力，是我们建设一流智库的重要途径。

——影响力。

智库既是生产新思想的车间和企业，更是营销新思想的市场和媒介。

如果不注重营销思想，再新的思想、再好的对策也只是堆在仓库里的"半成品"。一个智库只注重生产，不注重营销，它就没有影响力。

一个没有影响力的智库，就没有存在的价值。

所以，对智库来讲，生产和营销是"一"和"九"的关系。一分的生产，九分的营销，才能产生十分的影响。

影响力不够，是我们与世界一流智库又一个明显的差距。提升影响力，是我们建设世界一流智库的又一个重要途径。

——品牌力。

品牌是一个国家的名片。品牌的力量，不亚于飞机导弹，不亚于千万军队。

智库，就是一个国家的思想品牌。

一个智库的品牌力，决定了智库思想的高度，也决定了智库思想的长度，更决定了智库思想的影响力和影响度。

人们相信你、接受你，甚至崇拜你，是相信你品牌转化的权威，是接受你品牌转化的公信，是崇拜你品牌转化的魅力。

一个没有品牌力的智库和一个有品牌力的智库相比，就像一个士兵站在将军面前，即使想法完全一样，自然也会矮半截。

品牌力不够，是我们与世界一流智库又一个明显的差距。提升品牌力，是我们建设一流智库的又一个重要途径。

（八）

有差距才有希望，有差距就有希望。

我们已经提出了建设一流智库的目标，我们完全有条件、有能力实现建设一流智库的目标！

国家智库！

世界一流！

全球定位！

中国特色！

我们要建设的一流智库是国家智库。

我们要建设的一流智库是世界一流。

我们要建设的一流智库是全球定位。

我们要建设的一流智库是中国特色。

国家智库要求以国家利益至上，要求为国家战略服务，要求为和平发展、民族复兴、实现现代化强国而承担应有的担当。

世界一流要求站在国家立场，要求与中国国家地位相适应，要求不断提高以创新力为核心的竞争力，逐步缩小与世界顶级智库的差距，逐步扩大对世界主流价值观的影响力。

全球定位要求我们有全球视野，有全球思维，要求我们以全球的经度和纬度为坐标，对影响全球的大事、难题、焦点、趋势，发出我们影响全球政要的声音。

中国特色要求我们对世界顶级智库，只能借鉴其经验，不能重复其老路。

中国的世界一流智库，是中国特色社会主义的组成部分，也是中国特色社会主义建设的重要支撑。中国特色越明显，世界影响越显著，世界一流的目标就越清晰。

（九）

建设一流智库，要改变"三重三轻"的倾向。

——重研究，轻推介。

我们的智库，是重视研究的智库，也是可以产生并且已经产生了一批一流智库成果的智库。

在智库建设的指导思想上，强调研究，重视研究，轻视推介，轻视传播的倾向十分严重。

而世界一流智库成功的经验表明，这两者同样重要。

因此，我们要建设一流智库，要补足推介这个"短腿"，要把推介人才建设作为建设一流智库的重要内容，要像重视培养研究型人才那样重视培养推介型人才。

——重影响上层，轻影响公众。

一个成功智库的影响力出自两方面，一是影响上层，二是影响公众。

影响上层可以形成决策、形成政策，进而通过政策的实施产生更大的效应，体现更大的价值。这是目前智库追求的一个重要目标。

在民主、开放的社会，对公众的影响同样应该成为智库追求的价值所在。

对公众的影响可以减少决策的障碍，增强对政策的理解，进而发挥政策的最佳效应。

所以，政策解读应该成为智库建设的重要职能。

一流智库建设要把影响上层和影响公众结合起来，要发挥"吸铁石"和"黏合剂"的作用，使二者的立场向同一个方向发展，使理解的差距不断缩小，充分发挥智库"匡正"取向度的作用。

——重政策和对策，轻战略和理念。

作为智库，面对国内外危机和困境，提不出应对之策，或者提出的应对之策不被决策者重视和采纳，不能算一个成功的智库。

在国家崛起、民族复兴的征程中，作为智库，提不出影响全局的战略和影响深远的价值理念，也很难称得上一流智库。

政策和对策研究体现智库的价值，战略研究更能体现智库的价值。政策和对策研究讲究的是可操作性和可行性，战略研究讲究的是前瞻性和预见性。

智库的创新力不仅表现在适时提出政策，也不仅表现在在某个时期能够提出战略性政策，还应该表现在能够提出体现一个民族和社会核心价值的理念。

价值的影响是全局和全面的，也是深刻和深远的。

（十）

从智库崛起和发展的历程来看，危机时需要智库，挑战时需要智库，抉择时需要智库，决策时需要智库，不知如何抉择、如何决策时，更需要智库。

当今，我们已经进入到一个更需要智库的时代。

在经济危机尚不见底的大背景下，我们不知道"1 + 1"等于几。"1 + 1"在算错的情况下等于 3，"1 + 1"在算对的情况下也可能等于 3。

一项经济政策的出台，可能会解决一个问题，却也可能引发出两个问题。

一项经济政策出台的时机不适当，就可能使原有的问题更严重，更难以解决和把握。

抉择和决策面临的形势越复杂，就越需要智库的支持。

我们从来没有像今天这样如此迫切地需要一流智库。

我国的智库从来没有像今天这样拥有如此宽广的舞台，可以长袖善舞。

（十一）

这是一个需要一批一流智库的时代！

这是一个可以产生一批一流智库的时代！

这是一个一流智库可以发挥重大作用的时代！

（2012 年 3 月《中国经济时报》）

改革不能光指望"顶层设计"

刚刚闭幕的全国两会，被一股浓浓的氛围所包裹，这就是畅言改革的氛围。

在谈论改革的时候，人们使用最多的一个词汇，就是"顶层设计"。

"顶层设计"本是系统工程学所使用的，拿来说改革的时候，不管怎么解释，其实就是总体设计的意思。

"顶层设计"被写入文件，是党的十七届五中全会和"十二五"规划纲要，自此，它成为改革最热门的话题。随着改革热度的升温，改革顶层设计的呼声也越来越热烈。

改革"顶层设计"的提出，说明改革已经进入深水区，再不能"摸着石头过河"了，因为"石头"快摸不到了。这是一种普遍的认识。

这几天，仔细品味关于顶层设计的议论，还品出了如下一些意思：

第一，改革的步子慢了，甚至停滞了，迫切需要加快改革。

第二，改革不能头疼医头，脚疼医脚，需要整体改革，需要深层改革。

第三，改革要从最高层开始，要自上而下地推动。

第四，改革只要有一个"顶层设计"，很多问题就可以迎刃而解了。

对改革本身，没有异议，对加快推进改革，也不会有异议。没有三十年的改革，就没有今天的发展成就。即使是改革酝酿的过程，也是改革所必需的，甚至就是改革本身。从这一点讲，改革停滞的说法是站不住脚的。

三十年前，我们解决了中国改革的历史方位，三十年后，我们需要解决中国改革的时代方向。三十年改革有很多经验，其中很重要的一条，就是点上突破，面上推广，自下而上，上下结合。

今天改革所面临的问题，与过去已经有很大不同，这才有改革"顶层设计"说法的盛行。人们希望上面能够拿出一个总体的方案，一下子解决所有改革的问题。这种愿望是好的，有些改革问题也确实需要上面拿方案，但是，如果指望改革顶层设计能够解决所有改革的问题，是不可能的，也是不现实的。

对改革顶层设计的呼唤和期待无疑也会形成一种力量，要使这种力量成为正面的而不是负面的，甚至是破坏性的，应该注意以下几点。

第一，改革的"顶层设计"不能变成"设计顶层"。

第二，不能静等改革"顶层设计"，而使一些改革停滞不前。

第三，不能将改革的"顶层设计"和改革的点上的突破对立起来。从某种意义上说，没有点上的突破，就没有改革的顶层设计。

（2012 年 4 月《中国经济时报》）

李肇星为我改书稿

李肇星是著名外交家，同时也是一位文化底蕴深厚的学者，与他交谈，常常为他渊博的学识所折服。

去年 4 月一次相聚，获赠他一本最新出版的书《生命无序》。我读过他的散文集，读过他的诗集，这本书又有所不同，它是一本序言集。近年来，李肇星在繁忙的外事工作之余，为上百本书籍写过序言，既有《江泽民出访纪实》、阮次山的《与世界领袖对话》、吴建民的《外交与国际关系》、钱其琛的《外交十记》等，也有夫人秦小梅的《非洲的回忆》，还有为《朗文当代高级英语词典》第四版英汉双解版写的序，等等。

李肇星在这本序言集的"序言"中说："生命难以有客观的序言。为别人和自己的书写序言，倒是一种较为方便有效的学习方式。"

读这本书，我深深为作者的一腔家国情怀所感染，同时也产生了一个大胆的想法：请他为自己将要出版的书作序。

我的这本书叫《职务是把椅子——老子之道与为官之道》（出版时改为"为政之道"），是我研读《道德经》的一点粗浅体会，将《道德经》的 81 个篇章，对应今天官场上的 81 个话题，与领导干部"谈心"。虽然自己"读得"和"写得"都比较认真，但是对于一个繁忙的外交家和文化大家来讲，他会看得上我这个小人物和这本"小书"吗？

出乎意料，李肇星很痛快地答应了。

不久，他派人送来了他写的序言，并退回了厚厚的打印的书稿。序言不长，但写得情真意切，还有两处写到了自己青少年时期的经历。文章最后写道："经典之为经典，是因其历史实践检验，仍具现实意义。古籍若是束之高阁，不啻于废纸堆。宝健同志将好的传统理念与当前干部队伍建设结合起来，将为学与为事结合起来，以群众是否满意为标准，辛辛苦苦写成此书，干部和群众读一读都会颇有收益。"

序言的最后一句话引起我的注意："2011 年 8 月 7 日自马尼拉飞香港国泰航班上"。显然，这篇文稿是作者在出访途中于飞机上写就的。

更让我惊讶的是，翻开厚厚的书稿，几乎每一页都留下了作者修改的痕迹。我是记者出身，一直做到总编辑，可以说，几乎每天都在为别人改稿子，但是，李肇星为我改稿改到如此程度，让我受到很大震动。就是说，李肇星写序，不是翻翻书稿，应应景，做做样子，而是逐字逐句认真地看，认真地改。他帮我改的地方，多是最基本的语文知识，包括标点符号、错别字，也包括删去一些连接词和他认为啰嗦的地方。

《职务是把椅子》已经由人民出版社出版了，前两天编辑打电话说，首印 5000 册 20 天内就已销售一空，但我想这并不是我最大的收获。

李肇星改过的书稿我已经珍藏起来。他认真负责的精神，更值得铭记和学习。

（2012 年 6 月《中国经济时报》）

从竞争到共建

——二十年后重访孟楼记

认出来的和认不出来的

20 年后重访孟楼，我首先想到的是那条似有似无的小沟。当年，我的后脚留在湖北省，我的前脚迈进河南省，身子便同时站在了两个省的土地上，而身下便是这条似有似无的小沟。前脚迈进孟楼镇，后脚留在孟楼镇，就是这样体验着空间的跨越和时空的变迁。

20 年后，我却找不到那条记忆中的似有似无的小沟了。我甚至怀疑，20 年前那条小沟是不是真的存在。

事实上，无论是 20 年前还是今天，两个孟楼镇居民的心中可能真的没有那条小沟，没有镇界，甚至没有省界。

镇区一侧的 213 省道，如今被孟楼改成了亚华大道。我们走进一家铺面，一位中年妇女正在哄怀里的孩子。她告诉我们，现在两边的孟楼没什么大的区别，老百姓都当作一个孟楼看，湖北孟楼的人有住河南孟楼的，河南孟楼的人有住湖北孟楼的，两边就像一家人，很融洽。

不过，同是做生意的老朱还是感觉到了差别。他开的是烟草零售店，虽然卖给的是两镇、两省的人，甚至河南这边卖得还多些，但是由于烟草是专卖，所以他进货，只能从湖北进。

街道一侧，有一块高约 3 米的界石，石的一面刻着"河南孟楼"，另一面刻着"湖北孟楼"，这块界石实实在在地告诉来访者，这里就是"一步跨两省，鸡鸣闻两镇"的镇界、省界。

有意思的是，同是做生意的人，属于湖北的老朱却做到了河南孟楼一侧，属于河南的中年妇女却做到了湖北孟楼一侧。

与 213 省道成直角，伸展开去，便是"宝健路"。

宽敞的"宝健路"上，具有南方特色的棕榈树整齐地矗立在路的中央，每棵都已长到一人多高。树的两侧，一片一片晾晒的都是脱好的麦粒。走在这样的路上，你会禁不住弯下腰去，抓起一捧麦粒，然后选一个最饱满的放进嘴里咀嚼，一股特有的麦香就会渐渐沁入心脾。

"我认识你，欢迎许记者再来孟楼。"当我们走到晋公社区办公室时，门口一位中年人微笑着迎向我们。

他叫宋新宏，现在是晋公社区的居委会主任。

"20 年前，您来孟楼时，我是晋公村的村长。"宋介绍说，现在村改社区了，但仍然保留了村委会、居委会两块牌子，他现在是村支书兼居委会主任。

20 年前我来孟楼时，宋新宏是村委会主任，那时他才 21 岁，是个刚刚从部队回来的年轻人。

这 20 年，他除了从年轻人变成中年人、身体胖了不少之外，还有不少内涵更为深刻的变化：他先是从村主任变成了村支书，又多次被授予优秀支书等先进称号，按有关政策变成了国家公务员，现在是正儿八经的副科级，在城镇化进程中，身兼村委会主任和居委会主任两个职务。

谈到两个孟楼的变化，他打了一个有意思的比喻：就像盖房子，框架拉出来了，需要好的布置，好的装修。让他做一个对比。他沉思着说：湖北那边起步早，扶持多，变化大……

李长春的四次批示

1992 年 3 月 6 日中午 12 时 45 分。这是当年我一步跨两省的确切时间。我在似有似无的省界停留的时候，便想到了那篇报道的题目：《从孟楼到孟楼》。

其实，到两个孟楼采访，纯属意外。当时，我正在湖北省襄樊市（今襄阳市）采访，偶然听朋友说起，在湖北老河口和河南邓州交界处，有两个相邻的镇，都叫孟楼镇。由于政策等方面的差异，两边的发展也产生了较大差距。于是临时决定，到孟楼看看。

《从孟楼到孟楼》在经济日报发表后，时任河南省省长的李长春作出重要批示："南阳地委、行署，邓州市委、市政府：请你们读读此文，发动各级干部群众，用两三年时间改变这种局面，为8700万中原父老争光。"

这是李长春的第一次批示。第二年，即1993年6月19日，时任省委书记的李长春在河南孟楼呈报的汇报上再次作出批示："孟楼人动起来了，邓州市人沸腾了。希望孟楼赶孟楼，在比学赶帮中涌动豫西南的改革开放大潮。我将适当时候再去看看。"

1994年2月24日，经济日报刊登《河南孟楼气象新》一文，李长春同志又第三次批示："戒骄戒躁，继续前进。在招商引资上大做文章，实现超常规、大跨度发展。"

此后不久，在南阳市报送的《加快省际边缘集镇建设，为8700万中原父老争光》的调查报告上，李长春第四次作出批示："南阳市近年来通过调整沿边小城镇政策，有力地促进了我省与鄂陕交界地区经济的发展。尤其在豫鄂边界初步改变了我省孟楼的落后面貌，形成了豫孟和鄂孟比翼齐飞、竞相发展的局面。经验很好，可供各地借鉴。"

此外，李长春还多次就河南孟楼发展作出指示。1994年1月10日，在南阳市和邓州市领导向李长春当面汇报孟楼发展情况时，李长春指示道：

"孟楼是省际间的流通中心，是我省西南边缘线上的重镇，一定要建设好河南孟楼，在新的一年里进一步加快孟楼的发展，必须抓住思想观念这个总开关，解放思想，发动群众，加快发展步伐，赶超湖北孟楼。"

"孟楼的发展要抓住经济发展的根本，要走出去搞联合，多引进；要吸引各地的个体、私营企业到孟楼落户。要鼓励和支持大力发展个体、私营经济。要面向湖北，大上畜牧养殖业，搞食品加工，养牛是个大产业，可以富民又可以富市，发动千家万户把黄牛养起来，搞分割肉、皮革加工。"

"邓州市是河南的西南大门，是全省人口最多的城市，位置重要，交通重要，省委对你们有更高的希望与要求。邓州市要加快发展，迅速崛起。在省内，你们要学习项城鹿邑，省外要赶超湖北老河口市，在发展县域经济方面要发挥强大威力，成为河南省比较发达的市，为河南把好西南大门。"

李长春同志不仅多次对孟楼的发展作出批示和指示，而且还亲临孟楼考察指导。1993年1月13日，农历腊月廿一。在省直领导和南阳市、邓州市领导的陪同下，李长春身披军大衣，顶风冒雪亲临孟楼考察。

与此同时，湖北省主要领导也高度重视，同样是多次批示、指示、视察。两个孟楼的竞争由此拉开，两个镇的发展由此进入两个省的层面。

"那边"的含义

在孟楼，经常听到这样的说法："那边"如何如何。如果说话的人是河南孟楼这边，"那边"就是指湖北孟楼。如果说话的人是在湖北孟楼这边，"那边"自然就是指河南孟楼。

对湖北孟楼来讲，"那边"的变化来得十分迅速。李长春批示后，一夜之间，镇委镇政府门口增加了一块醒目的牌子："河南省南阳市孟楼改革开放特别试验区"。然后就是省、市、市（县）三级领导络绎不绝的到访。又不久，湖北这边听说，"那边"升格变成了副处级的镇。接下来一年又一年，眼瞅着书记、镇长来了又走，走的要么当了副市长，要么到别的县当了常委。

当然，这 20 年来，让湖北这边看在眼里的"那边"的变化远不止这些。比如，街道多了、宽了、干净了，镇子有模有样了。1992 年之前，镇区只有一条街道，还是土路，现在修了 18 条，镇区面积也由 0.6 平方公里扩展到了 2.7 平方公里，绿化、美化、亮化把镇区装扮得很漂亮。水上乐园、文化广场等让老百姓有了休闲的好去处。

始终让湖北这边注意的，还有"那边"的工业。河南孟楼的工业原本有些基础，随着招商引资力度的加大，目前已有 38 家。有点让湖北这边看不下去的是，投资 500 万元以上、年产值超千万元的 8 家骨干企业中，居然有 6 家都是从湖北引进的。工业是河南孟楼的得意之作。我们一到孟楼，镇委书记张振邦首先带领我们看的，就是这几家企业。

1992 年之后"那边"的突然发力，让湖北孟楼人坐不住了，他们两眼放光地盯住"那边"，以至于 20 年来形成了一个习惯，"那边"一有什么动静，这边的人就扛着摄像机去拍，录制后研究、上报，把"那边"的动静变成这边要支持的依据。

而对于河南孟楼来讲，"那边"同样不可忽视。你想想，你要赶人家、超人家，你总不能希望人家"卧龙"一样卧着不动，等你赶、等你超越。"那边"的最大优势是商贸。河南孟楼人明白，自古就有的"途通豫陕达江汉、商贾云集货堆山"虽然可以用来形容两个镇，但实际上主要指"那边"。

20年来，"那边"发挥商贸这个优势，抓住商贸这个重点，扎扎实实走出了一条"商贸兴镇""以贸兴工"的路子。在这一思路的指引下，人口积聚效应十分明显，全镇4万人口，集镇常住人口就已经超过了2万人。

以粮油交易市场、棉花交易市场为基础，打造鄂西北、豫西南区域性商贸物流中心，是湖北孟楼近年来的工作重点，也是战略方向。

与河南孟楼不同，在湖北孟楼，镇委书记金同庆带我们看的是商贸市场、中储粮襄阳直属库孟楼分库。特别是离镇区不远，一处大规模住宅区正在建设。这座像大城市一样开发建设的小区将最终建成20多幢住宅楼，其中最高的将有17层，能供5000余人居住。

建成后有没有人买，有没有人住，大家有点担心，金同庆却充满信心。

如果说"那边"的高楼大厦让河南孟楼人羡慕，那么，2010年12月湖北襄阳市的一纸文件更让这边增加了紧迫感。这个文件明确提出，将孟楼等镇列为小城市建设试点镇。仔细翻翻这个文件，如果都能落实，含金量的确不小。

在河南孟楼这边看，"那边"尽管各方面的步子迈得都不小，但有一个步子却始终未往前迈，这就是孟楼镇的干部级别问题。在一份刚刚完成的汇报材料中，"那边"提出了几个政策支持方面的请求，其中之一就是高配干部职级，"恳请市委比照河南邓州市对其孟楼干部职级高配的做法，对孟楼镇委书记、镇长高配为副县级干部"。

省委副书记大发脾气和"三个不如"

在鄂孟20年的发展历程中，值得记录的事情很多，而镇领导不经意的一句话引起了我的注意：一位省委副书记曾在孟楼镇大发脾气。

那是2003年的7月26日，湖北省委副书记邓道坤到老河口考察农业产业化工作，当地领导在汇报工作时提到孟楼，并说在两个孟楼的竞争中，鄂孟一直走在前面，并建议副书记到孟楼看看。

到了孟楼，镇领导自是一番介绍，而副书记却没有表态，他又转到豫孟。再回到鄂孟的时候，副书记发了脾气，他认为，无论从城镇面貌还是发展速度，鄂孟都没法和豫孟相比，作为两个省的竞争窗口，鄂孟代表不了湖北的形象。

不久，老河口市委、市政府向省政府报送了一份报告，认为，"河南省委、省政府对豫孟的优惠扶持政策近年来明显好于湖北"。省政府省长、常务副省长、副省长、秘书长四位领导均作出重要批示。省政府发展研究中心迅速组织调研组赴两个孟楼调研。调研结果认为："12 年过去了，两个孟楼都发生了较大的变化。对比两孟经济社会发展状况和扶持政策，我们认为豫孟在发展速度、发展后劲和发展趋势上明显好于鄂孟，基本上实现了赶超鄂孟的目标。"

报告在充分调研的基础上提出了"三个不如"：一是鄂孟经济总量较大，但经济结构、发展速度不如豫孟；二是鄂孟城镇基础较好，但发展趋势、发展后劲不如豫孟；三是在政策落实机制上，鄂孟不如豫孟。同时，报告还提出了具体的 4 条政策扶持建议和 16 条项目扶持建议。

2004 年年初，襄樊市首先制订帮扶孟楼镇发展的具体措施。3 月 14 日，又在鄂孟召开现场会，具体落实市直 25 个部门对口帮扶政策。

2006 年 4 月，襄樊市又专门向省政府发出《关于支持鄂孟楼加快发展的请示》报告。请示说，李长春同志的批示"拉开了两省、两镇友好竞争的序幕，催发了河南孟楼起超湖北孟楼的劲头。两个孟楼镇不仅成了豫鄂两省市场竞争的前沿阵地，也成了展示两省整体形象的窗口。湖北人透过豫孟看河南，河南人透过鄂孟看湖北，外界人透过两孟看两省。两个孟楼的发展已经成为鄂豫两省经济社会发展的缩影和社会关注的焦点"。

这份请示几乎每一条都以河南方面作参照，并且透露："2004 年，中央政治局常委李长春同志在听取河南省委工作汇报时，曾专门询问两个孟楼的发展情况，并批示要加快豫孟楼的发展。"

2007 年 8 月 4 日，湖北省发改委、财政厅等 16 个省直部门及金融单位的负责人，在省领导带领下齐聚孟楼，共商帮扶和支持鄂孟发展的政策措施。

现任鄂孟镇委书记金同庆说，2004 年到 2008 年，是湖北孟楼发展的第二个高潮，也是 20 年中鄂孟发展的黄金期，省、市、县（市）三级的扶持力度逐年加大。

跨省联合党建的启示

2011 年 11 月 13 日，老河口市召开了一个小型研讨会，我为因故未能参加这个研讨会而感到遗憾，同时也为两镇、两市建立跨省联合党建的举措而感到振奋。

湖北老河口市和河南邓州市，不仅两个孟楼镇你中有我、我中有你，而且两市还形成了一个长达 30 公里的边贸经济活跃带，两市地域相邻，经济相通，人缘相亲，民风相似，干部的往来交流也很频繁。两边在长期的竞争与发展中逐渐认识到，各自为政、互相攀比的发展模式对双方都是不利的。

心往一处想才能共同发展。这种心往一处想的更高境界就是跨省联合党建的提出。

邓州市创建的"4 + 2"工作法曾被推广至全国。老河口市在学习过程中提出了"打破两省地域界限，建立边界联合党委"的跨省党建思路，得到了邓州市的热烈响应。2009 年 11 月，两方首先在纪洪边贸大市场建立鄂豫边贸（纪洪）中心党委，期望通过开展党建联创共建，推动双方经贸合作，促进两边经济发展和社会管理服务创新。

跨省联合党建，打破的不仅是省的界限，也打破了两镇、两市人的"心结"。在联合党建机制下，在社会管理和服务方面，两市政法委、公安局、人口计生局等 11 个部门开展协作联动；在经济发展方面，两市农民积极发展跨区域农民专业合作经济组织，先后成立了棉花合作社、南瓜合作社等。

在一年之后的那次小型研讨会上，与会专家对跨省联合党建给予了充分肯定，并期待创造更多、更新的经验。

"起伏式"发展及其成因

作为一个记者，多年来走南闯北，在很多地方留下过足迹。但没有一个地方能像孟楼这样让我魂牵梦绕、牵肠挂肚。

20 年后重返孟楼，在镇村之间穿梭驻足，与两个镇的领导干部座谈交流，听两边的百姓倾吐心声，我的心情十分复杂，既为 20 年来的发展变化而高兴，同时又觉得，20 年来的发展还可以更快一些，变化还可以更大一些。或者可以说，眼前的发展变化，与我想象中的 20 年的发展变化还有差距，而且我相信，与两镇百姓的期盼也还有差距，甚至可以说，与两镇历届领导干部自己的要求也还有差距。

20 年来，豫孟镇委书记到张振邦这任是第七任，鄂孟镇委书记到金同庆这任已是第八任。两位书记既感到来孟楼工作很光荣，同时又感到担子很重，压力很大。他们都非常希望两边能够再次出现像 1992 年、1993 年和 2004 年至 2008 年那样的发展黄金期。同时，他们又都不约而同地羡慕对方的支持力度大、扶持政策多。

从两个孟楼镇的角度来讲，对上级的期待是完全可以理解的。镇作为我国最基层的一级政府，担负着发展镇级经济、稳定农村社会、巩固基层政权的三重重任，但是其所有权限、操作手段、调控空间，又受到体制、政策上的诸多限制。如果两个省真正把两个孟楼作为试验区或者试点镇，那么，资金扶持是必要的，对口帮扶也是必要的，而给试验权、给发展权更是必要的。

翻阅两个镇给上级的请示、报告，随处可以发现，他们在"要"。比如，在鄂孟今年 5 月给上级的一份报告中，他们就一口气提出要政策、要项目、要资金，还要副处级的规格，对这些"要"，我们不能仅仅理解为是要"特殊"，要待遇，这些"要"的本质是"要权"，是要发展的权力。

当然，作为两镇的干部群众，不能停留在"要"上，也不能满足于"要"，更不能等待"要"，应把对上的"要"与形成自身发展动力机制结合起来，而恰恰在这方面，两个孟楼镇都不同程度存在着内生发展动力不足的问题，离可持续发展的要求则相差更远，所以"起伏"式发展就是必然的。

虽然处于一种比较特殊的发展位势上，但是河南孟楼发展水平在邓州市 28 个乡镇中，只能排在中间位置，甚至仅就人口而言，还面临着被并镇的尴尬局面。

期待一种"孟楼精神"

在孟楼，看变化，谈发展，总结经验，看来看去，说来说去，总觉得缺点什么。缺什么呢？离开孟楼的时候，我恍然想到，缺的可能是一种叫"精神"的东西。

精神不是万能的，但没有精神是万万不行的。精神不复杂，也不神秘，有时候，你心中一动，那么，感动你的东西，就是精神了。

湖北孟楼的前任书记麻国庆，一上任就给我打电话，说要到几个部委跑一跑，请我帮忙联系。我陪着他跑部委的过程中，看到他在司长们面前热盼的眼神，心中就有一点感动。可是他回去后却无下文了，电话打过去才知道，镇委书记又换了。20 年来，湖北孟楼已换了 8 任书记，平均两年多一任。

河南孟楼现任书记张振邦，从去年就开始给我打电话，说《从孟楼到孟楼》发表 20 年了，大家都希望我能再访孟楼，一是看一看孟楼的变化，二是再促一促孟楼的发展。从他的殷殷言语中，我的心中又有一些感动。

这次重访孟楼，与两镇领导座谈，与百姓交谈，觉得他们的发展心情完全可以用热切、急切、迫切来形容。

让湖北孟楼羡慕的"特别试验区"的牌子特别显眼，与河南孟楼镇党委、镇政府的牌子一起挂在大院门口。20 年来，也从这个大门出去、进来了 7 位镇委书记。

然而，说起特别试验区的试验权，张书记坦率地承认，这些年几乎没有。也就是说，这块牌子所显示的全部内涵，现在只剩下一个副处级的级别了。如果没有了试验精神，没有了改革精神，在全市 28 个乡镇中排名中等的乡镇却享受着副处级待遇，这样的处境能不尴尬吗？

5 月 31 日下午，我与两个孟楼领导一起开了一个座谈会，大家无拘无束地回顾着两个孟楼走过的从竞争到协作、从协作到共建的路子，探讨着大商贸立镇、大流通立镇的蓝图，憧憬着从两个孟楼到一个孟楼、从一个孟楼到"中国孟楼"的美好前景。

这个过程已经走过了 20 年，还要再走 20 年。在这个过程当中，从共建经济、共建社会、共建发展，也会逐渐共建一种孟楼精神，这种孟楼精神又会推动孟楼进步，推动孟楼科学发展、和谐发展、幸福发展。

（2012 年 11 月《中国经济时报》）

加拿大智库的特点及启示

2013 年 4 月 15 日，习近平总书记对中国智库建设做出重要批示，强调"智库是国家软实力的重要组成部分"，提出要建设"中国特色新型智库"。党的十八届三中全会也明确要求，"加强中国特色新型智库建设，建立健全决策咨询制度"。2014 年 10 月 27 日，习近平总书记主持召开中央全面深化改革领导小组第六次会议，审议了《关于加强中国特色新型智库建设的意见》。2015 年 1 月 20 日，中办、国办印发《关于加强中国特色新型智库建设的意见》。可以说，中国智库建设由此开启了一个新的发展阶段，中国特色新型智库建设正在进入高潮。

2014 年 6 月 30 日至 7 月 20 日，国务院发展研究中心赴加拿大"公共政策设计与研究方法培训"访问团一行，在短短 20 天时间里，马不停蹄，访问了加拿大财政部、国务委员会秘书处等政府经济部门，与贺维学会、可持续发展研究中心等智库机构进行深入交流，同时，还就加拿大公共政策的决策程序、监督体系、评估标准和方法等，听取了多伦多大学等院校专家的详细讲解。其中，加拿大智库的发展情况又是我们关注的重点。

据多伦多大学 Shaun Young 教授介绍，加拿大智库发展大致经历了四个阶段：1940 年至 1944 年，是加拿大智库的萌芽阶段，但没有产生有影响的智库；1945 年至 1970 年，智库数量有了很大增长，联邦政府和各省政府也开始对智库表现出兴趣，但此时的智库，大多数以国际关系和世界问题研究为主；1971 年至 1989 年，智库研究开始关注国内问题，并出现了强调政治观点和倾向性的特点；1990 年至现在，智库向专业化发展，越来越有自己比较固定的研究重点和领域。

目前，加拿大约有 100 家的智库，我们访问了贺维学会、国际治理创新中心、可持续发展研究所、弗雷泽研究所等 10 家智库。

一、加拿大智库的特点

通过座谈交流，我们发现，加拿大智库普遍存在以下一些特点：

（一）智库普遍规模较小，人员精干

加拿大智库绝大多数属于中小型智库，资金投入少，人员规模小。在我们访问的智库中，没有一个超过 100 人的。1958 年成立的贺维学会是加拿大著名智库，近年来在国际上也日渐扩大其影响，但学会全体员工加起来才 20 多人。在麦甘智库排名中排到第 22 名的弗雷泽研究所算是人员较多的智库，也只有 48 位员工，而专职研究人员也只有 20 人。多伦多大学莫厄特中心虽然发展目标定得很高，也仅有 20 名工作人员，其中 5 人还是做行政事务工作的。

（二）智库小而专，力争在最专注领域提升影响力

加拿大智库既不搞大而全，也不搞小而全，而是小而专、小而特、小而追求大影响。在我们访问的智库中，几乎每一个智库都有自己的重点研究领域和方向，并力求在自己的重点研究领域中取得核心竞争力和最大影响力。在为别人做咨询的同时，莫厄特中心也制定了自己的发展战略，其中一个重要内容就是，哪些领域有优势，要进一步做好，哪些领域没有，不能随便涉足。自己研究自己的结果是，继续在能源政策等领域深耕细作，让强项更强。一些智库在谈到专注领域时，不约而同地表示，他们的专注不会受外部环境和资金来源的影响而改变。与其为了资金等因素而任意承接自己不熟悉的课题，还不如在自己专注的领域提升影响力，这无疑是智库专业主义精神的体现。

（三）精简而高效，最大限度利用社会研究力量

在访问中我们发现，加拿大智库虽然人员都比较少，但效率很高，研究成果出的不少，投入产出比超出我们的想象。这一方面是因为智库内部研究人员的高水平和无缝隙合作，另一方面也来自于最大限度地利用社会研究力量所形成的生产力。不完全依靠自己的力量，尽量利用外部研究资源，是加拿大智库普遍的做法。他们所利用的社会研究资源有来自国内的，也有来自国外的；有来自政府部门的，也有来自研究院校的。他们所采取的方式也多种多样。有建立委员会的，比如联邦政府预测与战略中心，它的委员会的成员由政府相关部门的部长、副部长组成。可持续发展研究所也有一个指导委员会，成员则主要

来自退休的官员、企业家和学术界人士；有实行顾问制的，比如莫厄特中心，不仅有一个 30 人的顾问团队，而且又成立了一个 30 人的编辑顾问团队。前者主要由高级政府雇员和企业家组成，对研究选项提出意见，后者则主要来自于新闻出版界，为研究成果的传播出谋划策；有开展合作研究的，比如弗雷泽研究所，在 48 位员工之外，还有 60 位外部合作专家，全部是大学教授，同时还有 80 家合作研究机构分布在世界各地；还有合作发表研究成果的，比如，还是这家弗雷泽，竟然有一份 350 人的合作名单，其中赫然有 6 位诺贝尔奖获得者，他们在弗雷泽发表他们的论文、出版他们的著作，与弗雷泽相互影响、共同提升，不是一体，胜似一体。

（四）资金来源多样化，政府资助占相当比例，个别智库资金困难

由于智库规模一般都不大，所以占用资金量普遍也不是很大。即使这样，筹集资金依然是智库生存和发展的基础，也是智库机构最高负责人的主要任务之一，有的甚至要拿出一半以上的精力来做好这项工作。资金来源多样化是智库努力的方向，这种趋势越来越明显。与此同时，智库并不排斥从政府获得资助，事实上为数不少的智库从政府拿到了钱。以全球化治理为主要研究方向的国际治理创新研究中心（CiGi）12 年前成立时，相当一部分开办资金即来自于联邦政府和安大略省政府。这次与我们擦肩而过的亚太基金会，其启动资金 5000 万加元也全部来自联邦政府。多伦多大学莫厄特中心成立时的资金也都来自于省政府。此外，贺维学会等也都十分重视政府或公共部门资助。

（五）智库并不讳言和政府的"温暖"关系，许多智库和政府形成良性互动

与美国等国家智库时刻标榜独立于政府不同，加拿大智库毫不讳言自己和政府的"温暖"关系，许多智库和政府形成了良性互动。一方面，一些智库的创办者或主要研究人员就来自于政府。多伦多大学莫厄特中心的创始人就两进两出政府，最后选择回大学创办智库，从相对更客观的立场继续为政府服务。可持续发展研究所的一位主要负责人在政府工作过 37 年。另一方面，一些智库的定位就是为政府决策服务，使政府的决策更加符合实际、更加符合国家的中长期发展要求、更加符合大多数公众的利益。多伦多大学莫厄特中心成立的目的，就是要在政府、学术界和广大的公众之间架起一座相互沟通、理解的桥梁，推动政府与公众社会，包括和私营企业、非政府组织等形成良性互动，促

进相互了解，并通过这种目标设计，让政府理解智库的研究和建议，开放更多的咨询空间，以便实现帮助政府解决面临的经济社会发展问题的初衷。为此，智库不仅不刻意与政府保持距离，而且要加强与政府的联系，保持良好关系，才能时刻了解政府的需要，理解政府的运作，关键时刻所提出的建议，也才能引起政府的重视。即使对政府有意见，甚至是对立意见，也会提出来，但会讲究方式和时机，要有建设性而不是破坏性。

（六）对智库独立性有自己的理解，不刻意站在政府对立面

智库的独立性是智库讨论中的一个热门话题，也是我们这次访问重点关注的问题。智库的独立性既和智库的属性和定位有关，也和资金来源等有关，但归根结底，独立性问题的关键体现在智库和政府的关系上。莫厄特中心的专家认为，智库的独立性既是与生俱来的，也是政府治理结构优化的需要。如果对独立性的认识和理解有误区的话，智库也是很难实现独立性的。他们特别不赞同这样一种观点：保持智库的独立性和帮助政府是矛盾和对立的。他们也从来不认同：只有站在政府的对立面批评政府才是保持独立性，而帮助政府就是失去独立性。如何看待智库的独立性，智库自身的立场很重要，角度定位也很重要。如果智库的目的就是批评政府、反对政府，这样的智库恰恰是没有独立性的。智库的独立性应当体现在对政府与大众的影响力和沟通上，不仅要影响政府，还要沟通大众，更要在政府与大众之间架起互联互通、良性互动的桥梁与通道。

（七）坚持研究质量至上，建立严格完善的评估体系

智库是研究别人、为别人出谋划策的，但是，你的研究成果能不能被人接受和采纳，能不能产生好的效果，则取决于智库的研究质量。研究质量决定了智库的可信性和公信力。加拿大智库普遍提出并坚持研究质量至上，建立严格完善的成果评估体系。贺维学会称，政府、学术界和媒体之所以长期信任贺维，就是认可他们的研究质量，而不是因为他们的政治观点。与内部对研究结论和观点的宽容相比，对研究质量的要求则没有丝毫的余地。贺维声称，他们的评估标准，比学术期刊还要严格。一项成果出来，首先要进行严格的学术评估，即邀请相关领域学术界权威进行评估。其次要进行有效的实践评估，即听取相关从业人员的意见，看研究建议是否有实践价值、是否

行得通。除此之外，主要针对政府政策的研究，还要提前与政府部门进行沟通，并从反馈中对研究成果进行再研判、再评估。弗雷泽研究所之所以能够吸引包括 6 位诺贝尔奖获得者在内的 350 位专家在他们那里发表论文、出版著作，就是因为它的质量至上原则，它的要求极为严格，所有文章和著作均选全球顶尖专家进行盲评。

（八）高度重视与媒体的关系，通过媒体扩大研究成果传播和影响

在与加拿大智库座谈中，他们提的最多的，除了与政府的关系之外，就是与媒体的关系。加拿大智库高度重视与媒体的关系。他们的研究成果和政策建议，除了直接反映给政府之外，还特别重视媒体的传播。对智库来讲，媒体的作用有三：第一，媒体可以影响政府，一些政策建议通过媒体的传播，引起政府的重视。第二，媒体可以影响公众。智库研究成果被公众认可和接受，是智库存在的重要理由。第三，媒体可以搭建起政府和公众的桥梁，在政府与公众的互动中加深相互理解。因此，保持媒体曝光率，成为加拿大智库的普遍追求。弗雷泽研究所将沟通作为智库的核心使命，将保持媒体高曝光率当做追求的目标。全球媒体对弗雷泽的报道连续 8 年增长，2013 年有 2.4 万篇次的报道涉及弗雷泽及其发表的文章和出版的著作。加拿大智库还十分重视网络传播，普遍建有自己的网站。弗雷泽的网站每年有 350 万的点击率，在智库网站中名列前茅。与此同时，为了扩大研究成果的传播和影响，他们还十分重视将枯燥的研究报告进行多样化改编。弗雷泽研究所的《全球经济的自由化》报告，是与世界 80 多家智库合作的成果，已在多个国家出版，在中国出版时名为"世界经济的市场化"。根据这本书的内容和观点，他们拍了纪录片《改变世界》，里面讲了四个故事，对不同制度、不同结果、不同政策、不同生活进行说明。通过纪录片，极大地提升了研究成果的传播力和影响力。

二、对建设中国特色新型智库的启示

2013 年 4 月 15 日，习近平总书记对中国智库建设做出重要批示，强调"智库是国家软实力的重要组成部分"，提出要建设"中国特色新型智库"。党的十八届三中全会也明确要求，"加强中国特色新型智库建设，建立健全决策咨询制度"。2014 年 10 月 27 日，习近平总书记主持召开中央全面深化改革领

导小组第六次会议，审议了《关于加强中国特色新型智库建设的意见》。2015年1月20日，中办、国办印发《关于加强中国特色新型智库建设的意见》。可以说，中国智库建设由此开启了一个新的发展阶段，中国特色新型智库建设正在进入高潮。

加拿大智库虽不像美欧智库那样影响广泛和深远，但仍可以给我们带来一些借鉴和启示。

（一）努力探索中国特色新型智库发展规律

智库崛起和发展是有规律可循的，同时任何一个国家的智库发展也都与本国的发展历程紧密相连。现代智库发源于欧洲，美国在二战后后来居上。加拿大现代智库的发展则更晚一些，真正有影响力的智库大都出现在20世纪70年代之后。

中国特色新型智库建设，既要研究借鉴一般智库特别是欧美发达国家智库的发展规律，同时又必须与中国的发展阶段、政治制度、文化基因、社会环境相符合，下功夫研究和探索中国特色新型智库建设的规律，这是我们搞好中国特色新型智库建设的基础和保证。

高度重视智库建设，推动智库快速发展，这是好事。随着中国综合国力的提升和国际地位的提高，需要建设一批有影响力的一流智库和高端智库，但是在智库建设中，我们也要防止一重视就一哄而起、一哄而上的倾向，避免过分追求人员规模和资金规模的倾向，在努力探索中国特色新型智库建设规律上下功夫，在努力改变多而不精、全而不强、大而不响的智库现状上下功夫，在努力整合智库资源、通道、成果上下功夫，在努力提升智库传播力、影响力、品牌力上下功夫。

（二）大力倡导智库建设的专业主义精神

中国智库缺什么？重视不够、独立性不强、资金不足、人才缺乏、国际化程度不高、公信力比较弱……在智库建设的讨论中，这些都是经常被提及的选项，也是应该努力改变的现实。但是我们不能忽视了专业主义精神对中国智库建设的影响和作用。相对于以上问题的解决，专业主义精神的建立，对中国特色新型智库建设更关键、更重要、更紧迫。

加拿大虽是一个智库小国，但加拿大智库它不靠大取胜，也不以强压人，它取得公信力的重要法宝，恰是它的专业主义精神。

专业主义精神既体现在智库的态度上，即对自身角色的定位、作用的认可与契合，也体现在智库的能力上。具有专业主义精神的智库至少应该有以下四种能力：对趋势的预见能力，对矛盾的正对能力，对问题的解析能力，对成果的沟通能力。

专业主义精神不仅是对智库的要求，也是对智库从业者个体的要求。中国特色新型智库建设，要把对智库及其从业人员专业主义精神的要求和培养作为重要内涵放在重要位置，让专业主义精神源源不断地滋养智库的体魄。通过努力，不仅要建设一批具有社会公信力、国际影响力的一流智库、高端智库，也要培育出具有中国风格和气派的智库文化、智库精神。

（三）在促进官民良性互动中发挥更大作用

如果说经济体制改革的核心是处理政府和市场的关系，那么政治体制改革的核心就是处理政府和民众的关系。官民之间平等有效的沟通互动是非常必要的，沟通互动好了，不仅可以避免心理震荡和社会震荡，还可以节约行政成本和社会成本。

智库的功能说一千道一万，归结起来就体现在两方面，一是与政府的关系，一是与民众的关系。我们现在的智库，强调决策咨询、咨政建言比较多，把对上的影响力当做智库建设的重要目标，而在启迪民智、润化民众方面，则重视不够，存在明显的重上轻下、重官轻民的倾向。在中国特色智库建设中，我们要特别强调智库对影响民众和社会的作用。

必须指出的是，在智库与政府和民众的关系上，不是三点一线的关系，智库不是简单的对上对下的关系，更不是隔着锅台上炕，而应该是一个"三角"关系，也就是说，在充分理解政府和民意的基础上，智库要在政府和民众之间搭建一个沟通的桥梁、一个互动的平台，通过智库的解读，实现政府和民众的无缝对接、良性互动。而这种解读一定是双向的，既是向民众解读政府，也是向政府回馈民意。同时，这样一个沟通的桥梁和互动的平台搭好了，可以使智库的功能得到更有效地发挥。对影响政府而言，既可以通过特定渠道直接影响政府，也可以通过影响民众，形成民意，进而影响政府。发挥智库的这一功能，有助于促进政府和民众的关系向良性、正向、积极的方向发展，这便是智库、政府、民众的"金三角"关系。

不能不说的是，大众媒体在形成"金三角"关系中发挥着不可或缺的作用，这也是发达国家智库普遍高度重视传媒的原因。建设中国特色新型智库，要把智库与媒体的新型关系当作重要内容。

（四）在"参进去"过程中提升国际影响力

中国已是全球第二大经济体，在国际经济和国际事务中，中国的主导作用、引领作用甚至决定作用，越来越凸显。然而，我们虽然已拥有世界第二多的智库，成为数量上的智库大国，但是智库的国际地位和影响力，与中国国际地位的提升极不适应。

加拿大国际治理创新研究中心的高层，常年穿梭于世界各地，许多国际会议上都有他们的身影，就连 G20 会议每次也都邀请他们参加。基于对国际互联网的长期研究，今年世界经济论坛期间，他们提议成立了全球互联网治理委员会。什么是智库的国际化和全球视野？他们的体会是，参与全球治理。

一家智库如果没有国际影响力，绝对算不上顶尖智库、一流智库、高端智库。中国特色新型智库建设，必须立足于全球化趋势，把培养国际意识和视野、提升国际影响力作为重要目标。

提升国际影响力，中国智库不仅要"走出去"，而且要"参进去"，不仅要"发出声"，而且要"有响应"。

提升国际影响力，中国智库不仅要向世界"解释"和"说明"，而且要"设置"和"试探"，为政府在国际事务中赢得更大空间，创造更多弹性。

智库是国家软实力的重要组成部分。提升智库的国际影响力，却需要实实在在的硬能力建设。

（五）建立智库研究成果整合平台

有人认为，我国智库数量众多，力量分散，需要进行整合。其实，需要整合的不是智库，也不是智库的研究人员，而是智库的研究成果。发挥优势，分散研究，本是智库研究的特点，没有必要用行政手段进行整合。但是，智库的研究成果分散在不同的系统和层面上，发挥不了叠加效应和乘数效应，是智库资源的浪费。这是中国特色新型智库建设中需要面对和解决的问题。

从层面上讲，我国有中央智库、地方智库；从体制上讲，有官方智库、民间智库，也有所谓半官方、半民间智库；从系统讲，更有党政部门智库、社科院智库、党校行政学院智库、高校智库、科研院所和企业智库，甚至还有中央新闻单位智库。可以说，我国已初步形成了门类齐全、层次分明的智库体系。这些智库，每日每时都产生着研究成果，如果仅从研究报告的数量来讲，我国绝对名列世界前茅。但是，这些成果究竟能有多少真正发挥了效用？所以，我国智库是两个问题并存：一方面，是智库成果多，但是质量不够高；另一方面，我们对智库成果的发掘不够、整合不够、利用不够。一个主意加另一个主意，就是两个主意，就有更多的选择；一个思想加另一个思想，就可能是更深刻的思想，就可能引领我国智库向更高的方向迈进。

智库为什么存在？就是因为政府不足够聪明。中国进入智库时代的一个显著标志，就是政府使用智库成果不再遮遮掩掩、羞羞答答。整合智库成果，发挥更大效用，以下三项工作应该思考：第一，就经济和社会发展的重大问题和迫切需要解决的问题，公开向智库征集研究成果，所有参与智库一律平等；第二，建立智库成果整合渠道和平台，对成果进行再加工；第三，对发挥重要作用的成果进行奖励，并由奖励逐步过渡到购买，直至建立统一的智库产品市场。

（六）智库人才来源应该多元化

并不是所有的研究都是智库。一项成果，即使再完美、再有创新、再自成体系，如果用不上，不能帮助解决实际问题，那么它的研究，就不是智库研究。智库研究的目的，就是应用；为应用而研究，则是智库研究的特点。信得过、用得着、能够解决中国面临的国际国内问题的智库，就是中国特色新型智库的样板。

明确了哪些研究是智库研究，还要进一步明确哪些人才适合智库研究。适合智库研究的人才，才是智库人才。智库研究成果质量高不高，取决于智库有没有足够的人才；智库研究成果管不管用，取决于智库是不是吸纳了足够的智库人才。只有人才的"进"，才有成果的"出"。

当前我国智库的人才问题，主要是智库人才来源单一的问题，来源于高校和院所的毕业生占了绝大比例，而来自政府、社会组织、企业的人才相对较少，来自国际社会的人才更难得一见。建设一批具有较大影响力和国际知名度的高质量智库，必须把人才来源多元化的大门敞得更开一些，建立相应的机制，更加注重从不同领域、从实践工作岗位吸纳智库人才。

（访问团成员还有：国务院发展研究中心赵富荣、陈国堂、李屹、王辉、吴庆、王青，陕西省政府研究室钱远刚，河南省政府发展研究中心欧继中，湖北省政府研究室刘月明，新疆维吾尔自治区政府发展研究中心买合木提·吾斯曼等）

（2015 年 1 月《中国经济时报》）

知而不知

从事新闻宣传工作（习近平总书记2·19重要讲话之后，应叫新闻舆论工作）已过30年，按照中国记协的规定，已算老新闻工作者了。老子说，不行而知，不见而名，不为而成。孔子说，知而不行，是不知也。而我的体会是：知而不知。举三个例子。每10年一个。先说第一个：1993年，我去湖北襄樊市（现称襄阳市）采访，偶尔听说湖北河南交界、两省两个孟楼的故事，于是改变行程前往。经过深入采访，写成《从孟楼到孟楼》发表，反响出乎意料，两省主要领导均率队调研，出台给力政策，一边比一边的力度大，两个孟楼成为两省对外开放发展的窗口。受益的两镇人民修了一条路，命名为"宝健路"。当时的新闻界权威杂志《中国记者》《新闻战线》等都给予了报道，随后几所大学的新闻系也将《从孟楼到孟楼》收入教材。第二个例子：2011年，中国共产党成立90周年，各新闻单位绞尽脑汁，力求出特出彩。我们结合当时的县域报特色，推出了"追寻新中国第一任县委书记"大型主题采访活动，组成采访小分队，克服重重困难，大江南北地苦苦寻访至今仍健在的新中国第一任县委书记。有的县委书记听说记者来意，老泪横流。有的县委书记因身体原因只能躺在床上，用笔和记者交流。有的县委书记的亲属在记者离开多日后，仍打电话提供新的素材。参与的记者深受震动。这套报道在中央新闻单位海量报道中脱颖而出，受到中宣部的肯定。6月24日，中央电视台新闻联播给予重点推出。第一个例子让我思考自己的角色和职责。知道自己是什么很重要，知道自己不是什么更重要，这是知而不知的第一层意思。30年来，尽管七七八八也出了十几本书，尽管也有好心的朋友劝我多做点专业的研究，但自己心里清楚，自己的本职、本色就是新闻人、媒体人，即使有兴趣做一些研究，也变不成教授、专家。第二个例子给了我这样的体会，小草也有自己的风景。知道自己能做成什么很重要，知道自己能做得和别人不一样更重要。这是知而不知的第二个意思。其实这也意味着，有时候别人做的你不能做，做了也没有任何意义，性价比低到可以忽略不计。如果不知道这一点，你做的事情也好，做的学问也好，价值就只能和一颗白菜相比。登小山，飘飘然。登大山，茫茫然。登深山，惶惶然。知而不知，知然也。

（2016 年 3 月《学习时报》）

宝塔回声

——中国延安干部学院板凳课堂笔记摘录

阅尽了千年苍桑的延安宝塔，穿透历史，傲视古今；不忘初心的干部学院学员忠实践行，宝塔山下激荡着历史的回声。 根据中央党校组织部的安排，4月14日至4月20日，我参加了由中组部人才局组织的2016年高级专家国情研修班，到中国延安干部学院学习一周。全班共53名学员，都是中央联系专家和各领域高层次专家，中国工程院院士就有5名。延安干部学院高度重视，精心组织，细致安排，特别突出了现场教学，即利用延安及周边地区丰富的红色教学资源，安排学员现场参观、老师现场讲解，在回顾历史中思考、感悟、升华。由于每次现场教学学员们都要随身带上板凳，在现场讲解时席凳而坐，因而被形象地称为"板凳课堂"。在短短一周的学习中，板凳课堂安排超过了2/3。现将部分板凳课堂笔记摘录如下。

4月14日星期四，下午，延安革命纪念馆，今天是开班第一天。上午听了王健老师的课堂讲授《从井冈山到延安》，下午，我们即奔赴现场教学第一课的现场——延安革命纪念馆。一走进这里，一种敬仰之情便油然而生。随着一幅幅画面的铺展，随着讲解员深情的解说，毛泽东等领袖在此战斗生活的13个火红岁月，变成了一个又一个令人难忘的细节。参观之后，在《转战陕北》浮雕前，我们席凳而坐，听王园园老师讲授陕北那不平凡的13年。 1935年10月19日，历经艰险的中央红军到达陕北吴起镇。 11月6日，中央红军与西北红军在甘泉县象鼻子湾会师。12月23日，毛泽东、周恩来到达根据地的中心瓦窑堡。党中央在此住了半年。1936年2月，中共中央决定中央红军以"中国人民红军抗日先锋军"名义渡过黄河，进行东征。7月初，党中央迁到保安县（今志丹县）。西安事变爆发后，1936年12月18日，红军接管延安城。1937年1月13日，党中央进驻延安。从此，中华民族历史掀开最惊心动魄的一页，延安成为抗日战争和解放战争大部分时间的指挥中心和战略总后方，成为全国人民心中的圣地。1947年3月，蒋介石、胡宗南部向延安发动"重点进攻"，党中央主动撤离，转战陕北一年零五天。1948年3月23日，为迎接全国革命胜利，党中央东渡黄河，前往华北。13年的历史异常丰富，有红军长征到达陕北，有抗日民族统一战线的建立，有陕甘宁边区政府的执政探索，有创办中央党校、中国抗日军政大学等30余所干部学校的创举，有南泥湾大生产运动，有延安整风，有转战陕北等等。但是，在参观和现场讲授中，我感受最深的是，在那么艰苦和危险的情况下，中国共产党执着于理论探索、理论创新和理论上的成熟。而理论上的成熟，是一个政党真正成熟的标志。13年里，以毛泽东同志为主要代表的中国共产党人，坚持把马克思主义与中国革命实际问题相结合，创造出了中国化的马克思主义新理论，形成了我们党的指导思想——毛泽东思想。在阴暗的窑洞里，在窄小的方桌前，甚至在冰凉的石凳上，《论持久战》等一篇篇光辉著作相继诞生，成为指导中国革命的有力思想武器。延安干部学院副院长赵耀宏在开班仪式上说，延安时期，我们党树起了一面旗帜。这个旗帜就是毛泽东思想。据统计，《毛泽东选集》1－4卷中收入159篇文章，有112篇是在延安时期完成的，《毛泽东文集》1—8卷收入文章802篇，延安时期写了385篇，《毛泽东军事文选》1-6卷收入文章1628篇，延安时期创作938篇。所以，毛泽东同志有句名言"延安的窑洞里有马列主义"。毛泽东思想的确立对于马克思主义中国化具有战略性、长久性的意义。2015年2月14日，习近平总书记来到延安，在杨家岭革命旧址瞻仰中共七大会址时强调："我们党之所以能够历经考验磨难无往而不胜，关键就在于不断进行实践创新和理论创新。"

4月15日下午，星期五，凤凰山和杨家岭革命旧址。上午课堂讲授，杨延虎老师讲《中共中央在延安13年》。下午，我们来到凤凰山革命旧址和杨家岭革命旧址参观，并在这两个革命旧址，分别上了两堂板凳课，一堂是冯建枚老师讲《白求恩与白求恩精神》，一堂是薛琳老师讲《周恩来的修养》。凤凰山绵亘于延安城西北方向，是中共中央到延安后的第一个居住点。1937年1月13日到1938年11月20日，毛泽东、朱德、周恩来等中央领导在此居住。我们冒着春天的霏霏细雨，从一个旧居到另一个旧居。在领袖们居住的窑洞里，大家默默观看，陷入深深沉思。毛泽东同志初到延安时，先住在凤凰山麓修城墙采石料形成的一个石洞里，由于阴暗潮湿，患了关节炎，手臂麻得抬不起来。工作人员多次劝他换个地方住，他总是说："延安城就这么大，能有个地方住就不错了，不要再给老乡添麻烦。"半年后的一天，同志们趁他外出开会，把他的家搬到了吴家窑。 白求恩的故事我们再熟悉不过了。但是冯建枚老师声情并茂的讲解还是让我们重拾了那久违的感动。冯老师特别注重细节，很多故事我们第一次听到。整个讲解过程，冯老师始终眼含热泪。实际上，延安干部学院每一个板凳课堂的老师，都是首先感动自己，再感动学员。感动自己的讲授，才能给听者带来更强大的力量。 杨家岭位于延安城西北 5 华里处。1938 年 11 月 20 日，日本侵略者飞机轰炸延安城，当夜中央机关由凤凰山迁驻杨家岭。在这里，你会看到中央书记处、办公厅、组织部、宣传部、政治研究室等中央机构的旧址，也会看到毛泽东、张闻天、朱德、周恩来、刘少奇、任弼时等领导同志的旧居。 杨家岭最引人瞩目的建筑非中央大礼堂莫属，这里是中共七大的会址，也是专为召开七大修建的。礼堂内部按七大会场原貌布置。有几句标语特别引起我的注意，一个是在每个旗座上都钉有一个标语牌，上写"坚持真理、修正错误"，一个是礼堂后墙毛泽东同志题写的"同心同德"四个大字，还有一个就是七大的政治口号"在毛泽东的旗帜下胜利前进"。 自成立到七大，中国共产党已经走过了 24 年的不平凡的历程，也召开了六次代表大会。从 1928 年六大到 1945 年七大，相隔整整 17 年，党员人数已经发展到 121 万，547 名正式代表和 208 名候补代表出席了七大。七大是党的发展史上的里程碑，标志着全党在思想上、政治上、组织上达到了空前的团结统一，为迅速夺取抗战胜利和新民主主义革命在全国的胜利奠定了基础。

4 月 16 日下午，星期六，枣园。走进枣园，敞亮了许多。与凤凰山、杨家岭相比，这里的条件要好得多，共有 20 余孔窑洞、80 余间平房和一座小礼堂。五座独立的院落分别是毛泽东等同志的旧居。党中央是 1943 年 10 月由杨家岭迁到这里的。 踏进枣园大门，迎面一幢砖木结构的"凸"字形建筑，就是中央书记处礼堂。党中央在这里制定了抗日反攻、重庆谈判等重大决策。特别是重庆谈判，出于安全考虑，意见不一，在这里多次开会，最终决定由毛泽东同志飞赴重庆。 讲解老师告诉我们一个故事。毛泽东同志平时不戴帽子，不穿皮鞋，这次要出远门同蒋介石见面，怎么也得讲究一下，便从一位苏联医生那里借了一顶礼帽、一双皮鞋。当他到达重庆、挥帽走下飞机的时候，世人根本想不到，共产党的最高首脑头上的帽子、脚上的皮鞋，竟然都是借别人的。

4月19日下午，星期二，延川县梁家河。我们最后一堂板凳课是在一个党的十八大后享誉全国甚至世界的地方上的，这就是延川县梁家河村。即使在今天来看，这个地方仍然是一个比较偏僻和普通的西北村庄。在参观了知青点的几个旧址之后，在习近平总书记居住过的院子里，学员们席凳而坐，听何磊老师讲习近平总书记的知青岁月。1969年1月13日，习近平等15名北京知青来到了陕北延川的这个小山村——梁家河村插队落户，当时，习近平总书记的年龄还不满16岁，他们一来就与当地村民一起住窑洞、睡土炕、挑大粪、上山拉煤、拦河打坝、啃窝窝头……过着与农民结合的新生活。不知道大家有没有注意到习近平总书记在回忆他在梁家河的7年知青生活中的这样一段描述，他说：年仅15岁的我，最初感到十分得孤独。但我想，黄土高坡曾养育了我的父辈，她也一定会以自己宽大的胸襟接纳我这个不谙世事的孩子。于是，我真诚主动地去和村民相处，努力和乡亲们打成一片，自觉地接受艰苦生活的磨练……跟随着何老师的讲述，学员们对当年习近平总书记的吃苦精神、坚定毅力和为群众办实事、与村民的血肉情感等感慨颇深，在被感动的同时，也有了更深的理解和体会。延河水哺育了中国革命的第一代领袖，梁家河走出了中国改革开放新发展的新一代领袖。可以想见，六七十年代的梁家河，是多么落后、艰苦。一个15岁的孩子，从北京来到这个山沟里，经历了七年的磨练，成为一名共产党员，成为中国最基层的一个大队的党支部书记，成为这里最值得群众信赖的带头人和领头雁。在梁家河，我一直在思考，共产党的领袖究竟是怎么产生的？究竟有着怎样的必然性？他们都在延安这个地方思考和奋斗，究竟有着怎样的联系？有一点可以肯定，无论是在枣园的窑洞里，还是在梁家河的土炕上，他们同样在为国家和民族思索，同样做过民族复兴的中国梦！

（2016年5月《学习时报》）

引领经济新航程

党的十八大以来，以习近平同志为核心的党中央顺大势、谋大事，提出指导经济发展和经济工作的新理念新思想新战略，作出一系列新部署，确立适应新常态的政策框架，对经济发展怎么看、怎么干提供了思想指引和行动指南。

坚持以提高发展质量和效益为中心，实现实实在在、没有水分的发展，中国经济依然是世界最亮点

改革开放以来，我国经济增速虽偶有反复，但总的来说一路向上，始终在世界各经济体中一枝独秀，年均增长率接近两位数，助力中国成为世界第二大经济体，创造了世界经济发展史上的奇迹。

但是，2010 年以来，随着金融危机的爆发和世界经济深度调整，我国经济面临下行压力。7.9%、7.8%、7.3%、6.9%、6.7%，这是 2012 年至 2016 年的变化轨迹。

对于拥有世界最多人口的发展中大国来讲，关注关心增长速度是可以理解的。今年的两会已拉开帷幕。历届历次两会，经济问题都是主要议题，而经济增长又是焦点。

时隐时现唱衰中国经济的聒噪声似乎又大了一些，质疑和忧虑也弥漫在一些人的心间，专家学者们的看法又很不一致……

中国经济怎么看？看中国经济，绝不能一"数"障目，不见泰山。

既看速度，还要看总量。今天的一个百分点，和改革开放初期的两位数，不在一个数量级上。去年 6.7% 的增速，使我们的经济总量达到了 74 万亿元之多。

还要看占全球增长比重，看对世界经济的贡献。我国对世界经济增长贡献率已稳稳超过 33%。

还要看结构，看结构的优化。消费支出贡献率不断加大，战略性新兴产业支撑日益增强，服务业引领带动作用持续有力。其中，2016年全年社会消费品零售总额扣除价格因素比上年实际增长9.6%，工业战略性新兴产业增加值增长10.5%，高技术制造业增加值增长10.8%，对经济拉动作用明显。

同时，还要看质量和效益，看改革的突破，看民生的改善，看贫困人口的大幅度减少，看增长新动能的形成，看生态环境有所好转。其中，2016年全年全国居民人均可支配收入扣除价格因素，实际增长6.3%。贫困地区农村居民人均可支配收入扣除价格因素，实际增长8.4%。

最后，回过头来再看速度。即使6.7%的增速，也是世界上经济大国中最快的。

所以，回顾2016年的经济，我们应该说两句话：发展速度处于合理区间，符合预期；发展态势呈现缓中趋稳，稳中向好。

我们有理由有底气有信心：中国经济依然是世界最亮点！

作出经济发展进入新常态的重大判断，提出认识新常态、把握新常态、引领新常态，是当前和今后一个时期我国经济发展的大逻辑

中国经济这艘巨轮，如何能够披荆斩棘、破浪前行、行稳致远呢？

船在大海航行，罗经很重要，它起着确定航向的关键作用。灯塔很重要，它起着引导航行的关键作用。舵手更重要，他就是掌舵的人，不仅要引领航程，更要使航船避免任何危机……

党的十八大以来，以习近平同志为核心的党中央挺立潮头，高瞻远瞩，作出经济发展进入新常态的重大判断，提出创新、协调、绿色、开放、共享的新发展理念，开启供给侧结构性改革的新实践，贯彻稳中求进工作总基调和治国理政重要原则，拨迷雾，勇担当，善作为，标注中国经济新方位，引领中国经济新航程。

党的十八大以来，党中央对经济形势作出的重大判断，对经济工作作出的重大决策，对经济工作思想方法作出的重大调整，是对我国改革开放和现代化建设成功经验的深刻总结，丰富了党中央治国理政新理念新思想新战略，犹如罗经、灯塔、舵手，引领中国经济巨轮平稳前行。

"以往知来，以见知隐"。仿佛不经意间，"新常态"三个字跳入人们的眼帘。

2014年5月，习近平总书记在河南考察时第一次公开提出"新常态"："我国发展仍处于重要战略机遇期，我们要增强信心，从当前我国经济发展的阶段性特征出发，适应新常态，保持战略上的平常心态。"同年，习近平总书记又对新常态作出系统阐述："认识新常态，适应新常态，引领新常态，是当前和今后一个时期我国经济发展的大逻辑。"

无疑，经济进入发展新阶段，发展环境和条件发生深刻变化，面对国内外质疑忧虑，以习近平同志为核心的党中央缜密思考、深思熟虑后作出的重大判断。

新常态，着眼于"新"，关注于"变"。新常态就是因变而提出来的。

国际环境变了。世界正处于百年不遇的大变局之中，金融危机不但没有过去，且影响仍在加深，世界经济进入深度调整期，至今还没有真正见到地平线上的曙光。

发展阶段变了。我国已从低收入国家进入中等收入国家，从生产到生活、从供给到需求、从发展条件到社会心理，都发生了比较大的变化。

我国发展仍处于可以大有作为的重要战略机遇期，但内涵也发生了变化。那么，经济新常态下，究竟什么要变？

速度之变，从高速增长向中高速增长转变；方式之变，从规模速度型向质量效率型增长转变；结构之变，从增量扩能为主向调整存量、做优增量并举转变；动力之变，从主要依靠资源和低成本劳动力等要素投入向创新驱动转变。

经济新常态既不是一个事件，也不是一个筐子，更不能成为一个避风港。新常态不是不干事，不是不要发展，不是不要国内生产总值增长，而是要更好地发挥主观能动性、更有创造精神地推动发展。

新常态是一个客观存在，无所谓好坏，关键在于我们如何认识、把握和引领。运用好经济工作的大逻辑，归根结底要落在引领上，就是要推动我国经济发展向形态更高级、分工更优化、结构更合理的阶段演进。

经济新常态下，我们要充分认识条件变化的客观性，增强开辟新的发展路径的勇气、信心和智慧，引领经济发展走向更加光明的未来。

实现"十三五"时期发展目标，必须牢固树立并切实贯彻创新、协调、绿色、开放、共享的新发展理念

理念是发展的先导。而理念的形成是坚持问题导向、从实践中提炼升华的结果。

理念与发展阶段相适应。改革开放以来，我们党针对不同发展阶段面临的问题，提出了许多重要发展理念：以经济建设为中心；发展是硬道理；发展是党执政兴国的第一要务；坚持以人为本、全面协调可持续发展……

新常态面临发展新矛盾新问题，要求寻找新对策新路径。引领新常态以什么为指导？向何处发力？

可以说，创新、协调、绿色、开放、共享，哪一个词我们都不陌生，但是作为新发展理念在党的十八届五中全会上完整系统地提出来，一下子便具有了管全局、管根本、管长远的导向，具有了战略性、纲领性、引领性的意义。

创新发展，解决的是引领发展的第一动力问题，因此必须把创新摆在第一位，作为我们应对发展环境变化、增强发展动力、把握发展主动权，更好引领经济发展新常态的根本之策。抓住了创新，就抓住了牵动经济社会发展全局的"牛鼻子"。

协调发展，着眼的是发展的整体性问题，必须从当前我国发展不平衡、不协调、不可持续的突出问题出发，着力推动区域协调发展、城乡协调发展、物质文明和精神文明协调发展，推动经济建设和国防建设融合发展。

绿色发展，关注的是人与自然和谐共生的问题，人类发展活动必须尊重自然、顺应自然、保护自然。

开放发展，强调的是构建对外开放新体制，顺应世界发展潮流，在开放中发展壮大自己，在开放中引领世界发展潮流。

共享发展，体现的是以人民为中心的发展思想，契合着逐步实现共同富裕的要求，彰显我们党全心全意为人民服务的根本宗旨。

一年多来，新发展理念就像五组音符，奏响了我国经济发展的和谐乐章。

新发展理念是指挥棒。习近平总书记指出，"全党要把思想和行动统一到新发展理念上来，努力提高统筹贯彻新发展理念的能力和水平"。

新发展理念是红绿灯。习近平总书记指出："对不适应、不适合甚至违背新发展理念的认识要立即调整，对不适应、不适合甚至违背新发展理念的行为要坚决纠正，对不适应、不适合甚至违背新发展理念的做法要彻底摒弃。"

理念和实践正在无缝对接。认识自觉正在变成行动自觉。在新发展理念指引下，京津冀协同发展正在给三地带来重大变化，疏解北京非首都功能有序推进，北京城市副中心建设进展顺利，产业结构、人口结构正在发生重大变化；在新发展理念指引下，人民生活水平和质量明显提高，生产生活环境不断改善，人民的获得感不断增强；在新发展理念指引下，"一带一路"建设不仅给中国带来巨大机遇，还给沿线各国带来实实在在的好处……

推进供给侧结构性改革，是在全面分析我国经济发展的阶段性特征的基础上，调整经济结构、转变发展方式的治本良方

2016 年 1 月 18 日，中央党校。

省部级主要领导干部学习贯彻党的十八届五中全会精神专题研讨班开班式在这里举行。习近平总书记上了"第一课"。在这一课中，习近平总书记结合历史与现实、国际与国内，第一次系统论述了供给侧结构性改革的内涵与要义，给党的高级领导干部上了一堂生动的中国特色社会主义政治经济学的大课。

的确，我们一直把扩大总需求当作经济工作的着力点，在经济增速持续下行的情况下，正在讨论要不要搞量化宽松、要不要搞强刺激，怎么突然将"矛头"转向供给侧了？

一个小小的指甲刀也许能说明问题。我们人人都要剪指甲，人人都用指甲刀，但人人都感觉到了这样的不便，就是剪指甲的时候，剪掉的指甲屑到处乱跳。听说某国市场上有不让指甲屑乱跳的指甲刀，一个朋友让另一个朋友一下子买回十几个，分送给身边的朋友。

近些年，我国消费者每逢节假日，都涌向境外市场狂扫，从珠宝首饰、名包名表到电饭煲、马桶盖、奶粉、奶瓶等，无不纳入囊中，带回国来。据测算，2014 年，我国居民出境旅行支出超过 1 万亿元人民币。

这充分说明，不是我们需求不足，或没有需求，而是需求变了，消费者要求更高了，但有效供给却没有变，没有跟上。

因此，这样的结论是再自然不过的了，"当前和今后一个时期，我国经济发展面临的问题，供给和需求两侧都有，但矛盾的主要方面在供给侧"。

因此，这样的目标显而易见，"供给侧结构性改革，重点是解放和发展社会生产力，用改革的办法推进结构调整，减少无效和低端供给，扩大有效和中高端供给，增强供给结构对需求变化的适应性和灵活性，提高全要素生产率"。

因此，这样的任务就摆在了我们面前，"推进供给侧结构性改革，要从生产端入手……简言之，就是去产能、去库存、去杠杆、降成本、补短板"。去产能方面，要继续推动钢铁、煤炭行业化解过剩产能。去库存方面，要坚持分类调控，因城因地施策，重点解决三四线城市房地产库存过多问题。去杠杆方面，要在控制总杠杆率的前提下，把降低企业杠杆率作为重中之重。降成本方面，要在减税、降费、降低要素成本上加大工作力度。补短板方面，要从严重制约经济社会发展的重要领域和关键环节、从人民群众迫切需要解决的突出问题着手，既补硬短板也补软短板，既补发展短板也补制度短板。

无疑，供给侧结构性改革提出的背景，是经济大国经济发展进入新常态，既着眼于优化升级，也着眼于防控风险；既着眼于国内变化，也着眼于世界经济结构深度调整。从国内看，经济发展面临"四降一升"，即经济增速下降、工业品价格下降、实体企业盈利下降、财政收入下降、经济风险发生概率上升。从国际看，原有的增长和消费模式被打破，市场需求急剧萎缩，过度依赖国际市场拉动的路子走不通。

失衡是我国经济发展的老问题，在新的形势下又有新的内涵和新的变化。在所有结构性失衡矛盾中，供需失衡又是最基本的失衡。通过去除没有需求的无效供给，创造适应新的需求的有效供给，即要打通供需渠道，实现供需关系新的动态均衡。

供给侧结构性改革的内涵十分丰富，既是供给侧、结构性、改革三方面的相加，更是三方面的动态组合；既是一个静态的新概念新理念，更是一系列生动的实践的过程。它的根本目的是满足市场需求，主攻方向是提高供给质量，根本途径是深化改革，因此，它是我国相当长一个时期经济工作的主线。

稳中求进工作总基调是治国理政的重要原则，也是做好经济工作的方法论

中国经济这艘巨轮在前行中绝不会晴空万里、一帆风顺，相反，我们正面临诸多矛盾叠加、各种风险隐患交汇的挑战。为此，我们要牢牢把握好经济工作的总基调：稳中求进。

作为经济工作的总基调，稳中求进对做好金融危机以来国内经济工作具有极强的针对性。去年年底的中央经济工作会议，将稳中求进上升为治国理政的重要原则和做好经济工作的方法论，表明稳中求进对党和国家工作全局具有重要的指导意义。

稳中求进的根本点在于稳定大局，不断进取；体现的是问题导向，辩证思想；强调的是战略定力，底线思维；针对的是找准问题，开对药方。

稳和进，是互为条件，不是互不相干；是相辅相成，不是互相对立；是辩证统一，不是互相代替。稳和进，是既要稳，也要进，稳是进中之稳，进是稳中之进。不稳，就难进，不进，就更难稳。把握稳中求进，就是要发扬钉钉子精神，一步一个脚印向前迈进。

坚持稳中求进，实现稳中求进，对 2017 年的中国具有特别重要的意义。

从国际看，世界经济总体上仍处在缓慢复苏过程中，部分国家"逆全球化"思潮上扬，不少国家社会阶层分化严重，一些发达资本主义国家经济政治动荡。风景这边独好，全世界都在看着我们。

世界经济发展历史证明，每一次重大危机都会带来新的技术变革，都会形成新的产业形态，都会迎来新的竞争格局。在当前应对国际金融危机中，我们要树立战略观念，谋划长远发展，不能满足于应对危机，也不能满足于渡过危机。我们在这场世界性的危机挑战面前最终是不是一个胜利者，取决于我们在这场危机过后，在世界经济新的竞争格局中是不是获得了新的发展动力、是不是掌握了新的发展技术、是不是确定了新的发展方位、是不是赢得了新的发展先机。

从国内讲，2017 年是实施"十三五"规划的重要一年，是供给侧结构性改革的深化之年，特别是我们党要召开具有历史意义的十九大，必须保持经济

社会发展大局的稳定。

稳是主基调，稳是大局。但稳不是无所作为，不是不敢作为，而是要在把握度的前提下奋发有为，在关键领域有更大的进取。进是目的，进是方向。2017年的经济工作中央已作全面部署，无论是深入推进"三去一降一补"、振兴实体经济、促进房地产市场健康发展，还是体制改革、结构调整、脱贫攻坚、防控风险，哪一件都不是轻松的事。让我们响应习近平总书记的号召，撸起袖子加油干，以优异的成绩迎接党的十九大的胜利召开。

（2017年3月《学习时报》）

她

——对一位普通劳动者的点滴印象

我到现在也不知道她叫什么名字，直至在她临走之前才知道她姓李。

然而，她确实在我们身边很久。她是我们单位的保洁员。

她五六十岁，个子不高，身材微胖，走起路来没什么声音，干起活来也没什么声音。我们很多人长时间忽视她，不仅是因为她没什么声音，更主要的可能还是因为她太普通了。

我开始注意到她，是因为每天早晨，她来得和我一样早。冬天的早晨，天亮得很晚。有时候，她在我前面；有时候，她在我后面。一袭身影，几声碎步，多少个一天这样开始。莫道君行早，更有早行人。就这样，常常打个招呼。

有一次我问她为什么来这么早，她说早来收拾不影响大家工作。实际上，我们工作的时候也常常见她在楼道里、厕所里忙碌。

熟悉了，偶尔聊上几句。知道她来自山东，和丈夫一起在北京打工。

我每天早晨上班第一件事，就是到水房打水。我发现，她每次都是先把隔夜的水放出来，用来擦地或者洗抹布，再换成新水烧开。这可是良心活儿啊！水是电烧的，夜里没人用，所以是反复烧的。

有一段时间，厕所的冲水装置有问题，水流太小，水力不足，一些同事缺少耐性，没有冲完就匆匆离去。她进去后，一番折腾，立马干净整洁，焕然一新。

看着她干活，我常常想到一个很时髦的词：工匠精神。还有普通得让人忽视的劳动之美。

前几日，她告诉我，她要离开了。我脱口问：为什么？她说，丈夫和打工单位合同到期，他们要一起回山东老家去。说完，继续默默干活。 同事王丹丹喜好摄影，我让她为即将离开的她拍几张照片，结果拍出来一看，全都是在女厕所干活的。只有一张特写……嗯，是不是有点明星范儿？

（2017 年 3 月《学习时报》）

在"精准"上下足功夫

党的十八大以来，贫困群众的脱贫问题一直让习近平总书记牵挂心间。他反复强调，全面建成小康社会最艰巨、最繁重的任务在农村。没有农村的小康，特别是没有贫困地区的小康，就没有全面建成小康社会。2013年11月，他在湖南湘西考察时，首次创造性地提出了"精准扶贫"的思想。每年全国两会上，习近平总书记都对精准扶贫、精准脱贫进行阐述和强调。今年他在参加四川代表团审议时指出，到2020年现行标准下农村贫困人口全部脱贫、贫困县全部摘帽，是我们党立下的军令状。脱贫攻坚越往后，难度越大，越要压实责任、精准施策、过细工作。扶持谁、谁来扶、怎么扶、如何退，全过程都要精准，有的需要下一番"绣花"功夫。

精准扶贫既是解决全球贫困问题的重大理论创新，也是我们打赢脱贫攻坚战的重要指导思想；既是一项重大战略部署，又是一项操作性很强的复杂系统工程。从实践来看，精准扶贫、精准脱贫取得了非常好的效果。因此，脱贫攻坚越是到了啃硬骨头、攻坚拔寨的冲刺阶段，就越是要强调精准，坚持精准，在精准上下足功夫。

精准扶贫，要在靶向瞄准上下足功夫。要搞清楚扶谁，就要做到精准识别，否则底数不清，对象不明，啃硬骨头就无从下嘴，攻坚拔寨也不知从何下手，攻坚战怎么打，如何能打赢？当然，精准识别说起来容易，做起来绝不简单。当前，我国贫困户的识别标准是收入标准，且不说如何精准统计农户的收入，即使算清楚了，有的收入高的也不见得比收入低的生活好过。因此，我们在精准识别贫困户和建档立卡工作中，一定要发扬"工匠精神"和"绣花"精神，既要考虑看得见的因素，也要考虑看不见的因素；既要考虑生活维度，也要考虑健康、教育等其他维度；既要尊重民主评议的结果，也不能与实际收入产生较大差异，造成扶贫中的不公。

精准扶贫，要在精准配置资源上下足功夫。贫困自有造成贫困的原因，不同地区的致贫原因不同，要逐村逐户分析原因，找对病根才能对症下药，才能开准药方。要分类指导、分类施策，一村一策、一户一法。能扶贫开发脱贫就要积极发展生产，不适宜生产生活的就异地搬迁脱贫，还有生态保护脱贫、教育支持脱贫、医疗救助脱贫等，最后才是社会保障兜底。贫困地区情况差异较大，要因地制宜，探索多样化的精准扶贫、精准脱贫路径。精准扶贫绝不是简单地给贫困户分钱，扶贫资金和扶贫资源要精准配置，用在刀刃上，帮在关键处，发挥杠杆作用。

精准扶贫，要在建立精准脱贫台账上下足功夫。精准脱贫要"人""数"合一、"人""数"对应，不能"人""数"分离，更不能只见"数"不见"人"。过去我国贫困人口的统计就是没有具体落实到人头上，也就是说，过去有多少贫困人口、每年有多少人脱贫是清楚的，但谁是贫困人口、谁脱了贫，则不大说得清楚。我们要落实习近平总书记在中央扶贫开发工作会议上的要求，"要把不清楚变得一清二楚"。要对贫困村、贫困户和贫困人口定期进行全面核查，建立贫困户精准脱贫台账，实行有进有出，动态管理。要把每年脱贫的都是哪些人、在哪里搞得一清二楚。

精准扶贫，要在精准评估扶贫成效上下足功夫。评价精准扶贫成效，既要看脱贫的数量，也要看脱贫的质量，绝不能弄虚作假，搞"数字脱贫"。今年两会期间，习近平总书记在参加辽宁代表团审议时指出，脱贫攻坚一定要扎扎实实，我们的时间表就是到2020年实现全面建成小康社会，还有几年时间，不要脱离实际随意提前，这样的提前就容易掺水。总书记的提醒是十分必要和及时的。

（2017年3月《学习时报》）

在"协作"上再加把劲

发挥制度资源和制度优势在扶贫攻坚中的巨大威力，是解决贫困问题中国方案中为世人瞩目的重要亮点之一。东西部扶贫协作以来，取得了显著成绩。在脱贫攻坚进入"啃硬骨头"和"攻坚拔寨"新阶段后，协作的劲不但不能松，反而应该再加把劲。习近平总书记指出，东西部扶贫协作和对口支援，是推动区域协调发展、协同发展、共同发展的大战略，是加强区域合作、优化产业布局、拓展对内对外开放新空间的大布局，是实现先富帮后富、最终实现共同富裕目标的大举措，必须长期坚持下去。习近平总书记的指示要求为中国扶贫攻坚攻克最后堡垒注入了新的思想动力和工作动力。

我国的东西部扶贫协作正式启动于1996年，中央确定9个东部省市和4个计划单列市与西部10个省区开展扶贫协作。20多年来，在协作双方共同推动下，逐步形成了以政府援助、企业合作、社会帮扶、人才支持等为主要内容的工作体系，效果显著，经验丰富。这正是习近平总书记要求"必须长期坚持下去"的实践基础。

在"协作"上再加把劲，首先要在总结经验的基础上，找准存在的问题。比如，资源利用比较分散、脱贫攻坚聚焦点不集中的问题；比如，对口帮扶存在重城市、轻农村的倾向；比如，投入方向重基础设施、轻产业的问题；等等。

在"协作"上再加把劲，就是要按照精准扶贫、精准脱贫的要求，重新审视协作方案、方式、重点、目标等，在有限的时间内，精准对接，精准协作，精准发力，不撒胡椒面，也不搞大水漫灌，更不搞大帮哄，而是聚焦点要小、要准、要实，这样才能更有效。

在"协作"上再加把劲，要深刻理解"协作"含义，要把协同、合作、帮带、促进的协奏曲弹好，协作双方要有共鸣点，不能一面"响鼓"、一面"哑锣"，也不能一头冷、一头热。要找准各自优势，发挥好双方优势，通过扶贫协作，西部地区贫困群众脱贫，东部地区企业也能获得更大发展空间。

在"协作"上再加把劲，对西部贫困地区来说，是在贫困村、户、人上加把劲，这一点十分重要。不能把东部的支持落到县城上、马路上、高楼上，而是要落到每个村、每个户、每个人，让贫困群众从中切切实实得到协作的好处。

在"协作"上再加把劲，对东部地区来说，不能光政府加劲使劲，要把大量的企业资源组织起来、动员起来，激活用好。还不能忽视社会资源甚至个人资源。对那些真正愿意去西部地区献爱心、做慈善的组织和个人，要帮他们找到对接点，给他们发挥作用的舞台。

在"协作"上再加把劲，要增强使命感和责任感。扶贫协作、对口支援和精准扶贫、精准脱贫是党中央的重大决策部署，事关实现全面建成小康社会目标，协作双方要从旗帜鲜明讲政治和同以习近平同志为核心的党中央保持高度一致的高度，做好协作各项工作。主要领导要亲自关心、亲自部署、亲自调研、亲自研究、亲自落实，同时要按要求建立考核制度和督查巡查制度。

（2017 年 4 月《学习时报》）

在惩治"扶贫腐败"上出手再重一些

任何腐败都不能容忍。扶贫领域的腐败尤其不能容忍。腐败分子的手伸向扶贫款物，干扰的是全面建成小康社会的大局，损害的是贫困地区群众的切身利益，危害之深，影响之恶劣，要求我们必须利剑高悬、重拳出击。

从中央纪委近日曝光的几起典型案例我们可以看出，表明这样的决心，亮出这样的意志，很有必要。

比如，套取贫困专项资金。干这事的是河北省涞源县扶贫开发局原局长妥开祥。他先是安排工作人员在采购肉牛时多报82头，套取财政扶贫专项资金28万元。后又虚构培训事实，编造假的培训人员名单，虚开培训发票，再次套取财政扶贫专项资金13.8万元。如果说妥开祥够大胆的，是个人行为，那么还有比这更大胆的，是集体行为，而且还是几家联合。江苏省连云港市赣榆区扶贫办、财政局、赣榆农商银行在扶贫小额贷款发放工作中，通过编造虚假贷款资料等方式，套取财政奖励资金和财政贴息资金2073.04万元，这些钱三家分别"获取"，实际上就是三家分了。又比如，挪用扶贫工作经费。干这事的是广东省紫金县扶贫办。2013—2015年，共挪用了46.3万元。干啥了呢？给干部职工发放手机补助和用于公务接待了。比如，侵占移民资金。干这事的是湖北省随州市曾都区泉水寺村的会计李学猛。他总共侵占了16575元。再比如，向危房改造农民收取"跑腿费"。这是陕西省户县周店村原主任李鹏的"发明"。他在办理危房改造补助资金申请工作时，向5名村民收取"跑腿费"3.58万元。比如，骗取扶贫羊。这事是甘肃省漳县尖子村包尔宝干的。县扶贫办下达给尖子村20万元扶贫资金，要求购买良种羊2000只并发放给50户贫困户。包尔宝以和亲属共同成立养殖专业合作社的名义，编造花名册、代养协议等，把羊无偿给了自己的合作社。还比如，违规发包扶贫工程。重庆市云阳县凤鸣镇多位镇领导，拿扶贫工程项目做交易，以借款给建筑商提取高利息的方式，谋取私利。

以上典型案例中的责任人都受到了党纪政纪处理，有的还受到了刑事追究。在位高权重的贪官持续落马、小官巨贪的新闻也时常博人眼球的当下，这些小官小贪自然引不起大的社会反响，但是，它们发生在扶贫领域、发生在群众身边，具有特殊危害性，必须保持高压态势。

当前，脱贫攻坚已经到了"啃硬骨头"的关键阶段。精准脱贫，全面小康，既是庄严承诺，也是光荣使命。在实现这一目标过程中，仍有一些部门和个人敢冒天下之大不韪，把手伸向扶贫款物。因此，在惩治"扶贫腐败"上要出手再重一些。

习近平总书记在十八届中央纪委第七次全体会议上强调指出，要紧盯脱贫民生领域，严肃查处群众身边的不正之风和腐败问题。七次全会对开展扶贫领域专项整治已作出部署，要求对那些胆敢向扶贫等民生款物伸手的给予坚决查处。

在惩治"扶贫腐败"上出手再重一些，首先要查清扶贫领域不正之风和腐败问题所在，把虚报冒领、截留私分、挥霍浪费扶贫资金，在扶贫工作中吃拿卡要，以及脱贫攻坚工作中的形式主义、官僚主义、不实不准、弄虚作假等问题作为查处重点。其次要以"精准"监督促"精准"脱贫。基层纪检监察部门要进村入户，在最基层、第一线直接了解情况，听取群众呼声，发现问题线索，准出手，快出手。再次要加大问责力度，以责任追究确保责任担当。不仅对扶贫领域腐败问题频发的要追责，对职能部门不履行监督责任、该发现问题没有发现的，也要追责问责。最后要持续保持曝光力度。对一些典型案例，要隔一段时间就公开一次。不仅中央纪委曝光，省、市、县各级纪委查处的案例都要在当地媒体上曝光，把那些向扶贫款物伸手的丑行丑态都放到阳光下晒一晒。

（2017 年 4 月《学习时报》）

书的来处

看了习骅老师发表在《学习时报》上的文章《书的去处》(2017年5月5日第8版）后，对他的纠结感同身受。同时，这篇文章也勾起了我另一种回忆，对"书的来处"的回忆。

时间闪回到30多年前。20世纪80年代初期的大学校园，在改革开放春风的吹拂下，充满了冰碴碎裂般的激情。只要从那个时代走过来的人都不会忘记，那个时候的大学校园仿佛就是诗歌的花园、诗歌的海洋、诗歌的擂台，随便戴着校徽的大学生走过来，十有七八就是个校园诗人。

读诗、写诗，办诗社、搞诗会，成了我四年大学生活的一条鲜明的主线。不仅如此，我还疯狂地爱上了现代文学史上的诗人和诗歌。入学不久，就把学校图书馆仅存的现代诗人的诗集看了个遍。

很快，我开始像吃不饱的饿汉一样，满冰城（哈尔滨）的书店寻找现代诗人的诗集。最后，居然在离校园不远的一个胡同里，发现了一个以卖诗集为主的小书店。

这里诗人的作品非常齐全，特别是现代文学史上二三十年代诗人的诗集都可以买到。但是，紧接着一个问题就来了，诗再重要也只是精神食粮，不能当饭吃。诗集买多了，开销大了，吃饭就成问题了，精神和物质的矛盾就像迈不过去的坎儿横在面前。

大学四年，为了不给家里增添负担，我基本上靠助学金加稿费维持生计。这也是我引以为自豪的。但日子还是挺苦的，每个月、每个礼拜、每天都要掰着指头算计着花。

卖书人最懂读书人的心。书店的主人是一个比我大不了多少的女子。记不清哪一次聊着聊着就达成了一个共识：我按原价把书买走，快速看完之后再把书还回来，她按折扣价退我钱。前提是，我还回去的书要像新的一样，以便她能继续卖出去。

这个办法让我喜出望外。用这个办法，我读遍了书店里所有的诗集。后来，扩大到小说、散文等其他文学作品，一直持续到大学毕业。 这个特殊的方式让我养成了一个特殊的读书习惯，就是读书之前先洗手，就像佛教信众礼佛敬香之前要"净手"一样，没读完的书还要避免让别人摸到。直到今天，对那些不爱惜书的习惯我还是有些看不惯。

（2017 年 5 月《学习时报》）

把"脱贫攻坚"考核指挥棒挥起来

今年 3 月，河南省兰考县宣布正式退出贫困县，成为河南首个脱贫"摘帽"的贫困县，这也是脱贫攻坚战中令人振奋的消息。

兰考脱贫摘帽引人注目。兰考与焦裕禄紧密相连，是焦裕禄精神的发源地。兰考也是习近平总书记第二批党的群众路线教育实践活动联系点，一年之中总书记两次到兰考指导工作，兰考县委县政府郑重承诺"三年脱贫、七年小康"。

脱贫消息的确令人振奋。那么脱贫的依据是什么呢？当然是科学的硬杠杠。2016 年 4 月，中央办公厅、国务院办公厅印发《关于建立贫困退出机制的意见》，明确规定，贫困县退出以贫困发生率为主要衡量指标，原则上贫困县贫困发生率需降至 2% 以下。此外，贫困人口脱贫还要做到不愁吃、不愁穿，保障义务教育、基本医疗和住房安全。兰考县综合测算贫困发生率为 1.27%，且抽样群众认可度达到 98.96%。

那么，贫困县退出的程序又是怎样的呢？新华社在报道兰考脱贫的消息中写道："国务院扶贫开发领导小组委托中国科学院地理科学与资源研究所开展第三方专项评估""经国务院扶贫开发领导小组审定，并经河南省政府批准"。评估—审定—批准，其中评估无疑是基础。

就在兰考县宣布脱贫摘帽后不久，笔者见到西部一个贫困县的县委书记。他说，经过几年努力，他们县本来也要在今年率先在全区宣布脱贫摘帽，但是经过反复思考和商量，为了经得起严格的考核和历史的检验，他们决定把脱贫的基础砸得再实一些，延长一年脱贫。这样看来，无论是已经脱贫还是正在脱贫的，都把考核、评估看得很重。考核的标准是硬杠杠，绝不能马虎；考核的程序是实打实的，绝不能对付。对标准和程序的敬畏，就是对庄严承诺的敬畏。

3月里的最后一天，习近平总书记主持召开中共中央政治局会议，专门听取 2016 年省级党委和政府脱贫攻坚工作成效考核情况汇报。会议强调，要发挥考核指挥棒作用，把求真务实的导向立起来，把真抓实干的规矩严起来，让真干假干不一样、干多干少不一样、干好干坏不一样，确保脱贫攻坚成效经得起实践和历史的检验。

中央政治局专门开会听取脱贫攻坚工作成效考核，不同寻常。听取汇报的对象虽然是省级党委和政府，但是压力是层层传导的。这次会议要求严格落实脱贫攻坚四大制度，其中考核制度赫然在列。

脱贫目标既定。谁是考核对象？自中央扶贫开发工作会议以来，脱贫攻坚顶层设计基本完成，"五级书记抓脱贫、全党动员促攻坚"的格局基本形成。在这一格局下，脱贫攻坚工作，无疑是全党的历史使命。所以，脱贫攻坚考核，毫无疑问，首先考核的是党政一把手和各部门一把手。一把手的脱贫攻坚责任制必须严格建立起来、认真落实下去，不折不扣贯彻到底。同时，严格执行脱贫攻坚期内保持脱贫县党政正职稳定制度，对工作卓有成效的党政正职，可以提拔，但不能离开。

发挥考核指挥棒作用，就要把指挥棒挥起来，就要实行最严格的考核制度。只有实行史上最严脱贫考核，才能有效避免假脱贫、"被脱贫"、数字脱贫，才能保证脱贫的成效真实可信，才能经得起群众体验和历史检验。

在考核内容上，要将脱贫责任制的落实、资金的使用与监管、减贫的结果与成效等作为重点。在考核形式上，要把上级考核和横向交叉考核很好结合起来，同时还要像兰考那样，引入第三方评估，充分发挥好第三方评估的作用。

最严脱贫考核还应将巩固脱贫成果纳入其中。脱贫县、脱贫村、脱贫户脱贫后，在脱贫攻坚期内，仍可继续享受现有的国家扶持政策。在严格考核制度下，既要坚决防止层层加码赶进度，也要坚决防止达到了脱贫标准不愿"摘帽"的倾向，确保考核硬碰硬、脱贫效果实打实。

（2017 年 6 月《学习时报》）

扶贫要同扶智扶志紧密结合

前不久在电视上看到一个小品，一位扶贫工作队员帮扶某村一位单身贫困户，根据当地的自然条件给他送去了扶贫羊，希望他靠养羊脱贫。然而，工作队员不久后再次来到该户帮扶时，贫困户却将羊杀掉喝了酒，依然大白天躺在破乱不堪的屋子里睡大觉，等着政府的再次救济和帮扶。

又在媒体看到了这样一个案例：某地贫困户在对口帮扶下，找到了一个做清洁工作的岗位，但坚持不到一个星期，就放弃了。"我才不吃这个苦，也丢不起这个人。"当别人问他为什么放弃时，他这样回答。

脱贫攻坚到了啃骨头、到了攻坚拔寨的冲刺阶段，恐怕更多面对的是这样的贫困户、贫困人，他们面临的不仅是物质的贫困，更重要的是精神的贫困、思想的贫困、志气的贫困、动力的贫困。他们是双重贫困，是深度贫困地区的深度贫困人口，是扶贫攻坚的重中之重、坚中之坚。

对这样的双重贫困户、精神贫困人，必须要有精准的识别、深刻的认识。一般来讲，他们普遍有如下两个特点：一是贫困认同。一部分深度贫困人口甚至连脱贫的愿望都没有，他们不去分析贫困的主客观原因，不去寻找脱贫的办法，而是把自己的贫困归结为"命"，把安于贫困称作"认命"，把改变"命运"寄托给"下辈子"。二是贫困依赖。上述两个例子就是典型。这部分深度贫困人口即使有了一定脱贫条件，都没有很强的脱贫愿望，他们担心的是"失去"，不是失去"贫困"，而是担心失去扶持、失去关怀、失去送钱送物的待遇。他们把扶贫当作一种"待遇"，"等、靠、要"问题突出。

精准扶贫强调精准。针对深度贫困人口的精神贫困，究竟如何着手才更有针对性和实效性？

6月23日，习近平总书记在山西考察期间专门召开深度贫困地区脱贫攻坚座谈会。他强调，要加大深度贫困地区的内生动力培育力度。要坚持扶贫同扶智扶志相结合，注重激发贫困地区和贫困群众脱贫致富的内在动力，注重提高贫困地区和贫困群众的自我发展能力。习近平总书记重要讲话为解决"双重贫困"人口的脱贫问题指明了方向，是精准扶贫思想的丰富和升华。

事物的发展是内因和外因共同作用的结果。内因是事物发展变化的根据，外因是事物发展变化的条件，外因通过内因起作用。党的十八大以来，为了在全面小康的路上不使一个贫困户掉队，党和政府以及社会各界投入大量人力物力财力，年均超千万人脱贫。但是越往后，越认识到扶贫和扶智扶志紧密结合的重要性。面对深度贫困人口，如果只靠外界的帮和扶，而不激发贫困户的内在动力，精准扶贫和精准脱贫就会事倍功半。如果贫困人口失去了摆脱贫困的精神和志气，那么无论外界如何努力，也会像得了"软骨病"的病人一样，无论如何是扶不起来的。

人无志不立，贫无志难脱。精准扶贫要点到思想和精神的"穴位"上，培育贫困地区和贫困人口的内生动力，激发贫困群众的脱贫致富的内在活力，提高贫困人口的自我发展能力，这就是习近平总书记强调"扶贫同扶智扶志相结合"的深意。

所谓扶志，就是要淡化贫困意识，树立脱贫致富的志气，增强摆脱贫困的信心。一句话，就是要有强烈的去贫困的想法和愿望。所谓扶智，就是要加强思想教育和文化教育，提高贫困人口的素质，阻断贫困的代际传递。一句话，就是要找到从根本上拔穷根的办法和途径。扶贫同扶智扶志紧密结合，既是实现脱贫攻坚目标的需要，更是贫困地区、贫困人口持续发展的需要。

（2017 年 7 月《学习时报》）

站上新起点实现新飞跃

中华民族五千年，国强民富一直是不变的梦想；世界社会主义五百年，人间正道永远是追寻的目标。马克思主义让社会主义从空想变成了科学，中国共产党让社会主义从理论变成了实践。一代又一代共产党人在曲折中探索、在实践中总结、在思考中升华，终于，我们用两个词标注了我国社会主义的历史方位：中国特色，初级阶段。

改革开放以来，特别是党的十八大以来，我们紧紧围绕坚持和发展中国特色社会主义这个主题，牢牢把握社会主义初级阶段这个最大国情，牢牢立足社会主义初级阶段这个最大实际，更准确地把握我国社会主义初级阶段不断变化的特点，从历史和现实、理论和实践、国内和国际的结合上进行思考，清晰准确地认清中国特色社会主义的时代坐标：站上新起点，进入新阶段。

习近平总书记在省部级主要领导干部专题研讨班重要讲话中深刻指出，党的十八大以来，在新中国成立特别是改革开放以来我国发展取得的重大成就基础上，党和国家事业发生历史性变革，我国发展站到了新的历史起点上，中国特色社会主义进入了新的发展阶段。

站上新的历史起点，进入新的发展阶段，这是一个重大观点，也是一个重大判断。作出这样的重大判断，我们有充分的理由、十足的底气。只有社会主义才能救中国，只有中国特色社会主义才能发展中国。党的十八大以来，中国特色社会主义不断取得的重大成就，世界瞩目，宣示了近代以来久经磨难的中华民族实现了从站起来、富起来到强起来的历史性飞跃，社会主义在中国焕发出强大生机活力并不断开辟发展新境界，中国特色社会主义拓展了发展中国家走向现代化的途径，为解决人类问题贡献了中国智慧、提供了中国方案。

站在历史新起点，我们要不忘初心，登高望远，继往开来。"来而不可失者，时也；蹈而不可失者，机也。"我们前所未有地靠近世界舞台中心，前所未有地接近实现中华民族伟大复兴的目标，前所未有地具有实现这个目标的能力和信心。我们即将全面建成小康社会，实现第一个百年奋斗目标，实现向人民、向历史作出的庄严承诺。全面建成小康社会后，我们要继续为实现第二个百年奋斗目标而努力，进而实现中华民族伟大复兴的中国梦。

进入发展新阶段，我们要把握新要求，完成新任务，迎接新挑战。坚持辩证唯物主义和历史唯物主义的方法论，准确把握我国经济社会发展的阶段性特征，准确把握我国社会主义初级阶段不断变化的特点，既要看到成绩和机遇，也要看到困难和挑战；既要从最坏处着眼，做最充分的准备，也要朝好的方向努力，争取最好的结果。站上新起点，进入新阶段，我们要满怀信心实现新飞跃。即将召开的党的十九大，是在全面建成小康社会决胜阶段、中国特色社会主义发展关键时期召开的一次十分重要的大会，将提出事关党和国家事业继往开来、中国特色社会主义前途命运、最广大人民根本利益的具有全局性、战略性、前瞻性的行动纲领，以习近平同志为核心的党中央将带领全党全国人民踏上建设社会主义现代化国家的新征程，实现中国特色社会主义新飞跃。

（2017 年 8 月《学习时报》）

关于忠诚的八道思考题

中央党校开展的对党忠诚集中教育已经过去一段时间了，集中教育的成果开始体现在党校工作的各个方面。但是，对党忠诚不是一劳永逸的，作为党的人，作为党校人，应以对党忠诚集中教育为契机，继续深化对忠诚的认识，时刻检验对党忠诚要求，反复锤炼对党忠诚品格，不断升华对党忠诚境界。

在对党忠诚集中教育过程中，按照校委部署和要求，围绕谁要忠诚、对谁忠诚、怎样忠诚等问题，结合工作实际和思想实际，以及自己的对照检查、感悟思考，整理出关于忠诚的8个自问或8道思考题。

第一，中央党校为什么要开展对党忠诚集中教育？对这个问题，我觉得可以从两个方面来思考。一方面，中央党校的特殊地位，对党校人提出的特别要求，必须在对党忠诚上走在前列，正如常务副校长何毅亭所指出的，党校这块阵地，必须由忠诚于党、忠诚于党的事业的人坚守。另一方面，开展忠诚集中教育之所以必要，是因为我们在对党忠诚方面做得还有一定距离。对党忠诚是党内法规对党员的基本要求，是必须履行的义务，但是，落实到绝对的、纯粹的、具体的、无条件的实际中，每一个党员都是要经过很大的努力、下很大的功夫，才能做到。所以，开展忠诚集中教育，不仅必要，而且紧迫；践行对党忠诚，永远在路上，是每一名党员一辈子的事。

第二，对党忠诚怎么样才能做到真忠诚？必须强调的是，我们讲的忠诚是真忠诚，是实心实意的忠诚，不是三心二意的忠诚；是始终如一的忠诚，不是前后不一的忠诚；是坚定不移的忠诚，不是犹犹豫豫的忠诚。假忠诚有更大的欺骗性，如果假忠诚的人是位高权重的人，就会给党和人民的事业带来更大的危害。要做到真忠诚，就要在心上下功夫，就要时时处处炼心修心，修炼成一颗真诚的心，把对党的信仰的忠诚、对党的组织的忠诚、对党的理论和路线方针政策的忠诚，变成心之理，变成心即理，"心""理"合一，才能心外无理，也才能真正做到知行合一。因此，真忠诚就是初心和本心的忠诚，而不是心外之理、心外之物，不是心"加"忠诚，而是心"融"忠诚。

第三，对党忠诚怎么落实到行动上？对党忠诚，表个态，发个言，写篇文章，是容易的，但远远不够，对党忠诚关键是要落实到行动上。知行合一，首先就要做到言行一致。无论对一个组织、一个单位，还是党员干部个人，都是如此。一个人究竟是怎么想的，动什么心思，别人不一定看得出来，但是你的具体行为，你的实际工作，你平常的表现，大家是看在眼里的。言为心声，行为心镜，对党忠诚只有内化于心，才能外化于行。是不是忠诚，是不是真忠诚，关键见行动。对我们党报工作者来讲，就是要把对党忠诚贯穿到采编出版的各个环节，体现在每一期报纸上、每一个版面上、每一篇文章中。我们开展对党忠诚集中教育，对党员干部的要求就是要在编辑实践中，践行对党忠诚。针对党外群众，我们提出，对党忠诚不仅是对党员的要求，同样也是对党校工作者的要求。

第四，怎么能做到任何条件下都对党忠诚？这里的任何条件下当然也包括私底下，或者说，主要是指私底下。党员干部也有私人空间和私人时间，也有朋友圈、同学圈和家庭圈。公开处、私底下，是一条很分明的界限。就对党忠诚来讲，公开处怎么讲怎么做，私底下怎么讲怎么做，是衡量真忠诚和假忠诚的标尺。有的党员干部公开处比较注意，私底下却发表一些有违对党忠诚的言论。要求对党忠诚是绝对的、纯粹的、无条件的，绝对也包含了对私底下的要求。事实证明，党员干部私底下的言行也是某种公开的言行，只要有他人在场，不管是朋友同学，还是亲戚家人，不忠之言，都会影响他人，都会带来一定负面影响。同时，作为党的一员，说不利于党的话，也会被党外的人瞧不起，被人家笑话。所以，对党忠诚，就是要在任何时候、任何场合、任何条件下，都要坚定立场，爱党护党，为党分忧，为党说话。

第五，如何在关键时刻与党中央保持高度一致，体现对党忠诚？现在虽然没有了董存瑞举炸药包、黄继光堵枪眼儿那样的关键时刻，但是对党忠诚的关键时刻、关键节点、关键问题就存在于我们的工作和生活当中。在与以习近平同志为核心的党中央保持高度一致这样的大是大非面前，就是关键时刻；在党校姓党这样的原则面前，就是关键时刻。党校老师课堂讲课是关键时刻，党校报刊编辑出版也是关键时刻。只要为党工作，时刻都是关键时刻，时刻都要对党忠诚。我们要不断提高政治站位，强化政治意识，增强政治能力，才不会把政治问题、原则问题当作一般问题来看待、来处理，才不会在对党忠诚问题上打折扣。

第六，如何把对党忠诚和为党尽责结合得更好？对广大党员特别是领导干部来讲，对党忠诚最大的考验就是是否为党尽责，是否用百分之百的心思、力量尽责。领导干部都在一定的岗位，有一定的级别，也有一定的权力。这个岗位、级别、权力是为党尽责的，是为人民谋利益的。有的人把岗位、级别、职务看得很重要，而对如何尽责却考虑得不多，或没有放在根本位置上。还有个别的人不是对党和组织心存感恩，而是不停地抱怨，觉得党和组织对不起自己，按自己的能力和水平早该提拔了，等等。为党尽责还体现在关键时刻敢不敢勇于担责上。权责对等，权责一体。不存在没有责任的权力，也不存在没有权力的责任。在权力与责任的天平上，过分看重职务和权力，责任和义务就会无足轻重，好处面前，就会伸手，问题面前，就会推三躲四。对党忠诚是绝对的，绝对忠诚就会心底无私，就会勇于尽责，就会敢于担责。

第七，怎样在各种选择面前体现对党忠诚？我们的工作和生活充满了选择，可以说，我们是在选择中工作和生活的，在选择中把工作做得更好，把生活过得更好。选择看忠诚、看觉悟、看境界。党校工作、党报工作都是为党工作，处处体现对党忠诚，时时检验对党忠诚。对党忠诚绝不是跟工作和生活完全分开的，不能把忠诚"悬置"，讲起来头头是道，做起来就是一顶戴不到自己头上的大帽子。也不能拿把尺子只量别人，只看别人忠不忠诚，只要求别人忠诚，而放松对自己的要求。是与非面前看忠诚，利与害面前看忠诚，公与私面前看忠诚，舍与得面前看忠诚。在选择面前，是不是存小心思、耍小心眼、谋小利益，是不是把自己的智慧、本事和有限的时间精力放到为党工作、为组织工作上，就是一种体现是否忠诚的选择。

第八，对党忠诚，为党工作，怎样树立和实现更高的目标？对党忠诚，要落实到为党工作上。或者说，要在努力为党工作中体现对党忠诚。现在的工作，往往有两种状态，一种是不出事，过得去，看得过去，说得过去，特别是在全面从严治党的大背景下，这种工作状态，不是个别情况。一种是树立更高的目标，努力去实现。我们进行对党忠诚教育，就是要改变第一种状态，把第一种状态变成第二种状态。对党忠诚的党员干部，不仅会有不一样的境界，也会有不一样的神态、不一样的状态、不一样的精气神，有想干事的冲动、能干事的本事、干成事的能力、不出事的定力。不能满足于在地上捡桃子，蹦起来摘的桃子才有不一样的滋味。如果在对党忠诚集中教育中，我们每一个党员干部、每一个部门单位，都有了更高的目标、更好的状态，那么，我们中央党校的事业，就会像我们的校园一样，有一个全新的面貌！

（2017 年 8 月《学习时报》）

致远去的伙伴

居京城 30 年，至今仍然有一怕，就是怕老家的亲朋好友找关系看病。北京无疑集中了全国最好的医疗资源，但是北京太大了，没有工作上的联系，很难接触到医院的人，更别说能够成为可以帮忙的朋友。老家是县城，地方小人熟悉，该正常办的事也养成了找人托关系的习惯。你到北京那么久，连个医院都找不到，谁信呀！是不愿帮忙吧。有时候老家人产生这样的想法也是自然的。

不料，一位儿时伙伴的远去给我带来了深深的懊悔。

那天正在单位忙碌，接到了他的电话，首先问我有没有熟悉的医院。我问哪方面的，谁有病了。他说是他，肝上出了点问题。我说没有直接认识的，但可以联系别的朋友帮忙。

他好像说了句"那就费心了"，电话就挂断了。

当时，我的心里也"咯噔"一下，是不是不治之症？但从通话当中感觉他说话很有底气，简直就不像一个病人，况且他的身体也一直很好。

一周之后，联系医院的事有了比较确切的把握，我打他的手机，关机。再打，关机。一连几天，都是关机。我怀着焦急而忐忑的心情拨通了他家人的电话，才得知，他已经"去"了。

坐在办公室里，难过的同时，我的思绪聚焦到一个点上，如果我能更及时联系到医院，是不是可以……这样想着，难过渐渐地被懊悔所代替。

我的这位儿时的伙伴，是名副其实的北京人意义上的"发小"，从小一起玩儿大，一起度过了许多美好的时光。记得我上高中为考大学而用功的时候，他却辍学在街头摆起了水果摊儿。我大学毕业工作的时候，他依然还在摆水果摊儿。

营生虽然很平凡，但他的性子却很倔。为了一件他自认为有道理的事情，他直接闯进了市长的办公室。令他没想到的是，市长不仅热情接待他，耐心听了他的意见，而且出台了相关的政策。

那时候我在地方报社工作，听了他的讲述写了一篇报道发在了报纸的头版。令我没想到的是，这篇报道居然获得了当年的全省好新闻奖。

此后每年春节回老家，他都来看我，每次都带着各色新鲜水果。

我也很乐意听到他的好消息。他不再摆水果摊儿了，而是做起了从南方向东北贩运水果的生意。虽然很辛苦，但收入比摆水果摊儿好多了，他也很享受这种产业"升级"的成果和乐趣。

他甚至还和我谈起过更大胆的想法：办一个水果批发市场，或者，在南方某地包一片果林，直接种水果。

如今，他"去"了。我意识到，他不光是一个平凡的人，他还是一个有梦的人，虽然，他再没有机会实现他的梦了。人生有梦不觉远，他带着梦远行，也一定不会觉得孤单吧。我忍住眼泪，为他草写了一首诗：致远去的伙伴……

（2017 年 9 月《学习时报》）

打好脱贫攻坚"硬仗中的硬仗"

离 2020 年全面建成小康社会的时间节点越来越近，脱贫攻坚到了啃硬骨头、攻坚拔寨的冲刺期。今年 6 月，习近平总书记到山西吕梁地区调研，并召开深度贫困地区脱贫攻坚座谈会。前不久，他在座谈会上的讲话公开发表，标志着在脱贫攻坚战中，向深度贫困的总攻开始了。

"深度贫困"的提出对我们打好脱贫攻坚战意义重大，说明对贫困的理解更深刻，对目标的把握更清晰，对攻坚的重点更精准，对脱贫的难度也更有思想准备。

所谓深度贫困，就是贫困程度更深，脱贫难度更大，是脱贫攻坚中的坚中之坚，是脱贫攻坚战中"硬仗中的硬仗"。

深度贫困主要有四个层次。一是深度贫困地区，特别是连片的深度贫困地区，比如西藏和四省藏区、南疆四地州、四川凉山、云南怒江、甘肃临夏等地区，贫困发生率普遍在 20% 左右；二是深度贫困县，贫困发生率达到 23%；三是深度贫困村，全国 12.8 万个建档立卡贫困村居住着 60% 的贫困人口；四是深度贫困人口，主要是指低保五保贫困人口、因病致贫返贫人口和贫困老人等。这其中，深度贫困地区又是最主要的，因为它涵盖了绝大部分的深度贫困县、深度贫困村和深度贫困人口。因此，深度贫困地区如期完成脱贫攻坚任务对整个脱贫攻坚大局乃至对全面建成小康社会全局具有重要影响，其艰巨性、重要性、紧迫性不言自明。这也是习近平总书记在党的十九大之前调研深度贫困地区、召开深度贫困地区脱贫攻坚座谈会并发表重要讲话的深意所在。

打好这场脱贫攻坚"硬仗中的硬仗"，必须全面贯彻精准扶贫、精准脱贫基本方略。首先要精准把握深度贫困的主要成因。总体上看，四个深度贫困层次有共同点：一是集革命老区、民族地区、边疆地区于一体；二是基础设施和社会事业发展普遍滞后；三是社会发育滞后，文明程度低；四是生态环境脆弱，自然灾害频发；五是经济发展滞后，人穷村也穷。而就深度贫困人口而言，其深度贫困成因中，特别需要关注的是因病致贫、因病返贫问题。

其次要精准施策。深度贫困成因不同，采取的对策也要不一样，不可能一个方子治百病。对一些深度贫困地区，已经出台专门扶持文件的，应继续抓好落实工作。对那些居住在生存条件恶劣、自然灾害频发等"一方水土养不活一方人"地区的深度贫困人口，坚决实施异地搬迁。同时，针对不同扶贫对象，探索多种扶贫方式，综合施策，全面覆盖，如旅游扶贫、光伏扶贫、教育扶贫、健康扶贫、林业扶贫、生态补偿扶贫、社会保障扶贫，等等，十八般武艺，能用上的全用上，能想的办法都要想。前不久我们在山西吕梁地区调研深度贫困，感到精准扶贫就像一张网，将各类扶贫对象牢牢罩住，真正做到贫不漏网。按期脱贫，总有一招适合你。

虽然解决深度贫困问题是"硬仗中的硬仗"，但是我们也不能过于急躁，更不能好高骛远，吊高胃口。深度贫困地区更要合理确定脱贫目标，而这个目标又是和2020年全国脱贫攻坚的目标是一致的，简单说就是"两不愁三保障"，就是稳定实现农村贫困人口不愁吃、不愁穿，义务教育、基本医疗和住房安全有保障。

党的十九大即将胜利召开，再过两年，第一个百年奋斗目标也将实现。我们要深入学习贯彻习近平总书记在深度贫困地区脱贫攻坚座谈会上的讲话，采取更加集中的支持、更加有效的举措、更加有力的工作，扎实推进深度贫困地区脱贫攻坚，确保深度贫困地区和贫困群众同全国人民一道进入全面小康社会。

（2017年9月《学习时报》）

豪情满怀进入新时代

5年，在人类历史长河中仅是一瞬；5年，也可以是惊涛拍岸，大潮叠起，永远为人类历史所铭记。党的十八大以来，以习近平同志为核心的党中央率领全党全国人民走过的5年，就是为人类历史所铭记的5年。

10月18日上午，世界瞩目北京人民大会堂，全球倾听中国共产党总书记的"报告"。在讲到党的十八大以来的5年，习近平总书记用"党和国家发展进程中极不平凡的5年"来概括。"极不平凡"，短短四个字，凡是一同经历过的8900多万共产党员中的每一位同志，960多万平方公里上的每一位人民群众，乃至关心中国命运和兴衰的每一位海外朋友，都有深深的体悟、无限的感慨、无比的自豪。

中国之变是全方位的、开创性的，更是深层次的、根本性的。体现在经济建设取得重大成就，国内生产总值从54万亿增长到80万亿，对世界经济增长贡献率超过30%；体现在全面深化改革取得重大突破，5年推出1500多项改革举措；体现在民主法治建设迈出重大步伐、思想文化建设取得重大进展；还体现在人民生活不断改善、生态文明建设成效显著；也体现在强军兴军开创新局面、港澳台工作取得新进展、全方位外交布局深入展开；更体现在全面从严治党成效卓著。用两句我们耳熟能详的话说就是：解决了许多长期想解决而没有解决的难题，办成了许多过去想办而没有办成的大事。这些历史性变革，对党和国家事业发展具有重大而深远的影响，对世界和人类的发展同样具有重大而深远的影响。

中国之变表明我国发展正处于一个新的历史方位，中国之变宣示中国特色社会主义进入了新时代。中国共产党带领中国人民豪情满怀进入新时代！

旗帜引领方向，道路决定命运。改革开放之初，我们党发出了走自己的路、建设中国特色社会主义的政治宣言；面对世界社会主义的风雨飘摇，我们更加坚定了走中国特色社会主义道路的信念。中华人民共和国的成立证明，只有社会主义能够救中国。改革开放的成功证明，只有中国特色社会主义能够发展中国。中国特色社会主义进入新时代证明，在世界范围内，只有中国才能让科学社会主义在 21 世纪焕发出强大生机活力。新时代我们要更高地举起中国特色社会主义伟大旗帜，更加坚定中国特色社会主义道路自信、理论自信、制度自信、文化自信。

新时代有新内涵，也有新任务、新目标。习近平总书记指出，这个新时代，是承前启后、继往开来、在新的历史条件下继续夺取中国特色社会主义伟大胜利的时代，是决胜全面建成小康社会、进而全面建设社会主义现代化强国的时代，是全国各族人民团结奋斗、不断创新美好生活、逐步实现全体人民共同富裕的时代，是全体中华儿女勠力同心、奋力实现中华民族伟大复兴中国梦的时代，是我国日益走近世界舞台中央、不断为人类作出更大贡献的时代。

当然，新时代会带来许多新变化，其中最引人注目的变化是社会主要矛盾的变化。习近平总书记强调，中国特色社会主义进入新时代，我国社会主要矛盾已经转化为人民日益增长的美好生活需要和不平衡不充分的发展之间的矛盾。这一重大发现和判断意义十分重大。社会主义初级阶段主要矛盾的论断，是 1981 年党的十一届六中全会提出的。"在现阶段，我国社会的主要矛盾是人民日益增长的物质文化需要同落后的社会生产之间的矛盾"。经过近 40 年的迅速发展，我国"落后的社会生产"状况已经有了根本性的改观，及时提出社会主要矛盾的转化，对进入新时代确立新的发展目标、新的发展任务、新的发展方式、新的发展动力都具有十分重要的意义。我国社会主要矛盾的变化事关全局，要求我们在今后的发展中，下更大力气解决好发展不平衡不充分的问题，下更大力气提升发展质量和效益，下更大力气满足好人民在经济、政治、文化、社会、生态多方面日益增长的需要。

（2017 年 10 月《学习时报》）

义无反顾担当历史使命

世界上没有一个政党像中国共产党这样，从一诞生就把一个民族的梦想扛在肩上。世界上也没有一个政党像中国共产党这样，为了这一历史使命，始终初心不改，矢志不渝，无论是弱小还是强大，无论是顺境还是逆境。经过96年艰苦卓绝的奋斗，今天，我们终于可以自豪地说，我们比历史上任何时期都更接近、更有信心和能力实现中华民族伟大复兴的目标。

历史自有历史的逻辑。"更接近、更有信心和能力"绝不是凭空而来的。中国共产党是历史的选择，中国共产党的使命也是历史的选择。在中华民族危难时刻，历史也曾提供舞台，各个政党、各种主义、各种主张轮番上台，轮番表演，但是再努力，再使出浑身解数，再声嘶力竭，最后也都是昙花一现，很快便退出历史舞台。只有中国共产党，从小到大，从弱到强，率领人民推翻三座大山，建立了中华人民共和国。历史选择了中国共产党，中国共产党也改变了历史的方向和面貌，创造了新的历史。

中国共产党的历史使命是历史赋予的，也是人民赋予的。党之所以愈战愈勇，愈挫愈强，就是因为她来自人民，始终与人民在一起，始终代表人民大众的利益，始终有人民的滋养强筋壮骨，始终为人民的美好生活而奋斗和牺牲。

中国共产党的历史使命更是时代赋予的。经过了96年的不懈努力和艰苦探索，我们在坚持社会主义基本制度的基础上，开辟出中国特色社会主义道路。事实证明，这是一条正确的道路，是一条光明的道路，顺应了历史的要求和时代的潮流，体现了中国共产党人的政治智慧。改革开放近40年来，这条道路越走越宽广，这面旗帜越举越鲜亮，吸引了越来越多世人的目光。

党的十八大以来，以习近平同志为核心的党中央举旗定向，纵横捭阖，大手笔谋划国内国际大局，大气魄治党治国治军，大力度推进改革开放发展，取得了全方位、开创性的历史性变革和深层次、根本性的伟大成就，一举把中国特色社会主义推进新时代。

习近平总书记在十九大报告中开宗明义：不忘初心，牢记使命。中国共产党人的初心和使命，就是为中国人民谋幸福，为中华民族谋复兴。这个初心和使命是激励中国共产党人不断前进的根本动力。

十九大召开之前，全世界都在猜想，这个拥有 8900 多万党员、领导 13 亿多人口的世界上最大的执政党，究竟会在十九大上谋划什么？究竟会如何影响中国未来走向和世界发展趋向？随着习近平总书记庄严雄厚的声音响彻人民大会堂，传遍世界各个角落，这个谜底终于揭开，中国共产党人在十九大上谋划的就是中华民族伟大复兴的大计。可以说，党的十九大是在中国特色社会主义进入新时代的背景下，向世人宣示历史使命的大会。

时代至新，不忘初心；不忘初心，牢记使命。即使我们已经前所未有地走近世界舞台的中心，但是，正如习近平总书记所指出的，中华民族伟大复兴，绝不是轻轻松松、敲锣打鼓就能实现的。面对新时代的新形势、新困难、新挑战，一路风雨、一身荣光走来的中国共产党人异常清醒，准备付出更为艰巨、更为艰苦的努力。实现伟大梦想，必须进行伟大斗争，必须建设伟大工程，必须推进伟大事业。斗争之所以伟大，是因为我们是在为历史使命而斗争，无论多么复杂、多么艰巨，必须不断夺取斗争的新胜利；工程之所以伟大，是因为我们是在为历史使命而建设，没有共产党的领导，中国梦必然是空想；事业之所以伟大，是因为我们是在为历史使命而成就，失去"四个自信"，要么走上封闭僵化的老路，要么走上改旗易帜的邪路；而梦想之所以伟大，是因为我们的梦想就是我们的历史使命。使命呼唤担当，使命引领未来，使命凝聚磅礴力量，激励中华儿女不断奋进，开启全面建设社会主义现代化国家新征程。

（2017 年 10 月《学习时报》）

坚定不移用新思想指引新征程

改革开放以来特别是党的十八大以来波澜壮阔的伟大实践，怎能不带来实践基础上的理论创新！进入新时代，开辟新征程，建设富强民主文明和谐美丽的社会主义现代化强国，怎能离开新思想的指引！习近平新时代中国特色社会主义思想在继往开来中应运而生。

党的十九大报告将十八大以来的理论创新成果概括为习近平新时代中国特色社会主义思想，并作为我们党的指导思想长期坚持并不断发展，这是大会取得的重大成果之一，体现了全党全国人民的意志，反映了全党全国人民的愿望，彰显了党在指导思想上的与时俱进。

人的思想是从哪里来的？不是天下掉下来的，也不是头脑里固有的，而是从实践中得来的。一个执政党的指导思想是从哪里来的？同样也是实践发展基础上理论创新的结果。它是我们党艰苦奋斗、艰辛探索、艰难跋涉历程的浓缩，是顺境与逆境、成功与失败、经验与教训的提纯。我们党每一个重大理论创新成果，都是从理论和实践的结合上回答时代提出的课题，每一次指导思想的与时俱进，都会在过去和未来的交汇中凝聚起开创新征程的强大力量。

一种重大理论和思想的诞生，是一个政党全体成员乃至全体人民智慧的结晶，而这个政党的领袖无疑贡献最大。作为马克思主义中国化的又一次新飞跃和最新成果，习近平新时代中国特色社会主义思想的形成，是中国共产党和中国人民实践经验和集体智慧的结晶，习近平总书记作为党的领袖，发挥了关键性、统领性的作用，作出了开创性、系统性的贡献，是习近平总书记使命精神、担当精神以及大无畏革命精神的集中体现。

党的十八大以来，习近平总书记站在时代前沿，有效应对国内外重大挑战，围绕坚持和发展中国特色社会主义这个时代主题，就中国特色社会主义发展的总目标和总任务、总体布局和战略布局、发展方向和发展方式以及发展动力、战略步骤、外部条件、政治保证等基本问题，不懈探索，深刻思考，取得了突破性成果。这些成果集中体现在习近平总书记系列重要讲话精神和治国理政新理念新思想新战略当中。党的十九大阐明习近平新时代中国特色社会主义思想，是势所必然，水到渠成。习近平新时代中国特色社会主义思想是习近平总书记系列重要讲话精神和治国理政新理念新思想新战略的进一步凝炼、深化和升华，是新时代的要求、新实践的要求，是更高地举起中国特色社会主义旗帜的要求，是坚定地走好中国特色社会主义道路的要求。

历史交汇，征程再启，新思想让我们登高望远，心明眼亮。新思想告诉我们，坚持和发展中国特色社会主义，总任务是实现社会主义现代化和中华民族伟大复兴，在全面建成小康社会的基础上，分两步走在本世纪中叶建成富强民主文明和谐美丽的社会主义现代化强国。新思想告诉我们，新时代我国社会主要矛盾是人民日益增长的美好生活需要和不平衡不充分的发展之间的矛盾。新思想告诉我们，总体布局是"五位一体"、战略布局是"四个全面"。新思想告诉我们，全面深化改革总目标是完善和发展中国特色社会主义制度、推进国家治理体系和治理能力现代化。新思想告诉我们，全面推进依法治国总目标是建设中国特色社会主义法治体系、建设社会主义法治国家。新思想告诉我们，新时代的强军目标是建设一支听党指挥、能打胜仗、作风优良的人民军队，把人民军队建设成为世界一流军队。新思想告诉我们，中国特色大国外交要推动构建新型国际关系，推动构建人类命运共同体。新思想告诉我们，中国特色社会主义最本质的特征是中国共产党领导，中国特色社会主义制度的最大优势是中国共产党领导，党是最高政治领导力量。

作为一个具有丰富内涵的理论体系，需要我们认真学习、深刻领会、全面准确贯彻落实。习近平新时代中国特色社会主义思想与基本方略紧密相联。党的十九大报告分别从坚持党对一切工作的领导等十四个方面对基本方略进行了阐述，基本方略与党的基本理论、基本路线共同形成党在新时代的"三个基本"，我们要长期坚持、全面贯彻。第一个百年目标已经触手可及，第二个百年目标更加清晰。全世界都能听到我们向着中华民族伟大复兴中国梦目标不懈前行的铿锵足音。有了习近平新时代中国特色社会主义思想的指引，我们在决胜全面建成小康社会、开启全面建设社会主义现代化国家新征程的征途中，一定能够战胜一切困难，砥砺前行。

（2017 年 11 月《学习时报》）

跨越关口的迫切要求

关口，原义是指通往一个地区的山口、隘路。语出《史记·滑稽列传》："洛阳有武库、敖仓，当关口，天下咽喉。"引申意义是指起决定作用的时机或转折点。

党的十九大报告在一处使用了"关口"一词：建设现代化经济体系是跨越关口的迫切要求和我国发展的战略目标。

以前讲到中国经济时我们经常看到的比喻是"爬坡过坎"，这次报告中用"跨越关口"做比，显然说明我国经济发展到了更为关键的时期，也到了更为艰难的时期。正如习近平总书记在报告中指出的，"我国经济已由高速增长阶段转向高质量发展阶段，正处在转变经济发展方式、优化经济结构、转换增长动力的攻关期"。攻关期能否成功度过，能否尽快度过，是新时代发展面临的重大课题。正是在这种背景下，十九大首次提出建设现代化经济体系的重大任务。

30多年来，我国经济在改革红利、制度红利、人口红利等多重优势综合作用下，迅速增长，连创奇迹，稳稳成为世界第二大经济体。但发展的成本也很高，代价也很大，教训也很沉重。可以说，我国经济一路高歌猛进，却始终伴随一对矛盾，这就是体量和质量的矛盾。就像一个人一样，当营养不良时，多吃快长但不注意均衡生长，很容易就变成一个大胖子，看起来块头大了，但并不健康。这时候怎么办？要减肥，但不是减重。是要把同等质量的脂肪变成肌肉，实现强身健体。

为了让中国经济减脂、增肌、塑形，党的十八大以来，以习近平同志为核心的党中央作出了经济发展进入新常态的重大判断，阐明了供给侧结构性改革的主线，提出了去产能、去库存、去杠杆、降成本、补短板的五项重大任务。我国经济发展保持了中高速增长，并且向中高端水平迈进。党的十九大提出建设现代化经济体系，必将极大地促进我国经济由高速增长阶段转向高质量发展阶段，实现历史性阶段转换。

首提现代化经济体系，这是十九大报告众多"新"中的一个很重要的新思想，它更强调经济结构的系统性和均衡性，更要求发展方式的质量第一和效益优先，更着力增长动力的创新力和竞争力，更有利于推动经济发展的三大变革，即质量变革、效率变革、动力变革。

为什么要提出建设现代化经济体系？这既是我国经济发展阶段性转换的迫切要求，是跨越关口的迫切要求，也是新时代我国社会主要矛盾变化的迫切要求，是解决矛盾主要方面的迫切要求。建设现代化经济体系，就是要着力构建市场机制有效、微观主体有活力、宏观调控有度的经济体制，不断增强经济的创新力和竞争力，就是要进一步解放和发展生产力，实现更高质量、更有效率、更加公平、更可持续的发展。

如何建设现代化经济体系？一言以蔽之，贯彻新发展理念。发展理念关乎发展方向、发展目的、发展方式、发展动力，也关乎发展变革、发展效率、发展成败。对我国这样一个最大的发展中国家来讲，有了新发展理念的指引，中国特色社会主义发展道路才能越走越宽广。作为习近平新时代中国特色社会主义思想的重要内容，新发展理念是我们要长期贯彻的指导思想。建设现代化经济体系，是立足当前发展阶段性转化和长远发展战略目标提出的重大任务，要毫不动摇地将新发展理念贯穿始终。

建设现代化经济体系，着力点放在哪里？毫无疑问必须放在实体经济上，所以要深化供给侧结构性改革，把提高供给体系质量作为主攻方向。战略支撑是什么？毫无疑问是引领发展的第一动力——创新，所以要加快建设创新型国家。农村处于什么位置？毫无疑问"三农"问题仍是全党工作的重中之重，所以要实施乡村振兴战略。区域发展不平衡的问题如何解决？毫无疑问要把大力度支持革命老区、民族地区、边疆地区、贫困地区加快发展放在更加突出位置，所以要实施区域协调发展战略。经济体制改革重点是什么？毫无疑问，必须以完善产权制度和要素市场化配置为重点，实现产权有效激励、要素自由流动、价格反应灵活、竞争公平有序、企业优胜劣汰，所以要加快完善社会主义市场经济体制。对外开放如何进一步推进？毫无疑问中国开放的大门不会关闭，只会越开越大，所以必须推动形成全面开放新格局。

发展是我们党执政兴国的第一要务。解决新时代社会主要矛盾、实现"两个一百年"奋斗目标，都必须坚定不移地推动经济持续健康发展。建设现代化经济体系，是实现高质量发展的必由之路，我们要深刻理解十九大报告提出的关于建设现代化经济体系的六个方面的论述，以供给侧结构性改革为主线，着力加快建设实体经济、科技创新、现代金融、人力资源协同发展的产业体系，尽快实现"关口"的跨越。

（2017 年 11 月《学习时报》）

着眼于长期执政

加强执政能力建设

党的十九大报告提出"新时代党的建设总要求",强调"以加强党的长期执政能力建设、先进性和纯洁性建设为主线",在党章修订中,执政能力建设前面也增加了"长期"两个字。从"执政"到"长期执政",这个变化意义重大。它说明,我们党不仅要执政执好政,而且要长期执政执好政。它表明,我们这样一个已经成立96年、已经执政68年的大党,不仅清楚从何处来、现在处于什么方位,更清楚向何处去。它充分体现了拥有8900多万党员、为13亿多人民谋幸福谋未来的执政党的自信和清醒。有人把十九大报告比喻成新时代中国共产党宣言,如果马克思当年在写《共产党宣言》的时候,目的是号召全世界无产者联合起来建立工人阶级和人民的政权的话,我们今天的中国共产党宣言,就是要为了人民的幸福、为了民族的复兴,长期执政执好政。从这个角度讲,可以说十九大报告是一篇长期执政的宣言,是党的初心所在,也是党的使命所系。确保全国人民享有更加幸福安康的生活,确保建设社会主义现代化强国目标的实现,确保中华民族伟大复兴中国梦一步一步变成活生生的现实,都要以我们党的长期执政作为根本保障。

我们党成为执政党,是历史的选择、人民的选择。加强党的执政能力建设,是时代的要求、实践的要求。加强党的长期执政能力建设,是着眼于未来中国特色社会主义兴衰成败、中华民族前途命运的战略考量。一个党的执政地位不是与生俱来的,更不是一劳永逸的。从世界政党实践看,登上执政舞台不容易,执好政也不容易,长期执政更不容易。党的十九大开宗明义,我国发展仍处于重要战略机遇期,前景十分光明,挑战也十分严峻;号召全党同志一定要登高望远,居安思危;强调以加强党的长期执政能力建设、先进性和纯洁性建设为主线;要求全面增强执政本领,这些都有很强的现实针对性和长远的历史意义。

党的十八大以来，中国特色社会主义进入了新时代。党的十九大开启全面建设社会主义现代化国家的新征程。在新的历史条件下，中国社会发生了历史性变革，取得了历史性成就，社会主要矛盾已经转化。党的十九大不仅对全面建成小康社会决胜阶段进行系统部署，而且对全面建设社会主义现代化强国的新征程进行长远谋划。很显然，从历史的时间轴上看，党的十九大作出这种长时段的战略安排是着眼中国共产党长期执政而展开的。

中华人民共和国成立以来，中国共产党已经执政了近70年。展望未来，中国共产党还将继续长期执政。从世界政党史上看，能够如此长期执政的政党恐怕并不多。这绝不是偶然的，最重要的原因，就是中国共产党具有其他一切政治团体所不具备的执政能力。这种能力具有决定性的意义，来自于党的执政宗旨，来自于党的执政实践，来自于党的长期执政的战略安排，更来自于一刻不停的执政能力建设。我们党要始终站在时代前列、立于历史潮头、引领未来方向、担当崇高使命、实现伟大梦想，必须加强长期执政能力建设。

（2017年11月《学习时报》）

把改革的旗帜举得更高

再过十多天，历史的脚步将迈入 2018 年的门坎。2018 年，中国将迎来改革 40 周年。发端于 40 年前的这场改革，是决定当代中国命运的关键一招，是改变跨世纪中国历史底色的浓重一笔。

40 年来，在中国共产党领导下，中国人民凭着一股逢山开路、遇水架桥的闯劲，凭着一股滴水穿石的韧劲，成功走出一条中国特色社会主义道路。改革是中国共产党最具魅力的标识，是全中国人民最大的共识，是中国高速列车隆隆前行的不竭动力。改革改变了整个国家的面貌，丰富了人民的物质生活和精神状态，塑造了中国走向世界舞台中央的昂扬姿态。

改革是一项长期的、艰巨的、繁重的事业，必须一代又一代接力走下去。党的十八大以来，以习近平同志为核心的党中央接过改革接力棒，面对改革进入攻坚期和深水区的新形势，以更大的政治勇气、智慧和大无畏精神，系统谋划改革，全力推进改革，全面深化改革，把改革推向新阶段和新境界。

十九大报告对十八大以来全面深化改革所取得的伟大历史性成就做出了高度概括：改革全面发力、多点突破、纵深推进，着力增强改革系统性、整体性、协调性，拓展改革广度和深度，推出一共 1500 多项改革举措，重要领域和关键环节改革取得突破性进展，主要领域改革主体框架基本确立。中国特色社会主义制度更加完善，国家治理体系和治理能力现代化水平明显提高，全社会发展活力和创新活力明显增强。改革迎来 40 周年，最隆重的纪念，就是要把改革的旗帜举得更高，把改革的决心宣示得更坚定，把改革的步子迈得更扎实，把十九大确定的改革任务落实得更好。

40 年改革再出发。我们清醒认识到，改革历程不平凡，进一步改革不容易。改革已经从走红地毯变成爬坡过坎涉险滩，已经从全民普遍受益变成利益格局调整，已经从"摸着石头"变成"啃硬骨头"，已经从"分蛋糕"到"动奶酪"。但是再难再险，改革这条路我们也要坚定不移地走下去。

2018年既是改革40周年，也是贯彻党的十九大精神的开局之年，是决胜全面建成小康社会、实施"十三五"规划承上启下的关键一年。党的十九大对新时代改革做出了全面部署和统筹安排，改革将伴随现代化强国建设的全过程，也是决定"两个一百年"奋斗目标、实现中华民族伟大复兴的关键一招。每年都有每年的改革任务，每年都要向改革的总目标前进一步。隆重纪念改革40周年，改革的力度一定会更大，也完全可以更大一些。

明确习近平总书记为党中央核心、全党的核心，使全面深化改革有了坚强的领导核心。十八大以来，围绕全面深化改革，习近平总书记做出了一系列重要论述，进一步坚定改革意志，正确把握改革方向，统筹实施改革方案，坚持正确改革方法，这些论述成为习近平新时代中国特色社会主义思想的重要组成部分。习近平新时代中国特色社会主义思想是改革再出发的根本遵循。

我们明确了全面深化改革的总目标。党的十九大进一步把完善和发展中国特色社会主义制度、推进国家治理体系和治理能力现代化作为全面深化改革的总目标，使全面深化改革有了鲜明的目标指向。同时，"坚持全面深化改革"作为新时代基本方略之一，是改革再出发的行动纲领。

改革是有方向、有立场、有原则的。方向决定道路，道路决定命运。我们要毫不犹豫地高举改革旗帜，也要毫不动摇地坚定改革方向，在改革的立场和原则上保持定力，既不走封闭僵化的老路，也不走改旗易帜的邪路，坚定不移走中国特色社会主义道路，坚持"改革是在中国特色社会主义道路上不断前进的改革"。

进入新时代，开启新征程，改革也站在新的起点上。以纪念改革40周年为契机，我们要把改革的旗帜举得更高。

（2017年12月《学习时报》）

把高质量发展作为根本共识

思想的阻力是最大的阻力，观念的障碍是最大的障碍。一项政策设计得再好，如果执行政策的人想不开、想不清楚，那政策效果就会大打折扣。

党的十九大对我国经济发展作出了一个重大判断，那就是由高速增长阶段转向高质量发展阶段。刚刚闭幕的中央经济工作会议指出，中国特色社会主义进入了新时代，我国经济发展也进入了新时代，基本特征就是我国经济已由高速增长阶段转向高质量发展阶段。推动高质量发展，是保持经济社会持续健康发展的必然要求，是适应我国社会主要矛盾变化和全面建成小康社会、全面建设社会主义现代化国家的必然要求。可以说，推动高质量发展是当前和今后一个时期确定发展思路、制定经济政策、实施宏观调控的根本要求，全党全社会必须牢固树立高质量发展意识，把高质量发展作为根本共识。

最近，与几位地方领导交流，谈起学习十九大精神都侃侃而谈、头头是道，学习不能说不深入。但是说起地方发展，突然发现，可能又回到老思维、老路子、老办法上去了。这种现象不是个别的。看来实现经济发展的"转向"不是一件容易的事情，不是上面说了下面就紧跟着做了。"转向"也是一场革命，首先是思想的革命、观念的革命。

改革开放40年来，我国经济快速增长，一跃成为世界第二大经济体，对世界经济的贡献率稳稳超过30%。无疑，我们所津津乐道的发展成就是和经济的高速增长分不开的。从两位数以上到"八九不离十"，从"七上八下"到六点五以上，虽然增速呈下降趋势，但始终保持世界经济增速领先地位。追求高速增长，是世界上"赶超型"国家的普遍特征。我国实现了高速稳定增长，不仅使经济总量和国家综合实力日益扩大、稳步提高，而且这种高速增长所带来的成就感和荣誉感，也使很多人形成了深深的速度情结，患上了懒懒的路径依赖。

实际上，成为世界第二大经济体也好，对世界的贡献率超过 30% 也好，都不是轻轻松松、敲锣打鼓就能得来的，而是付出了很大的代价，包括带来了一系列难以逆转的资源问题、环境问题、生态问题，等等，所以，随着发展阶段的演进，发展观念必须有根本性的转变，发展方式也必须有根本性的转变。党的十八大以来，以习近平同志为核心的党中央立足发展新阶段发展环境、条件、任务、要求的新变化，提出我国经济发展进入新常态的重大判断，落实创新、协调、绿色、开放、共享的新发展理念，推动供给侧结构性改革，以发展观念转变引领发展方式转变，以发展方式转变推动发展质量和效益提升。五年来的经济发展成就是推动经济由高速增长阶段转向高质量发展阶段的结果。

推动高质量发展，首先要解决认识问题、思想问题、观念问题，这一点对做经济工作的同志和地方领导干部尤为重要。要充分认识到，党中央这一重大决策不是随随便便做出的，它对我国经济发展具有划时代的意义；充分认识到我国发展方式不转变不行，转变慢了也不行；充分认识这既是一个重大判断，更蕴含着坚定不移的决心和信心。我们要从政治高度增强促进转变、实现转变的使命感、责任感和紧迫感，尽快形成全党的共识、全社会的共识。

（2017 年 12 月《学习时报》）

把乡村振兴战略的重要政策落到实处

2017 年的中央农村工作会议，十九届中央政治局常委悉数出席，习近平总书记发表重要讲话，李克强总理在讲话中对实施乡村振兴战略的重点任务作具体部署，全国政协主席汪洋在会议结束时作总结讲话。5 年来，党中央每年都召开一次农村工作会议，但是如此高规格的还未有过，由此可以掂出这次会议的分量，也由此可以认识到，这次会议讨论的主题对决胜全面建成小康社会、如期实现"两个一百年"奋斗目标的重要意义。

党的十九大在深化对国情农情认识的基础上，立足于我国社会主要矛盾的转化，着眼于全体人民共同富裕的必然要求，提出乡村振兴战略。用"振兴"一词，说明城乡发展不平衡不协调已成为我国经济社会发展最为突出的结构性矛盾，成为决胜全面建成小康社会进而成为实现中华民族伟大复兴中国梦的最大短板。而作为"战略"，说明乡村振兴的全局性、长远性和决定性，也是十九大将其作为贯彻新发展理念、建设现代化经济体系的重要任务之一的深意所在。战略要靠战术和战役来落实。中央农村工作会议就是贯彻十九大提出的乡村振兴战略的一次动员会、部署会，要在战略之下研究"打法"。所以，会议开宗明义提出：深入贯彻党的十九大精神、习近平新时代中国特色社会主义思想，全面分析"三农"工作面临的形势和任务，研究实施乡村振兴战略的重要政策，部署 2018 年和今后一个时期的农业农村工作。其中，"研究实施乡村振兴战略的重要政策"一句，信息量非常之大。

当然，我们要总结党的十八大以来农业农村工作取得的历史性成就、发生的历史性变革，我们更要明确这些历史性成就、历史性变革是在习近平总书记一系列关于"三农"工作的重要论述指导下取得的。我们要总结 5 年来的重要经验，并上升为实施乡村振兴战略、做好新时代"三农"工作的行动指南，如坚持加强和改善党对农村工作的领导、坚持重中之重战略地位等"八个坚持"。会议提出了实施乡村振兴战略的目标任务和基本原则。就目标任务而言，从 2020 年乡村振兴取得重要进展到 2035 年乡村振兴取得决定性进展，最后到 2050 年，乡村全面振兴。会议特别回答了中国特色社会主义乡村振兴道路怎么走的问题，从重塑城乡关系、巩固和完善农村基本经营制度到打好精准脱贫攻坚战，提出了"七个必须"。这些思想和精神都非常重要，是我们贯彻落实好会议精神的重要内容。

这是一次高规格的会议，更是一次含金量高的会议。之所以这么说，是因为这次会议提出了一系列实施乡村振兴战略的重要政策。虽然会议使用了一个学术性较强的名词，叫"乡村振兴制度性供给"，但是对广大农民来讲，这一系列内容就是一个个具有制度性规定的政策。这些政策看得见、摸得着，实实在在。比如，农村土地关系稳定并长期不变政策，农村闲置宅基地和闲置农房政策，公共财政更大力度向"三农"倾斜，改进耕地占补平衡管理办法，健全适合农业农村特点的农村金融体系，等等。在加强和改善党对"三农"工作的领导方面，不仅强调重要性，而且提出了一系列具体要求，比如，要健全党委统一领导、政府负责、党委农村工作部门统筹协调的农村工作领导体制。这就对建立、强化和完善党委农村工作部门提出了明确要求。比如，"党政一把手是第一责任人，五级书记抓乡村振兴"，这就明确了党政一把手是乡村振兴的第一责任人，而不仅仅是分管领导抓。一分部署，九分落实。政策实还要落到实处，落到实处才能见到实效。同时，落实政策不能走偏，不能走样，不能只追求速度，搞面子工程、形象工程，更不能刮乡村风、搞城建运动。

（2018 年 1 月《学习时报》）

来一次真落实

一分部署，九分落实，短短八个字，把部署和落实的关系说得形象、到位、深刻。一和九的比例，不仅仅是一个数量关系，当我们通过落实把蓝图变成现实的时候，我们看到的，是质的变化和质的飞跃。

我们党是一个有远大理想的党，也是一个善于把远大理想和眼前目标结合起来的党，更是一个通过奋斗把理想变成现实的党。97年革命、建设和改革的成果，无不是真抓实干得来的。党的十八大以来取得的历史性成就、发生的历史性变革，也无不是真抓实干得来的。"大要有大的样子"，这"大的样子"中就包含了扑下身子抓落实的样子，脚踏实地躬身实干的样子，抓铁有痕、踏石留印求实效的样子。没有沉下心来、扑下身子抓落实，再伟大的目标，再美丽的蓝图，也只能是镜中花、水中月。

今年是贯彻党的十九大精神的开局之年，也是决胜全面建成小康社会的关键之年。十九大已经指明了方向，确定了目标，擘画了蓝图，吹响了号角，接下来全党就是要在以习近平同志为核心的党中央的带领下，落实落实再落实，在来一个大学习、来一场深调研的基础上，来一次真落实。让党中央的大政方针和决策部署真正落地生根。

真落实就得用真心。习近平总书记指出："抓落实，是党的政治路线、思想路线、群众路线的根本要求，也是衡量领导干部党性和政绩观的重要标志。"习近平总书记如此强调抓落实，如果不是用真心抓落实，如果不是真落实，就不是一般性的问题，而是是不是讲政治、是不是保持高度一致的大问题。认识问题站的位置有多高，决定解决问题付出的心思就有多重。抓落实是党中央的要求，是党的事业的要求，是人民对美好生活的向往的要求，各级领导干部怎么能不用真心抓落实、不带着真情抓落实，怎么能不来一次真落实！

真落实就得用真劲。我们的事业需要诸葛亮，但是真抓实干不能都当诸葛亮，不能都羽扇纶巾；也不能光喊口号，不动手脚；更不能文头会尾，不问所终；还不能满足于传达不过夜、布置不隔日。真落实就得用真劲，真劲就是真抓的实劲、敢抓的狠劲、善抓的巧劲、常抓的韧劲。用真劲就是不惜力，有多大劲儿使多大劲儿。赶上新时代不容易，珍惜新时代要努力，奉献新时代是本职。

真落实就得有真效。检验是不是真落实的唯一标准，就是看有没有见真效。我们党的宗旨是为人民服务，我们一切工作都是以人民为中心的，我们工作的目的就是为人民排忧解难，为人民谋利益、谋幸福，因此，人民满意不满意是对我们工作是否见真效的唯一评判。没有真落实，没有见真效，口号喊得再响，会议开得再多，文件发得再密，都只能是官僚主义的花衣裳、形式主义的花架子，人民群众是不会满意、不会答应的。

来一次真落实，对各级领导干部特别是一把手提出了真要求。要充分认识抓落实的责任，增强抓落实的本领，勇挑最重的担子，敢啃最硬的骨头，善接最烫的山芋，以钉钉子精神用真心抓落实，用真劲抓落实，把习近平新时代中国特色社会主义思想和党的十九大精神学习贯彻好，把党中央的决策部署贯彻落实好，把各项工作做实做细做好，让开局之年的"局"开得更好。

（2018 年 1 月《学习时报》）

换届后要有新作为大作为

继全国省级党委完成换届后，截至今年二月初，全国省级人大、政府、政协相继完成换届。这次换届是在党和国家事业取得历史性成就、发生历史性变革的基础上进行的，是在以习近平同志为核心的党中央坚强领导下完成的。这次换届进展平稳顺利，人民群众认可度大幅提高，党员干部形象大幅提升，党组织向心力凝聚力普遍增强，组织工作落实全面从严治党要求、坚持从严管党治吏、切实解决各种顽障痼疾，赢得广大干部群众信任支持。可以说，这是一次人民群众和党员干部满意的换届。

省级领导干部是党的高级干部，是全面从严治党的"关键少数"，是我们党治国理政的重要骨干力量。走上省级领导岗位，厚望和重任就同时担在肩头。这一届，要打赢脱贫攻坚战；这一届，要啃改革硬骨头；这一届，要决胜全面建成小康社会。以什么样的精神状态和奋斗姿态投身新时代，广大党员看着你们，人民群众看着你们。

新时代要有新气象新作为，新时代要有大动作大作为，因为新时代就是大有作为的时代。赶上这样一个大有作为的时代，就不能辜负这样一个大有作为的时代。赶上新时代，成为"关键少数"，是幸运的，也是幸福的，但幸福是奋斗出来的，奋斗本身就是一种幸福，面对党的信任，面对人民期待，面对困难考验，面对繁重任务，除了甩开膀子带头干，撸起袖子加油干，还有什么别的选择？

一年之计在于春，开局起势见精神。我们看到，有的省已经有了大动作。春节长假后上班第一天，山东省委省政府召开全面展开新旧动能转换重大工程动员大会，在比较、分析、总结的基础上，推出了一批大举措，省委书记也放了一批"狠话"。同在大年初七，黑龙江省召开整顿作风优化营商环境大会，针对社会舆论反映强烈的营商环境问题提出整治措施。还有一些省份也大动作频频。这些作为在群众中和网络上反映强烈，这热烈的议论无不让人感觉到一股久违的热气腾腾的奋斗局面。

"阴和启蛰，品物皆春"。今年是全面贯彻十九大精神的开局之年，是决胜全面建成小康社会、实施"十三五"规划承上启下的关键之年，也是改革开放40周年。换届之后要有新作为大作为，首先就要在学习领会习近平新时代中国特色社会主义思想和学习贯彻十九大精神上有新作为大作为。"学习宣传贯彻党的十九大精神是全党全国当前和今后一个时期的首要政治任务"，要按照学懂弄通做实的要求，让新思想和新精神走心走深走实，以大学习的自觉、深调研的作风、真落实的行动，武装头脑、指导实践，解决问题、推动工作。

要在精准扶贫脱贫、打赢三大攻坚战、决胜全面建成小康社会中有新作为大作为。走上新的岗位，履行更重要职责，要一心为党，全心为民，以钢铁担当、过硬本领，做好本职工作。干一件事就要有一件事的成果，过去一年就要有一年的成效，在干实事、作奉献中留下好形象，在新作为大作为中留下好名声。

要在敢啃硬骨头、推进改革上有新作为大作为。职位高了，但不能高高在上，不能认为实的问题在下面，"虚"的问题在上面，只发号施令，总玩虚的那一套。既不能不爱惜羽毛，也不能不爱惜牙齿。改革的任务很重，剩下的都是硬骨头，敢不敢碰、敢不敢啃，是考验领导干部是不是称职、愿不愿担当的试金石。

春风送暖，大雁北归。"关键少数"奋斗在前，以上率下，形成"头雁效应"，新时代的春天就会更美好。

（2018 年 2 月《学习时报》）

开创人类历史伟大奇迹

新时代无疑是一个伟大的时代。之所以这样讲，是因为新时代是由一系列伟大的事业所构成的。在这些伟大的事业当中，有一项事业堪称开创了人类历史的伟大奇迹，这就是我们正在进行的脱贫攻坚。

和平与发展是世界两大永恒主题，战争与贫穷则是人类面临的两大永恒挑战。按照世界银行每天 1.90 美元的最新国际贫困线标准，到 2015 年，全球贫困人口大约在 7.02 亿人，占全球总人口的 9.6%。改革开放以来，我国贫困人口持续减少，特别是党的十八大以来，严格执行精准扶贫、精准脱贫，每年减少贫困人口 1000 万以上，目前还有 3000 多万贫困人口。到 2020 年，我们要让这 3000 多万人口全部脱贫，从而全面建成小康社会，不仅为全球减贫作出重大贡献，而且为人类反贫困贡献中国智慧、中国方案，这还不是人类历史上的伟大奇迹吗？

历史上有哪一个朝代彻底解决了人民的温饱问题？为政之要，首在足食。在中华民族几千年的发展历程中，无论是长期战乱，还是中兴盛世，饥饿和灾荒如同一对孪生子，始终是煌煌史籍中的阴影，吃饱穿暖始终是劳动人民梦寐以求的梦想。及至中华人民共和国成立前夕，逃到台湾岛的蒋介石还饶有意味地说，"我把四万万人吃饭问题的包袱，甩给了毛泽东。"然而，经过社会主义建设 30 年、改革开放 40 年的努力奋斗，我们不仅彻底解决了全体人民的吃饭问题，而且正带领人民向全面小康社会迈进。五千年历史，换了人间，还看今朝。

世界上有哪一个政党自成立起就宣誓为人民谋幸福，并且初心不改，始终把人民的安危冷暖放在最重要位置？自有政党制度以来，冒出过多少政党，宣传过多少主张，但不管如何眼花缭乱，不管如何悦耳动听，归根结底都只代表一部分或少部分人甚至某些集团利益。当今世界之乱，实乃政党利益之争所致。只有中国共产党立党为公，因而才有中国的风景独好。只有把人民对美好生活的向往作为自己的奋斗目标，才能敢于作出庄严承诺，坚决打赢脱贫攻坚战，到2020年所有贫困地区和贫困人口与全国人民一道迈入全面小康社会。

人类有哪一个主义能够开辟出让一个拥有近14亿人口的大国实现从站起来到富起来到强起来的伟大飞跃之路？摆脱贫困，实现小康，走向富强，中国共产党带领中国人民一路探索，成功走出了一条中国特色社会主义道路，也成功走出了一条中国特色的扶贫开发道路。中国成为世界上减贫人口最多的国家，也是世界上率先完成联合国千年发展目标的国家。中国减贫的成就，足以载入人类发展史册，足以证明中国特色社会主义制度的优越性。

习近平总书记一次次考察调研，一次次进村入户，一次次座谈讨论，足以显示出贫困群众在大国领袖心中的位置。党的十八大以来，短短5年时间，习近平总书记主持召开的跨省区的脱贫攻坚座谈会就有5次。2015年2月13日，在陕西延安主持召开陕甘宁革命老区脱贫致富座谈会；2015年6月18日，在贵州贵阳主持召开涉及武陵山、乌蒙山、滇桂黔集中连片特困地区扶贫攻坚座谈会；2016年7月20日，在宁夏银川主持召开东西部扶贫协作座谈会；2017年6月23日，在山西太原主持召开深度贫困地区脱贫攻坚座谈会。今年2月12日，春节前三天，在四川成都主持召开打好精准脱贫攻坚战座谈会。

中国共产党自成立起，在近百年的革命、建设和改革奋斗历程中，创造了一个又一个人间奇迹。打赢脱贫攻坚战，中华民族千百年来存在的绝对贫困问题，将在我们这一代人手里历史性地得到解决，这是对中华民族、对整个人类都具有重大意义的伟业，这是中国共产党开创的人类历史上又一个伟大奇迹。

（2018年3月《学习时报》）

改变中国面貌的重大社会变革

党的十九大提出的重大思想、重大目标和重大战略安排，将极大地改变未来中国的面貌。实施乡村振兴战略就是改变中国面貌的一项重大战略，它和脱贫攻坚一样，有力有效补齐实现"两个一百年"奋斗目标、迈向社会主义现代化强国的短板，从而使中国以一个崭新的面貌和形象屹立在世界的东方。

乡村振兴战略，与以往所有有关"三农"问题重大举措相比，不仅立足解决农业农村农民现实问题，解决城乡发展不平衡问题，更是着眼于长远，着眼于全面建成小康社会以及此后的基本实现社会主义现代化、建成富强民主文明和谐美丽的社会主义现代化强国。这一战略的着眼点和落脚点，绝不仅仅是乡村内部和乡村自身，而是关涉中国现代化的全局、关涉现代化强国的战略、关涉中华民族伟大复兴的长远，因而更具有全局性、战略性和长远性。

实施乡村振兴战略，不仅要发展生产力，也要调整生产关系；不仅要巩固经济基础，还要改革上层建筑。既要考虑乡村历史和文化的接续传承，也要考虑面向未来、面向现代化的空间布局和人口结构变迁。要解决好钱的问题、地的问题、人的问题，也要处理好改革、发展和稳定的关系。从产业兴旺、生态宜居、乡风文明、治理有效、生活富裕乡村振兴战略的 20 字总要求来看，哪一项也不可能单独推进、单独实现。作为一项重大战略，我们不能忽视它的整体性、协调性，要在统筹推进"五位一体"总体布局、协调推进"四个全面"战略布局的大背景下，统筹推进乡村振兴战略。

融合一二三产业，连接城市和乡村，统筹六大建设，贯通历史与未来，实施乡村振兴战略，无异于进行一场重大社会变革。

乡村振兴首先是观念的变革。曾几何时，乡村成为落后的代名词。农业弱质、农村落后、农民愚昧成为深刻在人们心中的根深蒂固的观念。乡村振兴就是要实现乡村职能再塑，农村与城市，是空间上的差异；农民与市民，是职业上的区别;农业与工业,是产业上的不同,而不再是贫瘠与繁华、文明与愚昧、先进与落后的差别。不仅如此,还要让农业成为有奔头的产业,让农民成为有吸引力的职业,让农村成为安居乐业的美丽家园。

乡村振兴也是制度的变革。制度带有根本性,有什么样的乡村制度,就有什么样的乡村发展、什么样的乡村面貌。对现有乡村制度来一番审视,与乡村振兴相适应,该巩固的巩固,该完善的完善,该舍弃的舍弃,该创新的创新。强化乡村振兴制度性供给,就是强调创新乡村制度,因此要把乡村制度创新当作重点,把制度建设贯穿始终,逐步建立起中国特色社会主义乡村振兴制度体系。 乡村振兴更是道路的变革。城乡关系是发展中国家走向现代化进程中面临的重大挑战,不少国家陷入城市发达、乡村凋敝的窘境,教训深刻。即使是发达国家也并没有完全解决好这一问题。我们实施乡村振兴战略,要在借鉴中扬弃,在吸收中创新,坚持走中国特色社会主义乡村振兴道路,在习近平新时代中国特色社会主义思想指引下,贡献乡村振兴的中国方案。

（2018 年 3 月《学习时报》）

以思维方式变革推动经济高质量发展

今年两会期间，习近平总书记在参加内蒙古代表团审议时强调，我国经济已由高速增长阶段转向高质量发展阶段。现在，我国经济结构出现重大变化，居民消费加快升级，创新进入活跃期，如果思维方式还停留在过去的老套路上，不仅难有出路，还会错失良机。在这里，习近平总书记特别指出了思维方式的决定性作用，警示老套路的思维方式对经济发展的极大负面影响，强调思维方式变革对实现经济发展阶段性转换、推动经济高质量发展的重大意义。

思维方式这么重要，那究竟什么是思维方式呢？它是指在一定发展阶段，实践主体按照自身的需要创造和使用思维工具，去理解和把握客体的思维活动样式，是实践主体对客体对象反映过程中形成的思维惯性定势。简单说，思维方式就是看待事物、思考问题的根本方法，它的最大特点就是有一定惯性，改变起来不那么容易。

党的十九大报告强调我国经济已由高速增长阶段转向高质量发展阶段，指明建设现代化经济体系的战略目标，提出推动经济发展质量变革、效率变革、动力变革的三大任务要求。怎么转？怎么建？怎么变？毫无疑问，人是最关键的因素，人的思维方式对经济发展的方式具有决定性影响，思维方式变革是"三大变革"的前提，必须增强思维方式变革的紧迫感，以思维方式变革推动经济高质量发展。

思维方式变革要有破有立，破立并举。所谓破，首先要改变老套路的思维方式，要从老套路的思维方式中解放出来。时代变了，环境变了，要求变了，思维方式不变，经济发展就不可能有新气象、新面貌。正如习近平总书记所说，就不仅难有出路，还会错失良机。

不可否认，老套路的思维方式在很多人头脑中还根深蒂固。比如，认为靠山吃山，因而坐吃山空。把资源当作经济发展的唯一条件，不看生态环境，不讲能否持续，只顾眼前利益，只重显性数字，GDP 一时上去了，光鲜的背后却付出了沉重的代价，教训极为深刻。

再比如，认为要素投入就能带来高增长，因而忽视全要素生产率的提高。我国经济发展质量不高，投入产出效率低是一个重要方面。必须彻底打破高投入高产出的旧有观念，把主要依靠要素投入数量的增长，转向更多依靠全要素生产率提高。

所谓"立"，就是要牢固树立创新、协调、绿色、开放、共享的发展理念，让新发展理念在思想上生根、行动上落地，主动适应社会主要矛盾的变化，积极创造更好满足人民日益增长的美好生活需要的发展。

思维方式变革是一个艰苦的过程，也是一个生动的过程。变了有出路，变了见机遇，变了天地宽。习近平总书记为我们树立了好榜样，他提出的"既要金山银山，也要绿水青山""宁要绿水青山，不要金山银山""绿水青山，就是金山银山"的"两山"理论，鲜明诠释了思维方式变革的演进过程，是思维方式变革的典范。我们要在领导经济工作和经济实践中认真学习领会，不断增强思维方式变革的动力，学习思维方式变革的方法，体味思维方式变革的过程，共享思维方式变革的成果。

思维方式变革是经济发展阶段性转换的迫切需要，也是自我革命的题中之义。我们要认真学习习近平总书记两会重要讲话精神，充分认识思维方式变革的重要意义，主动变革，自觉变革，以思维方式变革推动经济高质量发展，以思维方式变革赢得经济高质量发展。

（2018 年 3 月《学习时报》）

多建立功业 不计较功名

两会期间，习近平总书记在参加山东代表团审议时强调，功成不必在我并不是消极、怠政、不作为，而是要牢固树立正确政绩观。既要做让老百姓看得见、摸得着、得实惠的实事，也要做为后人作铺垫、打基础、利长远的好事，既要做显功，也要做潜功，不计较个人功名，追求人民群众的好口碑、历史沉淀之后真正的评价。

习近平总书记的这段讲话，寥寥数语，朴实无华，但内涵丰富，寓意深刻，充分反映了当代共产党人的价值观、政绩观、功名观，是新时代各级领导干部必须大力践行的为政之道、必须深刻领会的功名新说。

功成不必在我，但建功立业必须有我。功成不必在我，讲的首先是功成，把该办的事情办好，办成功。如果事情办不好，办不成功，在不在我还有什么意义？"不必在我"也只能成为消极、怠政、不作为的借口。新时代属于我们每一个人，新时代的主旋律就是奋斗，就是作为，就是建功立业。各级领导干部要带头奋斗，率先作为，不仅要做新时代的见证者，更要以新时代开创者和建设者的奋斗姿态，以必须有我、舍我其谁的奋斗气概，干事创业，建功立业。归根结底，新时代是属于奋斗者的，惟奋斗者进，惟奋斗者强，惟奋斗者胜，同样，也惟奋斗者功成，惟奋斗者幸福。

功成不必在我，但事必干在当下，功则不必追求眼前。每一个人无疑都是奋斗者、都是建功立业的主体，但每一个人又都是奋斗者队伍中的一员，我们共产党人所追求的功成是大的事业、长远的事业，每一个奋斗者都要处理好大我与小我、眼前与长远的关系，立足当下，立足本职，把当下该做的事做好，把职责范围内的事做好，多想为事业、为大局、为长远带来什么，少想为个人、为小团体、为眼前带来什么。不管是显绩的工作，还是潜绩的工作，也不管是立竿见影的工作，还是作铺垫、打基础的工作，只要是党的事业、人民的事业需要做的工作，我们就要立即埋头做好，容不得半点拖延。至于说成果是不是马上就有，功劳是不是我的，则大可不必斤斤计较。在这方面想得多了，要么患得患失，要么急功近利，都是不可取的。功成不必在我，但必须牢记初心和使命，为党和人民的事业不懈奋斗。中国共产党自成立起，就立志为中国人民谋幸福，为中华民族谋复兴，除了最广大人民群众的利益，没有自己的特殊利益，为了人民的利益，无数革命先烈赴汤蹈火，壮烈牺牲，别说什么功名，多少烈士连名字都没有留下。当前，中国特色社会主义进入新时代，我们党要以伟大自我革命推动伟大社会革命，仍然需要发扬伟大创造精神、伟大奋斗精神、伟大团结精神、伟大梦想精神。对我们每个人来讲，在奋斗的征程上，唯其多建立功业，不计较个人功名，才能与"伟大"相称。

（2018 年 4 月《学习时报》）

中国开放展现大国担当

如果说 40 年前中国推开开放的大门的时候，表达的是一种认识世界、融入世界的强烈渴望，那么新时代中国进一步开放，展现的则是大国自信、大国担当，这是中国从富起来到强起来的必然逻辑，也是全球发展之幸、各国人民之福、人类进步之光。

面对复杂变化的世界，人类社会向何处去？这一时代之问不是随随便便提出来的。和平与发展是不变的主题，但世界还不太平，发展还不平衡，逆潮流和开倒车时常会打乱正常发展进程，世界面对的挑战更尖锐，面临的问题更复杂。

中国的事中国办，世界的事各国商量着办。在这个过程中，强国和大国承担着重要而特殊的责任。中国虽然还不是强国，还处在强起来的进程当中，但中国作为负责任的大国，愿同国际社会一道，在开放中合作，以合作求共赢，为给世界带来光明、稳定、美好的前景发挥积极作用，作出更多建设性贡献。这是习近平主席反复强调的，也是对世界人民的庄严承诺。

地球是个村，世界是个家。强国无论多么强，大国无论多么大，遇事都应平等协商，发展都要合作共赢，不能动不动就舞枪弄棒，强加于人，宁叫我负天下人，不叫天下人负我。

从某种意义上讲，大国担当实则是大国领导人担当；大国承担重要而特殊的责任，实则是大国领导人承担重要而特殊的责任。

习近平主席在博鳌亚洲论坛 2018 年开幕式上的主旨演讲，站在促进人类和平与发展崇高事业的高度，顺应世界潮流，回答时代之问，宣示开放举措，承诺共建共享，充分展现大国担当，展现大国领袖担当。大要有大的样子，从习近平主席的这篇演讲中，世界人民高兴地看到了中国作为一个负责任大国的样子。

大国胸襟。胸襟有多大，世界就有多大。中国改革开放、向世界敞开大门的同时，也敞开胸怀。太平洋足够大，足以容下中美两国，但中国的胸怀比太平洋还大。中国的开放，既顺应中国人民要发展、要创新、要美好生活的历史要求，也契合世界人民要发展、要合作、要和平生活的时代潮流；中国要民族复兴、国家富强、实现中国梦，同时也把建设和平、安宁、繁荣、开放、美丽的亚洲和世界装在心中，强调中国梦与世界梦相通。与动不动就本国优先相比，这难道不是一根针和大海的关系？

世界眼光。用什么眼光看别人，别人就是什么样。中国古代疑人偷斧的故事在当代世界仍有生动再现。如果脚步早已迈进 21 世纪，头脑还停留在冷战思维和传统思维中，那么，别人的发展就是对自己的威胁，没有敌人也要假想出敌人，以刺激自己的激情和快感。中国在对外开放中积极构建新型国际关系，倡导对话不对抗，结伴不结盟，承诺无论发展到什么程度，都不会威胁谁，不会颠覆现行国际体系，谋求建立势力范围，宣示始终做世界和平的建设者、全球发展的贡献者、国际秩序的维护者。试问还有哪一个大国和大国领导人有这样的眼光和格局？

人类情怀。有什么样的人类发展理念，就有什么样的人类发展方向和发展面貌。一个合格的大国领导人，不仅要看到本国的发展，还要看到世界的发展；不仅要看到当下的发展，还要看到人类发展的进程。而一个卓越的大国领导人，还要善于引领人类发展的方向，心中要有人类发展的百年大计、千年大计。立足当下世界，着眼人类发展，还会有哪个思想像"人类命运共同体"这样对历史进程和人类福祉产生重大影响的呢？

（2018 年 4 月《学习时报》）

不断提高习近平新时代中国特色
社会主义思想宣传水平

今年是真理标准问题讨论40周年。真理标准问题讨论发端于中央党校，第一篇文章由《理论动态》首发。这本朴素的内部发行的小册子因响亮地发出思想解放的第一声而被载入改革开放新时期的史册，在今天琳琅满目的报刊之林中依然被人看重，时时被人提起。有读者坚持订阅《理论动态》40年，就是因为它在思想解放运动中的独特贡献。40年改革开放历史证明，没有真理标准问题大讨论，就没有思想解放；没有思想解放，就没有伟大觉醒，也就没有改革开放的伟大实践和伟大创造。

现在，人们把这场大讨论称为思想解放运动，认为它是改革开放伟大革命的思想先声，上升到关系党和国家前途命运的高度来认识，以隆重的纪念来充分肯定，这是应该的，也是必须的。我们常说，细节决定成败，细节也决定历史，历史是由细节构成的，历史的关键处往往就是细节，但历史的细节往往又容易被一笔带过甚至被忽略。真理标准大讨论在中央党校长时间酝酿并首发开篇，这样一个历史事实充分证明，中央党校在历史转折关头发挥了重大作用；同时，我们也必须认识到，中央党校之所以能够成为伟大思想解放运动的策源地，也绝不是偶然的。

作为党的思想理论宣传阵地，在当前及今后一个时期，最重要的任务是什么？就是要发挥主阵地的作用，进一步研究、阐释、宣传好习近平新时代中国特色社会主义思想。事实上，正像当年在真理标准问题大讨论中发挥策源地和先锋号作用一样，中央党校在研究、阐释、宣传习近平新时代中国特色社会主义思想方面，依然发挥了先锋和表率作用。我们要以纪念真理标准讨论为契机，继承优良传统，高扬精神旗帜，吸取经验，提高水平，把思想理论宣传工作做得更好，在宣传习近平新时代中国特色社会主义思想和党的十九大精神方面走在前端。

党的十九大以来，宣传思想战线按照党中央的统一部署，精心组织，扎实推进，迅速兴起了学习宣传习近平新时代中国特色社会主义思想和党的十九大精神的热潮。理论和舆论工作者紧密配合，"两论强家"，在落实用新思想武装头脑、推动新思想深入人心方面做了大量工作，取得了显著成效。

进一步提高习近平新时代中国特色社会主义思想宣传水平，需要在以下几方面下更大功夫。一是在深入学习上更进一步。学习是宣传的基础。做好宣传工作必须原原本本、原汁原味地学习好习近平新时代中国特色社会主义思想和党的十九大精神，努力做到学深悟透、融会贯通。如果文章作者自己都没有学懂弄通，写出来的文章就会缺乏政治高度和理论深度，更不可能有感染力。从事思想理论宣传的同志更需要先学一步，学深一些，至少要知道作者阐述的理论观点来自哪个篇目、哪个段落，是否完整、是否准确，否则就难以胜任理论文章的编辑和把关工作。二是在明理明道上更进一步。把党的创新理论讲清楚讲明白，让党员干部和人民群众真学真懂真信真用，是宣传和理论工作者的神圣使命。要不断深化对习近平新时代中国特色社会主义思想的理论品格、思想魅力、实践价值的认识，努力把透彻的思想讲透彻、把鲜活的思想讲鲜活。在撰写理论宣传文章之前要做深入研究，准确把握党的创新理论的时代背景、精神实质、丰富内涵和实践要求，在自己学懂弄通之后再引导读者真信真用。三是在入脑入心上更进一步。发扬"走转改"精神，坚持用群众听得懂的语言宣传阐释党的创新理论，在讲故事和挖细节上花心思，在时、度、效上下功夫，提升理论宣传的吸引力、感染力、影响力，让学习宣传的过程成为增强"四个意识"、坚定"四个自信"的过程。思想理论宣传工作者要深入田间地头、工厂车间、学校课堂等基层一线采访调研，注重接地气求实效，多用群众听得进、听得懂的语言，善用新媒体新平台，开展分众化、对象化、互动化的宣传，不断把习近平新时代中国特色社会主义思想和党的十九大精神学习宣传做实做细做深。

（2018 年 5 月《学习时报》）

摆好乡村振兴战略主战场

党的十九大提出实施乡村振兴战略，高规格的中央农村工作会议对落实乡村振兴战略进行了全面部署，5月31日召开的中央政治局会议审议《乡村振兴战略规划》(2018－2022年)，这就像一场大的战役，从决定开打，到决定怎么打，用多少时间打，再到如何全面取胜，一步一步从战略层面做好了谋划。

"战略"一词本身就是军事用语。战略和什么联系最紧密？自然是战场。那么，战略规划下的乡村振兴，主战场究竟在哪里？响鼓重锤敲，落点很重要。选准主战场，摆好主战场，对战斗顺利、战役取胜都至关重要。

乡村振兴，着眼点无疑在乡村。乡村在哪里？乡村在县域。按照我国现行行政区划和管理层级，县（含县级市）以下是乡（镇）、村。一般来讲，在县域这个层面上，除了县城和城镇之外，全部是乡村，所以，全国2800多个县（市、区、旗），就是乡村振兴战略的主战场。

按照最新的人口统计，截至2017年底，我国大陆总人口达13.9亿，在城镇化率继续提高的情况下，乡村常住人口仍有5.76亿。乡村振兴战略涉及和造福的人口之多，前所未有。

再看县域国土面积。全国县域内陆地国土面积874万多平方公里，占全国陆地国土面积的94%。从东到西，从南到北，差异性极大。乡村振兴战略的主战场之辽阔之复杂，前所未有。

乡村振兴要担负一个怎样的任务呢？党的十九大报告明确提出了20字总要求：产业兴旺、生态宜居、乡风文明、治理有效、生活富裕。乡村振兴，其战略目标之艰难之光荣之远大，前所未有。

这三个"前所未有"，说明乡村振兴战略在党和国家事业全局中的关键位置，说明其在充满对美好生活向往的亿万农民心中的重要分量，说明对全面建成小康社会、全面建设社会主义现代化国家的至关重要的影响。

习近平总书记指出，在我们党的组织结构和国家政权结构中，县一级处在承上启下的关键环节，是发展经济、保障民生、维护稳定的重要基础，也是干部干事创业、锻炼成长的基本功训练基地。

"承上启下"告诉我们，县这个层面，既有落实，也有布置，既要指挥，更要实干。如果把中国经济比喻成一个体量巨大的巨人的话，那么县域经济就是中国经济之腰，腰不强不壮，骨就不硬，身就不直。从这个意义上讲，乡村振兴就是强腰之举、壮腰之举。

摆好主战场，打好乡村振兴之战，县委书记是关键。全国 2000 多名县委书记就是"一线总指挥"。县委书记们要充分认识到肩负的使命和责任，按照习近平总书记对县委书记的要求，真正把实施乡村振兴战略摆在优先位置，把坚持农业农村优先发展的要求落到实处，科学规划，稳步推进，一件事情接着一件事情办，一年接着一年干，打好打赢乡村振兴之战。

（2018 年 6 月《学习时报》）

经得起历史检验

中央政治局 5 月 31 日召开会议，审议《关于打赢脱贫攻坚战三年行动的指导意见》。随后，习近平总书记对脱贫攻坚工作作出重要指示，强调必须真抓实干、埋头苦干，以更加昂扬的精神状态、更加扎实的工作作风，夺取脱贫攻坚战的全面胜利。党的十九大把脱贫攻坚战作为决胜全面建成小康社会必须打赢的三大攻坚战之一，作出全面部署。现在，离决胜目标满打满算还有 3 年，在这 3 年内，要让 3000 万左右农村贫困人口脱贫，且他们大多处于深度贫困地区，困难和挑战可想而知。可以说，攻坚战已经到了最后的总攻阶段，在这关键时刻，党中央及时出台指导意见，习近平总书记及时作出重要指示，将对最终全面取胜产生重要影响。

党的十八大以来，习近平总书记最牵挂的地方就是贫困地区，最操心的事就是贫困人口脱贫。他不仅拿出大量时间亲自调研，发表重要讲话，提出指导思想，而且十分关注脱贫攻坚的进展和成效。中央扶贫开发工作会议之后，2017 年 3 月 31 日，他主持中央政治局会议，听取 2016 年省级党委和政府脱贫攻坚工作成绩考核情况汇报，对推进脱贫攻坚工作提出要求；2018 年 3 月 30 日，他主持中央政治局会议，听取 2017 年省级党委和政府脱贫攻坚工作成效考核情况汇报，对打好脱贫攻坚战提出要求。这是在坚持精准扶贫、精准脱贫的基本方略之下，对脱贫攻坚战中央统筹、省负总责、市县抓落实工作机制的落实和促进。这个总责负得怎么样，这个落实抓得如何，绝对不是笼统地说说的。

我国脱贫攻坚的目标是，按现行标准到 2020 年农村贫困人口脱贫、贫困县摘帽，消除区域性整体贫困，确保所有贫困地区和贫困人口与全国一道迈入全面小康社会。在全国 592 个国家级贫困县当中，河南省兰考县和江西省井冈山市率先于 2016 年 2 月实现脱贫，摘掉了贫困县帽子。随后，又有一批贫困县摘帽。可以预料，在严格考核评估下，此后 3 年，我国贫困县将进入集中摘帽期。

时间紧、任务重、难度大、要求高，这是贫困县面对的普遍问题，特别是看到别的县已经摘帽，自己就有些坐不住了。使命感、责任感、紧迫感固然应该有，但是，时间紧不能头脑发热，急躁蛮干；任务重不能乱了手脚，降低标准；难度大不能避重就轻，消极拖延；要求高不能超越实际，吊高胃口。攻坚要稳扎稳打，脱贫才能真实可靠。脱贫成效不仅要经得住严格的考核评估，更要经得起历史的检验，对历史负责。

贫困地区条件环境不同，脱贫有先后。贫困县摘帽绝不是大功告成。脱贫难，确保脱贫后不返贫、可持续，也绝不容易。中央对摘帽县之所以给予责任、政策、帮扶、监管"四不变"，深意也在这里。每一位贫困县的县委书记都要对照"脱贫工作务实，脱贫过程扎实，脱贫结果真实"的"三实"要求，认真对照检查。如果心里不踏实，宁肯不急于摘帽。

3 年之后，历史地解决中华民族千百年来的绝对贫困问题，让贫困地区贫困人口同全国人民一道迈入全面小康社会，我们将站在实现中华民族伟大复兴的新起点上。这个基础牢不牢靠，取决于我们这 3 年脱贫攻坚战打得扎不扎实。

为官一任，总有任期。但是，我们共产党人的事业是要一代一代接续奋斗下去的。经得起历史检验，对历史负责，就是不仅要看到自己的"一亩三分地"，还要看到党和国家事业的大局；不仅看到全面建成小康社会这个 3 年目标，看到 2021 年第一个百年目标，还要看到 2050 年社会主义现代化强国的第二个百年目标。有了这样的大局意识和长远目光，我们的脱贫攻坚才能经得起历史检验，也才能真正获得人民群众的认可。

（2018 年 6 月《学习时报》）

自强靠奋斗

在庆祝党的生日之际，我们可以自豪无比地讲，中国共产党依靠 97 年的伟大社会革命和伟大自我革命，已经成为世界上最强大的政党；我们可以自信满满地说，中国共产党团结带领中国人民，经过接续奋斗、艰苦奋斗、不懈奋斗，迎来了从站起来到富起来到强起来的伟大飞跃。党的十八大以来，以习近平同志为核心的党中央率领全国人民开创中国特色社会主义的新时代，这个新时代就是强起来的时代，就是强国时代，就是自强时代。自豪不自满，自信又自醒，自强靠奋斗。强起来首先要干起来，要奋斗起来。

奋斗两个字，可不是随随便便说来的。了解中国共产党历史的人，无不对奋斗有深刻的体悟。新时代党员领导干部也要深刻理解奋斗的新要求。中共中央政治局委员、中央党校（国家行政学院）校（院）长陈希在今年春季学期第二批入学学员开学典礼上的讲话中指出："一个有奋斗精神的民族，才是有希望的民族；一个有奋斗精神的政党，才是有希望的政党；一个有奋斗精神的干部，才是符合党要求的干部。"可以说，奋斗精神是新时代共产党人最鲜明的底色，缺少了奋斗精神，无论党龄多长，无论职位多高，无论过去贡献多大，都不是合格的党员，在新时代都会黯然失色。

在革命时期，要奋斗就会有牺牲。中国共产党并不是一诞生就强大的，而是历经挫折、历尽磨难而浴火重生、淬火成钢的。到 1949 年中华人民共和国成立、中国人民站起来时，有党员 400 多万，但 28 年奋斗，我们牺牲的党员烈士也有将近 400 万。那个时代，牺牲和奋斗是紧密联系在一起的，每一个加入中国共产党的党员都立志为共产主义事业而奋斗，随时准备在奋斗中牺牲生命。

在社会主义建设时期，要奋斗就要讲奉献。面对百废待兴的国家，一大批优秀共产党员吃苦在前，奋勇当先，不惜隐姓埋名数十年，不惜献出青春，筑就了一座座精神高地，诞生了不朽的红旗渠精神、大庆精神、"两弹一星"精神等。

在改革开放的新时期，要奋斗就要敢闯敢试。变换轨道，打开大门，中国以奋斗者的姿态，开始大步追赶。没有现成的教科书可参阅，没有现成的模式可模仿，我们走的是一条全新的道路，靠的是一种敢试敢闯、敢为人先的奋斗精神。今天，我们已经站在了改革开放的新起点上，小岗精神、特区精神、载人航天精神等鼓舞我们全面深化改革、提高开放水平。

今天，我们庆祝中国共产党成立97周年。明年，我们将迎来中华人民共和国成立70周年;2020年，将全面建成小康社会;2021年，我们党将成立100周年;2035年，基本实现社会主义现代化;2050年，将全面建成社会主义现代化强国……强起来的新时代，一个一个闪亮的节点，一个一个伟大的目标，多么让我们憧憬，多么鼓舞我们做新时代的奋斗者。在奋斗中奉献和牺牲，在奋斗中作为和担当，在奋斗中创造和幸福，也在奋斗中成就自我，成就大我。

自强靠奋斗，奋斗见行动。做新时代的奋斗者，不是看谁的口号喊得最响、谁的花拳秀得最靓，而是看谁的行动最快、谁的效果最好。各级领导干部要走在前，作表率，在肯干事、会干事、干成事、不出事的奋斗中，展现新时代奋斗者的姿态。

（2018年7月《学习时报》）

发扬"主动干精神"

干与不干不一样，这是再简单不过的常识和共识。但是，同样是干，主动干和被动干效果也不一样，而且有时候会大不一样。

一个单位也好，一个地方也好，大致总是存在着这样三部分人：一是不怎么干的，遇到活能躲就躲，能偷懒就偷懒，多一事不如少一事；一是可以干的，让干多少就干多少，让怎么干就怎么干；还有就是主动干的，眼里有活抢着干，心里想事赶着干，八小时之外也在干。

一个单位一个地方的面貌怎么样，和这三种人占的比重有直接关系。如果不怎么干事的人多了，事业就难有进步，甚至会退步；如果主动干的人多了，事业就会一步一个台阶，面貌就会苟日新，日日新。在新时代干事创业的队伍中，我们总是能够看到一个又一个、一批又一批想干愿干、主动干、积极干的人，他们中既有普通党员，也有领导干部。

习近平总书记指出，所谓干部，干是当头的。干字当头就是主动干，而不是被动干，更不是消极干。领导干部特别是主要领导主动干，干在前，作表率，对普通党员和人民群众就是一种带动、一种督促，不怎么干的和可以干的就会向积极方向转化，主动干的队伍就会越来越壮大，干部群众的积极性就会逐步提升，干事创业的氛围就会越来越浓。

在干部队伍中，主动干的自然是骨干，也是我们党的宝贵财富，值得我们特别珍惜。在实际工作中，那些主动干的往往都会给我们留下比较深刻的印象。

一是自觉地干。自觉干就是发自内心、由里向外地干。不干就心慌、就难受、就不舒服。他们把干事当作生命存在的方式和生命的一部分，只有干事生命才有存在的意义和价值。把重任交给这样的人，领导放心省心，群众满意喜欢。

二是不计名利地干。他们主动干既不是为了图名，也不是为了计利。如果图名计利的话，他们完全可以换一种干法或者到别的地方干。主动干的人往往都是有本事的人，是想干事、愿意干事并能干出成绩的人。他们干事完全是出于事业心、责任感。如果图名，那也是图的事业之名，如果计利也是计的群众之利。

三是创造性地干。办法都是困难创造出来的。主动干和创造性地干紧密相连。有了主动性才有创造性。创造性是"主动干精神"的重要内涵，也是重要特征。新时代是干事创业的好时机，但也面临新问题新矛盾新挑战，这就要求工作中既要想干愿干，也要能干会干，既要有主动性，也要有创造性。主动干的干部往往不会被困难和挑战吓怕、拖垮，反而会迎难而上，开创出事业发展新境界新局面。

有人说主动干的人犯"傻"。不错。一些人是精致的利己主义者，凡事从个人利益出发，干与不干，什么时候干、怎么干，衡量的标准是对自己有没有好处、符不符合自己的设计。在这样的人眼里，主动干可不就是"傻"，甚至会被窃笑。

有人说主动干的人容易出错。也不错。干事多出错的机会就多，犯错的机率就大，这是人们共知的"规律"。一些人自以为参透了"规律"，凡事等等看看再说，懒作为，慢作为，甚至不作为。

正是因为有了被动干、不想干的人，才会衬托出主动干的可贵。如果说主动干的人是"傻"，那么这种"傻"恰恰是我们所倡导的"实"。主动干的人也不是不怕出错，但他们更怕失去干事创业的时机。

习近平总书记指出："世界上没有坐享其成的好事，要幸福就要奋斗"。新时代就是干事创业的时代，是奋斗的时代，"主动干"是和新时代最合拍的节奏，是和奋斗最相符的同义语，是和幸福最相通的和鸣，我们应该在广大干部群众中倡导主动干精神，发扬主动干精神，践行主动干精神。

（2018 年 8 月《学习时报》）

"主动干精神"从何而来

物有其本，事有其源。主动干精神不是与生俱来的，也不是强灌输出来的。主动干精神的养成，既要有一定时间的积累，也要有多种养分的供给和培育。

主动干精神来自事业心。事业心就是初心——为中国人民谋幸福，为中华民族谋复兴。天底下最伟大的事业就是中国共产党的事业。作为党员干部，没有什么都不能没有事业心，忘了什么都不能忘了初心。有没有事业心是衡量是不是好干部的重要标准，也是能不能主动干的根由。一个干部有了事业心，也就有了干事的劲头，有了主动干的行动。

主动干精神来自责任感。心中有事业就能感到肩上有责任。党员干部特别是一个地方一个单位的主要领导干部应该时刻认识到，党组织把一个地方一个单位的事业交给我们，也就是把干好这份事业的责任交给了我们。要担当责任，就要干好事业，就要主动干、全力干，日月有绩才能事业有成。

主动干精神来自担当。关键时刻看担当。所谓关键时刻，就是大是大非面前，就是重大挑战关口，就是有可能牺牲个人利益、名誉甚至乌纱帽的时刻。有担当的干部之所以能在关键时刻走在前、扛在前、干在前，是因为他们首先考虑的不是自我，而是大我，把党的事业、群众利益和全局大局看得比个人利益、名誉和乌纱帽更重要。他们甚至有一种把乌纱帽摘下来拿在手里、随时准备交出去的气魄和胆识，而绝不追求逃避责任的稳重、善踢皮球的聪明、得过且过的得体。所谓官职、职位和权力，只有在担当的时候才有价值和意义。

主动干精神来自党性。党员干部之所以区别于普通人，就是因为具有党性。人性是有弱点的，人性的弱点有很多，党性可以克服人性的不足，可以修正人性的弱点，可以把负面的变成正面的，把消极的变成积极的，把被动的变成主动的。党员干部只有不断锤炼党性，不断提高党性修养，才能变得越来纯粹，越来越具有党性之美，越来越散发党性之光。在社会上，在工作中，在困难和挑战面前，即使不佩戴党徽，也能让人感觉到，他是一个党员干部，是一个拥有党性修养的人。

主动干精神来自忠诚。天下美德，莫大乎忠。党员干部对党忠诚、对人民忠诚、对领袖忠诚，是最基本的要求，也是最根本的要求。忠诚发自内心，与生命融为一体，才能自觉自愿、无怨无悔，不计得失、勇往直前。忠诚不能仅仅停留在口头上、表态上，而要落在实际中，体现在主动干上。说一千道一万，不干、不主动干、不干出成绩，就都是假的。

当前，我们面临的发展环境稳中有变，十分复杂，眼前的困难和挑战不少。党员干部要为党分忧，为党担责，迫切需要上下一心，主动干、埋头干，干出新成就，干出新面貌，干出新天地，干出一个全面小康社会和现代化强国。

（2018 年 8 月《学习时报》）

信心 民心 人心 同心

归根结底，宣传思想工作的对象是人，是做人的工作，失去了具体的、活生生的人，宣传思想工作就失去了着力点和落脚点；人的问题，既有实际问题，也有思想问题，有时候思想问题比实际问题还难解决。在全国宣传思想工作会议上，习近平总书记鲜明指出，我们"既要解决实际问题，又要解决思想问题"。

那么，解决思想问题乃至解决实际问题，工作往哪里做？功夫往哪里下？无疑，应往心上做，应往心上下。一个人想什么、做什么，皆由心生、皆自心始。从心入手，抓住人心，就是抓住了宣传思想工作的根本。

毛泽东同志说过："人心就是力量"。习近平总书记强调："人心是最大的力量"。在这次宣传思想工作会议上，他进一步强调要更好"强信心、聚民心、暖人心、筑同心"。

先说强信心。信心不光是要有，关键是强。强是一个形容词，也是一个动词，就是不断增强信心。当今世界，如果说自信，没有哪一个国家、哪一个政党、哪一个民族能像中国、中国共产党和中华民族这样有理由自信。我们的自信既是对道路、理论、制度、文化的信心，也是对党、人民、核心和领袖的信心；既来自5000年文明史、97年党的奋斗历史、69年新中国建设史，也来自40年改革开放史，来自十八大以来所取得的历史性成就、发生的历史性变革，来自中国梦、中华民族伟大复兴的光明前景。仅就宣传思想工作而言，5年来，在党中央的坚强领导下，从根本上扭转了意识形态领域一度出现的被动局面，全党全社会思想上的团结统一更加巩固。当然，各方面各领域还存在一些困难，面临新的挑战，人民群众还有迫切需要解决的实际问题和思想问题，宣传思想工作必须把统一思想、凝聚力量作为中心环节，在坚定信心、鼓舞斗志上下更大功夫，把"强"的要求落到实处，让"强"的效果进一步显现出来。

再说聚民心。民心是最大的政治。聚民心的工作要从政治高度来认识，也要从政治效果上来衡量。无论是思想理论、新闻舆论，还是影视文艺，都必须把政治效果和社会效益放在首位，不能被市场"绑架"、被金钱"异化"、被娱乐"致死"。要敬畏民心、回应民心、顺应民心，才能凝聚民心。民心不能失，也不能散。聚的方向就是朝着党中央确定的宏伟目标团结一心向前进；聚的目的就是把全党全国人民士气鼓舞起来、精神振奋起来；聚的方式和手段，就是坚持正确舆论导向，唱响主旋律，壮大正能量，做大做强主流思想舆论。

接着说暖人心。人心冷暖关乎天下得失。习近平总书记在全国宣传思想工作会议上提出"暖人心"的要求，这本身就很"暖人心"。这平平常常的三个字意味深长、意蕴深远，值得宣传思想文化战线每一个人体会、牢记并躬身践行。强信心也好、聚民心也好，如果没有暖人心做基础，就会事倍功半。一切形式的作品，只有拨动人心敏感之弦，才能让人心生暖意，才能激发阳光与向上的能量，从正面和积极的方向影响社会、激励他人。暖人心首先是正能量。负能量的东西只能让人心寒。一些以所谓揭阴暗来取悦市场、取悦洋人的作品之所以不受欢迎，原因就在这里。暖人心还要是真感情，体现对党、国家、民族、人民的真感情。只有真感情才是美好的，虚情假意只能创作和生产出低俗、庸俗、媚俗的作品。

最后说筑同心。筑同心就是做大同心圆。所谓同心圆，就是圆心相同而半径不同的圆，半径越长圆就越大。筑同心的目的，就是要不断提升中华文化影响力，把优秀传统文化的精神标识提炼出来、展示出来，把优秀传统文化中具有当代价值、世界意义的文化精髓提炼出来、展示出来。筑同心，讲故事是一种好形式、好办法，要以习近平新时代中国特色社会主义思想为主题，讲好三大故事。一是中国共产党治国理政的故事，二是中国人民奋斗圆梦的故事，三是中国坚持和平发展合作共赢的故事。

进一步做好强信心、聚民心、暖人心、筑同心的工作，就是在关键处、要害处下功夫。这个功夫下到了、下足了，社会主义意识形态的凝聚力和引领力就会不断增强，宣传思想工作举旗帜、聚民心、育新人、兴文化、展形象的使命任务就会完成得更好。

（2018 年 8 月《学习时报》）

脚力 眼力 脑力 笔力

笔者从事新闻工作30多年，经历报纸从检铅字到照排全过程。用剪刀剪报刊积累资料的时代永远过去了。现在你要写报道写文章，打开电脑，输入关键词，相关资料、观点乃至行文模板应有尽有。这就带来一种担心和疑问：新闻工作者乃至宣传工作者的能力是不是在下降了？习近平总书记敏锐地发现了这个问题，对新闻工作者明确提出了"四力"的要求。他指出，好的新闻报道要靠好的作风文风来完成，靠好的脚力、眼力、脑力、笔力得来。

在全国宣传思想工作会议上，习近平总书记把"四力"的要求扩大到整个宣传思想战线：宣传思想干部要不断掌握新知识、熟悉新领域、开拓新视野，增加本领能力，加强调查研究，不断增强脚力、眼力、脑力、笔力，努力打造一支政治过硬、本领高强、求实创新、能打胜仗的宣传思想工作队伍。

这种要求是非常必要和及时的。这次会议确立了宣传思想战线举旗帜、聚民心、育新人、兴文化、展形象的使命任务，提出建设具有强大凝聚力和引领力的社会主义意识形态，是全党特别是宣传思想战线必须担负起的一个战略任务。使命光荣、任务艰巨，宣传战线同志在殷殷期待下，深感责任重大，也深刻认识到，没有硬功夫、真本事是不行的，没有几把刷子是不行的。必须按照总书记的要求，在练好"四力"上下功夫。

首先是练脚力。脚是用来走路的，有路就有方向。宣传思想工作者要不停步，在路上心里才有时代；要往基层去，到基层心里才有群众；要在现场，在现场心里才有感动。在路上才能有底气，到基层才能找到好课堂，在现场才能查实情、动真情。脚是用来站立的，站在哪哪里就有立场。宣传思想工作既是专业性很强的工作，更是政治性很强的工作，最根本的是要讲政治立场，就是要始终站在党的立场上，始终与以习近平同志为核心的党中央保持高度一致。不仅要站住，而且要站稳，要保持政治定力，在任何时候任何情况下，都不做两面派、墙头草。

其次是练眼力。眼力就是观察力、发现力，眼力的背后是判断力、辨别力。宣传思想工作者的眼力不是站在城头看风景，而是看火热实践、斗争风云、国家大局、世界大势。练眼力的目的就是要知你我、辨是非、分真假、断美丑。俗话说，心明才能眼亮，殊不知，眼亮也才能心明。练眼力就是要练到任你乱云飞渡，我仍火眼金睛。《西游记》中为什么孙悟空一眼就能看出谁是好人、谁是祸害人的妖精，而猪八戒甚至唐僧都看不出来，因为孙悟空是被太上老君投入炼丹炉七七四十九天炼出来的。可见眼力不是视力，不是天生的。

再次是练脑力。大脑是思考的器官，脑力就是想的能力、思考的能力。宣传思想工作者的想，是主观意志下能动的思考，是有目的的思考，是为了完成使命和任务的思考。延安时期，毛泽东同志为《新中华报》题词，只有两个字：多想。报社将题词制成匾额，挂在编辑部窑洞最显眼的位置。毛泽东同志为什么要求新闻工作者"多想"而不是其他？这是因为很多事情不多想想不清楚，不多想想不透彻，不多想想不全面。这么多年过去，毛泽东同志的要求仍然具有很强的现实针对性。我们在一些问题上失之浮浅、失于片面，就是因为没有练强脑力，没有多想，而是一想就脱口，一想就落笔。

最后是练笔力。古人对笔力多有论述，但大多着眼于书写和文章的气势。习近平总书记所要求的笔力，其含义要远比这广泛而深刻得多。宣传思想工作者手中最重要的武器就是笔（当然是广义的），练脚力、练眼力、练脑力，最后都要通过笔力来体现。笔力，看起来是一门语言艺术，本质上是个文风问题。文风改到位了，笔下自有千斤力。笔力来自真实，也来自平实；来自真情，也来自鲜活。宣传思想工作者讲也好、写也好、演也好，都要严守真、平、情、活的准则，不虚不假，不冒不夸，不空不泛，不乏不钝，如此，宣传思想工作才能更有凝聚力、引领力、感召力和穿透力。

推动宣传思想工作强起来，首先要宣传思想工作队伍强起来。宣传思想工作队伍强起来，首先要在增强"四力"上下功夫。广大宣传思想工作者要有使命感和紧迫感，扎扎实实练内功，扎扎实实强"四力"。

（2018 年 8 月《学习时报》）

真学 真懂 真信 真用

全国宣传思想工作会议确定了新形势下宣传思想工作的使命任务，就是举旗帜、聚民心、育新人、兴文化、展形象。同时强调，要完成这一使命任务，必须以习近平新时代中国特色社会主义思想和党的十九大精神为指导，增强"四个意识"，坚定"四个自信"，特别是要在学懂弄通做实习近平新时代中国特色社会主义思想上下功夫。

强调在关键处、要害处上下功夫，就是强调在学懂弄通做实习近平新时代中国特色社会主义思想上下功夫。学习宣传、贯彻落实习近平新时代中国特色社会主义思想始终是宣传思想战线首要政治任务。为把学习和贯彻引向深入，有必要在真学、真懂、真信、真用上来一次省思、来一次自我检查。

看看是不是真学。首先从认识上看，就是要明白学习的初衷、学习的意义，认识到习近平新时代中国特色社会主义思想是马克思主义中国化的最新成果、当代中国的马克思主义，是我们实现中华民族伟大复兴中国梦、建设社会主义现代化强国的科学指南。从方法上看，就是要全面学习，重点把握。习近平新时代中国特色社会主义思想博大精深，学习中应在把握精神实质、精髓要义的基础上，重点学习全局性、大势性论述，重点学习与自己工作业务相关的论述，在全面中把握重点。从态度上看，真学就是真心学习。是不是真心地学，体现政治态度。对习近平新时代中国特色社会主义思想的学习，不是一般的学习，是党员领导干部生命中必需的政治能量。从过程看，很简单，是不是真学，就看你是不是舍得拿出时间、拿出精力来学。一个人的时间和精力是有限的，如果连时间和精力都不舍得用，怎么能说是真学、是真心学呢？

看看是不是真懂。懂是学的结果，更是学的收获。所谓真懂就不是假懂，更不是装懂。真懂不仅是懂字面、懂文义，更是懂旨趣、懂精神。真懂首先要懂得准确，准确理解是第一要求。如果望文生义，或者以我为主，强加其义，不仅无利，而且有害。真懂还要懂得全面，全面理解是第一前提。如果把某一处或某一句论述当作全部而不计其余，要么是以偏概全，要么是为我所用。真懂更要懂得深刻，深刻理解是第一境界。伟大思想往往语言平实，言简意赅，但也往往平实中见真情，简言中见深刻。承载思想的文字拥有巨大的力量，可以连接历史，贯通未来；文字形成的思想如炬，既可点燃心火，也可光照世界。要理解得准确、全面、深刻，必须把学与思结合起来，学而思；把学与悟结合起来，学思顿悟。

看看是不是真信。学习不仅要入眼入耳，更要入脑入心，要在灵魂深处敲响鼓，在思想深处起共鸣。真信是内化为心性、外化为言行的统一，是真学、真懂的学习收获，也是在真学、真懂基础上形成的思想收获。真信是一种传输，也是一种转化，就是把伟大思想的力量变成自己内心的力量，这种思想的内心的力量鼓舞着你去干事创业，去作为担当，去奋斗，去奉献。从政治高度讲的真信，体现的是政治信仰。

看看是不是真用。学以致用，用是学的目的。不用还学什么？无用之学是清流，无用之言是空谈，学而不用等于不学。关键是真用，真用才能有真效，而真效肯定不能满足于上下一般粗的传达上，不能满足于不过夜的体会上，不能满足于第一时间的汇报上，不能满足于拔高式的表态上。检验是不是真用，从自身来讲，就是看从修养到本领有没有提高；从工作来看，就是在"三大攻坚战"中有没有真成效，在改革发展稳定上有没有新进展。从某种意义上讲，真学、真懂、真信都是为真用准备的，只有真用，伟大思想理论才能变成活生生的实践，才能变成改造世界、推动历史的力量。

伟大思想理论是一个不断丰富、不断发展的科学体系，真学、真懂、真信、真用是践行伟大思想的辩证统一的过程。真学体现政治态度，真懂体现政治觉悟，真信体现政治信仰，真用体现政治担当。宣传思想工作者担负着重大使命任务，必须在真学、真懂、真信、真用上下功夫，走在前，作表率。

（2018 年 8 月《学习时报》）

己不欲，勿施人？

我们都不愿意和不讲道理的人打交道，但是有时候道理也不能讲得太绝对，否则两个同样讲道理甚至讲同一个道理的人也会闹得不可开交。

古时候两位天下有名的儒士，均信奉"己所不欲，勿施于人"的儒家信条。儒甲喜欢饮酒，无酒不欢，但是特别不喜欢吃鱼。儒乙正相反，无比喜欢吃鱼，但是特别讨厌喝酒。

一日，儒乙到儒甲处做客，满桌子菜肴异常丰盛，就是没鱼。偏偏儒甲又频频举杯劝酒，弄得儒乙心里老大不高兴，实在忍不住就问儒甲，说你这地方有河靠海，为什么没有鱼啊？儒甲回答，有啊，鲅鱼鲈鱼鲀鱼鱿鱼，青鱼草鱼鲂鱼鲤鱼，什么鱼都有啊！儒乙说，那桌上为什么没有啊？儒甲回答，我不喜欢吃啊，己所不欲，勿施于人啊！

儒乙默然不语。

又一日，儒甲到儒乙处做客，上桌一看，满桌鱼鲜而独独无酒，就不高兴了。儒乙解释说，你看我不喜欢喝酒，就没给您上酒，己所不欲，勿施于人嘛。你知道，我喜欢吃鱼，所以做了满桌子的鱼来和你共同分享。儒甲闻到鱼腥味呕吐而逃。

自此，两位名儒再无来往。

其实，他们在信奉"己所不欲，勿施于人"的同时，还走向了问题的另一方面：己所欲，施于人，逻辑上认为，自己喜欢的对方或者别人自然也会喜欢。

从人与人相处到国与国相交，从吃饭喝酒到政治制度，都是同样的道理。一国不愿意走的路，未必他国就走得不好。同样，一国成功的制度，也不能强加于别国，非得让人家也实行和你一样的制度，甚至不惜采取不讲道理的粗暴手段。问题的关键是，不能老想自己，以我为尊、以我为大、以我为先，而完全不考虑别人的立场、别人的利益、别人的诉求。这样的人与人关系、国与国关系，只能是南辕北辙，越走越远。

（2018 年 9 月《学习时报》）

无人之师

孔子有句名言，连今天的小学生都耳熟能详，这句话就是：三人行，必有我师焉。它的意思也十分清楚，就是和你在一起的三个人或三个以上的人当中，肯定就会有一个称得上你的老师，有一个值得你学习。

这样理解也不能说不对，但我们理解古人话语中的数字，不能太机械，或者说老先生们说的三二一本来就不是确指，就像说三个臭皮匠顶得上一个诸葛亮一样。

那么，三个人当中就有一个值得我学习的，两个人当中呢？孔子没说，但我觉得是说了的，"两人行，亦有我师"。一人行呢？"一人行，必为我师"。所以我个人理解，孔子说"三人行，必有我师"，同时也包含了"两人行，亦有我师"和"一人行，必为我师"的意思。

关键是，这里的师字如何理解。名词老师也好，动词师从也好，都不仅仅是指好的和值得学习的一面，也包含不好的和值得借鉴的另一面。因为孔老先生在后面紧接着还有一句话：择其善者而从之，其不善者而改之。

说到这里，是不是就可以说，孔老师教导我们，要向你周围的每一个人学习，要学习和借鉴每一个人身上好的或坏的东西。我们尊敬的孔老师就是一个"泛师"者，奉行的就是"泛师主义"？这样讲恐怕有人会提出异议或疑义，但是我觉得，这句话千古不朽，价值就在这里。

联想到当下最让人纠结的选人用人，不少当领导的都希望选的人用的人都是完人，都是毫无缺点的人，有的领导恨不得自己是孙悟空，拔根猴毛一吹，变成成百上千个自己。但又觉得，放眼望去，一操场、一礼堂的人，却又感到无人可用。实际上，每一个人都有优点和缺点，一个会用人的领导，不是用了只有优点没有缺点的人，而是在使用当中，让人的优点不断地发扬光大，让人的缺点发挥不出来。

我们要带着"师"的眼光看别人，那么又如何看自己呢？孔老师有没有说过以自己为师？也就是，无人行，自为师，无人之师？我可以肯定地说，孔老师是有这个意思的。这个意思不是他亲自说的，而是由他的著名学生曾子说出来的。曾子说："吾日三省吾身"，就是，我每天都要多次反省自己、检查自己，看看哪些地方做的是对的，哪些地方是需要改进的，这不就是无人之师自为师吗？

（2018 年 9 月《学习时报》）

高级干部要作"两个维护"的表率

习近平总书记指出，"党的政治建设是党的根本性建设，决定着党的建设的方向和效果"。当前，党的政治建设的首要任务，就是坚决维护习近平总书记党中央的核心、全党的核心地位，坚决维护党中央权威和集中统一领导。坚决做到"两个维护"，既是根本政治任务，也是根本政治纪律和政治规矩，是牢固树立"四个意识"的集中体现。

"两个维护"是对全党的要求，更是对各级领导干部特别是高级干部的要求。党的高级干部要以身作则，率先垂范，作"两个维护"的表率。在我们党的执政资源和干部队伍中，高级干部居于重要环节，处于关键地位，发挥着不可替代的作用，对全党全社会有着十分重要的影响，是"关键少数"。党员看干部，一般干部看高级干部。高级干部在"两个维护"上做得坚决、彻底、不折不扣，就能起到以上率下的作用，就能凝聚更广泛和更强大的力量。反之，就会影响党的团结统一，损害党的形象，危害人民事业。因此，对在"两个维护"上做得不坚决、不彻底的高级干部进行果断问责、严肃查处，十分必要，势所必然。

高级干部要作"两个维护"的表率，要有更清醒的政治敏锐性。牢固树立政治意识不能仅仅停留在口头上，而是要内化在思想深处；也不能仅仅停留在表态上，更要落实到具体行动中。要始终坚持从政治上考虑问题、分析问题、解决问题，一事当前，所言所行，首先要看是不是有利于维护习近平总书记党中央的核心、全党的核心地位，是不是有利于维护党中央权威和集中统一领导，是不是在政治立场、政治方向、政治原则、政治道路上同党中央保持高度一致。要及时向习近平总书记的指示批示看齐，要及时同党中央对标对表。

高级干部要作"两个维护"的表率，要有更坚定的政治执行力。政治执行力是政治能力的重要体现。要做到"三个坚决"，即"党中央提倡的坚决响应，党中央决定的坚决执行，党中央禁止的坚决不做"。要做到"三个决不允许"，即"决不允许'上有政策、下有对策'，决不允许有令不行、有禁不止，决不允许在贯彻执行中央决策部署上打折扣、做选择、搞变通"。对习近平总书记的指示批示，对党中央的决策部署，坚决不允许慢半拍，等一等，看一看；坚决不允许讲条件，为不作为、缓作为找理由；坚决不允许存侥幸，欺上瞒下，蒙混过关。

高级干部要作"两个维护"的表率，要有更崇高的政治使命感。高级干部手中掌握着较大的权力，肩上也担负着更大的政治使命，要用手中的权力去完成党和人民赋予的政治责任，因而要有更崇高的使命感和责任感。当前在国内外发展环境发生较大变化的背景下，我们面临一些严峻挑战，一些重大的生态事件、民生问题，事关发展方向，关切人民利益，本身就是政治问题。善于从政治上看待问题、解决问题，就是为党分忧、为党中央分忧，就是为人民谋幸福、为民族谋复兴。

（2018 年 11 月《学习时报》）

压倒性胜利之后反腐败节奏不变

有人臆测，全国人民热切期盼的反腐败压倒性胜利终于到来，反腐败是不是可以变节奏了？全国人民热切期盼的反腐败压倒性胜利到来没错，但是压倒性胜利之后，反腐败的节奏肯定不会变，这是刚刚结束的十九届中央纪委三次全会传来的最明确的信息。事实正是，会议结束仅2天，就传来又一只"老虎"入笼的消息。

我们都有看摔跤比赛的经验，当一个选手把另一个选手扳倒压在身下的时候，并不能立即判定压倒者获胜，而是进入裁判员读秒阶段。在关键的10秒之内，如果被压倒的选手能够重新站起来，则比赛可以继续进行，结局就很难预料。所以把对手扳倒不容易，扳倒之后保持一段时间才更关键。这关键的一段时间就是巩固和发展期。

"我们要继续推进全面从严治党，继续推进党风廉政建设和反腐败斗争。"面对反腐败斗争取得压倒性胜利，我们党异常清醒，也异常坚定，习近平总书记从取得全面从严治党更大战略性成果、巩固发展反腐败斗争压倒性胜利的高度向全党提出了明确要求，发出了继续战斗号令。那种认为反腐败可以变变节奏的看法，无论出于何种动机，都是站不住脚的。

压倒性胜利来之不易，必须巩固和发展。党的十八大以来，以习近平同志为核心的党中央坚持全面从严治党，下大力气推进党风廉政建设，反腐败斗争从胶着状态到形成压倒性态势直至取得压倒性胜利，可以说，全面从严治党取得重大成果，我们有理由为这一重大成果欢欣鼓舞。回顾十八大以来的反腐败历程，一个个重大案件的查处，一次次惊心动魄的斗争，也让人深刻认识到，这压倒性胜利来之不易，它是以习近平同志为核心的党中央坚强领导的结果，是纪检监察战线同志们敢于斗争的结果，是全党全国人民倾力支持的结果，更是我们党勇于不断推进自我革命的结果。我们要倍加珍惜这一成果，全力保护这一成果，努力巩固这一成果，对喘口气、歇歇脚、变节奏的思想保持高度的警惕，进行坚决的斗争。

反腐败斗争形势仍然严峻复杂，必须重整行装再出发。我们在看到反腐败斗争取得压倒性胜利的同时，必须看到反腐败斗争形势依然严峻复杂，我们要有打持久战的准备，保持永远在路上的执着。晴朗的蓝天绝不是靠一阵风吹来的，更不可能靠刮风来保持。一方面，党员领导干部特别是位高权重的领导干部被"围猎"、腐蚀的风险长期存在；另一方面，在持续高压态势下，腐败形式也会变得更加多样和隐蔽。面对依然严峻复杂的形势，反腐败不仅不能松懈，而且要以一以贯之的斗志坚定不移地推进。习近平总书记提出的2019年的6项任务，有很强的政治性、时代性、针对性，这就要求我们，务必继续发扬担当精神和斗争精神，主动作为敢于斗争，一体推进不敢腐、不能腐、不想腐，把贯彻好中央部署作为重大责任，落实落细、取得实效。

带领全国人民实现"两个一百年"奋斗目标，必须不断进行自我革命。我们党是一个坚守初心的党，也是一个拥有阶段性目标和长远目标并为之不懈奋斗的党。党的十九大已经擘画了到本世纪中叶我们要实现的宏伟蓝图。带领全国人民实现宏伟目标和远大理想，党必须立足和着眼于长期执政，必须时刻保持先进性和纯洁性，必须时刻同一切损害党的先进性和纯洁性的现象作斗争，这充分彰显了以习近平同志为核心的党中央"把党的伟大自我革命进行到底"的坚定信心。只要我们党的肌体上还有脓疮腐肌，我们就会毫不犹豫地拿起手术刀刮骨疗毒，这体现了我们党自我净化、自我革命的高度自觉，也成为我们党一路走来的鲜明品格，更成为我们党赢得人民拥戴、赢得世界尊敬的根本所在。

（2019年1月《学习时报》）

给予一线扶贫干部更多关爱

一个大主题，是由很多具体的篇章构成的；一场大战役，是由每一个参战人员形成的整体力量来完成的。脱贫攻坚战，无疑是影响全面小康社会能否如期建成的大主题、大战役，宏观上的谋篇布局、战略部署固然重要，但战场上的冲锋陷阵、奋力搏杀更加出彩，更有魅力，也更应引人关注。

这段议论是我的有感而发。我问一位相识的基层扶贫干部：两会最关心什么话题？脱口而出后自己也觉得问得多余。扶贫干部反问：你看总书记在甘肃代表团的重要讲话了吗？我说看了。他又问：你对哪一句话印象最深刻？这回轮到我反问他了。他回答，总书记说："加强对一线扶贫干部关爱和保障。"重复这句话的时候，他的声音突然有些哽咽。哦，这就是一个，个，一批，一大批基层扶贫干部的关注点。总书记的话，道出了他们的心声，引起了他们强烈的共鸣。

当贫困人口统计数字持续减少的时候，我们绝不能忽视了一线扶贫干部的付出。这是一支不小的队伍，据国务院扶贫办的统计，2018 年全国共培训扶贫干部 779 万人次，其中，县级及以下的基层扶贫干部占 94.2%；这是一支善于奉献的队伍，许多人撇下年幼的孩子、年迈的父母，常年奔波在贫困山村，吃苦遭罪不说，还要经常搭钱搭物；这是一支敢于牺牲的队伍，脱贫攻坚战打响以来，已有数百名一线扶贫干部牺牲在工作岗位，他们大多数都还年轻，却以生命践行了"无比艰巨，无比光荣"的誓言。

我们已经书写了人类反贫困历史上的新篇章，我们还要创造人类历史上的伟大奇迹。从现在开始，到完成攻坚目标、全面建成小康社会，满打满算还有两年时间，而剩下的任务都是贫中之贫、困中之困、坚中之坚，都是难啃的硬骨头。这两年，广大一线基层扶贫干部无疑还要作出更多奉献和牺牲，我们要牢记总书记的嘱托，加强对一线扶贫干部的关爱和保障，给予他们更多理解和支持。

（2019 年 3 月《学习时报》）

党和政府带头过紧日子是为老百姓过好日子

今年3月5日，习近平总书记参加内蒙古代表团审议时强调，党和政府带头过紧日子，目的是为老百姓过好日子，这是我们党的宗旨和性质所决定的。

两会结束后，李克强总理在记者见面会上回答提问时说，我们今年安排财政支出和GDP同步增长，确保民生重点领域、三大攻坚战支出只增不减。那么人们会问你钱从哪里来，赤字只提高了0.2个百分点，填不上这个窟窿怎么办？我们的办法是，政府要过紧日子。政府要过紧日子，就要让利，政府的存量利益也要动，得罪人也要动，让利于企业，让利于民。

对中国的两会，国外一些别有用心的媒体怀有很大的偏见。事实在给他们上课。两会在向世界传递中国希望和中国信心的同时，也鲜明地彰显了中国制度和中国道路的独特优势。党和政府带头过紧日子，是为了让老百姓过好日子！同样面临经济下行压力和困难挑战，世界上有哪一个政党像中国共产党这样，把人民的利益、人民的日子放到最高位置？世界上有哪一个国家的政府像中国政府这样，宁可刀刃向内，割自己的肉，也要千方百计确保民生、让利于民？

一个政党的建立，总是要为着某种目的；一个政党的执政，总是要代表一些人的利益。天下为公。中国共产党自成立起，就把人民的利益鲜明地写在自己的旗帜上，自此为人民的解放、人民的幸福而前赴后继，奋斗牺牲。除了人民的利益从来没有自己的特殊利益，这是中国共产党的宗旨所在，也是区别于一切资产阶级政党的根本所在。党的性质决定了在任何时期、任何阶段、任何情况下，都会把人民的利益放在最高位置，把人民的幸福当作最崇高追求，把老百姓过好日子当作最大努力方向。

中国共产党是这样宣示的，也是这样践行的。中国共产党近百年的历史，就是一部为中国人民谋幸福、为中华民族谋复兴的奋斗史。革命战争年代，为了人民的解放，党和党领导的人民军队冲锋陷阵、流血牺牲，赢得了人民的拥戴和支持。人民群众以实际行动拥护共产党，支援革命军队，既有红军女战士"半条被子送百姓"的感人故事，也有老百姓"最后一个儿子送战场"的悲壮场面，形成了世界革命史上最为宝贵的党群情、亲人情，军民情、鱼水情的精神遗产。社会主义建设时期，为了战胜敌人封锁、度过困难时期，党的领袖和人民一样过紧日子、苦日子，毛泽东等中央领导主动减少粮食定量，带头不吃肉。改革开放以来，人民生活发生了翻天覆地的变化，日子越过越红火，幸福感明显增强。但随着社会主要矛盾的历史性变化，人民对美好生活的追求更加全面，脱贫攻坚也到了最吃紧阶段，党和政府带头过紧日子的要求并未过时，大力压缩行政事业性开支、大力管控楼堂馆所建设等，依旧是我们必须强调的。

今天，世界百年未有之大变局与发展的战略机遇期并存，外部环境复杂多变，国内风险挑战不少不小，特别是经济下行压力加大。在这个时候，习近平总书记强调，党和政府带头过紧日子，是为老百姓过好日子。这样的信念、这样的行动，是中国共产党不忘初心、牢记使命的时代彰显，是党领导坚强有力的深刻昭示，是任你云谲波诡、我自依然自信的强力展现。

（2019 年 3 月《学习时报》）

着眼防范化解重大风险　加快推动媒体融合发展

着眼于政治安全和意识形态安全，回答好为什么要推动媒体融合发展的问题。

落脚于做大做强主流舆论，回答好如何推动媒体融合发展的问题。

让党的声音传得更开、传得更广、传得更深入，回答好怎样用得好的问题。

（一）

今年1月21日，习近平总书记在省部级主要领导干部坚持底线思维着力防范化解重大风险专题研讨班上发表重要讲话，就防范化解政治、意识形态、经济、科技、社会、外部环境、党的建设等领域重大风险作出深刻分析，提出明确要求。在谈到防范化解意识形态重大风险时，他特别强调，要持续巩固壮大主流舆论强势，加大舆论引导力度，加快建立网络综合治理体系，推进依法治网。

几天后，1月25日，中央政治局举行第十二次集体学习。习近平总书记强调，推动媒体融合发展，要做大做强主流舆论，巩固全党全国人民团结奋斗的共同思想基础，为实现"两个一百年"奋斗目标、实现中华民族伟大复兴的中国梦提供强大的精神力量和舆论支持。

短短几天，两次重要会议，两篇重要讲话。联系起来看，我们更能理解其内在逻辑和深刻含义。当前我国意识形态领域总体上是积极健康向上的，但随着新媒体的兴起和媒体格局的变化，意识形态领域同其他领域一样，面临巨大的风险挑战，我们必须通过推动媒体融合发展，主力军上主战场主阵地，做大做强主流舆论，有效应对挑战，主动化解风险，以更好地完成新形势下宣传思想工作举旗帜、聚民心、育新人、兴文化、展形象的使命任务。

党的十八大以来，习近平总书记深刻把握时代发展大势和媒体发展规律，站在党长期执政、党和国家事业长远发展的高度，着眼于政治安全、意识形态安全，多次就网络安全和信息化工作、主流媒体和新兴媒体融合发展，作出重要论述和重大部署，亲自谋划和推动媒体融合向纵深发展。

习近平总书记多次强调，没有网络安全就没有国家安全；过不了互联网这一关，就过不了长期执政这一关。互联网已经成为舆论斗争的主战场，要把网上舆论工作作为重中之重来抓，把主力军放在主战场，使互联网这个最大变量变成事业发展的最大增量，让网络空间成为我们党凝聚共识的新空间。推动媒体融合发展，就是要做大做强主流舆论，使主流媒体具有强大传播力、引导力、影响力、公信力，让正能量更强劲、主旋律更高昂。

一个大国的领袖，一个大党的总书记，亲自谋划推动媒体融合工作，可见媒体融合不单单是一项业务工作，更不单单是一项技术工作，而是一项政治工作、政治要求、政治任务、政治部署。全党同志特别是领导干部都要从讲政治的高度，深刻领会习近平总书记的重要论述，把加快推动媒体融合发展当作树牢"四个意识"的重要标志，当作坚定"四个自信"的自觉要求，当作做到"两个维护"的具体行动。

随着技术的发展，互联网正在媒体领域催发一场前所未有的变革，全媒体不断发展，出现了全程媒体、全息媒体、全员媒体、全效媒体，信息无处不在、无所不及、无人不用。传播格局发生重大变化，过去主流媒体牢牢占领的"舆论主场"，现在变成了众人涌入的"舆论广场"。媒体发展的趋势可以说是快中有变、变中有忧。

首先，给我们维护国家安全、政治安全、文化安全和意识形态安全带来挑战。互联网成为意识形态斗争主战场、最前沿。一些国家发生的"颜色革命"，互联网和新媒体起了推波助澜的作用，教训极为深刻。同时，一些社会矛盾和个别事件也往往通过互联网和自媒体放大、发酵，一些别有用心的势力蓄意操纵舆论，危害社会稳定。

其次，导致社会思想意识日益复杂多变。在开放的互联网空间，不同的观点观念生成发酵，不同的思想思潮扩散碰撞，不同的文化文明交流交融，给人们的世界观、人生观、价值观带来深刻影响，人们的思维方式、思想活动独立性强了、选择性多了、差异性大了，这无疑为我们统一思想、凝聚共识、同心同向带来挑战。

再次，确保青年一代成为社会主义建设者和接班人的任务更加紧迫。现在的青少年大多摆脱了传统媒体的成长环境，成为互联网的"原住居民"。互联网是青年一代重要的成长环境，深刻影响了他们的思维思想，可以说，这也是互联网这个最大变量的重大变数。

（二）

走得再远，我们也不能忘记为什么出发；路边的风景再美，我们也不能迷乱初心。推动媒体融合发展，必须落脚于做强做大主流舆论，必须使主流媒体具有更加强大的传播力、引导力、影响力、公信力，必须让主流媒体借助移动传播，牢牢占据舆论引导、思想引领、文化传承、服务人民的传播制高点。如果媒体融合把主流阵地做小了，把主流声音做弱了，甚至削弱了舆论场的主动权和主导权，就完全背离了我们加快推动媒体融合发展的初衷，就是南辕北辙、本末倒置。

媒体融合必须坚持导向为魂。我们强调移动为先、内容为王、创新为要，必须以坚持导向为魂为前提和根本。习近平总书记指出，网络影响力，用好了造福国家和人民，用不好就可能带来难以预见的危害，要旗帜鲜明坚持正确的政治方向、舆论导向、价值取向，通过理念、内容、形式、方法、手段等创新，使正面宣传质量和水平有一个明显提高。习近平总书记的重要论述，深刻阐明了媒体融合的方向与路径，也启示我们，必须处理好目的与手段的关系，提高用主流价值导向驾驭"技法""算法"的能力，处理好"技以为用"和"为我所用"的关系，既善于运用又严控风险，做到趋利避害，确保安全。

媒体融合主流媒体责任重大、使命光荣。主流媒体特别是中央媒体是当仁不让的融合主体，要充分认识到肩负的责任和使命，增强主人翁意识，进入主战场，打好主动仗。习近平总书记对主流媒体寄予厚望，要求主流媒体守土有责，更要守土尽责，及时提供更多真实客观、观点鲜明的信息内容，牢牢掌握舆论场主动权和主导权；要求主流媒体要敢于引导、善于疏导，原则问题要旗帜鲜明、立场坚定，一点都不能含糊。我们要看到，与资本较充分的商业平台和纷纷攘攘的自媒体相比，主流媒体具有无可比拟的优势，其公信力和权威性成为最核心的竞争力，要通过技术引领和内容生产的供给侧结构性改革，加快由主流媒体向新型主流媒体转型的步伐，打造一批具有强大影响力、竞争力的新型主流媒体，让正能量更强劲，主旋律更高昂，充分发挥使全体人民在理想信念、价值理念、道德观念上紧紧团结在一起的作用。

媒体融合是一场自我革命，必须敢于和善于发扬斗争精神。要充分认识面临的国内国际深刻背景和复杂环境，站在树牢"四个意识"、坚定"四个自信"、做到"两个维护"的高度，牢牢把握媒体融合的方向。媒体融合固然要高度重视信息革命成果的运用，但媒体融合绝不仅仅是融技术、融数据、融算法，而是融人、融思想、融阵地，要把"红色地带"越融越大，要让"灰色地带"在融合中尽快向"红色地带"转化，要大大压缩"黑色地带"。这样一场融合发展绝不是一帆风顺的，要敢于和善于发扬斗争精神，不管技术如何发展，媒体如何变化，融合如何迅速，立场都不能动摇，方向都不能改变，原则都必须坚持。同时，主流媒体必须勇于刀刃向内，在体制机制上"动刀子"，破除藩篱，拆除壁垒，既做"增量改革"，更做"存量改革"，进一步激发创造力、释放生产力、提升竞争力。

（三）

习近平总书记指出，正能量是总要求，管得住是硬道理，现在还要加一条，用得好是真本事。为什么要加这一条？因为归根结底，媒体融合还是要用，要在实践当中检验效果。融得好还要用得好，用不好，融的工作就会失去价值。如果没有用得好的本事，正能量就容易打折扣，管得住也可能变成管得死，所以我们要按照习近平总书记的要求，在练就真本事上下更大功夫。主流价值影响力的版图是扩大了还是缩小了，党的声音是否传得更开、传得更广、传得更深入，是用得好与不好的重要检验标志。我们必须树立风险意识，坚决不让"用不好就可能带来难以预见的危害"的情况出现，及时传播准确、权威的信息，坚决不让虚假、歪曲的信息扰乱人心；发展壮大积极、正确的思想舆论，坚决不让消极、错误的言论、观点肆虐泛滥。

首先要明确谁来用。要回答好怎么用得好的问题，首先必须回答谁来用的问题。面对全球一张网，需要全国一盘棋。这盘棋局的主导权要牢牢掌握在党的手里。各级党委和政府要站在全局高度加大对媒体融合发展的支持力度。各级宣传管理部门要改革创新管理机制，配套落实政策措施，推动媒体融合朝着正确方向发展。各级领导干部要增强同媒体打交道的能力和水平。

用得好就要上得去。习近平总书记指出，宣传思想工作是做人的工作的，人在哪儿重点就应该在哪儿。互联网已经成为舆论斗争的主战场，要把主力军放在主战场，使互联网这个最大变量成为事业发展的最大增量。在宣传思想舆论战线，多年来培养了一支值得党和人民信赖的主力军，我们要按照习近平总书记的要求，主力军上主战场，上得去、站得牢，做强主流、占据主导、掌握主动，不断拓展主流价值影响力版图，让党的声音传得更开、更广、更深入。

用得好就要管得住。党管宣传、党管意识形态、党管媒体，是我们党的一项重要政治原则，也是维护政治安全和意识形态安全的重要保证。不管是网上还是网下，传统媒体还是新兴媒体，不管媒体边界如何延展、延展到哪里，一切具备舆论功能和社会动员能力的媒介和平台，都应坚持一个标准、一体管理，坚决不能"一手软一手硬"，坚决不能借融合之名"去政治化"，坚决不能借技术之名"去意识形态化"，使媒体融合陷入"技术主义"的泥沼。

（2019 年 4 月《学习时报》）

追寻新中国第一任县委书记

今年是新中国成立 70 周年，再过两年，我们将迎来中国共产党建党 100 周年。在中国共产党领导人民进行的波澜壮阔的革命和建设中，涌现出无数优秀共产党人和党的领导干部，新中国第一任县委书记就是一个特殊的群体，也是他们中的优秀代表。他们在革命和建设的转折时期，走上了县委书记的岗位，可以说，承担了特殊的历史使命。今天，他们中绝大多数人都已经不在了，他们有的在位时间很短，留下的资料也很少，但是，他们的革命业绩不应该被遗忘。

2011 年是建党 90 周年。当时我还在经济日报下属的《中国县域经济报》工作。在谋划建党 90 周年宣传报道的时候，我一直在想，作为全国唯一一份直接面向县市的报纸，怎么能使我们的纪念报道，既具有重大意义，又具有重要特色？经过反复比较、讨论，我们确定了"追寻新中国第一任县委书记"这样一个主题。我们征求有关部门领导、专家学者的意见，大家都一致赞同。

这次大型主题采访活动，报社抽调了 20 名政治素质高、业务能力强的编辑记者，组成多个追踪调研小组奔赴大江南北，共写出刊发 39 篇稿件。我们的计划是至少追寻刊发 100 位有代表性的新中国第一任县委书记，但是，由于我的工作变动，没有完成这一目标，留下了很大的遗憾。

为了取得先声夺人的效果，我用一个晚上起草了《中国县域经济报社关于开展"追寻新中国第一任县委书记"大型主题采访活动的决定》，4 月 14 日在报纸头版头条刊发出来。

《决定》说，为庆祝中国共产党建党 90 周年和新中国成立 62 周年，中国县域经济报社决定开展"追寻新中国第一任县委书记"大型主题采访活动。

中国共产党自成立以来，始终以实现中华民族伟大复兴为己任，团结带领全国各族人民进行革命、建设、改革事业，取得了举世瞩目的伟大成就。

在这个过程中，一代又一代党的优秀领导干部始终站在历史和时代的前沿，带领广大干部群众艰苦努力、不懈奋斗，为实现民族独立、人民解放和国家富强、人民幸福，贡献了毕生精力甚至生命，谱写了一曲曲为共产主义而奋斗的雄壮凯歌。

县委书记是党的领导干部队伍的重要组成部分，是党领导全国人民进行革命、建设、改革的重要领导力量。他们中涌现出的谷文昌、焦裕禄等杰出代表，成为一代又一代共产党人学习的楷模。

在迎接中国共产党建党 90 周年和新中国成立 62 周年之际，我们选取革命和建设转折时期的新中国第一任县委书记为报道主题，目的是追寻和缅怀他们的历史足迹，抢救和挖掘他们的光辉业绩，总结和反映他们的卓越贡献，铭记和宣传他们的丰功伟绩，学习和传承他们的奋斗精神，为建党 90 周年献上一份厚礼。

在报纸头版头条刊发一个采访决定，在我的新闻生涯中还是第一次。中央领导同志当即在报纸上作出批示。

曾经，一位县委书记在接受我们采访的时候，不无骄傲地说，在全县范围内，你们随便问，我什么都知道。但当记者问到"本县新中国第一任县委书记是谁"时，这位现任县委书记顿时愣住了，随后严肃地说：我要补上这一课。

一篇篇追寻稿件传回来了。刊发前，我起草了"开栏的话"，这也是我从事新闻工作写的最长的一篇"开栏的话"或"编者按"，我给这篇"开栏的话"起了一个标题，就是《补上这一课》。

随着一篇篇稿件的刊发，中国共产党一个特殊时期的干部群体陆续走进读者的视野。在追寻过程中，首先反映收获最大的就是参与追寻的记者。他们反映，追寻新中国第一任县委书记的足迹，对他们是一次难得的革命传统和党史党性教育，对共产党人的初心和使命也有了更深刻的认识和理解。

追寻活动得到了地方组织、宣传、党史部门的大力支持。他们为追寻活动查阅资料、提供线索、核实细节，有的地方部门还指定专人负责协助，使追寻活动少走了许多弯路。河北省委党史研究室领导抽调专人，利用 3 天时间查阅相关资料，将全省 170 个新中国第一任县委书记的情况进行了一次全面的汇总。

河南省信阳县新中国第一任县委书记、当时仍健在的马任军，已 94 岁高龄。听完"追寻"记者的来意，老人很激动，连连说：谢谢你们还没有忘记我！中国共产党成立 90 周年了，过去的奋斗历史永远值得我们铭记！

读着这些新中国第一任县委书记的事迹，读者们纷纷用"敬仰"和"敬畏"来表达自己的心情。

福建省华安县新中国第一任县委书记平浪一生坎坷，却始终坚定如一。1918 年平浪出生于四川省，1938 年初背着沉重的行囊，跋山涉水，历时近百天，行程三千里，投奔革命圣地延安参加革命，并加入了中国共产党。解放战争时期，他随大军一路南下，于 1949 年 6 月进入福建，成为华安县新中国第一任县委书记，经历了"剿匪"和保卫新生政权的不平凡斗争。老人 1989年离休后，到各地作了 100 多场革命传统教育报告，直到身体撑不住而住院。1991 年 10 月 26 日，在生命的最后一刻，他拼尽力气发出的声音却是：中国共产党万岁！在场的人员无不动容。此前，他还留下遗嘱，将遗体捐献给医学研究，成为福建省漳州市第一个自愿捐献遗体的干部。

在追踪采访过程中和稿件陆续刊出后，全国各地干部群众反响强烈，普遍认为，这是党史和党性教育的生动一课。不少县（市）领导干部打来电话在肯定报道的同时，还"自我推荐"，主动邀请记者前往该县（市）进行追踪采访。

一位地方宣传部长说："新中国第一任县委书记为党和人民的事业竭尽心智，作出了极大贡献，不仅是我们的骄傲，更是我们怀念的前辈和学习的榜样！对于这样的追踪采访活动，我们地方宣传部门一定倾尽全力配合。"

一位新中国第一任县委书记的亲属表示："追寻新中国第一任县委书记的重大意义，不仅在于记录和宣传老一辈革命家的革命精神和卓越贡献，更重要的是，这样的报道能让如今浮躁的年轻一代增强对党史和党性的认识，有重要教育和引导作用。"

一位党史研究室主任说："如今能记起他们的人真是不多了，你们通过报道来挖掘他们的光辉业绩，可以让我们真切地感受革命先烈用鲜血和生命换来的新中国，需要我们后人去加倍珍惜。"

一位中央某部门的处长说："看看这些老一辈，在那样艰苦的条件下，却有那么坚定的信念和顽强的斗志，如今，生活条件提高了，他们中的一些人依然过着朴素的生活，我们也深受教育。"

一些读者看了报道后表示，这是宝贵的资料也是更宝贵的精神财富。

一位地方史志办主任说："我已经从事地方史志工作几十年了，一直有一个遗憾：包括新中国第一任县委书记在内的许多为党和国家作出极大贡献的人，没能对他们留下完整的记录。史料中倒也有对这些人的记载，但都非常少，也非常零碎。虽然几次都想着手做这件事，可是囿于人力、物力等各方面原因，只得作罢。作为一份经济类报纸，能积极策划并付诸行动，非常不容易。希望你们认真、严谨地把这件事做好，方便的话，将资料及成文寄给我们。这些信息，不仅能丰富我们的史料，也可以为我们今后类似的工作提供一个思路。"

"我去年退休，很想为我父亲写点什么，为后人留下点国家由贫穷、柔弱、差点亡国，到这代人奋起抗争、转变国运的故事，以此歌颂共产党，歌颂这一代人在历史上的功绩，以激励儿孙辈，为国家的强盛、民族的兴旺而努力奋斗！但一直苦恼于自己没有写作水平。没想到贵报与我联系，追寻我的父亲，非常感激！"一位新中国第一任县委书记的儿子激动地对前去追踪采访的记者说。

根据中央领导同志指示，2011年6月中旬，中央新闻单位对追寻活动给予了集中报道，新华社发出通稿，《人民日报》《光明日报》《经济日报》及中央各大网站都在显著位置刊发报道，中央电视台《新闻联播》节目也作了重点播报。

新中国第一任县委书记，他们大部分已经离去。但是，他们不能被遗忘。

（2019年4月《学习时报》）

战场·战士·英雄

今年是中华人民共和国成立 70 周年。解放战争时期，著名的三大战役为中华人民共和国的诞生提前鸣响了礼炮。今天，在迈向全面建成小康社会的征程中，三大攻坚战正如火如荼。特别是脱贫攻坚战，近年来，力度之大、规模之大、影响之深，前所未有。面对今后两年贫中之贫、困中之困的硬骨头，必须按照既定部署，抓住关键，找准短板，精准攻坚，尽锐出战，务求必胜。

在脱贫攻坚战的关键时刻，作为这场重大战役的统帅，习近平总书记亲赴战场，亲临前沿阵地。4 月 15 日至 17 日在重庆考察并就解决"两不愁三保障"突出问题，召开座谈会，进行作战部署。他指出，脱贫攻坚战进入决胜的关键阶段，各地区各部门务必高度重视，统一思想，抓好落实，一鼓作气，顽强作战，越战越勇，着力解决"两不愁三保障"突出问题，扎实做好今明两年脱贫攻坚工作，为如期全面打赢脱贫攻坚战，如期全面建成小康社会作出新的更大贡献。事实上，这早已不是习近平总书记第一次亲临前线。脱贫攻坚战打响以来，从延安、贵阳、银川、太原、成都再到重庆，总书记 6 次考察贫困集中地，6 次召开此类会议，针对不同重点和问题进行精准部署。党的十八大以来，我国脱贫攻坚每年、每战都取得重大战果，与习近平总书记的亲自统帅、亲自部署、亲自指挥、亲自督战是分不开的。

（2019 年 5 月《学习时报》）

准确把握主题教育的目标任务

2017年10月召开的党的十九大决定，以县处级以上领导干部为重点，在全党开展"不忘初心、牢记使命"主题教育。一年多来，不忘初心、牢记使命已经成为广大党员干部政治生活的重要内容，大家在学习和领悟中不断加深对初心使命的理解和认识，对正式开展这次主题教育做了思想上的准备。在中华人民共和国成立70周年之际，在我们党在全国执政第70个年头的时刻，党中央决定正式启动主题教育，并召开工作会议进行部署，正当其时，意义重大。

贯彻落实会议精神，确保主题教育取得扎扎实实的成效，关键是牢牢把握主题教育的总要求，就是"守初心、担使命，找差距、抓落实"；关键是牢牢把握主题教育的根本任务，就是深入学习贯彻习近平新时代中国特色社会主义思想、锤炼忠诚干净担当的政治品格、团结带领全国各族人民为实现伟大梦想共同奋斗；关键是牢牢把握主题教育的具体目标，就是努力实现理论学习有收获、思想政治受洗礼、干事创业敢担当、为民服务解难题、清正廉洁作表率；关键是牢牢把握主题教育的方法步骤，就是把学习教育、调查研究、检视问题、整改落实贯穿主题教育全过程。

这次主题教育主题重大，但在规定的时间内要避免泛泛而论，更不能空对空、虚对虚，要把落脚点放到抓落实上，放到注重实际效果、解决实质问题上。要在准确把握中央精神的基础上，切实结合本地区本部门本单位实际，对准目标，积极推进。要对准理论学习有收获目标，在原有学习的基础上，推动学习习近平新时代中国特色社会主义思想往深里走、往实里走，提高运用党的创新理论指导实践、推动工作的能力。要对照思想政治受洗礼目标，深刻省思"四个意识"牢不牢，"四个自信"强不强，"两个维护"坚决不坚决；深刻省思对马克思主义的信仰、对中国特色社会主义的信念、对实现中华民族伟大复兴中国梦的信心坚定不坚定；深刻省思是不是始终忠诚于党、忠诚于人民、忠诚于马克思主义。要对准干事创业敢担当目标，看看是否还抱有强烈的政治责任感和历史使命感，是否还保持只争朝夕、奋发有为的奋斗姿态和越是艰险越向前的斗争精神。要对准为民服务解难题目标，找一找在坚守人民立场、树立以人民为中心的发展理念方面的差距，找一找为民谋利、为民尽责、帮助群众解决操心事、烦心事本事和能力方面的差距。要对准清正廉洁作表率目标，剖析在清清白白为官、干干净净做事、老老实实做人方面还有哪些不足，进而增强为民务实清廉的政治本色。

（2019 年 6 月《学习时报》）

中国共产党自我革命的内在逻辑

勇于自我革命，是我们党最鲜明的品格，也是我们党最大的优势。习近平总书记指出："中国共产党的伟大不在于不犯错误，而在于从不讳疾忌医，敢于直面问题，勇于自我革命，具有极强的自我修复能力。"勇于和善于自我革命，是我们党作为百年大党百炼成钢、永葆先进性和纯洁性的一个根本原因。对此可以从理论逻辑、历史逻辑、实践逻辑的有机统一中来理解和把握。

理论逻辑：自我革命是马克思主义政党性质的必然体现

政党政治是现代政治的基本形式，政治属性是政党第一位的属性。一个政党能否不断发展壮大，能否适应社会发展的需要，能否得到老百姓的支持，关键看它的政治属性是否先进，它的政治纲领、政治路线、政治目标是否代表最广大人民的根本利益，它在对待自身错误时能否保持刀刃向内、革故鼎新的自我革命态度和精神。

资产阶级政党在反对封建统治的斗争中曾发挥过积极作用，但由于其阶级局限性和历史局限性，指向自身的"自我革命"是无从谈起的。马克思主义政党除了国家、民族、人民的利益，没有任何自己的特殊利益。"在无产阶级和资产阶级的斗争所经历的各个发展阶段上，共产党人始终代表整个运动的利益""他们没有任何同整个无产阶级的利益不同的利益"，要"为绝大多数人谋利益"。从事如此雄伟壮丽的事业，进行最坚决、最彻底的革命是必然的，敢于直面自身问题、勇于自我革命也是必然的。马克思指出，无产阶级革命与其他革命不同之处就在于：它自己批评自己，并靠批评自己壮大起来。马克思主义政党为了人民的利益，坚持对的、改正错的。勇于坚持真理、坚持自我革命，是马克思主义政党性质的必然体现，是马克思主义政党能够干成其他政党干不成的事业，在历史洪流中始终充满生机、具有强大创造力的主要原因所在；是马克思主义政党从小到大、由弱变强，一次次走出困境、浴火重生，不断从胜利走向胜利的主要原因所在。马克思主义政党要保持先进性和纯洁性，实现崇高理想，必须一刻不放松地解决自身存在的问题，同一切弱化先进性、损害纯洁性的问题作坚决斗争，祛病疗伤、激浊扬清，勇于自我革命。

历史逻辑：自我革命是我们党近百年奋斗历程的经验结晶

历史是最好的教科书。在近百年的风雨沧桑中，在革命、建设、改革的伟大奋斗历程中，中国共产党都用实际行动坚守勇于自我革命的品格、践行勇于自我革命的誓言。

第一次国内革命战争失败后，1927 年 8 月紧急召开的八七会议，在中国革命紧急关头及时为全党全国人民指明了斗争方向。红军长征途中，1935 年 1 月召开的遵义会议，确立了毛泽东同志在红军和党中央的领导地位，打开了中国革命的新局面。抗日战争时期，从 1942 年开始、历时 3 年多的整风运动取得了巨大成效，党的七大使全党在思想上、政治上、组织上达到空前的统一和团结。1949 年 3 月，党的七届二中全会提出"两个务必"，毛泽东同志强调"中国的革命是伟大的，但革命以后的路程更长，工作更伟大，更艰苦"，要求全党在执政条件下继续保持和发扬自我革命精神。1978 年 12 月召开的党的十一届三中全会，是中华人民共和国成立以来我们党的历史上具有深远意义的伟大转折，开始全面纠正"文化大革命"及其以前的"左"倾错误，重新确立我们党解放思想、实事求是的思想路线，作出把党和国家工作中心转移到经济建设上来、实行改革开放的历史性决策。中国共产党 98 年的发展史，从某种意义上说就是勇于自我革命的历史，每个重要转折点之所以能成为推动党和党所领导的事业不断前进的新起点，正是因为我们党始终坚持自我革命。

党的十八大以来，以习近平同志为核心的党中央推进全面从严治党，直面党内存在的突出问题，以刀刃向内的政治勇气向党内顽瘴痼疾开刀，以一抓到底的钉钉子精神把管党治党要求落细落实，都贯穿着强烈的自我革命精神，体现着我们党进行自我革命的坚定决心和坚强意志。从制定实施中央八项规定、转变作风到通过科学管理、严格监督和发挥巡视利剑作用切实管住权力，从反腐败无禁区、全覆盖、零容忍到扎紧不能腐的笼子、健全党和国家监督体系，从党的群众路线教育实践活动到"不忘初心、牢记使命"主题教育，从全面规范党内政治生活到着力营造风清气正的政治生态，中国共产党在刀刃向内、刮骨疗毒中不断解决自身存在的突出问题，刹住了一些过去被认为不容易刹住的歪风邪气，消除了党和国家内部存在的严重隐患，党的创造力、凝聚力、战斗力显著增强，党群关系明显改善，党在革命性锻造中更加坚强。

正如毛泽东同志形象地指出的："房子是应该经常打扫的，不打扫就会积满了灰尘；脸是应该经常洗的，不洗也就会灰尘满面。我们同志的思想，我们党的工作，也会沾染灰尘的，也应该打扫和洗涤。"历史不断证明，勇于自我革命是我们党永葆生机活力的动力源泉，是我们党在挫折和失误面前能够力挽狂澜、化险为夷、转危为安的奥秘所在。

实践逻辑：自我革命是我们党应对内外形势变化的必然要求

当前，我们党自身及党所面临的形势都发生了深刻复杂变化，自我革命是我们党应对内外形势变化的必然要求。

我们党所面临的外部形势正在发生深刻变化。党和国家所处的历史方位发生了变化：中国特色社会主义进入新时代，意味着近代以来久经磨难的中华民族迎来了从站起来、富起来到强起来的伟大飞跃，迎来了实现中华民族伟大复兴的光明前景；我们已经站在一个新的历史起点上，正在进行具有许多新的历史特点的伟大斗争。我国社会主要矛盾发生了变化：已经由人民日益增长的物质文化需要同落后的社会生产之间的矛盾，转化为人民日益增长的美好生活需要和不平衡不充分的发展之间的矛盾。必须认识到，我国社会主要矛盾的变化是关系全局的历史性变化，对党和国家工作提出了许多新要求。党和国家面临的风险和挑战发生了变化：当前，国际形势波谲云诡，周边环境复杂敏感，改革发展稳定任务艰巨繁重，在政治、意识形态、经济、科技、社会、外部环境等领域存在一系列重大风险，党所面临的"四大考验""四种危险"严峻复杂。

我们党自身正在发生深刻变化。党的规模发生了变化：截至 2018 年 12 月 31 日，中国共产党党员总数为 9059.4 万名，基层组织为 461.0 万个，是世界第一大党。党组织的结构要素发生了变化：现在，中国共产党党员的性别、年龄、学历、职业等都与过去有了很大不同。比如，党员学历更高、年轻党员数量增多、党员思想状况更加复杂。党的领导方式发生了变化：从领导革命到开始执政再到长期执政，党的领导方式必然要随着时代的发展不断与时俱进。

"天下之患，莫大于不知其然而然。"对于党内外形势发生的这些变化必须高度重视、正确认识、准确把握。马克思主义政党的先进性和纯洁性不是一劳永逸、一成不变的，过去先进和纯洁不等于现在先进和纯洁，现在先进和纯洁不等于永远先进和纯洁。从我们党所面临的外部形势看，所处的历史方位发生了变化、社会主要矛盾发生了变化、面临的风险和挑战发生了变化，我们党如果不能与时俱进，就会落后于时代，先进性和纯洁性就会削弱。从党的内部形势看，我们党的规模发生了变化、党组织的结构要素发生了变化、党的领导方式发生了变化。只有因势利导引领变化，有效克服思想理念、体制机制僵化等问题，自觉同安于现状、不思进取、不敢斗争、贪图享乐的现象作斗争，才能永葆先进性和纯洁性。

党内外形势变化越复杂、任务越繁重、风险考验越大，越要发扬自我革命精神。有没有强烈的自我革命精神，有没有善于自我净化的过硬特质，能不能坚持不懈同自身存在的问题作斗争，是决定党兴衰成败的关键因素。党的十八大以来，以习近平同志为核心的党中央坚持全面从严治党，成效卓著，但党内存在的思想不纯、政治不纯、组织不纯、作风不纯等突出问题仍未得到彻底解决，一些老问题仍存在反弹回潮的可能，同时在实践中还出现了一些新情况新问题。这些问题都会严重侵蚀党的先进性和纯洁性，严重破坏党的团结和集中统一，严重影响党和人民事业发展。解决这些问题，必须勇于自我革命。

在新时代，我们党领导人民进行伟大社会革命，其涵盖领域的广泛性、触及利益格局调整的深刻性、涉及矛盾和问题的尖锐性、突破体制机制障碍的艰巨性，都是前所未有的。我们必须把党的伟大自我革命进行到底，增强党自我净化、自我完善、自我革新、自我提高的能力，使党始终走在时代前列，始终为人民衷心拥护，始终经得起各种风浪考验，为实现"两个一百年"奋斗目标、实现中华民族伟大复兴的中国梦提供坚强政治保证。

（2019 年 9 月《人民日报》）

蹦起来干事业 弹起来守法纪
——与中央党校（国家行政学院）中青班学员共勉

2019年秋季学期中央党校（国家行政学院）中青年干部培训班即将结业，学员们圆满完成4个半月的学习，将返回各自的工作岗位继续为党和人民工作。加上春季学期中青班，去年一年，中央党校（国家行政学院）已连续举办两期中青年干部培训班。

培养选拔优秀年轻干部是一件大事，关乎党的命运、国家的命运、民族的命运、人民的福祉，是百年大计。加大中青年干部培训力度，是党中央着眼于实现"两个一百年"奋斗目标而采取的重大战略举措。令学员们难忘的是，两期中青班习近平总书记都亲自出席并发表重要讲话，亲自上开学第一课。

在3月1日的讲话中，习近平总书记强调，广大干部特别是年轻干部要在常学常新中加强理论修养，在真学真信中坚定理想信念，在学思践悟中牢记初心使命，在细照笃行中不断修炼自我，在知行合一中主动担当作为，保持对党的忠诚心、对人民的感恩心、对事业的进取心、对法纪的敬畏心，做到信念坚、政治强、本领高、作风硬。

在9月3日的讲话中，习近平总书记强调，广大干部特别是年轻干部要经受严格的思想淬炼、政治历练、实践锻炼，发扬斗争精神，增强斗争本领，为实现"两个一百年"奋斗目标、实现中华民族伟大复兴的中国梦而顽强奋斗。

面对面接受习近平总书记的谆谆教诲，亲耳聆听领袖的殷殷嘱托，作为65后、70后和80后的中青年干部，内心自然是十分不平静。学习期间，大家围绕学习习近平总书记重要讲话精神发言表态、写文章谈体会；毕业之际，是否对自己的收获感到满意？特别是回到工作岗位之后，是否能把学习的成果转化成干事创业的动力和实效？是否能经受住实践的考验、斗争的考验？是否能在攻坚克难历练中不断成长、进步？或者最起码，是否能做到不懈怠、不退步、不掉队？

与一位学员交谈，评论员以两句话相赠。他听后说，你应该把这两句话送给所有中青班学员。好，就与中青班学员共勉。

这两句话，一句是蹦起来干事业，一句是弹起来守法纪。

先说第一句。我们正处在"两个一百年"奋斗目标的历史交汇点，我们共产党带领人民所干的事业是天底下最无私、最伟大的事业，值得中青年干部用精力和心力、用青春乃至生命去干。所谓蹦起来干事业，有两层意思，一个意思是，在干事业中，要不断树立新目标，树立更高的目标，不断挑战自我，迎接新我。中青年干部不可能没有想法，这完全可以理解，但是在所有的想法当中，压倒一切的想法应该是干事业，应该是更好地干事业。干得好比想得好更好。要干得好，就要按照党和人民的要求不停地树立更高的目标，这个目标既不是伸手可触，也不是踮踮脚就能够得着，而必须是蹦起来，能蹦多高就蹦多高，能蹦多高就把目标定多高，在蹦的过程中体现人生价值，体现干事成就，体现自我进步。另一个意思是，确定了更高目标，就要不惜力、用全力，去实现一个又一个目标。党和人民培养了我们、教育了我们，是让我们用心用力干事的，我们不能出工不出力，也不能表面上出力，实则藏一分力，更不能在关键时刻缩头退却，躲到一边当看客。我们要时刻体会，习近平总书记的教诲在激励我们；我们要时刻想到，习近平总书记的目光在注视着我们；我们永远不能忘记，习近平总书记的开学第一课，是我们的终身课。

再说第二句，弹起来守法纪。这里的法纪意义更广泛，既包括国家法律和党的纪律，也包括道德和公序良俗。一切不好的东西、危险的东西，无论它们披着什么样漂亮的外衣、诱惑力有多大，年轻干部都要始终保持高度的敏感，丝毫不能碰，丝毫不能沾，不能在河边走久了，湿了鞋也没有发觉，也不能在权力的职位上站久了，脚底生茧，变得不敏感起来。之所以用"弹起来"这个词，就是说要对红线、对底线有一种本能的反应，要把对法纪的敬畏、对道德的尊崇变成起心动念、知行一体的第一反应。要到这个程度，需要永不停歇的修炼。党校学习虽然结束，但党的理论学习、党性锤炼、心性修养远没有休止，也不会有尽头。

蹦起来干事业，弹起来守法纪，前者说的是高线，后者讲的是底线。我们祝愿走出党校大门的中青年干部在干事业中步步登高，在法纪面前始终坚守住底线。

（2020 年 1 月《学习时报》）

每一个人都可以而且必须作出贡献

一场突如其来的疫情从武汉传遍全国，打乱了每一个人的生活轨迹和节奏。抗击疫情，打赢疫情防控阻击战成为当下中国最最重要的事情。这是一场没有硝烟的战争，也是一场全民动员、群防群治的真正的人民战争。战争打响，广大医务工作者冲在最前面，人民子弟兵冲在最前面，新闻工作者冲在最前面，他们是贡献最大的人，理所当然是最可敬可爱的人。

关在北京的家里，静静地望着窗外，这场雪已从昨天下到今天，雪花无声地飘落，地上已积得很厚，树枝上也开满了白色的花朵。那个站在窗前的人，是本来应该在公园徜徉的老人，是本来应该在教室里攻读的学子，是本来应该在办公室、在会场、在出差的路上忙碌奔波的人，那个人是他，是你，是我。此刻，我们有一个共同的愿望：祝愿患者早日康复，祝愿战斗在抗疫一线的可亲可爱的人平安归来，期待早日打赢疫情防控阻击战。此刻，我们有一个共同的认识：这场战争没有局外人，没有前线后方，只要还没有取得最后胜利，我们每一个人都是参战者，我们所处的任何一个地方都是战场。我们不用羡慕奔赴武汉、奔赴一线的人，我们也不用都去做惊天动地的英雄，但是我们完全可以为打赢这场阻击战作出自己的贡献，而且必须作出自己的贡献。

我们说每一个人都可以作出贡献，是因为作为"疫中人"，我们只要按照疫情防控的部署和要求，适当调整自己的生活行为，克服暂时的不方便不适应，步调一致共同度疫，共克时艰，我们就是作出了自己的贡献。少出门、不聚集、勤通风、勤洗手，做到这些难吗？应该不算难。但这些不难做到的事情，对打赢疫情防控阻击战，却有重大的意义。大难当头，大局当前，每一个人管好自己，从自己做起，从眼前做起，从不难做的事情做起，从来没有像今天这样重要，像今天这样有意义，像今天这样可以称作"贡献"。

我们说每一个人都必须作出贡献，是因为我们处于战时状态，战时状态对每一个人的要求都是强制性的。是的，不是商量，不是提倡，而是强制。因为任何漫不经心、任何环节的纰漏、任何自我的放纵，都可能给他人、给社会、给整个战役带来无法挽回的影响。疫情防控的关键时期，各地陆续出现聚集性病例，这就好比阵地战中，给敌人留下了进攻的口子，不知会给我们自己带来多大的牺牲。因此，他们受到谴责和处理，理所当然，毫不冤枉。这种必须作出的贡献，你不主动地做，就要被迫地做，就要有代价地做。总而言之，不能不做。特别对广大党员干部来讲，这个贡献，是义务，也是责任。

每个人都可以而且必须作出贡献，首要的一条就是保护自己。这是起码却也是关键的要求。别以为你长得难看，病毒就不会看上你，如果你自己无心和病毒谈上了"恋爱"，那么你无意又会成为病毒的"红娘"。如果你没被病毒看上，没成为病毒"宿主"，没被传染，你就不会成为传染源，再去传染别人。特殊时期，必须重新审视自己和他人、自己和社会的关系，那个和你保持距离的人，也从来没有像今天这样可亲。专家说得很清楚，保持一米半的距离，就能切断病源。

当然，对我们绝大多数普通人来讲，在保护自己的同时，还可以作出更多的贡献。比如：劝阻家人、同事、朋友等的一些不当的行为；传播正确的科学的防疫知识；如实报告自己的行踪旅迹和接触史；对一些自己一时无法辨别的信息，不轻易转发给别人；对个别别有用心的蛊惑，提高警惕，不信，更不传。总之，多帮忙，不添乱。国家正在经受治理大考，个人也在经历不凡考验。

待到春暖花开、病毒遁迹，疫情防控阻击战取得决定性胜利的时候，我们不能忘记冲在最前线的英雄模范，我们同样不能忘记那个静静站在窗前的人，他也是打赢疫情防控阻击战的贡献者，他是你，是我，是我们每一个人。

（2020 年 2 月《学习时报》）

做好打赢疫情防控阻击战的舆论引导工作

当前，疫情防控处于胶着对垒状态，打赢疫情防控阻击战进入最吃劲的关键阶段，习近平总书记2月10日在北京调研指导疫情防控工作并召开视频会议，作出"要加强舆论引导工作"的重要指示。这一指示有很强的针对性和指导性，认真学习领会、深入贯彻落实习近平总书记的重要指示精神，是当前新闻舆论战线最重要的任务，也是打赢疫情防控阻击战的迫切之需。

1月31日中宣部在京召开专题视频会议，研究部署疫情防控的宣传引导工作，强调要深入学习宣传贯彻习近平总书记重要指示精神，加大权威信息发布力度，加强政策措施宣传解读，持续振奋精神、凝聚力量，为打赢疫情防控阻击战提供有力舆论支持。

连日来，新闻舆论工作者与广大医务工作者、人民解放军指战员以及各方面人员，在武汉，在湖北，在全国各地，肩并肩，共战斗，始终奋战在疫情防控第一线，不辞辛苦，不惧风险，采写刊播了一系列鼓舞人心、感人肺腑的报道，增强了全国人民战胜疫情的决心和信心。在这关键时刻，习近平总书记的最新指示既是对新闻舆论工作者的巨大鼓舞，也是对做好舆论引导工作的进一步要求，同时也吹响了新闻舆论队伍打赢疫情防控人民战争、总体战、阻击战的冲锋号，必将进一步营造出万众一心阻击疫情的舆论氛围，凝聚起众志成城、共克时艰的强大正能量。

加强舆论引导工作，首先要深入宣传党中央决策部署，宣传习近平总书记的系列重要讲话和指示精神。疫情发生以来，习近平总书记先后三次主持召开中央政治局常委会会议，主持召开中央全面依法治国委员会第三次会议，调研指导北京市疫情防控工作并召开视频会议，发表重要讲话，作出重要指示。从某种意义上讲，这些讲话和指示就是来自战役最高指挥部的最高命令，是各级各地打好打赢疫情防控阻击战的根本遵循。广大新闻舆论工作者要充分认识到肩负的责任、使命和任务，在全面准确理解的基础上深入宣传习近平总书记系列重要讲话和指示精神。同时把习近平总书记对疫情严重地区人民群众的牵挂和关心，对奋战在抗疫第一线的党员干部的鼓励和关爱，及时传递到每一个地方、每一个人。

加强舆论引导工作，要深入宣传一方有难、八方支援的大爱精神。在我们社会主义国家，在中国共产党的领导下，每一个地方既是一个局部，又是整体和全局的有机组成部分，在党中央统一领导下坚持全国一盘棋，在关键时刻，特别是在灾难当头，这一无可比拟的制度优势就会充分显现出来、发挥出来。我们看到，在湖北和武汉的艰难时刻，全国各地的医护工作者一批又一批迎难而来，武汉湖北急需的各类物资设备从四面八方驰援而来，特别是，19个省份对口支援湖北省武汉以外地市，如此人类抗疫救灾史上绝无仅有的壮观场面，彰显的是血浓于水的大爱精神，彰显的是九州一统的大局精神。

加强舆论引导工作，要深入宣传一线医务工作者、基层干部、公安民警、社区工作者、志愿者等的感人事迹，展现全国各族人民坚定信心、同舟共济的坚强意志。春节本来是中国人民最喜庆、最欢乐的日子，但是这个春节里，很多人常常沉浸在泪水里，甚至一天流几次眼泪，他们是被感动的，被我们的医务工作者、基层干部等所感动。我们说这是一场人民战争，就是说这是一场在党的领导下依靠人民的战争，是一场在党的领导下依靠人民打赢的战争。此时的人民，再不是一个概念、一句口号，而是冲锋陷阵的一个个具体的生动的人，是一个个普通而又不普通、平凡而又不平凡的人的集合体。依靠这样的人民，我们打出了一个新中国；有了这样的人民，我们还有什么疫情防控阻击战打不赢？

加强舆论引导工作，还要及时发布权威信息，公开透明回应群众关切，增强舆情引导的针对性和有效性。新闻媒体还要加大对传染病防治法和防控知识的宣传教育，引导全社会依法防控，提高人民群众自我防护能力。

"胶着对垒"，是习近平总书记对当前疫情防控形势的重大判断。在这样的形势下，舆论引导至关重要，加强舆论引导工作意义重大。我们要牢记习近平总书记的嘱托，把做好疫情防控阻击战中的舆论引导工作，作为检验新闻舆论战线"不忘初心、牢记使命"主题教育成果的试金石，作为新闻工作者践行"四力"的主阵地，为最终打赢疫情防控阻击战贡献自己的力量。

（2020年2月《学习时报》）

看火车站

疫情期间，宅在家里，每天出一次门儿，就一件事，看火车站。

我说的这个火车站严格来讲还不是一个完整意义上的火车站，还不能在这里上车下车奔向远方，因为，它是一个正在建设中的火车站。

火车站的名字叫北京星火站，位于东四环外，是一条新时代闯关东的高铁线，建成之后北京到哈尔滨的时间将由现在的七八个小时缩短到四个小时。

说起来也是。我们国家一号高速公路是哪条线？是京哈线。可是在很多县市都通高铁的今天，北京到哈尔滨居然还没有通高铁，的确有点说不过去呀！

作为一个在黑龙江出生、在北京工作的人，我一直关注这条高铁线的相关信息。准确说，这应该是一条京沈客运专线，但因为哈尔滨到沈阳是通高铁的，京沈通车后，北京到哈尔滨的高铁就连上了，所以更愿意称它为京哈高铁。其实这条线的设想、设计也不能算太晚，但却一直难产，至于理由，网上的说法很多，我没有去核实，不好评说。不过，在期待中，还是等来了确切的消息，这条高铁线的火车站——从北京说是始发站，从哈尔滨说是终点站——就选址在东四环外的星火西路。

这种高兴，好比自家要建新房子一样。一是终于有盼头了，按照中国速度，只要一开建，很快就能通车。二是没想到火车站最终几乎建在自家门口，这样说有点夸张，但是从出门到火车站，走路最多不过十分钟。以后再回老家，得省多少事儿啊！

于是，我们每天都去看火车站，有时候白天去，有时候晚上去，只要没有特殊情况，基本上做到风雨无阻。

看着火车站渐渐露出地面、越来越有火车站的模样，居然莫名其妙产生出一种陪伴成长的成就感。

按照新闻报道中的工程进度，火车站将在 2020 年底完工投入使用，也就是说，2021 年的春节，我们可以坐高铁回黑龙江过年了。夫妻二人，四位老人现在就剩下我一个 80 多岁的老父亲了，所以，不管有什么困难，每年春节都要回家过年，哪怕就待上那么一两天。

正当我常常沉浸在这种憧憬中的时候，不期然，仿佛就是一瞬间，火车站的建筑工地的声音消失了，高高的塔吊牢牢地钉在了天空，一动也不动。一场突如其来的疫情几乎使全国经济社会生活停摆，只有时针分针秒针在走……

依然去看火车站。也有了更多的时间去看火车站。慢慢竟有些适应了火车站工地的寂静，仿佛本来就是这个样子。

快到跟前的时候，常常看见一个穿着大衣的上了岁数的男人，在紧锁的工地大门处来回走着，走一会儿就开始踢脚下的石子，先是用左脚踢，然后又改成用右脚踢，踢着踢着还踢空了。

开始都没有要说话的意思，后来偶尔也聊上两句，居然发现，两个本没有什么交集的陌生人，竟也会产生共鸣，那就是，都希望疫情早一点过去，都希望火车站早一点复工，都希望生活早一点恢复正常。

火车站就是这样一个地方，它可以把你的思绪带得很远。

我从小就对火车站有一种特殊的感情。打记事起，就看见火车从我住的地方远远经过，有时候是货车，很长很长的黑色车厢；有时候是客车，就是那种今天几乎见不到的绿皮车。因为要经过一个比较长的坡，无论货车还是客车，都要鸣笛，就一声，但很长，传很远，仿佛是在给自己爬坡加劲儿似的。时间长了，火车的经过就成了我儿时的时间表，哪个车经过是几点了，哪个车经过又是几点了，基本上差不离。

那个时候，火车带给我的首先是对力量的想象，无论是拉货的还是载人的，要跑那么远、那么快，还要爬坡，那得多大的力气！

有火车，就会有火车站，火车站就是火车出发和到达的地方。我第一次看家乡县城的火车站，是站在火车站的天桥上，看见脚下不时穿梭而过的火车，特别好奇火车头里什么情况。只见火车头里，一个穿着工装模样的年轻师傅，在拿着铁锹往锅炉里添煤，一锹一锹又一锹，铲煤，转身，往锅炉的炉膛里送煤，一连串的动作一气呵成，潇洒极了。

看完了脚下的火车，就沿着火车的轨道往远看，看向远方，不知道铁轨通向哪里，能把人带到多远。那是我第一次想远方的事。

紧接着，我有了一次坐火车的体验。邻家姐姐成了知识青年，要下乡去一个很远的地方，奇怪的是，我至今还记得那个地方的名字，就是三江交汇地一个叫八岔的人民公社。我和几个小伙伴儿去火车站送她，谁也没想到，包括我自己，火车临开的一刹那，我突然冲了上去……

当我找到她坐的那个车厢出现在她面前时，她一下子愣住了。她坚持让我在下一站下车。下了车扒了一辆往回开的火车，我清楚记得那是一辆拉煤的火车，坐在煤堆里，人不一会儿就变成煤球了。

火车站意味着远方，也意味着期盼和团聚。我常常想，在我心中是不是一直有一个火车站的结没有解开？我想可能是的。

在北京当记者不久，我去江苏省徐州市出差，当地的同志滔滔不绝地介绍徐州的历史传奇、山川风貌，我却一个字都没听进去，满脑子想的都是徐州火车站，到底跑去看了徐州火车站，实现了一个魂牵梦绕的愿望。

三年自然灾害末期，我的父母从鲁西南一个小县城闯关东、下东北，最后落脚到黑龙江北部的一个县城。但父母并不是同时去的，父亲先去，落下脚后给母亲发了一封电报，母亲怀揣着这封电报，同时怀抱着刚满周岁的大哥，一路奔波，整整半个月才找到父亲落脚的地方。其间经历了怎样的艰辛，后来，我无论怎样问，母亲就是不说，只是嘀咕一句，你大（第二声）电报上说得不清楚，再嘀咕一句，从徐州火车站上的火车。

我就是这样，记住了徐州，记住了徐州火车站。那是母亲抱着大哥去远方和父亲团聚上火车的地方。后来，我曾经试图让儿子去问母亲，母亲依然闭口不提。如今，母亲已经去世整整 15 年了，她那一路的经历，我们永远也无从得知了。

年轻的时候，火车站是远方，总想走得远些，再远些。年龄大了，也走累了，火车站就是故乡，是生你养你的地方，是灵魂的归宿。

看着看着，有一天，妻子突然喊道，你看，动了，动了！我说什么动了。妻子指给我看，果然，在蓝天的映衬下，那个高高的起重机在缓缓移动。

复工了！那一刻，我的眼睛一下子湿润了。再看周围，才发现多了好多大客车，那应该是运送复工工人的吧！

自那始，复工复产的消息从四面八方，一波紧似一波地传来。

（2020 年 3 月《学习时报》）

人类命运共同体理念更加深入人心

当前新冠肺炎疫情在全球范围内的肆虐，被称为自第二次世界大战以来人类陷入的最大灾难，也让有些国家进入"至暗时刻"。人类面临的共同挑战充分昭示出习近平主席提出的人类命运共同体所蕴含的思想价值和深远意义，也充分彰显出回答和解决这一时代课题的重要性、紧迫性。

疫情是对我国治理体系和能力的一次大考，同时，也是对世界各国的一次大考，是人类共同面对的一次大考。二十国集团领导人特别峰会以视频形式召开，这样一个特殊的会场实际上就是一个特殊的考场。命运相联的共同体，需要的是坚持人类优先的理念，而决不能把一己之利凌驾于人类利益之上。面对共同考题，给出什么样的答案，决定能否尽快减少各国人民生命损失、能否尽快战胜病毒这一全人类共同敌人。因而，全世界人民都关注着、期待着，关注着一致的答卷，期待着共同的行动。

中国倡议之所以能够引领共识，获得广泛赞同，是因为世界人民清楚地看到了构建人类命运共同体绝不是一句口号，而是实实在在的行动。中国的抗疫实践以及对世界抗疫的支援，是对人类命运共同体理念的具体践行。正是坚定秉持和践行这样的理念，即使在个别国家一边接受援助、一边对中国的援助妄加指责、随意抹黑的情况下，我们依然不离不弃、坚定前行。心底无私天地宽，公道正义在人间。经历这样一场磨难，经历这样一个全人类共同抗疫的艰难过程，人类命运共同体理念的力量会更加充分地显示出来，构建人类命运共同体在世界范围内也会更加深入人心。全世界人民都会欣然看到，中国共产党及其领导的复兴进程中的中国会给世界带来什么，会给各国人民带来什么，会给人类发展带来什么。

中国共产党成立至今已近百年，从革命、建设到改革发展各个时期，始终坚持为中国人民谋幸福、为中华民族谋复兴的初心和使命，同时，世界人民福祉和人类社会发展从来没有离开过我们党的视野。改革开放后，我们在不断探索共产党执政规律、社会主义建设规律的同时，也时刻把研究和探索人类社会发展规律作为己任，力求在自身发展的同时，为世界和人类作出更大贡献。特别是进入新时代，中国特色社会主义旗帜越举越鲜亮，中国特色社会主义道路越走越宽广，而我们所处的国际环境也发生了重大变化，世界格局正在深层变动，出现了很多新情况新问题，人类也面临许多新挑战。习近平主席准确把握时代本质，着眼历史发展潮流，鲜明提出"人类社会向何处去"的时代之问。

答案往往就在提问之中。

就全球治理来讲，我们提出了共商、共建、共享的全球治理观；就推动经济全球化而言，我们提出了更加开放、包容、普惠、平衡、共赢的发展方向；就国与国关系来说，我们提出了坚持正确义利观的外交理念；就全球安全来看，我们提出了树立共同、缓和、安全、持续的新安全观；在积极推进国际合作方面，我们提出共建"一带一路"倡议并付诸实践、取得积极成效。特别是，明确提出构建人类命运共同体理念，增进人类福祉，顺应历史潮流，凝聚各国共识，因而受到世界范围内的广泛回应，不仅在许多重大国际场合被纷纷宣传而且写入了联合国重要文献。

人类命运共同体理念的提出和实践，表明中国共产党站在了人类历史发展的前沿，对人类社会发展规律的深刻洞察和准确把握，表明中国共产党及其领导的国家天下为公、舍我其谁的责任担当，也表明，发展起来、强大起来的中国可以而且正在为世界人民和人类发展作出更多更大的贡献。

世界大势，浩浩荡荡。践行人类命运共同体理念，也绝不会一帆风顺、万里高阳。我们有坚定的信念，也有充分的准备，时刻进行具有许多新的历史特点的伟大斗争，在斗争中求团结求合作求行动，在斗争中不断推进历史发展。天空足够大，地球足够大，世界也足够大，容得下各国共同发展。世界上的路，只有走的人多了，才会越来越宽广。

（2020 年 4 月《学习时报》）

逆流的河

很多年以前，在自己主持的报纸上以"乌裕尔"的笔名发过几篇小文，一天在一位领导的办公室，领导问我，"乌裕尔"是谁啊？我回答，就是在下。领导看了我一眼，又问，怎么用了这么一个名字？我笑笑，简单做了几句解释。

前段日子用这个名字又发了一篇小文《看火车站》，又有朋友问起这个问题，引发我的思绪从还没有建成的火车站出发，从首都北京回到生我养我的故乡，回到一条河的身旁，而这条河的名字就叫"乌裕尔"。

其实，用家乡的河的名字作笔名的，最有名的当属大文豪郭沫若。郭沫若原名郭开贞，"沫"和"若"分别是他的家乡两条河的古名。那么沫水是今天哪条河的名字呢？就是大名鼎鼎的大渡河，而若水则是雅砻江，它们分别是岷江和金沙江的支流。

这样说丝毫没有和郭沫若类比的意思，而我的乌裕尔河自然也没法和大渡河、雅砻江相比，但我知道她、认识她、理解她，肯定要比大渡河、雅砻江早得多，甚至要比黄河、长江早得多，因为我一睁开眼睛，几乎在看到母亲的同时，就看到了她。她就是我的母亲河。当然，这个判断是在我离开她的时候涌上心头的，而在离开之前，她更像我儿时的伙伴儿，熟悉、亲密，熟悉到不知道她叫什么名字，亲密到不知道她来自何处，又去向何方。

所以，在离开的那一刻，当火车在她的身上穿梭而过的瞬间，突然觉得，安安静静的她，一下子变得陌生、神秘。请你原谅，我日夜相伴的母亲河，我真的不了解你啊！

离得越远，心反而会走得越近，也就会看得更清楚，认识得更深刻。

关于乌裕尔河的名字，有一个美丽的传说，但故事长而老套，总之就是神话加爱情。而史料则来得更直接。金代在乌裕尔河流域设置蒲峪路，称"蒲峪路河"。元代称"忽兰叶河"。《大清一统志》称"呼雨哩""呼裕尔河",又称"乌雨尔""瑚裕尔""乌羽尔"河等,均为女真语一音之转,什么意思呢?"涝洼地"而已,实在缺乏点想象的意境。中华人民共和国成立后在有关资料和图籍中并用乌裕尔河和呼裕尔河。

在这条河的介绍中,有一点我特别注意到,她被称为"无尾河",所谓无尾河,就是没有河口,再直白一点说,就是流着流着就没了。被称为中华民族"母亲河"的黄河,由于其下游历史上经常改道,成为世界上著名的摆尾河。这条仅有黄河十分之一长的河流竟然有头无尾,那最后消失在哪里了呢?

她消失的地方是一大片苇甸,或者说是广阔沼泽,用再富有一点想象力的文字表达,也称美丽的湿地。可能更应该反过来说,因为她的消失,才形成了被称为地球之肾的一望无际的湿地,也才有了世界著名的丹顶鹤的栖息地——扎龙自然保护区。

但是,我对她更深的感受还是,她是一条自东向西流的河,也就是说,她是一条逆流的河。小学地理知识就告诉我们,我国地势总体上西高东低,百川向东归大海既是一种无须多言的自然规律,也是一种令人激情澎湃的境界。一条小河竟然不顾大势,逆向而流,最后无声无息地消失,这究竟是一种怎样的选择?

事实上,在众多江河争先恐后奔向大海的同时,不只是乌裕尔河一条河选择了逆流。我查找了一下,比较有名的有这么几条,比如,位于新疆北部的额尔齐斯河,发源于东部的阿尔泰山,自东向西流动,汇入鄂毕河,流经西伯利亚地区,最终注入北冰洋。

比如,位于甘肃陕西北部河西走廊的疏勒河,是我国一条内流河,发源于祁连山脉西段的托来南山与疏勒南山之间,总体流向为自东南向西北流动,流程大约为580千米,这条河在史前曾经注入位于新疆的罗布泊,后来由于全球气候变化和人类活动的影响,流程大大缩短,现在退缩到大致安西西湖一带。

比如,位于新疆西部的伊犁河,因为地势北东南三面高,向西开口,因而伊犁河也是自东向西流动,最终注入位于中亚的巴尔喀什湖。

在网上"我国有哪些自东向西流的河"的提问下,一些网友还踊跃提供了自己所熟悉的河流的名字,基本上都是分布在平原省份的小河。

由此可见，我国自东向西流的河，有，但是不多；不多，但是有。正如此，他们因与众不同而显示出了独特价值，对自然，对生态，乃至对生于斯长于斯的人和人类。

这些年，每到夏季有机会回故乡，我都会到乌裕尔河的河边，久久地伫立，痴痴地凝望，那晚霞映照中的河水，平静地向西流，仿佛就要流进霞光之海中。这时候的逆流之河，往往在带给我一种沉醉之美的同时，奇怪的是，竟还会让我产生一种力量之美，这种感觉，是我自小在她身边从没有感觉到的。

不错，逆向的确是会产生力量的，这完全符合物理原理，也被社会现实所证实。逆流之河是，逆行之人更是。在中国人民抗击新冠肺炎疫情的过程中，那转身而去的背影，即使年迈，即使弱小，但那份平静，那份坚定，可以让你的内心产生足够战胜恐惧的力量。正是这些逆行者，为我们筑起了阻挡疫情蔓延的铜墙铁壁。

夕阳下逆流的河，灾难中逆行的人，最近经常在我眼前交替出现……

（2020年5月《学习时报》）

见证一棵树的抢救

走出小区不远，一棵树引起了我的注意。眼下这个季节，正是各类树木枝繁叶茂的时候。然而这棵树，却与众不同，仿佛进入了秋季，不仅枝杈上的叶子零零落落，而且这零零落落的叶子大多也都枯萎了，不走近仔细观察，那一点点零星的绿，是看不到的。我真担心，风一来，这些叶子就会被吹落，让这棵树真正变成夏天里的秋天的树。即或经常不期而遇的雨来，雨滴哪怕稍微重一点、急一点，也会造成雨打叶落的后果。

显然，这是一棵挣扎在死亡边缘的树。

我对树没有专门研究，因为单位的院子里这种树比较多，一到秋季就成为一道独特的景观，所以也知道，这是一棵银杏树。

根据小区入住的时间判断，这棵银杏树的树龄应该在 10 年左右。银杏树是这个星球上现存最古老的树种之一，被誉为植物王国的"活化石"，因为她早在两亿七千万年前就存在了。在我国一些地方，三五百年的银杏树都比较常见，甚至上千年乃至数千年的也不是不可以见到。然而，即使同单位院子里敦厚壮实的银杏树相比，眼前的这棵银杏树不仅年幼，而且显得纤细。所以，如果生命就此戛然而止，那实在是可惜、可叹。

对，只要还有一息希望，就坚决不能放弃。对这棵银杏树的努力抢救，事实上已经开始了。你看，在这棵树的根部向上大约一米，挂了一个营养袋，通过营养袋的一根细细的塑料管，向下分开，两只针一样的东西扎入树的根部，整个状态就像给一个站着的病人打点滴一样。

看到这种情景，我的心一下子鼓满了希望，一个信念越来越坚定：这棵树一定能够被抢救过来，一定能够再次枝繁叶茂，一定能够像其他银杏树一样，带给人们秋天的美好。

的确，除了像其他树种一样具有经济、生态等多重价值之外，自古以来银杏树便被赋予了更多的人的情感。

我想起 10 多年前看过的一部电影，叫《爱有来生》，整部电影围绕一棵银杏树，如泣如诉地叙写了一段男女生离死别、人鬼情未了的故事。男女主人公因为仇杀双双死去，死前相约，来生一定要在银杏树下相会。为了这句承诺，男主未去投胎，他怕爱人找不到，所以一直等在银杏树下，等了 50 年，在快要离去的时候，爱人出现了，但已投胎嫁作他人。今生的她还记得前世的承诺吗？面对前世的挚爱，她反复说的一句台词是：茶凉了，我再去给你续上吧，茶凉了，我再去给你续上吧……

我还想起，李清照曾写过一首银杏诗：

风韵雍容未甚都，尊前甘橘可为奴。谁怜流落江湖上，玉骨冰肌未肯枯。谁教并蒂连枝摘，醉后明皇倚太真。居士擘开真有意，要吟风味两家新。整首诗没有提到银杏两个字，但诗人以树喻人，充分映衬了玉洁肌肤、冰清风骨的情怀和品质。

诗人的吟诵穿过近千年的时空，悠悠荡荡，环绕着眼前的银杏树。"未可枯"三个字，不就是你活生生的写照吗？于是，仿佛人树感应似的，我突然感觉到这棵树的生命活力的迸发，让我从手到心一下子都热起来……

面对这棵银杏树，我许下承诺，我要一周来看你一次，每次拍一张照片。我无比地坚信，你一定能够活过来，我要见证你活过来的过程。

（2020 年 7 月《学习时报》）

人民生活越来越美好

10月29日半夜，处理完有关五中全会的版面安排后，评论员打车回家，在车上仍然用手机查阅五中全会的相关信息。车子开了一会儿，司机师傅突然说，开五中全会了——口气听起来显然是肯定的。我说，已经闭幕了。随即问师傅，您也关心？师傅嗯了一声。我又问，知道五中全会主要研究什么问题吗？师傅回答，具体说不准，但知道日子越来越好了，还会越来越好。看起来师傅答非所问，仔细一琢磨，不但不能说师傅的回答跑题，而且从某种意义上简直可以说是切中主题。198名中央委员、166名候补中央委员以及有关方面负责同志，连续几天开会，集中研究的不就是未来5年、15年人民如何过上更好的日子吗？

不错，中央开全会研究国家大事，这国家大事何尝不是每个人的大事！老百姓关心国家大事，又何尝不是关心自己的事！我们每一个人，越来越紧密地和我们的党、我们的国家、我们的新时代融合在一起了。

评论员第一时间学习了公报全文，一个突出感受，就是字里行间彰显着我们党人民至上的执政理念，体现着以人民为中心的发展思想。我们不是为了规划而规划，做好规划是为了更好地发展；我们也不是为了发展而发展，更好发展是为了更充分地满足人民对美好生活的需要。全会通过的《中共中央关于制定国民经济和社会发展第十四个五年规划和二〇三五年远景目标的建议》，紧紧抓住新时代的主要矛盾，特别是人民日益增长的美好生活需要这一主要矛盾的主要方面，从各方面各领域提出一系列战略性、创新性举措，解决发展不平衡不充分的问题。可以说，我们党下这么大力气做这样一个五年规划和远景目标建议，根本目的就是满足人民日益增长的美好生活需要。

过去的5年，人民生活上了一个大台阶。就拿生活水平来说吧，吃穿住行各个方面都有很大改善和进步；就拿上大学来说，高等教育已进入普及化阶段；

就拿民生之本就业来说，城镇新增就业超过 6000 万人；社保方面，建成世界上最大的社会保障体系，基本医疗保险覆盖超过 13 亿人；养老方面，基本养老保险覆盖也将近 10 亿人；文化事业和文化产业的发展人民感受更深。特别是，脱贫攻坚成果举世瞩目，农村贫困人口实现脱贫的达到 5575 万人。再有，污染防治力度加大，生态环境改善明显，天更蓝、水更清、空气更新鲜了，每天清晨拉开窗帘，心情好的日子越来越多。

未来的 5 年，人民的生活会好上加好。全会明确提出，把"以满足人民日益增长的美好生活需要为根本目的"作为"十四五"时期经济社会发展指导思想，把"坚持以人民为中心"作为一个重要原则，放在"五个坚持"的突出位置，可见规划《建议》从根本上说是为人民美好生活的规划，是为人民生活好上加好的建议。

从全会提出的"十四五"时期经济社会发展主要目标来看，好上加好值得期待。民生福祉达到新水平，实现更加充分更高质量就业，居民收入增长和经济增长基本同步，基本公共服务均等化水平明显提高，全民受教育程度不断提升，多层次社会保障体系更加健全，卫生健康体系更加完善，脱贫攻坚成果巩固拓展，公共文化服务体系和文化产业体系更加健全，人民精神文化生活日益丰富，生态环境持续改善，城乡人居环境明显改善，等等。这些党带领人民经过五年奋斗要实现的一个个目标，怎不让人们对生活好上加好充满向往？

不仅有 5 年，还有 15 年。这次全会的规划《建议》把"十四五"五年发展作为重点，同时也对 2035 年远景目标进行了展望，明确了努力的方向。远景目标告诉我们，经过五年，再经过十年，在好上加好的基础上，人民生活一定会更加美好。

全会提出的到 2035 年基本实现社会主义现代化远景目标，更加鼓舞人心，其中特别提到，经济总量和城乡居民人均收入将再迈上新的大台阶。收入是提高生活水平、实现美好生活需要的前提，公报用一个"再"、一个"新"、一个"大"来表述城乡居民收入的增长，凝聚共识，鼓舞人心。

再看同样令人鼓舞的远景目标：人均国内生产总值达到中等发达国家水平，中等收入群体显著扩大，基本公共服务实现均等化，城乡区域发展差距和居民生活水平差距显著缩小。人民生活更加美好、人的全面发展、全体人民共同富裕取得更为明显的实质性进展。特别是这最后一条，首次把"全体人民共同富裕取得更为明显的实质性进展"作为远景目标提出，进一步凸显，新发展阶段要把实现共同富裕作为重要奋斗目标。

美好生活激励着我们，蓝图愿景鼓舞着我们。贯彻落实五中全会精神，实现五年规划和十五年远景目标，要求我们每一个人投入到实干的队伍中来，汇聚到奋斗的行列中去，以真抓实干为美好生活润色赋能，以不懈奋斗兑现美好生活需要。

（2020 年 11 月《学习时报》）

正确地学习党史

正确地学习党史，强调的是"正确"两个字。为什么要强调"正确"，因为有必要强调，因为存在着不正确地学习党史的现象。前不久遇到一位自称很熟悉党史的人，讲党的历史滔滔不绝，从事件到人物，从年代到细节，栩栩如生，如临其境，但是实际上，很多内容不准确、不全面，有的一听就是文学作品的演绎，而有的就是道听途说，以讹传讹，更有的根本就是海外媒体别有用心的胡编乱造。如此地学习党史，咽在肚子里就算了，偏偏要说出去，要传播给人家，这危害就不能小看。还有的同志，一说学习党史，就找来一大堆党史方面的书来看，书倒是好看，也容易看得下去，但是所获得的史实，离真正的历史，却有不小的距离。除此，热衷于野史、传说的人也不在少数。因此，在全党开展党史学习教育之际，提醒正确地学习党史还是很有必要的。

历史是我们回不去的时光，但历史并不模糊，有时候走得愈远，反而愈加清晰。中国共产党的一百年，正如习近平总书记所指出的，是矢志践行初心使命的一百年，是筚路蓝缕奠基立业的一百年，是创造辉煌开辟未来的一百年。学习党史，首先要对中国共产党的一百年有一个基本的认识。这一基本的认识来自哪里？就来自习近平总书记关于党史的重要论述。党的十八大以来，习近平总书记围绕党史发表了一系列重要论述，系统回顾我们党团结带领中国人民不懈奋斗的光辉历程，深入总结党在各个历史时期创造的理论成果、积累的宝贵经验、铸就的伟大精神，深刻阐明党为中华民族作出的伟大贡献、为解决人类问题提供的中国智慧、中国方案。这些重要论述是习近平新时代中国特色社会主义思想的重要组成部分，也是我们学习党史的指导思想，是学习党史不可脱离的导读和领学。认真学习、深刻领会习近平总书记关于党史的重要论述，对于我们学习党史，对于我们在学习过程中，历史风云如何看得更清楚，历史规律如何想得更明白，历史必然如何悟得更透彻，特别是树立正确的党史观和历史观，具有重要的意义。

正确地学习党史，要心怀崇高的情感。崇高是人类情感所能达到的最高境界，是可以形成战无不胜的精神力量的感情活动。学习党史，是一个阅读的过程、思考的过程，更是一场精神的洗礼、崇高的体验。我们党在百年浴血奋斗中，无数次从逆境中转折，从困境中突围，从绝境中奋起，那波澜壮阔的画卷，那惊心动魄的场景，那肝肠寸断的牺牲，完全可以说，世界上没有任何一个政党的历史，像中国共产党这样，惊天地，泣鬼神。党之所以能够从一次次失败走向一次次胜利，从一次次胜利走向一次次新的胜利，就是因为有崇高的理想、崇高的信念、崇高的目标。中国共产党的历史就是一部崇高的历史，也是一部用崇高写就的历史。今天我们学习党史，要心怀崇高的情感学习崇高的历史，在学习崇高中体验崇高，在学习崇高中让自己变得崇高。

正确地学习党史，要有端正的态度。有什么样的出发点，就能抵达什么样的境地。首先要搞清楚，为什么要学习党史？如果仅仅是因为被要求、被安排，迫不得已地学习，这样的学习态度是有问题的，也难以取得应有的效果。作为一名党员，自己志愿申请并经过宣誓加入的政党走过了一百年的不平凡的历程，迎来了一百年华诞，这是百年一遇的时刻，成千上万的共产党员，在百年奋斗历程中，先后牺牲和离去，他们没有机会和幸运与今天相逢。我们学习党史，回望走过的路，既是对自己所忠诚的组织、所信仰的理想表达一种崇高敬意，也是对自己作为一名共产党员成长历程的自我省视。作为党的一员，如果不了解党的历史，就无法理解自己的政治生命，而不理解自己的政治生命，政治上就白活了。

正确地学习党史，要读权威的著作。正确地学习党史，就要正确地读党史的书，读正确的党史书。党史书籍很多很多，如何选择？标准也有，就是权威、权威、权威，就是要读权威的党史著作。所谓权威，可以从两个方面理解，一是权威部门编著的党史著作，一是权威作者撰写的党史著作。只有学习权威的党史著作，我们才能牢牢把握党的历史发展的主题和主线、主流和本质，才能正确认识党史上的重大事件、重要人物、重要会议等，从而增强反对历史虚无主义、抵制歪曲和丑化党史错误倾向的政治自觉。

（2021 年 2 月《学习时报》）

1800

习近平总书记在全国脱贫攻坚总结表彰大会上的重要讲话中，提到很多数字。比如，"现行标准下 9899 万农村贫困人口全部脱贫，832 个贫困县全部摘帽，12.8 万个贫困村全部出列……"

比如，党的十八大以来，平均每年 1000 多万人脱贫，相当于一个中等国家的人口脱贫；2000 多万贫困患者得到分类救治；近 2000 万贫困群众享受低保和特困救助供养，2400 多万困难和重度残疾人拿到了生活和护理补贴。

再比如，790 万户、2568 万贫困群众的危房得到改造，累计建成集中安置区 3.5 万个、安置住房 266 万套，960 多万人"挪穷窝"。

还比如，全国累计选派 25.5 万个驻村工作队、300 多万名第一书记和驻村干部，同近 200 万名乡镇干部和数百万村干部一道奋战在扶贫一线。

等等。

但是，我却将目光久久地停留在一个数字上：1800！

"在脱贫攻坚斗争中，1800 多名同志将生命定格在了脱贫攻坚征程上，生动诠释了共产党人的初心使命。""定格"是什么意思？就是他们牺牲了，这1800 多名好同志光荣地牺牲了。

此前 2 月 12 日人民日报第五版，《关于全国脱贫攻坚总结表彰党中央、国务院荣誉称号拟表彰对象的公示》中，有 10 人被确定为拟表彰对象，其中有张小娟、姜仕坤、黄文秀 3 人的名字加了黑框。我们都知道，名字上加黑框，就表示人不在了。

谁说和平时期没有战场？谁说和平时期没有牺牲？25 日的表彰大会上，虽然没有他们登台领奖的身影，虽然看不到他们庆祝脱贫攻坚战取得全面胜利欣慰的笑容，但是在人民心中，他们是更高大的存在，光荣也属于他们！请听，习近平总书记给予他们最高的评价："脱贫攻坚殉职人员的付出和贡献彪炳史册，党和人民不会忘记！共和国不会忘记！"

共和国的脱贫攻坚战是一部大书奇书，那一组组数字背后，是一个个鲜活的故事。

党中央一声令下，数以百万计的扶贫大军奔赴全国最偏远、最艰苦的地方，他们克服种种困难，日夜奋战在扶贫第一线，顾不得年迈的父母、年幼的孩子，很多年轻干部为此推迟婚期、延迟生育。"他们爬过最高的山，走过最险的路，去过最偏远的村寨，住过最穷的人家，哪里有需要，他们就战斗在哪里。"他们为了贫困地区人民过上正常的生活，而牺牲了自己的正常生活。

脱贫攻坚8年时间，各级党政领导干部特别是党政一把手始终把历史重任和殷殷嘱托扛在肩上，记在心里，统筹谋划，强力推进，干在前列。"五级书记抓扶贫、全党动员促攻坚的局面"，是人类减贫史上从未有过的画卷；各级党政主要负责同志签责任书、立"军令状"，是任何国家都没有过的干法。脱贫攻坚期内保持贫困县党政正职稳定的要求，县委书记、县长们无怨无悔。

有一种牺牲是生命，有一种牺牲是生活，有一种牺牲是升迁，所有的牺牲是升华！升华成伟大的脱贫攻坚精神：上下同心、尽锐出战、精准务实、开拓创新、攻坚克难、不负人民！

取得了脱贫攻坚的全面胜利，我们已然迈开了新生活、新奋斗的脚步。在新的征程上，有了脱贫攻坚精神的洗礼和鼓舞，中华民族将以更加昂扬的斗志克难攻坚、克敌制胜，实现一个又一个新目标，取得一个又一个新胜利。

（《学习时报》2021年3月）

1800 和 1800

曾以《1800》为题写过一篇评论（刊发在 3 月 1 日《学习时报》一版），主要是讲"在脱贫攻坚斗争中，1800 多名同志将生命定格在了脱贫攻坚征程上，生动诠释了共产党人的初心使命"。

其实，在写这篇评论的时候，我就想到了另一个"1800"，而且这两个"1800"还有着紧密的内在联系。这个联系人叫张桂梅，她是云南省丽江市华坪女子高级中学党支部书记、校长。

在习近平总书记提到第一个"1800"的全国脱贫攻坚总结表彰大会上，张桂梅获得了"全国脱贫攻坚楷模"荣誉称号。引人注目的一个细节是，她是坐在轮椅上被推着上台领奖的。而在不久前感动中国 2020 年度人物颁奖时，她还是一步一步走上台的。

是的，脱贫攻坚我们牺牲了 1800 多名好同志，他们永远没有机会登上领奖台，但正如习近平总书记所指出的："脱贫攻坚殉职人员的付出和贡献彪炳史册，党和人民不会忘记！共和国不会忘记！"同时，每一个获得表彰的脱贫攻坚先进个人和先进集体以及没有获得表彰的成千上万的扶贫干部，也都作出了重大贡献，付出了巨大牺牲。就拿被总书记称为"献身教育扶贫、点燃大山女孩希望"的张桂梅来说，瘦瘦弱弱的她身患 20 多种疾病，每天吃近 20 种药。没有人不清楚，她是拿命来拼的！

张桂梅扎根边疆教育一线 40 多年，克服难以想象的困难，办起了中国第一所公办免费女子高中，以一个共产党员的全部生命为大山女孩拼出了一个新的世界，拼出了一个新的人生舞台。2008 年建校以来，一茬又一茬大山女孩走出大山、走进大学，她们总共有多少人呢？1800 多名！

有必要提醒注意，张桂梅办的是女子高中，这 1800 多名走进大学的学子是清一色的女孩，这背后的艰辛和波折不说，它更重要的意义在于，这些走出大山的女孩要学成就业，走向不同的工作岗位，要结婚生子，抚养教育下一代，贫困的代际传递将在她们这里彻底阻断。

一个 1800，为脱贫攻坚而牺牲；一个 1800，受益脱贫攻坚而新生。一个 1800 是丰碑，告诉我们不忘走过的路；一个 1800 是希望，预示我们国家的未来更美好。

数字从来都不是干巴巴的。数字背后有故事，我们要讲好数字背后的故事。数字背后也有道理，我们要感悟数字背后的道理。数和理，在中国传统文化里，本来就这样内在和辩证。那么，两个 1800 告诉我们什么？启示我们什么？

共产党人的牺牲为了谁？1800 多名大山女孩陆陆续续走进大学校园的时候，1800 多名同志正陆续奔赴在脱贫攻坚战场的征程上。他们也许擦肩而过，也许来不及互相望上一眼。"我不知道你是谁，但我知道，你为了谁。"

共产党人"豁出命改变她们的命"值不值？张桂梅奋斗了 40 多年，把命都豁出去了，没有子女，没有财产，却拥有了可以叫她"张妈妈"的 1800 多个女儿。在共产党人的心中，在共产党人的价值观里，这种投入产出的账就一个字：值！

共产党人的最高境界是什么？无论是牺牲的 1800 多名攻坚战士，还是为改变 1800 多名大山女孩命运而牺牲了健康的攻坚楷模，他们都以生命告诉我们，共产党人的最高境界，就是"我将无我"。

共产党人生命的意义在哪里？生命就是活着，但共产党人生命的意义绝不仅仅是活着。共产党人对生命意义的参悟全部体现在对"我是谁""为了谁"的思考和回答之中。今年，中国共产党迎来了百年华诞，我们在新时代进入了新阶段、开启了新征程，我们除了融入奋斗的时代主题，用生命去奋斗、在奋斗中感悟生命的意义、体会生命的快乐，还有别的选择吗？

（2021 年 4 月《学习时报》）

让汉语更多地"进入"英语
——加强和改进国际传播的一个视角

加强和改进国际传播，无论如何离不开载体，这个载体就是语言，进一步说就是英语。全球人口 70 多亿，哪种语言使用的人最多呢？是汉语。但是哪种语言影响最大呢？我们不得不承认，是英语。全球有 5000 多种语言，英语具有最广泛的国际影响力，不仅使用的国家多（以英语作为官方语言的国家大约有 40 多个，约占所有国家的 20%），信息存储广（互联网上存储的信息中有 80% 是英文信息，科技出版物 70% 以上是以英文出版发布的），而且国际传播离不开媒介，国际上有影响力的媒体，绝大部分使用的是英语，每天从早到晚，全世界有影响力的政商人士也绝大多数是用英语来获知新闻和获取信息的。

我们加强和改进国际传播，无论从哪个方面加强，无论向什么方向改进，都面临一个绕不过去的"坎"，就是语言。这是一个基础的问题，也是一个基本的问题。因为基础和基本，往往有所忽视。无疑，这些年我们在国际传播方面下了很大功夫，也取得较大成效，但是这个基础和基本的问题，却消解了我们的部分效能。很多中国的故事、中国共产党的故事、中国人的故事，我们自己听起来都常常受感动、受震撼，为什么老外听起来却不知所云、模棱两可？除了国家观、民族观、价值观的差异外，语言的转换是有天然障碍的，这是一个不能忽视的事实。

以美国为首的西方世界之所以能够称霸全球，除军事、科技和美元之外，语言是他们的第四张王牌，并早已形成事实上的"语言霸权"，这一霸权的影响力无孔不入，无处不存，防无可防。随着我国综合国力的提升和国际地位的提高，汉语如同人民币一样，在全球的使用范围逐步扩大，影响力也在不断提升，但要取得和英语一样的地位，无疑还有较漫长的路要走。但是我们也不是无可作为，不仅不是无可作为，而是应该大有作为，这个作为不是"硬"作，而要"软"作，更要"巧"作。其中，让更多汉语"进入"英语，就是一个可以选择的路径。

其实，英语是一种很开放的语言，我们在学英语的时候，都知道英语的"外来语"之说。所谓外来语，就是一种语言在其发展过程中，从其他语言音译或简单直译而来的词语。实际上，大多数的英语词语都源自于其他语言，如拉丁语、德语、法语、希腊语、意大利语，等等，当然也包括汉语，大约50多个语种。也就是说，如果没有这50多个语种，基本上就没有英语了。

那么，汉语作为外来语，在英语当中是个什么情况呢？两个判断，一是不少。饮食方面有 jiaozi（饺子）、doufu（豆腐）等，历史方面有 Laozi（老子）、Tao Te Ching（《道德经》）等，文化艺术方面有 Kungfu（功夫）、pingju（评剧）等，科学技术方面有 suanpan（算盘）、taikong（太空）等，此外，近年来一些网络流行语被译为英语后，也成为常用表达方式。二是不够。不是一般的不够，而是远远不够，这个不够不仅仅是指数量不够多、速度不够快，还是指在语言的广泛度和深刻度上的不够。这个不够更是指，它与我国的综合国力和国际地位不相匹配。在两个大局的背景下，汉语应更多地、更快地、更广泛地、更深刻地进入英语。

我们不仅看到中国国际地位迅速提高这样一个有利的时代背景，还必须利用汉语的构合特点加快汉语进入英语的步伐。汉语的文字虽然是方块字，但亦是拼音文字，而汉语的拼音与英语的字母在书写上是完全一致的，这为汉语进入英语提供了天然条件，我们应该利用好这一优势，对诸如"小康"等时代感强烈的汉语词汇不再做英文翻译，而是像"豆腐""功夫"一样，以拼音字的形式直接进入英语。这方面大有文章可做。

文化的交流互鉴，基础是语言的交融互进。语言的发展是一个自然的过程，但是我们在这个自然的过程面前不可太被动，而是要变被动为主动，提高对汉语进入英语重大意义的认识，并把它作为落实加强和改进国际传播工作的一个重要课题抓紧抓好。

（2021 年 6 月《学习时报》）

你的样子，中国的样子

疫情背景下的奥运会，依旧吸引了很多人的目光，特别是首个比赛日，中国代表团表现如何？谁能夺得首金？在众目期盼之下，杨倩脱颖而出。我注意到，海内外媒体在报道中特别提到她是一位"00后"，是一位清华大学的在读学生；还特别提到她说的一句话：这枚金牌是献给建党100周年的一份礼物。在整个比赛过程中，杨倩给我留下最深刻印象的是两个特写镜头：一个是举枪瞄准那一刻所透出的专注、沉稳、冷静和自信；一个是站在高高的领奖台上，伸出双臂，在头顶做了一个大大的"爱心"状，笑眼弯弯，即使戴着口罩也会让人受到强烈感染。紧接杨倩之后，登上最高领奖台的，是侯志慧、是孙一文……短短两天，已有7位中国运动员夺得金牌。他们矫健的身姿、自信的笑容，随着国旗的升起、国歌的演奏，齐刷刷展示在世人面前。这是中国青年的样子！这是青春中国的样子！

难忘记，20多天前，庆祝中国共产党成立100周年庆典在天安门广场举行。在7万多人的队伍中，青少年方队格外引人注目，他们代表全国青少年，以青春之姿态，以青年之力量，向党致以青春的礼赞，抒发"请党放心、强国有我"的铮铮誓言。

由此追溯到100年前，13位平均年龄28岁的青年人，他们聚集在上海法租界一个住宅里，继而转移到嘉兴南湖的一条游船上，他们谋划了一起开天辟地的大事变，彻底改变了旧中国的面貌。也许，那个时候他们站在红船的船头，已然看到了28年后中国的样子，100年后中国的样子。

习近平总书记指出："一百年前，一群新青年高举马克思主义思想火炬，在风雨如晦的中国苦苦探寻民族复兴的前途。一百年来，在中国共产党的旗帜下，一代代中国青年把青春奋斗融入党和人民事业，成为实现中华民族伟大复兴的先锋力量。""未来属于青年，希望寄予青年"。

今天，我们可以站在巨轮的船头看世界，我们意气风发，信心百倍，我们可以清晰地看到中国 15 年后的样子、30 年后的样子，甚至 100 年后的样子。

同时，世界也在看我们。青年朋友，你们今天的样子，决定中国 15 年后的样子、30 年后的样子、100 年后的样子。今天你们的样子，就是未来中国的样子！

（2021 年 7 月《学习时报》）

人民的勤务员就是给老百姓做事的

河北省承德市双滦区偏桥子镇大贵口村，一位叫霍金的村民家里，8 月 24 日下午迎来了一位特殊客人——中共中央总书记习近平。总书记坐在霍金家的客厅里，同这位农民拉起了家常。霍金激动地介绍这些年农村的变化，最后说："有总书记领导，人民真幸福！"总书记回应道："我们是人民的勤务员，这句话并不是一个口号，我们就是给老百姓做事的。"

8 月 25 日晚，央视新闻联播在播出这一段时采用了同期声画面，我反复观看，仔细聆听，用心体会总书记朴实话语中蕴含的深刻道理。

其实，这不是总书记第一次这样回应人民。2013 年 11 月，习近平总书记赴湘西调研扶贫攻坚，来到花垣县十八洞村特困户施齐文家，老人的老伴石爬专问："怎么称呼您？"总书记自我介绍："我是人民的勤务员。"

2015 年 7 月，习近平总书记赴吉林考察，在与国企职工座谈时说："党的各级领导干部都是人民的勤务员，中央领导是人民的大勤务员。"

2016 年 2 月，习近平总书记到江西看望慰问广大干部群众，在贫困户张成德家，张成德老伴拉着总书记的手说："感谢您来看我们，您可是国家的当家人啊。"总书记回答说："是人民当家作主，我们是人民的勤务员，帮你们跑事的。"

2018 年 2 月，习近平总书记在四川考察调研时来到成都市郫都区战旗村，一位老人握着总书记的手，激动地说："您是我们的好领袖，中国人民的福星。"总书记答道："谢谢，我是人民的勤务员，是为人民服务的。"

"人民的勤务员""是为人民服务的""给老百姓做事的""帮你们跑事的"，这样朴实的语言，形象地回答了共产党人"我是谁""为了谁"的根本问题。"人民的勤务员"是共产党人与人民群众关系的特别定位，是我们党性质宗旨的生动表达，也是每一位党员干部身份的鲜明标识，可以说，它是我们党员干部在自己的名字之外共同的"别名"。习近平总书记特别强调，这句话不是一个口号，就是要求我们要体现在行动上，体现在具体的为老百姓做事、为老百姓跑事上。

习近平总书记反复强调领导干部是人民的勤务员，既是对人民赞誉的回应，也是对党的性质宗旨的不断阐释，更是对广大党员干部的郑重要求。我们要永远铭记，终生践行。

做人民的勤务员，为人民服务，始终是共产党人的最高价值追求，也是中国共产党的优良传统。1944年12月，毛泽东就指出："我们一切工作干部，不论职位高低，都是人民的勤务员，我们所做的一切，都是为人民服务。"老一代革命家无不以人民的勤务员来要求自己。周恩来终生践行"永远做人民忠实的勤务员"，永远做人民的"总服务员"；刘少奇对劳动模范时传祥说："你掏大粪是人民勤务员，我当主席也是人民勤务员"；任弼时始终把自己当成人民群众中的普通一员，一生为人民服务，被誉为"中国人民的骆驼"；邓小平以"中国人民的儿子"自称，在推动改革开放中坚持把人民利益放在首要位置。

党的十八大以来，面对复杂形势、严峻挑战、艰巨任务、繁重工作，习近平总书记夙夜在公，宵衣旰食，为人民能够过上幸福美好生活奔走操劳，以"人民的勤务员"的高大形象和崇高风范，赢得了人民的衷心爱戴，也为我们树立了光辉榜样。广大党员干部特别是青年干部要向总书记看齐，勤勤恳恳做人民的勤务员，踏踏实实为老百姓做事、为老百姓跑事。

做人民的勤务员，为人民服务，首先要以人民为衣食父母，拜人民为师。官来自于人民，官不为民，宁不为官。官在民面前，既不能平起平坐，更不能高高在上，而是要低半头、矮半截，时刻体现出对人民的恭敬之心、倾听之态、服务之举。

做人民的勤务员，为人民服务，要把"勤"字文章做足，要多为老百姓做事，勤为老百姓跑腿，遇到群众有急难愁盼之事，应该像战士听到冲锋号一样，第一时间冲上去。一个领导干部心中有没有人民，关键看心中是否装着老百姓的柴米油盐；一个领导干部是不是真正的人民勤务员，关键看解决了多少老百姓的急难愁盼。

做人民的勤务员，为人民服务，要诚心接受人民的评判。习近平总书记指出，时代是出卷人，我们是答卷人，人民是阅卷人。人民的权利最大，你能得多少分，能不能及格，是不是优秀，人民说了算。人民阅卷的标准只有一个，看你是不是为老百姓做事、多做事，看你是不是为老百姓做好事、多做好事。你把人民放在心中的位置多重要，人民就会把你捧得有多高。好干部是人民评选出来的。

（2021 年 9 月《学习时报》）

建好中共党史党建一级学科

在中国共产党成立一百周年之际，将中共党史党建设立为一级学科，不仅仅是学术界的话题，而且是全党的一件大事。

中国共产党已经走过了一百年的风雨辉煌历程，党的十九届六中全会对党的百年奋斗重大成就和历史经验做出了全面而深刻的总结。党以百年奋斗生动回答了"中国共产党为什么能"这一重大命题。近年来，党史党建研究取得很大进展，也产生很多重大成果，但与党的深厚历史和党的建设取得的伟大成就相比，还远远不够，成为一级学科，为党史党建研究提供了更为广阔的天地，也提供了更加充分的动力。中国共产党过去为什么能够成功，未来怎样继续成功，对学术研究来讲，这是多么大的一个现实挑战，又是多么大的一个重要机遇，这样一个深藏宝藏的"学术蓝海"期待更具广度、更有深度的开掘。解读中国共产党的伟大实践，更需要中国自己的学术创见。建好中共党史党建一级学科，体现了我们党的自信，体现了学术界的自觉，体现了让世界知道"学术中的中国""理论中的中国""哲学社会科学中的中国"的自强。

2016年5月17日，在哲学社会科学工作座谈会上，习近平总书记提出了加快构建中国特色哲学社会科学的重大命题，并要求在指导思想、学科体系、学术体系、话语体系等方面充分体现中国特色、中国风格、中国气派，这是我国学术界必须担当并完成的光荣使命。如何体现中国特色、中国风格、中国气派？中国共产党作为世界上最大的马克思主义执政党，历经百年奋斗，不仅改变了中国面貌，而且改变了世界历史进程，拥有9500多万名党员，带领14亿多中国人民豪情满怀地行进在建设社会主义现代化强国新征程上，还有比对这样一个大党的研究更能体现中国特色、中国风格、中国气派的吗？从学科体系来讲，中共党史党建学科无疑是最具有中国特色的学科；从学术体系来讲，对党史党建问题的研究无疑是最具中国风格的研究；从话语体系来讲，党言党语无疑最具中国气派。

立足党的百年历史新起点，党中央作出了一个重要决策，在全党开展党史学习教育。通过持续的党史学习，党内党外、社会各界普遍反映深受触动、收获很大，达到了学史明理、学史增信、学史崇德、学史力行的目的。在学习教育结束之际，习近平总书记指示，要认真总结这次党史学习教育的成功经验，建立常态化长效化制度机制，不断巩固拓展党史学习教育成果。应该说，通过党史学习教育，全党全社会都深刻认识到从历史中汲取智慧的重大意义，同时也建立起了学习党史的浓厚兴趣，更激发了进一步深入学习的需求。建设好中共党史党建一级学科，既是建立党史学习教育常态化、长效化制度机制的应有之义，也是满足全党全社会进一步深化学习的需要。

我们党走过了一百年的光辉历程，团结带领人民取得了举世瞩目的重大成就，积累了极其宝贵的历史经验。这些重大成就和历史经验都写进了全会通过的《中共中央关于党的百年奋斗重大成就和历史经验的决议》里。习近平总书记指出，对历史进程的认识越全面，对历史规律的把握越深刻，党的历史智慧越丰富，对前途的掌握就越主动。这一深刻论断对党史党建研究既是方向指引，也是重要要求。一部百年历史决议，给我们的研究提供了丰富的课题选项，特别是新时代的历史性成就和历史性变革，更是一道道让学术界兴奋的、充满独特魅力的研究题目，深入进去，便见万千气象，便有丰硕成果。

中共党史党建学科建设，既有特殊性，也有普遍性，面临着学科建设的重任，也面临着人才需求的挑战，很多事情都要扎扎实实、一步一步地去做。这是一项紧迫任务，也是一份光荣责任。完全可以相信，经过努力，我们这样一个大党，一定能够建好一个一级学科。

（2022 年 1 月《学习时报》）

如何珍惜"主动干"干部

在我们的干部队伍当中，有一种干部，他们不待扬鞭自奋蹄，主动干事，能干成事，是我们干部队伍中的宝贵财富。我们应该关注他们，关怀他们，珍惜他们，让主动干干部队伍越来越壮大，让"主动干精神"越来越发扬光大。

关于"主动干精神"，我曾经写过两篇评论员文章，一篇是《发扬"主动干精神"》（学习时报 2018 年 8 月 20 日一版），一篇是《"主动干精神"从何而来》（学习时报 2018 年 8 月 22 日一版）。这两篇短文引起较大反响，有的媒体还以特约评论员的名义进行转发。此后一段时间，也有读者给我反映，话没说完。3 年多时间过去了，今天这篇算是不是赘言的补充。

记得刚参加工作那会儿，单位领导的一段话给我的印象极深刻：群众要善于表现，领导要善于发现。这里的所谓"表现"，就是你要干事，主动干事，能干成事，而不用瞻前顾后，想这想那，更不能工于设计，耍小聪明。这里的所谓"发现"，就是领导眼里要有干活的人，看得到谁在干，谁干得好、谁干得成。当然，干部的"表现"不是以领导的"发现"为前提。事实上，环顾左右，那些主动干干部，不管你发现没发现，看见没看见，他们依然在埋头苦干，不求任何回报是这类干部的典型特征。习近平总书记在浙江工作时对干部提出要求，要拎着"乌纱帽"为民干事，而不能捂着"乌纱帽"为己做"官"。他们就是拎着"乌纱帽"为民干事的人。

既然主动干干部是我们干部队伍中的宝贵财富，我们就要珍惜他们，那么应该怎么珍惜呢？组织上应该如何对待主动干干部呢？

给信任。信任是最大的使用，也是干部干事的重要动力源。组织信任是主动干干部的最大靠山。主动干干部往往把对党的忠诚、对人民的热爱转换成对组织的遵从和依靠。主动干干部不怕委屈、不怕告状、也不怕丢乌纱帽，最怕的就是对不起信任自己的组织。只要组织信任，只要组织叫干，就要一往无前，就会干出个样来。

给重任。主动干干部会在自己的职权范围内纵干到底、横干到边，但这并不意味着不用给更重要的任务、提更高的要求。恰恰相反，给重任就是一种信任，就是对主动干干部的最大肯定。主动干干部绝不是躺下来让人喂，也不是坐起来自己吃，而是蹦起来摘桃子，组织要根据蹦的高度给予相应的任务、提出相应的要求。

给环境。本事是一个定数的情况下，环境就是最大的变量了。孙悟空本事够大了吧，但唐僧画个圈，他就跳不出去，更别说如来佛的手掌心了。主动干干部再想干、再能干，也很难突破环境的束缚。主动干干部这也可以不要、那也可以不要，但不能不要干事的环境。从各个方面创造条件，给主动干干部一个全优的环境，不给主动干干部留下"还可以干得更好"的遗憾，就是对他们的最大支持。

给关怀。严管厚爱是我们对待干部的一个重要原则。主动干干部把心思和精力都用到干事上了，不会也没空常到领导身边晃动，既不会表功，也不会哭穷，更不会卖萌，所以常常不被"发现"。会哭的孩子有奶吃，会笑的孩子惹人爱，主动干干部往往既不会哭，也不会笑，更不会有意识地装哭假笑，而是以干事为乐事，以干成事为最大乐事。对他们，我们可以眼里没有，但心里必须有；我们可以不用给这给那，但关键时刻必须给予关怀。

（2022 年 2 月《学习时报》）

极少数年轻干部为何会一脚踏空？

先看一位年轻干部的简历：

张某某，1970年出生，2000年30岁时任团省委副书记，其间还曾挂职最高人民检察院职务犯罪预防厅副厅长，2008年升任团省委书记，38岁成为正厅级干部，2011年任地级市市长，5年后任另一地级市市委书记。

再看一则通报：

2021年5月9日，中央纪委国家监委网站发布消息：张某某涉嫌严重违纪违法，目前正接受纪律审查和监察调查。

在被调查前，张身上最亮眼的标签是"全国首个70后地级市市长""全国最年轻地级市市长"等，俨然一颗耀眼的政治新星。张的案例虽然典型，但却不能说个别。从近年来受处分的党员干部来看，1980年以后出生的比例不低，而且正呈逐年增长趋势。

为什么这些年轻干部风华正茂，一路走来，走着走着却一脚踏空，"扑通"一声栽进坑里？

我们对照习近平总书记在2022年春季学期中央党校（国家行政学院）中青年干部培训班开班式上的重要讲话，看看他们是如何辜负了总书记的殷殷嘱托、辜负了人民的热切期盼、辜负了自己的大好年华的。

习近平总书记强调，理想信念是立党兴党之基，也是党员干部安身立命之本。年轻干部接好班，最重要的是接好坚持马克思主义信仰、为共产主义远大理想和中国特色社会主义共同理想而奋斗的班。

对张某某等极少数年轻干部来讲，他们究竟是怎么想的呢？在他们眼里，在他们心里，马克思主义太旧了，共产主义太远了，社会主义太长了，理想信念太虚了，只有金钱是实的，只有享受是真的，他们已经忘记了我们党的立党兴党之基，早已抛弃了党员干部的安身立命之本，彻底辱没了接班人的使命和责任。

习近平总书记强调，党员干部只有胸怀天下、志存高远，不忘初心使命，把人生理想融入党和人民事业之中，把为人民幸福而奋斗作为自己最大的幸福，才能拥有高尚的、充实的人生。

一个人的生命是有限的，也可以是无限的，关键是为谁而活。那些掉进坑里的年轻干部，在他们眼里，在他们心里，哪里还有人民，哪里还有党和人民的事业。他们三观不正，五观尽毁，臆想在金钱里捞到幸福，在虚荣中延长生命，到头来所有的努力皆化为零，剩余的人生一文不值，把大好年华活成一个好大笑话！

习近平总书记强调，年轻干部必须牢记清廉是福、贪欲是祸的道理，经常对照党的理论和路线方针政策、对照党章党规党纪、对照初心使命，看清一些事情该不该做、能不能干，时刻自重自省，严守纪法规矩。

现在的年轻干部普遍学历比较高，理论水平也不低，之所以极少数人会一脚踏空、掉进坑里，在他们眼里，在他们心里，党章党规党纪都是对着下边的人说的，都是要求别人做的，即使自己做了不该做、干了不该干的事情，只要隐蔽和巧妙，是不会暴露的，那些被查的干部都是"倒霉蛋"。天网恢恢，他们忘了，欠的总是要还，做的总是要报，底线永远不能破，红线永远不能碰。

习近平总书记强调，守住拒腐防变防线，最紧要的是守住内心，从小事小节上守起，正心明道、怀德自重，勤掸"思想尘"、多思"贪欲害"、常破"心中贼"，以内无妄思保证外无妄动。

人非圣人，任何一个人都会有"心中贼"和"内妄思"，有并不可怕，可怕的是无破之功，更可怕的是放纵其野蛮生长，越长越猛，以至于长成一个无法控制的怪兽。所以年轻干部要修心、要养心，要常念共产党人的"心经"，要增强心之力，心力强了，才能管住口，不该吃的不吃；管住手，不该伸的时候不伸；管住腿，在大坑面前、在陷阱边缘及时止步。

习近平总书记强调，干部守住守牢拒腐防变防线，要层层设防、处处设防。要守住政治关、守住权力关、守住交往关、守住生活关、守住亲情关。

年轻干部的成长不会一帆风顺，年轻干部成就一番事业更要付出很多。年轻干部起码要练就两大本领，一是攻，一是守。攻，就是要为党和人民多干事、干实事。守，就是要守"五关"、守底线。攻要克难，守也非易。总书记强调的"五关"，任何一关守不住，都会栽跟头，都会掉坑里。

习近平总书记一连六次在中青年干部培训班开班式上发表重要讲话，其念兹在兹，其殷殷之情，年轻干部要用心用情感悟，逐字逐句对照省思，对标对表校正思想言行，用先锋模范砥砺心志，用反面典型警醒头脑，像总书记要求的那样，为党和人民事业拼搏奉献，在新时代新征程上留下无悔的奋斗足迹。

（2022 年 3 月《学习时报》）

关键时刻为何会"掉链子"

就算平时说得再多、说得再好，若关键时刻"掉链子"，顶不上、顶不住，让人民生命财产受损失，让党和政府形象受损害，这样的领导干部就是不担当不作为，就是对党不忠诚。

现在，我们自然不会再有革命战争时期那种血与火的生死考验，但是关键时刻还是常遇到的。比如，面对暴雨洪水来袭，人民生命安全受到威胁时；比如，面对妇女身心遭戕害，舆论持续喧嚣时；比如，面对新冠疫情突发频发，群众急难愁盼时；等等。对我们的领导干部来说，考验在平时，更在关键时刻。看一个干部是否称职、优秀、过硬，关键看"关键时刻"。从某种意义上来讲，我们的领导干部就是为关键时刻而用的，关键时刻"掉链子"，这样的干部组织不放心，人民群众不拥护，对他们进行问责追责，处分、降职直至摘掉"乌纱帽"，是完全必要的。

关键时刻"掉链子"的干部有共同的特点：

一是等。面对突发事件、危急关头、尖锐矛盾，他们不是第一时间冲上第一线果断处置，而是采取等的办法。等什么呢？等领导发话，等上级指示。没有指示批示，就不动、就继续等，一些事情往往在等中错过了最佳处置时机。

二是瞒。事件发生了，不是坦然面对，用有力举措积极化解，用实际行动减少损失，而是试图瞒天过海，企图大事化小、小事化了，然后继续过太平日子。事实证明，瞒是瞒不住的，瞒的结果只能把小事瞒大、大事瞒炸，到头来损失更大，负面影响更大，太平日子终究也过不成。

三是拖。有的领导干部信奉网络时代热点变换快，新的热点不断涌现，原来的热点很快就会被淹没、被遗忘，拖一拖就过去了。这是典型的侥幸心理。现实是最生动的课堂，它教育我们的干部，遇事不能拖，越拖越被动、越拖事越大，最终把自己也拖到不可自拔的地步。

四是躲。一个事件的出现，往往会事关多个部门，有的领导干部第一反应就是躲事，你躲我也躲，你躲一步、我躲两步。看足球的都知道，球来了你不能猫腰躲过去，而是要挺胸迎上。中国女足队员就是迎球而上的，受到广泛赞誉。我们的领导干部要向女足学习，迎着球上。球员躲球，不仅会输球，而且会输人格。领导干部躲事，不仅躲不掉事，反而会背上不担当、不作为的名声。

等、瞒、拖、躲，这些表现犹如一扇扇屏风，其实背后都藏着一个"怕"字。怕什么呢？怕担责任、怕丢官职。归根结底，这是职权和责任的天平严重失衡，把自己的官位看得过重、官帽捂得过紧，而把党和人民事业、把人民群众利益看得过轻。大事当前，两者的分量如何掂量，决定了领导干部的作为，是拎着"乌纱帽"为民干事，还是捂着"乌纱帽"为己做官。习近平总书记曾为那种捂着"乌纱帽"为己做官的领导干部画过像：就是一事当前先为自己打算，对权力、荣耀与利益津津乐道，而把党和人民的希望和重托放在次要的位置上。无事时工作得过且过，一旦遇到事关群众利益和生命财产安全的重大事故，首先不是想着人民群众的冷暖安危，而是千方百计强调客观原因，推卸责任，保全自己。他教诲各级领导干部，"乌纱帽"再大，也大不过人民的生命财产安全和群众的切身利益。

习近平总书记指出，关键时刻冲得上去、危难关头豁得出来，才是真正的共产党人。冲得上去就是挺身而出，不能掉链子；豁得出来就是豁得出一切甚至生命，自然也要豁得出"乌纱帽"。党的十八大以来，在关键时刻、危难关头涌现出一大批冲得上去、豁得出来的党员干部，成为新时代的先锋模范，是我们学习的榜样。同时，对那些关键时刻、危难关头不担当不作为的果断问责追责，也处理了一批领导干部，这些反面典型成为我们的镜鉴。这充分说明，只要关键时刻"掉链子"，"乌纱帽"想捂是捂不住的。

（2022 年 3 月《学习时报》）

靠 前

在学习中央经济工作会议精神的时候，我感觉"靠前"两个字是跳出来进入我的视野的。

去年底召开的中央经济工作会议要求，今年经济工作要稳字当头、稳中求进，各地区各部门要担负起稳定宏观经济的责任，各方面要积极推出有利于经济稳定的政策，政策发力适当靠前。

此后，中央层面政策"靠前"的发声越来越密集，声调也越来越高。同时，"靠前安排""加快节奏""适时加力"等相关表述也频繁出现。"靠前"的鼓点在催促着靠前的脚步，经济工作中一种"靠前"的氛围已经形成，"靠前"的紧迫感也随时随地都能感觉到。

中央经济工作会议是为经济工作定调的会议。今年经济工作的总基调或者总方针就是稳字当头、稳中求进。"稳"和"进"的目的能否达到，5.5%的增长目标能否实现，出台什么样的政策以及出台政策的时机很重要。面对经济形势可预期、难预期甚至超预期的大环境，中央经济工作会议超常规地一口气推出7大方面的政策，形成了一个超寻常的政策组合，这充分表明，我们的政策"工具箱"里装的工具是充分的、丰富的、管用的，现在的关键是要让政策尽快发挥应有的效力。如果说今年经济工作的总基调是稳字当头、稳中求进，那么，经济政策的基调就是"靠前"。政策真正靠前了，就有助于稳和进；政策停滞不前，或者磨磨唧唧，那肯定就会扯后腿。

另外我觉得，重视"靠前"、理解"靠前"，更有助于我们全面准确理解中央经济工作会议精神。今年的国内外形势极其特殊，中央经济工作会议的内容丰富而深刻，"靠前"这个看似普通的词很有深意，也给我们提供了学习领会会议精神的独特视角。宏观政策、微观政策、结构政策、科技政策、改革开放政策、区域政策、社会政策，这七大政策虽然具体表述不同，但是全在靠前之列。其实从每一项政策的具体表述中，我们也似能够感受到"靠前"的迫切。比如，讲到宏观政策时，指出要保证财政支出强度，加快支出进度；实施新的减税降费政策，强化对中小微企业、个体工商户、制造业、风险化解等的支持力度，适度超前开展基础设施投资，等等。

靠前要靠到位。靠前不到位，等于没靠前。到位首先是认识到位。各级领导干部要从政治高度深刻理解党中央提出的政策靠前的深刻内涵和重大意义。中央要求的是政策靠前，但是制定和出台政策的各地区和各部门、各方面领导干部如果思想不往前靠，怎么能做得到呢？现在这样的紧迫形势，如果认识不到位，思想不靠前，就是没有担负起稳定宏观经济的责任，就是没有做到同以习近平同志为核心的党中央保持高度一致。到位关键是政策到位。政策到位主要有三层含义：第一，已经出台的政策要落到实处。时间紧迫，不能耽搁，不能形成"中梗阻"，更不能卡在"最后一公里"。第二，已经明确要出台的政策要尽量提前出台。时机稍纵即逝，该出台时不扭捏，能早出就早出，能快出就快出，早出快出，既坚定市场信心，又引导市场预期，意义大得很。第三，要根据新的情况研究准备新的政策预案。立足"稳"和"进"，力避"险"与"危"，确保产业、供应不断"链"，联通研判预判决断一条线。

靠前就要瞻前。世界局势复杂演变，国内疫情近期多发，有些突发因素超出预期，我们的经济工作从来没有面临过今天如此大的不确定性，这为我们领导经济工作带来了巨大挑战。不提高本领是不行了，没点真本事是不行的。就像对弈，手里不仅要有棋子，还要会看步。过去是走一步看一步，最多看两步，现在要走一步看三步，甚至四步五步……瞻前才能不顾（虑）后，才能做到政策储备及时，关键时刻靠前到位。瞻前要准确把握市场预期，综合运用望闻问切方法，号准市场脉搏，无论是部门还是地方，也无论是哪一方面，都不能出台不利于市场预期的政策，都不准传达出弱化市场预期的任何信号。

政策靠前发力要有力度，在发力的时候还要适时加力。发力之"发"，要有"暴发"之感，不能像挤牙膏一样一点一点地往外挤。政策发力不仅要有武林大师的"点穴"之功，点得准，而且要有力度，该加力的时候不含糊，定要让市场直接感觉到，定要让市场主体感受深刻。当前市场主体特别是中小微企业、个体工商户困难很多，压力很大，我们已经出台的一系列税费政策无疑是雪中送炭，要让他们感受到"炭"的温度和温暖，坚决不能出现"这边鼓点敲得山响、那边主角就是不出场"的情况。

政策靠前发力，发的是组合之力，发的是拳头之力，而不是指头之力。七大政策是一个不得了的政策体系，一个个政策相继靠前，鱼贯而出，共同发力，政策的综合效应就会更强大、更有威力。这就要求部门与部门之间、地方与地方之间、部门与地方之间，出台的政策不仅是正向的，而且是同向的，绝不是拧巴的。

（2022年4月《学习时报》）

对"时时放心不下"来源的追问

4月29日的中央政治局会议引人注目。上午开的会，中午即发消息，稳市场、强信心的信息传递十分清晰，效果明显。会议的新闻通稿中有一段话是针对领导干部讲的：会议强调，各级领导干部在工作中要有"时时放心不下"的责任感，担当作为，求真务实，防止各类"黑天鹅""灰犀牛"事件发生。各级党委和政府要团结带领广大干部群众齐心协力、顽强拼搏，以实际行动迎接党的二十大胜利召开。

在这段话中，我特别注意到"时时放心不下"这几个字。这几个字是加了引号的，说明"话"有来源。

半个月前，习近平总书记在海南考察时也同样引用过这句话："'慎终如始，则无败事。'百年变局，一件事一件事出来，一会儿灰犀牛，一会儿黑天鹅。对变化莫测的形势要有一种底线意识、危机意识……诸葛一生唯谨慎，吕端大事不糊涂。有位革命前辈曾说过这样的话，'时时放心不下'。我听了很有共鸣。"

在这段话中，习近平总书记不仅引用了"时时放心不下"，而且提示我们，是一位革命前辈说的。

那么，究竟是哪一位革命前辈说的呢？于是，我开始在网上搜寻。一搜发现，虽然中央政治局会议消息公布不足半天，但已经有包括中央主要媒体在内的评论文章。再往前，转载量比较大的是2018年10月《人民日报》上的一篇言论，标题是《领导干部干好工作要"时时放心不下"》。文章的第一段是这样写的：一位领导同志在一次会议上回忆他在地方工作时春节不回家团聚、仍然守在岗位上的往事。当时有位老领导问他原因，他说："春节怎么回家啊，回家了有事了，我不还得跑回来，省得折腾了，我得随时准备有事啊。"这位领导同志解释说："我是按照一位老前辈的话来工作的。这位老前辈说，我们的工作状态就应该是时时放心不下。我听到这句话，就一直作为座右铭。"文章虽没有直接说哪一位老前辈说的这话，但举了两位老前辈的例子：聂荣臻同志心系当年一起战斗生活的阜平乡亲们，留下了"阜平不富，死不瞑目"的心愿。任弼时同志长期抱病工作，竭诚奉献，"能坚持走一百步，就不该走九十九步"，被称为"党的骆驼、中国人民的骆驼"。

我在搜寻的过程中，读到习近平总书记也讲过类似的话，那是 2015 年 1 月 13 日，在十八届中央纪委五次全会上，习近平总书记说："我在地方工作时，逢年过节都得值班，生怕出了什么事。很多地方和部门的负责同志一到节假日就不见了，到外地去休假了。跑到那么远的地方怎么放得下心？一旦有个什么事怎么办？"可见，对党的事业和人民群众的利益，习近平总书记是时时放心不下的。时时放心不下，就是习近平总书记从政经历的真实心声和写照。

在网上花了几个小时，看了数十篇资料，没有得到我想要的答案。于是，我想到朋友圈，便在微信朋友圈把这个问题提了出来。很快就有人回复。有人说这位革命前辈应该是罗荣桓。其实我在网上搜寻的时候，已经发现了罗荣桓"放心不下"的故事。让这位元帅放心不下的究竟是什么呢？在罗荣桓生命的最后时刻，他拉着妻子林月琴的手含泪说道：我死后只有一个要求，组织上分给我的房子你就不要住了，搬到一般的房子就行，不能搞任何的特殊。这么多年来，你为我做出了巨大的牺牲，我的心中很是感激。罗帅去世后，林月琴不顾众人劝阻，毅然从国家分配的房子里搬出来。有人说是焦裕禄。焦裕禄是县委书记的榜样，习近平总书记曾多次讲到他当年听到焦裕禄事迹时受到的震撼，"1966 年 2 月 7 日，《人民日报》刊登了穆青等同志的长篇通讯《县委书记的榜样——焦裕禄》，我当时上初中一年级，政治课老师在念这篇通讯的过程中多次泣不成声。特别是念到焦裕禄同志肝癌晚期仍坚持工作，用一根棍子顶着肝部，藤椅右边被顶出一个大窟窿时，我受到深深震撼……"他认为焦裕禄是一个"很高很高的标杆"，要求领导干部要见贤思齐，向焦裕禄学习。但是我所能查到的，也是有文章评论焦裕禄时用到了这句话，称赞他对人民、对工作"时时放心不下"的精神境界。看来微信朋友圈的朋友所能抵达的范围和我也是差不多的。还有一位朋友说，应该是周恩来，周总理常常提到"战战兢兢，如履薄冰"，这与"时时放心不下"具有相同的意蕴……

虽然没有得到准确答案，但是，我突然醒悟到，其实在搜寻过程中我已经得到答案了，这个答案就在我的心里，就在每一位党员干部的心里——时时放心不下，就是要时时放在心上。

这次中央政治局会议主题重大，意义重大。会议的新闻稿写道：会议强调，疫情要防住、经济要稳住、发展要安全，这是党中央的明确要求。会议是中央政治局召开的，"强调"当然是党中央强调了，"强调"又"明确要求"，可见"三项任务"是多么的重要而紧迫。各级领导干部对此要深刻理解和体悟，要把党中央的要求作为"国之大者"放在心上，以"时时放心不下"的责任感做好自己所承担的工作。

（2022 年 5 月《学习时报》）

"强腰工程"让腰部强起来

中央办公厅、国务院办公厅近日印发《关于推进以县城为重要载体的城镇化建设的意见》，这个文件引起广泛关注和强烈反响。中央为"县城"专门发文件，在我的印象中自改革开放以来还是第一次。目光下移，聚焦县城，表明对县域发展的新认识和高度重视。同时，城镇化重心上移，从"小城镇、大战略"到推进以县城为重要载体的城镇化建设，凸显县城对新型城镇化的支撑。可以说，这一新认识、新定位是一项新战略、大战略。如果再结合当前国内外经纬交织的复杂形势和背景来认识，意义就更加不一般。这又是一项"强腰工程"。如果把县域比喻为中国之腰的话，粗而不壮、大而不强的挑战一直存在。通过实施"强腰工程"，通过县城补短板强弱项，可以缓解、化解甚至消解我们发展中面临的许多困难和问题，让经济社会发展进入一个游刃有余的新境界。所以，这是一项既利当前又利长远的重大战略。

作为中央政府的管理层级，县的历史在我国已有2700多年。根据《左传》的记载，春秋时期的楚国是第一个建县的。公元前690年，楚文王打败了两个小国后，不再像以往那样把这些新占领的地方分给诸侯，而是通过建县来实现直接管理，这就是我国县制的开端。秦始皇统一中国后，采纳丞相李斯的建议，在全国普遍实行了郡县制。从那时至今，我国地方行政管理体制多有变化，但是县的建制一直十分稳定，这本身就说明了县及县域治理在国家发展稳定中的地位作用。

根据相关数据，2021年我国共有2843个县级行政单位，其中包括1301个县、394个县级市、977个市辖区、117个自治县、49个旗、3个自治旗，此外还有1个特区和1个林区。县域面积占全国的90%左右，常住人口占全国的一半以上，生产总值占全国的四成左右。仅从这几项占比看，既说明县域的重要地位，也表明县域的发展潜力，更彰显出抓好县域的重要意义。

习近平总书记高度重视县域发展治理。他指出："古人讲'郡县治，天下安'，今天仍然如此。"他强调："在我们党的组织结构和国家政权结构中，县一级处在承上启下的关键环节，是发展经济、保障民生、维护稳定、促进国家长治久安的重要基础。"他要求："要把县域作为城乡融合发展的重要切入点，推进空间布局、产业发展、基础设施等县域统筹，把城乡关系摆布好处理好，一体设计、一并推进。要强化基础设施和公共事业县乡村统筹，加快形成县乡村功能衔接互补的建管格局，推动公共资源在县域内实现优化配置。要赋予县级更多资源整合使用的自主权，强化县城综合服务能力，把乡镇建设成为服务农民的区域中心。"习近平总书记关于县域发展治理的重要论述为我们发展县域经济做出了重要指引，为我们贯彻落实以县城为重要载体的城镇化建设文件精神提供了根本遵循。

习近平总书记对县域的高度重视，既来自对悠久历史的深厚理解，更来自对地方领导实践的深刻认识。七年知青岁月使他了解了中国的基本国情。在正定，他亲自领导了华北平原一个农业县的改革发展变迁。在宁德，他倡导"弱鸟先飞""滴水穿石"，以"摆脱贫困"为主题在闽东9个县摆开战场大干一场，干出了一个新面貌。在福建，他七下晋江，亲自总结"晋江经验"，推动县域经济发展。在浙江，他走遍全省90多个县，7次到淳安，提出"绿色政绩观"；11次到义乌，推动落实"强县扩权"。习近平新时代中国特色社会主义思想许多源头性理念在县域这个层面萌发、探索、实践、总结。党的十八大后，习近平总书记与中央党校第一期县委书记研修班学员座谈交流，谆谆教诲，对县委书记这个县域发展治理的关键队伍建设提出明确要求。

再看新时代我们党治国理政的一系列重大实践。脱贫攻坚开创了人类历史上的伟大奇迹，而脱贫攻坚的主战场主阵地，就摆在县域。民族要复兴，乡村必振兴，乡村振兴的伟大实践也必须以县域为载体。新型城镇化建设、乡村建设行动、国家粮食安全战略等等都要在县域范围内来落实。4月29日召开的中央政治局会议提出"冗余度"的概念，县域和县城搞好了，我国经济社会发展就有了更充分的"冗余度"，我们应对国内外复杂局势、战胜各种风险挑战、统筹发展和安全就有了更大的回旋余地。我们一直自信中国经济的韧性。人的韧性在腰，中国经济韧性看县。只要粮食安全和初级产品等供给有保障，只要城乡居民就业有保证，只要农村安、县域稳，中国经济的韧性就会强，而且会越来越强。

重视县域、发展县城，既是县的事，更是国家的事，而且是国家的大事，所以，做好这项工作是党中央的政治要求。这个认识的高度上上下下必须都得有。中华民族迎来了从站起来、富起来到强起来的伟大飞跃，我们正行进在强起来的历史进程中。腰强人精神，国强县必强。

（2022年5月《学习时报》）

像重视战略一样重视策略

战略和策略是辩证统一的，战略离不开策略，策略也离不开战略。战略和策略又不是一回事，战略是从全局整体谋划，策略是为落实战略而采取的办法和步骤。战略和策略都正确，一项事业才能成功。对我们党来讲，百年奋斗历程充分说明，每到重大历史关头，我们党总是能从战略上认识、判断形势，制定正确的战略，同时采取正确的策略，从而保证我们党战胜无数风险挑战、不断从胜利走向胜利。

今年1月，党中央举办省部级主要领导干部学习贯彻党的十九届六中全会精神专题研讨班，习近平总书记在开班式上发表重要讲话指出："这次全会决议对百年奋斗历程中党高度重视战略策略问题、不断提出科学的战略策略作了全面总结。注重分析和总结党在百年奋斗历程中对战略策略的研究和把握，是贯穿全会决议的一个重要内容，我们一定要深入学习、全面领会。"在学习总书记重要讲话的时候，我特别注意到，总书记是把战略策略放在一起强调的，给予了战略策略同等重要的位置。但是我也注意到，在学习党的百年奋斗历程的时候，在贯彻落实党中央重大决策部署的时候，在谋划一个地方、一个单位工作的时候，往往有一种倾向，重视战略、忽视策略，强调战略问题、轻视策略问题。一位刚换届上来的地方领导，谈起本地的发展，一口气说出许多战略，而对具体方法办法则讲得不多。讲得不多不是心中有数，而是重视不够。如果不管在哪一个层面上、不管在哪一个岗位上，大家都讲战略，都忽视轻视策略，我们手中的具体工作就做不好，也就难以从根本上为战略服务好，所以提出"像重视战略一样重视策略"，就不是无的放矢，而是具有很强的针对性。

毛泽东是高度重视策略的战略家。翻阅《毛泽东选集》，以"战略"和"策略"做题目就有多篇。比如，写于1935年12月的《论反对日本帝国主义的策略》，系统地阐述了党的抗日民族统一战线的策略方针；写于1936年12

月的《中国革命战争的战略问题》，系统地阐明了有关中国革命战争方面的重大战略问题。而写于1938年5月的《论持久战》则是把战略与策略融为一体的典范。从革命历史看，我们有战略正确、策略错误的时候，也有战略错误、策略正确的时候，无论哪一种情况，都给革命带来了难以估量的损失。但是总体看，我们的战略和策略都正确是主流。中国革命的胜利，就是正确的战略和正确的策略的胜利。

今天，我们的党已经发展成为世界第一大执政党，正在领导一个大国推进前无古人、旁无他人的伟大事业。我们要避免犯大的错误，必须高度重视战略问题，善于从战略上看问题、想问题，党员干部特别是各级领导干部要有战略意识，强化战略思维。同时，要深刻理解把握战略和策略的辩证统一，在具体的工作中，要认真琢磨战略的坚定性和策略的灵活性如何结合得更好，本地区本部门的工作思路、工作部署、政策措施如何在战略的指导下为战略服务得更好，而不能从上到下，层层部署，层层要求，甚至演变成层层表态、空喊口号。

像重视战略一样重视策略，首先要正确理解战略。正确理解战略才能正确制定策略。当前最要紧的就是要自觉同党中央的理论和路线方针政策对标对表、及时校准偏差，党中央作出的战略决策必须无条件执行，保证不偏向、不变道、不走样。

要在全局观念中谋好一域。无论是一个地方、一个部门还是具体到一个单位，所谋划的工作，既要有利于本地区本部门本单位，也要有利于全局，为全局增光彩，为全局服务。只对自己有利、对全局有害的工作策略坚决不做。

要在谋势之中谋事。战略体现的是谋势，策略体现的是谋事。要在把握大势之中做好具体的事。各级领导干部要按照在全局、在战略中的职能定位，踏踏实实地做好自己分内的工作。

要按照战略部署抓好落实。战略需要策略来落实。策略要求是领导干部的重要要求，落实能力是领导干部的重要能力。落实工作做好了，会放大战略效应；落实工作做不好，再正确的战略都会打折扣。当前，中央已经出台了一揽子稳经济的政策，关键是不折不扣地落实到位，要在落实的策略上多想办法、多用劲。

（2022年6月《学习时报》）

党员干部为什么不能跟组织"算账"

现实生活中，人人都要算账，人人也都在算账。算账的目的就是看投入与产出、付出与回报是不是相符、是不是对等。账怎么算是一个重要的问题，跟谁算账也是一个重要的问题。对党员干部来讲，我以为，有两个账是不能算的：第一是跟父母不能算账，第二是跟组织不能算账。为什么不能跟父母算账呢？原因很简单，父母给了你生命，如果要算，你只有拿生命来算才能对等，这个账还怎么算？为什么不能跟组织算账呢？这个问题确实有讨论一下的必要。

我们先看看自己的周围，有没有跟组织算账的人呢？不难发现，有的人工作付出了一些努力、取得了一些成绩，就伸手要荣誉、要待遇；有的人在一个岗位、一个级别连续待上几年，就想着换一个更重要的岗位、一个更高的职位。有的人直接要，有的人拐弯抹角要，有的人采取非正常甚至违法违纪手段要，有的人则憋在心里默默地要。荣誉、待遇、职位要不到，就觉得自己的付出没有得到相应的回报，心里就不平衡，甚至认为组织欠自己的、对不住自己。在这样的心态影响下，工作的状态就完全不一样了，争先创优的势头疲沓了许多，凡事只求过得去就行，甚至一"躺"了之，更有个别领导干部利用手中权力给自己捞好处，跌进违法犯罪的泥潭。

习近平总书记反复强调，领导干部要"多打大算盘、算大账，少打小算盘、算小账"。跟组织算账，归根结底打的是小算盘、算的是个人得失账。事实证明，个人账算得越精致，心中的天平就会越失衡，越会觉得付出的多、得到的少，越算越不划算。小账、个人账算来算去终是算不赢的。落马官员"失算的人生"故事不少，随便就能搜到一个：浙江某县一位副局长，从2000年到2020年非法收受他人财物共计价值79万余元，落马时距离退休仅剩11个月，按照他自己的算法，假如能活到85岁，他可以领到375万元退休金，但现在没有了，还搭进去了自由和名声。一些落马官员迟来的算账，正是因为此前和组织斤斤计较算账的结果。

要理解不能跟组织算账，首先要弄明白自己和组织是什么关系。党员干部不仅是自然人、社会人，而且是组织人。共产党员有两次生命：一次是生物意义的生命，是父母给的；一次是政治意义的生命，是党和组织给的。现在普遍开展的党员过政治生日，本质上就是唤起党员的政治生命意识，强化党员和党、和党组织关系的认知，时刻提醒党员，不能忘记入党志愿书里的誓词，不能忘记党旗下的宣誓。

党给了党员政治生命，党员就要全心全意忠诚于党，一心一意为党工作，清楚"我是谁""为了谁"。党员干部是组织的人，不是可以和组织算账的人，更不是高于组织之上的人。老一辈无产阶级革命家陈云曾说过，一个人工作有了成绩，第一要归功于人民，第二要归功于党，第三才是自己，这个顺序颠倒不得。试图同组织算账的人，显然是颠倒了这个顺序，把自己放在了党和人民之前、放在了组织之上。

我们党已经走过了一百多年奋斗历程，之所以能够取得四个历史时期的伟大成就，就是因为有无数革命前辈和共产党员不计个人得失、不算个人小账、勇于牺牲奉献的结果。革命战争年代，牺牲的全国有名可查的革命烈士多达 370 多万，还有更多的人连名字都没有留下来；社会主义建设时期，一大批科学家长期远离城市、远离家人、隐姓埋名付出一生；脱贫攻坚战场上，1800多名共产党员的生命定格在不朽史册中……在他们心中，恐怕连算账的念头都没有，不，或者说，他们心中有一本大账，有一本比天还大的账，为了党和人民的事业，哪怕付出生命的代价，也在所不辞，也是应该的，也是值得的！与他们相比，一些人只是做了一点应该做的工作，只是比一般人多付出了一些努力，只是取得了一点点的成绩，就忘记了自己是谁，就摆不正自己的位置，就想这想那、要这要那，不仅与先锋模范相比有很大的差距，就是按合格党员的标准来要求，也应该感到惭愧。

（2022 年 6 月《学习时报》）

加强对党员干部金钱本质教育

不敢腐、不能腐、不想腐，"三不腐"相互依存、相互促进。其中，不想腐是根本。解决了不想腐的问题，也就解决了不敢腐、不能腐的问题。不想腐，侧重于教育和引导，从思想源头、内心深处消除贪腐之念，是内生的不腐、主动的不腐。习近平总书记指出，"一体推进不敢腐、不能腐、不想腐，必须三者同时发力、同向发力、综合发力，把不敢腐的强大震慑效能、不能腐的刚性制度约束、不想腐的思想教育优势融于一体"。要真正做到不想腐，思想教育是最重要手段。那么究竟从何入手加强思想教育呢？理想信念教育、纪律法制教育等是必须的，也是我们正在做的。除此，我以为，加强对党员干部金钱本质教育，也是一个不可忽视的选项。

近期，几只"大老虎"相继被公诉，不出人们所料，他们被指控受贿金额均以数亿计。江苏省委原常委、政法委原书记王立科被指控受贿4.4亿余元，辽宁省政协原党组成员、副主席李文喜被指控受贿5.46亿余元，公安部原党委委员、副部长孙力军被指控受贿6.46亿余元。近些年查处的受贿数额过亿的贪官人数不少，最高金额达17.88亿元。人们不禁要问："老虎们"要这么多钱干什么？他们究竟是怎么看待金钱的？他们看到的是金钱的实质还是幻象？他们本想成为金钱的主人为什么都沦为了金钱的奴隶？我们的党员干部应该树立什么样的金钱观？

从金钱产生的历史来看，钱是人类起初开始进行商品交换的产物，本质上是一种交换工具。钱的价值和意义在于使用、在于交换和流通。作为纸币的钱，如果不使用，如果只是放在那，只不过是一个数字而已，最多也就是财富的象征罢了。要是不能用、不敢用，那就和一堆废纸没有区别。但是，王立科、李文喜、孙力军之类就是为这一堆废纸而失去了金钱无法衡量的东西。正如习近平总书记所深刻指出的："那些大贪巨贪，最后不就当了一个财物保管员吗？就是过了个手，最后还要还财于民、还财于公。"这方面"大老虎"赖小民更是典型。他在北京有一处房子是专门藏钱的，藏了两个多亿现金。他和一些知情人说到藏钱的房子时都用暗语，管它叫"超市"。赖在电视上供述，"一分钱都没有花，都放在那里了，最后组织上都收了。所以我说要这么多钱有什么用呢，最后又不敢花又不敢用，还提心吊胆的"。

金钱作为一种流通工具，本身无所谓好坏，不具有道德评判。但是人们赋予金钱的东西太多，使之有了很多附加意义和象征价值，反而忽视了金钱的本质，成为马克思所批判的金钱拜物教和物对人的异化。过分看重一种东西的象征价值而忽视其本质，就会产生"不需要钱，却偏偏不停地收钱"这样的怪事。

加强对党员干部金钱本质教育就是要打破对金钱的迷思和幻象，认清一切附着在金钱本质之上的东西都是不真实的、都是虚幻的。对金钱的过分贪婪，就像《红楼梦》中贾瑞照镜子，捧着一面风月宝鉴，在看似美好的体验当中不能自拔，直至灭亡。

金钱作为流通工具，还让我们认识到其本质的另一面，这就是分享而非独占。在共同创造财富的基础上，让人民公平地分享财富、实现共同富裕，是我们共产党人奋斗的目标。要做金钱的主人而不是被金钱所奴役，就是要把握金钱的工具属性，更好地为人民谋利益、谋幸福，坚持获得财富、享用财富的正确方向，既因金钱而使社会更美好，也因金钱而使内心更富饶。

加强对党员干部金钱本质教育，是被忽视的一课，有必要补上。

（2022 年 7 月《学习时报》）

这样的苹果我们为什么不能吃

初秋时节，习近平总书记赴辽宁考察。总书记考察的第一站，就是坐落在锦州的辽沈战役纪念馆。在媒体刊发的习近平总书记考察辽宁纪实中，有这样一段描述：

那是辽沈战役期间，锦州乡间的苹果已经熟了，行军路过的解放军战士虽然饥渴难耐，却一个都没有摘。共产党领导的人民军队用铁的纪律赢得了民心。"毛主席说'不吃是很高尚的，而吃了是很卑鄙的，因为这是人民的苹果'。这样的苹果，我们现在也不能吃。"习近平总书记的话语意味深长。

这段记述，给我留下了深刻的印象，相信很多党员干部读后也会印象深刻，同时也会产生这样的疑问：当时饥渴难耐的解放军战士为什么没有一个吃苹果的？毛泽东为什么强调"不吃是很高尚的，而吃了是很卑鄙的"？时隔70多年，习近平总书记为什么强调"这样的苹果，我们现在也不能吃"？

一个苹果，却又不仅仅是一个苹果！

"辽沈战役，这一战是决定命运的。攻克锦州，我们在这里进行了多么激烈英勇的战斗啊！"即使在战斗行军中，即使在饥渴难耐的情况下，即使在明天就可能牺牲性命的情境中，面对乡间成熟的苹果，他们却一个都没有摘，这充分昭示出，党领导的军队不仅是英勇之师，也是仁义之师、人民之师，他们攻无不克、战无不胜的力量来自对人民的彻底的爱。在东北解放战争和辽沈战役进程中，东北人民发出了"人民江山人民保"的呼声，掀起了保家保田、参军参战的热潮，参军160万人，民工313万人，担架20万副……正如习近平总书记在参观时所感慨的："我们的胜利是千千万万的人牺牲换来的，这里面更多的是靠老百姓啊。淮海战役胜利是老百姓用小车推出来的，渡江战役胜利是老百姓用小船划出来的，辽沈战役胜利是东北人民全力支援拼出来的。""我是一个兵，来自老百姓"。人民军队，来自人民；浴血牺牲，为了人民。党领导人民军队仅用3年时间就打败了国民党装备精良的八百万军队，创造了战争史上的奇迹，这是"军民团结如一人，试看天下谁能敌"的最生动写照。决定战争胜负的不仅是装备，更是民心。一个苹果反映出了民心向背。这就是"这样的苹果不能吃"带给我们的时刻启示。

这样的苹果之所以不能吃，之所以"不吃是很高尚的，而吃了是很卑鄙的"，毛泽东给出了明确答案：因为这是人民的苹果。不吃人民的苹果，是人民军队的优良传统。作为人民军队的缔造者，1927年秋收起义之后，毛泽东率领工农红军向井冈山进发，当时正值红薯收获季节，部队出发前，毛泽东正式宣布了三大纪律，其中第二条就是，不拿老百姓一个红薯。1928年毛泽东提出了工农革命军的"三大纪律、六项注意"。"三大纪律"的第二条是：不拿工人农民一点东西。此后发展为"三大纪律、八项注意"，"不拿群众一针一线"成为人民军队的铁的纪律。党领导人民军队用铁的纪律赢得了民心，才有了人民群众用手推车推出来的淮海战役的胜利、用小船划出来的渡江战役的胜利、东北人民全力支援拼出来的辽沈战役的胜利……一个红薯、一个苹果、一针一线和一次又一次的胜利紧密相关，形成了看不见摸不着而又十分鲜明的内在联系。这样的苹果重千钧，胜过钢和铁。

"这样的苹果，我们现在也不能吃。"习近平总书记的话斩钉截铁，又意味深长。70多年过去了，从解放战争到新中国新时代，"这样的苹果不能吃"一脉相承、一以贯之，虽然我们已经发展成世界第二大经济体，虽然我们的果篮子里百果丰盛，但是人民的苹果还是坚决不能吃，吃了就会失去民心。共产党率领人民军队打江山、守江山，守的就是人民的心。民心守不住，江山就守不住。苏联共产党一夜之间垮台，自然是多种原因导致，但是最根本的一条，就是吃了人民的苹果，失去了人民的支持，走向了人民的对立面，不可避免地被人民所抛弃，这个教训我们要永远记取。习近平总书记在参观后强调："要江山变色，人民绝不会答应！我们要守好这个江山，努力实现中华民族伟大复兴，告慰革命先辈先烈。"

（2022年9月《学习时报》）

苹果与初心

党的二十大闭幕不到一周，习近平总书记就前往延安。延安是革命老区，也曾是深度贫困地区，还是习近平总书记度过七年知青岁月的地方。10月26日下午，他一下火车就乘车前往南沟村。他一直挂念陕北的老乡们，要亲眼看看老乡们脱贫后的日子过得怎么样。时值金秋，总书记走进果园，向现场采摘的果农了解今年苹果收成，同老乡们亲切交流，并采摘了一个红红的大苹果。新华社摄影记者用照片记录下了这一刻，我们看到，树上挂的苹果、地上篮子里盛的苹果格外大、格外红、格外抢眼，总书记与老乡们交流的场面也格外温馨、祥和。总书记指出，"陕北的气候、光照、纬度、海拔等非常适宜发展苹果种植""大力发展苹果种植业可谓天时地利人和，这是最好的、最合适的产业，大有前途"。

陕北的苹果，一直让总书记牵挂于心。2015年2月，春节前夕，习近平总书记重回梁家河村看望乡亲时，特意坐上越野车去看山梁高处的苹果园，临离开时嘱托大家，"一定要坚定地把苹果产业抓下去"。

苹果是陕北农民脱贫致富奔小康的希望，如今绝对贫困问题解决了，老乡们过上了好日子，小苹果作出了大贡献。总书记念兹在兹，念的就是老乡们的日子越来越红火，人民的生活越来越美好。"中国共产党是人民的党，是为人民服务的党，共产党当家就是要为老百姓办事，把老百姓的事情办好。"总书记在苹果地里讲的这番话，真正道出了共产党人打江山、守江山的初心。

今天的苹果和昨天的苹果是不同的，但共产党人的初心是一脉相承的、是永恒的。党的二十大开幕前两个月，8月16日，习近平总书记赴辽宁考察，第一站就来到坐落在锦州的辽沈战役纪念馆。面对一面"仁义之师"的锦旗，总书记十分熟悉其背后的故事——那是辽沈战役期间，锦州乡间的苹果已经熟了，行军路过的解放军战士虽然饥渴难耐，却一个都没有摘。共产党领导的人民军队用铁的纪律赢得了民心。总书记意味深长地指出："毛主席说'不吃是很高尚的，而吃了是很卑鄙的，因为这是人民的苹果'。这样的苹果，我们现在也不能吃。"一颗苹果，折射的是人心向背，从最微细的方面为辽沈战役乃至解放战争的胜利作出了最鲜明的注释。

从二十大之前辽沈战役纪念馆里的注目与沉思，到二十大之后陕北苹果园里的欣喜与鼓励，总书记的"苹果故事"告诉我们：从打江山不从人民索取一毫，到守江山只为人民生活更加美好，一代一代共产党人风雨前行，一直在坚守初心，一直在践行初心，一直与人民心心相连。

在十八届中央政治局常委同中外记者见面时，习近平总书记指出，"人民群众是我们力量的源泉""我们一定要始终与人民心心相印、与人民同甘共苦、与人民团结奋斗""人民对美好生活的向往，就是我们的奋斗目标"。在二十届中央政治局常委同中外记者见面时，习近平总书记指出，"道阻且长，行则将至。前进道路上，无论是风高浪急还是惊涛骇浪，人民永远是我们最坚实的依托、最强大的底气。我们要始终与人民风雨同舟、与人民心心相印，想人民之所想，行人民之所嘱，不断把人民对美好生活的向往变为现实"。这是新时代新征程的中国共产党人的政治宣示。

前几年有一首名为《小苹果》的很火的歌，唱道："你是我的小呀小苹果儿，怎么爱你都不嫌多。红红的小脸儿温暖我的心窝，点亮我生命的火……"如今，不仅在陕北高原，在全国许多地方，苹果已经成为广大农民的丰收果、致富果、幸福果、希望果。习近平总书记牵挂"小苹果"，牵挂的是人民的现实利益、是人民的美好生活。党的二十大报告再次指出，"中国共产党领导人民打江山、守江山，守的是人民的心"。只要守住人民的心，红旗就永远不会倒，江山就永远不会老。人民领袖与人民永远心心相通。为了践行初心、守住人民的心、实现人民对美好生活的向往，二十大后，习近平总书记带领广大共产党人开始了新的日夜奔赴……

（2022年11月《学习时报》）

历史自信归根到底是对未来的自信

我们习惯于用过去、现在和未来对时间的性质进行区分。过去是我们回不去的时间，未来是还没有到来的时间。有一首习近平总书记提到的歌《时间都去哪儿了》一度很流行。时间都去哪儿了？时间都变成历史了！是的，现在会变成过去，未来也会变成历史，过去、现在、未来都统一于一个时间轴上，它的所谓的界线，完全取决于我们的立足点。

不管如何定义历史，历史在一般的理解当中，总是要和过去相联系，总是指过去发生的事情。从这个逻辑上讲，没有过去就没有历史。我们回顾历史、学习历史、总结历史，是要立足现在往回看。但是，一个人也好，一个组织也好，一个政党也好，绝不会无缘无故往回看的，更不会无缘无故回顾历史、学习历史、总结历史。历史不仅有未来的基因，更有未来的密码。按照时间的演进，历史经由现在总要变成未来，而从这个逻辑上讲，没有未来也就没有历史，未来才是历史的真正牵引力量，甚或可以说，未来是历史的真正起点。

世界上没有一个政党像中国共产党这样如此重视历史。我们始终如一地强调学习历史，强调学习党史、新中国史、改革开放史、社会主义发展史、中华民族发展史，就是要弄清历史是怎样变成现在的，更是要弄清现在怎样才能变成更加美好的未来，那个未来由近及远，是社会主义现代化国家，是社会主义现代化强国，是中华民族伟大复兴，是共产主义远大理想……

历史是回不到的过去，但历史绝不仅仅是过去，如果认为历史只是时间的律动和堆砌，那就是自然主义的历史观。中国共产党的百年历史告诉我们，我们共产党人在历史的演进中是可以有大作为的，并不是被动地被历史裹着走，而是把握了历史发展的方向，掌握了历史前进的主动，按照我们对未来的擘画创造历史、书写历史，这就是我们共产党人的大历史观，也才是习近平总书记所反复强调的"坚定历史自信，增强历史主动"的深刻蕴含。

党的二十大在"两个一百年"奋斗目标交汇的关键时刻召开，再次提出"坚定历史自信，增强历史主动"，既是对党的百年奋斗重大成就的回顾与自信，更是对中华民族伟大复兴光明前景的瞻望与自信。我们的历史自信归根结底是对未来的自信，是创造历史的自信。正如习近平总书记所强调的，"对历史进程的认识越全面，对历史规律的把握越深刻，党的历史智慧越丰富，对前途的掌握就越主动"。

站在历史任何一个"点"上，也就是站在历史上任何一个"现在"，往回看能看多深，往前看能看多远，决定了我们的历史格局。无疑，"现在"是有局限的，摆脱时空束缚、突破历史局限是很难的。我们常说，没有共产党就没有新中国，就没有中国人民的幸福生活，就没有中华民族的伟大复兴，中国共产党领导是历史的选择和人民的选择。那么，为什么历史会选择中国共产党？历史不是三岁的孩子，不会随随便便做出选择。历史之所以会选择中国共产党而不是什么别的政党，是因为只有中国共产党才能超越"我"的局限、"现在"的局限，因而能够超越历史的局限，看到别人看不到的……"它是站在海岸遥望海中已经看得见桅杆尖头了的一只航船，它是立于高山之巅远看东方已见光芒四射喷薄欲出的一轮朝日，它是躁动于母腹中的快要成熟了的一个婴儿"——在1930年革命低潮时期的井冈山，毛泽东的眼里竟然能够看到这样一幅画面，这是多么令人激动不已的一幅画面，又是多么准确的对未来的预言，这得有多么强的历史自信才能发出这样的欢呼，才能擘画出这样美妙无比的愿景，更重要的，这需要多么远大的眼光才能看得见、多么宽阔的胸怀才能容得下。正是有了这种超越，中国共产党才能深刻改变近代以后中华民族发展的方向和进程，才能深刻改变中国人民和中华民族的前途和命运，才能深刻改变世界发展的趋势和格局。

正如我们所知，党的百年奋斗绝不是一帆风顺的，我们经历的困难、遇到的挑战、遭受的挫折以及新时代十年的涉滩之险、爬坡之艰、闯关之难，风高浪急甚至是惊涛骇浪，与它的成就辉煌一起都写进了历史记忆之中，成为我们历史自信的有机组成部分。

党的二十大开启了全面建设社会主义现代化国家的新征程，前进道路上依然不会一帆风顺，但是，几度绝处逢生、几度柳暗花明走来的中国共产党，在千锤百炼中愈益强大和成熟的中国共产党，从来没有像今天这样自信，我们一定能够把党的二十大擘画的蓝图变成现实，一定能够把未来写成值得骄傲的历史。

（2022 年 12 月《学习时报》）

党的创新理论归根到底是人民的理论

　　歌德的世界名著《浮士德》中记载了这样一个故事。有一位青年学生慕名来找浮士德，想拜他为师。浮士德不想和他见面。一个魔鬼就假扮浮士德与学生见面，回答他提出的问题，这个假浮士德还对学生讲了这样一句话："亲爱的朋友，一切理论都是灰色的，而生活之树是常青的。"

　　这句话虽然出自假扮浮士德的魔鬼之口，但因为说得有道理，也常被革命导师所引用，马克思、恩格斯、列宁都在自己的著作中引用过这句话的意思。列宁1917年4月在《论策略书》中指出："现在必须弄清一个不容置辩的真理，就是马克思主义者必须考虑生动的实际生活，必须考虑现实的确切事实，而不应当抱住昨天的理论不放，因为这种理论和任何理论一样，至多只能指出基本的和一般的东西，只能大体上概括实际生活中的复杂情况。'我的朋友，理论是灰色的，而生活之树是常青的'。"列宁在这里讲的理论，十分清楚是指被教条化的理论、脱离了实际的理论。中国共产党带领中国人民进行革命、建设和改革，在百年征程中对把革命理论当作僵硬的教条有过深刻教训，也有过切肤之痛，因而对理论与实践、理论与生活、理论与人民的关系，有着十分清醒而深刻的认识。正如党的二十大报告所指出的："我们坚持以马克思主义为指导，是要运用其科学的世界观和方法论解决中国的问题，而不是要背诵和重复其具体结论和词句，更不能把马克思主义当成一成不变的教条。"坚持"两个结合"，坚持在不断推进马克思主义中国化时代化中创新和发展中国化时代化的马克思主义，是我们创造理论和实践"双青树"奇迹、不断开辟理论新境界的根本之道和制胜之道。

　　党的二十大报告用一专章并且在第二部分，专门论述党的创新理论，这在党代会报告中是没有过的，可以说，这是党的二十大报告在文本结构上最突出的一个特点，也是一个亮点，它集中凸显了我们党对马克思主义中国化时代化的高度重视，凸显了党的十八大以来马克思主义中国化时代化取得的重大理论创新成果。

世界上没有一个政党像中国共产党这样如此重视理论建设。思想建党、理论强党是党的百年奋斗历程的经验总结，也深刻揭示了思想理论和建党强党之间的内在逻辑关系。我们党是在马克思主义科学理论指导下建立的，又是在不断推进马克思主义中国化时代化实现飞跃和新的飞跃的进程中不断强大的。党的成长壮大与理论创新这种良性互促既让理论之树常青，也让党永远年轻。

那么，中国共产党为什么能使理论之树常青？理论创新的动力又来自哪里？历史唯物主义认为，人民是历史的主人，一切历史都是人民创造的。然而，人民创造历史绝不是盲目地创造，也不是随心所欲地创造，而必须有科学的理论来指导，必须有认识世界、改造世界的思想武器来武装。因此，人民群众是需要理论的，那种认为人民群众不需要理论的认识是错误的，也是不符合实际的。人民的创造性实践是党的理论创新的真正动力和不竭源泉。理论创新是为人民所需要、为人民而创造的。党自成立之日起就宣称，党除了最广大人民的利益，没有自己的特殊利益。党的理论是来自人民、为了人民、造福人民的理论。党所创造的理论，连同她所开辟的道路、所建立的制度，归根结底都是人民的，是人民的理论、人民的道路、人民的制度。

人民为什么需要理论？是因为理论可以解决人民群众的实际问题。正如党的二十大报告所指出，回答并指导解决问题是理论的根本任务。如果回答不了、解决不了人民群众实践中的问题，这样的理论就是脱离人民的理论，因而也是苍白的理论，是没有生命力的死的理论。我们的理论创新要站稳人民立场，顺应人民需要，真正把党的创新理论变成为人民所喜爱、所认同、所拥有、所掌握的理论。要做到这一点，实现这样一个目标，是不容易的，还有很多工作要做，仅靠刊发一批又一批理论文章、召开一次又一次理论研讨会，是解决不了"最后一公里"的问题的。如果我们不能实现从理论创新"新的飞跃"到为人民所拥有的"最后一跃"，那理论就只能为"理论家"所垄断和掌握，而不能为人民群众所喜欢和掌握，不能与人民群众日用而不觉的价值观念融为一体，党的二十大报告所提出的不断夯实马克思主义中国化时代化的群众基础也就不可能牢靠。我们当前理论工作的最大任务就是往这个方向努力，向这个目标聚焦，让党的创新理论真正"飞入寻常百姓家"，让人民群众与党的创新理论"零距离"，让人民群众因掌握了人民的理论而焕发出改造世界、创造辉煌的强大物质力量。所以，这"最后一跃"，也一定是"最惊喜的一跃"。

（2022 年 12 月《学习时报》）

附　录

许宝健撰写作品

《万世根本》2001 年 中国农业出版社

《社会企业家》2003 年 人民出版社

《二十年前》（诗集）2005 年 中国文联出版社

《城市化进程中的农地转用问题研究》2006 年 中国农业出版社

《重中之重：三农随想录》2007 年 中国农业出版社

《中国县域经济谈》2012 年 北京工业大学出版社

《职务是把椅子》2012 年 人民出版社

《权力与"笼子"》2013 年 中国发展出版社

《新中国第一任县委书记》2019 年 中共中央党校出版社

《你的样子 中国的样子》2022 年 国家行政学院出版社

许宝健主编作品

《中国企业家大辞典·乡镇企业卷》1994 年 光明日报出版社

《21 世纪乡镇工作全书》（副主编）1999 年 中国农业出版社

《徐文荣集》1999 年 人民出版社

《鲁冠球集》1999 年 人民出版社

《中国县域社会经济年鉴》2006 年 中国经济出版社

《调查三农》2008 年 人民出版社

《统筹城乡发展：新乡探索与实践》2012 年 人民出版社

《中国小微企业生存报告》2012 年 中国发展出版社

《今天我们如何养老》2014 年 中国发展出版社

《经济记忆》2015 年 中国经济出版社

《为了新中国：革命烈士纪念碑碑文敬读》2020 年 山东人民出版社

《百年大党正年轻》2021 年 中共中央党校出版社

《学习党的十九届六中全会精神专家学者 45 人谈》2022 年 贵州人民出版社

《党校学员"两带来"问题解析》2022 年 中共中央党校出版社

后 记

我的新闻职业生涯从 1985 年夏天大学毕业参加工作至今，简单说来就这么几个阶段：1985 年到 1987 年，在黑河日报社。1987 年到 1990 年在中国社会科学院研究生院新闻系（新闻所，相当一个时期习惯称人民日报 9 号楼）读新闻业务专业研究生。1990 年到 2003 年在经济日报农村部（有一段时间改为农村经济新闻中心）。2003 年到 2011 年创办经济日报农村版，不久改办中国县域经济报。2011 年到 2015 年，在中国经济时报。2015 年至今，在学习时报。

我经常想起刚参加工作那会儿，住单身宿舍晚上没事儿到夜班车间看检字工人捡字排版的情形……一晃 38 年过去了，我国的新闻业同各行各业一样，发生了翻天覆地的变化。作为一个记者，一路走来一路记录，尽管不同阶段记录的重点不一样，但是从没有停止过手中的书写，这么多年加起来，也有不少字了。有机会出版这么一套作品集，刚开始还是想用心选择一下、编辑一下，比如如何取舍、如何分类、如何设置每一部分小标题等，但最终还是采取了最简单的办法，按时间顺序一排到底。因为不管怎么用心，时间法则都是最简单的，也都是逃不掉的。这样看起来虽然内容有点乱，但真正看的人又有多少呢？所以自己心里不乱就行了。文章舍还是要舍去一些的，否则即使是上中下三册，也还是装不下的。

我说"有机会出版这么一套作品集"，这个"有机会"必须说一说。中宣部实施了"四个一批"人才培养工程，我于 2011 年被确定为全国宣传文化系统"四个一批"人才。入选这项工程，不仅"有名"，还挺有"实"，获得了项目资助。如果没有这个资助，我断不会出版这套作品集的。所以，首先感谢这项工程。在近 40 年的职业生涯中，为数不少的领导、老师、同学、同事、朋友给了我很多帮助和支持，我感谢他们，并在心里为他们祝福！还要感谢人民日报出版社的领导和编辑们，感谢他们编辑出版这套文集。

许宝健

2023 年 1 月 30 日